〔法国〕罗曼·罗兰◎著
刘合文　郑明生◎译

约翰·克利斯朵夫

（一）

海峡出版发行集团 THE STRAITS PUBLISHING & DISTRIBUTING GROUP | 海峡文艺出版社 Haixia Literature & Art Publishing House

图书在版编目(CIP)数据

约翰·克利斯朵夫/(法)罗曼·罗兰著;刘合文,郑明生译.—福州:海峡文艺出版社,2017.8(2023.9重印)
(诺贝尔文学奖大系)
ISBN 978-7-5550-1195-8

Ⅰ.①约… Ⅱ.①罗…②刘…③郑… Ⅲ.①长篇小说—法国—近代 Ⅳ.①I565.44

中国版本图书馆CIP数据核字(2017)第145791号

诺贝尔文学奖大系

约翰·克利斯朵夫

[法国]罗曼·罗兰 著 刘合文 郑明生 译

责任编辑	蓝铃松
编辑助理	吴飏莱
出版发行	海峡文艺出版社
经　　销	福建新华发行(集团)有限责任公司
社　　址	福州市东水路76号14层
发 行 部	0591—87536797
印　　刷	福州俊丰彩印有限公司
地　　址	福州市晋安区鼓山镇鼓一村福光路189号
开　　本	889毫米×1194毫米 1/32
字　　数	1205千字
印　　张	53.875
版　　次	2017年8月第1版
印　　次	2023年9月第3次印刷
书　　号	ISBN 978-7-5550-1195-8
定　　价	232.00元

如发现印装质量问题,请寄承印厂调换

颁奖辞

（因正值第一次世界大战期间，例行的颁奖庆典被取消，故无颁奖辞。）

致答辞

（因正值第一次世界大战期间，例行的颁奖庆典被取消，故无致答辞。）

目　录

约翰·克利斯朵夫

卷一　黎明

在于旦之前的黎明时分，

当你的灵魂在身内酣睡的时间……

——《神曲·炼狱》第九

第一部

稠密而潮湿的雾气渐渐消散开去，

旭日开始缓缓升起……

——《神曲 · 炼狱》第十七

在房屋后，江河汹涌，波涛声声。雨从黎明下到了傍晚，雨点不断地击打着玻璃窗，些许雨水积成一条小溪，沿着玻璃裂缝蜿蜒流淌。空中微弱的黄光慢慢消散，天色暗下来了。屋子里昏暗潮湿，还有一点闷热。

新生的婴儿在摇篮里不安地扭动着。老人进门前虽然已经把木靴脱在了门外，但在走路时地板仍发出咯吱咯吱的响声。孩子哼哼唧唧地哭了起来，母亲连忙从床上探出身子，来亲抚安慰他；祖父担心孩子被黑夜吓着，也摸索着把灯点亮了。灯光照亮了年老的约翰 · 米歇尔红红的脸，又粗又硬的白须，炯炯有神的眼睛，还有那易怒粗暴的神情。他拖着一双宽大的蓝布鞋走近摇篮，他的外套散发出一股潮气。路易莎打着手势，示意他不要靠得太近。她那淡黄色的头发就如白色的，面容憔悴，柔和的脸庞上已有些许雀斑；她那厚嘴唇没有一丝血色，不太容易合拢，笑起来非常腼腆，怯生生的；那眼睛很蓝，有点茫然，却饱含温情，她出神地望着孩子，流露出无尽的温柔与怜爱。

孩子醒了，哭了起来。眼睛在那乱转，露着惊慌。好恐怖啊！无边的黑夜，刺眼的灯光，混沌初开的头脑中闪现出幻象，四周是令人窒息、躁动不安的黑夜。那黑洞般的影子，像从光亮中突然涌现出来的尖锐、刺激的幽灵，他们带着痛苦的表情瞪着他，锐利的目光刺透他的心灵，这一切他怎么也无法弄明白……他没有力气叫喊，被吓得无法动弹，瞪着眼，张大嘴，嘟哝声在喉咙里打转。那虚肿的大胖脸皱在一堆，一副可怜又可笑的怪相，他的小脸和小手是棕色的，泛着暗红，还带着些许黄巴巴的斑点。

“天哪！真丑！”老人语气肯定地说。

他把灯放到桌子上。

路易莎噘起嘴，就像一个挨了训的小姑娘，约翰·米歇尔用余光瞟见她，笑着说：“你总不至于要我说他漂亮吧！说了你也不信呀！行啦，这也不是你的错，刚出生的孩子都这样。”

孩子恍恍惚惚的，看着灯光和老人的目光愣了一愣之后，突然惊醒过来，哭了起来。也许是他从母亲抚慰的眼神中得到了力量，开始敢于哭诉了。她向老人伸去双臂，说：“让我来抱他吧！”

同往常一样，老人又发了一通议论：“你不该这样惯着他，孩子要哭，就让他哭去。”

不过，他还是抱起孩子，走了过来，嘟囔着：“从没见过这么丑的孩子。”

路易莎用滚热的双手接过孩子，把他紧紧地搂在怀里。她看着他，带着既惭愧又欢喜的神情笑着说："噢，我的小宝贝，你真丑啊！你真丑啊！可我是多么的爱你啊！"

约翰·米歇尔回到壁炉旁。他沉着脸拨弄着火，嘴里叽叽咕咕，郁闷的脸上露出一丝笑意："好媳妇，行啦，不要难过了，他长长会变好看的，再说，难看也不会有什么关系。我只希望他长大以后能做一个好人。"

孩子在母亲温暖的怀抱里安静下来，只顾着咂巴咂巴吮吸母奶。约翰·米歇尔靠在椅子上，头微微向上一仰，又夸大其词地念叨了一次：

"做一个好人才是最美好的事。"

他停了下来，琢磨着是否要把这个主张再重申一遍，但最后还是没再说什么，沉默片刻之后，忽而又气呼呼地问："你丈夫怎么还没有回来？"

"我想应该是在剧院吧，"路易莎怯生生地说，"他要参加排练。"

"剧院早就关门了，我刚从那经过。他又在撒谎。"

"噢，您别总责怪他！可能是我听错了，或许他在学生家里上课。"

"那也该回来啦。"老人很不高兴。

他迟疑了一会儿，接着又有点羞愧地压低声音说："他不会是又……"

"噢，没有，父亲，他没有。"路易莎抢着答道。

老人盯着她，她避开了他注视的目光。

"不对，你在说谎。"

她悄悄地哭了。

“哎呀，天哪！”老人嚷着，朝壁炉上踹了一脚。拨火棒咔嗒一声掉在地下，母子俩都被吓了一跳。

“父亲，算了吧，”路易莎说，“吓到孩子了。”

孩子愣了一下，不知道是哭呢还是继续吃奶，但是又不能既哭又吃奶，他只得继续吃奶了。

约翰·米歇尔压低嗓门，仍气冲冲地抱怨着：“我做错了什么，生出这么一个酒鬼儿子？我一辈子本本分分、省吃俭用，唉！真是受够了！……可你，你，你怎么就不拦着他呢？该死！这可是你作为妻子分内的事啊。如果你可以把他留在家里的话……”

路易莎哭得越发厉害了。

“您就别埋怨我了，我已经够伤心了！该做的能做的我都已经做了。您是真不知道，我一个人在家的时候有多害怕！就像是听到了他上楼的脚步声，等着他推门进来，可心里又在担心：天啊！他又会变成什么样子了？……一想到这，我就伤心透了。”

她抽搭地哭着，身子在那儿一直哆嗦。老人一看就慌了，赶紧走过去把散开的被单弄好盖在她颤抖的肩膀上，他的大手抚摸着她的头：“好啦，好啦，不怕，不怕，有我呢。”

为了孩子，她镇静下来勉强笑了笑：“我不该跟您说这些的。”

老人看着她，摇了摇头：“可怜的媳妇，是我为难你了。”

“是我自己不好，他不该娶我的，他肯定是后悔了。”

“后悔什么？”

“您清楚着呢。当初您不也因他娶了我而生气？”

“不要再提了。说来也是，当时我确实有点不满意。我这么说可不是责怪你，像他这样的男人，受过良好的教育，又是杰出的音乐家，真正的艺术家，他本可以攀上一门更好的亲事，用不着娶一个像你这样一无所有的人，门不当户不对，出身贫寒，又不懂音乐。一百多年来，我们克拉夫脱家从没娶过一个不懂音乐的女人！不过，你也知道，我也没有恨你，自从了解你之后，我就喜欢你了。更何况事情已经发生，再后悔也没什么意思了，只要本本分分尽到自己的责任就可以了。”

他转过身坐下，沉思了一会儿，又用庄重严肃的口吻说道：“人生第一大事就是尽责。”

他往壁炉里吐了口痰，等着对方发表意见，见母子俩都没有什么回应，本想继续往下说，却还是打住了。

他们都沉默了。约翰·米歇尔坐在壁炉旁，路易莎坐在床上，各自在那黯然神伤。老人嘴上虽是这么说，可一想到儿子的婚事，心里仍十分不是滋味。路易莎也一样，想到这件事，就总忍不住埋怨自己，尽管这也怪不得她。

她之前只是一个佣人，却嫁给约翰·米歇尔的儿子曼希沃·克拉夫脱，大家都觉得不可思议，她自己也未曾想到过。虽说克拉夫脱家也不是什么显赫家庭，但是在这个老人生活了五十多年的莱茵河畔的小城里，还是颇有名望、备受尊敬的。他们都是音乐家，从科隆到曼海姆一带，没有哪个音乐家不知道他们。曼希沃是宫廷剧场里的提琴师，约翰·米歇尔先前也曾是大公爵的乐队指挥。老人对儿子的婚事极为失望，他原本对儿子寄予了厚望，希望儿子能成为一个他自己未能成就的名人。可因这桩糊涂的婚事，他的雄心壮志都毁于一旦了。他勃然大怒，把曼希沃与路易莎咒骂了一通。不过，老人骨子里是个好人，在了解了儿媳妇的为人之后就原谅了她，甚至还把她当作女儿一样来疼爱，尽管总是改不了刀子嘴豆腐心的毛病。

所有的人都无法理解曼希沃怎么会娶这样一个女人，就连他自己也觉得莫名其妙。可以肯定的是，绝对不是因为路易莎的长相。她身上没有一处是迷人的：个子矮小，面色苍白，身体娇弱，站在曼希沃和约翰·米歇尔旁边，真是形成了好奇特的对照，他们俩又高又大，脸色鲜红，孔武有力，健饭豪饮，爱说爱笑，俨然是两个巨人。她似乎被他们压扁了，极易被他们淹没；大家都不大注意她，她自己也更是尽可能地躲在角落里。倘若曼希沃是个忠厚老实的人，还可以说他是看上了路易莎的朴实善良，可他偏偏是最爱虚荣的人。像他那样的男人，长得十分英俊，又自恃风度翩翩、气宇不凡，总爱炫耀，倒也还是有几分才气，大可以攀上一门好亲事，甚至……谁知道……再或许像他吹嘘的那样，从他教授的富家千金中引诱几个来……可没想到他竟突然挑了一个平民百姓家的女子，身无分文，谈不上美丽，又没受过什么教育，也没有来追求过他……这倒像是他为了赌气而娶她一样！

可是这个世上就有一种人总做些莫名其妙的事，就连自己也觉得稀里糊涂，曼希沃就是其中一个。他们并非没有预见性。常言道，一个有预见性的人，是一个顶俩……他们自认为不会被骗，可以把舵掌得很稳，会朝着自己努力的方向驶去。可他们往往把自己排除在考虑的范围外了，根本就不了解自己。他们的脑袋里时常处于空白状态，那个时候就忘了手中的舵，置之不理；然而一松手，船就会马上跟主人开玩笑，捣起乱来。没人掌控的船会直接朝隐蔽的礁石撞去，就如一向聪明的曼希沃竟然娶了个厨娘。与她私订终身的那晚，他并没有喝醉酒而糊涂，更没有意乱情迷，和那样还隔得很远。也有可能是我们除了受头脑、心理、感官控制之外，还被一种神秘的力量影响，它在其他力量都沉睡的间隙悄悄地进入我们的身体，控制了我们。那天晚上，在河边，曼希沃遇到路易莎，和她一起坐在芦苇丛中，稀里糊涂就与她私订终身了，或许是在看到路易莎羞怯的苍白的眼睛时，曼希沃就和那股神秘的力量相遇了。

一完婚，他就对此大失所望、后悔不已。就算是在路易莎面前，他也从不掩饰自己的沮丧，而路易莎却总是谦卑地乞求他原谅。他倒也没坏心眼，也就原谅了她不再往下说；可是没多久就又后悔了，特别是在朋友圈里，还有在富家女学生的面前；她们的态度转变非常快，不再因为他纠正弹琴指法触碰到手指而紧张不已了。同时他一回家就又会黑着脸，路易莎只一眼就能看出他的怨气，但是毫无办法。又或者他就整天泡在酒馆，企图麻醉自己，不愿去想自己的过错和对路易莎的怨恨。而这样的夜晚，回家之后他又总是连喊带叫、嬉皮笑脸，这样子，让路易莎觉得更加难受，还不如就像平时那样含沙射影、怨气十足地责骂一番。对于他这种堕落的行为，路易莎总觉得自己多多少少是有责任的，那不仅浪费了家中的钱财，还磨掉了他仅剩的一点理性。曼希沃日渐沉沦了，在他这个年纪的人，本该发愤图强，利用不错的天分，挖掘自己的潜能，可他呢？却自暴自弃，放任自己走下坡路，被别人顶替了自己的位置。

要说那股为他和金发女仆牵线搭桥的神秘力量，才不会在意这些呢！它已经完成了自己的任务。就这样，小约翰 · 克利斯朵夫就在命运安排下呱呱坠地了。

夜深了。路易莎的声音把老约翰 · 米歇尔从沉思中拉回来，他在炉火前想着往日的辛酸和现在的苦恼，想得太入神了。

“父亲，现在时候不早了，”媳妇恳切地说，“您还是早点回去吧！还要走不少的路呢！”

“我等曼希沃回来。”老人回答。

“不，您最好还是别等了。我求您了！”

“为什么？”

老人抬起头来，盯着她认真地问。

她没有作声。

他接着问：“你一个人在家害怕，不要我等他回来吗？”

“唉！那只会把结果变得更加糟糕，您又会动怒的。我可不想那样。我求您了！您还是早些回去吧！”

老人叹了叹气，起身说：“好吧，那我回去啦。”

他走过去，用那像个锥子一样扎人的胡须在她脑门上轻轻拂了一下，问她还要不要点什么，随后捻小了灯就出门了。屋里非常暗，他一不小心撞到了椅子。他还没有下楼就已经想到了儿子醉酒回来的场景；他在楼梯上走走停停，想着儿子一个人回家时可能会遭遇的各种危险……

在床上，躺在母亲身边的孩子又躁动不安了。在他的内心深处，涌出一种莫名的痛苦。他用尽全力去反抗：握紧拳头，扭动着身子，眉头拧在一起。痛苦越来越强烈，那种沉重的气势，表明他决不罢休。他不清楚这痛苦是什么，也不清楚它会发展到怎样的境地，只是感觉它非常庞大，怎么也看不到它的尽头。因此他非常可怜地哭着。母亲用温暖的手轻轻地抚摸着他，一会儿，痛苦就减轻了些许；但是他仍然没有停止哭泣，因为感觉痛苦依旧围绕在身旁，入侵着他的身体。如果是大人，那是可以减轻自己痛苦的，因为清楚痛苦的原因，这样就可以在思想上克制一下痛苦对身体伤害的程度，用意志加以医治，必要的时候还可以把它消除；也可以控制它的范围，把它分离出自己的身体。可孩子却不会用这种自欺欺人的办法。他第一次碰到的痛苦是更强烈、更真实的。他感觉痛苦无边无际，如同自己的生命，感觉它占据在胸口，挤压在心头，主宰了他的身体。然而事情就是如此：它要等到把他的身体完全侵蚀了之后才会离开。

母亲紧紧地抱着他，温柔地哄着："行啦，行啦，不哭了，我的小上帝，我的小金鱼……"

他还是不间断地抽噎着，好像是这个还没有成形的身体，已经预见了他命中注定要痛苦一生。不管怎样他还是安静不下来……

深夜里传来圣·马丁教堂的钟声。严肃沉重的声音，在下雨天潮湿的空气中飘荡，就像踩在苔藓上的脚步声。新生儿还没有完成一声号哭就突然安静了。神奇的音乐，如一袭乳流在他胸口缓缓流过。黑暗中透出光亮，空气变得柔和而温暖。痛苦已经散去，心不由得笑了。他放松地舒了口气，沉入了梦境。

三口庄严肃穆的钟，继续在那鸣奏，报告明天的节日。路易莎伴着钟声，也如梦似幻地回忆着她以前的辛酸，又想到了睡在身旁的她心爱的孩子的未来。她已经在床上躺了好几个小时，又困又疲；全身都在发烧，觉得毛毯也很重，黑暗紧紧裹住了她，闷得她喘不过气来。可她却不敢乱动。她瞅着孩子，即使是在黑暗中，还是可以看出他的脸十分憔悴不堪，就如同老头的脸一样。慢慢地，她开始犯困了，脑中闪过乱糟糟的影像。她以为是曼希沃在开门，心不由得咯噔一跳。汹涌的江涛声在寂静的夜里显得越发宏大，就像是野兽在怒吼。断断续续地，还是有一些雨点打在窗棂上。钟鸣更加迟缓了，最后慢慢地停了下来。路易莎躺在婴儿的旁边也睡熟了。

这时，老约翰·米歇尔站在房屋前淋着小雨，胡须上抹了一层薄薄的水雾。他要等那个堕落的儿子回来，脑袋里老是胡思乱想着一个个酗酒的惨剧，即使他并不信邪，可如果今晚不等到儿子安全回来，就算回家去也还是会睡不安稳的。钟声让他感到悲伤，因为这使他回想到了幻灭的希望。他又在自问着为何会冒雨站在街头，为何而来，他不禁羞愧交加地流下了眼泪。

时光不停不歇地缓缓前行着。昼夜更替，就如同汪洋大海中的潮起潮落。几个星期过去了，几个月过去了，新的又会到来……周而复始。循环往复的日月却如同只是过了一天。

白天和黑夜有规律地交替，孩子那均匀的呼吸韵律，让人觉得岁月是多么无穷无尽、深邃莫测——在摇篮里做梦的浑浑噩噩的孩子，一定也有他迫切的渴望，其中有痛苦的，也有欢乐的；即使这些渴望会随着昼夜交替而消散，但它们整齐的规律，倒像是昼夜跟随它们的脚步而循环往复。

生命的时钟很沉重地在摇摆着。小生命完全沉浸在这缓慢而有节奏的旋律中。其余的就只是梦中的幻象，还未成形的影子，一些莫名其妙的片段，还有如同灰尘般随风乱飞乱窜的原子，令人头晕目眩、哭笑不得的一阵旋风。还有喧嚣声，躁动的影子，丑陋的姿态，痛苦，恐怖，欢乐，梦幻，梦……一切都只是梦……可是在这混沌的梦境里，也有友善的眼睛对他微笑，有欢快的热流从母体那饱含乳汁的乳房中流遍他全身，在他内心深处，有一股力量在那聚集，毫无知觉却又强大无比，还有激荡的汪洋在孩子的身躯中的波涛汹涌。如果一个人能看透孩子的生命，那他就能看清被阴影遮挡的世界，也能看到正在聚拢汇集的星云，还有那正在酝酿的茫茫宇宙。他的生命是无限的，蕴含了一切……

流年似水……人生的长河里开始漂浮起回忆的岛屿。起初是些许若隐若现的小岛，还只是一些刚冒出水面的礁石。在它们四周，风平浪静，大片平静的水面在晨光熹微中蔓延开去。随即，又有些新的小岛露出头来，在太阳照耀下大放光彩。

一些从心灵深处浮现的形象，逐渐变得异常清晰明了。没有尽头的日子，随着有力却又单调的钟摆单调地循环反复，周而复始，永远一样没有什么变化。可是在这一连串首尾相连的日子里，慢慢地也显现出多彩的、欢快活泼的、痛苦抑郁的样子。时光的链环会经常性地断裂，但对往事的记忆却可以跨越岁月的限制紧紧相连……

涛声……钟声……无论你回想多么遥远的往事，无论你在悠远的时空里回忆到了人生的哪个片段，总是会听到它们那深沉而又亲切的歌声……

深夜，在似睡似醒之际……一抹苍白的月光照映在窗台上……波涛汹涌。万籁俱寂，涛声显得更加宏大，主宰着万物。它时而温柔无比，轻轻地安抚着它们入眠，甚至它自己也在波涛声中昏昏欲睡；它时而狂疯乱吼，就像一头要咬人的猛兽。不一会儿，又停止咆哮，安静下来，那又是无限柔和的喃喃低语，像清脆悦耳的鸣唱，像嘹亮爽朗的钟声，像是孩子的欢声笑语，也如同动听的曼妙情歌，是回旋的袅袅音乐。这是伟大的母性之声，它永不停歇！它安抚着这个孩子，就如千百年来安抚着世世代代的子女从他出生到死亡那样，那种声音渗透着孩子的思想，点缀着他的梦境，它那滔滔不绝的旋律，就像是大氅一样，紧紧包围着他，直到他静静地长眠于莱茵河畔那小小的公墓。

钟声再次响起……已是黎明之际！钟声遥相呼应，带着一丝伤怨，还有些凄凉，既友好和善，又静穆严肃。轻声细语中，牵出无数的梦境，有往事、欲念、希望和追思，孩子虽不认识它们，但确确实实是它们的化身，因为他是它们的转世，而现在它们也在他的身上获得重生。数百年的往事随钟声涌现出来，多少悲欢离合！当他在卧室里听到这音乐时，仿佛看见了美妙的音符在清新的空气中飘荡，看到无拘无束的飞鸟闪过，感觉到温暖的清风拂过。一抹云在蓝天上对着窗口微笑，几缕阳光透过帘子，温柔地倾泻在孩子的床上。孩子每天早上睁开眼能看到的世界，就是他最熟悉的小小乐园，那一切需要他费很大力气才能认识和记住名字的东西，都有了生命，在那闪闪发光。看！那是餐桌，那是他玩捉迷藏时爱躲的壁橱，那是供他自由爬行的菱形地砖，那是墙纸，上面的图案像是怪兽，正扮着鬼脸向他述说恐怖又可笑的故事，那是时钟，滴滴答答地讲些旁人都听不懂的话。房间里的东西可真多啊！他还没有完全认识它们。他每天都在他的小天地里，都可以发现新奇的东西，这个是属于他的小宇宙：这一切都属于他。而且都是举足轻重的东西：无论是一个人，还是一只苍蝇，都有各自存在的价值，都拥有平等生存的权利；猫儿、火苗、桌椅，还有在阳光照耀下随风飘舞的尘埃。一个房间就像是一个国家，一天便是一生。在这个浩瀚的宇宙里，怎样才能正确认识自己呢？宇宙何其广阔！非要迷失自我不可了。更何况还有那些面容、形态、动作、声音，就像是一阵无法驱散的旋风紧紧跟随着他！玩累了，眼睛慢慢地合上，他沉入了梦乡。

美妙的深沉的睡意会突然把他带走，无论何时何地，或是在他母亲的怀抱里，或是在他喜爱躲藏的桌子下……一切多么美妙，一切多么安逸……

这些生命早期的混沌的日子在他脑中熙熙攘攘，宛如一片麦田与云交相辉映，随风舞动着。

乌云消散，旭日照耀。克利斯朵夫在光亮的迷宫里重新找到了他的小路。

清晨……父母还在睡觉。他躺在小床上，仰望着光影在天花板上跳舞，这真是其乐无穷的游戏。不一会儿，他忽然发出爽朗的笑声，那是令人心驰神往的孩童天真的笑。母亲微微倾向他问："笑什么呢，小疯子？"于是他笑得更加欢乐了，或许只是因为有了听众，故意努力地笑。妈妈绷下脸把手指放在嘴边，示意他不要吵醒爸爸，可她疲倦的眼里也忍不住地透着浓浓的笑意。母子俩窃窃私语……突然，父亲生气似的嗯哼了一声，把他们给吓坏了。母亲连忙转过身去，就像犯了错的少女，故意装作睡着了。克利斯朵夫也迅速地钻进被窝屏住呼吸……屋子里死一般的沉寂。

没过多久，那张可爱的小脸又从被窝里露出来了。风标针在屋顶上随风打转，发出吱呀吱呀的声音。还能听到水斗滴滴答答的声音。清晨祷告的钟声也响了。东风吹来的时候，还与对面村庄里的钟声遥相呼应。成群的麻雀，停在爬满常春藤的墙上，叽叽喳喳，像是一群孩童在游戏着，那里边必定会有三四个声音，而且总是那三四个，胜过其他的声音，叫得最欢。一只鸽子在烟囱边上咯咯叫唤。孩子完全被这些美妙的声音迷住了，他慢慢地跟着哼起来，刚开始只是轻轻地，后来不知不觉声音大了一些，更大了一些，最后竟大声欢唱起来了，惹得父亲发火了，嚷道：“你这小驴子怎么总不安静！等着啊，我这就来揪你的耳朵！”于是他又藏到了被子里，也不知是要哭还是要笑。他被吓到了，感觉非常委屈。可这时他想到父亲把他骂作驴子就又忍不住要笑起来了。他在被窝里模仿驴叫。这一回可就真的挨揍了。他使出全身的力气来哭诉。他做错了什么啊？不就是想笑，想动！却不让动。大人怎么可以总是睡觉呢？到底要到什么时候才会起床呢？

有一天，他实在是憋不住了。他听到街上有猫叫声，狗叫声，还有一些奇怪的声音。他从床上溜下来，光着脚丫笨拙地从地砖上走过去，想到楼下去瞧瞧。可是房间锁住了。他爬到椅子上去开门，却连人带椅滚到了地上，摔得他可疼了，忍不住哇哇大哭起来。最后的结果还是挨一顿揍。他总是挨揍……

陪着祖父去教堂里，他觉得非常烦闷，没有自由，祖父又不让他乱动。那些人一起叽里咕噜，不知在念什么，之后又一起都静默下来。他们都装得一本正经、庄重严肃，一点也不像平时的他们。他观察着他们，不由得感到心虚恐惧。邻居的老太太列娜坐在他身旁，装得凶神恶煞，甚至有时他连祖父都不认识了。刚开始他有点儿怕，之后也就慢慢习惯了，自己就找各种方法来解闷。他摇晃着身子，不时抬着头对着天花板，做鬼脸，或是拽拽祖父的衣角，或是研究椅子垫上的草秆，还试图用手指在上面戳出一个洞来。有时听着鸟儿鸣唱，哈欠连天，差点儿下巴都要掉下来了。

突然，一阵瀑布似的声音倾泻而出：管风琴响了。他一个哆嗦，从脊梁传遍了全身。他转过身，下巴靠在椅背上，乖乖地安静下来。他完全听不明白那是什么声音，也不知道它意味着什么，只看到它在闪闪发光，还在旋转，可是什么也看不清。听着却很舒服！好像他不是待在沉闷的旧房子里，不是坐在这一个小时以来让他浑身难受的椅子上。他飘在空中，像只鸟儿，浩瀚如海的音乐在教堂里波涛汹涌，充盈着穹庐，冲击着四壁，他就跟随音乐声激情昂扬，振翅翱翔，东西飘荡，怡然沉醉。感觉多么自由，多么欢乐，周围都是阳光明媚……陶醉在其中他都快入眠了。

祖父对他的表现很不满意，因为他做弥撒时太不守规矩了。

他待在家里，坐在地上，双手抓着脚丫。他刚刚拿定主意把草毯当作船，把地砖当作河。他想象着只要走出草毯就会被淹死。可他看到家人在家里走来走去的时候若无其事，对此他感到又惊讶又生气。他一把拉住母亲的裙子说："你看，这可是水啊！为什么不从桥上走呢？"他口中的桥是那红色菱形地砖之间的一道道的沟槽。母亲没有理会他，径直走过去。他非常不高兴，就如同一个剧作家看到他的剧本正上演时舞台下的观众却谈天说地一样难过。

没过多久，他又抛开了这些想法。地砖不再是河了。他全身趴在上面，下巴靠在砖头上，哼着自己编的曲子，神情严肃地吸着大拇指，口水都流下来了。他目不转睛地盯着地砖中间的一条裂缝。菱形砖的线条对他做着鬼脸。那些小得看不清的窟窿多了起来，最后变成了群山环绕的山谷。一条蜈蚣在蠕动，大得像大象一样大。这时候天上打雷，他也完全听不见。

没有谁搭理他，他也不用理谁。就算是草垫船、地砖上的窟窿和怪兽都不需要。他自己的身体就够他玩了！他看着指甲，时不时发出几声大笑，经常可以看好几个钟头。这些指甲长得都不一样，如同他认识的人。他教它们一起说话、跳舞、打架。更何况身上还有很多其他部位！……他一件一件仔细观察起来。神奇的事物可真多！有的还真是稀奇古怪。他看着它们，完全入迷了。

可有时大人瞧见了他那个傻乎乎的样子，就又要狠狠训斥他一番了。

有段时间，他趁母亲一不留神的空当儿溜出家。刚开始大人追他，会把他抓回去；之后习以为常，也就不管他了，只要他别跑太远。他家已是在城边上，再往前差不多就是田野了。不过只要他还可以看到家里的窗户，他就会继续往前走，不慌不忙地一小步一小步地走着，稳稳当当，有时还单脚着地，跳着走。直到拐了弯，发现树枝挡住了视线之后，他才会赶紧改变主意。他停下脚步，吮着手指，琢磨着今天说哪个故事。他满脑子都是故事呢。那些故事都大同小异，不过每个故事都有好几种讲法。他便在其中选择。通常情况下，他说的是同一个故事，有时会从前一天停下的地方接着往下讲，有时也会从头开始，只是变一种讲法；但只要一点鸡毛蒜皮的小事，或是无意中听到了什么词，他都能找到新的故事线索。

到处都是供他玩乐的材料。就算是一根木头或是在篱笆墙上掉下来的断枝（如果眼下没有，就折一根下来），也可以找到很多玩的方法！那真是根魔法棒。如果树枝又直又长，就当它是一根长矛或一把利剑；随手一挥，好像能指挥地上的千军万马。克利斯朵夫成了将军，他身先士卒，冲在最前面，向山坡冲锋进攻。如果树枝柔软，就当它是一条长鞭。克利斯朵夫跃上马背，跳过悬崖峭壁。有时马跌了一下，骑士会摔下马掉进土沟里，他会垂头丧气地看着弄脏了的手和擦破了皮的膝盖。如果树枝很短很细，就当它是指挥棒，克利斯朵夫担任乐队指挥；他是指挥，又是乐队；他一边指挥，一边唱起来；结束之后他就对灌木丛行礼，树丛绿色的尖头会随风向他频频点头。

他还是魔术师，迈开大步在田地里走，仰望天空，挥舞双臂。他指着云朵命令它们："往右边去。"可它们偏要往左。于是他咒骂一通，重新发号命令；他用眼角余光偷偷瞟着，心怦怦乱跳，想看看有没有一块云听了他的指挥。可它们仍是不管不顾地往左。于是他跺跺脚，拿着棍子恐吓它们，气冲冲地命令它们往左。果然，这一次它们就真的听话了。他因自己的神力而骄傲自满。他指着花一点，命令它们变成金色的四轮车，正如童话中描述的那样，即使这从未实现过，可他相信只要不断坚持，迟早会成真的。他找来一只蟋蟀，命令它变成一匹马：他把棍子轻轻地放在它的背上，还一边念着咒语。蟋蟀要跑……他就挡住去路。没过多久，他躺在地上，挨着蟋蟀，看着它。他完全抛开了魔术师的身份，就把可怜的虫子翻滚玩弄着，看它扭动着身子，哈哈大笑起来。

他突发奇想把一根旧绳子系在他的魔法棍上，之后郑重其事地把它扔到河里，等着鱼儿上钩。他非常清楚鱼不会来咬没有鱼饵、钓钩的绳子，但他认为鱼儿会看他的面子破例一次，他太过自信，甚至还把鞭子塞到街上下水道盖的裂缝中去钓鱼。时不时拉一下鞭子，异常激动，感觉这次绳子要沉一些，肯定是拉到了什么宝贝，正如祖父的故事里讲的那样……

他做这些游戏的时候，经常会懵懵懂懂地走神。身旁的事物都不复存在，他也不清楚自己在干什么，有时都会把自己给忘了。这种状况总是突如其来。有时候是在路上，有时候是在上楼，脑子里就会突然陷入一片空白……似乎什么想法都没有了。缓过神来的时候，他晕晕乎乎，发现自己还处在原地，在昏暗的楼梯上。才跨过几级阶梯，却感觉已经过了整整一生。

黄昏时分，祖父出去散步总会带上他。孩子拉着老人的手跟在后面急急忙忙地小跑。他们走过一条条乡间小路，穿过开垦好的农田，浓郁的芳香扑鼻而来。蟋蟀在欢叫，一只大乌鸦停在路边远远地望着他们，等靠近了，又笨拙地扇动翅膀飞走了。

祖父清了清嗓子。克利斯朵夫非常清楚这是什么意思。老人极想说故事了，可故意要孩子求他。克利斯朵夫马上如他所愿。他们俩配合相当默契。老人十分喜爱孙子，这个忠实的听众让他异常欣喜。他爱说他自己的往事，或是古往今来各个大英雄的传奇故事。那时，他异常激动、激情澎湃，他带着孩童般的喜悦心情、颤抖的声音，想压也压不下去。他自己都沉浸在其中，乐此不疲。可是，每次等到他要开口，却总也找不到合适的词，那是他长久以来的烦恼，只要准备高谈阔论的时候，就说不上话来了。不过他都是事后就忘得一干二净，所以从没有气馁过。

他讲到过古罗马执政官雷古卢斯、公元前的日耳曼族首领阿米奴斯，还有德国大将吕佐夫的轻骑兵、诗人克尔纳，还有那个想刺死拿破仑皇帝的施塔普斯。一讲到那些空前绝后、惊世骇俗的壮烈事迹，他就异常兴奋、容光焕发。他说着许多的历史名言，却用庄严的语调，怎么也让人无法理解；他有自信可以让听众在紧要关头急不可耐，故意在紧要关头停下来，假装回不过气来了，一个劲地擤鼻涕。孩子等急了，扯着嗓子求着："然后呢，祖父？"那时，老人乐得合不拢嘴，心都快要蹦出来了。

等到克利斯朵夫长大一点之后，摸透了祖父的脾气，就故意装出一副不关心故事下文的模样，使得祖父为此非常难过。不过眼下，他是完全被祖父的故事深深吸引了。听到激动之处，就会热血沸腾。他不知道都讲了谁，也不知道那些故事发生在什么时候，更不知祖父是不是认识阿米奴斯，也不知雷古卢斯是不是上个礼拜日他在教堂里看到的那个人，但是英雄们壮烈的事迹都已经让他和老人振奋不已、心花怒放了，好像那些事是他们自己做的。因为老的少的都如同孩子般稚气。

克利斯朵夫不太满意的地方，就是祖父讲到激动人心之处，总会念念不忘要说教一番。都是一些关于道德的训诫，老生常谈地劝人向善，比如“温良胜过强暴”“荣誉比生命更珍贵”和“宁善毋恶”。可被他这样一说，意义更加复杂难懂、模糊不清了。祖父不担心年轻孙子反感，仍旧夸大其词、不厌其烦地说着同样的话，话也理不清，或许是说教的时候把自己都绕晕了，就随口乱说，来填补思想的空白；他还会加上一些手势来加强说话的气势，可手势的意义却总是和内容相反。孩子经常毕恭毕敬地在一旁听着，认为祖父很会讲道理，只是稍微啰唆、沉闷了点。

那个征服过欧洲的科西嘉人传奇的故事，是他们经常提到的。祖父曾经认识拿破仑，差点就和他对战了。然而祖父懂得欣赏对手的伟大，他强调过无数遍：如果这个伟大的英雄能够生在莱茵河的这一边，他都愿意奉献自己的一条手臂，可是天不遂人愿，拿破仑偏偏生在法国那一边，于是祖父只能欣赏他，与他交战，就是之前说的差点儿和拿破仑交锋。当时拿破仑距离祖父的阵地只有四十多里，祖父他们是被派去迎击敌人的，可是突然，那军队慌乱起来，窜到树林里去了，大伙边逃边喊：“我们上当了！”根据祖父说的，他想方设法地想阻止残兵溃逃，跑在前面吓唬他们，但结果是白费功夫，自己反而被他们像潮水一样席卷着成了逃兵。到了第二天，距离战场已经很远了，于是他就把溃败的地方称作战场。克利斯朵夫急不可耐想要祖父接着讲大英雄的战功，他想着那些在世界上东奔西跑的英雄人物完全入迷了，感觉拿破仑就在他眼前，后面跟着千军万马，他们还高喊拥戴拿破仑的口号，只要拿破仑一挥手，他们就像风一样向前追击，那敌人就望风而逃了。那简直就是童话世界。而且祖父还给他锦上添花加了一些情节，让故事更加出色了：拿破仑征服了西班牙，还差点征服了祖父最讨厌的英国。

克拉夫脱老人热情洋溢地讲故事时，还不免会对他心目中的大英雄发表几句愤愤的牢骚。那是因为他的爱国热忱有时觉醒了，在讲到拿破仑败北的时候，那爱国情绪比讲到耶拿战役普鲁士大败时更加高涨。他停下来，对着莱茵河挥着拳头，不屑地吐唾沫，还特地找些文雅的词，因为他决不说粗俗的话。他骂拿破仑是坏蛋、野兽、缺乏道德的人。如果祖父这样骂是为了培养儿童的正义感，那恐怕得承认他的计划落空了，因为孩子按照自己幼稚的逻辑分析得出："如果这样的大英雄都没有道德，那说明道德并不算什么，还是当个大英雄最重要。"可老人是万万没有想到孩子会有这样的想法。

他们俩都沉默下来了，都在用自己的方法回味着那些振奋人心的传奇故事。不过有时候祖父在路上碰见也出来散步的贵族学生的家长，就会停下来远远地站在一旁，不仅向他们深深鞠躬，还不断地说一堆客套恭维的话。孩子听了这些，都会不知不觉感到脸红。实际上，祖父内心是尊敬达官显贵的，尊敬"成功人士"的，所以他会如此崇拜他故事里的大英雄，也许就是英雄们比别人的成就更加辉煌、地位更加显赫。

天很热的时候，老克拉夫脱就靠在树下乘凉，没多久就打起盹儿来了。克利斯朵夫坐在他身边，或是坐在一堆杂乱的石子上，或是坐在一块界石边，或是坐在一个稀奇古怪、高出地面的地方；他晃动着两条小腿，小嘴里哼着小曲，脑袋里胡思乱想。又或者是仰面躺着，望着飞跑的云朵，感觉它们奇形怪状：像牛、像巨人、像帽子、像老太太、像美如画卷的风景。他对云儿低声细语，担心那朵朵小云要被大云吞没；他害怕那些黑得发蓝和跑得太快的云。他觉得云朵在生命中占有非常重要的地位，可为什么祖父和母亲一点也不在意呢？如果那些云起了坏心眼，那肯定会非常可怕。幸好它们跑过去了，真是傻里傻气、滑稽可笑，也不停下来歇息。孩子终于看得太久了，头昏眼花，手脚乱动，感觉要从半空中掉下来。他眨着眼睛，有点瞌睡了……四周静悄悄，树叶在阳光下随风微微颤动，淡薄的水汽在空气中飘散，迷了路的苍蝇在旋转乱舞，嗡嗡乱成一片，就像大风琴在奏鸣；蟋蟀陶醉在炎热夏日的微风中，刺耳愉悦地欢叫着，慢慢地四周安静下来……树枝上的啄木鸟，发出奇怪的叫声。在远处的平原上，有个乡下人在吆喝他的牛，马从茫茫的路上走过，发出咯噔咯噔的蹄声。克利斯朵夫闭着双眼。在他身旁，一条沟槽里横着一根枯枝，一只蚂蚁往上爬着。他迷迷糊糊……仿佛几个世纪过去了。醒来之时，蚂蚁竟然还没有爬完那根短短的枯枝。

有时祖父睡得太久，他的脸绷得僵硬，鼻子拉得更长了，嘴巴张得很大。克利斯朵夫非常担心地看着他，生怕他的头会变成什么怪模样。克利斯朵夫放声唱歌，或者故意从石子堆上滚下来，发出稀里哗啦的声音，想把祖父惊醒。有一次，克利斯朵夫想到用松针去扔他的脸，骗他说是从树上掉下来的。老人信以为真，克利斯朵夫暗自发笑。他想再玩一次，没想到才举手就看到祖父睁开眼瞪着他。这回可真糟极了，老人是非常严肃的人，绝不允许别人和他开玩笑，对他失敬，祖孙俩竟然为此冷战了长达一个多星期。

路越坏，克利斯朵夫会觉得越舒服。对他来说，每块石头的位置都有独特的意义，而且他把每一块石头的意义都熟记于心。车轮压过地面留下的痕迹相当于起伏的山地，如同陶努斯山脉。房屋方圆两公里以内的路上坑坑洼洼，犹如一张地形图印在他脑子里。所以每次他改变一下那些小沟，总觉得自己干了一件大工程，非常得意，当他用脚后跟把凸出的干泥踩平，把旁边的小坑填满的时候，也就觉得那一天没有白白浪费。

有时在路上碰到一个乡下人赶车经过，要是祖父认识，他们就搭便车。真是像在人间天堂一样。马飞奔着，克利斯朵夫乐得一路直笑，若是还有别的路人，他就会装出满不在乎、极其严肃的表情，好像是坐惯了车子似的，可他心里其实得意得很。祖父和马车的主人闲谈，没有管孩子。他蹲在他们的腿中间，快被夹坏了，只有那么一点位置给他坐，经常是没有坐到，可他已经非常高兴，还大声说着话，也不管是否有人回答。他观察到马的耳朵在摇晃，那耳朵真奇怪！它们一下甩到左边，一下又甩到右边，一下向前，一下又转到侧面，一下又往后倒，它可以朝四面八方活动，而且还晃得那么滑稽，让他忍不住大笑起来。他拉着祖父看。祖父可没这样的兴致，把克利斯朵夫甩开，叫他不要胡闹。克利斯朵夫认真思考着，发现人长大之后，都没有好奇心了，他觉得人长大了就已经神通广大、无所不知。于是，他也装作大人，把自己的好奇心藏起来，装出若无其事的模样。

他不再说话了。马车轮子的滚动声，让他昏昏欲睡。马的铃铛叮咚叮咚地在空中飘荡着，就像是一群蜜蜂跟着车轮的节拍，很轻快地在四周飘荡着，其中有无数的歌曲，一支又一支连续不断怎么也唱不完。克利斯朵夫觉得极其美妙，中间有一首特别优美，他想吸引祖父一起欣赏，便大声唱出来。可是他们还是没有注意。于是他急了，便提高了声调继续唱，接着唱个不停，就像在喊叫一样。老约翰·米歇尔很生气地说道："嘿，你能不能闭嘴！就像个大喇叭，要把人弄晕了！"这会儿他被当头泼了一盆冷水，满脸通红，连鼻子都羞得红透了，像受了很大委屈似的默不作声了。他觉得他们两个老糊涂了，连上天赐予的美妙音乐都不懂得欣赏！还有他们好丑，好几天都没有刮胡子了，身上还有股刺鼻的气味。

他只得看着马的影子解闷。影子真是一个奇怪的景象。黑乎乎的马侧身平躺在路上向前飞奔。晚上回家，它还挡住了很大一片草地，碰上了草堆，影子什么的还爬上去，过了之后就又回到地上了；马的口环拉得很大，像快要破的气球；耳朵长长的、尖尖的，像一对蜡烛。难道这真的是影子吗？或许是其他什么生物呢？克利斯朵夫极其不敢独自一个人碰上它。他更不敢跟在它后面跑，就像有时追着祖父的影子，站在影子的头上踩几脚。夕阳下的树影也同样引人深思，如同横在路上的栅栏，像一些阴沉、恐怖、丑恶的鬼怪拦住去路说："不准往前走了。"嘎嘎吱吱的车轴声和咯噔的马蹄声也呼应着："不准走啦！"

祖父和赶车的人总是聊起来就没个停。他们时不时还会提高音量，特别是谈到当地的政治，或是别人妨害公德的事。孩子停止了幻想，满心忧虑地看着他们，以为他们俩较真生气，怕他们拳脚相向。可实际上，他们因为公愤正聊得非常投机呢。通常情况下，他们也没真的生气，也没有什么激动的情绪，只是故意在大喊大叫，因为叫喊也是普通百姓的权利和乐趣。然而克利斯朵夫听不懂他们在说什么，只是感觉他们扯开嗓门、粗鲁叫骂，脸都扭在一堆了，他顿生忧虑，心想：他的表情多么凶恶啊！他们一定是非常憎恨对方，看他的眼睛睁得圆鼓鼓的！嘴巴也张得大大的！他气得口水都喷到我脸上了。天啊！他想要杀死祖父了……

马车停下来。乡下人说道："好了，你们到啦！"两个老对头握了握手。祖父先下了车，乡下人把孩子递给他，长鞭一挥，扬长而去。祖孙俩又回到莱茵河旁边低洼的路边。太阳朝田里缓缓沉下去。小路弯弯曲曲的，差不多和水面一样高。稠密柔软的草丛，在脚下窸窸窣窣地弯下了腰。榛树的半截身子已经淹在水里，俯看着自己在水中的倒影。一群小苍蝇像乌云一样在周围盘旋着。平静的河流上漂过一条小船，流水悄悄地推送着它向前驶去。水波衔着柳枝，唧唧作响。暮霭重重，空气清新凉爽，河水泛着银灰色的光辉。一到家里，只听见蟋蟀在鸣叫。一进门便看见母亲温柔慈爱的脸庞在微笑……

啊，美妙的往事，熟悉的形象，如同和谐的音乐，让人魂牵梦萦，终生难忘……要说在后来的旅途中，虽然见过名城古迹、汪洋大海，也有梦幻般的景象，也有爱人的丽影，可都比不上这些儿时散步时的回忆那么刻骨铭心，甚至还比不上他每天把小嘴贴在窗上嘘满了水汽看到的那些模糊的风景……

此时正是各家各户都房门紧闭的黄昏时分。家，是庇护所，可以挡住一切可怕的事物。把阴影、黑夜，恐怖和所有无名的事物都给挡在外面了。任何一个可怕的东西都没有办法闯进来……熊熊炉火，金黄色软绵绵的鹅肉在铁杆边打转。整个屋子都散发着油香与肉香。饱餐的愉悦，满满的幸福，宗教似的热情，让人欢快得手舞足蹈。家庭的温暖，亲人的声音，白日的劳累，都让疲惫不堪的身子懒洋洋地逐渐放松下来。消化食物让人心醉神迷，脸庞，阴影，灯罩，黑乎乎的壁炉中飞舞跳动的火舌，所有的事物都有神奇可喜的形状。克利斯朵夫把脸颊搁在盘子上，享受着这种快乐……

不知道怎么的，他竟然躺到暖和的小床上去了。疲倦快把身子压倒了，他完全累坏了。房间里嘈杂的声音和白天所见的景象在他脑海翻滚搅动。父亲开始拉小提琴，高音尖锐地划破夜空，柔和的音乐在夜里如怨如诉。可最甜蜜幸福的是母亲温柔地握着半睡半醒的克利斯朵夫的手，俯在他的身上，顺着他的话哼着一首没什么意思的老曲。父亲总是说那种曲子完全是傻瓜唱的，可是克利斯朵夫还是百听不厌。他屏住呼吸，想哭又想笑，完全沉醉在其中了，他都不知道自己身处何方，只感觉到温情脉脉，他用小手臂绕过母亲的脖子，紧紧抱住她。她笑着说："你是要勒死我吗？"

他把她搂得更紧了。他多么爱她！多么爱一切！一切的人和物！一切都是美好的，一切都是神奇的……他睡熟了。蟋蟀在灶里直叫。祖父的故事，英雄的面容，都在幸福的夜里飘荡……如果能成为那样一个大英雄该有多好……是的，他长大肯定能成为大英雄！他现就是了……啊！活着多么美好啊！

这个小家伙，有用不完的热情，多么欢乐和骄傲！生命力旺盛地迸发着！他的身体和心灵都在不断地跳动，循环往复，令他无法停歇。他就像是一条小火蛇，整日整夜在火焰中跳舞。永不枯竭的热情让他对一切都充满兴奋的热情。如痴如幻的梦境，喷涌四溅的泉水，无穷尽的希望，还有欢歌笑语，让人永远沉醉其中。人生还没有被禁锢，随时都可以躲过去，他在广阔的宇宙中畅游驰骋。多么幸福！他生来就该是幸福的！他无比自信将拥有幸福，并且全心全力地努力去追求幸福!

然而，生活很快就会让他懂得：人生还有很多苦难。

第二部

天已大明，曙色仓皇飞遁，

远听宛似海涛奔腾……

——《神曲·炼狱》第一

克拉夫脱家的祖上是安特卫普。老约翰·米歇尔年少时期冲动易怒，经常打架，有一次闯了大祸，只能流落他乡。大概在半个世纪以前，他孤身一人来到这个亲王管辖的小城，红红的屋顶、尖尖的屋脊、浓荫茂密的花园，错落有致地分布在蜿蜒起伏的山岗上，倒映在灰绿的莱茵河里。于是在这住下来了，因为他是个很有才华的音乐家，于是来到这个音乐小镇后就受到欢迎，而且被赏识提拔。四十岁之后，他娶了王府乐队指挥的女儿克拉拉·萨多罗斯，在这里扎下了根，之后他接了班，继承岳父的工作。克拉拉是个性情温和、娴静懂礼的德国姑娘，生来就喜好烹饪和音乐。她崇拜丈夫的程度，只有对父亲的那种敬爱可与之媲美。约翰·米歇尔同样钦佩妻子。他们相亲相爱、和和美美地生活了十五年，生了四个孩子。克拉拉后来去世了。约翰·米歇尔痛哭了好几场，再过了五个月，他娶了奥蒂丽·苏兹——一个二十岁的姑娘，她是个气色红润，身体结实，脸上长挂着笑容的女人。奥蒂丽和克拉拉一样贤惠，而约翰·米歇尔也同样非常爱她。结婚八年之后，她也死了，她为他生了七个孩子。所以约翰·米歇尔总共有十一个儿女，最后只有一个孩子活了下来。他虽然也很疼爱孩子，可这些接二连三的打击也没有改变他追求快活的脾性。最残忍的打击算是三年前奥蒂丽的死，在那个年纪，重建家庭对他来说已经是极其不容易了。可是悲痛过后，老约翰·米歇尔又下定决心了：无论什么灾难与困苦都不可能打破他心灵与精神上的平衡。

他是个感情丰富的人，而他最看重的一点就是健康。他向来不喜欢愁闷，渴望佛兰德人式的狂欢，笑起来有孩童般的模样。不管是碰到什么样的伤心事，他都不会少喝一杯酒，不会少吃一口饭，音乐更是不会放弃的了。在他的指挥下，王府乐队在莱茵河地区开始小有名气，而约翰·米歇尔如运动员一般的强健体魄与易怒的脾气，也是众所周知。他总是没有办法克制自己，即使他已经尽力而为了。他性子暴躁、内心怯懦，常担心名誉被损；他循规蹈矩，怕人批评，可是他常常意气用事，一旦血性大发时就会在突然间暴跳如雷，不论是在排练，还是在音乐会现场，有时就算当着王府贵族的面也会愤愤不平地摔掉他的指挥棒，会像发疯一样乱跳，破口大骂，把出岔子的乐师骂得狗血淋头。亲王看着只觉得有趣，可被骂的音乐家难免不会记恨他。事后，约翰·米歇尔又觉得很惭愧，便去谦恭地道歉想让人释怀，但没有用，一旦碰上那种时机，他又会马上发作。年纪越大，这暴躁动怒的脾气越发严重，一直这样下去的话，他的地位就摇摇欲坠了。他自己也发现了这一点，有一次，他又大发脾气，乐队差不多集体罢工，他这次主动提出辞职，可心里盼望着亲王看在他是老前辈的面子上挽留自己，让自己继续留下，但事实正与此相反。他又是个高傲的人，不会反悔求饶，就只能硬着头皮辞职了，心里骂着人家忘恩负义。

从那时起，他就不知道怎么打发时间。虽然七十多岁，可是身体还很强壮，他闲不下来，从早到晚在城里跑来跑去，上音乐课，与人争论，夸夸其谈，或是管别人的闲事。他思维活跃，用各种各样的方法来消磨时间：修理乐器，还做了很多改善乐器的实验，也成功过几次。他也作曲，费尽心思要作出好的曲子。以前他写过一首曲子叫《弥撒祭乐》，他经常引以为傲，称它是家族的荣光。他当时作曲时费了不少心血，差点就中风。他自欺欺人，说那是一首出色的曲子，可他明明十分清楚自己创作那首曲子时内心是极其空虚的。他没有勇气再去看原稿，因为只要一看，就会发现那些所谓奇妙独特的句子都是别的作曲家的音乐的某些片段，那是他好不容易东拼西凑弄出来的。这就是他最大的痛苦。有时候他突然有很多想法，想要创作出来，于是赶紧奔向书桌，心想这下子肯定可以抓住灵感了。可是一拿起笔，脑袋里就又一片空白，旋律也消失得无影无踪了，他费劲地试图把消散的乐音追回来，可是就只听到无人不知的门德尔松或勃拉姆斯等人的曲调。

乔治·桑曾说："有些人真是不幸，虽是天才却缺乏表现力，就像那位结巴的大人物姚弗洛哀·圣伊兰尔一样，他们深思熟虑得来的思想却只能成为秘密被带进坟墓里去。"约翰·米歇尔就是这种人。和他的语言表达能力一样，他的音乐才能也并没有很好地表现出来，可他一直孜孜以求：想要口若悬河、创作出伟大的作品，想要成为一名大演说家、大音乐家。但这种无能为力去实现抱负的无奈和痛楚，他不能向谁倾诉，更不敢承认，他费尽全力不去想，可总忍不住去想，一想就又灰心丧气、绝望透顶。

可怜的老人！无论是什么方面，他都不能百分百表达出真实的自己，他身上埋藏着很多美丽而充满活力的种子，却没能开花结果；对艺术的尊严和人生的价值，有着深刻动人的信仰，却总是用那些过于夸张或者滑稽可笑的方式来表现；他多么希望傲视一切，但在现实生活中却对权贵低声下气；非常渴望独立自主，结果却是绝对顺从；自命不凡，可事实上却非常迷信自己；既崇拜英雄的精神气概，也并非没有勇气，可是却如此胆小懦弱！他的性格真是各占一半，还没有发展完全。

于是约翰·米歇尔就把希望寄托在儿子身上。曼希沃刚开始也表现得很好，前途一片大好，他从小极富音乐天赋，学习对他来说轻而易举，提琴的技艺很快就熟练了，大家在音乐会上吹捧他，当他是偶像来崇拜。他还很会弹钢琴，其他的乐器也会。他能说会道，身材很好，即使有点笨重，可确确实实属于德国人崇拜的古典美那一类：宽广的额头，粗线条的棱角，五官端正，胡子卷曲，就像是生活在莱茵河畔的朱庇特。老约翰·米歇尔对儿子的成就非常满意，简直为了他的高超演技着了迷。对曼希沃来说，表现思想没有什么困难，不幸的是他根本就没有思想，甚至也不想有。他就像一个庸碌的喜剧演员，只注重表演技巧中声调的抑扬顿挫却从不关心表演的本质，只是非常焦急而又虚荣地把关注的焦点放在观众的反应上。

最奇怪的是，他虽然和约翰·米歇尔一样，非常看重当下观众的回应，也循规蹈矩地遵守社会的礼仪规矩，却总是莽撞地超越常规，往往会有出其不意、糊里糊涂的表现，大家看了都说克拉夫脱家的人都有些神经质。起初觉得也没什么大问题，不碍事，因为感觉古怪恰恰说明了他们是天才。一般来讲，一个平凡的艺术家是不会有这样的表现的。可是过了不久之后，大家就知道他癫狂的真正原因：这种表现的根源是那手中的酒。尼采说酒神是音乐之神，曼希沃也坚信事实就是如此，不幸的是他的酒神是无情的，它非但没有赐予他缺少的思想，反倒把他仅有的一点理性也剥夺了。结上了那门所有人包括他自己都觉得荒唐的亲事之后，他就越发不可收拾、没有节制了。他不再练习，自认为技艺高超无须再练了，结果把仅剩的所谓高人一等的才能都很快磨完了。紧接着，有一大批其他的演奏家冒出来，被群众追捧着，他为此非常伤心，可并不发愤图强地去追赶，反倒更加堕落，和一帮狐朋狗友诋毁对手当作报复。他狂妄自大、盲目自信，满心欢喜准备继承父亲做乐队指挥，结果是别人做了指挥，他便认为是被人挤压陷害，于是装出一副怀才不遇的样子。老克拉夫脱的名声，让他在乐队里保住了提琴师的职位，可教课的工作完全丢了。这个打击肯定大大伤害了他的自尊，特别是影响了他的金钱收入。这几年，时运不济，家庭的收入差不多只有以前的一半。过完了家境富裕的日子，苦日子来了，而且一天不如一天，情况越来越糟。曼希沃还是不管不顾，他在穿着打扮与享乐方面还是没少花一分钱。

他心眼并不坏，还保留着那么几分善良在里头，这或许更加糟糕；他本性懦弱，没有什么脾气，也没有毅力，还总认为自己是慈父、孝子、贤夫、善人；也许他真的是慈父、孝子等等，如果要做到这些，只要有种婆婆妈妈的好心，只要像动物那样爱一切和爱自己。而且他也不算是非常自私：他没有自私的资本。他是哪一类人呢？也许什么都不是。这种什么都不是的人真是世界中最可怕的？

小克利斯朵夫开始懂事的时候，正是家里经济状况最困难的时候。那时家里已经不止他一个孩子。曼希沃让妻子每年生一个孩子，完全不管将来怎么生活。有两个很小就死了，剩下两个现在恰好是三岁和四岁。曼希沃没有照顾过他们。路易莎要出去做事的时候，就不得不把他们交给克利斯朵夫，他现在已经六岁了。

克利斯朵夫为了照顾弟弟做出了不小的牺牲，他下午不再有时间到田野里去玩。幸好，人家拿他当大人看，对此他很开心，于是就有模有样地担当起照顾弟弟的责任来。他努力逗小兄弟们玩儿，做游戏给他们看，像大人一样哄着他们，要不然就学大人轮流抱他们，重得不行，他就咬紧牙关，使劲把小兄弟搂在怀里，防止其跌倒。他们两个总是要抱，克利斯朵夫没有办法抱的时候，他们就一直拼命地大哭。他们总是惹麻烦，弄得他手足无措。他们总是弄得很脏，需要收拾、照顾，克利斯朵夫不知如何是好。他们经常欺负他。有时候他真想揍他们，但转念一想，“他们还小呢，不懂事”，便毫不在意任他们玩闹、抓打、耍弄。恩斯德会莫名其妙地大喊大叫、跺脚、满地打滚，他是个神经质的孩子。路易莎叮嘱克利斯朵夫不要和他较劲。洛陶夫则是一只狡猾的猴子，总是趁克利斯朵夫手里抱着恩斯德的时候，在他背后捣乱，或是砸玩具，或是把水打翻，或是弄脏衣服，又或是在壁橱里乱掏，把碗碟弄得摔碎在地上。

洛陶夫过分调皮捣乱让母亲回来不会夸奖克利斯朵夫，虽然也不会责怪他，只会对着家里一片狼藉的情形说：“可怜的孩子，你真不能干。”

克利斯朵夫受了委屈，心里非常难过。

路易莎不会放过任何一个挣钱的机会，人家结婚或是孩子受洗的时候，她仍旧出去当厨娘，帮着做酒席。曼希沃假装不知道，因为这伤到了他的自尊心，只要瞒着他去做，他也就不生气。小克利斯朵夫还一点都不了解生活的艰苦，他没有受到什么约束，想做什么就做什么，除了父母有时会管管他，可父母的管束并不是很严，也差不多是任其自由生长的。他只希望快点长大，那样就可以做自己想做的事情。他哪里知道，每一步都会碰到障碍，就连父母也常常身不由己。他第一次发现有人可以傲慢粗鲁地发号命令，而有些人却只能低声下气俯首听命，而他家里的人并不属于前者，他热血沸腾的反抗情绪被激活了：这是他人生中的第一次苦难。

那天，母亲给他穿了最干净的衣服，那是别人施舍的旧衣衫，路易莎很聪明，用巧妙的方法改过了。按照她的吩咐，他到她工作的人家里去接她。他一想到自己要一个人进去，不免有些害怕。一个仆人在门洞边闲逛，拦住了孩子，用大人的语气问他来干什么。克利斯朵夫红着脸，照母亲嘱咐的话，含含糊糊着说“找克拉夫脱太太”。

“克拉夫脱太太？找她做什么，克拉夫脱太太？”仆人故意取笑他，说到“太太”两个字时还特地加重了语气。“她是你母亲吗？路易莎在厨房，你从那边过去，走廊的尽头就是厨房了。”

他顺着那个方向走进去，脸越来越红；听见别人直呼母亲的小名，觉得非常难为情，难堪窘迫到了极点，真恨不得马上逃到他喜爱的河边、躲到平常自己编故事的树下。

一进厨房，别的仆人又围上来，吵吵嚷嚷地招呼他。母亲在最里边挨着炉灶的地方，对他笑着，温柔又带点不好意思。他跑过去扑到她的腿中间。她戴着一条白围裙，拿着一把大木勺子。她把他的下巴抬起来，给大家看他那稚气的脸，还叫他去和在场的人握手问好，这样一来他更加紧张了。他不愿意，就扭转身对着墙壁，用手把脸蒙住。可是，之后胆子慢慢大了起来，从手指缝里露出一只亮闪闪笑盈盈的眼睛，可一看到别人在看他就又马上躲起来了。他偷偷地打量着厨房里的人。母亲是里面的重要人物，那忙碌的神态，他从来没见过；她到每只锅子前瞧瞧，尝尝味道，提提意见，很有把握地解释着烹调的技巧，这户人家里原来的厨娘在一旁恭恭敬敬地听着。厨房很漂亮，摆放着琳琅满目的铜器；孩子看到母亲在这个地方受到尊重、受人佩服、担当重要角色，他打心眼里非常骄傲。

突然，大家停止了说话。厨房的门开了，一位贵妇走了进来，身上紧绷绷的衣服窸窸窣窣响着，不大放心地瞧了瞧四周。她年纪已经不轻，但还穿着宽袖浅色衣衫，用手提着衣摆，怕弄脏了衣服。她还走到灶前，看看菜色，尝尝味道。她微微抬起手臂后，袖子一滑，胳膊肘上的肉露出来了：克利斯朵夫觉得很难看，很不雅观。她对路易莎说话的语气非常生硬刺耳，一点也不客气！而路易莎回答她又是多么毕恭毕敬、低声下气！克利斯朵夫看着愣在那，没法理解。他躲在角落里，不想让别人看到，可并不管用。太太询问这个男孩子是谁，路易莎便过来拉他，要他去和太太打招呼，抓住了他的手，免得他再把脸蒙起来。克利斯朵夫虽然很想挣脱跑开，可他感觉，这一次不管怎么样都没有办法再抗拒了。太太望着吓坏了的孩子的脸，先是和气地对他笑了笑，之后就又马上拿出长辈的神气，问他的品行、宗教等一些问题，他都以沉默对答。她还查看衣服怎么样，路易莎马上说特别好，还顺手理了理他的衣服。克利斯朵夫顿时感觉一紧，差点要叫出来。他不理解母亲为什么要向那位太太道谢。

太太拉着他的手，说要带他去和其他的孩子玩。克利斯朵夫望着母亲，向她求救，可是看她对女主人巴结的神态，他知道没有一点希望，只得跟太太走，就像一头被牵进屠宰场的小羊。

他们走进一个园子，看见一男一女两个孩子正满脸的不悦，差不多和克利斯朵夫一样大，好像在吵架。克利斯朵夫一来，倒是转移了他们的注意力。两人靠拢一起打量这个新来的孩子。太太走了，把他一个人丢在那儿，克利斯朵夫傻傻地站在小路上，低着头。那两个孩子在几步之外，从头到脚打量着他，还互相碰碰肘子，指指点点，咯咯地笑起来。最后他们下了决心，问他是谁，从哪儿来的，父亲是干什么的。克利斯朵夫怯生生的一声不吭，怕得快要哭了；那个梳着两条辫子、穿着短裙、露出两条小腿的小女孩，尤其让他觉得害羞。

他们玩了起来。克利斯朵夫好不容易稍微有些放松的时候，那位小少爷突然站到他跟前，扯着他的衣服说："哈！这是我的！"

克利斯朵夫觉得一头雾水。听说自己的衣服是别人的，他很不高兴，使劲地摇头表示否认。

"我还能认出来呢！"那个少爷说，"这是我的旧蓝上衣，这儿还有块污迹没有洗掉呢。"

他用手指碰碰污渍，之后他又上下打量着，盯着克利斯朵夫的脚，问他那满是补丁的鞋头是怎么补的。克利斯朵夫的脸涨得通红。小姑娘噘着嘴低声对她的兄弟说："他是个穷小鬼。"这回克利斯朵夫可找到话来回击了。他哽着嗓子结结巴巴地说，他是曼希沃·克拉夫脱的儿子，母亲是出名的厨娘路易莎。他以为这个称呼和别的称呼一样好听，而且还觉得理由充分；同时还以为这样一说，可以驳回他们那种瞧不起人的偏见。看那两个孩子，显然被这个消息逗乐了，还是一样瞧不起他，甚至他们还用盛气凌人的语气问他将来准备做什么，厨子还是车夫。克利斯朵夫又默不作声了，感觉有块冰刺到他的心里，冰凉冰凉的。

这两个富家孩子突然对穷小子生起了一种残忍又莫名其妙的儿童间的反感，见他默不作声就更加大胆了，想方设法来折磨他。小女孩尤其放肆。她看出克利斯朵夫穿着紧紧的衣服没有办法跑动，就出了一个鬼主意，要他来玩跨栏的游戏。他们用小凳堆起来做跨栏，叫克利斯朵夫从上面跳过去。可怜的孩子不敢说不跳，便使出力气硬着头皮往前一冲，马上摔倒在地，只听见周围爆出阵阵笑声。他们要他再跳一次。他双眼含泪，拼尽全力使劲一跳，这一次居然跳过去了。可是他们还不满意，说跨栏不够高，于是往上面再添上一些障碍物，砌成一座小山。克利斯朵夫很生气开始反抗，说不再跳了。小姑娘便说他是胆小鬼，说他害怕。克利斯朵夫听她这样说非常受不了，明明知道肯定会摔跤，还是跳着摔到地上。他的脚碰到了障碍物，所有的东西都掉到地上了。他擦破了手，脑袋也差点就撞破了，而最倒霉难堪的是，他的衣服都破了，膝盖上还有其他地方的衣服都裂开了。他恼羞成怒，又发现两个孩子高兴得围着他跳舞，他心里难过极了，觉得他们看不起他，憎恨他……这是为什么？为什么？他真想去死了！最大的痛苦莫过于孩子第一次发现别人对他的恶意，他感觉全世界的人都在迫害他，他无依无靠，一切都完了，完了！

克利斯朵夫想要爬起来，男孩子推了他一下，又跌倒在地了，小姑娘还踢了他几脚。他试着再爬起来，两个孩子却一起扑在他身上，坐在他背上，把他的脸往土里摁。于是他发火了，这一次次的折磨欺人太甚了！他的手疼得厉害，还撕破了漂亮的衣服，真是倒霉透顶了！羞愧、悲痛、对强暴的愤怒，这么多难以忍受的情绪一下子涌出，变成了一股疯狂的怒气。他用手和膝盖撑在地下，拱起身子，像狗一样抖搂了一下，把压在他背上的人甩到了地上，待他们再扑上来的时候，他便低着头狠狠地撞过去，并给了小女孩一个耳光，再一拳头把男孩打得跌倒在花坛中。

于是两个孩子大喊大叫，像丧家之犬一样地逃进屋子里去了。之后就听见一阵子嘭嘭的开门声，还有怒气冲冲的咒骂声。太太跑来了，拖着长裙，用尽全力飞奔过来。克利斯朵夫看见她来了，并没想着逃跑，他也被自己干的事吓坏了，这次闯大祸、犯大罪了，可他并不觉得后悔。他在等着，他心想自己完了。管它呢！反正他已经绝望了。

太太直接朝他扑过来。他感到自己挨了打，也听不清她在说什么，只听见她气得狂吼乱叫，骂了很多难听的话。两个小对头又来了，看着大人为他们报仇，一边还叽里呱啦直着嗓子叫喊着。仆人们也都跑过来了，七嘴八舌嚷着，乱成一团。太太想要彻底收拾他，路易莎也被喊过来了，她不但不保护他，反而没问缘由就打了他几个耳光，还要他赔礼道歉。他气愤地拒绝了。母亲更加用力地推拉着他，把他拉到太太和孩子跟面，要他跪下。可是他跺着脚，大声喊叫，咬着母亲的手，终于在仆人们的哄笑声中逃跑了。

他跑了，非常伤心，又特别气愤，还挨了顿耳光，脸上火辣辣的像发烧一样。他试图不去想，加快脚步赶着回家，因为不想在大庭广众下哭，恨不得能马上到家，需要用眼泪来发泄一下，喉咙堵住了，热血不断上涌，他的头都快要炸开了。

终于到了家，他奔上古老而又黑乎乎的楼梯，跑到平时睡觉的地方，在临河窗户底下的一个角落里。他气呼呼地倒在床上，眼泪喷涌出来，像决堤洪水源源不断。他不知道自己为什么要哭，可必须要哭；第一股洪水快完了，他又紧接着哭，因为有一肚子的恨和委屈，他要哭，要让自己更加难过，好像惩罚自己的同时也惩罚了别人。后来，想到父亲快要回来了，母亲又要把事情经过复述一遍，他就觉得苦难还没有结束。他打定主意要逃跑，不管去哪，只要不用再回来。

没想到下楼的时候，恰好碰到父亲回家。

“你做什么，孩子？要跑到哪里去？”曼希沃问。

他一声不吭。

“你是不是闯祸了？说，到底做什么啦？”

克利斯朵夫还是默不作声。

“告诉我，你做了什么？快和我说说！”

孩子哭起来，曼希沃叫嚷起来，而且两个人越叫声越大，之后路易莎赶紧上楼去。她还和之前一样惊魂未定，一进门就大骂，又补了几个耳光，曼希沃了解了整件事之后，也一起去揍他，也许根本就没有问清楚就开始动手了，那打人的劲比牛都蛮横。他们俩大喊大叫。孩子大声哭着。结果父母吵起来了，都冒着很大的火气。曼希沃一面揍着孩子，却一面说孩子没有错，说这就是去伺候别人的下场，他们仗着自己有钱，毫无顾忌。路易莎则一面揍着孩子一面骂丈夫粗鲁，说不要他打孩子，他会打伤他的。确实，克利斯朵夫都流鼻血了，他倒不在意，母亲慌忙用湿布去给他擦，可他并不感激，因为她还在骂他。最后，他们把他关在黑屋里，不准他吃晚饭。

他听见他们相互对骂，他也不知道更恨哪一个，也许是母亲，因为他从来就没有想过母亲会这么狠心。整整一天的痛苦都压在他心头，这一切的委屈：首先被两个顽童的横行霸道折磨，之后又是那位贵太太的偏心眼，最后竟然连父母也对他不公正；更让他受不了的是，即使他并不大明白，可就是感觉心像被锥扎一般的痛，那是他一直引以为傲的父母，竟然在那些可憎可恨的坏人面前低声下气。这种卑躬怯懦的表现，他是头一回看到，在他看来，这实在是卑劣无耻。他心中的一切都在动摇：对父母的敬重和崇拜，对人生的信念，对爱别人也被别人爱的一种本能需要，对精神生活的盲目而天真的信任，这一切都在顷刻间摇摇欲坠了。这简直就是天翻地覆一般。他被野蛮的力量攻击了，既没有办法保护自己，也无法躲藏或逃离。他喘不过气来，感觉就快要死了。他全身都发僵了，但仍在绝望中反抗，他用拳头、用脑袋、用双脚，对着墙壁乱撞乱踢，大声号叫，全身抽搐，被家具撞得伤痕累累，最后跌倒在地上。

父母都跑了过来，赶紧把他搂在怀里，现在，他们俩又争着给予他关心与爱。母亲帮他脱下衣服，并把他抱到床上，守在旁边，一直等他慢慢冷静下来。可他决不退步，决不原谅，他假装睡着，不想和她拥抱。他觉得母亲胆小、心狠、没有骨气。可他哪里又知道母亲为了生活，为了养活他，承受了多少痛苦！甚至违背自己的心意，隐忍地站在坏人那边与他作对。

等到眼里源源不断的泪水终于流完最后一滴之后，他才觉得气消了一些。他非常疲惫，可神经仍过于紧张，还无法立即入睡。半睡半醒的状态下，他脑海中仿佛又浮现了方才的景象，特别是那个小女孩，双眼亮闪闪的，骄傲地耸着小鼻子，满是目中无人的表情，肩头披着长发，光着小腿，嘴里蹦着那一句句又稚气又装模作样的话语。他猛然一惊，似乎耳边又响起了她的声音。他回想起先前自己在她面前那副傻模样，不由得更加憎恨她了。他无法原谅她侮辱自己，真恨不得也去欺侮她一番，要她也哭一回。他费尽心思想着各种办法，却毫无头绪。其实看来她根本就没把他放在心上。但就算是自己为了消消气，他也要假想这些都能够如他所愿，成为现实。他想象着自己变成了一个有权有势、地位显赫的人，之后她还爱上了他。照着这个，他开始凭空想象了一个荒唐的故事，最后他更是信以为真了。

她爱他爱得无法自拔，害了相思病，可他就是不搭理她。他从她家经过，她躲在窗帘后面偷偷地看他，他明明知道，却故意装出不在意的样子，照旧和朋友说说笑笑。他甚至故意出门远去，就是为了让她更加痛苦。他成就了一番大事业——在这里，他就从祖父讲过的英雄故事中挑选几段加进来——而她就因相思成疾，病倒了。她的母亲，那位傲慢的贵妇来乞求他："我可怜的女儿病得快要死了。我求你，去看看她吧！"于是他去了。她躺在床上，脸上没有一丝血色，骨瘦如柴。她向他伸着手，她说不出话来，只是捧着他的双手，一边在上面亲吻，一边流着眼泪。于是，他大发慈悲，含情脉脉地望着她，叮嘱她保重身体，还默许让她爱他。故事编到这，他觉得大快人心、非常畅快，为了延长这种快感，便把那段对话和情节翻来覆去地又讲了好几遍，直到他睡着，心满意足地熟睡。

等他睁开双眼的时候，天已经亮了，可这天的阳光却没有昨天早晨的那样无忧无虑：世界上的事发生了些许变化，克利斯朵夫已经认识到了世上的不公平。

家里经济状况非常紧张已经有些时日了，而且这样的日子越来越多。碰上这些日子，大家必须省吃俭用。对这一点的体会，没有人比克利斯朵夫更深了。父亲是毫无感觉的，他总是第一个挑菜，毫无顾忌地挑。他没完没了地高谈阔论，自得其乐地哈哈大笑，全然没有注意妻子的表情，一边强颜欢笑，一边盯着他装菜。盘子经了他的手，菜已经去了一大半。路易莎为孩子们分菜，每人两个马铃薯。轮到克利斯朵夫的时候，盘子里经常是只剩下三个了，可母亲自己还没有吃。他早就心中有数，还没到他这就已经计算好了。于是，他便鼓起勇气，故作满不在乎地说："给我一个就行，妈妈。"

她稍稍有些不安。"两个吧，和大伙一样。"

"不，真的，一个就够了。"

"你不饿吗？"

"是的，我不是很饿。"

可她还是只拿了一个，他们俩极其认真地剥着皮，把它分成好几块，细细地咀嚼着。母亲留心瞧着他，等他吃完了就说："把这个也吃了吧！"

"不，妈妈。"

"你难道生病了？"

"没有，我真的是吃饱了。"

有一次，父亲怪他俩推来推去的烦躁，竟毫不客气地将最后一个马铃薯也拿去吃掉了。之后，克利斯朵夫多留了个心眼，把剩下的那个放在自己盘里，留给小弟弟恩斯德吃，恩斯德一向很贪吃，早就惦记着了，盯着那个盘子问道："你不吃吗？那给我吧，行不行，克利斯朵夫？"

啊！克利斯朵夫是多么恨父亲，恨他从不考虑他们，甚至想都没想就把他们的那份也吃掉了！他饿极了，就更恨父亲，想对父亲喊出自己心里的那些愤怒，但一转念，自尊心也开始作祟，觉得自己还没有挣钱，根本就没有权利说这种话。父亲多吃的这份，是父亲自己挣来的。而他还毫无用处，对大家来说还是一个包袱。将来他会有权利说话的——如果可以挨到将来！唉！只怕还没等到那一天就早已饿死了！……

这种忍饥挨饿的痛苦，他比其他的孩子有更深的体会。他那强壮的胃受着煎熬，有时他饿得全身发抖、头疼脑热，胸口似乎有个洞在打转，越转越大，感觉还有一把锥子在往里钻。可他却要忍着不说，他知道母亲在看着自己，更要装得若无其事。路易莎非常担心，她隐隐约约地猜到，儿子省着不吃是为了让别人多吃一点，她不让自己这样想，却总也断不了这个念头。她不敢往下深究，也不敢向克利斯朵夫查问真相；如果是真的，她又能怎样呢？她自己也是从小就经常挨饿，早已成习惯了。既然毫无法子，抱怨又有什么意义呢？的确，她自己身子虚弱，本来就吃得不多，哪里会了解孩子在挨饿时会远比她痛苦。她也就没对他说什么。有一两回，其他两个孩子跑到街上去玩了，曼希沃也出去了，她要大儿子留在身边帮她做做事。她绕线，要克利斯朵夫帮忙拿着线团。忽的一下，她抛下手中的活，热情激动地把他拉在怀里，虽说他很重了，还是把他抱在腿上，紧紧地搂着他。他也用手臂使劲地搂紧母亲的脖子。两个人绝望无助地互相拥抱，眼泪不由得落下来。

“我可怜的孩子！”

“妈妈，亲爱的妈妈！”

他们也无须再多说什么，就已经心灵相通了。

过了很久，克利斯朵夫才发现父亲酗酒。曼希沃的酗酒会有一个度，至少刚开始是这样。即使发酒疯，也并不野蛮，只是显得极为快活。他会傻话连篇，连着好几个小时一边拍着桌子，一边扯着嗓子唱歌，有时他还强拉硬拽着路易莎和孩子们和他一起跳舞。克利斯朵夫看得非常明白，母亲神情忧伤，她离得远远的，埋头干活，尽量不去看醉酒的丈夫；如果他说一些让她羞愧的胡话，她也只是细声细语地叫他住口。可克利斯朵夫却无法理解，克利斯朵夫是多么需要快乐，父亲欢欢喜喜地回家，对他来说简直就像是过节一样。家里总是那么沉闷凄凉，这时来狂欢一下正好可以让他活动活动。父亲滑稽的样子，荒唐无稽的玩笑，都让他非常开心。他跟着父亲一起唱歌、跳舞，母亲用责备的口吻来阻止的时候，他总觉得非常扫兴。这有什么不对呢？父亲不也在唱歌、跳舞吗？虽然他头脑一向非常灵活，记忆力很好，也觉得父亲的很多行为都跟他本能地认为的大人应有的正常行为不相符合，但是他对父亲还是很崇拜。这是儿童的一种本能需要。这也是一个人永远爱自己的一种方式。倘若儿童承认自己没有足够的能力实现自己的愿望和满足自己的骄傲，他就会把希望寄托在父母的身上；而且大人失意的时候，他也会把自己的希望寄托在儿女身上。在儿童心里，父母便是他自己想做而做不到的人物，是保护他的人，替他出气的人；在父母心里，儿女也是这样，只不过要等到将来罢了。在这种希望的寄托里，爱与自私在心里达成协议，让人奋不顾身，竭尽所有的力量，最后都沉醉其中。因此这个时候克利斯朵夫把对父亲的怨恨都抛诸脑后，尽可能地找到一些崇拜他的理由：羡慕他高大的身材，羡慕他强壮的手臂，羡慕他爽朗的笑声和俊俏的面容，羡慕他欢乐的兴致。只要听见别人夸赞父亲的演奏，或是父亲夸大其词地讲述别人对他的恭维，克利斯朵夫就非常得意、异常激动，觉得无比骄傲。他相信父亲自吹自擂的话，把父亲奉为一个天才，把他当成祖父讲过的传奇故事里的大英雄之一。

一天晚上，将近七点钟，他独自一人在家。两个弟弟跟着老祖父出去散步了，母亲在河边洗衣服。曼希沃撞开门，冲了进来。他没戴帽子，衣衫不整，跌跌撞撞，一头就倒在桌前的一张椅子里。克利斯朵夫心里一乐，以为他又会同往常一样做游戏，便马上迎上去。可靠近一看，他便笑不出来了。曼希沃靠在那，双臂垂着，两眼茫然，眼睛眨巴着，脸红彤彤的，嘴巴张得很大，还不时发出几声可笑的咕噜声。克利斯朵夫惊呆了，他原以为父亲在逗他玩，但看他很长时间都一动不动，感到了害怕。

“爸爸！爸爸！”他叫喊着。

曼希沃还是如同母鸡似的，发出咕噜咕噜的声音。克利斯朵夫实在是没有办法，只好抓着父亲的胳膊，拼命地摇着：“爸爸，好爸爸，你说话呀！求你了！”

曼希沃身子好似没有骨头一样软绵绵的，一直晃来晃去，差点就要倒下来了；他的头向克利斯朵夫歪过来，眼睛瞪着，气嘟嘟地嗯哼着，还是没有说出一句连贯的话。等到克利斯朵夫的眼睛一碰上父亲茫然无神的眼睛时，孩子吓了一大跳，赶紧躲到卧室的角落，缩在床边，把脸藏在被窝里。就这样待了好一会儿。曼希沃在椅子上沉重地摇摆，还一直傻笑。克利斯朵夫捂着耳朵不想听，直打哆嗦。他的心情真的难以言说：只感觉都乱套了，陷入了恐怖、混乱的境地。他又害怕又痛苦，就像是有人去世了，一个他崇拜、敬爱的人。

没有一个人回来，房间里只有他们两个。夜幕降临，克利斯朵夫的恐惧愈加强烈。他忍不住地要去听，却还是听到那个陌生的声音，吓得全身冰凉了，像缺了一条腿似的钟摆还为那稀奇古怪的声音伴奏。他承受不了了，想要逃离。可要出去，必须从父亲面前经过，然而克利斯朵夫一想到父亲的眼睛就直打哆嗦，感觉会吓死人。他想办法蹲在地上，用手和脚慢慢地向门口爬去。他不敢大声呼吸，也不敢抬头看，只要在桌子底下发现父亲的脚微微有些移动，就马上停住。醉鬼的一条腿一直在发抖。终于，克利斯朵夫费了好大力气才爬到了门口，笨拙地用手抓住了门，可是在慌乱之中松了一下手，门又关上了。曼希沃想转过身来瞧，椅子一下子失去重心，连人带椅哗啦一声摔倒在地上。克利斯朵夫被吓坏了，连逃出去的力气也没了，他靠在墙边，看着摔倒在地上的父亲，大声喊着救命。

跌了一跤后，曼希沃清醒了许多。他咒骂着，对着椅子拳打脚踢，怪椅子把他摔下来，他试着站起来但都未如愿，只好背靠着椅子，逐渐意识到自己是在什么地方。他看到克利斯朵夫在哭，就招呼儿子过来。克利斯朵夫想跑，但身子动不了。曼希沃再次招呼他，见他站着不动感到很生气，开始骂起来。克利斯朵夫只好慢慢地靠近，浑身都在发抖。曼希沃把他拉到身边，抱在腿上，开始揪着他的耳朵，嘴里含含糊糊地在教训他：说一个孩子要懂得尊重父亲。过了一会儿，曼希沃突然改变了主意，一边用手抱着孩子晃来晃去，一边胡言乱语、哈哈大笑。之后他又转念一想，变得伤心起来，愁眉苦脸地怜悯着孩子和自己，还紧紧抱着孩子，害得克利斯朵夫差点透不过气来。他一把鼻涕一把眼泪地亲吻孩子的脸，最后，他一边摇着孩子，一边哼着“我从内心深处向你求告”[①]，给他催眠。克利斯朵夫完全被吓坏了，不敢挣扎。他快被父亲闷死了，闻到一股难闻的酒味，还听到醉汉打嗝的声音，脸上沾满了眼泪和口水，他觉得很恶心，但是又因害怕而不敢动。他想喊，可是喊不出声。他感觉自己好像在这种恐怖的状态下待了长达一个世纪之久——很久之后，房门开了，路易莎提着一篮衣服进来。她见状大叫一声，把篮子扔在地下，使出她从未有的劲，奔过去把克利斯朵夫从曼希沃手里抢了过来。

“啊！这该死的酒鬼！”她喊道，气得眼里直冒火。

克利斯朵夫以为父亲会把母亲杀了。可是曼希沃见他的女人气势汹汹，顿时蔫了，一句话也说不出，却哭了起来。他在地上打滚，用头撞着家具，嘴里念着妻子说得对，他就是个酒鬼，害得全家人受苦，害了可怜的孩子，他真想马上去死。路易莎转过去没有理他，把克利斯朵夫抱到隔壁房里，尽力安抚他。他还是颤抖个不停，没有回答母亲的询问，过了一会儿他又哇哇大哭起来。路易莎把他的脸洗干净，温柔地抱着他，说着安慰的话，也哭了起来。最后，母子俩都平静下来。她跪在地上，要孩子也跪在一边。他们一同祈求上帝能治好曼希沃这种恶习，让他仍能像往常一样和和气气。路易莎安顿克利斯朵夫睡下。他要母亲拉着他的手陪在床边。那晚，克利斯朵夫发烧了，路易莎在他床头坐了好久。酒鬼却还躺在地上打鼾。

① 《旧约 · 诗篇》第一二〇七：“主啊，我从内心深处向你求告，主啊，求你听我的声音……”

又过了一些日子，克利斯朵夫上学了。他总爱盯着天花板上的苍蝇，还用拳头捶其他的孩子，或是推他们；他总动个不停，笑个不停，从不认真读书。有一次，克利斯朵夫自己摔了一跤，平时厌烦他的老师就说了句难听的话，还隐喻他就像是某一个大伙都知道的人，说他可能是要步他的后尘了。班里的孩子听了都哈哈大笑，有些同学还戳穿隐喻，甚至还有模有样地添上注释。克利斯朵夫爬起来，羞得满脸通红，顺手抓起墨水瓶朝一个笑他的人扔过去。老师扑上来拦他，打了他一拳头，还用鞭子抽他，罚他跪在地上，还要加做许多额外的功课。他回到家，脸色发青，憋了一肚子的气，冷冰冰地说他再也不去上学了，家里人并未在意。第二天早上，母亲提醒他该上学了，他却若无其事地回答，他早就说过不上学了。路易莎哄他、吓他都不管用。他坐在角落里，死死地赖在那。曼希沃打他，他就大喊大叫；每次打完之后叫他上学去，他总是更气鼓鼓地吼："不去！"父母要他说不去的理由，他却咬紧牙关，什么也不说。曼希沃硬是把他抓到学校交给老师。可他一坐到位置上，拿起东西就乱摔：墨水瓶、笔、练习本、书本等等，而且故意摔给别人看，故意挑衅老师，最后就被关到黑屋里了。过了一会儿，老师看见他用手帕勒住自己脖子，用力往两头拉，作势要把自己勒死。

老师只好让他回家去。

克利斯朵夫非常能吃苦耐劳。他遗传了父亲与祖父强壮的体格。家里人都不娇弱：不管生不生病，从不怨天尤人，怎样都无法改变克拉夫脱父子的习惯。不管是什么天气，或是夏天或是冬天，他们都会出门，一去就好几个小时，或是淋雨或是晒太阳，有时甚至会光着头，敞开衣服，有时因疏忽或是逞强，连走好几里路都不觉得疲倦。虚弱的路易莎吃力地跟在后面，脸色煞白，两腿发软，心都快要跳出来了，只能走走停停，他们又同情她又看不起她。克利斯朵夫和他们一样，也快要瞧不起母亲了，他不知道人为什么会这么虚弱。有时候他摔了跤，磕碰弄破了，烫伤了，他都不会哭，只有看到不如意的事才会很生气。父亲和小伙伴们对他蛮横霸道，街上的野孩子和他打架，这些都使得他更加结实强壮。他不怕挨打，经常鼻青脸肿着回家。有一次，他和别人打架，对手把他压在身子底下，使劲地抓着他的头往地上撞，等被救出来的时候，都快要被闷死了。但他却觉得挨一顿打不碍事，就当松松筋骨，还准备下次用这套去回敬别人。

虽然如此，有很多东西他也会害怕；只是因为自尊和骄傲强忍着不说，实际上让他最痛苦的应该就是童年时期苦苦纠缠他的恐惧。特别有两三年，它们就像是疾病一直折磨着他。

他害怕躲在那些暗处神出鬼没的东西，害怕那些要害人的鬼怪和蠢蠢欲动的恶魔，那是存在而且是经常地出现在孩子脑袋里的。一方面这是遗传下来的原始本能，一方面是因为初生时期，生命与虚无还很接近，在母胎中昏睡的记忆，从冥顽的物体变成幼虫的感觉都还没有消失：所有的这些幻觉都是儿童害怕的根源。

他怕阁楼上的门：正对着楼梯，常常虚掩着。他要从那经过时，总觉得心跳加速，要鼓起很大的勇气才敢跑过去，闭着眼睛不敢看那扇门。他总感觉门后面好像有什么人或是什么东西。碰到阁楼的门是关着的时候，他非常清楚地听到从半开的门缝传来的古怪的声音。这其实也没什么好奇怪的，本来里边就有大耗子，可他总想象成是鬼怪：骨头七零八落，皮肉腐烂成零零散散，头顶一个马头，一双恐怖的眼睛，总之就是些奇形怪状的东西。他不愿意去想，可总是情不自禁会想到。他手发抖着去摸门有没有闩好，确认之后，可在楼梯上才走了一半又忍不住不断地回头望望。

他害怕房外的黑夜。有时候他在祖父那边待到很晚，或者是晚上被差遣去祖父家做事。老克拉夫脱的房子已经是在城边上，从这座房子再过去之后就是去科隆的大路了。从这座房子到城里闪烁着灯光的窗户，至少有二三百步的距离，克利斯朵夫感觉至少还要远上三倍。有的地方拐个弯之后，就什么也看不清了。黄昏下的田野非常荒凉，地面全黑了，灰蒙蒙的天甚是可怕。走过两旁都是树木的大路，爬上土丘之后，才可以望见天边那些若隐若现的微光；但那光并不亮，倒显得比黑夜更恐怖，黑的地方更加黑了：一种垂死的光。云都快要掉到地上了。小树林变得特别大，还晃来晃去的。瘦骨嶙峋的树枝就像奇形怪状的年迈老人。路边的界石反射出来的光，像青灰色的丧服。阴影看起来像是在蠕动。一些畸形的侏儒在土沟里坐着，草尖闪着光，有非常可怕的东西在空中飞来飞去，还有不知从哪来的虫，发出尖厉刺耳的声音。克利斯朵夫总是担惊受怕，害怕阴森的自然中会冒出什么恐怖荒诞的事来。他拼命跑，心都快要蹦出来了。

等到能够看见祖父房子里的灯光了，他才放下心来。可糟糕的情况是，很多时候老人还没有回家，那就更可怕了。整个田野就只有这孤零零的老房子，就算是在白天，孩子也还是会很害怕的。如果祖父在家，恐惧就会抛在脑后，可老人经常会扔下他不声不响就出门，克利斯朵夫都还没发现。屋子里非常安静，里面的一切东西对他来说，都是很熟悉、很舒服的。屋里有张白色的大木床，床头架上搁着一部又厚又大的《圣经》，火炉架上摆放着纸花，还有两个妻子和十一个孩子的照片，老人还在每张照片下面写上了他们的生卒年月。墙上挂着镶在镜框里的祈祷文，还有莫扎特和贝多芬粗劣的彩色画像。房子的一个角落里放着一架小钢琴，另外一个角落放着一架大提琴，还有杂乱无章的书架，挂着几个烟斗，窗台上摆着几盆天竺葵。身边的所有东西感觉都像老朋友。老人在旁边的房间里来回走动，可以听到他要么是在刨木头，要么就是在敲钉子的声音，他常常自言自语，骂自己愚蠢；有时还会扯着嗓子唱唱歌，把一段段的赞美诗、酒歌、伤感调和雄壮的进行曲都融合在一起。在这里，克利斯朵夫安心了。他坐在窗边的大躺椅里，膝上放着一本书，认真地看着图画，完全沉浸其中。渐渐地天黑了，他也双眼迷糊了，最后只好扔下书，迷迷糊糊地开始幻想起来。遥远的路上传来车轮隆隆的响声。田间有母牛在哞哞叫。城里教堂的钟懒洋洋地敲响了晚祷声。朦胧的欲望，不祥的预感，在孩子恍惚的幻想中慢慢觉醒了。

突然，克利斯朵夫心头一惊，从幻想中醒过来。他抬起眼睛一看，发现外面是一片黑暗；侧着耳朵一听，周边万籁俱寂。祖父刚刚出门。他打了一个寒噤，爬到窗口，还想着看看祖父。路上荒凉寂静，所有的事物都开始扮出恐怖的鬼脸。天哪！如果它来了怎么办？谁呢？……他也不知道。反正是恐怖的东西……房间的门怎么都关不紧。楼梯咯吱作响，好像有人在上楼。孩子跳起来，拖着一张沙发、两条椅子和一张桌子，摆到房间里最安全的一个角落，堆成一道安全的围墙：沙发靠着墙壁，左边一张椅子，右边一张椅子，桌子摆在前面，中间摆一架双折的梯子，他爬到顶上，手里抱了几本书，包括之前看的那本。把围墙当作被围困时的防御物，这样他才松了一口气，因为在孩子想来，敌人不管怎样都不能冲破这围墙，未经允许是禁止入内的。

可是敌人有时会从书里蹦出来——在祖父随便买来的旧书里，有些还附有插图，给孩子留下了很深的印象：他想看可是又很怕。那都是一些稀奇古怪的幻想，比如说《圣·安东尼的诱惑》，里面有鸟的骷髅在水瓶里拉屎，无数的蛋在破膛的青蛙肚里像蛆一样蠕动，没有身体只有头，在地上爬行，撅着屁股像在吹喇叭；还有家用的器具和动物的尸体，裹着大氅，庄严地前进，还行着礼，像老太太一样。克利斯朵夫看着毛骨悚然，可越是厌恶，反倒越想去看。他长时间瞪着它们，有时就往四周偷瞟一眼，看有什么在窗帘的褶皱中扭动。让他感觉最厌恶的是一本解剖书里的一幅人体图。快要看到那图的时候，他哆嗦着翻开那一页。那些五颜六色的怪东西强烈刺激着他，再加上他脑子里又创造性地添加了斑驳生动的想象。他没法懂得这些光怪陆离的图画和现实之间的差别。可晚上做梦的时候，书上的图比白天看到的活人更加栩栩如生，让他印象更加深刻。

他也怕睡觉。有好几年，噩梦总纠缠着他，使得他难以入眠：有时，他在地窖里闲逛，忽然看见一个解剖图上的人体从风洞里钻出来对他扮鬼脸。有时，他孤身处在一个房间，又会听到走廊上隐约传来轻微的脚步声，他冲到门口想关门，可刚抓到门钮，外面也有人在拉，他锁不住门，也没有力气了，只好大喊救命，他知道外面要闯进来的是什么人。有时，他和家人待在一起，可突然，他们的脸就大变，还做一些古怪疯狂的事。有时，他认真地在看书，蓦地就感觉周围有一个无形的幽灵在盯着他。他想逃，可是被困住了；他想喊，可嘴被堵住了。脖子被紧紧地勒住了弄得他透不过气来，牙齿格格直打战，浑身哆嗦了很久。他无法摆脱这种恐怖的感觉。

他睡觉的地方是屋子里一个没有窗没有门的小角落，在进出的地方弄一根铁杆，再在上面挂一条破帘子，就把他们和父母的卧房隔开了。污浊的空气常常让他呼吸困难。与他同床睡的两个弟弟经常踢他。他脑袋常常发烫，白天想的事现在被过分夸大了，变成种种幻象。在这类似做噩梦、神经高度紧张的状态下，一丁点细微的刺激都折磨得他痛苦至极。地板咯咯作响让他惊魂不定。父亲的鼾声特别响，不像是人在呼吸，倒像是一头野兽在那，他听着不寒而栗。黑夜压着他，无穷无尽地折磨他，一直就是这样，他感觉已躺了好几个月。他大喘气，爬起来坐在床边，用上衣袖子抹了抹额头上的汗。有时他会推醒弟弟洛陶夫，可洛陶夫嗯哼几声之后，把整床被子往自己身上一卷就又睡熟了。

这样的狂乱苦闷，一直要持续到帘子下的地板上透出一缕微弱的白光才能结束。看到这缕黎明时分幽微的光线，他一下子松了一口气。即使别人还没法发现黎明已降临，他却早就感觉到那道白光溜到了家里：烧马上就退下了，血液也已恢复正常流动了，就像是泛滥的河水又回到了河床；全身不再忽冷忽热，终于他那因失眠而干涩的眼睛慢慢闭上了。

晚上，到了该睡觉的时候他就害怕。他下定决心要和瞌睡作战到底，做好熬夜的准备，免得做噩梦。可最后疲倦还是战胜了他，更恐怖的是总会在他放松戒备的时候，那些鬼怪就又出现了。

恐怖的黑夜！对大多数的孩子来说，黑夜是多么的甜蜜；可是对一小部分的孩子而言，黑夜是多么恐怖啊！……他怕睡着，又怕睡不着。睡着或是醒着，身边总会有鬼怪的影子，幻想出来的幽灵，还有那些母体里的幼虫，在童年即逝的微光中浮动，好像是在疾病的阴影中晃荡。

可是在不久之后，这些幻想的恐怖就会在现实中更大的恐怖面前消失。这巨大的恐怖将吞噬每一个人的生命，古往今来富有智慧的人都竭尽全力想要忘记它否定它而未能实现，那便是死亡的恐怖。

有一天他在壁橱里乱翻的时候，找到一些没有见过的东西：一件孩子的衣服，一个条纹儿童帽。他非常骄傲地拿给母亲看，她不仅不对他笑，还拉下脸叫他放回去。他没有马上照做，还追问原因；母亲默不作声，把衣帽抢过去放到他够不着的一个格子里去了。他感觉非常奇怪，就紧紧追问。她被逼得实在没法子，最后告诉他那是他未出生之前就已夭折的一个小哥哥的衣服。他惊呆了：他从未听过这件事。他安静了一会儿，还想再了解一些。可母亲心不在焉的样子，只说那小哥哥也叫克利斯朵夫，但比他乖。他再问其他的，她就不愿再回答了，只说那个孩子在天堂，在为大家祈福。克利斯朵夫没再问出什么来，母亲叫他住嘴，不要打扰她工作。看上去她好像真的专心在那缝补，在想着什么，眼都不抬一下。过了一会儿，她见他躲在角落里气鼓鼓的，便对他笑了笑，很温柔地叫他出去玩。

这些话强烈刺激了克利斯朵夫。哦，原来有过一个孩子，和他一样也是母亲的儿子，还有一样的名字，和他没有什么区别，可他已经死了！死亡，他也不太清楚到底是什么，应该很恐怖吧。家人从没提过那个克利斯朵夫——他完全被忘了。如果要是自己死了，肯定也会是这样吧！晚上和家人围着桌子一起吃饭，看他们说说笑笑，说着不相干的事，他心里还闪着之前的念头。他如果死了，家人还是会这样开心！唉！他做梦都想不到母亲会如此，儿子死了还笑得出来！他开始恨起父母来了，很想为自己痛哭一场，提前为自己的死痛哭。同时他又想向他们问一大串问题，可是不敢，他还记得母亲严厉地叫他住嘴的语气。最后，他还是没有憋住，在睡下时，母亲过来吻他，他就问道："妈妈，他也睡在我的床上吗？"

可怜的母亲身子一抖，故意装出满不在乎的语气问："谁啊？"

"那个……那个死去的孩子。"克利斯朵夫轻轻地说。

母亲猛地把他紧紧抱在怀里说："不要说了，不要说了。"

她的声音也在发抖，克利斯朵夫靠在母亲胸前，可以听到她的心跳。两人沉默了一会儿，之后她说道："哦！不！这不是他的床，以后不要再提这件事了，我的宝贝……好好睡觉吧……"

她吻了他一下，他感到母亲的脸颊湿了，他希望这是真的湿了。这样他才可以得到些许宽慰，因为至少她还是挺伤心的！可过了一会儿，听到母亲还是在隔壁房间里以平常惯用的平静语气说话，他又开始怀疑了。到底哪种声音才真实，现在的还是刚才的？他在床上辗转反侧地想了好久，都没有找到答案。他非常希望母亲表现得难过点；当然，母亲不开心，他也会不开心；可不管怎么样，那对他来说都是一种安慰，可以让他不那么孤独。之后他睡熟了，第二天，他就不再想这件事了。

过了几个星期，有一个经常和他一起在街上玩耍的孩子，按照平时的时间该来玩了却没有来，有一个玩伴说他病了。在这之后那孩子没来玩大家也觉得习以为常，因为已经知道了原因，不是挺简单的吗？

一天晚上，克利斯朵夫很早上了床，从他的位置看到父母房间里的灯还亮着。有人敲门，是邻居的一位太太过来串门聊天。他有意无意地听着，和往常一样自己在编故事，并没有很认真听别人的谈话。突然，女邻居说:“他死了。”克利斯朵夫的血顿时停止流动了:因为他清楚她说的是谁，赶紧屏住气侧耳去听。他的父母惊呼了几声。曼希沃又拉着他的粗嗓子嚷道：“克利斯朵夫，听到了吗？可怜的弗理兹死了。”

克利斯朵夫镇定了一下自己，平静地答：“听到了，爸爸。”

他感觉胸口很闷。

可曼希沃接着问了一句：“‘听到了，爸爸’，你要说的就只有这一句话吗？你不难过么？”

路易莎非常理解孩子的心情，说道：“别说了！让他睡觉吧！”

于是大人压低了说话的声音。可克利斯朵夫竖起耳朵，想要把所有的细节都听清楚:伤寒啊、冷水浴啊、神志昏迷啊、父母的哀鸣啊。听到后面，他快没有办法呼吸了，有一股气堵到喉头，他浑身发抖，所有可怕的事情都深深地印在脑海里。更加可怕的是，他们说那种病会传染，也就是说，他也可能会像弗理兹那样病死，一想到这，他就被吓得浑身冰凉了：因为他记得最后一次看见弗理兹时，还和他握过手，那天还曾从他家门口经过。不过，他憋着不发出声音，免得家人逼着他说话。邻居太太走后，父亲便又问他：“克利斯朵夫，你睡熟了吗？”

他也不搭话。于是他听见父亲对母亲说：“这孩子没良心。”

母亲也没有说什么，可过了一会儿，她走过去轻轻地揭开帘子，朝他的小床望了望。克利斯朵夫赶紧闭上眼睛，装出熟睡时的均匀呼吸声，就像他听见小弟弟们的那样。母亲踮着脚走开了。他却很想喊住她，告诉她，自己有多么害怕，求她救救他，至少安慰一下！但他怕别人笑他，说他是胆小鬼；更何况他心里很清楚，说什么都不管用。连着好几个小时，他都极其痛苦，感觉那种病已经缠上身了，头疼得要命，胸口也很闷，他越想越觉得恐怖："完了，完了，我生病了，我快死了，我快死了！……"突然，他从床上坐起来，轻声叫母亲，可他们睡着了，他不敢吵醒他们。在这之后，死亡的念头就开始毒害着他童年的生活。他常常被自己的神经质折磨着，时而感觉这儿被压着，时而其他地方传来阵阵痛楚，时而又喘不过气来。他经常幻想，自己却被想象吓得半死，总感觉每种痛苦里头都埋伏着死亡的恶兽，正要索取他的性命。有很多回，就在母亲身边几步远的地方，都没让母亲察觉，他承受着即将死去的痛苦。因为他虽然胆小，但还是把很多情绪掺和成一种勇气，这样就能让他隐藏自己的恐惧，首先是自尊心，他不愿求助于人；其次是羞耻心，他不愿被人知道自己的胆小害怕；最后是体贴，他不想让母亲担心。可他总在想着："这回，我真的病了，而且病得很严重。这是咽喉炎啊……"咽喉炎这个名词是他无意中听到的……"上帝啊！饶了我这一回吧！"

他有宗教思想，也非常相信母亲的话：灵魂死后会升到上帝面前，如果是虔敬的灵魂，就可以进入天堂的乐园。可是在他看来，这个旅行非但没有吸引力，倒觉得十分可怕。他一点也不羡慕那些孩子，在睡梦中被上帝召了去，没有忍受任何痛苦，照母亲的说法，这是上帝对他们的恩赐。在即将入睡之际，他总忍不住担惊受怕，唯恐上帝不声不响就来把他召了去。突然之间离开温暖的床，给强拉到空中，被带到上帝前面，那肯定是极其恐怖的事。他想象中的上帝就像一轮巨大的太阳，声如雷鸣，那肯定是要遭罪的。它会灼烧人的眼睛、耳朵和整个的灵魂，一定会被烧焦的！再说，上帝还会惩罚，可谁知道呢？……除此以外，不知还有多少更可怕的事，他虽然不大在意，可是从别人的交谈中可以猜测些许，比如身体被塞到一个木盒子里，被孤零零地放入地底下，被丢弃到平时家人带他去做祷告的那个阴森恐怖的公墓里，四顾无亲……天哪！天哪！多么悲惨啊！

然而，活着也不见得就开心，看着父亲整天喝得醉醺醺的，被父亲毒打，还要被别的孩子欺负，大人对他的同情又让他很伤自尊，没有人理解他，包括他的母亲。大家欺侮你，没有人爱你，形单影只的，只有孤独为伴，一个人多么无足轻重！对啊！可正是因为这个他更想活下去。他感觉体内有股愤愤的力量如同怒潮在汹涌澎湃。而这股力量又是多么奇怪！现在它还一筹莫展，好像在很远的地方，被什么东西堵着，包住了，动弹不得。他完全不知道它想干什么，将来会如何。可这股力量确确实实在他心中，这一点他非常清楚，它在心里骚动、咆哮着。明天，喔！就是明天，看它怎么来报复吧！他有一种顽强的生存欲望，希望能为人间铲除暴力、主持公义，惩罚坏人，能成就一番伟大的事业。“喔！只要我活下去就行……”（他沉思片刻）“只要能活到十八岁就够了！”有时他又认为要活到二十一岁。那是最大年限了。他认为只要活到了那个年纪，就足以统治世界了。他想到了他景仰的英雄，想到了拿破仑，想到了更加古远而他最崇拜的亚历山大大帝。毫无疑问，他将来也是和他们一样的大英雄，只要能再活十二年……十年。他根本就不去可怜那些在三十岁去世的人。在他眼里，他们已经老了，已经享受过人生了……要是他们虚度了一生，那只能说是他们咎由自取。可如果现在就死了，那就真的什么都完了！年纪轻轻就死了，在大人们心中永远留着一个孩子的印象，一个谁都可以责备埋怨的孩子，那可真是太惨了！一想到这他就拼命地哭，好像他已经死了似的。

这些对死亡的恐惧念头，让他在童年时代经受了很多磨难，一直到后来他开始厌恶人生时才得以解脱。

在这片沉闷的黑暗中，在越来越浓的令人窒息的夜里，忽然闪现一线光明，如同一颗明星划破阴暗的夜空，将要照耀他一生的光明，那就是音乐，神圣的音乐！

祖父在不久之前从他的一个主顾那弄回一架准备扔掉的旧钢琴，在他费了很多时间和精力之后，终于修理得像模像样可以弹奏了。他就把它作为礼物送给孩子们，但是这件礼物并没有受到热烈欢迎。路易莎觉得房间里就算不往里面加东西就已经很拥挤了；曼希沃说父亲米歇尔捡了件没花钱的东西回来，仅仅是一堆烧火用的木柴而已。只有小克利斯朵夫对这个新来的东西乐不可支，自己都不知道是为何。他觉得这是一只神奇的木匣子，里面充满了许多动听的故事，就像祖父时不时给他念几页两人都为之着魔的《一千零一夜》。他听到父亲试琴的音，里面奏出一串轻快的琴音，如同阵雨过后，温暖的微风拂过林间湿透的枝条，水珠淅淅沥沥落下的声音。他拍着叫好："再弹一次！"可父亲一脸不以为然地合上琴盖，说它完全不中用了。克利斯朵夫没有再央求，只是自己在钢琴旁边徘徊着，只要大人转过身去，他就会揭开琴盖，按下一个键，就像用手指在掀起一只大虫的绿壳，他是想把关在里头的虫子解救出来呢。有时，他慌张地一阵按动，声音太吵了，母亲就会冲他喊道："你就不能安静一会儿吗？不要什么东西都乱动！"有时他合上琴盖的时候压痛了手指，就一副可怜巴巴的样子，把手指放在嘴里吮着……

现在，他最开心的，就是母亲整天出去帮佣或上街买东西的日子。他听着她下楼，到街上了，走远了，只剩他一个人了。于是他揭开钢琴盖，拖来一把椅子，爬着站到上面，肩头差不多和键盘一样高，那就可以了。为什么他要等到大人都不在家呢？平常也没人拦着不准他玩，只要声音不是太大。可当着别人的面他有些难为情，不太敢弹。而且他们在屋里说话，走来走去，打扰了他弹琴的乐趣。没有人的时候才美妙呢！……克利斯朵夫屏着气，因为希望周围更静，也因为心里很紧张，好像是要去开一门大炮一样。他手指一碰琴键，心就怦怦直跳；有时他把一个键按到一半就松开，马上再去按另一个。谁知道从这一个键出来的是什么呢？……忽然声音来了，有的低沉，有的尖锐，有的当当地响着，有的像低声吼着。他长时间地听每一个声音，听着那些声音变小，消失；有的就像在田野里，听着那些随风飘荡的钟声，跟着风忽远忽近；仔细去听，还可以听到远方的不同声音，与这声音一起组合，交错回旋，就如同虫儿飞舞的嗡嗡声，仿佛在那儿呼唤你，把你带到遥远的地方去……愈来愈远，直到那些神秘幽静之角，然后，它们就沉下去了……隐没不见了！……啊，不行！它们仍在喃喃细语呢……还在轻轻拍动着双翼……这一切都妙不可言！就像是一些精灵仙子。它们怎么这么服服帖帖呢，被人锁在这只破旧的箱子里，这可真让人迷糊了！

不过最美的是，用两个手指同时按下两个键。那你永远也猜不到是什么结果的。有时两个精灵是冤家对头，它们互相生气、扭打、抱怨、哄闹，声音变得激昂，叫起来了，时而愤愤不平，时而心平气和。克利斯朵夫非常喜爱这种情形，那真像是被困的野兽，想挣脱着锁

第三部

蒙眬中日光隐晦。

——《神曲 · 炼狱》第三十

他没有办法，只好屈服了。尽管他勇敢地反抗过，而且还是非常的强烈，但是到最后还是禁不起戒尺的处罚。克利斯朵夫每天都不得不坐到这架琴前受刑，上午三个小时，晚上三个小时。他一边要聚精会神，一边又极其讨厌。泪水如雨珠般大颗大颗地顺着鼻子和腮帮子吧嗒吧嗒落下来。那已经冻得又红又肿的小手在黑白琴键左右奔波着，如果有一个音弹得稍有差错，戒尺就会落下来，随之而来的还有老师的怒吼声，那可是比挨打更让他难受的。他觉得自己已经极其讨厌音乐了，可以说是恨到了极点，然而他仍然非常努力地学习，那可不仅仅是因为害怕父亲的原因。祖父曾经对他说过几句让他印象深刻的话，那是在他哭泣的时候，祖父语重心长地说，为了世界上最美好、最崇高的艺术，为了给世间万物带来慰藉，为了人类大放光彩而吃一点点苦是很划得来的。克利斯朵夫并非只是为了祖父把他看成一个成人而心存感激，而且还因祖父那一番话十分吻合他儿童时的刻苦努力和高傲的精神，他被深深感动了。

不过最重要的原因，还是音乐勾起的一些感情已经在他心里留下了深深的刻痕，使他不由自主地沉迷在音乐里，并且还打算把自己的一生都奉献给它——音乐：这门他本以为自己极为痛恨、拼命反抗过却未成功的艺术。

在德国的每个城市里，都有一个剧院上演歌剧、喜歌剧、轻歌剧、话剧、喜剧、歌舞剧、杂戏等等，总之是所有可以上演的东西，五花八门的，没有风格和种类的限制。每个星期演三场，从下午六点到晚上九点。老约翰·米歇尔场场必到，不管是什么节目，他都很有兴趣。有一回，他去的时候还带上了孙子。开场的前几天，他就已经非常详细地向孙子讲解了故事的情节。克利斯朵夫对故事一点也不了解，只隐隐约约记得有一些恐怖的事；他既等不及想快点看到，又非常害怕去看。他记得剧里会有雷雨，他担心会被霹雳劈中；他记得剧里会上演战争，他就担心自己会被杀掉。前一个夜晚，他躺在床上都快要急死了；到了演出的那天，他又有点希望祖父因为临时有急事不来了。可若是马上就要开演了，祖父还没有来接他的话，他却又担心了，就总是忍不住从窗户往外看。最终老人来了，他们俩出发去剧院了。他激动得心在胸口怦怦乱跳，紧张得口干舌燥，一句话也说不出。

他抵达那个家人总挂在嘴边的充满神秘的剧院。约翰·米歇尔在门口碰到几个认识的人，就会攀谈起来；小孩牢牢抓着祖父的手，担心会走丢，他真的没法理解在这个关键时刻他们为什么还可以若无其事地说说笑笑。

祖父照旧坐在第一排紧挨乐队的位置上。他靠着栏杆，紧接着就和低音提琴手喋喋不休地攀谈起来。这儿是属于他的天地，他在音乐上的威望，使得有人愿意听他侃侃而谈，于是他就开始利用甚至可以说是滥用这样难得的机会。克利斯朵夫耳朵里一句都听不进去。他焦急地等待着开演，加上这金碧辉煌的剧场对他的刺激，再加上接踵而至的观众，几种感觉混合在一起弄得他神情恍惚。他不敢回头看，总感觉后面所有人的眼睛都在盯着他，他紧张兮兮地把放在膝盖中间的小鸭舌帽夹得更紧了，两眼睁得圆鼓鼓的，直瞪着那块神奇的幕布。

终于，从台上传来开幕的三下响声。祖父擤了擤鼻子，从怀里掏出脚本，他总是一字都不落，有时甚至会因此而疏忽了台上的演出。乐队终于开始演奏，一听到音乐响起，克利斯朵夫就松了口气放心了。这可是属于他的音乐世界，从那时开始，无论多么稀奇古怪的演出，他都认为是非常合乎情理且极其自然的。

一开幕，就看到一些纸糊的树，还有一些和那树一样不真实的东西。孩子高兴地张大嘴看着，觉得非常有意思，却没有半点惊讶之意。故事的背景是设在想象中的东方，那对他来说没有一点概念。诗歌体的台词都是乏味的毫无意义的对话，让人觉得莫名其妙，理不出什么头绪。克利斯朵夫一点也看不明白，总会把故事情节弄混，人物也分不清，常常错把这个当成那个，还经常拉祖父的袖子问一些幼稚的问题，说明他一点也没看懂。不过他不仅不会不耐烦，反而还看得入迷了。他根据那个荒唐的底本，自己编撰出一个和台上演的相差十万八千里的故事。正在上演的情节总是会与他的故事产生冲突，就不得不紧跟着进行修改，可他也并不心急。舞台上的演员发出的声音各不相同，他还会挑选几个他喜爱的角色，紧张地关注着他们命运的起伏和发展。他特别喜欢一个美人儿，不大不小的年纪，金黄色的长发闪闪发光，眼睛大得离奇，光着脚丫。荒诞而不切实际的场景并未让他反感。长得高高大大、全身臃肿的演员丑态百出，分站两排的合唱队奇形怪状，尖声嘶喊时脸都扭成一堆，做着毫无意义的姿势，戴着凌乱不堪的假发，男高音的高底靴，女主角那抹得五颜六色的脸，他那敏锐的眼睛并没有注意到这些，还不能分得很清楚。他像一个坠入情网的人，对心目中的恋人产生了错觉，看不到她真实的面目。儿童那与生俱来的创造幻觉的神奇力量，可以随时随地挡住一切不愉快的感觉并能使它点石成金。

音乐是特别能创造奇迹的。它给世间万物都蒙上了一层薄雾，让一切都显得美丽、高雅、迷人。音乐激发了心灵对爱的渴望，让他认识到世界万物的空虚，随之又引来无数充满爱的精灵来供他填补这些空虚。小克利斯朵夫心情异常紧张，有些台词、有些手势、有些乐句，让他感觉很难为情；他不敢抬头看，也无法辨别是非，脸红一阵白一阵，额头上直冒汗；与此同时，他又担心被别人发现自己的紧张。歌剧演到第四幕，同往常一样，必定会有无法逃避的灾难降临到这对情侣身上，给男女主角创造一个尖声高唱的时机；可到那个时候他感到不能呼吸了，他的喉咙如同受了凉一样，觉得很难受，他用手掐住脖子，却连口水也吞不下去；他眼睛里充满了泪水。幸好，祖父也和他一样激动，像个天真的小孩一样对戏剧充满了兴趣。每次演到激动人心的地方，祖父就会轻咳几声，装出若无其事的样子来掩饰内心的激情澎湃；可是克利斯朵夫看得一清二楚，感觉无比痛快。他浑身发热，昏昏欲睡，他坐的地方又极为不舒服。但他全心全意想着：“是不是还要演好久？真希望不要结束啊！”

摇来晃去，手势时而轻和舒缓，时而急速激烈，正如他的音乐一样。从中也可以看出他有点神经质，而且他的音乐也正反映了他的这个特质。激情澎湃的气息也渗透了这支无精打采的乐队。克利斯朵夫大口大口地喘着气，尽管担心别人注意到他，可还是没有办法安安稳稳坐在位置上。他坐立不安，干脆站起来，音乐带给他如此强烈又出乎意料的刺激；他沉浸在其中，摇头晃脑、手舞足蹈，严重地妨碍了旁边的观众，别人只好想尽办法来避开他，以免吃了他的拳脚。在场的观众都异常激动，人们为这音乐会现场的热闹气氛而疯狂，远远超过了对音乐本身的喜爱。演出一结束，剧院里顿时响起排山倒海般的掌声和欢呼声，乐队按照德国的惯例和习俗，马上吹响长号，以此来向作曲家表达敬意。克利斯朵夫太过高兴，禁不住全身颤抖，好像那些掌声和欢呼声都是给他的。他看着哈斯莱眉飞色舞的样子，非常高兴，就像小孩一样心满意足。女人扔着鲜花，男人挥舞帽子。一大堆观众向舞台蜂拥而去，如同洪水般，大家都想和大音乐家握握手。克利斯朵夫看到一个女人非常热情地把哈斯莱的手放到唇边吻了吻，还有一个冲上去抢到了哈斯莱留在指挥台上的手帕。他也不知道为什么，感觉有一股神秘的力量推着他往舞台上挤，可就算挤到了哈斯莱身旁，他也会因太过激动而仓皇逃走的。他像牛羊一样低着脑袋在裙子与裤腿之间乱窜，想要接近哈斯莱，却因他个子太小了，怎么也挤不过去。

祖父在大门口找到了他，要带他去参加特地为哈斯莱准备的小夜曲演奏会。那时天已经黑了，人们点起了火把。乐队的所有成员都赶了过去。在路上，大家谈论的不过都是刚刚欣赏的美妙乐曲。等到了爵府前，大家悄悄地聚集在音乐家的窗外。虽然所有人包括哈斯莱早就对干什么知道得一清二楚，可大家还是故作神秘，在寂静的夜晚，他们开始演奏哈斯莱作品中的一些经典名曲。终于，哈斯莱和亲王出现在窗口，大家向他们欢呼致敬，同样他们也对众人回礼。过了一会儿，亲王派了仆人下来把乐队的成员请进府里。他们穿过豪华的大厅，四面墙上都是油画，画着戴着头盔的裸体人物：肤色深红，一副向人挑战的神态。天上画着团团如海绵的云。此外还有各式各样的大理石做的男女雕像，统统穿着铁皮短裙。地毯软绵绵的，宾客踩在上面听不到一点声音。最后走进一间大厅，屋内灯火通明如同白日，桌上摆满了可口的饮料和精致的美食。

尽管大公爵也在那个房间里，克利斯朵夫却完全看不见他，眼里只有哈斯莱。哈斯莱向乐师们走过去，向他们一一道谢，他一边说话一边找词，有时说到一半找不到下文，就插几句俏皮的玩笑话，逗得大家哈哈大笑。之后大家开始吃东西。哈斯莱特意把几个音乐家请到旁边，还把克利斯朵夫的祖父请了过去，对米歇尔大大地恭维了一番。哈斯莱说他还记得之前演奏他作品的人里面就有约翰·米歇尔，还提到他经常听一个朋友提起米歇尔多么了不起。那个人是祖父以前的学生。祖父不胜感激地道谢，回应了几句夸张的恭维话，就连克利斯朵夫听到都觉得非常不好意思，尽管他很崇拜哈斯莱。可哈斯莱倒还很自然很舒服地接受着这些奉承话。等到祖父稀里糊涂讲了一大通，实在是无话可说了，便把克利斯朵夫拉去拜见哈斯莱。哈斯莱对克利斯朵夫笑了笑，随手摸了摸克利斯朵夫的头；得知小孩喜欢他的音乐，甚至为了见他已经连续几个晚上都没睡觉了，便把克利斯朵夫抱在怀里，亲切地问这问那。克利斯朵夫激动不已，高兴得满脸通红，因为太过紧张连一句话也说不出来，看都不敢看偶像一眼。哈斯莱捏了捏他的下巴，硬是要他把头抬起来。克利斯朵夫先是偷偷地瞄了一眼，他发现哈斯莱眼睛透着微笑，神情柔和，于是他也笑了。他依偎在他心爱的大音乐家的怀里，感觉那么快乐、那么幸福，感动得眼泪都扑簌簌地落下来了。哈斯莱为他这单纯天真的爱备受感动，更加亲热地拥抱着他，温柔地对他说话，就像是母亲对小孩一样；而且还专说一些俏皮话，胳肢他痒痒，逗他发笑，克利斯朵夫终于忍不住破涕为笑。很快，哈斯莱就成了他的熟人，回答哈斯莱的问题一点也不拘谨了，他还主动凑在哈斯莱的耳边告诉他自己的小计划，好像他们已经是认识了很多年的老朋友。他说他多么渴望成为一个像哈斯莱这样伟大的音乐家，做出像哈斯莱创作的那样美妙的乐曲，做一个大音乐家等等。一直很害羞的他竟然高声说话、滔滔不绝，可是连他自己也不清楚到底说了些什么，他有些兴奋过度了。哈斯莱听着他不断唠叨地东拉西扯，说："等你长大了，成了一个音乐家的时候，你一定要来柏林找我，我会帮你的。"

克利斯朵夫高兴得说不出话来。

哈斯莱于是故意开玩笑说："你不愿来吗？"

克利斯朵夫拼命摇了摇头，连着摇了五六次，表示他绝对愿意。

"那么就一言为定喽？"

克利斯朵夫点点头。

"那么你亲我一下吧！"

克利斯朵夫用胳膊搂着哈斯莱的脖子，拼命地抱着他。

"哎呀！小家伙，你把我的脸都弄湿了！松手！你擤擤鼻涕好不好！"

哈斯莱笑着用手亲自帮这个又害羞又高兴的孩子擤鼻涕，并把他放到地上，牵着他的手走到桌子边上，往他的口袋里塞满了糕点，对他告别：“那再见了！可不要忘了你答应我的。”

克利斯朵夫沉浸在幸福里，感觉有点晕乎乎的，此时此刻，身边的一切都不复存在了。他怀着愉快的心情全神贯注地注视着哈斯莱的一颦一笑、一举一动。可是之后哈斯莱说的一句话让他觉得很惊讶。正当大家滔滔不绝的时候，哈斯莱突然举起杯子，脸色一沉，神情严肃地说：“本来现在是高兴的日子，但是我们也不可以忘记我们的敌人。我们应该永远牢记。我们没有被打倒，现在仍然幸存于世并非因为他们手下留情。因此我们也没必要考虑他们的生存而手下留情。所以现在我举杯要庆祝也绝对不包括那些人！”

听到这古怪的祝词，大家还一边鼓掌一边大笑，哈斯莱也和大家一块笑，又恢复到刚刚的愉快表情。可是克利斯朵夫听了却一点也不快活。尽管他很崇拜哈斯莱，不敢对他的行为大肆议论，可是他认为今天晚上应该开开心心，只想高兴的事就可以了，而让他觉得失望的是哈斯莱却想着那些丑恶的事情。但是他没有细想下去，本就模模糊糊的印象，很快随着欢乐的心情消散了，淹没在从祖父酒杯里喝到的一丁点香槟里。

在回家的路上，祖父一直自言自语，不停地唠叨，哈斯莱对他的恭维使他高兴得飘飘然。他高声宣布哈斯莱是一个百年难遇的天才。克利斯朵夫没有吭声，把自己那像是对爱情一样的醉意都埋藏心底，哇！他亲过他，抱过他！多么美好！多么伟大！

他躺在小床上，热情地抱着他的小枕头想着：“噢！为了他，让我去死也甘愿，死也甘愿！”

那天晚上，璀璨的流星划过天际，照耀着小城，克利斯朵夫便在心里种下了坚定的信念种子。哈斯莱就成了他整个童年时期的榜样，这个榜样始终埋藏在他的内心深处。他向哈斯莱学习，才六岁的小孩就下决心要写曲子了。事实上，在很久以前，在毫无知觉的情况下，他就已经开始在作曲了：在就连他自己都没有感觉到自己在作曲的时候就已经在作曲了。

对一个天生的音乐家来说，世间万物皆是音乐。一切颤动的、震动的、跳动的东西，烈日炎炎的夏天，刮风下雨的夜里，流动溢彩的光芒，闪烁耀眼的明星，雷鸣闪电，鸟语虫鸣，树木窸窣，或可爱或厌恶的人声，家里熟悉的声响，吱吱呀呀的门，静夜里脉络里奔腾的热血……周围的一切都是音乐，只要仔细倾听就好了。这种随时随地都在蔓延的音乐，始终回旋在克利斯朵夫的心里。他把自己的所见所闻所感，全都记录下来化作音乐。所有人也包括他自己都没有发现，他就像是个蜜蜂嗡嗡的蜂房。

和所有的小孩一样，他嘴里整天都哼着一些旋律。不管是在何时，不管是在做何事：或是在路上蹦蹦跳跳的时候；或是躺在祖父家里的地板上，手抱着头，翻着书本观看插图的时候；或是在厨房最暗的角落里，黄昏时分坐在小凳子上恍惚的时候；他的小嘴总是咿咿呀呀，闭着嘴也会鼓着腮帮、卷动舌头。就这样他会不知疲倦地连续玩好几个小时。母亲开始并未在意，之后就不耐烦地喊他停。

等到他也厌烦了这种恍恍惚惚的状态时，他就想要活动活动，弄一些声响出来。于是他就编点儿曲子，供自己唱唱。他为平常生活中不同的事情编了各不相同的曲子。在起床后，他像小鸭子一样扑着水洗脸时，有洗脸的曲子；有时在爬上那个圆凳坐在自己厌恶的乐器前面时，有一支前奏曲；甚至在他从凳上跳下来时，那支曲子可比爬上去时的音乐欢快多了；妈妈将汤端上饭桌时，他会准备一支用餐的快乐军乐曲；餐后，他会一边哼一边很庄严地回到卧室，自己会奏一支凯旋曲；有时他找机会和两个弟弟组成一个游行队伍，三个人一个跟着一个，有模有样地走着，各自唱着各自的进行曲。当然，最美的一支曲子克利斯朵夫留给了自己。他对于每支曲子都有严格的规定，克利斯朵夫从不会搞错。别人可能会混淆，但他对其中的细微差别分辨得一清二楚。

有一天，他在祖父家里转来转去，顿着脚跟打着节拍，昂首挺胸，没完没了地转啊，转啊，转得晕头转向，嘴里还一边哼着自己的曲子。老人正在刮着胡子，停下来，都顾不上擦一下满是泡沫的脸，望着他问："你在唱什么呀，孩子？"

克利斯朵夫说不知道。

"再唱一遍！"祖父说。

克利斯朵夫试了又试，却怎么也没再找到之前唱的调子。因为祖父注意到了，所以他很得意，想要趁机卖弄一下自己的好嗓子，便匠心独运地唱了一段歌剧，可是老人要他唱的并不是这个。约翰·米歇尔没说话，感觉像是不搭理他了。不过，当小孩一个人在隔壁房间里玩耍的时候，他故意不把门关上。

过了几天，克利斯朵夫用椅子围成一个圆圈，准备上演一出音乐喜剧，他凭着自己对剧院上演的戏的记忆片段进行拼凑，也装作那些艺术家一样，认真地跳着小步舞，还对着挂在墙上的贝多芬画像行礼。当他单脚站立旋转的时候，看到祖父正透过半开的门望着他。他以为祖父会笑他，就害羞起来了，赶紧停下来，跑到窗户边上，把脸贴到玻璃上，装出像是在看什么有趣的东西。没想到祖父没有说什么，一直走过来抱住他，这样克利斯朵夫才知道祖父很开心。这又极大地满足了他的自尊心，他非常聪明，已经猜出祖父很欣赏他，可是却不能确定最欣赏他的是哪一项才华，到底是剧作家，是音乐家，是歌唱家，还是舞蹈家。他猜应该是歌舞，因为那也是他自己最得意的才能。

一个星期之后，他都几乎把那件事忘掉了，祖父却神神秘秘地告诉他，说要给他看一样东西。老人打开书桌，拿出一本乐谱，放在钢琴架上，叫孩子弹一弹。克利斯朵夫觉得非常奇怪，但还是按乐谱弹奏着。乐谱是手写的，看得出老人花了很多心思，上面有他那肥大的笔迹。题目还用了漂亮的花体字。祖父坐在克利斯朵夫旁边帮着翻乐谱，一会儿，他问孩子弹的是什么音乐。克利斯朵夫全心全意地弹琴，完全没有注意祖父说的话，只是回答说不知道。

“你认真想想，难道听不出来吗？”

没错，这音乐明明像在哪里听过一样，可就是想不出在哪听过……

祖父笑着说：“再想想看啊。”

克利斯朵夫摇摇头，说：“祖父，我想不出来。”

突然他心中一亮，觉得这些调子……可是他不敢……不敢承认……

“祖父，我不知道。”

他脸红了。

“哎，小傻子，你自己的曲子都听不出来吗？”

对，他知道是自己的，可是被别人这么一说出来，自己反倒吃了一惊，他嚷着：“噢！祖父！”

老人非常开心认真地给他解释那份乐谱："你看，这是咏叹调，是你星期二躺在地上哼的；这是进行曲，是我上个星期要你再唱一遍，而你却没想起来的；这是小步舞曲，是你在我的椅子前跳舞时打的拍子……你自己看看吧。"

在那乐谱的封面上，用几个美丽的花体字写着：

> 童年抒怀：咏叹调，小步舞曲，圆舞曲，进行曲。
>
> 约翰·克利斯朵夫·克拉夫脱作品第一号。

克利斯朵夫完全惊呆了。他看到自己的名字，漂亮的标题，大本的乐谱，那居然是他的作品！……他激动得结结巴巴地说："噢！祖父！祖父！"

老人把他拉到身边。他扑在祖父的腿上，头往祖父的怀里钻，开心得满脸通红。更加开心的是老人，其实米歇尔已经感动得忍不住快要流泪了，却仍装着若无其事的语气和他说：

"当然，我还根据曲子的旋律，给你加上了伴奏跟和声，还有……"他咳了一声，"还有，我在小步舞曲后面加上一段三重奏，因为……因为这是惯例！……而且……我觉得没有什么坏处。"

他把那段三重奏弹了一遍。克利斯朵夫因为能和祖父一起合作而觉得非常得意：

"那么，祖父，应该也要写上您的名字啊。"

"不用写。只要你知道就可以了，没必要告诉其他人。只要……"他的声音有些发颤，"只要把这个当作纪念，倘若以后我不在了，看到这个你还会想起我。你不会忘了祖父吧，嗯？"

可怜的老人没有往下把话说完整。他预料孙子的作品将来肯定会流传于世的，绝不会像他的那样默默无闻，所以在孙子的曲子里加了一些自己创作的调子，那还是从自己的作品中挑选出来的曲调。而他那想沾点孙子将来的荣誉之光，其实这个愿景没什么过分的，反而显得很卑微，也很感人，因为对他来说，他只是希望能借这个机会让自己的一些思想传递给后代，以免自己白白来这人世一趟。克利斯朵夫感动极了，他拼命亲吻爷爷的老脸。老人也越来越难以抑制自己的情感，只是不停地亲吻孙子的头发。

“你说，你不会忘了的，对不对？以后你成了一个音乐家，一个大艺术家，为家族、为国家、为艺术增光的时候，当你举世闻名的时候，你会记得第一个赏识你的才华，第一个料到你将来的成就的，就是你的老祖父吗？”

他听着这些自己讲的话，眼泪都快要涌出来了，但他不想被孩子发现他动了情。他连咳几声之后就沉下脸，把乐谱当成宝贝藏在怀里，然后就打发孩子回家了。

克利斯朵夫回到家还高兴得忘乎所以。在回家的路上，总觉得石子都在围着他旋转跳舞。可家里人的反应却让他有些失望，他无比骄傲地讲着他的音乐成绩，他们却在一旁冷嘲热讽。母亲嘲笑他。曼希沃则说老人家肯定是头脑不正常了，与其弄得孩子疯疯癫癫的，倒不如养好自己的身体。说到克利斯朵夫，则劝他赶紧抛开荒唐的想法，应该马上到琴上去练四个小时。首先要做的，应该是先把琴弹得像模像样。至于说作曲，反正以后有一大把时间，到时候没什么事做了再去弄也是可以的。

这通大道理，刚开始听上去好像是曼希沃为了孩子好，不想他年纪轻轻就变得骄傲自满、得意忘形，可事实并非如此。而且很快，曼希沃就用行动证明了他的想法正好相反。他自己没有一点可以融进音乐里去表现的思想，他也觉得音乐无须表现什么思想，因此他觉得一个优秀的演奏家是没必要作曲的，他认为作曲是二流角色做的事，认为音乐的价值只有依靠演奏家的表演才能表现出来。但是对像哈斯莱这一类著名的一流作曲家所引发的狂热，他也不是不能感觉得到，那些满堂喝彩的盛况也使他非常敬佩，因为凡是众人捧场的人，他都很尊敬。可他难免存有忌妒之心，因为他总认为是作曲家抢走了本应属于他演奏家的掌声。但是根据经验，众人对大演奏家的捧场也同样火暴非凡，特别是具体到个人，更加容易赢得赞许的目光和恭维的赞扬。他故意装出对大音乐家的才华非常崇拜的样子，而实际上总爱到处传播他们荒唐可笑的奇闻逸事，让别人看轻他们的才智和品德。他认为演奏家应该处于艺术家阶梯上的最高一层，他还找到了非常充分的理由：既然舌头是大家公认的人体最高贵的器官，那没有语言还能谈什么思想？没有演奏家还谈什么音乐？

不管他的训诫是出于何种原因，那对孩子精神上的发展总归是好的，可以使它不至于因为祖父的夸奖而不可一世；并且在这一点上，他的训诫还远远不够。克利斯朵夫因此就自然而然地认为祖父比父亲聪明得多。虽然他毫无愠色地坐到钢琴边，但并不是为了服从，而是为了和平时一样，一边让手指机械地在琴键上来回移动，一边暗地里胡思乱想。他弹着没完没了的练习曲，心里却有一个骄傲的声音在叫喊："我是一个作曲家，我是一个大作曲家。"

从那天开始，他认为自己是个作曲家，因此他就开始作曲了。连字都还不怎么会写的他，就开始在家里把账簿上的一些纸片撕下来，然后在上面画一些蝌蚪模样的音符。可是总苦苦寻找一些自己的可以来写的思想，还纠结于该怎样写，这样一来，他反倒没有什么思想了，变成为思想而思想了。他对乐曲的结构和语言都非常执着。更何况他自认为是天才音乐家，就算是没表现出什么思想，但不管怎么说最后还是完成了曲子。之后他就会得意扬扬地拿去给祖父欣赏，祖父高兴得都要哭了，随着年龄的增长，老人变得更加容易流眼泪了，还总是夸他写得极其美妙。

这样做很容易惯坏孩子。还好他生来不爱慕虚荣，判断力也并不差，而且还有一个人深深影响了他，尽管这个人从未想过要影响任何人。那个人就是路易莎的哥哥，就通情达理方面来看，他完全有资格被称为标准典范。

他和路易莎一样，长得矮矮瘦瘦的，背有点驼，看起来十分柔弱。没有人知道他到底有多大了，可能还没到四十，可看上去却像是已经五十甚至是五十多岁了。那张小脸上爬满了皱纹，皮肤是粉红色的，温顺的浅蓝色眼睛，如同快要枯掉的勿忘我草。他很怕冷，怕吹风着凉，所以不管去什么地方，他都会把他的鸭舌帽戴上。脱下帽子的时候，一个小小的粉红色圆锥形秃顶就会冒出来，被克利斯朵夫和小弟弟看到了，可把他们乐坏了。因为这个脑袋，他们总是取笑他，总是故意问头发被弄到什么地方去了，再加上父亲还在一旁开着一些流里流气的玩笑，孩子们就玩得更加疯狂、更加过火了，直威胁着要去打他的秃头。最先笑起来的总是他，他的脾气很好，耐着性子随他们怎么闹。他是个流动的小贩，整天背着一个包裹，从一个村子走到另一个村子，包裹里的东西各种各样的都有：糖、盐、纸张、零食、手帕、围巾、靴子、罐头食品、日历、流行曲子的乐谱、药品……

有好几回，有人为了要他安定下来，特意替他盘了一家杂货店，或是一个针线铺子什么的。可他却总不习惯，总会在别人意料不到的一个晚上起床，把钥匙放在门下，然后背着包裹就离开了。大家会接连好几个月见不到他。之后他可能又会回来，经常是在黄昏时分，听到几声轻轻的敲门声，门推到一半，他会非常懂礼貌地脱下帽子，冒出一颗小小的秃头，一双温顺的眼睛，一脸腼腆的笑容，随后向大家问候“你们好”。在进门前，他总是会记得先把鞋底的灰土弄干净，之后就按长幼次序依次向他们问好，然后选一个房间里最偏僻隐蔽的角落坐下，点起烟斗，蜷在一团。大家和往常一样又是像下暴雨一般把他取笑一通，而他每次都非常平静地等待着那场暴雨。克利斯朵夫的祖父和父亲都不把他放在心上，总是对他冷嘲热讽。他们觉得这个古怪瘦小的人很滑稽很可笑，再加上他那卑微的小贩身份又损害了他们的尊严。他们从不掩饰对他的轻蔑，但他也好像浑然不觉，还是一如既往地尊敬他们，最后弄得他们也不好意思了，特别是老人，他非常看重别人对他的敬意，不忍心伤害那些敬重他的人。他们总是对他开一些非常过头的玩笑，路易莎听了都羞愧得满脸通红。她早就已经非常坚定地相信克拉夫脱家一族就是比普通人要高一个等级，理所当然地认为丈夫与公公所说的都是对的。然而，她也很爱自己的哥哥，而他也默默地爱着她。本来他们家就已经没有其他亲人了，兄妹俩又都是那种谦恭忍让、被生活所迫的人，彼此怜悯着，内心默默忍受的同样的痛苦，使得兄妹俩相依为命，可以说是同甘苦共患难。克拉夫脱父子长得十分健壮，生性粗鲁，嗓门又大，精力很充沛，喜欢快快活活地过日子。而在他们中间生活，兄妹俩就像是处于生活之外或生活边缘上的善良又软弱的好人，两人惺惺相惜，同病相怜，彼此心照不宣，不需要任何言语就可以传递彼此的关心。

克利斯朵夫带着小孩的那种漫不经心和傲慢无情，也与祖父及父亲一样打心眼里看不起小贩。他经常取笑舅舅，把他看作一件可笑的玩具。他总是缠着舅舅，戏弄他。舅舅总是逆来顺受地承受着。可是克利斯朵夫心里其实很爱舅舅，只是自己也说不清楚而已。克利斯朵夫喜欢舅舅，首先是因为他和玩具一样听话，让他做什么都可以，叫他往东他不会往西。其次是因为他每一次来都会给他们带一些好东西：一块糖果，一张图画，或是别的什么有趣的玩具。这个矮子一来，孩子们总是欢喜得像过节一样，因为他肯定又会带来出人意料的惊喜。他不管多么没钱，还是会想方设法地给家里每个人带点小礼物。家里每个成员的生日，他都记得清清楚楚，总是恰到好处地在那天赶来，从口袋里掏出一些他用心挑选的可爱的小礼物。大家经常接受他的礼物，都已经习以为常，觉得理所应当，都不会记得对他说声谢谢；而对他来说，只要能够送别人一些小礼物，他就已经觉得非常开心幸福了。经常睡不太踏实的克利斯朵夫，在夜晚总会回想白天的经历，有时就想到舅舅真是太好了，那时就会涌出一阵阵对这个可怜人的感激，但是到了白天就又想不起要感谢舅舅了，因为在那个时候，他只想着如何捉弄他了。再说他还很小，根本不知道善良有多么可贵。在小孩的语言中，善良与愚蠢基本上是同义的，而高脱弗烈特舅舅不就是一个鲜活的例子吗？

一天晚上，曼希沃被人邀请去吃晚饭了，路易莎安抚两个小弟弟去睡觉了，楼下客厅就只剩高脱弗烈特一个人，他走了出去，坐在房子不远处的河边。克利斯朵夫没事做，正闲得慌，就跟着出去了，和往常一样像只小野狗咬人一样去捉弄舅舅，最后弄得自己累得喘不过气，就滚到舅舅跟前的草地里。他趴在地上，鼻子往草丛里钻。等呼吸稍微平缓了，他又想找一些玩笑话来，一想到就会大声叫唤，笑得前仰后合，脸都快埋进土堆里了。舅舅没有理他，在旁边一句话也没说。他感觉舅舅安静得有些奇怪，便抬起头准备重新说一遍笑话，没想到一抬眼就看到舅舅的脸上蒙着一层朦胧的水汽，在暮光的照耀下闪着一圈金黄色的光。克利斯朵夫把已经到嘴边的话咽了回去。高脱弗烈特微微笑着，眼睛半合，嘴巴半张，忧郁的脸上透着悲伤的，还带着一点严肃的气息。克利斯朵夫手托着下巴，仔细观察着舅舅。夜幕降临，舅舅的脸渐渐看不太清楚了。万籁俱寂。克利斯朵夫完全被舅舅脸上散发出来的神秘气息感染了。地面一片漆黑，天空却一片明朗：星星都亮了。水浪轻轻拍打河岸。小孩迷迷糊糊，不知不觉竟嚼着青草。身边响起蟋蟀的鸣叫声。他快要睡着了……突然，黑夜中，响起了高脱弗烈特的歌声。他的声音轻柔，有点沙哑，好像还在喉咙里，只是唱在心里给自己听的，一二十步之远的地方就听不清了。但它很动人，带有真情实感；这歌声，就像是明净的水域，可以非常清楚地看到它的内心。克利斯朵夫从未听过有人这样唱歌，也从未听过这歌。舒缓、简单、纯真，又庄重，用着严肃的、凄凉带点单调的步子前行着，却又从容不迫，唱唱停停，有时停歇很久，随后又继续向前，逍遥自在，慢慢隐没在黑夜里，它好像是来自很远的地方，也不知道它要去往什么地方。安静祥和的境界却仍然无法隐藏内心躁动不安的情绪，在看似恬静的表面下，埋藏着沉睡了几个世纪的哀伤。克利斯朵夫凝神屏气，不敢动弹，激动得全身颤抖。歌声结束后，他从地上爬到舅舅身边，哽着嗓子叫：

“舅舅！”

高脱弗烈特没有回应。

“舅舅！”孩子又叫了一声，把手和下巴都搁在他膝盖上。

高脱弗烈特非常亲热地回答：“怎么啦，孩子？”

“你唱的是什么啊，舅舅？告诉我，是什么啊？”

“我不知道。”

“你告诉我嘛，你唱的是什么？”

“我也说不出是什么，就是一首歌。”

“是您写的吗？”

“不，不是我编的！你问得好奇怪！……这是一首老歌。”

“那是谁写的呢？”

“不知道。”

“是什么时候的歌？”

“不知道……”

“是您小时候的歌吗？”

“我出生以前，我父亲，父亲的父亲，父亲的父亲的父亲都还没出生以前，很久以前就有了，一直就有。”

“好奇怪！那怎么从来没人跟我提过。”

他想了一会儿，说：“舅舅，那你还会唱别的吗？”

“会啊。”

“再唱一首别的好不好？”

“为什么要再唱别的？唱一首就够了。我们要在想唱的时候唱，不能在不想唱的时候唱，不能随便唱着玩呢。”

“可是别人开音乐会的时候不也是唱了一首又一首？”

“我唱的这个不是音乐。”

孩子愣住了。他没太弄懂舅舅的意思，但也不想要别人给他解释。的确，那不是音乐，不是一般的音乐。他又问：“舅舅，您是不是也写曲子呢？”

“写什么？”

“歌曲呀！”

“歌曲？噢！我怎么能写呢？那是写不出来的。”

孩子按他平时的逻辑问：“可是，舅舅，这不也是以前别人写的吗……”

高脱弗烈特固执地摇摇头，“那是一直就有的。”

孩子紧追不舍：“可是，舅舅，难道就不能再写一些别的新歌吗？”

“为什么要再写呢？什么样的歌都有了。不管是你伤心还是快乐的时候唱的；不管是你觉得累了，还是离家时想家了想唱的，还是你恨自己是个卑贱的罪人，骂自己就像是一条小虫的时候唱的；不管是别人对你友好，你感动得要哭的时候，还是你沐浴在风和日暖、天朗气清的大自然中，感觉看到了天堂，看到了上帝慈悲的微笑……不管什么时候，总是有歌可唱。总之，你想唱什么就有什么歌给你唱。干吗还要我写呢？”

“干吗要写？为了要成为大人物啊！”孩子满脑子都装着祖父的教诲和他那幼稚的梦想。

高脱弗烈特温和地笑了笑。克利斯朵夫有点不满意了，问：“你为什么笑呢？”

高脱弗烈特回答：“噢！我啊，我是个普通的人。”

他摸了摸孩子的头，问：“那么，你是想要成为大人物，是吗？”

“是的。”克利斯朵夫骄傲地答道。

他一心等着舅舅的夸奖，没想到舅舅却问：“为什么要当大人物呢？”

“为了写好听的歌啊！”

高脱弗烈特又笑起来：“你想写一些歌，为的是要成为一个大人物；你想当个大人物，为了要写一些歌。你倒像是一条狗追着自己的尾巴转圈子呢！”

克利斯朵夫被舅舅这么一说觉得很不高兴。如果在别的时候，他是绝对不会让一向被他取笑的舅舅反过来取笑他的；同时，他连做梦都不会想到舅舅会那么聪明，一句话驳得他哑口无言。他试图想找个理由或是什么无礼的话反驳回去，可就是找不到。高脱弗烈特接着又说：“大人物有什么用？就算由这里到科布伦茨那么大，你也写不了一首歌。”

克利斯朵夫很不服气地反驳道：“只要我愿意作……”

“你越是想写就越写不出。要写的话，就得跟它们一样顺其自然。你听——

“一轮明月从田野升起来，又圆又亮。一层银色的薄雾在苍茫的大地及波光粼粼的水面上浮动。青蛙们正在激烈争论，草地里的蛤蟆像笛子般唱出悠扬的歌声。蟋蟀的尖锐颤音像是随着群星的闪动而颤动。微风拂过榛树的枝条发出阵阵窸窣声。那河流后面的山岗上，传出夜莺清脆甜美的歌声。”

高脱弗烈特沉默了很久，叹了口气，像是对自己说又像是对克利斯朵夫说：

“还需要你唱吗？它们唱的难道不比你所能写得更好听吗？”

这些夜里的声音，克利斯朵夫听过无数次，但之前从没有今晚这样的感受。是啊！还需要你唱吗？……他觉得心里满是柔情和哀伤。他真想拥抱草原、河流、天空和那些可爱的星星。克利斯朵夫现在爱极了高脱弗烈特舅舅，认为他是世界上最好、最漂亮、最聪明的人，以前都是自己看错他了，不理解他，还以为舅舅大概为自己的淘气而伤心吧。克利斯朵夫悔恨交加，真想喊道："舅舅，别伤心，我以后再也不淘气了！请原谅我吧，我多么爱您！"可他不敢说。忽然他扑在舅舅怀里，心里话还是没有说出口，只是拼命地拥抱着舅舅，一遍一遍地说着："我多爱您！"高脱弗烈特惊喜交加，亲吻着孩子，连声问他："怎么啦？怎么啦？"接着站起身，拉着他的小手说："该回去了。"克利斯朵夫很不高兴，以为舅舅没有明白他的意思。但是快到家的时候，高脱弗烈特对他说："以后，如果你愿意，我们可以在晚上再去听上帝的音乐，我再给你唱一些别的歌。"当克利斯朵夫不胜感激地拥抱舅舅道晚安、准备去睡觉的时候，他看出舅舅是完全理解他的意思的。

从那之后，他们经常一起在晚上出去散步，什么也不说，什么也不做，要么静静地沿着河岸走着，要么一起穿过田埂。高脱弗烈特慢悠悠地抽着烟，克利斯朵夫有点怕黑，所以总是紧紧地拉着他的手。他们有时一起坐在草地上，沉默一会儿之后，高脱弗烈特就开始和他谈星空、云彩，教他如何辨别泥土、空气和水的气息，如何去听黑暗中飞舞的、蠕动的、跳跃的、浮游的万物的歌声、叫声、响声，告诉他阴雨晴天的先兆，还教他如何在夜间交响曲中认出无数的乐器。有时，高脱弗烈特会唱一些歌，或是悲凉或是欢快，但总是同一派的。可克利斯朵夫听了一样地激动不已。他唱的话也是一个晚上只唱一首。克利斯朵夫还注意到了，你越是强烈要求他唱，他就越唱得勉强，最好的状态是他主动想唱的时候。通常是你必须安安静静地等老半天，等到克利斯朵夫失望地想着“唉！他今晚不会唱了……”的时候，高脱弗烈特才会开始唱起来。

一天晚上，碰巧舅舅没有唱歌，克利斯朵夫忽然想到，要从自己的作品里挑一首出来唱给舅舅听，那可是自己费了许多心血也觉得非常得意的曲子，他要向舅舅证明自己是个了不起的艺术家。舅舅静静地听完了说：

“真难听，可怜的克利斯朵夫！”

克利斯朵夫非常沮丧，一句话也答不上来。高脱弗烈特用怜悯的语气问他：

“为什么你要写这个呢？多么难听！又没谁逼着你去写。”

克利斯朵夫气得面红耳赤，顶了一句：“祖父可夸我写得挺好呢。”

“噢！是这样啊，”舅舅不慌不忙地回答，“那他一定不会错的。他学识渊博，精通音乐，而我一点也不懂……”

顿了一会儿，他还是接着说：“可我就是觉得难听。”

他静静地瞅着克利斯朵夫，见他又是气恼又是伤心，便笑着说：“你还写了些其他的曲子吗？也许我更喜欢听别的。”

克利斯朵夫觉得这个主意不错，也许换一首曲子可以改变之前那首带来的不良印象，于是他把自己写的曲子全都唱了一遍。高脱弗烈特一句话也不说，等他唱完了，才摇摇头，用非常肯定的语气说：

“这些更难听了。”

克利斯朵夫咬着嘴唇，下巴发抖，快要哭了。舅舅也是一脸沮丧地说：“哦！真的很难听！”

克利斯朵夫哭着喊道："为什么您一定要说它难听呢？"

高脱弗烈特非常真诚地望着他，回答说："为什么？……我也不清楚……首先是因为它无聊……对……它很无聊，它没有一点感情，所以很难听……你写的时候，根本就没有想要表达的东西。你为何要写下来呢？"

"我不知道，"克利斯朵夫用可怜兮兮的语气说，"我只是想写一首好听的歌。"

"这就对啦！你是为了写而写的。你是为了要当一个大音乐家，为了让别人羡慕才写的。你自高自大，你虚情假意，所以你注定要受到惩罚。你看，谁要在音乐上这样做的话，谁就逃脱不了惩罚。对待音乐要谦虚、真诚，不然，怎么能够称为音乐呢？那不是对上帝不敬吗？不是亵渎上帝吗？他给了我们这么多好听的歌，都是很真诚的表达啊，也是告诉我们要说老实话啊！"

高脱弗烈特发现小孩不太高兴了，想去拥抱安抚他。可是克利斯朵夫气鼓鼓地躲开了。接连几天他都生舅舅的气，他恨舅舅。他一遍一遍地安慰自己说："他是头蠢驴！什么都不懂。比他聪明得多的祖父可夸我的音乐很好呢。"然而他心里可清楚得很，舅舅是对的。那些话他都铭记于心，他为自己撒了谎而觉得羞耻。

所以他虽然总是记恨舅舅，但从那之后，他每次写音乐的时候总忘不了他。因为想着舅舅看了又会怎么说，他就经常把写好的曲子撕掉。如果费了很大的力气写完了一个自己都觉得不够真诚的曲子，便会小心翼翼地藏起来。他最怕舅舅的批评，只要高脱弗烈特在听他的曲子时说了一句："嗯，还不太难听……我喜欢这个……"他就高兴极了。

有时他想出出气，就会故意捣乱，把一些名家的曲子说成是自己写的来唱给他听，如果舅舅偶尔说不好，他就高兴极了。但舅舅并不会因此而觉得自己理亏。看到克利斯朵夫围着自己拍着手欢快地蹦蹦跳跳，他也会跟着真心地欢笑，而且总是这样解释："也许这确实写得很好，可是没多大意思。"他从不愿去听曼希沃他们弄的那些小型音乐会，不管作品有多美，他总会打哈欠，直犯困。过一会儿，他坚持不了就悄悄地溜了。他说：

"瞧！孩子，你在屋子里写的都不是音乐。屋子里的音乐好比屋子里的太阳。音乐应该是在外边，要呼吸到上帝赐予我们的新鲜空气才有音乐。"

他总是提到上帝，因为他很虔诚，对宗教的信仰完全不同于克拉夫脱父子，尽管自命为强者的他们也会在每个星期五守斋。

不知为何，曼希沃忽然改变了想法。他不但赞同祖父把克利斯朵夫的灵感记录下来，而且更让克利斯朵夫惊奇的是，他还花了好几个晚上亲自把乐稿抄了两三份。无论别人怎么问他，他都只是一本正经地说："我们等着瞧吧……"或是一边笑一边搓着手，还使劲摸着孩子的头，和克利斯朵夫开玩笑，再不然就是高高兴兴地拍拍他的屁股。克利斯朵夫讨厌这种亲热，但他看得出父亲是真的很快活，也不知道是什么原因。

曼希沃跟约翰·米歇尔经常神秘兮兮地聚在一起，好像在商量着什么大事。一天晚上，克利斯朵夫惊奇地听到，他，克利斯朵夫，把《童年抒怀》敬献给雷沃博大公爵殿下了。原来曼希沃先事先已经设法打听了亲王是否愿意接受这份敬意，亲王表示非常乐意接受这份敬意。于是曼希沃非常得意地宣布，事不宜迟，必须马上采取措施：第一，准备一份正式的申请书呈送给亲王；第二，印刷作品；第三，举办一个音乐会宣传孩子的作品。

曼希沃和约翰·米歇尔又为此讨论了很久，有几处激烈紧张地讨论了两三个晚上，还不准任何人扰乱他们。曼希沃写草稿，修改，再修改，又重写，这样反反复复。老人扯着嗓子说话，好像是在那朗诵诗歌。他们有时因争论太激烈不自觉地提高了音量，有时因为找不到合适的字眼而直拍桌子。

然后，他们把克利斯朵夫叫去，让他坐在桌子前，拿着笔，父亲站在右边，祖父站在左边。祖父嘴里念一个字，孩子照着写一个字。他根本不知道到底在写什么，一来他写每个字都要费很大的劲，二来父亲总他耳边嚷叫，三来祖父还特别用抑扬顿挫的音调来加强，让克利斯朵夫听着心烦意乱，根本无暇顾及它的意思。老人也和孩子一样紧张，根本无法安心坐下，总在屋子里走来走去，根据文字的内容做出各种表情，还时不时来看孩子写的字。克利斯朵夫看到背后的两个大脑袋在晃来晃去，吓得心烦意乱，吐着舌头，笔都握不稳，眼前一片模糊，不是字画得太长了，就是把写好的给弄得模糊不清，这样一来，曼希沃叫得更凶，米歇尔也会大发雷霆。他只好重新写一份，没多久又要重写，写了又写，等到终于快要写完了，本来洁白无瑕的纸上会忽然掉下一大滴墨水。于是他们两个拧他的耳朵，他双眼噙着泪，却不许他哭出来，因为眼泪会弄湿纸，否则又得从第一行再重新写。他几乎感觉这一辈子都写不完了。

终于还是完工了，约翰·米歇尔背靠着壁炉架，把信又念了一遍，兴奋得声音都在发抖；曼希沃躺在椅子里，仰着头望着天花板，不时装模作样地充当内行，也在仔细回味这封信的韵味：

高尚而又尊贵的殿下，

自从我四岁起，音乐便是我幼年时期最大的爱好。自从我与艺神缪斯结下不解之缘之后，缪斯便常常赐予我灵感，洗涤我的灵魂，陶冶我的情操，这便让我对音乐更加喜欢，从我个人鄙陋的角度来看，这是神灵对我的眷顾。而今我已经六岁了，在艺神时常将灵感灌输于我之际，也在我耳畔私语："行动吧！行动吧！记录下你内心灵魂的和声！"我曾经思索："我只是个六岁的孩童，哪里来的这种勇气？艺术界将要如何评论我？"我诚惶诚恐不知所往，战战兢兢不得心宁。怎奈艺神垂青于我，怎能忤逆，故我斗胆，作了几首乐曲。

啊！尊敬的陛下！我怎么胆敢将我的拙作跪倒呈现在您的脚下，我怎么敢呢？我怎么敢奢望您那慈父般的爱，能毫不保留地垂于我的拙作之中，让我感到是此生的幸运？

啊！能够的！因为您向来提携和帮助科学与艺术的进步，慷慨而毫无保留地付出，您将初露锋芒的才能之人置于神明之中加以保护。周公吐哺，天下归心。正因为您，我才有了信念，我才壮着胆子将拙作拜献于您的座下。

啊！我尊贵的殿下，我期盼着您能垂顾匍匐在您的脚下的年少的作者和其作品！只期博您一笑，心亦足矣！

永远效忠于无限高尚而又尊贵的殿下。

致以无比忠心坦诚而又顺从的仆人

约翰·克利斯朵夫·克拉夫脱敬上

克利斯朵夫一点都没听信的内容，他为自己终于脱身感到非常高兴，生怕再被叫去重写，赶紧溜到野地里去了。他一点也不清楚自己在信上写了什么，也不知道它的重要性，更是完全不把它放在心上。可是老人念了一遍之后还不满足，又念一遍，想要再仔细回味一番。念完之后，他和曼希沃一致认为是篇杰作。大公爵看过呈送给他的信和乐谱之后，也表示喜欢。他特地派人传话，说对两样东西都很满意。他批准了音乐会，还传令把音乐研究院的大厅交给曼希沃使用，并答应会在音乐会那天召见这位年幼的艺术家。

于是曼希沃马上开始筹备音乐会。宫廷音乐联合会也答应来帮忙。开头如此顺利，更加刺激了他，愈加想要弄出更大的排场，于是改用精美的版本刊印《童年抒怀》。曼希沃原本想在封面上加一张他和克利斯朵夫两人的合影，孩子坐在钢琴前他自己拿着提琴站在旁边。但他不得不放弃了这个打算，并不是因为费用太高——曼希沃是毫不顾虑费用的——而是因为时间来不及。于是他只好换了一幅充满象征意味的画，画上有一只摇篮、一支小号、一面鼓、一只木马，还有架竖琴在中间金光闪闪。书名上有一段很长的献词，亲王的名字是用特大号的字体刊印的，作者署名是“约翰·克利斯朵夫·克拉夫脱，时年六岁”（其实当时他已经七岁半了）。插图的刻版费用很高，为了这个，祖父卖掉了一个十八世纪的柜子，上面还雕有人像，那可是老人一直以来不愿意割爱的，之前古董商华姆塞就曾三番五次想要买走这个柜子。但是曼希沃坚信，乐谱发售预约的收入绝对能够抵上这成本，而且还会有富余。

还有一个问题要让他操心的，就是克利斯朵夫在举办音乐会那天要穿什么衣服上场。为了这件事他们特地开了一个家庭会议。照曼希沃的想法，是准备让孩子穿着短装，光着小腿，就像四岁小孩那样的装扮。克利斯朵夫年龄虽然不大，但个子已经比较高，身体也很强壮了；更何况大家又都认识他，这一点是没有办法隐瞒的。之后曼希沃想到一个绝妙的办法，决定让孩子穿上燕尾服打上白领结。路易莎说这样大家都会笑话孩子的，孩子会非常可怜，可是她的反对无济于事。曼希沃非常了解大众的心理，认定这样出人意料的打扮肯定会大受欢迎，一定要这样做。他们赶紧请来裁缝给孩子量身定做衣服。另外还买了高级的内衣和漆皮鞋，都是一些非常昂贵的东西。克利斯朵夫穿上自己的新衣服感到非常拘谨。为了让克利斯朵夫尽快适应，他们要他穿着新衣在家里把他的曲子练了一遍又一遍，还教他礼仪。整整一个月，他都坐在琴凳上，没有一点自由。他极其气愤，但还是不敢反抗。因为他想到自己即将完成一件光辉显赫的大事，他既感到骄傲又觉得害怕。再说大家都对他关怀备至：担心他着凉，赶紧用围巾护着他的脖子；鞋子也有人替他烘着就怕他脚受寒；给他吃的也是最好的饭菜。

那伟大的一天终于来了。理发师来负责给他化妆，要把他刚硬的头发烫成松卷状，直到整理得像卷曲的羊毛一样服帖才肯罢手。全家人一个个在他面前打转，夸他真是漂亮极了。曼希沃前左右后仔细打量着他，突然拍了拍脑门，想起了什么，跑出去摘了一朵花别在孩子衣襟上。但是路易莎一看见他，却举起两条胳膊朝天伸着，难过得叫了出来，说真像一只杂耍的猴子。这句话简直伤了克利斯朵夫的心了。他自己也不知道对那身奇怪的打扮应该是得意还是害臊。他只觉得非常尴尬，在音乐会上他会觉得更加尴尬，在这个非常值得纪念的日子，除了尴尬羞窘之外他根本没有别的感觉。

音乐会就快要开始了，大厅里的座位还有一半是空着的。大公爵还没来。在这样的情形下，有一位消息灵通的好心朋友告诉他们说，公爵府里正在开会，大公爵不会来了：这可是非常可靠的消息。曼希沃听了大失所望，坐立不安，魂不守舍地踱来踱去，从窗口往外东张西望。老约翰·米歇尔也急了，不过他是为孙子担心，啰啰唆唆地叮嘱个没完没了。克利斯朵夫也被他们弄得紧张起来：他并没有把要演奏的曲子放在心上，只是想到要向听众行礼就心慌，而且越想越着急。

然而，音乐会不得不开场了。听众都已经等得不耐烦了。乐队开始演奏《科里奥朗序曲》。孩子既不知晓科里奥朗，也不知晓贝多芬；尽管他经常听到贝多芬的音乐，可并不知道作者的名字。他从不在意听到的曲子是什么题目，而是自己给他们取一些名字，编些小小的故事，幻想出一些零星的风景。通常情况下，他把音乐分成水、火、土三类，当然每一类里面的音乐都还有无数细微的差别。莫扎特属于水这一类：他的音乐或是水边的一片草原，或是在河上漂浮的一层透明的薄雾，或是春日里的一场细雨，或是雨后一道绚丽的彩虹。贝多芬却是属于火这一类：有时像一个烈焰腾腾、浓烟滚滚的火炉；有时像一个着火的森林，笼罩着一片浓厚昏暗的乌云，四面闪出惊心动魄的雷鸣；有时群星闪烁，忽然像一颗在九月的夜空亮起的明星，缓缓陨落，缓缓隐灭，让人看了心为之颤动。此刻，英雄灵魂的不可一世的热情，像一把熊熊之火燃烧着克利斯朵夫，使得他热血全身沸腾。其他的一切都消灭了，与他毫不相干！垂头丧气的曼希沃，焦虑不安的约翰·米歇尔，慌乱匆忙的所有人，听众，大公爵，小克利斯朵夫想：这些人和他有什么关系呢？他被那阵狂怒痴狂的意志卷走了。他紧紧跟着它，气喘吁吁的，双眼含泪，四肢麻木，从掌心麻到脚趾头，热血沸腾，全身发抖……他躲在布景的支柱后面，正当倾着耳朵仔细听的时候，忽然心头像挨了一棒：乐队的演奏中止了；肃静了一会儿之后，铜管乐器和铜钹奏起军乐来。两种音乐转变得那么突兀，克利斯朵夫气得咬牙切齿，顿足握拳，对着墙壁发泄了一通。可曼希沃却高兴坏了，原来是亲王驾到了，乐队奏着国歌向亲王致敬。约翰·米歇尔声音颤抖着又把嘱咐的话对孙子说了一遍。

序曲重新响起，这一次是真的奏完了。之后就轮到克利斯朵夫上场了。曼希沃把节目安排得十分巧妙，可以让他和儿子的技艺同时展现出来：他们要一起演奏莫扎特的一段钢琴与小提琴的奏鸣曲。为了强化演出效果，先让克利斯朵夫一个人上场。家人把他带到舞台的入口处，给他指了指舞台上的钢琴，又把该做的事重新嘱咐了一番，于是就把他推到舞台上去了。

他对这个剧院非常熟悉，所以并不太害怕。可是独自一个人站在台上，面对着成百上千只眼睛，突然一下子变得胆小了，不由自主后退了几步，甚至还想退到后台去；可是他看到父亲狠狠瞪着他，向他做着手势，不得不继续往前，更何况台下的听众已经看到他了。他往前走，听到台下一片片乱哄哄的好奇声，随之而来的是笑声，没多久笑声传遍全场。果然如曼希沃所料，孩子的打扮真的产生了预期的效果。剧院里的观众一看到这个有着波希米亚人肤色的小孩，拖着长发，却穿着绅士的晚礼服，怯生生地跨着小步，都忍不住哈哈大笑起来，甚至还有人站起身想看个清楚。没过多久竟然演变成了哄堂大笑，即使那并没有任何恶意，但是就连最镇定的演奏家也免不了会因此而慌张。笑声、目光、对着舞台的望远镜，把克利斯朵夫吓坏了，他只想赶快走到钢琴那里，在他眼里，那简直就是大海中的一座岛屿，是庇护所。他低着头，直视前方，沿着台边加快脚步，经过舞台中间，也忘了大人的吩咐，没有对观众行礼，却转过身扑向钢琴。凳子太高了，没有父亲的帮忙他坐不上去，他可等不及了，直接慌慌张张连跪带爬地坐上去了，这么一来，台下的人看着觉得更加好玩了。但此时克利斯朵夫是安全了，到钢琴前面他就谁也不怕了。

终于曼希沃也出场了。承蒙观众好意，他得到相当热烈的掌声。奏鸣曲马上开始。小家伙弹得镇定自如，毫不慌张，克利斯朵夫聚精会神，抿紧着嘴，双眼直直盯着琴键，两条小腿垂在凳子下面。他越弹越自在，感觉身边都是熟悉的朋友。耳边传来一阵阵轻轻的赞美声，他想到大家安静地坐在那儿听他演奏，欣赏他的曲子，心里就洋溢着骄傲得意之情。可曲子一结束，他又觉得害怕了。听众的喝彩只让他觉得羞赧，并未觉得开心。父亲拉着他的手到舞台前边向听众行礼的时候，他觉得更加不好意思了。没办法，他只能傻头傻脑地向听众行着礼，面红耳赤，尴尬极了，好像做了什么不允许做的荒唐可笑的事。

他又被抱上琴凳，独奏他的《童年抒怀》。那真的是轰动全场了。奏完一曲，大家热烈喝彩，要求他再来一遍。他对自己的成功非常得意，同时也对他们带有命令意味的喝彩生气了。演奏一结束，全场的人都站起来向他欢呼，大公爵又带头一起鼓掌。那时只有克利斯朵夫一个人在台上，于是就坐在凳子上一动也不敢动。掌声越来越热烈，他的头越来越低下去，红着脸，羞得跟什么似的，他拼命转身，背对着观众。曼希沃走上去，把他抱在怀里，要他向观众抛飞吻，还给他指了指大公爵的包厢。克利斯朵夫毫不理会。曼希沃抓着他的胳膊轻声威胁他，于是他无可奈何地做了个手势，可是低着眼睛，也不看谁，总是把头扭向别处，真的没法忍受那个罪。他非常痛苦，也不知道为什么痛苦；他觉得自尊心被伤害了，一点不喜欢台下那些人。他们对他鼓掌也没用，他无法原谅他们笑他，把他的窘态当成笑话来看；他也无法原谅他们看到了自己这可笑的模样：人悬在半空抛着飞吻；他甚至要责怪他们的喝彩了。曼希沃一把他放下，他就马上向后台奔去；在半路有位太太扔过来的一束紫罗兰正好打中了他的脸，他吓了一跳，跑得更快了，慌乱中还撞倒了凳子。他越是跑，别人越笑；别人越笑，他就跑得越快。

终于跑到了舞台出口，那儿挤满了围观的人，他使劲低着头钻过去，赶紧跑到后台的角落里躲着。祖父高兴坏了，对他赞不绝口。乐队里的乐师也都笑开了，一直称赞他，可他连看也不愿看他们一眼，也不愿和他们握手。曼希沃侧着耳朵听着，因为外面掌声持续不断，他想把孩子再带到舞台上去。孩子执意不肯，拼命拉着祖父的衣角，有人走过去，他就伸出脚乱踢一通，之后又大哭起来，家人只好顺着他的性子。

这时，一个副官进来说，大公爵要在包厢里接见两位艺术家。孩子这个样子怎么能见人呢？曼希沃气得破口大骂，他一发火，克利斯朵夫哭得更凶了。为了让他停下来，祖父哄着他允诺给他买一磅巧克力糖，只要他不再哭闹；贪吃的克利斯朵夫顿时不哭了，咽下眼泪，答应和父亲一起走，不过还是要父亲庄严地发誓，绝对不会再把他带到舞台上去。

到了大公爵包厢的客厅，他一眼就看到一位穿着便服的先生，有一张像小哈巴狗的脸，鼻子下留着一撮翘起的胡子，颌下留着尖尖的短须，脸色红润，身材矮小，肥胖臃肿，半开玩笑半亲热地大声招呼他，用肥胖的手轻轻拍拍他的腮帮子，叫他“再世的莫扎特”，这个人就是大公爵。之后他被介绍给公爵夫人、她的女儿，以及其他随从。可是由于他一直不敢抬头看他们，对这些光彩夺目的人仅存的印象，就只有从腰带到脚之间的那部分美丽的长裙和长裤。他坐在年轻公主的腿上，不敢动弹，也不敢呼吸。她问了他很多问题，都是曼希沃在旁边毕恭毕敬地用呆板的套语代替他回答的；可她根本没听曼希沃说话，只管逗弄着小孩。他觉得脸越来越红，又担心会被大家注意到，于是赶紧找了一个理由来解释，他深深地叹了口气说：“我太热了，脸都红了。”

公主听了这话大声笑了。可是克利斯朵夫并没有像之前恨观众那样恨她，因为她的笑声很悦耳；她抱着他，一点也不让人觉得讨厌。

这时，他瞟见站在走廊里包厢进口的祖父，又兴奋又不好意思，祖父很想进来说几句话，却又不敢，因为人家没有叫他，只好远远分享着孙儿的荣耀，在暗地里得意。克利斯朵夫突然动了情，觉得应该替可怜的祖父说几句公道话，让别人认识到祖父的价值。于是他凑在他的新朋友的耳边悄悄地说：“我要跟你说一个秘密。”

她笑着问：“什么秘密呀？”

“您还记得，我刚才弹的小步舞曲，那一段好听的三重奏吗？……您知道吗？……（他轻轻地哼着）咳！那是我祖父作的，不是我的。其他的调子都是我的。可是那最美的一支是我祖父作的。他不愿意我说出来。您不会说的吧？（他指着老人）看，那就是我祖父。我真爱他。他对我非常好。”

年轻的公主听了哈哈大笑，说他真可爱，使劲地吻着他。但是她马上就把这个秘密公之于众了，让克利斯朵夫和老祖父都大吃一惊。大家都笑了起来。大公爵向老人表示祝贺，米歇尔却局促不安、慌慌张张，想要解释却又解释不清，结结巴巴的，好像犯了什么错一样。而克利斯朵夫就再也不理公主了，尽管她逗他惹他，他都一声不吭，板着小脸：他看不起她，因为她不守信用。他对亲王们的印象因她背信这件事而大打折扣。他非常气愤，以至于别人说什么，甚至是亲王笑着称他为“宫廷钢琴家，宫廷音乐师”，他也完全听不进去了。

他和家人出来，从剧院的走廊一直到街上，走到哪都被人包围着，有的称赞他，有的拥抱他，这让他很气恼：因为他不想被人拥抱，更不喜欢别人未经他允许就随便摆弄他。

终于到了家，门刚关上，曼希沃马上就开始骂他“小浑蛋”，因为他说出了三重奏不是他作的。在小孩看来，他做的明明就是一件高尚的事，应该受到表扬和称赞的，而不是现在的批评和责骂，于是就没忍住开始顶嘴反抗起来，还说了几句没有规矩的话。曼希沃气愤至极，说如果不是刚刚弹得不错，肯定又要打他一顿，说他干的这件蠢事，把整个音乐会的效果都给破坏了。克利斯朵夫充满了正义感，一个人躲着在角落里生气；不管是父亲，还是公主，所有的人他都瞧不起。他觉得自己很不舒服，邻居们来向父母贺喜，他们有说有笑，好像刚才的曲子是他的父母弹的，而他又好像是他们的一件玩物一样。

正在这时，亲王府里的一个仆人奉大公爵之命送来一块金表，年轻的公主还送给克利斯朵夫一盒精美的糖。两件礼物克利斯朵夫都非常中意，不知道更加喜欢哪一件。可是他心情还是很糟糕，一时之间还赌着气不愿意表现出自己高兴，于是他继续嘟着嘴，但眼睛却偷偷地瞟着糖果，心里还想着一个问题：要不要收一个弃信背义的人送的礼物。他正准备做出让步的时候，父亲叫他马上坐到书桌前去，要他写一份道谢信，父亲口授，他动笔写下来。那真的是太过分了！或许是因为紧张劳累了一整天，或许是因为父亲要他写“殿下的卑微的仆人兼音乐师 ××……”那样令人羞愧的语句，他情不自禁地哭了起来。一个字也写不出来。仆人在旁边冷嘲热讽，但还是不耐烦地等着。曼希沃只好自己动笔。那肯定只会让他对孩子更加生气。更糟糕的是，克利斯朵夫把表掉到了地上，摔破了。咒骂声如同冰雹一样袭来，击打着克利斯朵夫的心。曼希沃嚷着要处罚他不让他吃饭后的茶点。克利斯朵夫愤愤不平地说为什么不给他吃。为了惩罚他，母亲说要没收他的糖，克利斯朵夫更加生气，说她没有这个权利，那是他的东西，不是别人的，谁都不可以抢他的！他挨了一个耳光。他气得快发疯了，从母亲手里抢过盒子，扔到地上乱踩一顿。他又挨了一顿打，然后被拖到他的房里，脱掉衣服放在床上。

晚上，他听到父母跟朋友们在楼下一起吃着丰盛的晚餐，那是一顿早在八天之间就开始准备的大餐，是特意为了庆祝音乐会而准备的。世界上竟然有这种不公平的待遇，他差点就气死在床上了。自己只吃了一顿打，吞了一肚子泪，而他们却大声说笑，开怀畅饮。父母告诉客人说孩子累了，不要打扰他，之后就没有任何人想起他。晚饭过后，在大家告别离去的时候，有一个人拖着沉重的脚步进来了，原来是老祖父，祖父在床前弯下身子，非常感动地拥抱他，说着：“我的好克利斯朵夫！我的好孙子……”还把藏在口袋里的几块糖掏出来塞给了他，然后，好像很不好意思，就慢吞吞地走了，也没再说什么。

祖父给了克利斯朵夫很大的安慰。可是他已经被白天那些紧张的情绪折磨得十分乏倦了，甚至没有力气去看看祖父到底塞给了自己什么好东西。他浑身乏力，马上就要睡着了。

他整夜都没睡安稳。他的神经很紧张，身子常常突然之间像触电般全身一颤。梦里有一种狂野的音乐总是折磨着他。在半夜，他被惊醒了。他在音乐会上听到的贝多芬的序曲，到现在还在耳边轰鸣着，急促的乐曲节奏充满了整个房间。他从床上坐了起来，揉揉眼睛，弄不清自己是在做梦还是清醒着……不，他不是在做梦。他记得这音乐，记得这愤怒的咆哮，这疯狂的吼叫，他听到自己那无法控制的狂热的心在胸腔内怦怦地乱跳着，血液在急速地奔腾着，脸被一阵阵狂风吹着，被它鞭挞着，被它扫荡着，但又突然停住了，好像被一股巨大坚强的意志给镇住了。那个巨大的灵魂与自己的身体结合了，深深地透进自己的内心，他的心灵被扩张了，他的肢体也尽情地膨胀了很多倍，变得硕大无比。他大步大步地在世界上前进着。他像一座高山，狂风暴雨好像只是自己的呼吸一样。狂吼的风暴！悲恸的黑风暴啊！……哦！多么痛苦！……不过这又有什么可怕的！他觉得自己变得那么坚强……来吧！受苦吧！受难吧！……啊！坚强多么美好！坚强到能忍受着痛苦是多么美好！

他笑了。笑声清晰地回荡在静寂的夜里。父亲被吵醒了，嚷道：“谁啊？”

母亲轻声说：“小心点！是孩子在做梦呢！”

他们三个都安静下来了。周围的一切都安静下来了。音乐消失了，房间里只有均匀的鼾声。他们都是共患难同命运的伙伴，在一叶脆弱的舟中相濡以沫，一股天旋地转的力量把小舟卷进了无边无际的黑夜里去了。

卷二　清晨

第一部　约翰·米歇尔之死

三年过去了。克利斯朵夫马上就满十一岁了。他依旧接受着音乐教育。他跟祖父的一个朋友、圣马丁教堂的管风琴师弗洛里昂·霍尔赛学习和声，这是个学识渊博但有点古板的老头。老师告诉过他，不要去听那些悦耳的和弦，它们让人听得想入非非、控制不住，而让人浑身发麻的和声则更不好，是不能听的。他问起原因的时候，老师只是含糊地告诉他说，这些和声是受到戒律约束着的。但是，天性不喜欢被这些条框束缚的他反而更喜欢和声了。他现在最大的兴趣就是在那些音乐大师们的作品中找到这种类型的曲子，找到后，他就会得意地拿去给祖父和老师听听。祖父听了之后说，这些大师级的音乐家作出的曲子，无论什么调都是优美的，像贝多芬和巴赫这样的大师是可以随心所欲的。但是老师可不赞同，他咬着牙愤愤地说，你找到的那些乐曲仅仅是大师们的一些不入流的作品而已。

克利斯朵夫可以在音乐会和剧院里畅通无阻。他对每样乐器都有兴趣摆弄一下，小提琴演奏的技巧就更加炉火纯青了，他父亲想为他在乐队里谋一个演奏的职务。安排他去实习演奏了几个月，得到了乐队的高度认同，他就被正式任命为宫廷乐团的第二小提琴手。他开始能养家糊口了，这个时候，家里的日子是越来越糟糕。曼希沃酗酒跟着一起严重了起来，而祖父也的确老了。

克利斯朵夫对家里的情况看在眼里，急在心上，使他看上去少年老成，总是一副愁眉苦脸的样子。他心不在焉地干着这份剧院的差事，他觉得那里没有一点儿乐趣，晚上在乐队的时候，常常会打瞌睡，但他还是坚持着。他对剧院已经没有小时候的那种热情了。在四年以前，他最大的梦想就是能站在乐队里现在的这个位置上。但别人安排他演奏的乐曲，大都是他不喜欢的；他自己说不准这些乐曲到底怎么样，但他还是打心底里觉得这些乐曲平庸而无趣；有时碰到能演奏优美乐曲的机会，他又觉得队友们演奏得实在没有水准；就算是他最爱的作品，结果也会被乐队演砸。乐队里的乐手们非常让人讨厌：他们等幕布一落下，就会大声喘着气，搔着痒，有的笑嘻嘻地擦着汗，嘀嘀咕咕地聊些鸡毛蒜皮的小事，他们把演奏好像当作做一小时的体操一样。他还近距离地看到了以前自己喜欢过的金发赤足的美女歌手，现在他能常常在幕间看到她，有时会在餐厅里和她相遇。当她得知他小时候仰慕过她时，就很愿意送他一个拥抱，可他没有一点兴奋的感觉：她的浓妆，很重的气味，粗胳膊，暴饮暴食，都让他作呕。现在他最不想见到的人恐怕就是她了。

大公爵没有忘记这个小钢琴师：这倒不是说，他能按时领到钢琴师的那一点点月俸，如果不去上门讨当然是拿不到的；而是说小克利斯朵夫常常会被叫到城堡里去，大部分原因是要接待贵宾，有时候是因为爵爷自己来了兴致想听他弹琴罢了。要他去的时候大部分是晚上，那时候，克利斯朵夫刚想自己独处，过会儿清静的日子。但他没有办法拒绝，只得急急忙忙跑过去。有时，晚宴还在进行中，仆人会安排他在大堂里等候，仆人们很喜欢这个孩子，对他很亲近。接下来，他会被带进一间灯光耀眼、四周摆设着很多镜子的客厅里，那些酒足饭饱的人无理而好奇地打量着他。他得走过抹了足蜡的地板去亲吻爵爷的手；随着自己年龄的增长，他觉得自己的行为很可笑，自尊心受到了严重的伤害。

然后，他坐在钢琴前，开始给这些浑蛋演奏（他私下叫他们浑蛋）。有时候，大厅里那种漠然的气氛简直让他窒息，他想要停下跳跃的手指，他感到氧气不足，感觉就要闷死了。当他演奏完后，这些浑蛋会对他胡乱夸奖一番，主人有时把他拉过去，然后把他一一地向大家介绍。他此时感觉自己像公爵喂养的一头珍稀动物一样，那些好听的话大多是拍公爵的马屁而不是真的夸奖自己。他感觉被羞辱了，他的敏感几乎让自己心理变态，他有苦不敢言，越忍着心里越难受。就算这些人是出于好心，他也觉得那是侮辱：有人在客厅的角落里笑，他也会觉得那一定是在讥笑他，但在笑他什么呢？是笑他的行为呢，还是服装？笑他的长相呢，还是笑他的手脚？反正就是让他感到被辱。有人和他讲话，他觉得是受辱，人家不跟他谈话，他觉得更受辱，客人们像平常对孩子那样给他糖果呢，他也会觉得很屈辱，而最让他难以容忍的是公爵会高高在上地丢给他一枚金币，然后叫他走人。他的贫穷让自己都瞧不起自己，别人的态度更让他感到难受。有一天晚上，他沉重地回到家，感觉手里的金币压得自己的心都喘不过气来，他竟然把它丢进了地窖的风洞口里。可没过多久，他又无可奈何地厚着脸皮去捡了回来，因为家人已经在肉店赊了好几个月的账了。

他的长辈们从不知道他的自尊心被伤害成这样，反而因为他能在公爵那得宠而感到骄傲。朴实的路易莎看到儿子能在公爵府里和那些上层社会的人物一起度过夜晚，觉得对于孩子而言，世间没有比这更让人幸福的事了。曼希沃则常常拿这件事去外边向朋友们吹嘘炫耀。但是最高兴的人还是老祖父，他表面上装得很清高，一向独往独来，口无遮拦，鄙视权贵，但实际他不是这样的，他内心最渴望的还是发财、当官、光宗耀祖、有社会地位；看见孙子这么小就能和这些上层社会的权贵在一起，他感到很自豪，好像孙子的荣誉都是自己的功劳一样。他尽量装作无所谓的样子，但那张放着光彩的脸出卖了他。每次只要孙子去爵府演奏，他就会找借口待在路易莎那里。他每次都焦急地等着孙儿回来，就像小孩子一样地迫不及待。克利斯朵夫回家后，他又装作若无其事，问他些无关痛痒的问题，比如说："哎！今晚过得怎样？"

有时又会亲热地打打招呼："哈哈，我们亲爱的小音乐家一定有新鲜事儿告诉我们听的呦！"

要么就用几句巧妙的恭维话逗逗他，如："向我们的小王子敬礼！祝贺你！"

可是克利斯朵夫每次都黑着脸，肚里憋着气，头上冒着火，冷冰冰地回敬一声"还行"，就躲进角落里生闷气去了。可老人家总不甘心，又去问很多比较实际的问题，他就只简单地应答"是""不是"。其他的家人也过来嘘寒问暖，但克利斯朵夫的眉毛锁得越来越紧，要他开口应答简直就是做梦，终于，约翰·米歇尔爆发了，说了些难听的话。克利斯朵夫也不甘示弱地全顶了回去，结果大家不欢而散。

老人气呼呼地甩门走了。克利斯朵夫连给予这些可怜虫一点点乐趣的机会都不愿意，家人还是没有了解他痛苦的内心。他们的灵魂已被奴性占据着，那并非都是他们的错！他们从来不曾想过，人生还有另一种活法。

于是，克利斯朵夫把自己封闭起来；虽然他对家人没有什么意见，但觉得他们之间隔着一道巨大的鸿沟。当然，他可能把这种鸿沟想得太严重了；因为就算没有共同的思想，但是能推心置腹地互相谈谈，或许一家人还是能找到共同话语的。然而，孩子与父母相亲相爱地生活在一起很简单，但彼此推心置腹地沟通却是很困难的，他们之间很难成为心灵伙伴：一方面，孩子尊敬父母，不敢把自己的所有想法吐露出来；另一方面，父母们认为自己年长而经验丰富，固有的一些成见会使父母不会真正去关心孩子内心的真正想法。殊不知，孩子们的感情有时比大人的更加应该被关怀，而且几乎可以确定地说，孩子的感情比大人的感情更真实。

而让克利斯朵夫与家人的隔阂变得更深的还有另一个原因，就是家里来的客人，特别是他们之间的那些谈话。

曼希沃的朋友常常来访，他们大多是乐队里的乐师，有酒鬼、光棍，他们不坏，但俗不可耐。他们的笑声和脚步声会震得屋子发抖。他们都自诩喜好音乐，但议论音乐时，却像门外汉那样肤浅。孩子的感情是敏感而柔软的，那些客人没有分寸的恶俗的行为和言语，往往很容易伤害他对音乐的爱好。特别是有时候，他们用这种态度来评价他心爱的作品时，他感觉那是对他的极大侮辱，他就会浑身绷得紧紧的，脸色煞白，好像一座冰雕，表示自己对音乐毫无兴趣；要是可能，他会连音乐一起憎恨了。于是，曼希沃奚落他："他是个没心没肺的家伙，冷漠无情。不知他像谁。”

有时，他们一起唱着四部合唱，唱着四拍子的日耳曼歌，和声平板，速度缓慢而凝重，跟这些唱歌的人一样傻傻呆呆的。这时候，克利斯朵夫就躲进最远的一间房里，对着墙壁咒骂一番。

祖父也会有朋友来访，他们是一些管风琴师、地毯商人、钟表匠、低音提琴手，还有一些来唠叨的老人，他们常常说着一成不变的笑话，有一搭没一搭地讨论艺术、政治或是当地名门望族的家谱——他们的兴趣并不在于讲什么，而在于有话可说，还能找到说话的对象就是最好不过的。

至于路易莎，她只跟几个街坊妇女来往，听些街坊上的流言蜚语。每隔一段时间，就有些“好心的太太”来表示关心她，邀请她去宴会中帮忙，同时有人越俎代庖，过问孩子们的宗教教育。

在所有的客人中，克利斯朵夫最厌恶的人是他的一个伯伯，叫丹奥陶——是约翰·米歇尔前妻克拉拉祖母的第一任老公的儿子。这位伯伯跟人合伙开了一个做非洲与远东生意的商行。他是新派德国的典型代表：一方面对民族传统的理想主义冷嘲热讽，表示要摒弃；一方面却因为取得胜仗而对强权与成功顶礼膜拜，这就更加显露出那种暴发户的嘴脸，好像刚刚尝到强权与成功的滋味一样。但是想要一下子改变一个延续了百年的民族传统是不可能的，所以被摒弃的理想主义，随时会在言谈举止、道德准则及日常生活中，从时不时地引用歌德的名句等就可以看出来。这是良知与利益的奇怪搭配，是德国传统中产阶级的道德原则与新式商人为获利而寡廉鲜耻的一个结合，这种结合总是散发出一种无法消散的虚伪的气息，因为它的最终目的是要把德国的强权、贪婪、利益变成一切利益、正义与真理的象征。

克利斯朵夫正直的天性最受不了这种人。他不明白伯父的观念是否合情合理；但克利斯朵夫憎恨他，把他当成敌人。祖父也不喜欢丹奥陶，更讨厌那种观念与理论；但祖父一旦去争辩，只消几句话就被反驳得哑口无言。因为丹奥陶头头是道，老人那些善良天真的理论，在他那里马上会变得幼稚，成为笑柄，最后总是以约翰·米歇尔对自己的善良感到惭愧而告终。为了向别人证明自己不那么落伍，他也去学丹奥陶的腔调，但他说不出那个味儿，连自己都觉得别扭。可是不管他怎样努力，丹奥陶总是能让他哑口无言；他对那些务实能干的人很赏识，尤其是自己在这个方面的能力是绝对欠缺的，他就只能眼巴巴地盼着后代有人能混到那个地位。曼希沃更加渴望，希望洛陶夫走他伯父的路子。所以，全家都巴结着这位有钱的亲戚，希望他将来能提携一下他们。丹奥陶知道这家人想讨好他，他就趁火打劫一样地摆着架子：什么都管着，什么都要评价一番，毫无顾忌地表现出他对艺术和艺术家的轻视，甚至故意羞辱那些当乐师的亲戚。他常常肆无忌惮地讽刺他们，这些人只厚着脸皮向他谄笑。

克利斯朵夫就是伯父重点嘲笑的第一目标。他可不是那种阿谀奉承的人，他每次都沉默对抗着，咬着牙，黑着脸。而伯父就喜欢他这种敢怒不敢言的模样。有一天，丹奥陶在饭桌上又过分地折磨他，他忍无可忍，火冒三丈，对着他的脸啐了一口。那可真是件胆大包天的事。伯父愣了很久才缓过神来，于是对他进行劈头盖脸的谩骂。克利斯朵夫也被自己的行为吓呆了，连雨点般打在他身上的拳头都没有感觉。当家人拉住他，要他跪在伯父面前认错时，他拼命挣脱，推开母亲，逃了出去。他在田野里奔跑，直跑到喘不过气来时才停下。他听见远处有人在叫他，他心想：既然不能把敌人扔进河里，那就把自己扔进去吧！他在野外露宿了一夜。天刚刚亮，他就来到祖父的门外。老人一夜未眠，想到克利斯朵夫的事情又气又担心，不敢再责罚他。老人把克利斯朵夫送回家。大伙看到他激动的样子，什么都不敢提；反而要讨好他，因为晚上他还要到公爵府里去表演呢。只有曼希沃发了几个星期的牢骚，又不好挑明讲，只得含含糊糊地说有些人面对好端端的榜样不学，却要做个没出息的、丢脸的人，而至于丹奥陶伯伯只要在街上碰到克利斯朵夫，就要竭尽所能地扭过头去，捏紧鼻子，表示避之不及。

既然得不到家人的同情，克利斯朵夫便尽量待在外边。他受不了那些不断施加在他身上的约束，那只会让他更痛苦：要他尊重的人这么多，很多事情非要按规定办不可，又不允许他追根寻底；克利斯朵夫可是生来就不喜束缚的人，人家越想要他屈服，做个本本分分的德国小平民，他就越觉得自己需要自由。在乐队里或爵府里，他讨厌那种装腔作势、无聊透顶的演奏，他喜欢像小马一样在草地上打滚，就算穿着新短裤，他也会从绿草如茵的山坡上滑下来，或在街上和那些野孩子丢石头打架。但他很少这么玩，并不是他怕挨骂或挨打，而是因为他没有伙伴一起玩。他和那些孩子总是形同路人，而那些无所事事的孩子也不喜欢跟他玩，因为他玩游戏时太认真，把人打得很重。而他也习惯独来独往，他和这些同年孩子差距太大了；他也会为自己玩游戏时笨手笨脚的感到难为情，更加不敢和他们一起玩。于是他就假装不爱玩的模样，虽然他是多么渴望有人能邀他一起玩啊。可是谁也没开口，他只能做出一副无所谓的样子，憋着一肚子委屈走开了。

他唯一感到安慰和高兴的事就是高脱弗烈特舅舅的到来，舅舅会带他一起出去游荡。他越来越亲近舅舅了，特别羡慕舅舅这种游侠一样的秉性。现在他明白高脱弗烈特为什么喜欢流浪，因为居无定所实在是充满乐趣。他们俩经常在黄昏的田野里漫无目的地走着，因为高脱弗烈特没有时间观念，所以他俩老是很晚才回家，家里人就会埋怨他。而他们最快活的事情是半夜去外边溜达，那时候，大家都睡熟了，他们就溜出去，高脱弗烈特明知这样做不对，但是在克利斯朵夫的苦苦哀求下，总是会同意，主要是他自己禁不住这种诱惑。半夜三更时，高脱弗烈特会到屋子前面吹响约定的暗号。和衣躺着的克利斯朵夫会应声下床，提着鞋子，屏气凝神，像野人一样灵巧地爬到靠近街边的厨房窗子上。他爬上桌子后，再踏着在外边接应他的舅舅的肩膀。一切妥当，他们会兴奋得像逃课的小学生一样。

有时，他们还去找高脱弗烈特的朋友、渔夫奚莱弥，他们坐着他的小船慢慢地漂荡在月光粼粼的水面上，从桨上滴落的水珠好像一曲琶音，连成一串精彩的半音阶。乳白色的水汽在河面上升起。寥寥的几颗星星在冰冷的夜空上颤抖，两岸的鸡鸣一唱一和。有时，还会听见云雀在半空中唱着那种悦耳动听的歌声，它们常常把水中的月影当作真正的天空而惊慌失措地在水面扑腾着，大家相视而笑。高脱弗烈特会哼唱着一个小曲子。奚莱弥则经常讲那些动物们五花八门的故事——像谜一样神秘而简短的故事，充满神秘感。月亮藏到树林后面去了。小船沿着黑压压的山峦走着。漆黑的天和乌黑的水面融合在一起。河面平静得没有一丝波纹。天地都静悄悄的。小船在黑夜里荡漾，说不清它是不是真的在荡漾，倒像是漂浮，似乎也静止不动了……芦苇中分出一条路，船从中间划过，摩擦着芦苇发出窸窸窣窣的声响。他们轻轻地靠岸了，上岸后，只能走路回家。有时走到天亮才到家。他们沿着河走。一大群银白色的阿勃兰德鱼，像麦穗那样绿，又宛如宝石一般蓝，簇拥在曙光初现的晨雾中。它们又像蛇发妖精头上的蛇群一样，只要丢一块面包下去，马上万头攒动，它们拼命抢夺那些丢下去的面包，随着下沉的面包一起转着圈，忽然一下，又像闪电一样消失不见了，河水像被染上了一层粉红，又带点儿淡淡的紫色。鸟儿一群群地醒了。他们加快脚步，像出门时一样小心翼翼。他钻进那空气恶浊的卧室，爬上他的床，一下子就睡熟了，周边还弥漫着田野的清香。

他这样偷偷地进进出出，一点也没被人发现，没想到有一天小弟弟恩斯德把他的秘密说了出来：从此，他被禁止出门，被人监视了。可他还是抓住任何一个机会溜出去。克利斯朵夫眼里看不起很多人，却喜欢这个做小贩的舅舅及他的那些朋友。家人对此气急败坏。曼希沃骂他是贱骨头。老约翰·米歇尔很妒忌他和高脱弗烈特的亲密感情；说他是屈尊俯就，不该和这种小人物来往，应该珍惜接近上流社会的机会。大家都说克利斯朵夫太不自重。

有约翰·米歇尔在世时顶着，这个家的生活还过得去，就算不务正业的曼希沃天天酗酒，也还熬得过去。因为只有他才能管教曼希沃，使其不至于过分堕落，而且老人的声望能挽回街坊们对他那醉鬼行径的恶评。重要的是，家里缺钱少粮的时候，他还能帮上忙。加上他还能凭着前任乐队指挥的身份领取一笔小小的津贴，此外，他还靠教学生、校正琴音挣些零花钱。这些钱大多给了儿媳妇。他看得出她手头很紧，即使她用各种方法掩饰。路易莎想到老父亲为了他们而吃苦就非常愧疚。以前，老人家生活得挺宽裕，过惯了好日子，所以他现在省吃俭用为了他们就显得更加难能可贵。有时候他省吃俭用还不够，为了偿还那些迫切的债务，约翰·米歇尔就忍痛割爱，卖掉那些心爱的家具、书籍，还有一些纪念品。曼希沃发现父亲偷偷给路易莎一些钱，就常常去强抢。老人知道这情况后——不是路易莎说的，因为她一向逆来顺受，而是从哪个孙子嘴里得知——怒发冲冠，一场父子大战激烈打响，让人看得心惊胆战。他们俩都是火暴脾气，没几个回合就开始恶语相向、狠话连篇，几乎就要动手了。但即使是在最冲动的情况下，曼希沃也不敢对老父亲不敬；就算醉得要死，还是会低头认错，让父亲劈头盖脸地修理一番。但只要一有机会，他又死性不改，到处要钱。约翰·米歇尔一想到将来的日子，他心里寒得发麻。

“可怜的孩子们，”他跟路易莎说，“我去世之后，你们怎么办啊？……幸好，”他拍着拍克利斯朵夫，“我希望能撑到这孩子长大，那时他就能养活你们了！”

可是他没有算准：他的生命已经快到达终点站了。这是谁也预料不到的。他已经八十多岁了，头发还是那么茂密，白发中间还有些许灰发，浓密的胡子有些还是全黑的。虽说仅剩十来颗牙齿，但嚼起东西来还挺管用。他吃饭的样子就更有趣了。他的胃口很大，虽然总是责备曼希沃酗酒，他自己其实也很能喝。他对摩泽尔河一带出产的白酒特别中意，而对于葡萄酒，啤酒、果子酒，只要是上帝创造的一切美味的东西，他更是饕餮一番。但他从不因为喝酒失去理性，他的酒杯里有节制这两个字的存在。说真的，他的节制的量也太大了，那个量要是换成一般酒量的人喝下去，估计也得醉得一塌糊涂。他仍然健步如飞，眼力也不错，干起活来从不说累。他六点起床，然后认真梳洗：因为他很重视外表跟风度与身份的搭配。他一个人在过日子，一切都要亲力亲为，从不麻烦儿媳妇；他自己清扫卧室，煮咖啡，钉纽扣，动手敲打，粘贴，修理物件。他总光着身子套件衬衣在屋里踱来踱去、上上下下，那种好听、响亮的男低音嗓子从不停歇地唱着曲子，有时还会模仿歌剧里的手势唱几句——随后他出门了，无论天气怎样，他都会一件不落地办着他一天的事。但他很少准时，不是在街头巷间和熟人拉着家常，就是和他那些似曾相识的女邻居们讲讲笑话：他很喜欢老朋友，但也喜欢这些年轻姣美的脸蛋。他这里停一下，那里留一下，就忘记了时间。但吃饭的时间他从不错过：他随到随吃，不管在谁家里，更不用人家邀请。天黑后，他又要去和孙儿们好好玩玩才回去。他躺在床上，在睡前总是要看几页已经翻得破旧的《圣经》。他睡一两个小时就会醒来，半夜里醒来，又会找一本从书摊上买来的旧书翻一翻：无论是历史、神学、文学，还是科学，不管有趣还是没趣，他开卷便读几页，虽然很多书中的道理他看不懂，但也会一字不落地读着，直到重新睡过去。星期日，他会去教堂做弥撒，带着孩子们去溜达，一起玩滚球游戏。他从不生病，仅仅脚趾那有点痛风，所以他夜里在床上念《圣经》的时候常会咒骂它几句。他看上去至少能活到一百岁，这是毋庸置疑的事情。人人都说他将来一定能活一百岁的时候，他自己也表示认同，他像一个充满智慧的长者一样嘀咕说，既然是上天的恩赐，人都无须拒绝。家人看到他那容易流泪的眼和越来越差的脾气，便觉得他的确老了。只要有一点儿不顺心，他就暴跳如雷，那红红的脸与粗短的脖子涨得紫红；他气急败坏地吼着，有时气得差点一口气接不上来。有一个当医生的老朋友告诫他需保养身体，要他节制脾气与控制饮食。可是，他顽固地一成不变，为了表示自己不怕死的精神，他反而更加放纵自己；他鄙视医学，嘲弄医生。他表示对死安之若素，还经常和人议论死，以证明自己是绝对不怕死的人。

在一个酷暑，他又豪饮猛喝了一顿酒，和人家拌了几句嘴之后，回到家里的园子里干活。他平时就喜欢翻土。那天他光着脑袋，顶着骄阳，胸口那吵嘴的怒气还没消散，气冲冲地翻着地。克利斯朵夫此时在绿荫下面，手上拿着一本书，可他并没有看；他听着蟋蟀那催人入眠的窸窸窣窣声出神，还不时地望一下祖父翻土的样子。祖父背对着他，弯着腰在拔杂草。忽然，克利斯朵夫看见他猛地站了起来，手臂在空中一顿乱抓，然后一头扎在地上。克利斯朵夫当时觉得很可笑，差点笑出来，可是看见祖父躺着一动也不动，感到了害怕，赶紧跑过去叫他，使劲摇他，并蹲下身子想抬起扎在地上的祖父的那颗大脑袋。可是他纹丝不动，此时，克利斯朵夫已经吓得浑身哆嗦，更加难以挪动他了。最后费了很大劲才把祖父翻过去，祖父此时面色惨白，眼睛淌着血，他吓得脊骨发凉。他放下祖父的头，拖着那魂不附体的身子大喊大叫地跑出院子，有个路人把他拦住了，克利斯朵夫吓得说不出话，只能指着屋子，那人就走了进去，他也跟在后面。住在附近的人听见叫喊声都聚了过来。大家把花草踩得乱糟糟的，园子里一下子就挤满了人，有人俯在老人身边和他说话。两三个男人把老人扶了起来。克利斯朵夫站在门口，朝着墙站着，他不敢看，又忍不住想看，就用手蒙着脸，从指头缝里瞧，只见老人巨大的身体瘫软成一团，被众人抬走了。当祖父被抬走经过他面前时，克利斯朵夫看到祖父一条胳膊垂落着，脑袋靠在一个抬他的人的膝上，那个人走一步，祖父的脑袋就蹦一下，沾满了泥土的脸浮肿着，淌着血，嘴没有合拢，眼睛睁着而散漫无光。克利斯朵夫看了又吓得大叫了一声，赶紧跑了。他一口气跑回家去，好像逃命一样。他粗着嗓子凄惨地叫着，冲进厨房。路易莎正在洗菜。他扑过去，紧紧地搂着她向她求救，号啕不止，脸拧成一团，话也说不出来。看到他那个样子，路易莎就明白出事了，她脸色瞬间变得惨白，手里的菜掉在地下，她一言不发地冲出了屋子。

克利斯朵夫一个人靠着家里的一个柜子哭个不停。他的兄弟们照样玩耍。他也并不太明白刚刚究竟发生了什么事情，他没有去想祖父，因为那些可怕的景象在脑海里晃荡不停，唯恐有人要他再回那去看一次。

该来的还是来了，傍晚的时候，他的两个兄弟在屋里玩够了，抱怨说玩得没意思，喊着肚子饿了，路易莎匆匆地赶回家，拉着他们几个就往祖父那里去。她走得很快，恩斯德与洛陶夫依旧嘀嘀咕咕的，可是今天母亲教训的口气显得比平时凶得多，他们吓得大气不敢出一声。孩子们本能地感到了一种恐惧，进门的一瞬间，他们一起哭了起来。天色尚早，夕阳的余晖淡淡地照进屋子，照在门把、镜子上，照着挂在外间半明半暗的墙上的小提琴上，那里折射出一种异样的光芒。祖父卧房内点着一支蜡烛，烛光摇曳，忽忽闪闪的火焰与渐渐暗淡的暮色连在一起，使屋内变得阴森可怕，令人窒息。曼希沃坐在窗下号啕大哭。医生弓着背站在床前，遮住了床上的人。克利斯朵夫的心扑扑乱跳。路易莎要孩子们跪在床边。克利斯朵夫鼓足勇气瞄了一眼。他以为会看到比下午还可怕的景象，但看到这一幕之后，他松了一口气。祖父一动不动地躺着，好像在熟睡中，一时间，他以为祖父已经好了。但听到祖父那急促的喘气声，仔细一瞧，祖父脸上那个下午跌倒时留下的紫色伤痕还在那里，他明白，躺着的人将不久于人世。想到祖父快死了，他开始浑身发抖。他一边和母亲一起祷告祖父快快康复起来，一边又默默祈祷，如果祖父不能好的话，那就这样子死去也是好的。他不敢再去面对接下来将要发生的那些他认为会恐怖到极点的事。

老人自从跌倒的时候开始就失去了知觉。他清醒过一会儿，那一会儿，他仅仅明白了自己的情况，之后又昏了过去，真是惨极了。教士过来了，来替这位老人做临终祷告。老人被从枕头上扶起来，他费了九牛二虎之力才睁开那失去控制的眼睛，艰难地呼着气，很迷茫地瞪着火光和一张张脸；突然，他的脸上露出一种难以言表的恐怖神态。

“主啊，难道……难道，我真的要死了吗？”他嘀咕着。

这沉痛的音调在克利斯朵夫的心里留下了永不磨灭的印记，让他永远难以忘怀。老人不再言语，只能像婴孩一样嗯嗯啊啊的。他又一次昏了过去，呼吸越来越艰难；他呻吟着，双手不断晃动，仿佛在与那个即将到来的永恒的长眠做最后的斗争。在混沌迷糊的时候，他最后呼唤了一次：“妈妈！”

多么沉重的呼喊啊！老人竟会无助地叫起自己的母亲，喊着那从未提及的母亲，跟克利斯朵夫一样。这是绝望时的呼唤，这是在最无助的情况下对抗恐怖的最急切也最没用的一种呼唤啊！……他又安静下来，心中又闪出一道生命之光。那双呆滞无光的眼睛，瞳孔都已经不能聚焦了，与克利斯朵夫吓呆的眼睛碰撞时，才忽然冒出点生机。老人拼尽全力想冲他笑一下，想说点什么。路易莎扶着克利斯朵夫靠近床边。约翰·米歇尔微微地动动嘴唇，但说不出话，试着想再摸摸克利斯朵夫的头，可是马上又昏迷过去，从此一切都结束了。

孩子们被安排在隔壁的房里，大家都忙忙碌碌的，没有时间照顾他们。克利斯朵夫在恐怖的驱使下，越觉得恐怖越想看。他站在半开的门口，偷偷看着床上的祖父，那张凄惨的脸朝天摆在枕上，仿佛被一股残暴的力紧紧地掐住了脖子……那张脸好像花儿一样逐渐枯萎……生命慢慢陷入虚无，仿佛有个汲筒渐渐地把它吸干了……喉结处咕咕作响，令人毛骨悚然，机械的呼吸声响着，好像一个气泡在水面破散，那是最后的一丝气息，是灵魂脱壳之后，肉体还在做的最后的垂死挣扎。然后，老人的头往枕旁一滑，再也没有了任何声响。

几分钟后，屋内为死者而泣的号啕声和祈祷声混杂着响起。这时，路易莎才发现克利斯朵夫的脸色铁青，嘴巴抽搐着，双手紧紧地抓着门把手，眼睛睁得圆鼓鼓的，身子也不停地抽动着。她赶紧跑过去把他抱在怀里，他一到她怀里就晕了过去，失去了知觉。路易莎把他抱走了。等他从床上醒过来的时候，才发现自己已经躺在了床上，看到身边一个人也没有，又吓得哇哇大哭起来，又像生病一样，一头栽到床上，从当晚开始到第二天都发着烧。最后，他平静了下来，到第二天夜里，他才睡踏实。一直睡到第三天黄昏，他才醒来，迷迷糊糊地感到有人在房内走动，母亲走到床边拥抱他；他也似乎听到了徐缓的钟声从远方飘来。可他一点儿也不愿意挪一下，他感觉自己在一个梦里。

他再次睁开眼睛的时候，高脱弗烈特舅舅正坐在床前。他实在太困倦了，把一切都忘却了。但没多久，那些记忆又恢复了，他哭了起来。舅舅走过来紧紧地拥抱着他。

“嘿，我的小家伙，你怎么啦？”他温和地问着。

“哦！舅舅，舅舅！”孩子紧紧地依偎着他，不停地抽泣着。

“哭吧，”高脱弗烈特说，“哭吧！”

他们一起哭了起来。

克利斯朵夫哭过之后，心情轻松多了，他揉了揉眼睛，傻乎乎地盯着舅舅。高脱弗烈特知道他想要问什么事。

“别说话，”高脱弗烈特把食指顶着嘴唇，对着他说，“别说话，哭对你有好处，说话就不好了。”

孩子坚持要问。

“问也没用。”高脱弗烈特坚定地说。

“只问一件，问一件，行吗？”

“什么？”

克利斯朵夫犹豫了一下，问道：“哦，舅舅，他现在在哪儿？”

“他和上帝在一起。我的孩子。”

可这不是克利斯朵夫想要的答案。

“不，你没有明白我。我是问他，他在哪儿？”（他是指老人的躯体）

他接着用颤抖的声音问道：“他还在房子里吗？”

“哦！那个我们最爱的人在今早已经下葬了，”高脱弗烈特说道，“你没听见钟声吗？”

克利斯朵夫松了一口气，但又想到自己今后再也无法与亲爱的祖父相见，他又伤心地唰唰落下眼泪。

“可怜的小宝贝啊！”高脱弗烈特摇摇头说着，眼里流露出一种爱怜。

克利斯朵夫等着舅舅来安慰他，但是舅舅无动于衷，因为高脱弗烈特觉得安慰不会有任何作用。

“舅舅，”孩子问道，“难道您不害怕吗？”（他心里多么渴望舅舅马上说不怕，并且告诉他勇敢面对的方法！）

但高脱弗烈特若有所思地沉默不语。

“嘘！”舅舅声音也有点变了……

“怎么可能不怕呢？”他停顿了一会儿又说道，“可是有什么用？就是这个样子，只能遵循天意啊。”

克利斯朵夫用力摇摇头，表示不同意。

“只能遵从天意啊，我的孩子，”高脱弗烈特又强调了一遍，“所有的一切上天早已注定。它要你生就生，要你死你也不能反抗。”

“我恨老天！”克利斯朵夫举起拳头对着天晃动着，气呼呼地说。

高脱弗烈特吓得不知所措，赶紧叫他闭嘴。克利斯朵夫也对刚才说的话感到害怕，于是跟着舅舅一同祷告。但他心里还是怒火乱蹿，虽然嘴上不停地念叨着恭敬的祈祷词，但打心里对那些主宰着可怕事情发生、造成那些可怕的事的始作俑者恨到了极点，并充满恐惧和反抗的意念。

春去秋来，日月如梭，在新翻开的土地下，可怜的老约翰·米歇尔孤零零地躺在那里。刚开始的几天，曼希沃还痛不欲生地哭过两三次，可是还不到一个礼拜，克利斯朵夫又听见他那爽朗的大笑。有人在他面前提及老约翰时，他马上板着脸，但没多久，又兴高采烈地说起话来，精神十足的。他的确很伤心，但他不可能总是生活在这种悲痛的心绪之中。

本本分分的路易莎还是听天由命地接受了这个不幸，像往常那样逆来顺受。只是她在每天的祷告中加了新的内容，她总是按时去打扫墓地，好像扫墓成了家务中的一部分。

高脱弗烈特对于老人长眠的那个小地方真是格外地关心，挺让人感动。他每次都会带一件纪念物去老人的墓地，要么是自己亲手做的十字架，要么是约翰·米歇尔生前最喜欢的一些花。每次都如此，从未忘记，而且去的时候总是避开其他的人。

路易莎有时也会带着克利斯朵夫去扫墓。这块肥沃的土地上点缀着一些零星花草及阴森森的树木，空气中飘浮着一种很浓郁的松柏气息，中间还夹杂着一股墓地特有的沉寂的味道。克利斯朵夫不敢承认他对墓地的讨厌，特别是厌恶那些气息，因为他为自己的怕死而感到非常自责，这也是对死者的不敬。他太可怜了，祖父过世的情景总浮现在心头。其实，在很久以前，他就明白死亡的概念，对死是什么考虑过很久，但也已害怕死亡很久了，同时也没有亲眼看见过，而一个人只有真正地见识过死亡之后，才会明白自己之前对生与死的了解显得那么肤浅无知，不知何为生、何为死。忽然间，这一切都动摇了，理智失去了作用。原来，你以为自己活着，自以为对生活很了解，但实际上你一无所知，也一无所有，你盲目地活着。原来，人们生活在自己的想象编织的一个假象之中，自欺欺人地活在现实的幕后，把现实遮挡了起来，现实的伤害和真正的流血与那些想象出的痛苦是完全不同的，而想象中的死亡和那现实中死亡前的挣扎及躯体的抽搐也没任何相同之处。人类所有的语言和智慧跟残酷现实的恐怖相比，只是小儿科的把戏，而所谓的人也只不过是个躯壳罢了，有人绞尽脑汁地想得到长生不老，但实际上，生命每一秒都在腐烂着。

克利斯朵夫时时刻刻地想着这个问题。而老祖父临终前的那些画面常常浮现在他的脑海里，他好像又听到了那可怕的急促的呼吸。整个天地失色了，仿佛被一片冰冷的雾气包裹。他感觉在他的周围，有一股血腥气扑面而来，他知道自己被如同野兽一样的毁灭之力威胁着，而他无处可逃。他没有一丝的屈服，反而激发了强烈的斗志，让他愤怒地想同归于尽，与“不可能”战斗到底，哪怕头破血流也在所不惜。他的骨子里没有顺从，就算自己技不如人，也要和敌人战斗，他不断地坚持着与这些痛苦对抗。从今以后，他的生命每时每刻都与命运进行残酷而长久的斗争，因为他绝不会对命运低头。

正当他天天思考死亡这个事情时，家庭生活的艰难把他拉了过去。老祖父在的时候，家里还不至于那么破败，现在，在老祖父去世之后就马上一落千丈。克拉夫脱一家最大的收入与老人一起与世长辞了，贫穷席卷了这个家，带来了新的苦难。

而曼希沃还要煽风点火。他不仅永远地摆脱了约束，而且还整日无所事事，更加放纵自己，他几乎每天晚上都醉得不省人事，挣的钱一个子也没拿回家。更可怕的是，他教课的工作也差不多已经弄丢了。有一次，他醉醺醺地到一个女学生家里上课，从此，没有家长要他上门了。而乐队的差事还在，当然是人家顾及那可怜的过世了的老人的面子，勉强让他留在那；但路易莎担心他可能哪天弄出点风波出来就会被辞退的。而且他的很多行为已经被警告了很多次，因为他最近常常在演出完毕了才出现在剧院，有几次还完全忘了来；再说，他要起酒疯的时候，什么事都干得出来，什么愚蠢的话都敢说，那时候，他还有什么可怕的呢？有一次，乐队在台上表演《女武神》[1]，他却想演奏小提琴协奏曲！大家费了很大力气才拦住他。而有时在台上演出时，一旦看到戏里有好笑的情景，或者那些他自己脑袋里蹦出的好玩的场景，他会肆意地大笑，有时会把同事也逗乐。就因为他爱搞笑，大家还是能够接纳他。但大伙的这种态度比严格的要求他更让人难受，克利斯朵夫看到后感到无地自容。

那时克利斯朵夫已经是乐队第一小提琴手了。克利斯朵夫千方百计地监视着父亲，必要的时候给父亲替岗，在父亲发酒疯的时候能帮他平静下来——但那几乎是件不可能的事，最好的方法是不予理睬，否则那个醉鬼一旦知道有人关注到他，就又会做鬼脸或是胡说八道地议论一番。克利斯朵夫只能转过头去，唯恐看到他做出那些出格的事情，尽量把心思放在自己的工作上，可又总会听见父亲的那些胡言乱语及同事们的嘲笑声。他常常急得眼泪都盈满眼眶。不过，这些乐师都是善良的人，他们看到后，很同情克利斯朵夫，于是他们就偷偷地笑，背着克利斯朵夫的面谈论他父亲。但克利斯朵夫很快就感觉到自己被人怜悯，知道只要自己一离开，他们对父亲的嘲笑就会接踵而至。他也明白父亲已经成为这个城里的笑柄。他对这一切无能为力，就好像受刑一样。演出结束后，他陪同父亲一起回家，让醉醺醺的父亲挽着自己的手臂，听着他神神道道地念着，想尽办法遮挡醉鬼那踉踉跄跄的丑态。可是这又瞒得过谁呢？他使出浑身解数，也很难将父亲带回家去。常常在街角拐弯处，曼希沃就会说还有朋友等着他去见，有个紧急的约会，任你如何拉扯，他定然坚持前去。克利斯

① 《女武神》为瓦格纳所作《尼勃龙根的指环》四部曲中的第二出歌剧。

朵夫见他这样，总是随他的意，否则，这醉鬼也会端着父亲的架子教训他，谩骂声就能招来左邻右舍开窗看笑话了。

曼希沃挥霍了家里所有的钱。他不但喝掉自己那份薪水，还把妻子和儿子千辛万苦挣来的钱送到酒店去了。路易莎只能默默流泪，自从曼希沃在以前恶狠狠地呵责了她一顿，说她出嫁时没有带一分钱过来，这个家里的一切没有一件东西是她置办的之后，她就再也不敢吭声了。但是克利斯朵夫想争论，没想到竟被父亲的巴掌伺候，把他当野孩子一样对待，并且把他身上的钱都抢走了。克利斯朵夫虽然没满十三岁，但身体却很健壮，他对于这种打骂开始反抗争辩了；可是他还不敢直接与父亲对抗，只能任凭父亲搜刮。他们母子俩唯一能想到的办法就是把钱藏起来。但曼希沃在这方面特别有天赋，总是趁他们不在家的时候，想办法轻而易举地找到那些藏起来的钱。

靠搜刮他们挣的那点钱不够花了，曼希沃开始变卖老父亲留下来的东西。克利斯朵夫看着那些属于祖父的书籍、床、家具、音乐家的肖像，被一件一件卖掉，他对这些都无所谓；但是有一天，曼希沃在老祖父留下的旧钢琴上绊了下腿，他边揉着膝盖边气冲冲地发誓，说一定要卖了这架破钢琴不可，因为它的存在，家里已经没有转身的余地，那时克利斯朵夫就忍不住大声反对起来。自从曼希沃卖掉祖父的屋子——那个陪伴过克利斯朵夫最美好的童年时光，拥有多少美妙回忆的屋子——那屋子里的所有家具都塞进了这里，家里的确拥挤不堪。而那架声音不准又陈旧不堪的钢琴没什么利用的价值了，并且克利斯朵夫也早已不用它了，他目前弹着亲王赠予的崭新的钢琴。但不管那架钢琴如何破旧，如何不中用，它却是克利斯朵夫最亲密的朋友，是它启蒙了克利斯朵夫，让他进入了那个无穷尽的音乐世界。就是在那些已经发黄的琴键上，他敲开了音乐王国的大门；而且更珍贵的是，它是最亲爱的祖父留下的甜蜜礼物，祖父他曾经耗费掉几个月的时间为小孙子修好和校音，对克利斯朵夫来说，这就是一件神圣的礼物。他坚决反对父亲打它的主意，说父亲无权卖它。曼希沃命令他闭嘴，他却叫得更厉害，说这琴属于他，谁也无权动它。他这样子说已经做好挨打的准备。但父亲没有说什么，只是对着他诡异地一笑，然后就走开了。

次日，克利斯朵夫已经把这件事抛诸脑后。他拖着疲倦的身子回到家，心情还不错。他看到两个弟弟朝他挤眉弄眼地扮鬼脸，他心里很疑惑。他们装出一副认真学习的样子，但眼睛却不停地偷窥着他的一举一动，克利斯朵夫特意盯了他们一会儿，他俩就又装成一副读书的样子。他估计弟弟们肯定又搞了什么恶作剧，但他早已见怪不怪，不动声色地等着，他想，等会儿揭开他们的老底再把他们揍一顿也不迟。他一直这样对付弟弟们。他便不再理睬他们，跟父亲聊聊天。曼希沃此时坐在壁炉旁边，装出从未有过的关心，跟他问这问那的。克利斯朵夫一面和父亲说话，一面却发现父亲偷偷地和两个弟弟扮着鬼脸。他觉得不对，心里猛地一惊，赶紧跑到自己的房里……那架钢琴消失了！他非常悲痛地惨叫了一声，他又听见弟弟们在隔壁房间里偷偷地笑着，他全身的血都往头上涌，脸涨得很红，他冲了出去，对着他们喝问道：

“我的琴哪里去了？”

曼希沃慢慢抬起头，做出一副“吃惊”的表情，引得弟弟们大笑不已。当他看着克利斯朵夫那副沮丧而又认真的模样，他也忍不住扭过头去噗噗大笑。克利斯朵夫像理性消失了一样，疯了似的扑向父亲。曼希沃正仰坐在沙发里，措手不及被克利斯朵夫掐住脖子，又听见克利斯朵夫大声骂道：“你是一个贼！”

一瞬间，曼希沃挣扎了一下，就把疯子一样抓着他脖子的克利斯朵夫摔到了地板上。克利斯朵夫的脑袋被摔到壁炉的铁架子上，他爬起来，跪在地上，扬着脸，撕心裂肺地喊道：“你是个强盗！……洗劫我和母亲，你是个贼！把祖父都卖掉了！”

曼希沃站着，抡着拳头恐吓着克利斯朵夫，可克利斯朵夫此刻用充满憎恶的眼睛怒视着父亲，身体气呼呼地抖动着。曼希沃此时也不停发抖，忽然他泄气地坐下，双手捂住脸。两个弟弟吓得要死，尖声怪叫着跑了出去。屋子里恢复了暴风雨过后的平静。曼希沃嘀嘀咕咕地念叨着些什么。克利斯朵夫靠墙站着，在那里咬牙切齿地直勾勾地盯着他。曼希沃开始自我检讨：“你是对的，我就是一个把家里搜刮一空的强盗。我自己的儿子都瞧不起我。我活着有什么用呢！”

他嘀咕完后，克利斯朵夫还是不为所动，大声追问道：“我的琴去哪了？”

“在华姆塞那里。”曼希沃低着头回答着，不敢抬头看儿子。

克利斯朵夫向前一步，说道：“钱呢！”

垂头丧气的曼希沃投降了，把钱从口袋里掏了出来，交给了儿子。在克利斯朵夫快走出门时，曼希沃叫住了他：“克利斯朵夫！”

克利斯朵夫在原地停住。曼希沃用发抖的声音央求着：“我的小克利斯朵夫！……不要看不起我啊！”

克利斯朵夫激动地扑了过去，搂紧父亲的脖子，抽搭着说道：

“爸爸，亲爱的爸爸！我没有看不起您！唉，我好难受！”

他俩抱头痛哭了一场。曼希沃又开始自我检讨道：“这不是我的错，我可不是坏人。真的，克利斯朵夫，你觉得呢？我真的不坏！”

他承诺自己一定戒酒。克利斯朵夫怀疑地摇了摇头。而曼希沃承认自己只要一有钱就忍不住去喝酒。克利斯朵夫思考了一会儿，说道：“您知道吗，爸爸，我们应该……”

他没有继续说下去。

“应该怎么样？什么啊？”

“我不好意思说……”

“为什么，为了谁？“曼希沃天真地问道。

“为了您。”

曼希沃做了个鬼脸示意他继续：“你说吧，我不会介意的。”

于是克利斯朵夫接着说，家里所有的钱，包括父亲的薪水一起，应当交给另外一个人保管，由他按日或按周支付父亲的零用钱。曼希沃此时正带着几分酒劲，又想讨好自己的儿子，觉得儿子的提议还不够，建议他更进一步，要他加上一条，就是说要写一封申请交给大公爵，请求今后将自己的薪水让克利斯朵夫按期代领。克利斯朵夫觉得这样做太丢人，不愿意这么做。但是曼希沃却希望用这些牺牲换来认同，决意要写这份申请。他自己都为自己的这种慷慨明智的决定感动了。克利斯朵夫不愿意拿这封信去见大公爵，刚刚回家的路易莎知道后，也坚决反对，她说就算自己去乞讨，也不希望自己的丈夫做这种屈辱的事。她还表示了自己对丈夫的信任，相信他为了家人，一定会洗心革面的。最后，大家都感动不已，一家人好好亲热了一番。曼希沃的那封信放在桌上，后来被扔进抽屉里去了，之后没人记得这事。

几天之后，路易莎在收拾东西的时候又找到了那封信，她害怕曼希沃会冥顽不化，她非常担忧，所以她不仅没有撕掉它，反而把它好好地收了起来，并收藏了好几个月，虽然曼希沃使她受尽煎熬，但她还是三番五次地按捺住把信送出去的念头。有一天，她看曼希沃又在殴打克利斯朵夫，并抢走了儿子的钱，她忍无可忍；等到她单独与哭泣的孩子在家时，她拿出那封信交给克利斯朵夫，说道："你把这个送去吧！"

克利斯朵夫还没有下定决心，但是他知道要想家里能够有点过日子的钱而不被父亲搞光的话，这是唯一的办法，他只能去爵府走一趟。这二十分钟的路程他走了将近一小时。他为这种行为感到羞耻，父亲这件事已经压在他的心头很久很久了。他多年来因孤独生活养成了一股子傲气，一想到要去公爵那揭露父亲的恶习，便觉得自己无法承受，他有一种奇怪而非常正常的矛盾心理：他明明知道父亲的嗜好是所有人都知晓的，但又偏偏想掩饰它，装作自己毫无察觉的样子；他想就算自己粉身碎骨，也不会承认这件事。但现在自己要亲自去揭穿它！……他好几次想扭头回家，在城里绕来绕去，到了爵府门口，又犹豫着缩了回来。但是这件事可不仅仅是自己的事，这个还牵涉他的母亲和两个弟弟。既然父亲不管他们，作为兄长的自己有责任站出来帮助他们。再没有回旋的余地了，只能把那些心高气傲、羞愧与耻辱，都打碎了吞进肚子里去。他沉重地迈进公爵府，刚踏上楼梯，又差点儿放弃。他跪在一级阶梯上，在楼梯台上发呆，一只手握住着门把手，又纠结了一阵子，直听到有人过来了才不得不走进去。

办公室里的人都认得他。他请求与剧院总管哈曼·朗巴哈男爵会一下面。一个年轻的职员走了过来，看上去胖乎乎的，秃顶，白白嫩嫩的，穿着一件白背心，系着根粉红色的领结，他俩亲切地握手，又一起议论了一下昨晚的演出。克利斯朵夫又把自己的请求提了一遍，职员回答说男爵刚好有事在忙，说他可以帮克利斯朵夫传递下呈文，如果有的话可以交给他，他可以把文件一起拿给公爵签字。克利斯朵夫把信交给他。职员扫了一眼，好像中奖一样地惊呼道："哦！天哪！这样做就对啦！"他兴奋地说，"他早就应该这样子！他总算做了一件他这一辈子也没做过的大好事。唉！这个老酒鬼！他怎么会下这个决心啊？"

他忽然闭嘴了。因为那封信已经被克利斯朵夫气愤地抢了回去，他脸气得铁青，大喊道："我不同意你这样说……我不许你侮辱我！"

这个职员惊呆了，说道："亲爱的克利斯朵夫，你怎么能说是侮辱你呢？难道我说的话不是大伙心里都明白的吗？就是你自己应该也是这么想的啊！"

"我没有！"克利斯朵夫满脸怒气地回答。

"不会吧？你不是这样想的吗？你不觉得他酗酒吗？"

"是的，没有那种事！"克利斯朵夫斩钉截铁地说。

职员咧了下嘴问道："那这封信是什么意思？"

"因为……"克利斯朵夫说道（他一下子不知说什么），"因为以后我们每个月就没必要跑两趟了，我可以每个月把我和父亲的薪水一起领走……我父亲他太忙了。"

他自己都对刚说出的这种话感到脸红。职员脸上略带讥讽地瞧着他，但又露出点儿怜悯。克利斯朵夫把信放在手里揉着，想离开这儿。那职员站起来抓着他的胳膊。

“你等一下，我去想想办法。”那职员说道。

于是他走进总管办公室。克利斯朵夫就在这些职员的注视下等待着，不知道该干点什么好，他想不等那个人答复就溜走，正要移步的瞬间，那位热情的职员推开门说：“爵爷现在有空会见你。”

克利斯朵夫不得不进去。

哈曼·朗巴哈男爵是一个矮小的老人，衣着非常整洁，蓄着鬓角和一撮小胡子，下巴剃得很干净。只见那双眼睛从金丝眼镜上面翻起来，望了下克利斯朵夫，依旧写着他的东西，对克利斯朵夫那拘谨又尴尬的行礼丝毫没有理会。

“哦，”他停了一会儿才问道，“克拉夫脱先生，你是有什么请求？”

“爵爷，”克利斯朵夫急切地打断他，“请您原谅。我仔细思考了一番，我没有什么要请求的。”

老人并没有追问他一下子改变主意的原因，只是眯着眼打量着克利斯朵夫，又轻咳了一声，说道：“克拉夫脱先生，请把你手里那信给我看下吧！”

克利斯朵夫发现这封揉成团的信已经被总管盯住，他自己都忐忑得忘了这件事。“不用了，爵爷，”他嘀咕着说，“现在不用了。”

“请给我吧。”老人语气淡定地又说了一遍，仿佛没听到他的嘀咕一样。

克利斯朵夫忐忑地把那封揉作一团的信递过去，嘴里还在念叨着一通听不清的话，手停在半空等着随时把信取回来。爵爷小心翼翼地将纸团展开，细细地看过了，又望着克利斯朵夫，让他乱七八糟地说了一通，过了一会儿，才打断了他的话，眼睛里闪过几丝调皮的光说道：“行啦，克拉夫脱先生，你的请求批准了。”

说完他挥挥手，示意让孩子出去，他又埋头写了起来。

克利斯朵夫失魂落魄地走了出来。

“不要怪我啊，克利斯朵夫！”经过办公房的时候，那位职员非常客气地拉着他说道。克利斯朵夫耷拉着脑袋，任凭他们握着他的手亲切地说些安慰的话。

他出了爵府后，羞愧得全身发凉。他想起刚才那些人的话来：他们尊重他但是又带着同情，他们对他的怜悯，对他那颗敏感的心来说，就如同受到了侮辱与讽刺。回到家里，他对母亲的询问恶狠狠地挤出几个字来回答，仿佛对母亲鼓励他做这件事感到非常气愤。他一想到父亲就觉得良心不安，他想和父亲说清一切，请求父亲的原谅。可是曼希沃这时并不在家，克利斯朵夫只能在床上眼巴巴地等着他，一直等到了半夜。他越想越觉得对不起父亲：他把父亲的好处夸大了，他觉得父亲是个善良而又懦弱的好人，是一个被妻儿出卖的受害者。一听见楼梯上有点儿动静，他马上就跳起来，想激动地迎上去扑在父亲的怀里。可是，曼希沃又是烂醉而归，使克利斯朵夫感到很恶心，连靠近父亲的勇气都消失了。他又回到了床上，对自己刚才的想象感到又心酸又可笑。

几天以后，曼希沃得知了这个消息，当时气得暴跳如雷。他无论克利斯朵夫怎样苦苦哀求，还是跑到爵府里大闹了一番，可是碰了一鼻子灰回来。至于在爵府发生了什么事，他只字不提。原来爵爷那边狠狠地教训了他一顿，提醒他是不是应该换种口气来谈那件事——他之所以还有这份薪水，完全是看在他儿子的面子上，如果他再胡闹一下，哪怕有一点儿，那份薪水就立马取消。曼希沃赶紧答应了这个要求，他还扬扬得意地吹嘘说是他自己提出这个牺牲自己的想法的。克利斯朵夫看到父亲有这样的转变，自己也就觉得心安许多。

但是，曼希沃在外边可是到处诉苦，说他被妻子和儿子们搜刮了一切，说自己辛苦了一辈子，可到了现在，自己被管束得连一分钱也没的花。他想方设法地去克利斯朵夫那骗些钱花，花招百出，好话说尽，让克利斯朵夫看了哭笑不得，可是克利斯朵夫没有半点妥协。曼希沃觉得坚持也没有希望，这个只有十四岁的孩子早已经对他了如指掌，曼希沃每次看到那双审视他的眼睛就感到一种莫名的心虚胆怯。他只能偷偷弄点小动作来报复一下。他去酒馆大吃大喝，一个钱都不给，说要他儿子来付钱。克利斯朵夫不想让这丑事闹得满城风雨，便没有作声，只得和母亲一起省吃俭用去把曼希沃的债务结清——并且，曼希沃自从自己领不到薪水之后，他更不把乐队的工作放在眼里，在剧院缺席成了家常便饭，他终于被剧院除名了，尽管克利斯朵夫为父亲苦苦求情也没用。从此之后，父亲与两个弟弟的生活，连同全家人的所有开支，只能指望克利斯朵夫一个人来承担了。

无论如何，日子还得想办法继续下去。克利斯朵夫在乐队里的那点薪水已经不够开支，他只得去授课。他有过人的演奏才华，人也正派，特别是有亲王的赏识，那些有钱的中产阶级都成了他的客户。每天早上从九点起，他就开始教那些女孩子们弹钢琴。很多女学生年纪比他大，撒娇献媚的行为常使他脸红，而她们学琴却一窍不通使他非常气恼。可以说，她们在音乐方面就是标准的傻瓜，但是戏弄他人却个个是鬼灵精怪的，她们会敏锐地发现克利斯朵夫笨拙的举动，眼神中还充满讽刺与傲慢。这是他最不能忍受的折磨。他坐在她们身旁的椅子边上，脸涨得红红的直到耳根，正襟危坐，憋着一肚子火气，但不敢发作，他只能克制着，既怕说错话，更怕说话的声音让人笑话。他只能装出一副严厉老成的样子，但又觉得学生们在偷偷瞟着他看。他不知所措，在向学生们指点学业的时候，心里慌乱得很，他怕闹笑话，其实这已经是很可笑的；终于他没有克制住，破口大骂。这些学生们报复他是一件很拿手的事，她们不会浪费任何一个机会，想着法子整他，比如故意盯着他不放，或者故意向他请教一些简单得无须思考的问题，这样都能让他感到脸红，羞得他眼睛都红了；她们还有绝招整他，比如要求他伺候一下她们这些人，有时，要他去找遗忘在柜子上的什么东西——这可是最折磨他的活，因为当他毫无遮挡地在学生们的眼皮下走过，她们就可以毫不顾忌地去嘲笑他那笨拙的动作、僵硬的腿、机械般摆动的手臂，还有那因困窘而显得僵直的身体。

上完课，他就得马上奔赴剧院去排练。他常常顾不上吃午饭，就在袋子里揣点面包或风干肉趁空闲的时候吃。乐队指挥多皮阿·帕弗很关心他，经常给他锻炼的机会，会安排他不时地代替自己去指挥乐队排练。而且，他还要完成自己的音乐教育课程。教钢琴课一直排到下午开演的时候。晚上演出结束后，公爵府往往还会要他去，因为公主冒充内行，总喜欢让他去弹一两个小时的琴。她说自己热爱音乐，但对乐曲好坏不分，她要克利斯朵夫演奏的一些节目有阳春白雪，也有下里巴人，那些平庸的狂想曲和大师的杰作常常放在一起演奏。但她最喜欢的就是要他临时作曲，都是些多愁善感的肉麻主题，让人哭笑不得。

克利斯朵夫从爵府出来时，常常已经是半夜，他筋疲力尽，双手发烫，头脑发烧，肚子里没吃一点东西，浑身冒汗。可外边的天要么是下雨，要么就是冰冷的雾。他得绕过大半个城才能回家，他打着瞌睡，边走牙齿边打战，脚步还得小心翼翼，不能踏上水洼，生怕弄脏了他那仅有的一套晚礼服。

好不容易回到了和弟弟们合住的阁楼。踏进屋子，那身压着他的重重的苦难枷锁终于可以暂时卸下，但是房间里那恶浊的气味又包裹住他。他感到了生活的无趣与绝望，还有自己的孤独，压得自己几乎喘不过气来。他几乎连脱衣服的力气都没有了，幸好一碰到枕头，瞌睡会立刻把他夺去，使他逃脱这些痛苦的感觉。

这样，仅仅十四岁的克利斯朵夫成了一家之主，开始担当重任。他毅然决然地挑起了这副沉重的担子。他那与生俱来的傲气，不允许他接受别人的帮助。他发誓要凭自己的努力渡过难关。他从小的时候看到母亲屈辱地央求，四处接受那些下作的施舍，就一直非常痛苦。那时，只要她从阔气的太太们家里得到点活儿，欢天喜地地拿钱回家时，母子俩就要大吵一架。路易莎并不觉得这些施舍是人家的恶意；而且有了这钱，克利斯朵夫就能少受一点苦累，还能给那惨淡的晚餐加个菜，她觉得这是件值得快活的事。但克利斯朵夫却会板着脸，对那菜瞧都不瞧一下，并且会郁闷整个晚上。路易莎看了觉得很难理解，还一个劲地要儿子吃，而他又怎么会屈服；结果她会发火，对他说些难听的话，他原样给顶了回去。最后，他把饭巾一丢就跑了出去。他的父亲扮着鬼脸，耸耸肩说他装清高；他弟弟们嘲笑他，把他的那份给分吃了。

夏天，天空刚发白就得起来，而冬季的话，他会在天亮之前起身。他要做的事很多：早晨五点到八点，是他自己唯一可以自由支配的时间，就算只有这么点时间，他还得分一部分来办公事，因为他不仅仅拥有宫廷乐师的头衔，还得到亲王的赏识，这就使他不得不作一些宫廷和官方需要的乐曲。

所以，他的灵魂都受了束缚，就连想象都不是自由的。但这种束缚反而让人的想象力更加强烈。如果人的行动没有受到限制，心灵没有刺激，就会缺乏动力。束缚他的为生计奔波的烦恼越重，工作越是庸俗无聊，把克利斯朵夫压得越紧，他的反抗精神就越让他感觉到对独立自主的渴求。如果是过着一种养尊处优的生活，他会随遇而安，得过且过。但是现在，他每天只拥有一两个小时的自由，他的生命力就像那岩石中迸发出的激流一样，在那一两个小时之内尽情挥洒。一个人如果能在一个严格有限的范围内尽情挥洒才华，这是一种良好的艺术训练方法。从这个角度看，苦难不仅仅磨砺人的思想，并且还能培养人的风格，它叫人们明白在精神与肉体上要淡泊无为。如果一个人的时间和说话受到限制，他就不会说一堆废话，而且会养成从关键部分考虑问题的习惯。看上去生活的时间并不多，但是你这样反而会获得两倍的生活。

克利斯朵夫就处于这种情形之下。他在这种枷锁的束缚之下，更加领悟到自由的价值；他不会浪费自己的宝贵时间去做那些无聊的事，也不会去讲一些多余的空话。他天生就才华横溢，灵感一来，滔滔不绝，下笔如有神，写得洋洋洒洒，思想单纯，虽然没多加选择，但现在他只能利用最短的时间来创作最多的作品，这样，他的那些遗憾就得到补偿了。这对于他的精神发展及艺术才能的增加，都起着事半功倍的效果——这效果好过名师的指点，比把那些成功的大师作为榜样更有效。在他独特风格酝酿的几年里，他养成了一个习惯，就是把音乐当作一种精确表达的语言，每个音节像字母一样有它自身的意义；他看不起那些只会弄出声，而不知所云为何物的音乐家。

然而，他那时创作的曲子也还说不上是个性表现，因为他远远没有认识真正的自我。他得在那些一大堆现成的感情中发现自我，因为这一堆感情都是教育灌输在儿童心里的，并不是儿童的自我，被人称为人的第二天性，克利斯朵夫想从中间找出自我。他对真正的自我有一些模糊的直觉，他拥有青春的激情，但是这种激情没有像一阵雷雨之后带来天晴那样地击穿自己的第二天性的外衣，把他真正的个性解脱出来。在他的心里，一些并不属于自己的回忆与那些暧昧而朦胧的预感夹杂在一块。他为这些虚假的感情感到痛心，但看到自己写出的东西之后，他又觉得这些东西没有达到自己预期的效果而懊恼不已。他开始痛苦地怀疑自己了。但他又不是那种愿意糊里糊涂吃败仗就放弃的人，他尽全力地去写，想写出点优秀的、伟大点的东西，但他一次又一次地失败。写的时候还带有片刻的幻想，觉得不至于太坏；往往看过后，又觉得没任何价值，就把作好的曲子撕掉、烧掉。而最让他感到羞愧的是那些无法销毁的，那些被人收藏起来的为官方作的曲子，这大多是随便作的平庸恶俗的作品——比如为亲王生日作的协奏曲《王家的鹰》，还有为亚台拉伊特公主婚礼写的《王宫颂歌》，这些曲子都被人不惜血本做成了精装版本，这些版本印出来后会使他的平庸恶俗流传千古——因为他相信会千秋万代的……想到会有这样的羞辱下场，他就会难过得想哭。

多么紧张的年月！没有休息！没有停歇！不会有任何的安逸时光，没有快乐，也没有朋友。他怎么会有！下午，其他的孩子在玩的时候，小克利斯朵夫却皱着眉头，聚精会神地坐在那乐架前冥思苦想，剧院里灰尘满目、光线昏暗。晚上，别的孩子都睡觉了，他还是坐在那儿，愁眉苦脸，最后瘫软地靠在椅子上。

克利斯朵夫和自己的两个弟弟的关系也很紧张。最小的弟弟叫恩斯德，满十二岁了，是顽皮捣蛋、脸皮极厚的一个小恶魔，整天和一批与他年纪相仿的小无赖混日子，不但喜欢搞些歪门邪道的事，而且还养成了一些丢人现眼的恶习，老实的克利斯朵夫打死都想不到，只是在发觉他的坏事之后，感到痛恨罢了。至于另一个弟弟洛陶夫，他是丹奥陶伯伯的小跟班，是准备和丹奥陶做生意的接班人。他看上去守规矩，又比较安静，可是他生性阴险，自认为比哥哥高明多了，根本就不把哥哥放在眼里，但吃着克利斯朵夫辛苦挣来的面包的时候，又觉得是理所当然的。他跟父亲及丹奥陶伯父是一路的，他跟他们学着讽刺克利斯朵夫的话。两个弟弟都不喜欢音乐，洛陶夫故意装作鄙视音乐，因为他觉得这样就更像丹奥陶伯伯了。克利斯朵夫很尽责地当着家，他对两个弟弟的管教非常严格，他的弟弟感到哥哥给他们带来太多麻烦，想一起反抗他；但是克利斯朵夫的拳头很硬，并且他觉得教训他们是理所当然的，于是，这两个兄弟还是对他服服帖帖的。但是他们知道克利斯朵夫有一副软心肠，只要利用他的这个弱点去设置些圈套，那么克利斯朵夫就会一次又一次地上当，他们屡试不爽。他们撒着谎话骗他的钱，到手后又在背后讽刺他，但克利斯朵夫却还是三番五次地上当。因为他内心渴望着别人的爱，只要有人对他说上句亲热的话，他的怨气就会马上烟消云散，只要得到一点儿别人的感情，就能原谅别人一切错误。有一次两个弟弟假装痛改前非地和他紧紧相拥，让他感动得流下热泪，他们乘机把觊觎许久的那块亲王送的金表骗走了，他们又在背后偷偷地笑他是傻瓜；刚好被克利斯朵夫听见了，他的内心受到极大的打击，他鄙视他们，却因为自己天生善良待人、信任别人，所以就算受着气，他还是善待他们。他也清楚自己的弱点，他恨自己的这个轻信他人的毛病，只要他发现弟弟们在耍花招骗他，就把他们狠狠地揍一顿。但是过了一阵子之后，好戏还是重新上演，只要弟弟们抛下鱼饵，他没有一次不上钩的。

还有更加令人难受的事等着他呢。他从几个比较关心他的邻居那里得知，他的父亲在背后对他指指点点的。曼希沃刚开始的确因为儿子的成就感到很风光，但后来就愚蠢地忌妒起自己的儿子来，并且时时找机会去诋毁他的成就。这简直让人觉得荒唐至极，听到的人只能对曼希沃一笑了之，对这样的人生气没有必要，因为曼希沃自己都不清楚自己到底在做什么，其实这只是因为他自己一事无成而找借口发发牢骚而已。克利斯朵夫没有理会这事，他怕出口失言伤害了父亲，不过他的心里还是气得不得了。

晚上，一家人围坐在灯光下一起吃晚饭，没有一点乐趣可言，面对着油渍斑斑的桌布，还有那些了无生趣的对话伴着机械的咀嚼声，克利斯朵夫感到面前的这些人既可怜又可恨，但最后自己还是得向亲情屈服，不得不爱着他们！只有和善良的妈妈在一起，他还能感受到一种息息相关的骨肉之情。但路易莎每天和他一样为这个家操劳，到了吃晚饭的时候，已经筋疲力尽，没力气去说上一句话，吃过晚饭后，她坐在椅子上补着袜子就能睡去。而且她是个善良的女人，她爱着自己的丈夫和三个孩子，对他们的爱是一视同仁的。克利斯朵夫不能把母亲当成自己能讲心里话的知己，可是他多么需要一个能说上话的知己啊。

他更加封闭了，很多时候，他赌着气可以几天不开口，把自己的一切都深藏心底，一个人咬着牙做着那些单调而辛劳的工作。他的这种作息方式对还是少年的他来说充满危险，他正处于发育期，身心都处于敏感阶段，这个时候受到损害，可能终身不得恢复。克利斯朵夫的身体在那个时候已经受到了很大的摧残。他继承了祖辈们的一副好身板，一个完美的强健的身体。可是他过度操劳，从小就不得不为家庭生计劳心劳力，等于在他身上打开了一个痛苦入侵的口子；而一旦有了这个口子，他那身体再结实也只是给痛苦提供更多折腾的养料。他很小的时候，就有神经不健全的征兆，他小时候稍有不适就会头晕目眩，就会痉挛，常常呕吐。到了七八岁时，他的音乐生涯刚刚开始，就睡得不安宁，还经常说梦话，梦呓叫嚷，还会在梦中哭，或者笑。

他一旦心烦意乱的时候，这些病就会全部找上门来，然后头就会剧烈地疼痛，有时是脖颈疼，有时是太阳穴疼，而有时会觉得头上像戴着一顶重重的钢帽子一样。他的眼睛也不怎么好用，有时感觉像有针尖扎进眼窝一样刺疼，他不能长时间地看书，用一会儿眼就要休息几分钟才行。他营养严重不足，吃得又不卫生，用餐没有规律，他原本强健的胃也被毁掉了，要么肚子疼痛，经常腹泻，把他弄得有气无力的。但最让他受不了的是他的心脏病，他的心脏工作起来没有一点规律，有时会心律加快，仿佛要从胸腔中跳出来一样，有时又跳得没有一点力量，好似就要罢工一样。夜里，克利斯朵夫的体温会急升急降，让人心惊胆战，有时体温高得吓人，有时又会降下来好像得了贫血一样。他时而发烧，时而又冷得直哆嗦，让他更慌张的是他有时候会气闷，喉咙紧缩，好像喉管被打了个结，那里似乎塞了一个东西使他难以呼吸。他既痛苦又纠结，一方面，他不敢把这些情况和父母讲，另一方面他自己在不断地对身体进行分析，而他想得越多，病痛的程度越严重，并且还多出了许多新的痛苦。他把自己知道的所有病名都轮流在自己身上一一对照，他以为自己就要变瞎子了，又因为他走路的时候有时会头晕，就以为他随时可能会倒下死去。他永远生活在这种过早夭折的恐怖中，这种恐怖紧紧地压迫着他，缠绕着他。唉！他觉得自己是非死不可了，可千万不要现在就死了，不要在自己还没成为胜利者之前就死啊！

胜利……这个念头顽固地在胸中燃起熊熊的欲望火焰，虽然他自己并没有清醒地认识到，但在他忍受着那苦难的生活快支撑不住时，在他筋疲力尽，在人生腐臭的烂泥中挣扎的时候，就是这个念头在支撑着他！在那些朦朦胧胧而又迷茫的时候，他有一种很清晰的感觉，他明确地感觉到他将来会是一个什么样的人，将有什么样的成就。现在自己又是个什么样的人也很清楚，只是……现在成了什么样的人呢？有什么样的成就？难道就是那个在乐队演出的神经兮兮的一个小男孩吗？难道就一直是个病恹恹的，写着那些一文不值的协奏曲的人吗？——不，那绝不是自己真正的样子，那只是一个外表，只是一瞬间的样子，那绝不是他的本质。而他的本质，跟他现在的这个模样状态，以及目前的思想和一些行为表现，都是不相干的。这一点，他再也明白不过了。他每次照镜子，都认不得自己。那张红红的方脸，浓黑的眉毛，一双小眼睛凹陷着，下面长着一个粗短的鼻子，鼻孔却大大的，牙床骨看上去就凶巴巴的，嘴巴噘得老高，这张粗俗丑陋的脸与他没有任何关系，是陌生的。而他在创作的那些作品中也找不到自己。他审视着自己，他知道他现在的创作和他现在的本人一样，一文不值。可是他对自己将来要变成什么样的人，能够写出什么样的作品感到很自信。有时，他自己都责备自己的这种自信，认为这只是些自大的谎话；他要惩罚自己，他让自己受辱，感受痛苦，然而他还是信心十足，没有什么能让他动摇。不管他做什么，不管他想什么，他的任何行动，包括他的作品，甚至包括自己在内，没有什么能把自己完整地表现出来。他清楚这一点，他有一种奇怪的预感，觉得最真实的自己不是现在的模样，而是明天的他……毫无悬念，他将来必定成功！……这个必胜的信念充满胸中，他被自己这个光辉的明天陶醉了！啊！但愿不要被什么苦难半路拦住！但愿自己不要被现在一些人在生活中设置的一些陷阱困住啊！

他怀着这样的心情，驾着自己的小舟穿越时间的滚滚洪流，他目不斜视，战战兢兢，牢牢地把着舵，专注地盯着自己的目标。无论是在乐队里和唠叨的乐师在一块儿，还是在饭桌上和亲人在一块，或是在爵府里为那些木偶一样的贵族心不在焉地弹琴的时候，他都是生活在这个充满未知的、就算一个小小的原子也能毁灭的未来之中啊。

他独自坐在阁楼上的一架破钢琴前。暮色茫茫，夕阳西沉。他努力地睁着眼读谱，直至夜色完全袭来。那些以往的伟大的音乐家们的灵魂无声地在这纸上流露出深情，这让他感动不已，他热泪盈眶。他感觉有个至亲的人此刻就在背后，他能感觉到那人的呼吸轻轻地拂过自己的脸颊，有两只胳膊即将轻轻地搂住他的脖子了。他不由得打了个寒战，猛地转过身去。可是他真的感觉到了，他知道了，自己不是孤独无依的，在他的身边有一个彼此爱慕着的灵魂一直相伴。他因为没有办法抓住它而叹息不已。在他出神地思考的时候，就算有点儿闷，也能彼此交错相连，那些看不到的灵魂还是传递给他一种悠悠的鼓励，他感觉甜蜜到了骨子里，忧伤也是一种美好。他一想到这些他钟爱的大师们，那些已逝的天才们又在音乐中复生，他的心里就充满了爱。他想到那些至高无上的天上人间的幸福欢乐——没问题，这是他那些千古留名的朋友们应得的收获，是他们的欢乐余晖还有余热。他自己也梦想着成为他们中的一分子，也绽放出爱的光辉。他自己正受着苦难的那颗心灵不是在神明的光芒照耀下获得慰藉了吗？将来，自己也能成为神明了，做一个欢乐的源泉，成为生命的太阳！

但是，就算有一天他真的能和这些所爱的人并肩而行的时候，真的达到他现在所向往的那片光明和欢乐的时候，他又将看到这一切只是个幻影罢了……

第二部　奥多

一个礼拜天，乐队指挥多皮阿·帕弗邀请克利斯朵夫去他的乡间别墅吃中饭。别墅离城里有一个多小时的路程，克利斯朵夫就到莱茵河坐船过去。在船舱里，有一个和他年纪相仿的少年的座位和他挨在一起，那个少年看到他走过来了，赶紧殷勤地挪动身子，给他让出一个位置。克利斯朵夫并没有注意这个少年。可是没多久，克利斯朵夫发现旁边的这个少年在不停地打量着自己，于是也扭头瞧了他一眼，见他长着一头金黄的头发，抹得光溜溜的往一边梳着，圆嘟嘟的绯红脸蛋，嘴唇上还若隐若现地长着几根毛茸茸的短胡子，虽然他努力让自己看上去像个绅士，但还是掩盖不了那股孩子气。他穿着很讲究：一套法兰绒衣服，戴着浅色的手套，一双精致的白皮鞋，打着淡蓝色的领结，还拿着一支小手杖。他用自己眼角的余光偷偷地瞟着克利斯朵夫，并没有转过头来，那脖子僵直地挺着，像一只母鸡。一旦克利斯朵夫回头看一下他，他就会脸涨得红红的直到耳根，他从口袋里摸出报纸来看，能够假装看报会安心点吧。过了几分钟后，他又抢在克利斯朵夫之前把克利斯朵夫掉下的帽子捡起来。克利斯朵夫感到很惊奇，对他这么礼貌地对待自己感到不可思议，就把这少年又仔细地瞧了几眼，他的脸又唰地红了。克利斯朵夫冷漠地说了声谢谢，因为他不喜欢这种无事献殷勤的人，更不喜欢有人多管闲事。但是有个人这么抬举自己，这倒不是件坏事吧！他心里还是挺舒坦的。

没一会儿他就把这些事抛诸脑后了，那一路的美景吸引了他的注意力。他很久没有来这城外了，所以这次他尽情地享受风轻拂着脸，听那船头溅起的哗哗水声，还有那浩荡的河面映衬着的那些岸上不停变换的景色：有平坦普通的灰色崖岸，在水面倒垂着的丛柳，葡萄藤金灿灿的，那些传说中的峭壁巍峨耸立，在那些城镇里还矗立着哥特式的钟楼，工厂里冒着黑烟，缭绕在天边。他出神地欣赏着，自言自语地赞叹。邻座的少年却压低声音，带着怯意的沙哑的嗓子，不时给他解说几句眼前那些已经修葺一新、挂满了常春藤的古墙废墟的一些传说。少年自己一个人念着，好像在进行演讲训练。克利斯朵夫听得起劲了，就凑过去问了他一些问题，少年激动地回答，很高兴能好好显摆一下自己的学问见识，嘴里还总是称呼克利斯朵夫为宫廷提琴师先生。

“莫非你认得我？”克利斯朵夫问道。

“哦，是的。”少年用一种真诚而肯定的口气回答，充满了钦佩的味道，这让克利斯朵夫听得心花怒放。

他们就开始有一搭没一搭地聊着。少年在音乐会上见过克利斯朵夫，而又听了很多关于他的传闻，就对克利斯朵夫有了更深刻的印象。只是少年并没讲出来，但克利斯朵夫能感觉到，并因此又惊又喜。他还是第一次听到有人用这种尊敬的口吻和他讲话。他继续向少年询问这一路上经过的城镇的一些故事，那少年也就把自己最新了解的知识和盘托出，使得克利斯朵夫对他称赞不已、非常钦佩。但两个人还只是泛泛而谈，没有讲出自己心中真正的想法，他们其实都对对方仰慕不已，都有兴趣认识对方。只是两个人都有点扭捏，没有直接说明自己的想法，在那拐弯抹角地问着一些无关紧要的话，得到一些不痛不痒的回答。终于，他们都下了决心，克利斯朵夫终于知道了这位新朋友名叫“奥多·狄哀纳先生”，他父亲是城里的一个有钱的商人。自然而然地，他们谈起了彼此都熟悉的人，于是话匣子打开了，他们越谈越投机，直到船抵达了克利斯朵夫的目的地还在不住地聊，刚好奥多也在这个地方上岸。真是一种因缘际会的巧事，他们都感到奇怪。克利斯朵夫提议在去吃午餐之前到周围随便走走，于是，克利斯朵夫亲热地挽着奥多的手臂，两人去田野那边散步。克利斯朵夫聊到了自己的一些想法，好像他们从小就相识一样。他从小就没有玩得来的伴，这次碰到这个和自己年龄相仿，又有学问，又有教养的少年，对自己又喜欢，克利斯朵夫觉得和他在一块儿，心里有一种难以言状的快乐。

时间飞逝，克利斯朵夫一点也没察觉到。狄哀纳因为得到了仰慕的青年音乐家的信任而很骄傲，也不敢打搅克利斯朵夫的兴致，没有提醒他已经是午餐时间了。最后，狄哀纳觉得不得不提醒音乐家时，克利斯朵夫正走在半山腰的树林里往山岗上爬，他回答说等到了山顶再说吧；而一到了山顶，他又懒洋洋地往草地上一躺，看上去想在那待上一整天似的。一刻钟后，狄哀纳看他还是没有要走的样子，就小心翼翼地又提醒了一遍：“你约好的午饭怎么办？”

克利斯朵夫用头枕着手，仰望着天空，漫不经心地回答道：“随便！”

说完之后，他转头看了下奥多，只见他满脸吃惊的神色，就笑起来，解释了几句：“这儿实在太好了，我不想去吃了。就让他们等去吧！”

他坐起半个身子，又接着说：“你有事去忙吗？没有吧，应该是的。我看我们就这样吧，我俩一起去吃午饭吧。我知道这儿有乡村小馆子。”

狄哀纳心里一点也不赞同，虽然他并没有紧急的事情去忙，但是他不喜欢突然之间临时决定做一件事，他的生活节奏是有条不紊的，凡是做事前，他都要先充分准备。可是克利斯朵夫那不容置疑的语气让人觉得没有商量的余地，他只能听克利斯朵夫的安排。于是，两个人的话又一直谈下去了。

一到饭店之后，他们的兴致就减弱不少。他们心里都在想着谁来请客付钱的问题，俩人都要争面子做东，这原因就是一个人很有钱，而另一个人却很穷，他们都心知肚明但都没有说出来。狄哀纳在点菜的时候尽量装作做东的口气，克利斯朵夫明白他的心思，就抬杠似的要了一些更高级的菜肴来表示自己做东的意思，他还故意摆出一副势在必行的态度。狄哀纳还是想再争一下做东的机会，他又抢着去挑选酒，克利斯朵夫使劲地瞪了他一眼，然后把小馆子里最贵的特产都要了过来。

面对着这顿丰盛的饭菜，他们都觉得很拘谨了，不知如何下手，一时间也没找到合适的话题，也不好意思放开来吃，动作显得僵直拘束。他们忽然发现对面的人还只是个非常陌生的人，不禁都多了份心。两人绞尽脑汁地找话说，却总是说不了多久。刚开始的半个小时简直尴尬极了。幸好几杯酒下肚之后，起了点作用，双方的眼神中开始有了信心去继续交流。很少这样大吃大喝过的克利斯朵夫这次话特别多，他谈起了自己生活的艰难；这时，奥多也放开了许多，也谈到自己的一些不快乐的事。他说自己弱不禁风，天生胆小，所有同伴们常常欺侮他。他们因为他的一些举动而嘲笑他，有时候还会搞些恶作剧来捉弄他——克利斯朵夫的拳头攥得紧紧的，说只要下次还有这样的事发生，让他看到的话，一定给他们一点苦头吃。奥多说自己的父母也不怎么了解他，而这种苦闷也是克利斯朵夫感同身受的。就这样，他俩惺惺相惜，互相感叹着对方的遭遇。狄哀纳的父母想要他成为商人，今后打理父亲的事业。但是他却想当诗人，即使是像席勒一样离家出走，受尽苦难，他还是坚持做诗人（虽然他父亲的财产将来都会归他所有，那也是个不小的数目）！他涨红着脸说，其实自己已经写过几首抒发生活苦恼的诗篇，但是他还是没有勇气念出来，就算克利斯朵夫一再相求。最后，他终于还是激动地气喘吁吁地吟了两三首。克利斯朵夫击掌说好。他们互相说着自己心中的梦想：将来，他们要写剧本，要谱曲子。他们相互敬佩。而克利斯朵夫除了音乐名气让人折服外，他的魄力与果敢的作风也让奥多折服。而克利斯朵夫也仰慕奥多的超群见解，大方得体——其实，这个世界一直就是相对的——他也佩服奥多的博学，而这正是克利斯朵夫深感欠缺而急切渴求的。

吃完饭之后，他们就昏昏欲睡，用胳膊靠在桌上坐着，两人你一句我一句地讲着，倾听着，眼神中充满了温柔的光芒。下午过去了大半，是该出发的时候了。奥多再一次抢着付账，但克利斯朵夫瞪着眼睛恶狠狠地阻止了他，他就放弃了。而克利斯朵夫也忧心忡忡地怕身上的钱不够，但不能让奥多知道，他打算拿出表来抵账。可是情况还没那么糟糕，那顿饭花费的钱他差不多一个月就能挣回来。

两人又一次从山坡上走过。此时，黄昏的阴影开始弥漫在整个松林；树梢在灿烂的夕照下摆动着，像一片波涛一样起伏呼啸着；满地都铺了一层紫色的松针，踏上去像地毯一样，听不到半点脚步声。他们俩都静静的没有说话。克利斯朵夫心慌意乱的，但又有一阵不同寻常的、甜美的东西涌上心头，他觉得很高兴，想说点什么，但心又紧紧地挤作一团。他停了下来，奥多也跟着他停下了。四周一片静默，没有半点声响。只有一群苍蝇刚刚闯过一道阳光，在那嗡嗡地飞着。静得能听见枯枝掉落的声音。克利斯朵夫抓着奥多的胳膊，用颤抖的声音问道："你愿意成为我的朋友吗？"

奥多低声回答："嗯，我愿意。"

他们紧紧地抓住对方的手，心脏扑腾腾地直跳，都紧张地不敢望对方一眼。

过了一会儿，他们又往前走着，两个人之间隔着几步远的距离，两人一句话也没说，直到走出这片树林。他们怕自己，特别是怕自己心里的那种奇妙的冲动。他们匆匆地走着，一直出了树林才停下来。到那时，他们才安下心，互相手拉手，边欣赏着这明朗恬静的夜色，又不时地交谈几句，谁也不想打破这种感觉。

两人上了船之后，一起坐在船头，在这忽明忽暗的夜色中说些无关紧要的话，根本也没有听对方讲些什么，他们都沉浸在一片慵懒而又快活的氛围之中。这时无须言语，更不必牵手，甚至连含情脉脉的对望都不需要，因为他们的心早已经紧紧地连接在一起了！

在上岸之前，他们就约定好了下个星期天再见面。克利斯朵夫一直把奥多送到他家门口。在那惨淡的煤气灯光下，他俩羞怯地笑了笑以示作别，激动地、喃喃地说了句“再见”。这时，他终于可以松一口气了，就在他们一起相处的这几个小时，他们的精神高度集中，为了打破那种沉默，他们费了九牛二虎之力去找一些话来说，差不多把人折磨死。

克利斯朵夫孤身一人踏着夜色回去了，他的心在幸福地唱着：“我有一个朋友了，我有一个朋友了！”他对一切视而不见、充耳不闻，心无杂念了，整个世界就只有那个念头在回旋。

他太疲倦了，一回到家，很快就睡熟了，但是在夜里醒来了两三次，好像有个什么念头一直在扰动着他。他又念叨了几次“我有一个朋友了”，然后翻个身又睡着了。

第二天醒来，他觉得昨日恍若一场梦。为了证明这并不是一个梦，他开始细细回想前一天的所有细节。他在授课的时候也在想着，下午在乐队里排练时也是心不在焉，以至于他一出剧院的大门就几乎忘了刚刚演奏的是什么。

回家后，他看见有他的一封信。他根本没有去想这信是谁的，赶紧跑回去关上门，认真读起来。一张淡蓝色的信笺上，笔迹工整、纤细而柔顺，文段错落有致：

亲爱的克利斯朵夫先生，（我能称呼你为我最尊敬的朋友吗？）

我对昨日的相聚难以忘怀，对你的盛情美意万分感激。你为我做的一切我都真心感激：你那些可亲的话语，那段愉悦的散步，还有那顿美味丰盛的午餐！只得很抱歉昨天请客让你花费这么多钱。昨天真的是多么的美好啊！难道我们的相遇不是命运的安排吗？我觉得这是天意。我只要想到礼拜天就能见到你就充满期待与喜悦！但愿你不会因为那天推掉约会而与乐队指挥先生发生不愉快，那样的话我真的太过意不去了！

亲爱的克利斯朵夫先生，我永远是你的忠诚的仆人与朋友。

奥多·狄哀纳

附记：礼拜天请别到家中见我，最好到公园相见。

克利斯朵夫噙着泪水读完这信，他亲吻它，爽快地大笑，还把自己摔到床上仰着，两条腿朝着空中使劲蹬着，兴奋地踹得老高，然后他冲到桌子边，立马拿笔写回信，他一分钟也不能耽搁。但他并不习惯书写，不知道怎样才能把自己满腹的热情一股脑地写在纸上。笔尖把信纸戳破了，手指也弄满了墨迹，他急得使劲跺脚。又吐着舌头努力打了五六次草稿之后，一封字迹歪歪扭扭、排列高高低低的信终于写好了，错字连篇是肯定的了：

我的灵魂！我是爱你的，你又为何要说这些“感激”的话呢？我不是已经告诉你了吗，在没有认识你之前，我是多么的忧郁，多么的孤独啊！你的友谊是我在这个世界上得到的最宝贵的礼物。昨天是我最幸福的一天，真是太幸福了！那真是我有生以来的头一次体验。我高兴地念着你的信，我激动得都哭了起来。真的，你毋庸置疑，我们的相识是天意的安排，是它让我们成为好朋友，一起去干点大事业。朋友！这是个多么美好的字眼啊！我做梦都没想到我竟会真的有个朋友呢！噢！你是绝不会抛弃我的吧？你会永远忠于我的，是吗？永远！永远！……一起成长，一起工作，我把我那些音乐的灵感，还有我脑子里那些不断翻腾的奇异东西与你的博学及超群的才识结合起来，那是多么完美的结合呢！你懂的东西真多！我还从来没见有人像你这样聪明。有时候我很担心，觉得我没有资格成为你的朋友。你是那么高尚，那么有本领，居然会和我这样一个庸俗的人成为朋友，我真的不知怎么表达自己的感激之情！……噢，不！我刚才说过，我们之间不要用到“感激”二字！真正的朋友是不会谈恩德的。我从不会接受别人的施舍！我们要平等地相爱，我真的想马上就看到你！好吧，你不希望我去你家里见面，我就不会去，可是，我还是不大明白你为什么这样谨慎——不过你智慧超群，你一定有你的理由……

还让我说一句话！请你永远别提到“钱”。我痛恨这个东西，只要听到这个字眼我就痛恨不已。虽然我很穷，但我还是有能力来招待我的朋友，为了朋友就算倾尽我所有我也是幸福的。我想你应该也是这样想的吧？如果我有需要，你不是也会倾尽所有来帮我吗？——可是，这样的情况是永远不可能出现的！我有手，还有不差的脑子，我还是能挣到面包的——好啦，星期日见吧！——天哪！我要整整一个星期与你分别！可是在两天以前，我还未与你相识呢！我真没弄明白，在没有你做我朋友的日子里，那些年我是如何活下来的呢！——对了，我不在乎那个指挥对我的态度，就算他埋怨我，我也无所谓，你不要为我操心！这些人与我都没有关系！无论是现在还是在遥远的将来，他们爱怎么想就怎么想吧！我不在乎，我心里只住着一个你。你好好爱我啊，我的灵魂啊！你一定要像我对你的爱一样爱我！我属于你，我是你的，整个人都是，从头发到指甲都永远属于你。

克利斯朵夫

多么漫长的一个星期，克利斯朵夫一直在等待的焦虑中度过，他特意走了很多弯路绕到奥多家附近徘徊，他并不奢望能见到奥多，只要看到奥多在家里就足够使他紧张得脸忽红忽白的。到了星期四，他再也憋不住了，写出了第二封信，这一次比上一封更加动情。奥多也写了一封充满着多愁善感气息的回信。

期待的那一天，终于来到了，奥多如约而至。克利斯朵夫在公园的小路上已经焦虑地等了将近一个小时了，他在那急得胡思乱想了，他担心奥多该不是病了吧，他坚信自己的奥多是不可能失约的，连这样的念头都没有。他低声自言自语："天啊！让他赶快出现吧！"他拿着棍子敲着从小径上捡起的小石子，暗暗地许愿，如果连打三下都敲不到的话，奥多今天就不会来了，如果敲到的话，奥多就能马上到来。可是就算他用心敲打，并且也不是很难，竟然三下都没打中。就在这时，奥多倒是不急不忙地走了过来，因为奥多就是在很激动的情形下，也能保持那种翩翩风度。克利斯朵夫向他奔过去，哑着嗓子问候了句"你好"，奥多也回了句"你好"。然后，他们就没有什么话说了，只得说些寒暄的话，如"天气真好"，"现在是十点五分或六分，最多就是十点十分吧"（因为爵府的大钟走得比较慢）这一类的话。

他们一起去车站搭上火车，下一站的一个景区就是他们今天的目的地。一路上，他们之间的谈话不足十句，于是就想着用那富有感情的眼神来作为补充，但也没有什么效果。他们想用眼神交流来表示两人的友谊是不同寻常的，可是他俩都不能表达出这种感情，反而让人觉得这像在演戏一样。克利斯朵夫敏锐地意识到了这一点，他心里很委屈。他不明白为什么自己无法表白，就是一小时以前刚涌现的满腹的感情也变得没有感觉了。奥多没有克利斯朵夫那么敏感，他也许对这种情境还没有清晰的察觉，因为他不像克利斯朵夫陷得那么深，他把自己看得更重。但是，他也感到失望。原因是这两个孩子希望在现实生活中的感情能像分手之后的那个星期一样激情澎湃，但却无能为力，无法维持那种感情，反而在重新见面之后，发现自己想象中的那些美好与现实差得太远，从现实来看，他们应该放弃这些虚构的幻象，但他们无法心甘情愿地接受这种现实。

他们一整天在乡下溜达着，但一直处于那种压抑的情绪之中，怎么也摆脱不了。那天刚好是一个节日，乡村的客店里和林子里到处都是游客——都是一般的小资产阶级家庭，在那边闹哄哄的，随处吃吃喝喝。两人的心情更坏了，他们觉得就是这一群令人烦心的人叨扰了他们，使他们无法再有上次那种无拘无束的氛围，可谈话还是不得不继续着，搜肠刮肚地去找些话来说，生怕彼此没有了话题。于是奥多把书上的知识搬出来了，而克利斯朵夫则谈起音乐作品和演奏小提琴的一些技巧。他们在一同受着罪，那些从自己口里说出的话，就连自己听了也觉得乏味。可是他们还是得不停地说着，生怕谈话中断而尴尬，因为安静下来就会像掉进一个冷冰冰的窟窿之中！奥多真的想哭一场，克利斯朵夫也差点丢下他最好的朋友溜掉，他已经上火了，心里闷得慌。

直到坐车回去的前一个小时，他们的关系才热乎了点儿。树林深处传来狗吠声，它好像在那儿追着猎物。克利斯朵夫提议要不要一起瞧瞧那狗到底在追什么野兽。于是他们躲进了它经过的路边，他们在那丛林中乱跑。随着狗追赶的路线，一会儿往前，一会儿又往后。又左右跑动地跟着它。那狗叫得更凶狠了，那种狂吠中透出一股浓浓的杀气，看来它已经不耐烦了，它朝他俩这边飞奔过来。克利斯朵夫和奥多屏住呼吸伏在小径上的那些车轮沟里，上面覆满了枯叶。吠声停止了，狗失去了追踪的线索，然后只在远处朝着天上叫了几声，树林里就陷入寂静之中。一时间万籁俱寂，只有成千上万的生物在时时刻刻地蛀着树林，一些在不断摧毁森林的各色虫豸神秘地蠕动在那些地方——这是永不停歇的死亡的气息。他们呆住了，静静地听着。正当他们失望地起身说一声“完啦，它不会来了”时——忽然有一只野兔从密林中朝着他们这边窜了出来，他们同时看到了它，一起快活地叫喊起来。野兔吓得从地上往上一蹦，往旁边一跳，翻个筋斗栽进小树丛里去了；树叶像水面上的水波一样颤动一下子，就迅速消失了。他们真后悔不该大喊大叫的，但就是这点小事反而让他们非常开心了。他们回想着那只吓得栽跟头的野兔的那副模样，笑得直不起腰来；克利斯朵夫还去学着它那副滑稽的模样，奥多也跟着他学了起来。然后奥多做野兔，克利斯朵夫做猎狗，他们俩一个在前逃，一个在后边追着玩起来。一起穿过树林，越过草原，快乐得像风一样，又跨过篱笆，跳过土沟。一个乡下人看到他们窜进了麦田，在那边扯着嗓子大声叫唤，可他们依旧奔跑追逐着。奥多看到克利斯朵夫学狗叫竟然那么逼真，直笑得流出眼泪。最后，他们一起从斜坡上滚下来，一路上又发疯似的大喊大叫，等到他们折腾得说不出一句话来的时候，就一起坐在地下，笑意盈盈地互相对望着。现在的他们是真的快活，不再为自己感到烦心了。因为这时的他们没有必要扮演那种同生共死的朋友角色，而是把他们的真性情无所顾忌地展露出来，其实他们的本来面目，还是孩子罢了。

他们手牵着手往回走，唱着不知所云的歌。直到快要进城的时候，他们又想装模作样地觉得应该留点朋友的印记，在树林子的最后一棵树上，两人把姓名的缩写交叉着刻了下来。幸好他们被兴高采烈的心情所主导，于是那套含情脉脉的玩意儿被忘却了，在回家的车上，只要彼此眼神相撞，就会忍不住地放声大笑。他们在告别时，都认为这一天过得“非常带劲”。分别之后，两人更觉得这句话不是假话。

他们又开始苦心经营着那份感情，甚至比蜜蜂还要更用心更巧妙。他们只是凭借一些零散而平淡普通的回忆，居然能把他们彼此之间的友谊构筑成一幅美妙的图画，两人用了整整一周的时间来相互美化对方，就算到了礼拜天见面，现实与自己想象中的距离还很遥远，但他们却早已看不出到底有何差别了。

他们都觉得能成为对方的朋友，是一件值得骄傲的事。他们性格迥异，却彼此更加亲近。克利斯朵夫觉得再也没有人能比奥多漂亮。他有纤巧的双手，头发也漂亮极了，肤色鲜艳，谈吐谦逊，举止风度翩翩，还有整齐干净的服饰，这一切都使克利斯朵夫喜爱不已。而奥多却是钦佩克利斯朵夫那旺盛的精力以及独立自由的性格。世代相传的本性，使他尊敬一切权势，诚惶诚恐得像对待神灵一样。现在他和这么一个生来瞧不起成规旧俗的人成为朋友，他是感到又惊又喜。他喜欢听克利斯朵夫对城里的权贵们进行抨击，每次看到他无所顾忌地模仿着大公爵的一些举止动作，奥多会有一点微微发抖，有一种既恐怖又兴奋的快感。克利斯朵夫看到朋友着迷于他的这种魅力，于是越来越放肆地用上了他那嬉笑怒骂的全部本领，他像一个老革命党人那样把社会习俗、国家的法律抨击得一无是处。奥多听后是像小孩放炮一样，又喜又怕的，有时谨慎地观察到周边没人，就会壮着胆子附和几句。

一起散步的时候，克利斯朵夫就喜欢爬到人家的墙上去摘果子，如果看到哪个栅栏上写着“闲人免入”的话，他一定会跳进去的。奥多每次都提心吊胆，生怕被人碰见；但觉得这样做能让内心感到一种快感，在晚上回家后，还自以为是个英雄。他如履薄冰地敬佩着克利斯朵夫。什么事都听从朋友的安排，他那服从的天性不就在这里得到了满足吗？克利斯朵夫也从来不要他操半点心，会安排好一切，替他安排一天的日程，甚至为他做了个一辈子的规划，为奥多制定了一个不容置喙的人生蓝图，就好像是制定自己的规划一样。奥多听到克利斯朵夫说将来要用奥多的财产来造一所匠心独运的剧院，心里有点不满，但还是赞成了。因为克利斯朵夫在宣布这个规划时那种不容置疑的语气使奥多不敢有什么异议，作为朋友，奥多也只能相信他的主张，并且他说，作为大商人，奥多·狄哀纳老板挣来的钱，没有比用在这个事上更有意义的用途了。克利斯朵夫从来就没有想过，自己在将意志强加给了朋友，他天生就是独断专行的性格，他想不到朋友的意愿很可能与自己的意愿不一样。而只要奥多表示出一个不同的要求，他就会不假思索地牺牲自己的意愿。他甚至愿意做出更大的牺牲呢。他希望有那么一个证明自己友谊的机会，他为了这个愿意为朋友去冒生命危险，他还渴望在散步的时候出现什么危险情况，能够让自己奋不顾身地去抵抗。为了奥多，他觉得就算是死，那也是一件快乐的事。他现在只能关怀备至地照顾着他：在不好走的路上，他会像搀小姑娘似的搀着奥多；他担心奥多受累，又担心奥多热着，又怕奥多冷着；他们坐在树荫下时，他会脱下自己的上衣给奥多披上；一同走路时，他又会帮奥多拿着大衣，他恨不得抱着朋友走呢。他像情人一样地柔情爱怜地盯着他，而事实上，他确实动了爱情了。

他自己还是不知情的，因为他还不懂什么是爱情。但当他们在一起的时候，有时他会像当时在松林中初次相处那样，整个人会心神荡漾，身上发热，血直往头脸上涌。脸红耳赤又不知所措地感到难为情，他感到害怕了。仿佛天生就知道的一样，两个孩子不谋而合地、心慌意乱地相互逃避着，他们在路上会一个在前、一个在后地相互躲开点；他们会假装去灌木丛中找点果子，只是他们弄不清楚自己的心为什么会这样怦怦乱跳。

这些感情在他们的信里表现得更加热烈，而且他们从来不担心自己说的不是事实，而是放心大胆地去恣意幻想，没有受到现实的丁点儿妨碍。现在他们一周要通信两三次，每次都是热情洋溢的激情抒发，几乎从没有谈实际的事情，而是用一些隐晦难懂的语句来谈点重要的问题，一下子兴奋到顶点，一下子又跌落到绝望的谷底。他们称对方“我的宝贝，我的希望，亲爱的，我的我”。他们恣意地用到“灵魂”这个字眼，他们为自己那悲凉的命运添上了可歌可泣的色彩，但又会因为觉得自己的苦难扰乱了朋友而感到深深的自责。

“亲爱的，我很气恼，”克利斯朵夫写道，“因为我让你伤心了。我最受不得你受到伤害，你不应该伤心的，我决不允许你这样。（他在这两句下面重重地画了一道线，力道把信纸都戳破了！）如果你在痛苦中，那么我去哪儿寻找到活下去的勇气呢？只有你得到快乐，我才有快乐可言。啊！你快乐起来吧！把所有的悲伤与苦难都留给我吧！那是我情愿去承受的！你想我吧！爱我吧！我需要你的爱。你的爱能给我带来温暖，能让我重生。唉，你难道感受不到我这发抖的心吗？我的心正在冬天的刺骨寒风中颤抖啊！啊！我要拥抱着你的灵魂。"

"我的思想亲吻着你的思想。"奥多回复。

"我用双手抱住你的头，"克利斯朵夫又写道，"只要是我没有说出口的，将来也不会说的，都会让我的整个心灵表现出来。我要像你爱我那样，热烈地拥抱着你。你看着吧！"

奥多故作怀疑："你爱我，是像我爱你的那样吗？"

"啊！天哪！"克利斯朵夫大叫道，"何止是一样的，要比你的强过十倍、百倍、千倍呢！怎么，难道你没有这样觉得吗？你要我做什么才能打动你的心呢？"

"我们的友情多么美啊！"奥多感叹道，"从古至今，世间可曾有过这样的感情呢？多么甜蜜，多么新鲜，就像在梦境之中。但愿它永不消逝啊！要是你不再爱我了，那我可该怎么办呢？"

"亲爱的，你怎么说这傻话呢？"克利斯朵夫回答道，"请原谅我对你的指责，你的胆小及恐惧让我感到愤懑。你怎么能问出我会不会爱你这样的问题呢？活着是为了什么，我就是为爱你而活，就算是死也不能让我的爱消磨半分。就算你想毁灭我的爱也是不可能的，即使得到的是你的欺骗，我就是撕心裂肺，在临死时还是会祝福你，奉上你给我带来的所有的爱来祝福你。你的这种怀疑是杞人忧天的，以后千万别再生出这样的念头来折磨自己，也使我痛心！"

可是一星期后，他自己却这样写了：

三天以来，我没有得到你的任何音信，一个字都没有。我浑身哆嗦。难道你忘了我了吗？一想到这点，我的血都冰凉了……对啦，你忘了我……前天，我就已经察觉到你对我变得冷漠了。你不再爱我了！你想要离开我！……告诉你：你要把我忘了，如果你欺骗我，我一定会像杀狗一样把你杀死的！

“亲爱的，你误会了我，”奥多沉痛地说，“你把我逼哭了，我真的好冤枉。不过你爱怎样就怎样吧。你可以对我随心所欲，甚至允许你毁灭我的灵魂，但我还是会留下一道灵魂之光守着你！”

“神灵在上！”克利斯朵夫叫了起来，“我竟然弄哭了我的朋友！……咒骂我吧！鞭笞我吧！把我狠狠地抛在地面上吧！我真该死！我配不上你的爱！”

他们用特别的方法写信上的地址，信封上的邮票也有特别的贴法，它是斜贴在信封的右下角的，表示这信与写给其他人的信是不一样的。这些天真的小把戏对他们而言，真的像爱情那样具有魔幻般的魅力。

一天，克利斯朵夫授课回来后，在邻近的一条街上看见奥多正和一个年纪差不多的少年亲热地有说有笑。克利斯朵夫的脸都白了，直勾勾地盯着他们，直到他们消失在拐角。他们没有发觉他。回到家后，他感觉整个世界乌云蔽日，一切都黑了下来。

当下星期日又见面时，克利斯朵夫起初只字未提。溜达了半小时后，他有点哽咽地问：“星期三那天，我在十字街头看见过你。”

“哦！”奥多回答了一声，脸一下子红了。

克利斯朵夫接着说：“那天不只是你一个人呢。”

“不是的，我和别人在一起。”

克利斯朵夫吞了口口水，假装满不在乎地问：“还有谁呢？”

“我的表哥法朗兹。”

“哦！”

克利斯朵夫停了一会儿，接着说：“你没和我提过他。”

“他住在莱纳巴哈呢。”

“你经常和他见面吗？”

“他有时会到这里来。”

“你呢？你也去他那儿吗？”

“偶尔会去。”

“哦！”克利斯朵夫又啊了一声。

奥多想换个话题，他指着一棵树，对克利斯朵夫说那有一只鸟在啄虫子，于是他们的话题转移到别的事上去了。过了十分钟，克利斯朵夫忽然又问了起来：“你们俩很要好吗？”

“你说的是谁啊？”奥多问。

（其实他心里很明白提到的是谁。）

“你同你的表兄弟啊。”

“是的。你问这个干吗？”

“没什么。”

奥多并不喜欢他的这位表兄弟，因为法朗兹常常捉弄他。但是出于那种古怪的想损人的淘气劲，他又补上了一句：“他还是个挺可爱的人。”

“谁？”克利斯朵夫问。

（他也明明清楚说的是谁。）

“法朗兹啊！”

奥多以为克利斯朵夫会说点什么，但他好像并没有听见，只管折着一棵榛树的枝丫。

“他是个很有趣的人，总是有故事讲给你听。”奥多又说。

克利斯朵夫若无其事地吹着口哨。

奥多得寸进尺地补充了一句：“他非常聪明……长得又那么漂亮！……”

克利斯朵夫耸了耸肩，好像在说：“这个家伙与我有什么关系？”

奥多看到还没有引出他的话来，打算继续往下说，克利斯朵夫猛地一句岔开他的话题，指着很远的一个目标说：“我们跑过去吧。”

整个下午，他们没有再提此事。但是相互间多了几分冷淡，并且一反常态地又摆出那种过度的礼貌，显得很陌生。克利斯朵夫尤其厉害，他的话总是在喉咙口就卡住了。最后他终于憋不住了，转过身来对着跟在身后几步远的奥多，气焰嚣张地抓着奥多的手，那些话像开闸的洪水一样冲了出来：“听我说，奥多！我不希望你同法朗兹亲热，因为……因为你是我的朋友；我不愿意你爱别人超过爱我！我不愿意！你难道不知道吗，你是我的一切。你不能……你不应该……只有我死了，我才会丢下你，我不清楚我会做出些什么事来。我也许自杀，也许会杀死你。不要！对不起！”

他泪如泉涌。

他的这种痛苦是多么的深沉，以至于他说出威胁的话来证明他的痛苦。奥多既感动又非常害怕，连忙发誓保证，无论是现在，还是将来，自己对任何人的爱都永远不会像爱克利斯朵夫一样，更何况那个法朗兹更加没必要提起，自己根本不把他放在心上，如果克利斯朵夫不喜欢他表兄弟见面的话，那么他也可以永远不再和法朗兹见面。克利斯朵夫把这些话都藏进心里之后，他的心又好像快活了起来。他大口地喘着气，痛快地笑着，满怀感激地感谢奥多。他很后悔自己刚才自寻烦恼，但压在心上的那块大石头总算落地了。他们面对面地站着，手牵着手一动也不动，两人都很高兴，但又感到很尴尬。他们一声不吭地往回走，后来又开始爽快地聊了起来，他们又开始感到心情愉快了，并且觉得彼此比任何时候都亲密些。

不过，这种吵闹不止一两次。现在，奥多发现了自己在克利斯朵夫心中的分量了，就不时地想滥用下这种力量；清楚了克利斯朵夫的致命要害，就控制不住，老想着去捅他一下。奥多这样做并不是想引起克利斯朵夫生气，使自己高兴一下；其实，他还是很害怕他那发火的模样呢，但他在折磨克利斯朵夫的时候，就能证实自己的分量。他并不坏，只是有些女孩子的秉性。

他虽然已经信誓旦旦，但还是继续和法朗兹及其他一些同伴公开地挽着手，而且故意大声嬉闹，并且假装与他们很友爱。克利斯朵夫责备他时，他也还是嘻嘻哈哈的，直到看到克利斯朵夫眼睛冒火，气得嘴唇哆嗦，他才会着急，赶紧换了语气，并保证不会有下次了。可是次日，他还是我行我素。克利斯朵夫给他写了几封用词非常严厉的信，称他为：

无耻的浑蛋！从今以后都不要让我听见你的名字。我再也不认识你了，去见你的鬼吧！跟那些所有像你一样的狗，全部见鬼去吧！

可是只要奥多说出一句求饶的话，或者像有一次那样给克利斯朵夫送去一朵花来象征他对友谊的永远忠诚，克利斯朵夫就会悔恨交加地写道：

> 我的天使！我是个疯子。请忘掉我的那些荒唐的举动吧。你是这个世界上最好的人。要知道愚蠢的克利斯朵夫还比不上你的小手指头那么有价值呢。你是个感情多么丰富、多么细腻、多么善解人意的一个人！我眼含热泪地吻着你的花儿。它在这里，它在我的心中。我把它用力地扎进我的体内，希望它能让我流血，使我能更清楚地体会到你的仁爱和善良，以及我的那些可悲与愚蠢！

到了后来，他们渐渐地相互生厌了。其实，有人说，打打闹闹的争吵可以维持友谊是没有根据的。克利斯朵夫怨恨奥多逼他做出那些过激的行为。他冷静下来想清楚之后，便谴责自己的蛮横霸道。他天性忠贞不贰，易冲动，这是第一次体味到爱情，就把自己全身心交给了别人，就渴求对方也能完完全全地给他。他不允许有第三者踏足他们的友谊。他已经随时准备为了朋友牺牲一切，因此他觉得要朋友为自己牺牲一切也是理所当然的，而且觉得必须如此。可是他开始认识清楚了：这个世界并不是依照他的这种坚韧顽强的性格创造的，他提出的那些要求都是不切实际而难以实现的。于是他只得改变自己，强迫自己去适应社会，他严厉地苛责自己，认识到自己的自私与自我，根本没有权利去独占朋友的感情。他真心实意地对自己做了一番思想工作，想让朋友能够自由自在的，尽管这样做他要付出很大的牺牲。他甚至委屈自己做出让步，还很诚恳地劝奥多不要疏远了法朗兹；他强迫自己去相信自己其实很高兴奥多能同其他的同伴交往，同时希望奥多能和他们在一起同样过得愉快。可心中亮堂的奥多是明白他的，并故意听从他的劝告，但只要奥多真的做了，他却又忍不住沉着脸，突然间，又会火急火燎地发一通脾气。

克利斯朵夫最多只能容忍奥多对别的朋友比对自己更好，但绝不能容忍他说谎。奥多既非不老实也不是不诚实，他也不是虚情假意，只是他天生不爱讲真话，就好像口吃的人说话很难讲清楚。他的话不可能全部是真的，但也不会完全是假的。要么是因为胆小怕事，要么是因为自己对于感情根本认识不清楚。他说话的方式很难干净利落，回答总是模棱两可的；无论做什么事，他都喜欢遮遮掩掩，弄得好像有什么不可告人的秘密一样，这让克利斯朵夫大为光火，而一旦被人揭穿，他不仅不会承认，反而矢口否认，扯一大堆谎话。有一天，克利斯朵夫气愤到了极点，出手扇了奥多一巴掌。他以为这下子他们的友谊会终结了，奥多再也不可能原谅他了。没想到赌气了几个小时之后，奥多反像什么都没发生一样来主动讨好他。奥多对于克利斯朵夫粗暴的举动并不觉得可恨，或许，他还得到了一种莫名的兴奋呢！他很不满意克利斯朵夫那容易上当的性子和对他言听计从，这反而让他打心底瞧不起克利斯朵夫，觉得自己比克利斯朵夫优秀多了。对于克利斯朵夫来说，他也非常不喜欢奥多那种逆来顺受不知反抗的性格。

他们再也不用初识时的那种眼神对望了。他俩的缺点已经全部暴露在众目睽睽之下。奥多觉得现在的克利斯朵夫那种独行侠客的性格一点没有那样可爱了。在与他一同散步时，克利斯朵夫简直就是一个累赘，他完全不顾形象，邋里邋遢，脱掉上衣，解开背心，敞开衣领，卷起袖管，把帽子挂在手杖顶上，吹着风觉得很舒服。他走路时总是左摇右晃的，一会儿吹着口哨，一会儿又扯着嗓子唱歌，脸皮发着红光，大汗淋漓，身上沾满灰尘，和一个赶集回来的乡下人一模一样。作为贵族少年的奥多生怕有人看到他和克利斯朵夫这么一个人散步。如果迎面来辆车子的话，他就会故意落后十来步，看上去就是他一个人在那里散步。

在乡村客店里或在回来的车厢里，克利斯朵夫只要一开口就让人厌烦。他说话总是大声嚷嚷，口无遮拦地满口胡话，他对奥多的亲热真是让人受不了。他还会自高自大地对那些知名的公众人物横加指责，有时，他对那些坐在身旁的人也指指点点的，要么就是不厌其烦地谈论自己的私生活与健康的事情。奥多使劲对他使眼色，做出一些古怪的表情，但是克利斯朵夫根本不理会奥多的暗示，依旧旁若无人一般。奥多看见周围的人脸上堆满笑意，真是恨不得找条地缝钻进去。他觉得克利斯朵夫俗不可耐，真不明白自己怎么会迷上一个这样的人。

更可怕的是，克利斯朵夫依旧瞧不起那些篱笆、栅栏和围墙上的“禁止入内、违者重罚”等牌示，还有那些限制他的自由以保卫神圣的私人财产的一切举措。奥多则时时刻刻都在提心吊胆，他的劝告完全是做无用功，反而会刺激克利斯朵夫展示勇猛的欲望，变本加厉地捣蛋。

有一天，他们越过了一道粘着玻璃碎片的高墙，进入了一个私人的树林里面。克利斯朵夫带着奥多像在自己家里一样舒适地闲逛着，被一个守卫抓了一个正着，并把他们大骂了一顿，还恐吓他们说要送他们进监狱，最后，他们被守卫粗暴地赶了出来。在这次冒险中，奥多的本领一无是处，反而因为怕进监狱而被吓得哭了起来，一边哭诉，一边还愣头愣脑地推说他是不小心被克利斯朵夫带进来的，自己根本没注意这是什么地方。被人赶出来之后，他不仅没有那种逃脱的快乐，反而气势汹汹地指责克利斯朵夫，说克利斯朵夫又害了他。克利斯朵夫恶狠狠地瞪了他一眼，骂了句“胆小鬼”，他们又开始很不留情面地互相数落了对方几句。假如奥多知道回家的路，他早就会离开克利斯朵夫分开了；但他只能无可奈何地跟在克利斯朵夫的后面，只是他俩各走各的，装作彼此不认识。

暴风雨在天空中酝酿着。他俩都在气头上，根本没有察觉。昆虫在燥热的田野里嘶嘶地叫着。旋即万籁俱寂。他们过了几分钟才察觉到这种静默，静得能听见耳朵里的嗡嗡响声。他们举头一看：天上阴沉沉的，已经堆满了大块的乌云，并且它们还像千军万马一般从四面疾驰过来，好像这里有一个窟窿吸引着它们不断往这里聚拢。奥多忧心忡忡，又不敢向克利斯朵夫说出来，克利斯朵夫看到他那好玩的样子，就故意装作毫不知晓。可是他们还是默默地向着对方靠近。田野里一个人也没有，风已经静止了。只有几股热气不断袭来，树上的小叶子微微颤动。忽然，一阵旋风卷着地上的灰尘，胡乱地抽打着树木，树身都被扭弯了。霎时间又恢复了一片沉寂，比先前的更加可怕。奥多终于主动开口了，他用颤抖的声音说着：“暴风雨就要来了，是该回去了。”

克利斯朵夫回答道:“没问题，回去吧！”

可为时已晚。只见一道炫目的强光在天空一闪，紧接着天空就发出轰隆不绝的咆哮，连乌云都号叫起来了。刹那间，旋风包围了他们，他们被闪电吓得心惊胆战，雷声震耳欲聋，他们全身被这暴雨浇透了。在这个毫无遮拦的旷野里，他们呆呆地站在这狂风暴雨中，离他们最近的人家也有半小时的路程。大雨排山倒海一样地倾盆而至，黑暗中透着一股子沉闷的气息，一个个霹雳在天空发出一道道红光，让人吓得想拔腿就跑，但被雨水浇透的衣服紧紧地贴着身子，根本无法迈开步子，鞋子里灌满了水，咯吱咯吱地响着，雨水顺着身体像瀑布一样倾泻下来。他们艰难地喘着气。奥多咬牙切齿，气得快疯了，冲着克利斯朵夫说了一堆埋怨气愤的话，他宣布要停下来，认为这时走路太危险，并威胁说自己要坐在路上，就躺在耕过的田野里。克利斯朵夫置之不理，低着头只管往前走，风、雨、闪电使他无法睁开眼睛，轰隆隆的雷鸣震得他头晕，他也有点心慌了，只是他绝不承认。

暴风雨忽地退去，如它来时那般突兀。此时，他们已经是落汤鸡那么狼狈的模样。说实话，克利斯朵夫看上去真没有什么变化，因为他平时就不修边幅，再坏些也坏不到哪里去；但奥多可是个平时穿着讲究，总是又整齐又干净的人，弄成这副模样可就让他脸色难看得很，他看起来就像刚刚穿着衣服洗了个澡，克利斯朵夫回头看了他一眼，忍不住哈哈笑出声来。奥多何曾受过这种打击，浑身乏力，连生气都没有力气了。克利斯朵夫看他变成这副模样，就特意高高兴兴地与他讲话。奥多却气得头上冒火，狠狠地瞪着他。克利斯朵夫带他到了一个农民家里。两人把衣服烘干，一边喝些热酒。

克利斯朵夫觉得刚才的经历很刺激，但奥多认为那既糟糕又无趣，在后面的散步中他们一声不吭。在回家的路上，俩人都赌着气，分手时连手也没握。

自从发生了那件糟糕的事后，他们一个多星期没有相见，心中都在对对方进行着一番严肃的批判。但他们取消这唯一的每周一次的约会之后，俩人实在是闷得受不了，于是心里的怨恨最终烟消云散了。依旧是克利斯朵夫主动凑过去，奥多竟然没有拒绝，于是两人又握手言欢。

虽然他们之间生出了一道裂痕，但还是谁也少不了谁。他们都有不少的缺点，两人都比较自私。但这种自私是无邪的，是自然而然的，不比成年人那些工于心计的自私那么令人作呕，看上去还有几分可爱，这也从不阻碍他们真诚相爱。他们是如此的渴求爱，甚至渴求牺牲！小奥多常常编一些忠肝义胆的故事，自己总是其中的主角，并常常被感动得在枕上痛哭，他虚构出一些感人的情节，把自己刻画成既刚毅又勇猛，能保护着自认为非常关心的克利斯朵夫。而克利斯朵夫也一样，他一旦看见或听到什么美妙或新奇的东西，就会不由得想道："可惜奥多不在这啊！"他把朋友的形象与自己的整个生活混在一起；并且还对这形象进行刻意的渲染，显得甜美温柔，自己不禁为之陶醉，并且已经不记得朋友的本来形象了。他又静静地记起了奥多曾经说过的一些话来，经过自己那想象力的加工修饰，内心竟然还是感动得颤抖。他们模仿着对方。奥多模仿着克利斯朵夫的姿态、举手投足、书写笔迹。克利斯朵夫看到朋友好像他的影子一样，说着他的话，还把他的思想据为己有，他很感动很气恼。但是他也在不知不觉中模仿着奥多，他学着奥多的穿着、走路的姿态，还有某些字的发音。他们好像走火入魔了，互相影响着，好似融为一体了，心里充盈着的温情像泉水一般喷涌而出。他们都以为这种温情是被朋友激发而来的，可并不明白那其实就是青春的萌动。

克利斯朵夫对谁都没有防备之心，他的文件一向是随处乱扔的。但是出于天性的难为情，他特意把写给奥多的信和奥多的回信都藏了起来，他并没有把信锁起来，而是夹在乐谱中间，他认为绝不会有人去翻那儿。可是他忽视了家里那两个捣蛋的弟弟。

最近他发现他们就经常在他背后偷偷地嘀咕着，还带着些神秘的笑，窃窃私语，高兴得摇头晃脑的。克利斯朵夫听不清他们讲什么；他还是用老办法，以不变应万变，不管他们谈些什么、做什么，只假装漠不关心。但还是有几个熟悉的字钻进了他耳朵里，引起了他的警觉。没多久，他就断定弟弟们毫无疑问地偷看了他的信。恩斯德和洛陶夫最近互相称呼对方为“我亲爱的灵魂”，并且还装出一副令人可笑的一本正经的神气。克利斯朵夫大声质问他们，却一无所获，他们假装不明白他说什么，还说他们有权利爱怎么称呼就怎么称呼。克利斯朵夫检查那些信都原封不动地在那里，也就没再追问。

过了几天，小浑蛋恩斯德被克利斯朵夫抓了个现行，他当时正打开抽屉偷母亲的钱，克利斯朵夫把他狠狠地教训了一顿，还借机骂了一通心里话，不留情面地数落着恩斯德的许多罪状。恩斯德听了很不服气，反而骄横地回答说克利斯朵夫没有资格教训他，还对克利斯朵夫与奥多的友谊含沙射影地说了些混账话。克利斯朵夫起先还没反应过来，但一听见弟弟竟然把奥多也牵扯进他们的争吵之中，他非得要恩斯德今天把话讲清不可。弟弟只是得意地冷笑。后来，看到克利斯朵夫的脸色气得铁青，吓得不敢开口了。克利斯朵夫知道威逼不会有作用，于是就耸耸肩坐下，又装出一副鄙夷的神态。恩斯德恼羞成怒，又使出自己那些卑鄙的手段来让哥哥下不了台，继续说了一大堆越来越难听的脏话。克利斯朵夫竭力控制自己的情绪，强忍着不发作。等到他弄明白了恩斯德话中的意思，他脸上涌现出一股杀气，他从椅子上跳了起来。恩斯德还没来得及叫喊就已经被他扑倒在地上，他们纠缠着在地上打滚，克利斯朵夫抓住恩斯德的头往地板上乱撞。恩斯德的惨叫声引来了路易莎、曼希沃，全家人都吓得急忙赶了过来。大家把恩斯德救出来的时候，已经被打得不成样子了。克利斯朵夫还不肯放手，直到家里人打他才松了手。大家骂他是野兽；他那模样看起来也太像头野兽了：眼睛愤怒地突出眼眶，牙齿咬得咯咯作响，他只一心想扑向恩斯德。家人问他什么缘故，他火气更旺，只是叫嚷着要杀死恩斯德。恩斯德对其原因也只字未提。

克利斯朵夫变得寝食难安。他躺在床上号啕痛哭，浑身发抖。那不仅仅是为了奥多而感到痛苦，而是他的内心正在经历着一场翻天覆地的变化。恩斯德绝对没有想到这次会给哥哥带来如此重的伤害。克利斯朵夫就像一个真正的清教徒，他绝不能忍受社会上那些下流无耻的事，而实际上那些事免不了一桩又一桩地发生着，这让他痛心疾首。在他这十五岁的年华里，原本生活得自由自在，只是本能很强烈，他又是那么天真无邪，他那纯洁的天性与繁忙的工作让他免受外界的污染。但是恩斯德的一番话在他面前揭开了一个丑恶的无底洞。他从来没有想到人之间还会有这种行为，一旦有了这种思想，他那些爱人和被人爱的乐趣被完全击碎了。这不仅仅毒害了他和奥多的友谊，而是一切友谊都被毒害了。

更糟糕的是，他还听到些风言风语（也许并不是讲他的），他觉得在小城里，有很多居心不良的人正盯着他；更加可气的是，父亲也和他谈起他和奥多散步的事。父亲可能是无心的，但心存戒备的克利斯朵夫可是听者有心，他现在无论听到什么话都觉得有影射他的嫌疑，他几乎自己都认为自己真的是做了坏事。此时，奥多也经受着同样的苦恼。

他们还是暗地里相会，但再也回不到以前的那种忘我的境界了。光明坦荡的友谊已被毒化。两个孩子之间是一种羞答答的相亲相爱的感情，他们不曾有过友爱的亲吻；他们最大的快乐就是能见上一面，然后再一块儿分享彼此的梦想。一旦有了小人的猜疑玷污，他们连最纯洁无邪的行为也自以为会是下流之举；哪怕是抬眼一望，或是握一下手，他们都要羞愧不已，都会觉得自己是不是起了不好的念头。他们简直已经无法忍受这种关系了。

但彼此都没有说破，只是见面次数自然而然地减少了。他们勉强地维持着通信，但是用词就得仔细斟酌了，信上的话也索然无味了，大家都觉得没有意思。克利斯朵夫借口说工作忙，奥多则说分身无术，彼此失去了联系。不久之后，奥多进了大学；那段照耀着他们一生中美好岁月的友谊就此黯淡，悄悄地消退了。

其实，他与奥多的友谊，只是未来真正爱情的前奏曲而已。用不了多久，克利斯朵夫的心就将被新的爱情所占据，新的爱情让一切光辉都黯然失色。

第三部　弥娜

在下面那些事发生以前的四五个月里，史丹芬·冯·克里赫参议官的遗孀——新守寡的约瑟芬·冯·克里赫太太，带着女儿离开了丈夫曾供职的柏林，搬回了她出生的故乡，就是这个莱茵河流域的小城。这儿还有一所属于她的世代相传的老屋，附带着一个花园，有一个公园那么大，从山坡上绵延而下，一直延伸到与克利斯朵夫的家邻近的河边。

克利斯朵夫站在顶楼上的卧室里，就可以看到那边沉甸甸的树枝覆满围墙伸向外边，还有那长着苔藓的红色屋顶。一条人迹罕至的小径在园子的右边盘旋着，路旁矗立着一块界石，只要爬上那里就可以一览墙内的所有风景，克利斯朵夫从不会放过这种机会。他看到园内覆满杂草的小径，虬枝盘曲的树木错综分布，草坪如同郊外的牧场，屋子的正面刷成了白色，板窗总是关得严严实实的。有个园丁每年来那么一两次，来这里绕一圈，给房子开开窗、通通风。之后，整个花园又重归大自然的掌控之中，一切又重归沉寂。

这一片沉寂的气息让克利斯朵夫依依不舍。他常偷偷地爬向路边那个瞭望台上：先是两只眼睛，接着是鼻尖，然后是嘴巴，随着他的慢慢长高而先后高出那个墙顶。现在他只要踮一下脚尖已可以把手臂都伸进墙内去了。虽然这姿势让他很不舒服，但他把下巴抵在墙头上，望呀，听呀。夜幕即将合上，夕阳在草坪上铺洒了一片柔和的金色光波，松树下还辉映着若有若无的蓝色反光。如果没有路人的打扰，他可以一直在那儿呆呆地神游下去。在夜里，花园里弥漫着各种花香：春天是紫丁香，夏天是声息花，秋天是落叶的枯萎气息。每次夜深人静时，克利斯朵夫从爵府回家，无论多么疲惫不堪，他总是会靠在门外站上一会儿，陶醉地大口呼吸着这股沁人心脾的气息，然后就无可奈何地回到他的那间气味浊臭的卧室。克里赫家大铁门外两旁有两棵一百多年树龄的老栗树，以前祖父总是坐在树下抽烟斗；而大门正前面有一片小小的空地，那里茂盛的野草从石板缝里顽强地冒出来，克利斯朵夫从小就喜欢来这儿玩，因为那棵老栗树上掉下的栗子成为他们的游戏弹丸或玩具。

一天早晨，他像往常一样在小路上走着，依旧爬上了界石，又漫不经心地朝园内瞧了一下。正要下来时，他忽然觉得有点异常：他朝屋子那边一瞧，原来那些紧闭的窗户都开了，阳光透进屋内。虽然还没有看到人影，但这所老屋仿佛在沉睡了十五年之后又从梦中醒了过来，还带着笑意呢。克利斯朵夫回家时心中充满疑惑。

在餐桌上，父亲谈起了最近街坊讨论的话题：克里赫太太带着女儿就要回来了，她们的行李多得让人难以置信。栗子树四周的空地上挤满了看热闹的人，他们都争着看卸车呢。这件事对于没有见过什么世面的克利斯朵夫来说，绝对是一件重大的事。惊诧之际，他一边去工作，一边依据父亲的那些夸夸其谈，想象着那即将去美丽的屋子里居住的主人会是什么样子。但是他的工作太忙了，以至于那件事被他忘了。直到他傍晚即将回家的时候，这一切才重新在脑海中涌起。他感到很好奇，想看看围墙里头到底有什么变化。他又爬上瞭望台，没想到的是，园内依旧是那条静悄悄的杂草丛生的小径，那些一动不动的树木仿佛在夕阳的怀抱中睡熟了。几分钟后，他已经完全忘却了自己爬上来干吗，已经沉浸在这种祥和恬静中。这真是个奇怪的地方——虽然站在一个左摇右晃的界石顶上，但却成为最适宜他思考想象的地方。那条低洼狭窄的小路延伸至那黑压压的尽头，花园沐浴在阳光下，挥洒着一种神奇的光彩。这是一个令人悠然自得的地方，他的思想可以在这儿自由驰骋，美妙的音乐在耳边盘旋着，他听着听着，即将睡去了……

他就这样睁大双眼、张大嘴巴在那儿幻想着，沉浸在一片愿景之中，自己也记不得到底从何时开始幻想的，因为他已经什么都看不见了。忽然，他吓了一跳。在他面前，有两个女人正站在花园的那条小径拐弯处，她们正望着他。她们一个是穿着孝服的少妇，眉清目秀但五官并不精致，浅黄色的头发，个子高高的，雍容典雅，懒洋洋地把头歪向一侧，眼神和蔼，但闪着一丝俏皮的光，她正盯着克利斯朵夫呢。另外还有一个十五岁的小姑娘，也穿着孝服，在母亲背后站着，脸上表情看上去就要傻笑一阵子了。母亲一边看了下克利斯朵夫，一边打手势示意小姑娘不要作声；可是小姑娘用手遮住嘴，好像费了吃奶的力才压抑住没笑出声来。那是一张光彩照人的脸，圆圆的白里透红的脸蛋，小鼻子稍稍大了点，小嘴巴却又稍显太阔了一些，下巴小小的，但下巴颏却显饱满，眉毛细长，眼睛清澈，金黄色的头发被编成一根辫子，盘成一个圈儿绕在头顶上，露出了浑圆的颈窝及光洁的脑门：总的来说，极像克拉纳赫[①]画上的女人容貌。

克利斯朵夫忽然见到这两个人，一下子呆住了。他不仅没逃，反而像被钉在了那儿一样。直到那位年轻的太太带着又可爱又戏弄的神情，朝着他笑吟吟地走了过来，此刻克利斯朵夫才像大梦初醒一样，连爬带滚地从界石上跳了下来，把那墙上的石灰也抓走了一大块。他听见园子里边有人亲切地唤他一声“孩子”，接着又蹦出一串小女孩的笑声，笑声清脆动听，就像鸟儿的鸣叫。他的手脚终于都伏在了小路上，又稍微缓了下神，迅速飞奔而去，好像怕有人来追他一样。他觉得很羞愧，当回到自己卧房里只有自己一个人时，他觉得更加羞愧了。

从此之后，他再也不敢走那条小路了，唯恐有人埋伏在那儿等他。如果非要经过那屋子不可，他也是悄悄地挨着墙根低头溜过去，每次都绝对没勇气回头瞧一下。同时，他还是对那两张美丽的脸不断想念着。他有时爬上阁楼，把鞋子脱掉，以免他人听见了脚步声，他就在天窗那儿远远地眺望着克里赫家的房屋和花园，其实他明白除了能看到笼罩着房子的树木和屋顶上的烟囱之外，其他什么也瞧不见。

一个月后，在每周一次的高级音乐会上，克利斯朵夫演奏了一段自己创作的钢琴与乐队的协奏曲，当他正弹到最后一段时，不经意间看到了克里赫太太和她的女儿，她们此刻正坐在对面的包厢中欣赏着他的演奏呢。这是他完全没有意料到的，他又开始心慌意乱，

① 克拉纳赫是十五至十六世纪德国大画家，所作女子画像自成一种风格：就是脑门宽广。

几乎跟不上乐队的拍子了。接下来，他心神不宁地把协奏曲弹完。弹完之后，他还是不敢往克里赫母女那边瞧一眼，但是能感觉到她们那过分热烈的鼓掌，好像在吸引自己看过去一样。他急忙地走下台。在要出剧院的时候，他依稀看见克里赫太太在过道里很近的地方张望着，好像在特意等他一样。再回避是不可能的，但他还是假装没有看见，迅速转过头去，匆匆忙忙地从剧院的边门走了出去。后来，他又非常后悔自己的这种行为，因为他很清楚克里赫太太对他没有半点恶意。但他也知道，倘若下次还是这样与她相遇的情形，他还是会躲开的。他生怕在路上碰见她。每次他远远地看着一个人影有一点与她相似，他立马拣另一条路走。

结果克里赫太太找上门来了。

有一天，克利斯朵夫回家吃午饭，路易莎欢天喜地地告诉他，说刚刚有一个穿制服的仆人送来一封给他的信。接着她把一个黑边的大信封递给他，信封的背面刻有克里赫家族的纹章。克利斯朵夫拆开信封，里面的内容正是他怕看到的：

> 今日下午五点半敬请，
>
> 约瑟芬·冯·克里赫夫人恭请宫廷乐师克利斯朵夫·克拉夫脱先生光临寒舍品茶。

"我不去！"克利斯朵夫说。

"什么！"路易莎喊道，"我已经回过人家，说你会去的。"

克利斯朵夫对着母亲发了一通脾气，责怪她不该随随便便干预他的事情。

“当时仆人在等着回话呢，我说你正巧今天有空。那个时候你不正好没什么事吗？”

克利斯朵夫无论如何发脾气，不管怎样发誓不去，那也没任何作用，这次他是逃避不过去了。约定的喝茶时间到了，他板着脸开始整理形象，可心底还不是很讨厌命运安排的这起意外事件能把他那古怪脾气给压住。

克里赫太太在音乐会时，当然一眼就看出那个弹钢琴的男孩就是那个蓬头乱发的，在她家花园墙头上探头探脑的小野人。她从邻居们那里得到了他的一些情况，克利斯朵夫那些艰难的生活和他顽强面对生活的信念让她很感兴趣，她想和他聊聊。

克利斯朵夫穿着件极不合身的礼服，感觉特别扭，怪里怪气的活像一个乡下小牧师，他带着一种怕得要死的心去了那里。他强迫自己去相信，当时克里赫母女是第一次看见他，在那种时候她们根本不可能记住他的模样。他穿过一条长长的甬道，厚厚的地毯让人听不到半点脚步声，他被带到一间有扇玻璃门与花园相通的内室。那天天空中下着细蒙蒙的寒雨，内室的壁炉里火烧得很旺，窗户上透出外边那蒙蒙雨雾中的树影。有两个女人在窗下坐着。克里赫太太在做着针线手工活，女儿捧着一本书，克利斯朵夫进去时，女儿正在大声朗诵。她俩看到他进来，彼此间调皮地递了个眼色。

“啊，她们还是认得我！”克利斯朵夫忐忑地想着，心里发慌。

他小心谨慎地行了一个显得很笨拙的礼。

克里赫太太开心地向他打着招呼，示意他过来。

“你好，亲爱的邻居，”她说，“很高兴能见到你。自从在那次音乐会听了你愉快的演奏之后，我就一直想向你表达我们的快乐心情。

但找不到比请你来更好的办法了，希望你能原谅我的鲁莽。”

这些家常的客套话里虽然有点戏弄的意味，但还是有几分诚意，克利斯朵夫总算又松了口气。

“哈！她们还是没有认出我来。”他这样想着，放宽了点心。

克里赫小姐合上了书本，好奇地上下打量着克利斯朵夫，克里赫夫人指着她说：“这是我的女儿，她叫弥娜，她非常想见你啊。”

“不过妈妈，这可不是我们第一次见面。”弥娜边说边笑出声来。

“噢！她们还是早把我认出来了。”克利斯朵夫一想到这个便心乱如麻。

“没错，”克里赫太太笑着对他说，“在我们搬来的那天，你已经来拜访过我们了吧。”

弥娜一听了这话，笑得更欢了，而克利斯朵夫的那副窘样更是推波助澜，弥娜已经笑得前仰后合了，那是一种笑到眼泪都出来了的狂笑。克里赫太太本想让她打住，可是自己也禁不住跟着笑了起来。克利斯朵夫尽管很窘迫，但也被她们那种发自内心的欢笑感染了，跟着她们一起笑了起来。这种笑倒是没有让人生气的理由。等弥娜喘过气来，就问克利斯朵夫那天在她们墙上做着什么事时，他完全蒙了，不知所措。她看着他那慌慌张张的样子更觉得好玩，他却胡乱地结结巴巴地不知所云。幸好克里赫太太这时安排人端了茶来，转移了话题才给他解了围。

克里赫太太亲热地询问他的生活状况。可他还是没有安下心来。他不知该如何坐，也不知道怎么去抓稳那个摇晃不停的茶杯；并且他以为每次有人给他倒水、加糖、冲牛奶、递点心，就要起身回礼道谢。更不舒服的是，他那套紧紧裹着身子的礼服，硬领，还有领带，使他感觉身子僵直，就像套在一个硬壳之中，他的头不敢也不能挪动半点。克里赫太太接二连三地问着问题的举动使他心神不宁，而弥娜的目光更是让他如坐针毡，她的眼睛好像一直在盯他的脸上、手上、衣服上，还盯着他的举止。克里赫太太滔滔不绝地和他说话，弥娜为了好玩而对他不停地抛着媚眼，其实她们是想让他更加放松自然一点，可是她们的举止反而让他更加诚惶诚恐了。

结果，她们知道除了能从他那儿得到一堆唯唯诺诺的恭维话及言不由衷的回答外，再也得不到什么。克里赫太太一个人自弹自唱也腻烦了，便向他请教钢琴。他坐在钢琴边弹了一段莫扎特的柔板，他在这儿的羞怯情绪比在音乐会上对着听众更加厉害。就是这两个女人激起了他的那种惶恐与羞怯，而这让他内心里那些又快活又慌乱的情感激动起来，这感情与乐章里头那温柔与童洁的情愫非常协调，于是给这曲子增添了更多春天的可爱气息。克里赫太太深深地被打动了，于是用上流社会常用的口气表达了心中的感觉，把他使劲地夸奖了一番，但克利斯朵夫还是能感受到她那份实实在在的真诚。一个美妙的人就算说出过分的恭维话，那也能让人听了舒服。调皮的弥娜默不作声，她惊讶地望着眼前这个看上去显得笨拙愚蠢的少年，怎么会有一双充满感情的灵活的双手呢？克利斯朵夫感受到了她们的真诚，胆子慢慢大了些。他继续弹着，微微地朝弥娜侧过身子，很腼腆地笑了笑，垂眉顺眼地、怯生生地说："这就是我那天在你们墙上作的曲。"

他又弹了一首曲子，这里面的确有他在墙头看风景时捕捉到的音乐灵感，可不一定是见到弥娜和克里赫太太那次创作的——他就是要强迫自己相信是那次创作的，但不明白这到底是出于什么样的秘密——而是在好几晚以前，在那段悠闲静谧的行板里，让人联想起一种澄明而高远的景致：群鸟齐啼唱，而伟岸的大树在那恬静美好的夕照中沉睡着。

两位女听众很高兴地听着。曲子结束后，充满热情的克里赫太太立刻起身迎了过去，她激动地握着克利斯朵夫的手，不停地说着感谢的话。弥娜也拍手称赞不已："太妙啦。"她还打趣地说给他在墙边准备一架梯子，以便他能再创作出和刚刚演奏的曲子一样"登峰造极"的曲子，安上梯子可以让他舒舒服服地作曲。克里赫太太叫克利斯朵夫别理会弥娜那些胡言乱语，说只要他喜欢这个园子，任何时候都可以过来玩，如果怕觉得不自在的话，也用不着来和她们打招呼。

"是的，你没必要和我们打招呼。"弥娜调皮地重复着母亲的话，"可是，要是真没招呼我们，那你可要小心啊！"

她边说着边对他点几下手指，做出威胁他的样子。

弥娜并不是一定要他非来拜访不可，也没有要求他一定要礼貌地事先通报。她只是想让人家加深对自己的印象，并且她的天性觉得这是些很可爱的举动。

克利斯朵夫高兴得红光满面。克里赫太太又谈到她的母亲和她其实很早就认识了他的祖父，最后，他完全被克里赫太太的这些小手段给笼络了。两个女人的亲昵至真至诚地打动着他的心。他把这些交际场的华而不实的善意及弄虚作假的殷勤想得太过美好了，因为他自以为那是她们的真情流露，他又天真地相信了，于是，他讲述了他对未来的计划，他的种种磨难，全部向她们倾诉了出来。他甚至已经忘记了时间正在分分秒秒地奔走，一直到仆人前来禀报可以用晚饭的时候，他才回过神来。克利斯朵夫感到很不好意思，但是马上就由悲转喜了，因为克里赫太太说他们无论怎样都会成为朋友，而且现在已经像朋友一样，并且邀请他共进晚餐。他在她们母女中间坐着，不过他在餐桌上所表现出来的才能可远远比不上在钢琴上那样让人喜欢。他没有接受过这方面的教育，对他而言，坐在餐桌上唯一目的就是吃喝而已，没必要讲究什么方式。但是，一向酷爱洁净的弥娜那噘着的嘴已经显示了她对他的极度不满。

主人早已觉得他吃完饭应该会告辞，但他却跟着她们又走回了小客厅，和她们坐在一起，根本就没有告辞的意思。弥娜好几次忍着把哈欠吞了回去，还朝母亲做了个手势。他完全没有察觉，因为这时的他已经忘乎所以了，他以为别人的心情肯定和自己是一样的，因为弥娜那双望着他的眼睛依旧是顾盼生辉（其实那只是她的习惯），主要的原因还是他一旦坐下，就不知道该怎样起身告辞。倘若不是克里赫太太用她那温和而又不让人起疑的方法把他送走的话，他真的会这样待上整晚的。

他终于走了，他带着克里赫太太那双褐色眼睛及弥娜的蓝色眼睛里流露出的柔情爱意；还带走了那如花般纤柔腻滑的手指触碰到他手时的那种温馨感觉；还有那种他从未闻过的阵阵曼妙的幽香，轻轻地围绕他的身旁，让他飘飘然不知所措，失魂落魄般地即将晕倒过去。

按照之前的约定，两天后他出现在了她们家里，这次是来教弥娜弹奏钢琴的。自从找到这个事之后，他每个礼拜早晨会去上两次课，待上一天还不够，有时晚上还要过去坐坐，每次要么就是弹琴，要么谈天说地。

克里赫太太很乐意他来拜访。她是一位聪慧仁德的女人。在她丈夫去世时，她才三十五岁，虽说她身心都尚年轻，但还是抛掉了当年在交际场的得心应手的生活，毫不犹豫地退隐回来。对她来说，抛弃俗世轻而易举，也许是她早已看惯了俗世间的浮华，觉得那都宛如过眼云烟，她不再贪恋那种乐趣，她明智地知道那种日子终将消逝，不能长久。还有她对亡夫一直未曾忘却，这不是因为在那婚后的几年里她如何爱着他。对她而言，只要有一份真诚的友谊就已知足。总的来说，她是一个看淡俗世的情欲而忠于内心情感的女人。

她只想着把小弥娜全心全意地教养好。其实每个女人内心都有一种渴望着去爱人，同时也渴望着被人爱的近乎独霸天下的心理，如果孩子成为这种心理的唯一对象，那么母爱就会过度地发展成一种溺爱，表现得近乎病态。可是克里赫太太处理对女儿的爱，如同自己对于爱情的观点一样。她是个不偏激、很有节制的人，在爱情和教育女儿上都持这种态度。她有节制地疼爱着弥娜，她对女儿了如指掌，从不忽视她的任何一个缺点，就好像她对自己也从未有过多幻想一样。她非常机敏，又通情达理，她那犀利独到的眼光能一瞬间识破每个人身上的弱点和可笑之处，但那只是她的一个小爱好，从没有带着恶意去伤害别人。因为她不仅仅喜欢取笑别人，而且更倾向于用一种宽容大度来抵消那些看见的缺点。她在取笑他人的同时，同样乐意给予那个人帮助。

小克利斯朵夫刚好给了克里赫太太一个施展的机会，在他身上，她可以同时表现善心和批评才能；并且她初来这个小城，在守丧期间，很少和外界往来，克利斯朵夫正好能让她消遣时光、解解愁闷。她主要还是觉得他很有才华，她虽然不懂作曲演奏，但她是一个音乐发烧友，她喜欢在那个洋溢着婉转凄凉的世界里休憩片刻，能够让自己的身心轻松愉悦。每次克利斯朵夫弹奏时，她就坐在火炉边静静地做着针线活，有时会恍恍惚惚地笑着，手指机械地重复着同一个动作，就是这种时候，那种亦悲亦喜的往事开始在她的脑海里飘忽不定地涌来，这让她静静地体味到一种特别的乐趣。

但她对音乐家的兴趣远远超过对音乐的兴趣。她拥有相当高的智商，能感觉到克利斯朵夫绝对是一个少有的天才，虽然她现在还很难感受到他真正的独创性。她能看到一种神秘的火焰正在他的心中窜动着，并且很好奇地关注着它的变化及燃起的过程。她也非常欣赏着他身上那些优秀的品格，比如他的率真、刚毅，以及那些在孩子身上显得难能可贵的不屈和坚忍。就算他有天才般的才能，她观察他时，眼光还是一样明察秋毫。她那锐敏的目光，让他那笨拙的举止、丑陋的外形，那些可笑的地方都无处可藏，她觉得这一切很好玩，但她不会把这些事当真的（能让她当真的事情真的不多）。更何况，克利斯朵夫那滑稽可笑的冲动、火暴如雷的秉性、古怪多端的性格，让她不得不觉得他精神是不大正常的，他不愧是个地地道道的克拉夫脱家族的一员。他们家族世世代代都是忠厚老实之辈，出过不少优秀的音乐家，但在精神上都显得有点儿不正常。

克利斯朵夫根本就感觉不到克里赫太太那种蜻蜓点水般的嘲讽，只能感受到她的仁慈。他从没想到能够得到别人的诚心相待！虽然他的那份乐师的差事让他能有机会天天与社会上流人士接触，但是可怜的克利斯朵夫永远是个野孩子的模样。他既无学识，又少教养，那些贵族们只是出于利用他才能的私心才对他施以恩惠。他们从不会给予他任何帮助。他每次去公爵府里，在钢琴演奏完毕之后，他就会马上离开，从未有什么人会屈尊纡贵来和他说点什么，就算是交谈，也只是泛泛地说几句空洞的客套话而已。自从祖父去世之后，无论是在家里，还是在外边，没有一个人想到去帮他增长点学问，教他一点为人处世的方法，让他将来能做一个优秀的人。他自己也被这无知无识及粗鲁所累，他劳心苦力，弄得精疲力竭，还是没有把自己给打造好。结果，他在书籍、交谈、榜样，所有的方面都一无是处。他本来应该找一个合适的朋友来倾诉这种苦闷，但他一直就开不了口。即使以前在奥多面前，他也从不敢开口，因为每次他的话还没说完，奥多就会高高在上地摆出一副不可一世的神态，还有那不屑的口气，就像一块烧得通红的烙铁在他心上烧灼一样疼痛。

现在和克里赫太太在一起之后，这一切都不再是问题，他无须开口请求（那也是克利斯朵夫自尊心最不能忍受的），克里赫太太会主动而且非常客气地告诉他什么事不该做，而什么事是应该做的。她还告诉他如何着装，以及用餐、行走、谈话时一些应该注意的礼仪和态度，而对于他的习惯及用语方面经常犯的错误，她一处都不放过；而且她特别地留神和小心翼翼地对待他，生怕自己的不当让孩子那多疑的自尊心受到伤害，他也就从未为此生过气。她还给他文学方面的教育，这些看上去都是自然而然的，没有一点做作的痕迹。还有，她对他那极端的无知，似乎没有任何的在意与嘲讽，但只要有机会，她还是会对他的一些错误及时指正，一切都显得波澜不惊、轻描淡写的，好像克利斯朵夫犯的这些错是可以理解的。她从不用那些烦闷的书本知识来教训他，而只是利用每天晚上在一起的那点儿机会，教弥娜和他大声朗诵一些她挑选的历史故事，或者德国及外国诗人的华丽篇章。她把他当成自己的孩子一样对待，用有点亲热又带点袒护的态度照顾着他，但克利斯朵夫对此并没有察觉。她甚至还照料着他的穿着，给他添换新衣，还给他编织毛线围巾，并且送他一些日常的小饰物，在给他的时候显得那么亲切自然，完全让人无法拒绝。当然，在接受礼物时，那种让人难堪的感觉自然而然地消失了。总之，她就和一个慈母一样对他无微不至地照顾着。就像每个心性善良的女人，对托付给自己的孩子都有这种本能的关爱一样。但克利斯朵夫却以为克里赫太太的真情厚意是专门为他而起的，他常常激动不已，并且会突然间表现出一些异常的冲动行为，虽让克里赫太太觉得可笑，但心里感到很舒服。

他和弥娜的关系可就不是这种情形了。在去给她上第一课前，前几天的甜蜜回忆和女孩那含情脉脉的眼神还让他沉醉不已，可没想到见了面之后就完全与同了。他看到的是一个不可亲近、拒人于千里之外的女孩子，与前几日判若两人，他不由得呆住了。她都懒得望他一眼，也不在意他讲什么，即使偶尔抬头望一下他，眼神里也是闪着冷酷无情的光，这让他感到莫名其妙。他想了半天也弄不明白自己到底什么地方得罪了她。其实根本就不是因为他的得罪，而是弥娜对他的那种感情早已不像前几天那样热烈了，可以说她已经从心里彻底把他给忽略了。当然，初次见面时的她对他献媚邀宠地笑着，但那无非是女孩子们卖弄风骚的天性，她们天性就爱在随时出现的人那儿试探自己的魅力，就算是个丑八怪，她也会搔首弄姿地去解闷散心。可是到了次日，当她发现这是个轻易就能征服的俘虏，她就觉得索然无味。她又用敏锐苛求的目光将克利斯朵夫审视了一番，结论是面前的这个男孩丑陋、贫穷、没有教养，他虽然琴弹得不错，但那双手却很邋遢，在餐桌上拿叉的姿态简直不堪入目，吃鱼还用上了刀子！所有这一切，在她眼里都没有任何可取的地方。她其实只愿意跟他学习弹奏，至于还愿意与他一起玩呢，那是因为她现在还没有其他的玩伴。虽然她常常把自己弄得像个大人一样，但还是有一些少女特有的强烈的冲动劲儿，让她不时需要疯狂地发泄一下。但这些快活的冲动劲儿，和克里赫太太一样，因为居丧的缘故而憋在心中，更加觉得压抑。其实她对克利斯朵夫的关心和对一个宠物的关心差不多。只是在她最无聊冷清的日子里，她才对他挤眉弄眼地望上几眼，那些也是不经意间的习惯使然罢了，大多是在心不在焉的情况下。但就是这么被她给瞧上几眼，克利斯朵夫的心还是会狂跳一阵的。其实她根本就没有把他放在心上，她在用想象编织着故事呢。这正是少女们憧憬着自己美好未来的年龄，她们怀着浓厚的兴趣与好奇心，整日想着自己的爱情，并且编织一个甜蜜而令人愉快的梦境来使自己沉睡其中。这并不能责怪她们年少愚昧无知，正是这样的原因，反而没有掺杂任何邪念。再说，她是一个有教养的大家闺秀，她总是把想象中的爱情当成终身大事来考虑。她的理想对象应该是个什么样的人物呢，她一直没有确定的对象。有时她梦想着嫁给一个军官，有时梦想着嫁给一个像席勒一样伟大而高尚的诗人，总是有一些新的打算否定旧的打算。每一个新的打算她都会深思熟虑，既虔诚又信念坚定。但无论是什么样的理想，只要碰到铁板一样的现实，就只能选择马上退让。而这种耽于想象并拥有传奇性格的少女，一旦遇到了一个不怎么理想，然而却非常实际可靠的人出现在她的世界里时，她们就非常容易把那些梦想忘得一干二净。

眼下，少女弥娜的心还是安定冷静的。虽然她拥有一个令人自豪的贵族姓氏及名门世家的称号，但她处于豆蔻年华，骨子里的思想和正处于青春期的那些德国女仆并无差异。

克利斯朵夫当然不会理解女人这些复杂的心理变化——表面比实际会更加复杂。他的两位女友的言行、态度常常把他弄得迷惑不安，但他还是为自己能够爱她们而感到很幸福。因此在交往中，他甚至把她们给自己造成的困惑和伤心也当成一件好事，只有这样，他才会觉得她们对他的爱也和自己爱她们是一样的。她俩的一句话、一个顾盼的眼神，就能让他狂喜不已，有时还激动得热泪盈眶。

他坐在静谧的小客厅里，克里赫太太在不远处的一张桌子旁坐着，在灯光下缝缝补补，弥娜在另一张桌子旁边看书，他们都一声不吭。通向花园的小门半开着，可以看到小径上的细沙在月光下闪烁着光彩；一阵微风的梦呓从树梢上落下……他感到非常幸福，心里一阵激动，便忽然没有预兆地从椅子上跳起来，扑在了克里赫太太的膝前，也不管她手里到底有没有针，抓过她的手就是一阵狂吻。他一边激动地哭着，一边依次把他的嘴、脸蛋，还有眼睛往她的手上蹭着。弥娜从书上抬起了眼睛，微微耸耸肩，动了动嘴唇。克里赫太太笑眯眯地望着他，用空闲的那只手抚摸着趴在她膝旁的这个大男孩的头，动作那么温柔慈祥，又用甜蜜悦耳的，但又带点儿嘲弄味道的声音问道：“哦，我的傻孩子，你这是怎么啦？”

啊！多么幸福啊，身旁的这个声音，这种安逸宁静的气息，还有充满温柔爱意的甜蜜气氛。这里没有叫嚣，也没有冲突，更没有苦闷，这是自己这充满苦难的人生沙漠中的一片绿洲，周边被一束柔和的照亮世间万物的伟大的灵光染得金灿灿的，只存在于那些伟大的如同歌德、席勒、莎士比亚这些天才诗人的作品中的那个神奇的世界，那里激荡着力量的激流，奔腾着痛与爱的巨浪……

弥娜在埋头看书，还用那甜美的嗓音朗诵着，朗诵的兴奋让她的脸色透出几分红晕。个别音节被那清脆的声音偶尔念错，每次她读到关于勇士与国王们的对话时，就会故意读出一种威严的语调。有时，克里赫太太也拿起书本，当她读到一些悲壮的篇章时，就会把自己的那种满怀柔情、饱含灵性的韵味融入其中。在大部分时候，克里赫太太都喜欢仰面躺在那张摇椅上面静静地听着，膝上永远都放着那些针线活，她有时对自己的思绪莞尔一笑，因为在这些所有的作品中，她总能找到自己思想的影子。

克利斯朵夫有时也会试念几段，可是每次他都不能完整地念完，因为他总是结结巴巴地读着，还常常读错字，好似几乎对书中的意义一窍不通一样，一旦读到了那些动人之处，他会激动得眼泪哗哗直流，无法念完。于是他常恼羞成怒地把书丢开，引得他的两位朋友大笑不已……噢！他是多么地爱着她们啊！这两个女人的影子在他生活的各个角落里飘荡着，他甚至把她们的形象和莎士比亚、歌德这些伟大的形象混合在了一起，几乎分不清到底谁是谁了。那些从亲爱的人儿嘴里念出的诗人们的隽永名言，以及那些唤起他内心深处的激情的诗句，已经和那些吟诗的嘴成为一个整体无法分开。就算二十年之后，当他再次重读或看到上演的《哀格蒙特》与《罗密欧》[①]时，其中的很多诗句还是会勾起他对那些恬静的黄昏及那些幸福如梦境的回忆，还有那心爱的克里赫太太与弥娜的美丽的容颜。

① 《哀格蒙特》是歌德创作的著名悲剧，《罗密欧》是莎士比亚的悲剧《罗密欧与朱丽叶》的简称。

克利斯朵夫可以持续几个小时望着她们或想着她们，在她们晚上看的乐队里心猿意马地演奏，对着乐器架眯着眼发呆的时候，他对她俩都产生了一种纯洁天真的感情，尽管他现在还不知道爱情是什么样子，但他自以为已经找到了爱情。只是他还不清楚自己爱上的究竟是母亲还是女儿。他还严肃认真地考虑过这个问题，觉得无法抉择。然而，他觉得如果一定要有一个选择的话，他倾向于克里赫太太。一旦做了这个抉择之后，他果然发现他原本爱的就是她。他爱她那双灵性的眼睛，爱她那嘴唇微张时的浅浅的笑容，爱她那年轻而美丽的前额，爱她那向一边披着的柔顺秀美的头发，还爱她那轻咳一声好像还蒙着一层什么的嗓音，爱她那柔若无骨的双手，爱她高雅大方的举止，也爱她那充满神秘的灵魂。当她在他身旁向他温和地讲解那些晦涩的文字的时候，他连灵魂都快乐地抖动。那个时候，她的手轻轻放在他的肩上，他能透过衣服感觉到她手指的温暖，他感受到了她吹向自己脸上的气息，还有她身上那股弥散的甜蜜芬芳。他听着听着就迷失了自己，心绪早已从书本上飘走了，还是对知识点一窍不通。她发现了他的走神，马上就要求他重复一下她的表述，他说不出一句。她笑着生气了，把他的鼻子轻轻地摁在书上，打趣地说他还这样的话只能永远做一头小蠢驴。他回答说，这没有关系，只要她们不赶走自己，他心甘情愿永远做她们的“小蠢驴”。她故意逗逗他，就和他说，虽然他只是一头又蠢又不讨人喜欢的小驴子，除了有点儿善良的生性之外，可没有一点儿其他的用处哦！不过自己还是很愿意留下他的，也许还会喜欢上这头“小蠢驴”！他俩开怀大笑，而他的心里像装满了蜜糖一样快乐。

克利斯朵夫自从发现自己爱的是克里赫太太以后，对弥娜就疏远了。他早就对她那不冷不热的态度感到很不舒服，而且在经常和她相处之后，他在她的面前也变得胆子大了些，那些无拘无束、无所顾忌的脾性全部显露出来，以表示自己的不满之情。她一旦惹了他，他会马上不留情面地顶回去，相互说一些难听的话，克里赫太太每次听到后就想笑。克利斯朵夫吵架的水平哪里能和弥娜相比，他每次都是带着极度的愤怒离开那里的，他觉得自己已经痛恨弥娜了。他之所以能出现在她们家，他觉得完全是因为克里赫太太的缘故。

他依旧教弥娜弹钢琴，每周两次，早上九点到十点，他监督她在音阶和其他方面的一些练习。他们上课的地方是弥娜的书房，那间房子很不同寻常，那里面所有的陈设都完完全全是按照小姑娘那些乱七八糟的思想布置的——

桌上摆着一组玩乐器的猫的塑像，有的拉小提琴，有的拉大提琴，感觉就是一个乐队；还摆着一面方便携带的小镜子，各种各样的化妆品及文具之类的东西都整理得整整齐齐。在那些放古董的书架上摆着一些小小的音乐家半身雕像：有眉头紧锁的贝多芬，有戴着贝雷帽的瓦格纳及贝尔凡特宫的阿波罗[1]。壁炉架子上还放着一只青蛙，好像在抽着芦苇做的烟斗。旁边还放着一把打开的纸扇，上面是拜罗伊特剧院[2]的一幅全景画。在双层的书架上，交错地摆放着鲁布克、蒙森、席勒、于勒·凡纳及蒙丹[3]这些人的书籍。一面墙上

---

① 贝尔凡特是美术馆名称。这里是指藏在美术馆的阿波罗雕像的复制品。

② 专门上演音乐家瓦格纳的作品的剧院。

③ 鲁布克、蒙森分别是德国十九世纪美术史家、德国史学家；于勒·凡纳是法国十九世纪科学小说作家；蒙丹是法国十六世纪文学家。

挂着《西斯廷圣母》[①]这一巨幅作品，还有海高玛巨幅油画，画框都镶着蓝色和绿色的丝带。另外，在一个精致的蓟木框里装嵌着一幅瑞士旅馆的风景画。最吸引人眼球的，其实是房间里那些到处贴着的五花八门的照片，有军官，有歌唱家，有乐队指挥，还有她的女朋友，所有的照片上都写了诗句，或者说，从德国人的观点来说，那是些可以被称为诗的文字。在房间中央有一座大理石的圆柱底座，上头供奉的是大胡子勃拉姆斯的半身塑像。钢琴上方，有几只丝绒做的猴子和一些舞会上的纪念品，吊在线上飘荡着。

每次上课，弥娜总是姗姗来迟，眼睛还像因为睡眠不够而肿肿的，脸上写满了不高兴。她慵懒地向克利斯朵夫伸下手，冷冷地向他打个招呼，然后就一声不吭、随随便便往钢琴前一坐。在她独处时，她会好像永不停歇地弹着音阶，因为这样能让自己一直保持着起床时的那种迷迷糊糊的慵懒状态，更不想打断那些美梦呢！但是克利斯朵夫把她打扰了，他要求她去做些显得很艰难的练习，她为了报复，就故意把曲子弹得乱七八糟的。她与很多德国女孩一样，具有很高的音乐天赋，却对音乐不感兴趣；但她也像许多德国女子那样，觉得这是必须喜欢的，所以她还是很自觉地学习着，除非有时为了刺激下克利斯朵夫而兴点风浪。而小克利斯朵夫老师最受不了的就是她那冷若冰霜的态度。最难教的情况就是，她对于音乐中情感的把握非常糟糕，有时候，他看到非常动人的乐谱段落，弥娜会激动不已地把她认为的感情倾注其中，而实际上并不能这样理解。

小克利斯朵夫老师坐在她身旁从不谦逊。他从未夸奖过她，离

---

① 拉斐尔的不朽之作。

夸奖还差十万八千里呢。她心怀怨恨，只要他指责一句，她马上顶他一句，一次未落下，只要是从他口里说出的，她都要反驳一下，就算是自己的错，她也会强词夺理地说自己就是按照乐谱弹的。他气愤不已，于是两个人就吵起来了。她眼睛盯着琴键，却偷偷用余光瞟着克利斯朵夫，看他在生气，她的心里就暗暗欣喜。有时觉得烦闷，她就会搞一些荒唐的小把戏来打断课程，这样就能让克利斯朵夫觉得难堪。有时她会勒住自己的喉咙喘着粗气，引得老师的注意；要么就是一阵猛咳，要么就是好像有什么要紧事儿非得立刻吩咐女仆不可。克利斯朵夫心里很清楚她的这些小计策，弥娜也知道克利斯朵夫是明白的，可是她就是要拿他来取乐，因为克利斯朵夫不能揭穿她，而只能把气往肚子里吞。

有一天，她又玩着这个小把戏，她用手帕捂着脸，在那里有气无力地咳个不停，好像马上就要晕过去似的，而她的眼角还是在瞄着气汹汹的小克利斯朵夫。她忽然想到一个好点子，故意让手帕掉下去，要克利斯朵夫去给她捡起来。他虽然满脸不悦，但还是照办了。她就学着贵妇人的口吻，高高在上地跟他说了声“谢谢”，他差一点儿被她气得背过气去。

她觉得这是件非常好玩的事，非再玩一下不可。次日，她又故伎重施。克利斯朵夫这次没有按捺住满腔怒意，他没有一点儿回应。

她等了一会儿，嗔怪地说道：“请你把我的手帕捡给我，行吗?

克利斯朵夫暴发了：“我难道是你的仆人？！”他大声叫嚷着回答，“你自己捡吧！”

弥娜也火冒三丈，猛地站了起来，连琴凳都被掀倒了：“啊！你怎么能和我说这样的话？！”接着她狠狠地用手砸了下琴键就冲出去了。

克利斯朵夫一直等着，可她一直没露面。他为自己刚才的鲁莽感到后悔，觉得自己像个野孩子一样。不过他也有点心安理得，毕竟是她把他逼成这样的。但他还是怕弥娜去她母亲那儿告状，这样他就会永远得不到克里赫太太的欢心了。他感到很迷茫，他虽然感觉到自己的粗鲁是有错的，但他决不会向弥娜赔礼道歉的。

只能听天由命了，次日克利斯朵夫还是去她们家，他猜测弥娜应该不会再来上课了。但心高气傲的弥娜可不会这么轻易地告状，何况她自己也有点儿错，所以她还是去上课了，只是让克利斯朵夫比平时多等了五分钟。她僵直地坐在钢琴前，一动不动，一言未发地弹着音阶，好像克利斯朵夫就是房间里的空气一样。可她还是上着课，并一直坚持上完后面的所有课程，因为小克利斯朵夫在音乐上的造诣还是取得了她认同的；而她觉得自己应该把琴弹得有板有眼，如果她想成为一个受到完整的、良好教育的千金小姐的话。难道这不是她内心自诩的吗？

可她是多么厌倦啊！他俩都彼此生厌了！

三月的一个雪茫茫的清晨，雪片像羽毛般从深灰色的空中飘落，他们俩一起在那间教室里上课。天光昏暗，弥娜弹错了一个音符，又像以前一样把责任推给了乐谱，说乐谱上明明是这样写着的。克利斯朵夫知道她在推卸，就俯过身子，想仔细看看乐谱上那一段是怎么写的。弥娜把一只手紧紧压在谱架上，并没有拿开。克利斯朵夫的嘴和那只手靠得很近。他没有看清乐谱上写了什么，他的眼里只有一样东西，一样如花瓣般娇嫩纤细、似玉般光洁诱人的东西。猛然之间，他也不知道自己到底想了些什么，反正他用尽力气将嘴唇压在了这只小手上。

他俩都呆住了。他赶紧后退了几步，她抽回了手，两个人羞得脸红耳赤。他们没有说一句话，也没彼此望一下，整个房间里充满一种难堪的静默。她重新弹琴，胸部微微起伏着，好像被压迫着似的，接二连三她把音符弹错了。克利斯朵夫老师没有任何察觉，他此刻比她还要慌乱，血液乱窜个不停，他已经失去了听觉。但为了打破这难堪的沉默，他沙哑着嗓子，胡乱地指点了几个错误。他心想，弥娜从此以后都不会再理他了，他对自己的荒唐又粗鄙的行为感到无比羞愧，想不明白自己怎么会这样做。授课时间结束了，他俩分离时，弥娜看都不敢看他一眼，他甚至连最基本的道别语都没有。她对此没有任何不满，也不再觉得克利斯朵夫缺乏教养了，她刚刚弹错这么多音符就是因为自己在不停地偷瞄他，她感到又好奇又很吃惊，而且自打认识他以来第一次对他产生了那么一点温情。

他把她一个人留下了，她也没像往常那样去找母亲，这次她一个人偷偷躲在屋子里回味着那件事的点点滴滴。她托着腮帮子，轻轻地咬着嘴唇，苦苦思索着，她面前的镜子里有一张可爱的脸，那双美目顾盼有神，流露着温柔的光芒。她得意扬扬地瞧着镜子里的自己，一边回想着刚刚发生的一幕，脸上笑意盈盈，泛着几丝绯红。她兴奋地吃完饭，心情显得非常好。吃完饭后她没有出去，大半个午后她都在客厅学做针线活儿，不过没弄到十针就会出错，但这又有什么大不了的！她背着母亲独自坐在角落里偷偷地笑着，要么就是忽然像想放松一样在屋内蹦啊跳啊，还扯着嗓子大声地唱歌。克里赫太太被吓了一跳，说她是不是在发疯。弥娜却只是笑着，还扑上去勾着母亲的脖子一阵狂吻，让克里赫太太差点儿喘不过气来。

晚上，弥娜回到卧室，一直就盯着镜子里的自己，回想着白天发生的那件不可思议的事情，因为想了差不多一整天了，现在反而什么都想不起来了。她想了很久才准备上床。她慢吞吞地脱下衣服，不时会停下来，呆坐在床上，脑海里不断浮现着克利斯朵夫的面貌：而在脑海里出现的想象中的克利斯朵夫还是很不错的，她觉得他也没有那么又丑又笨了。她躺了下来，关了灯。十分钟后，早晨那一幕又回到了脑海里来，她情不自禁地咯咯笑着。母亲轻轻推开门，轻轻地走了进来，她以为这个小淘气没有听从她的话，又躲在床上看书呢，可她没想到，弥娜安静地躺在床上，凭借守夜灯的微光，可以看见她那双睁着的眼睛。

“你怎么还没睡呢？”她问，“什么事让你这样兴奋？”

“没什么啊，我胡思乱想呢。”弥娜很认真地回答道。

“你倒是很会找到快乐，一个人也能乐个不停。不过现在该睡觉了。”

“遵命，妈妈。”弥娜听话地回答。

可她心里可是这样说的：“快走吧，你快点儿走吧！”一直嘀咕到门重新合上为止，她又能继续品味自己那些美梦了。她迷迷糊糊地想着。等到舒坦地即将入睡时，她又忽然兴奋地惊醒过来：

“啊！他爱上了我……多么兴奋啊！他会爱上我，他是个多好的人啊！我也多么爱他啊！”

然后她抱着枕头，终于真正地入梦了。

两个孩子之后再次相见时，克利斯朵夫看到弥娜那么热情友善，他不禁又一次大感惊讶。除了日常的一些问候之外，她还用那种甜蜜温和的声音和他打招呼，然后又温和顺从地坐在钢琴前，简直就像个温柔的天使。她已经摒弃了所有的顽皮捣蛋的小伎俩，非常虔诚地配合小克利斯朵夫老师的讲课，并听从他的一些指正，觉得他言之有理。现在碰到弹错的地方，她自己就会非常不满地主动说出来，并且用心改正。克利斯朵夫已经被她弄得糊涂了，他不明白她怎么能在这么短的时间内改头换面，无论是在弹奏技巧上，还是在对音乐的喜爱程度上，她都有巨大的进步。连最不喜欢夸奖人的克利斯朵夫老师，也禁不住夸奖她几句。她高兴得脸红彤彤的，还向他道谢，水汪汪的眼睛流露出对他的真诚感激之情。她还为了他而精心打扮，有时会扎一些雅致而鲜艳的丝带。她对他充满了甜蜜的笑容，还用一种朦胧深沉的眼神望着克利斯朵夫。这些让克利斯朵夫又讨厌又烦闷，但他还是心驰神往。现在倒是她主动找话来说了，但是她的话里没有透出一点孩子气，她总是以严肃的态度，还总是装模作样地用那些老学究口吻引用着诗人的名句。他没有怎么搭理她，他心里很慌张不安：现在在他面前的这个弥娜已如一个陌生人一般，他感到迷惑与惶恐。

她总是出神地望着他。她在等着……等什么呢？她自己心里很清楚吗？……她在等他再来一次。她感觉到了他对自己的提防，他一定以为他上次的那种行为是不能做的野孩子行径。他好像已经把那件事给忘记了，而她越来越按捺不住了。一天，他安安静静地坐在她的旁边，与她那双危险的小手保持着一定的距离，她突然冲动了一阵，头脑一热，来不及细想就把手闪电般地贴在了他的嘴唇上。他起初被吓了一跳，接着感到又恼又羞。但他没有停止对她的吻，嘴唇在她的手上热烈地游动着。但她的这种率性而又无礼的举动还是让他感到愤懑，他差一点就丢下她跑掉。

可他根本做不到，他已经被彻底制服了，整个思绪在心中翻腾着，脑子也乱哄哄得不听使唤，一些念头就像是山谷里的迷雾一样，从心底盘旋而起。他迷失在了这阵爱情的迷雾里，左突右冲找不到出口，一直在一个固执的暧昧的念头周边转悠，在一个不可名状的、可怕又诱人的欲望之海里四处飘荡，这种欲望就像飞蛾扑火一样，让人无畏无知。一下子，所有的那些盲目的力都骚动了起来……

他俩正经历一个漫长的感情酝酿期：他们彼此观察，彼此心存欲望，却又惶恐地提防着。他们都感到畏惧，感到不安。有时，两个人还会像以前一样带着敌意、闹着别扭，可现在的他们再也不是从前的那般两小无猜了，就算闹过，但很快就彼此沉默不语。就是在这沉默之中，他们爱情的种子在积蓄着破土的力量。

爱情是一件很奇妙的事情，特别是对于过往的一种回味，爱情发挥着奇怪的作用。一旦克利斯朵夫发现自己原来爱的是弥娜，就感觉自己其实一直以来就爱着她。这三个月来，他俩天天见面，可他从没想到他俩会相爱；但一旦确定爱上了她，那就应该是前世今生都是爱着她的。

对克利斯朵夫来说，能够真正地找到爱的目标简直就是一种解脱。他知道自己一直在爱着，只是不能明确自己到底爱的是谁而已！现在他变得轻松了，这就好像一个久遭病魔困扰却不知病症是什么的病人，忽然发现了病痛在一个地方全部发作出来，让人找到病症一样宽心。没有目标的爱是最折磨人的，它会消耗一个人的精力，瓦解他关于爱的意志。诚然，弄清了想象的爱会让人的精神感到过度的紧张，会让人为之操劳。但是至少知道这是为了什么，是为了谁，无论什么都能忍受，除了空虚盲目之外！

虽然弥娜的表现有很多次机会让克利斯朵夫感觉到自己对她并

非形同陌路，但他还是惊恐不定，他觉得她看不起他。他俩从来就没有很明确地表示过对对方的看法，现在，这些模糊的看法和思想更像一堆乱麻一样理不清。那一大堆陌生而断断续续的想象片段，始终无法很好地协调在一起，因为他俩总是在两个感情的极端来回跳跃着，不在一起的时候，满世界都是对方的一些优点；而在一起的时候，又觉得对方的很多缺点简直不能容忍。事实上，无论是优点还是缺点，都只是他们自己想象的一些误会对方的幻影罢了。

他们根本还不清楚自己需要的是什么。对克利斯朵夫来说，他的爱情本质上就是一种渴求感情的方式，非常专制而疯狂，自他生来就是如此。他从童年起就渴求别人的感情，以满足自己的那种对于感情的饥渴，他甚至凌驾于别人的意志之上。只要他需要自己或别人来做牺牲时，其实尤其是要别人完全牺牲奉献时，他的那种专制而疯狂的欲望中就夹着这些原始的混沌不清的阵阵冲动，充满了暴戾、暧昧的味道，而他自己完全没有意识到这种欲望的存在。而对于弥娜，她的爱情更多的就是好奇，她会因为觉得自己拥有了一个王子与公主的故事而感到幸福，同时能让自己在这份爱情中获取更多的自尊与少女的懵懂情愫，她宁愿自己生活在自己编的故事之中。他俩拥有的这份自以为是的爱情，其实有很大一部分是来自书本上的。他们从自己读过的那些小说之中找寻故事，并且将这些情节原原本本地糅合进了他们的爱情之中，即使他们从未经历过。

终于到了一个这样的时期：那些小小的骗局、小小的自私，都将在爱情的神圣光照之下全部消逝。这个时期有时是一天，有时是一小时，有时仅仅是永恒的几秒钟而已……但它的到来总是那么突然！

一天，天将黑时，家里只有克利斯朵夫和弥娜在闲谈。客厅里变得阴沉无光。他们谈到了一些比较严肃的话题，涉及了“无穷”与“生死”的问题。相比于他俩的那些情话而言，这个话题能谈的太多了。弥娜不禁哀叹自己孤独，克利斯朵夫听到后，安慰她说，其实她并没有她说的那样孤独。

“不，有的。”她摇摇头，“这些不过是些安慰话。每个人都只顾着自己，没有人愿意关心你，没有人爱着你。”

客厅里一阵沉默。克利斯朵夫忽然紧张得脸色发白，对着她说道：“不是有我吗？”

兴奋的小姑娘猛地跳起来，抓着他的手。

门打开了，他俩赶紧朝后一退。克里赫太太走了进来，克利斯朵夫匆匆抄起一本书来读，书都是倒着的。弥娜低着头做着针线活，针都扎了几次手指。

整个黄昏，他俩没有机会单独相处，他们也害怕独处。克里赫太太正准备去隔壁拿一件东西时，一向不怎么勤快的弥娜赶紧起身跑过去为母亲代劳了；而克利斯朵夫就趁弥娜去隔壁的时候，默默地起身离开了，连招呼也没打。

次日，他俩又相见了，俩人都急于想把前一次被打断的话题续起来，可是没成功。其实交谈的机会还是很多的。他们当时正和克里赫太太在外边散步，他们能自由交谈的机会太多了。但克利斯朵夫却不知如何开口，自己心里只能干着急，于是他就故意躲避着弥娜。弥娜装作没有注意到他的胆怯无礼，可是从她脸上还是可以看得出她生气了。克利斯朵夫终于还是挤出了几句无关紧要的话来，她也是冷冷地听着，他鼓足了勇气才结结巴巴地把话说完。散步结束了，交谈的机会也随之消失了，他很懊恼自己为什么不能抓住这样的机会。

一个星期又过去了。他俩都以为误解了对方的感情，甚至怀疑那天傍晚他们的交谈只是一个梦而已。弥娜对克利斯朵夫心怀怨恨，而克利斯朵夫害怕与弥娜单独相处。他们之间变得比任何时候都要冷淡。

终于，这一天到来了。整个上午和大半个下午都下着雨，天一直阴着。他们一起待在屋子里静静地看着书，不时地打个哈欠，看看窗外的风景，俩人都觉得憋得慌。在四点左右，天终于放晴了。他们一起去了花园里，在一个花坛处靠着休息会儿。那片草地从眼底一直蔓延到不远处的河边，地下还蒸腾着蒙蒙水汽，像一阵烟雾，这些温润的蒸气随着阳光冉冉上升；青草叶上的小雨珠闪闪发光，一股湿泥土的清新味混合着百花的芬芳弥漫在空气中；闪着金光的蜜蜂在空中嗡嗡地打转。他俩挨得很近，可是谁也不看谁都默默坐着，谁也没下决心来打破这种沉默。一只蜜蜂左摇右晃地停靠在一株吸饱了雨水的紫藤上，轻轻一碰，弄得藤上的水珠飞溅在他们身上。这时，那种沉默被一阵清脆的笑声打破。一笑就打开了心房！他们开始觉得对方也没那么讨厌了，觉得他们是好朋友，但彼此还是不敢互望一眼。

就在一霎间，她头也不回地抓着他的手，对他说："跟我来！"

她飞奔着把他带到了一片草木茂密的小树林里。他们跑过许多条拐来拐去的小径，路旁种满了黄杨，在那林子间有一处很难找寻到的小高地。他俩爬上小坡，在浸透了雨水的泥土上边走边滑，那些湿漉漉的树枝条把沾满的雨水溅到他们身上。爬到高地半腰的地方，她得停下来喘口气了。

“等一会儿……等一会儿……”她喘着气轻轻地说，并调整了一下自己的呼吸。

他看着她，她看着远处，脸上挂着微笑，嘴半张着，气喘吁吁的，小手在克利斯朵夫的手里抖动着。他们感觉到血液在这握得紧紧的手掌与颤抖的手指之间快速地奔腾着，林子里一片静寂。树枝上金黄色的嫩芽在阳光中颤动着，一串雨滴从树叶上跌落下来，发出清脆空灵的声音，空中还有燕子飞过时留下的悦耳的叫声。

她转过头来面对着他，闪电般地勾住他的脖子，他也扑进了她的怀里。

“哦！弥娜！弥娜！我亲爱的！”

“我爱你，克利斯朵夫，我爱你！”

他们坐在一条沾满雨水的木凳上。他们已经把自己全部献给了爱情，这是甜蜜的、深沉的、荒谬的爱情，所有与它无关的都被彻底消灭了，再也找不到自私自利、虚荣自大、钩心斗角的踪影了。灵魂中所有的阴影都将被这股爱情的风暴席卷走，就连那双洋溢着幸福、饱含热泪的眼睛都在叫唤着：“爱吧，爱吧。”这个孤傲而多情的小姑娘，这自负而傲慢的小伙子，这时他们全身都充满一股强烈的欲望。他们需要对方的全心全意，更需要能为对方吃苦，需要为对方奉献而牺牲自己也在所不惜。他们都忘了自己本来的样子了，这一切都发生了改变：他们的心，他们的脸庞，还有那散发着爱情及温柔光芒的双眸。就在那短短的几分钟里，整个世界只有纯洁、无私、无我、奉献，这是人的一生的时光长河里，很少能拥有的短暂的美好。

他们你情我爱地厮磨了一阵，发下了忠贞不渝的誓言，一边相互亲吻着，一边说着那些不知所起，亦不知所终的嘟哝情语。过了很久，他们才发觉天色已不早，就手牵手奔出树林，根本就不在乎在那些又狭窄又湿滑的小径上摔倒，或是不小心碰在哪棵树上。他们什么也感觉不到，只是沉浸在他们的快乐之中，哪怕带点盲目，有点沉醉。

和弥娜分别以后，克利斯朵夫没有马上回家：就算回家，肯定也是睡不着的。他来到了城外，他在城外的田野上漫无目的地走着。天黑漆漆的，但空气清新，田野里冷飕飕的没半点人气，只有一只猫头鹰偶尔清冷地叫上几声。他活像一个梦游者一样走着，他穿过一片葡萄地，爬上了葡萄地中央用于瞭望的高地。远处，城里缥缈的灯火在平原上扑闪扑闪的，群星在漆黑的夜空颤动。他坐在路边的一段矮墙上，忽然间，眼泪哗哗地从脸上淌了下来，他也不明白自己为什么会落泪。此时的他很幸福，悲喜交加的感觉在心头纠缠着。他开始对自己得到的这份幸福感怀不已，另一方面他又对那些不幸的人同情万分，所以他在幸福的时候会带着一份得不到时的叹息，也会有一份终于得到的甜意。他痛痛快快地哭了一场，在不知不觉中睡去了。当他醒来时，天光初白，四周还是一片白茫茫的晨雾笼罩在河面上，把整座小城都包围了，在那儿正睡着我们累坏了的弥娜，她的心儿也被幸福照得亮堂了。

这天早上，他们又在花园里约会了，彼此互诉衷肠，然而，他们已经没有头天的那种自然的本能冲动。她看上去就是在扮演着舞台上的女情人角色。而他虽说用情比较真诚，但也只是在充当着角色而已。他们开始谈到未来和理想。他抱怨着自己的清贫与卑贱的社会地位。她就表现出自己的那分豪情，说自己看不上金钱，她为自己的这种有点崇高的气度扬扬自得。她说看不起金钱这事没错儿，因为她从来就不知道钱到底是什么东西，更不知道缺钱到底会怎么样。他向她许诺说自己将来一定要做伟大的艺术家，她觉得这个太有诗情画意了，美妙得就像是小说中的故事，她认为自己的一举一动也应该像一个真正的恋人的样子。她开始朗诵诗歌，变得多愁善感。他也深受感染，开始注意自己的穿着打扮，有时弄得人啼笑皆非，他讲话的方式也在不断地关注之后变得文绉绉的。克里赫太太看到后常常忍不住偷笑，心里好奇他怎么又变得像小蠢驴了呢。

不管如何，他们还拥有自己的那些诗意盎然的时光，这些美妙的时光常常让平淡无奇的日子散发出别样的光彩，就如同从重重的雾霭中穿过的一缕阳光。一个回眸，一次顾盼，举手投足之间，或是一个看上去很寻常的字眼，就有可能让他们掉入爱情的蜜罐之中。还有那些在黑压压的楼梯上说的一句“再见”，那些在半明半暗中相互探索和相碰的目光，还有那些手碰到手的震颤，那些微微抖动的语声……这些微不足道的无聊小事，到了夜里还是会在心头徘徊着，在那些睡意不深的很容易就被每小时的钟声惊醒的夜里，就像是溪水潺潺地在心头低声吟唱着“他爱我”的时候，这些时刻就会一一在记忆里回放。

他们发现了世间的各种美好。春天散发着迷人的温柔气息，天空有绚丽的光彩，空气中透着丝丝温情，都是他们以前从未体验过的。整个城市，红色的屋顶，古老的墙垣，凹凸起伏的路面，一切都显得迷人可爱，克利斯朵夫心中装满了感动。在夜里，大家都安睡了，弥娜会轻声起床，倚窗眺望，脑海里浮想联翩，内心情迷意乱地萌动着。下午他没来的时候，她就会独自荡着秋千，一本书在膝上放着，眼睛微张着发呆，一副慵懒欲眠而未眠的神情，整个人随着春风一起在天空中飘荡着。她可以在钢琴前一坐就是好几个小时，反反复复地弹着那些同样的章节和曲子。很多人听得心里烦闷，但她却感动得脸色发白、浑身发抖，当听到舒曼的音乐后，她还会落泪。她现在对他人充满了怜悯、同情之心，他也变成了她那样。在路上碰到穷人，他们就会偷偷地给一点钱，然后就交换一下那种充满同情、爱怜的目光，并为自己能有这样的菩萨心肠感到很幸福。

事实上，他们的这种爱人之心只是断断续续的。弥娜忽然发现，家里那个老佣人弗列达过得太卑贱了，她是在克里赫太太小时候就来到这个家的，一直尽心尽力地照顾着她们的起居生活，但她的生活却是多么可怜，所以弥娜就跑到厨房去了，那个正在缝补衣服的老仆人着实被她那阵疯狂亲热的举动吓坏了。可是才两个小时不到，弥娜就对弗列达又冷言冷语的了，因为她按铃后，弗列达没有及时出现。而克利斯朵夫虽然对整个人类都抱着一种博爱之心，甚至宁愿绕弯路也不愿踩死一只小虫，可是他对家里的亲人却极其冷酷。这是一种奇怪的状态，他对外边的人越友爱，对家人就越冰冷绝情。他甚至都懒得想起他们，对着他们也是大喊大叫的，看到他们就感到厌烦。原来，他俩的这种博爱之心仅仅是爱情的一时泛滥而已，根本就来不及疏导，一碰到谁，就能宣泄到那个人身上，无论他是谁，而仅仅是这种失控的泛滥罢了。他们在其他方面变得更加自私自利，因为他俩的世界里只有一个中心，而生命的一切都在围绕着这个中心转动。

这少女的脸庞在克利斯朵夫的生活中有多重要的地位啊！他在那花园里寻觅她，远远地看见她的小白裙时；在剧院听到包厢的门打开后，传来他最熟悉的欢声笑语时；或是听见了不相识的人闲谈中提起克里赫这个姓氏时，他的心都会快速跳动着！脸上因为冲动和血液的作用一会儿白一会儿红，在那几分钟里，他又变得什么也看不见，什么也听不见了。那些血液又会向全身窜去，像洪流一样奔腾着，那些不可名状的力量猛烈地撞击着他的心。

这个天真活泼而又肉乎乎的德国少女总是有一些稀奇古怪的玩法。她把戒指放入面粉中，然后要他俩轮流来用牙咬起来，但要求是鼻子上不能沾白。要么就是把一块饼干串在一根线上面，俩人分别咬住一端，然后得把线吃进嘴里，看谁能最先咬到饼干。他们的脸不断地靠近，呼吸融合在了一起，嘴唇碰到了对方的嘴唇，两个人都装作笑眯眯的样子，其实手都紧张得冰冷。克利斯朵夫真的想咬住她的嘴唇，让她疼一下，但还是忽然后仰躲开了，她还是在那儿勉强地笑个不停。两个人都转过身去，装作无动于衷的样子，但还是会偷偷地互相看几下。

这些让人情迷意乱的游戏，使人又爱玩但又心慌。克利斯朵夫对这些玩法怕得要命，他宁可克里赫太太或别人和他们在一起，那就会因为受到拘束而可以逃避了。但是，就算在很多人面前，他们那两颗充满了爱情的心还是彼此遥相呼应热烈地跳动着，甚至受到的限制越多，那种跳动反而更加激烈，爱的交流变得更甜蜜。那时，他们之间的一切似乎都包含着无穷尽的含义，哪怕是一句话、一抿嘴、一个眼神，就是这些看上去平淡无奇的小动作，却可以把小情人那埋藏在内心深处的丰富而充满新鲜的宝藏揭露出来。而这只有他们自己懂得，至少他们认为一定是这样子的。所以他们总是会心一笑，为俩人的这些小秘密扬扬得意。听到他俩的对话，一般人都以为他俩只是在随随便便地说着一些无关紧要的琐事与客套话；但在他俩的耳朵里，这就像是永远都唱不完的一首恋曲。他们能清清楚楚地看到对方的那些转瞬即逝的表情，对于那些眉目之间的传情表意，在他们看来就好像读一篇文章一样，就算是闭着眼也能背诵过去，因为他们从自己心里就能听到朋友心中传来的回声。他们对整个人生、幸福、他们自身，都充满无穷的信心与希望。他们相爱着，能有一个人让自己爱着是多么幸福，几乎没有一点儿阴影，也没有一点儿怀疑，就算是对看不到的未来，也没有任何的惧怕！这种明朗恬静的感觉只能在春天里找寻到踪影！天空没有一片云彩。那种蓬勃而坚定的信仰好像是永远都不会枯萎的，那些充盈的幸福也似乎是亘古不竭的。他们是在现实生活中呢，还是在梦境中呢？这当然是做梦。因为他们的现实生活与这个虚幻美好的梦境毫无相似之处。如果要说有的话，只能说他们在这个神魂颠倒的时刻，自己都已经化作了一个梦：因为他们的人生都已经在爱情的气息里融化了。

克里赫太太很快就发现了他俩自以为天衣无缝而实际上很愚笨的这个小秘密了。有一天，他俩紧紧地靠在一起讲话的时候，刚好克里赫太太出人意料地进来了，于是两个人赶紧慌慌张张地拉开距离。从此弥娜有了防备，她觉得母亲应该已经发现了点什么。但是克里赫太太装作一无所知的样子，这反而让弥娜感到一种遗憾。弥娜很想和母亲对着干一次，这样才会更有小说里那种罗曼蒂克的感觉。

母亲可不会给她这样的机会，克里赫太太太聪明了，她根本就没有什么担忧。她只是在和弥娜提起克利斯朵夫时，带着一种讽刺的口气，并且一针见血地讥讽他的笨拙与可笑，就那么几句话，几乎把他的形象毁于一旦。克里赫太太其实并不是工于心计的恶女人，而只是出于本能，就如同所有女人为保护自己那宝贵的贞操而施展各种手段一样。弥娜对母亲的指责做着抵制、赌气、顶嘴，还顽固地反对母亲的观点，但这一切都只是白费力气，因为克里赫太太的批评入木三分，并且她很有办法，她从不废话，每一句几乎都弹无虚发。她提到了克利斯朵夫脚上的鞋子太大，衣服从不讲究，还有那些邋里邋遢的帽子，还有一口乡下人的腔调，行礼时总是惹人发笑，嗓门大，还喜欢粗声嚷嚷，只要能够击垮弥娜自尊心的种种缺点，她每一桩都会提到，并且她总是以一种客观随便的态度讲出来，没有一点存心找碴儿的火药味。就算气不过的弥娜打算反驳，但还没来得及开口，母亲就会很巧妙地转移话题。就是在母亲的这些言语攻击下，弥娜的心受伤了。

所以，她看待克利斯朵夫的目光已经不如以前那么宽容温情了。他也隐约地感觉到了有些不对劲，会不安地问道："你为什么这样看着我？"

她回答道："没为什么。"

可是没过多久，当他为了某件事放声大笑时，她就板着脸埋怨他笑声太大了，这常常让他非常扫兴。他可从没想过自己与她在一起时，连怎么笑都要受到管教，快乐的兴头被冷水泼灭了。有时候，他正兴高采烈地聊着天，她会冷不丁地对他的着装指指点点的，要么就装得像个老专家一样指责他用词不雅。他几乎失去了开口的勇气，有时他也会为这感到气恼。但仔细想想，又觉得弥娜这样对他指责，不正是表明了她对他的关心吗？而弥娜好像也的确是这样想的。于是他虚心接受那些意见，努力改正缺点，但她并不满意，因为他简直是狗改不了吃屎。

他还没来得及感受她内心真正的变化，复活节便到了，弥娜要和母亲一起去魏玛那边的亲戚家拜访。

离开前的最后一周，他们又好像回到了开始的时候，整日腻在一起，也不嫌烦。除了那些偶尔的小脾气之外，弥娜变得比任何时候更爱他。在起程的前一晚，他俩在花园中一直慢慢地走着。她牵着克利斯朵夫走进了一片小树林深处，拿出一只香囊系在他的脖子上，她在那里头藏了一绺发丝。他俩又一起海誓山盟，并约定天天写信，而且在夜空上指定一颗星星作为他们互诉衷肠的对象，约定在夜里的同一时间注视着它。

离别如约而至。头一天的夜里，他一直辗转反侧地想着："明天她会在哪个地方呢？"他又突然想起："啊，就是在今天。早上她还在呢，那么今晚……"还没到八点钟，他已经出现在了她家门前。她还没有起床，他就独自在花园里逛一会儿，可是心神不宁，又匆匆地回到屋子里。走廊里堆放着很多箱子和旅行的袋子，他就安静地坐在房间的一个角落里，竖着耳朵听着开门声和地板的声响。他听到了楼上传来了熟悉的脚步。克里赫太太带着浅浅的笑意，匆匆地从他身边走过，还带点儿戏谑地和他打了声招呼。弥娜终于出现了，她的脸上没有一丝血色，眼睛浮肿着，看上去她昨晚并不比他过得好。她不停地吩咐仆人做着事，好像很匆忙的样子，她一边与克利斯朵夫握手，一边继续对老弗列达发号施令。出发前，一切都准备妥当了。克里赫太太又走了进来，和弥娜谈论帽盒的事情。弥娜似乎已经忽视了克利斯朵夫的存在，他此刻正可怜兮兮地靠在钢琴上，没有人注意到他。弥娜又和母亲走了出去，过一会儿又进来了。在门口时，她又向克里赫太太喊了几句话，然后就把门给关上了。屋内就只有他俩了，她飞奔过去握紧他的手，把他拉进隔壁那百叶窗都已关紧的小客厅里。这时，她突然把脸紧紧地凑上去，和他的脸依偎在一起，紧紧地搂着他，边哭边问道：“你答应我吗，答应永远爱我吗？”

他俩都轻声地哭泣，抽抽搭搭地克制着，怕被人听见。一阵脚步声响起，他们又迅速地分开了。弥娜揉了下眼睛，又摆出一副不可侵犯的模样指使着仆人们，但是声音还是颤抖的。

她不经意间掉了一块又脏又皱被泪水浸透的手帕，他偷偷地把它捡了起来。

克利斯朵夫与她们一起坐着马车，要将她们送到车站。两个孩子面对面坐着，彼此不敢瞅对方一眼，怕情绪会让眼泪决堤。两双小手在偷偷地摸索着，终于抓到了一起，把手都捏疼了。克里赫太太没有作声，装作若无其事的样子。

汽笛声轰鸣。克利斯朵夫站在车厢门口，火车一启动，他就开始跟着跑，眼睛紧紧地盯着弥娜，还和不少的车站员工撞在了一起。没多久火车就把他远远地抛下了，但他还是在飞奔着，直到火车从视线内消失才停下脚步，他已经跑得上气不接下气了，回到了月台上，他发现周边都是一些冷漠的和自己没关联的陌生人。回到家后，幸好没人在家，他哭了整整一个上午。

这是他第一次尝到离别的苦楚，而对于相爱的人来说，这是对彼此最残忍的也是最难承受的折磨。无论是世界，还是自己，都变得空虚，似乎不复存在，连呼吸都变得困难。这是最致命的心伤。特别是爱人留下的物件或一切有关她的记忆一直在周围盘旋，眼里所见，脑里所想，没有一样不让你想念她，特别是还身处在俩人一起度过的环境中，而在这里，你还要重新拾掇及追寻那些往昔的幸福欢情。那就好像一个人的面前出现一个深不可测的大坑，你在旁边探着身子看，会头晕目眩，感觉就要掉进去一般，最后真的掉了进去。你以为自己与死亡见了面。是真的啊！你确实是见到了死亡，因为离别就是死亡伪藏的面具。最爱的人离去了，生命也随它而逝，就只剩下那个黑洞，还有一片虚无。

克利斯朵夫重新去了他俩相爱过的每一个角落，他希望自己更痛苦些。克里赫太太把花园的钥匙留给了他，让他可以在那儿来去自如，可以继续散散步。他在当天就去了，在去以前，他以为自己能够去那里找寻到她的一些痕迹，没想到自己差点儿痛苦得昏厥过去，因为他发现那里有太多与她相关的记忆之痕，她的影子在每一处草坪上飘浮着。即使他是痴人说梦，但还是等待着她出现在那些小路的某一个拐角，他还是顽固地相信她可能真的出现在那些地方。他硬是要自己去找寻那些爱情的痕迹：那些曲折幽深的小径，那挂着紫藤的花坛，那林子深处的长凳……他还总是自言自语："八天前……三天前……昨天，就是在昨天啊，她还在这儿……就在今天早上她还在这儿……"这些念头在他脑海里飘来荡去得倒腾个不停，直弄得他快闷死过去才抛开。他不仅仅是痛饮哀伤，他更加怨恨自己，怨恨自己往昔为何要虚度那些良辰，没有好好地珍惜利用。多少个小时啊，多少幸福的光阴啊，他能有福看见她，能呼吸着她的气息，能把她当作灵魂的食粮。但他竟然身在福中不知福，没有好好珍惜她！听凭时光匆匆流失掉，而没有一分一秒地细细地去品味……直到现在……已经太晚了……没法挽回！再也无法挽回了！

他回了家，觉得家人都面目可憎。他看不惯那些表情、那些举止，还有那些无聊的扯淡，这些和前一天及前几天一个样，她在与不在都是一样的情形！他们还是照旧过着他们自己的生活，克利斯朵夫觉得，对于自己这么大的不幸，他们好像都故意视而不见。还有城里的人们也是按部就班地重复着生活，大伙儿各自干着各自的事，照常笑着、喊着、工作着。蟋蟀在田野里照样唱着，天上的太阳照常亮堂堂地发光。他恨所有的一切，他觉得自己被周边的自私压倒了，他简直快忍不住疯掉了。可他并不知道，他其实比整个世界更加自私。在他眼里，一切都是毫无价值的，他已经失去了慈悲之心，失去了对所有人的爱。

他陷入了悲惨的日子之中，每天就是麻木地重复着，像机器一样工作，可他已经没有了继续生活下去的勇气。

一天晚上，他和家人在一起吃饭，闷闷不乐地没讲一句话，耷拉着头没一点活力。邮差敲门给他送来一封信。他还没看字迹，心里就明白这封信是谁写的。家里四双眼睛紧紧地盯着他，带着一副很不懂味又有点好奇的表情，他们希望等着他看完信后能够让他们解解闷，给无聊的生活带来点乐趣。克利斯朵夫强忍着不拆，装作很平静地把信摆在盘子边上，还无所谓地说那里面写的是什么他已经了然于心了。两个弟弟可不相信，还是焦急地想知道里面写了什么，于是偷偷地留着神。他感到这顿吃饭吃得如坐针毡般受罪。餐后，他赶紧跑进房里，关上了门，心儿像小鹿一样乱蹿，拆信时，手哆嗦着，几乎把信纸撕破了。他很担心那信里的内容，但才看到几个字，他就转忧为喜，变得快活极了。

这是一封非常亲热的小情书，看上去就知道是弥娜偷偷地给他写的。她亲昵地唤他作“亲爱的克利斯德兰”，她告诉他自己常常哭泣，每天晚上都会望着那颗属于他们的星星。她去过法兰克福，说那是一个不同寻常的大城市，那里有漂亮的大商店，不过她什么都不在乎，因为她的心里已经装满了他。她要他别忘了那些许下的诺言、发过的誓，要记得对她忠诚如一，不能在她不在的时间里和其他人见面，心里只能有她一个人。她还希望在她没回来的这段时间里，他能把整个心思都放在音乐上，成为一个名人，她也能沾沾他的名气。最后她问他可曾记得那天在小客厅里告别的场景，要他哪天早上再回到那儿，因为她的心一直在那儿守着他，还会一样地对他依恋、与他告别。她的落款签名写的是“永远属于你，永远，永远……”信后还附带了一句，希望他能去买一顶窄边的粗草帽，不要再戴那个难看的毡帽——“这里所有的帅气绅士都戴着窄边的粗草帽，帽子上绕着一条宽宽的蓝色丝带，漂亮极了。”

克利斯朵夫一直把它读了四遍才明白过来这里面的情意，弄得自己头昏脑涨的，连高兴的力气都没有了。突然间，他感到自己疲倦得要命，只能倒在床上准备睡觉，又反反复复地把信看了几遍，吻了又吻，接着把它放在枕头下面，不时地去摸摸它，生怕它会长腿跑掉似的。一种莫名的、难以琢磨的快感像洪水一样在心中泛滥起来。他一觉就睡到了第二天早上。

接下来的日子显得好过多了，弥娜对他那忠诚的爱在身边不断地飘荡着。他开始回信给她，但又不敢随心所欲地表达感情，他得把那种热烈的情感埋藏起来：即使自己是那般的痛苦，那么的无奈为难。他本来就不喜欢说些弄虚作假的客套话，但是现在还要用这些客套话来笨拙地掩饰他们的爱情秘密。

从信寄出去的那一刻开始，他就等着弥娜的回信，接下来，等信就是他全部的，也是唯一的生活信念。为了排除心中的那种焦虑，他尽量让自己散步、看书。但就算做着这些事，他心里还是想着弥娜，像神经病一样，嘴里不停地念叨着她的名字，像偶像一样地崇拜她。他的口袋里总是装着一本莱辛的书，因为书中有“弥娜”这个名字。他每天从剧院回家，都要特意绕一段远路去镇上的杂货铺，因为那个铺子的招牌上写着“Minna”这几个心爱的字。

他一想到弥娜的那些期许他奋斗、希望他成名的话，他就开始自责，反省着自己在工作上的不努力，及那些荒废了的时日。虽然他觉得她的那种期许中隐藏着一股子天真的虚荣心，但还是能感觉到她对自己的信任，他还是心存感动。为了不辜负她的厚望，他决定写一部好的作品，不但名义上将献给她，并且要实实在在是为她而作。这几天他也没什么事情想去做，刚一有了这个计划，他那些音乐的才思就喷涌而出，就好像在水库中蓄积了几个月的水，忽然冲破了堤坝，奔泻而出。这一个星期内，他把自己关在卧房里，路易莎把他的一日三餐都放在门口，因为他根本就不愿她进去。

他写了一首单簧管与弦乐器的五重奏。第一部是青春的希望与欲望之歌，最后一部是情人的呢喃，其中穿插着克利斯朵夫特有的带点儿粗野的幽默。作品的重心放在了第二部，那是一段轻快的小广板，他在这儿描绘了一颗热情而淳朴的心灵，这是以弥娜的形象设计的。但那是谁也感觉不出来的，连她自己都不可能知晓。但是那都无所谓，只要他能够清清楚楚地读出来就行。他窃喜自己最爱的人的灵魂竟然被自己给捕捉到了，他快乐得都发抖了。对他而言，没有任何一项工作比现在的创作更加容易、更幸福的。那些因为离别而不断在心中堆积的爱火，终于能发出光热来。同时，对于创造艺术作品的苦心孤诣，还得努力控制自己的热情，并且要把这些冲动的、若隐若现的感情集中通过音乐这个艺术形式表现出来，这些所有的努力，让他的精神变得健康起来。各种感觉也得到了平衡，就连身体都有一种酣畅淋漓的感觉。这种愉悦让人的快乐达到了巅峰状态，也是每个艺术家都能感同身受的。在艺术家的创作过程中，他们将不再是欲望与痛苦的奴隶，而是成为它们的主宰者。一切让他快乐和痛苦的情感，都在他的意志下被它自由地支配着。可惜的是，这些时刻实在短暂！一旦过去之后，那种现实的枷锁又会重新戴上，并且更加沉重了！

克利斯朵夫只有在忙着这件事时，才能暂时忘掉弥娜的离去，这时他们是相依相偎的。弥娜并不属于她自己的身体，而是已经和他的心融合在一起了。而一旦作品完成了，他又陷入了孤独之中，那种孤独比以前更可怕，更消磨人的精神。他忽然想起，自己的信已经寄出了两个星期，但还没任何回音。

他又给她写了封信，他这次可没有像上次那样遮遮掩掩。他用幽默的语气在信里怪弥娜把他忘了，其实他可不是这么想的。他还想逗逗她，说她很懒，他神神秘秘地提了一下自己前段时间的创作，想勾起她的好奇心，并且想在她回来的时候，能给她一个意外的大惊喜。他还仔仔细细地描述了他买的新帽子，还腼腆地说坚决服从女王殿下的指示，他是怎样听从她的每一句指示；如何天天待在家里，托病谢绝一切应酬与邀请而一心一意地想着她；还不忘加上一句，他甚至连大公爵都冷落了，因为在他激动地创作的日子里，他谢绝了公爵府的晚宴。整封信处处流露着他那得意忘形的快乐，处处隐藏着一些小情人们最喜欢的、约定的暗语，他认为这只有弥娜会懂，他为自己的这种高明手段感到陶醉，窃喜自己竟然能用“友情”来作为“爱情”二字的代码。

写完之后，他感觉心情又轻松了许多。首先，因为他觉得写信的时候就好像在和弥娜交谈一样；其次，他坚信这次回信应该很快来到。所以在前三天里，他耐着性子淡定地等着，因为他估计这是信件来往所需的时间。但过了第四天，他开始觉得自己又快死了一样，整个人没精打采的，除了每天的邮班到的时间之外，他对一切都丧失了兴趣。他已经焦急得浑身发抖，在送信的人来之前，他会找一些迷信的征兆，只要听到炉子里的木柴发出噼啪响声，或者偶尔听到一句什么话，他就作为信不会来的征兆，但是送信时间一过，他犹如整个人垮塌了一样。他不再工作，也不去散步，他接下来的唯一的生活目标就是等待下次邮差到来，并且他还得用这气若游丝的状态一直撑到下一个时刻。一到晚上，意味着当天的所有希望全部变成了失望，失望多次之后，似乎已经到了绝望的边缘了，他有时好像是一副熬不到第二天的模样。他会好几个小时一直坐在桌子前，什么也不说，什么也不想，就算是睡觉，他都觉得没有力气去睡，还需要用尽自己存储的那点儿残余能量才能上床。就算是睡觉，他也是不得安宁，昏天黑地地做着一些噩梦，他觉得黑夜好像永无止境。

这种一次又一次的无望的等待，最后的结果是他真的把自己折磨得快变态了。他居然怀疑是不是父亲、弟弟，甚至是邮差把他的信藏了起来。这种念头就像蛀虫一样吞噬他的心，折磨着他。他相信弥娜的忠诚，他可从来没有怀疑过她。因此，没有收到回信，他就猜测其他的原因，是不是她生病了，是不是病得快不行了，是不是已经死了呢。他焦急地抓着笔给她写第三封信，这次是满纸悲情融在那短短的几行字里头，什么控制感情啊，文辞表达的方式啊，什么都顾不上了。邮班的时间即将到了，他在纸上一阵乱涂，翻信纸的时候把纸上的字弄得糊成一堆，封口时又把信封弄得脏兮兮的。去他的！他绝对不可能挨到下一次邮班。他踉踉跄跄地亲自跑到邮局把信寄了出去，然后又开始一个凄楚而又绝望的等待。第二天深夜，他真真切切地看到生了病的弥娜在呼唤着他呢。他爬起来，打算光着脚奔出去找她。可是她又在哪儿呢？去哪儿才能找到她呢？

第三封信寄出去的第四天早上，他终于收到了弥娜的回信，只有半张纸，语气冰冷而无情。她说她不明白他为什么会有这些古怪的想法与恐惧心理，她说自己很好，她只是没有时间写信，并希望他以后不要这样放纵自己的感情，并不要再和她通信。

克利斯朵夫为此感到很沮丧。他可不是因为怀疑弥娜的真诚，而是责备自己，他觉得弥娜的不满是可以理解的，因为自己的那些信过于幼稚，显得轻浮急躁，却又疯狂，他觉得是自己太愚昧，他猛烈地敲打着自己的脑袋。但这些发泄与悔恨都是白搭！他不得不接受这个事实，弥娜对他的爱远不如他对弥娜的爱那么深沉。

接下来的日子悲惨得已经不能言表，那种虚无是描绘不出的。原本能和心爱的人通信，还能苟且地支撑着，现在这个活着的唯一乐趣也没有了，现在的他又只能像木头人一样活着了。在平常，唯一想做的事就是在临睡前，像个小学生似的撕去一页日历，把这些和弥娜离别的日子撕掉，等着那个不知何时才会来的尽头。

已经过了她预定回家的日子，按说在一周前她就应该回来的。克利斯朵夫首先是失魂落魄，接下来便变到狂躁不安。当时临行时，弥娜曾答应他会提前通知归期和时刻。他也时时等着她的消息，打算去车站迎接她们。他还做了千万种的猜测，还是弄不清楚她们为何会这么迟还没回来。

这时，克利斯朵夫祖父的一位朋友，他们的老邻居、装饰工匠费休像往常一样在晚饭后叼着烟斗来他们家找曼希沃聊天。傍晚邮差最后一次从家门口走过去了，苦闷痛苦的克利斯朵夫再次绝望地打算上楼去睡觉，他忽然听见一句让他心惊肉跳的话。费休说次日清早就要去克里赫家挂窗帘，克利斯朵夫心里一惊，问道："她们难道回来了？"

"别开玩笑了！你肯定是知道的。"费休老头儿嘀咕着说，"早就回来了！不是前天就回来了吗？"

下面的话克利斯朵夫再也听不下去了，他整理下着装，匆匆出门去了。母亲其实暗中已经留意他很久了，便跟上他的脚步，在走廊里怯生生地问他上哪儿去。他一声不吭，拔腿就走，心如刀割。

他飞奔到了克里赫家，但还是到了晚上九点了。克里赫太太和弥娜正好都在客厅里，看见他的到来，她们一点都不奇怪，很平淡地和他打着招呼。弥娜正在桌子上写信，随意地向他伸过一只手，心不在焉地询问他的一些情况。她还为自己没有停下手上的活儿而致以歉意，还装作很认真地听他说话，却不停地打断他，去问母亲一些事。他早就准备了一套动人的话来诉说这些时日的离愁别绪，告诉她自己受到的折磨和苦痛，但他现在只能支支吾吾地开了个头就停下了，他发现没有任何人注意他说的话，他也就没有勇气继续讲完。在这种情形下，连他自己都觉得那话是那么不顺耳。

弥娜写完信后，接着做起了针线活，在离他不远的地方坐下，开始讲述她的旅行经历，她谈到那些愉快的日子，骑马游玩，体验古堡生活，还碰到许多有趣的人。她有条不紊地激动地讲着，在说到一些克利斯朵夫完全陌生的故事和人时，她俩会在回想中相视而笑。但克利斯朵夫听到这些，越发觉得自己只是个外人而已。他不知道用什么样的态度来面对这种尴尬的氛围，所以只能觍着脸赔着笑。他的眼睛一动不动地盯着弥娜，希望能得到她的一次顾盼。但是弥娜一直是面对着母亲说话，就算稍微扫视他一下，那目光也透着冷漠，简直和她跟他说话的语气一样。她是因为母亲的缘故才装成这样的吗？他渴望能有一个机会与她单独说说话，但是克里赫太太好像并不想给这个机会，她一直没走开半步。他想方设法地想把话题引导至自己的工作及打算上来，他发现弥娜似乎已经对他没有了兴趣。他铆足了劲来勾起她的兴趣，还是有点效果的，她开始很认真地听着他的话，还不时地发表点她的个人看法，并露出几个惊奇感叹的表情。虽然看上去有点做作的嫌疑，但是口气中还是透着几分真切的。看见弥娜又有了熟悉的可爱笑容，他心里又萌生了希望的种子，整个人又开始飘飘然地自我陶醉起来。正在这个舒服的时刻，他看见她正用小手捂着嘴巴打着哈欠。他的话马上停住了。她赶紧和他不好意思地道歉，说自己实在太累了。他站了起来，以为她们会挽留他，可事实上并不是这样的。他又慢吞吞地向她们告别，期待她们邀请他明天再来拜访，但他失望地没得到一个邀请的字眼。他不得不告辞了。弥娜甚至没来送他，只是伸出一只手很冷淡地和他握了一下，然后，他就在客厅中向她告辞了。

他带着满腔的疑惑回去了，回来后感到了极度的恐惧。此时的弥娜与两个月前的弥娜判若两人：一个冷淡，一个热情。那个亲热地爱着他的弥娜已经不见了踪影。这到底发生了什么事呢？她变成什么样的人了呢？其实，在这个世界上，大多数人的灵魂原本是独立的，不是完整的，就是这些独立的不同的灵魂，不断地一个接一个地出现，又一个替换掉另一个，组合成新的灵魂。所以，很多的心灵原本就不是固定不变的，有的甚至会从本质上改变，之前的有可能全部消失掉，变得面目全非。这个可怜的小克利斯朵夫可不知道人生会有这样的考验，一时间看到了这简单的事实摆在面前简直太难接受、太残酷无情了。他不愿意去相信事实，并且还自欺欺人地去否定这种事实，硬要认为是自己看错了，弥娜还是当初的那个弥娜。他决定次日早晨再去探访，这次无论如何也要和她单独谈谈。

他夜不能寐，数着一次又一次的钟声，每小时数一次。天才刚刚放光，他就已经到了克里赫家的附近，在附近转悠着，找到了合适的时机，马上就进去了。但他没有碰到弥娜，而是碰到了克里赫太太。她是个喜欢早起的人，并且非常勤快。那时，她正在玻璃棚里用水壶浇花，她看到是克利斯朵夫走了过来，就打趣地说道："噢，是你啊！你来得正好，我刚好有话跟你说呢。请等我一会儿，就一会儿……"

她把水壶放进屋子里，又擦擦手，走出来冲着神色匆匆的克利斯朵夫神秘地笑了笑。他预感到自己即将大难临头了。

"咱俩去花园里走走吧，那里安静一些。"克里赫太太说道。

他跟着克里赫太太去了花园里，去了那个处处留下他和弥娜爱的痕迹的地方。克里赫太太感觉到了眼前这个孩子的慌张，觉得有趣极了，她并不急着和他讲话。

"我们在这儿坐一会儿怎么样！"她口里终于迸出一句话。

他们在长凳上坐下，在分别的前夕，弥娜就是在这里凑过来亲吻了他，就是在这条凳子上啊。

“我想，你应该知道我找你要谈的事吧！”克里赫太太装出一副认真的模样说道，这让他更加局促不安了。“我怎么也没有料到，克利斯朵夫，之前我一直把你当成一个诚实的孩子，我很信任你。可我没有料到你竟然会糟蹋了我的信任，竟然把我的女儿弄得神魂颠倒的。我把她托付给你照顾，你就该尊重她、尊重我、尊重你自己。”

克里赫太太的语气还是带点儿打趣的味道，因为她对这种孩子们的爱情抱着看戏的态度。只是克利斯朵夫却没有察觉到，他是个对什么事情都极度认真的人，听到这种责备他的话，那简直是天要塌下来一样，他马上激动起来，说道："不是这样，夫人……夫人……"他结结巴巴地说着，眼泪淌了出来，“我从来就不敢辜负您对我的信任……请您千万别误会……我不是一个坏人，我可以向天发誓……我爱弥娜小姐，我对她真心真意，并且我还打算娶她的。”

克里赫太太淡淡地笑着说道：“不能这样，可怜的孩子，”她此时的关爱似乎是装出来的，里面真正隐藏的轻视很快就会被克利斯朵夫知晓了，“那根本就不可能，你太天真了。”

“这是为什么？为什么呢？”他问。

他抓着她的双手，不相信她说的是真的，因为她那柔和的语气可是一点儿都没有变，让人很放心。

她继续笑着说：“因为……”

他一直在追问不放，她却并不把这当回事，用那难辨真假的语气跟他说，他没有财产，但是弥娜却渴求很多好的东西。他反驳说这没什么关系，那些荣华富贵、社会地位，只要是弥娜想要的，他将来会全部得到的。克里赫太太脸上泛起凝重的怀疑，却只能对他这样的自信置之一笑，没有反驳他，对他这种顽固的坚持无可奈何地摇摇头。

“不要再说了，克利斯朵夫，”她用不容反驳的口气说道，“我们没必要再说这个了，这是不可能的。这可不只是穷的原因，问题还多着呢！比如说，家庭地位……”

她没必要继续讲下去了，刚刚那几个字就像一把利剑穿透了他的心。他终于看明白了这一切，他看到了克里赫太太那友好的面容后面隐藏着的轻视，那和善的目光后边充满了冷漠。他终于意识到了自己和这位贵族夫人之间的距离，虽然他像儿子一样爱她，而且她也像是母亲那样地待他。他现在体味到了不一样的感觉，与她那种亲热的感情相生相伴的是一种居高临下与傲慢的意味。他站了起来，脸色惨白。这时克里赫太太还没有打住，那温和而亲切的声音在继续安慰着他。可是一切都没了，他不再觉得她的声音是那么悦耳动听，而只能感受到她那种虚情假意的表现与真正的残酷无情。他一句话也说不出来，怔怔地走了，感觉周边一切都在旋转。

他回到自己的房内，扑倒在床上，那种自尊心被伤害而激发的怒火烧遍全身，让那个受到极大伤害的小身躯哆嗦着，就像小时候那样。他咬枕头，用手帕捂着嘴，生怕有人听到自己的哭叫。他恨克里赫夫人，也恨弥娜，对她们可以说是深恶痛绝。他感觉自己就像被人打了一耳光，又羞又气地发着抖，觉得一定要报复，而且要马上付诸行动，如果不出这口气的话，他估计活不了。

他爬起来，写了一封充满愤怒与声讨却又荒谬幼稚的信：

夫人，我不知道你是不是看错了我，就像你说的那样。但我确信我看错你们了，还为此吃了大亏。我瞎了眼地把你们当成我的朋友。当然你也曾这样说过的，并且在表面上看起来真把我当朋友，我爱你们甚至超过爱我自己的生命。现在，我才看明白，原来这一切都是假的，你对我的爱就是一个骗局：你只是利用我来打发时光，给你们奏奏乐来解解闷而已——我难道是你们的仆人吗？去你的吧，我可不会成为你们的仆人！我不会成为任何人的仆人！

你那么绝情地告诉我，我没有权利爱你的女儿。但是我的心无论想爱上谁，都是世界上任何东西都阻止不住的。就算我的家庭出身不如你们，但我和你是一样的高贵，因为唯有心灵才会让人高贵。虽然我还没有伯爵的地位，但是我的品质有多少伯爵也是比不上的。算了，不管是伯爵还是仆人，我只要被他侮辱了，我就会瞧不起他。在我眼里，那些自命不凡、故作姿态却缺乏高贵心灵的人，都只是一堆淤泥而已。

不要再见了吧！你看错了我，但也欺骗了我。我是瞧不起你的。

可不管你怎么样，我还是会一直爱着弥娜小姐，直到我死去方止。因为她属于我，什么也不能让我放弃。

信才刚刚丢进邮筒，克利斯朵夫马上就感到一种害怕。他想克制住想起这些可怕的想法，但信上还是有很多句子不断浮现出来。他一想到克里赫夫人会亲自读到这些傻话时，不禁吓出了一身冷汗。在刚开始，他还凭借那一股子怒气壮胆；第二天，他清楚这封信除了只能让他永远地失去弥娜之外，对其他的一切都于事无补：这是他最不能承受的灾难。他又开始寄希望于得到克里赫太太的谅解，因为他那暴烈的脾气，能让她不和他计较，而只是把他狠狠教训一顿得了。他幻想着，说不定他这满腔的真情能感动她呢。他默默地等着，只需她的一句话，他就会投降认错的。一直等了五天，信终于到了，短短地写着：

亲爱的先生：

既然在你心中觉得我们彼此有了误解，那最好的解决办法应该就是不要让这种关系继续下去。如果我们再把这种让你痛苦的关系强加于你的话，我都会觉得自己是不可原谅的。所以在这种情况下，我们停止彼此间的往来，我想你肯定是不会见怪的吧。我希望你将来能找到与你心心相印、了解你的朋友。我非常相信你会前程似锦，我也会在远处站着，很认真地关注着你在音乐路上的前行。

约瑟芬·冯·克里赫

这世界上最令人难受的责备也不会像现在这般的残酷无情。克利斯朵夫知道自己已经完蛋了。那些谩骂你的人是有办法对付的。但是如果有人对你客客气气的，但就是不把你放在心上，你又能做什么呢？他吓疯了，一想到以后再也见不到弥娜了，永远永远见不到了，他就无法忍受。他觉得世上的一切和爱情一比较，哪怕和一点点爱情比较，都不值一文，什么自尊心，什么尊严，那都算不了什么，他失去了那股子傲气，卑躬屈膝地写了几封求饶的信过去，但毫无回音。这些信就和他闹着脾气、愚昧的时候写的信一样荒唐无知。

一切都结束了。

他几乎要死了。他想到自杀，也想到去杀人。至少他心里是这样觉得的，他恨不得去打家劫舍。在孩子的心里涌起的这些爱与恨的巨浪是难以想象的，也就是在这种爱与恨的极端里，孩子的心受到巨大的苦难。这是他童年里最难过的危机，但一旦过去，就意味着童年已经匆匆作别了。人的意志得到了磨砺，但差一点使他陷入永远的消沉之中。

他觉得自己不能再活下去了。他会靠着窗子一直发几个小时的呆，呆呆地瞅着院子里的砖地，他像小时候一样想着，到底有什么办法能让人逃避这世间的苦难。办法还是有的，就在眼前……可以马上见效的……马上见效吗？但谁能保证呢？……也许首先还是要受到几个小时的折磨……但这不就像受着几个世纪的痛苦煎熬一样漫长吗？……但是孩子的绝望竟然到了这种边缘，把他逼进了思考死亡的旋涡中。

路易莎看得出儿子的痛苦，虽然她不清楚孩子到底在想什么，但母亲的本能让她预感到了一种危机。她尽量去接近他，想去了解他痛苦的原因，希望能够给他一些安慰，但可怜的她早已经不习惯和儿子谈心了。这么多年以来，他一直沉默寡言地把话藏在心里，而她也在忙着挣钱贴补家用，没有什么时间去揣测儿子的心事。现在她想给予儿子一些安慰，却不知从何说起，只能在他的身边转着圈，活像一个在热锅上即将被烧死的蚂蚁一样。她仅仅想找到一句能安慰他的话，但就是不敢开口，怕自己说错话而让他更恼火。因为平时她小心谨慎，但她的一举一动，甚至她一露脸，就会让他气恼。因为她很笨拙，而他不会容忍别人的缺点。他对母亲的爱一点儿不假，母亲也是爱着他的，但有时就是那么一点儿鸡毛蒜皮的小事就能让相亲相爱的人形同陌路。比如说一句过分的话，比如笨手笨脚、无心的一次眨眼、摸一摸鼻子，或者用餐、走路、笑的样子，或是身体上出现的一些不清楚的痛苦……其实，大家都觉得这些算不得什么，但在现实中却总是如此产生一些说不清、道不明的冲动与对抗。而偏偏就是这些小的缝隙，就能让母子、兄弟、朋友、本来很亲近的人心生隔阂，永远成为陌生人。

因此，克利斯朵夫这次并不能在母亲那儿得到任何依靠与安慰，只能自己独自忍受着。再说，爱情上的自私让人眼里只有爱情，别人的感情对他来说是没什么价值的。

一天夜里，家人都在熟睡中，只有克利斯朵夫一个人一动不动地在房里发呆，只有那些危险的恶念在他脑袋里翻腾着。忽然，外边清静的小街上响起一阵匆匆的脚步声，接着家里的大门被敲响了，响声把克利斯朵夫从那种痛苦中捞了出来，此刻他还听见一些模糊的交谈声。他想起那个醉鬼父亲还没回来，他气愤地想，肯定是像上次那样，醉在路边的父亲被人发现后送回了家，他很恼火。因为曼希沃现在饮酒越来越没有节制了，他那样放纵地酗酒及折腾，要是换了一般人早就归西了，但是曼希沃凭借运动员一样壮硕的身体，还是毫发无损，他能一顿吃下几个人的东西，喝起酒来不醉倒不罢休。就算在外边浸着寒风冷雨露天过一晚，打架的时候被人揍个半死，到了第二天，他还是能爬起来，像往常一样开着玩笑，还希望把周边的人都逗得开心才好。

路易莎已经起床了，匆匆打开门。克利斯朵夫还是一动不动，捂住耳朵，不想听到父亲醉话的牢骚和邻居们无休止的抱怨……

突然，有一种不可言状的凄楚涌上心头，他预感到大祸临门了……

立刻，楼下传来一阵撕心裂肺的惨叫，他赶紧抬起头，冲了下去……

在黑压压的过道里，一盏发着微弱光芒的灯笼左右摇曳着，阴冷的光照着一群在低声说话的人。人群中摆着一副担架，就和当年祖父出事时一样，那个担架上躺着一个浑身是水，已经僵硬了的躯壳。路易莎正趴在那个人耳朵边痛哭。原来，曼希沃死了，有人从磨坊旁边的小沟里抬回了尸体。

克利斯朵夫大叫了一声。世界上的一切都不复存在了，一切的痛苦都被清空了。他趴在父亲身上，紧挨着母亲一块儿号啕痛哭着。

克利斯朵夫坐在床头，看着长眠的父亲，曼希沃此刻的脸上表现得庄重而严肃，克利斯朵夫的内心感到了一股阴沉死寂的气息。孩子的热情消失得就像生病时退烧一样，坟墓里的冷气把什么都浇灭了。什么弥娜啊、骄傲啊、爱情啊，唉！太可怜了！在现实面前，特别在死亡这唯一的现实面前，一切都显得微不足道了。任凭你怎样去受苦，怎样去爱，怎样去期望、去冲动，到头来还是免不了一死，难道你觉得还值得去承受这些吗？

克利斯朵夫瞧着长眠着的父亲，心中充满了怜悯。他开始回忆起父亲生前做过的那些点点滴滴的好事，记起父亲的关爱与真情，尽管父亲有很多的缺点，但他本质上不是个坏人。他有很多的优点，比如他的好脾气，他的正直，他对家人的爱，还有他那克拉夫脱家族特有的硬朗、不媚俗的秉性，他很认真地对待道德与荣誉，从没有在这上面犯过糊涂，他更不能忍受上流社会那些肮脏龌龊的行为。他是个拥有勇气的人，无论在怎样危险的情况下，他只要碰见，都会心甘情愿地出手。诚然他也是个喜欢乱花钱的人，但正如他那豪放大方的性格一样：他见他人有难，是一定会帮助的；就算随便遇上个穷人，他都会倾其所有地帮助别人，有时不是自己的钱他都会一起送掉。这些优点现在不断地出现在克利斯朵夫的心里，他又把这些作用与意义都放大了。克利斯朵夫开始自责自己误解了父亲，之前没有好好地爱他。他明白父亲是被人生给打败了，他仿佛听到了父亲那颗不幸的灵魂在悲叹哀鸣，但面对困境与死亡时却没一点儿反抗的勇气，仿佛在对着这虚度的一生唉声叹气。他好像又听到了父亲当初的那种哀求，用那种让他心碎的口吻喊道："克利斯朵夫，不要看不起我！"

他悔恨交加，心潮澎湃，又趴到父亲身上，一边哭着，一边亲吻着父亲的脸，他像以前说的那样反复说道："亲爱的爸爸，我没有看不起您，我爱着您呐！原谅我吧！"

可是那个哀号声还是一直回荡在他耳朵里，还在那么惨痛，那么无助地叫着："别看不起我！别看不起我！"

突然一下，克利斯朵夫看到不是死者躺在床上，而是自己躺在那儿，自己在那儿重复着这些痛苦的哀号，他感到有一种无形的压力将自己包裹了，那是因为怕虚度一生，担心自己无可挽回地虚度这些有生岁月的痛苦在凝聚着。于是他恐惧万分地想道："宁可吃尽这世间所有的苦与痛，受尽这世间所有的灾与难，也不能步父亲的后尘！"他差一点就走上那条路啊！他不是也曾可耻地为了逃避痛苦而打算毁掉自己的生命吗？对于一个孩子来说，用死来惩罚自己，叛变自己，否定自己的信念，可以说是世界上最大的刑罚与罪孽：跟它相比，生活中的那些痛苦与艰难，那些情人的欺骗，都是不值得消沉厌世的。

克利斯朵夫明白了，人生其实就是一场无休止的、无情的抗争，倘若谁想做个真正能称为人的人，那这种对敌人的殊死搏斗将是永无停歇的。那些天生的致人死命的力量，让人心烦意乱的种种欲望，还有那些暧昧而阴沉的思想，就是这些敌人的存在，让你自甘堕落，让你想自我毁灭。他看出了自己差点误入歧途，也明白了幸福与爱情只是一时的虚幻，只是为了让人崩溃、让人懈怠、让人堕落。于是，这个才十五岁的清教徒听到了他的上帝的指点："向前啊，向前啊，永不停留！"

"可是我又能去哪儿？我的主！无论我做什么，无论我上哪儿，结局不都是一样，终点不是已经在那个地方了吗？"

"啊，去死吧，你们这些本该去死的人！去受苦吧，你们这些本该承受苦难的人！人活着不是为了享乐，人活着是为了服从自我的灵魂。痛苦吧！去死吧！但要记得自己的使命是要成为一个真正的'人'，你本来就应该做个这样的人。"

卷三　少年

第一部　于莱之家

家里安静得可怕。随着父亲的去世，世界仿佛也死了。曼希沃粗大的嗓门儿消失了，烦闷的河水声从早到晚响个不停。

克利斯朵夫开始把自己埋进无边的工作中，这是他对自己过去散漫生活的憎恨与惩罚。他骄傲地无视他人对他的安慰与关心。他精力充沛却又极度淡漠地对待他的工作与教课。学生们对于他在遭受了厄运时的麻木冷淡与不近人情感到不解，而稍稍经历了生活的磨难的成年人则从他的冷淡中看到了他极端的痛苦而可怜他。他不需要别人的同情，他对任何事都不感兴趣，或者说，他不想对任何事情感兴趣。即便是音乐，也沦落为一种功课，无法给他任何抚慰。他如行尸走肉般活着，并不在乎生活的意义，仿佛这样他才能痛快一点。

两个弟弟看到家中如此死气沉沉，面对着这些不幸，不禁害怕起来，躲到外面去了。洛陶夫投奔了丹沃陶伯父，住在伯父的店铺里。恩斯德当过两三种行业的学徒，最后成了水手，往返于莱茵河上的美因茨和科隆之间，只有在需要钱的时候才想起回家。克利斯朵夫和母亲两个人相依为命，原本冷清的屋子这时也显得更大了，父亲死后留下了一堆债务，迫于穷困，母子二人不得不忍痛去寻找更简陋更便宜的住处了。

在菜市街上，他们相中了一处房子，在三楼，有两三间房屋。房子地处市中心，从早到晚嘈杂无比，再也不能像在老房子里那样，享受着河流与树木的亲切了。这个时候不能任性，是该听从理智的安排了，克利斯朵夫又发现了一个虐待自己的好机会。屋主是法院的老书记官于莱，也是祖父的朋友，彼此都认识。路易莎对此感到很高兴，打定了主意，与其守着空空的大房子，不如和这些她亲爱的家人的朋友住一块儿。

他们开始做着搬家的准备。在老屋里住了两三天，那种凄凉在他们心中留下了深深的烙印。永别了，这既叫人喜悦又叫人伤心难过的老房子。他们羞怯着，害怕着，为了不向对方流露出内心的感伤，彼此都只能将痛苦深埋进心里。光线透过半开半合的窗户照进屋里，显得很凄惨。吃饭的时候，两个人都低垂着头，各自匆忙地吃着饭，互相不望对方一眼，仿佛生怕让对方窥见了自己心中的慌乱。饭后，各自忙各自的。克利斯朵夫出门去做他的事，但一有空就回来，偷偷地溜进家里，仿佛怕吵醒谁。他踮着脚尖一步步走上楼梯，走进他的卧室或者阁楼里，关上门，坐在屋角的一口旧箱子上或是窗槛上，如雕塑般一动不动，不思不想。老屋子毕竟太陈旧了，四处都发出响声，他的耳朵里萦绕着嗡嗡嗡的声音，使他感到心烦意乱。老屋子颤抖了，他的心也跟随着一起颤抖。他小心翼翼地倾听着屋内外的声响、楼板的响声，还有许多细微却十分熟悉的声音。那些声音太熟悉了，他一听就能分辨。他失去了知觉，脑海里如走马灯一般，来来回回盘旋的都是过去的影像，直到圣·马丁寺的大钟响起阵阵沉重的钟声，他才醒过来，想起了又到工作的时间了。

路易莎在楼下来来回回地踱步，脚步轻轻的。有时忽然就听不见脚步声了，接着就是好几个小时的静默。克利斯朵夫伸着耳朵细听，有点不放心母亲，便走了下来。这样长久的担惊受怕，是一个人在经历了巨大磨难后通常会有的表现。门被轻轻地推开了一半，克利斯朵夫看到了母亲微驼的背。母亲坐在壁橱前面，脚边散落了许多她想收拾和搬走的东西：破布、旧东西、七零八落的杂物。然而她仿佛虚脱了，没有力气清理。这里的每一样东西都会勾起她的回忆。她的思绪很混乱，她把东西反反复复地翻转着，有时不小心把东西掉到地上，她就垂着手臂，倒在大大的椅子里，在痛苦和麻木中待上好几个小时。

现在的路易莎就靠那仅有的对于过去的回忆活着——可怜的路易莎那苦难多于快乐的悲惨过去。但这位母亲早已习惯了苦难，哪怕别人给她的一点点微乎其微的回报都足够她感激涕零。那记忆里的几道微弱的光足够照亮她暗淡的一生。她忘记了曼希沃带给她的痛苦，只记得他带给她的快乐。嫁给曼希沃是她这一生中感到最高兴、最浪漫的事。她很感激曼希沃，全心全意地把自己交给他，像家人般爱着他，并认为他也爱她如家人，虽然曼希沃只是因为冲动而娶了她，并曾为自己的冲动后悔不已。至于丈夫后来变成那个样子，她根本不想去了解。她改变不了事实，就只能去接受事实，用她的谦卑与勇敢。像她这样的妇女，只凭着本性就能活下去，并不需要了解人生。凡是自己弄不清的，她都让上帝去解释。出于这种对上帝的虔诚，她把丈夫及旁人带给她的委屈视作上帝的旨意，而别人对她的好，她都记在心中。因此过去那悲惨的生活并未留给她过多的辛酸回忆，她只是觉得食不果腹的劳苦生活把她的身体毁坏了。丈夫不在了，两个儿子也已各自发展，离开了这个家，剩下的一个儿子也似乎并不需要她，她仿佛没有了目标，完全失去了生活的勇气。她感到累极了，精神也恍恍惚惚，连意志都麻木了。她也患着神经衰弱症，这是辛苦一生的人在老年遭受意外打击而突然失去了生活的意义时常有的表现。她无精打采，浑身无力，衰弱得都无法把袜子编织好、把抽屉收拾好，连站起来关窗的力气都没有。她就那么坐着，筋疲力尽，脑袋里空空的，只剩下思想在回忆。她为自己的衰老而感到羞愧，竭力不让儿子发现，而克利斯朵夫只沉浸在自己的痛苦里，对于母亲的衰老并未发现。事实上，尽管克利斯朵夫暗地里对母亲缓慢的语调和迟缓的动作早已不耐烦，但母亲这反常的表现并未引起克利斯朵夫的更多关注。直到有一天他撞见母亲身边堆满了破布，才头一次感到奇怪。母亲手里、膝盖上、脚边、地板上到处都是破布。她脖子僵直地伸着，脑袋往前探视着，神情呆滞、木讷，听见克利斯朵夫进来，她不禁吓了一跳，苍白的脸也慢慢变红了，不由自主地动了动手，想把手里的东西藏起，还一边勉强笑了笑，嘟囔着："你瞧，我在收拾东西来着……"

母亲那深陷在往事回忆中的模样勾起了克利斯朵夫无尽的同情，他伤心极了。为了使母亲振作起来，他故意很粗暴地埋怨道："噢！妈妈，您这样可不行，屋子关得这么严实，还满是灰尘，太不卫生了。打起精神来，快把东西收拾好。"

"好吧。"她很温顺地回答。

母亲费力地撑起身子，却又重重地跌回了椅子上，手里的东西也没能放回抽屉，就那么直直地掉在地上。她垂头丧气地喊道："噢，不，不，我实在没力气收拾了。"说着便难过地哭了起来。

"噢，妈妈，您怎么了，生病了吗？我能帮您点儿什么吗？"克利斯朵夫吓坏了，躬身用手一遍遍地摸着母亲的头发。

母亲没说一句话，只是不停地低声抽泣。克利斯朵夫跪在地板上，握着她的手，端详着她的脸，试图在这漆黑昏暗的房间里看清母亲。

"噢，妈妈！"他心痛无比。

路易莎将头轻轻地靠在他的肩膀上，无声地淌着泪。

"噢，克利斯朵夫，我的孩子！"她紧紧地搂着克利斯朵夫，"你不会离开我，对吗？快答应我，说你不会离开我。"

听着这样的问话，他心都要碎了："怎么会呢，妈妈，我怎么会离开您呢，您怎么会这么想呢？"

"我好难受！他们都抛弃我了，谁都不需要我了。"她四处张望，手不停地指着四周的东西，不知道她说的是她的儿子，是过世了的丈夫，还是那些东西。

"你不会离开我的，是吗？你会陪着我，对吗？要是你也离开我，我可怎么办呢？"

"妈妈，别这样！我们会一直在一起的，哪儿也不去。快别哭了，我答应您哪儿也不去，就待在你身边。"

母亲还是抽泣着、哆嗦着，停不下来，克利斯朵夫拿出手帕替母亲擦拭眼泪。

"妈妈，您在难过什么？妈妈，您心里在想着什么，可以告诉我吗？"

"我自己都弄不明白，不知道我这是怎么了。"她努力地安静下来，勉强挤出一个笑脸。

“我真弄不明白，怎么会为了一点儿小事就哭起来了。你瞧，我又来了。对不起，我太傻了。我真的老了，一点儿精神也没有了。什么事情也干不了，什么东西都不感兴趣。我真该和这些破旧的东西一起被埋掉。”

他伸出手臂，将母亲紧紧搂在怀里，像心疼孩子般心疼母亲。

“不要难过了，妈妈，休息一下，不要胡思乱想了。”

渐渐地，路易莎平静了下来。

“对不起，我的孩子，我真是老糊涂了，瞎胡闹。可我不知道自己到底怎么了，怎么会这样呢？”

老太太一辈子勤勤恳恳，而此刻竟然如同虚脱了一般，没有一点儿力气。她实在闹不明白，只觉得心里难受得要命。克利斯朵夫却不以为然。

“妈妈，我想您是累了。”克利斯朵夫努力用轻松的口吻说道，“没关系的，您多休息就好了。”

事实上，他已经为母亲担心了。从他小时候开始，他所看到的母亲一直是坚强、隐忍的，此刻母亲的精神崩溃让他从心底里感到一种害怕。

他躬身把散落的所有的东西一件件地收拾起来。母亲总是牢牢地抓着一样东西不想放下，他便轻轻地从母亲的手里抽走，母亲也任由他拿走。

从这天起，克利斯朵夫尽可能多地陪着母亲。工作结束了，也不再把自己关在房间里，而是陪着母亲。母亲是那样的孤独，孤独到没有足够的坚强去承受，把这样的母亲丢在一边实在太危险了。

夜晚，他打开临街的窗户，陪母亲靠窗坐下。夜幕渐渐地笼罩了四周，田野也暗了下来，耕作的人们也相继回家了。不远处的屋子里逐渐亮起了星星点点的灯光。他们曾无数次地见过这样的景象，而这样熟悉的景象不久后他们便可能再也看不到了。母子二人交谈着，间或沉默片刻。此刻黄昏中这熟悉的琐事虽然早已预料到，却仍带给他们不小的新鲜感，以至于两个人彼此分享着。一些模糊的往事，一些熟悉的片段突然莫名其妙地出现在路易莎的脑海中。如今儿子对自己如此怜爱，使得她有了说话的勇气。尽管如此，却并不容易，她极尽努力地想要表达心中的想法，却仍然无法说出。她总觉得丈夫和儿子都太聪明，自己笨嘴拙舌的，插不上话，也不敢插话，只好躲在一边。克利斯朵夫现在的孝顺与殷勤令她十分快慰，却也十分胆怯，这种孝顺与殷勤是前所未有的。路易莎一遍一遍地搜刮大脑，却怎么也说不出心中所想，说出来的话都是不完整的、意思含糊的。有时她总是无法完整地讲述出一件事情来，这令她感到十分难为情，只好羞怯地望着儿子。而克利斯朵夫总是温情地握着她的手，安慰她，示意她放心。克利斯朵夫对于母亲产生了无限的怜爱，母亲那孩童般的心曾经是他避难的港湾，而此刻却是如此脆弱，以至于需要他的保护。他听着母亲断断续续地诉说高兴与悲哀，这样的唠叨是无聊的，大概只有他才会感兴趣。母亲那平凡而苦难的一生，在他人看来，也许是微不足道的，但在母亲看来，却是异常珍贵的回忆。有时怕母亲为往事伤神，他会打断她的话，劝她睡觉。母亲懂得他的意思，便常常感激地望着他说："没关系，想想过去反倒让我舒服些了。再陪我待一会儿吧。"

母子二人经常一坐就是大半夜，直到街坊邻居都睡着了才结束。母亲是轻松快乐的，因为卸下了许多积压在心中的郁闷；但儿子却是沉重忧郁的，因为担忧母亲，心中多了一份责任与挂念。

就在搬家的前一天晚上，克利斯朵夫和母亲在房间里待了很长时间，比平时的任何一天待的时间都要长。黑漆漆的房间里没有灯，母子二人都沉默着，间或会听到路易莎的叹息：“唉，上帝啊。”克利斯朵夫试图使母亲不那么伤感，便提到明天搬家的许多细节。太晚了，克利斯朵夫就催促不愿睡觉的母亲去休息，好言好语极尽温和。但是回到房间的克利斯朵夫也无法入睡，久久地，他就那么靠着窗户，望向屋子下面漆黑的河面，无尽的黑暗似乎无法穿透，他竭尽全力地想要将河面的样子映入脑中。从弥娜的花园里传来的大树之间的风声，黑暗的天空，没有半个人影的大街，一切仿佛都定格了。天空忽然下起了雨，冰凉的雨丝随风吹进了窗户。定风针咯咯作响，隔壁屋里的小孩不安地哭了起来。黑夜压迫着地面，万物都沉静着，四周的阴森惨寂压迫着他的喉咙，令他无法呼吸。远处的钟声伴随着屋顶上的雨声，一阵阵地传来，雨声叮叮当当，钟声破碎单调。一点，半点，一刻，古老的钟声不厌其烦地报时，打破沉闷静寂的夜空。

夜深露重，克利斯朵夫不禁打了个寒战。当他准备上床睡觉时，楼下传来了关窗的声音。躺在床上，他不禁感叹：穷人怀念过去是多么可悲的一件事。有钱人才有资格能称得上有过去，而像他们这样的穷人连一个像样的家都没有，世界如此之大，大到竟然没有一个角落可以容纳他们珍贵的记忆。所有的欢乐，所有的苦恼，所有经过的岁月，都如烟雾一般消散在空中，找不到存在过的痕迹。

第二天下起了倾盆大雨，他们要把破旧的家具搬往新居。好心的老地毯匠费休将自己的小车和小马借给了克利斯朵夫他们，他自己也来帮忙。由于新居比老屋子要窄得多，所以他们只能带走一部分家具，克利斯朵夫只好劝母亲丢掉那些剩下的最陈旧也派不上用场的家具。而母亲始终不愿意，她认为所有的家具都有珍贵的价值，一张缺了腿的桌子，一把破旧的椅子，甚至任何微不足道的小东西，母亲都不舍得丢弃，这让克利斯朵夫费了好多口舌。直到费休以祖父的老朋友的身份，帮着克利斯朵夫一起一个唱红脸一个唱黑脸，路易莎才万般不舍地留下了部分旧家具。好心的费休也理解路易莎的痛苦，答应帮他们保存这些宝贵的破东西，等路易莎他们以后有条件了再回来拿。

克利斯朵夫早已将搬家的事情告知了他的两个兄弟，但恩斯德昨天回来时声称自己没空，不能帮忙搬家；洛陶夫也只是中午的时候来过，看着家具被搬上了车，然后提了提建议，就匆匆忙忙地离开了。

家具装好车，他们就出发了。由于下雨，街上满是泥浆。马车在泥泞的街面上滑来滑去，步履艰难。克利斯朵夫拉着缰绳，路易莎紧靠着儿子，替他遮挡雨水。终于到了新居，他们费劲地将家具卸下来，搬进潮湿的房间内安顿好。下雨的天空云层格外的低，苍白的日色使得房间看起来更加阴沉。多亏了房东的照顾，他们才得以顺利地收拾好，否则那心灰意懒的母子二人肯定支持不住了。安顿好家具后，老费休也带着马车走了，此时天已经快黑了。克利斯朵夫母子二人终于能倒下休息一下了，一个倒在箱子上，一个瘫软在布包上。片刻之后，楼梯上忽然传来一声咳嗽声，接着就是敲门声，原来是屋主于莱老头儿来了。他先为打搅了房客而向他们道歉，语气极为郑重；接着便向他们发出邀请，一起共进晚餐，借以对他们的乔迁表示庆祝。路易莎筋疲力尽、心情沉重，不想参加。克利斯朵夫也不喜欢这样的聚餐，但苦于老人的一再邀请，同时觉得搬家的第一晚母亲不应当还沉浸在过去的痛苦里，便劝母亲接受邀请。

他们下了楼，看见于莱一家人都在楼下，除了于莱以外，还有他的女儿，女婿伏奇尔，两个比克利斯朵夫略小一些的外甥，一男一女。所有人都抢着向他们俩说着欢迎的话，询问他们累不累，对屋子满意不满意，是否还需要什么。问题一个接着一个，七嘴八舌，又是同时说出来的，克利斯朵夫都快被淹没了，一句话都没听清楚，只觉得昏沉沉的。一直到晚餐都端了出来，所有人都在桌子旁坐好后，喧闹声还没停止。于莱的女儿阿玛利亚向路易莎絮叨着街上所有的鸡零狗碎的事儿，例如，这里都有哪些大街，她屋里都有哪些东西，这里几点钟会送牛奶，而她自己通常几点起床，买东西最好是去哪些商店，那些商店的商品大概什么价格。絮絮叨叨地仿佛要把一切都讲给路易莎听，丝毫不肯放过路易莎。路易莎恍恍惚惚地努力装出一副认真听、感兴趣的样子，偶尔插上几句话却表明她并没有听明白。这时阿玛利亚总要大惊小怪地嚷嚷，然后把所有的事情从头再说一遍才罢休。克利斯朵夫的一边坐着于莱老人，另一边坐着阿玛利亚的女儿洛莎。老人向他阐述着音乐家艰苦的前途，洛莎则从晚餐开始就没停止过说话，滔滔不绝，叽叽喳喳，甚至顾不上喘气，一句接着一句。有时一句话没说完，气都没换一下，又能马上接着说。神态懒散的伏奇尔则对着晚餐发表了一番议论，惹得大家展开了激烈的争论。阿玛利亚、于莱、洛莎都停止了自己的话，加入到了红烧肉的论战中，他们对红烧肉是咸是淡的问题争得面红耳赤，互不相让，你说是东，我偏偏说是西，谁都不同意谁的意见，论战极为激烈。每个人都觉得只有自己的口味是对的、是健全的，别人的口味都是不对的、不合理的。他们甚至为了这个问题争论到了耶稣末日审判。

最后所有人的意见终于在一个问题上达成了一致，即人生是悲苦而残酷的。在提到路易莎和克利斯朵夫的不幸时，每个人都说了一些表示同情的安慰之词，每个人都称赞着路易莎和克利斯朵夫的坚强、勇敢。除了路易莎的不幸，他们还谈到了许多其他人的不幸，包括他们自己的，他们朋友的，以及他们认识的所有人的不幸。他们一致认同，好人总是倒霉的，自私的人和坏人却总是快乐的。讨论到了最后，他们得出了结论：如此悲惨而空虚的人生真是不值得，活着简直是受罪，若不是上帝的旨意，都没勇气活下去。所有这些讨论都非常契合克利斯朵夫当时的悲观心理，以至于克利斯朵夫对这一家人产生了极大的好感，对他们的一些微不足道的缺点也无视了。

晚饭后的母子二人疲乏至极，虽然还沉浸在忧郁之中，但已经不那么孤单了。与于莱一家人告别后，克利斯朵夫与母亲回到了堆满家具的杂乱的房间。街上还有喧嚣声，吵得人无法入睡，身体与心灵都感到极大疲惫的克利斯朵夫睁着双眼感受着黑暗，躺在床上辗转反侧。外面还有车子经过，沉重的车轮轧得地面都颤抖了，克利斯朵夫都能感受到墙壁的震动。楼下的于莱一家大概已经睡着了，呼呼的鼾声透过墙壁传进了克利斯朵夫的耳朵里。他一边听着楼下的鼾声，一边感叹，这些好人虽然有些让人不喜欢的缺点，但与他同命相怜，他们与他一样都在遭受着苦难，他们似乎都能互相理解，似乎能体会对方所受到的苦痛。这样就足够了，受着苦难的一群人即使不能让对方快乐，但彼此的相濡以沫还是能让对方不那么痛苦的。

迷迷糊糊地，克利斯朵夫终于沉睡了。可惜天刚蒙蒙亮，他就被楼下的喧闹声给吵醒了。喜欢争论的于莱一家已经开始了一天的生活，还是那样吵吵闹闹。克利斯朵夫还能听到他们用桶打水的声音，大概是要冲洗院子和楼梯了。

乌斯多斯·于莱是个矮小的老头儿，生活的重担压弯了他的脊背，浑浊的眼睛透露着不安，苍老的脸上总是一副郁闷的表情，脸膛红红的，布满了肉疙瘩和褶子，黑洞洞的嘴巴早已没有了牙齿，还有那稀稀疏疏的胡须，仿佛从未打理过，乱七八糟的，他常常用手把它们捻来捻去。老头儿是个热心肠的好人，为人正直，道德高尚，是克利斯朵夫祖父生前十分亲密的朋友。于莱与克利斯朵夫祖父是同辈人，两个人从小受着同样的教育，难怪大家都感叹两个人十分的像，虽然于莱老头儿并不像约翰·米歇尔那样强壮。一个人的特点的形成，性情脾气的作用往往大于思想，两个人虽然大部分时候思想意见是相同的，但实际上两个人风格迥异。在将人划分为不同类型时，虽然可以从智力上划分，但人的智力实际上差别不大，如果我们从体格上来划分类型，可以发现，人大概有两种类型，一种是体格健壮的，另一种是体格孱弱的。于莱老人便属于体格孱弱这种类型，他不像米歇尔那样胃口好，吃得多，肺活量大，脸色红润。身体上的这些特征使于莱虽然和米歇尔一样也讲为人之道，但与米歇尔并不同，于莱及他的家人在任何方面都透着小市民的狭隘。于莱老人做了四十年的公务员，从未预先安排自己的老年生活，现在退休了时常感到无事可做，异常苦闷，简直受不了。他浑身都散发着一种畏首畏尾与忧郁的气质，这是他所有先天及后天的因素造成的，他的职业习惯多少也是一个重要因素。某些方面还反映到了他的孩子们身上。

女婿伏奇尔五十岁左右，在爵府秘书处任职。体格高大结实，头顶却已全秃了。脸色红润，鼻梁上架着一副金丝眼镜。他时常觉得自己生病了，也许他的确病了，只是没有他认为的那么严重。常年乏味的工作令他脾气变得很坏，终日伏案的生活也损坏了他的身体。他处事谨小慎微，为人也有相当多的优点，并且受过优越的教育，只是荒谬的现代生活令他像大多数职员一样，患着神经过敏症，如同歌德所说的那种“非希腊式的郁闷的狂想者”。克利斯朵夫虽然内心很可怜这样的人，但还是害怕与他们接触，因此尽量避开。

阿玛利亚身体强壮，性格活泼，还有一副大嗓门儿，这与她的父亲和丈夫完全不同。每当看到丈夫唉声叹气，她就毫不客气地埋怨他，毫不哀怜。但长年生活在一起的两个人，多多少少还是会相互影响的。夫妻之间只要有一个人患有神经衰弱，不久另一个人也会变得神经衰弱。虽然阿玛利亚时常呵斥伏奇尔的唉声叹气，但过不了多久，她自己会比丈夫更加婆婆妈妈、唠唠叨叨。她这样一闹，丈夫就哀叹得更加厉害了，痛苦仿佛增加了十倍。阿玛利亚的这种态度对丈夫一点儿好处都没有，她的唠叨使伏奇尔更加惶恐不安，而她自己的心情也变得乱糟糟的，她的这种不幸变成了丈夫诉苦的帮凶，使得两个人都摆脱不了神经衰弱症。如此一来，阿玛利亚也变得和她丈夫一样，担心着自己的身体，尽管她的身体很强壮，她甚至对父亲、儿子及女儿的身体也无故担忧起来。她疯了一般不停地念叨，最后她对这种担忧竟信以为真，导致她即使是有轻微的感冒，也会发愁不已，无论多轻微的问题，都会令她觉得像天塌了下来。她永远都处在不安之中，即使大家身体都很好，她还是担心害怕，因为将来大家还是可能会生病。她甚至觉得正是因为自己的担忧与念叨，才使得大家的身体没有变坏。尽管如此，每个人还是照常吃饭、睡觉、工作。阿玛利亚从早到晚都是忙碌的，楼上楼下地跑个不停，还要求其他人跟她一样忙碌，时而搬动家具，时而清洗地砖，时而擦拭地板，仿佛永远都忙不够。家庭生活变得紧张不已，到处都是叫喊声、脚步声。

两个孩子都习惯了被呼来唤去，习惯于低头认命，并未有过自由的体验。男孩子叫莱沃那，有着一张漂亮英俊的脸，可惜有些呆板，动作也有些拘谨，显得怯生生的。女孩子叫洛莎，长着一头漂亮的金色的柔发，迷人的蓝眼睛透着温和与亲切，皮肤细腻而娇嫩，神态和气，可惜鼻子太大，使得原本讨人喜爱的脸也变得滑稽，显得呆头呆脑。她极像瑞士巴塞尔美术馆中霍尔朋的少女像，就是那个曼哀市长的女儿，市长的女儿有着同样难看的鼻子。画中的少女坐在椅子上，低垂着眼睛，一双手轻轻放在膝盖上，淡黄色的头发披散在肩上，正在为自己难看的鼻子而伤神，神色有些僵硬。可是洛莎并不在乎自己的鼻子，她那大鼻子丝毫也不影响她唠唠叨叨的兴趣。她可以从早到晚都说个没完，嗓音尖锐，气喘吁吁，她的聒噪时常还妨碍了其他人说话，即使被外祖父、父亲、母亲生气地打断话语，也毫不在乎，依旧乐呵呵的。这一家人是快乐的、正直善良的人，是好人中的好人，他们几乎具备了老实人该有的所有美德，可惜就是缺少了安静的德行，使得生活变得不是那么有趣味了。

经历过了忧患的克利斯朵夫早已没有了暴躁易怒的脾性，现在的他变得异常有耐性。以前受够了那些表面高雅、内心冷酷的人，现在他更加感到，这些无趣的甚至有点讨厌的、但对生活有着严肃态度的普通人是多么的可贵。他们过着毫无乐趣的生活，这令克利斯朵夫感觉更为可贵，觉得这样的一群人是勇敢的，从未向弱点屈服。克利斯朵夫具有的德国人的性格，使得他在认为他们是好人以后，就迫使自己喜欢他们。可惜他没有成功。他缺乏一种日耳曼民族的理想主义精神，就是选择性地忽视一些令人不愉快的东西，对于一件事情，假如已经有了判断，便不再去理会事情的真相，以保持精神上的安宁和生活上的乐趣。可是克利斯朵夫却做不到，他有种对人无意识的忠诚，对真理的渴望，使得他爱一个人就会全身心地去爱，爱这个人的全部，这导致他对爱的人极为苛刻，反而更容易在爱的人身上发现缺点。房东一家人的缺点被他毫不费力地发现了，他为之烦恼不已。而他们似乎并不打算掩饰自己的缺点，就让它赤裸裸地暴露在外，反而把最宝贵的优点深深地藏了起来。想到这里，克利斯朵夫也觉得自己对他们不太公平，于是想努力抛开对他们的成见，一心去寻找他们那些深深藏着的优点。

克利斯朵夫祖父生前非常喜欢于莱老人，经常夸奖他，为了纪念已故的祖父，克利斯朵夫对这位祖父的好友很是喜欢，经常想方设法地同于莱套近乎。对于莱来说，这当然是求之不得的。已故的约翰·米歇尔总是天真地对朋友存着一分幻想，而克利斯朵夫不同。克利斯朵夫发觉了这一点后，便竭力向于莱打听他对祖父的印象，结果却是令人失望的，从于莱那里得到的仅仅是一个模模糊糊的祖父的影子，如褪色的漫画。与老人的谈话也只是一些毫无意义的片段，老人每次提到祖父时，永远是那么一句话：“就像我时常对你那可怜的祖父说的……”

于莱永远只记得当年自己说的话，其他的都选择性遗忘了。

也许从前的约翰·米歇尔也是这样的，只是为了找个人倾诉，抒发内心的想法，高谈阔论一番理想，大多数的友谊也许就是这么建立的。但天真的约翰·米歇尔至少还是有同情心的，无论是否合适，他都准备随时发泄。他对周围的一切都充满了好奇，甚至希望自己是个十五岁的少年，这样就可以看见下一代的神奇的发明，还可以与下一代进行思想上的交流。约翰·米歇尔的身上有着一种长久的好奇心与新鲜感，不但不会被时间冲淡，反而如陈年老酒般更加醇厚，这是常人所没有的宝贵的德行。也许他空有这种德行，而没有足够的才能来利用这种德行，但他的这种德行是多少有才能的人所忌妒的。大多数人在二十岁或三十岁的时候实际上就已经死了，这个年龄层一消失，就只剩下机械地活着，人就成了自己的影子，在一天天地重复、一遍遍地模仿从前的自己，从前自己的所说、所想、所做，那些曾经真正有意义的生活。而此后的生活，只不过是越来越机械、越来越呆板地重复着之前的轨迹。

真正属于老于莱的时代早已逝去，少年时代的他就没多少活力，现在老了，剩下的更显得孱弱。他所知道且愿意知道的也只是他从前的工作和现在的家庭生活，除此之外的一切都无法接近他。他对所有事情的理解都还停留在少年时代，以至于他对周围的一切都抱有成见。他对艺术自命不凡，实际上他不甚了解，除了仅有的几个偶像的名字以及他自以为是的一套论调，其他的全被视为无关紧要而被选择性地忽略了。假如你同他谈论现代艺术家，你得到的只会是他似是而非、风马牛不相及的论调。他曾声称自己热爱音乐，并请克利斯朵夫为他弹琴，克利斯朵夫的确上过一两次当。往往当音乐声刚响起，老人就开始和女儿高声地聊天，而音乐则成了增加他们谈话兴致的兴奋剂，音乐本身已经变得无关紧要了。这时克利斯朵夫往往会结束弹奏，拂袖而去，当然，兴奋地谈着天的父女二人是不会注意到他的离去的。只有三四个老曲子会得到他们的赞同，能让他们安静上几分钟，而这些曲子或是极美的，或是极恶俗的，基本上都是大众流行的一些调子。当这些音乐最初的那几个音响起时，老人便会听得出神，眼睛里会泛起星星点点的泪花。而关于这种感动，与其说是老人此刻从音乐中体会到了乐趣，不如说他是想起了年轻时的乐趣。当克利斯朵夫弹奏贝多芬的《阿台拉伊特》时，老人就一边哼着开头的几个音，一边将其与现代音乐做比较，总是不无感慨地说："这才是音乐嘛。"是的，老人对近代音乐一无所知，所谓的近代音乐在他看来都是"该死的没有调子的音乐"。这样的反应令克利斯朵夫一听到原本非常喜欢的老曲子就感到发怵。

老人的女婿伏奇尔有点文化，比较了解艺术界的潮流，但这反而让情况更糟糕。他聪明也有鉴赏力，但他就是不愿意接受一切近代的东西，所有与他同时代的人，他都要故意贬低。假如莫扎特和贝多芬是与他同时代的话，他同样会看不起他们，相反，如果瓦格纳与理查德·施特劳斯是一百多年前的人，他一样会赞美。他天生性格消极压抑，他最忍受不了的就是承认在他活着的时代有什么优秀的人物。他自己虚度了一生，便固执地认为所有人都是虚度人生的。他如此笃信这一点，以至于谁要是跟他唱反调，他就认为那个人要么是个笨蛋，要么就是存心跟他过不去。

由于伏奇尔比较聪明，只要看一眼就能找出别人的弱点和滑稽之处，所以每当他讲起新兴的名人时，语气便极尽尖酸刻薄。他对任何一个陌生的艺术家都不屑一顾，甚至在他真正去了解那个艺术家之前，就已经开始准备挖苦了，原因就是他不认识那个人。当他看到克利斯朵夫时就喜欢上了，那是他觉得这个孩子像他一样没什么才能，一样对生活无望，一样对世界不满。一般病恹恹的、喜欢怨天尤人的可怜人都喜欢彼此接近，相互哀怨人生，因为他们同病相怜。这些人因为自己的不快乐而去否认他人的快乐。但正是因为这样一些可怜虫的悲观主义的存在，使得健康的人会更加觉得健康的可贵。克利斯朵夫也曾有过伏奇尔的那种悲观、郁闷的思想，但现在当他从伏奇尔的嘴里听到这些时，竟会感到十分奇怪，而且很陌生。他十分厌恶这种思想，并且为这种思想而生气。

阿玛利亚的举动更让克利斯朵夫生气。这个忠厚老实的女人，无论做什么事都把尽职挂在嘴边，她真正地把克利斯朵夫关于尽职的理论落实到了行动中。她总是不停地忙活，并要求别人也跟她一样忙活。工作不但没有增加她和别人的快乐，相反，工作简直成了活受罪，似乎只有把生活变得毫无乐趣，才能谈得上圣洁。神圣的家务从来没有被她耽搁过一会儿，同大多数女人一样，家务甚至成了其他道德和社会义务的替代品。要是她没有在同样的日子同样的时间搬搬桌子、椅子、柜子，洗洗地砖，抹抹地板，擦擦门钮，拍拍地毯，她就觉得自己堕落了。这些家务甚至成了她炫耀的本钱，与她的荣誉紧紧相连。大部分妇女就是靠这种方法来增加自己的荣誉，来保护自己的地位的。在这些妇女看来，她们的荣誉来自一件件擦拭得锃光发亮的家具，一块块打好蜡油、冰冷坚硬、光滑得让你滑倒的地板。

伏奇尔太太虽然尽了责任，但人并没有因此变得更加可爱。她把家务当作上帝交给她的使命，虽然无聊却仍拼命地干着。任何人如果不像她那么拼命地干活，如果暂时放下工作去享受生活的乐趣的话，她就会瞧不起那个人。路易莎工作时就常常停下来发呆，阿玛利亚就闯进路易莎的房间，看着她。路易莎只好无奈地叹口气，像个做错事的孩子，羞愧地笑笑，接着干起家务。所幸阿玛利亚总是等克利斯朵夫出门之后才闯进路易莎的房间的，而且至今为止她也并未正面惹恼过克利斯朵夫，否则克利斯朵夫是铁定受不了的。他心里早已把阿玛利亚放在了敌对的位置，特别是她的聒噪，快让他疯掉了。他躲在自己那矮小的紧靠着院子的房间里，尽管他已经把窗户关得严严实实，顾不得卧房里的空气的沉闷，但阿玛利亚在屋子里发出的砰砰的声音还是不断地透过墙壁传了进来，他仍然逃离不了阿玛利亚的喧闹声。他有时会全神贯注地注意着楼下，哪怕一点点细微的声音都能传进他的耳朵。有时楼下会有短暂的安静，但忽然间，阿玛利亚粗大的嗓音又会穿过楼梯传进他的耳朵，敲打他的耳膜。他快要气疯了，不断地跺脚叫骂表示抗议。可是家里过于吵闹，没人注意到他，大家都以为他在创作什么曲子，无视他屋子里的响声。克利斯朵夫此刻早已忘了什么顾虑、什么尊敬，从心里咒骂着伏奇尔太太。他甚至认为，一个最让人瞧不起的荡妇，只要是能安静闭嘴，也比这些吵吵闹闹的贤良淑德的妇女强上几倍。

痛恨吵闹的克利斯朵夫只好去找莱沃那。于莱一家中只有这个年轻的孩子永远都是安安静静的，即使全家都忙作一团，他也从没有大嗓门儿地喊过。他说话时用语得体，语气很有分寸，每一个字都仔细斟酌，神态从容不迫。脾气暴躁的阿玛利亚从来没有耐心听他把话说完过，全家人也都在为他的慢性子而气得吵吵嚷嚷。可他并不为之所动，仿佛任何事情都不能扰乱他平和宁静的心境，以及庄严恭敬的神态。当克利斯朵夫得知这个孩子早就做好了进教会的准备时，便对他产生了极大的好奇心。

克利斯朵夫对待宗教的态度十分奇怪，以至于他自己都搞不清楚，他也没时间去想清楚。克利斯朵夫又缺乏足够的知识，苦难的生活早就占据了他全部的精神，他无法自我剖析，无法整理自己的思绪。他脾气暴烈，经常从一个极端跳向另一个极端，从完全的信仰转变为绝对的不信仰，并且从来不考虑这和自己是否会发生矛盾。快乐的时候，他通常不会想到上帝，但还是有一点点的倾向。只有在痛苦的时候，他才会想到上帝，但却不相信上帝，因为他觉得，上帝是不会容许这些苦难与不公存在这个世界上的。所幸他并不太在意这样的问题，很少认真去思索，实际上，这正是他那虔诚宗教情结的表现，其实上帝就在他身边，他用不着再去多想上帝，也用不着再去信仰上帝。只有软弱的、颓废的、悲观失望的人才会信仰上帝，他们需要上帝，就像植物需要太阳，因为只有濒临死亡的人才会需要生命，而真正心中有太阳、有生命的人又何必再去身外寻求呢？

假如克利斯朵夫远离人群，与世隔绝，倒也罢了。但他又确确实实地生活在这个充满枷锁和约束的社会，上帝的问题在社会生活中占据着一个庞大的地位，使得他不得不全心全意地去思考关于上帝的问题，要求自己对上帝形成一个明确的态度。就像一个健全的、豪放的、精力充沛的心灵，满腔热情地去思考上帝的问题，其他无数件事都不足以引起他的思考……如果仅仅是要相信上帝这样的问题也就算了，偏偏还要相信上帝的大小、形状、颜色和种族。克利斯朵夫从来没有想过这样的问题。在他的思想中，几乎没有上帝的位置。他是爱上帝的，在想到上帝的时候，他就爱上帝了，但问题是他几乎从未想到过上帝。为此他时常自责，为自己不能多想想上帝而感到惭愧。但对于仪式，克利斯朵夫和家人都严谨奉行着，祖父生前常常读《圣经》，克利斯朵夫也经常做弥撒，同时，作为大风琴师的他还参加陪祭，如此尽职尽责，堪称典范。但一走出教堂，克利斯朵夫就不记得自己刚刚都想了些什么。《圣经》对于他来说，本质上也只是一本书，除了全神贯注地念诵的时候有些兴趣，感到美妙以外，并不会让他想到这是一本圣书。坦白说，相较于耶稣，克利斯朵夫更喜欢贝多芬。每个星期天他都会为圣·弗洛里昂教堂的弥撒祭弹管风琴，他发现自己在演奏巴赫的曲子时比演奏门德尔松的曲子更能想起上帝，并且他对有的祭礼①特别热诚。他不禁产生疑惑，我所爱的到底是上帝还是音乐？曾经有一位神父开玩笑地问过他这个问题，没想到这个问题在克利斯朵夫的心里掀起了巨浪，带给他无尽的烦恼。世界上有那么多的人不愿意思考自己究竟在想些什么，活得怡然自得，这些人绝不会把这样的问题放在心上，也不会因为思考这样的问题而企图改变自己的生活方式。但真诚的克利斯朵夫不一样，这份真诚使得他对任何事都要求心安，假如有一点儿不安，他就会一直不安下去，这也带给了他无尽的烦恼。他开始恼恨自己，甚至怀疑自己的行为是在欺骗他人。我到底信不信上帝？回答这种问题需要闲暇和知识，可是他在物质上和精神上都无法独立解答这样的问题。这样的问题有时无法回避，因为回避它就意味着自己要么是个冷漠的人，要么是个道貌岸然的伪君子，而这

① 八世纪的巴赫与十九世纪的门德尔松都作有宗教音乐，前者对于宗教更加热情。

两种人都是他不想成为的人。

克利斯朵夫开始怯生生地向周围人探寻答案。大家都自信满满地相信上帝。当他向他们询问相信上帝的理由时，却没有得到一个满意而明确的答案，所有人的答复都是些无关紧要的东西。有些人将信仰上帝当作一份荣誉，并告诉他上帝是不容许人们讨论的；更多的人则是让他像他们一样相信上帝就好了，不需要讨论，尽管这些人比克利斯朵夫聪明善良一千倍。还有些人也许是对自己的信仰不坚定，当他们被问及这样的问题时，往往十分生气，认为这样的问题简直是对他们的侮辱。当然也有这样一些人，他们耸耸肩笑着对他说："噢，相信上帝也没什么坏处啊……"克利斯朵夫从他们的笑容里读到的是："而且相信上帝一点儿都不费事……"克利斯朵夫最看不起这样一种人。

克利斯朵夫也曾试着向一位神父倾诉内心的苦闷，结果仍是徒劳。他没办法进行正式的讨论，神父是殷勤而客套的，也正是这样，使得他们之间并没有平等的感觉。在神父看来，所有的讨论都只能在他崇高的地位与渊博的知识的范围内进行，否则便是失礼。这简直是敷衍了事，根本没有接触到问题的核心。因此每当克利斯朵夫提出来的问题令这位极看重尊严的人无法回答时，他便只能摆出长辈般的微笑，说几句拉丁文，然后以父辈的口吻命令克利斯朵夫向上帝祈祷，以得到上帝的启示与指引，这令克利斯朵夫感到万般屈辱。因此面对神父，不管对与错，克利斯朵夫都不愿意再去讨教了。诚然，这些神父比他有学识，也比他有神圣的头衔，但关于真理的讨论无关乎高低等级、头衔、年龄、姓氏等，因为真理是唯一的标准，在真理的面前，所有人都是平等的。

有鉴于此，还有什么能比找到一个有信仰的同龄人更令人高兴的呢？克利斯朵夫向莱沃那示好，希望莱沃那能够为他提供为何信仰上帝的理由。但莱沃那还是那种从容不迫、不温不火的态度，他对什么事都是态度温和的。为了避开阿玛利亚等人的打岔，克利斯朵夫邀请莱沃那晚饭后一起散步，以便能有一场完整的谈话。莱沃那温和的性格导致他害怕一切需要费力气的事，比如走路，比如谈话，但他太讲礼貌了，就算不大情愿，也还是没有拒绝。

克利斯朵夫不知道应当如何开始与莱沃那的谈话，几句话后就冒失地问出那久久萦绕在他心上的问题。他问莱沃那是否真打算去做教士，那样做是否出自真心。莱沃那被这样的问题问愣住了，不安地看着克利斯朵夫，确认他没有恶意时才放心地回答道："当然，不然还能有什么理由呢？"

"唉！"克利斯朵夫叹口气道，"像你这样可真幸福啊！"

莱沃那从克利斯朵夫的话语中听到了几分钦羡之情，不由得感到很高兴，便立刻改变了淡漠的态度，脸色开朗多了，话也更多了。

"没错，我也觉得自己是幸福的。"莱沃那眉飞色舞地回答道。

"你是怎么做到的？"

莱沃那没有立刻回答，而是邀请克利斯朵夫到圣·马丁寺的走廊底下，挑了一处安静的地方，找个凳子坐了下来。极目远眺，远处的广场一角种着刺球树，稀稀疏疏地分布着，暮霭笼罩着的田野一望无际，还能看到山脚下流淌的莱茵河。在他们旁边是一座废弃的公共墓地，大铁门紧锁着，墓地湮没在一片没膝的杂草之中。

静默了一会儿，莱沃那眼里闪着光彩，得意地述说起来。他说，信仰上帝可以逃避这无聊苦难的人生，把自己托付给上帝，还有什么能比这更舒服的？刚经历过不幸的克利斯朵夫内心伤痕累累，这样的遗忘与休息对他来说是极为可贵的。可是他心中总还是有些遗憾，他叹口气问道："但是将整个人生都放弃了，不是很可惜的一件事吗？"

"噢！"莱沃那望着他，语气透着安静祥和，"逃避如此悲惨丑陋的人生有什么可惋惜的？"

"可总还是有美妙的地方。"克利斯朵夫望着这优美的暮色感叹道。

"的确有，但少得可怜。"

"即便再少，在我看来也还是有很多的！"

"啊，算了吧。不信仰上帝的生活是坏处远远大过好处的，而信仰上帝，也许活着的时候好处并不见得比坏处多，但以后确实有无尽的幸福。这样两种生活，你稍微思考一下就能轻易得出答案，还有什么可犹豫的？"

这样精打细算、锱铢必较的生活，克利斯朵夫不喜欢，太累人，但他不能不让自己相信这才是智慧。

"那么，"克利斯朵夫略带嘲讽地问，"你是觉得那片刻的欢乐对你没有诱惑，对吗？"

"既然知道所谓的欢乐只有一刹那，而剩下的时间却是无穷无尽的，一个人怎么会如此傻呢！"

"这么说，你认为死后的时间是永恒的吗？"

"确实如此。"

克利斯朵夫仔仔细细地询问莱沃那，抱着满腔希望，情绪非常激动。假如莱沃那能够提供足够的证据，令他完完全全地信仰上帝，他也会满腔热情地跟随莱沃那，而将整个世界都抛弃。

最初，莱沃那为自己的使徒角色得意不已，把克利斯朵夫的怀疑当成一种不肯随俗的姿态，认为只要几句话就能使克利斯朵夫信服，他便搬出《圣经》《福音书》、奇迹和传统，等等。但克利斯朵夫只听了一会儿便打断他的话，认为莱沃那并没有告诉自己解决疑惑的方法，只是把自己心中疑惑的问题又演绎了一遍，这无异于用问题来回答问题。当克利斯朵夫表示必须用理性说服他时，莱沃那不高兴了，觉得克利斯朵夫的病竟比想象中的要严重得多，莱沃那想象不到克利斯朵夫是真诚的，只是觉得他仅仅是喜欢标新立异而已，想不到真的有人会是这么真诚地不肯随俗，所以莱沃那并不失望。他把上帝存在与灵魂不死的问题、形而上的论证等新近学来的知识及学校里的学问统统搬出来，说话时威严多于条理。克利斯朵夫神情紧张，眉头紧锁，听得非常吃力，往往要把莱沃那的话重复几遍，一步步跟着他的推理，努力猜透其中的意思，然后灌进自己的脑袋。终于，克利斯朵夫忍不住大叫起来，说这是信口雌黄，简直是在开玩笑，是思想者的诡辩，自以为言之有物，其实只是雄辩家们的语言游戏。莱沃那自然为这些经典权威做辩护，声称这些经典的著作者都是虔诚的。而克利斯朵夫不以为然，打赌说这只是该死的文人在卖弄笔头，或是所谓的大家的滑稽之词，他强烈要求莱沃那再拿出其他的证据来。

莱沃那惊觉克利斯朵夫已经中毒，无可救药，也就对克利斯朵夫失去了兴趣。他记起曾有人这样嘱咐过他，当没有信仰的人固执地不肯相信时，就无须浪费时间与他争辩，因为所谓的论辩既不能让对方诚服，甚至有可能将自己都搞糊涂，最好的办法便是把他们留给上帝，假如上帝愿意救赎他，便总会找机会点化他；如果上帝不愿拯救他，那别人还有什么办法呢？于是莱沃那不再与克利斯朵夫争辩。他只是用温和的语气对克利斯朵夫解释道，一个人紧闭着双眼不肯睁开，任何推理都不可能给他指点一条道路，这在目前也是没有办法的。他反复强调，得到上帝的恩宠才是最重要的，不断地劝克利斯朵夫向上帝祈求，要信仰上帝，而且必须是发自内心的信仰。

发自内心？克利斯朵夫这么想着，内心非常苦闷。那么，上帝存在与否与人的生死岂不是只在我一念之间！唉！那些不在乎真理的人，那些自己在内心编织真理的人，制造出如此美妙的梦并且安睡其中，生活岂会如此容易！但克利斯朵夫心里明白，自己永远都不可能在这种床上安睡。

莱沃那又回到他喜欢的话题上来，在这个毫无危险的阵地上，他又继续滔滔不绝了。他的声音单调、快乐地颤抖，他说皈依上帝的生活远离世界，没有吵闹（他说到吵闹时，恼恨的语气与克利斯朵夫一样，他们都如此厌恶喧闹），只有静默沉思，没有强权暴力，没有讥笑嘲讽，没有数不尽的大大小小的灾难，这样的生活是幸福而可爱的。他只需守着信仰这个温暖、安全的港湾，就可以心平气和地静观那遥远的、与他不相干的世界中的苦难。克利斯朵夫听着莱沃那的话，意识到这是一种十分自私自利的信仰。莱沃那似乎察觉到了他的猜疑，便急忙解释道，信仰的生活与慵懒的生活可完全不同，信仰者过的是静思默想的生活，那种生活无须行动，只需祈祷，用祈祷代人受过，为人赎罪，在上帝面前为他人求情，把自己的功德奉献给他人。假如没有了祈祷，这个世界将会变成怎样一副样子啊！

克利斯朵夫静静地听着，越来越觉得，莱沃那那样的生活只是在逃避世界，真是个伪君子。于是他表示愤慨。当然，他还不至于有失公允地把所有的信仰者都当成伪君子。他承认，放弃整个人生，对于一小部分人来说，的确是痛苦的，仿佛失掉生命；而对于更少的一部分来说，这种行为恰恰是一种入境（至于这种入境能维持多久，倒是另一个问题）；但对于大多数人，逃离世界并非是为了他人的幸福或真理，而只是为了自己暂时的安宁；这种算计真是冷酷无情，简直是对理想的亵渎。假如虔诚的信徒们察觉到了这一点，该多痛苦啊！

此刻的莱沃那完全沉浸在了上帝神光照耀下的世界中，这个世界清楚、光明、整齐，世间一切如一座时钟般井井有条。他满心欢喜地陈述着这个世界的美丽、和谐，而无视云端下的世界，那里一切都是黑暗、不公平与痛苦的。

克利斯朵夫漫不经心地听着，心里却在想："他是真的信仰，还是自以为是的信仰？"可是克利斯朵夫自己的信仰，不可能像莱沃那这样一个傻瓜的庸俗的心灵，不可能被他那贫弱的论证所动摇。克利斯朵夫的信仰需要热烈的意念，从不会动摇。

夜幕降了下来，露出了点点星光，阴影笼罩了他们的凳子，远处的莱茵河面泛起了白雾，耳边响起了墓园里大树底下蟋蟀乱叫的声音。圣·马丁寺响起了钟声：第一个音高亢，像一只孤零零的鸟向着天空哀鸣；第二个音低了三度，融合进了第一个高音之中；最后一个音最低，足足低了五度，仿佛在回应前两个音。三个高低不同的钟声融合在了一起，仿佛钟楼底下有个巨大的蜂房，千千万万只蜜蜂发出嗡嗡嗡的鸣唱。人心随着空气的颤动而颤动。克利斯朵夫在这无边无际的音响中凝神屏气地想着：这声音来自千千万万只生灵，这音乐是无尽的海洋，是野兽，是音响的自由世界，而人类自作聪明的分门别类，贴好标签，收拾得整整齐齐的世界是根本无法与之相比的。他沉醉在这个世界之中了。

直到那气势雄伟的喁语已静默，空气中的颤动已消散，克利斯朵夫才惊醒过来，四下张望，惊慌失措，周围的一切都变得陌生。一切都变了，他心中的上帝没有了……

无论是得到信仰，还是失去信仰，都只是一瞬间的事，仿佛闪电倏忽而过，仿佛冥冥中的一种天意。这种转变只要很小的一个契机：一句话，一瞬间的沉默，一下钟声，就足够了，理智往往不起作用。当你在散步的时候，当你在构思梦想的时候，甚至在你毫无准备的时候，突然之间世界都倒塌了，四周全是天崩地裂以后的废墟。你没有了信仰，你变得孤独无比。

克利斯朵夫惊骇了，不知道一切都是怎么发生的。一切都如春后的河水，冲破薄冰，汹涌而至。

莱沃那还在低语，声音单调，如蟋蟀的鸣声。克利斯朵夫完全听不到他在说些什么。夜幕完全降临，莱沃那终于沉默了，他对克利斯朵夫一动不动的样子感到极为诧异，时间已经不早了，他提议回去。克利斯朵夫仿佛没听见。莱沃那碰了碰他的手臂，克利斯朵夫微微一惊，抬头望着莱沃那，眼神迷茫。

“克利斯朵夫，太晚了，回去吧！”莱沃那说。

“该死的，全都见鬼去吧！”克利斯朵夫的回答有些怒气。

“啊，上帝啊！我惹你生气了吗，克利斯朵夫？”莱沃那被吓呆了，害怕地问道。

克利斯朵夫镇定了一下，恢复了平静。

“你说的没错。”克利斯朵夫温和地说，“我都说了些什么啊！天呐！噢！见你的上帝去吧！见上帝去吧！”

他独自待着，内心苦闷至极。

“啊！天哪！天哪！”克利斯朵夫喊着，仰望着漆黑的天，手臂挥舞着，神情热情而激动，“我怎么就没有信仰了呢？我怎么就不能再有信仰了呢？我的心是怎么回事呢？”

莱沃那的话与克利斯朵夫信仰的破灭没有丝毫关系，莱沃那的那番话根本不可能毁灭克利斯朵夫的信仰，如同阿玛利亚的叫嚷和她家人的滑稽都不能动摇他心中的道德一样。这一切都只是借口。这躁动不安来自他的内心，并非来自外界。他感觉心中有无数陌生的妖魔在蠢动，以至于他不敢细看自己内心的思想，甚至都不敢正面看看自己的病。啊，他的病？难道他病了吗？他没有一点儿力气，对一切都无比厌烦，像喝醉了一般，心中只有痛苦和悲怆。他有些无能为力了。他想要打起精神来，让自己恢复曾经的坚忍刻苦，可惜他失败了。世界在一瞬间都坍塌了。在他眼前突然出现了一个广阔无垠的世界，这陌生、灼热、野蛮的世界简直无法衡量，甚至超越了上帝！

这一切都只发生在一瞬间，然而，从此他的生活就失去了平衡。

于莱家里的人，只有那个其貌不扬的女孩子洛莎完全没有引起克利斯朵夫的注意。虽然克利斯朵夫自己称不上英俊，但对别人的相貌却很苛刻，与一般青年人一样冷酷，对一个长得丑的女孩不屑一顾。他通常不会把她当人看，除非她的年龄已经过了那种牵动人心的感情阶段，只有静穆虔诚。洛莎不聪明，也没什么天赋，又时常喋喋不休，克利斯朵夫避之唯恐不及，更不愿去了解她，最多只会偶尔望她一眼。

洛莎是个老实的、不虚荣、不卖弄的女孩，比许多年轻姑娘，甚至比他热恋过得弥娜都强。在克利斯朵夫搬来之前，洛莎并没发觉自己丑，因为她和她身边的人都没把这一点放在心上。即使外祖父和母亲暗中说她丑，她也只一笑了之，而他们也不会在意。许多和她一样或更丑的女孩照样有人爱。德意志人对相貌相当宽容，再丑的脸也能与美女拉上关系，无视丑陋，一厢情愿地将丑幻想成美。无须他人怂恿，脾气郁闷、不爱说好话的于莱老人都会把外孙女的鼻子等同于吕杜维齐的于侬雕像上的鼻子。洛莎不在乎鼻子的模样，只会照例做好家务，并将之视为骄傲。别人教给她的家务，她全当作福音书来接受。她足不出户，没人给她做比较，她天真地佩服并信任长辈。洛莎容易流露真情，很容易知足但不猜疑，还会努力学着家人的口吻，有模有样地感叹学来的悲观论调。她热心助人，替人分忧，设法讨人喜欢，对他人好，但不图回报。虽然家人并不坏，也喜欢她，但人的天性就是喜欢利用对自己俯首帖耳的人的好意。洛莎的殷勤被大家视为理所当然，她的好只会被苛求，大家对她并不十分满意。她笨手笨脚、慌慌张张，动作像男孩般鲁莽，过分流露情感，以至于闯祸不断，要么摔了杯子，要么撞翻水瓶，要么关门太重，大家为之生气而骂她。她就躲起来哭，但一会儿就好了，照旧笑呵呵地叽叽喳喳，从不记恨谁。

克利斯朵夫的到来是洛莎生活中的大事。克利斯朵夫小有名气，在城里常被当作话题谈论。她时常听人提到他。于莱一家经常提到他，尤其是老约翰·米歇尔在世的时候，喜欢对所有的朋友称赞自己的孙子。洛莎去过几次音乐会，也见到几次这位年轻有为的音乐家。当知晓他要搬来时，洛莎高兴得直拍手，这一失礼的举动当然受到了家人的严厉呵斥。尽管有点难为情，但她不觉得有什么不好。生活太单调，来个新房客也是意外的惊喜。在他搬来之前，她烦躁不安，害怕他不喜欢这个屋子，想尽办法让屋子变得可爱。克利斯朵夫搬家的那天，为了表示欢迎，她还在壁炉上摆了一束花，却忘了把自己打扮得好看些，以至于给克利斯朵夫留下了长得丑、衣服也难看的印象。而她却相反，虽然那天克利斯朵夫又忙又累，衣冠不整，比平时更丑。洛莎从不会批评别人，父亲、母亲、外祖父在她心中都很美，因而在看到克利斯朵夫的长相时，她并不觉得意外，完全是她心中的那个样子，她全心全意地钦佩他。吃饭的时候，他们并排坐在一起，她心里紧张地敲着小鼓，以至于唠叨不已，结果反而令克利斯朵夫有些厌恶她。洛莎却发现，自己反倒把第一晚当成了一个美好的回忆留在了心里。克利斯朵夫上楼后，她一个人躲在自己的卧室，听着楼上走动的声音，觉得异常可爱，屋子也异常有生气。

第二天，破天荒的是，洛莎拿着镜子反反复复地照着自己。虽然她还不能预料到未来会有多糟糕，但现在她多少已经有些预感了。她试着欣赏自己，却是徒劳。她有些惴惴不安，深深地叹了口气，改变改变装饰，结果情况反而更糟糕。她甚至想要去讨好克利斯朵夫了。她天真地想每分每秒都能看到新朋友，帮他们忙，她楼上楼下地跑个不停：有时硬要帮他们忙，有时又不停地给他们递些没用的东西，总是大声地笑嚷着。这极度的热心与聒噪，常常被母亲大声喝断。克利斯朵夫脸色阴沉，竭力按捺着想要发作的脾气，好不容易克制了两天，第三天就受不了了，干脆把门锁上了。洛莎去敲他的门，动作很轻，又喊了他几声，他都没开门。于是她便明白了他的意思，心里有些惭愧，便下楼了，之后都不再上楼。两个人碰面时，他便以工作为由，跟她说不能开门。她慌张地跟他说对不起，自己都意识到如此巴结他实在太天真了，而且根本没有效果：本想与他接近，却把他吓跑了，适得其反。他很不客气地表达对她的不喜欢，不愿听她说话，明明白白地向她表示自己的不耐烦。她意识到自己的多话惹他不高兴了，便下定决心晚上安静一会儿。可是她克制不了自己，总是想说话，结果又是一番聒噪。克利斯朵夫不等她说完就跑开了，没再理她。她不怪克利斯朵夫，只怪自己太糊涂，太惹人厌，太可笑了，她意识到了自己的缺点，便决定要改正。但没过多久，她很失望地发现，自己根本改正不了那些缺点，失败了几次后就更加灰心了，认为自己根本没有力量去改正。尽管如此，她仍在尽力改。

然而总有些缺点她是无能为力的，比如她的相貌。如今她已经十分清楚，自己是真的很丑。有一次，洛莎正拿着镜子端详自己，突然发现了这一点，顿时犹如被雷击了一般，大受打击。她甚至夸大了自己的缺陷，觉得鼻子更大了千百倍，仿佛整个脸上就剩下鼻子了。她不想见人了，甚至想去死。但少年有极强的希望，因此不会长时间陷入绝望。她又误以为看错了，并让自己相信的确看错了，甚至认为她的鼻子跟普通人一样，甚至更好看。凭着爱美的天性，她用了些幼稚笨拙的手段来让自己变得好看些，比如将额头用碎发遮住，让脸看上去匀称一些。不过这么做并不是为了卖弄风骚，洛莎其实还不明白什么是爱情，至少她还没有过爱情的感觉。她要求不高，能拥有很少一点儿的友谊就足够了，可惜克利斯朵夫连这点友情都不想给。对于洛莎，两个人碰面时，如果他能和气友好地跟她打声招呼，她就能高兴上一整天。但克利斯朵夫总是目光冷淡而无情，尽管他并没说什么难堪的话，但还是让她失望极了。几句埋怨的话也胜过这冷酷的静默。

屋子最高的地方有个阁楼，克利斯朵夫将其整理出来，待在这个小房间里躲避楼下的喧闹。有一天他在上面弹琴，洛莎就在楼下仔细地听着，神情激动。尽管她没有学过音乐，甚至连欣赏音乐的品位也很低，可她爱音乐。母亲在的时候，她就在屋角做家务，脸上看似认真，可心里无时无刻不跟随着楼上的琴声。幸运的是母亲要去附近买东西，洛莎丢下活儿，跳起来，心怦怦跳，一点一点地向阁楼挪去。她凝神屏气，悄悄地将耳朵贴近房门，直到听见母亲回家的声音才蹑手蹑脚地下楼，努力不发出一点声响。可惜她动作笨拙，总是慌慌张张的，常常险些滚下楼梯。有一次她弓身将耳朵贴近锁孔，却一个不小心，身体滑倒了，脑袋磕向房门。房间里的琴声戛然而止，吓得她不敢呼吸，没有勇气逃跑。她刚直起身子，房门就开了。克利斯朵夫一见是她，便狠狠地瞪了她一眼，一声不吭地用力将她推开，愤怒地跑了出去。直到晚饭时分，他才回来。她的眼神中充满抱歉与乞求原谅的神情，他全然不理会她，视她如空气。好几个星期他都不再弹琴。没有一个人察觉到洛莎在悄悄地哭泣，甚至没有人注意她。她向上帝热烈地祈求，却并不知道该祈求什么，也许只是想倾诉一番。他一定恨死她了。

尽管如此，她尚存有希望，他对她多一分的关注，略比平常亲热些的握手，仿佛听她说话的神情，这些都是她的希望。

最后，她又为家人的几句莽撞的话而做了场空梦。

克利斯朵夫严肃、孤寂、重责任，全家的人都喜欢并尊敬这个十六岁的大孩子。在这样一个家庭里，谁都没有因为他脾气坏、沉默寡言、神色忧郁、行为鲁莽而奇怪。伏奇尔太太向来认为艺术家是懒虫，但即使看到克利斯朵夫整天待在阁楼上，眼睛望着院子，从早到晚地发呆，她也不会轻易埋怨，因为她很清楚，克利斯朵夫白天的授课是很辛苦的，同时她和大家一样，为了一个大家心照不宣的理由而敷衍他。

洛莎和克利斯朵夫说话时，伏奇尔夫妇就在一旁神神道道，喁喁细语。起初洛莎没有放在心上，后来便感到奇怪，疑惑不解，想问又不敢问他们在说些什么。

一天黄昏，洛莎踩着凳子去解两棵树之间的晾衣绳，往下跳时无意撑了一下克利斯朵夫的肩膀，她忽然看到背倚着墙抽烟斗的父亲与外祖父，他们互相使了个眼色，她只听到于莱对伏奇尔说："以后倒是出色的一对。"

伏奇尔发现女儿听到了，便用手碰了碰于莱，于莱大声地"嗯嗯"了两下，似乎觉得所有人都听见了，自以为刚才的话被巧妙地混过去了。克利斯朵夫转过身，不以为然；洛莎却听得出神，忘了自己还在跳，结果把脚扭伤了。克利斯朵夫一边抱怨她笨，一边扶着她，才没有摔倒。她一心想着刚才的话，以至于脚疼得厉害也不动声色。她忍着痛一步一步朝自己房间走去，不让别人发觉，内心荡漾着甜蜜。她朝床前的椅子上一倒，深深埋进被单的脸滚烫着，眼泪顺着眼角流了下来。她害羞地笑了，想找个地洞钻进去，她精神分散，太阳穴不停地跳动，脚踝骨也疼得厉害，仿佛高烧麻痹。隐隐约约地，她似乎能听到外面街上的声音，还有那孩子们的吵闹声，外祖父的话也还萦绕在耳际。她轻笑着红着脸往被窝里钻，并向上帝祈祷，感谢上帝，她有了欲望，她又有些害怕。啊！她动了情！

外面传来母亲的叫喊声，洛莎勉强站起来，才走了一步就疼得受不了，脑袋晕晕乎乎、昏昏沉沉地乱转。她以为自己快要死了，甚至巴不得自己死了，却又渴盼活着，为了那个必定属于她的幸福而活着。最后母亲过来了，家人也全跟着担心。洛莎照例被埋怨了一通，脚包扎好后，她躺在床上，被肉体上的痛苦和精神上的幸福折腾得晕晕乎乎。啊！这一夜多甜蜜啊！这难入眠的夜，这些琐碎的事，会成为将来神圣的回忆。她没想到克利斯朵夫，也弄不清楚自己在想些什么，只是幸福着。

翌日，克利斯朵夫过来看望洛莎了，因为他心里多少有些过意不去。他破天荒地第一次对她表现出些许热情，以至于洛莎在心里不住地感谢上帝，感谢克利斯朵夫，甚至感谢她的痛苦。为了克利斯朵夫带给她的这点快乐，她竟情愿这痛苦能够持续一辈子。洛莎好几天都在床上躺着，一动不动，辗转反侧，反复思量外祖父的话，甚至会仔细推敲一番。因为她心里开始有点怀疑了，想着外祖父的话到底说的是“将来是……”呢，还是“可能是……”呢？

啊，外祖父说过这样的话没有？她甚至有些怀疑了，虽然这样疑惑着，但她却又十分确定外祖父的确说过这样的话。可是为什么这么说呢？她长得难看，克利斯朵夫也不喜欢她，难道他们都没有发觉吗？不过心里抱着一分念想竟然会是如此甜蜜！她用手扶着椅子，稍微抬高了一点点身体，眼睛望向对面墙上挂着的镜子，心想：或许自己看错了吧，或许自己也不是那么难看吧。她思绪混乱，不知如何是好。不过不管怎么说，外祖父和父亲的判断肯定是正确的，因为自己对自己的评价往往很主观，非常不可信。噢，上帝啊！假如果真如此，假如只是碰巧也好，假如她其实是好看的，而自己却误以为难看的话，那她岂不是把克利斯朵夫对她没什么感情这样的事也误解并夸大了吗？其实这并没有什么可疑惑的，这淡漠的男孩子只在她扭伤脚的第二天跑来慰问了她一下，以后再没有惦记着她，也再没有来看看她的伤。可洛莎认为他每天都那么忙，根本抽不出时间来看她，于是从心里原谅了他。艺术家毕竟与别人是不一样的，我们可不能随意批评。

可是无论洛莎如何忍耐克制，每当克利斯朵夫走过她身边时，她的心中仍不禁会紧张不安，一颗心像小鹿般扑通扑通乱撞，期盼着能听到克利斯朵夫哪怕只有一个字的好听的话，希望看到哪怕只有一个余光的温柔，剩下的她可以自己慢慢地想象。啊，那朦胧的初恋又何须过多的养料！彼此相见时一个对视的眼神，从旁走过时一个轻轻的触碰，都足以在心中激起无尽的幻想，一丁点儿司空见惯的小事也足以令她牵肠挂肚、魂牵梦萦，她的爱情便这样被创造了出来。将来等她的爱人一点点地满足了她的欲望以后，当她的爱人被她完全拥有之后，她就会苛求更多，再也不可能有这种易满足的心境了。旁人完全没有发觉，初入爱河的洛莎竟一厢情愿地完全陷入了自编自演的故事中，这个故事是她的整个生活，这个故事整个都是幻想出来的。她幻想了这样一个故事：克利斯朵夫因为胆小或是其他什么她所不知的原因，只敢在暗地里爱着她，甚至不敢诉之于口。这才子佳人般的故事只是这个多情的小姑娘自己杜撰出来的。尽管荒唐可笑，她却不乐意承认故事的荒谬，乐此不疲，无穷无尽地幻想下去，有时她可以几天几夜地边干活边编织着自己的爱情故事。她是如此沉迷于自己的故事中，以至于都忘了说话，平时总也说不完的话，此刻却像河流一般突然就没入了地下，所有的话都倒流进了心里。可她毕竟是喜欢说话的，她喁喁细语，嚅动嘴唇，仿佛看书时为了解意义而轻轻地默念，这静默的悠长的故事，这无声的无尽的絮叨，终于能让她痛快地发泄说话的欲望。

从梦想中醒来时，她快乐着，也悲哀着。也许事实并非如她所想，但这些梦想如一道幸福的光，带给她生活的勇气，令她更加奋力去争取克利斯朵夫。

为了爱情，洛莎竟下意识地开始发出进攻了。这个笨拙的小姑娘对克利斯朵夫的感情如此强烈，驱使着她采取万无一失的行动，出于本能，她竟然很快就想到了一个好方法，去打动她的朋友。洛莎没有直接向克利斯朵夫发出进攻，而是等到脚伤全都好了，能自由走动后，寻找哪怕一丁点儿的借口去亲近路易莎。她帮路易莎做了无数件小事情：出门买东西的时候就帮路易莎捎些东西，减少了路易莎去菜市场与商贩讨价还价的麻烦；帮路易莎去接院子里的水，甚至抢着帮路易莎拖地、洗地板。路易莎心里十分不安却无法拒绝殷勤的洛莎，可能人老了精神也实在太差，路易莎其实并没有多大的勇气来拒绝洛莎的帮忙。克利斯朵夫一天到晚都在外面忙碌，而洛莎又是这么殷勤热情，有她常常陪着路易莎，孤独的路易莎心里也没那么难过了。后来洛莎竟在路易莎家里一边做着家务活，一边与路易莎聊天，一待就是一整天。她有些笨拙地提起一些关于克利斯朵夫的话题。听见人家提起克利斯朵夫，哪怕只是听到他的名字，洛莎就高兴不已，紧张不安，手指都颤抖，害怕得眼睛都不敢抬高。能跟别人谈谈自己心爱的儿子，路易莎感到非常高兴，不停地说些克利斯朵夫童年的琐事，有的无聊，有的可笑。当然，在洛莎眼里，这些事情可一点儿都不无聊，也不可笑。想象着小时候的克利斯朵夫，想象着他做些小孩都会做的事，有些胡闹，有些惹人怜爱，洛莎的快乐和激动简直无法用语言表达，她笑得眼睛都湿了。母性潜藏在所有女人的身上，洛莎也不例外，她心中的柔情与这股母性融合在了一起，演变得更加甜蜜了。看到洛莎这么关心克利斯朵夫，路易莎感动极了。她有些明白了洛莎的心思，佯装不知，而心里其实高兴得不得了。大家住在同一个屋檐下，但洛莎的好心肠，大概只有路易莎能理解。有时路易莎停住话语，静静瞧着洛莎。洛莎没有听路易莎说话，不由得有些诧异，抬头望了望路易莎，刚好看到对方那微笑的眼神。个性冲动、热情的洛莎忘情地扑到路易莎的臂弯里，将脸埋进路易莎的臂弯。这个小姑娘害羞了。然后两个人又都平静了，继续干着活儿，聊着天。

夜里，忙了一天的克利斯朵夫回来了，路易莎跟他把洛莎好好地夸赞了一番，一方面的确十分感谢洛莎，另一方面她也有自己的打算。看到母亲开朗多了，克利斯朵夫知道洛莎的陪伴对母亲有好处，也深深地感动于洛莎的热心肠，真诚而热烈地感谢她。洛莎害怕被他看到自己内心的慌乱，支支吾吾地逃跑了。在克利斯朵夫看来，相比于与他攀谈，洛莎这么做实在是既可爱又聪明。克利斯朵夫明明白白地表现出一种惊讶，没想到洛莎的身上还有那些出人意料的优点，因而不再像从前那样对洛莎深有成见了。洛莎也发现了克利斯朵夫的变化。克利斯朵夫对她越来越有好感，以至于洛莎竟以为他对她的好感将要发展成为爱情。洛莎更加沉溺于自己的幻想了。她认为自己的欲望并没有什么过分的地方，年轻人总是倾向于相信一切顺利，她几乎相信只要她全心全意地努力追求，总有一天会成功。她甚至认为，克利斯朵夫应该比其他人更能感受到她的好意，更能体会到她为了他人而奉献的本性。

事实上，克利斯朵夫心中只是感激和尊敬她，并没有爱慕她。一些其他的事情正令克利斯朵夫烦恼不已，可怜的洛莎在他心中并没有什么地位。克利斯朵夫心中起了翻天覆地的巨变，变得不再是克利斯朵夫了，变得连他自己都不认识了，整个生命都已经颠覆了。

无缘无故地，克利斯朵夫就变得乏力了，眼睛、耳朵，甚至所有的器官都嗡嗡嗡地响个不停，仿佛灌醉了酒一般，整个脑袋沉甸甸的，无尽的困倦、烦躁包裹着他。他精神涣散，思绪混乱，狂躁不已，脑子里跳动着一个个问题，旋转着各种不同的形象。为了这些，他头晕乎得不行，身体累得不行了。起初他还以为是过于疲劳或是春困秋乏的自然规律，然而春天早已经过去了，他不但没有变好，反倒更糟了。

年轻的身心渐渐萌发了爱欲，在这关乎整个身心的毁灭、涅槃重生的重要时刻，一切信仰、思想、行动，甚至整个生活都被痛苦与欢乐浸润，不断地抽搐、毁灭，再重新铸造。身心如此巨大的变动，竟只被诗人们轻描淡写地说成青春期的困惑，薛侣班[①]式的烦恼，甚至仅仅被看作是小孩般的恶作剧！

克利斯朵夫的灵魂与肉体都发生了巨变。他根本不知道心中发

---

① 薛侣班为博马舍的喜剧《费加罗的婚礼》中的侍从武士，而如今竟成了典型的情窦初开羞答答的少年，他感到既惊奇又厌恶。他如此这般地自我剖析道："爱情与肉欲这两个词令我内心慌乱，一看到女人，我的心就狂跳不已。我多想对人说'我爱你'。一个人在花园里，我时常自言自语，我甚至想对那静立的树木，对那飘浮的白云，对那徐徐吹来的微风，对它们说'我爱你'。"

生了些什么，只觉得生命都坍塌了，整天精神恍惚，提不起精神，工作如刑罚般让人厌恶痛恨。面对这种情形，他甚至无力挣扎反抗。夜晚的睡眠也不再那么安稳了，时时会被各种各样奇形怪状的梦惊醒，整晚都不时地会被惊醒。啊，这青春期的欲望疯狂地侵袭着他，这肉体的兽性不顾一切地抓住了他。他浑身汗湿，燥热难耐，他讨厌这样的自己，竭力要摆脱那些荒诞肮脏的想法。啊，我这是疯了吗？

甚至连白天他也无处可逃。那些本能的冲动不住地缠绕着他。那心灵中的黑暗之处如巨大的沼泽，不断吞噬着他。他挥舞着双手，却抓不到任何东西；他要阻挡那身心的混乱，却找不到任何城墙来阻挡。他的道德信仰，他的高傲，他的上帝，他的艺术，这些曾是他勇士的铠甲，是他自卫的坚固堡垒，而如今竟全都坍塌毁灭了。啊，恍惚中他仿佛看见了那个如同尸首般的自己，爬满了令人作呕的蛆虫，赤裸的身体被绳索紧紧地捆住了，一动不动地躺在地上。有时他呼唤着自己的意志，试图反抗这黑暗，可是他的意志早已不知跑向何方了。如同一个人梦见自己正在做梦，用尽所有力气想要从梦中醒过来，然而只是徒劳。结果只是一个梦醒了，另一个梦又笼罩了他。最后他认为，放弃反抗反而能不那么痛苦难耐，只好有些无奈地听天由命了。

生命之流无法再正常流动了，完全被打乱了，不再长流不尽，偶尔的中断就会形成巨大的旋涡，张着黑洞洞的大口，把他往里吸。有时如惊涛骇浪般迅猛地飞涌，有时又如涓涓细流般一点一点地从缝隙中渗透进地下。面对这样的情况，克利斯朵夫却表现得毫不关心了，对一切生灵、万物，甚至包括他自己，都漠不关心了。他的生命早已经被破坏了，仿佛随时可以停止转动，他只是下意识地照常办公、做事。和母亲还有房东一家在一起吃饭时，参加音乐表演，面对乐师和观众时，他会突然头脑一片空白，那一张张陌生扭曲的脸在他周围不停地晃动。他眼神迷茫，什么都不知道了。他甚至不敢说出“这些人跟我有何关系”，只能问自己：“我跟他们是什么关系？”因为他早已经分不清自己是死的还是活的，他说的话仿佛发自别人的身体，他的动作仿佛发生在远处高塔顶端，以至于他可以反观自己的行为。他的手抱着脑袋，有些失魂落魄。他险些做出一些荒诞不经的怪事来了。

当他特别留意的时候，更容易出现想要做些怪事的冲动，特别是在大庭广众之下，比如在爵府里参加宴会时。有时在面对很多人演奏的时候，忽然他就有一种冲动，想向大公爵吐吐舌头，或是朝哪位太太的屁股上踹一脚，想要扮个鬼脸，说句粗话。有一次他在指挥乐队表演，竟然想当着众人的面脱光衣服。整个晚上他都在努力挣扎，不断想要打消这个念头，却被这股冲动搅得晕头转向，直到他用尽全身力气才勉强撑过去。经过这样一番与荒唐念头的斗争，他汗流浃背，脑海里一片空白。他越是想要压制做某件荒唐之事的冲动，这股冲动就越像偏执狂一样，顽固地对他纠缠不放。为此，他简直要疯了。

他的生活简直一团糟，要么被那些疯狂的想法拨弄得发了狂，要么就无精打采，整个人都陷入了虚无之中。这一切犹如从沙漠吹来的飓风。可是这阵风从哪儿来的？他怎么会这么疯狂呢？这欲望又是从哪里涌出来，扭他的四肢，扭他的头脑的呢？这欲望像一只暴烈的手，不知道出于什么目的，快要把他像一张弓一般折成两段，然后又把他像没用的干枯树枝般丢弃在地。他完全被击溃了，他感到屈辱不堪，却不敢深究谁打败了他，俘虏了他，甚至连这失败都不敢正眼去看。他疲惫不堪，变得毫无斗志。以前他是根本瞧不起那些逃避真相的人的，可是他现在深有体会。在这段日子里，他不断地被欲望纠缠，他害怕极了，吓得浑身冰冷，害怕自己蹉跎岁月，失去工作，毁了自己的前程。但面对这虚无的力量，他无可奈何，他振作不起来，只能原谅这样懦弱无能的自己。深陷于这种虚无，如同将要沉没的船只，挣扎也是无用，这居然叫他有种悲苦的快感。美是空的，善是空的，上帝是空的，生命是空的，一切生物，一切的一切都是空的。有时走在大街上，他会忽然间感觉不到双脚踩着大地，土地消失了，空气消失了，光明消失了，甚至连他自己都消失了，一切的一切都消失了。他的头太沉重了，脑袋向前探着，他就快撑不住了。啊，他就快倒下去了！啊，他就要被雷劈了，倒下去了！啊，我是不是已经死了呢……

克利斯朵夫开始涅槃重生，他的灵魂要更换了，他仿佛看到一个崭新、年轻、强壮的灵魂蜕化出来，取代了童年时代那个衰败、憔悴的灵魂。一个人在成长的过程中不仅会更换躯壳，同时也更换灵魂，这种蜕变往往在几个小时中就能发生剧变，无须一天天地慢慢进行。老的躯壳脱下来了，整个生命都变成崭新的了。旧的生命已经消亡，新的生命正在萌生。在那些苦闷的日子里，一个人自以为一切都完了，却不知道一切尚未上演。

有天晚上，克利斯朵夫把自己关在卧室里，点着蜡烛、在忽明忽暗的灯火中，他手肘杵着桌子，背对着窗户坐着。他停止了工作，几周以来，艺术、道德、宗教，甚至整个人生，一切的一切都同时成了问题，在他脑里打转，使他无法工作了。思想崩溃后总变得杂乱无章，毫无条理可言，他只好去祖父遗留的书或是伏奇尔的杂书中寻找答案。神学书、科学书、哲学书……他总是胡乱地抓几本随便翻翻，但几乎所有的书都是零散的，又因为每一种都得从头学起，他根本看不明白，也从未完整地看完一本书。时而瞅瞅这个，时而看看那个，他的脑子里一团糨糊，最后身心俱疲，垂头丧气到了极点。

那天晚上，所有人都睡了，只有克利斯朵夫还在发呆，困顿令他精神麻痹。夜空乌云密布，敞开的窗户外，黑漆漆的庭院，寂静的院子里没有一丝风。屋内的蜡烛静静燃烧着，烛泪滴到烛台上，克利斯朵夫看着即将燃尽的蜡烛傻傻地发呆。他无法入睡，大脑一片空白，那越来越深的空虚如巨大的窟窿，混乱和黑暗在里面骚动，这空虚的窟窿吸引着他、诱惑着他。他拼命强迫自己无视那个黑洞，却总是控制不了自己，每次都要凑过去看看。突然，他的内心激起一阵苦闷，他毛骨悚然，脊背猛地哆嗦了一下，他连忙扶住桌子，这才没有跌倒。他战战兢兢地，在等着什么，等着一件几乎不可能的事，等着一个奇迹，等着他的上帝。

忽然，就在他身后的窗外，就在院子里，一场大雨倾盆似的泼了下来，那浩浩荡荡的声势如开了闸的水库，那连静默的空气都为之颤抖的响声如洪钟般铮铮作响，那雨点敲打着坚硬干燥的土地，激起一大股泥土味，一股花香，一股果子香，一股甜蜜的爱情的香，如暖烘烘的野兽般狂乱着，快乐着，颤抖着。克利斯朵夫周身僵硬，神魂颠倒，连内脏都不住地战栗。随着帷幕的揭开，啊，他看到了，就在那令人目眩的景象中，就在那闪烁的电光中，就在那黑暗的最深处，他看到了上帝，而那上帝竟是他自己。上帝存在于他的心中！他充塞于天地之间，宇宙之间，虚无之间。他穿透了卧室的房顶，洞穿了四周的墙壁，推翻了生命的界限。整个世界都飞扑进他的怀抱。克利斯朵夫惊呆了，对着惊天动地的景象看得出了神。那旋风将自然界的法则吹得一干二净，连带着也吹倒了克利斯朵夫，将他带走了。他无法呼吸，他迷醉了，他倒在了上帝身上……啊，上帝是如此深不可测！你是生命的火焰，你是生命的狂风，你是求生的欲望，你没有理由，没有节制，没有目的，你只为了轰轰烈烈地生活！

经过这番剧烈的精神蜕变，克利斯朵夫终于进入了久违的梦乡，沉沉地睡着了。第二天早上，睡醒后的克利斯朵夫四肢无力，头重脚轻，像宿醉的酒鬼。他心中还有昨晚那光的余晖，那光显得阴森而强烈，令他惊怖不已。可任凭他怎么努力，也无法令那道光重新亮起来，无论他如何集中精力，都无法令那转瞬即逝的幻象重现，并且他愈追求愈找不着。人的意志对于出神的境界根本无能为力。

后来，他曾多次有这种神秘而疯狂的体验，但剧烈程度从没有赶上第一次。这种癫狂的幻觉总是在克利斯朵夫最没有防备的时刻到来，完全是出其不意的，甚至眨一眨眼睛，抬一抬手，幻象就消失了。短短的几秒钟，他甚至怀疑他在做梦，根本想不到这竟是那幻象。第一次出现的光，如同一块在黑暗中剧烈燃烧，发出耀眼光芒的陨石，而此后的光只是星星点点的，如同稍纵即逝的萤火，肉眼都只能捕捉到它一闪而过的光影。但这光出现得越来越频繁，终于形成一个连续而模糊的梦境，克利斯朵夫深陷其中，他被包围了，连精神都融入在了里面。克利斯朵夫沉浸其中，他恼恨一切会驱散这种朦胧意境的事物。他无法工作，甚至想不起还要去工作。他恨那些围绕在他周围的人，他们自以为有权控制他的精神，他恨他们，尤其是包括母亲在内的亲近之人。

他经常在外面打发时间，直到很晚才回到家中。他跑向清静的田野，希望能顺利地将疯子般的自己完完全全交给那些疯狂的念头。但在与大地的接触之中，在洗涤了尘埃的空旷中，那些念头却不再紧紧地纠缠他，也没有像幽灵一般围绕着他了。他的狂热不但没减少半分，相反却加强了，然而已经不再是危险的神经错乱，而是关乎整个生命的迷醉，肉体和灵魂都充满了力量，他为此而得意。

世界都因之变得不同，如同初次见到般新鲜，陈旧的童年消失了，崭新的童年出现了。一切仿佛被施了咒般奇妙：自然界闪耀着轻快的火花，太阳也跟着沸腾了，如水一般清澈的天空像一条流淌着的河流，空中旋转飞腾着生命之火，咕噜作响的大地不断发出沉醉的呼吸，昆虫、草木、无数的生物如同火舌般闪闪发光。啊，所有的一切都在欢呼呐喊着！

他和万物融为一体了，万物的力便是他的力，而万物的欢乐也成了他的欢乐。直到现在他才发现，孩童时代那快乐的日子，那怀着强烈而喜悦的好奇心观看大自然的日子，一切生命都远离他的世界，它们自成一个世界，有的滑稽，有的可怕，跟他却没有半分关系，他甚至都无法了解它们。他只觉得那些都是怪异的机器而已，甚至不能确定它们是否有感觉，有生命。孩童时代的克利斯朵夫也有无意识的残忍心理，他曾经将昆虫撕开，看着那可怜的四分五裂的躯体不断地扭动，觉得那古怪的动作非常好玩，从未想到它们是在受苦。有一次他在折磨一只苍蝇，被高脱弗烈特舅舅看到了，即便舅舅平日里温和镇静如斯，此时也忍不住愤怒地从克利斯朵夫的手中夺下那可怜的苍蝇。起初他很想笑，可是在看到舅舅的神情后，他感动得流泪了。直到那一刻他才懂得，他俘获的生物和他一样也有生命，而他竟然犯了谋杀罪。自那以后，他再没有残害过任何小动物，可也并不意味着他对它们有多同情，从那些小小的躯壳旁边走过时，他从来没有萌生过想要好好体会那躯壳里是否有什么在搏动的念头，他把想到它们当成噩梦般逃避。而现在，他对一切都仿佛明白过来了，那些模模糊糊的生命也都大放光明。

克利斯朵夫静躺在草地上，万物生长，一片祥和。树荫底下有各类昆虫的嗡鸣，蚂蚁像搬运工一般忙忙碌碌，长脚蜘蛛扭着婀娜的身姿徐徐爬行，蚱蜢蹦蹦跶跶的，甲虫挪动着笨重的身体匆忙地觅食，蠕虫身体柔软、略带白色斑点，呈可爱的粉红色。克利斯朵夫手枕在头下面，眯着眼睛，听着一场隐形的乐队合奏：苍蝇的嗡嗡声像军乐，黄蜂的嗡嗡声像大风琴，一团团野蜜蜂扫过树梢，发出的嗡鸣声像悠远的钟声。一道道阳光穿过密集的柏树林，树叶的清香阵阵入鼻，树林间一群飞虫疯了般不停地绕着圈。树不停地摇晃，发出像人一般的低语；迎风招展的枝条仿佛在窃窃私语，互相轻拂的水草如水面激起的层层波浪，如明镜湖面上被风吹起的涟漪；那窸窸窣窣的声音如爱人的脚步声，渐渐走近，又慢慢地消隐了。

他曾经在心里听到过这些声音，这些呼喊。同样的一条生命的河流流淌在所有的生物之中，润泽了它们，从极小的生物到极大的生物，乃至克利斯朵夫自己，无一例外。他和千千万万的生灵竟是血脉相通的，他心中友好地回应着它们的欢乐，而一切生物的力量如同一条条小溪，不断地交融在一起，成为一条扩大了的河流，将他浸润。他的心房仿佛窒息了，那空气冲进胸部，剧烈而凶猛，他感觉整个胸腔都要爆裂了。这突如其来的剧变只发生在他进入虚无之境之后，他注意到自己如雨水般完全溶解的生命，在那无处不在的虚无之中，他忘却了自己，只感受到无穷无尽的生命之流，徜徉在宇宙之中。生命的巨潮泛滥四溢，将他从坟墓中带走，他高兴到了极点，任由巨流将他卷走，仿佛那样就可以得到自由。但他不知道其实他更不自由了。世上的一切生灵都是不自由的，连那看似无所不能的宇宙法则也是不自由的，也许只有死亡才能获得解放。

克利斯朵夫如同刚孵化出来的蛹，迫不及待地离开旧的躯壳，根本来不及认识新的牢笼的界限，只知道在新的躯壳中尽情地舒展身体。

日月循环，周而复始。克利斯朵夫的日子变得光明灿烂，如醉如狂，他感觉生命是如此奇妙，如此神秘，如同一个刚刚发现生活中的新鲜事物的儿童。他一直都是个认真的孩子，从小到大，他即使生病也从未旷课，在乐队的排练中也从未缺席一次，而此刻他竟寻找所有可能的理由逃避工作。他从早到晚都待在阁楼中，丢开了所有正事。此刻即使撒谎他也无所谓了。过去的他具有一股刻苦的精神，喜欢用道德和责任来压制自己，如今一切都显得苍白了，什么道德责任都是废话。人类的天性将道德责任的专制淫威砸得粉碎，人的德行只能是自由的天性，这天性强壮、健全、独一无二！人们习惯用那些繁杂琐碎、谨小慎微的道德规则来囚禁生命，可惜道德的力量实在太弱小了，根本不能称之为牢笼！自由生命的力量是如此强大，它能摧毁一切！

克利斯朵夫的精力过于充沛，那股窒息的力量让他发疯，他需要发泄，他多希望能依靠盲目而暴烈的行为将那股让他窒息的力毁掉。极度兴奋之后，他突然又陷入极度的松弛、烦闷与情欲之中。他趴在地上痛哭不已，浑身颤抖，亲吻着大地，想要吞下那泥土，甚至想要将牙齿和手臂都探入泥土之中。

一天傍晚，他散步到了一片树林，林间的阳光令他目眩，昏沉沉的脑袋如醉汉，而精神却异常高亢，所有的生物在他眼里都呈现出不一样的景象。暮色柔和地笼罩着万物，为之增添了一些奇幻的色调，那阳光在栗树底下跳动，发出紫红、金黄的光，仿佛草原上星星点点的磷火。远处的天色温柔可爱，仿佛爱人的明眸。附近草场上有个正在割草的少女，穿着衬衣和短裙，她的鼻子很短，脸盘很大，额头光洁饱满，头上裹着一块手帕，脖子跟手臂裸露着，那通红焦黑的皮肤仿佛在尽情地吸收傍晚的日光。

她将干草抱起来堆成一堆。克利斯朵夫斜靠在一棵树上，看着她往树林这边走来，不禁动情了。她没有注意到克利斯朵夫，无意间抬起了头，黑黝黝的脸上镶嵌着一对蓝色的眼睛。她弯下腰捡起地上的草，两个人离得那么近，她半敞衬衣，甚至露出了脖子上和背上细细的淡黄色的绒毛。长久堆积在克利斯朵夫心中的暧昧的情欲突然间就爆发了，他从后面一下子就搂住了她的腰，箍着她的脖子，将她的脑袋扳向后面。他的嘴紧紧压着她那微微张开的嘴，吮吸着她干裂的嘴唇，忘情而贪婪。她的牙齿愤怒地咬着他的嘴唇。他的手胡乱地游走于她汗湿的衬衣和粗糙的胳膊上。她越挣扎，他抱她抱得越紧，就差没把她掐死了。最后她奋力挣脱了他，一边叫嚷着，一边吐着口水，用手用力地抹着嘴唇，用各种不知所谓的词骂他。克利斯朵夫忙松开手，逃到了田地里。她在背后骂他，所用的词不堪入耳，她用尽全力拿石头扔他。克利斯朵夫对她的所作所为倒没什么感觉，只是对自己的想法而羞愧得脸红耳赤。这个举动完全是无意识的，突然间就发生了。他害怕极了，不住地问自己："我刚才都做了什么？我刚刚准备做什么？"克利斯朵夫想到的完全是自己所厌恶和唾弃的事，而他竟如此想去做这件令他极其厌恶的事。他在内心与另一个克利斯朵夫激烈地斗争，都快分不清到底哪个才是真正的自己了。那股盲目的力量冲击着他，他逃不掉，因为他是在对抗自己。那股力量将要对他做什么？或许明天，或许就在一个小时之后，当他穿过田野走到马路上的时候，他又会做些什么？噢，不，或许他根本不会走到马路上，说不定他又会回到原地，去追那个少女。今后他又该怎么办？在掐住少女喉咙的那一刹那，他真的疯狂了，好像什么都做得出来，甚至会犯罪！啊，是的，那股力量推着他去犯罪！他内心骚动不安，他甚至不能呼吸了。到了马路上，他停下来喘口气。他看见少女在那边跟另一个少女说着话，那大概是听见少女的叫喊而赶过来的同伴吧，又看见她们双手握拳，叉在腰上，他看见她们对他咯咯大笑。

回去之后，他把自己关在房间里，不敢出门。实在不得已的时候他才踏出房门。他战战兢兢地走过城门，尽力避免一切可能前往田野的机会。那股疯狂的气息就像暴雨来临前的飓风，不住地吹起他内心的欲望，这令他害怕极了。他满心以为厚厚的城墙能够为他阻挡那股欲望的气息，可不曾想，敌人无孔不入，甚至在窗户紧闭的时候，只要那窗户露出一点点缝隙，哪怕看也看不见，仅仅容得下一道目光，那股气息也能吹进来。

第二部　萨皮纳

于莱老人还有两位房客，住在院子对面一楼的屋子里，是一个大约二十岁的新寡的女人，名叫萨皮纳·弗洛哀列克太太，她带着一个女孩住在这儿。她租着一个临近街市的铺面，还有靠近院子的两间房屋，带着一个漂亮的小花园，一面缠满了藤萝的铁丝网将其与于莱老人家隔开了。从清晨到黄昏都只能看到她的孩子一个人在花园里玩着泥巴，很少能看到她出现在园子里。于莱老人总喜欢把园子里的小路铲平整，把园子打理得井井有条。当他看到弗洛哀列克太太的小花园里乱七八糟、任其自生自灭时，他不高兴了，曾不止一次地对她提过意见。大概弗洛哀列克太太是为了逃避于莱老人所以才不到园子里来的吧，也因此她的园子从没被收拾整洁过，永远乱糟糟的。

弗洛哀列克太太临街经营着的小店铺卖些针头线脑。但她对店铺就像对待她的园子一样，一点都不关心，因此尽管她的铺子位处于繁华的街市中心，生意却并不好。伏奇尔太太常说，一个爱面子的女人，应当自己动手做家务的，尤其是当这个女人没有足够多财产的时候，根本不该闲荡。可是弗洛哀列克太太却雇了个十五岁的女孩做钟点工，每天早上来为她做几个小时的家务，打扫屋子，看守铺子，她自己则懒洋洋地躺在床上，或是对着镜子梳妆打扮。

弗洛哀列克太太对生活似乎并不太在乎，连窗帘都忘了放下，有时看到窗帘没拉上，她也懒得过去弄。有时，克利斯朵夫能看到玻璃窗那边的她穿着长长的睡衣，光脚在房间里走来走去，有时对着镜子好几个小时都在发呆。看到这些克利斯朵夫总会羞得面红耳赤，为了不让她尴尬，他总会特意离开她的窗子。可是那诱惑力是如此巨大，他涨红了脸，偷偷摸摸地窥视着她：她清瘦的手臂裸露在外，有气无力地环绕着披散的秀发，抱着脖子的两只手随意勾搭着，久久地，她仿佛出了神，直到手臂都麻了，才把手放下来。克利斯朵夫觉得这景象实在太可爱了，但他十分肯定自己是无意识中才看到的，当他脑海里因此响起音乐时，也不觉得慌乱，可是他迷上了这个景象，看上了瘾，结果萨皮纳花多长时间梳妆，他就会看多长时间。她不是在卖弄风情，她平时是很随意的，对于衣着也不在意，阿玛利亚或洛莎都比她讲究。她实在是太懒惰了，经常好半天都没插好一根发簪，仿佛每插一根都要用尽全力，必须休息一会儿，朝镜子做了个鬼脸，然后对着镜子发呆。有时一天都过去了，她还没装扮好。

很多时候女仆忙完了都走了，顾客都已经打响门铃等候在门外了，萨皮纳还没有收拾齐整。往往铃声响起后还要顾客再喊几声，她才像下了极大的决心似的，从椅子上起身走向门外，神情笑眯眯的，从容不迫地把客人迎进来，从容不迫地去找客人要的东西。要是有的货找了一下还没找到，或是要费点劲，比如需要挪动梯子才能拿到，或是实在没有了，而她又不想整理屋子，也不愿费力去添办卖缺的货，她就慢悠悠地说那东西已经卖断货了。顾客们便不耐烦了，只好去别的店铺。可他们并不讨厌她，因为她是一个可爱的女人，说话声那么柔和，对什么事情都那么从容，以至于他们都无法跟她生气了，因为无论你说什么，她都不在乎，顾客们对这一点也很明白，即使想要抱怨的话已经到了嗓子眼儿了，也不好意思说出来。他们对她可爱的笑容报以礼貌宽容的一笑，从此却不再进门了。她总是笑眯眯的，一点儿都不着急。

弗洛哀列克太太长得非常像佛罗伦萨的少女：好看的眉毛向上扬起，睫毛浓密纤长，灰色的眼睛微微睁开一半，下眼睑略微浮肿，上面有一道细细的皱纹；鼻子小巧玲珑，鼻尖微微上翘，调皮而可爱，鼻子和上嘴唇之间有一条清晰的小小曲线；嘴巴翕开着，微微翘起的上唇似乎在笑，又显出几分倦意，下嘴唇太厚了一些；脸庞下半部分圆圆的，非常像意大利画家斐利卜·利比笔下的圣母，那神态天真中透着一股严肃。她的脸色不是很好，浅褐色的头发打着卷儿，显得有些乱糟糟的，发尾也被胡乱地卷成一个发髻。她身材娇小，骨骼纤细，动作总是慢吞吞懒洋洋的，穿扮也不十分讲究，身上穿着一件纽扣都不完整的短褂，上衣敞开着，一双鞋子破烂而陈旧，虽然有些邋遢、不修边幅，但她气息温和，天真娇媚，青春有韵味，常常像魔法般吸引着别人的爱怜。她有时会到店铺门口呼吸呼吸新鲜空气，那路过的小伙子们往往会多看她几眼，她注意到了他们的目光，虽然对此满不在乎，眼中仍然有高兴与感激的神情，这是女人在被他人善意地欣赏时都会有的饥饿神情，这神情仿佛在说：“非常感谢，请再多看我一眼吧……”

虽然讨人喜欢能让她高兴，但她天性实在太懒惰，以至于她懒得去做任何讨人喜欢的事。

对于弗洛哀列克太太，于莱老人和伏奇尔太太是不喜欢的，他们都反感这样的人，他们对她的一切行为都感到愤慨：她整天都有气无力的，家里也乱糟糟的，不修边幅的着装，总是笑盈盈的，对于他们的批评她也客客气气地听着却并不在乎，她对什么都无所谓，早逝的丈夫，生病的孩子，不景气的生意，日常生活中各种琐碎的烦恼，无论什么都无法改变她那懒洋洋的习惯和无所事事的脾气。他们对她的一切都感到愤怒，尤其是当他们看到如此懒惰的人居然会招人喜欢，他们就更愤怒。伏奇尔太太尤其不能原谅萨皮纳，萨皮纳的一切行为似乎是故意针对她的。伏奇尔太太有着根深蒂固的传统，自认为自己的做人之道才是正确的，她刻板地讲责任原则，令人乏味地工作着。而萨皮纳对忙乱的、闹哄哄的、令人哀叹的、引人争议的、自认为有益身心的悲观主义进行嘲讽，而这悲观主义不仅是于莱一家的，也是所有循规蹈矩的老实人生存的意义，是他们对苦难生活的拯救与赎罪。当大家像一群受役的犯人般终日劳作时，有这样一个女人，她整天游手好闲、好吃懒做，一边糟蹋着神圣的日子，一边竟不动声色地瞧不起那些劳作的人，这样的人大家居然会觉得她是有理的。这还有道理吗？这不是让广大安分守己的人寒心吗？感谢上帝！幸好世界上还有些明白道理的人，跟他们在一起时，伏奇尔太太通常能得到些安慰。他们每天都从窗户里窥视着小寡妇，议论纷纷。这些闲话是他们茶余饭后的谈资，常常引得他们哈哈大笑。克利斯朵夫听得心不在焉。他早就习惯了伏奇尔夫妇对邻居们的议论，不愿意去注意他们的话；并且他也只了解萨皮纳光洁的脖子和裸露的手臂，除了觉得她长得可爱，对她的为人一点儿也不了解。但他内心对她是相当宽容的，而她能激起伏奇尔夫妇的恼怒，对此他那喜欢与人闹别扭的心理也是一种满足。

夏天很热的时候，午后的太阳暴晒着院子，热气一直持续到晚上，晚饭后的院子根本没法待，大家只能去靠街的那边透透气。门口通常只见于莱、伏奇尔和路易莎的身影。几乎看不到伏奇尔太太和洛莎的脸，繁杂的家务让她们没有片刻停歇，爱面子的伏奇尔太太为了让人家听到她的话，更是大声地说她根本没有时间去闲逛。她看着那些靠着门打哈欠、懒洋洋的一动不动的人们就头疼。她遗憾地发现她没办法强迫其他人干活，只好避开他们，去屋子里拼命地干自己的事，能够眼不见心不烦。洛莎跟着她有样学样。于莱与伏奇尔早回到楼上去了，怕被四处吹来的风弄感冒了。他们很早就睡下了，就算是皇帝也改变不了他们的生活习惯。九点以后就只有路易莎和克利斯朵夫还坐在门外。晚上，克利斯朵夫有空的时候就把她叫出来，希望一整天都待在屋子里的母亲能透透气。白天，路易莎一个人从不出来，她害怕街上的一切响声：孩子们互相追逐，尖叫着，吵闹着，仿佛为了回应他们，街上的狗也汪汪汪地吠个不停。钢琴声、单簧管声、短号声从各个方向传来，并相互呼应。行人三三两两地从街边经过，互相打着招呼。一个人待在这样嘈杂的环境里，她惊慌失措到了极点。晚上有了儿子的陪伴，她开始对这些渐渐安静下去的声响有了点兴趣。人群散去了，孩子和狗也已经进入梦乡，四周更静谧了，空气也格外新鲜。路易莎轻声地讲着她从阿玛利亚或洛莎那里听来的小新闻。虽然这些小新闻并没有多大意思，但她不知道该跟儿子聊些什么，内心又极想跟他亲近，只好找这些话来谈。

克利斯朵夫明白母亲的心意，便假装对她的话很感兴趣，但听得并不仔细。他恍恍惚惚地想着白天发生过的事。

有天晚上，他听着母亲的话，看见隔壁针线铺的门开了，隐隐约约的有个人影，一个女人悄悄地走到街上，在距离路易莎只有几步的地方坐了下来。虽然看不清脸，但克利斯朵夫已经认出她了。他又有精神了，连空气都变得更香甜了。路易莎依旧低低地说着话，没有发觉她在附近。克利斯朵夫开始留意母亲的话了，有时觉得需要还会议论一番，说几句话，想要让旁人听到。那瘦小的影子一动不动，似乎有点疲倦，双手叠起放在膝盖上，双脚交叉着，眼睛注视着前方，似乎并没有听到他的话。最后路易莎觉得困了，便进屋去了。克利斯朵夫说还要待一会儿。

快十点了，街上已没有了行人，连最后的几个邻居都回屋了，随后响起了一声声关门声，透过玻璃窗能看到灯像眼睛般眨了眨后就熄灭了。远处刚刚还亮着的那一两盏灯也已经灭了。四周静悄悄的，仅剩的两人彼此并没有看对方一眼，都屏着气，仿佛没发现身边还有个人。刚刚割过的草原散发出阵阵清香，远远地飘过来，丁香的香味也从邻居的阳台上传过来。空气静止。夜空银河如带，顺着一座烟囱向上看，大熊星和小熊星绕着车轴滚动，莹绿的夜空被繁星点缀得如同一朵朵的翠菊。附近的教堂响起了钟声，正好十一下，与远处教堂的钟声遥相呼应，或清脆，或迟钝，声声入耳，还有从家家户户传出来的浓重低沉的钟声，夹杂着嘶哑的鹧鸪声[①]。

钟声将他们从幻想中惊醒，两人同时站了起来，在进门处默默地向对方点了点头。回到楼上后，克利斯朵夫点燃一根蜡烛，手捧

① 是一种以鹧鸪的叫声报告时刻的挂钟。

着头，在桌前坐下，脑袋空空的，发了好久的呆，最后，叹口气也就睡了。第二天他刚起来就走向床边，朝萨皮纳房间的方向看了一眼。可是窗帘被拉得严严实实。整整一个上午都没有再打开过。此后也永远是这样。

翌日晚上，克利斯朵夫再次向母亲提出要去门口坐会儿。以前克利斯朵夫晚饭后就把自己关在房间，门窗紧闭，令她不禁有些担心，现在他居然养成了乘凉的习惯，路易莎十分高兴。那个瘦小的影子也出来了，仍旧坐在老地方，两人彼此飞快地点了点头，路易莎都来不及发觉。克利斯朵夫母子俩谈着话。萨皮纳微笑着看着她的孩子在街上玩，九点的时候，萨皮纳把小女孩送回家睡觉后又悄悄地回来了。假如她再晚一点出来，克利斯朵夫就担心她是不是不会再出来了。他竖起两只耳朵细细听着屋里的一切动静，听到小女孩不肯睡觉的笑声，当萨皮纳还没到门口时，走路时衣服发出的细碎的摩擦声早就传进了克利斯朵夫的耳朵，他连忙转过头和母亲更高声地谈着话。有的时候他仿佛觉得萨皮纳在看他，他就偷偷地瞅她几眼。但两人从始至终都没有对视过。

最后孩子将两家人联系了起来。小女孩在街上与其他的小孩打闹着，地上有一只温驯的狗，将脸放在脚上，躺在地上睡觉。孩子们去招惹它，它就掀起一半的眼皮，实在被惹怒了，就咕噜咕噜地叫了起来。孩子们边逃跑边尖叫，开心极了。女孩子一边尖叫着，一边不停地望向身后，好像怕被狗追到，朝着路易莎跑过来。路易莎被她逗乐，拉住孩子问各种问题，并与萨皮纳随意聊着。克利斯朵夫一句话没说，但她们的谈话，他一字不落地全听进耳朵了。他与萨皮纳仿佛商量好了似的，彼此都不跟对方说话。路易莎以为克利斯朵夫是因为对萨皮纳有敌意才沉默的。萨皮纳不觉得他有敌意，但却紧张胆怯，回答路易莎的话时慌乱得不得了，最后找了个借口把孩子送回去睡觉了。

有那么整整一个星期，路易莎都待在屋里没出来，因为她感冒了。第一次，来乘凉的只有克利斯朵夫和萨皮纳两人，两人不禁都有些紧张。萨皮纳不断地亲吻着坐在膝盖上的女儿，以驱赶慌乱。克利斯朵夫不知道是否应该继续沉默，为此局促不安。但保持沉默实在不是个好主意，他们虽未曾直接说过话，但路易莎早已经将二人为对方做过介绍了。他想说两句来打破沉寂，可是话到了嗓子眼儿了就是出不来。所幸这种尴尬又被小女孩打破了。她在克利斯朵夫椅子周围转着玩捉迷藏，他拦住她亲了一下。虽然克利斯朵夫并不大喜欢小孩，但这一个却是不同的，亲吻她有种不同的感觉。小女孩心里惦记着玩，一心想要挣脱出来。克利斯朵夫捉弄着她玩，最后小女孩一口咬在了他手上，逃脱了。萨皮纳不禁笑了。两人便看着孩子有一句没一句地聊了起来。随后，克利斯朵夫觉得应该把谈话继续下去，却苦于没话说；而萨皮纳只是回应着他的话，并没有帮上忙："今晚天气不错。"

"是的，真不错。"

"这院子可真闷，让人透不过气。"

"嗯，空气闷得很。"

两人都没话说了，萨皮纳借口孩子要睡觉了，进屋后就没再出来。

克利斯朵夫担心以后晚上路易莎不在的时候她会躲着他不跟他说话。好在这样的担心并没有成为事实。她不是为了聊天的乐趣而聊天，只是为了聊天而聊天。她费了好大的劲才想到说什么，可是不论是她提出的问题，还是她对他的回答，都显得干涩，往往说完就沉默了。克利斯朵夫不禁想起了最初那几次与奥多见面的情景，但萨皮纳与奥多不同，萨皮纳的聊天范围更窄而且她比奥多更加没有耐心。失败了几次后她就放弃了，对于太费劲的事，她一点都不感兴趣。她不说话了，克利斯朵夫也跟着沉默了。

之后，黑夜又变得安静了，心灵又变得幽思了，一切又突然变得甜蜜起来。萨皮纳慢慢地摇晃着椅子，陷入遐想中，连带着一旁的克利斯朵夫也出了神。两人没再说一句话。半小时之后，一阵风吹过，夹杂着农车上杨梅的芳香，令人迷醉，克利斯朵夫情不自禁低声自语。萨皮纳跟着应和一两个字。然后两人又都沉默了，细细咀嚼着这难得的静默与间或一两句不相关的话。他们有着同样的想法，做着同样的美梦。那是怎么样的想法？他们不知道，大概也不愿意相信彼此有相同的想法吧。钟声响起了，十一点了，两人相互笑了笑，各自回家了。

第二天，两人都没有没话找话的想法了，只享受着各自喜爱的静默，只有那好半天才出现的只言片语证明两人原来竟然想着一样的事情。

萨皮纳笑着说："不强迫自己说话果然很舒服！没话找话说实在是太麻烦了！"

"啊！"克利斯朵夫语气十分感动，"真希望大家都能像你这样想！"

语毕，两人都想起了伏奇尔太太，不禁都笑了。

"啊，可怜的人！"萨皮纳说，"她可真让人头疼！"

"可她自己从不这么觉得。"克利斯朵夫有点痛心。

萨皮纳被他的神情和话语逗笑了。

“你认为有意思吗？”他说，“你又不在乎，反正你也不会受这个罪。”

“那倒是，我紧锁了房门躲在家里了。”

她轻声笑着，很快又没声音了。在这样恬静的夜晚听她说笑，克利斯朵夫感觉十分高兴。他将一大口新鲜空气吸进胸腔，不由得畅快极了。

“啊！能不说话可真舒服！”说着他伸了个懒腰。

“说话的确很没劲！”她回答。

“是的，不说话大家也彼此了解！”

他们又沉默了。黑暗中的两人彼此都看不到，但却笑着。

虽然两人在一起时有相同的感觉，但对对方还没什么更深的认识。对于这一点，萨皮纳是满不在乎的，但克利斯朵夫则比较好奇，有天晚上他问道：“你对音乐感兴趣吗？”

“不。”她答道，语气很老实，“我一听音乐就胸闷，一点儿都不懂。”

他为她的坦率感到高兴。克利斯朵夫听腻了一般人的谎言，那些人明明听到音乐就头疼，还要谎称自己热爱音乐。所以当他听到有人坦诚地说自己不喜欢音乐时，他几乎要把这种坦诚当成难得的德性了。他又问萨皮纳是否看书。

她说不看，因为没有书。

他说可以把书借给她。

“是很严肃的书吗？”她有些担心地问道。

她似乎不喜欢看正经书。他表示可以借给她一些诗集。

“那不还是正经书吗？”

“那小说怎么样？”

她撇了撇嘴。

难道她连小说都不喜欢看吗？

她说，对小说有点兴趣，但小说太长，她不能耐心看完。有时忘了开头的情节，有时跳过几章来看，结果对故事结局一头雾水，也就把书丢开了。

“原来你对小说的兴趣是这样的！”

“是啊，对虚构的故事能有这点兴趣就够了。除了书之外，一个人在书本外还可以有很多兴趣。”

“那你喜欢看戏吗？”

“才不喜欢看戏！”

“你难道不去戏院吗？”

“从来不去。戏院里人多，又太热。还是家里舒服。戏院里灯光太刺眼了，唱戏的又难看！”

对于看戏，他跟她的想法一样。他又表示戏院那里应该还有些别的有趣的东西，比如戏文。

“那倒是，”她回答得心不在焉，“可是我太忙了。”

“你一天都有什么可忙的？”

她笑了笑：“事情太多了！”

“那倒是，你还要忙你的铺子。”

“噢！”她淡定从容地答道，“我不怎么忙铺子的事。”

“那你是忙着照顾孩子啰？”

“也不是，那孩子很乖，可怜的孩子会跟自己玩。”

“那你都忙些什么呢？”

他的问话有些鲁莽，向她致歉。但萨皮纳对他的冒昧感到挺有意思。

“我的事多着呢，忙死了！”

“是些什么？”

她是有很多事要忙活，可是她说不清楚。从起床开始，她要梳洗，要思考午饭吃什么，要做午饭，要吃午饭，接着就要想晚饭该吃什么，还得收拾房间……啊，一天就这么过去了，她居然没有一点时间！

“你就不觉无聊吗？”

“从来都不会。”

“没事可做的时候不无聊吗？”

“就是那样我也不会无聊。一想到要做些什么，我心里就慌乱得要命。”

两人笑了笑，互相望了一眼。

“你可真幸福啊！”克利斯朵夫说，“我可受不了什么事都不做。”

“你可以的。”

“直到这几天我才知道我也可以无所事事。”

“那么慢慢地你也会变得无所事事的。”

和她谈过话之后，他的心更平静更安定了。他的那些不安，那些烦躁，那些令他的心都为之抽搐为之紧张的烦闷，只要一看到她就全都松弛了。在跟她说话的时候，在想到她的时候，他的心都非常平静。只要一靠近她，他就仿佛进入了麻痹状态，蒙蒙眬眬地仿佛要睡着了，虽然他不太敢承认这一点。

在和萨皮纳聊天的那几个晚上，他的睡眠要比往常好很多。

下班回家的时候，克利斯朵夫总要看一看萨皮纳的铺子，几乎总能看到她，两人总是微笑着点头致意。有时看到她就在门口，他就停住脚步，和她聊两句，有时他径直推开一点门缝，呼唤着小女孩，把一包糖塞进她手里。

有一天，克利斯朵夫终于下定决心走进了铺子，借口要给上衣钉扣子。可是所有的纽扣都混杂在一起，分不清楚了，找了好一会儿她都没找到合适的扣子。被他看到乱糟糟的东西，她有些不好意思。可他却觉得十分有意思，便要低下头看个究竟了。

“不能看！”这么说着，她忙用手挡住抽屉，“你不能看！这些东西太乱了。”

她又开始扒拉那堆东西找了起来。但旁边的克利斯朵夫让她感到十分尴尬，她丧气了，一把关上抽屉，说道：“找不到了。你还是到隔壁街去买吧，那里有家李齐铺子，那儿货品齐全，肯定有你需要的扣子。”

看到她这样做买卖，他忍不住笑了。

“你就是这样把所有的顾客都介绍给她了吧？”

“反正也不是第一次了。”她的回答显得满不在乎。

可她还是有些不太好意思。

“唉，整理东西实在太麻烦了，”她又说，“我总是能拖一天是一天，不过明天我一定要开始好好整理了。”

“要不我帮你吧？”

她虽然心里愿意，可终究不敢，害怕闲言碎语，而且他来的话她会紧张的。所以她拒绝了他的好意。

两人的谈话继续进行着。过了一会儿，她问道：“你的扣子怎么办？不去李齐铺子买吗？”

“我才不去，”克利斯朵夫说，“等你整理好东西了我再过来。”

“啊！”萨皮纳回答，她好像忘记了刚才说的话，“那你可得等等了！”

萨皮纳的话太老实，把两人都逗笑了。

克利斯朵夫走向她刚关上的抽屉。

“要不让我来找吧？”

她急忙跑过来拦住他：“不用，不用，不用再找了，真的没有了。”

“我敢肯定你一定有的。”

他一眼就找到了他要的扣子，得意扬扬地拿在手里。他还想接着找另外几个需要的扣子时，被她抢走了匣子，赌气要自己找。

天色暗了下来，她拿着匣子走到窗边。克利斯朵夫在离她几步的地方坐了下来。小女孩爬到他的腿上，不停地讲话，克利斯朵夫佯装在听孩子说话，心不在焉地回答着，眼睛却在偷瞄着萨皮纳。萨皮纳知道他在看她，低着头倒腾着小匣子。他就那么看着她，直到她的脖子跟一部分脸颊慢慢地红了。发现她脸红了，他也跟着脸红起来。

没有人搭理孩子的话了，萨皮纳一动不动，如木雕一般。

克利斯朵夫不知道她在做什么，但很肯定她什么都没做，甚至都没看着匣子。两人仍然没说一句话，孩子滑下了克利斯朵夫的膝盖，好奇地问道：“你们怎么不说话了？”

萨皮纳突然转过身体，一把搂住孩子，手里的匣子掉了，纽扣掉了一地，绕着家具乱滚。孩子高兴地叫唤着，连忙跑去追逐滚动的纽扣。萨皮纳走回窗边，把脸贴向玻璃，望着窗外出神。

“再见了。”克利斯朵夫对她说道，心里乱糟糟的。

她没回头，只轻轻地回了一声“再见”。

星期天下午，所有人都去教堂做晚祷了，屋里空无一人。萨皮纳从来都不去。有一次她在小花园屋门口坐着，教堂里不断地传来优美的钟声，仿佛在催她去。克利斯朵夫看见了，便用玩笑的语气责备她，她的回答也有些开玩笑的意思，她说只有弥撒祭是非去不可的，晚祷她从来不去，对上帝太殷勤不但没必要，甚至有些惹人厌。上帝是不会责怪她不去晚祷的，说不定上帝心里为这高兴着呢。

“你以为上帝跟你一样怕麻烦吗？”克利斯朵夫说。

“我要是上帝早就厌烦那些仪式了！”她回答得倒十分干脆肯定。

“如果你是上帝，大概你就不会管人间的事了。”

“只要上帝不管我的事就好了。”

“也许这也不是什么坏事。”克利斯朵夫说。

“不要再说了，”萨皮纳喊道，“不要再说亵渎上帝的话了！”

“说上帝同你一般，算不上亵渎。”

“不要再说了好不好？”萨皮纳有点玩笑又有点生气地说。她怕惹怒了上帝，便赶紧扯开话题：“再说，整个星期中也只有星期天的下午才好好欣赏一下园子，不用怕被人打扰。”

“那倒是，他们都去教堂了。”

两人互相看了一眼。

“啊，真清静！”萨皮纳又说，“这样的机会简直太难得了，我都快忘了自己在哪儿了！”

“啊！”克利斯朵夫恼怒地叫喊起来，“有时候我都有种冲动想要掐死她！”

不用说他们也知道是在说谁。

“那其他人怎么办呢？”萨皮纳笑着问。

“是的，”克利斯朵夫垂头丧气地说，“还有洛莎。”

“啊，可怜的洛莎！”

又是一阵沉默。克利斯朵夫不由得又叹了口气：“要是一直都能这么安静就好了！”她笑盈盈的，抬了抬眼睛，又低下去。他发现她正在忙着什么：

“你在干什么？”

（她和他之间隔着一道铁丝网，将两个花园隔开，网上缠满了常春藤。）

“瞧，我在剥豆子呢。”她举起放在膝盖上的碗给他看。

她又深深地叹了口气。

“这也不是令人烦闷的事情。”他笑着说。

“唉！总要琢磨一天三餐吃什么，真麻烦！”

“我敢肯定，如果可以不用做饭，你肯定选择不吃饭。”

“那当然！”

“你等等，我这就过去帮你。”

他翻过铁丝网，朝她身边走去。

她在门口放了一张椅子，坐在上面，他则坐在她脚旁的石级上。他从她的衣兜里抓了一大把青豆荚，然后将圆滚滚的豆子倒在萨皮纳膝间的碗里。他低垂着头看着脚下，萨皮纳穿着黑袜子，脚和踝骨的线条十分清晰。他低着头不敢看她。

白茫茫的天空布满了云朵，云层很低，没有一丝风，连一片飘落的树叶也没有，空气沉闷得很。高墙里的园子成了一个小小的世界。

屋子里只剩他俩，孩子在邻居的带领下出去了。他们没说一句话，也不敢再说什么。他低着头，自顾自地从萨皮纳的腿上抓起一把一把的豆荚，他的手指碰到她的身体时不住地颤抖，有一回两人的手在新鲜娇嫩的豆荚中碰上了，彼此的手指不禁都颤抖了。他们无法继续剥豆荚了，两人都不敢动，也不敢看对方一眼。萨皮纳仰坐在椅子上，嘴巴微微张开着，手臂直直地垂下来。克利斯朵夫紧靠着她的脚坐着，都能感觉到萨皮纳腿上的暖气游走于他的肩膀与胳膊上。两人都紧张得无法呼吸。克利斯朵夫把滚烫的手伸向地面，不小心碰到了萨皮纳从鞋子里露出来的脚，他的手一放到她脚上就挪不开了。他们不禁颤抖着，似乎都要晕过去了。萨皮纳纤小的脚趾被克利斯朵夫紧紧握着，冷汗浸湿了她全身，慢慢地她向克利斯朵夫弯下了身子……

突然一阵熟悉的声音令他们吓一跳，从迷醉中清醒了过来。克利斯朵夫纵身一跃，翻过了铁丝网。萨皮纳把豆荚扫进衣兜里也进屋了。他回头往她的园子里看了看，她正好停在了门口，两人彼此望了望对方。开始有簌簌的雨点打在树叶上了，她关了门。伏奇尔太太和洛莎回来了……他刚上了楼。

黄昏时，天色暗了下来，一切都被大雨淹没了，他猛地从桌边站起来，被一股按捺不住的力量驱动着，他跑到关好的窗户前面，向对面的窗伸出了手臂。而与此同时，在对面的玻璃窗里那漆黑的房间里，他似乎看见萨皮纳也在向他敞开怀抱。

他冲出家门，慌慌张张地跑下楼，往她的园子跑去。他顾不上会被人看见，正打算跨过铁丝网，可是他看到她刚才出现的窗子，连护窗都关得紧紧的，屋子里的人似乎睡着了。他心里犹豫了。正要去地窖的于莱老人见了他，向他打招呼。他恍恍惚惚地走了回来，以为刚刚做了个梦。

不久洛莎就发现了周围情形的异常。她没有猜疑心，也还没有忌妒心。她准备全心全意不图回报地去爱他，可是克利斯朵夫并不爱他，她很伤心地接受了一个事实，却从没想过克利斯朵夫有一天也会爱上别人。

一天晚饭过后，她刚收拾好一件刺绣，这件刺绣她做了好几个月了，现在完工了她开心极了，想要去放松放松了，想去找克利斯朵夫聊聊。她趁母亲转过身去时，蹑手蹑脚地溜出房间。像个犯了错的小学生般溜出屋子。克利斯朵夫曾经嘲笑她，说她永远也不能绣完，现在她很高兴能让克利斯朵夫承认他说错了。可怜的小姑娘虽然知道克利斯朵夫对她的感情，可是她总觉得自己看到克利斯朵夫时非常开心，那他看到她也一定跟她一样愉快。

她走出去时很难过地看到克利斯朵夫和萨皮纳一起坐在门前，不过她没有太在意，依然兴高采烈地向克利斯朵夫打招呼。她的尖嗓子划破了岑寂的夜，在克利斯朵夫看来这仿佛是个变调的音节。他在椅子里颤抖了一下，脸都气得扭作一团。洛莎十分得意地把刺绣递到他面前，克利斯朵夫一把甩开了它，极度地不耐烦。

“做完啦，做完啦！”洛莎盯着他说。

“那就再去做一条啊！”克利斯朵夫的回答冷冰冰的。

洛莎愣住了，全没了兴致。

克利斯朵夫还接着挖苦她：“等你做了三十多条的时候人也老了，

那时你会觉得你这辈子都是值得的，总算是没有白活了！”

洛莎快要哭了：“上帝啊！克利斯朵夫，你说的话可真伤人！”

克利斯朵夫有点过意不去了，向她致歉，说了些好听的话。只要有一点点的好意，洛莎就会自信心膨胀，扯着嗓子大声叫嚷，在家里她习惯了大声说话，根本不会小点声。无论克利斯朵夫怎样克制自己，那厌恶的情绪始终压制不了。起先他还会应上一两句，虽然语气是很生气的；后来索性转身扭动座椅，完全无视洛莎的存在，耳朵里全是洛莎的叫嚣，他不禁气得咬牙切齿。洛莎早发觉了他对自己是很不耐烦的，会看脸色的人早就该住嘴了，傻乎乎的洛莎反而更加聒噪。萨皮纳坐在离他们几步远的阴影里，静静地看着，一言不发。不久便回屋了，大概是看腻了，知道今晚算是不得安宁了。萨皮纳走了很久，克利斯朵夫这才发觉，立马起身，冷冷地丢了句“再见”便不见了身影。

大街上只剩下洛莎一个人，呆呆地望着克利斯朵夫闪进大门的身影，显得有些狼狈不堪。眼泪在眼眶里打转，她赶紧往家跑，为了不和母亲说话，她蹑手蹑脚地进了自己的房间，匆忙地脱下外衣，一头钻进被子里，哭得惊天动地。她觉得一切都崩溃了，活着毫无乐趣，简直想立刻死去，没有过多地细想刚才的情况，甚至没想到克利斯朵夫和萨皮纳是否厌恶她，克利斯朵夫是不是爱着萨皮纳。

第二天天亮了，她又重新有了力量，改变了昨晚的念头，她自信满满，她无坚不摧。她细细回想昨晚的事情，觉得不该把事情看得太严重了。虽然她也接受了克利斯朵夫不爱她的事实，但她始终存有一个希望，那就是总有一天克利斯朵夫会爱上她的。她无论如何也想象不出来克利斯朵夫会爱上萨皮纳。克利斯朵夫如此聪明，而萨皮纳是那样无聊平庸，她的所有缺点大家都看得清清楚楚，克利斯朵夫怎么会爱上她呢。虽然这么想着，虽然她对克利斯朵夫是放心的，但她还是密切地监视着克利斯朵夫。白天她根本没能发现什么不寻常。而她不说为了什么整天在克利斯朵夫身边转悠，却着实令克利斯朵夫大为恼火。而更令克利斯朵夫生气的是，晚上洛莎总会毫不客气地坐在他们旁边，跟前一天晚上一样，仍是只有洛莎一个人在说着话。没多久萨皮纳就进屋了，紧跟着克利斯朵夫也回房了。洛莎知道自己打扰了他们、妨碍了他们，她只是生自己的气，却没发现强迫别人注意她才是事情变得糟糕的最重要原因。以后的几个晚上，这个笨拙的女孩只是重复着这个监视克利斯朵夫的蠢笨方法。

第三天，洛莎紧紧盯着克利斯朵夫，那一晚萨皮纳没有出现。

第四天，克利斯朵夫和萨皮纳都没出现，街上只剩下洛莎一个人。她什么都没有得到，反倒被克利斯朵夫恨透了。黄昏时那仅有的一段时光是克利斯朵夫唯一觉得快乐的时刻，而现在洛莎连他的这点快乐都给剥夺了，他早就恨透了她。克利斯朵夫满心里只关注着自己的感情，从未在意过洛莎的想法，所以他根本无法原谅洛莎。

萨皮纳虽然还不知道自己是不是爱上了克利斯朵夫，但洛莎的心思她却早已看穿了，她很明白洛莎是忌妒了，她嘴上不说，但心里与一切有姿色的女人一样有种天生的残忍，她感到自己胜券在握，十分狡猾地一言不发地对那个蠢笨的情敌的举动冷眼旁观。

洛莎虽然打了胜仗，但胜利的果实却令她十分懊丧。对于克利斯朵夫最好的方法就是放开他，不要总是纠缠他，可惜她从来不用这个好办法。她能想到的就是在克利斯朵夫面前提及萨皮纳，而这却是最坏的手段。

她内心忐忑、焦躁不安、有些害怕地跟克利斯朵夫说萨皮纳长得漂亮，以试探克利斯朵夫。“她的确很漂亮。”克利斯朵夫冷冷地答道。洛莎不禁伤心了，虽然早就料到他会这么说。萨皮纳长得漂亮她早就知道了，只是一直没去注意，现在她试着从克利斯朵夫的角度审视萨皮纳：秀丽的面庞上长着小巧的鼻子，精致的嘴巴，无骨的身体小巧玲珑，一举一动无不透着风韵……啊！看了真让人痛苦！……她甚至愿意牺牲一切，只为换取这样的身材！现在她太清楚了，为什么克利斯朵夫喜欢萨皮纳而不喜欢她！她的身体，上帝怎么会给了她这样的一副身躯呢？这身体压迫着她的精神，痛苦万分！啊，这身体太丑陋、太可恶了！大概只有死亡才能摆脱它了……然而洛莎是高傲的，她决不会因为他不爱她而哀怨，因为她知道自己没有这个权利；洛莎又是谦卑的，她努力使自己更谦卑，可本能却在抵抗这谦卑，内心激荡着极大的不公平感，为什么这么丑陋的身体偏偏是她的？为什么萨皮纳能有那么优美的身段？为什么他要爱萨皮纳而不爱她？她要怎么样才能让他爱上自己？洛莎冷眼打量着萨皮纳，毫不留情地评价她的行为，说她闲散懒惰，不修边幅，极端自私，态度冷漠，不管家庭和孩子，说她只顾着自己，她的生活只有吃饭睡觉，四处闲逛，无所事事……而这样的人居然会讨人喜欢，连自己最敬佩的对人这么严厉的克利斯朵夫都喜欢她！啊，这简直太不公平了！怎么会有如此荒唐的事！可是克利斯朵夫怎么就没看到萨皮纳的缺点呢？洛莎不由自主地竟在克利斯朵夫面前说萨皮纳的坏话了。这个好心肠的姑娘并不愿意说这些，她从不喜欢说别人的坏话，她常常为自己的话而后悔。但钟情于萨皮纳的克利斯朵夫对萨皮纳的维护更令她后悔不已。这个感情受到伤害的男孩居然也能成功地伤害别人。洛莎低头不语，紧咬着嘴唇不让自己哭出来，默默地走开了。在内心里，她觉得这都是她的错，是她自己咎由自取，克利斯朵夫爱着萨皮纳，而她对萨皮纳的攻击令克利斯朵夫伤心了。

洛莎的母亲根本没有洛莎那样的耐心，她和老于莱很快就发现了克利斯朵夫和萨皮纳的谈话，伏奇尔太太心里跟明镜似的，一下就明白了个中意味。他们心中早就做了要把洛莎许配给克利斯朵夫的打算，虽然并没有征求过克利斯朵夫的意见，而此刻克利斯朵夫却与萨皮纳交往，这简直是对他们的莫大侮辱。阿玛利亚性情专横，容不得别人忤逆她的思想，当她多次在克利斯朵夫面前明确表示看不上萨皮纳后，克利斯朵夫依然同萨皮纳亲近，这令她尤为恼怒。

只要克利斯朵夫在她面前，她就毫不客气地挖苦萨皮纳。她的观点极为大胆，说话极为刻薄，可以十分容易地找到难听的词来针对萨皮纳，她的用语是那么不堪入耳，以至于克利斯朵夫简直要受不了了。在伤害人或讨好人这两门艺术中，女人的力量强悍到远远超过男人的想象。受这种本能的驱使，阿玛利亚猛烈地攻击着萨皮纳，比如她的懒惰成性，比如她的道德问题，尤其是在个人卫生方面攻击得尤为猛烈。阿玛利亚的眼睛放肆地窥视着对方，目光穿过萨皮纳的窗户，直达其卧室。她寻找着萨皮纳个人卫生方面的蛛丝马迹，然后一件一件地说出来，仿佛要让每一个人都知道。她的语言粗俗至极，有时有些内容实在太隐私了，她就暗示给人家。

克利斯朵夫愤怒极了，她的话令他十分难堪，他脸色发白，不停地哆嗦着嘴唇。眼看着克利斯朵夫就要爆发了，洛莎连忙制止母亲，甚至帮着萨皮纳说话，可是伏奇尔太太非但不停止，反而愈演愈烈了。

突然克利斯朵夫一拍桌子，猛地站了起来，嚷道："一个人在背后如此诋毁另一个女人，甚至窥探别人的隐私，当笑话似的都讲了出来，实在太卑鄙了！这样不遗余力地去攻击一个善良可爱、不谙世事、对人和善、不嚼舌根的人，实在是太恶毒了！你以为这样就能伤害她吗？你错了。你的诋毁只会让别人更加喜欢她，更加觉得她的善良可爱。"

阿玛利亚也感觉自己说得过分了，但克利斯朵夫如此教训她令她不禁恼羞成怒，把矛头指向了其他方面。她说，善良两个字只消动动嘴皮子就能说出来，可是善良能掩盖一切吗？哼！那个女人整天无所事事，不顾孩子，也不做自己该做的事，这样的人就被认为是善良的，实在太荒谬了！

克利斯朵夫针锋相对地答道，人生首要的责任应该是让他人觉得生活快乐，但总有些人把责任说成是那些丑陋的、沉闷的、令人反感的东西，这些人打着尽责的旗号而妨碍他人的自由，不断地伤害别人，把邻居、仆人、亲友，甚至自己都折磨透了。这些人，这种所谓的责任真像瘟疫，上帝保佑，我可不想碰到他们。

阿玛利亚一点儿也不客气。克利斯朵夫也毫不留情。争论愈演愈烈。而这场争论的结果就是从此之后，克利斯朵夫更加频繁地去找萨皮纳了。他总要故意当着阿玛利亚与洛莎的面去敲她的门，跟她说说笑笑，显得十分开心。阿玛利亚常常说些愤怒的话报复他，而可怜的洛莎心都碎了，哭得极其辛酸与委屈。她知道他看不起她们，他是在用这种残忍的手段报复她们。

如此一来，曾经总是受气的克利斯朵夫如今竟也学会了给她们气受。

萨皮纳有个做面粉师的哥哥，住在离她有十几里距离的一个叫朗台格的村子里。不久之后，他要给一个孩子做洗礼，而萨皮纳是孩子的教母。她邀请了克利斯朵夫。尽管他对这种喜庆的事一点都不感兴趣，但可以气气伏奇尔一家，又可以和萨皮纳在一起，他便欣然答应了。

萨皮纳存心开玩笑，也向阿玛利亚与洛莎发出邀请，虽然她知道她们肯定会拒绝。结果也正如她所料。洛莎心里十分想接受她的邀请。对于萨皮纳，她没有瞧不起，并且因为克利斯朵夫喜欢萨皮纳，她甚至对萨皮纳颇有好感了，她想去搂着萨皮纳的脖子，说自己非常愿意去。可是她的母亲是她效仿的榜样，她只好跟她母亲一样，带着点傲气谢绝了。等克利斯朵夫和萨皮纳走后，她难受得都快透不过气了。啊，七月份的午后多美啊，他俩在田野里散步，他俩有说有笑，他俩可真快乐！可是她呢，关在堆满衣服的房间里缝缝补补，旁边还有一个唠唠叨叨的母亲。啊！她真后悔！为了一时的傲气，她居然拒绝了这么一个快乐的好机会。可是现在已经来不及了，来不及了……

面粉师赶了辆马车来接克利斯朵夫和萨皮纳，车上放着板凳，沿途又接了其他几位客人。午后的天气干燥而凉爽，田野里的樱桃一串一串的鲜红明艳，被明亮的太阳照得发亮。萨皮纳笑意盈盈，原本有些苍白的脸上在此刻因为新鲜空气吹拂而变得粉红。小女孩坐在克利斯朵夫的腿上。两人彼此并不说话，只是和旁边的人聊着天，也不在乎旁边是谁，不在乎说了些什么。只要能彼此听到对方的声音，彼此都坐在同一辆马车内，就足够令他们高兴了。两人目光交错，像孩子般快乐地指着周围的景色，或是一座屋子，或是一棵树，甚至一个行人。萨皮纳非常喜欢乡野，可是她太懒了，从来不会想着要出来散散步，她几乎有一年没有出过城门。今天看到的这些景色令她开心极了，不住地回味。克利斯朵夫虽然不觉得这乡村的景色有多新鲜，但他是如此爱萨皮纳，以至于凡是她的喜悦与激动他都能感受到，并且情绪比她还要高，兴致比她还要浓。恋爱中的人总喜欢透过情人的眼光去看世界，当两个相爱的人的精神融合在一起的时候，彼此的生命力也会渗透进对方的生命中。

马车在磨坊停了下来，一些早到的来客和同村庄的人向他们打招呼，院子里人声鼎沸，震耳欲聋，还夹杂着鸡、鸭、狗等动物的叫唤声。萨皮纳的哥哥叫贝尔多，方脑袋方肩膀，长着一身的黄毛，与萨皮纳的瘦小纤弱恰恰相反，他身材高大壮硕。贝尔多一把抱起萨皮纳，然后又像怕弄疼她似的轻轻将她放在地上。克利斯朵夫马上就发现，无论壮硕的贝尔多做什么萨皮纳都由着他，而憨厚的贝尔多尽管很直白地笑话她的懒惰、任性等一切缺点，却仍然疼爱她、惯着她。她对这种溺爱早就习以为常。她对什么事都觉得司空见惯，不足为奇。她从不做些特意讨人喜欢的事，在她看来，别人喜欢她也是很平常的事，即使有人不喜欢她，也毫不在意。也许正是这样的满不在乎的性格，才使得每个人都喜欢她吧。

不久之后，有个发现令克利斯朵夫很不高兴，原来洗礼不仅有教母，还有教父，而教父对教母依照惯例是有些特权的，碰到年轻漂亮的教母，这些教父是绝不会放弃的。一个有着金黄鬈发、戴着耳环的农民走近萨皮纳，微笑着亲了亲她的两腮。克利斯朵夫看了之后才想起有这个风俗。他事先没有想起这个风俗，现在为这个风俗生气了。但他没有为自己的糊涂而生气，反而在心里有些责怪萨皮纳了，责怪她故意把自己引进圈套。在之后的仪式中如果萨皮纳没在他身边，他就很不高兴。大家站成一个长长的队伍，在草场上逶迤蛇行，萨皮纳时不时地转过头看他一眼。他假装没看到她和善的眼光。她知道他生气了，也知道他为什么生气，但她并不着急心慌，反而觉得很有趣。跟爱人闹别扭了，她的确非常难过，可她实在不愿去费力做点什么以化解误会。她相信，只要顺其自然什么事情都会解决的。

吃饭的时候，克利斯朵夫的一边坐着面粉师的太太，另一边坐着个姑娘，通红的脸颊，身材很胖。刚才他陪着她去看弥撒时，看都不看她一眼，现在瞅瞅觉得长得还行。为了出口气，也为了引起萨皮纳的注意，他不断地向胖姑娘大献殷勤。果然，他成功了！但萨皮纳看上去一点都不生气。萨皮纳是那种不爱忌妒也不爱计较的女人，只要克利斯朵夫爱着她就够了，至于他是不是还爱着别人，她全不在乎。此刻看到克利斯朵夫有事可做，不再生闷气，她反而觉得很开心，便隔着桌子向克利斯朵夫微笑着，极尽温柔。可是克利斯朵夫却慌乱了，萨皮纳的表情表明她压根儿就不在乎他对别的姑娘大献殷勤。他又生气了，不管别人和自己开玩笑还是敬酒，他都一言不发地生气。这顿仿佛永远吃不完的饭让他憋了一肚子气。面粉师提议大家一起去坐船，并顺道把一些客人送回庄上。他迷迷糊糊地，连面粉师的话都没听见。萨皮纳向他示意，邀他同坐一条船，可惜他恍恍惚惚地根本没看到。等到他反应过来时，萨皮纳的船都坐满了，他只好坐到另一条船上。不能和萨皮纳坐同一条船令他心情很坏，幸好差不多所有的人都会在半路下去，这让他舒心不少。他展开了紧皱的眉头，和颜悦色地与同伴聊天。天气不错，划着船在河面上消磨一个下午，老实本分的乡下人一路上笑嘻嘻的，他的心情不由得好了起来。既然萨皮纳不在身边，他也不用只顾着自己了。克利斯朵夫这样想着，便与其他人一样痛痛快快地玩了起来。

河面上前后相连一共有三条船，争先恐后，船上的人嬉笑打骂，热闹非凡。当船相互靠近时，萨皮纳对克利斯朵夫笑眯眯地看着，克利斯朵夫也不禁朝她报以微笑，两人算是讲和了。一会儿他们还得一起回家。

有人提议唱些四部合唱的歌，几个人一组，每组唱一部分，遇到合唱的部分大家就一起唱。几条船散开了，歌声彼此应和，如飞鸟一般滑向水面，一掠而过。不时地会有一两个人要上岸，船便慢慢地靠向岸边，上岸的人挥舞着双手向船上的人告别。人群渐渐分散了，唱歌的队伍也越来越小了。最后便只剩下萨皮纳、克利斯朵夫和面粉师。

三人坐在同一条船上，克利斯朵夫和贝尔多一人拿着一只桨，无须划桨船便顺流而下。克利斯朵夫正对着坐在船尾的萨皮纳，她一边望着克利斯朵夫，一边和哥哥交谈着。萨皮纳与贝尔多的对话令克利斯朵夫和萨皮纳都能静下心细细思索。全靠了那些胡言乱语，他们俩才能达到这样默契的境界。嘴里似乎在说："我可没有看你哦。"但两人的眼睛却明白显示着："是的，我爱你，可你是谁？……不管你是谁，我都会爱你，但你到底是谁？"

突然大片乌云聚集在空中，连太阳都给遮蔽了，草原上渐渐升起了白雾，河面也冒起了水汽。萨皮纳用小黑披肩把头和肩膀都裹紧了，整个人都哆哆嗦嗦的，看上去很累。船顺着江岸前行，一片片柳枝扫过船面。萨皮纳的小脸愈显苍白了，她嘴唇紧紧地抿着，眼睛紧闭着，雕塑般一动不动，表情十分痛苦，又好像痛得昏死过去了。克利斯朵夫探身瞧她，心里难受极了。她微微睁开眼，看到他正焦虑地望着自己，表情十分着急，就露出了一个微笑。而那微笑在克利斯朵夫看来简直是一道阳光，他问道："你不舒服吗？"

萨皮纳摇了摇头，回答说："没，只是有点冷。"

两个男人一同将外套披在萨皮纳身上，她的脚、腿、膝被紧紧地包裹在衣服里。她像一个躺在床上的孩子，任凭两个男人摆弄，只是不时地向他们投去感谢的目光。下雨了，小小的雨滴打在脸上冰冰凉凉的，克利斯朵夫和贝尔多连忙划起船桨，急急忙忙往家赶。天空中布满了浓密的乌云，天都暗了。一层层乌黑油亮的水浪在河面上此起彼伏，不停地翻滚着。散落在田野里的屋子此刻已经星星点点地亮起了灯光。不多久便大雨滂沱，他们没能在雨下来之前赶回磨坊，而萨皮纳早已被冷雨浸得透湿。

大家在厨房一边等着阵雨过去，一边在灶膛里生起大火。但暴雨越下越大，狂风也刮个不停。回程的路有十几里，克利斯朵夫和萨皮纳必须坐车才能回去。面粉师贝尔多坚决不让萨皮纳在这样的暴雨天气中赶往城里，要留他们俩在庄子上住一晚。克利斯朵夫不知道该不该答应，便向萨皮纳投去了征询的目光。可是萨皮纳仿佛不想干扰克利斯朵夫自己做决定，她的眼睛紧紧盯着灶膛里的火。当听到克利斯朵夫答应住一晚时，萨皮纳转过脸来对着他，他知道她是高兴的。她的脸红红的，不知道是不是因为被炉火照的。

啊，今晚可真愉快！暴雨还在屋外下着，雨势仍然凶猛。屋内，灶膛里一团团闪烁的火花飘向烟囱。他们坐着，围成了一个圈，墙上跳动着一团团奇怪的影子。面粉师在教小女孩玩影子，他用手做出各种手势，墙上便出现了一个个形状奇怪的影子。孩子开心地咯咯笑着，看着影子又有点怯怯的。萨皮纳对着火坐着，手里握了把笨重的火钳，正躬身拨动灶膛里的火。嫂子坐在她旁边，随意地拉着家常。萨皮纳神情有些疲惫，微笑着不时地点点头，以示她在听，但实际上她一个字都没听进去，完全沉浸在自己的胡思乱想之中。克利斯朵夫坐在面粉师身边，轻轻摆弄着小女孩的头发，身体陷进阴影中，眼睛望着萨皮纳的笑容。他知道她是在对他笑，而她也知道他正在望着她。整个晚上两人都没有交谈的欲望，连目光都没有交错过。

晚上大家早早地就散了，各自回房休息。克利斯朵夫和萨皮纳的房间是相通的，房内仅仅隔着一扇木门。回房后的克利斯朵夫不由得瞅了瞅那扇门，心里明白那边的萨皮纳肯定将门锁好了。躺在床上，克利斯朵夫辗转反侧，不停地强迫自己睡。窗户玻璃上有雨水拍打的叮叮当当声，烟囱里有风在呼啸，楼上大概有扇门没关严实，被风吹得吱吱作响。窗外有一棵白杨树，此刻正被肆虐的狂风摧残，树枝不断地发出咯咯的响声。想到萨皮纳同他在同一个屋子内，她就在他身边，仅仅一墙之隔，克利斯朵夫躁动不安，无法入睡。他听不到萨皮纳房间里的响声，但他觉得自己看见她了。克利斯朵夫从床上坐起身，隔着墙轻声呼唤她，向她诉说着温情。啊，那个心爱的声音竟然也在轻声呼唤他，还跟他说着同样的话，仿佛在回应他。他迷茫了，不知道是他自己在自问自答，还是萨皮纳真的在说话。突然有一声呼唤有些大声，他按捺不住了，立刻下床，在黑暗中摸索着，走向那道门；他没想过要去打开那扇门，而且那扇门锁着，他很安心。可是当他刚握住门把手，那扇本该锁着的门竟然开了。

他不禁愣住了，小心地轻轻关上门，接着又扭动把手，门开了，再一次，他轻轻关上了门。这扇门刚刚明明锁住了的，怎么开了？是谁把锁打开了？克利斯朵夫心跳加快，几乎窒息了，他靠着床坐下来，大口大口地喘着气。肉体的欲望像魔兽般将他团团困住，他浑身颤抖，他竟然不能动了。几个月来，他是如此渴盼这种欢乐，这欢乐他从未尝试过。现在机会就在眼前了，毫无障碍，然而他却害怕了。这个脾气暴躁的少年被他的爱情胁迫了，当他的欲望突然可以实现时，惊恐与厌恶席卷了他。那些欲望变成了可耻的，一想到将要做什么，他就羞愧不已。他的爱如此强烈，以至于他竟然不敢尽情享受他的爱人。他胆怯了，他不禁逃避这欢乐，不顾一切。爱情啊爱情，是否只有羞辱了所爱的人才能得到你？

欲望驱使他又走到门边，手握着门把手，犹豫不决。他心里充斥着爱情与恐惧，他浑身颤抖。

隔着这道门，站着光脚的萨皮纳，冰冷的地板令她不停地哆嗦。

过了不知多久，也许几分钟，也许几个小时，两人就这样僵持着。他们不知道彼此都站在门边，彼此向对方展开手臂，但他们心里却十分清楚这一点。他的爱情是那么强烈，竟使他不能鼓足勇气进去；她向他呼唤，她在等着他，可一想到他真的进来，又感到害怕了。终于，当他鼓足勇气决定推门而入时，她刚好下定决心，将门锁上了。

他像疯子般拼命地推着门，嘴巴紧紧贴在锁孔上，不断哀求道：

“萨皮纳，把门打开吧！”

萨皮纳听到他在轻声呼唤她，甚至连他的呼吸声都能听到。但她没有动，只是呆立在门旁边，牙齿咯咯作响，浑身冰冷，她一点力气都没了，没办法开门，也没办法回到床上。

屋外依旧狂风肆虐，树枝在狂风中不停地扭动着身躯，屋里的门被风吹得呼呼作响。回到各自床上的克利斯朵夫和萨皮纳，疲惫至极，也苦闷至极……屋外响起了雄鸡打鸣的声音，如破旧的喇叭般嘶哑。窗户上布满了水汽，晨曦中那微弱的阳光透射进来。这被持续的大雨淹没的黎明显得暗淡、惨白。

克利斯朵夫等到天亮了就起床，来到厨房，跟贝尔多一家闲聊着。他为了避免单独见到萨皮纳，他说要早点动身出发。他从贝尔多夫人那里得知，萨皮纳因为昨天的大雨而感冒了，现在病着，今天不能回城里了。听了这些，克利斯朵夫不禁松了口气。

一个人回去，他感觉十分凄凉。因为不想坐车，他打算徒步走回城。大雨将田野浸透了，升起的雾气黄黄的，像死人的裹尸布。大地、树木、村舍全都笼罩在这片大雾之中。生命像日光般熄灭了。一切都如同幽灵，甚至他自己也像幽灵一般。

回到家时，他看到所有人都在为他生气。他和萨皮纳彻夜未归，鬼晓得他们是在哪里过的夜，大家为之愤怒不已。他把自己闷在房里，默不作声，将自己埋进沉闷的工作中。第二天萨皮纳回到家后，也躲着不出门。为了避免碰面，两人都互相提防着。大雨下个不停，天变得非常冷了。两人足不出户，只在各自的玻璃窗中能彼此看到。萨皮纳在身上裹了很多衣物，点着炉火，脑子里胡思乱想着。克利斯朵夫整个人都埋在了纸堆中。隔着窗户，两人向对方点点头，态度极为冷淡。他们搞不清楚各自心里在想些什么。他们都恨着对方，恨着自己，恨着一切。两人都不愿意想起农庄上那夜的事，因为一想到它两人就会脸红，可是他们却不知道为什么而脸红，是为他们居然有那种欲望而脸红？还是为他们被那种欲望钳制而脸红？他们难过，是因为一见面必然会想起那些他们不愿想起的事，见面是如此的痛苦，以至于他们决心躲在自己屋里，以为这样就能忘掉对方。可是这怎么可能做得到？他们难过，也是因为彼此心中都藏了敌意。萨皮纳神情冰冷，恼怒全写在脸上，以至于克利斯朵夫只看一眼就永远忘不了。这样的恼怒也令萨皮纳痛苦不堪，她想压制它们，甩开它们，可惜事与愿违，她无论如何也逃脱不了。萨皮纳的心中还充满了羞愧，因为克利斯朵夫猜透了她的心思，而自己内心本想给他，结果却反悔了。

克利斯朵夫收到了邀请，要到科隆与杜塞尔多夫两个地方举行几场音乐会，他欣然接受了。能有两三个星期出门散心，他是很乐意的。克利斯朵夫拿出全部精力来筹备音乐会，忘情地创作新的曲子，那些不堪的回忆也慢慢消散了。萨皮纳也逐渐淡忘了那些事，又恢复了平常的生活，整日恍恍惚惚。渐渐地，两人竟可以很平静地想到对方了。不禁有些怀疑他们是否真的爱过对方。临近出发，克利斯朵夫都没有想到跟萨皮纳道别。

出发前一天，又是一个星期天的午后，所有人都出去了。莫名其妙地他们又有了独处的机会。克利斯朵夫出门为旅行的事做准备，回来时，看到萨皮纳正坐在小园子里，懒洋洋地晒太阳。他匆忙地向她点了点头，便急急忙忙地走了。但就在快进屋时，他停了下来，他看到了萨皮纳苍白的脸，看到了她脸上的情绪，有些悔恨，有些恐惧，有些温情。他转身靠向铁丝网，向萨皮纳致意。萨皮纳朝他伸出一只手，那意思仿佛是要向他讲和。她没有说话，只是静静地笑着，那笑容中的温柔是他从未见过的。他越过铁丝网，紧紧抓住了她的手，躬身忘情地亲吻着，他甚至想跪在她面前，对她说：“我爱你。”萨皮纳没有抽回手，两人没有向对方解释什么，就那么互相瞧着。过了一会儿，萨皮纳挣脱了克利斯朵夫的手，转身背对着他。克利斯朵夫为掩饰内心的慌乱，也把头转向一边。之后两人又都彼此凝视着，目光中透着安定。夕阳西下，落日的余晖映照着天空，那黄昏的天空明净寒冷，那晚霞透着橘、黄、青、紫等颜色，色彩十分细腻。她像平时一样，裹紧了披肩，哆哆嗦嗦。

“你还好吗？”他问道。

克利斯朵夫的提问根本无须回答，萨皮纳只是微微撇了撇嘴巴，没说话。两人如同曾经失散了，而此刻终于相遇了，他们如此快乐，他们静静望着对方……

终于沉默被打破了，他说道：“我明天就要走了。”

“你要走？”萨皮纳非常吃惊。

“噢！只离开两三周而已。”他连忙补充道。

“两三周！”她呢喃着，有点儿心神不安。

克利斯朵夫说他是去开演奏会，回来后的整个冬天都待在家里了。

“噢，冬天，”她说，“冬天还远着呢。”

“噢！冬天不是一眨眼就到了吗？”

她摇了摇头，眼睛看着别的地方，过了一会儿又问：“那我们下次见面是什么时候呢？”

这句话把他搞糊涂了，他刚刚不是已经说过了吗？

“音乐会也就半个月，最多二十天，等我回来了咱们就能见面了。”

她的神色还是有点失落。望着她那黯然的神情，他开玩笑道：

“二十来天对你来说也不算长吧，睡睡觉就过去了。”

“那倒是。”

她想笑，可是太勉强了，她嘴唇都在颤抖着。

“克利斯朵夫！”她突然挺直身体，对他喊道。

她的语气有些悲伤，有些痛苦，仿佛在说：“别走可以吗？待在家里可以吗？”

他凝视着她，握着她无骨的手，萨皮纳如此放不下这短短半个月的离别，令他着实不解。但只要她说“不要走”，他肯定立马回答：“好吧，我答应你不走。”

萨皮纳正打算说点什么，突然，临街的大门被推开了，原来是洛莎回来了。萨皮纳一把挣脱克利斯朵夫的手，赶紧向屋里跑。将要进屋时，她回头看了看克利斯朵夫，然后转身消失了。

克利斯朵夫本打算晚上的时候再去见见萨皮纳。可是伏奇尔一家紧紧盯着他，母亲也在他身边，寸步不离，行李也还没有收拾好，他没时间溜出去见她了。

第二天一大早，克利斯朵夫就出发了。没能够跟萨皮纳道别，令他十分难过，昨天他本想跟她说再见的，却被突然回来的洛莎生生打断了。他经过萨皮纳的门口有种冲动，他想要去敲敲她的窗户，终于还是打消了这个念头。想着这个时候萨皮纳大概还在睡觉，把她叫醒她会不高兴的，况且见了她也不知该说些什么，要取消这次旅行也为时已晚。如果她求他取消呢，他又该怎么办？他就这么胡思乱想着。最后，他不由得想要试探一下自己在她心中的分量，这么想着，他认为暂时让萨皮纳痛苦一下也许并不是什么坏事。在他看来，与萨皮纳短暂的离别并没有多么痛苦，如果她真的爱他，那他这次短暂的离开，说不定还能令她更加地爱他。

他一路狂奔至车站。无论怎么想，他对萨皮纳始终有些内疚。

可当车子一开动，他便忘了一切，只觉得心中充满朝气与活力。初升的朝阳温柔地照着古城中的钟楼和屋顶，洒下一片淡淡的粉红，他与它们道别，心中是无限喜悦的，和所有远行的人一样，他毫无牵挂，对所有留下的人告别后，就不再想起他们了。

在科隆与杜塞尔多夫的那段时间里，克利斯朵夫没有一次想起萨皮纳。饭局，谈话，预奏会，音乐会，无数繁忙的事情从早到晚地霸占着他的精神，眼睛只关注无数的新鲜事物，他的演奏会十分成功，他得意极了，根本没有时间想起其他的事。仅仅有一次，那是他离家之后的第五个晚上，克利斯朵夫突然从噩梦中惊醒。他在梦中居然想起了萨皮纳，可他无论如何也想不起来他是怎么想到她的，他刚一想到她就惊醒了。醒来后他悲痛不已，内心骚动不安，再也睡不着了。他觉得自己此刻的失眠是有理由的，因为晚上他刚进行完一场演奏，事后又被人拉去吃消夜，还喝了不少香槟酒。既然无法入睡，他索性披衣起身了。他的脑子里萦绕着一段不知名的音乐。他大概以为这段音乐才是导致他失眠的原因，便提笔将它写在纸上。写完后他轻轻哼了出来，不禁大吃一惊，这调子竟有着如此浓郁的悲伤。可他刚刚在写着调子的时候，丝毫没觉得悲伤。对于自己内心的这种不同寻常的表现，他实在已经习惯了，虽然的确有些令人莫名其妙。因为有几次他是真的非常悲伤，可如此悲伤的他写出来的曲子竟然欢快异常，令他生气。所以这次的反常，他也不多想，倒头就睡了，第二天早上，什么也不记得了。

克利斯朵夫比预期晚了三四天才动身回去。虽然只要他愿意，他可以立刻动身离开，但他由着自己的性子，并不急着回去。在踏上回程的车厢之前，他几乎从未想起过萨皮纳。他不给她写信，心里满不在乎，甚至都懒得去邮局询问是否有他的信件。他仗着远方有人在等他，有人在爱着他，心安理得地不给她发一点消息，并在心里觉得十分痛快。噢，等等，她爱他吗？她从来没对他说过爱他，他也从未对她表白过。虽然两人对这一点都心知肚明，根本用不着说出来，可是他是如此想听她说出来，还有什么能比这诉之于口的爱更令人开心的呢？可是他们怎么一直没说出来呢？每当他们要向对方倾诉衷肠时，总会出现一些偶然的事、不顺心的事，将他们打断。啊！为什么？为什么？他们浪费了太多宝贵的时间！从爱人的嘴里听到那句爱情誓言，这该多美妙啊！他有些迫不及待了，他甚至迫不及待地想要对她说那神圣的话。车厢里除了他再没有别人，他高声地说了一遍又一遍。离家越近，他越着急，竟有些悲怆和苦闷了！时间过得快点吧！再快点吧！噢！还有一小时，还有一小时他就能看到亲爱的她了！

早上六点半，他回到了家。所有人都还没有起来。萨皮纳的窗子关得紧紧的。他蹑手蹑脚地经过院子，不想被她发现。一想到可以给她一个惊喜，他不由得笑出了声。飞快地跑上楼，发现母亲还没醒。他洗了把脸，没发出一点声响。肚子饿得咕咕叫，他想去橱柜里找点吃的，又怕吵醒了母亲。就在这时，他听到了楼下院子里一阵脚步声，轻轻地把窗户打开，看到了正在扫地的洛莎，她总是最先起床的。他叫她，声音很轻。一看见是他，洛莎做了个动作，看得出她又惊讶又欢喜，可紧接着她又沉下了脸，很严肃的样子。他以为洛莎仍然在气恼他，但克利斯朵夫心情很好，他走到楼下，来到洛莎身边：

“洛莎！洛莎！”他说道，语气中透着喜悦，“快给我拿些吃的来，快饿死了，再找不到吃的，我就把你吃了！”

洛莎笑着把他带到厨房，给他倒了一大碗牛奶，不断询问着他的旅行和音乐会的事。此刻的克利斯朵夫刚回到家，心情很好，连洛莎的聒噪絮叨他都有点儿喜欢了，他很高兴地回答着洛莎的问话。一旁的洛莎不停地问长问短，可是突然她不说话了，板着脸，好像有心事似的，眼神飘忽，望着别处。然后又接着说话，却突然又停住了，仿佛有点为自己的多嘴多舌而自责。克利斯朵夫终于发现了洛莎的异常，便问：

“发生什么事了，洛莎？还在生我的气吗？”

她用力摇了摇头，表示没有生气，然后转过身背对着他，又突然转身抓住克利斯朵夫的两只胳膊，她平时也是这么一惊一乍的。她对他说：“啊！克利斯朵夫！”

他被她吓了一跳，手里的面包掉到地上了：“怎么啦！什么事？”

她又说：“噢！克利斯朵夫！出大事了！”

他推开桌子，吃惊得都有点结巴了，问：“这里吗？”

她的手指向对面的屋子。

他大叫道：“噢！难道是萨皮纳？”

洛莎哭着告诉他说：“可怜的萨皮纳死了。”

克利斯朵夫眼前一黑，他站起来，险些摔倒，连忙扶住桌子，动作太大，桌上的东西被打翻了。一股强烈而巨大的痛苦感席卷而来，他想叫喊却发不出声音，终于克利斯朵夫呕吐起来。

这可把洛莎吓坏了，她忙上前将他的头抱在怀里，跟着不停地哭。

好一阵后他才能开口，他说：“不，那不是真的！”

他在自欺欺人，他不承认这事实，他要这一切从没发生过。可洛莎满脸的泪痕告诉他这一切都是真的，容不得他再怀疑，他禁不住爆发出一阵哭吼。

洛莎抬起头喊他："克利斯朵夫！"

他手捂着脸趴在桌上。她躬身向他靠近，说："妈妈来了！克利斯朵夫！"

克利斯朵夫一下子站了起来："噢！不，不要让她看到我。"

他任由洛莎牵着，深一脚浅一脚地走着，泪水充满了双眼，他被引进了紧靠院子的柴房里。洛莎关上柴房的门，里面就变得黑漆漆的了。柴房里有个树根，平时是用来劈柴的，克利斯朵夫就坐在树根上，洛莎在柴火堆上坐下了。柴房里面已经听不清外边的声音了，克利斯朵夫放声大哭，尽情宣泄着，即使他大叫大嚷，外面的人也听不见。洛莎从未见过哭着的克利斯朵夫，她也从没想过他会哭，在她看来，只有她这样的女孩子才会哭，此刻他的痛哭是源自一个男人内心的绝望，洛莎为之又惊慌失措，又心疼不已。她无私地爱着克利斯朵夫，她愿意为他受苦、为他牺牲，甚至代他受罪。如母亲一般，洛莎双手环绕着他，说："好了，别哭了，亲爱的克利斯朵夫。"

克利斯朵夫将头偏向一边，回答说："我情愿去死！"

洛莎双手合十说道："不要这么说，克利斯朵夫！"

"我情愿去死。我要去死，要去死，这么活着还有什么意思？"

"克利斯朵夫，亲爱的克利斯朵夫！还有人爱你，你不会孤独。"

"那和我有什么关系？我谁都不爱，别人是死是活，不关我的事。我谁都不爱，我只爱萨皮纳，只爱她！"

他的头深深地埋进手掌里，哭声更大了。洛莎没有再说什么，克利斯朵夫如此自私的爱情令她心如刀割。她以为现在是她和他心灵最靠近的时候，没想到他的绝情令她更可怜更孤独了。莫大的痛苦不仅没有将两颗孤独的心拉在一起，反而让两颗心隔得更远了。她哭了，伤心极了。

半晌，克利斯朵夫停止了哭声，问："她是怎样？是怎么回事？"

尽管他的话很不完整，但洛莎马上明白了他的意思，回答说："你走的那天晚上，她得了流行性感冒，然后就去世了……"

"上帝啊！为什么不给我写信？"他哽咽着问。

"我写过信的，可是你没有告诉我们你的地址。我到戏院去问了，戏院里的人也不知道。"

他了解她，她那么害羞，还跑到戏院去，真是难为她了。

"那，那是她让你写信的吗？"他又问。

她摇摇头："不是的。是我自己想写的……"

他眼睛里流露出了感激之情，洛莎的心都融化了："噢，可怜的人，可怜的克利斯朵夫！"

她的手勾住了克利斯朵夫的脖子，泪水涟涟。克利斯朵夫第一次感受到如此纯洁的感情，这感情是如此的可贵。他迫切地需要安慰，他紧紧抱着洛莎，说："噢，你真好，你也喜欢她对吗？"

她从他的怀抱中挣脱出去，没有回答一个字，只是给了他一个热情的目光，然后哭了。

洛莎的眼光令他心中一颤，他明白她是在说："我爱的是你啊！"

几个月来克利斯朵夫所不知道的，也不愿意知道的事实此刻就摆在他面前：她爱上了他。

"嘘！别出声，有人在叫我。"

那是阿玛利亚的声音。

“你现在回去吗？”洛莎问。

“不，现在还不能回去，还不能跟母亲说话，等会儿再回去吧！”

“那你现在在这里待一会儿，我马上回来。”

他静静地坐着，柴房里十分黑暗，墙上有个透风的洞，上面结着蜘蛛网，一道日光从小小的洞中斜斜地透进来。隔着墙壁能听到临街女人的叫卖声，隔壁马房里有匹马打着响鼻，时不时地用蹄子踢着墙。明白了洛莎的心意之后，克利斯朵夫的注意力才被分散了一小会儿，并没有太多的高兴。以前他想不明白的事，那些他从不留意的小事，此刻回想起来，也都豁然开朗、简单明了了。至于为什么会想到那些关于洛莎的小事，他自己也十分奇怪。这苦难于他是一种责任、一种心意，丢开这苦难，哪怕只是丢开一分钟，他都觉得不应该。但是这苦难是多么的残酷啊，爱情的力量比不过自卫的本能，他本能地要保护自己，要丢开这苦难，要转移目光去想洛莎的问题。此时的他如同一个溺水的人，不由自主地想要抓牢身边的一切事物，好让自己别那么快地沉下去。此刻，他正痛苦着，有个人为了他也在痛苦着，这痛苦他能感受到。洛莎的眼泪他全都明白。他不禁可怜起她来了，曾经他对她是残忍的，将来他对她也只能是残忍的，因为他不爱她。他不爱她，那她爱他又有什么意义呢？啊，可怜的洛莎！他安慰自己说，洛莎心肠好，这一点她刚才就让他感受到了，可是她心肠好跟他又有什么关系？她的生命跟他有什么关系？

他甚至想：“为什么死的是萨皮纳而不是洛莎？”

他又想：“洛莎还活着，她活着，她爱我，她可以随时对我说她爱我这句话，今天，明天，或者一辈子；可是萨皮纳，我唯一深爱的萨皮纳，她死了，都来不及说她爱我，我也来不及对她说我爱她，我再也不可能听她说那句话了，而她也不可能听我说那句话了……”

他又想起了离别前的那个下午，当时他们正要向对方说些什么，洛莎闯了进来，打断了他们。于是他开始恨洛莎。

柴房的门吱呀一声被推开，洛莎走了进来。她轻声唤着克利斯朵夫，在黑暗中摸索着，寻找克利斯朵夫。她终于抓到了他的手，而这样的触碰令克利斯朵夫十分嫌恶。他有些自责，他不该这样的，可是他控制不住自己，不由自主地就嫌恶了。

洛莎没说一句话，对克利斯朵夫的深刻的同情，居然令她懂得了静默，没有说些无谓的话来打扰他的悲伤，这令克利斯朵夫十分高兴。可是他想知道，也只有和洛莎在一起时，他才能提到萨皮纳。他低声问：“她是什么时候走的？”

（他甚至连死这个字眼都不敢说出口。）

“到上周六正好八天。”

他脑海中突然有件过去的事一闪而过，不禁问道：“她是夜里的时候走的吗？”

洛莎看着他，十分诧异，答道：“不错，深夜两三点的时候走的。”

他心中又响起了那个悲凉的调子。

“她走的时候痛苦吗？”他问她，声音有些颤抖。

“不，不，感谢上帝，告诉你，亲爱的克利斯朵夫，她几乎没有任何痛苦，柔柔弱弱的，连挣扎都没有。我们马上就知道她走了。”

“可怜的萨皮纳，她自己感觉痛苦吗？”

“不知道。但是我相信她不痛苦”

“她说什么了吗？”

“没有，一句话也没说。只是一直在呻吟着，像个小孩子。”

“当时你在她旁边吗？”

“是的，我一个人在那里守着她，两天后她哥哥就来了。”

他紧紧握着她的手，感激洛莎：“谢谢你，洛莎！”

她的心中仿佛有血在倒流。

一段沉默过后，他终于还是问出了那句话，那句沉重的、压在心上的话，他吞吞吐吐地问道：“她有没有什么话留给我？”

她摇了摇头，显得十分难过。她不会说谎，否则真想说些什么，满足他心中的期待。她只好安慰他说：“她有些神志不清了。”

“那她说了些什么吗？”

“说了，但声音很轻，我们听不太清说了些什么。”

“小女孩去了哪里？”

“舅舅把他带到乡下去了。”

“她呢？”

“她也被带到了那边，是上周一从这里被带走的。”

两人没再说什么，又一起哭了。

外面再次传来了伏奇尔太太的声音，洛莎被叫出去了。克利斯朵夫一个人躲在柴房里，像放电影般一遍遍地重温着那些日子，那些萨皮纳死去的日子。八天！居然已经八天了……噢！上帝啊！她会变成怎样啊？八天，居然有八天，那八天该下了多少雨啊！而在这八天内他居然在笑，居然在快活。

他的口袋里放着一个纸包，里面包着一副鞋子上用的银扣子，是他买回来打算送给她的。那天晚上的情景浮现在他脑海中，就在那天晚上，他的手碰到了她那脱了鞋的小脚。可如今那纤细的小脚去了哪里？是不是很冷？……他又想起，那天他从她身体上流淌过来的热气，那温暖是他对爱人的肉体的唯一回忆。他从没有触碰过她的身体，从没有把她搂在怀里，因为他不敢。现在她走了，像个陌生人一般走了。是的，像个陌生人，因为他对她一无所知，包括她的肉体，包括她的灵魂，他什么也不知道。她的爱情，她的生命，她的外表，她没有给他留下一点儿留念。噢，爱情，她爱他吗？他有什么证据？一件遗物？一封信？不，没有，什么也没有。他怎么知道她的爱？在他自己心里？还是在他以外？她还剩些什么？唉！除了他对她的爱，除了他自己，就只有一片虚无！无论如何，他都要努力把她从虚无中拯救出来，他不承认她的死。他的愿望是如此热烈，他是如此坚定地相信她没有死，以至于他冲动地抓住了最后的一点儿残余，紧紧地握在手里。

> 我并未死去，我只更换了住所；
> 为我而哭的人，我将常驻你心中。
> 那死亡，令被爱者化身为爱人的灵魂。

这伟大的诗句，他确信自己从未读到过，但它们的的确确就发自他的内心。每个人都会轮流登上那人生的万古长存的苦难高岗。每个人都会有痛苦，那痛苦千古不灭。每个人都抱着希望，而那希望与绝望并无两样。每个人都会追随着前人的路，那些否认过死，抗拒过死，而最后不得不死的人。

他整天把自己锁在屋子里，紧闭着窗户，不想看到对面的窗子。

他讨厌伏奇尔一家，想尽办法地躲避他们。其实他们没有地方可被责备、恼恨，他们是那么忠厚那么虔敬，绝不会说些对已故之人的不敬之语。他们明白克利斯朵夫的痛苦，时刻注意不在他面前提到萨皮纳，无论心里怎么想，但表面上对他的痛苦却是尊重的。可是她生前，他们都是她的敌人，她死后，克利斯朵夫仍然视他们为敌人。

即使他们的确真诚地同情克利斯朵夫，但这同情也只是短暂的，过后他们仍旧吵吵嚷嚷着。很明显，萨皮纳的去世对他们来说并不是什么不幸的打击，克利斯朵夫甚至猜想，说不定他们暗地里为拔去了眼中钉而高兴。至少在克利斯朵夫看来是这样的。实际上他们并不在乎他，是自己把自己看得太重了。他自认为看透了伏奇尔一家的居心，他甚至将他们的用意毫不留情地夸张了。他揣度着他们的心思，大概他们相信萨皮纳死了，他们的计划就少了一重障碍了，也许他们觉得洛莎有了机会。因此克利斯朵夫厌恶洛莎，把她视为别人硬要他爱的人。只要别人在暗中支配他，不管是伏奇尔夫妇，是路易莎，还是洛莎，他都不管不顾地非要和洛莎疏远不可。因为他的自由是最不能被侵犯的。每当他觉得有人试图侵犯他的自由时，他就会暴跳如雷。他们硬要撮合他与洛莎，这不仅关乎他一个人，还关乎他心爱的人。他们自作主张，不仅侵犯了他的权利，而且侵犯了死者的权利，那个他倾心相许的人的权利。这么想着，他便决定要全力捍卫他和他爱人的权利，虽然事实上并没有人侵犯那些权利。连洛莎的好意也受到他的怀疑。她看到他痛苦自己也跟着痛苦。她常常来他房间，和他谈谈去世的人，安慰他。对此他接受了，因为他需要和别人谈谈萨皮纳，那些认识萨皮纳的人，他可以从他们口中打听她病中的详细情节。可他从不感谢洛莎，他认为她的好心其实是别有用心。他认为，是她的家人，包括阿玛利亚在内，打发她来的。要是阿玛利亚捞不到好处，会一次又一次地让她来跟他谈话吗？洛莎跟她家里人那么有默契，他怎么可能完全相信她，相信她的同情是真诚无私的。

当然她也是有她的私心的。洛莎的确心痛、怜惜克利斯朵夫，她努力将自己想象成克利斯朵夫，试着重新认识他眼中的萨皮纳，试着去爱他心爱的萨皮纳。一想到自己曾经厌恶过死者，她就忍不住要狠狠自责，她甚至在晚祷中祈求萨皮纳的原谅。可是她，她还活着，每时每刻都能看到克利斯朵夫，她可以大胆地爱着他，而不用害怕别人。萨皮纳，她的情敌已经消失了，不久的将来，人们对她的印象也会随之消失，如今只剩她一个了，也许有一天他会爱上她。洛莎不能不想这些念头。虽然克利斯朵夫的痛苦就是她的痛苦，但那些快乐与非分的希望，总在她为他痛苦的时候突然冒出来，根本压不下去。虽然那些念头不过像电光般地一闪而过，但她仍然责备自己，并且克利斯朵夫也早已发现。每当看到她有这样的念头，他就瞪着她，她看到了他眼里对她的恨，她心都凉了。死的是他心爱的萨皮纳，活着的却是他不爱的洛莎，这一点才是他恨她的理由。

面粉师来到萨皮纳的屋里，准备搬她的家具了，他赶着他的车来的。克利斯朵夫刚上完课回来，就看到门前和街上堆着一个柜子、一张床、几床被褥、一些衣裳，都是她遗留下来的东西。看到这些，他难受极了，便匆匆忙忙地走过去，却在门口迎面撞上了贝尔多，贝尔多拦住了他："噢！亲爱的克利斯朵夫先生。"他紧紧抓着克利斯朵夫的手，看上去十分兴奋，"世事难料啊，咱们上次一起划船的时候，多高兴啊，可是怎么也想不到，她会死。她就是那次坐船回来后生病的，不久就死了。算了，不说了，她已经死了，抱怨也没有用了。以后就该轮到我们喽。这就是人生啊！你，你身体还好吗？我吗，感谢上帝，我很好！”

面粉师面红耳赤，酒气冲天，满头大汗。他是她的哥哥，他可以随便提起她，这一点让克利斯朵夫很尴尬。能跟朋友谈谈萨皮纳，面粉师高兴极了，但他并不能理解克利斯朵夫的淡漠。他一看到克利斯朵夫就想起那天在农庄上的事，然后又冒冒失失地提起快乐的往事，他嘴里说着话，脚上不时地踢萨皮纳的衣物。面粉师怎么想得到，他这样会令克利斯朵夫多痛苦。只要一听到面粉师说到萨皮纳的名字，克利斯朵夫就要心碎了。他一直在寻找让贝尔多住嘴的机会。他往楼梯上走，可是面粉师偏偏紧跟着他，在楼梯上拦住了他，继续喋喋不休。有些人，尤其是乡村的人，对疾病总是说个不停，充满兴趣。面粉师便是这样，他向克利斯朵夫描述萨皮纳的病情，语言极为详尽细致，克利斯朵夫再也受不了了，他强忍着不让自己痛苦地叫出来。他很不客气地打断了贝尔多的话，冷声说道：“不好意思，失陪了。”

他连再见都没说就走了。

面粉师对于克利斯朵夫的冷漠态度大为恼火。他早就猜到妹妹跟克利斯朵夫互相爱恋着对方。克利斯朵夫对妹妹的事情竟这么漠不关心，这让他感觉克利斯朵夫简直禽兽不如、没心没肺。

克利斯朵一口气跑回房里，气喘吁吁。在面粉师给萨皮纳搬家的那段时间里，他把自己紧锁在房间里，不敢出门，也不敢去看对面的窗户。可是他还是忍不住想去张望。他把自己藏在角落里，从窗帘后面瞧着对面萨皮纳的窗户，眼睁睁地看着爱人的衣物一件件地被搬走。那时他想跑上前对面粉师喊："喂！喂！留一件给我吧！不要全都搬走啊！"他多想恳求人，求人给他留点东西，哪怕只有一件也好，只求不要把她全部带走。可他如何能向面粉师开口？在她的哥哥面前他根本毫无地位可言。他爱她，这一点他连对萨皮纳都没说，此刻又怎能告诉他人？他心里明白，自己不能开口，因为哪怕只说一个字，他就会痛哭不已。不，不，不能说，只能眼睁睁地看着她消失，完全沉入海底，可他却没办法拯救她，哪怕只是一点点……

等面粉师搬好了，就只剩下空空的房子、紧锁的大门。车子轧过马路，连带着玻璃也震动了，载满萨皮纳衣物的车子渐行渐远，最后连声音都听不见了。他就那么趴在地上，全身像死人般冰冷。他没有一滴眼泪，没有痛苦，连挣扎都没有。

他躺在地上一动不动，听到有人敲门。他没动，门又响了几下。幸好他忘了锁门，门被吱呀一声推开了，洛莎走了进来。地板上的克利斯朵夫吓了她一跳，洛莎吃惊地尖叫了一声，停住了脚。克利斯朵夫从地上抬起头，怒气冲冲地对她说："干什么？你又有什么事？别来烦我！"

她倚在门上，有些犹豫不决，嘴里不停呼唤着："克利斯朵夫！"

让她看到自己躺在地板上实在有些令他难为情。克利斯朵夫慢慢爬起来，拍了拍身上的灰尘，恶狠狠地诘问她："说吧，你想干什么？"

洛莎不由地有些害怕了，结结巴巴地说："克利斯朵夫，对不起，我是来，来给你拿……"

他注意到她手里攥着一件东西。

“给你，”她把手伸向他，“贝尔多走的时候，我向他要了一件东西做纪念。想着也许你会喜欢。”

那是一面银质的小镜子，适合放在手提袋里。那是她生前用过的小镜子。她并不喜欢卖弄风情，只是太懒散了，常常拿着镜子照上好几个小时。克利斯朵夫一把抓住那面小镜子，也抓住了洛莎的手：

“噢！洛莎你可真好！”

他十分感动，为着洛莎的好心肠；他又非常难过，因为自己对洛莎太不公平了。冲动之下，他跪在了洛莎的脚边，不住地吻着她的手，呢喃着：“对不起，洛莎，对不起。”起初洛莎听不明白，随后便了然于心。她脸红了，大声地哭了。她知道他在说什么：

“对不起，是我对你不公平。对不起，可惜我不爱你。请你原谅……对不起，如果我无法，无法爱你，倘若我永远无法爱上你，也请你原谅……”

虽然她知道他如此热烈地亲吻的并不是她，但她仍然没有抽回手。他的脸摩挲着洛莎的手，不停地淌着热泪，洛莎看透了他的心思，可是他却不能爱她，他伤了她的心，为此她悲痛不已。

傍晚时刻，房间十分昏暗，彼此都伤心的两人就这么痛哭着。

终于洛莎挣扎着抽回了手。而他还在轻声呢喃着：“对不起！……”

她把手放在他头上，动作轻柔至极。他站了起来。两人都没说话，只是相互拥抱着，嘴里是流淌下来的酸涩的眼泪。

“洛莎，你永远是我的好朋友。”他轻声对她说。

她伤心极了，说不出一个字，只好点了点头，默默地走了。

他们都觉得上帝没有把世界安排好。深爱别人的人得不到别人的爱，被爱的又不愿意接受别人的爱。彼此相爱的却注定要天各一方，生死两茫茫。你自己痛苦着，别人也因你的痛苦而痛苦着，而你却不一定是最不幸的人。

克利斯朵夫简直无法在家里待了，他无法面对挂过萨皮纳窗帘的窗户，还有那空无一人的房间。他又开始不断向外面逃去。

而老于莱没过多久就把萨皮纳的屋子又租给了别人，这令克利斯朵夫更加难受。有一天，克利斯朵夫在对面的房间里看到了许多陌生的面孔，大概是新搬进来的人吧。他们把已故之人的最后一点痕迹都抹干净了。

他整天都在外面游荡，几乎不再待在家里了，直到晚上伸手不见五指的时候才回来。他跑去乡下，四处转悠，可总会鬼使神差地来到贝尔多的农庄。可他从未进去过，甚至不敢走近，只在远处看着，绕着农庄转悠。他在一个山岗上找到一个好地方，那里正好对着农庄、平原和河流，他每次散步完了总会来到这个地方。从这儿，他的眼睛随着蜿蜒的河流极目远眺，能看到那片柳树荫，正是在那里，他在萨皮纳的脸上看到了死神的影子。他还看到了那晚他们留宿的两间房，正是在那里，他们辗转反侧，难以入眠。在那里，他们曾在一个屋顶下，咫尺却成天涯，一扇永恒的门分隔了他们。他还在山岗上俯瞰公墓，却犹豫不决，从来不敢进去。这些腐烂的土地，他从小就非常厌恶，此刻怎么可能愿意将它与爱人的影子连在一起呢。但从高处眺望，这片墓园一点儿也不阴森，反而十分恬静，如同在阳光底下睡着，睡着！哦，她是那么贪睡！在这儿再也不会有什么事情可以打扰她了。田野里鸡鸣狗吠，相互呼应。一阵阵磨坊转磨的隆隆声从农庄上传来，还夹杂有鸡鸭的聒噪声，以及孩子们玩耍时的叫喊声。他看到了萨皮纳的孩子，甚至能分辨出小女孩的笑声。有一次，在靠近农庄的大门口，他在围墙凹陷的小路上躲了起来，等小女孩跑过时，一把搂住她，忘情地亲吻。小女孩几乎忘了他，被吓哭了。他问她："在这儿生活你快乐吗？"

"快乐！"

"那你不想回去吗？"

"不想！"

他放开了她。小女孩的态度是如此满不在乎，他伤心极了，哀叹道，可怜的萨皮纳！但孩子的确就是萨皮纳，起码有一部分是萨皮纳，虽然只有那么一点儿！萨皮纳从腹中生了孩子，可孩子却不像她。那神秘的关系给孩子留下的印记太淡了，只有一点儿母亲的气息，一点儿说话时的抑扬顿挫，以及噘着嘴唇、歪着脑袋的样子。剩下的部分则完全是别人，是一个和萨皮纳混合起来的人。可克利斯朵夫非常讨厌这另外一个人，虽然他自己可能并不愿意承认。

真正完整的萨皮纳只存在于克利斯朵夫的心中。她总是跟着他，但只有在他最孤独的时候，他才真正觉得她在他身边。那个山冈是她和他距离最近的地方。那里没有闲人，那里是她的故乡，那里到处都有她曾留下的痕迹。他不辞辛苦大老远地跑到这里，心怦怦跳，仿佛在赶赴一场约会。是的，那的确是一场约会，因为萨皮纳就在那里。他一到这里便躺下来，感受萨皮纳曾躺过的痕迹。他闭着眼睛的时候，萨皮纳的印象就包围了他。他看不见她的脸，听不见她的声音，可他并不需要这些。因为她就在他的心里，她抓住了他，而他也占有了她。这幻觉是如此充满热情与冲动，以至于他没有了知觉，只感受着她与他同在。

可这种幻境并不能经常见到。实际上，他只有一次是不由自主地进入这种幻境的，第二次他是刻意追求才进入的。而此后无论他如何努力，他再也没能见到这幻境，只有在幻境不再出现的时候，他才想起他需要萨皮纳真实具体的形象，而在此之前，他从没有过这种想法。有时他居然又进入了那种幻境，那幻觉如同几道闪电，照亮他的心，转瞬即逝。但他需要等待好几个小时，要经过很长一段黑暗，才能够成功。

“啊，萨皮纳，你多可怜！”他叹道。“所有人都忘了你，而我依然爱你，你永远在我心中，噢！我的宝贝！我要抓住你，占有你，不让你逃掉！”

而当他这么说的时候，她往往已经逃走了。就像水从指缝间流走，她也从他的思想里淡去了。他不断地去那个山冈和她约会。他闭上眼睛，强迫自己想念她。可是往往半小时、一小时，甚至两小时过去了，他脑袋里一片空白。山谷传来一些微微的声响，闸口下面水声潺潺，山坡上两只山羊在吃草，铃儿晃动发出叮叮当当的声音，他的头上是一片小树林，风吹过时树叶簌簌作响。他的思想软绵绵的，像块海绵，而四周的一切都渗透进来了。他对自己的思想恼怒了，强迫它服从意志，牢牢盯住萨皮纳的影像。可是过不了多久，他就累了，叹了口气，思想又被外物麻痹了。

他打起精神，跑向田野，四处奔跑，寻找着萨皮纳的痕迹。他那映照过她的笑容的镜子，那浸润过她的手的河流，他都寻找过。可是镜子和水里只有自己的影子。新鲜的空气，走路的朝气，沸腾的血液，这一切都令他心中有股创作的冲动。他想，既然找不到她，那就换个方式纪念她好了。

“唉！萨皮纳！”他不禁叹道。

他把心中的音乐谱写成歌曲，献给萨皮纳，努力在歌曲中重现他们的爱情与苦恼。可是他失败了，歌曲里的确有爱情与苦恼，可这些只是他自己的，并不是萨皮纳的。爱情与痛苦不是对过去的回顾，而是对未来的展望。克利斯朵夫青春的生命力是阻挡不了的。他的胸中迸发出新的生命力，这生命力夹杂着全新的声势。他悔恨，他悲伤，他的爱情赤诚火热，他压制着心中的情欲，啊，他狂热了。尽管心中仍是哀痛，心脏却轻快激昂地跳动着，音乐响亮地响起，那歌曲是那么兴奋，那韵律是那么令人如醉如狂。一切都在为他的生命而庆祝，连悲哀也有了庆祝的味道。克利斯朵夫太真诚，他不乐意由着自己的性子，他瞧不起自己，因为他发现自己没有再想念爱人了。可蓬勃的生命力不断地鼓动着他，他的精神死了，可肉体却朝气蓬勃。他感到十分悲哀，无能为力，只能任由生命重生的狂力和生活盲目的狂欢摆弄他。绝望，痛苦，怜悯，无法治愈的创伤，一切死亡的烦恼，猛烈地鞭挞着强者，但只会强烈地刺激着他们求生的力量，让他们更加从容不迫地面对人生。

克利斯朵夫明白,在他的灵魂深处,在那绝对隐秘而神圣的地方,那里不会受到外物的冲击,生命的狂流也不能冲垮它,那里牢牢保存着萨皮纳的影了。每一个人的心中都藏有一个坟墓,那里埋藏着心爱的人。爱人在那里沉睡,日复一日,年复一年,没什么能够惊醒他们。可是我们都明白,总有一天,墓穴会重新打开,死者会从坟墓里爬出来,用那早已褪色的嘴唇向我们微笑。仿佛婴儿沉睡在母亲的腹中一般,她们原来一直潜伏在我们的记忆中。

第三部　阿达

潮湿多雨的夏季过去了，接下来就是干爽晴朗的秋天。果园里成熟的果子沉甸甸地压满了各色果树的枝头。苹果红彤彤的，像发光的象牙球。许多树木已经匆匆披上了灿烂的晚秋的衣裳了：那是如火如荼的颜色，是果实的颜色，有橘子与柠檬的颜色，有熟透的甜瓜的颜色，是美味佳肴的颜色，还有烤肉的颜色。树林中到处都透着火红的光彩，草原上长满了透明的野花，星星点点的，像燃烧的火焰。

一个周日的午后，他大踏步地从一个山坡上走下来，由于下坡比较陡，他几乎跑了起来。他嘴里哼着一个调子，他刚开始散步时，那曲子就一直萦绕在他脑海中。他敞开着衣服，因奔跑而满脸通红，他一边跑一边舞动手臂，眼睛骨碌碌地四处看，像疯子一样。经过一个拐弯的地方，他突然碰到了一个女孩，身材高大，长着一头金黄的头发。她正骑在一面墙上，用力拽着一根枣树粗壮的树枝，一边摘着紫色的枣子，一边狼吞虎咽地吃着。两人目光一接触，都愣住了。她嘴巴里塞满了枣子，看着他，呆了一会儿就笑了起来。看她笑了，他也跟着大笑起来。她长得挺可爱：头发金黄卷曲，脸蛋圆润细腻，腮帮子粉嫩饱满，眼睛又蓝又大，鼻子稍微偏大，鼻尖向上翘起，嘴巴小巧红润，牙齿雪白整齐，还有四颗大大的虎牙，下巴肥厚，个子高大偏胖，体格看上去很健壮。克利斯朵夫大声对她喊道："喂，你可要多吃点啊！"

语毕刚想离开，她却叫住了他："先生！先生！行行好，帮我下来好不好？我不知道该怎么下去。"

他往回走了几步，问她是怎样爬上去的。

"当然是用手和脚爬上来的，往上爬总是很容易的。"

"尤其是那上面还有好吃的枣子。"

"是啊。可是吃完了就害怕了，不知道该怎么下去。"

看她趴在上面，他说："你这样不是挺舒服的吗？还是乖乖待着吧。我过两天再来找你。再见。"

可他站在她下面，并没有走。

她装作很害怕，装腔作势地央求他别丢下她。他们笑着看着对方。她指了指手里抓住的枣树枝问道："你要不要也来点？"

从认识奥多开始，克利斯朵夫到现在还没有私人财产的概念，他毫不犹豫地点头接受了。她把枣子大把大把地往他身上丢，似乎觉得很好玩。克利斯朵夫吃过之后，她又说："现在可以帮我下来了吧？"

他故意犹犹豫豫地，让她等了好久。渐渐地，她已经快没耐心了。最后他终于对她说："好，来吧！"说着，他双手张开，朝她敞着怀抱。

她正要跳下来，忽然停住了，说："等一会儿，我再摘几颗带走！"

她伸长了手臂，把够得着的枣子挑最好的全都摘下来了，上衣口袋被塞得鼓鼓的。她警告他："小心点儿！接我的时候注意点，别压坏了它们！"

他立刻就有了故意把枣子全压坏的念头。

她扶着墙，弓身一跃，跳进了他的怀抱。他虽然很结实，但她的体重还是让他险些摔跤。两人个子一样高，几乎脸挨着脸。他亲了亲她沾满了枣子汁的嘴唇，她也大大方方回吻了他一下。

"你去哪儿？"他问。

"我也不知道。"

"你是自己出来的吗？"

"不，和朋友一起。可是我跟他们走散了。哎！喂！"她突然大喊起来。

没听到回音，她倒是满不在乎。两人一起继续往前走。

"你呢，你要去哪儿？"她问道。

"其实我自己也不知道。"

"正好。我们一起走吧。"

她从上衣口袋里掏出一颗枣子，啃了起来。

"你这么吃，要闹肚子的。"他说。

"才不会闹肚子呢，我天天吃。"

透过她的上衣缝，他能看到里面的内衣。

"瞧，枣子都是热的了。"她说。

"是吗？"

她笑了，拿出一个枣子递给他。他接过来就吃了起来。她一边像孩子般噘嘴吮着枣子，一边拿余光悄悄打量他。对于这场奇遇，他可能不太清楚一会儿会怎么结束，可她却有点儿预感。她在等着。

“哎！喂！”树林里传来了喊声。

她听到后回应着：“哎！喂！”接着对克利斯朵夫说：“他们都在那儿呢，我运气可真好！”

其实她觉得自己运气一点儿也不好。但女人对自己的心思是要掩盖的。感谢上帝，如果不是这样，大概早就没有教养可言了。

人声越来越近了。她的伙伴们大概快要到大路上来了。她忽然纵身一跃，跨过路旁的土沟，爬上土堆，跑到树林后面躲了起来。他对她的举动感到十分诧异。她打着手势叫他过去，他跟上她，一起走进树林。已经走得很远了，她又大声喊着：“哎！喂！”接着又对克利斯朵夫解释，“总得要他们费点儿力气来找我才行。”

伙伴们在大路上停了下来，仔细辨认着她声音的方向。他们一边应和着，一边也进了树林。可她没等他们过来，就一会儿东一会儿西的，在树林里四处乱窜。他们扯着嗓子叫喊着她，喊到后来就不耐烦了，大概他们觉得，不理她才是找她的最好办法，最后就嚷着：“好了，祝你玩得开心！”语毕，他们一边唱着歌，一边往远处走了。

她非常生气，没想到他们竟然对她置之不理。虽然她的确是想甩开他们，可他们竟然这么敷衍她。看到他们走了，克利斯朵夫有些呆住了。和一个陌生女孩在树林里玩捉迷藏，他不觉得多有意思，况且他也不希望和她独处一处。她也没想过和他独处，此刻的她只顾着气愤，早就忘了克利斯朵夫。

“真是的！太过分了！”她边拍拍手边气愤地说，“他们居然丢下我不管了！”

“那不正合你意吗？”克利斯朵夫说。

“当然不是！”

“你明明就在躲开他们。”

“我躲起来那是我的事，跟他们没有关系。可是他们应该过来找我的。要是我迷路了怎么办？”

她一边叹着气，一边想着可能遭遇到的各种情形，假如，假如情况与现在相反，她又该怎么办呢！

“哼！我回去一定要骂他们一顿。”

她大踏步地往回去的路上走。

直到上了大路，她才记起克利斯朵夫，便回头又望着他，笑了起来。现在与刚才可不一样了。就在刚才她的心里还盘踞着一个小妖怪，而现在已经没有了，况且另一个小妖怪还没有来，在此之前她已经没那么在乎克利斯朵夫了。她肚子饿了，想起现在已经是晚餐时间，急急忙忙地要去乡村旅馆，在那里跟朋友们会合。克利斯朵夫的手臂被紧紧地拽着，胳膊上挂着她整个人的重量，听到她哼哼唧唧地说没有气力了。可是下坡的时候，她拖着克利斯朵夫照样一边跑，一边叫，一边笑，像发疯似的。

他们聊着天。她大概了解了他是谁，只是对他的名字十分陌生，他音乐家的头衔也没有令她多么诧异。他了解到她是一名女店员，在一家帽子铺里工作，名字叫阿台哀特，朋友们都叫她阿达。今天一起出来玩的有还三个人，其中有一个女同事，还有两个老实的年轻男人，一个是时髦布店的伙计，一个是惠莱银行的职员。因为是周日，他们便相约出来游玩，约定晚上在勃洛希乡村旅馆吃晚饭，在那儿能够欣赏到莱茵河上美丽的风景，最后坐船回去。

当克利斯朵夫和阿达进入旅馆时，她的三个同伴已经在那里等着了。阿达冲他们发了一通脾气，对他们丢下她的事不停地抱怨，最后向他们介绍克利斯朵夫，并声称他救了她。他们没有理会她的抱怨，但两个年轻男人都认识克利斯朵夫。银行职员早就听过他的名字，十分敬仰，布店伙计曾经听过几首他的曲子，并且马上就哼了一段。他们对他非常尊敬，两个姑娘不禁充满了好奇。阿达的同事，大家叫她弥拉，她的真名叫耶娜。弥拉是一个有着东方女性脸庞的女孩子，她头发暗黄，看上去很硬，不停地眨着眼睛，脑门有些突出，黄色的皮肤油腻腻的，她的样子长得有些奇怪，但并不俗气，还颇有些姿色。当得知克利斯朵夫是位宫廷音乐师时，她立刻对他大献殷勤。他们邀请他赏个脸，和他们共进晚餐。

从没有人这么恭维他、奉承他、尊敬他，两个女人甚至为了博得他的青睐，争相向他献殷勤，但并没有伤和气。两个女人都在追求他。弥拉待他礼貌周到，眼睛有些躲躲闪闪的，轻轻地碰着桌子底下他的腿。阿达则厚着脸皮向他展现她所有的魅力，比如她漂亮的眼睛和嘴巴，还有她惹人爱的人品。这大胆的卖弄风情着实有些不大雅观，克利斯朵夫为之有些拘谨，有些忐忑，内心慌乱。但和家里那些令人厌恶的人相比，这两个女孩虽然大胆却别有一番情调。在他看来，弥拉比阿达聪明，有些心机，但她的礼貌客套有些过分了，还有她的笑容也有些暧昧，这让他有些喜欢，又有些厌恶。她没有阿达那样的朝气与魅力，对于这一点，她自己也很清楚，所以，当她发现自己没多大希望时，就放弃了追求，只是笑眯眯地耐心等待自己的机会。至于阿达，看到自己差不多成功吸引了克利斯朵夫，也停止了献殷勤。她刚才也只是为了给同事捣乱，才那么热烈地卖弄风情，现在成功了，她也心满意足了。可是她不小心弄巧成拙。她看到了克利斯朵夫眼中的热情，那热情是被她燃烧起来的，并且那热情也在她胸中燃烧了。她停止了那些无聊的搔首弄姿，默不作声了。两人你望着我，我望着你，彼此都还在回味那个亲吻的味道。他们跟其他人一起说说笑笑，经常突然一阵闹哄，然后就各自沉默，只悄悄地看着对方。最后他们仿佛怕流露了真情，竟不再看对方了。他们都在心中慢慢地培育着情欲。

吃完饭，大家要出发了。从旅馆到码头，中间大概有两里路要从树林经过。阿达最先起身离开，克利斯朵夫随后跟来了。他们并肩站在旅馆门口的台阶上，一言不发，静静等着其他人。晚间的雾气很浓，四周只有旅馆门前挂着一盏灯，这唯一的灯正发出微弱的光。

阿达抓着克利斯朵夫的手，拉着他沿着屋子朝园中黑暗的地方走去，那里有一个平台，上面挂满了葡萄藤，他们在里面躲了起来。四周一片漆黑，他们看不见对方。夜风吹动着柏树的梢头。阿达紧紧地勾着他的手指，她手指上的热气传到了他的手中，一缕香气飘进他的鼻内，那是阿达系在胸口的葵花散发出来的。

突然，她把他拉在怀里，头发碰到了克利斯朵夫的嘴，那头发被夜间的雾气沾湿了不少。他胡乱地吻她，他的嘴唇一路扫过了她的眼睛、睫毛、鼻孔、胖胖的脸蛋、嘴角，终于找到了她的嘴唇，就此粘住不放了。

其他人都已经出来了，大概在寻找他俩，他们叫着："阿达！"

两人紧紧搂着对方，一动不动，几乎不能呼吸了。

那边传来了弥拉的声音说："他们走到前面去了。"

黑暗中，同伴们的脚步声越来越远，他们抱得更紧了，嘴里呢喃着几句热情的话。

远远地，传来了村子里的钟声。他们终于松开了对方，因为要赶快奔到轮船码头。两人一言不发，紧握着对方的手，挽着对方的胳膊，大跨着步子往前走，那步伐急促而坚决，就像她的个性一样。田野里看不到一个人影，路上十分荒凉，天黑雾重，视线只能看到十步之内的东西。这样的夜晚是可爱的、美好的，他们心神宁静，走路也不慌不忙、稳稳当当，连一个石子都没有踢到。他们抄近路，以便能赶在同伴们的前面。小路曲曲折折，忽上忽下，穿过了葡萄园，又有一大段要爬坡。水浪拍岸的声音，轮船靠岸时汽笛的轰鸣声，穿过浓雾传进他们的耳朵。他们从路上下来，朝田野里穿过去，一路狂奔，终于到了莱茵河畔，但还要走一段路才能到码头。两人的心绪还是保持着那份兴致，阿达甚至忘了晚上的疲倦。寂静的草地，朦胧的月色，越来越浓的雾气，他们仿佛能在岸边走了一整个晚上。不远处响起了轮船的汽笛声，巨大的轮船像个怪物，在黑暗中离开了河岸。“我们只好乘下一班了。”他们笑着说。

他们走在沙滩上，一阵水浪冲上来，在他们脚边溅起点点浪花。

“最后一班刚刚开出。”在码头上，人家这么对他们说。

克利斯朵夫有些担心了。阿达更用力地抓着他的胳膊。“算了，”她说，“明天还会有一班的。”

前面几步远的地方，透过浓浓的夜雾，他们看到临河的平台上挂着一盏灯，那小小的灯一闪一闪地发出微弱的光亮。再远一点，能看到几扇窗户，里面点着灯，原来是一家小旅馆。

他们踩着细沙，在沙沙的响声中，慢慢走进园子，摸索了一番终于找到了楼梯，他们赶在屋主熄火之前进去了。阿达挽着克利斯朵夫的胳膊，询问屋主是否有客房。他俩被引进一间卧房，那卧房面临着园子。克利斯朵夫倚着窗子，就可以看到夜晚的河面闪动着粼粼波光，玻璃上挂了盏灯，灯光如一颗黄豆，细小微弱，一只只巨大的蚊虫不停地朝玻璃窗上乱撞。关上房门，阿达站在床边朝他微笑。他有些胆怯，不敢瞧她。她也不去看他，但低垂的眼睛透过浓密的睫毛，注意着克利斯朵夫的一举一动。旅馆里，任何细微的声音都能听清，他们每走一步，楼板都会响起咯咯的声音。两人坐在床上，紧紧抱着对方，不敢发出一丝声音。

园子里那盏灯光微弱地摇晃了几下，终于熄灭了。随后一切也都熄灭了。

深渊一般的黑暗……没有光明和意识……只有生命。生命之力如此暧昧、凶狠。强烈的欢乐。这欢乐如此强烈、痛快淋漓地吸引着生命，像空隙吸引石子。思想早已被情欲的巨浪卷走。世界在暗夜中打着转，陶醉着。世界只有荒唐与狂乱……

夜里……他俩的呼吸混合在一起，两个暖洋洋的肉体交融为一，他俩一起陷入麻痹的深渊。这一夜如同许许多多的夜，几小时如同几世纪一般漫长，几秒钟的光阴像死亡一样永恒。他们进入相同的梦境，他们闭着眼睛喃喃细语，他们在蒙眬中互相探索对方的脚，可刚一触碰到彼此却又慌忙分开了，他们哭喊着、笑闹着，仿佛整个世界都不再存在了。相爱的两人共同陷入睡眠那虚无的幻境，体会脑海中那些骚乱的形象，还有那来自暗夜的幻象……小屋下流淌着的莱茵河水哗哗响着，远处是一层层的水浪，一遍遍地冲击着暗礁，那沙沙的响声如同细雨落在沙滩上。水浪拍击着停船用的浮木，那浮木不断发出呜呜的呻吟声。水浪冲击着那系着浮木的铁链，铁链时而松时而紧，发出叮叮当当的响声。水浪声甚至传进了他们的卧室里。他们相互依偎着躺在床上，仿佛躺在一条飘摇的小船上，汹涌的波涛摇晃着小船，小船在波浪中浮沉；又仿佛飞鸟在天空中盘旋、飘浮。暗夜越来越黑，空虚越来越甚。阿达哭着，克利斯朵夫也仿佛失去了所有知觉，两人更紧地拥抱着对方，在黑夜中，在那波涛中，两人一起消失了。

黑夜犹如死，为何还会有重生？

晨光熹微，从潮湿的窗上照进屋内。两个瘫软的肉体中微弱的生命之光重新燃起。他醒了，看到了正在注视着他的阿达的眼睛。他们手臂纠缠在一起。他们头枕着同一个枕头。他们嘴唇对着嘴唇。短短的几分钟却仿佛过了整整一生。岁月有如阳光般灿烂，时间于恬静中透着庄严……

“我现在在哪儿？我变成两个人了吗？这个我还是我吗？我竟然再也感觉不到我的本体了。无穷的虚无包围了我。此刻的我是一尊石像，睁着的眼睛巨大而安静，内心一片祥和宁静……”

他们又坠入梦中了，那个天长地久的梦。远处传来清澈的钟声，一条小船轻轻划过江面，溅起的水珠从桨上滑落的声音，行人匆忙赶路的脚步声，这些是每个清晨时刻都会有的声音。而他们并未被这声音惊扰，这声音令他们知道自己还活着，这声音轻轻抚摩着他们朦朦胧胧的幸福，这声音令他们更加沉浸于幸福之中……

窗外响起一阵轮船的轰鸣声，克利斯朵夫迷迷糊糊地惊醒了。他们原本打算七点起身离开的，这样还能赶上上班的时间。他轻声问她：“你听到了吗？”

她没有睁眼，露出一个微笑，嘴唇凑向他，挣扎着亲了他一下，随后又一头倒在克利斯朵夫的肩上了……他望着玻璃窗外的轮船那高高的烟囱，那跳板上一个人都还没有，那大团大团的浓烟冲上了白色的天空。他昏沉沉的，竟又睡着了……

不知不觉，已经过去了一个小时，他从钟声中惊醒过来。

“阿达！阿达！”他在她耳边轻轻叫她，“已经八点了。”

她皱着眉头，眼睛都没睁开，努了努嘴，有点不高兴地嘟囔着。

“噢！让我再睡会儿吧！”

她叹口气，显得十分困倦，从他的臂弯中挣脱，翻个身又睡了。

他靠着她的身体，静静地躺着，他们的身体一样的温热。他的思绪有些混乱了，他的血液急速而平静地流淌着。他的感官如水一般清澈明净，再细小的印象他都能非常鲜明地感受到。他很开心，因为自己年轻体健，精力充沛；他也很骄傲，因为自己已经成为一个真正的男人。看着自己的幸福，他笑了。但他依然很孤独，和从前一样，也许比从前更孤独。但这孤独并不凄凉，而是仿佛跟上帝在一起的孤独。他心中再没有狂乱，再没有阴影，有的只是宁静、清明，还有自由自在。世界照在他的心中。他仰面躺在床上，眼睛看着窗子，目光凝视着窗外浓重的晨雾，他笑了：“生活多美好！”

噢！生活！河面上驶过一条船……他突然想起已故的人，想起他们曾一起坐过的那条船，想起他们曾同舟共济。他与她……那她是她吗？……不，不是，此刻睡在他身边的不是她。他那唯一的爱人，可怜的爱人，不是已经死了吗？那现在的这一个又是怎么回事？她怎么会在他身边？他们怎么会到这间房里，躺在这张床上？他迷茫地望着她，她对他来说是个陌生人，他不认识她，昨天早上，她还没有住进他的心里。对于她，他了解些什么呢？他只知道她并不和善，并不聪明，此刻也并不美丽。此刻她的脸憔悴而有点浮肿，带着瞌睡，低低的额角，张大嘴巴大口大口地呼吸着，嘴唇肿胀紧绷，完全就是一副蠢相。他不爱她，对此他很清楚。他不禁悲哀地想道，他第一次看到她，就亲吻了她的嘴唇，这陌生的嘴唇。而在相识仅仅一天，晚上就占有了她的这个不相干的肉体。而对于他的爱人，她曾在他身边活着、死去，他都不敢摸一下她的头发，甚至从没有闻到过她冰肌玉骨的芬芳。一切都结束了，一切都成为虚无，她，他的爱人，完全没入了尘埃，而他竟没有保护她……

他俯在这天真无邪的沉睡中的女人身上，细细打量着她的面孔，他甚至有些恶意地瞅着她。她发觉他在看她，心里有些不安。她用力睁开沉重的眼皮，咧开嘴对他笑，像刚睡醒的儿童，嗓音有些黏糊地说："啊，别看我，我难看死了……"

她无比困顿，便笑着说："噢！我困得不行了。"一会儿就又睡着了。

看着这个儿童般的大女孩，他忍不住笑了起来，温柔地亲了亲她的鼻子跟嘴巴，又仔细看了看她的脸，便越过她的身体，起床了。他刚下床，她就舒心地叹了口气，不禁有些高兴，连忙舒舒服服地舒展开手脚，霸占了整个床。他洗脸时不敢发出一点声音，生怕把她吵醒了，虽然她根本不会被吵醒。他洗漱完毕，就在窗边的椅子上坐下，远远地看着雾蒙蒙的江面，那江面仿佛浮动着冰块一般。他神色恍惚，陷入遐想之中，耳边萦绕着一首田园音乐，这音乐无比悲凉。

她时不时地睁开眼看看他，神情有些茫然不知所措，呆了好几秒，她才认出他来，便对他笑了笑，又陷入另一个梦境之中。她问他几点了。

"八点四十五。"

她睡眼蒙眬，脑子里想着还有一刻钟就九点了，可是那又怎么样？

直到九点半的时候，她才伸了个懒腰，叹了口气，嚷嚷着要起床。

可直到十点了，她还赖在床上一动不动，听着钟声，她显得十分气恼，抱怨道："啊，钟又响了！时间怎么过得这么快！"

他望着她不禁笑了，来到床边，在她身旁坐了下来，她的手臂缠在他的脖子上，耳朵听着她讲述她做的梦。他听得并不十分在意，间或说些温柔的话，打断了她的讲述。她神情严肃，一本正经，不让他出声，那神情仿佛她讲的是一件无比重要的事：

"她和大公爵一起，在吃晚饭。弥拉侍候他们，她竟成了一头纽芬兰种的狗，不，是一头卷毛的羊。阿达竟能在桌子上方，悬在空中走路，还能飘在空中跳舞、躺着。啊！那可真方便啊。你只需这么做就行了，你看，像这样，这样，就行了……"

克利斯朵夫笑话她，她也跟着笑了，但对他的笑，她可不太高兴。她耸耸肩说："噢！你根本不懂嘛！"

他们共用一只碗，一把羹匙，在床上吃完了早餐。

她终于起床了，她把被子一掀，露出肥胖的大腿和雪白美丽的脚。她一骨碌滑到了床前的地毯上，坐了下来，然后一边看着自己的脚，一边喘着气。最后，她拍了拍手，要他出去，他有些不解，迟疑了一会儿，她便抓着他的肩膀，将他推到门外，闩上了门。

她哼着曲子，调子带点浪漫，也有点抒情，然后慢悠悠地舒展四肢，伸了个懒腰，仔细瞧了瞧自己的身体。她看到克利斯朵夫在外面用手指弹窗户，就弄了些水泼他，临走时又摘了园子里的最后一朵玫瑰。最后他们俩终于上船了。雾气还没有完全散去，透过薄雾，有阳光照进来，在这乳白色的光中，两人的身体蠕动着。他们坐在船尾，阿达看上去依然很困，神情有些倦怠散漫，嘟嘟囔囔地抱怨阳光太刺眼，头肯定又要疼一整天了。克利斯朵夫听着她的话，并未放在心上，她不说话了，沉着脸，眯着两只眼睛，那神情俨然一个刚睡醒的孩子。船在第二个码头停靠时，上来一个十分漂亮的女人，在他们附近坐了下来，阿达立马有精神了，不停地对克利斯朵夫说着多情而风雅的话，还用“您”来称呼克利斯朵夫。

克利斯朵夫一直在想，阿达迟到了，该给她找个什么样的借口，来向女店主解释。可她根本没把迟到放在心上：“噢，反正也不是第一次了。”

“什么第一次？”

“我的迟到呗。”他的问话让她有点儿生气。

他有些害怕，不敢继续追问她以前迟到的原因。

“这一次你准备怎么解释？”

“说我妈妈病了，死了。我怎么知道一会儿该说什么？”

她的口气很轻薄，他听了很不高兴。

“我不希望你撒谎。”

可她生气了：“告诉您吧，第一我从来不撒谎，第二我总不能跟她说，说……”

“为什么不能？”他问道，有点玩笑又有点正经。

她笑着耸了耸肩，说他下流、粗野，还不要他用“你呀，你呀”来称呼她。

“这么说我没有权利是吗？”

“当然没有。”

“凭我们俩的关系也不行吗？”

“咱们一点儿关系也没有。”

她笑了，眼睛盯着他，带着点挑战的神气。虽然是在说笑，但克利斯朵夫觉得，对于她来说，一本正经地这么说这么想，也是很简单的事。大概想起了什么有趣的事，阿达望着他突然大声笑了起来，抱着他亲吻，丝毫不在乎周围的人，而其他人也仿佛司空见惯了一般。

现在，每次他们散步时，那些女店员和银行职员总会跟着他。他们都是庸俗的人，克利斯朵夫感到非常厌恶，好几次都想在路上甩开他们。可是阿达现在并不想在树林中迷路，所以老是跟他唱反调。有时因为下雨或者其他什么原因，他们不能出城，而阿达又非要跟他在一起，克利斯朵夫就带阿达逛美术馆、上戏院、逛公园，甚至还要他陪她去做弥撒。但他太真诚，真诚到有点荒谬，自从他失掉信仰后，他再也不肯进教堂，连管风琴师的职位也早已找借口辞掉了。某种程度上，他自己都没发现，自己的宗教情绪太浓，以至于阿达的想法在他看来是种亵渎。

晚上他经常去阿达的家，阿达与弥拉合住在一起，所以在那儿他总是碰到弥拉。弥拉对他心无芥蒂，依旧向他伸出手，那手软绵绵的，透着抚爱的意味。她对他随便说些无聊的或轻薄的话，然后就知趣地离开了。两个女人曾经是情敌，按理说不可能再是好朋友，可她们反而更加亲密无间了，整天形影不离的。阿达什么事都对弥拉说，弥拉也什么都喜欢听。两人聊得十分起劲。

和两个女人在一起时，克利斯朵夫觉得很不自在。她们之间的友谊令他不解。她们谈话十分古怪，行动非常放浪，弥拉看事情的态度和见解又极其放肆，在他面前她有些收敛，但阿达经常告诉他弥拉背地里和她说的话。她们对所有的事都十分好奇，包括有些无聊甚至十分猥琐荒淫的事。有她们在的时候，气氛就有些暧昧，带着点兽性。克利斯朵夫从没有见识过这些，因而在难受之余又饶有兴趣。两个女人像一对小野兽，她们废话连篇，胡说八道，讲到粗野的故事时，兴奋得两眼放光。她们的谈话把克利斯朵夫完全搅糊涂了。弥拉一走开，他不禁松了口气。当两个女人在一起时，那种氛围仿佛一个完全陌生的世界，而对于那个世界的语言他根本就不懂。他想让她们听他的，可是她们根本不听，还一个劲地取笑他是个陌生人。

当只有他和阿达两个人的时候，虽然他们的语言仍是不同的，但至少彼此还是希望努力让对方理解。实际上，他越想了解她，心里反而越无法看清她。在她身上克利斯朵夫第一次认识了女人。虽然他也认识萨皮纳，但她只是他的一个梦，关于她，他一无所知。那个错过了的时间，现在则由阿达来填补。他也努力想揭开女人这个谜。而对于女人，或许只有那些想在她们身上寻求意义的人，才会把她们当成一个谜。

阿达绝对不聪明，这还不是她最大的缺点。要是她承认自己不聪明，也就算了。可她偏偏喜欢自命不凡，附庸风雅，对一切都自信满满地做着判断，虽然事实上她只对无聊的事感兴趣。音乐算是克利斯朵夫最内行的东西了，她跟他谈论音乐，甚至向他解释音乐。她喜欢对事物发表自己的意见，并认为自己的见解是绝对正确的，她也喜欢否决事物，态度同样极为坚决。你别想试图去说服她，因为她自视甚高、顽固不化，对什么都有自己的看法，都能欣赏，虚荣心又极重，因而不愿也不能对什么有所了解。她顽固不化，坚决不肯去了解事情！其实如果她愿意正视自己的优点和缺点，坦诚地保持自己的真实面目，克利斯朵夫反而会更喜欢她！

事实上，她从来不动脑子。她只对吃喝玩乐感兴趣，只喜欢唱歌跳舞，大喊大叫，嬉笑，睡觉。她想要快乐，要是她真的感到快乐，也算是件好事。可实际上并不如此。她好吃懒做，性欲很强，自私自利，这种自私自利有些天真，令克利斯朵夫又好气又好笑。总而言之，她具备了快乐生活所需要的一切坏习惯（也许她的坏习惯并不会令她的朋友们感觉人生可爱，但一张喜气洋洋、漂亮可爱的脸总能带给他们一些快乐）。总之，虽然她拥有快乐生活的所有条件，虽然她有足够多的理由对人生满意，可阿达却没有知足常乐的智慧。她居然担心自己的身体！可事实上，她脸蛋漂亮，体格强壮，娇嫩快乐，气色健康，兴致好，胃口极大！她一个人能吃几个人的饭，却总是抱怨身体不行。她对自己的身体常常叫苦不迭，一会儿说脚走不动了，一会儿说胸闷不能呼吸，一会儿又是头痛、脚痛、眼睛痛、胃痛什么的，再不然就说心神不宁、有点儿心病。她害怕所有的东西，像疯子般迷信，觉得到处都是预兆，吃饭的时候，交错的叉子、刀子，倒翻的盐瓶，同桌的人数，等等，都能预示吉凶福祸，一定要用种种的仪式来消灾解难。一起散步的时候，她会观察天空中的乌鸦，查看他们飞行的方向；她走在路上总会特别留意脚下，如果是在上午的时候看到地上有蜘蛛爬过，她就担心不已，一定要往回走；要是你想劝她继续散步，让她相信那是好兆头，而不是噩兆，就只有让她相信那已经是下午了。她连自己的梦都会怕，总要絮絮叨叨地向克利斯朵夫复述她的梦。假如有些细节被遗忘了，她会花上好几个小时去回忆那些细节。她要让克利斯朵夫知道每一个细微的地方。她的梦都是些非常荒谬的事，梦里有古怪的婚姻、有死人、有女裁缝，还有亲王，诸如此类，尽是些滑稽可笑或淫乱的故事。她一定要克利斯朵夫听她的梦，还要对她的梦发表一些看法。她经常被那些奇怪荒唐的梦纠缠，好几天不得安宁。她哀叹着人生是如此不如意，她还喜欢用极为苛刻的态度看待一些人和事，她总在克利斯朵夫面前嘀嘀咕咕地诉苦。克利斯朵夫好不容易离开了那帮怨天尤人的小市民，现在却又碰到他的死对头，“非希腊式的郁闷的幻想病者”，实在有些不值得。

有时，她赌着气叽里咕噜说个不停的时候，会突然间就乐起来，吵吵闹闹的，让人完全摸不到头脑。无论是忧愁的苦闷，还是高兴的哄闹，都是不可理喻的。当她突然高兴的时候，她就不停地大笑，在田野里不停地乱跑、胡闹，疯疯癫癫的。甚至还会玩着小孩子的游戏，她会撅起屁股扒泥土，摆弄着脏东西，捉各种小动物，折磨蜘蛛、蚂蚁和虫子，让它们互相吃对方，她会让猫吃小鸟，喂鸡吃虫子，把蜘蛛丢给蚂蚁吃。当她做这些时，并无恶意，只是出于无意识的恶作剧的本能，出于她的好奇心，出于她闲得没事干。她这种恶作剧的需要仿佛永远得不到满足，以至于她总要说些傻话，几十上百遍地重复一些根本没有什么意义的话，她不停地捣乱，不断地刺激别人，迫不及待地要惹人厌烦，像个野丫头一样不住地发疯。不管路上遇到什么样的人，她都要来卖弄一阵风情，说话都变得精神百倍，又笑又闹的，装腔作势地做出种种夸张的举动，甚至会扮鬼脸来引人注意。克利斯朵夫在一旁提心吊胆，他预感到她要说什么正经话了。果然，她又变得多情了，并且像在其他方面一样，毫无节制地大声嚷嚷着，说出自己的心里话。克利斯朵夫在一旁听着，心里难受极了，恨不得揍她一顿。最让他最受不了的是，她一点儿也不诚实。他似乎还不知道，和聪明与美貌一样，诚实也是少有的一种天赋，而他强迫所有人都诚实，这本身也是一种不公平。他最不能容忍别人撒谎，可阿达却特别能撒谎。她一刻不停地撒谎，神情泰然自若，她甚至可以面对着事实说谎。像任何一个得过且过的女人一样，无论是做令他不快的事，还是令他高兴的事，她都能转个身就忘了。

尽管如此，可他们终究还是一心一意相爱着。阿达真诚的爱情，绝不比克利斯朵夫少。他们的爱是真实的，不会因为缺少精神上的共鸣而减少一分真诚，同时他们的爱也不同于低级的情欲。这种爱是美妙的，是青春期特有的，虽然也有很强的肉欲，但终究不是粗俗的，因为所有的一切都是年轻的。这种爱也是天真的，几乎是贞洁的，单纯而热烈的快感洗涤过它。在爱情方面即使阿达比克利斯朵夫更显老练，但她的身心都还保持着少年的样子，她的感官是那么新鲜、活泼、明净，犹如溪水，几乎还能给人一个纯洁的幻象，没有什么东西能代替。在日常生活中她固然平庸、自私、不诚实，但爱情令她变得善良、淳朴、真实。为了别人而忘却自己，这样的快乐，她居然都能懂得。每当看着阿达，克利斯朵夫的心都沉醉了，为了她，他甚至愿意去死。谁又能说得清，一个萌发了真正爱情的心，为了爱情能生发出多么可笑又动人的幻觉。克利斯朵夫作为艺术家，他天生的幻想力比常人不知丰富多少，因而恋爱时的幻觉更是有胜于常人百倍乃至千倍。在他看来，阿达的一颦一笑、一举一动，都有无穷的意义，她亲热的一言半语岂不正说明她善良吗？他爱她，甚至因为这份爱，而爱宇宙间一切美好的事物。他称她为他的我、他的生命、他的灵魂。他们的爱到了极点，以至于他们禁不住都哭了。

他们相爱，不仅仅是靠着肉体的欢乐，还有一种说不出的诗意，一种往事与梦幻相结合的诗意。这往事与梦幻是他们的吗？还是他们以前的恋人的？他们是否都将对方当作了自己曾经爱过的人的影子？在树林中偶遇的那最初的几分钟，缠绵相依的最初几天，同床共眠的最初几晚，他们躺在彼此怀里酣睡，没有思想，没有动作，只沉溺在爱情的长河之中，彼此一言不发地体会这急流中的欢乐。这些恋爱初期的魅惑与沉醉，虽然彼此并未诉之于口，却的确长存于心，可能他们并未发觉。有时在突然之间，他们的脑海中会显现出来的一些幻境，一些潜伏的思想，一些形象，即使只是如蜻蜓点水般地一闪而过，他们也会暗暗变色，浑身酥软，恍恍惚惚，仿佛有蜜蜂的嗡嗡声在四周萦绕。一道温柔而热烈的光闪过……那幻境甜美而醉人，几乎让他们的心跳停住，无声无息……狂热之后只剩下困倦与静默，大地在初春的阳光下苏醒过来，露出慵懒的微笑。来自两个年轻人肉体的爱，就像是四月清新的早晨，而它也终将会如晨露一样消逝。年轻的心灵只是为太阳献祭的礼物。

大家都批判指责他和阿达的这种关系，可就是这样，反而使克利斯朵夫和阿达更加亲密地相爱。

从那天偶遇后，他们的事在第二天就传遍了街头巷尾。阿达并不想隐瞒他们的恋情，反而得意地在人们面前炫耀，炫耀她征服了克利斯朵夫。克利斯朵夫原本打算遮掩一下，但是他发现大家都盯着他，目光里充满好奇，他觉得不自在了，而且他非常讨厌躲躲藏藏，便索性携阿达出入于各种公共场合。镇上的人们一时对此议论得沸沸扬扬，同事们喜欢用调侃的语气奉承他。克利斯朵夫从不理他们，这是他的隐私，别人管不着。爵府的人也指责他的行为不合规矩。

中产阶级的人对他的批评就更加厉害了。一部分家庭已经辞退了他这个家庭教师。在得知他的事情之后，有相当一部分家庭提高了警惕。每当克利斯朵夫过来授课，母亲都会在旁边监视，眼神透着猜疑，生怕宝贝的小母鸡被他拐跑了。那些小姐们脸上都是一副无辜的样子，可暗地里什么都知道，一方面觉得克利斯朵夫眼光实在太低了，因而对他态度淡漠了不少，另一方面她们心里对克利斯朵夫事件的来龙去脉非常好奇，想了解更多。原来只有小商贩和小职员才追捧克利斯朵夫。然而无论是奉承还是诽谤，都令他非常恼怒。既然无法让别人不诽谤他，那他就只能推辞所有的恭维了。当然，这相对而言要简单许多。这些人那么热心议论别人的事，这令他大为恼火。

在所有人当中，让他最生气的当然是于莱老人和伏奇尔一家。看到克利斯朵夫的举动如此不成体统，他们竟觉得自己被克利斯朵夫侮辱了。虽然他们并不是真心决定把洛莎嫁给他。对于克利斯朵夫这样的艺术家，他们，特别是伏奇尔太太，从来都不放心他的性格。可是他们天性忧郁不安，总觉得命运一直在捉弄他们。当他们发现克利斯朵夫不可能娶洛莎时，他们竟开始误以为自己其实是真心想促成这门婚事的。此刻克利斯朵夫的放浪行为犹如一个强有力的证明，印证了他们碰到的果然都是些糟糕的不顺心之事。本来按照他们的推理，如果是命运捉弄得他们诸事不顺，那么应该跟克利斯朵夫没什么关系了。但他们根据伏奇尔夫妇的逻辑，总会找出一堆理由去责怪他人。因而他们很有理由认为，克利斯朵夫如此放浪形骸，不只是为了自己的寻欢作乐，还是存心要报复他们。伏奇尔夫妇如此痛恨克利斯朵夫的浪荡行为，也不仅仅是因为他们荒唐的推理。他们重礼节，守道德，内心虔敬，又极重个人德性。在他们这类人看来，在所有的罪恶之中，源自肉体的罪恶是最令他们不齿的，也是危害最大的罪恶。由于一般的良好市民根本不会轻易杀人或偷盗，因而这两种罪恶基本不存在，相比之下，肉体的欲望就成了最可怕的罪恶了，几乎可以被当作唯一的罪恶了。他们心里这么想着，便打心眼儿里觉得克利斯朵夫是个恶人，由此，他们完全改变了对他的态度。他们看他时总是冷冰冰的、板着脸，一看到他就转身离开。克利斯朵夫压根儿就不愿意搭理他们，对他们的虚张声势，也只是耸耸肩，满不在乎。阿玛利亚虽然装作瞧不起他，看到他就躲开，可她心里极想跟克利斯朵夫说些什么，所以不断地想方设法去和他套近乎。对此，克利斯朵夫完全视而不见。

他唯一在意的就是洛莎对他的态度。她比她的父母还要严厉地批判他。这倒不是因为克利斯朵夫的新恋情毁坏了她被爱的最后一个机会（也许直到现在她还抱着被爱的希望，也许她一辈子都抱着被爱的希望）。但她心里其实早已明白，她实在不可能有希望。一直以来，她都崇拜着克利斯朵夫，视他为心中的偶像。而如今克利斯朵夫的行径无疑使她心中的偶像倒塌了。洛莎是那样的纯真无邪，偶像崩塌带给她的痛苦比任何痛苦都要大，甚至被克利斯朵夫看不起也让她好受些。洛莎所受的教育完全是清教徒式的，她所信奉的道德是如此狭隘，以至于当她得知克利斯朵夫的事件时，不禁扼腕痛惜，悲痛不已。当初得知他与萨皮纳相爱时，英雄在她心中的光辉形象已经有些许斑驳，这已经令她痛苦不堪。她从未想过她的英雄、她的偶像、她的克利斯朵夫竟然会将爱给予了那么一个普通平庸的人。对此她无法理解，甚至觉得很不光彩。但至少克利斯朵夫对萨皮纳的爱是纯洁的，而萨皮纳也并未将如此纯洁的爱情玷污，更何况死神已经将他们的爱情变成了圣洁的。但曾经深爱过萨皮纳的克利斯朵夫居然立刻投入了另一个女人的怀抱，况且那是什么样的一个女人哟！克利斯朵夫居然自甘堕落到如此地步！洛莎甚至替已故之人感到不公平。克利斯朵夫竟然这么快就忘了萨皮纳，她绝对无法原谅他。事实上对于这一点克利斯朵夫比她思考的更多。在洛莎看来，一个人居然能同时深爱着两个人，这简直无法想象。在她的思想观念中，如果一个人想要忠于“过往”，那就必须要牺牲“现时”。面对人生，她的头脑一向很冷静、纯洁，对于克利斯朵夫，她没有任何观念。她自己纯真无邪，狭隘守己，所以一厢情愿地要求所有人都与她一样。尽管她为人谦卑，但还有份值得骄傲的德行，那就是纯洁，她这样要求着自己，并也用这个标准来要求着别人。克利斯朵夫是如此的自甘堕落，她觉得无法原谅，并且永远也不能原谅他。

面对这样一个清教徒式的洛莎，克利斯朵夫连对她解释的想法都没有，也根本解释不了什么，但他在心里确实很想和她聊聊。他想告诉她，他把她当成最好的朋友，他很在意她的看法，他还可以被她尊敬。可是洛莎偏偏处处躲着他，一言不发，态度冷冷的，他感觉到了她看不起他。

洛莎的态度让他很伤心，也气愤至极。虽然他心里觉得自己不该被误解轻视，可他终究还是被洛莎影响了，甚至开始觉得自己错了。每当想起萨皮纳的时候，这种自责就更强烈，更残酷。他难受极了，不断地询问自己：

“上帝啊，这是怎么回事？我怎么就变成了这么一副样子？”

然而生命的巨浪不断地冲击他，令他根本无法抵挡。啊，罪恶的人生！他闭上了眼睛，不去看这罪恶，只是活着。他想要活下去，想要爱情，想要幸福！他的爱情从来都不是卑鄙的！爱上阿达，或许是他不够明智，不够有见识，这份爱甚至没有给他带来莫大的快乐，可他对阿达的爱绝对不是卑鄙的。即便阿达在精神上不是很高尚，难道就能说他对阿达的爱就不纯洁了吗？决定爱情性质的是主动去爱的人，而不是被爱的人。对于身体健壮、心灵纯洁的人来说，世间的一切都是纯洁的。爱情总是促使人们做出美好的事情，鸟儿为了爱情能向爱人展现最美的色彩，而人为了爱情能向爱人展现最纯洁最高尚的心灵。面对爱人，人们只想展现自己最美好的、最能吸引人的一面。恋爱中的人，他的所思所想，所作所为，都是以爱情中的理想形象为标准的。那来自年轻的雨露能浸润美好的心灵，那光芒如此神圣，竟能带来力量与欢乐。它们如此美好，并能带来身体的健康，甚至能开阔一个人的心胸。

朋友们误会他，不理解他，的确令人难过不安，但更令人心酸的却是他母亲。克利斯朵夫发现，连他亲爱的母亲也开始为他的行径烦恼不安了。

母亲个性忠厚老实，与伏奇尔一家不同，她对人对己都十分宽容。因为她的一生经过了太多的苦难，如果再苛求自己，就是自己惩罚自己。如此谦虚卑下的人，她的人生只有苦难和折磨，从未享受过幸福和快乐，她也从没有奢求过这些。对于生活，她习惯了随遇而安，从不苛求，所有的遭遇都默默承受，并不去理会生活对自己是否不公。对于旁人，她是绝对不敢批判或指责的，她从不认为自己有这种权利。当别人的想法与自己不同时，她从不会指责别人是错的，只会认为是自己愚蠢。对她来说，强迫别人认同自己的信仰与道德，简直是荒谬不可能的。况且她只是出于本能地做那些道德与信仰方面的事，并且她的纯洁与虔诚只是用来要求自己的，她对他人从来都是宽容的。而她的这种态度，正是一般民众的态度，他们能够容忍他人的许多缺点。她的这种过于宽容的态度，正是已故的约翰·米歇尔对她颇有微词的地方。她从不区分体面的人和不体面的人，对所有人她都一视同仁。有时在街上或菜场里，碰到一些常人眼中不太正经的女人，她都会停下来和她们聊上几句，尽管一般人对这些女人都视而不见。她把区分善恶、决定奖惩都抛给了上帝，自己只求能得到他人的一点点亲切与同情。生活如此沉重，彼此间多点亲切与同情，也能减轻些负担。她只希望他人有一副好心肠，其他的就无伤大雅了。

而自从她在伏奇尔家住下以后，她的性格就不断地被影响着。彼时生活的苦难已经摧毁了她所有的力气，她是那么软弱、毫无抵抗力，因而伏奇尔一家轻而易举地就控制了她，他们那惯于指责他人的性格也一步步地影响了她。首先影响她的就是阿玛利亚。她们俩每天都在一起干活，从来都只有阿玛利亚一人在说话，路易莎实在太颓废太温顺，以至于阿玛利亚十分轻松地就影响了她，她也变得喜欢说长道短、唠唠叨叨了。以前，在路易莎面前，伏奇尔太太从来不会对克利斯朵夫的举动说长道短，但路易莎的漠不关心也着实令她生气。对于克利斯朵夫的事，他们都愤怒到不行了，而路易莎竟然不闻不问，实在是太不成体统了。她总要说得路易莎心烦意乱方才满意。克利斯朵夫也发觉了母亲的变化。尽管路易莎并没有责备他，但她每天都仿佛在担惊受怕，絮絮叨叨。有时他实在不耐烦了，回了几句，母亲就不再说话，只是无比忧郁苦闷地望着他。有好几次他回家时，发现母亲眼睛红红的，明显哭过了。他了解母亲，知道母亲现在的烦恼绝不是发自内心的，他心里十分清楚，母亲为什么会这么忧郁。

克利斯朵夫决定要改变这种状况。有次吃晚饭时，路易莎饭还没吃完就起身了，脸上淌着泪，也不说为什么。克利斯朵夫当然明白是为什么，他忍无可忍，匆匆忙忙地往楼下奔去，用力敲开伏奇尔家的门。是的，他要报复伏奇尔太太在他和母亲间挑拨离间，唆使洛莎不理他，诋毁萨皮纳，还有几个月来他们的一切行径，他一定要好好地报复他们。越积越重的愤怒与咒怨简直要令他发疯了，他得全部宣泄出来。

他一头撞进伏奇尔太太的房间，责问她跟母亲说了什么，让母亲那么伤心难过。他强装镇定，声音却已经因为愤怒而不住地颤抖。

阿玛利亚语气尖锐地回答道，她想说什么就说什么，别人管不着，特别是克利斯朵夫。趁着这个机会，她把心中早就想说的话一股脑儿全说出来了，并补充说，除了他，还能有谁让他母亲难过？他如此不检点的行为对他自己是耻辱，对别人也是件丑闻。

克利斯朵夫就等着她这么说，他好反击。他对伏奇尔太太大声叫嚷着说道，他做什么是他自己的事，别人管不着，特别是她。她有什么不满的，冲着他来就是了，随便她说什么，他只当成下了一场雨罢了。但他警告她，他决不允许她向他母亲说什么，欺负一个年老病弱的女人是卑鄙无耻的。

听到这些，伏奇尔太太忍不住大声叫嚷起来。从来没人敢这么跟她说话，在自己家里，她受不了自己被一个下流的人训斥！她想尽方法侮辱他。

两人的吵架声把大家都引来了，除了伏奇尔，因为他一向躲开这些妨碍他健康的事。阿玛利亚简直要气疯了，把事情的经过告诉了老于莱。老于莱厉声地对克利斯朵夫说，以后不必再上门了，也不要再对他们发表议论。他们知道无论过去还是将来，做人都是要尽责的，不容克利斯朵夫置喙。

克利斯朵夫回答道，他肯定是要走的，以后也不会踏进一步。但在走之前，他可要把这该死的尽责好好说清楚了。此刻，他简直把尽责视为仇人了。他说，与他们口中的尽责相比，邪恶更令他喜欢。他们把“善”变得如此令人厌恶，令人压根儿就不愿意去做。与他们口中的善与尽责相比，那些下流但可爱的人反倒更有吸引力。他们肆意地使用尽责这个词，他们的做法死板而霸道，他们甚至把繁重无聊的劳动和微不足道的行为都称为尽责，这不但是对人生的毒害，更是对尽责的亵渎。只有真正必要的牺牲，才能称之为尽责，像他们那样偏爱计较的性情和极为恶劣的情绪，根本不能称之为尽责。一个人怎么能够因为自己生活失意，就要求所有人必须跟他一起颓废呢？心情愉快才是最重要的德性。德性应该是快乐的、自由自在、没有半分强迫的！真正做善事的人心中总是愉快的！但他们整天道德尽责不离口，对他人极为专制，说话大嚷大叫，整天都是些令人生厌的、幼稚无聊的、没事找碴的争吵，生活在喧闹无趣之中，不懂得静默，他们的悲观主义把生活变得乏味、丑陋，他们傲慢愚蠢，不懂得了解其他人，从来只会轻蔑他人。他们这种小市民式的道德，不可能带来快乐幸福，只会妨碍身心，甚至它使人们更喜欢邪恶而讨厌德性。

克利斯朵夫一心只想着对那些他痛恨的人进行宣泄报复，却没发现自己和他们一样不公平。

毫无疑问，他们正如他所说的那样可怜。他们面目可憎，思想谦卑，态度恶劣。但这却不是他们的错，他们都只是无情的生活的牺牲品。把他们折磨得扭曲了的，不是那偶然的飞来横祸，也不是那毁坏生命或突如其来的大灾难，而是那永不止息的不幸，那从生到死的连绵不绝的小灾难。多么令人悲哀令人慨叹啊！有多少善良与正直被掩藏在那可憎的表象之下，又有多少默默无闻的英勇被遮蔽在那粗糙的外貌之中。在他们的身上，甚至能爆发出整个民族的强大生命力和改变未来的巨大力量！

在克利斯朵夫看来，不仅是责任，连爱情，甚至一切都应该是特殊的。任何东西都有价值，即使是恶习，也有它该有的价值。而毁坏这些价值的，不是恶的事物，而是习惯。当它本身成了习惯，它也就失去了它的价值。灵魂的死敌，就是时间的磨蚀。

克利斯朵夫的爱令阿达有些厌烦了。克利斯朵夫的身上充满了蓬勃的生命，如果阿达够聪明的话，应该设法从克利斯朵夫那里获得爱情的新鲜感。可惜她没有。在这场爱情之中，她已经获得了感官和虚荣心的所有乐趣，现在只剩下唯一的乐趣，即毁灭爱情。所有的少男少女，无论聪明善良与否，他们都有种不易察觉的本能，即破坏欲。阿达也一样。他们的人生还没有任何成就，没有作品，没有儿女，没有伟大的行动，什么都没有，但他们有蓬勃的生命力。他们无法忍受自己的没用，便希望别人也能像自己一样无所事事，并想尽一切办法实现这个想法。有时候他们只是不经意间就有了这样的想法，当这种邪恶的欲望崭露头角的时候，他们往往能正义十足地打消它们。可是很多时候他们都任由这种欲望肆意妄为，尽一切可能地摧毁身边的人，那些活着的人，那些渴望活着的人，那些自认为有资格活着的人。根据他们力量的大小，他们能造成的破坏也有不同的程度。有时他们的破坏程度不大，仅仅摧毁身边亲近的人；而有些破坏是大规模的，他们试图摧毁广大群众。那些喜欢随意贬低伟大的人物和伟大的思想，并将他们贬低到跟自己一样程度的评判家们，那些将爱人诱惑至堕落的深渊，并以之为乐的女孩们，两者性质相同，都是邪恶的野兽。但后者却更可爱。

因为这种破坏欲，阿达非常想腐化克利斯朵夫，想屈辱他高贵的人格。可她没有这个实力。她自己也知道，她根本不够聪明，没办法腐化克利斯朵夫。于是，她开始怀恨克利斯朵夫，因为她的爱情居然没办法伤害他。她并不是真的想要伤害他，如果可能，她也许会阻止自己。可是她居然不能伤害他，简直岂有此理！女人都有一种幻象，如果自己不能完全控制自己的爱人，不能对自己的爱人施加影响，那就是她的爱人对她爱得不够。于是阿达便想要试试自己的力量了。当然，克利斯朵夫并不知道这些。阿达带着些玩笑的口气问克利斯朵夫："你愿意为了我而放弃音乐吗？"事实上她并没有这个意思。

而克利斯朵夫的回应却很实在："噢！音乐吗？无论是你还是谁都不能，我永远不可能放弃音乐。"

"哼！你不是整天说爱我吗，这都做不到！"她不禁有些生气地说道。

阿达痛恨音乐，因为她根本不懂音乐，这个无形的敌人根本无懈可击，她找不到任何方法去破坏克利斯朵夫对音乐的热情。有时在和他谈论音乐时，她故意用很轻蔑的口吻说话，甚至用十分鄙夷不屑的神态将克利斯朵夫的音乐作品批评得一无是处，他却不生气，只是哈哈笑着。虽然阿达心里十分恼火，但也只好闭嘴，因为她很清楚自己谈论音乐的样子的确很可笑。

虽然不能从音乐方面摧毁克利斯朵夫，但她发现了他另一个更容易下手的弱点，那就是克利斯朵夫的信仰和道德。尽管克利斯朵夫跟伏奇尔一家大吵了一架，虽然还会沉醉于青春期的心绪中，然而他在精神上仍然保持着一种洁癖，只是他自己没发觉而已。阿达看了之后起初十分诧异，接着就迷上他了，然后觉得好笑，甚至有些不耐烦，最后终于恼怒了。她向来喜欢旁敲侧击，问问题的方式也十分狡猾。

“你是爱我的，对吗？”

“是的。”

“有多爱我？”

“尽我所能地爱你。”

“那可不算。为了我，你能做什么？”

“你要我做什么我就做什么。”

“如果我要你做的事是件坏事，你也会做吗？”

“这样去爱你，不觉得太奇怪了吗？”

“你别管奇怪不奇怪，只回答会不会做？”

“不可能，永远不会有那种事。”

“如果我一定要呢？”

“你这么做是不对的。”

“或许我是错的，你到底做不做？”

他试图抱住她，却被她逃开了。

“你就说你到底做不做吧。”

“我不会做的，宝贝。”

她生气了，转身不理他。

“你说你爱我，可你根本不爱我，你根本不懂什么是爱。”

“或许我真的不懂爱吧。”他嬉皮笑脸地对她说道。

克利斯朵夫很清楚，他跟别人一样，都会被激情推动着去做一些坏事、傻事，甚至更荒唐的事，可是他觉得，将这种冲动之情诉之于口，并以这种事为自豪，是件可耻的事，而且是给阿达许下这种承诺。他有种本能的不好的预感，他的心爱的敌人就在旁边伺机而动，只要他一个不小心就会落入她的陷阱。他可不想有把柄落到她的手上。

好几次，她又用老问题发动进攻了：“你爱我，是因为你爱我，还是因为我爱你？”

“我爱你是因为我爱你。”

“假如我将来不爱你了，你还会爱我？”

“当然还会爱你。”

“假如将来我移情别恋了，你还会永远爱我吗？”

“啊！那我就不知道了。或许我不会再爱你了吧。但那时我肯定不会再爱别人了。”

“我不爱你和我爱上别人有什么不一样的吗？”

“哦，那可就不一样了。那时或许我已经变了，但你肯定已经变了。”

“这跟我会不会变有什么关系？”

“当然有关系。我只爱现在的你，如果将来你变了，我可能就不会爱你了。”

“噢！你不爱我，你不爱我！你这么说是什么意思？一个人要么就爱，要么就不爱。如果你爱我，你就应该无条件地爱我，无论是现在这样的我，还是未来改变了的我，无论我做什么，你都应该一直爱我的。”

“可是这样不就是把你当成宠物一般去爱了吗？”

“我要的就是这样的爱。”

“那你还是找别人吧，”他有些开玩笑地说道，“我不是你希望的那种人。就算我愿意那样爱你，我也做不到，更何况我根本就不愿意那么做。”

“你总是自以为聪明！你说你爱我，可事实上你更爱你的聪明。”

“你可真没良心，我明明只爱你！我对你的爱，比你对自己的爱更加深刻。你心越好，越美丽，我就会越爱你。”

“你倒是个学者了。”她有些恼恨地说。

“我能怎么办呢？我本来就是这样的人，我只喜欢美，讨厌丑。”

“那我身上的丑，你也讨厌吗？”

“我尤其讨厌你身上的丑。”

她气得直跺脚，大声说道：“我才不要被你批评。”

“那你就抱怨吧，抱怨我批评你，抱怨我爱你。”他温柔地说着，想安慰她。

她嘴角泛起了微笑，任由克利斯朵夫将她抱在怀里，甚至任由他亲吻她。可是过了一会儿，当他以为她已经把之前的问题忘了时，她竟又有些不安地问他：“那你认为我哪里丑？”

克利斯朵夫不敢说实话，只好小心地回答：“你哪儿都不丑。”

她沉吟了一会儿，微笑着问他：“你说过你讨厌撒谎，对不对？”

“我最讨厌撒谎了。”

“嗯，我也讨厌撒谎。而且我从不撒谎。这一点你可以放心。”

他看着她，知道她说的是真心话。他有些心软了，因为她对自己如此明显的缺点居然一点儿都没察觉到。

“那么，”阿达的手臂挂在克利斯朵夫的脖子上，“如果我告诉你我爱上了别人，那你为什么要恨我呢？”

“不要老是纠缠我啊。”

“我不纠缠你。我现在没有爱上别人，也不爱别人，可是如果以后我真的爱上别人的话……”

“没必要想这些。”

“可是我会想。如果我真的爱上了别人，那时你会恨我吗？你不能恨我吧？”

“我不恨你，我只会离开你。”

“为什么要离开我？如果我还爱你的话，你也离开？”

“你可以同时爱着别人和我？”

“那当然，不排除有这种可能。”

“我们之间不会有这种可能。”

“为什么不能有？”

“因为你一旦移情别恋了，我就会放弃你，并且永不再爱你。”

“刚才你只是说也许不会爱我，现在你却说永不爱我！”

“永不爱你对你来说是件好事。”

“为什么是好事？”

“你已经爱上别人了，如果我还爱你，结果对我们三个人只会更糟。”

“啊！你真是个疯子。那我就只能跟你过一辈子了吗？”

“你放心，你有离开的自由。你想离开随时可以离开，只是那时不是再见而是永别了。”

“可是如果离开时我还爱你呢？”

“只有彼此牺牲，才能有爱。”

“那就牺牲你吧！”

听到她如此自私的话，他却不由得笑了。她也跟着笑了起来。

“单方面的牺牲只能造成不完整的爱。”他说。

“肯定不会的，牺牲你也能有完整的爱。你想啊，如果你因为爱我而做出牺牲，我就会更爱你。而你能够为我做出牺牲，那就说明你非常爱我。这样你就能获得幸福快乐了。”

之前彼此都那么认真地讨论这个问题，而此刻两人却能暂时抛开成见，他们不由得高兴地笑了。

他微笑着看着她。克利斯朵夫是对的，她并未想过真的离开他，虽然她为他而烦闷，但她还是很珍惜他那可贵的忠诚的，况且她也并不爱别人。刚才的话她是开玩笑的，知道他厌恶她说那些话，但觉得说这些危险而暧昧的话，就像孩童喜欢拨弄脏水一般，自有一番乐趣在里面。他了解她这一点，所以并不恨她。但这些问题有些胡搅蛮缠，而阿达又是如此的心神不宁、忽冷忽热，他有些厌烦了与她的争论。为了骗自己，他常常需要从她身上努力地寻找优点，可是这太费劲了，他厌烦了，有时甚至想大哭一场。他时常想：“她为什么是这样的呢？她为什么要这样做呢？人生啊人生，怎么会如此无聊！”这么想着的时候，他会微笑着，望着正趴在他身上的阿达。那娇艳如花的脸上镶嵌着一双湛蓝的大眼睛，那如脂的皮肤吹弹可破，那半开半合的嘴巴时常笑嘻嘻的，但也总爱唠唠叨叨，有些蠢笨，还有那粉嫩的舌头和如贝的牙齿，此刻正散发着夺目的光彩。他们挨得那么近，几乎能碰上对方的嘴唇了，可是他的目光仿佛是从遥远的天边望过来的，那么遥远，像是从另一个世界望着此刻的她。他就那么望着她，眼看着她的影像越来越远，越来越模糊，最后竟完全沉入了云雾里。啊，他竟然看不见她了，甚至也听不见她了。他什么都不记得了，只有他的音乐，他的梦想，一切都与阿达无关。仿佛有个调子在他耳边响起，他静静地听着，将它谱写成乐曲。啊！多美妙啊！这音乐凄凉中透着温柔，绝望中透着慈爱。啊！多好的音乐啊！难道不是吗？这一刻只有音乐是美好的，除此之外的一切都是不真实的。

他感觉到手臂被人抓住用力摇了几下，接着便听到一个声音，似乎在喊他："亲爱的，发生什么事了？怎么这么看着我？干吗不回答？你怎么了？"

那双眼睛看着他，他有些不知所措。她是谁？啊！对了，是她。他不禁有些垂头丧气。

她不知道他在想些什么，只好拿眼细细地看着他，可她只是白费力气，根本看不清他的心思，每当她试图将他抓住时，他总能找到一扇门逃出去。她有些生气了。

有一次，他又出神了，她把他从从幻境中喊醒了，问道："你怎么哭了啊？"

他抬手擦了擦眼睛，手被泪水沾湿了。

"我也不知道。"他有些茫然地说。

"我都问了三遍了，你怎么没听到？"

"你想干什么？"他问她，语气透着温柔。

她又开始说她那些奇奇怪怪的论调，他有些厌倦了，对着她挥了挥手，示意她不要再说了。“你别着急。”她说，“我最后说一句。”

可是一句胡说完了，她又滔滔不绝地继续说下去。

克利斯朵夫生气极了，跳着脚喊道：“你非要说这些下流的话吗？”

“我是开玩笑的。”

“那就说些干净的话题！”

“可是你总得跟我说说，你为什么讨厌这些话题呀？”

“讨厌就是讨厌，还需要说什么理由！就像烂得发臭的垃圾，难道还要我说说垃圾为什么发臭吗？它烂得发臭，这就是理由。我只管捂着鼻子走开就是了。”

他十分气愤，大踏步地走了，跑到外面呼吸新鲜空气去了。

可是她又跑来烦他了，一次又一次地磨他。她喜欢把那些话题一股脑儿地全摆在他面前，令他难堪，能挑衅他的道德信仰，仿佛这样她就能开心了。

他把她当成患有神经衰弱症的女人，把她的那些话题当作她生病的迹象，把她不停地磨他看作她的消遣。他通常只能无所谓地耸耸肩，或者装作听不见她说话，从未把她当回事儿。但他厌恶神经衰弱症，也厌恶患有神经衰弱症的人，以至于他很多时候都有种冲动，想将她扔出窗外。

可她一旦真的离开了，过不了十分钟，他就完完全全地忘了那些令人厌烦的事。他萌生了新的幻象，又升起了新的希望，他又回到了阿达的身边，因为他爱她。爱情与信仰某种程度上是一样的。一个人因为信仰而信仰，与上帝存在与否无关；一个人因为爱而爱，没有什么其他的理由！

自从和伏奇尔一家吵了一架之后，克利斯朵夫和母亲不能继续待在他们的屋子里了，路易莎只好重新找房子。

有一天，克利斯朵夫的弟弟，恩斯德突然回家了。他已经很久没有向家里捎过消息了。各行各业的事他都做过，但总是被人辞退。现在没了工作，身无分文，连健康也损坏了，他觉得，回家休养一段时间比较好。

恩斯德和两位兄长相处得还算融洽。恩斯德心里明白两个哥哥瞧不起他，他却完全不放在心上，对他们一点儿也不怀恨。克利斯朵夫他们基本上也不恨他，因为恨他也没有用。不管别人说什么，恩斯德都是左耳进右耳出，完全当成耳边风。他眯着眼，笑得极为谄媚，神情极为悔恨，可心里却做着其他的打算，嘴里唯唯诺诺地说着感谢的话，却总能让哥哥们心甘情愿地给他一些钱。这个坏蛋，却让克利斯朵夫对这个弟弟表面上不喜欢，但心里还是有些好感。恩斯德长得像父亲曼希沃，年纪不大却和克利斯朵夫一样健壮结实。端正的五官，爽朗直率的面相，清澈明朗的眼神，笔挺的鼻子，常带笑意的嘴巴，那雪白整齐的牙齿，还有优雅迷人的举止，无一不让克利斯朵夫心软，不忍心责备，那早就准备好了的一番呵斥话一句也说不出来。他打心眼儿里喜爱他这个漂亮年轻的弟弟，如同母亲般宠爱着他。恩斯德不仅和他有相同的血统，连体格也和他差不多。在克利斯朵夫看来，他的这个弟弟心眼并不坏，而且也不傻。尽管没怎么受过教育，但品位却不俗气，对陶冶情操的活动也很有兴趣。尽管他并不懂哥哥的音乐作品，但仍然很好奇地听，那津津有味的样子令克利斯朵夫极为喜爱。因为在家里，没什么人理解克利斯朵夫，能有个弟弟常去听他的音乐会，他感到非常高兴。

但恩斯德最大的本事，是完全掌握两个哥哥的个性，并能加以利用。他有些自私自利、薄情寡义，对于母亲兄长，只有需要他们帮忙的时候才会想起他们。克利斯朵夫心里十分清楚恩斯德的为人，但抵挡不了他的甜言蜜语，总会答应他的要求。而对另一个弟弟洛陶夫，克利斯朵夫就不太喜欢。洛陶夫安分守己，规矩谨慎，认真严谨，极重道德，从不向人借钱，也不借钱给别人。他每个星期天都会来看母亲，例行公事般待上一个小时，时间一到马上就走，仿佛这样就尽了责任了。他从不关心别人的事，只喜欢吹嘘自己的事，吹嘘他的店铺，吹嘘自己的一切。克利斯朵夫看到他就受不了。每次洛淘夫回家看母亲的时候，克利斯朵夫就要找个借口逃到外面去。洛陶夫嘴上说着瞧不起艺术家，可心里十分忌妒克利斯朵夫，一看到克利斯朵夫的名片他就难受。可是他在经商的时候经常打着克利斯朵夫的旗号，却从来不让母亲和克利斯朵夫知道，假装根本不知道克利斯朵夫有什么名望。而一旦克利斯朵夫有一点点不好的事情，他统统知道。克利斯朵夫根本看不上洛陶夫这样心胸狭隘的举止，只装作不知道，不在乎。可他并不知道正是恩斯德告诉了洛陶夫一部分他的坏消息。如果知道是恩斯德从中捣鬼，克利斯朵夫肯定受不了。对于克利斯朵夫和洛陶夫的不同，恩斯德这个小坏蛋心里可是清楚得很。当然，他从不否认克利斯朵夫的优越，对于克利斯朵夫的憨厚耿直，他也许有些同情，尽管常常给予讽刺，但从不会放过利用这憨厚耿直的机会。另一方面，对于洛陶夫卑鄙狭隘的性格，他虽然瞧不起，但仍会利用，毫无羞耻感和罪恶感。对于洛陶夫的妒忌心与虚荣心，他从不批评；而洛陶夫的抱怨，他也洗耳恭听。必要时他会把镇上的丑闻，特别是关于克利斯朵夫的，告诉洛陶夫。

对于克利斯朵夫的事情，恩斯德总是知道得非常清楚详细。最终，连吝啬的洛陶夫也乖乖地把钱给他了，和克利斯朵夫一样被恩斯德给骗了。恩斯德的目的达到了。

这样，对于克利斯朵夫和洛陶夫，恩斯德同样地利用，也同样地嘲笑，而那被骗的两个人也一样地喜欢恩斯德。

恩斯德虽然有些狡诈，但回家时那神情也挺可怜的。他总是刚找到一份工作就会被赶走。他最后一份工作是在慕尼黑，在那儿被辞退后就往家走了。他冒雨走了一大半的路程，晚上也不知道是在哪里过夜的。身上的衣服破破烂烂，还满是泥水，简直就是个乞丐。回家的路上因为冒雨又得了恶性支气管炎，不断剧烈地咳着。他一进门，路易莎就被他的模样吓坏了，克利斯朵夫迎上去扶他，真心地心疼他。恩斯德一贯善于煽情，此时不免也会演一番戏，成功地煽动了哥哥和母亲的感情，三人抱成一团，痛哭了一番。

克利斯朵夫把自己的卧室让给了恩斯德，和母亲一起把被窝焐暖和后，就让恩斯德躺下了。此时的恩斯德仿佛一个垂死的病人。路易莎和克利斯朵夫守在床边，轮流看护着恩斯德。找大夫，买药，在房间里生火，准备病人该吃的食物，两人忙得团团转。

紧跟着两人又想起要给恩斯德买新衣服、新鞋袜，得让他从上到下、从里到外统统都更换一遍。恩斯德由着他们去操心。路易莎和克利斯朵夫四处凑钱，忙得四脚朝天。他们最近刚搬家，住房条件没有变好，但租金却更贵了。克利斯朵夫教书的工作也减少了，可开支却加大了。他与母亲平时只是勉强能够收支平衡，此时因为恩斯德而有些入不敷出了，不得不四处借钱。当然，克利斯朵夫也可以去找洛陶夫筹些钱，这样或许能更好地帮上恩斯德。可是克利斯朵夫十分不情愿，他认为自己一定要争口气，一定要靠自己的力量去帮助恩斯德。作为哥哥，尤其是作为克利斯朵夫，他简直把这个当成了自己理所应当的职责。十几天前，曾有人帮一个有钱的业余音乐家来找克利斯朵夫，表示希望能买一部他的音乐作品，但署自己的名字出版。当时克利斯朵夫十分恼怒，一口回绝了这个要求。可现在为了筹钱，不得不忍辱答应，并且还是自己主动去请求别人。路易莎在外面打些零工，给别人缝补衣物。两人从不让对方知道自己的牺牲，总是编出各种谎话来解释钱的来源。

恩斯德休养在家的这段日子，整天围着火炉坐着，病弱的身体缩成一团，剧烈地咳嗽。他向克利斯朵夫和母亲说了他欠的债，而他们都没有抱怨他，为他还了所有的债。责备一个浪子回头知错能改的病人实在太小气了。恩斯德似乎也决定痛改前非了。他一件一件地说出自己的过错，眼里饱含着泪水。路易莎心疼地抱着他，不让他说下去。恩斯德从小就会察言观色，常常甜言蜜语哄骗母亲。小时候，克利斯朵夫可是非常忌妒恩斯德的，可如今看着他这么虚弱、这么年轻，便觉得疼爱恩斯德是理所应当的。其实他比恩斯德大不了多少，但他不仅当恩斯德是弟弟，甚至当成了儿子。恩斯德极为敬重哥哥，时常感叹克利斯朵夫肩上担的担子有多沉重，牺牲了多少金钱。克利斯朵夫阻止他继续说下去，恩斯德感激地望着克利斯朵夫，神情亲切而谦恭。克利斯朵夫苦口婆心地忠告他，他全部都答应了，仿佛就等身体好了，马上好好工作、改头换面。

没多久他的病就好了，可是他以前的生活把他身体毁坏了，医生建议要十分小心，因此他还需要好好休养很长一段时间。恩斯德继续留在母亲与克利斯朵夫的身边，和哥哥睡同一张床上。每天都吃着克利斯朵夫赚回来的面包，还有路易莎为他做的菜。痊愈后的他吃得挺多，但从没提起过要离开。路易莎找到了疼爱的儿子，克利斯朵夫找到了心爱的弟弟，两人开心极了，更不可能让恩斯德离开。

漫长的夜晚，没事的时候克利斯朵夫也会跟恩斯德聊天，关系更加亲密了。克利斯朵夫需要向人倾诉，而恩斯德脑子聪明，思想转得很快，往往只需要几句话他就能明白，所以克利斯朵夫很喜欢跟他聊天。但克利斯朵夫从不敢谈论他最私密的事情，即他的爱情，似乎一说出来就亵渎了爱情。事实上，恩斯德对他的爱情了解得清清楚楚，只是假装不知道罢了。

不久后恩斯德的身体就完全康复了。一个晴朗的午后，恩斯德顺着莱茵河散步，来到了在郊外的一家乡村旅馆，这里一到星期天就有很多人喝酒跳舞，十分热闹。在那儿，恩斯德看到了克利斯朵夫，他正在和阿达还有弥拉围着桌子嬉笑打闹。发现了恩斯德后，克利斯朵夫有些脸红。恩斯德很识趣，没跟他打招呼，悄悄地走了。

被恩斯德撞见令克利斯朵夫感到非常难过。特别是和阿达她们在一起，更感到惭愧。他感到很难堪，不仅是因为以后都没资格指责弟弟了，更是因为他觉得自己没有尽到哥哥的责任，简直是在堕落。克利斯朵夫将兄长的责任看得非常重，甚至有些天真过时，令许多人感到可笑。

晚上，在房间里，他碰到了恩斯德。他在等恩斯德先开口。可是恩斯德也在小心翼翼地等他开口，自己默不作声。直到要更衣睡觉时，克利斯朵夫才下定决心向恩斯德谈谈自己的爱情。他内心慌张、忐忑不安，眼神尽量躲避着恩斯德，故意用很突然的语气说话，来掩盖内心的害羞与胆怯。克利斯朵夫所有笨拙的态度，还有那略显可笑的话语，恩斯德都看在眼里，却一言不发，也不看克利斯朵夫一眼，似乎并不打算帮忙。在谈到阿达时，克利斯朵夫只是用最通用的语言描述着她的面貌，居然不敢说出她的名字。但他心中升起了一股柔情，他慢慢地述说着他的爱情。他说爱情能给人带去幸福，爱情是黑暗中的一道光明，而此前他的人生充满了苦恼，人生如果没有经过刻骨铭心的恋爱，简直就是荒废了。恩斯德听得肃然起敬，很聪明地回答着克利斯朵夫的话，从不发问，有时会感动地握一握克利斯朵夫的手，表示自己与他有同感。他们向对方阐述了自己对爱情与人生的看法。看到恩斯德如此理解自己，克利斯朵夫感动极了。在睡前，两人友爱地拥抱了对方。

之后，克利斯朵夫就经常跟恩斯德谈论他的爱情。虽然依然有些胆怯，不敢完全说出来，但幸亏恩斯德很谨慎，也很懂得察言观色，令他非常放心。克利斯朵夫有时也会说出对阿达的担心，不过从来只会责备自己，不会指责阿达。克利斯朵夫热泪盈眶，饱含深情地说，如果没有了阿达，他也活不下去了。

与此同时，克利斯朵夫也经常跟阿达谈到恩斯德，赞叹他的美貌与聪明。

恩斯德从不正面要求克利斯朵夫向他介绍阿达，只是把自己关在房间里不出来，闷闷不乐地说自己没有一个朋友。把恩斯德一个人丢在家里，自己每个星期天都和阿达去乡村游玩，确实令克利斯朵夫有些自责。可是不能和爱人独处，也着实令人难受。终于，他抛开了自己的自私，邀请恩斯德一起去游玩。

在门外，他向阿达介绍恩斯德。两人礼貌客气地打了招呼。阿达出来后，如同她的影子般的弥拉就出来了。看到恩斯德，弥拉惊讶地叫出声。恩斯德微笑着抱住了弥拉，弥拉坦然地接受了。

“怎么了？难道你们认识吗？”克利斯朵夫很意外地问。

“那当然。”弥拉笑着回答道。

“你们什么时候认识的？”

“很久很久以前了。”

“噢！那你也认识恩斯德吗？”克利斯朵夫转向阿达问道，“怎么不告诉我？”

“弥拉那么多情人，我又不可能全都认识。”阿达不以为然地耸了耸肩膀，回答道。

听了阿达这么说，弥拉佯装生气了。克利斯朵夫只能知道这些，他感到很不高兴，认为恩斯德、弥拉，还有阿达，对他都不够坦诚，尽管他并不能责怪他们对他撒谎。可弥拉什么事都对阿达说，唯独认识恩斯德这件事没告诉阿达，克利斯朵夫简直不能相信。要说恩斯德和阿达在他之前并不认识，这也不能算事实。一起散步时，克利斯朵夫一路上都在注意观察恩斯德和弥拉，可他们俩只有几句简单平常的交谈，后来恩斯德就只顾着和弥拉说话，而阿达也只顾着和克利斯朵夫说话，只是态度比平时更加温和。

此后的每次约会，恩德斯都会跟着。克利斯朵夫心里不愿意，可嘴上也不敢说。他只是不想让弟弟跟着他堕落，并没有怀疑什么。而恩斯德的行为也并没有什么值得怀疑的，他对阿达尊敬有礼，似乎因为她是哥哥的情人，就该像对待哥哥一样地敬重她。恩斯德只对弥拉殷勤有加。对于恩斯德的礼貌，阿达并不奇怪，只是行为上更为谨慎小心了。

四人很长时间都在散步。克利斯朵夫和恩斯德在不远的前面走着，阿达与弥拉跟在后面，叽叽咕咕有说有笑。两个女人突然在马路中间停了下来，不知在聊些什么。克利斯朵夫与恩斯德便停住脚在前面等她们。等了一会儿克利斯朵夫就有些没耐心了，一个人朝前走了。可是没走几步，就听到后面恩斯德和两个女人的说笑声，他有些后悔了，就转身往回走，想听听他们说些什么，可是刚一走近，他们就突然不说了。

“你们叽叽咕咕地在一起说什么秘密呀？”他问。

可是他们随便开了句玩笑，就把他敷衍过去了。他们仨谈得如此投机，简直是市场上的小偷了。

克利斯朵夫刚刚跟阿达大吵了一架，有些激烈。他们从早上起就生气了。平时吵架的时候，阿达总是摆着一张严肃的脸，怒容满面，特别令人讨厌，她经常这样报复克利斯朵夫。可这一次，她无视克利斯朵夫的存在，继续和恩斯德以及弥拉说说笑笑的，仿佛很乐意跟克利斯朵夫吵架。

而克利斯朵夫比任何时候都更殷勤了，明显想要讲和。因为心中对阿达还有温情，对于爱情带给他的幸福快乐，他满心感激；回想起以前跟阿达无聊的争论，他就后悔把那些宝贵的时光浪费了；他甚至有些恐惧，害怕他和阿达的爱情就此结束。而阿达装作没看见他，只顾着和别人说笑。望着阿达美丽的脸，他很难过，不由得想起了很多回忆，那些宝贵的回忆。无论过去还是现在，他都能看到阿达的脸透着善良，洋溢着纯洁的笑容。他不由得问自己，为什么他不能和她好好相处，为什么他们要以毁掉幸福为乐，为什么阿达要抹掉那些幸福快乐的时光，为什么阿达要把自己的善良诚实都隐藏起来，为什么她觉得玷污他们纯洁的爱情会很快乐。他开始责备自己，怪自己太不公平、不够宽容。

他凑到她身边跟她套近乎，她的回答冷冷的，没有一点讲和的想法。他紧跟着她，凑近她的耳朵，悄悄对她说，希望她能暂时离开他们，跟他单独处一会儿，他有话要说。她只好跟他走了，脸上的神情很生气。等到弥拉和恩斯德都走远了，看不见他们了，他突然跪在落满树叶的地上，拉住她的手，请求她原谅他。他对她说，同她争吵后他简直活不下去了，他对什么都没兴趣了，散步也好，风景也好，他都不需要，他只要她的爱。他承认，很多时候他脾气暴躁，待人不公，总惹人生气。他希望她能原谅他，因为他爱她才会那么做的，那些庸俗的事配不上他们宝贵的爱情，他无法忍受。他跟她一起回想往事，和她一起回想最初的相遇、最初那几天幸福的生活。他发誓，他过去、现在、将来都一样爱她，只求她不要离开他，因为她是他的一切。

听到克利斯朵夫的话，阿达笑了，心里有些慌乱，差不多就要原谅他了。她目光柔和，答应他不再吵架冷战，说她也爱他。两人紧紧地拥抱着，踏着落叶，朝树林中走去。听了克利斯朵夫温柔的话，她很高兴，觉得他可爱极了，然而在她心里并没有丢掉她那些想要作恶的念头。她只是有些犹豫了，没有之前那么坚决，但早就计划好了的事情怎么可以放弃呢？至于为什么不放弃，她也说不清楚。也许因为早就要做了，所以现在非做不可了。也可能，她只是想在这一天通过欺瞒同伴来证明些什么，对克利斯朵夫，也对自己，证明她是不受约束的，或许这让她觉得十分有趣。她不想也不愿意失去克利斯朵夫，而此刻她才觉得牢牢抓住了克利斯朵夫，比任何时候抓得都牢。

他们来到了一片空地，这儿比较空旷，从那儿去他们要去的山岗，刚好有两条小路。克利斯朵夫选了一条路，而恩斯德觉得那条路太远，应该选另外一条。阿达赞同恩斯德的选择。克利斯朵夫来这儿的次数实在太多了，十分肯定地说他们选错了。可他们根本不承认，最后大家决定打赌，看谁先到。阿达跟恩斯德走一条路。弥拉选择和克利斯朵夫一起，并且说她相信克利斯朵夫是对的，还说他从没有错过。虽然只是个游戏，可是克利斯朵夫却很认真，更不想输，便飞快地走了起来。弥拉有些跟不上了，她看上去一点儿也不着急。

“你着什么急呀，我的朋友。”她气定神闲地讥讽克利斯朵夫，“我们肯定会先到。”

被弥拉这么一说，克利斯朵夫也觉得自己不该着急：“是的，我不用走这么快的。我们不用太着急。”

他走得慢了一些，又说：“可我太了解他们了，他们肯定一路狂奔想要在我们前面到达。”

弥拉哈哈大笑，说道：“放心吧！他们根本不会跑的。”

弥拉紧紧靠着他，双手挽着他的胳膊。她个子比克利斯朵夫矮那么一点点，边走边看克利斯朵夫，那双眼睛透着聪明与娇气。她真的很漂亮，也很诱人。她仿佛突然就变了，他几乎快要认不出她了。平时她总是脸色苍白浮肿，可一旦有点刺激，有点高兴的想法，有点想讨人喜欢的欲望，她的脸就会变得神采奕奕，连眼睛周围的细纹都没有了，红润的腮帮，炯炯有神的目光，整个脸都变得朝气蓬勃，这种生机和精神，在阿达身上他从没看到过。弥拉的这种变化令克利斯朵夫大吃一惊。他有些慌乱不安了，此刻和弥拉单独在一起令他十分紧张，他只好对她的话装作听不见，有时对她的话只是敷衍一番，甚至会答非所问。他强迫自己心里只装着阿达。他仿佛看到了阿达那双柔情似水的双眸，一股爱意涌上心头。弥拉指着那些树木的美丽姿态，还有那些映着晴朗天空中的纤细树枝，邀请他欣赏。一切是多么美好啊。乌云已经散去，他与阿达之间的冰山也已经融化，他们又相爱了，阿达又重新回到了他的怀抱，他们融为一体了。他大口大口地呼吸着新鲜空气，身心都十分轻松！周围的所有事物都能让他想到阿达。天气这么潮湿，她会感冒吗？还有那树上美丽的冰花，哎，可惜她看不到！突然，他想起了打赌的事情，便不由得走快些，并注意不要迷路。刚到达目的地，他不禁扬扬得意，喊道："啊，我们先到了！"

他高兴极了，手里挥舞着帽子。弥拉望着他微笑。

他们的目的地是一片很长的峭壁，就在这片丛林的中间。这块平地就在山顶上，四周长满了胡桃树，还有瘦弱矮小的橡树，从山顶往下看，在一片郁郁葱葱的山坡上，一团团泛着紫光的云飘在松树上，如缎的莱茵河在幽蓝的山谷中蜿蜒流淌。没有鸟鸣，没有人声，甚至一丝风声都没有。冬季的日子是如此的恬静岑寂，冬日的阳光也是那么的朦胧暗淡，仿佛万物都在瑟瑟发抖。远远地，不时有火车驶过山坳，传来一阵阵急促短暂的呼啸声。克利斯朵夫站在陡崖边上欣赏着风景。弥拉望着克利斯朵夫。

他显得十分高兴，转身对她："嘿！那两个偷懒的家伙，我早说过这条路是对的。现在只好等等他们了。"

崖顶的土地四处裂开了，他就躺在地上晒太阳。"是的，咱们只能等他们俩了。"弥拉一边拨弄着头发一边说。

她的话透着明显的挖苦的语气，克利斯朵夫不由地起身看了她一眼。

“干吗？”她有些无所谓地问道。

“刚刚你说什么？”

“我说，咱们就等着吧。真没必要跑那么快。”

“是的。”

他们俩躺在有些起伏的地面上。弥拉嘴里哼着一个曲子。克利斯朵夫也和她一起哼了几句，但他时不时地就会停下来竖起耳朵听，说道：“我好像听见那两个人的声音了。”

弥拉没有停，继续哼着。

“你能不能安静一会儿？”

弥拉不再唱了。

“噢，听不到一点儿声音。”

她又接着哼曲子。

克利斯朵夫不由得有些焦躁不安了：“他们是不是迷路了。”

“他们怎么可能会迷路。恩斯德对这儿可熟着呢。”

克利斯朵夫脑子里突然有个奇怪的想法：“他们会不会早就到了这儿，然后又走了？”

弥拉仰面躺在地上，眼睛望着天，歌唱了一半突然疯了般大笑起来，几乎就背过气去了。克利斯朵夫认为他们肯定回车站去了，坚持要去车站。听他这么说，弥拉才开口了：

“你去车站可就正好和他们走散了。我们说好在这儿会合的，又没说过去车站。”

他回到她身边，重新坐下来。看着他那么着急的样子，弥拉觉得很有趣。他也发现她在笑着看他。但他确实真的很担心，倒不是怀疑他们有什么不轨的事情，而是担心他们遇到什么危险。他腾地一下站起来了，声称要回到树林里，说不定他们还在那里。弥拉轻哼了一声，没说话，只从手提袋里掏出了针线和剪刀，不紧不慢地把帽上的羽毛拆拆缝缝，看她那样子，似乎要在这儿坐上一整天了。

“别担心了，笨蛋。”她说，“他们想来的话肯定会自己过来的。”

他心下一沉，转身看着弥拉。可弥拉并不看她，眼睛专注地盯着手上的针线活。他靠近她，喊了一声：“弥拉！”

“干吗？”她应了一声，仍旧缝缝补补。

他蹲着身子，眼睛紧紧盯着她的脸，仿佛要把她看个究竟，又喊了一声：“弥拉！”

“怎么啦？”她抬起头来，眯缝着眼，脸上带着微笑，看着他说，“你要干吗？”

看着克利斯朵夫那慌乱的眼神，她有些嘲笑他了。

“弥拉！”他大声喊道，声音都有些哑了，“跟我说说你心里的看法。”

她笑着耸了耸肩，没说话，继续做自己的事。

他一把抓着她的手，甩开她手上缝缝补补的帽子：“别缝了，别缝了，快告诉我。”

她面对面看着他，发现克利斯朵夫的嘴唇都颤抖了，有些不忍心了。

“你觉得，”他几乎说不出声了，“恩斯德和阿达。”

她微笑着：“嘿！嘿！”

他跳了起来，愤怒到了极点：“不会的！不会的！不可能！你怎么会这么想！不可能！不可能！”

她的手扶在他的肩膀上，笑得直不起腰了："哎呀！亲爱的，你可真傻啊！"

他拼命摇晃她的身体，大声说道："不许笑！你笑什么？假如那是真的，你就笑不出来了，你那么爱恩斯德。"

她仍止不住笑，将他拉向怀里拥抱着。他神情恍惚，不由自主地吻了她一下。但刚一碰到她的嘴唇，他仿佛还能感觉到那上面还留有恩斯德的气息，连忙后退几步，用手捧着她的头，离她远远的，问道：

"这么说你早就知道了？你们早就商量好了对吗？"

她笑得直不起腰，回答道："嗯。"

克利斯朵夫没有大声叫嚷，也没有发怒冲动。他的嘴微微张开着，仿佛窒息了，紧闭着双眼，双手紧紧地按着心脏，仿佛胸腔快要爆炸了。接着他倒在了地上，双手抱着头，厌恶与绝望令他浑身不住地颤抖抽搐，就像以前小时候一般。

虽然弥拉平时并不怎么温柔，可此刻看到克利斯朵夫那样，不禁可怜起他了，天生的母性萌发了，她俯在他身上，在他耳边说着安慰的话，甚至给他闻提神醒脑的盐。他感到极其厌恶，一把将她推开，突然直起身体，把她吓一跳。他没力气报复，也不想报复，只是看着她，脸上全是痛苦的表情，不停地抽搐。

"混账！"他心情低落地说，"你知不知道我被你害得有多苦？"

她试图拉住他。可是他不顾一切地逃进了树林。啊，她竟然会做如此无耻的勾当，她的心灵居然如此污浊，还有这乱伦的淫荡，而他们居然还想将他拉下水。他从心里深深地恨阿达。痛苦令他不停地颤抖，痛恨和恼怒令他不禁大声号叫着。他恨她，恨他们，恨自己，甚至恨他的心灵与肉体。那在他心中早就潜伏着的轻蔑与愤怒，此刻终于如巨浪般向他袭来。这下流的默契，这卑鄙的思想，如同混浊的空气般将他笼罩了好几个月。他早就想反抗，可是他需要爱，需要将爱人幻化成种种假象，所以他才尽量忍耐。现在终于有个突破口，巨潮爆发了，而这并不是什么坏事。仿佛一阵阵狂风，冰冷而猛烈，瞬间便扫空了所有的污秽。厌恶的心情瞬间毁灭了对阿达的爱情。

假如阿达觉得单凭这件事，她就可以更牢地抓住克利斯朵夫，那只能说明她实在太庸俗了，对于爱人没有丝毫的了解。糊涂的人可以因为忌妒而对恋人更加依恋不舍，但克利斯朵夫不一样，他那么年轻，心灵纯洁，人格高傲，忌妒只会让他反抗。克利斯朵夫心里很明白，这次的欺骗不是因为阿达的个性太热情、太冲动，也不是因为那种下流的天性让女人的理智无法抗拒，仅仅是因为她想要羞辱他，想要惩罚他。他的道德与信仰都与她敌对，他的人格太高傲，所以她要折辱他，她要将他拉到普通人的水平，甚至要将他深深地踩在脚底，她要证明自己的破坏力量有多强大。他实在不明白，为什么大多数人都喜欢玷污纯洁的事物，这样会很快乐吗？为什么一定要像猪狗一样在肮脏的泥水里打滚，直到身上找不到一块干净的地方，难道这样会很快乐吗？

阿达以为克利斯朵夫会迁就她，就得意地等了两天。两天过去了，她开始着急了，写了一封热情洋溢的信发给他，但对那件欺骗他的事没有说一句。克利斯朵夫看都没看，现在他对阿达恨得咬牙切齿，简直无法用语言形容了。他的生活中再也没有阿达了，世界上也不会再有阿达这个人了。

克利斯朵夫终于摆脱了阿达的羁绊，却无法摆脱自己的羁绊。他不断地幻想，不断地想要找回那种安静、贞洁、坚强的境界。可是所有的努力都是徒劳。因为一个人怎么可能再回到过去，你只能不断地往前走。想回到过去的念头是无用的，在回忆中，你只能看到曾经熟悉的地方，看到袅袅炊烟从曾经住过的屋顶缓缓升起，你只能眼睁睁地看着它们消失在天边，最后在往事的云烟中渐渐模糊了，看不见了。而什么都比不上几个月的爱情会将我们与曾经的心情隔开得更远，人生之路仿佛突然转了一个弯，然后景致完全改变了。似乎是到了我们与往事完全永别的时候了。

对此，克利斯朵夫丝毫不愿承认。他伸出双手，想要回到过去，想要重新找回过去的高傲与隐忍，然而这样的精神早已不复存在了。爱情本身或许没有多大的危险，可是爱情毁灭之后遗留下来的结果，却能摧毁一个人。虽然克利斯朵夫现在不想再要爱情，甚至有些厌恶爱情，他早已经被爱情的利爪抓伤了，那利爪将他的心掏成了一个巨大的窟窿，令他不得不想方设法地去填补。他曾尝过爱情带给他的柔情与快感，那感觉是如此的强烈，一旦品尝过爱情与欢乐的滋味，就会永远受到它们的侵蚀。可如今，那疯狂已经不见了，他极需要找到新的疯狂来代替它，哪怕新的疯狂是与之完全相反的，比如轻蔑一切、纯洁高傲、道德信仰，等等。然而这所有的热情都只能暂时敷衍一下他，根本不足以满足他对激情的渴望。他不断地从一个极端跳到另一个极端，他的生活变成了一个怪圈，每一个转变都极为剧烈。有时他信奉严苛的禁欲主义，严禁一丝一毫的肉体享乐。他长时间只喝水，不吃东西，通过长途跋涉与长久熬夜、疲劳来不断地折磨着肉体。有时他又坚信，只有力量才是真正的道德，于是他四处吃喝玩乐。无论是禁欲或是纵欲，他始终无法排除烦恼。他不能再孤独，却又不能不孤独。

也许只有一种真正的友谊才能成为他唯一的救星，一种像他和洛莎那样的友谊。这让他多少有些宽慰。可是两家人自从吵过一架之后就再也没见面了。克利斯朵夫只有一次看到了洛莎。当时她从教堂里出来，刚做完弥撒的样子。他犹豫着要不要去找她，她刚见到他就想朝他走过去。可是当克利斯朵夫挤过人潮一步步朝她走过去时，她却转头看向别处，当他走到她面前时，她态度冷冷的，向他行了一个礼转身就走了。他只知道洛莎对他冷淡，看不起他，却不知道洛莎还爱着他，想要他知道她的爱。可是洛莎为自己还爱他而不断地自责，因为他已经堕落了，行为如此不检点，和她差别太大了，现在去爱他简直就是一种罪过。这样，两人就永远被隔开了，这对他们也许不是件坏事。洛莎虽然心肠好，可是没有足够活泼的生命力去了解克利斯朵夫。克利斯朵夫此刻虽然极其需要温柔与崇敬，但也受不了洛莎那种闭塞、平凡，没有欢乐与痛苦，连空气都没有的生活。因为彼此都令对方痛苦不堪，这只会让两人更加痛苦。所以令他们不得不分开的不幸，恰恰是最大的幸运，至少对于那些足够坚强的人是这样的。

而此时，不能在一起的事实，的确令他们感到极大的不幸与无尽的苦恼，尤其是对克利斯朵夫来说。道德上的不能容忍及戒律，还有那些心胸的狭窄，似乎能令最慈悲的人也变得残忍，令最聪明的人也变得愚笨。为此克利斯朵夫愤怒极了，他把这视为对自己的侮辱，他甚至为了反抗这些而把自己投身到极端放纵的生活中去了。

以前他和阿达经常去乡村酒店打发时光，他们在那里有几个年轻的朋友。这些人都是虚度光阴的单身汉，不过克利斯朵夫挺喜欢他们那无忧无虑的心情和无所谓的态度。这些年轻人中，有一个叫弗烈特曼的，也是一位音乐家，是管风琴师，大概三十岁，脑子很聪明，音乐做得也不错，可是实在太懒惰了，他宁愿没水喝没饭吃，也不想打起精神来。他常常嘲笑那些为了生活而奔波忙碌的人，说他们的坏话，以便为自己的懒惰找个托词。他那些讽刺的话虽然不是很幽默，却也让人觉得非常有意思。与他的同伴们相比，他更加肆无忌惮，敢于讽刺当权者。当然，他还是有所顾忌的，大部分时候只是挤眉弄眼，说话也有点躲躲藏藏。对于音乐，他从不接受权威的理解，甚至许多大人物都被他冠以徒有虚名，并被暗中批判讨伐。对于女人，他从不留情，尤其喜欢在开玩笑时，引用某个极其厌恶女性的修士常说的话："女人的灵魂是死的。"

对于这样一句尖酸刻薄的话，克利斯朵夫比谁都要欣赏它。

克利斯朵夫心情烦躁，能跟弗烈特曼聊聊天也算是一种消遣。对于弗烈特曼的为人，克利斯朵夫十分清楚，弗列特曼喜欢用粗俗鄙陋的语言挖苦嘲讽别人，对一切都完全否定并冷嘲热讽，这只能显出他的粗俗无知，克利斯朵夫也不可能长久喜欢他，但弗烈特曼的这些脾性毕竟与喜欢自命不凡的市井小民不同。尽管克利斯朵夫打心眼里瞧不起他，可是克利斯朵夫却离不开他。他们老混在一起，待在酒店里，还有弗烈特曼的那些狐朋狗友，他们整天都是赌钱、喝酒、嚼舌根，比弗烈特曼更无聊。在残汤剩饭的味道和让人作呕的烟草味道中，克利斯朵夫经常猛然从梦中醒来，看着他们，眼神呆呆的，仿佛不认识他们了，只是痛苦地想道：

“我这是在哪里？他们是谁？我和他们在一起干什么？”

他们粗俗地说着话，肆无忌惮地嬉笑着，克利斯朵夫感到恶心，却不敢离开。他不敢回家，因为不敢独自面对那些欲望与悔恨。他很明白自己已经误入歧途了，在弗烈特曼身上，他清清楚楚地看到，总有一天他也会变成那副丢人现眼的样子，看到他心灰意冷，面对危险时不仅不能振作起来，反而更加萎靡了。

他有许许多多种误入歧途的可能性，但幸运的是，他这样的人有旁人所没有的能量与方法，总能抵御破坏。首先是他旺盛的精力，还有求生的本能。这种不肯束手就擒坐以待毙的本能，比聪明更有智慧，比意志更加刚强坚毅。作为艺术家，他与一切有创造天赋的人一样，有着一种特殊的好奇心，一种强烈的客观态度。尽管他自己并没有发觉。虽然他也有恋爱，他曾会痛苦，他把自己整个儿地交给热情，任由它把自己带走，可他内心十分清晰，他清清楚楚地看见那些激情，看到它们就在自己心中，可他知道它们并不是自己全部。他的灵魂仿佛化作了千千万万个小灵魂，它们在他的心中盘绕，仿佛行星在太空中被神秘的黑洞所吸引，这些小灵魂都朝着一个陌生的、固定的，但很明确的目标冲过去。在他头晕目眩的时候，在他从日常生活而陷入于麻痹状态的时候，在他从沉睡的深渊中射出神秘目光、显出生命的众多面貌的时候，常常会不自觉地出现这种自我分化的境界。一年以来，克利斯朵夫总是做着同样的一些梦，梦中那种自我分化的幻象特别清晰，他觉得只是一瞬间，就有许多完全不同的自己出现在梦中，这些不同的自我相差着几个世界的距离，相隔着几个世纪的差距。梦醒后，他只记得梦中的自己彷徨疑惑和骚乱不安的一些痕迹，却不记得造成这些感觉的原因。那种感觉，仿佛一个无比执着的意念突然消失后留给你无限的困倦。就好像你只能捕捉到这意念的痕迹，可你却始终无法了解那意念是什么。他仿佛觉得自己有两个灵魂，一个灵魂在无穷无尽的生活中苦苦挣扎，而另一个灵魂却是那么清明宁静，透着关切地看着他白白浪费力气。这另外一颗灵魂，虽然他看不见，但他知道它有道潜在的光一直在照耀着自己。这另外一颗灵魂对一切都感兴趣，都乐意去感觉、观察，了解，甚至为之受苦；不论是这个世界，还是男女间的情欲，或者是思想；无论是痛苦折磨人的，还是平庸卑贱的，它都不排斥。正是因为这一点，才使得这颗灵魂的光明照亮了那些思想和人物，从虚无中解救了克利斯朵夫。因为有这第二重灵魂，克利斯朵夫就能感到自己不是完全孤独的。这灵魂什么都要认识，什么都要尝试，为克利斯朵夫筑起了一道坚固的防线，挡住了那些极具破坏性的感情的攻击。

这另一颗灵魂虽然能让克利斯朵夫的脑袋勉强露出水面，却还不能令他有足够的力量将自己从深渊中跳跃出来。他没有足够的力量自我控制，不懂得韬光养晦，他没有心思做任何事，甚至工作也不想做。此刻克利斯朵夫正在经历精神上的剧变，这是一个考验，跨过这道关卡就能有很大的收获，因为这个精神的转变已经孕育了他未来生命的萌芽。只是现在，这份心灵的宝贵财富只能表现为极端的放荡不羁。此时，就算他的生命力极为丰满，可它所能带来的影响却十分微小，与最柔弱的灵魂相比并无太大区别。生命的狂流早已将克利斯朵夫淹没了。他的所有的力被猛烈地推动着，成长壮大得太快了，几乎是同时迸发出来；而他的意志并没有像生命力那样长大，反而却被这群忽然而来的妖魔给吓坏了，他的身心都在爆炸。可是别人看不到他精神上的剧变，尽管这些变化是如此的惊天地泣鬼神。克利斯朵夫觉得自己没有一点意志，也没有力气去创造，甚至连生存的力量都没有，欲望、本能、思想却源源不断地涌出来，犹如火山喷发时冒出的浓烟，滚滚奔腾永不止息。他不断地反问自己：

“还有什么会冒出来呢？我会变成什么样呢？我会永远是这样吗？还是我克利斯朵夫马上就要结束了？我会永远都一事无成吗？”

此刻，他遗传下来的本能，他们家族先人的恶习，克利斯朵夫将它暴露了出来。

他拼命酗酒。

他每次都笑嘻嘻地回家，一身的酒气，他的意志完全消沉了。

看他这个样子，可怜的路易莎说不出一句话，只是叹气，不停地祈祷。

有天晚上，他喝得醉醺醺地从酒店里出来，在城门口看见了一个身影，驮着一个大包裹走在他前面，那滑稽的样子，他一眼就认出了那是高脱弗烈特舅舅。这矮子在外面待得越来越久，都好长时间没回来了。克利斯朵夫兴高采烈地喊他，两人隔得很远。高脱弗烈特矮小的身子都快被包裹压塌了。他回过头来正好瞧见扮着鬼脸的克利斯朵夫，便往路边的石头上一坐，把包裹放在脚边，等着克利斯朵夫。克利斯朵夫连奔带跑地一路朝他跑去，兴高采烈，握着舅舅的手拼命摇晃，那样子要多亲热有多亲热。高脱弗烈特注视着他，好久才说：“好久不见，曼希沃。”

克利斯朵夫以为舅舅没认出来他，忍不住大笑起来。他想：“唉，可怜的舅舅，老得都记不起我是谁了。”

高脱弗烈特的样子的确非常苍老了，脸上的褶子更深了，人也更矮小瘦弱，连呼吸都更急促费劲。克利斯朵夫还在絮絮叨叨地说个不停。高脱弗烈特没说一句话，听了一会儿就又背起包裹，一言不发地继续走路。两人肩并肩，一同往家走。一路上克利斯朵夫一直在手舞足蹈，扯着嗓子高声说话。高脱弗烈特干咳了几声，仍是一言不发。克利斯朵夫间或向他问些问题，他仍然喊他曼希沃。这一回克利斯朵夫终于忍不住了，他问道：“啊！我明明是克利斯朵夫，您怎么叫我曼希沃？您不记得我了吗？”

高脱弗烈特没说话，只管走路，过了一会儿抬头看了看他，眼神冷冷的，摇摇头说：“不，你就是曼希沃，我心里明白得很，你就是曼希沃。”

克利斯朵夫听得呆住了，不由得停下了脚步。高脱弗烈特继续小步地朝前走，身后跟着默不作声的克利斯朵夫。他酒醒了。经过前面一家音乐咖啡店，有些模糊的镜子里映照着门前的灯，还有那冷冷清清的街道。克利斯朵夫走到镜子前，从中看到了父亲的脸，惊呆了，丢了魂似的一路跑回家。

整整一个晚上，他都在彻底地自我反省，深刻地自我检讨。现在他终于明白了，他看到了那些恶习与本能在他心中升起，他觉得烦恼极了。一幕幕往事浮现在脑海中，他曾为父亲守灵，并发过誓。他把那以后的生活细细回想了一遍，发现他所做的每一件事都没有遵循他的誓言。一年来他都做了些什么呢？为他不朽的生命做了些什么呢？为他的上帝，他的艺术，还有他的灵魂，他都做了些什么呢？这一年多以来，他没有一天是好好过的，每天不是糟蹋了就是被玷污了。他没创作一件音乐作品，没有确立过一个思想，没有做过一次持久的努力。有的只是一堆杂念，扑面而来，相互倾轧，相互毁灭，狂风、尘埃、虚无，还有……他发的誓有什么用？他做的都是和他愿望想反的事，而他发誓要做的事居然一件都没有做到。他现在居然成了自己最不想做的人，这就是他全部生活的总结。

整个晚上他都没睡着。早上六点的时候，太阳还未出来，楼下传来了舅舅动身的声音。高脱弗烈特早就声明第二天要走的，他只是经过这儿，照例来看看他的妹妹与外甥，不想逗留太久。

克利斯朵夫下了楼。高脱弗烈特发现他脸色苍白，没有一丝血色，痛苦挣扎了一晚上，连腮帮子都下陷了。他笑着问克利斯朵夫，能否送送他，态度十分亲热。太阳都还没出来，两人就出门了。一路上他们都没有多说什么，彼此心里都十分清楚。路过墓地时，高脱弗烈特问："想进去看看吗？"

他每次来城里，总会去看看约翰·米歇尔和曼希沃的墓。克利斯朵夫已经有一年多没来过了。高脱弗烈特在曼希沃的墓前跪着说道：

"咱们来祈祷吧，但愿他们长眠、安息，别来缠着我们。"

高脱弗烈特虽然见多识广，却近乎古怪地迷信，有时克利斯朵夫对他感到十分吃惊。可这一次，他完全理解了舅舅的话。直到从墓地出来，他们仍是没说一句话。

吱呀作响的大铁门被两人推上了，他们顺着墙根朝前走。田野正在从寒冷萧瑟中苏醒过来，小路尽头是柏树枝条从墓园的墙上伸出来，上面的积雪融化了，一滴一滴地往下掉。克利斯朵夫哭了。

“噢！舅舅，”他说，“我难受得不行了！”

他向舅舅说了他的惭愧、他的懦怯、他的毫无作为、他违背了自己许的愿，但他不敢向舅舅说他的爱情遭遇，怕令舅舅尴尬。

“舅舅，我该怎么办？我发过誓，我也奋斗过！可是一年过去了，我没有一点进步。不！连原来的成绩都没有守住！我后退了。我真没出息，真没出息！我浪费了宝贵的生命，我做了承诺，却没有做到！”他们正往山岗上爬，在那里可以俯瞰全城。高脱弗烈特脸上带着慈悲，对他说：“好孩子，还有机会呢，这还不是最后的结果。人怎么可能想怎么样就能怎么样呢？愿望和生活根本是两码事。别再伤心了。不要灰心失望，继续坚持追求，继续走下去，这才是最重要的。剩下的就不是我们能决定的了。”

克利斯朵夫有些无奈，一遍又一遍地说着：“我做了承诺，但我没做到！”

“你听到了吗？”高脱弗烈特说。

（田野里响起了鸡鸣。）

“它们每天都在打鸣，为那些许了愿却没做到的人打鸣，它们每天清晨为我们每一个人打鸣。”

“迟早有一天，”克利斯朵夫内心十分苦闷，说，“它们不会再为我打鸣了，那是没有明天的日子，而那时我的生命又该怎么办呢？”

“永远都会有明天的，别泄气。”高脱弗烈特鼓励他说。

“可是有了追求但实现不了，我该怎么办？”

“你得祈祷，时时警惕。”

“我连信仰都没有了。”

高脱弗烈特微笑着说：“每个人都是有信仰的。如果你没有信仰，你不可能活下来。祈祷吧。”

“我该祈祷什么呢？”

高脱弗烈特指着在这寒冷却绚烂的天边升起来的朝阳，对他说道：“虔诚地面对新来的每一天吧。不要总想着一年以后、十年以后的事。你想想今天吧。把你的那些理论搁置一边。所有的理论，就算是道德理论都是愚蠢的，是骗人的、对人有危害的。千万别试图用暴力去扭曲人生。先把今天过好。你应该虔诚地过每一天。你得爱它、尊敬它，尤其不能玷污它，不要阻碍它的萌芽生长。热爱每一天吧！即使是像今天这样的忧愁黑暗的日子，你也得爱它。你不用着急。你先要学会等待。现在是冬天，一切都睡着了。而不久的将来，美好的大地总会苏醒过来的，你只要像它那样有耐心就行了。你需要做的是用虔诚的态度去等待。假如你做到了，一切都会好起来的。如果你做不到，如果你失败了，如果没能成功，你也应当过得快乐。因为那说明你已经无法再进步了，又何必抱这么大的希望呢？为什么要为你无法办到的事情而伤心懊恼呢？一个人应当做自己能做到的事情……竭尽所能。”

“啊！可是那还远远不够。”克利斯朵夫说道，眉头紧皱。

高脱弗烈特笑了，亲热地对他说道：“你觉得不够，可很多人都没有做到。你想做英雄，你太骄傲，所以你只能做傻事。英雄，我可不知道英雄是什么。可是在我看来，做自己能做的事，就是英雄，而平常人都做不到这一点。”

“唉！”克利斯朵夫叹了口气，“那生活简直是多余的了，一点意思都没有了。可是有些人说只要你想，你就能做！”

高脱弗烈特又温和地笑着说：“是吗，孩子？那他们一定都是些大骗子，或者他们的志愿根本就很小。”

他们登上了山岗，彼此亲热地拥抱。小个子流动商贩步履艰难，神态疲乏地走了。克利斯朵夫看着舅舅远去的背影，思考着什么，反反复复地念着高脱弗烈特那句“竭尽所能”，他不禁笑了，想着：“对，竭尽所能，能做到这一点也挺不容易的。”

他转身往回城的方向走。脚下是冻硬了的冰雪，被踩得咯咯作响。冬天的寒风如刀般尖锐，把山岗上的枯枝吹得瑟瑟发抖。冷风将他的脸吹得通红，血流得很快，皮肤也热辣辣的。山岗下，红色的屋顶沐浴着明亮的阳光，在凛冽的空气里，在瑟瑟的寒风中微笑。大地被冻僵了，却显得精神抖擞，仿佛十分快乐。克利斯朵夫也有一颗大地般的心。他想：

“总有一天我也会像大地一样从沉睡中苏醒。”

他抬起手背擦掉了眼眶中的热泪，望着在雾气中若隐若现的朝阳，露出了久违的笑容。狂风吹着一片片黑云，从城市的上方飘过，似乎要下大雪了。他朝着乌云满不在乎地吸了吸鼻子，耳边是呼啸刺骨的寒风。

“吹吧，吹吧！把我带走吧！随便你想拿我怎么样！我已经知道该去哪儿了。”

当你见到克利斯朵夫的面容之日，
是你将死而不死于恶死之时。

（古教堂门前圣者克利斯朵夫像下的拉丁铭文）

〔法国〕罗曼·罗兰◎著
刘合文　郑明生◎译

约翰·克利斯朵夫

（四）

海峡出版发行集团 THE STRAITS PUBLISHING & DISTRIBUTING GROUP | 海峡文艺出版社 Haixia Literature & Art Publishing House

图书在版编目(CIP)数据

约翰·克利斯朵夫/(法)罗曼·罗兰著;刘合文,郑明生译. —福州:海峡文艺出版社,2017.8(2023.9 重印)
(诺贝尔文学奖大系)
ISBN 978-7-5550-1195-8

Ⅰ.①约… Ⅱ.①罗…②刘…③郑… Ⅲ.①长篇小说—法国—近代 Ⅳ.①I565.44

中国版本图书馆 CIP 数据核字(2017)第 145791 号

诺贝尔文学奖大系

约翰·克利斯朵夫

[法国]罗曼·罗兰 著 刘合文 郑明生 译

责任编辑 蓝铃松
编辑助理 吴飕茉
出版发行 海峡文艺出版社
经 销 福建新华发行(集团)有限责任公司
社 址 福州市东水路 76 号 14 层
发 行 部 0591—87536797
印 刷 福州俊丰彩印有限公司
地 址 福州市晋安区鼓山镇鼓一村福光路 189 号
开 本 889 毫米×1194 毫米 1/32
字 数 1205 千字
印 张 53.875
版 次 2017 年 8 月第 1 版
印 次 2023 年 9 月第 3 次印刷
书 号 ISBN 978-7-5550-1195-8
定 价 232.00 元

卷九　荆棘在燃烧

第一部

神情安定。一点风都没有。仿佛时间都停止了……

克利斯朵夫悠闲安逸，心里充满了和平。他为自己得到了和平而得意，又暗自有些懊恼，感觉这种静默有些奇怪。情欲好像沉睡了，他总以为它们再也不会醒了。

他那股马上就要爆发的巨大的力突然没有了方向，只好无所事事，进入蒙眬的半睡状态。其实是内心有些空虚，那种“看破一切”的怅惘感觉，或许是一种不懂得把握幸福的遗憾。他无论对自己，还是对别人，都无须有多大的争斗了，甚至在工作上也不会再有很大的困难。他到达一个阶段的终点了，曾经的努力都有了结果，要汲取前人早开发的水源原来很容易；当他的旧日之作才被那些天然落后的人们发现而大加赞赏时，他自己却早已把它们抛到了脑后，也不清楚自己能不能再向前进。他每次都能从创作中感觉到相同的愉悦。在他生命中的这一个阶段，艺术只是被他演奏得很巧妙的一件乐器罢了。他满心羞愧地认为自己好像已经变成了一个视艺术为游戏的人了。

易卜生讲过："在艺术中必须坚守不能丢失的，不只有天生禀赋，还有使人生充实且丰富的激情与苦痛。否则你就无法创造，充其量也不过是写些书罢了。"

克利斯朵夫现在就是在写书。那可不是他所喜欢的。书虽然写得还算美，可他还是宁愿它们少一些所谓的美而多一些生气。就像一个处在休息期的运动家，他会不知道怎么去运用自己的筋骨，只好像一头野兽一样，不停地无聊地打着哈欠，想象着以后的日子都是相安无事的，这样他就能够心无旁骛地工作。因为他有着日耳曼人的乐观情绪，所以他总是相信所有一切安排得都很好，结果也就那么回事。他暗暗地庆幸自己能够主宰自己，从而逃脱了劫难，而这些成绩是不能被忽略的……啊！一个人终于做了自己的主宰，坚守了真实的自己……他以为自己到达了彼岸。

他的两位朋友并不在一起住。雅葛丽纳出走之后，克利斯朵夫觉得奥里维也许会搬回到他的家里来。不过奥里维没有这样做。虽然他想要走近克利斯朵夫，但他们却不可能再过原来的生活了。与雅葛丽纳几年的同居，使他感觉到再让另外一个人走进他自己的私人空间真是有些受不了，那简直是一种侵犯——即便是这另外一个人会比雅葛丽纳更爱他，而比起雅葛丽纳他自己也更爱这另外一个人——那绝对是没什么可说的。

克利斯朵夫很是不明白，总是想到这个事情，又很惊异，又很伤心，还很气恼……之后，他被自己的本能唤醒了，这本能远比智慧高明得多，于是他就不再作声了，也认同了奥里维的做法。

只是他们仍然天天见面，比其他任何时候都更为频繁。可能他们在谈话中并不交流最亲密的思想，其实也没这个必要。因为精神的沟通是不需要言语的，只要两颗心里都充满着爱就可以了。

他们两个人几乎很少说话，一个陶醉在自己的艺术世界里，一个沉浸在自己对过往的回忆中。虽然奥里维并没有努力去做什么，但是他的苦恼还是逐渐地减轻了，而他反倒会把苦恼当作乐事：曾经有很长一段时间，苦恼竟然成了他生命的唯一意义。虽然他很爱他的孩子，一个只会哭哭啼啼的小娃娃又能在他的生活里占有多么重要的位置呢？在这个世界上，有的男人对儿子的感情总是不可能超越对爱人的感情。我们其实应该对这样的情形习以为常。人的天性并不总是统一的，用相同的感情规律去衡量不同的人是荒谬的。当然，谁也没权利要求一个人为了感情而去牺牲责任。但我们也得承认一个人很可能是尽了责但却感觉不到幸福。奥里维身上最爱孩子的那一点，还是来自给这孩子血肉的母亲。

直到此时，他是不怎么关心别人的疾苦的。他只是一个与这个世界相隔离的知识分子。不过他的这种与世隔绝并不是自私，而是因为爱梦想所形成的一种病态的习惯。雅葛丽纳更扩大了他四周的空虚氛围，因为她的爱情使得奥里维和别人之间有了一道不可逾越的鸿沟，现在虽然爱情没了，可鸿沟却仍然存在。而且他的贵族气质也让他从幼年起，身体和精神就极其敏感，虽然他的心很柔和，只是他的人还是远离大众的。他厌恶这些人的思想和气息。不过自从他亲眼看到了一件平凡的小事后，思想就发生了变化。

他在离克利斯朵夫和赛西尔住处很近的蒙罗区的高岗上租了一个很简朴的寓所。那是一个平民区，住在那里的人们大都是靠一点点存款生活的人——雇员以及工人。如果是在别的时候，他一定会对这个与他完全不对味的环境感到痛苦。可这时他却一点也不介意，因为不管是在这里，还是在哪里，他都只是个外人。他不清楚，也不想搞清楚邻居们都是些什么人。下班回来——他在一家出版公司里工作——他就把自己关在房间里回忆过去，出去的话也只是为了看望孩子和克利斯朵夫。他的这个住所不能称作家，只是一间被过去的形象填满了的黑色屋子，而屋子越黑暗空洞，过去的形象就越显得清晰。他基本不注意在楼梯上遇到的那些人。只是不知不觉有些人的面貌已经印入了他的心里。有的人对于事物总是后知后觉的。到那时就什么都漏不掉了，任何的细枝末节都像是用刀子刻下来的一样。奥里维就是如此：他的心里到处是活人的影子，只要一激动，这些个影子就浮现出来，虽然跟它们素昧平生，但奥里维竟然都能认出它们；有时他会用手去抓……只是它们早已经飞走了……

一天他出去的时候，看到一堆人在屋子前面围着女门房叽叽呱呱地说着什么。他向来是不爱管闲事的，就在他马上要一声不吭地走过去的时候，那个想多找一个听众的看门女人拦住了他，问他知不知道可怜的罗赛一家出事了。奥里维一点不清楚那些“可怜的罗赛”是谁，只是漫不经心地有礼貌地听着。他像其他人一样一面听着女门房不厌其烦的唠叨，一面抬起头来望着墙壁，直到他得知屋子里的一个工人家庭，夫妇俩和五个孩子一家七口一起自杀了。在女门房说话的时候，他好像想起那些人他是见过的，询问了几句……是的，是他们：男的——他经常能听到他在楼梯上呼哩呼噜的喘气声——是个做面包的师傅，脸色苍白，他的血都快被炉灶里的热气吸干了，腮帮子陷了下去，老是刮不好胡子；初冬他得了肺炎，没完全好就去工作了，变成了痨病；三个星期了，他一点儿力气也没有，还失业在家。女的总是大着肚子，身体被关节炎搞垮了，还得一边忙着家里的事，一边往外边跑，向救济机关求那些永远都姗姗来迟的微薄的资助。在这期间，孩子一个个生下来了：十一岁的，七岁的，三岁的，中间还有两个夭折了，最后在上个月又有一对双生儿呱呱坠地，真是会挑时候啊！一个邻居女人说：

“他们出生的当天，五个孩子里最大的十一岁的小姑娘于斯丁纳——真是个可怜的丫头啊——哭喊着，她怎么能吃得住同时抱一对双生兄弟呢……”

奥里维听了，那个小姑娘的模样立刻浮现在了他的脑海：额角宽大，头发往后梳着一点光泽都没有，长得很高，一双灰色眼睛总是惊惶不定。大家看到她时，要么就是捧着吃的东西，要么就是抱着小妹妹，有时手里还拉着一个七岁的兄弟——是个很娇弱的孩子，面貌很精巧，只是一双眼睛已经瞎了。奥里维在楼上遇到她时，经常是漫不经心地有礼貌地说道：“对不起，小姐。”

她则一声不吭，只是直挺挺地走过去，也不躲闪一下，不过对于奥里维的虚礼还是暗自高兴的。前天傍晚六点钟的时候，他下楼看到她最后一次：提着一桶炭上楼，那东西很重的，但对于一般贫苦的孩子来说，那是非常普通的事。奥里维像往常一样打了一声招呼，却没看她一眼。他朝下走了几级台阶，无意间抬起头，看到她伸着那张抽搐着的小脸，靠在栏杆上，看他下楼，后来她就转身上楼了。那么她自己清不清楚自己到底要上哪儿去呢？奥里维觉得她能够预感到。他想着这个可怜的孩子在手里提着炭其实就像是在提着死亡，而死亡对她而言便是解脱。对于这些可怜的孩子而言，不再活着就是不再受苦！想到这里，他再也没有办法去散步了，就回到房间。可是明明知道那些死者离自己那么近，就只隔着几堵墙，而自己生活在这样的惨事旁边，还怎么能平平静静地待在家里呢？

所以他去找克利斯朵夫，心里很难过，觉得世界上有那么多的人正承受着千百倍于自己的可以拯救的苦难，而他自己却为了失恋而整天地自怨自怜，难道不是很没有心肝吗？当时他很激动，其他人也受到了感染。克利斯朵夫也因此大为心动。他听着奥里维的讲述，就把才刚写好的一页乐谱给撕了，觉得自己搞的这些小儿科的东西只是完完全全的音乐作品而已，而且他认为，即使这世界上减少了一件艺术品也并不能够增加一个快乐的人。贫困交加的悲剧于他而言是很普通的事，他从小就习惯走在这种深渊的边上而努力地不让自己掉下去。对于自杀，他的态度是严厉的，因为当时他正是精力旺盛的时候，是怎么也想象不到一个人会因为某一种痛苦而放弃生活斗争的。痛苦和战斗，这不是很平常的事情吗？整个宇宙就是由这些构成的啊！

奥里维也同样有过类似的磨难，只是他从来就不逆来顺受，不管为自己还是为别人都是这样。他向来痛恨贫穷，因为他心爱的安多纳德就是被贫穷折磨死的。娶了雅葛丽纳后，财富和爱情已经把他的志气消磨殆尽，他急切地想要忘掉那些在悲惨时代的记忆，想要赶快忘记跟姐姐两个人每天都得面对吃了上顿没下顿的事。现在没有了爱情，这些影像就再次浮现出来了。他不仅没有逃避痛苦，反而去找它了。那自然是无须走多少路就能找到的。在他当时看来，社会上痛苦比比皆是。整个社会就是一所医院：到处都是伤痕累累、遍地腐烂的折磨，悲惨泛滥、蹂躏心灵的酷刑！孩子得不到温情的抚慰，女儿看不到未来的道路，妇女总是遭受欺凌，男子们在友谊、爱情和信仰中失望，放眼望去到处都是被人生摧残的可怜虫！而贫穷与疾病还不是最悲惨的，最悲惨的是人与人之间的那种残忍。奥里维才刚揭开了这人间地狱的盖子，他的耳鼓就已经被那些受着压迫的人的呼号震动了。这些呼号有受人剥削的无产阶级，还有被人戕害的民族、被惨杀的亚美尼亚、被桎梏的芬兰，还有支离破碎的波兰、为道殉难的俄罗斯、被欧洲的群狼争相抢夺的非洲，所有这一切的受难者。想到这些奥里维都快喘不过气来了，他们的哀号飘荡在空气的每一处，不知道为什么人们还能去分神想别的事。他一直不停地和克利斯朵夫说。克利斯朵夫的心都被扰乱了，没好气地说："不要烦我了，我要工作！"可他还是没有办法平静下来，就有些气恼，诅咒着："该死！我的一天整个给糟蹋了！你可真是有进步啊，嗯？"奥里维就马上道歉。

"孩子，"克利斯朵夫说，"你别总是看着窟窿。你还是要继续活着的。"

"可那些掉在窟窿里的人需要我们拯救呀。"

"是的。但是我们怎么救呢？难道要我们也跟着跳下去？你现在好像就是在用这个办法。你有一种只能看到人生中可悲的事的倾向，当然，这种悲观主义的倾向是慈悲的，但却让人泄气。你要想让别人快活，首先你自己得快活！"

"快活！在看到了这么多悲惨的事情之后，怎么可能有这种心情呢？只有尽力地去减少别人的苦难，你才会真正地快活。"

"对。但胡乱打杀一通是不是就能帮助那些不幸的人了呢？这样只是多了一个不中用的兵而已，对事情是不会有任何帮助的。我可以用我的艺术去抚慰鼓励他们，给予他们力量和快乐。你明不明白，一首优美的歌曲会使多少在苦难中挣扎的可怜虫得到支持？现在所能做的就是自己做好自己的事情！你们这些法国人，都是些好心的糊涂虫，只是争抢着为所有的不平叫屈，无论是为西班牙还是为俄罗斯，根本就还没弄清到底是怎么一回事呢。可还觉得你们这样的脾性不错。但你们觉得只要这样就可能把事情变好吗？你们一哄而上地把自己加入旋涡之中，结果只会是成事不足败事有余……你看看，虽然你们艺术家总是自以为在参与着全世界的所有运动，但是你们的艺术却是前所未有的黯淡。令人惊奇的是，竟然有那么多晚起的小有名气的人和坏蛋自称为救世的圣徒！嘿，难道他们就不能少给群众灌些坏酒吗？而我的责任，最重要的就是努力做好我自己的事，创作一种健全的音乐给你们，帮助你们恢复新鲜的血液，让你们的心灵感受到阳光的普照。”

如果想要把阳光播撒到别人的心里，首先自己的心里得有阳光。可奥里维总感觉自己就缺少这些。就像当今其他优秀的人一般，他无法独自将自己的力量发挥出来，而只有跟别人联合起来才可以做到。可他不知道他能跟谁联合。虽然思想是可以自由奔放的，但心却是虔诚的，他不被所有的政治党派和宗教党派所接受。这些人胸襟狭小，所以不能相互包容，只是在互相排挤，一旦权力到手，他们就又会加以滥用。因此吸引奥里维的只有那些被压迫的人们。至少在这一点上，他和克利斯朵夫是有共识的，他们都认为在反抗远距离的不平之前，得先去反抗近距离的不平，反抗那些就在我们身边而且还是多少需要我们负责任的。那些通过攻击别人的罪恶来忘却自己所犯罪恶的人简直是太多了。

所以他想先从帮助穷人开始。因为亚诺太太参加了一个慈善组织，就推荐奥里维入了会。一入会他就碰到好几件不如意的事：他发现他所负责照顾的穷人其实并不都那么值得关爱，或者是说他的努力并没有得到他们好的回应，他们防备着他，对他充满了抗拒，而且作为一个知识分子，他自己也很难仅从单纯的慈善事业上得到满足。在灾祸横行的祖国大地上，显然这样做所能灌溉到的地方简直是太小了！它的行动好像总是七零八落的、零星的，它基本没什么计划可言，只是发现了什么伤口就赶快包扎一下。就现实而言，它的目标太小了，行动又总是太匆忙，根本不能切中要害根除病源。而奥里维最不愿放过的工作正是寻找苦难的根源所在。

他着手研究社会的灾难。在这一点上，他是不缺向导的。当时上流社会谈论的一个主要问题就是社会问题。不管是在交际场合，还是在小说或剧本里，大家都在谈论着。几乎每个人都自认为很熟悉这个问题，而更有一些青年为此耗费掉了他们最精华的力量。

每一代人都有一个让他们去追随的美好理想。即便是青年中最自私的一批人也洋溢着一股生命力，他们元气充沛，不想毫无建树；他们要想方设法地把这些活力消耗在一件事情上，或者是——更谨慎点说——消耗在一项理论上。要么研究航空，要么闹革命，要么做肌肉运动，要么做思维活动。人在年轻时总会需要有个幻象，感觉好像自己参与着什么人类最伟大的活动，在做着革新世界的事情。他的所有感官会伴随着宇宙中任何的气息而躁动，感觉是如此自由，如此轻松！没有家室的拖累，他好像什么都没有，无所畏惧。也正因为一无所有，所以就特别能够慷慨地舍弃一切。要的是敢爱、敢恨，以为空想一阵，呐喊上几句，就是改造了世界；青年人就和那些伺机而动的狗一样，经常是稍有点动静就不停地狂吠。只要世界上任何地方出了一桩与正义相违背的事情，他们就发起疯来……

在空旷的森林中，晚上到处都有狗叫。从这个农庄到那个农庄，此起彼伏。夜里的一切都在骚动着。处在这样一个时代，想好好睡觉是困难的！连空中的风也会带来那么多的与正义相违背的声音回响！而违背正义的事又总是没完没了的，你很可能为了改变一桩不义，而做出了其他的不义。那么不义又是什么，暴行又指的是什么呢？有的认为是无耻的和平、破败的国家，有的认为是战争。这个说是旧制度的被捣毁、国君的被罢黜，那个说是教会的被掠夺，还有一个说是未来的被桎梏、自由的被威胁。就平民而言，不平等就是不义，而对于上层阶级的人来说，不义却又是平等。有那么多种类的不义，每个时代都要从中特别选一个，既要选一个用来攻击，还要选一个用来庇护。

那个时候社会的不公是被人们竭力攻击的——而与此同时却又在毫无知觉地筹划着新的不公。

当然，随着工人阶级的数量和力量与日俱增，他们逐渐成为国家的中流砥柱，而社会的不公也因此显得特别令人无法忍受，备受注目。只是虽然工人阶级的政治家和宣传者努力地布道，工人阶级现在的状况没有变得更糟糕，跟以前相比反而有所改善；但这并不是因为现代的工人们更苦才产生了今非昔比的变化，而是因为他们更有力量了。这种力量是在资本家施加的压力下产生的，它的产生是经济和工业发展到一定时期的必然要求。因为经济和工业的发展使劳动者联合起来，使他们变成了一支可以团结作战的队伍，劳动者因为工业的机械化而掌握了武器，这就使得每个工头都成为光、电、力的主导者。近来在一些领袖想要组织的这些原动力中间，涌起了一股如烈焰燃烧般的热度和数不清的电浪，在整个社会蔓延。

平民问题震动了有头脑的中产阶级，绝不是——虽然他们自己以为是——因为这个问题与正义相关，也不是因为有新奇的观念和力量，而是因为它有生命力。

就平民问题所涉及的正义而言，社会上成千上万的正义被践踏了，可也不曾见谁为之动心。就观念而言，它只是些支离破碎的道理，东拼西凑而成的，是为了一个阶级量身剪裁过的，而这是以牺牲别的阶级为代价的不过是所有荒谬“原则”中的一种“原则”——比如说君权至高无上、教皇永无失误、无产阶级统治、选举普及、人类平等，等等——如果你单看它们的理由而不去观照鼓动这些原则的力量，那结果还不是一样荒谬？但这和它们的平庸是没有任何关系的。任何能征服人心的思想靠的都不是它本身，而是靠它所具有的力量；靠的不是思想的内容，而是在历史某个时期放射出来的那道生命的光辉。如同一股沁人心脾的芳香，连感官最迟钝的部位也可以感受到它带来的刺激。就思想本身而言，再崇高也几乎不会有什么作用的；而直到一天，思想依靠吸收了它的人的价值——并不是依靠它自己的价值——依靠着他们灌输给它的血液而有了传染性，这个时候，那好像枯萎了的植物，奚里谷的玫瑰[①]，才会猛然间开花长大，并散发出浓郁的香气而溢满整个空间。那些打着鲜明的旗号，领导工人阶级突破布尔乔亚堡垒的思想，本来就是布尔乔亚梦想家的想象。只要那些思想一直停留在书本上，它就是死的，只是博物馆里的陈列品，像木乃伊一样被放在玻璃柜中，根本没人瞧一眼的。但如果有朝一日群众掌握了它，那思想就会成为群众的一个部分，并因为感染到了他们的狂热而发生很大的变化，从此有了生机；抽象的理由中也被注入了如痴如醉的幻象，

① 奚里谷玫瑰产于叙利亚和巴勒斯坦，不开花就凋谢，如移植到湿地，就可以再生。

好似穆罕默德建国时期刮起的劲风。狂热逐渐蔓延，所有人都被感染了，可却不知道那劲风从何而来，如何而来。这种精神在持续地传播着，而且无论是谁，思想狭窄的也好，顶尖出色的也罢，每个人都在无意之中成为布道的使者。

这种精神传播的现象存在于任一国家的任一时期，即便是等级森严、特权阶级竭力撑持的贵族国家也一样。但在统治阶级与群众之间无樊篱可跨越的民主国家，这种现象表现得更为明显。顶尖人物随即被传染了。尽管他们聪明、骄傲，却无法摆脱这种影响，他们过于高估了自己。智慧犹如被人间波涛淹没了的岛屿，要等退潮的时候，才能重新显现。人们钦佩法国贵族在八月四日夜里放弃特权的举动①，事实上他们别无选择。我们想象得出，他们中肯定会有些人私下里自问："哎呀，我这是在干什么啊？难道是醉了……"好一个醉字！那酒真是妙不可言，酿酒的葡萄也是极品！只可惜这些被酿成美酒使老法兰西的特权贵族大醉的葡萄却并非是他们自己栽种的。酒已酿好，只等人来喝。就是那些不用沾唇而只闻一闻就能让人头晕眼花的酒，你肯定一喝就醉。这就是大革命的佳酿！一七八九年酿的酒，如今在人们的酒库中也仅剩几瓶了，但我们的子子孙孙都会记得这些酒是曾经怎样让他们的祖先酩酊大醉的。

而令奥里维那一代的布尔乔亚青年头脑发热的，是一种同样猛烈但更为苦涩的酒。他们把自己的阶级作为贡品奉献给新的主宰，无名的主宰——平民。

诚然，并非每个人都同样虔诚。很多人鄙薄自己的阶级，为的

① 一七八九年七月十四日法国大革命爆发后，八月四日夜，若干贵族在国民议会中宣布放弃特权。

是借此出人头地。还有许多人则是把这种运动当作是一种精神上的消遣、言辞上的训练，完全不当回事。一个人心中有所信仰，并为之而奋斗，或者即将奋斗，起码有一定的可能性，这的确是件愉快的事；即使是冒些危险也无所谓，相反却会有种游戏般的刺激感。

假如动机天真而没有掺杂任何利益算计的话，这种思想确是单纯。但一批更为有城府的运动领袖信心十足地走上台，他们像北欧的海盗一般借平民运动来获取职权。他们在涨潮时把船只驶入内地，打算驶进上流的大三角洲，待退潮时已占领了掠夺来的城市。港口是有限围的，潮水是难以捉摸的，非得有巧妙的本事才行。但是一批精于此道的海盗已在两三代的愚民政治中养成了。他们骄横地冲进去，瞧都不瞧一眼一路上覆没的船只。

这种恶棍存在于每个党派，但却不能归罪于任何一个党派。然而一些真诚且坚定的人，对那些冒险家的所作所为感到厌恶，并因此对自己的阶级感到绝望。就如熟悉普通的富裕而博学的青年布尔乔亚的奥里维，都感到了布尔乔亚的落后与无用。他非常怜悯他们。最初，他们相信培养人才可能使平民获得新生的希望，就创建了许多平民大学，耗时又费钱，最终那些尝试完全失败。当初过多的希望使得现在的失望也很大。他们的号召并未得到民众的响应，有的人竟会避之唯恐不及。即使是响应的人，他们也是误解了所有的意图，只是沾染了布尔乔亚的一些不良习气；而且还有些阴谋分子混进过布尔乔亚使徒的队伍，毁坏了他们的信用，一箭双雕，同时利用了平民和中产阶级。所以，一般实心人便认为布尔乔亚没有前途了，它只能腐化民众，民众应当奋勇挣脱它而独立去探寻。所以，中产阶级仅成了一个运动的发起者而非参与者，结果反而还成为运动中被反对的对象。有的人还以舍身来表示对人类深切而大公无私的同情为一种快乐，只要能关爱和奋不顾身就行。青年人精力充沛，不用从感情上获得回报，不怕自己因此而变得贫弱。有些人认为自己的理性能够获得满足便是一种快乐，他们是为思想而非为了人而牺牲。这些人是最坚强的。他们扬扬自得，因为凭借着逐步的推导断定自己的阶级必定没落。对他们而言，预言的错误要比跟他们的阶级同归于尽还令他们难受。他们陶醉于理想，冲着外面大喊："战斗，战斗，越激烈越好！将我们消灭得一干二净才好！"他们进而沦为暴力论者。

并且他们所提倡的是他人的暴力。因为鼓吹暴力的传播者几乎一贯是普通文弱而文质彬彬的人。有的是声称要推翻政府的敬业、温驯、诚恳的公务员，他们口头上宣扬暴力，其实是在发泄自己文弱、遗憾、被生活所压迫的愤懑，尤其是在预报他们四周嘶吼的雷雨。理论家就像气象学家，他们用科学术语所报告的是当下的天气而并非将来的。他们犹如风向标，指示风向。他们随风而动时，几乎自认为是在操纵着风向了。

但是风向确实转变了。

观念在一个民主国家里变化得非常迅速，尤其由于它流行得快。法国多少位共和党人，不到五十年就厌倦了共和，厌倦了普选，厌倦了当初如痴如醉疯狂争取到的自由。曾经大家信奉"多数"是神圣的，可使人类进步，此刻却是暴力思想盛行的时候了。"多数"的无法自治、贪污腐败、萎靡不振、嫉贤妒能，引发了反抗；坚强有力的"少数"——所有的"少数"——便擂起了战鼓。法兰西行动派的保王党和劳工总会的工团主义者竟然相互靠拢，这虽然可笑但却是必然的。巴尔扎克形容他同代人"心里想做贵族，然而由于怨愤而做了共和党人，唯一的目标就是能在同辈中找出很多不如自己的人”……如此乐趣实在可怜！而且要迫使那些人自认低下才可以。要达到这个目的，只有一条途径，便是树立一种权威，让优秀人物（不管是工人阶级的还是中产阶级的）用他们的优越压使“多数”屈膝服从。年轻的知识分子，傲慢的小布尔乔亚，是由于自尊心受到了损害，由于对民主政治平等的痛恨，才投身于保王党或革命党。至于那些务虚的理论家、宣传暴力的哲学家却置身高处，像精准的风向标，发出暴风雨的信号。

最后还有一帮寻找灵感的作家——可以写作却不明白该写什么，如同困在奥利斯港口的希腊水手[①]，因为无风而不能前进，急切地等候顺风鼓起他们的帆——其中不乏名流，被德莱弗斯事件意外地拖出了推敲字句的工作，拉入了公共集会。在先驱者的眼中，仿效这种榜样的人不胜枚举。现在多数作家都投身于政治，以操劳国事自命。只要找到一点儿借口，他们就立即成立联盟，发表宣言，救神护庙。不论是前沿的知识分子，还是后方的知识分子，他们都是患难兄弟。但两派都认定对方是唱高调的空谈者而自命为智者。只要恰好有些平民血统的人都自我吹捧，笔下总是少不了提到这一点。他们都是满腹牢骚的布尔乔亚，试图竭力恢复布尔乔亚因私欲而断送了的权势。但罕有使徒能长久保持这种热心，最初那运动使他们声名鹊起——恐怕并非得力于他们的口才——春风得意。以后他们再接再厉，却再也找不到往日的辉煌了，暗中又怕自身成为笑柄。时间久了，这种顾虑逐渐占了上风，加上他们本来就是趣味高雅、遇事犹豫的人，自然要为他们角色扮演的难度而感到厌倦了。他们

① 典出希腊神话，参阅本书第474页注。

观望风向和跟班们的脸色，以便抽身而退，因为他们被这二者所束缚。新时代的伏尔泰与约瑟·特曼德尔[1]，虽然文章尖锐，事实上却是瞻前顾后、畏首畏尾，生怕得罪了青年人，煞费苦心地想要博取他们的欢心，把自己装成青年。在文学上，无论是革命者还是反革命者，他们总是小心翼翼地尾随着他们早先倡导的文学潮流。

奥里维在这个布尔乔亚的先锋队中遇到的最特殊的例子，是一个因为胆小而成为革命者的人。

那人名叫比埃尔·加奈。他出生在一个富裕的保守派布尔乔亚家庭，跟新思想几乎是绝缘的；家庭成员都是些法官和公务员，以对当局不满、跟政府对抗而丢官出了名的。这批温和派的布尔乔亚想讨好教会，虽然思想贫乏，但却精于使用那少得可怜的思想。加奈稀里糊涂地娶了一个思想和他相类似的有贵族姓氏的女人。顽固、狭隘、落伍，总是苦闷而发牢骚，社交圈颓废，最终使加奈气愤到了极点，特别是因为妻子丑陋又令人厌烦。他资质中等，观念很开明，倾向于自由思想，却不太清楚它的内容——那是置身于他的环境里所无法懂得的。他只知道周围不存在自由，想着只要出去就能找到了。但他做不到独自前行：在外边才刚走了几步，便高兴地混迹在中学时代的朋友中间，里面有一些沉醉于工团主义的人。在这个圈子里，他感觉比在自己原来的圈子更为无所事事，但却自欺欺人，不愿意承认：他总要有个地方混日子的，可惜找不到和他同样颜色（就是说没什么颜色）的人。这一类的家伙在法兰西比比皆是。他们很自卑，要么躲起来，要么就是染上一种风靡一时的政治色彩，要么就会同

---

① 约瑟·特曼德尔为法国十八世纪宗教哲学家，提倡教皇至上主义，刚好与伏尔泰之排斥神权相反。此处举此二人代表左右两个极端。

时染上好几种。

按照一般的惯例，加奈尤其愿意接近那些跟他差别很大的朋友。这个具有十足内地气质的法国布尔乔亚，竟然时时刻刻跟一个青年犹太医生混在一起。他是个叫玛奴斯·埃曼的俄国亡命徒。他和众多同胞一样具有双重的性格：一方面能身处异国而像在本国一样地安居，另一方面不管什么样的革命都对他的胃口。别人根本就搞不懂他对革命的兴趣，究竟是源自革命的方法呢还是革命的目标。包括自己在内的所有人经历的考验，于他而言只不过是一种消遣。他是位诚挚的革命党人，同时他的科学头脑让他视革命党人（包括他自己）为精神病患者。他边观察边培养这精神病。由于随心所欲的玩票作风和三心二意的思想，他故意和那些异己交往。他和当今权贵，甚至警察厅都有私人往来；东营西就，那种令人疑惑的好奇心让很多的俄国革命家都像是见风使舵的人，而且有时他们弄假成真，确实变成了骑墙派。那是轻浮而并非欺骗，经常是无功利算计的。不少行动派都视行动为表演，极尽所能地施展他们的表演天赋，如认真的演员一般，然而却时刻准备着改换角色。玛奴斯努力忠于革命党人的角色。由于他原本是个无政府主义者，又经常以破坏他所侨居国家的法律为乐，因此这个角色对他最合适。只是说到底，那不过是一个角色罢了。别人基本分不清他说的话哪些是真实的，哪些是虚假的。最后连他自己也糊涂了。

他天资聪明，爱讥讽，具有犹太人和俄国人的细致，能切中要害地看到自己和别人的弱点并加以利用，因而他轻而易举地就控制了加奈。他以把这个桑丘·潘沙[①]拉入堂·吉诃德式的队伍为乐。他

① 塞万提斯名著《堂·吉诃德》中的骑士，是堂·吉诃德的随从。

毫不客气地支配他，支配他的思想、时间、金钱——但并非收入自己囊中（他并不需要，没有人知道他靠什么生活）——而是用来攻击他的主义。加奈任人摆布，总是幻想自己和玛奴斯是有共同思想的。他很清楚事实并非如此：那些思想是错误的，令自己恐惧的。他对平民没好感，而且他不是个勇敢的人。这个身材高大魁梧、又肥又壮的汉子，却长着一张娃娃脸，胡子刮得精光，呼吸很急促，说话甜蜜夸张，十分孩子气，长着一身大力士般的肌肉，还是不错的拳击手，骨子里却是个胆小如鼠的人。他因为被家人看作是捣乱分子而得意，但看到朋友们的大胆却在暗地里直打抖。毫无疑问，只要是闹着玩儿，这种战抖的感觉并不可恶，可是胡闹变得危险了。那些家伙居然野心越来越大，张牙舞爪地凶起来，这让加奈的自私心理和内心深处的地主思想以及布尔乔亚胆小怕事的脾气都被逼急了。他不敢问："你们要把我领往何处？"但他暗自诅咒那些鲁莽的人，一心想要跟人家拼个头破血流，也不想想会不会闹出人命。可是没有人勉强他跟他们走啊，他也可以退出啊，但他毫无勇气，害怕孤独，如同一个跟在大人后面哭泣的孩子。他与多数人相同：除了不赞成一些过激的意见，对什么都不反对。一个想要独立的人，就必须去面对孤独；可又有几个人能忍受得了孤独呢？即使是在那些远见卓识的人里头，能有胆量力排众议，抛却同辈人无法摆脱的某些假定的，又有几位呢？如果这样做，就等于是在自己和别人之间筑起一道无形的城墙。墙的这一边是孤零零如同是置身于荒漠的自由，墙的那一边则是大批的群众。在这种情况下，又有谁会迟疑呢？大家自然是更喜欢挤在人群中，如一群羊似的，空气虽然恶劣但却内心安定。因而他们尽管心中有某种思想，也假装有某种思想（这对他们很容易），事实上却根本不知道自己在想些什么！希腊人的一句古谚说得好："人要先了解自身。"但这些根本没有自我的人又该怎样呢？不管是宗教方面或社会方面的一切集体信仰中，真正信奉的人太少了，因为可称之为"人"的人原本就不多。信仰是一种力量，唯大智大勇之人才会拥有。如果说信仰是火种，人类是燃料，那么这火种所能点燃的火把，向来不过是寥寥无几，而且还常常是飘摇不定的。使徒、先知、耶稣，都曾经怀疑过。别的就更只是些反光了，除非赶上精神的某些干旱时节，整个平原才会被从大火把上掉下来的火星点燃！等到大火渐渐熄灭，灰烬底下只剩下炭火的红光。真正信仰上帝的基督徒不过区区数百人。其余的都不过是自以为信仰或者是愿意信仰的。

在那些革命家里，这样的人占大多数。平庸老实的加奈认定自己是个革命家，所以就信以为真。然而他也惊异于自己的大胆。

各种各样的原则被所有这些布尔乔亚所标榜：有来源于感情的，有来源于理智的，有来源于利益的，这些人将思想依附于《福音书》，那些人则依附柏格森，另外一些人又依附马克思、普鲁东、约瑟·特曼德尔、尼采或乔治·索兰尔。有的革命家是为了赶时髦，有的是因为生性孤僻，有的是出于行动需要，怀抱着牺牲的热情，有的则是因为奴性很强，愿意像绵羊一样驯良。可所有这些都被狂风莫名其妙地席卷了。你能远远地看到亮堂堂的大路上灰尘翻滚，表明大风暴即将来临。

奥里维和克利斯朵夫眼睁睁地看着这阵风席卷而来。两人都目光锐利，但看法却不同。奥里维明察秋毫的目光看透了普通人的意图，不堪忍受他们的平庸，但他能窥见背后暗中推动他们的势力。

他所特别关注的是事物悲剧性的一面，而克利斯朵夫则更注意事物喜剧性的一面。他所感兴趣的不是主义或思想，而是人。他假装对思想漠不关心，对空想社会主义嘲讽有加。他素来喜欢与别人不同，再加上他本能地反感时兴的病态的人道主义，所以行动上显得非常自私。由于是靠独自奋斗成功的，所以免不了为自己的体力和意志而自傲，视不具备他那种力量的人为懒汉。既然他能够从穷苦与孤独中间奋斗出来，为什么别人就不能呢？……哈！社会问题！何谓社会问题？就是缺衣少食吗？

“那个滋味我是尝过的了，”克利斯朵夫说，“我的父亲、母亲，包括我自己都是经历过这些。只要你能挣脱就是了。”

“这并非每个人都能办得到的，”奥里维说，“有病人，有时运不佳的人……”

“那么就去帮助他们呀，这不是很简单吗？不过现在这样的吹捧对他们绝对不是帮助。以前人们拥护强者的权利固然不可取，我也弄不明白是不是抬捧弱者的权利更为不妥，它扰乱了现代的思想，虐待和剥削强者。当下，仿佛一个人的病弱、穷困、愚蠢、潦倒倒成了他的优点了，而坚强、健壮、超越环境等反倒变成了缺点。最可笑的，倒是那些强者最先信奉这种观点，这难道不是一个很棒的喜剧题材吗？奥里维，你说呢？”

“我宁愿让人取笑，也不愿让别人哭。”

“好孩子！”克利斯朵夫说道，“哎！大家想的又和你有什么不同呢？我看到一个人驼背时，我的背就会觉得难受。我们不得不演喜剧，可喜剧不应当由我们去创作。”

有人确信未来的社会会公平合理，可克利斯朵夫丝毫不为这种梦想所动。在他的平民式的观念里，认为未来和过去一样都会万变不离其宗。奥里维指责他说："要是有人就艺术问题和你说这种话，难道你不会跳起来吗？"

"或许吧。总之我只了解艺术。你也如此。我对那些谈外行事情的人向来怀疑。"

奥里维也一样不相信这些人。这两位朋友的怀疑似乎有些过分，总是远离政治。奥里维不免有些惭愧地承认他从来没有使用过选举权，十年来从未向市政府领过选民登记表。他说：

"为什么要去一出我明知毫无意义的喜剧里凑热闹呢？选举？选谁呢？我对那些候选人完全不了解，我也不清楚谁好谁坏。而且我敢断定，一旦他们被选中个个都会背叛他们最初的主张。监督他们吗？要求他们尽责吗？那只会白白扰乱我的生活。我既没有时间，也没有精力；既没有口才，也没有不择手段的能力和热衷行动的心情。所以莫如放弃权利。我可以忍受，但我至少没有助纣为虐！"

然而，尽管他能够洞察一切，尽管他对政治手段深恶痛绝，但依然对革命抱有幻想。他明知道是虚幻的，可还是不忍放弃希望。这是他的神秘的种族基因决定的。奥里维的民族是西方最喜欢破坏的民族，是为了建设而破坏、为了破坏而建设的民族——拿思想和人生赌博，老是在推翻一切之后再重新开始，甚至不惜用自己的血做赌注。

克利斯朵夫可没有承袭这种救世的精神。他浓厚的日耳曼血统使他不相信革命的作用。他觉得世界是不会改变的，大家都只是在空谈理论、纸上谈兵罢了。他说："我无须掀起革命——或是长篇累牍地讨论革命——来证实自己的力量。我更不用像那些青年一样，推翻政府拥立一个君主或是成立一个什么救国委员会来保护我。这要是能证明一个人的力量才怪呢！我会自己保卫自己的。我不是无政府主义者，我喜欢必要的秩序，也尊重主宰宇宙万物的规律。不过在我和这个规律之间无须中间人。我的意志既能发号施令，也能做到服从。你们口口声声都是先哲的名言警句，那么就不会忘记你们的高乃依的名言：‘只要我一个人就够了！’你们期望有一个主宰，这只说明了你们自己的软弱无能。力量是和光明是同样的，只有瞎子才会否认！你们得做个心平气和、不借助教条和暴行的强者，到那时，一切弱者才会像植物朝着太阳一样地拥戴你们……”

虽然他口头上说不该把时间浪费在讨论政治上，事实上却并不是真的漠不关心。作为一个艺术家，他也曾经受到过社会变动的影响。由于一时缺乏热情，他便茫然四顾，问自己到底是在为谁写作。看到现代艺术的那帮可怜的主顾都是些心力交瘁的优秀分子和布尔乔亚的票友，他不禁想道：“为这些人写作有何意义呢？”

诚然，格调高雅、博学多闻、有职业敏锐性的人并非没有，他们能够赏识新奇的同时也能赏识古拙的情趣（那跟新奇是一而二，二而一的）。但他们厌倦世事，富于灵性而缺乏生命力，认为艺术是虚幻的；他们只对音响效果的或思想的技巧性感兴趣，而大多还得因俗务烦心，为数不清的无必要之事耗神；他们根本无法领悟到艺术的真谛。在他们看来艺术只是舞文弄墨的消遣玩意儿而并非用血肉筑成。而且，他们的批评家还创造了一种能证明他们无力摆脱玩票作风是对的理论。就算还有几个富有弹性的人，虽然能对强烈的和弦发生共鸣，但却没有力量承受；在人生舞台的上他们已经不健全了：若非神经病便是瘫痪。而艺术在这个病院中又能有什么作为呢？然而在现代社会里，艺术几乎不能摆脱这些病患者：他们手里攥着金钱和报纸，他们主宰着艺术家活下去的物质保障。因此艺术家必会受到羞辱，迫不得已在社交晚会中拿出他们艺术的精华、心血之作，来娱乐一帮趋炎附势的群众和萎靡不振的知识分子——更准确地说，是给他们解闷，也或者是给他们添些新的烦闷。

克利斯朵夫寻求真正的群众，寻求笃信人生和艺术的激情和生命力的、能够以好奇之心来接受的群众。他下意识地受到大家所宣扬的新社会——平民——的吸引。因为想起了小时候的事，想起了高脱弗烈特和普通卑微的人，为他深邃的生命启蒙的或是同他共享神圣音乐的人，他便认定真正的知音就在他们中间。如许多天真的青年一样，他筹划着与大众艺术相关的计划，诸如平民音乐会、平民戏院此类种种，详细内容他也不太能说得清。他期望革命为艺术的更新提供契机，认为社会运动之所以使他感兴趣的原因就在于此。其实他只是在自我欺骗：像他那么精力充沛的人，是不能不被当时最具活力的行动所吸引的。

他最看不上的就是布尔乔亚的理论家。在这类树上所生的果实通常是干瘪的，一切生命的精华都凝固成了空洞的观念。这些形形色色的观念在克利斯朵夫眼里是毫无分别的。他毫无偏袒，即使是他自已的主张形成一种学说之后，他也不喜欢。他存在着轻蔑的心理，对那些拥戴强权的理论家和袒护弱者的理论家一概不加理会。不管在哪出喜剧里，最不讨好的角色就是爱说教的人。观众宁愿看那些值得同情的人，甚至反面角色，也不愿听人说教。在这一点上，克利斯朵夫和群众有着完全相同的心理，认为喋喋不休地谈论社会问题只能叫人生厌。不过他还是很喜欢观察别人，观察那些相信和愿意相信的人，受气的和甘心受气的人，以掠夺为业的海盗和生来供人剪毛的绵羊。他宽容地对待像胖子加奈一样有些荒谬的老实人。他们的庸俗在他眼里不至于像在奥里维眼里那样反感。不管是什么角色，他都会带着温情和讥讽的心情来看，自认为他们所演的戏跟他没有任何关系，并未发觉他已慢慢地置身其中了。他自以为是个局外人，望着狂风吹过。殊不知他自己已被卷入狂风中而最终被卷走。

这出社会剧可谓戏中套戏。知识分子所演的是民众厌倦的喜剧中的滑稽剧。民众演的是正戏。别人很难看清情节，连民众自己也看不清。出乎意料的情节在那个戏里层出不穷。

说白总是多于行动。不管是布尔乔亚还是平民，几乎所有的法国人就像不论多少面包都能吞得下一样，不管有多少话他们都能听得进去。但大家吃的面包不是同种类的。有为精细味觉所用的高雅言辞，也有为填饱的肚子用的营养更丰富滋养的语言。即便字面一样，但制造的方法却不同，味道、气味、意义迥然不同。

首次参加一个民众集会时，奥里维尝到了这类面包，觉得没有一点胃口，难以下咽。观点之平庸，措辞之单调、乏味、粗俗，概括之空洞，逻辑之幼稚，充满了抽象的理论和毫不相干的事实，就像是做坏了的芥末酱，令奥思维作呕。这不仅缺少大众语言中的那些生动的趣味，而且还词不达意。听到的都是些报纸上的陈词滥调，像是从布尔乔亚修辞学的旧货店里捡来的褪了色的破衣烂衫。说话的重复啰唆使奥里维很难接受。他忘了语言的简洁并非天然，而是靠练习得来的，是精英阶层的劳动成果。大都市里的平民并不能单纯，总是喜欢用些精巧而繁杂的辞藻。奥里维不明白这些浮夸的话对听众能发生什么样的影响。在这一点上，他完全摸不着门道。别的种族的语言被我们称作外国语。却不知在同一个种族里，语言的种类也几乎和社会的阶层同样多。只有为数不多的上层阶级的语言才是几世经验的结晶。至于为其他的人，仅只代表了他们自身和他们所属集团的经验。那些被优秀分子摒弃不用了的字，就像是一所空屋子，在优秀分子搬走之后，就又搬进了新人物。如果你想要认识里面的主人，就请进屋去。

克利斯朵夫就是这样做了。

他是通过一个在国家铁路上办事的邻居和工人们联系上的。那邻居四十五岁，个头矮小，未老先衰，头已谢了顶，眼睛深陷，腮帮干瘪，鼻子又大又弯，高高隆起，嘴巴长得纤巧，耳朵有点畸形，耳垂有些不平整：整个人一副衰败潦倒的模样。他叫阿西特·高蒂哀，并非平民出身，而是来自一个中等的、清白的布尔乔亚家庭，父母为了支持这个独子完成学业花光了家里微薄的积蓄。他在很年轻的时候就在一个国家机关觅到了职位，那对一个贫穷的中产阶级而言简直就是安全港，其实却是步入了死亡——是将人活活掩埋之地，一旦进去就再也出不来了。在婚姻上他又犯了一个错——那是现代社会常见的错误之一——和一个美丽的女工相爱结婚，而她鄙俗不堪的本性不久就露出来了。她为他生了三个孩子。为了养活这一家几口人，这个天性聪明而又积极进取的男人被贫穷绑住了手脚，艰难的生活压抑了他心中那股潜伏的力量，但他却又不甘屈服于此。他总是得不到清静，坐在会计处的办公室，成天与一些俗气又饶舌的同事做着机械的事务性的工作，讲些没用的废话，因为生活无聊，就拿他的上司出气，背后说说上司的坏话，对上司进行冷嘲热讽，因为他不懂得在他们面前隐藏自己的求知欲。回到家里，他又不得不面对一个简陋、污秽的寓所和一个吵吵闹闹、平庸至极的女人。她一点都不懂他，把他看作是懒汉或疯子，孩子们都不像他却酷似他们的母亲。他为什么要过这样的日子呢？这就是公平吗？生活穷困痛苦，工作无聊烦闷，他从早到晚没有一刻能清静，他被折磨得心力交瘁、疲惫不堪。他想借酒浇愁，却事与愿违，把自己断送得更为彻底。这出悲剧深深地震撼了克利斯朵夫：不完善的个性，没有足够的修养，缺乏艺术品位，然而他天生是能干出一番大事业的，只因被命运所迫才落得这样的下场。高蒂哀就像一个快溺水死亡的人抓着一个游泳健将的手臂一般立即抓住了克利斯朵夫。他对克利斯朵夫既心怀喜欢又很羡慕忌妒，他带克利斯朵夫去参加群众集会，结识他为怨恨社会而结交的革命党里的某些领袖。因为没做成贵族，所以混迹在平民中使他深感痛苦。

克利斯朵夫比他平民化多了——主要是因为他不是被迫沦为平民的——所以反倒对这些集会很感兴趣。他觉得会场上的演说很好玩。他不像奥里维那样对此很反感，他对稚拙的语言也并不敏感，他认为所有夸夸其谈的人都是半斤八两。他一向鄙视高谈阔论。但他根本不理会那套辞令，只是当作演说家与听讲者来体会言辞间的那种乐感。演说家的力量一旦引起了听讲者的共鸣就会陡增百倍。克利斯朵夫只是注意到了前者。因为好奇，他竟然结识了几个演说家。

其中在群众中最有影响力的是一个叫加奇米·育西哀的人，头发是深色的，脸色苍白，年龄在三十岁至三十五岁，貌似蒙古人，身材矮小清瘦，病病歪歪的，目光炽烈而冷静，头发稀少，胡子尖尖的。他的魅力并非来自他那种空泛、急促、跟语气很不协调的姿势，也不是来自他那沙哑、喘急、浮夸的发音，而是来自他这个人本身，来自他坚定不移的态度。他几乎不允许别人跟他意见相左，而既然他的思想表达的就是群众的意愿，所以很对群众的胃口。他把大家心里的话说上三遍、四遍、十遍，发疯般地在同一颗钉子上使劲敲打；他的群众也和他一样不停地敲打、敲打，直到把那颗钉子嵌入肉里。除此之外，他过去犯的一些政治案子也使他声望倍增。虽然表面上他好像总是不屈不挠，可明眼人能看出多年的辛劳已磨得他内心疲惫不堪，对自己的命运恨之入骨。他每天付出的精力都入不敷出：身子从小就被工作和贫穷给损坏了，做过玻璃匠、白铁匠、印刷工人，还得了肺病，他对他的主义和自己，时而气馁时而疯狂。他的暴烈混合着下意识的病态，一半是因为政治斗争，另一半则是因为内心冲动。他的知识是乱七八糟自修得来的，有的了解得很透彻，比如科学、社会学，以及他做过的各种手艺，对于其他的事他却只是一知半解；但不管是真懂还是不懂的，他都能很好地把握。他有理想的世界，有确切的观念，有愚昧无知之处，也有现实的头脑；有偏见，有经验，还有对布尔乔亚的猜忌和仇恨。然而他照旧善待克利斯朵夫，他为有一个知名的艺术家来结交自己而心存得意。他那样的人生来就是当领袖的，不管做什么事，对工人们都施以颜色。他内心虽要平等，可实际上对上层的人比对低层的人更易平等。

克利斯朵夫还遇到另外几个工人运动的领袖。他们相互都没什么好感。共同的战斗艰难地促成了一致的行动，可大家的心却没有联合起来。由此可见所谓阶级的分野都是表面的、暂时的。多少年日积月累的敌对状态只是被延缓、掩饰了一下而已，实际上从未消失。在工人领袖中间，我们同样能看到南北方人的相互对立，相互之间存在着根深蒂固的轻蔑。干这一行的忌妒干另外一行的薪水，而每一行又都自视比别的行高。但人与人之间最大的区别并非这些而是气质。狐狸、狼、绵羊，这些生性吃人和被人吃的动物，因为阶级、利害相同而集合在一起，但大家都伸着鼻子嗅着，彼此都认了出来，毛就竖起来了。

高蒂哀的老同事西蒙，是因为罢工而被撤职的铁路职员，他开了一家兼卖牛奶的小饭店。克利斯朵夫时常在那里吃饭，常客总共是五六个人，都是些普通的工团主义者。他们聚集在最里面紧挨着狭窄阴暗天井的一间屋子里，有两只叫得很起劲的金丝雀挂在亮处。育西哀的情妇、美丽的贝德总是和育西哀一起来，这姑娘身材结实但却不失风骚，皮肤苍白得没有血色，大红便帽下的双眼总是带着迷糊的笑意。一个年轻、聪明爱装腔作势的小白脸总是不离左右地跟着她，那是机器匠雷沃博·格拉伊沃，这些人中间的“雅士”。他自视为无政府主义者，最激烈地反对着布尔乔亚，可骨子里却是个最糟糕的布尔乔亚。这么多年来，每天早上他都要买几张一个铜子一份的文学报，狼吞虎咽下刊登在上面的黄色小说。他被这些读物变成一个头重脚轻的怪物：他脑子里尽想着进一步寻欢作乐的方法，身体却极度肮脏，日常生活也极端俗陋。上瘾的富翁们做兴奋剂用的“奢侈”是他最喜欢的。由于肉体享受不到这种奢侈，他就在精神上享受，那自然是浑身难受的。如此他就能跟有钱人并肩了，虽然他还是恨他们。

克利斯朵夫很难忍受这种人，他对电器匠赛巴斯蒂安·高加更有好感。电器匠虽然没有满腹经纶，但他是和育西哀一样最受听众欢迎的演说家。他经常会忘记自己讲到哪儿了，只知道不停地说，是个地道的法国人。他身材很结实，年纪在四十岁上下，肥大的脸血色很好，脑袋圆圆的，头发呈红色，长着一大簇胡子，脖颈粗壮，嗓门儿很高，像牛一样。他和育西哀一样是个能干的工人，喜欢嘻嘻哈哈、吃吃喝喝。身体虚弱的育西哀非常妒羡他健壮的身体，他们俩虽是朋友，但暗中却相互怀有敌意。

四十五岁的饭店女主人奥兰丽，年轻时肯定是个美人，现在历经岁月却风韵犹存，她经常拿着件针线活儿坐在旁边听他们交谈，脸上挂着和蔼的笑容，嘴唇也会随着他们的话抖动，有时也会插上几句话，一边干活一边摇头晃脑地给自己的话打拍子。她有一个已经结婚的女儿，和一对七至十岁的孩子，一男一女——他俩伏在一张布满污迹的桌上做作业，不时地吐着舌头，把他们不该听的一两句话收到了耳朵里。

陪伴克利斯朵夫去了这里两三次，奥里维觉得跟这些人在一起很不自在。要不是受工厂中严格的时间限制，被工厂不停鸣叫的汽笛催迫的话，那些工人还不知道会虚掷多少光阴：或在下班后，或在上下班的间歇，或在偷懒时，或在失业时期。克利斯朵夫也正在旧作已完成、新作还没有头绪的时候，有些无所事事，他一点也不比他们更忙，就会把肘子撑在桌上很高兴地抽烟、喝酒、聊天。然而奥里维出于他布尔乔亚的本性，以他思想须严谨、工作须有规范、时间须珍惜等的习性，对此特别不屑一顾。他讨厌这样虚度光阴。而且他既不善言谈，又不会喝酒。最后他会感到身体不适，会对出身不同的人另眼相看：心灵渴望沟通而肉体却怀着敌意，就像是肉体对于灵魂的对抗。他和克利斯朵夫单独相处的时候，经常会很激动地主张亲近群众；可一旦面对了群众，他就没有办法亲近了。反倒是嘲笑他那种思想的克利斯朵夫，就能轻而易举地和街上随便碰到的工人称兄道弟。奥里维亲近不了这些人，感到很伤心。他勉为其难地学他们，像他们一样地思想、说话，可是做不到。他的嗓门不够亮，不够清晰，音调也跟他们不同。他学他们说话腔调的时候，不是字眼梗在喉头，就是声音走调了。他时刻留心，感觉很窘迫，同时也让人别扭。他知道，在他们眼里自己是个形迹可疑的怪人，大家对他都没好感，他一走，大家都会松一口气。他经常会遇到一些充满着敌意的冷酷目光，普通因饥寒交迫而愤懑不平的工人就是用这样的目光看中产阶级的。或许对克利斯朵夫他们也是这态度，但克利斯朵夫却视而不见。

奥兰丽的两个孩子是那些人中唯一愿意接近奥里维的。他们当然对布尔乔亚没有怨恨，而那男孩子正被布尔乔亚的思想所吸引呢。他的资质足以让他去喜爱这种思想了，只是还不够了解。那位漂亮的姑娘，有一回跟奥里维到亚诺太太家，被家中的华丽陈设迷住了：坐在精致舒适的安乐椅里，用手指触摸着艳丽的衣衫，她心里非常快活；出于小户人家的本能，她只希望逃脱平民阶级而走入布尔乔亚的安乐窝。奥里维全然无意培养她的这种倾向，而她所表现出的对于他的阶级天真的敬意，还是不能补偿别人暗中对他的反感——那是他苦恼至极的事情。他怀抱着一腔热诚试图去了解他们，却因为把他们看得太清楚了而惹恼了他们。但他的观察仅仅是因为他喜欢分析人家心理的习惯，而并不是因为冒昧的好奇。

不久他便发现了存在于育西哀生活中的悲剧性：首先是那个侵蚀他身体的病，其次是他的情妇的残忍的游戏。她确实很爱他，为有他这样一个情人而感到骄傲，但她活力充沛；他知道她必将会跑掉，同时也会因忌妒而心生苦恼。她却热衷于此：挑逗男人，跟他们抛媚眼，喜欢毫无规矩地招蜂引蝶。也许她在暗中和格拉伊沃一起蒙骗育西哀，也许可能是故意引起他的怀疑。总之，这种事迟早会发生的，不是今天，便是明天。育西哀没有勇气阻止她去招惹别人。他不是宣扬女人和男人有同样的权利和自由吗？有一次他咒骂她，她就狡黠又放肆地提醒他这一点。他的平等自由思想和他的烈性子，在胸中猛烈交战。他的心还停留在旧时代：专制，忌妒；他的理智却是已步入新时代，是理想世界的人的理智。至于她，她就是个女人而已，过去的，未来的，亘古不变的女人。奥里维目睹了这场暗斗，凭着自己的经验他深知这个斗争的残酷性，所以非常同情育西哀。育西哀知道自己的心事被奥里维窥破，但却对他没有丝毫的感激。

另外还有个人也以宽容的目光在那里目睹了这一场爱恨交织的游戏。她就是饭店的女主人奥兰丽，她什么都看在眼里，就是不动声色。她深知其中的甘苦。这个理智、娴静、规矩的女人，年轻的时候也风流过：一开始在花店里工作，有过不止一个情人，其中一个还是布尔乔亚。后来她和一个工人结了婚，变成了贤妻良母。但她深知感情的荒谬，能够理解育西哀的忌妒，也理解那个爱玩儿的姑娘，经常说上几句替他们排解的话：“唉，我们总得互相包容才行，不要因为这么一点儿小事生气……”

她也并不在意自己的话不起一点作用。

“说什么也没有用的。人总是自讨苦吃……”

她有一种平民式的豁达，使得苦难不至于对心灵打击太重。她也经历过苦难，她心爱的十五岁的儿子在三个月前夭折了——她伤心得厉害——可是现在她又恢复了往常的样子，开始有说有笑了。“只是一味地想就没法活了。”她说。

因而她就不再想了，那不是无情，而是别无他法。她生机勃勃，只关注“现在”，不能活在“过去”。她很能适应现实，也能适应未来可能的不测。如果革命爆发，一切都天翻地覆了，她依然会站稳脚跟，做她该做的事，把她放到哪儿，她都能乐得其所。骨子里她对革命的信仰也很有限。她对任何事都持怀疑态度。当然，她迷茫的时候也会去占卦，看到出殡的场面也总是画十字。她头脑开通，胸襟宽阔，像一切巴黎平民阶层一样，存疑而不悲观。虽身为革命党员的妻子，她像母亲看孩子一样看待丈夫和他的党派，以及别的党派的思想，她对这些就像看待青年人的鲁莽甚至是成年人的愚昧一样心怀嘲讽。很少有事情能够让她激动，但她对所有事情都兴致勃勃。无论是好运还是厄运，她都能够担当。归根结底，她就是个乐天派。

“别愁！只要身体好，什么困难都能克服……”

这样一个女人自然能和克利斯朵夫意气相投。他们两个无须言语就能感到彼此是精神上的一家人：别人侃侃而谈、吵吵嚷嚷的时候，他们常常会心一笑。但通常是她自己笑着看克利斯朵夫甚至比别人还激动地加入了辩论。

奥里维的寂寞与难堪没有被克利斯朵夫察觉。他不习惯去猜人的心理，只是跟他们吃喝玩乐、打趣、斗嘴。他们也不在乎他在想什么，尽管他们总是很激烈地争论。他总是毫不客气地对他们说出心里话，事实上也说不出清楚对他们到底是赞成还是反对。他从没想过这些。

如果非要做个选择的话，他一定会站在工团主义[①]这边，而反对社会主义以及主张成立一个政府的任何派别——因为政府就是个仅能造就公务员和机器人的怪物。他的理智很欣赏同业工会的做法，它犹如一柄利斧，能同时铲除社会主义政体那些抽象的观念和无力的个人主义。个人主义只能把集体的力量分散成个别的弱点，使精力化整为零；而法国大革命是应当为这个近代社会的弊端负一些责任的。

然而天性比理智更强。克利斯朵夫接触了那些弱者可怕的联盟工团成员时，他强硬的个人主义就开始抬头了。他看不上这些只有联合起来才能战斗的人。即便他不否认他们完全可以遵守这个规则，但他却声称这规则对他不适用。而且，他认为这些被压迫的弱者固然值得同情，但他们一旦变成了压迫者，就不值得同情了。以前克利斯朵夫常对普通没有团结起来的老实人大喊着："你们得联合起来！"现在第一次看，其实即使是在老实人的集团中，不老实的人也不在少数，这些人把自己手中的权力看得高于一切并且随时准备加以滥用，他就气馁了。而那些精英，还有曾经和克利斯朵夫住在同一幢屋子里的朋友们，没有从这些战斗集团中得到一点好处。他们心地善良，胆小懦弱，面对这样的集团难免会不知所措，这也就注定了他们是被压倒的第一批人。在工人运动面前，他们和奥里维的表现是一样的。固然奥里维同情正在联合起来的劳动阶级，但由于他自己是在崇尚自由的环境中长大的；而革命分子最不介意的就是自由。

---

① 工团主义是一个工会运动中破坏无产阶级利益的小资产阶级机会主义的流派，它把无政府主义思想带进了工会。十九世纪末二十世纪初，这个流派在法、意等国把尤为盛行。工团主义对工人阶级的政治斗争起了不利的影响：它不承认无产阶级专政的必要，认为工会即使不要工人阶级政党也能保证对资产阶级斗争的胜利，从而实现把劳动工具与生产手段转归工会所有的最终目的。

当今没有人关切自由，除了一个不能影响社会的精英阶层。自由正经历着惨淡的岁月。罗马的教皇们禁锢了理智的光辉，巴黎的教皇们遮蔽了天上的光辉，而共和党人则熄灭了街上的光辉[①]。胜利的帝国主义随处可见：罗马教会神权的帝国主义，神秘而唯利是图的君主政体的军事帝国主义，资本主义共和国的官僚帝国主义，革命委员会的独裁帝国主义。可怜的自由，你在世界上根本就没有容身之地了！“滥用权力”为革命党人所提倡实行，这让克利斯朵夫和奥里维大为反感。他们固然很轻视那些不肯为共同利益努力的黄色工人[②]，但觉得用暴力迫使他们就范更可恨——但你总得有个主意。实际上现在不是要你在帝国主义与自由之间做选择，而是你只能选择是这一种帝国主义或是那一种帝国主义而已。奥里维说：“两种都不赞成。我只站在被压迫的人一边。”

压迫者的专制是同样令克利斯朵夫痛恨的。然而他紧随抗议的劳动大军之后，已被卷入了暴力的旋涡。

他自己并没有察觉到，还经常跟同桌吃饭的人声称他跟他们截然不同。他说：“我不会对只关心物质利益的人产生任何的兴趣。如果有一天这些人开始为了信仰而奋斗，那么我肯定会成为他们的一员。否则，我跟一群混饭吃的人在一起有什么意义？作为一个艺术家，我得为自己的艺术负责，不能让它成了为党派服务的工具。我知道最近为了要获得那些不洁的头衔，一些野心勃勃的作家就做了这样的坏榜样。我觉得他们以这种方式去捍卫某个主义，这个主

① 此语是引用法国某议员荒谬的演讲词。——原注

② 早期的工团联盟中，黄色工人为反对革命与罢工的一派，红色工人则是激烈的一派。

义不一定从中得益，倒是他们千真万确地背叛了艺术。我们的职责是拯救理智的光辉，这跟你们盲目地斗争完全不是一回事。如果我们都不拿着理智的火把，那么还有谁去拿呢？你们战斗结束发现光明依旧，一定是异常高兴的。大家都挤在轮船的甲板上打闹时，总得有些工人照看着不让轮船熄火吧。艺术家要知晓一切，而且对任何事都不能有偏见。艺术家就像是罗盘，尽管外面狂风暴雨，但它的方向始终是北……”

他们认为他早就丢了自己的罗盘却还在那里唱高调。他们毫无恶意地取笑他，并以此为乐。艺术家在他们的心目中，只是做着不多而又清闲工作的取巧的家伙。

克利斯朵夫回答说，他和他们的工作同样的多，甚至比他们还多，而且还不像他们那么厌恶工作。他最恨把游手好闲当生活原则，粗心大意，消极怠工。“这些可怜的家伙们，”他说，“生怕伤了他们珍贵的皮肤！……天哪！从十岁开始我就没有停止过工作。你们却不热爱工作，你们天生是布尔乔亚，却还自称要摧毁旧世界！哼，你们不只做不到，其实也不愿意做到！你们只是叫嚷着，似乎要破坏一切，实际上都是假的。你们心里只有一个想法：就是抢到所有，然后躺到布尔乔亚暖烘烘的床上去睡大觉。只有那么几百个可怜的扛泥巴的小工随时准备着被人打死或打死别人，他们也不知道为什么这样做——或许是为了一时高兴，或许是为几百年来做牛做马的日子找点儿补偿、出口气——只是这个理由，要不然人人都想逃跑，只要一有机会就钻进了布尔乔亚的队伍了。他们当自己是社会主义者、记者、演说家、文人、议员、部长……嘿，别骂他们。你们也好不到哪里去。你们说他们是卖党求荣的叛徒，可是又会轮到谁呢？

你们都会和他们一样的，没有人会不上钩的！怎么可能不上钩呢？你们没有人相信灵魂不朽。你们只有空空的大肚子，一门心思地想把它们给满满地填饱。”

讲到这儿，在场的人都生气了，一齐大声嚷嚷起来。在争论中克利斯朵夫很难抑制冲动的热情，会比别人更激进。那是由不得他的：一旦侵犯正义的事情发生在他眼前，他的知识分子的骄傲和为了麻醉精神而幻构的唯美世界观就马上灰飞烟灭了。世上的人十有八九不是赤贫就是生活困苦，你还奢谈美学？算了吧！这种高调是无耻的特权阶级才会唱的。在良心上，如克利斯朵夫一般的艺术家肯定是会支持劳工的政党的。面对社会的不公、贫富的差距，脑力劳动者比谁都能更深切地感受到这种钻心的痛苦。艺术家的命运完全被变化莫测的时风和操纵这种时风的人所掌握，决定着他们是挨饿还是成为百万富翁。应当铲除不给精英公平待遇让他们消亡的社会，这样的社会简直就是个妖魔。每个人，不管有没有工作，都应当有饭吃。每种工作，不管是高级复杂还是平凡普通，薪酬的标准都应是工作者正当与正常的需求，而不是工作的实际价值——谁又有资格永远公平地估算工作的实际价值呢？社会应当给予学者、发明家、为社会增光的艺术家足够的津贴，以保证他们的时间和精力能为社会做出更大的贡献。这也就足够了。达·芬奇的名画《蒙娜丽莎》实际价值并不是一百万。实际上钱和艺术品是毫不相干的，艺术品的价值既不在金钱之上，也不在其下，它已超出了金钱所能衡量的范围。问题并不在于艺术品值多少钱，而在于艺术家也得生活。你得让他能吃饱饭，并且能安心工作。财富是盗窃他人的多余之物。我们可以毫不客气地说：不管谁的财产多过了他和他家人的生活所需，多过了他的智力正常发挥所需，他就是个贼。他多了，别人就少了。我们听到有人提法兰西取之不尽的财富和丰富的物产，就只会苦笑。因为我们不论男女都是劳动大众，代表着民族的活力，我们中有工人、有知识分子，但不管谁，为了存活都得从小就辛勤劳作赚取生活费，而且还要经常面对优秀的人被累死。而你们却侵吞了社会的财富，凭着我们的痛苦和灾难而发财致富。你们心里没有一点愧疚，反而自欺欺人地诡辩，说什么产权神圣不可侵犯，为生存而奋斗是健康的，追求进步是社会最高的目标。哼！进步，用牺牲他人的利益去换取的进步大成问题！但是不管怎么样，你们得到的太多了，远远超过了你们生活的所需。我们却是不够。可是我们比你们更有价值。如果你们喜欢不平等，那么小心了，或许明天那个遭受不平等待遇的就是你们自己！

克利斯朵夫就这样为周围的热情所激动。事后他自己都惊异于自己滔滔不绝的雄辩，但也不以为然，觉得那都是因为喝多酒了。他只是遗憾酒还不够好，就捎带着夸上一阵莱茵河边的佳酿。他一直以为自己和革命思想无关。但渐渐就会产生一种不正常的现象：辩论时克利斯朵夫情绪逐渐高涨，而相比之下，其他人反倒是越来越冷淡。

他们没有他那么多的幻想，即使是那些布尔乔亚最害怕的情绪激动的煽动者，本质上也是也摇摆不定，而且布尔乔亚的意识十分强烈。笑起来像马叫的高加，总是提高嗓门，比画着夸张的手势，但他对自己嚷嚷出来的话也是将信将疑的——他是鼓吹暴力的人。布尔乔亚的胆小怕事被他看透了，就故意伪装成强者吓唬他们。他会嬉皮笑脸地对克利斯朵夫承认这一点。格拉伊沃却批评一切，人家想做什么他都批评，巴不得让什么事都半途而废。育西哀则对什么都是肯定的，从不肯低头。他越是看到自己论点的某些缺陷就越固执地坚持，甚至不惜牺牲辉煌的事业来证明自己主张的正确。可是他也会摇身一变，从顽固不化转到十分悲观的讥讽嘲弄，铁面无私地断言任何理论都是谎言，一切努力都是徒劳。

大多数的工人都是如此。此时他们还口若悬河、忘乎所以，过一会儿就又会灰心丧气。他们怀抱着那么多不切实际的幻想，而且这些幻想根本不是他们自己努力创造出来的，而都是在偷懒去下等酒店时道听途说来的现成的东西。这是一种思想上不可救药的惰性，形成的原因就太多了：就像一头疲惫不堪的困兽，只想消消停停地吃着它的食物，躺着睡觉做梦。梦做醒了，就会口干舌燥，更加疲倦。他们总是毫无理由地追捧一个领头，之后又对他百般猜疑，弃之如履。最令人感慨的是他们其实一点都没错：这些领头个个都是奔着功名利禄和满足虚荣心来的。只有育西哀是因为有肺病，离死不远了，才不像他们那样；只是除了育西哀，又有多少人背叛和厌倦了自己的事业！他们和时下各党派的政客一样，成了腐化风气的牺牲品，而女人和金钱大都是堕落的原因（事实上这两者是密不可分的）——无论是在执政党还是非执政党中间，才华横溢、有领导天赋的人比比皆是——要是在其他时候或许他们早就功成名就了——但他们毫无信仰和个性；他们自己的欲望、恶习、寻欢作乐的兴趣，迫使他们变得烦躁不安，经常在重大行动干些摸不着头脑的事，要不就是突然中途停下来，抛却所有，对国家和自己的信仰不管不顾，只顾着自己休息享受了。他们不害怕战死在沙场，但能默默地坚守自己的岗位直到死去的却寥寥无几。

因为大家深知自己这种根深蒂固的弱点，所以革命也就变得疲软无力。工人们总是相互指责。罢工总是不成功：因为各领导之间，各工会之间，改革派与革命派之间，总是无法达成一致；因为被当局的虚张声势破了胆；因为骨子里的绵羊本性，一接到司法当局的命令，造反者就又自觉地重新套上枷锁；因为投机分子自私浅薄，卑鄙无耻，总是利用别人的斗争去获取主子的欢心，并借此敲诈主子，而还不包括群众的无政府思想和必有的混乱。他们很想参与抗议的同业罢工，却不想被当作是革命党。他们不会做动刀动枪的事。他们只想吃鸡蛋，却不想敲破蛋壳，或者是只想敲破别人的蛋壳。

奥里维毫不惊奇地洞察着这一切。他深知这些人根本不能完成他们自以为能完成的事业，但也承认有股势不可当的力量在鼓动着他们，而且他发现克利斯朵夫也已经毫无察觉地被这大潮卷走了。奥里维很希望自己也能被卷入其中，只是这潮水不接受他。他只能站在岸边眼看着它翻滚着向前。

这股潮水汹涌澎湃，它掀起了群众大量的热情、信仰和利害关系，使它们在泡沫横飞的旋涡中相互碰撞、融化。领头们做先锋，因为是被人推动着向前的，所以他们是最不自由的，或许也是队伍中信仰最不坚定的，他们的信仰已如明日黄花，就像那帮曾被他们嘲讽奚落的教士，因为曾经发愿修行，之后就只能硬着头皮从教了。在他们身后是毫无定见、短视、粗暴的大队人马，他们中大多数人的信仰完全是出自偶然。他们有信仰，因为眼下潮水正向着理想天地奔流而去，如果潮水有了转变的倾向，当晚他们就能够不再信仰。很多人是由于需要活动和冒险而相信，还有一些人是由于不通常理的、武断的逻辑而相信，另外还有一些人是由于心地善良而相信。而最讨巧的只是想把思想当作战争的武器，由于想争取某个数额的薪水，削减几个钟点的工作而相信。食欲旺盛的人暗自希望现在的贫苦生活能在以后获得些补偿。

然而比他们这些人更讨巧的是那股潮水，它清楚它要去向何方。暂时被旧世界的堤岸冲散一下又能怎么样呢？奥里维料到社会革命在这样的环境下是不可能成功的，但也明白无论胜负，都会有益于促成革命的目的：因为非要被压迫者令他们恐惧时，压迫者才会同意被压迫者的要求。革命党的思想是公平的，但他们诉诸暴力却是不公平的，不过这是有益于他们的目标的，二者都是那个带人向前的盲目而切实有力的计划中的不可或缺的一部分。

“你们这些受主子召唤的人，你们掂量掂量自己吧。你们之中没有很多的哲人、强者和高尚的人。但主子偏偏让疯子来迷惑智者，让弱者来迷惑强者，让下贱的、被人轻蔑的、虚空的东西来掩盖真相……”

然而不管理性还是非理性谁是操纵它们的主子，尽管由工团主义所酝酿的社会组织可能会对未来有促进作用，奥里维还是认为他和克利斯朵夫不值当把所有幻想和献身的激情都投入到这场庸俗而不能开辟新天地的战斗中去。他对革命怀有的神秘的憧憬幻灭了，平民并不比别的阶级更好、更真诚，他们之间几乎毫无分别。

在这股情感和名利混杂的浪潮中，有几座独立的小岛吸引着奥里维的眼睛和心，他们是一群真正的信徒，星星点点地矗立着，像是朵朵鲜花在海上绽放。尽管优秀分子徒劳地很想亲近群众，可他还总是倾向于优秀分子，各个阶级党派的优秀分子，倾向于满怀灵光的人的。而守护这道灵光，不让它熄灭就是他神圣的职责。

奥里维对自己要做的事已然清晰。

有一家小皮靴店和他的住所只隔着几间店面，地面略低于街面——那是用木板、玻璃、纸板搭建而成的小棚子。要进门得先走下三级台阶，站在里头腰都伸不直。仅有的空间刚好够摆一个放靴子的搁板和两条工作凳。老板整天哼着歌与传说中的靴匠别无两样。他吹着口哨，击打着靴底，压着嗓子哼唱着小调或革命歌曲，或是在他的小房子里和路过的邻居打招呼。一只翅膀上羽毛掉落的喜鹊从店外飞来，落在小店门外的台阶上一蹦一跳，最后停在第一级上望着鞋匠。他就放下手中的工作，要么用假装甜蜜的嗓音跟它说些粗鲁话，要么就哼《国际歌》。它抬起嘴巴，神情庄重地听着，又像行礼一样，不时往他的方向做一个前扑的姿势，为让自己站稳一些，笨笨地拍打着翅膀；然后突然掉转头，也不等他话说完一句话，便飞落到路边一张椅子的靠背上，盯着街上的狗。于是靴匠继续敲他的靴子，并自言自语地说完那句话。

他五十六岁，性格开朗，但脾气火暴，喜欢生气，浓眉下面是一对充满笑意的小眼睛，光秃的头顶高高地耸起像是一个立在发窠上的鸡蛋，耳朵毛茸茸的，嘴里的牙齿已然不全，大笑时黑洞洞的像口井，经常用那被鞋油染得黑黑的手指捋他那又脏又乱的胡须。邻居们都叫他斐伊哀老头，或是斐伊哀德，或是拉·斐伊哀德，也故意叫他拉斐德[①]惹他生气，因为老头儿是位激进分子，年轻时曾因为巴黎公社效力而被判过死刑，之后改成了流放。他以此为荣，对拿破仑三世与迦利弗[①]恨之入骨。只要是革命集会，他全都踊跃参加，

① 拉斐德为十九世纪法国将军、政治家，行动反复无常，向来为工人阶级所不齿。

并且十分拥戴高加，因为他会以诙谐调侃的辞令和打雷一样的声音，宣告以后大家都能报仇雪恨。对高加的演讲他每次都听，将高加所有的话都吞入腹中，听到幽默的话就会咧着嘴大笑，听到咒骂的话又会怒发冲冠，对着那些战斗和未来的新世界充满憧憬。第二天，他还得在小店里重新读一遍报上演讲的摘要，为自己和徒弟放声朗诵；并且为了能细细品咂，他还会叫徒弟念，如果漏掉了一行就拧徒弟的耳朵。所以他的活儿总是不能按时交货，不过手工很结实：你的脚都磨破了他的鞋子还不会破。

老头的徒弟就是他的十三岁、驼背的孙子，体质虚弱，而且有软骨病。母亲在十七岁时就离家跟一个品行不端的工人私奔了，后来那个工人变成了无赖，被抓去判了刑，至今下落不明。她被家里赶了出去，与儿子小爱麦虞限相依为命，并且独自抚养他长大。她性情乖张、忌妒成瘾，把对情夫的爱恨全部发泄到了孩子身上：溺爱他的同时又虐待他，而儿子一生病，她就像疯子一样着急。可如果碰到心情不好的时候，她连晚饭都不让他吃就让他睡觉。带儿子上街时，要是他累得倒在地下不想走了，她就会一脚把他给踢起来。她说话颠三倒四的，总是前言不搭后语，时而难过得痛哭流涕，时而又快活得像个疯子。孩子六岁时，她死了，祖父就接回了孩子。老人很宠爱他，但宠爱他的方式就是：为了教他手艺，对孩子很凶，从早到晚地咒骂他，还扯耳朵，打嘴巴，同时还灌输自己的那一套社会主义的和反宗教的理论给孩子。

爱麦虞限知道祖父的心并不坏，但他总是得时刻准备着举起胳膊来防巴掌。老人令他感到害怕，特别是在祖父酩酊大醉的晚上，

① 迦利弗是法国的一名将军，镇压巴黎公社的刽子手。

因为斐伊哀德[1]老头人如其名，每个月总是喝醉两三次，喝醉时会胡说八道，嘻嘻哈哈地做出很多怪样子，孩子也总是会顺带着被揍几下。其实揍的时候也是声势大，打得轻。但孩子总是提心吊胆的，因为体弱而更加敏感，性格有些早熟，从母亲那里继承了粗野和混乱的个性。而祖父粗暴的举动和革命言论也把他吓得够呛。如同小靴店被沉重的街车震动一样，外界的印象都会在他的心里产生回响。日常的刺激，儿时的痛苦，因早熟而体验到的悲惨经验，巴黎公社的故事，从夜校中听来的和报纸的副刊读来的零碎知识，工人集会中的演讲，以及家庭遗传的骚动不已、来势凶猛的性冲动，都像颤动的钟声一样在他狂乱的幻想中混杂在一起，形成了一个奇形怪状的梦幻世界，就像是黑夜池沼里闪出的一道道耀眼的希望之光。

鞋匠把徒弟带去奥兰丽的小酒店。奥里维也就是在那里留意到这个说话声音尖细的小驼子的。由于和工人们很少有共同语言，他就能有足够的时间去观察孩子病态的脸、突起的脑门、既强悍又怯懦的神色。孩子的脸会因为别人说的一句粗野的笑话而扭作一团。听到某些革命言论时，他柔和的栗色的眼睛又会闪现出对美好未来的憧憬，实际上，即便这一切都成为现实也不会使他那悲惨的命运有所改变。但那时他眼中的光芒使他原来丑陋的脸也不怎么难看了。美丽的贝德也留意到了这些，有一天她对他说了，还出乎他意料地亲了亲他的嘴。孩子被吓了一跳，脸色大变，极其厌恶地向后退避。贝德根本没有察觉，她早就和育西哀吵作一团了。只有奥里维留意到爱麦虞限的窘态，他目光紧紧盯着孩子，只见他缩到隐蔽处，颤抖着双手，低着头，目光下垂，在旁边用时而热烈时而恼怒的目光

① “斐伊哀德”一词，原义是一种酒桶的名称。

偷觑着贝德。他走过去很温柔很客气地跟他说话，很快就把他给驯服了……一颗备受轻蔑的心面对柔和的态度总是会感到很大的安慰，正如久旱逢甘霖。只需几句话、一个笑容，爱麦虞限就会对奥里维倾心相待，暗中视他为知己。之后当在街上碰到奥里维并发现他们住得很近时，他更觉得一切都是缘分使然。他总是会特意地等奥里维从店门经过，好跟他打招呼；如果奥里维一时走神，没有留意到他，爱麦虞限就会很不高兴。

一天，奥里维到斐伊哀德老头的店里去定制一双靴子，爱麦虞限非常高兴。为了见到奥里维，在靴子完工时他就趁奥里维在家亲自给他送去。当时奥里维正想着别的事，没有注意他，只是付了钱，没有说一句话；孩子似乎还在等着什么，东张西望的，浑身失落地准备出门了。奥里维明白了他的意思，虽然奥里维和平民说话总感觉别别扭扭的，但还是笑着跟他攀谈起来。而这一回他竟然很快就找到了简单而直接的词语。因为他也感受到过痛苦，所以他把孩子看作——当然是有些太简单了——和自己一样是受到生活残害的小鸟，把头埋在翅膀里面，在鸟架上蜷缩成一团，以幻想能在光明中自由翱翔而聊以自慰。孩子出于本能的信赖，自然就跟他走近了，感觉得到他静默的灵魂，不吵不闹，不说粗话，他自有一股吸引人的力量，使孩子只要跟他待在一起，街上的暴行就好像被完全隔离了。还有那一屋子的书，里面装满了几百年来精深奥妙的语言，使孩子不由得肃然起敬。他非常乐意回答奥里维的提问，但时不时还会露出一些骄傲粗野的本性，他不善于表达。奥里维小心翼翼地解析着这颗暧昧不清、颠三倒四的灵魂，发觉它对革新世界抱着幼稚而动人的信念。他明知道那信念只是个遥不可及的梦，也不可能改变人的本性，可并没有因此而嘲笑他。基督徒也做过不可能实现的梦，他们也没能改造人类。从伯里克理斯到法利爱先生[①]，人类在道德上的进步又表现在哪里呢？……但任何信仰都是美好的，气数将尽的信仰趋向暗淡的时候，就应当欢迎有新兴的信仰取而代之——信仰向来是不会嫌太多的。带着好奇和感动，奥里维仿佛看到在孩子的脑海中燃烧着的摇曳不定的微光。嗬，多么古怪的脑袋瓜啊！奥里维始终跟不上他思想的活动，他的推理总是不连贯的，只是不停地胡乱跳跃。别人跟他说话时，他的思想可能落在了后面：本来他还在对刚才说过的话浮想联翩，可突然他的思想又追了上来，一跃就超过了你，从一句极平凡的话、极平淡的思想上，又冒出一个奇幻的世界和英雄式荒唐的信条。这个混混沌沌但时常又会猛然惊醒的灵魂，幼稚而强烈地需要乐观主义观念的支撑，不管别人对他讲艺术或是科学，或者其他什么，为了配合他那不切实际的愿望，他总会自己加上一个戏剧式的完美结局。出于好奇心，奥里维每到星期日就会给孩子念几段书听。他觉得孩子可能会对亲切写实的故事感兴趣，就读托尔斯泰的《童年回忆》给他听。可小家伙并不感动，说道："嗯，是这样的啊，这些我都知道。"

他弄不明白为什么人家要费那么大的精力去写那些现实中已有的故事。

"他讲的只不过是个孩子而已，只是个孩子。"他又满不在乎地补上一句。

对历史他也没多大的兴趣，科学则让他生厌，觉得就像是神话

① 伯里克理斯是公元前五世纪时的希腊大政治家、雅典的独裁者，以贤明著称于史。法利爱是法国一九〇六至一九一三年间的总统。

书首页的一篇干巴巴的序言：人类利用种种无法捉摸的力替自己服务，这些力就像是那些被制服的可怕精灵。为何要来一番长篇大论的解释呢？只需把发现了什么说出来，根本用不着告诉别人是怎么发现的。分析思想是只有布尔乔亚才会有的奢侈。平民只需要结果，是现成的观念，无论好坏，特别是破坏性的，只要能促使人去实行，同时他还需要富有活力充满生机的现实。就爱麦虞限所知的文学作品中，雨果史诗般悲愤的言辞和那些革命演说家煽动人心的辞藻，是最令他感动的，虽然他并不太懂，其实就是演说家和雨果本人也并不一定能懂的。像对于他们一样，世界对于他，并不是由理性和事实综合而成的，而是一个无边无际的空间，有黑暗的影子，也有光明的闪现，黑暗中有被阳光照耀着的巨翼飞过。奥里维教他的布尔乔亚的逻辑毫无效果，他对这颗烦闷叛逆的灵魂毫无把握；这个灵魂在自己那个如梦如幻的世界里沉浮，就像一个动了真情的女人闭着眼睛任人摆布。

对这个孩子，奥里维的情感中混杂着亲切和不安。一方面，孩子的孤独、骄傲，对理想的追求与他那么贴近；另一方面，孩子精神的失衡，盲目而疯狂的欲望，完全善恶不分、掺杂着肉欲的野性又和他是那么截然不同。而奥里维还仅仅只是看到了这野性一部分而已。这个小朋友心中骚动着的情欲勃发的世界是他无法想象的。布尔乔亚的传统教育使得我们过于理智，而无法正视自己的内心。如果将一个老实人的非分之想，或者一位贞女关于肉欲的幻梦说出哪怕是百分之一，大家定会无比惊骇。好吧，我们得关上铁门，让那些妖魔鬼怪闭嘴。但不能否认它们的存在，它们在年轻混沌的心灵中蠢蠢欲动，准备随时破门而出。爱麦虞限心里有一切被大家公认的淫乱欲念；它们会出其不意地，如狂风般间歇性地在他的内心肆虐；又因为长相丑陋而备受冷落，他的那些欲望就愈发强烈。奥里维对所有这些一无所知，他在奥里维面前总会觉得很难为情。奥里维平和的气息感染了他，这样一种生活榜样的存在也会使他镇静下来。奥里维赢得了孩子真挚、热烈的爱。他那种种被压制的情欲都幻化成了繁杂的梦想：社会的幸福，人类的博爱，科学的奇迹，神奇的航行，幼稚而粗野的浪漫，整个是一个充满了丰功伟绩、蠢行、淫乐与牺牲的世界。而他痴狂的意志就是在那样的一个世界里摸爬滚打。

在祖父的小棚子干活的时候，老头儿一天到晚地吹口哨、唠叨、敲打。他根本没有安静的时间可以如此出神，不过片刻的机会总还是有的。那时候他就一个人可以站着瞪着眼睛，在一刹那间做完好几天的梦——体力的劳动和时断时续的思想活动是完全不冲突的。他不集中注意力就很难把握那些内容严谨冗长的思想；即便可以，也会漏掉许多重点。不过思想总是能够趁着动作的间隙溜进来，幻想就浮现了，肉体的律动如锅炉旁的风箱一般有助于它们出现。这便是平民的思想，犹如一堆忽明忽灭的烟火。但如果哪天有风吹过的话，这些星星之火可以把布尔乔亚充盈的仓库烧成灰烬。

奥里维举荐爱麦虞限去一家印刷厂当学徒。这是孩子盼望已久的。祖父也赞同：他非常乐意让孙子获得比自己更多的知识，而且对印刷厂里的油墨他也是心怀敬意的。虽然这一行的辛苦多过制靴的老手艺，但孩子觉得他的思想在工人们中间远比跟老祖父在一起时更自由。

最惬意的就是午餐时间了。成群结队的工人们占满了阶沿上的饭桌和本区里的小酒店；爱麦虞限却一瘸一拐地躲到不远处的广场上，紧挨着那座手执葡萄摆着跳舞姿势的牧神像，在一群麻雀中间慢慢地啃着面包和裹在油纸里的猪肉。喷泉把如细雾般的水珠喷洒在绿油油的草地上，几只宝蓝色的鸽子栖息在一棵洒满阳光的树上，张着圆圆的眼睛咕咕地叫着。四周是巴黎这种城市永无止歇的喧嚣声。隆隆的车轮声，潮水似的脚步声，街上小贩一成不变的叫卖声，从远处传来的修补搪瓷用具的工人轻快的芦笛声，修路工人锤子的敲打声，喷泉如音乐般有节奏的喷洒声……恍若置身于梦境。小驼子趴在凳子上，不知不觉地发呆以至忘记了咽下满嘴里的食物。此刻，他感觉到了一种朦朦胧胧的快乐并陶醉其间，从而忘却了内心的痛楚和自身的卑微。“明天就能照耀我们的温暖的日光啊，正义的太阳，不是已经大放光明了吗？一切都是那样的美好！人人富足，健康坚强，充满爱心……是的，我爱着，我爱别人，别人也爱我……啊！多么惬意！将来大家会多么幸福！”

孩子的幻想被工厂的汽笛声打破了，他咽下了嘴里的食物，喝了一大口近旁喷泉上的水，随后弓着背，一路蹒跚地走回到他的工作岗位上，面对着奇妙无比的字母——迟早会拼写出“一切都将称量过，计算过，分配过”之类的句子的字母[①]。

斐伊哀老头有个叫作德罗郁的老朋友，在对面开了一家文具店，同时兼卖杂货，橱窗里摆着装满各色糖果的玻璃缸和缺胳膊少腿未成形的纸娃娃。两个老人，一个站在门前的台阶上，一个在棚子里，隔着一条街挤眉弄眼，摇头晃脑地打着各种手势。有时鞋匠干活累了，累到像他自己所说的连臀部都不听使唤的时候，两个人就远远地相

① 见《旧约·但以理书》第五章。

互招呼——拉·斐伊哀德嗓音尖细，德罗郁的声音则像牛叫——一起到附近的小酒馆去喝一杯，一去就不会急于回来了。两人像关不上的话匣子，总是有说不完的话。他们俩差不多五十年前就认识了。文具店的老板在一八七一年那出戏[1]里也露过脸，可是谁又能想到呢？就外表而言他只是个头戴小黑帽，身穿着白色工衣身材臃肿的极普通的小老头，留着一簇老兵式的灰白胡须，空洞的双眼睛布满了红血丝，眼皮浮肿，松软下垂的腮帮上总是淌着亮晶晶的汗，拖着一双患风湿的腿，呼吸急促，说话有些结巴。但他一直坚守保持着当初的梦想，在瑞士流亡了几年，他遇到了来自世界各国的有着共同理想的人，尤其是俄国人，让他体会到了博爱的无政府主义之美。他和拉·斐伊哀德在这一点上意见相左，拉·斐伊哀德有着老派法国人的旧思想，认为自由是需要用武力去争取、用强制去执行的。除了这一点，两个人都坚信未来必有社会革命并最终实现一个劳工的理想国。两人各自推崇一个领袖，寄托自己的理想在他身上。德罗郁推崇育西哀，拉·斐伊哀德推崇高加。他们认为共同的思想早已无须再讲了，只是不休不止地争论着意见相互分歧的地方——酒过三巡，他们都差不多相信他们的共同思想已经成了现实——鞋匠是两人之中更好辩的。他是凭着理性才相信的，至少他自己是这么认为的。至于他的理性有何特别之处，只有天晓得！他的理性如一双特制的鞋，只能套上他自己的脚。虽然他对理性思维远不及对靴子内行，但他仍然敢说他理智的靴子可以套上任何人的脚。文具店老板稍懒些，他从来不花心思去证明他的信念，因为德罗郁对他的信念深信不疑，人只有面对疑惑的事时才需要证明。他一厢情愿看

① 指巴黎公社。

事情的那种乐观性格，使得他总是对跟他愿望不一致的事情视而不见或者根本就不放在心上。那些不愉快的经验会不留痕迹地在他皮肤上滑过。两个人都是想入非非的老小孩，特别不切实际，一听到革命这个词就会飘飘然，于他们而言革命就像是个可以编造的美丽故事，根本搞不清楚它到底能不能实现，或者是不是早就已经实现了。他们俩颠覆了千百年来膜拜基督的习俗，坚持信仰人类而不是信仰上帝。不消说他们自然都是反对教会的。

有趣的是文具店老板却是与一位笃信宗教的侄女生活在一起，她几乎支配了他所有的生活。这个女人是个矮胖的寡妇，深色头发，双目炯炯有神，说话急躁，还带着浓重的马赛口音，已过世的丈夫曾在商务部做秘书。她除了一个女儿之外什么都没有，叔父收留了她们母女俩，但她自命高贵，神情活像是一个失宠的王后，所以她这样的人在铺子里照看生意自然是太给老板面子了，能碰到她简直就是叔父的生意和主顾们的幸运了，好在她天性热情开朗，冲淡了她那些自以为是的傲慢。像她这种高贵的身份，自然是拥护保王党和教会的。亚历山特里太太非常露骨地表达自己的信仰，总是故意取笑她那不信教的叔父。她以主妇自居，觉得要为全家人的信仰负责；假如她不能改变叔父的信仰——她发誓她总会改变的——最起码要让这个老顽固接受圣水的洗礼。她把卢尔特的圣母像和巴杜的圣女安多纳像挂在了墙上，壁炉架上的玻璃罩内也供奉着彩色的神像，八月里又安放了一座小型的圣母寺在女儿的床头，还插了蓝色的小蜡烛。这种带着挑衅的虔诚，没有人能明白她到底是为了爱护叔父，希望他皈依正教呢，还是只想着惹他生气。

总是迷糊没有精神的老头儿处处迁就她的侄女，生怕惹起她好斗的脾气：口齿不伶俐的他根本不是她的对手，所以只求息事宁人。只有一次，他忍无可忍彻底发飙了，怒发冲冠，差点被气疯，因为在他房里床后的墙上竟然高高地悬挂着一个小小的圣·约瑟像。他侄女被吓得够呛，从此再也不敢胡来了。至于别的事，他都是视若无睹的。虽然那个老信女种种举动总会使他很尴尬，但他从不愿去多想。事实上他对侄女是充满敬佩的，觉得即使被她呼来喝去也很快乐。而且他们都会不约而同地宠爱小姑娘兰纳德。

十三岁的兰纳德总是生病。几个月前她又得了骨节痨，整天地躺在床上，半个身体都用夹板夹着，就像是困在月桂树里的达芙妮[①]。她的眼睛好像是一只受伤的小鹿的眼睛，毫无血色的皮肤就像是缺少光照的植物，细密的淡黄头发使原本很大的脑袋显得更大了；但脸很清秀，有着一个小巧而生动的鼻梁，表情丰富，笑得很甜。

这个孩子受母亲对宗教狂热的影响，由于生病无所事事，使得她的狂热更甚于母亲。她经常几小时几小时地念经，热烈地亲吻着被教皇祝福过的珊瑚念珠。她整天无事可做，因为母亲从来没教过她做针线活，所以她对此也毫无兴趣。她偶尔翻一翻那几本枯燥乏味的传道小册子和讲述传奇的故事书，对她来讲这些平淡而夸张的内容却极富诗意。毫无心计的母亲竟然会让她念周报上带着插图的犯罪新闻。她偶尔钩上几针毛线活，可也总是心不在焉的，嘴里念念有词的，像是在和什么圣女或仁慈的上帝交谈。本来嘛，上帝并不只访问圣女贞德，他的恩宠是会惠及每个人的。但当我们坐在家里哭诉时，那些天国的使者总是保持缄默。但兰纳德不会恼火的：他们不说话就是默认。而且她总是有如此多的话想说，也根本没时

① 神话载：水神达芙妮被阿波罗追求，求母亲地神将其变为月桂。

间让他们回答：她都替他们回答了。她是个沉默的倾诉者，虽然遗传了母亲的唠叨，在心里，她滔滔不绝说个不停，如一条小溪只把水流到地底下去了。无须说，她也参与了母亲使叔祖皈依正教的种种计谋。她非常乐意把主的光辉带到黑暗的家里来，她悄悄地在老人衣服的夹层内缝了圣牌，或者把一颗念珠偷偷塞进他的口袋，叔祖为了哄她开心，装作没看见——反教会的鞋匠老头儿对这两个信女所耍的花招，感到既又好气又好笑。他善用粗俗的话调侃这两个泼辣的女人，也常常取笑自己那个慑于雌威的朋友，让他听了无话可说。因为他自己也曾被一个坏脾气而且滴酒不沾的老婆管了二十年，经常被她骂作醉鬼而不敢作声，至今也没勇气提起这些事。因而文具店老板也不能理直气壮地为此辩护，只是结结巴巴地说上一套克鲁泡特金式的宽容的话。

兰纳德和爱麦虞限是从小一块儿长大的朋友，几乎天天见面，但因为亚历山特里太太不喜欢爱麦虞限，觉得他是无信仰的人的孙子，是下三烂的小坏蛋，所以他从来不敢去她家。兰纳德一天到晚躺在楼下临近街窗的一张长椅里，爱麦虞限经过时，就会轻轻地敲几下玻璃，鼻子贴在窗玻璃上，扮鬼脸和她打招呼。夏天窗子打开时，他就停下来，做着一个胳膊高高地靠在窗子护栏上的姿势，自以为这样的姿势很适合他，因为肩头高耸能隐藏他的残疾。其实兰纳德因为没有朋友，所以早就不在乎爱麦虞限是不是残疾了。而一向对女孩子心存恐惧和厌恶的爱麦虞限，对兰纳德却不是这样。这位行动不自由的姑娘对他而言是可望而不可即的，只有在被贝德亲吻后的那天晚上和第二天，他故意和兰纳德打招呼，似乎对她有了一种本能的厌恶，只是像一条野狗似的，低着头匆忙走过，但又有些不太放心，会远远地偷看一阵。可没过两天，他就又找她了。兰纳德其实不能算是个女人的！平日里下班时，身穿睡衣般工衣的身材高挑的钉书女工，总是嘻嘻哈哈地用饿狼似的眼睛瞪着你，好像一眼就能把你看到底。在她们中间爱麦虞限使劲把自己缩小，匆匆忙忙地逃向兰纳德的窗子。他女友的残疾令他高兴：因为在她面前，他就能摆出一副优越的、保护者的样子。他给她讲街上的新鲜事，而且还有意抬高自己。他高兴时，会带些小零食来讨她开心，冬天是烤栗子，夏天是樱桃，等等。而她也会从橱窗里的玻璃缸内掏各色的糖果给他，和他一同看自己的风景片。这时他们是最开心的：两人都忘却了幽禁他们心灵的残疾的身体。

有时他们也会像个大人似的为了政治和宗教争论，那时他们也像大人一样愚蠢。友好的气氛也就荡然无存了。她说着奇迹，九日祷告，赦罪日，镶着纸花边的圣像；而他则模仿祖父的口吻，说那都是胡编乱造的荒谬的东西。而当他讲到老人带他去参加的集会时，她也会不屑一顾地打断他，说那些人个个是酒鬼。两人谈话的气氛随之而紧张起来了，相互提到了家长：一个说出了祖父对她母亲不恭的话，一个则说出了母亲羞辱对方祖父的言辞。之后他们又说到自己，用很不中听的话相互攻击。显然这并不难，他说着最不堪入耳的话，而她同样也能找到最刻薄的话予以回击。于是他就悻悻地走了。后来再见时，他说他刚和别的漂亮女孩子在一起玩得很愉快，而且约好下星期日还会再见。她默不作声，假装毫不在意；可是一瞬间她就爆发了，将编织的钩针使劲摔向他的脑袋，让他滚，说她恨他，之后就用双手捂住了脸。他走了，心里没有一点胜利后的喜悦。他多想掰开她那双消瘦的小手，跟她说他在撒谎。但出于自尊，他硬撑着不去找她。

终于有一天，有人替兰纳德报了仇。他和工厂的同事们在一起，他们讨厌他，因为他不爱理人，不是沉默不语就是夸夸其谈：如同书上或报纸上的文章一样夸张、幼稚——他脑子里也被这一套塞满了——那天大家谈到革命和未来世界时，他异常兴奋，说了些很可笑的话。有一个同事恶意取笑他说：

“得了吧，你太丑了。未来的世界上是不存在驼子的。像你这样的家伙刚出生就得给淹死。”

那一刻他突然从兴奋的高峰跌落至谷底，狼狈不堪地闭上了嘴。别人都笑得前仰后合的。一下午他都牙关紧闭，一声不吭。傍晚收工回家，急切地想找个角落躲起来独自悲伤。奥里维路上碰见他，看他神色黯然不禁吓了一跳。

“啊，你心里很难受吗？怎么了？”

爱麦虞限不想说。奥里维很热心地追问，孩子还是不出声，牙齿直打战，仿佛要哭了。奥里维扶着他的胳膊，把他带回家。奥里维本能地厌恶疾病和丑恶，那是先天不能做慈善会修士的人难以避免的，但他隐藏了这种情绪。

“有人为难你了，是吗？”

“嗯。”

“那是怎么回事呢？”

这时孩子再也憋不住了。他跟奥里维说，同事们说他长得难看，说闹革命是他们的事，与他无关。

“和他们也无关，也和我们无关，”奥里维答道，“那不是一朝一夕的事情，我们都是为子孙后代干的。”

孩子听到革命需要那么久，难免有些失望。

“难道你不愿意为了和你一样成千成万的少年和众多的人的幸福而工作吗？”

爱麦虞限叹息一声：“如果自己也能尝到些幸福的滋味究竟是好的。”

“孩子，你不要不知足啊。你生活在世界上最美丽的城市，出生在最美妙的时代，你不笨而且眼力很好。想想看，这周围有多少事值得你去做，有多少人值得你去爱啊。”

他给他举了些例子。

孩子倾听着，摇了摇头：“这些都没错，可是我永远不能脱胎换骨！”

“会的，总有一天你会的。”

“可到那时，一切都结束了。”

“你怎么会知道一切都会结束呢？”

听了这话孩子呆住了。祖父信念中的一个部分就是唯物主义，他也认为只有神父才相信灵魂说，他知道奥里维不是这样的人，便暗中琢磨他说的是不是真的。可奥里维将他的手握在掌心，跟他讲了许多理想主义者的信念，讲到无穷的生命只是一个整体，无始也无终，亿万的生灵与瞬间都只是独一无二的太阳的光辉。但他并不用抽象的语言讲这些，而是顺着孩子的思路去讲：他想起了远古的传说和古老的宇宙观中实际而神秘的梦想。他半戏谑半认真地讲到万物的轮回与嬗变，灵魂在不可计数的形式中奔流、过滤，就像从这一口池子流到那一口池子的一股清泉。讲述时他插入一些基督教的传说和这个夏日黄昏的景观。他靠着敞开的窗户坐着，握着站在他旁边的孩子的手。礼拜六的晚钟声响起。刚归来的燕子贴着墙飞过，布满晚霞的远空对着没入黑暗的城市微笑。孩子聚精会神地听着他的大朋友对他讲述的神话。孩子的专注神情也感动了奥里维，他自己也情不自禁地沉醉在了自己的叙述当中。

人生总会有些具有决定意义的关键时刻，就像在大都市的夜里电灯突然亮了一样，漆黑的灵魂里永恒的烈焰也会被点燃。只要一个灵魂中蹦出一点火星，就能点燃那整个渴望着的灵魂。在这个春日的傍晚，奥里维平静的讲述，犹如在一个皱巴巴的灯笼里一样，在这个孩子被残疾的身体所禁锢的精神世界里，燃起了永不熄灭的火焰。

他对奥里维的那些理论根本不懂，似听非听。而那些在奥里维眼里只是美丽的寓言和传说的神话和梦想，在爱麦虞限心中却是有血有肉、活生生的现实。神话变幻成了有生命的东西，在他四周起舞。从房间里看到的窗外的一切，在街上穿梭的或穷或富的人，掠过墙头翻飞的燕子，背负重物的疲惫的马，湮没在黄昏里的房屋的砖石，落日时分的暗淡的天色……那一瞬间外面的整个世界印刻在他的心上，如同一个热吻。那只是如闪电般的一刹那，随即就消失不见了。他想到了兰纳德，就说："但是那些去做弥撒、相信上帝的人，根本就是些傻瓜！"

奥里维笑着答道："他们和我们一样有信仰。我们的信仰都是相同的。只是我们的信仰比他们的坚定罢了。他们得关上窗户，点燃灯火，才能获得光明。他们把上帝寄托在一个人的身上，我们的眼光则更好。不过我们爱的光明是一样的。"

孩子走在回家的路上，街上很黑，煤气灯还未点燃。奥里维的话依然在他脑海里回响。他猛然察觉，讥讽目光短浅的人和讥讽驼子是同样的残忍。眼睛很美的兰纳德又浮现在他的面前，想起那双眼睛曾经为他而流泪，就后悔得难过极了，便掉头走向文具店。窗子还半敞着，他轻轻地探头进去，轻轻地呼唤着：

“兰纳德……”

她没回答。

“兰纳德！请你原谅我。”

兰纳德在黑暗中回答道：“坏家伙，我恨你。”

“对不起。”他又说道。

沉默了一会儿，他就又忽然高兴起来，压低了声音，饱含不安和羞愧地说：

“告诉你，兰纳德，我也和你一样相信上帝了。”

“是真的吗？”

“是真的，不骗你。”

他本来是为了表达自己宽阔的胸襟才这么说的。但话一说完，他竟然真的有些相信了。

两人都不说话了，相互也看不见。外面是美妙的夏夜。驼背的孩子喃喃道：“人死了才好呢！”

他听到了兰纳德微微的喘息声，就说了声：“再见！”

兰纳德也温柔地回答道：“再见！”

他心情愉快地走了。兰纳德原谅他了，他很快乐。实际上这苦命的孩子还因兰纳德为他痛苦而偷偷地高兴。

奥里维又闭门不出了，不久克利斯朵夫也回家来了。事实上，他们俩根本就不是干社会革命的料。奥里维不能加入这些战士的行列。克利斯朵夫同样也不能。奥里维是由于自己是被压迫的弱者所以与他们疏远了，而克利斯朵夫则是以独立不羁的强者身份而不与他们为伍。然而不管他们是躲在船头还是船尾，都无法离开那艘运载着劳工队伍和整个社会的大船。自以为思想自由、意志坚定的克利斯朵夫，用一种掺杂着赞赏的关切态度，眼看着无产阶级团结起来了。他通过到骚动的平民中间待一段时间来让自己放松精神，离开之后也会觉得精神更饱满更愉快。他保持着跟高加交往，偶尔也还会去奥兰丽的店铺吃饭，在那儿他可以由着自己的性子，无所顾忌，任何奇怪的论调都不会吓到他；他还故意捣蛋，刺激人家越说越疯狂，越说越荒唐。在场的人竟也搞不明白克利斯朵夫到底是不是认真的，因为他自己也越说越起劲儿，最后早就忘了自己本是捣蛋的。艺术家会被大家的狂热所感染。有一次他突发灵感，在奥兰丽店铺的后屋里即兴创作了一首革命歌曲，马上让人背熟了，第二天就传唱到了各个工人团体，因此他遭到怀疑，引起了警察局的注意。消息灵通的玛奴斯有一个在警察局工作的年轻朋友，叫作爱克撒维·裴那，是位爱好文学而自称崇拜克利斯朵夫的人——因为第三共和国的奴才中间也被无政府思想与享乐主义所渗透——他对玛奴斯说："你们的克拉夫脱真是瞎掺和。他想充英雄。我们早就摸清了他的底细，可是上级非常愿意在这些革命者的阴谋中逮个外国人——特别是德国人——这是嫁祸革命党私通外国的惯用伎俩。如果这个傻瓜不识相点，我们就会来抓他了。那不是没事找事吗？你去跟他说一声。"

玛奴斯告诉了克利斯朵夫，奥里维劝他小心点。克利斯朵夫却毫不在乎。

"算了吧！"他回答，"谁都明白我不是个革命者。难道我就不可以玩一下吗？我不反感这些人，他们和我一样地劳动，和我一样有信仰。说实话，我们的信仰是不同的，不在同一个战壕里……

好吧，我不怕打架……那又怎样？我不能像你这样畏首畏尾。跟布尔乔亚相处令我呼吸困难。”

奥里维的肺活量不大。他和两个性情恬静的女朋友待在狭小的空间里，感觉得很惬意。那时亚诺太太为慈善事业四处奔走，赛西尔则集中所有精力抚养孩子，总是说只谈孩子，也只跟孩子逗乐交谈，叽叽喳喳地学小鸟叫，将孩子那种没有腔调的歌曲逐渐地变成人的语言。

虽然奥里维跟工人接触时间很短，却认识了两个人，都是和他一样的无党派人士。一个是叫葛冷的地毯匠，他完全是高兴了才去工作，完全凭着兴趣和热情，不过手艺精巧。他热爱这一行，生来就懂得鉴赏艺术品，还要通过观察、实践、参观博物馆等来提升这种修养。奥里维曾请他修过一件古式家具，活儿难度很大，他居然做得非常好，费了不少时间和精力，只收了奥里维一笔很公道的费用，因为他为自己能够完成这件活儿而感到高兴。奥里维对他很感兴趣，打探他的身世并询问他对于工人运动的意见。葛冷没有任何意见，他根本不把这问题当回事。他不是这个阶级的人，任何阶级的人都不是，他只是他。不太看书，所有知识的积累靠的都是感官，眼瞧手做，还有真正的巴黎平民生来就有的鉴别力，他过得很快活。在工人阶级的小布尔乔亚里，这样的人为数不少，那是法兰西最明智的种族之一：因为体力劳动和精神活动在他们身上是均衡的。

奥里维认识的另外一个人就更加古怪了。他叫乌德罗，是位邮差。他长相体面，个子高挑，目光清澈，留着淡黄色的胡须，神情爽朗，一看就知道是个乐天派。有一天他走进奥里维的屋子送一封挂号信。在奥里维签名的时候，绕着书房转了一圈，浏览了一下书籍。

“嘿！你收集了不少的古书啊……”接着又说，“我也收集关于普高尼[①]的史籍呢。”

“你老家是普高尼的吗？”

邮差笑着哼了一支普高尼的歌谣，回答道：“对啊，我家在阿凡龙。我的族谱有早到一二〇〇年的，还有……”

奥里维听了十分惊异，就想多了解些。乌德罗也非常乐意有机会说话。他确是普高尼最古老的世家之一，前辈中曾有人参加腓列伯·奥古斯德的十字军，还有一个当过亨利二世时的国务大臣。十七世纪的时候，家道衰落，在大革命时期就更是被平民的巨浪给席卷一空了。现在靠着邮差乌德罗诚实的劳动、强健的体魄和坚强的意志以及对家族的忠诚，这一家才又浮出了水面。他的业余爱好是搜集一些有关他的家族和故乡的家族谱系和乡土史料。休息日，他就到档案馆去抄录旧文件，有不懂之处，就去请教那些因送信而结识的考古学院学生或巴黎大学文科的学生。他并未因曾经显赫一时的家世而得意忘形，他边笑边说，从来不怨恨命运。他那种豁达开朗的健康的心态总是叫人很舒服。望着他，奥里维不禁联想到一代代的种族循环繁衍，在地面上气势宏大地流上几个世纪，又在地下悄无声息地存上几个世纪，然后又吸收了泥土的新力量而重新涌出地面。他觉得平民犹如一口广阔无垠的蓄水池，是过去河流的最终归宿，也是将来河流的发源之地——实际上还不就是名字不同的同一条河流吗？

他非常喜欢葛冷与乌德罗，但他们是不能和他待在一起很久的，因为找不到共同的话题。他在爱麦虞限身上倒是花费了不少精力，他差不多天天晚上过来。自从那次神秘的交流沟通之后，孩子在思

① 普高尼为法国地理名，包括东部各州，以产酒闻名。

想上发生了很大的转变。他狂热地读着书，总是会停下来发呆，似乎更笨了，话也更少了；奥里维几近努力也只能让他吞吞吐吐地说上几句，问他问题，他又会答非所问地乱说一气。奥里维很气馁，但竭力地掩饰，觉得自己看错了人，这孩子其实本来就是个傻瓜。他根本不知道这颗灵魂在暗中正在经历多么激烈和深刻的蜕变啊。他不是个高明的教育家，只会拿一把好种子在田间随意播撒，却不会锄草施肥。只要克利斯朵夫也在时，他就会惶恐不安，觉得让他看到自己有这样一个信徒很尴尬；而爱麦虞限在克利斯朵夫的面前也往往表现得更愚蠢，使奥里维更加羞愧难堪。那时，孩子会紧咬牙关，态度凶狠地一言不发。因为克利斯朵夫受奥里维喜爱，他恨克利斯朵夫，他绝不允许还有除了他以外的另一个人在自己老师心目中占有一席之地。克利斯朵夫和奥里维都没有想到这孩子心里有这样偏激的爱和忌妒。想当年，克利斯朵夫也是这样的。

只是在一个性格迥异的人身上，他看不出自己曾经的面目了。爱麦虞限身上有着很多病态的遗传因子，所以他的爱憎和内在天资的表现总是与众不同。

“五一”节快到了。

一些可怕的谣言在巴黎传播。劳工总会的一群鼓吹者极尽所能地推波助澜。他们的报纸吹嘘审判的日子就要来临，号召工人纠察队喊出“饿死他们！”的口号，那是最令布尔乔亚感到恐惧的。

他们威胁要进行总罢工。小心的巴黎人有的下乡了，有的担心会受封锁，忙于囤积粮食。克利斯朵夫碰到驾着汽车的加奈，车上拉着两只火腿和一袋番薯。他吓糊涂了，竟搞不明白自己到底是哪个党派的了：有时是老共和党，有时是保王党，有时是革命党。他的政治信仰如同一支失灵的罗盘针，时而从北指到南，时而又从南指到北。在大众面前，他依然会跟着朋友们大声吵嚷，心底里却准备拥戴任何一个独裁者来镇压赤色的幽灵。

克利斯朵夫对这种普遍的恐惧症嗤之以鼻，认为什么都不会发生。奥里维却没他那么安心。他出身布尔乔亚，而回想起曾经的大革命和现在这即将到来的革命，他总是有些胆战心惊。

“放心吧！”克利斯朵夫说，“你尽管安安稳稳地睡大觉吧。你想的这革命不会明天就出现的！你们怕革命，怕挨打……到处都是革命恐惧症：布尔乔亚，平民，整个的民族，整个西方的民族。大家的血都不多，就怕再流血。都四十年了也只不过是说说而已。看看你们的德莱弗斯案子吧！‘杀呀！杀呀！’的，你们还没有喊够吗？都是一群吹大炮的家伙！浪费了多少的口水和墨汁！可又流过几滴血呢？”

“不要那么肯定，”奥里维说道，“你明白为什么大家那么怕流血吗？因为我们的本能告诉我们，只要流了第一滴血，人类的兽性就会一发不可收拾，会马上撕掉文明人的面具，野兽的利爪就会伸出来。到那时，天晓得谁能把它给制服了！每个人对战争都会踌躇不决，可战争一旦爆发必将惨不忍睹……”

克利斯朵夫不置可否，说吹牛大王西拉诺和冒充英雄的尚德莱[1]会在这个年代受人追捧是不无道理的。

奥里维不同意。他明白，鼓吹暴动在法国是行动的前奏曲。但就五一节而言，他也和克利斯朵夫一样不相信会有什么革命行动了：时机过于外露，政府已经采取了预防措施。领导革命的领袖们定会

① 西拉诺与尚德莱均是洛斯当所作的戏剧中的人物。

把暴动推迟到另外一个更适合的时间。

四月下旬，奥里维感冒的老毛病又犯了，那是每年这个时候都要发作的，同时还会引起支气管炎。克利斯朵夫在他家照看了他两三天。这次病得不重，很快就好了。但退烧后，奥里维仍旧还要浑身无力地躺几天。他躺在床上，几小时一动不动，盯着伏在书桌上写东西的克利斯朵夫的后背发愣。

克利斯朵夫在那里全神贯注地工作。写得累了，便突然起身，走过去弹上一会儿琴，弹的倒不是他刚才写的曲子，而是信手拈来的。所以一个很奇怪的现象出现了：他所写的东西保持着他以前的一贯风格，然而此刻他弹出来的似乎是出自另外一个人之手——粗暴，狂乱，支离破碎，与他的其他作品中的那种严谨的逻辑有着明显的不同。这些未经思考的即兴之作，脱离了意识的监视，主要是来自感官而非思想，如同野兽的嘶吼，显出意识的狂乱，仿佛正在酝酿一场风暴。克利斯朵夫自身察觉不到，但奥里维聆听着，看着克利斯朵夫，隐隐地感到有些不安。在身体虚弱的时候，他的感官尤其敏锐，特别能洞察幽微，预知未来，窥见谁都不会察觉的事。

克利斯朵夫按下了最后一个音符，汗流浃背的，面部表情变得很可怕。他用惊惶不安的眼神看了看四周，与奥里维的目光相对时，笑了一下，就又走回到他的书桌旁。

“你弹的什么曲子呀，克利斯朵夫？”奥里维问道。

“什么都不是。我只是想把水搅浑，顺带捉些鱼。”

“你会不会写下来？”

“写什么？”

“你刚才弹的曲子啊。”

“我都已经不记得弹了些什么了。”

“那么你刚才又在想什么呢？”

“我也不知道。”克利斯朵夫边说边用手捂着脑门。

他接着写他的东西。屋子里又安静了。奥里维一直在观察克利斯朵夫。克利斯朵夫感觉到了，就转过身来，看到了奥里维那饱含温情的目光。

“你这个大懒虫！”他说笑道。

奥里维长叹一声。

“你怎么啦？”克利斯朵夫问。

“唉，克利斯朵夫，你心中还存着多少东西！现在眼看着你在我身边，紧靠着我，只是以后你给别人的那么多宝物，都不会再有我的份了……”

“难道你疯了吗？怎么回事？”

“你的未来会怎么样呢？还会经历怎样的危险和磨难呢？……我愿意和你同行……可是我都不知道自己以后的路会怎么走。我会傻乎乎在半路上搁浅的。”

“要说傻，你现在就是很傻。即便你想要赖在半路上，我是绝对不会让你那么做的。”

“你会忘了我的。”奥里维答道。

克利斯朵夫从椅子上站起来，到床边坐下，紧靠着奥里维，握住他冒着虚汗的手腕。他衬衣的领口敞着，能看到瘦骨嶙峋的胸膛，黯然的皮肤就像是一张被风张满而几欲破裂的帆。克利斯朵夫用粗壮的手指笨拙地帮他把衣领扣好。奥里维由他摆弄。

“亲爱的克利斯朵夫，”他神色温柔地说，“我这一生曾幸福过一阵子呢！”

“哎，你怎么会说这种话？你不是和我一样过得很好吗？”

“是啊。”

“那为什么还要说这些傻话呢？”

“对，我真是不应该呀，”奥里维不好意思地笑了，“可能这次感冒让我精神有点颓废吧。”

“要振作呀。哎嗨！起来吧。”

“现不不行，再让我歇一会吧。”

他依旧躺在床上瞎想。次日，他起床了，不过却只是换了个地方，坐在壁炉旁继续发呆。

那年四月的天气温暖湿润且多雾。一片片小小的绿叶在轻挪慢移的乳白色的雾霭中舒展，隐没在雾中的鸟儿连声迭唱，迎接着躲在云后的太阳。旧日时光翩跹而至：奥里维依稀看到小时候的自己，在大雾中跟着满眼泪水的母亲坐上了火车，离开了家乡。安多纳德一个人躲在车厢一个角落里的情景——她纤瘦美丽的侧影如秀丽的风景，浮现在他的眼前。美妙的诗句油然而生，音韵、节奏都已经备齐了。他本就坐在书桌旁，只消一伸手臂就能提起笔来，记下这个梦幻般的意境。可是他不愿意这么做。他疲乏无力，也清楚梦境一旦被凝固成文字，美好就会飘然而逝。那是不可更改的规律：他自己最美的境界是无法用语言表达的。他的心就像一个鲜花盛开的山谷，可惜谁都不能进入；而且一旦有人想要动手采，那些花就会凋落。最后就只有几朵勉强存活，就是几个短篇、几首诗，散发着丝丝凄清的残香。这种对艺术的无能为力早就成了奥里维的一个心病。怎么都无法抢救内心蕴含着的如此多的美好事物！如今，他认命了。不管别人看不看得到，心中的鲜花依然盛开，在无人采摘的田野反而更富诗意。在阳光下漫山遍野开着的鲜花不是更加悠然自得，无忧无虑吗？阳光很少有，但如若没有阳光，奥里维的幻景反而会更富有意境。那几天他编织了那么多悠远的、温柔的、奇异的故事！不知它们来自何方，就像夏日晴空的朵朵白云，在空气中飘浮、融化、消失，接着又有涌出了新的。他心里到处都是这种故事。有时天空万里无云，奥里维就在太阳下变得迷迷糊糊，等待着那些悄无声息的幻梦如小鸟般张开翅膀再次飞来。

晚上，小驼子来了。此时奥里维心里装满了故事，他微笑着拣一个讲给他听，不知不觉走神了。他经常这样出神地讲着，眼睛看着前方，孩子则在一旁静静地听着。讲到后来他竟然也会忘了孩子在身边……故事说到中间的时候，克利斯朵夫走进来听到了，感到非常美妙，非要奥里维再从头讲一遍。奥里维却并不乐意："我跟你一样，已经想不起讲过什么了。"

"不可能，"克利斯朵夫说，"你这个精明的法国人，对自己的所说所作，心里总是有数的。你是什么都不会忘的。"

"这就是我的悲哀啊。"

"因为你忘不了，我才要你重讲一次的。"

"太麻烦了。而且有什么意思呢？"

克利斯朵夫生气了。

"这样可不好，"他说，"那么你的思想对你又有何用呢？你把自己拥有的东西全都丢掉了。那将是永远无法弥补的损失啊。"

"不会损失什么的。"奥里维答道。

小驼子在听奥里维讲他梦境的时候，一直坐在那里一动不动，这时才回过神来，眼神迷蒙地转向窗外，阴沉着脸，气鼓鼓的，也不知他在想些什么。只是起身说了句：“明天一定是个好天气。”

克利斯朵夫听了对奥里维说：“我敢肯定他什么都没听进去。”

“明天是五月一日。”爱麦虞限补了一句，阴沉的脸上顿时有了光彩。

“这是他的梦境，”奥里维说，“喂，你明天来说给我听。”

“胡扯！”克利斯朵夫说。

次日，克利斯朵夫接奥里维去城里逛逛。奥里维虽已康复，但还是会异常困倦。他不想上街，心里总会有些害怕，他讨厌和群众混在一起。他的心灵和精神是勇敢的，但肉体却是虚弱的：怕吵闹、混乱和任何过激的行为。他深知自己生来就是个暴力的受害者，不能也不愿意自卫，就像不能忍受自己受罪一样不能忍受让别人受罪。多病的人总比别人更惧怕肉体的痛苦，因为对此有更深刻的体会，而他们的想象更是加强了它。奥里维对自己这种精神上不怕苦而肉体上却很懦弱的缺点深感羞愧，总想加以克服。但那天早上，他的确是不愿意去接触任何人，只想一整天都待在家里。克利斯朵夫责备他、讥笑他，说什么也要带他出去活动一下——他有十天时间没到街上透气了。奥里维只当听不见，克利斯朵夫只好说：“那好，我自己出去。我要去瞧瞧他们的五一节。如果我今晚没回来，你就当我是被捕了吧。”

他走了，奥里维在楼梯口追了上来。他不想克利斯朵夫一个人出门。

街上行人稀少。有几个女工的衣襟上别着一串铃兰。穿戴如节假日般整齐的工人们，很悠闲地逛着街。在街角靠近地铁站的地方，隐隐约约地可以看到成群的警察。卢森堡公园的大铁门已经关闭了。天气一直很暖和，雾弥漫着。已经好长时间没见到太阳了……两个朋友相互挽着手臂走在街上，他们很少说话，但心里充满着爱，偶尔说上一两句，唤起一些温馨的往事。走到区公所前，他们停下来看了看气压表：指针有升高的趋势。“我明天就能见到阳光了。”奥里维说。

那时他们靠近了赛西尔家，想进去看一看那孩子。

“算了，等回来时再说吧。”

过了塞纳河，人逐渐多起来。一副假期的打扮和神色的悠闲散步的人，带着孩子闲逛的人，也有些随便溜达的工人们。还有两三个人的纽孔上别着红蔷薇，神情却并无恶意：都是些假冒的革命分子。你能感觉到他们内心里是很乐观的，一点儿细小的幸福就可以令他们心满意足，比如说这假日的天气晴朗或者不是太坏，他们就相当感激了——感激谁呢？就有些说不出来了——他们面带微笑，不紧不慢地望着枝头的嫩芽，欣赏着女孩子们的衣着穿扮，不无得意地说：“唯有在巴黎才能看到衣着这么俊俏的孩子……”

克利斯朵夫嘲笑那个先前大造声势的示威运动，好样的！他同情他们的同时又有些瞧不起他们。

他们俩越往前走，人就越来越多。只看见一个个鬼鬼祟祟、形迹可疑、脸色苍白的人，混在人群里伺机而动。水已经搅浑了，每前进一步，水就会更浑浊。犹如自河底冒上来的气泡，有些声音在此起彼伏的相互呼应：口哨声，无赖的喊叫声，在吵闹的人群中响起，让人感受到正在积聚的水势。街的另一头，紧临奥兰丽饭店的地方，声音特别洪大，就像水闸一样。警察和士兵挡住了去路。大家不得不在那儿挤成一团，吵嚷着，吹着口哨，又是唱，又是哄笑……那是群众的笑声，他们以此来发泄那些无法用言语来表达的种种暧昧情绪。

这些群众并无恶意。他们并不清楚自己想做些什么。在此之前，他们只是在玩闹：焦躁、粗野，可仍旧毫无恶意；只感到相互拥挤，骂骂警察，或者彼此吆喝两声，都挺好玩的。但他们逐渐地烦躁起来，站在后面的人由于看不到前面的形势而不耐烦，又因为躲在如同肉屏风般的人群后面危险性很小就表现得格外强烈。站在前面的人无法进退，闷得发慌，对越来越无法忍受的局面感到无比气愤；而挤压着他们的人潮的力量，使得他们自身的力量得到了百倍的增加。大家越挤越紧，如同一群牲口，感到整个群体的热气都涌到了自己身上，每一个个人组成了一个整体，而每一个个人又都等于是整体，就像巨人勃里阿莱[①]一般。千首怪物的胸中不时涌动着热血的怒潮，他目光凶狠，声音中充满着杀气。隐藏在第三四排的人开始扔石子。好多人在临街的窗口观望着，就像是在看戏；他们时而挑逗群众情绪，时而又急躁地期待着军队开火。

克利斯朵夫手脚并用，楔子一般地硬插入这个密集的人群。奥里维跟着他。人墙稍稍露出了一丝隙缝，让他们挤过去，然后又合拢了。克利斯朵夫无比兴奋，全然忘记了五分钟以前自己还说过民众不会暴动。无论他跟法国的群众以及他们的要求是如何毫无干系，一被卷入这股潮水，他便立刻被他们所融化；不论群众要求什么，他只是附和；不管他们要往哪儿去，他只是跟向前，去呼吸这股疯狂的气息……

① 勃里阿莱是神话中的巨人，有五十个头与一百条手臂。

奥里维被克利斯朵夫拖着紧跟在后面，一点也不兴奋，一直都保持着清醒的头脑，对于那股包围着他的同胞的狂热，比起克利斯朵夫来他表现得不知要冷淡多少倍。因病后体虚，他和人生似乎更加疏远了……又因为神志清醒，毫无羁绊，所以任何的细枝末节都能异常清楚地印入他的脑海。他饶有兴致地看着他前面一个姑娘的背影，有着黄澄澄的脖子和细腻苍白的皮肤。同时，拥挤的人群里散发出来的气息令他感到恶心。

“克利斯朵夫！”他哀求似的喊了一声。

克利斯朵夫没有理他。

“克利斯朵夫！”

“怎么啦？”

“我们回去吧。”

“你害怕了吗？”克利斯朵夫问。

他继续往前走。奥里维只好苦笑着紧跟在他的后面。

在和他们相隔几排的前面的危险地带内（无法前进的群众挤在那儿仿佛一道栏杆），奥里维看见他的小驼子爬上了一个卖报亭的顶盖上。他用双手撑着，非常别扭地蹲在上面，微笑着向士兵防线那边眺望，还不时回头得意扬扬地望着群众。他看到了奥里维，兴奋不已地看了他一眼，随后就又望向广场那边，睁大着眼睛看着，仿佛在等着什么……等什么呢？等将要发生的事情……而且并不只是他，周围那么多的人都在等着！奥里维看了看克利斯朵夫，发现他也在等着……

奥里维向孩子喊了几声，要他下来。爱麦虞限假装听不见，不再往他这儿看了。他也看见了克利斯朵夫。他很得意能在骚乱中出现，一半是向奥里维显示自己的勇敢，一半是想让他担心自己，以此来惩罚他和克利斯朵夫在一起。

奥里维在人群中也碰上了另外几个朋友。黄胡子高加只等着冲突爆发，并用行家的眼光估量着冲突何时会爆发。更远处，美丽的贝德和旁边的人吵吵嚷嚷地说着难听的话。她竟然挤到了最前排，扯着嗓子辱骂警察。高加挤到克利斯朵夫身边。克利斯朵夫看到他，忍不住又露出了讥讽人的脾气了："我早就说过，对吗？什么事都不会发生的。"

"等着看吧！"高加说，"别在这儿待太久。随时会有事的。"

"胡说！"克利斯朵夫回答。

这时骑兵被众人砸石子砸上火了，走过来想疏通去广场的入口，中间的队伍领先，放马奔来。秩序顿时乱了。像《福音书》上所写的，头成了尾。最前一排成了最后排。可他们很不情愿这样窘迫，边逃边辱骂追兵，还没开火就喊他们"凶手"！贝德如一条鳗鱼一样喊叫着直往人群里溜。她挤到了朋友们身旁，藏在高加高大的身躯后直喘气，紧靠着克利斯朵夫，拧了一下他的胳膊，出于恐惧或者别的原因，向奥里维抛了一个媚眼，又嘶吼着向敌人们晃着拳头。高加拉着克利斯朵夫的胳膊，说："我们走吧，去奥兰丽的铺子。"

没走几步路他们就到了。贝德和格拉伊沃两个人早就已经到了。

克利斯朵夫走进去，奥里维紧跟在后面。这是条中间高、两头低的街，站在小饭店前五六级高的台阶上就能望到街心。奥里维钻出了人群，呼了一口气。气味难闻的酒店和那些疯子的喊叫会使他感觉恶心，就和克利斯朵夫说："我回家了。"

"好，我一小时后去找你。"

“不要再上街去了，克利斯朵夫！”

“胆小鬼！”克利斯朵夫笑着回答。

说完他就走进了酒店。

奥里维就要走到铺子转角的拐弯处了，再稍走几步就能拐进另一条小巷，远离那骚乱的场面了。然而他的脑中忽然出现了那位小朋友的形象，就反身回头用目光搜寻着，正看到爱麦虞限从报亭顶那个他的远望台上滑下来，逃奔的群众在他身上踩踏，警察又从后面追了上来。奥里维毫不犹豫，飞快地跳下台阶去救援。一个筑路的小工看到情势危急：大兵们拔出了腰刀，奥里维伸手想拉起孩子来，却被潮水般的警察把两人一起撞倒了。小工惊呼了一声，也冲了上去。他的伙伴们也跟着飞奔过来。站在酒店门口和已经进了酒店的人，听见了呼救声都争相地拥了过去。双方人马如狗似的扭打在一起。站在高处台阶上的女人们尖声惊叫着。出身贵族的奥里维，这个比任何人都厌恶斗争的小布尔乔亚，竟成了按动斗争按钮的人……

克利斯朵夫在工人们的带动下，也加入了混战，可并不清楚谁是发动者。他万万没料到奥里维也有份。他以为他早就离开，脱离了危险的境地。当时根本无法看到战斗的全貌。谁都分不清自己是在被谁攻击。奥里维在旋涡中消失了，如同船只般沉没到了水底……不知道从哪儿飞来一拳，打在了他的左胸上，他随即倒下，被骚乱的人群踏在脚下。克利斯朵夫被一股逆向的人群挤到了场地的另一边。他心里毫无仇恨，只是无比兴奋地跟着大家推来搡去，如同是在乡村赶集。他根本没想事情有多么严重，当被一个魁梧的警察扭住手腕，拦腰抱住时，他还打趣说：“要来支华尔兹吗，小姐？”

这时另外一个警察又从后面抱住了他，他这才像野猪一样精神抖擞，抡着拳头朝两人身上乱打一气，他怎么可能束手就擒呢？在他后面的敌人滚到了地下。另一个恼羞成怒，拔刀向他刺去。克利斯朵夫眼看着刀尖离自己的胸膛仅有两寸远，立刻闪身躲过，抓住了敌人的手腕，想夺下他的武器。他开始变得迷糊，打到这里，他一直把事情当成是游戏……只是那时他根本没有时间思考，只是跟敌人扭打在一起，相互抽着嘴巴。对方目露凶光，而他也起了杀心。眼看自己就要像绵羊似的被宰割，他就乘敌人不注意把敌人的手腕跟刀一起扭转方向，对着敌人自己的胸膛扎了进去，他感觉到自己的杀念，就真的杀了人。他眼神慌乱，在他眼里什么东西都扭曲变形了，如痴如狂地大声喊叫起来。

他的喊叫声引发了令人难以置信的效果。群众闻到了血腥味。

刹那间，他们面目狰狞如同猎犬。枪声四起，有许多窗口竖起了红旗。曾经有过巴黎革命历史的人们深受先辈遗传，使他们马上就筑起了工事。铺在街上的砖瓦石块被撬掉了，街灯的柱子被折断了，树木也被砍断了，一辆公车也被掀翻了。几个月前为铺设地铁而掘开的壕沟被当作了战壕。圈大树的铁栏被截成了好几段当作了弹丸。装在口袋里和藏在屋子里的武器都被拿出来了。没用一小时，局势已向暴动转化，全区都在备战。克利斯朵夫变成了让人难以辨认的模样，站上阻碍物堆高声地唱着他所做的革命歌曲，四周有几十个声音在跟着唱。

有人把已经不省人事的奥里维抬到了奥兰丽的酒店。大家把他抬到铺面里间的一张床上。那个驼子沮丧地蹲在床脚边。贝德起初被吓了一跳，远远看着还以为是格拉伊沃受伤了，等到走近看到是奥里维，不由得松了一口气，失声喊道："还好！我以为是雷沃博呢……"

随后她生了恻隐之心，轻拥了奥里维一下，把他的头轻轻放在枕上。奥兰丽一如既往的镇静，把他的衣服解开，简单地包扎了伤口。恰巧犹太医生玛奴斯·埃曼和总是与他形影不离的加奈也在那里。他们和克利斯朵夫一样是怀着好奇心来看示威运动的，却亲眼看到了这场混战，眼看着奥里维倒下去了。加奈悲恸欲绝，想着：

“我为什么要来这里呢？”

玛奴斯察看了奥里维的伤势，很快就诊断没希望了。尽管很喜欢奥里维，但面对无可挽回的事他不会不知所措，于是他便不再多想奥里维而开始担心克利斯朵夫了。他向来佩服克利斯朵夫，视他为病理的典型。他清楚他有关革命的思想，不想克利斯朵夫为那些与己无关的事情去冒毫无意义的风险。肆意妄为被打破了脑袋事小，一旦克利斯朵夫被警方抓去了，牢狱之灾是必不可少的了。早以前就有人警告过他，当地警方一直在暗中监视克利斯朵夫，以后他不仅要对自己做的事负责，而且别人的事也都会嫁祸到他的身上。玛奴斯刚才遇到爱克撒维·裴那为了好奇和公务在人群里转悠，他朝玛奴斯挥挥手，说：“你们的克拉夫脱真是瞎闹，竟然爬到阻击物上大出风头！这一次我们无论如何都不会放过他了。真该死！你叫他赶快逃命去吧。”

说起来容易，做起来难啊。如果克利斯朵夫得知奥里维的死讯，他会像疯子一样地到处杀人，直到送掉自己的性命。玛奴斯对裴那说：“如果他不马上离开，一定没命了。我这就去把他带走。”

“你有什么办法呢？”

“加奈的汽车就停在拐弯处。”

“啊，对不起了，对不起了……”加奈气喘吁吁地说道。

“你载他到拉洛什，”玛奴斯打断了他，“还赶得上去蓬塔利埃的快车。你把他送上去瑞士的火车。”

“他不会同意的。”

“会的。我可以对他说，耶南要跟他在瑞士碰头，或者说他去了那里了。”

玛奴斯顾不上加奈的反对，径自到阻碍物堆上找克利斯朵夫去了。他胆子很小，但听到枪响就会把腰板挺直些，表示不害怕，他边走边数着地面的石块——看看是偶数还是奇数，以此占卜自己会不会送命。但他仍然毫不退缩，直直地朝阻碍物堆走去。他走到那儿时，克利斯朵夫正趴在一个底朝天翻倒的卡车的车轮上，拿手枪指着天空做出放枪的样子寻开心呢。阻碍物堆的周围是一大群巴黎的流氓，像大雨后阴沟里翻流出来的污水。你根本分不出他们中谁是最早的一批战士了。玛奴斯大声呼喊着背对着他的克利斯朵夫。克利斯朵夫根本听不见。玛奴斯爬上去拉他的衣襟，差点被他推倒在地。玛奴斯直了直腰身，又叫嚷着：“耶南……”

下半句被吵嚷声吞没了。克利斯朵夫忽然不作声了，把手枪扔到了地下，从车轮上跳了下来，跑到玛奴斯面前。玛奴斯拉着他就走。

“你必须赶快离开。”

“奥里维呢？”

“必须马上离开这里。”玛奴斯又重复了一遍。

“为什么？”

“不到一个小时，军队就会攻下这里。你今晚就得被捕。”

“我又没做什么！”

“看看你的手吧，别傻了！你做的事明摆着的，赖不掉，他们肯定不会放过你的，所有人都认出你了。快些，一分钟都不能再耽搁了。”

“奥里维去哪儿？”

“回他家了。”

“那我去找他。”

“千万不要，警察正在门口等着你呢。他要我来通知你，你快跑吧。”

“你要我去哪儿呢？”

“到瑞士去。加奈用车送你。”

“那奥里维呢？”

“我们不能耽搁了……”

“没见到他我是不会走的。”

“你在那里会见到他的，他明天搭头班车去瑞士找你。赶快！其他的事过后再说吧。”

他拉着克利斯朵夫就跑。克利斯朵夫已被吵闹声和刚才那疯狂的举动搞得晕晕乎乎，既不明白自己在做什么，也不明白人家要他做什么，就任由玛奴斯拉着他跑了。玛奴斯挽着克利斯朵夫，拉着加奈，把他俩塞进了汽车。加奈很不乐意接受别人分配给他的事，也不想克利斯朵夫被抓走，但他还是希望救克利斯朵夫的是别人，而不是他。玛奴斯太了解加奈的性格了，因为怕他胆小误事，所以玛奴斯突然改变了主意，在汽车已经发动，正要跟他们道别时，自己也跳上了汽车。

奥里维一直昏迷不醒，只有奥兰丽和爱麦虞限两个人待在身边。房间里空气不流通，没有阳光，异常悲凉。天渐渐黑了下来，奥里维从深渊之中浮起的那一刻，手触到了爱麦虞限的嘴唇和泪珠，他勉强地挤出笑容，用尽力气将手放在了孩子的头上。啊，他的手是多么的沉重啊！他又毫无知觉了……

在弥留者的枕头上，奥兰丽放了一小束铃兰。院子里一个未关紧的水龙头的水流进桶里，发出滴滴答答的声音，所有的形象在灵魂深处晃动了片刻，仿佛一簇即将熄灭的火光……外省的一栋房子，墙上爬满了紫藤，一个花园中，一个小男孩在玩耍：他仰面躺在草坪上，一束喷泉的水柱涓涓地流入石砌的小池子里。一个女孩子微笑着……

第二部

他们出了巴黎，穿过了浓雾缭绕的广袤平原。十年前，克利斯朵夫也是在这样的一个傍晚来到了巴黎。那时他已经开始了逃亡生涯。只是那时他所爱的朋友尚在人世，而克利斯朵夫也是在冥冥中投奔了朋友……

一开始，由于混战中所受的刺激，克利斯朵夫异常兴奋，他亮着嗓门讲了很多话，胡乱地讲着他的所见所闻以及自己做过的一些事，为自己的英勇而备感自豪。玛奴斯和加奈也在互相交谈，以使他分神。过了一会，克利斯朵夫狂热的激情渐渐消退便默不作声了，只有两位同伴还在继续谈论着。下午的事让他有点糊里糊涂，不过他毫不后悔。他回想起那些逃离德国的日子。逃亡，逃亡，总是在逃亡……他笑了。或许他命中注定就该逃亡吧。离开巴黎他并不难过：世界如此之大，不论到哪儿都是一样的人。只要有朋友相伴，到哪里都无所谓。他想着第二天早上就能见到奥里维了……

他们抵达拉洛什。直到火车要开了，玛奴斯和加奈才和他道别。

克利斯朵夫不停地问他们该在哪里下车，住哪个旅馆，到哪个邮局取信件。他们愁容满面地和他作别。克利斯朵夫却兴高采烈地握着他们的手说："可以啦，别那么不开心。我们会再见的！这也不算个什么事。我们明天就给你们写信。"

火车出发了，他俩目送着他远去了。

"可怜的人！"玛奴斯叹了口气。

他们上了汽车，谁也不说话。过了一会儿，加奈说："我觉得我们这次是犯罪了。"

玛奴斯先是没吭声，后来才说道："嘿！死了的已经死了，该救活的。"

天色渐暗，克利斯朵夫紧张的心情也逐渐恢复平静。躲在车厢的角落，他呆坐着发愣，大脑已然清醒，但浑身发冷。他看看手，上面有血，不是自己的，感到非常恶心，不禁打了个寒战。搏杀的场面再次浮现在眼前，他这才想起自己杀了人，可却不知道为什么杀的。他在脑子里重新温习了打斗的过程，只是这一次看的角度不同了，搞不明白自己是怎么参与其中的。他又从头到尾地回想了下当天发生的事：他和奥里维一起离开了家，穿过了几条街，一直到他被卷进了旋涡。至此，他思想的线索断了，整个人都糊涂了，他怎么会和那群和他信仰迥异的人一起吵嚷、打斗呢？那是他们的要求，不是他的。那时他像是变成了另一个人了！他的意识、意志，都消失不见了。这使他感到惊讶和愧疚：难道他做这些都是不由自主的吗？那么谁主宰了他呢？现在他的身体在黑夜里跟着快车跑，而他的精神也在同样阴沉的暗夜里飞驰，那股难以名状的力量也同样令人头晕目眩……他想尽力地稳定神志，结果也只是换了个劳神的主题而已。离目的地越近，他就越想念奥里维，他心中莫名地升起了一股强烈的不安情绪。

快到站时，他望车门外搜寻着，想看看能不能在月台上找到那张熟悉而亲切的脸。下了车，还向四周张望着。有一两回，他眼有些花，就像是……噢，不，不是“他”。他赶到了约定的旅馆，奥里维也不在。这自然也没什么好奇怪的：奥里维怎能比他早到呢？

然而克利斯朵夫从此时起就开始了焦急的等待。

一大早，克利斯朵夫上楼到自己房间转了一圈，又下楼吃了饭，装作若无其事的样子在街上溜达，他看看湖上的美景，瞅瞅铺子里的摆设，和饭店里的姑娘们说笑着，还不时地翻看画报……真没意思。时间怎么就过得这么慢呢。到了晚上七点，克利斯朵夫不知该干些什么，就提前吃了晚饭，一点胃口也没有，就又上楼回屋里去了，叮嘱看门人只要朋友来了就马上把他带到屋子里来。他背对着门坐在桌前，无所事事：没有任何的行李和书，只有刚买的一份报纸。他心不在焉将就着翻看，耳朵总是听着走廊里的脚步声。

整整一天等人的疲倦加上彻夜未眠，他的神经敏感到了极点。

突然，他听到房门开了。在一种难以言说的情感的支配下，他没有马上回头。他感到有一只手搭在了他的肩上，就扭转身体，看到奥里维正冲着他微笑。他一点也不奇怪，只是说：“啊！你可算是来了！”

刹那间，幻觉消失了……

克利斯朵夫猛然起身，把桌子推开，椅子也被他掀翻在地。他愣了片刻，感到毛骨悚然，脸色就像死人，牙齿很响得打着战……

从那时起——虽然他什么都不知道，他也一再对自己说着“我又没得到任何消息”——他其实已经预感到了一切，他知道了即将发生的事情。

他没有办法再在屋子里待着了，在街上走了一小时。回到旅馆，看门人在过道里给了他一封信。啊，他早料到会有信的。他颤抖着双手接过信来，飞奔上楼，拆开信，一看到奥里维的死讯就晕了过去。

玛奴斯写的信，信上说昨天瞒着他催他离开，都是奥里维的想法，奥里维希望他的朋友赶快逃走；信上还说克利斯朵夫待在那里除了送命没有任何用处；但为了悼念他死去的朋友，为了其他友人，为了他自己的荣耀，克利斯朵夫应该活下去……奥兰丽用颤抖的手也附了两三行大字，告诉他，她会料理那个可怜的先生的后事……

一苏醒过来，克利斯朵夫愤怒到了极点，心里只想着要杀死玛奴斯，马上奔向车站。旅馆的过道里一个人也没有，街上极其冷清；黑夜里零星几个晚归的行人也没留意到这个眼睛冒火、直喘粗气的家伙。他像一条只有一个咬人念头的恶狗：“宰了玛奴斯！宰了！”他要马上回巴黎。一小时前夜快车就已发车了，最早也得等到第二天早上。那不可以！他任意搭了下一班开往巴黎方向的火车。那是一辆在每个站都要停的慢车。克利斯朵夫一个人在车厢里喊着：“不可能！绝对不可能！”

火车到达的终点是法国境内的第二站。克利斯朵夫怒气冲冲下了车，跟睡眼惺忪的工作人员询问另外的车，根本没人理他。只是无论如何，他都太迟了。为奥里维是太迟了。甚至他还没找到玛奴斯，就已经被捕了。那该如何是好啊？要怎么样呢？继续往前吗？还是往回返？有用吗？又有什么用啊？他想向一个从他身旁经过的宪兵自首。但他被潜意识的求生的本能给拦住了，要他回瑞士去。两三个小时之内，没有开往任何方向去的火车。克利斯朵夫待在候车室里，可又待不住，就走出了车站，在黑漆漆的夜里，他随便找了一条路就往前闯。不久他就走到了一片荒野，走进了草地：前面出现了一些稀稀拉拉的小柏树，表明正在向森林靠近。他进了林子，没走几步就趴在地上直嚷嚷："啊，奥里维！"

他横卧在路上放声大哭。

过了好长时间，远处传来了一声长长的火车汽笛声，他爬起身，想返回车站，可却走了岔路，整整走了一夜。好啊，反正到哪儿都一样，只要不停地走能使自己不思考，只要能走到不会再思考，直走到死！啊，如果真能死了就好了！

天快亮的时候，他走到了一个已经远离边境的法国村庄。整个晚上他都是朝着法国的方向走的。他在一家乡村饭店大吃一顿后，又继续前进。白天的时候，他倒在了一片草原上昏睡直到傍晚。醒来时天又黑了。他的怒气消了，只感到无法忍受的痛苦，不能呼吸，强撑着总算到了一个农家，请求主人给他一块面包并留宿。农夫打量了他一番，给他切了一块面包，把他带到牛棚，反锁了门。

克利斯朵夫躺在草垫上，在气味难闻的母牛旁边吞咽着面包。他不停地流泪，被饥饿和痛苦所折磨。幸好睡眠使他暂时解脱了几小时。第二天早上，他被开门的声音惊醒了，可他却还是躺着，没有动弹，他真的不想再活过来了。农夫站在他面前，对着手里的报纸又细细地打量了他一番。之后农夫走上前，把那报纸交给克利斯朵夫看，他的照片赫然地刊登在上面。

"是的，那就是我，"克利斯朵夫说，"你去告发我吧。"

"起来。"

克利斯朵夫站起身，农夫做了个让他跟着走的手势。他们绕到牛棚后面，顺着一条穿越果林的弯弯曲曲的小路，来到一座十字架下面，农夫指着一条路对克利斯朵夫说："那边就是边境。"

克利斯朵夫稀里糊涂地上了路。他不清楚自己为何会往前走；他身心俱疲，每一刻都想停下来，但他感到只要自己倒下去了，就再也不会爬起来了。就这样又走了一天。身无分文，连面包都不能买了。而且他尽量绕着村子走。出于一种非理智可控的奇异心理，这个一心求死的人竟害怕被人抓走；他的躯体如同一头被围捕的野兽，拼命地奔逃。肉体的痛楚，疲惫，饥饿，濒临死亡的生命隐约感到的恐惧，一时竟减轻了他精神上的绝望。他只求能有个让他喘息的地方，能静下来细细品尝自己心灵的悲痛。

他越过边境，远远便望到一个钟楼高耸、烟囱林立的城市，绵绵不绝的烟如同黑色的河流，在雨中，在灰暗的天空里朝着同一个方向飘去。他猛然想起有个叫哀列克·勃罗姆、当医生的同乡住在这里，在去年他小有名气之后，这位同乡还给他还发过祝贺信。无论勃罗姆如何平凡，也无论他们之间的关系是如何疏远，克利斯朵夫如同受伤的野兽，拼着最后一丝力气去投靠他，感觉要倒下也得倒在一个多少有些熟识的人的家里啊。

烟雨迷蒙中，他来到了一个以红色和灰色为主基调的小城。

他什么都看不见，只是在城里乱闯，问路了却没走对，就重新再找。他精疲力竭，凭着最后的一点儿毅力，走进了一条陡峭的小巷子，爬上了通往一座小山岗的石梯，一所阴森森的教堂耸立在山岗上，周围都是民房。一共爬了六十级红砖砌的台阶，每三级或六级就会有一个窄窄的平台，大小刚够住户开个大门。每到一个平台，踉踉跄跄的克利斯朵夫都得歇息片刻。教堂的塔顶上盘旋着成群的乌鸦。

在一所屋子的门上，他终于看到了他要寻找的名字，就抬手敲起门来。巷子里漆黑一片。他极度困倦，合上了眼。心里也是一片漆黑……几个世纪过去了……

窄小的门打开了一半，一个女人出现了。因为背光无法看到她的脸，因为外边暗，里边亮，能很清晰地看到她的身段。在她背后有一条通往洒满斜阳的小花园的长廊。她身材高大，一声不吭直直地站着，等他开口。他无法看到她的眼睛，却能感觉到她的目光。

他艰难地从喉咙里吐出了自己的姓名，请求拜见哀列克·勃罗姆医生。他饥寒交迫，疲惫不堪。那女人没说话，只是转身回去了，克利斯朵夫紧跟着她进了一间窗户紧闭的房间，在黑洞里撞了她一下，肚子和大腿撞到了那个悄无声息的身体。她走出去，顺手带上了门，让他一个人待在黑暗的房子里。他将身体倚着墙，前额顶着光滑的护壁，纹丝不动，就怕碰到什么东西；耳朵嗡嗡作响，只感到天旋地转。

楼上传来椅子的挪动声、惊叫声和砰的一下关门声。接着便听到了从楼梯上走下来的沉重的脚步声。

"他在哪儿？"一个熟悉的声音问。

门开了。

"怎么回事！让客人待在黑屋子里！真该死！阿娜，还不快拿盏灯来！"

克利斯朵夫极度虚弱，狼狈不堪，听到这个诚挚的吵嚷声，他那饱经磨难的身心顿时备感安慰。主人伸出了手，他抓住了。灯也拿来了。两个人彼此打量着。身材矮小的勃罗姆赤红的脸上黑胡须又硬又乱，眼镜后面一双和善的眼睛微笑着，宽阔的脑门向前鼓起，因布满了皱纹而起显得起伏不平、毫无生机，头发顺着中间分出的延伸到脑后的头路紧贴着脑壳分成了两半，显得很整齐。他相貌丑陋，而克利斯朵夫看着他，握着他的手时，却感到很舒适。

勃罗姆却大呼小叫起来："天啊！你变化太大了！怎么会变成这样？"

"我是从巴黎来的，"克利斯朵夫说，"我逃出来的。"

"我知道，我知道，报纸上说你被抓了。啊，运气还算好，阿娜跟我都念着你呢。"

他停止说话，指着那个把克利斯朵夫领进门的沉默无语的女人，说："这是我的妻子。"

她站在房门口，手中举着一盏灯。下巴生得结实，一看面相就知道是不爱说话的人。她深色的头发在灯光的照射下泛出红光，腮部的皮肤毫无光彩。她胳膊紧贴着身体，动作僵硬地向克利斯朵夫伸出了手，他看也不看跟她握了手，已经气力全无了。

"我来，我想……"他语无伦次地想解释来意，"我想如果可以……要是我没有太麻烦你们的话……也许你们愿意……收留我一两天……"

勃罗姆不容分说，马上接过了话："什么一两天！二十天，五十天，你想待多久便待多久。只要你来到这儿，你就在我们家住着。我还希望你能多住些日子呢。我们感到十分荣幸。"

克利斯朵夫被这些热情的话深深地打动了，一下子扑到了勃罗姆的怀里。

“克利斯朵夫，我的好朋友，”勃罗姆说着，“啊，他哭了……怎回事？阿娜！阿娜！快点！他昏过去了……”

克利斯朵夫晕倒在主人的怀里，几小时前就要晕过去的他终于晕过去了。

等他再度睁开眼时，发现自己正躺在一张大床上。一股湿润的泥土气从敞开的窗户里传来。勃罗姆窝着身子待在床边。

“啊，对不起。”克利斯朵夫艰难地边说边挣扎着想坐起来。

“他饿坏了！”勃罗姆叫了一声。

他妻子出去端来了一杯喝的东西。勃罗姆扶着他的头给他喝下。喝完了克利斯朵夫才有了些生气，然而比饥饿更厉害的疲倦袭来，头一挨着枕头他就又睡过去了。勃罗姆夫妇守候在旁边，直看到他除了睡觉别无他求，就出去了。

这一觉仿佛可以睡上几年。就像是沉在湖底下的铅块，因为困倦到极点而想睡却越睡越困倦，日积月累的疲乏和永远徘徊在意志门口的幽灵般的梦魇吞没了他。他想醒，可是发着烧，浑身滚烫，像是散了架似的，在混混沌沌的长夜中无法动弹，耳畔永远鸣响着大钟敲半点的声音。他呼吸困难，无法思考，动弹不得，像是被捆住了手脚，堵住了嘴巴，捺到了水里，想挣扎却反而更沉到了水底……黎明终于来了，姗姗来迟，飘着雨。烧退了，但身体却好像被一座山压着。他清醒了，却感到更加难受……

“怎么还要睁开眼呢？为什么要醒呢？像我的朋友那样在地下长眠多好啊……”

他仰面躺着，虽然一直保持这个姿势很累，但他依然一动不动；手脚如石头般沉重，仿佛躺在墓穴里。光线昏暗，几滴雨水打在窗户上。花园里，一只鸟在轻声哀鸣。噢！苦难的生活！虚无的生命……

勃罗姆走进了房间，克利斯朵夫没有回头。勃罗姆见他睁开了眼睛，就兴高采烈地和他打招呼。由于克利斯朵夫总是盯着天花板，他就坐在床上，粗声地说话，想帮他排遣一下。可克利斯朵夫简直无法忍受他那声音，好不容易才攒足劲说道："求你让我静一会儿吧。"

这个好心人马上放低了声音，说："你想一个人待着是吗？那当然好了。你安静地躺着吧。好好休息，不用说话。我们会把饭送上来。不用你操什么心。"

他几乎不能简洁地说话。絮絮叨叨地又说了一阵子，才蹑手蹑脚地出去了，但笨重的靴子震得楼梯咯吱咯吱地又响了一阵。克利斯朵夫独自待在房间里，极度虚弱。痛苦如雾霭一般笼罩着他的思想。他苦苦思索着，想搞清楚……"为什么要认识奥里维？为什么又要那么爱他？安多纳德的牺牲换来了什么？那些生命，所有那一代的人，历经了多少考验，寄予了多少希望，才最终成就了这个人，而这全部的生命又都将和他一起烟消云散，真是毫无意义！"

生和死都没有意义。整个家族都随着这一个人的消失而泯灭了，未留一丝痕迹。这难道不可恨吗？不可笑吗？由于失望和愤怒克利斯朵夫不由狞笑了一下。他对这痛苦感到万般无奈，而这万般无奈却又令他感到极度的痛苦，几乎要了他的命。他的心被碾碎了……

屋里除了医生出诊时的脚步声外，没有一点声响。阿娜出现时，克利斯朵夫已没有了时间观念。她端了一盘子午饭进来。他纹丝不动地看着她，并未表达谢意。只是少妇的影子如照片一般地印进了他对一切都好像视而不见的呆呆的眼里。这之后好长时间，跟她很熟悉的时候，他眼中的她却依然是那时的旧模样，有那么多她的新形象都无法掩去他对她最初的记忆：头发浓密，挽个大髻；脑门高高地鼓起，大脸庞；短而直的鼻子，总是低垂着眼睛，如果碰上了别人的目光，就冷漠且很不自然地避开；紧闭着略嫌太厚的嘴唇，神情固执得近乎凶悍。她身材高大结实，但衣着总是太窄，动作显得很僵硬。她悄无声息，把盘子搁在靠床的桌子上，然后低垂着头，胳膊紧贴着身体退出了屋子。看到这个怪异而又有些可爱的人，克利斯朵夫一点也不觉得惊讶，也不吃她端来的食物，只顾暗暗地折磨自己。

白天过去了。晚上阿娜又送上来一些新的食物，看到中午送来的食物动也没动，就又一声不吭地走了。她不像平常的女人那样，会对病人嘘寒问暖地说些安慰的话。她就像根本意识不到克利斯朵夫的存在，或许她也感觉不到自己的存在。克利斯朵夫不厌其烦地望着她僵硬、笨拙的动作，隐隐地感到了敌意。不过她的沉默令他感激——待了一阵，医生来了，看到克利斯朵夫一点东西没吃，就开始嚷嚷了，相比之下，克利斯朵夫越发感到阿娜的静默是多么可贵。由于他的妻子对克利斯朵夫的行为不闻不问，医生很不满意，就亲自强迫克利斯朵夫。为了息事宁人，克利斯朵夫不得不喝了几口牛奶，喝完之后就又转过身去不搭理人了。

第二夜情况相对安定。他极度困乏，沉沉入睡，虚幻的感觉和丑恶生活的痕迹一并消失了……可一清醒就更是痛苦得无以复加。

那天零零碎碎的片段都回忆起来了，一想到奥里维不想出去，一再地说要回家，他无比痛心地告诉自己："是我害死了他。"

他无法再把自己囚禁在房间里，忍受那个目光凶残的斯芬克斯[①]总是用它的问题纠缠他，还向他吹送死亡的气息，于是他烦躁不安地起身走出屋子，下了楼梯，本能地总是想要靠近别人，只是还有些怯怯的，而且一有人声他就立刻想逃开。

那时勃罗姆在餐厅里，很热情地招呼克利斯朵夫，随即便问到了巴黎的情况。克利斯朵夫紧拉着他的手臂说："不要问我。以后再讲吧……请原谅。我真的难以承受了。我很累，很累……"

"我明白，我明白，"勃罗姆很贴心地说道，"你精神上受了打击，前两天过度激动了。什么都别说了。也不要客气，你想怎么样就怎么样，就和在自己家一样。我们绝对不会打扰你的。"

他真的兑现了他的承诺。因为害怕打扰到客人，他又走向了另一个反面：只要克利斯朵夫在场，他们夫妻俩也不敢说话了；即使说话也都是压低声音，踮着脚尖走路，整个屋子都异常安静。看到他们这种压抑的低语和自制的安静，克利斯朵夫感到很不舒服，只好请求勃罗姆一切照旧，恢复往日的生活。

从那以后，主人就请克利斯朵夫一切随意。他或者呆坐在屋子的角落很长时间不动，或者就像个梦游的人似的走来走去，不知道自己在想什么，连痛苦的劲儿都没了。他看到自己跟个傻子一样，心如死灰，自己都寒心。仅有的想法就是和"他"一起进坟墓，一了百了。有一天，他发现花园的门敞着，就毫无意识地走了进去。可一照到阳光，他就特别不舒服，急忙退回来，还是回到那间紧闭窗户的房子里。他难以忍受晴朗的天气。他憎恨太阳。他无法享受

① 希腊神话载：人面狮身的斯芬克斯向路人提出神秘的谜语，凡不能解答者皆被吞食。

大自然的恬静。吃饭时，他眼睛盯着桌子，一声不吭地只顾着吃勃罗姆夹给他的菜。一天，勃罗姆指着客厅里的一架钢琴让他看，克利斯朵夫居然害怕地转过头去。他讨厌任何声音，但求静默，但求黑暗！虚无占满了他的心，他的心也只需要虚无。生命的快乐，如同大鹏展翅直冲云霄时的欢叫，无迹可寻了！克利斯朵夫日复一日地待在屋子里，隔壁房间里时钟的嘀嗒声成了他仅有的生命的感觉，就像是在他的头脑中摆动一般。只是那只快乐的野鸟依然留在他的心中，时常会振翅翻飞，偶尔会撞到栅栏上，在心灵深处引起一阵恐怖的骚乱，“独自一人在荒无人烟的原野中哀号……”

人生之苦莫过于知己难求。有的或许不过是些同伴，和一些不期而遇的熟人。朋友这个词被人们滥用了，事实上，一生有一个朋友都是为数很少的几个人才能有的福气。这种幸福太珍贵了，以至于一旦失去简直就无法继续活下去。它使你的生活充实。它消失了，生活就空虚了，所爱的人和一切爱的意义都随之而消失了。为什么要这样一个人（朋友）来这个世界上走一遭呢？为什么我要存活于世呢？……

朋友的死亡对克利斯朵夫的打击是致命的，由于那时克利斯朵夫的心灵正悄悄地发生着本质的变化。人生的有些年龄段，机体的本质就会发生蜕变，无论是肉体还是心灵都特别脆弱容易被外界所打击。神情疲惫，总是感到难以名状的惆怅，对什么都没有兴趣，抛弃了过去，却也看不到未来。在产生这类精神危机的年龄上，许多人被家庭的责任所束缚，从而失去了正视自己、寻求新途、重新创造坚定的新生活所必需的自由精神，但同时这种责任感也保护了他们。自然，在那种状态下，他们会怨声载道，隐痛深藏……但还是得往前走……无法逃避的任务是照顾家庭，这迫使一个人如一匹站着打瞌睡的马一般，被套在两根车辕之间，不得不拖着疲惫不堪的身体继续前行。不过对于一个毫无牵挂的人来说，身临虚无时就会无依无靠，没有任何强制他继续向前的动力，仅是靠着惯性走着，却不清楚要走向哪里。他的力量混乱了，意识模糊了。就在他这样晕晕乎乎的时候，如果一声霹雳惊醒了他的梦游，那他可就有的受了。他立刻就倒下了……

克利斯朵夫的木然状态自接到几封从巴黎转过来的信后缓和了些。赛西尔和亚诺太太写来了些安慰之词。安慰！最可怜、最没用的安慰！奢谈痛苦的人并未身受痛苦……这些书信只是给他带来了亡友的回声而已。他没有回信的勇气，人家也就没再写来了。在这些沮丧颓废的日子里，他试图抹掉自己的一切痕迹，让自己消失。痛苦使他变得不公平，以前他所爱的人全部都不复存在了。唯有逝去的那一个才长存在他的心里。一连几周，他拼命地想要亡友复活，他和他交谈，给他写信：

"我的灵魂，我今天没有收到你的信。你在哪里呀？快回来呀，快回来吧，和我说说话啊，给我写信啊！"

尽管他费尽心机，可晚上还是梦不到他。只要你还沉浸在朋友的死亡的痛苦中，你就很难见到他，即使是在梦中。而要到你渐渐忘却故人时，故人才会再次出现。

不过外面的生活气息还是逐渐沁入了他那如坟墓般的心灵。克利斯朵夫开始能辨别房子里的各种各样的声音，不知不觉地关注起周围来。他知道几点钟开门关门，白天开关的次数和方式都是随来客的情况而定的。他可以听出勃罗姆的脚步声，能想象得到医生出诊回来，在过道里挂好帽子大衣，老是那么细腻而怪异。要是到时没听见惯常的声音，他就会自觉地推测起原因来。吃饭时，他也会下意识地听他们交谈了，他发现勃罗姆几乎总是一个人在说，他的妻子只是简短地接上一两几句。勃罗姆并不在意有没有人和他交谈，只是兴高采烈地讲述着他刚出诊的病人和道听途说的闲言碎语。有时，勃罗姆发觉自己说话的时候，克利斯朵夫竟然看着他，感到非常开心，就越发地努力引起克利斯朵夫的兴趣。

克利斯朵夫不情愿地想让自己重新投入生活，然而却有心无力！他感觉自己老了，和天地一样老！早晨起床看到镜子里自己的身体、动作、外貌一副丑陋模样，就感觉无比厌烦。起床穿衣是要干什么？他逼迫自己努力工作：可是工作却令他无法忍受。如果一切都是虚无的，那么创作又有何意义呢？他不能再从事音乐创作了。只有经历了苦难才会使一个人对艺术——如同对别的事情一般——有切身的体会。苦难是试金石，只有在那时，你才能识别出那些历经风雨、比死还要刚强的人。只是少有人能经得住苦难。那些我们所欣赏的灵魂——所喜欢的艺术家、日常生活中的朋友——表现得总是让我们大跌眼镜。面对滔天巨浪谁又能够躲得过去呢？一旦置身于苦难之中，美就变得异常空洞了。

苦难也会有疲倦的时候吧，它的手也麻木了。克利斯朵夫神闲气定地睡着了，他漫无边际地睡，好像怎么也睡不够。

终于有一晚上，他睡得很熟，直到第二天下午才醒。屋子里没有人。勃罗姆夫妇俩不在家。窗子敞着，明媚的天空绽放了笑颜。

克利斯朵夫感到如同卸掉了一副重担般轻松。他起身来到花园。

那是一块四周被高墙围着，像修道院似的窄窄的三角形的地。

几条细砂铺就的小路交织在草地和普通的花卉间；花棚架上爬着一根葡萄藤和几株蔷薇。一个碎石砌成的小洞内喷出细细的水柱；靠墙有一株皂角树，它那香气浓郁的枝条探向邻居花园的墙头，远远可以看到教堂红色的钟楼。时值傍晚四点，花园中已有暮色。只有高处的树顶和红色的钟楼仍沐浴着阳光。克利斯朵夫背靠着墙在花棚架下坐着，仰起头，透过葡萄藤和蔷薇的间隙望着朗朗晴空。他如同噩梦初醒。四周一片寂静。头顶上松散地攀着的一根蔷薇藤垂挂下来。蓦地，最美丽的那朵花凋谢了，花瓣如同雪花般在空中飞扬，就像一个美丽无瑕的生命就这样香消玉殒了……这一刻克利斯朵夫悲痛得喘不上气来，用手捂着脸哭了……

塔楼的钟声四起。一个个教堂的钟声遥相呼应……也不知道响了多久，等克利斯朵夫再次抬起头来时，夕阳已渐渐隐去，钟声也早已停止。克利斯朵夫被眼泪融化了，精神仿佛也被洗涤一新了，他似乎听到了心中那如同山涧清泉般涌出的一首乐曲，眼看着一弯新月挂上了天空。一阵脚步声惊醒了他，他马上回到房间，关了门，上了锁，任那如泉水般的音乐继续奔涌而出。勃罗姆上楼叫他吃晚饭，敲了门还推了几下，克利斯朵夫都不搭理。勃罗姆从锁洞里看到克利斯朵夫几乎整个人都趴在桌子上，周围到处是写了乐谱的纸张，他这才放心地离去。

几小时后，克利斯朵夫累得筋疲力尽，这才下楼，在客厅里看到医生边等他边看书，就走过去拥住了他，就自己到这儿后的种种表现表示抱歉，而且不等勃罗姆问，就自觉地告诉了他最近这几周所有的痛苦经历。这是他唯一一次跟医生讲这些，或者勃罗姆并未完全听明白：一是因为克利斯朵夫的话毫无逻辑，二则是由于已近深夜，尽管勃罗姆非常好奇，但也特别困乏。最终——时钟敲了两声——克利斯朵夫感到了主人的疲倦就道了晚安回屋了。

至此克利斯朵夫慢慢恢复了正常的生活。但那种瞬间的兴奋自然不能维持很久，他还是经常无端地悲哀，不过那只是正常的情绪，不会再影响他的生活了。要活下去，没错，一定要活下去！最爱的人已经离他而去了，饱受痛苦的折磨，虽然心存死念，可仍有那么一股蛮横强大的生命力量，即使是在他悲恸欲绝的时候也会喷薄而出，在他的一言一笑、一举一动中散发出光芒。只是这生命力的核心已盘踞了蛀虫。克利斯朵夫时常会感到沮丧。他本来好好的，内心很平静，要么看书，要么散步：忽然奥里维那张温柔而略带倦意的脸微笑着出现了……就像一把刀子扎进了心窝……他趺趺撞撞，呻吟着用手紧捂着胸部。有一回，他正和从前一样心潮起伏地弹着贝多芬的一个乐章，直到气势高昂之处……他突然停了手，跪倒在地上，将头藏在椅子的一个靠垫里，呼喊着："我的孩子啊！……"

最令他痛苦的是对什么都有"早已经历过了"的感觉。这种感觉和他形影不离，他总是会看到相同的动作，听见相同的话语，有着相同的体验。一切都是熟悉的、预料之中的。某一张脸令他想到之前见到过的另一张脸，会说——他早就断定——而且确实是说了另一个人说过的话；相同的人在相同的时期，遭遇相同的困难，最后以相同的方式将生命消耗殆尽。如果说"人生中最令人厌倦的就是爱情的重复了"这句话没错的话，那么整个人生都在重复之中岂不是更令人厌烦吗？那简直会使人疯狂。克利斯朵夫竭力避免去想，既然决定苟活就不能想，因为他要活。这种无法正视自己内心的自我欺骗异常痛苦：由于内疚，由于潜在的、无法压制的、求生的本能，而不想看清自己！他深知世界上毫无安慰可寻，就自找安慰。明知生活毫无意义，他却偏要创造生活的意义。他说服自己要活下去，虽然他的死活跟别人没有任何干系。但关键的时刻，他还是会借口说是已故的朋友鼓励他活下去的。不过他清楚这完全是借死者的嘴说自己想说的话罢了。人真是悲哀啊！

克利斯朵夫重新上路了，步伐似乎跟往日一样稳健；为了阻止痛苦闯进去，他把心门上了锁。他不再提及他的痛苦，他自己也尽力回避与痛苦私下会面：他似乎很平静了。

巴尔扎克说过："真正的痛苦在灵魂深处画下一道很深的沟壑，它看似乎如熟睡了般平静，却无时无刻不在侵蚀着灵魂。"

如果谁认识克利斯朵夫，并且能够仔细观察他的话，望着他不停地走动，说笑弹琴——他竟然又有了笑的功能—— 一定会察觉到尽管这个人那么健壮，尽管他眼里散发着生命的光芒，但他精神的支柱已被摧毁了。

重新步入生活的轨道后，他就得谋求生计。自然不需要离开那座城市，对他而言，瑞士是最安全的避风港，而且他到哪儿去找这般真诚的主人呢？但他的骄傲令他不想给朋友增加太多的负担。尽管勃罗姆从未索要过任何费用，他还是觉得要找些教琴的活挣钱，按时支付主人膳宿费才会安心。可这差事都是来之不易。几乎所有人都知道他曾参加过革命，普通的布尔乔亚家庭自然不想跟这个危险、怪异、因此"不适宜的"人有任何交往。不过他凭着他在音乐界的名气和勃罗姆的周旋引荐，终于被那么几个胆子大些，或是好奇心强的人家所接受。他们或许想以此来表达自己对艺术与众不同的理解，附庸风雅罢了，但仍然很小心地提防着他，让老师和学生保持着适当的距离。

勃罗姆一家的生活是规律而刻板的。早上，各忙各的事：医生出诊，克利斯朵夫去教琴，勃罗姆太太去教堂和购物。克利斯朵夫午间一点钟左右回来，时间总比勃罗姆早。勃罗姆不让别人等他开饭，所以只有克利斯朵夫和勃罗姆太太共进午餐。对他而言，那绝对不是件令人愉快的事，因为他对她没有一点好感，和她在一起无话可说。她自然能够察觉得到这些，只是她并不想因此而有所改变，对自己既不多加修饰，也丝毫不想花心思讨对方喜欢。她从不主动和克利斯朵夫说话。举止和衣着没有一点女人的风韵，加之人又冷漠愚笨，使所有如克利斯朵夫那般喜欢妩媚女性的男人对她敬而远之。此时他总是能想到巴黎女子的优雅动人，看着阿娜他不由得想："她真丑啊！"

但这种想法并不准确。不久他就发现她并非毫无美感可言，她的头发、手、嘴，还有那双一遇到他的目光就躲开的眼睛都很美。

只是他心里对她丑的评价并未因此而改变。出于礼貌，他不情愿地跟她搭话，勉强找些话题，可她却一点儿也不合作。有那么几次，他问她一些关于她的城市、她的丈夫，和她自己的一些事，最终却一无所获。她只会说上几句毫不相干的话，勉强地笑着，而那种笑却令人很不舒服。她笑得极其做作，声音也压得很低，说话语无伦次的，每说完一句话便要尴尬地沉默上一会儿。最后克利斯朵夫只好尽量避免跟她说话，那倒也是她所希望的。医生一回来，两人都松了一口气。勃罗姆总是很开心，高声地叫嚷着，忙里忙外的，虽然世俗却心地善良。他胃口很好，总是不停地说笑。只要有他在的时候，阿娜才会多少说几句话，不过他们俩所说的也仅限于每日的食谱和物价。有时勃罗姆在兴头上，就会取笑她对宗教和布道的过分虔诚，她马上就拉长了脸，一声不吭，在饭桌上就生气了。医生的话题大都是讲他出诊的情况的，他总是淋漓尽致地仔细刻画某些令人恐怖的病症；这令克利斯朵夫大为恼火，他会厌恶地把饭巾往桌上一扔，站起来就走，把医生给乐坏了，便马上停止，边笑边赔不是。只是下次吃饭他还是照旧。有关医院的玩笑，对麻木冷漠的阿娜来讲，似乎真的很可笑。她会突然之间笑出声，面目如野兽般的狰狞。事实上她对所笑之事或许和克利斯朵夫一样感到厌恶呢。克利斯朵夫很少下午去教课。医生在外出诊时，经常是克利斯朵夫和阿娜待在家里，只是各行其是，并不碰面。起初勃罗姆请克利斯朵夫教阿娜弹琴，并声称她很有音乐天赋。克利斯朵夫便让阿娜弹一曲他听听。她虽很勉强，但也没有推托，只是一如往常的冷漠和面无表情，手指机械地弹了起来：所有音符都在一个音阶上，全无高低强弱之分，她会淡定地停下手中进行了一半的演奏来翻动乐谱，之后又泰然自若地接着弹下去。克利斯朵夫非常生气，未等曲子弹完就拂袖而去，以免说出无礼的话让她无法承受。她却并不慌张，不动声色地坚持弹完最后一个音符，对于他的举动毫不在意，甚至根本就没特别注意。只是从那以后他们就绝不再提音乐了。有几个下午，克利斯朵夫像往常一样出去上课，偶尔中途有事回来，便会看到阿娜在练琴，态度执着，冷若冰霜，同一个音节弹上五十遍也不嫌烦，兴致也始终不高。只要知道克利斯朵夫在家，她就不会摆弄钢琴。她除了祷告，就是做家务：缝缝补补，督促女仆，把家里收拾得干净利落。在丈夫眼中，她是一个“像所有的女人一样”有些古怪的贤惠的妻子。“像所有忠诚的女人一样”，勃罗姆又补充了一句，只是对后面补充的这一点克利斯朵夫不敢赞同，他认为勃罗姆把一切看得过于简单了。不过那都是勃罗姆的事，与他何干！

用过晚餐，大家仍然待在一起。勃罗姆和克利斯朵夫坐着谈天，阿娜在一旁做针线。在勃罗姆的请求下，克利斯朵夫又开始经常弹琴了，在挨着花园的昏暗的客厅里一直弹到午夜，勃罗姆出神地聆听着……在这个世界上，很多人总是会在他们根本不了解或者彻底误解的东西上沉醉，也正是由于不了解和误解，所以他们才喜欢那些东西呢。克利斯朵夫平静了很多，他这一生中已经见到好多这样的蠢人了！只是听到勃罗姆毫无缘由地发出一些荒谬的惊呼时，他实在弹不下去了，就起身回房了。勃罗姆好不容易弄清楚了原因，就努力地放低声音。再则他对音乐的渴望也就那么一点，不能持续仔细倾听一个小时以上：到时要么是看报，要么就打瞌睡，也就不会打扰克利斯朵夫了。阿娜在房子的最里头坐着，一直沉默着，膝上放着针线，好像是在工作；可是她眼睛直直地盯着针线，手却不动。有时她会在曲子弹到中途时悄无声息地离开，不再出现。

克利斯朵夫在这样一天天的日子里又恢复了精力。勃罗姆虽然很粗鲁，但却殷勤热心，宁静的居住环境，规律的日常生活，尤其是丰富的日耳曼式的饮食，使他的身体又像从前一样结实了。虽然身体已恢复如前，可精神却依然处在病态之中。新生的活力反而使一直以来从未平衡过的心绪更加紊乱，如同海上一条载重不均匀的船，极小的风浪就会使它颠覆。

他感到深深的孤独，和勃罗姆精神上没有共鸣，和阿娜的沟通也只是早晚的寒暄，和学生更是没有交流可言：因为他曾公开声称，他们根本就没有学习音乐的天分。在这里他不认识任何人。而这也并非都是他的过错。虽然自从奥里维过世后，他一直固守一隅，但四周的邻居也不想和他来往。

在他生活的这座古城里，也有些智慧刚强的人，不过他们都是贵族气息浓厚，骄傲自满，封闭保守，不与别人来往。他们是普通布尔乔亚的贵族，接受过良好的教育，热爱工作，只是心胸狭窄，虔诚奉教，自认为自己和自己的城市都是最优越的、高人一等的，并以此而自得，十分满足地固守着他们生生不息、不断繁衍的古老家族。每个家族都定期和亲戚聚会，在其他日子彼此就很少走动了。这些世代积累财富、家财万贯的人们无须炫耀他们的财富，它们彼此都知根知底：这就足够了，他们毫不在乎别人的看法。人们经常会看到一个穿得像小布尔乔亚一样的百万富翁，哑着嗓门，讲着一口正宗的本地方言，一生之中每天都自觉按时去办公，即便是到了再勤劳的人都觉得该退休的年纪了也还是不停止工作。他们的太太个个自命精于持家。因为富足的父母会要求子女像自己当年那样去勤劳致富，所以女儿出嫁是没有嫁妆的。他们的日常生活很节俭：他们的大笔的财产都花在更有意义的事情上，比如收藏艺术品，建美术馆，资助公益事业。慈善组织和博物院经常会收到数目巨大的匿名捐款。这种崇高与荒谬交织的乐善好施的行为，都属于另一时代。对于这个圈子而言，外面的世界似乎不存在，他们只顾自行其是。其实通过贸易往来和广泛的社会交往，以及送孩子们到遥远的国家去留学深造，他们早就已经很熟悉外边的世界了。在他们看来，任何国外享有盛誉、红极一时的东西，只有通过了他们的认可才作数。他们对自己社会的要求也极为严格，要相互扶持、相互监督。一种集体意识就这样产生了，凭着对宗教和道德的共同观念，个人的诸多不同——尤其是那些刚毅之人身上所具有的个性特点——全部都掩盖了。人人都奉行宗教仪式，遵从信仰。没有人敢有一丁点儿的怀疑，即使有也不会承认。由于受着严密的监视，并且谁都想能够窥探到别人的心事，所以他们就会更加深藏不露了，你就更加无法揣摩他们心里想的是什么了。据说就连那些背井离乡、自以为摆脱了陈规旧习的人，一旦回到本土，依然会被传统礼教和本城的风气所束缚：即使是最不信教的人也不得不马上参加宗教仪式，信奉宗教。按照他们的逻辑，人天生就是该信教，无宗教信仰的人是低等的、不道德的。只要和他们在一起，就必须履行宗教[1]义务。不按礼教行事，不参加宗教活动就是无视本阶级的存在，就永远脱离了自己的阶级，也会被这个圈子排斥在外。

这种纪律束缚的力度似乎还是有些太小了。这些人觉得在本阶级这个大圈子里头联系得尚不够紧密，于是就在大圈子里又创造出许多的小团体，把自己完全束缚起来。这样的小团体数以百计，成员每年都在增长。几乎所有社会活动都有团体：有为慈善事业的，有为宗教事务的，有为商业活动的，也有为宗教和商业兼顾的，为艺术的，为科学的，为歌咏的，为音乐的，有为修身养性的，有为健身的，有单纯为聚聚的，有为了一起玩乐的，有街坊和同业的联谊会，还有个别为具有相同身份、财富、职业、爱好所设置的联谊会，甚至还有相同体重和名字的人的联谊会。据说曾经还有人想把那些没有参加任何团体的人组织起来成立一个团体，结果人数还不到一打。

来自城市、阶级、团体的重重束缚使人的心灵被禁锢了。这些

① 此处所称宗教均指基督新教。瑞士最普遍的宗教是新教。

无形的压力淹没了人的个性。只是他们大都从小就习惯了——或者说从古至今就是如此。他们觉得这种束缚是理所应当的，还认为那些想要想摆脱束缚的人是有失礼教、不健康的。只需看看他们满心欢喜的笑容，谁也想不到他们心里会有什么不舒服。只是人的天性也会报复。每隔一段时间，必然会有几个叛逆的人出现，不管是个性鲜明的艺术家，还是大胆前卫的思想家，他们都会猛烈地冲破这束缚的枷锁，令当地的卫道士们难堪。但卫道士们也很有智慧，如果这个叛逆者力量强过他们没有被压到，那么他们也不会强行地打倒他——打打闹闹总是有失体面的——所以就选择收买他。如果叛逆者是个画家，就把他安置在美术馆；如果是个思想家就把他送去图书馆。对于这些叛逆者仍然会说的大逆不道的话，他们都假装听不见。任凭他去独来独往，可最终的结果是叛逆者的毒性被中和了，人也被同化了，这就是因势利导的治疗方法。不过这种情形极少见，大多数叛逆者都在一开始就被扼杀了。那些看似平静的屋子里隐藏着多少不为人知的悲剧。屋主或许会从容淡定，毫无征兆地去投河自尽；或许在家幽居半年，或许会把妻子送进疗养院去净化灵魂。大家视这些事稀松平常，无所谓地谈论着，冷静的态度正是当地人最出众的特点之一，即便是痛苦和死亡也无法撼动他们。

这些严谨的布尔乔亚，因为重视自己而轻蔑外地人，所以他们自我约束很强，别人如何则与他们无关。对于类似克利斯朵夫这样的外地人，比如德国的教授、政治逃亡者，他们都很宽容，感觉和自己关系不大。而且他们热爱智慧，对激进的思想毫无顾忌，清楚自己的后代绝不会受到影响。他们非常冷漠，但又不失礼仪地对待外来者，与他们刻意地保持距离。

正处在特别敏感时期的克利斯朵夫无须别人怎么表现，就看清了这无处不在的自私和冷漠，所以他只想隐藏自己，韬光养晦。

勃罗姆的病人的范围是很狭小的，属于教规极严的新教派别，阿娜也是其中的一员。克利斯朵夫原来是天主教徒，可实际上并不信仰，所以特别被歧视。而他也看不上他们的许多事。他虽已不信旧教，可是精神上还是无法摆脱旧教的影响：少理智，多诗意，用宽容的态度对待人性，凡事不求解释说明，只问爱或是不爱；并且思想独立，道德自由，这是巴黎对他潜移默化的影响。所以他与极端的新教派的矛盾是不可避免的。加尔文主义的不足充分地体现在这个宗派里，那是宗教上的唯理主义，他们折断了信仰的翅膀，然后把它悬挂在深渊之上：和所有的神秘主义一样，这唯理主义的立论依据也存在着很大的缺陷，它既非诗，也非散文，而是诗和散文的混合体。它是精神上的自负，对于理性——他们的理性——坚守着毋庸置疑的绝对信仰。上帝、灵魂于他们而言都不算什么，都可以不信，但是，就如同旧教徒信仰教皇，拜物教徒崇拜偶像一样，他们绝对信奉理性。他们绝不会想到对“理性”还有可探讨的余地。

如果在人生和理性之间做选择，他们宁愿摒弃人生。他们不清楚心理，更不明白天性，不知道潜在的力和生命的起源，也不理解人之常情。他们为自己制造人生，而且幻化出了很多单纯的、简化的、未成型的一个个人。他们中间不乏极具才情又切合实际的人，他们受到过很好的教育，阅历丰富，但却不能把握事物的本质，而是单从表面就归纳出些抽象的概念。他们是贫血的人，虽然道德高尚，但却毫无人情可言：而这却是最大的罪恶。他们的确心地纯良，而且崇高，只是有时不免天真、滑稽，不幸的是，这在某些时候竟会酿成悲剧，这种纯洁使他们对人冷酷——绝不是因为愤怒，而是一种对自己极端自信的态度。他们怎么会疑惑呢？真理，权利，德行，不是全都在他们的掌握之中吗？他们不是接受了神圣的理性给他们的直接启示了吗？理性如同一颗冷酷的太阳，它带来光明，却晒花了人的眼以至什么都看不见。在这毫无热力和阴影的单调的日光下，心灵失去了光彩，血也被晒干了。

而那时的克利斯朵夫觉得理性是最无用的。这颗太阳让他看到了现实的深渊，却无法给他指引出路，甚至也无法让他看清这深渊到底有多深。

艺术界的交往几乎没有克利斯朵夫什么事儿，他自身对此也不感兴趣。当地的音乐家大多是传统的保守派，属于新舒曼派或勃拉姆斯派的，克利斯朵夫曾跟这些乐派有过斗争。只有两个人是例外：

一个是喜欢玩管风琴的克拉勃，他拥有一家知名的糖果店，是个正人君子，擅长音乐，据一位瑞士作家的说法，若不是“他把他的飞马喂得过饱的话”，他还会成为更好的音乐家；另一个是位犹太作曲家，他年轻有为，富有生命的活力，个性突出，情绪很骚动；他同样也拥有一家自己的铺子，专营瑞士特产：如木刻的手工艺品、伯尔尼的木屋和熊等。这两个人都不是专职做音乐的，胸襟都很开阔，很喜欢和克利斯朵夫交往；如果在别的什么时候，克利斯朵夫或许会很好奇地去接触他们，但那时他对什么都不感兴趣，包括艺术和人，他只感到自己和别人格格不入，而忽略了与人的共通之处。

唯一使他敞开心扉、吐露心声的朋友和知己，就是那条横穿小城、在北方滋养着他的故乡的莱茵河。漫步在它的身边，克利斯朵夫就又回忆起了童年的梦境。但在沮丧绝望之时，那些儿时的梦境也如莱茵河一般染上了悲惨的灰色。夕阳西下之时，他在河的堤坝上凭栏眺望，看着湍急的河流，一片混沌，如此灰暗沉重，永远都是那般匆匆地向前奔流着，远远望去仿佛是大片大片晃荡着锦缎，还有成千上万的涓涓细流，和那时隐时现的旋涡：犹如本已狂乱如麻的头脑幻象中又里涌起种种乱象，结果永远都是一团混乱。在这暮色苍茫的梦境中，幽灵似的浮动着一条条如灵柩般的渡船，不见一个人影。夜色渐浓，莱茵河变成了一大长条的青铜，在河岸灯火的映照下，如盔甲般乌黑如墨，却也反射出一些阴沉的光芒，有煤气灯黄澄澄的光，也有指示信号灯白色的光，还有从千家万户的窗户里透出的血红的烛光。黑暗中只有河水在浅吟低唱。它永远在喃喃自语，单调而无变化，比大海更加凄凉……

克利斯朵夫听着这死亡与苦恼的歌曲，一听就是几个小时，然后挣扎着回到现实之中，爬上陡峭的小路回家。那些石砌的红色台阶在中间的地方被踩得光光的，他身心俱疲，扶着铁栏杆一步步往上攀登，这一根根栏杆嵌在墙头上，在高处教堂前空阔的广场上的街灯的照射下，发出明晃晃的光……

他又开始糊涂：人活着是为了什么？他回想起自己目睹的种种纷争，不由得怅然若失，心中对那些视信念如生命的人佩服不已。各种思潮，各种运动，循环往复，交替更迭：君主政治之后是民主政治，个人主义之后是社会主义，古典主义之后是浪漫主义，遵从传统之后又要追求进步——交相呼应，无穷无尽。每个时期的创新者，经过不到十年的艰苦奋斗，满怀自信地以为只有自己才攀登到了顶峰，用石块击打着前人，让他们滚下山去；他们来去匆匆，吵吵嚷嚷，争权，抢功，然后又在后来的新人的乱石下滚下了山，消失不见，那么，接下来又该轮到谁了呢？

音乐已不再是克利斯朵夫的避难所，它已经成为间断的、毫无头绪和目的的工作了。作曲吗？为谁而作？是人类吗？他那时对人类正深恶痛绝。为自己吗？他感到音乐毫无用处，无法弥补死亡带来的虚无。只有他那盲目的力量，不时地鼓动着他展翅高飞，随后又精疲力竭地摔下来。黑暗中云层里雷声闷响。奥里维消失了，毫无痕迹地消失了。他痛恨一切曾经充实过他生命的、他以前以为和其他的人类共通的感情与思想。现在他觉得自己被幻象欺骗了：整个社会都是建立在无穷的误会之上的，而误会的根源就是语言……你以为你的思想可以和别人的沟通吗？其实所谓人与人之间的关系也不过是语言之间的关系罢了。你在说话，别人也在说话，但没有哪个字在两张不同的嘴里会有相同的意义。更悲哀的是在人生中没有哪个字的意义是完整的。语言已经游离于现实之外。你嘴上说着爱与恨……其实根本就没有爱、恨、朋友、敌人、信仰、热情、善和恶。有的只是数百年前就已熄灭了的太阳的残辉的冰冷的折射和投影。朋友吗？以这个称呼自居的人不计其数，实际上却少得可怜！他们所谓的友谊指的是什么呢？在普通人的心里，友谊又是被如何定义的呢？自称够格做朋友的人，在他的一生中到底有几分钟在淡淡地思念着他的朋友呢？为朋友他奉献了什么？且不用说他的必需品，只是他多余的东西，多余的时间、自己的烦恼，都奉献给朋友了吗？我又为奥里维奉献过什么呢——克利斯朵夫从不排除自己，当他把全人类都归进虚无中时，他只排除了奥里维一人——艺术和爱情一样的虚无。它在人生中又扮演着怎样的角色呢？那些自称艺术高于一切的人又是如何去爱艺术的？……人类感情的贫弱是难以想象的。除了人的本性这个支撑世界万物的核心力量之外，其他的都只是燃烧过的灰烬而已。多数的人没有足够蓬勃的活力使他们将全部身心都投入到感情中去。他们的热情是有限度的，他们要谨慎使用，甚至到了吝啬的程度。他们什么成分都有一点，可又什么都不是，根本不能形成一个完整的形态。如果有人能不计一切代价，全身心地去爱、去恨、去痛苦时，不论他做什么，他都会成为一个奇迹，可以成为这世上最伟大的人。热情和天才一样是个奇迹，只不过基本上它是不存在的！

克利斯朵夫是如此想的，只是人生正在筹划着给他一个可怕的答复，彻底否定他的观点。奇迹随处可见，就像深藏在石头中的火，只要撞击他们就会跳出火花来。我们也根本无法料到妖魔也正沉睡在自己的胸中。

不要惊醒我，啊！说得轻声些吧！[①]

一天晚饭后，克利斯朵夫在用钢琴即兴创作，阿娜起身走出去了，她总是在克利斯朵夫弹琴的时候离开，仿佛她讨厌音乐一样。

她经常这样，对此克利斯朵夫早就不在乎了，而且他也从不关心她在想些什么。他接着弹琴，后来突然想起要把这些即兴的创作写下来，就停下回房间拿纸。他打开隔壁房间的门，只顾低着头往暗处冲，突然在门口撞到了一个直挺挺的身体。那是阿娜……如此出人意料地被撞了一下，惊得她大叫起来。克利斯朵夫担心撞疼了她，就关切地紧握住她的两只手。手冰凉冰凉的，她一直在颤抖，可能

① 此系米开朗琪罗为其雕像《夜》所做的诗句，原为意大利文。

被吓到了吧？

“我在餐厅找……”她语无伦次地试图解释什么。

他没听清她说在找什么，或许她压根儿就没说出来。他只是对她摸黑找东西感到很奇怪。不过对于阿娜的怪异他早就习以为常了，因此毫不在意。

一小时之后，他重回到客厅和勃罗姆夫妇待在一起，他伏在桌上借着灯光写乐谱。阿娜，在桌子的右首一端做针线活儿。勃罗姆坐在他们后面的壁炉边上的一张低椅子里看杂志。三个人都没有说话。淅淅沥沥的小雨洒落在园子里的沙土上，发出了沙沙声。克利斯朵夫尽力地把身子曲向一边，那是为了离他们更远些，为了更自在些，他干脆转身背对阿娜。他正前方的墙上有一面镜子，映照出桌子、灯和两张埋头做事的脸。克利斯朵夫感觉到阿娜好像是在看他，起先他并未在意，可后来他总是有这种感觉，就抬眼看了看镜子……阿娜真的是在凝视他，那是怎样奇异的目光啊，他惊呆了，不由得屏声静气地细细打量着她。对此她一无所知，依旧凝望着他。

她的脸在灯光的映照下更显苍白，她那惯有的严肃冷漠的表情此刻显得更为分明。她的眼睛——他从未如此清楚地看到过的陌生的眼睛——正盯着他：大大的瞳子呈深蓝色，严峻而灼热的目光饱含着一股执拗的热情在悄然探寻着他的内心世界。这难道是她的双眸吗？他看到了，却又不敢相信。他真的看清楚了吗？他猛然转过身，她马上低下了眼睛。他想和她搭话，想迫使她正视他。可她不动声色地回着话，眼睛从来没有离开过手上的活计，你能看到的只是淡蓝色的眼皮和短而浓密的睫毛。要不是克利斯朵夫确信自己头脑清醒的话，他肯定又要认为那只是个幻象了。但他清楚地知道他的确是看到的……

随后，他就又继续把精力放在手稿上了，既然他对阿娜没有兴趣，所以也就不会去花心思琢磨她了，而那个奇特的印象也逐渐地淡漠了。

一周后，他在试弹一首新创作的歌曲。勃罗姆一方面想摆摆丈夫的架子，一方面是为了闹着玩，所以总是喜欢逗逗妻子，不是要她弹琴就是要她唱歌，而这天晚上，他的要求尤其强烈。以往阿娜会用一句强硬的话回绝，以后任凭你怎样恳求、邀请、揶揄，她都毫无反应，只是紧闭双唇，装作没听见。可这次，令勃罗姆和克利斯朵夫大感意外的是，她竟然收起了活计，起身走向钢琴。她竟自唱了一支之前她看都没看过的歌，那简直就是一个奇迹，真正的奇迹。她声音低沉凝重，与她平时说话时那种有些嘶哑、像是被什么蒙着发不出声的腔调有着天壤之别。从一开始她就拿准了调，唱得毫不慌张，也不费劲，把乐曲的气魄表现得淋漓尽致，而且十分纯粹、动人；她本人很亢奋，充满了激情，深深地打动了克利斯朵夫，他感觉她唱出了自己的心声。她忘我地唱着，他呆呆地望着她，第一次他看清楚了她。她深沉的眼睛里闪烁着野性的光芒，浅浅的笑靥虽不妩媚，有些沉重冷酷，但很性感，一张唇形优美、极富热情的大嘴一开一合，露出雪白、整齐的牙齿；双手美丽而又结实，她用其中的一只扶着琴谱架；健壮的腰身被窄小的衣服紧束着，过于单调的生活使她消瘦了，但仍然能够隐约看到她的身体是年轻的、充满弹性和活力的、线条优美的。

唱完后，她又坐回去，双手放在膝上。勃罗姆奉承了她几句，但又觉得她不够声细柔媚。克利斯朵夫一言不发，只是疑惑地看着她。

她茫然地笑着，知道他在看她。那天晚上他们什么都没有说。

她醒悟过来刚才自己的精神达到了前所未有的境界，或者也许是她第一次找回了“自我”，可她不明白为什么会这样。

自从那晚以后，克利斯朵夫开始留心观察阿娜了。她又像以前一样无声无息，态度冷漠麻木，只管埋头做活，连她丈夫看了都恼火；事实上她只是在借工作来压抑她不安分的天性，不让它们有机会爆发。克利斯朵夫观察来观察去，还是只看到那个和先前一样的动作僵硬的布尔乔亚。有时她会什么事都不做，只是两眼直愣愣地发呆。此时你看到了她的这个样子，一刻钟过后，她还是这个样子，纹丝不动。丈夫问她在想什么，她马上回过神来，微笑说什么都没想。而事实也正是如此，她的确什么都没想。

无论在什么情况下，她都能镇定自若。一天她梳妆时，酒精灯突然炸裂了。刹那间，阿娜被火焰包围了。女仆吓得呼喊着逃走了。勃罗姆慌了手脚，吵吵闹闹，差点吓晕过去。阿娜扯开了晨衣上的搭扣，从腰部扯下了已经着火的内裙，在脚下踩着。待到克利斯朵夫拿着一个水瓶在慌乱中赶来时，只见阿娜正站在一张椅子上，身上仅穿着件内衣，光着膀子，不紧不慢地在那里拍打着着了火的窗帘。火灼伤了她的皮肤，她却一声不吭，只因被人看到了她的窘态而气恼。她涨红了脸，双手笨拙地抱着肩膀，带着受辱的神情躲到隔壁的屋子里去了。对她的镇定克利斯朵夫很是钦佩，可却拿不准她的镇定是证明了她的胆识呢，还是表明了她的麻木。他比较倾向于后者。确实，她对一切都毫不关心，包括对她自己。克利斯朵夫有时甚至会怀疑她不是人类，没有感情。

另一桩事情的发生让他更加确信了自己的判断。阿娜养了一条小黑狗，目光聪慧，性情温和，全家没有一个人不疼爱它。克利斯朵夫工作累了时，常让它进屋，关上房门，逗它玩耍。他要是出去散步，它就等在门口，眼睛直勾勾地盯着他：它想要有人带它出去遛弯儿。它总是在他前面狂奔，时而会停下来，得意于自己的敏捷，回眼望着他，挺胸昂头，神气十足。它会冲着一块木头狂叫不止，样子凶狠；但如果远远地看到了另外一条狗，它就赶快灰溜溜地跑回来，哆哆嗦嗦地盘旋在克利斯朵夫的两腿之间。克利斯朵夫嘲笑它，疼爱它。自从他断绝了和人类的交往以来，就和动物更加亲近了，认为它们值得怜惜。只要你善待它们一点点，他们就会对你俯首帖耳，绝对忠诚！人类已然操纵着它们的生杀大权，倘若还要虐待这些对你唯命是从的弱小生命的话，简直就是滥用威权，可以等同于犯罪了。

这条可爱的小黑狗对每个人都很亲近，但它还是对阿娜最好。

她对它其实也没有特别宠爱，只是会时常轻轻地抚摸它的黑毛，把它放在膝盖上，喂它吃喝，似乎对它已经尽心尽力了。一天，小黑狗没有躲过街上汽车的车轮，几乎是在主人们的眼皮底下被撞倒了。当时它还有口气，凄惨地叫着。勃罗姆光着脑袋飞奔出去，把那个浑身是血的小东西抱了回来。阿娜只过来瞟了一眼，腰也不弯，就一脸厌恶地走开了。勃罗姆眼含着泪，看着这个小东西承受着临终前的痛苦，多想能够减轻它的痛苦啊。克利斯朵夫气愤地攥着拳头在花园里来回地踱步，听见阿娜毫无感觉地吩咐仆人们做这做那，就问她：“你心里一点也不难过吗？”

“难过又有什么用？”她回答，“还是不要去想它了。”

听了她的回答，他先是恨阿娜，后来细想她与众不同的回答，又不禁想笑，他自忖，阿娜倒是可以把忘记忧伤的处世秘诀传授给他。

对于那些有幸而没有感情的人而言，生活岂不是很好应付？

他想即使是勃罗姆死了，可能也无法使阿娜感觉到有任何的悲伤和痛苦，于是他庆幸自己没有结婚。与其一生都跟一个恨你的，或者对你视而不见（那是更糟糕的），你的存在对他毫无意义的人在一起，还不如自己一个人孤独更能少些痛苦。确实，这个女人对任何人和事都没有爱心。那个规矩森严的教派已使她失去了任何情感。

十月末的一天，她又着实让克利斯朵夫吃惊了一回。吃晚饭时，克利斯朵夫和勃罗姆谈论着一桩在全城闹得沸沸扬扬的情杀案。乡下的两个意大利姐妹爱上了同一个男人。两个人谁都不愿放弃，就决定抽签，抽到放弃的那个就要自动地投入莱茵河。抽完了签，抽到放弃的那一个却又不肯遵守之前的决定了。这种无视信义的行为令另一个极为愤怒。于是两人相互咒骂，然后动了手，最终闹到拔出了刀；之后，风向突变，姐妹俩抱头痛哭，认识到她们本是相依为命的亲姐妹，不该相互残杀；但她们又无法退一步共享情人，就决定杀死他。于是事情就这样发生了。一天午夜，两姐妹把那个自以为艳福不浅、自鸣得意的男人叫到她们的房中，一个和他热烈地拥抱，另一个就从背后猛刺了他一刀。别人听到了他的惨叫，赶到后从两个情人的怀中把他抢了出来，此时他已身受重伤，而她们两个也被抓起来了。事后她们争辩道，这是她们个人的事，谁都不能管，只要她们两个都同意处死同属于她们的人，任何人都没有干涉的权利。而那个受伤的男人也很认同这个说法，可是法律不认可，勃罗姆同样也不认可。

“她们都是丧心病狂的疯子，”他说，“该把她们关进疯人院去！……我能理解为情自杀的人，也能理解因遭情人背叛而杀死情人的人……可我不能理解她们，不过我承认这种事确实存在，也能说得过去，全当是间歇性遗传的野蛮兽性发作了：一个人也许会杀了那个令他痛苦不堪的人，但毫无怨恨地杀死你所爱的人，只是因为别人也爱他，那不是发疯么？……你能理解这种行为吗，克利斯朵夫？”

“哼！”克利斯朵夫说，“不可理解的事情我见多不怪了！爱本来就是毫无理性可言的。”

阿娜一直沉默不语，好像是根本在意，但听到这里却抬起了头，很平静地说：“那没什么不理性的，倒是很自然。爱总是自私的，一个坠入情网的人为了使他所爱的人不被别人占有就会彻底毁灭他。”

勃罗姆惊愕地看着他的妻子，拍着桌子，叉着双臂大叫道：

“你从哪里听来的这些话？怎么！你竟然也要来发表意见吗？你知道什么？”

阿娜脸上泛起了红晕，不再作声了。勃罗姆又接着说：“爱一个人就要把他毁灭吗？这种胡言乱语简直是愚蠢至极！毁灭了你的爱人，等于是毁灭了你自己……相反，我认为如果爱上一个人的时候，最自然的感情就应该是投桃报李，疼爱他，保护他，对他好，对一切都好！爱是仁慈的，爱是人间的天堂。”

阿娜眼睛呆呆地看着暗处，边听他说边摇头，然后冷漠地回答了一句：“人在爱时，并不仁慈。”

克利斯朵夫开始害怕听阿娜唱歌了。至于是怕失望还是别的什么，他自己也不清楚。阿娜也害怕。他在客厅弹琴时，她就会尽量地躲开。

十一月里的一个夜晚，他坐在壁炉旁看书，看到阿娜膝上放着针线活，又坐着发呆呢。她目光茫然地望着前方，克利斯朵夫感到她的眼神里又绽放出了怪异而又炽热的光芒，就像那天晚上一样。

他合上了书。她感觉到克利斯朵夫在看她，就又开始做针线，虽然她眼帘低垂，但什么都能看在眼里。他起身说了句："来吧。"

她眼睛盯着他看了一下，还没完全明白他的意思，随后懂了，

就起来跟在他的身后。

"你们要去哪儿？"勃罗姆问。

"弹琴。"克利斯朵夫答道。

他弹她唱。他立刻就感受到了她上一次曾流露出的感情。她毫不费力地就达到了巅峰状态，好像那才是属于她的天地。他继续尝试着弹了第二首曲子，紧接着又弹了更激昂奔放的第三首曲子，把她胸中蕴藏的激情完全释放了出来，她更加的兴奋了，他自己也兴奋不已；在最高潮的部分，他戛然而止，目光直视她的眼睛，问道："你到底是谁啊？"

"我不知道。"阿娜答道。

他又很直接地说："你唱得如此美妙，心里藏着些什么呢？"

"我藏着的只是你让我唱的东西。"

"是真的吗？那么这曲子完全没有被误解。我竟然开始怀疑这到底是我的创作还是你的创作了。难道你，你对一切真的毫无察觉吗？"

"我真的不知道。我感觉在唱歌时我已经成为另外一个人了。"

"不过我倒觉得那才是真正的你。"

他俩又恢复了沉默。她脸上湿漉漉的，胸部随着微微的喘气声

而起伏不定，眼睛呆呆地看着烛火，手不由自主地剥着烛台边上的残蜡。他手指随意地叩着琴键，不时地望向她。他们局促地交谈了几句生硬的话，然后又客套了几句，之后就都保持沉默，生怕探到深处……

次日，他们几乎没有说什么话，彼此都有些害怕，不敢正视对方。但到了晚上却又十分自然地一起弹琴唱歌。一段时间后，连下午也成了他们摆弄音乐的时间，并且每天的时间都会越来越长。开始的几个和弦一响起，她就深深地被那股难以抗拒的力量所吸引，整个人都被点燃了。只要音乐还在，这个深受严厉教规束缚的新教徒就会化身为一个极具野性的维纳斯女神①，将心中所有的骚动狂乱表达得淋漓尽致。

对阿娜如此痴迷唱歌，勃罗姆感到有点疑惑，但他也不想去花心思探究妻子如此纵情使性的原因。他也会参加到他们的弹唱中去，随着节奏摇头晃脑地打拍子，有时也会讲讲自己的一些意见，感觉倒也挺开心，只是他心里其实更喜欢轻柔的曲调，认为根本无须如此费力。克利斯朵夫似乎感觉到了危险，不过他神情恍惚，在刚刚经历过一场切肤之痛后，神经已经虚弱得无力抵抗了。他不清楚自己心里在想什么，也不想明白阿娜心里怎么想。一天下午，歌至中途，正在激情迸发的高潮部分时，她骤然停声，什么也没说就走出了客厅。克利斯朵夫只好停下等她，可她一直都没回来。半小时后，他从走廊经过阿娜的卧室时，透过半开的门，看到她面无表情地跪在屋子的最里面虔诚地祈祷着。

不过无形中他们俩还是产生了一点，并不多的一丁点信任。他

① 古代拉丁民族视维纳斯女神为爱神。

想听听有关她身世的故事，她只是随便敷衍几句，他花了好多心思才枝枝节节地套出了一些确切的细节。多亏勃罗姆是个说话很随便的老实人，克利斯朵夫竟然窥到了她一生的隐秘。

她生在当地，家姓桑弗，全名叫阿娜·玛丽亚，她的父亲是玛丁·桑弗。她的家族世代经商，多年的积累有了百万家财，同时这个家族中，种族的骄傲和严格的宗教崇拜是根深蒂固的。玛丁极具冒险精神，和许多其他同乡一样曾客居他乡好多年，为了生意，也是为了对科学的兴趣爱好，他曾经去过中东、南美洲、亚洲中部。

他周游世界之后，不仅没赚到钱，倒是整个人像是脱胎换骨了一样，摒弃了所有家族的陈规陋习。归乡后，他本就执拗、专断的脾气使得他不顾家族强烈的反对，和一个农民家名声不好的女儿结了婚——这姑娘先是做他的情人，然后才成了他的妻子。他陷入爱河无法自拔，为了把这个美丽的姑娘留在身边，除了和她结婚之外，他别无选择。家族既然对他的反对无效，就一致地排斥他。城里所有有身份地位的人，在维护他们家族荣誉和礼教等级的事情上向来是一条心的，于是对这两个冒失的男女采取了一致的行动。冒险家付出了沉重的代价，才明白要和怀有偏见的社会做斗争，在基督教国家和在喇嘛教国家一样举步维艰。他个性不够坚强，对社会的舆论无法做到置之不理。经济上，他很快花光了自己的那份家产，而且还谋不到一个工作，因为大家对他的偏见，处处对他拒之门外。在这个毫无情义可言的小城里他受尽了羞辱，满腔怒火无处发泄，只在体内折磨着他。而他的纵欲无度和暴躁性情，也使他元气大伤，身体逐渐垮了。婚后五个月，他死于脑出血。他的妻子心地善良，但也很懦弱，不够智慧，婚后终日以泪洗面，在丈夫故去四个月后生下了小阿娜，还未满月就离开了人世。

玛丁的母亲还健在。她绝对不原谅他们，即使是在儿子死了以后也不原谅他，更不原谅那个她从未承认过的儿媳。只是在儿媳也离世后——他们大逆不道的罪恶在她的心里总算得到了报应——她领回了孩子。老太太是个虔诚信仰宗教而心胸狭窄的女人，是个吝啬的有钱人，在老城的一条暗街上开了一家卖绸缎的店铺。

她从来不把阿娜当孙女，只当是行善收养的孤儿，所以要求孩子像奴仆一样向她报恩。不过还好，她让她受到很好的教育，但总是认为孩子是其父母罪恶的产物，对孩子老是很严厉而且充满怀疑，觉得孩子的身上有着与其父母一样的罪恶。她不给孩子任何玩耍的机会，孩子任何在言谈举止甚至思想上所表露的儿童的天性，都一概被当作罪恶铲除了，幼小生命的快乐被剥夺殆尽。阿娜从小就跟着老太太去做礼拜，但她讨厌教堂的沉闷，却从不敢流露，她年幼的心灵充满了地狱的各种恐怖。每个礼拜天她都能看到被放置在旧日教堂门口的那些丑恶的雕像，被烈火灼烧着的两腿上面爬着蛤蟆和蛇，她眼睛里充满了恐惧，感到非常害怕。她已习惯了压抑本性，自己骗自己。等到了能够做祖母助手的年纪，她便整日在阴暗的绸缎铺里工作。在周围人的影响下，她也形成了和他们一样的风格：做事有条不紊，凡事精打细算，生活俭朴，冷漠无情，还有那种郁郁寡欢却又总是自以为是的人生观——天生不信教的教徒对宗教信仰的强制虔诚自然就会产生这样的结果。连她那位老祖母都觉得她对宗教的虔诚有些过分了；她禁食、苦修到了失控的程度，有一段时间竟然裹了一条有针刺的宽带在身上，稍有动作，针就会扎进她的皮肉。别人只是不明所以地看到她脸色苍白。后来她晕倒了，大家就请来了医生。她死活不让医生听诊——让她当着男人的面脱衣服，她宁肯去死——后来不得不说出了缘由。医生怒斥了她一通，她才表示不再穿那样的东西了。为了她的安全着想，祖母从此监管了她的衣服。阿娜并未从这些苦行中得到任何所谓的神秘快感；她毫无想象力，根本谈不上像圣·法朗梭阿或圣女丹兰士所描述的诗意。她的苦心修行是痛苦和唯我的，自虐并不是为了求得来世的安康，而是对现在苦闷的一种解脱，通过疼痛而获得一种近乎变态的快感。出乎人们意料的是，这个拥有和祖母一样冷漠性情的女孩竟然能够感悟音乐，但连她自己也搞不清楚她能多么深刻地感悟音乐。对音乐之外的其他艺术她一概不感兴趣，或许她根本就没欣赏过一幅画，对造型美一点感觉也没有，她自傲冷漠，毫无情趣可言。美丽的身体于她而言只是一具裸体而已，她只会像托尔斯泰描述的农民那样对它产生更为强烈的厌恶感；这是由于她跟她所喜欢的人在一起时，潜意识中只有冲动的欲念而缺少心地坦然的审美意识。她从未想过自己是不是长得很美，就像她从未估量过自己到底有多少的天性被压制了一样；实际上她是不想明白，她已经习惯了自己骗自己，所以干脆糊涂也好。

勃罗姆和她是在他人的婚宴上相识的。那次她会出现在宴席上完全是个例外：大家一直都认为她出身卑微因而不敢邀请她。她那时刚好芳龄二十二岁。勃罗姆对她留了意，可并不是因为她有什么令人印象深刻的举动，而是在席上她穿着很难看的衣服，保持着刚强僵硬的姿态，一直沉默地坐在他的旁边。但勃罗姆一直滔滔不绝地和她交谈着，尽管从头到尾都是他一个人在自说自话，但他回去之后激动万分。通过粗略的表面观察，他觉得那邻座的女孩儿温婉尔雅、知书达理，同时他也欣赏她那健康优美的身体和那一看就知的善于持家的优点。他去拜访了祖母后，第二次再去时就提了亲，祖母也同意了。由于桑弗老太太把家产全部捐给公家发展商业了，所以根本就毫无陪嫁可言。

阿娜从不曾对丈夫有过爱情，而且把爱情当作是良家妇女应当回避的罪恶般对待。但她知道勃罗姆心地善良是难能可贵的，也对他没有因为她的出身低微而和她结婚充满了感激。她极其看重妇道，虽然结婚了七年之久，但他们之间从不曾闹过矛盾。他们常年守在一块儿，既不相互了解也不会认为这样相处有什么不对。众人都把他们当作一对模范夫妻。两人一起难得出一次门。勃罗姆的病人十分多，但阿娜却很难踏进他那个圈子，除却她出身的污点影响外，她的性格也不讨人喜欢，因为出身低微而从小备受轻蔑，使得她的童年充满灰暗的阴影，所以阿娜至今也很气愤，因此从心理上也抵制与他人亲近。并且她在人前常局促不安，也很乐意别人忘掉她的存在。但是因为丈夫事业的缘故，她不得不拜访和招待一些避无可避的客人。那都是些很有好奇心的、有点大嘴巴的女人，阿娜对于她们杂七杂八的流言蜚语完全不感兴趣，并且也毫不掩饰这种心理。而这一点正是令人无法忍受的。所以愿意来拜访的客人越来越少，阿娜也越来越孤独，而这正是她所希望的，她一直都不愿他人来打扰她心里萦绕的梦境和身上那种暧昧的骚动。

这几个星期以来，阿娜似乎一直病着，脸也迅速瘦了下去，她成天把自己关在屋子里胡思乱想，同时也躲着不和克利斯朵夫与勃罗姆见面。别人和她说话，她也是爱理不理。勃罗姆向来对女人这种任性行为很淡定，他还会跟克利斯朵夫解释相关情况呢，好像从来不了解女人的男人一样，他尽力去解释着。他现在似乎很了解女人了，但是似乎毫无作用。他了解女人往往喜欢做白日梦，即使心里对你有敌意，她们也不会说出来，这时最好顺其自然，不要去深究，特别是不要去深究他们的潜意识里在想什么。即便如此，他也开始操心阿娜的身体了，认为是因为她的生活方式不合理才导致了她的面容憔悴。因为她老待在家里，几乎从不出城，也难得出门，他要求她去散散心。他自己没什么合适的时机来陪她，周日，她要去敬神做礼拜，平常他要给病人看病。而克利斯朵夫又特意避免和她一起出去。曾经有过一两次他们一起到城门附近去散心，但心情却很沉闷，双方没什么话说。对阿娜来说，自然界似乎是虚拟的，她无法融入其中，田野在她眼里不过是草木和石头罢了，那种顽固脱世的态度使人对她失望透了。克利斯朵夫曾经陪她欣赏一处美丽的景色。她只是望了望，冰冷地一笑，无奈敷衍地说道："哦！是啊，那是有点神秘……"

她也会用着相同的态度说："是的，太阳很好。"

克利斯朵夫气得用手指自己捏着自己，从此再也不和她说什么了，她需要外出的时候，他总会找借口留在家里。

事实上阿娜对于自然界并不是毫无感情，她只是不喜欢别人眼中的风景罢了，不认为这和其他景色有什么区别。她喜爱大地田野——不管是哪一种——喜欢土地跟空气。她对于这种喜好，像对其他的强烈的感情一样，她自己并没有感觉到，和她一起生活的人就更不易感觉得到了。经过勃罗姆的一再劝说，阿娜终于同意到附近去玩一玩。这是她为了不必要的麻烦而做出的一种让步。他们决定周日去散步。

快到周日的时候，因为这件事而兴高采烈的医生，由于一个急症病人而抽不开身，只能让克利斯朵夫陪着阿娜去散步了。

虽然是寒冬腊月，但天气却非常不错，也没有下雪：空气寒冷刺骨，但却阳光普照，明晃晃的阳光，伴随着一阵刺骨的北风。

他们坐着区间小火车，向着重峦叠嶂的地方驶去。火车里到处都是人，他们俩分开坐着，一路上什么话也没说。阿娜似乎很不高兴，昨天她出乎勃罗姆意料之外地说这个周日不去做礼拜了。这是她第一次缺席礼拜。这是不是代表着反抗呢？……她内心的斗争，谁能知道呢？当时她脸色苍白，直瞪着面前的座位……

下了火车后，他们就去散步了，彼此都没说什么话。俩人肩并肩走着，她走路很生硬，似乎对什么都不注意，两条手臂晃来晃去的，鞋跟在冰冻的地上橐橐地响着。慢慢地，随着脚步越来越轻快，她的脸色也渐渐活泼起来，原先苍白的腮帮也有了一些血色。她张大了嘴巴，大口地呼吸空气。一条小路蜿蜒着向上，她走到拐角儿处，沿着斜刺里一个石坑，就噌噌地爬上了山岗，像一头羊，遇到要颠簸的时候便用手抓着身旁的灌木。克利斯朵夫紧跟在她后面。她越爬越快，跌倒了，就又爬起来，抓住身边的草。克利斯朵夫大声嚷着叫她停下来。她没有回答，却只是弓着身子，手脚并用地飞快往上跑。山谷的上空，浓雾像银色的绞绡般浮动着，一遇到树枝，便像个孩子般从中钻出来，露出一道笑脸。两人穿过这一片浓雾，来到了高处的阳光里。到了山顶，她停下来，转过身子，神色开朗，张着嘴巴微微喘气，同时又带着嘲弄的眼神瞧着跟在后面吃力地爬上来的克利斯朵夫。还没等他喘过气缓过神来，她就脱下自己的大衣扔在他脸上，像个调皮的孩子，还没玩够似的，迈开脚步就又向前奔了。克利斯朵夫无奈而又好笑地在后面追着。空气如此清新，迷迷糊糊的，他们好像醉在了这迷人的空气中，都有了游戏的兴致。她沿着一个陡峭的山坡狂奔下去，石子在脚下不安分地滚动着，可这并不能使人摔倒。像个撒欢的小羊扑向一片青草般地雀跃，她溜来滑去，连蹿带跳，不时回过头看一眼，估量着克利斯朵夫距离她还有多远。看着他越追越近，她便一溜烟钻进了树林。枯叶在脚下簌簌地响着，被撩开的树枝又转回来轻抚着她的脸。最后克利斯朵夫在一个树根上迎面就抓住了她。她不肯束手就擒，剧烈地挣扎着，对他拳打脚踢，奋力地想要甩开他，又是叫又是笑。她紧贴在他身上，胸部起伏不已；两人的腮帮就在咫尺之间，呼吸得那么近，甚至他都沾到了阿娜额上的汗珠，不用低头都可以嗅到她头发上潮湿的味道，空气中都流动着暧昧。

就在克利斯朵夫怔神之间，她突然使劲一推，挣脱了身子，隔开他，站着，挑战似的望着他，没有一丝骚动，可是他却发现在她身上有着一股不同于平常的、从来不曾使出来的力量，不由得感到十分惊奇。

接着他们向邻近的村庄出发了。他们一路交谈着，欢快地穿过一片干草堆，惊起一群在田野中觅食的乌鸦。刺骨的寒风一阵一阵迎面扑来，阳光却很温暖。克利斯朵夫半挽着阿娜的胳膊。她穿得不多，从她身体上蒸发出来的暖气一阵阵地扑向克利斯朵夫。他劝她把大衣穿上，她不愿意，并且像个故意赌气的孩子，偏把领口也松了，来表现自己的勇敢。他们来到一家乡村客店：招牌上有个“野人”的商标在张牙舞爪，门前一株小柏树在风中发抖，饭厅壁上挂着德文四节诗和两幅五彩印版画。这两幅五彩印版画，一幅《春》

弥漫着感伤，一幅《圣·雅各之战》激扬爱国意气。另外还有一个下端刻着骷髅的十字架。而在一张饭桌上，阿娜吃得狼吞虎咽，那神态却是克利斯朵夫从未见过的。他们兴致很高，喝了一点儿白酒。饭后，他们像两个老朋友似的，挽着肩，就又回到田里继续散步了。这一会儿，他们都感到心里难得的安静，只是想着走路的乐趣，想着这热烈的空气，想着他们胸中汹涌着的活力的热血。

阿娜不再小心翼翼，不再刻意隐藏自己，她呼吸到了自由，她大声地说，想到什么就说什么，大声地笑，似乎连空气都被感染了，洋溢着快乐的味道。

她讲起了她的童年：祖母曾经多次带她去拜访一位老太太，两个老人聊天的时候，就会打发她去靠近大教堂的花园里玩。高高的教堂投下阴森森的影子，把整个院子都笼罩在怀里。她安静地坐在一角，树叶在风中哀吟，虫蚁在悄然移动：既害怕也快乐——她没有说出一直萦绕着在她心中的念头——那是一种对魔鬼的恐惧。

听到人们说魔鬼经常会在教堂门口流连，她就始终没有进去；所有在树叶下、地面上，或是在墙壁的隙缝里蠢动的丑恶的小东西，蜘蛛、蜥蜴、蚂蚁等等，在她眼里全变成了妖魔的化身。接着她又谈到幼时的房屋，没有阳光的阴暗的卧室，这些她都一点一滴地回味着，想起她编着故事，整夜都没有入睡……

“怎么样的故事呢？”

“让人想入非非的故事。”

“能说给我听吗？”

她摇摇头，表示并不乐意。

“为什么不呢？”

她红了脸，笑着说：“不只是在黑夜，还有白天，甚至我在工作。”

她偏头想了一会，自己忽又笑起来，说：“不是什么好事，疯疯癫癫的。”

他取笑她，说：“你怎么一点也不害怕？”

“害怕什么？”

“下地狱喽。”

她登时冷了脸，说道：“啊！你不应该说这个的。”

他见状便把话题扯开了，转而很赞叹她刚才挣扎时的力气。于是她又恢复了信任的神情，接着聊到她小姑娘时候的大胆。（她嘴上还不承认说是“小姑娘”，却说是“男孩子”，因为她那时候一直很想和男孩子们一起打架和玩游戏。）有一次，她和一个比她高很多的小男孩在一起，她突然打了他一拳，期待着他会跟她干上一架，却没想到他竟哭着跑掉了。还有一次，她在一条黑母牛的旁边走过，忽然跳上母牛的背，母牛吃了一惊，把她狠狠地摔了下来，撞到了树上，差点丢了命。她也曾为了挑战自己，傻傻地从家里二楼的窗口往下跳，结果跌得一身的青肿，其他的什么也没得到。她一个人在家的时候，还发明过很多危险而又古怪的运动，让她的身体接受各种考验。

“谁能想到你竟会是这个样子呢，”他说，“你平常是那么严肃的一个人……”

“噢，你还没见过我自个儿在房里的样子呢！”

“怎么，难道你现在还敢这样玩吗？”

她笑了，随后又忽然扯到另外一个话题，问他是否打猎。他回答说不。她说她有一回对一只黑乌放了一枪，居然打中了。他听了很愤慨。

“啰！”她说，“这有什么关系呢？”

“你难道没有一点同情心吗？”

“我不知道。”

“难道你不认为禽兽也跟我们一样，同是生物吗？”

“我是这样认为的。可是我问你：你相信禽兽也有一颗灵魂吗？”

“我相信有的。”

“可牧师说没有。我，我认为它们有。”接着她又很认真地说了一句，“而且我相信我前生就是禽兽。”

他听着，笑了出来。

“这有什么好笑的？”她这么说着，也跟着笑了，“我小时候就经常给自己编造这样的故事。我想象着我是一只猫，一条狗，一只鸟，一匹小马，一条公牛。我时常感到有它们的欲望，会想要想跟它们一样长着毛或是翅膀，很想知道那会是怎样的一种感觉。有时会仿佛觉得我真的试过了。你明白这种感觉吗？”

“的确，你是个动物，而且是个非常古怪的动物。可是你既然觉得自己和禽兽同类，又怎么能忍心伤害它们呢？”

“一个人总会伤害别人的。有些人伤害我，而我又去伤害别人。这是不可避免的。我从来没有抱怨什么。对人不能太柔和！我叫自己受了很多痛苦，这纯粹是为了玩儿！”

“怎么，难道你还伤害自己吗？”

“嗯，你看，有一天我就用锤子把一枚钉子敲在这只手里。”

“这是为什么？”

“没有为什么。”（她没说出她曾经想把自己钉上十字架。）

"把你的手给我，"她说。

"做什么？"

"你给我就行了。"

他把手伸给她。她抓住拼命地掐，他疼得不由得大叫起来。像两个乡下人那样比赛，看谁能够叫谁更痛，他们玩得那样高兴，心里再没有什么别的想法。这个时候，世界上的一切，他们生命的锁链，过去的悲哀，未来的忧惧，以及在他们身上酝酿的暴风雨，一切都消失了。

他们虽然走了十几里的路，但却一点不觉得累。可是，她忽地停下来，倒在铺满干草的地上，一声不吭，把胳膊枕在脑后，面对着天躺着，望着天。多么寂静！多么恬适！在不远处，一道看不见的泉水断断续续，叮叮咚咚，好似脉搏的跳动，忽而微弱，忽而剧烈。远远的，天边，黑沉沉的一片，压得人仿佛透不过气来。紫色的土地上，站立着几排光秃秃的树木，就像一个个黑色的卫士。一层淡淡的水雾浮起，笼罩在这片土地上，做着朦朦胧胧的梦。此时，冬末的太阳，淡黄的年轻的太阳，也隐了下去，而飞鸟却像明晃晃的箭一般划空而过。远处传来乡间可爱的钟声，一村又一村，相互唱和，连绵不绝……克利斯朵夫也坐了下来，低头看着身边的阿娜，不由得出了神。阿娜的嘴边噙着淡淡的微笑，却并没有在想他，谁知道她想到了什么呢？

他在心里想着："这真的是你吗？我都不认得你了。"

"我自己也不认得了。我想我成了另外一个女人了。我不再恐惧，不再怕他了。啊！他使我窒息，使我痛苦！以前的我仿佛被钉在灵柩里……现在的我能呼吸了；这个身体，这颗心，只是我的了。

我的身体，我的自由的身体，自由的心，我的力，我的美，我的快乐！可是我不认识它们，我也不认识自己：你怎么能使我变得这样的呢？”

他仿佛听见她轻轻地叹着气。其实她脑子里什么都没有，只是很快活，觉得一切都是那么美好。

黄昏拉开了帷幕，在这灰灰的淡紫的雾霭之下，倦怠的太阳在四点钟就偷偷溜走了。克利斯朵夫站起来走近阿娜，弯下身子。她转过头看向他，眼睛因为望着天空太久还有点眼花，过了好一会儿才认出他来，于是张大眼睛瞪着他，带着一点神秘的笑容。克利斯朵夫似乎感染到了她眼中的惶乱，立即也把眼睛闭了起来，再次睁开的时候发现她还在望着他，神情是那样专注，他感觉彼此已经这样望着了好久好久。他们仿佛看到了对方的心，可又不想知道看到了些什么。

他向她伸出手来，她默契地搭在他手上，紧紧握着，两人都没有说什么。他们接着又走进村子，远远地就望见山坳间那些蒜形屋顶钟楼；其中有一座钟楼，有一个空的鸟窠在满生着苔藓的瓦上摇曳，像戴着一顶小圆帽。在接近村子的两条路的交叉口，有一个喷水池，上面供着一座木雕的圣女马特兰纳，伸着手臂站着，妩媚中带着些娇羞，像个撒娇的女孩。阿娜模仿神像伸着手的姿势，爬上石栏，把一些冬青树枝，和还没被鸟啄完、也没被冻坏的山梨放在女神手里。

在路上，他们遇到一群又一群穿着过节新衣服的乡下男女。那些女人，褐色的皮肤，血色极旺，头上挽着个很大的蛋壳形的发髻，斜戴着插着鲜花的帽子，穿着浅色衣衫，戴着红袖口的白手套，细着嗓子，唱着简单的歌，音调虽不太准，但声音很平静。不远处，母牛在牛棚里曼声叫着，患百日咳的儿童在屋子里咳嗽着，稍为远一些的，单簧管和短号的乐声呜呜地响着。而在村子的广场上，酒店与公墓之间，有人在跳舞，旁边有四个乐师围在一张桌上低低地奏着音乐。阿娜和克利斯朵夫坐在客店门前看着那些跳舞的人。他们撞来撞去，彼此大声吆喝着，女孩子们则为了作乐而叫叫嚷嚷着，而那些醉酒的客人挥舞着拳头在桌上打着节拍。要是在别的时候，这种粗俗的玩乐一定会使阿娜憎恶，那天的她却很是欣赏，竟也脱下帽子，眉飞色舞地瞧着、笑着。听着这可笑又不失庄严的音乐，看着乐师们一本正经的滑稽样儿，克利斯朵夫大笑起来。随后，他从口袋里摸出一支铅笔，又掏出一张账单，不假思索地就在账单反面写起曲子来，一下子就写满了密密麻麻的潦草的字迹，又找旁边的人要了一张接着写了起来。阿娜凑了过来，挨近他的脸，透过肩膀看着，嘴里也小声地哼着，不等他写完一句就猜着下一句，猜中了就欢喜，没有也不气恼，为着那出其不意的结局赞叹。一写完，克利斯朵夫就递给了乐师，技巧纯熟的施瓦本[①]人只看了一眼便立即演奏起来了。顿时广场上响起一阵清扬的音乐，感伤中藏着滑稽，间或又响起暴风骤雨似的鼓点，仿佛在哄堂大笑般，令在场的人都不禁也乐了起来，动了起来，跳了起来。阿娜也跟着兴奋起来，在人群中随意拉起两只手，就转起来，疯癫了一般，头发散开了，别在上面的贝壳别针也早已不知去向。这时，在黑暗中有一双明亮的眼睛一直盯着她，像从未见过一样，感到那样的惊奇，这世间竟有这样一头美丽健壮的动物，就像一只备受纪律压迫，从沉默呆滞中猛然爆发，充满着生机活力的动物。此时的阿娜在克利斯朵夫的眼中再不是曾经熟悉的那个人，完全变成了另一个人，抑或是个有着

① 施瓦本为靠近瑞士的一个德国山区。

无穷活力的酒神。听到她喊他，他便跑过去牵起她的手，伴着音乐舞蹈旋转着、旋转着，连整个世界都晕倒了，撞到了墙上他们才停下来。天色已经完全暗了下去，他们坐着歇了一会，才恋恋不舍地和大家告别。阿娜微笑着和乐师、店主，以及之前一起跳舞的少年握手，这在今天之前，阿娜是无法想象的，平常的她因为拘束或是轻蔑一直都很矜持。

寒冷而又明亮的天幕下，田野中缓缓地走来两个影子，是返回的他们，走着来时的路。阿娜刚开始还兴奋地谈论着，慢慢地，她话越来越少，后来可能是因为疲倦，也可能是因为黑夜的神秘抓住了她的心，完全一声不吭了。她亲密地靠在克利斯朵夫身上，看着脚下她清晨嬉笑游戏爬过来的山坡，微微地叹了口气，到车站了。

快要走到村口第一座房屋了，克利斯朵夫突然停下了脚步，看着阿娜，而她也望着他。眼波流动，不胜留念，她怅惘地笑了笑。

车中的乘客还是那么多，他们没有机会说什么话。他和阿娜面对着坐着，目不转睛地盯着她。她却埋着头，低着眼睛，偶尔抬起，也不多作停留，目光便又转向别处，而他无论如何也没法使她再掉过来。她望着车外的黑夜，心中一片茫然，嘴边挂着淡淡的笑，脸上却写满了疲倦。车子走得飞快，也带走了阿娜嘴上的笑容，她彻底地默然了、暗淡了，像一点微弱的火光在黑暗中静静地归于寂灭。他企图唤醒她那昏昏欲睡的激情，总是变着法儿跟她说话，可她再也提不起任何兴致，每次都是挤出只言片语，随意敷衍。他虽然心里猜到真正的原因，但他还是竭力地想要说服自已这只是因为疲倦。离城市越近，阿娜就越沉默，脸色也越凝重。下车的时候，她并没有向他伸出手。两人一路无言，默默地回到了家里。

一切似乎又回到了原来的轨道，可冥冥中似乎又有什么改变了，再也回不到过去。有一天下午四点的时候，勃罗姆有事出门了，家里就只剩下他俩。那天之后的第二天，城里就浮起一层淡淡的绿色的雾。莱茵河奔腾着，街车的电线在迷雾中爆出火星。天灰灰的，日光白白的，像苍白的脸上笼着挥不去的乌云。谁也说不出是什么时间：那是非现实的时间，在时间以外的时间。峭厉的北风呼啸而过，几日之后天气突然暖和起来，空气都湿湿的，仿佛披上了一块潮湿的雨布，那样沉重凝滞，大概又要下雪了吧。

客厅内，他们俩静静地坐着，都没有说话：他看书，她在旁边做着针线，空气冷冷的，陈设也是冷冷的，连女主人的脸上也染了一层冷色。他站了起来，踱到窗口，将脸贴在玻璃上，出了神；一片苍白的光，从阴沉的天空射到铅色的土地上，他不禁感到一片迷惘。心里有些不安分的思想四处窜着，他怎么也抓不住。一股难以言传的悲怆袭上他的心，蔓延至全身，像一双黑暗的手在一点点把他往下拉；灼热的风在他生命的缝隙中，在积聚的废墟底下回旋飞卷。他背对着阿娜。她低头正专心地做着手中的针线，并没有看他；可是她却仿佛心有灵犀一般打了一个寒噤，有好几次都扎到了手指，也不觉得疼。危险在向他们一点点靠近，他们有所察觉，但无能为力，甚至隐隐中有些渴望。

他竭力想要躲避这些不安，在屋子里走来走去。钢琴在那里向他展开怀抱，可他望而却步，不敢靠近，不知道会发生些什么。可是当他走过，他的手情不自禁地伸向钢琴，按了一个音，琴声像人声一样颤抖起来。阿娜吃了一惊，一个抖动便把手中的活计掉了下去。她转过身来发现克利斯朵夫坐着弹琴，脚不由自主地就被琴声吸引了，一步步向他靠近，走到了他的身旁。他蒙蒙眬眬地弹起了一个庄严而热烈的曲子，也是这首歌让她第一次露出了自我，令他永生难忘。主题未变，却添加了变奏曲，变得更加激昂。她跟着音乐便唱了起来，克利斯朵夫轻轻地和，一唱一和中，四周的一切似乎都忘了，什么都成了虚无，他们完全沉浸在这音乐的神圣的狂潮中不能自拔……

噢！音乐，你打开了灵魂的深渊，你破坏了精神的平衡，你开启了平时的人们如重门深锁的密室般的心灵。在这密室里，有着与众不同的活力，有着不容于世俗的德行与怪癖，它们喑哑地叫嚣着；而那实际明哲的理性、畏首畏尾的世故在门口守望着，像个吝啬鬼只肯露出一点缝隙让人看一眼，愚蠢的人们却以为看到的是全部。而音乐，就像一根魔术棒，一挥手，所有的门便都自动开了，放出了心中的妖魔，灵魂打开，赤裸裸的，再无一丝的隐藏——只要美丽女神的歌声还在，那些野兽翻不过如降妖除魔的法师的五指山。伟大的音乐家总是能用他坚定的意志让心中萌发的情欲入睡，而音乐一旦停下来，魔力就消失了，情欲也就惊醒了，咆哮着，在囚笼中躁动，焦急地寻找食物……

一曲终了，周围一片寂静……她在唱歌的时候不知不觉地就把一只手放在了克利斯朵夫肩上。两人一个坐着，一个站着，都不敢动，浑身哆嗦……电光火石之间，她突然弯下身子，而他仰起头来；两个人嘴巴碰到了，呼吸交融了……

就像闪电一闪而过，她猛地推开他，转身溜走，而他在黑暗中像一座石像一动不动。勃罗姆晚上回到家吃饭的时候，克利斯朵夫思想似乎已经静止了，阿娜也吃得魂不守舍，眼睛不敢看向他，只是呆呆地望着别处。一吃完晚饭，她立刻就回到了卧室。克利斯朵夫也不能忍受独自面对勃罗姆，就匆匆地回到了自己的房间。

半夜的时候，睡梦中的医生被一阵敲门声惊醒，不得已仓促出诊。克利斯朵夫辗转难眠，听到了他下楼的声音，听到了门轻轻被锁上，又听到了街上的脚步声越来越远。屋外大雪纷飞，天空就像膨胀的棉絮一般，一扯一扯的，便漏出一大把，撒向大地。六个小时，仿佛在织一床洁白的棉被，盖住整个房屋和街道。大街上整个城市一片沉寂，没有轻声细语，更没有从远处归来的车轮子的声音，无声无息，死掉了一般。克利斯朵夫在床上翻转着，一种难言的恐怖紧紧地抓着他，越来越近，他害怕得不能动弹，只是躺着，睁着眼睛，看着天花板上由于窗外白雪反照出来的银色的波光慢慢地浮动……忽然他听到一个细小的声音，如果不是他此时神经高度紧张，一般人是无法察觉的，而这个声音吓得他只打寒战。他听到甬道的地板上轻微拂动，便一下子惊得坐了起来。声音越来越靠近，终于在门外停下了……仿佛过了一个世纪，又像只是一瞬间……克利斯朵夫透不过气来，呼吸急促，满头大汗。窗外的雪花洋洋洒洒，飘过窗子，好似洁白的翅膀在挥舞。黑暗中有一只手摸索着，突然门开了，一个影子慢慢地走了过来，又在床边停住。

克利斯朵夫什么都看不到，只有她的呼吸和自己的心跳，那样清晰……她往前走了几步，停了下来。他们靠得那么近，甚至连呼吸都融合在了一起。彼此的目光紧紧地锁住，即使看不见……两人一句话没说，疯狂地互相抱住，她倒在他的怀里……

这样一小时、两小时，也许是一个世纪，突然听到楼下大门打开的声音，阿娜挣开身子，溜下床，飞快地跑了出去，没说一句话。

他听着她光着脚走远，脚步拂过地板。她回到了房里，静静地躺着，勃罗姆以为她正沉睡着，并没有想要惊醒她。她躺在丈夫身边，屏着呼吸，待他熟睡就睁开了眼睛，再也无法入眠，就这样一夜过去了。这样的她不知过了多少个夜晚。

克利斯朵夫也一夜未眠，唉声叹气，心里难过得要命。在他的心里，爱情，尤其是婚姻，向来是最严肃的。他平民式暴烈的性格和高尚的道德观让他平生最恨的就是那些诲淫的作家。通奸是他深恶痛绝的。对于别人的妻子，他表面上很尊敬，心理上却又觉得厌恶。欧洲某些上层阶级的交往让他无法忍受。被丈夫视若不见的通奸是下流，而神不知鬼不觉的私情是无耻，好比一个仆人人前毕恭毕敬，人后却恶言中伤主子。曾经不知有多少次，他毫不留情地痛斥这种人！不知有多少次，他和这类沦落的朋友断绝关系！可是现在，他竟也做出同样的事情，甚至更加罪不可赦。勃罗姆是他的朋友，阿娜是朋友的妻子，他在忧患困顿中投奔，不蒙遗弃，被好心收留，蒙受救济安慰，对他始终如一地慷慨热情。无论克利斯朵夫待得多久，主人都没有显露出一丁点的不满厌倦。他的生活的一切完全依靠着这个朋友，是朋友支撑着他的生命。而他竟做出如此下贱的事情，玷污了朋友的名誉，也毁了朋友的幸福——小小的幸福——作为回报。他卑鄙地欺骗了朋友，而且跟一个他以前从不认识的、从未了解过的、不爱的女人在一起，而那个女人恰是他朋友的妻子……他不爱她吗？他的心马上就否认了。他爱她，一想到她，胸中就涌起一道激流翻滚着，这何止是爱情，比爱情还胜出千倍万倍……这一夜，他凌乱了，心绪狂奔乱撞，如暴风雨般久久不能停歇。他把脸浸入冰冷的水里，屏住了气，打着哆嗦。精神的狂乱引发了一场寒热。

在他疲惫不堪地起来的时候，他想着她一定比她更羞愧难当。

天气大好，阳光照在雪上，反射起一片耀眼的光。他走到窗前，看到阿娜在花园里晾着衣服，那样从容自若，一心地做着活儿，没有一点波澜。她的一举手一投足之间有着从未有过的庄严，就连动作也像一尊雕像，让克利斯朵夫迷住了。

到了中午，两人在饭桌上相遇了。整天，勃罗姆都出去了，克利斯朵夫简直无法想象他跟勃罗姆见面会是什么样子，完全无法忍受。他想和阿娜谈谈，可总找不到一个清静的机会：老妈子走来走去，他们俩不得不小心翼翼地留神。克利斯朵夫竭力地想要看着阿娜的眼睛，想要看出那里到底隐藏着什么，可阿娜却一直在逃避，目光从未在他身上停留。她非但没有躁动不安，并且一言一行中都流露出一种高傲与庄严的气势。吃完饭，他认为终于到了谈话的时候，不料女仆收拾桌子出奇的慢，想要说的话总是没法开口；他们到了隔壁房间，她又设法盯着他们，总是有些东西要被拿来拿去，在走廊里来来往往，门并没有被关上，半开着，阿娜似乎也不急着关门。老妈子没有走开，似乎有心刺探着什么。阿娜坐在窗下，手里做着不离身的活计，而克利斯朵夫则背对着光，埋头坐进一张大靠椅里，书开着，却没有看进一个字。阿娜偶尔从侧面看到他，看到他痛苦地对着墙壁，脸上浮起冷冷的笑，一副与己无关的态度。融雪从屋顶上，从树上掉落下来，滴滴答答，唱着清越的歌。远处传来街上孩子们玩雪球的笑声，那样恣意开怀。阿娜蒙眬中似乎也睡了，四周一下子静默起来，与屋外的热闹成了鲜明对比，克利斯朵夫苦闷极了，差点儿想要大叫起来。

终于老妈子离开了，走到街上去了。克利斯朵夫立刻站起来，走向阿娜，刚要开口说：“阿娜！阿娜！咱们这是干了什么呀！”

阿娜突然抬起眼睛望着他，射出一道如火焰般炽热的目光。克利斯朵夫被她这样热辣辣的目光燃烧了，到了嘴边的话再也说不出口。他们互相吸引着，像两块磁石一样，慢慢地靠近，忽地就紧紧地抱住了……

黄昏的影子慢慢地爬上窗子。她躺在床上，衣服脱光了，伸着胳膊，身上没有一丝遮掩。他把脸深深地埋进枕头里，低低地呻吟着。他们的热血还在奔腾。她撑起身子，捧着他的头，手指点点摩挲着他的眼睛，他的嘴唇，一点点凑近，睁着眼睛望着他，直望进他的心里。她的眼睛深沉，像一片深湖，含着微微的笑，所有的痛苦都变得云淡风轻。他沉沦在这一片湖里，心甘情愿。寒噤像波浪般一阵阵地流过他们的全身……

这天夜里，克利斯朵夫独自坐在房里，自杀的念头徘徊不去。

第二天早晨，他一醒就去找阿娜。这一刻他突然不敢看她的眼睛了，一旦接触到她的目光，他就不知道要说什么了。他躲闪着射过来的目光，鼓足了勇气，说出他们之间的行为是多么的卑鄙无耻。可她还没听他说完，就伸出手捂住他的嘴巴，不让他再说下去；接着她走开了，眉头紧锁，嘴唇紧咬着，脸上布满阴云，仿佛陷入了无法自拔的痛苦中。他并没有停下来，继续说着。她便扔下手中的活计，打开门准备出去。他走上前紧紧地抓住她的手，把门关上，不胜悲苦地说她能忘掉自己的过错真是幸福。她勃然大怒，使劲推开他，大声地说：“闭嘴！你这个没用的东西！难道你看不见我的痛苦吗？……我什么都知道，我不要听你说。”

她的脸凹陷下去，眼睛红红的，瞪着他，那神气又恨又怕，活像一头受伤的野兽——他一下子呆住了，松了手，她就跑到屋子的另一个角落缩着。他没有再去追她，心里烦闷恐惧到极点。勃罗姆突然从外面回来，他们俩愣在那里，硬是没回过神来，只是望着，不说一句话，仿佛除了自己的痛苦，世界上其他的一切都不存在了。

克利斯朵夫走了出去。勃罗姆和阿娜坐在房里准备吃饭。吃到一半的时候，勃罗姆突然站了起来，打开了窗子，阿娜昏了过去。

克利斯朵夫借口出门旅行，一走便是半个月。阿娜一直把自己关在房间里，不肯踏出房门半步，只除了吃饭的时候。不久，她便又回到了过去的生活，曾经一度以为已经摆脱却突然发现这是个永远都走不出去的圈子，她又恢复了以前的意识和习惯。她刻意忽略掉发生过的一切，可是那些片段始终盘踞在她的脑海里，根深蒂固，苦闷一天天地增加，一点点地深入，浸入骨髓。下星期日，她仍然没有去做礼拜。但在又下一个星期日，她去了，不再间断。她并没有心悦诚服，而是败给了上帝这个敌人——她一直竭力想要逃离的一个敌人。她对他怀着满腔怨恨，像个受尽压迫的奴隶，敢怒不敢言。在做礼拜的时候，她的脸上写满了敌意，冷冷的；而在她心灵深处，她的宗教生活就是一场与主子对抗的恶斗，斥责对她来说就是最酷烈的惩罚。她假装听不见，可是又不得不听见；她咬紧牙关，固执的皱痕紧紧地拧着，目光狰狞恐怖，和上帝争吵。她愤恨地想起了克利斯朵夫，那个把她从灵魂的禁狱中放出又把她再次关进去的人，她无法原谅，是他让她忍受无尽的磨难痛苦。她再也不能在黑夜中入睡，在黑暗中睁开眼睛，任何时候都无法摆脱那些折磨的念头；她一声不吭，假装镇定地在家里继续指挥着一切，对于日常生活始终像一架机器一样规律，倔强而又固执。可是她还是渐渐地瘦了下来，勃罗姆很担心她，觉得她似乎害着心病，他对她嘘寒问暖、百般呵护，想要替她检查身体，但她很生气地拒绝了。

她越对他感到羞愧，就越是要折磨他，对他很残酷。

克利斯朵夫下定决心永远离开，拼命地让自己感到劳累，来惩罚自己：走很远很远的路，做着划船、爬山这样极其辛苦的运动。

可是不管怎样，心中的欲念都关不住、压不下。

他感到自己被热情压服了。天才生下来就是需要热情的。即便是那些最贞洁的人，如贝多芬、布鲁克纳，也需要有一个爱的人；在他们身上，人的原始的力量达到了极点，而那些受着幻想吸引的力量都被无止境的情欲抓住了，成了俘虏。那些情欲往往是一蹴而起的火焰，喜新厌旧，而创造精神的弥天大火瞬间就把所有的火焰都吞掉了。等到洪炉的热度冷却，不再充塞心灵，脆弱的心灵落了下来，投到热情的怀抱；它渴望着热情，创造着热情，恨不得让热情的火焰把它吞下去……除了需要能够刺激肉体的情欲之外，还需要温情，能使一个受了伤而失意感伤的男人靠近一个能温暖他的女子。而且，一个伟人比一般的人更接近于孩子，更像个爱撒娇的孩子，把额头埋进女子温柔的手心里，靠在她的膝盖上，把自己毫无保留地托付给她……

克利斯朵夫并不懂这些……他坚信热情是可以退去的，所谓永恒不灭的激情只是浪漫派的胡言乱语。他认为人应当奋斗，他相信奋斗是充满力量的，自己的意志也是有着无穷力量的……可是他这时找不到他的意志了，早就丢到九霄云外了。往事一幕幕在他眼前回放着，阿娜身上的气味，火辣辣的嘴巴鼻子，这些都在他的心里纠缠着，日夜不休。他好比大海中一只沉重的孤帆，找不到船舵，只能随风流走，四周都是海、都是水，无边无涯，看不到岸，无法逃离。他歇斯底里地朝着狂风怒吼着：“好，好，你吹，把我吹破吧！毁灭了吧！”

为什么，为什么要出现这个女人？我为什么偏要爱她？因为她心地善良吗？因为她有头脑吗？可是比她更聪明更善良的女人很多。是因为她的肉体吗？也有别的情妇更能满足他的情欲。到底是什么让他如此难以割舍呢？——“一个人爱了就是爱了，根本不需要任何理由。”——就是这样，可就算这样，也一定有一个理由，哪怕只是一个简单的理由。是疯狂？可又为什么会疯狂？这相当于没说。

每个人心里都有一个隐秘的灵魂，藏着些盲目的力量，藏着些妖魔鬼怪，平时都被困住了。人类一直以来，都用理性与宗教修筑成一道堤坝，想尽一切办法来抵御这个内心海洋。一旦暴风雨来临（内心越是充实，就越是容易被暴风雨控制），堤坝倒塌了，心中的妖魔跑了出来，肆意猖獗，和别的灵魂相击相撞……

它们彼此紧紧地拥抱，恨不得融在怀里、刻进心里。说不清是爱是恨，还是互相毁灭的疯狂——所谓情欲，用一句话来说，就是灵魂做了俘虏。

克利斯朵夫苦苦挣扎了十五天之后，又回到了勃罗姆的家里，回到阿娜的身边。他发现自己离不开她，精神上苦闷到了极点。

但他并没有一下子屈服。回来的那天晚上，他们都找了借口逃避着彼此不见面，连吃饭也没在一起。到了深夜，他们把各自锁在房里，颤抖着。可是到了半夜，当她光着脚跑过来敲他的门的时候，他妥协了。她爬到他的床上，贴近他的怀里，浑身冰冷，泪水打湿了克利斯朵夫的脸。她竭力想要冷静下来，可是她实在是太痛苦了，无法承受，把嘴唇印在克利斯朵夫的颈上，号啕大哭。他看到她竟如此难过，倒吓得连自己的痛苦都忘了，只能对她说些温柔的话哄她、安抚她。她打着寒噤说："我再也受不了了，我宁愿去死……"

他难过极了，心如刀割，想要抱她，她却躲开了。"我恨你！你为什么要跑到这里来呢？"

她转过身去，脱离开他的怀抱。床很窄，他们不可避免地还是会碰到对方的身体。阿娜背对着克利斯朵夫，又愤恨又痛苦，整个身子索索地抖个不停。她恨死他了。克利斯朵夫一句话都说不出来，觉得很沮丧，呼吸很沉重。阿娜突然翻过身来，伸手勾住他的脖子，怜悯道："可怜的克利斯朵夫！我让你受苦了……"

他第一次听到她这种怜悯的口气。

"原谅我吧。"她说。

"我们俩都一样。"他回答。

她撑起身子，坐了起来，躬着背，垂头丧气地说："我彻底地完了……上帝把我交给了敌人，他要我完了……我拿什么去反抗他呢？"

她保持着这样的姿势坐了好一会儿，才又躺下来不动了。屋子里慢慢地有了一道朦胧的光，借着微亮的光，他看着她的痛苦的脸紧贴着他，他微微叹了口气，轻轻说道："天亮了。"

她没有动。

于是他叹道："不管它，就这样吧！"

她慢慢地睁开了眼睛，走下床，眉眼间尽是疲倦。她坐在床边，望着身下的地板，低低地用着波澜不兴的语调说："我打算在今天晚上杀了他。"

他吓得立刻大叫了一声:“阿娜!”

她直瞪着窗户，脸色阴沉。

“阿娜，做人要有良心，这样的一个好人，怎么能忍心下手杀他呀!”他说。

“是，不能杀他。”阿娜接着说。

他们默默地彼此望着。

他们心中都盘旋着一个共同的念头，他们早就知道的唯一的出路。他俩都不想瞒骗丈夫、瞒骗朋友，更没有想过要一起去逃亡。横在他们之间的阻碍不是外界的非议阻拦，而是他们两颗不同的心早就在他们之间画下一道无法跨越的鸿沟。就像隔着银河的牛郎织女，既不愿意放弃离开，更不能一起生活。简直陷入了绝境。

从那时起，他们就不再见面了:死神如影随形，在他们心里对方都是如此的神圣。

他们总是在心里想着:“明天吧,就明天……”却迟迟下不了决心，明天被无限地延期。克利斯朵夫内心常常在激烈地斗争着，他不承认失败，更瞧不起自杀，就这样白白送掉伟大的生命，他说服不了自己。而阿娜又何尝心甘情愿?在她的基督教信仰中，自杀是会被关进地狱、不得进天堂的[①]。可按照现在的情形，仿佛是非死不可了。

第二天清晨，克利斯朵夫见到了勃罗姆，这是在做了对不起他的事情之后，两人第一次单独在一起。直到现在，他还想要避开勃罗姆，不想跟他亲密地握手，更不想和他坐在同一张桌子上吃饭。

那是每吃一口都如鲠在喉的，他无法忍受，简直就要疯掉了。吃他的面包，和他握手，那不就是犹大在最后的晚餐中虚情假意的

① 基督教的说法，凡自杀的人不得进入天堂。

亲吻吗[①]？……对于克利斯朵夫来说，最恐惧的还不是瞧不起自己，而是想到朋友一旦得知真相之后的悲痛……每次一想到这，他就像接受酷刑一样痛不欲生。他知道善良的勃罗姆不会怨恨，更不会报复，但一想到那样的绝望简直就已经让人无法承受……他会用怎样的眼光看他呢，绝望，痛心？那样批判的目光会像针一样刺进他的心，疼痛且不安——而事实总会浮出水面，勃罗姆最后一定还是会知道，此时的他不就已经有些起疑了吗？离开才半个月，克利斯朵夫就看到勃罗姆跟以前完全不一样了，他再也没有从前的兴致，连微笑都那么勉强。吃饭的时候，他老是偷偷地向阿娜张望，看着她不吃东西，也不说话，像个迟暮的老人等着油尽灯枯。他小心翼翼地想要照顾她，却被恶狠狠地拒绝了；他无奈地低下头，沉默了下去，再没有说一句话。突然阿娜觉得闷得慌，站起来，扔下饭巾就出去了。留下来的两个男人相顾无言，默默地低头继续吃着，谁知道是不是真的在吃呢？克利斯朵夫一吃完，正准备离开，突然勃罗姆抓住他的胳膊，喊了声："克利斯朵夫！"

克利斯朵夫吃了一惊，望着他，心慌意乱。

"克利斯朵夫，"勃罗姆颤抖着声音说，"你知道这是怎么了吗？"

克利斯朵夫仿佛被人一刀插进胸膛，一时什么也答不上来。勃罗姆带着怯生生的眼神望着他，接着说："你经常看到她的，她对你很信任……"

克利斯朵夫几乎要跪下来，亲吻他的手，乞求他的原谅。但勃罗姆一看到克利斯朵夫慌张失措的神情，也不敢再看着他，目光饱含哀求的泪水，吞吞吐吐地说："你是不是……也什么都……不清

---

① 犹大出卖耶稣之前，亲吻耶稣。

楚？”

“嗯，我不知道，到底发生了什么。”克利斯朵夫小声地回答，看起来是那样的狼狈不堪。

这个善良的人是如此的伤心，他虽然问出了这些天以来藏在他心中的疑惑，可又没有勇气面对真相……而你明明知道真相，却不能说出来，更不敢告诉他，这于他是多么的残忍，于你又是多么的痛苦……

“好，好的，非常感谢你……”勃罗姆说。

他双手紧紧抓着克利斯朵夫的衣袖，站在那并没有立即离开，躲闪着克利斯朵夫的目光，仿佛还想问些什么却最终还是没有开口。好久，他才松开衣袖，走了出去，隔得好远还能听得到他的叹气声。

克利斯朵夫再一次不得不欺骗朋友，为此难过极了，他找到阿娜，慌慌张张地对她讲了刚才的情形。阿娜仍然表现得很平静，只淡淡地说了句：“知道就知道了，又能怎样呢？”

“你怎么会这样说呢？”克利斯朵夫大叫起来，“不管怎样，我都不想让他痛苦！”

阿娜顿时发怒了：“怎么，只能我一个人痛苦，难道他就不能痛苦吗？他也要跟我一样痛苦才行！”

他责怪她自私地只想着自己，她埋怨他的心里只关心她的丈夫而根本没有为她考虑过，俩人说的话越来越难堪。时间分分秒秒地过去，他说他不想再这样下去了，他要去向勃罗姆自首，坦白一切事情，阿娜却阻止了他，斥责他的自私，绝不肯让他对勃罗姆说出一切，就算他再难过不安也不在乎。

她虽然说着狠话，但还是跟克利斯朵夫一样时刻惦记着勃罗姆。

她还是很关心他，重视他们之间的关系以及责任，即使她从没有真正爱过他。她并没有想过作为一个温柔的妻子，爱她的丈夫是理所应当，但始终认为照顾家务、忠实丈夫是应尽的义务，没有做好这个让她感到很羞耻。

她比克利斯朵夫更清楚地知道：勃罗姆不久就会知晓一切。但她并没有说出来，既是自己不肯示弱认输，也是不想扰乱心绪本已是一团乱麻的克利斯朵夫。

世上没有不透风的墙，有人的地方就有闲言碎语，即使是与世隔绝的勃罗姆家，抑或是早已深藏的布尔乔亚的悲剧，是秘密总有被发现的一天。

在这个城里，谁的生活都不能被隐藏得密不透风。奇怪的是，当你走在街上，即使没有一个人，家家户户的大门与窗子都关得紧紧的，但窗口都悬着一面镜子，一走过去，便可以听到半开着的百叶窗被立刻关上的声音。似乎谁都不认识你，更没有理会，把你当成了空气，可实际上你的一句话、一个动作，都落在了别人的眼里，连任何一点点细微的痕迹都没有被放过。他们知道你在做什么，说什么、吃什么、看到什么，甚至自作聪明地知道你在想什么、这种隐秘监视无处不在。刺探似乎是一种本能，仆人、送货的人、亲戚、朋友、闲人，甚至是不相识的路人，大家似乎都团结在了一起，不管再细小的蛛丝马迹集中起来也能被顺藤摸瓜，牵出一大串的猜测或联想。人们不仅关心你的所作所为，更关心你的灵魂。在这个城市里，谁也没有权利保守良心的秘密，但每个人都有权利刺探你内心深处的想法，一旦你的思想与社会上的主流有冲突，人们就有权利对你进行制裁。灵魂集体的无形的独裁专制，完全压在个人的身上；

所谓个人就是小孩子，一辈子被监护，从来都没有什么是真正的属于他的，什么都是属于别人：属于全城的。

在阿娜连续两个星期日没有出现在教堂里之后，疑忌就在人们中间产生了。以前从来没有人真正关心过她是否做了礼拜，而她一直也是独来独往的，大家似乎也早就忘了还有她这个人。但在第一个星期日的晚上，大家就注意到了她的缺席，默默地记下。于是在第二个星期日的时候，虔诚的信徒们盯着《福音书》或是牧师一张一合的嘴巴，都在专心致志地做着灵修的事业，同时谁也都留意到阿娜的位置再一次空着。第二天，阿娜家里迎来了一群好久未见的客人：有的人是以为她病了；有的人是对她，对她的丈夫以及这个家又重新产生了新的兴趣；有的是消息特别灵通的人，躲躲闪闪地提及她两个星期都没有去做礼拜的事，想从中探听到些别的什么。总之各种借口层出不穷。阿娜并没有多说什么，巧妙地避开了，只是谈些琐碎的家务。客人们只是听着，偶尔不咸不淡地附和几句，阿娜心里明白她们实际上是一个字都不相信的。她们的眼睛不安分地到处乱转着，在屋子里寻找着、注意着，没有放过任何一样东西，都记在了心里；可是表面上仍然是嘻嘻哈哈地乐着，但眼中的好奇是那么的明显。她们有几次还假装无心地询问关于克拉夫脱先生的最近的情况。

几天之后（这些都发生在克利斯朵夫出门旅行的时候），牧师也来到了她的家里。这是个极漂亮的中年人，为人殷勤热诚，神闲气定，仿佛世上的一切真理都在他的手里。他向阿娜亲热地询问她的身体情况，虽然是心不在焉地听着阿娜的解释，但却彬彬有礼，捧着一杯茶，说到饮料，又提到葡萄酒早已在《圣经》中有了记载，并不含酒精，接着又随意地背诵了几段经典，讲了一个故事，谈笑风生，怡然自若。在快要离开的时候，他隐射地谈到结交坏朋友是很危险的，就像某些散步，某些亵渎神明的想法，某些邪恶的欲望，以及不道德的跳舞等等。他仿佛说着一般的情形，但阿娜知道说的就是她。随后他沉默了一会儿，站起来咳了几声，客气地请阿娜代自己向离家的勃罗姆先生致以问候，又说了句拉丁文的笑话，微微颔首行礼，便走了出去。

听完他的半讥半讽，阿娜的心就像掉进冰窟了一般，感到刺骨的寒冷。那是讽刺吧？可是他从哪得知克利斯朵夫和她一起散步呢？当时他们一路上并没有遇到任何一个熟人。但是在这个城市，没有什么别人是不知道的。在乡村客店，一个有着特别相貌的音乐家和一个穿着黑衣服的少妇一起拉着手跳舞，这样的事不能不被别人注意到；接着这个消息不胫而走，没过多久就传到了城里，多事的闲人一听便猜到了阿娜。虽然只是猜测，但经过添油加醋的传说已是十分精彩，甚至再加上阿娜家里老妈子的情报，情节更是异彩纷呈。人们的好奇心被挑逗起来，一双双的眼睛都在暗中盯着、窥探着，好似一只守在洞口等着耗子的猫，只等耗子自投罗网。

如果阿娜不是生活在这个社会，没有性格中的那种虚伪，即使是粉身碎骨，她或许也不会认输，反而是一般普通人的恶意的三言两语更可能会激怒她，让她起来反抗。但是一直以来所受的教化不允许她这样。她尽管对舆论的粗暴无聊感到愤恨，但内心深处还是很推崇舆论的。如果舆论要对她实行制裁，她也会服从，即使与她的良心冲突，她也不会有任何的不满。她不会并瞧不起城里人，也不能接受被城里人瞧不起。

一年一度的狂欢节又临近了，终于迎来一个人们能够公开毁谤的时候。

一直到阿娜这个时代（但以后改变了），当地的狂欢节那不顾一切、肆无忌惮的古风始终保存着。这个节日最初的目的，只是让人们在这个时候能够得到放松。人类一直以来在精神上或多或少地都受到了一些约束，或是宗教，或是风俗，抑或是理性。所以在这个时代，理性的力量越强，风俗法律越是严格，这样的地方在狂欢节的表现就越是无忌大胆。而阿娜所在的城市就是这样的一个大胆放纵的地方。在平日因为礼教的森严，一言一语、一举一动都受到牵制的人们，在这个日子里，都放纵了起来。所有隐藏在邪恶灵魂里的东西：仇恨、忌妒、卑鄙无耻的好奇心、作恶的本能，都一下子冲了出来，仿佛终于得见天日一般，在赤裸裸的阳光下横行霸道。每个人在街上戴着一个面具，走到心中憎恨的人面前狠狠地羞辱，在广场上自豪地宣布自己在这一年中所听到的一点一滴的丑闻秘史。甚至有的人拉来一辆车，有的擎起高脚灯，甚至用字画来揭露城中隐秘的故事。还有的人伪装成自己的敌人，形容得惟妙惟肖，连街上的野孩子一看都能指出本人的名字。在这三天，还有专事诽谤的小报出版，连上层阶级的人也会参与这类狡猾的匿名攻击的游戏。而地方当局只对带有政治意味的隐喻干涉之外，其他的概不干预。这种漫无边际的自由曾经有好多次都引起了外邦代表与本地政府的纠纷。城中的市民一到这些日子就提心吊胆的，生怕哪一天就在街上被公开侮辱，因为他们得不到任何的保障。这大大改善了本城的风俗教化，而城里人最引为自豪的就是那种流于表面的清白。

阿娜此时在心里就存着这样的恐惧——实际上她并不需要感到

害怕什么，因为一切都只是谣传，并无一点根据。她是那样的卑微，舆论的矛头很难指向她。但她由于长期地隔绝于人世，加之失眠几星期后所产生的极度疲乏与神经紧张，最离奇的恐怖在她的想象中也是平常。她过分夸大了那些不喜欢她的人的险恶，在她眼里，四周都是猜疑的眼睛，就算只是一件极细小的事也能立刻毁掉她，谁又知道这种事不是已经发生了呢？这样她必然会受到可怕的侮辱，她的隐私会在大庭广众之下被人毫不留情地揭露，她的内心也无处可逃。一想到会这样当众受到羞辱，阿娜就恨不得立即钻进地下，立刻死掉才好。几年前，传说有一个姑娘因为受辱不得不全家逃离这个城市。你既没有办法阻止，也不能保护自己，甚至每天都要在不安的等待中度过，猜疑中的等待又是那样漫长痛苦。

阿娜就像一只走入困境的野兽，睁着眼睛在四周环望着。她清楚地知道，她已经被围住了，而且就在自己的家里。

阿娜家的老妈子巴比，高大又健壮，四十左右的年纪，太阳穴和脑门部分的肉已经瘪缩，脸盘上部很窄，而下半部却很长很宽，牙床骨底下的肉向两边摊开，像一只干瘪的梨。她的脸上永远挂着笑意，可一双眼睛却像钻子一样尖利，深深地向里凹陷着，眼皮红红的，睫毛也隐了进去。她表面上好像一直很快活，尊重主人，从未反对过什么，总是很担心他们的健康。有事吩咐她，她笑着接受；有时责备她，她也笑着接受。勃罗姆认为她老实忠诚，经得起任何考验。而且她那笑眯眯的神色和阿娜的冷淡正好形成了对照。但她也有很像女主人的一些地方：像她不爱说话，打扮整齐严肃；像她热心于宗教，每次都陪她做礼拜，但凡灵修方面的功课都做得很好；至于作为仆役的本分，清洁、烹饪、准时、操守，更是无可挑剔。

她是一个模范的仆人，同时也是阿娜的潜伏在家里的一个标准敌人。阿娜凭着女性的直觉，把巴比彻底看透了，她们心里都知道彼此谁都瞧不起谁，但说都没有明显地表示出来。

克利斯朵夫旅行回来的那个夜晚，阿娜非常痛苦，虽然下定决心不再见他，但还是忍不住偷偷地光着脚板，在黑暗中摸着墙壁慢慢地走过去。在接近克利斯朵夫的房间地板上，阿娜忽然觉得脚底不再是光滑冰冷的，而是暖暖的、软绵绵的。她蹲下去伸手摸了一下，是一层灰，她顿时就明白了：甬道里有两三米的地方都被人偷偷地铺了一层薄薄的细灰。这是巴比的诡计，竟跟当年的矮子弗洛商用来侦察特里利斯坦和伊索尔德幽会的方法一模一样。不管是好的还是坏的榜样，千百年来的模仿者从未断绝：人类的经验传承可见一斑。阿娜并没有迟疑，为了表示她并不屈服，便继续前进，直接走进了克利斯朵夫的房里，也没有对他多说什么。虽然瞧不起这种低级的伎俩，阿娜在回去的时候，还是拿了一把放在壁炉的扫帚，细心地扫除了踩在灰上的脚印。第二天早上，阿娜和巴比如往常般相遇了，一个冷冷地拉着脸，一个仍旧挂着不变的笑容。

巴比有个比她年纪大一些的亲戚，经常来看望她。他是个在教堂里看门的，一到做礼拜的时候就在门口站岗，缠着白地黑条、吊着银坠子的臂章，手里拄着根上端弯曲的木杖。他叫萨米·维兹希，又高又瘦，脑袋微微向前伛着，没有胡子，像个乡下老头儿一样严肃，原来是做棺材的。他对宗教有着不可动摇的忠诚，了解一切有关本地区教徒的谣言。巴比和萨米想要结婚，因为他们互相敬佩，佩服彼此的严肃、信仰的坚定以及性格的凶狠。但他们并不急于决定，都在暗中谨慎观察着。最近萨米多次过来，而且进来得神不知鬼不觉。

阿娜每次经过厨房，往往从玻璃门中就瞧见萨米靠近炉灶坐着，而缝着东西的巴比就坐在一边。他们俩说话的声音极小，一点都听不清，只能看到巴比的嘴唇眉飞色舞地扯动着，萨米则是笑着，抿着一本正经的大嘴巴，好一幅奇怪的景象：像在演哑剧一般，屋子里静悄悄的，没有一点声响。阿娜一走进厨房，萨米就毕恭毕敬地站起来，并不说话，只是等她走了之后才会重新坐下。开门声一响，巴比就马上停下话头，故意装作谈的话题无关紧要，极恭顺地笑着，等着阿娜的吩咐。阿娜虽然怀疑他们在谈论自己，但她实在瞧不起他们，认为偷听他们说话都是降低了自己的身份。

在巴比的诡计被阿娜识破的第二天，阿娜跨进厨房，一眼就看到萨米手中拿的是她那天夜里扫清脚印的小帚。这时她才想起这是在克利斯朵夫的房里拿的，却忘了归还原处，竟直接丢在了自己的房里，被巴比发现了。此刻巴比和萨米正在琢磨这件奇怪的事。阿娜不动声色，巴比沿着她的目光看向扫帚，假意地笑了笑，解释说："我看扫帚坏了，就让萨米帮忙修一下。"

阿娜没有揭穿这个明显的谎言，只当作没听见；她看了几眼巴比手中的活儿，随意批评了几句，就若无其事地走了出来。刚把门一关上，她的那股子傲气就消失了，她不由自主地躲在了拐角的走廊上偷偷地听着（若不是感到十分的屈辱，才不屑于做出这样的事），她只听见一声很短促的笑声，紧接着又是一阵窃窃私语，完全听不到什么。但她当时简直吓晕了，以为听到了一直以来她担心的事，似乎他们谈到的是下次在狂欢节上的化装和喧扰。是的，就是这样，他们打算穿插进铺灰的故事……也许是她听错了，但此时的她被缠绕了将近半个月来的念头搞得神经已经接近崩溃的边缘，所以她不仅把无法确定的事当作了可能，而且成了必然会发生的事。

于是她偷偷地打定了主意。

这天晚上（就是狂欢节以前的星期三），勃罗姆出了城，到离城将近二十里的地方去出诊，只能第二天早上赶回来。阿娜把自己关在屋里，不肯下来吃饭。她打算就在这个晚上实行她的计划，但并没有告诉克利斯朵夫，决定自己执行。她从心里看不起他，想着：“他即使答应了也不会做。男人都是自私的、虚情假意的。他还有自己的艺术，很快就会忘记我的。”

这个生性暴戾，似乎没有一点恻隐之心的女人，对于同伴也许会有些怜悯之心，但对于自己却始终不愿意承认这点同情，她太强悍了。

巴比对克利斯朵夫说太太要她代为道歉，由于不大舒服的原因，想早点休息，不能一起共进晚餐。克利斯朵夫无奈地只好在巴比的注视下独自一人默默地吃着晚饭；而她一直絮絮叨叨的，想要让他开口说话，并且一再替阿娜说着客套话，最后连轻信的克利斯朵夫也觉得不安起来，起了疑心。他正想借着这一晚和阿娜好好地谈谈，他不能再拖下去了。那天黎明两人的约定，他一直都不敢忘。一旦阿娜要求，他随时都准备履行承诺。但同时他又觉得两个人双双这样殉情未免太荒唐，并不能解决实际问题，反而会把所有的痛苦和难堪都加在勃罗姆身上，这样太自私了。最好的办法还是彼此分开，自己离开，只要他能够鼓起勇气。

但他能够做到吗？他不是离开过一次又回来了吗？转念一想，如果自己离开之后实在悲痛欲绝，无法自拔，就自己结束好了。

他吃过晚饭，盘算着悄悄溜进阿娜的房间。但巴比形影不离，老跟着他。平日里早就该完成工作的她，这一晚却一直在厨房里忙个不停。等到克利斯朵夫终于看到希望的时候，发现巴比在通往阿娜房间的甬道上整理着一口壁橱。看到一本正经地坐在一只高凳上的巴比，克利斯朵夫终于明白她整个晚上都不会离开了。他生气极了，恨不得将她和那一堆堆的盘子碟子一起摔下楼去；但他还是忍着性子，让她去问问女主人是否好些了，他能不能去看望她。

巴比进去之后转身出来，带着一种邪恶而又兴奋的神气对他说，太太好多了，想好好睡一会，并不希望有人来打搅。巴比一直坐着，等到克利斯朵夫关灯睡觉了才上楼，故意没有把门关紧，半开着，方便听到屋子里的声音，准备继续在黑暗中监视。不幸的是，没法熬夜的她一倒在床上就睡熟了，而且一觉睡到了天亮。无论是打雷，抑或是有再大的好奇心都不能把她惊醒。这一点谁都清楚，因为她的鼾声就是在楼下也能听见。

听到熟悉的声音，克利斯朵夫于是来到阿娜房里，他心里十分忐忑，觉得有必要跟她谈谈，不过当他到了门口想要旋转门钮的时候才发现门是闩上的，于是轻轻敲了一会儿：没有回音。他用嘴巴紧贴着细小的锁孔，先是低声的，继而是苦苦的哀求，都毫无结果，没有任何动静。他以为阿娜睡着了，不过却感觉自己心里有一种无法言语的痛苦。极力想要听到屋子里声音的他把脸贴得更紧了：一股莫名其妙的气味使他吃了一惊，顿时俯身闻了闻，才发现原来是煤气。他瞬间感到心凉了，不再考虑会不会惊醒巴比的他拼命地去推房门，只不过房门还是那么紧一动不动……他忽然明白了：跟阿娜的卧室相连的盥洗室内有一个小煤气灶，肯定是她把开关拧开了。一定要把房门弄开。慌乱的克利斯朵夫至少还是很清醒的，明白不管怎样还是不能让巴比听见了。考虑到这点，他把全身力量顶在门上，然后用力一推。这紧闭着的非常牢固的门却只是咯咯地响了下，依然一动不动。阿娜的卧室和勃罗姆的书房中间还有另外一扇门是连通的。想到这，他便绕到书房，却意外发现这扇门也是紧闭的。不过比那扇门好的是，这扇门的锁是露在外边的，于是他便想着把它拽下来，只不过这也很难。他必须要先弄掉嵌在木头里的四只螺丝钉，但身边只有一把小刀，而且漆黑的洞里什么都看不见，又担心引爆煤气炸掉屋子而不敢点火。费了好久工夫的他硬是把刀尖试着弄进了螺丝钉的旋纹里，然后又弄进去了另一个，不料刀尖断了，手也弄破了；那些螺丝钉又是超乎想象的长，根本无法弄出来。满身冷汗的他又急又乱，一件童年往事忽然浮现在脑海中：好像看到了自己十岁那年被关在屋子里时，自己怎样弄开了锁逃出房间的情形……于是最后一只螺丝被征服了，随着许多木屑的掉落锁被拿下了。克利斯朵夫冲进房间，打开窗子，一阵冷风顿时吹了进来。克利斯朵夫跌跌撞撞地找到了床，且不小心触碰到了阿娜的身子，战战兢兢的双手隔着被单摸到纹丝不动的双腿，一直到腰：原来阿娜坐在床上发抖。煤气还没发生作用：屋子的天顶很高，窗户也是稀散的，空气能透进房间的任何角落。克利斯朵夫把她搂在怀里。她却很生气地嚷道："去你的吧！……你来干什么？"

她歇斯底里地对他乱打一通，但最后还是倒在枕头上，拼命地哭着说："哎哟！哎哟！得重新再来的了！"

克利斯朵夫紧握着她的手，使劲抱着她，抱怨着她，跟她又是温柔又是正经严厉地说道："你死吧，别让我跟着一块死！"

"哼！你！"她的话显露了她心里满怀的怨恨，好像是说：

“你，你是要活的。”

他试着换一种责怪的语气跟她说道：“疯子！你不是要炸掉屋子吗？”

“我就是要这样。”她愤愤不平地嚷着。

他挑动着她宗教方面的畏惧，而且这下正中她的要害。他才刚开始说起，她便受不了了，叫着要他住嘴。但是他不这么想，他觉得只有这样说下去，说这些她的畏惧，才有可能真正激发起她的清醒认识，才能真正让她清醒过来。她于是默不作声了，只抽抽搭搭地打呃。待他说完后，她很是气恨地回应道：“这下你高兴了吧，都是你做的好事，现在把我整彻底了，你说要我怎么做？”

“活下去啊。”他说。

“活下去！难道你认为这有可能吗？你什么都不清楚，什么都不知道！”

“到底是怎么了？”他问。

她耸了耸肩膀：“你听好。”

她便用简明但又不连续的话语说出了自己心里埋藏的所有的事情：巴比的刺探，铺灰的经过，萨米的事，狂欢节，无处可逃的羞辱，等等。甚至当她说的时候，她自己都不知道哪些是有理由的恐惧，哪些又是无缘无故的。他只是吃力地听着，莫名其妙地比她更模糊地分不出有哪些恐惧是有根据的。他怎么也没有想到人家正在暗处默默注视他们。他想知道更多的关于这个的事情，却怎么也说不上来：这一类的敌人是最让人无奈的，他毫无头绪地快要气疯了，甚至此时此刻脑海里只想着要打人。

“你为什么不打发巴比走呢？”他问。

她很不耐烦地回答。毫无疑问，如果把巴比赶出去会比让她待在这里更危险；克利斯朵夫也明白了自己问得有点毫无意义了。脑子里有许多许多的思绪在斗争，他认为必须要立即做出决定，马上有所行动。他握着抽搐的拳头说："我要去杀他们。"

"杀谁？"她甚至觉得这些个没用的话语都不屑一笑。

他耗尽了所有勇气，四周遍布着奸细，却抓不到任何一个，所有人都是卧底。

他只是失望无奈地说了句："卑鄙的东西！"

他跪倒在床前，用脸紧紧贴着阿娜的身子——彼此默不作声。她可怜眼前这个连自己都无法保护更别说保护她的男人，而且也觉得他让人感到可鄙。贴着阿娜身子的脸，他感觉到她的大腿冷得在哆嗦。窗户是开着的，外面气温很低；清澈明朗的天空，似乎连星星都稀薄地在发抖。

发现他和自己一样心神全无，她的心里便也觉得舒服了些，然后很疲惫却依然很凶巴巴地吩咐他道："去点一支蜡烛来！"

他点了火。阿娜牙齿咯咯地响着，蜷缩着身子，缠绕的手臂抱在胸前，下巴也无力地搁放在膝盖上，关上窗户的他便坐到了床上来，抓着她那冰冷的脚，甚至低下头用手和嘴巴焐着，此时此刻她也不禁被感动了。

"克利斯朵夫！"她叫了一声，凄惨的眼神无法形容。

"阿娜！"

"我们该怎么办？"

他瞧了瞧她回答道："死吧。"

她兴奋地喊起来："噢！真的吗？你也同意去死吗？……那么我

就不会孤独了！”说完，她把他拥入怀抱。

“你以为我会放弃你吗？”

“是的。”她低声回答。

似乎直到听到这话他才明白她到底是有多痛苦了。

一会儿之后，他向她传送了一个疑问的眼神，她明白了，答道：“书桌的抽屉里，右下面那个。”

他便依着她的话找了去，果真在屉子尽头找到了一把勃罗姆在大学念书时买的手枪，一直都放在那没用。克利斯朵夫接着又在一只破匣子内找到几颗子弹，昏昏然全拿到床前，阿娜看了看，随即便转过头去了。克利斯朵夫过了一会问道：“你不愿意了吗？”

阿娜猛地回过身来：“哪有不愿意！……来……快点儿！”

她心里琢磨着：“从此我得永远沉陷在窟窿里了，不论早晚，总之就只是这么一回事！”

克利斯朵夫用笨拙的双手填充好子弹。

“阿娜，”他颤抖地说道，“我们之间必须有一个要看着另一个先死去。”

她顺手夺过枪：“让我先来。”

彼此还在互相对视着……可怜！即便是到了现在两人快要死在一块的时候，他们还是觉得彼此的距离好远好远！……好像都在问自己：“我这是干的什么呢？什么呢？”

而且两人透过对方的眼神都看出了这个念头，克利斯朵夫尤其清楚这个行为是有多么荒唐，过去的所有都是白费了，奋斗也罢，痛苦也罢，希望也罢，一切的一切都会随着这样的行为随风而去，糟蹋了，浪费了。举手之间，什么都被净化了……如果换作平时正常的时候，他早就夺过了阿娜手中的枪扔出窗外，喊道：

“不！我不愿意。”

然而痛苦的八个月，所有的怀疑、可悲的事，加上这场狂乱的情欲，已经消耗了他的所有力量和意志，他觉得无可奈何，甚至自己已经失去了控制……唉！说来说去，这又能怎样呢？

阿娜肯定这样死去是永远不会得到灵魂的救赎的，于是极力想要抓住这最后时刻：眼前摇曳的灯光下照着的克利斯朵夫痛苦的脸，那残留在墙上的孤独的影子，还有街道上杂乱的脚步声，似乎觉得手里正握着某种类似钢铁一样沉重的东西……她抓住这些感觉，就像一个快要被淹死的人抱着最后也将一起下沉的破船。接下来的所有都是恐怖，那为何不干脆再缓缓、再等等呢？只不过她还是在一遍遍地说着：“非如此不可……”

急急忙忙地没有任何温情，她就这样和克利斯朵夫告别了，就像一个担心错过火车的乘客，摸索着自己衬衣里面的心，然后用枪口压着。床前的克利斯朵夫把头藏到被窝里。正要开火的时候，她左手放在克利斯朵夫的手上，就如一个畏惧黑夜的孩子不敢在夜间前行……

这段时刻真的是太可怕了……阿娜没有开枪。克利斯朵夫本想起身抓住阿娜的手臂，但因为担心这个动作会刺激到阿娜而让她开了枪。他什么也听不见了，毫无知觉……直到一声哼唧之后，他才敢抬起头来，也才发现阿娜脸色大变，扔掉手枪，在他面前哀求道：“克利斯朵夫！子弹放不出呀！”

他拿起来看了看，发现机关还是好的，只是有点生锈了；可能是子弹用不了了。阿娜又伸出手来拿枪。

他试着求她道："算了吧？"

"给我子弹！"她用命令的语气说道。

他递给了她。她仔细挑了挑又重新选了一颗，哆哆嗦嗦地硬是上了膛，然后又重新顶着自己胸部扣动了扳机，只不过还是没有放出来。

阿娜再也受不了了，扔掉手枪，吵嚷着："我竟然死不掉！"

她气得像疯子般在床上翻滚，他担心地不敢靠近，她也在叫叫嚷嚷地不停地推开他，最后还是发作了。克利斯朵夫直陪她到天亮。等她终于安静下来时，都快断气了，双眼紧闭，脑门骨头透过那惨白的皮肤可以看得清清楚楚，整个人就像死了一样。

克利斯朵夫重新铺好乱糟糟的床，拾起手枪，装好刚开始拆掉的锁，整理好屋子便离开了。到这会已经到七点了，到了巴比快要来的时候了。

勃罗姆清晨回去时，阿娜依旧是一副虚脱的样子。尽管他似乎可以清楚看到发生了一些不一般的事，但他还是无法从巴比那儿或者克利斯朵夫那儿知道什么。阿娜整天都没怎么动，眼睛也一直紧闭着，脉息很弱，甚至有时突然停止了；勃罗姆毫不在乎地认为她不会再次活过来，但是当时慌乱的情况下，他也开始怀疑起自己的医术来，于是找了一个同行，一起会诊的结果是他们也不能断定这是高热的开始还是一种忧郁性的神经病，不得不再继续观察病症变化。一直守在阿娜床前的勃罗姆到这个时候连饭也吃不下了。到夜里的时候，脉搏倒是像极度疲惫所致而不是寒热。勃罗姆喂了她几羹匙牛乳，但她马上呕出来了。在丈夫的怀抱中，她的身体就好像断了手脚的木偶般瘫软。勃罗姆整夜都守在她身边，时不时起来为她听诊。一旁的巴比尽管没有那样急得慌，但也还是非常努力尽职，也一宿没有睡觉，和勃罗姆一块儿守夜。

到星期五的时候，阿娜终于睁开眼睛了。勃罗姆和她说话，她却感觉不到他的存在，眼睛凝视着墙角。中午，勃罗姆看见她脸上掉着连串的硕大的泪花，直打湿了她消瘦的腮帮，于是轻轻地替她抹去，但她还是一直在流着。勃罗姆喂了她一些东西，她没有知觉，全由人摆布；夜里的时候又瞎说了些毫无头绪的话，说要不是莱茵河水太浅就跳下去了。迷迷糊糊的她还在不停地想着自杀的事情，然后想出各种各样的奇怪的死法，却怎么也死不掉。有时不知道她到底是在跟谁谈论着什么，只知道她在不停说着。当然也跟上帝谈话，坚决地要证明是他错了，再或者就是情欲在纵容她说一些连她自已也不会知道的淫荡的话。她忽然注意到巴比，然后明明白白地交代她第二天应该洗的衣服。夜里，她昏昏沉沉地睡过去了，突然又意外地抬起身来，勃罗姆赶紧跑上去。她神情古怪地看着他，很不耐烦地胡乱说了一通。

“亲爱的阿娜，你要什么呀？”他问。

“把他给我找来！”她凶巴巴地丢了这么一句话。

“找谁啊？”

她还在注视着他，还是之前的表情，然后顿时哈哈大笑起来，接着又用手不好意思地摸了摸脑门哼唧着说“哎！上帝！你忘了吧！”

刚还说着的她随即便安静地睡过去了，而且一觉睡到天亮，快要天亮的时候，她微微缩动了一下身子。勃罗姆马上上前扶着她的头，给她水喝，很配合地喝了几口之后，又亲了亲勃罗姆的手，随即又昏迷过去了。

星期六早上九点左右，她醒过来了，但是什么话也不说，伸了伸腿想着下床去，但勃罗姆硬是要求她继续睡着，她却非要下床不可，勃罗姆便问她想要去哪。她回答说：“做礼拜去。”

因为今天不是周末，教堂今天是关着的，他跟她解释道，她却默不作声，只是坐在靠床边的椅子上，用颤抖的双手穿着自己的衣服。而就在这时，勃罗姆的那位医生朋友刚好走进来了，于是也跟着一起劝她。但后来还是没能说服她的执着，在看过她的病况之后便也同意她出去。他把勃罗姆拉在一边，解释说他太太的病很有可能都是精神方面的，如果多顺着她一点会好一些。再说有勃罗姆陪着出去也没什么危险。但她刚开始并不同意勃罗姆陪着自己出去，想要独自出门。不过这才走出几步远就开始摇摇晃晃地站不稳了。于是便也无奈地拉着勃罗姆的手出去了。她身子虚弱得很，半路经常需要停下来休息。他时不时问她想不想回家去，但她只是依旧向前走着。到了教堂，就像他告诉她的一样，教堂的大门紧闭着。阿娜便在门口一条凳子上坐了下来，还在不停地颤抖着。后来夜里的时候，她又想去教堂，不管勃罗姆怎么劝也没用，于是也只好再一次出来了。

那两天时间里克利斯朵夫全然是孤独的。勃罗姆心事重重，固然不会想到他了。只是那次星期六上午，阿娜又闹着要出门的时候，为了转移她的注意力，就问她想不想要跟克利斯朵夫见面。

意外的是她随即便显得畏惧且厌烦了，那情形吓得他后来再也不敢在她面前提起克利斯朵夫的名字了。

克利斯朵夫关在自己屋里。忧急、爱、悔恨，各种复杂的痛苦在他心里苦苦纠结，就像在他心里正发生着一场战争一样，他承担了所有的罪过，觉得自己很让人痛恨，有好几次本想向勃罗姆坦白所有事情——只不过想到那样只会又多让一个人陷入痛苦中。他依旧受着无法控制的情欲的影响，经常在甬道里，在阿娜的房门外徘徊，而且听到脚步声会立即逃到自己屋里去。

下午，阿娜由勃罗姆陪着出去的时候，躲在窗帘后面的克利斯朵夫看到了。起初挺直身子有着完美姿态的人现在居然变得弯腰驼背，蜷缩着身子，而且显得老气，肤色蜡黄；勃罗姆用大衣和围巾帮她包裹着，她也依此缩进了自己身子，看起来非常糟糕。不过克利斯朵夫看见的并不是她有多丑，而是她有多么不幸，此时此刻的心中满是同情与关爱，就差没有直奔过去跪倒在她前面，然后亲她的脚以及那个被情欲扫荡的身子，恳请她的原谅。他边看边想："这是我的成绩！"

透过镜子他也看到了自己的形象，也是一样难看的脸色，死亡的灵魂也似乎笼罩着自己，因此他又想："这也算是我的成绩吗？不，这只是让人失去理性的、让人死亡的、残酷主导的成绩。"

房间里没有任何人，巴比正在街上向别人报告这一天的经过。

永不停息的时间一直都在流过，敲了五点。马上就要回来的阿娜和即将到临的黑夜让克利斯朵夫感到畏惧。他似乎再也没有勇气让自己和她继续住着同一幢房子了。此时的理智已经败给了情欲，他无法预料自己会做出一些什么事情，也不知道自己会需要些什么，除了脑海里的阿娜。但脑海里又浮现了刚才透过窗户看见的那张面容："啊！把她从我手里救出去吧！"

他忽然下了决心，连忙收起散布满桌的纸张，用绳子扎好之后，拿着帽子和外套便出门去了。在甬道靠近阿娜房门的地方，他顿时感到害怕起来，于是加快了自己的步伐。到了楼下，最后看了看凄凉的园子便偷摸着溜出去了。寒雾直刺皮肤，沿着墙脚前行的克利斯朵夫生怕遇到什么熟悉的人。他直奔车站，上了一列开往卢塞恩的火车，在首站的时候给勃罗姆写了封信，说是有要事情况紧急要出去些时日，很遗憾在这样的情况下与他别离，希望可以和他保持信件联系。到了卢塞恩，他又换乘开往戈塔的火车，在半夜的时候在阿多夫和哥施埃能中间的一个小站上跳下来，他全然不知道这是什么地方，后来也一直没有弄清楚。车站旁边有一家小旅馆，他看到之后便歇了下来。滂沱大雨下了整整一夜，路边早已是一片汪洋，接下来又接着下了一整天。破烂的水斗泻出雨水来，像瀑布一般发出嘶啸的声音，整个天地都被洪水淹没了、吞噬了，就如他的思想一般。在湿冷又有一股煤烟味的被单里，他根本无法睡觉，心里一直惦记着阿娜的危险以至忘却了自己所遭受的痛苦。不管怎样都不能让她遭受公众的侮辱，一定要帮她找条出路。一个极其古怪的念头浮现在此时兴奋之至的脑海里：给城中一个稍有联系的音乐家糖果商兼风琴师克拉勃写信。他告诉克拉勃说，他苦于一件爱情的纠葛已经离开去了意大利；一件在他来到勃罗姆家之前就已经开始的事，原本想压下自己的热情，却是怎么都办不到。信写得非常清楚，克拉勃可以看得懂，不过也有些模糊的地方，只不过这部分就得靠克拉勃的猜想去补充了。想到他是习惯说这说那的，于是克利斯朵夫就要求克拉勃保守秘密，万一他一看到信件就给宣传出去了——事实上也果真是这样。为了再继续迷惑传闻，克利斯朵夫在信尾又加上几句，表示自己对勃罗姆与阿娜的病已经很冷淡不在乎。

那晚和接下来的一天，他专心致志地想着阿娜，回想起来自己和她一起花费的最后几个月时间，一天天地回想。对他来说，她永远都是自己理想中的人物，赐予她一种自己内心精神世界的伟大、壮烈的意识，只觉得这样才能更爱她。热情的谎言却怎么也逃不过阿娜不在眼前的事实。在他眼中，她从来就是一个天生健全又自由的人，只是一直遭受着压迫，一直都在试着挣脱她所遭遇的枷锁，极度向往一种直率、豁达的生活，害怕又让她把自己的本能压了下去。因为那些东西并不能调节她的命运，反而只会使得她更加痛苦。她对他喊着："救救我！"于是他紧紧搂着她美丽的身体。一切回忆都在折磨着他，一种痛苦的快感随着自己伤痕的加深一同到来。很快就要天黑了，心里的苦闷越来越厉害，甚至都无法继续呼吸了。

情不自禁站起来的他走出了卧房，付了老板的房钱，上了最早那班去阿娜所在城市的火车，到那里时已经是半夜了，便径直去了勃罗姆家。小巷子里有一个靠近勃罗姆的花园的园子。克利斯朵夫跃过墙头来到邻家花园，然后再跳进去勃罗姆的花园，屋子前面漆黑一片，唯一的一盏守夜灯微弱地照着一扇窗户——阿娜的窗。阿娜就在眼前的屋里头遭苦，他只要再向前走近一步就可以进屋了，而且手已经向前伸出去了，只不过看了看自己的手，然后看了看门之后，他似乎一下子想明白了自己的行为，已经完全糊涂了七八个小时的他顿时清醒过来，他害怕得直哆嗦。他拼命地试着振作了一下，拔起那双像钉子般早已钉入地下的脚，奔向墙边，然后像刚才一样，翻过去逃掉了。

当夜他就离城，第二天去了山里一个覆盖着白雪的小村子内……去埋葬他的心事，催眠他的思想，极力想要尘封一切……

"所以你必须要站起来，依托你的精神力量来克服自己的疲惫。

只要你神完气足，不为形役……

所以我便起来了，而且带着自己之前没有的，

那种大无畏的精神，回答：

善哉善哉！我多么坚强，多么勇敢！”

——《神曲·地狱》第二十四

我的上帝，我到底哪里触犯你了，为什么要这样打击我呢？你给了我童年的贫穷，要求我奋斗，我毫无怨言，奋斗了。我也开始喜欢了自己的贫穷。我曾经极力保持你给我的那颗灵魂的纯洁，我曾经极力抢救你放在我心中的这朵火焰……主啊，你怎么这样全力想要毁灭了你所创造的东西，熄灭了这火焰，侮辱了这灵魂，所有我赖以生存的都已经被你掠夺了。你拿走了我所有的一切，包括我最后的两大财宝：我的朋友和我的灵魂，连我们最后的两个人你也要抢了一个去，撕碎了一颗完整的心；让我们体会到相依为命的幸福甜蜜是你为了让我们更深刻体会生死诀别的惨痛的安排。我的心中和我的周围被你造成一座空城。我心力交瘁，然后病了，没有武器，没有意志，就像一个只知道在夜里哭泣的小孩。你可是故意在这样的时间来打击我，像个奸细似的，从背后刺伤我；你又给了我情欲，像条恶狗般的情欲。你趁我那时没有气力，无法再继续拼搏，于是你用情欲制服了我，还拿走了我所有的一切、也玷污了一切，毁灭了一切……我开始自弃，而且极度自弃。

如果可以让心中的痛苦和羞耻叫喊出来，或者说在创造巨大的过程中把它忘记，便也无所谓了！然而我已经没有任何精力再继续

创作了，我犹如一株死去的树……死，我不是等于死了吗？噢，上帝！

把我解放了吧，把这个肉体和灵魂一起毁灭了吧，莫让我再继续活下去了，你若真的是依旧仁慈的，就把我杀死吧！

克利斯朵夫的理智早已不信上帝，但是那般痛苦的他依旧这样呼喊着。

他躲在瑞士的汝拉山脉中一个孤独的农家。屋子后面紧靠着树林，正藏在一道山坳里，后边也被一块凸起的高地挡住了，北风也刮不进来；前面是林木茂密的斜坡，顺着草地迤逦而下。里边的岩石到了某个地方也突然就消失了，出现一座峭壁；松树蜷缩着挂在边缘上，枝条修长的榉树往后仰着。昏暗的天色渺无人烟，一片无际的空间，似乎整个世界都在雪底下睡过去了，除了半夜里狐狸的悲啼声。这个时候正是严冬快要结束的时候，可不知怎么就是迟迟不去、无休无止，本以为快要完了，可不料它又重新开始了。

一星期之后，沉睡的土地觉着它的心已经开始复活。犹犹豫豫的初春也偷偷溜入空中，溜入寒冷冰冻的地下。融雪一滴滴从翅膀般伸展的榉树枝上掉落。洁白无际的草原上，已经有一些嫩绿的春芽冒出尖来；潮湿的黑土在它们周围仿佛张着小嘴在不停地呼吸。每天总有这么几个时刻，坚冰下流淌的溪水会穿过冰层发出一些声响。光秃秃的林中，几只鸟唱出尖锐响亮的歌。

克利斯朵夫没有在意这其中的任何一样，对他来讲，什么都跟原来一样，他要么整天在房里打转，要么就是在外边瞎转悠，不可能停下来休息。内在的恶魔已经把自己的灵魂分割完了，在那儿相互搏斗。原本压制的情欲也依旧狂乱地冲撞着。不过幸好反对情欲的心理亦是这样的激烈，它们互相撕咬，似乎必须拼个你死我活，克利斯朵夫的心被它们撕裂了。除此之外还有一些关于奥里维的记忆，回忆他死亡的悲痛，他无法满足创造欲的苦闷，对虚无竭力反抗的傲气。总而言之，似乎所有的恶魔已经无法让他内心获得片刻安静了。即便是高潮退落后表面上的平静，背后也是满含孤独的，毕竟他已经无法在自己心中找到任何一丁点关于自己的东西了：思想，爱情，意志，都被毁尽了。

创造！创造才是唯一的救星。把生命的残渣余孽丢到波涛里吧！乘风破浪去创造，把自己交给艺术的梦！……创造！他要创造，可是办不到。

克利斯朵夫的工作一直都是没有规律的。在身心健康的时候，不但不需担心会耗尽精力，反而会觉着元气太多是一种累赘。他只是由着自己的性子，喜欢工作就工作，厌倦疲惫时就不工作，没有什么固定的规则。不过事实上，他是随时随地都在工作的，头脑没有片刻空闲。奥里维尽管没有他那样的生命力，但毕竟比他要深思熟虑，曾屡次告诫他："小心点儿。不要太相信自己的精力了。那个东西说不好的，可能今天是滔滔滚滚，明天就一息不存了。作为一个艺术家是不能随便挥霍自己应该紧握在手里的才气的。你应该疏通你的精力，把它归入正轨。试着用自己的习惯来约束改变自己，有规律地工作和生活。这对于一个艺术家是尤为重要的，可以使你的心灵不至于崩溃。我就是因为清楚这一点才能活到现在。"

克利斯朵夫听了只是嘻嘻哈哈："那不过对你是好的，但你厌烦人生吗？我是不会了，我胃口好得很。"

奥里维不以为然地耸了耸肩膀："过犹不及，强壮的人是最经不起病痛折磨的。"

奥里维的话此刻证实了。朋友死了以后，尽管克利斯朵夫的内心生活并没有随即枯竭，但是毕竟还是变得断断续续的，偶尔激烈狂泻，偶尔又突然消失不见。那时对任何都无所谓的克利斯朵夫并没有注意到这个。悲痛和刚刚萌动的情欲充斥着自己所有的思想。但是飓风过后，当他想再次找到那个源泉来解渴的时候，已经找不到什么了，除了一片沙漠！干涸的心灵开始在沙土中去挖掘，以为地下的泉水会直涌上来。虽然不顾一切地想要去创造，但是这时的精神已经无法控制了。他无法求救于自己的习惯这个原本是最忠实的盟友；我们有时候会失去所有的生活意义，但是只有它会一如既往地默默跟随我们。直瞪着眼睛，抿着嘴唇，那双牢靠的从不哆嗦的手带着我们穿过危险行列，然后直到新的光明，开始我们新的人生兴趣。克利斯朵夫却是孤零零的，他找不到任何一只来援助他的手，更没有力量爬上山顶去迎接新的光明了。

这是最凶险的关口。他以为自己快要发疯了，偶尔会和自己的思绪做狂乱毫无头绪的斗争，因为他有一些像疯子般狂乱的念头，数目一直在纠缠着他：他常常数着地板，数着森林中的树木。偶尔根音[①]的数目字与和弦的度数会在他脑子里干架，有时他又像死人一样虚脱得没有任何知觉。

没有人关心他。他住着一所跟正屋分开的破屋，得自己收拾卧房——不过只是偶尔收拾一下。每餐饭都是人家送过来放在楼下的，他的世界里几乎看不到一个人，唯一的房东是一个自私的、话很少的人，全然不去理会他。克利斯朵夫吃不吃饭都是他自己的事，即便是他晚上不回家也不会有什么人在乎。那次他在林中迷了路，积

① 根音为和声学上的专门名词

雪埋住了他半个身子，几乎快被吞没了。为了不让自己多去想什么，他极力让自己被疲惫折磨，只不过做不到，甚至连不胜疲惫地睡几个小时都没有机会。

只有一头裴那种的老狗还在关心在意着克利斯朵夫：他坐在屋子前面的凳上，它用眼睛血红的大脑袋贴着他的膝盖，彼此凝望着，甚至可以持续大半天时间，彼此的眼睛也不会因此给他们带来什么不安的情绪，不会厌烦，克利斯朵夫也不会抱怨："去你的吧！……你这是白费气力，鬼东西，你抓不住我的！"

这对深邃的半睁半闭的眼睛已经吸引了他，他似乎很愿意帮助它，觉着这是一颗被拘束的灵魂在向他求助。

正是这样痛苦的磨炼，这样的与人生的脱离，这样的被自私自利人性的蹂躏，让他看清楚了这些被人类迫害的牺牲者，看清楚了这样放肆嚣张的屠杀场，于是心中满是怜悯，可又觉得非常厌恶。

即便是自己在幸福自由的时候，他也是看不惯喜欢的动物受到虐待的，强烈反感打猎这种行为，只不过担心别人会笑话自己所以一直都不敢讲出来。但是他确实因为这个原因故意远离了某些人的。

那些以杀害动物取乐的人是不会成为他的朋友的，这不是温情主义。那种建立在痛苦和残忍基础之上的生活，他比谁都要体验得深刻，他觉得一个人活着不能以压迫其他生物为条件。这不只是说说大话就可以行得通的事，也不能因此而放弃生活，像小孩子一般地抽抽搭搭。如果现在还没有别的方法可以生活，不得不为了生活去杀戮，但为杀戮而杀戮的人那就是值得痛恨的凶手。尽管是无意识的，但毕竟也还是凶手。我们人类的责任应该包括减少痛苦和残忍。

要是在平常，克利斯朵夫是不会把这些思想搬出来的。他知道想这些个是没用的，也就不愿意去多想，他更应该做好克利斯朵夫，努力去完成他应该完成的事业，不顾一切地满足自已的生存欲望，哪怕会牺牲一些弱者的利益……世界不是他造的……别想吧，别想吧！

但是到他自己也遭遇祸害、吃了败仗，就不得不想到那去了。

以前他责备奥里维，不能总是那样对别人的苦难一副无所谓毫不在乎的样子，更别说去为它悔恨交加了。只不过现在看来，他自己还比奥里维要更严重一点了：由于他充足的元气，所以在冲动的情况下很容易看透世界的悲剧。世间所有的痛苦对他来讲都是那样清楚，就像自己赤裸得只剩下骨头了。一想到那些动物的时候，他会全身战战兢兢起来，很是悲愤。禽兽的眼神似乎在他心里是清清楚楚地在表达，和他一样有一颗无法申诉的灵魂。那眼睛似乎也还在那嚷着：“我又没侵犯你们，干吗要叫我受罪呢？”

平日习惯了平淡景象的他，此刻再也受不了了——或是一头关在栅栏里哀鸣的小牛，外面凸着大眼睛，粉红眼皮下，微带蓝色的眼白，头顶上的一堆卷状的毛发，紫色的面部，向内拳曲的膝骨；或是一头羔羊被一个乡下人缚着四脚倒提着，脑袋使劲向上挣扎，不停地哼唧着像一个小孩，伸着灰色的舌头，咩咩地叫着；或是挤在笼里的母鸡，或是一头被人屠杀的猪在远处哀号，或是在厨房桌上被人剖肚的鱼……人类加在这些无辜动物身上的残酷行为都紧紧牵动着他的灵魂。倘若它们还尚存一点理性的话，那这个世界对它们该是怎样一场噩梦啊！这些失去理性的人，残忍地折磨着它们的身体，然后眼睁睁地看着它们遭苦，这样残忍的事情即便是在非洲也是很少见的。这样的痛苦对于一个没有成见的人来说是更难以接受的，因为至少人的受苦是被认为不应该的，使人受苦的人也被认为是罪人。但每天依旧有数以千万计的动物遭受非正常的屠杀，而大家也不会因为这个而觉得心里有什么过意不去，反倒是如果谁觉得不好而提起，便会成为别人的笑话——但这毕竟是无法原谅的罪恶。如果犯了这样的罪恶，那么所有的罹难便都是理应的了。如果真有这样一个上帝可以容忍这样的罪恶，那就只能说是那个所谓的上帝自己欠下的债了。上帝若真是慈悲的，那么就应该拯救这些个卑微的生灵。如果上帝的慈悲都只是对强者的慈悲，那么那么所谓的慈悲和正义是根本不存在的……

可怜的人类的屠杀对整个宇宙的大屠杀来讲并算不了什么。即便是禽兽之间也是互相斗争互相吞噬的。就是和平的植物，安静的树木之间也是一场同于禽兽的斗争。那些个什么森林的恬静都只不过是文人口中好听的辞藻罢了，对他们来说，唯一的宇宙就是书中的宇宙。这样的斗争其实就存在于他周边的森林里，榉树用苗条的腰肢压在美丽的松树上，仿若它就是一个杀人犯，但它们也会压得榉树枝丫折断，榉树硕大的树枝，一株可以顶得上十来株树，直让周围的一切瞬间毁灭，斗争似乎永远没有休止，即便没有敌人可以斗争，它们也会相互残杀。皂角树也在森林边际的田里转出头来，不断攻击小松树，也压着它们的根株，直到用树胶把它们毒死，这是一场必须拼个你死我活的斗争，输了的会被彻底吞没。收拾完了大的，还有小的妖魔需要继续收拾，根上的菌也拼命地吮吸原本病弱的树，渐渐地消耗掉它最后的元气，无数的蚂蚁也在侵蚀着已经腐烂的木头，那看不见的虫豸把一切蛀蚀、穿洞，把生命化为尘土……而这些战斗都是在静默中上演的！……自然界的和平这样看来难道不是一个悲壮的面具吗？难道面具下面还不就是生命的痛苦与残酷的本质吗？

克利斯朵夫笔直地往下沉了。不过他毕竟不是一个甘愿等死的人，心里想着死的他实际上还是在琢磨着尽可能地生存下去。莫扎特说过："有一种人是始终要奋斗的，除非到了实在没办法的时候。"克利斯朵夫便是这样的人。他以为自己快要消亡了，所以边往下掉的时候也边摆动着自己的手臂，东抓西找似乎想要抓住点救命绳来支持他似的，他忽然想起了奥里维的孩子，于是便在孩子身上寄托了自己所有的意志，竭力地抓着孩子。是的，他必须要找到这个孩子，从别人手里要回这个孩子，由自己来教养他、爱他，甚至取代父亲的地位——他要使奥里维在儿子身上再生。既然痛苦已经让他变得自私了，那为什么不早点想到这一点呢？于是随即写信给塞西尔（抚养孩子的那个人），很焦急地等着对方的回复，同时坚定地告诉自己还是很有希望的。

赛西尔终于回信告诉他，在奥里维死后的三个月时，一位戴孝的太太已经来把他孩子接走了。

她就是当初丢下奥里维和孩子的女人——雅葛丽纳，可是如今却难辨容颜了。那次疯狂的爱情并没有持续多久。在对方厌倦之前她自己便已经厌倦了。垂头丧气地回来之后，开始厌倦一切了，人也老了许多。因为那次桃花事件很多朋友已经不再跟她联系。不过平时行为最不检点的人并不是最宽容的。甚至母亲也蔑视她了，她终于住不下去了。眼前这个社会的虚伪让她失望透了，更大的打击是奥里维的死。看着她那精气全无的样子，塞西尔便也不忍心拒绝她的要求了。将一个犹如自己亲生的小孩子亲手交给别人固然是难以接受的，只不过更难以忍受的是看着一个比自己更有权利而且更加不幸的人受着骨肉分离的痛苦。她本想写信征求克利斯朵夫的意见，不过他从来没有回过信，她已经没有了他的联系地址了，甚至连他的死活都不知道……面对得而复失的快乐毕竟是无奈的，孩子能够幸福、能够被人爱就已经足够了……

回信是傍晚到的。没有休止的寒冬又下起了雪，下了一整夜，积雪压断了刚长出的新叶，克利斯朵夫待在漆黑的屋里，每一声林中的声响都让他吓得直跳，也犹如树木般被压得咯咯响。他想：

“如今是什么都完了。”

一夜结束了，白天继续。树木并没有断。接下来的几天几夜，树木还在没有休止地遭受压迫，噼啪的声音始终没有停歇下来。克利斯朵夫毫无生存的意义，但依旧活着，毫无理由奋斗，但依旧奋斗着，跟自己无形的敌人一拳一脚地肉搏。这样的斗争并没有给他什么希望，只是等待一个结束，永远苦斗的他嘴里喊着：“只管打到我吧！怎么不打倒我呢？”

过去几天了，克利斯朵夫的苦斗终于有了停歇，但到这时，这已经消耗了他所有的生命力，不过他还是硬撑着出门去了，唉，有个坚强种族支持的人毕竟还是幸福的。祖辈父辈撑起快要倒下的儿子，托扶着他们的灵魂，始终让他们矗立着。

行过土堆中间一条高坡的路上，又穿过满是尖石的小径。尽管他并不知道自己要去向哪里，但踏实的脚步好过诸多神志清醒的人。

他没合过眼，几乎也没吃什么东西，透过一层层蒙在眼前的薄雾，走向山谷——那时正是复活节的前几日。天是阴的，冬天的最后一个寒潮退去了。温暖的初春已经酝酿了许久。一阵阵钟声从下面小村子里传来，先是山脚下的土坳里，接着是山腹中另个一隐藏的钟楼，然后便是平原上的那些，最后便是很远的地方，在一个浓雾沉沉的村子里隐约传过来……克利斯朵夫停住脚步，差不多快要昏过去了。那些声音似乎对他说：“来我们这里吧！这儿只有和平，思想会随着痛苦一块儿消灭，你的灵魂可以被我们催眠，然后安安静静地休息，当然你可能会不再醒来……”

精疲力竭的他很想要睡觉，但还是摇摇头说：“我所找的不是和平，而是生命。”

他继续向前，默默地走了好几里地，虚弱的身体让他的每一个感觉都有意料之外的反响，源于他的思想的许许多多奇怪但又微弱的光反射在天上地下。一个影子闪过这条荒凉的阳光路，直把他吓了一跳。

在树林出口处，他察觉到附近有一个村子，担心会见着生人便随即掉头了，可是不得已又靠近了村子另一头的一座孤零零的屋子。这是一座靠着山腰像是疗养院的屋子，有一个大花园围着，沙道上稀稀拉拉走着几个步子不稳的人。克利斯朵夫没有注意到这个，但是转过小径拐角的时候，他迎面遇到一个脸色惨白的人，瘫软地坐在白杨树下的凳子上，彷徨的脸上那双眼睛直愣愣地瞪着前方。另一个人坐在身边，两人都默不作声。克利斯朵夫走过他们面前，突然停了下来，好像认出了其中的一双眼睛，于是转过身去看了看。只不过那个人还是一如既往地凝视着前方一动不动，那神情就好像前方正有一个固定的目标吸引着自己所有的注意力。不过旁边那个人看到克利斯朵夫过来了倒是招手起身了。

“他是谁啊？”克利斯朵夫问。

“疗养院里的一个病人。”那人指着后边的屋子。

“我好像认识他。”

“很有可能的，他毕竟是德国一个著名的作家。”

克利斯朵夫说出一个姓名——果然是他。克利斯朵夫从前给曼海姆杂志写文章的时候见过他。那个时候的他们是互相敌视的。当克利斯朵夫崭露头角时，他已经稍有名气。强势自信的性格使得他变得瞧不起那些别人写的作品。他那纪实刺激眼球的小说没有一般流行作品的庸俗。克利斯朵夫尽管讨厌他，但对那些真诚完美的艺术，他心里还是很钦佩的，只不过这钦佩只有他一个人知道而已。

“这个病已经纠缠他一年了，”那个看守的人告诉他，“刚治疗过一阵，等大伙放心地以为他好了让他回去了，不料才一会儿他便又发作了；甚至有一天晚上，他竟然直接从窗户里跳了下去。刚来这里的时候，他骚动地不停歇，但现在却变得非常安静了，整天都是这样坐着不动。”

“那他到底在那看什么呢？”克利斯朵夫问。

走近几步，他满怀同情地看着眼前这个被病魔压垮的人，脸色苍白，厚重的眼皮，已经差不多闭起一只眼睛。他好像并没有注意到旁边克利斯朵夫的存在。克利斯朵夫叫着他的姓名，握着他的手——毫无力气，像死一样的东西，失去了所有的生命力，他无法再把它拿在自己手里。疯子只是翻起自己的眼睛瞅了瞅克利斯朵夫，完了又看着前面，傻愣愣地笑着。

“你看什么啊？”

“我在等待。”那人一动不动地低声回答。

“等什么？”

“等重生。”

克利斯朵夫打了个寒噤，赶紧跑了。这样的话像瀑布般直冲他的心底。

他毫无头绪地钻向树林里，迎着回家的方向爬到山坡上，忙乱的心情很快便让他在一个大松林里迷路了。四周鸦雀无声，几点找不到来源的火光透过这片阴影，克利斯朵夫被它们催眠了，觉得周围漆黑一团。走在厚厚的针毡上，犹如血管般隆起的树根时不时绊着他的脚，树下面一片苔藓，没有任何植物，也没有鸟儿落在枝头，树下部的枝条已经枯了，所有的生机全躲在顶上阳光满照的地方。不过再往前看才发现连这点生命力也消失了。被什么病菌腐蚀的那部分，长着各种像蜘蛛网一样包着树枝的地衣，遍布了整棵树，然后整个森林，如海藻般将自己的触角伸到每一个可以伸到的地方，而四周的寂静也更是如深海般的情形。阳光暗淡了，一片莫名的白雾溜进了这片原本死气沉沉的林中，然后包围着克利斯朵夫。

所有的一切都瞬间消失了，他盲目地乱撞了半个小时，眼前的雾越来越浓，也越来越沉，深深刺向他的喉咙；他自以为在前行，其实不过是在那里绕圈子，偌大的蜘蛛网悬挂在松树上，经过白雾洗礼后也留下晶莹剔透的水珠子。终于，这个毫无边际的迷网还是露出空隙了，使克利斯朵夫走出了这片海底森林，眼前又重现了那些生机盎然的树木，以及松树跟榉树没有休止的无声斗争。四周依然没有任何动静，几个小时的静默之后，开始有了动静。克利斯朵夫停下来听着。

顷刻间，远远地传来了一阵波涛声，先是一股强风席卷树林深处，随即便如奔马似的到了树顶，那些树尖如波浪般涌动。如米开朗琪罗画上的上帝，那阵风在百丈巨涛中汹涌而来，在克利斯朵夫头顶上滚过。连森林也开始颤抖，克利斯朵夫的心也为之战栗了。

这是冬天快要结束的征兆……

后来一切又安静下来了，克利斯朵夫匆忙回家去了，双腿一直在哆嗦，到了自己屋门口时，还如刚被人追赶的样子看了看身后。

天地仿佛死了。山坡上的树林都死气沉沉地睡着了。一动不动的空气显得异常透明。万籁无声，仅有一道不停地侵蚀岩石的泉水，还在悲伤着为大地哀歌。克利斯朵夫浑身滚热地睡下。隔壁牛棚里和他一般烦躁的牲口也开始骚动……

夜里，他昏昏沉沉地半睡半醒，远处又浮起一阵波涛，不过这一次不一样了，这回是飙风——春天的季候风，它带着灼热的呼吸，使得尚未苏醒的土地触碰到一点温暖，融解了所有的冰冻，同时也滋润了一路上的生灵。土洼那边的树林中，剧烈的狂风越来越近，以不可抵挡之势冲向山坡，呼啸声震撼了整个山林。马和母牛也跟着躁动起来。克利斯朵夫愣坐在床上，甚至直竖起头发。狂风吹到了，呼呀呼呀地直叫，定风针咯咯地响着，瓦砾横飞，吹掉了一个花盆。克利斯朵夫那没有关严实的窗户哗啦啦地打开了，热风席卷而来，迎面吹到克利斯朵夫脸上，还有他那裸露的胸部。跳下床的他喘不过气来。好像此时的灵魂已经被一个活着的上帝占据。这就是复活！……新生命顺着他的喉咙直达他的肺腑，他感觉自己快要被挤爆了，本想大声喊出那痛苦并快乐的情绪，却只能吐出几个没有任何意义的声音。纸张被风吹着满屋飞舞，他晃晃悠悠地敲着墙壁手舞足蹈地喊道：

“啊！你，你，你硬是回来了！”

“你回来了，你回来了！噢，你，我以为我找不到你了……为什么弄丢我了呢？”

“因为我的使命，还有被你放弃的使命。”

“什么使命？”

“战斗啊。”

“你为何战斗啊？难道还有不是你主宰的东西吗？”

“当然不是这样的。”

“你不就是万物吗？”

“我并非万物，我只是征服了虚无的生命，但我也不是虚无，我是在黑夜中毁灭了虚无的火。我也不是黑夜。我是永久的战斗，是永不停息地在奋斗的自由意志。为何不与我一起战斗，一起燃烧？”

“我输了，没有什么价值了。”

“你输了？你认为自己玩完了，如果这样的话，你会给别人机会赢的，不要总是想着自己，你得考虑你的团队。”

“我只是孤独的一个人，并没有什么团队的。”

“你并不是孤独的，你也不是属于你的，你是我众多声音之一，是我诸多臂膀中的一条。你必须要为我说话，必须为我奋斗。如果手臂不再健全了，声音开始变音了，我依旧是站立的。因为我还有其他声音，我还有其他手臂来代替。所以即便你输了，你也还是会这样在队伍中成为赢家。所以记着我的话，就算是死了你最后也还是会胜利的。”

“主啊，我多痛苦！”

“难道你认为我就是舒坦的吗？一直以来，我都被死亡追赶，前面还有虚无在等着我，所以能够走到现在正是靠着这一次一次的胜利，我的鲜血已经染红了这生命的大河。”

“战斗，永远要战斗吗？”

“是的。即便是上帝，也一直在那战斗，他是一个征服者，与一切战斗，然后赢得一切。虚无包围上帝，上帝把虚无降服。最美妙的和声莫过于这战斗的节奏了，这些个和声可不是让你们这些人间生灵听的，你们唯一需要做的就是知道它的存在，安分守己，神明会给你安排一切。”

“我没有气力了。”

“歌唱那些强者吧。”

“我的嗓子破裂了。”

“那么祈祷吧。”

“我的心已经被玷污了。”

“放弃它吧，拿我的去。”

“主啊，要说遗忘自己，丢弃自己的灵魂倒也容易，但是要怎样才能丢弃我的死者呢？还有那些我爱的人，我又该怎样丢弃呢？”

“那就让它们和自己死去的灵魂一块被遗忘吧。我那生动的灵魂会让你觉得你的死者其实并没有死。”

“噢，我已经被你遗弃过了，你会再次遗弃我吗？”

“会的，一定的。不过你无论如何不能把我遗忘。”

“如果我的生命熄灭了呢？”

“那就点亮别的生命。”

“如果我仅有的心也死去了呢？”

“那么就是你的生命已经到别的地方去了，你应该开窗准备迎接它。你真的是太糊涂了，把自己关在一间坍塌的屋子里，赶快出来，依然还有别的地方可以安息呢。”

“噢！生命，噢！生命！我明白了……我过去只是在自我心中，现在你打破了我虚无闭塞的灵魂，但正是这样的突破给了我接受新空气的机会，我再一次获得了生命……”

“是我把你找回来的……别说话，你听着。”

克利斯朵夫于是安静地听着那在胸中响亮的生命歌声。靠窗远望，昨日眼中毫无生机的树林，今日已经沐浴春风，生机盎然。树林间飘过阵阵欢乐的波涛，弯曲的枝条张开手臂拥抱这片明朗的天空。昨天还在坟墓的一切今天便复苏了。既然重生了，克利斯朵夫心中的爱也便醒过来了，这上帝恩赐的灵魂真的太不平凡了，所有的噩梦都不复存在，在灵魂周围一切都开始获得新生。

克利斯朵夫重新加入神圣的战斗……他自己的战斗，人类的战斗，只不过回到这个混战的大舞台上，他便又开始变得渺小了……

滤尽所有灵魂的他时常感觉梦中的自己就像是被吊在空中一样，他把自己的视角移到高处，甚至移到大世界中来，在那样的视角中去看自己；也就是这个时候，他所有痛苦的意义才得以体现，他的斗争也是众生大斗争的一部分。他的失败不但只是一个小小的过程，而且会很快得到补救。他为大家斗争，大家也为他斗争。他们分担他的忧苦，他也分享他们的光荣。

“同伴们，敌人们，从我身上踏过去勇敢向前吧，炮车尽管在我身上碾过吧！所有我想的只是替我报复的人，想着主宰，想着成千累万的队伍的领袖。我的血是给他未来的胜利铺路的……”

现在他开始改变自己对上帝的意见了，不再认为上帝麻木不仁，或者坐观悲剧的尼禄在铁塔上眺望他自己点下的大火[①]。上帝也在受苦。上帝也在战斗，跟战斗的人一块儿战斗，援助受苦的人。它毕竟是生命的黑夜里那一线光明，它渐渐展开去，似乎想要吞没整个黑夜。然而黑夜毕竟无边无际，所以神的战斗也一直是没有停止的。这是没有人知道结果的英雄交响乐，那些个原本不协调的和音在这个时候也会变得恬静，跟榉树一样默默无闻地只是猛烈地战斗，生命就这样永恒地战斗。

这样的战斗与和平就这样在他心中回响。他就像是一个可以在其中听到海洋波涛的贝壳。小号的呼号，各种声响的飓风，英勇的呐喊，在威慑一切的节奏上面飞过。因为这颗有声的灵魂已经让一切变了音。为光明、为黑夜、为死亡，也为战胜的人歌唱，当然还为自己——战败的人歌唱。它唱着。一切都唱着。它只是歌唱。

那滚滚而来的音乐如春雨渗入龟裂的泥土。羞耻、哀伤、悲苦，现在都开始显露它们神秘的那一面。它们使泥土分解，给它肥料。眼前的这把犁刀让自己又是痛苦又是欣慰，但毕竟生命的新水源还是让田野鲜花盛开，诞生了一颗崭新的灵魂。

骨骼还没有固定的它时刻都在新生，而不像那些快要终亡的灵魂。它是时刻准备创造新世界的溶液，正等待着任何一次塑造，不过克利斯朵夫并不想这样。自己所有的过去似乎已经被他丢弃了，一次长途旅行已经开始了。凭着年轻人的热血，豪迈自由的心胸，以及海洋的新空气，他的旅行永远没有终结。一股到处奔流的创造力已经抓住了他，他开始沉迷在世界的财富中。他爱着，他能够化身，

① 尼禄为罗马帝国的大帝，以荒淫无道著称于史。相传公元六十四年时罗马城中的大火为其所纵。

化身为他的同胞。但是所有的一切都已经成为他的同胞，包括他脚下正踩着的草以及手里握着的别人的手。或是一株树，或是映在山上的云影，或是草坪的气息，或是嗡嗡作响的夜晚的天空，甚至那蜂群一般数不清的太阳……那简直是热血的旋涡。他不愿说话和多思考，只是笑或者哭，幻化在这生气洋溢的仙境中……写作，为什么写作？莫非你能写出那些无法言语的境界来？……但是无论存在希望与否，他都无法逃避必须要写的事实。各种各样的思想时时刻刻地在影响着他，又哪能只是等待呢？所以暂不管用什么写或者写在哪里，他只是写了；他还经常说不出来胸中意气横生的那些句子究竟是什么意思，只是一个接着一个没完没了地写着、写着，写在衬衣的袖口上，写在帽子的皮带上；写的速度总是胜不过自己思想的速度，这情况怕是最好有一种速记方法才行……

但这些毕竟还是不成形的，待他决定要给这些思想一些音乐般的形式时，便会有意想不到的困难了；之前的模子已经无法应用了，保留自己忠实意境的代价是把到现在为止自己听过的以及写过的都忘掉，推翻所有学得来的公式和传统的技术。从前，在他自以为生命与艺术已经成熟的时期，他只是用一般的语言来表白，而非同步于自己思想的新语言；他的感情是随着现成的逻辑发展的，这逻辑提供了他一部分公式，领着他走着古人的旧路，得到的便也是预定的且大众所等待的结局。到这个时候，于是也就再没有什么已经安排好的路了，所有的方向都是自己情操创造出来的，此时此刻的思想只不过是一个随从罢了。他自己也不再只是简单地描写热情，而是更多地去融合自己和热情，使得自己融入内心的规律中。

另外，克利斯朵夫饱受折磨许久而又不肯承认的矛盾已经消失了，他尽管只是一个纯粹的艺术家，却也时不时地为一些艺术之外的问题操心，只是他觉着这是艺术应该有的一种社会使命。他不认为自己刚开始时存在两种人的性格：一个是创造的艺术家，全然不关心道德后果；一个是乐于推理的行动者，把他的艺术寄托了道德与社会的作用，这样两种人有时候是非常无奈的。尽管他如今只是专心想着创造，就是说当自然规律开始支配时，实用的念头就会被丢掉。当然他照旧轻蔑日常那些下流不道德的风气，坚持认为淫猥的艺术是最下层的艺术，是艺术的一种病，像毒菌一样泛滥。但即使是以享乐为目标的艺术等于把艺术送入妓寮，克利斯朵夫再怎么糊涂也不至于矫枉过正，倡导实用主义和以道德为目的的艺术，阉割了的天马要它继续去犁田。最高的艺术，名副其实的艺术，是永远不会受到任何一种规则约束的，它是飞向无边际太空的彗星。这股力是否会在使用方面有作用并不重要，危不危险也不重要，它一直是力，一直是天空不需要来源的电光；这一点最起码肯定了它的圣洁、它的善。可能它的善也会在实用世界里成为现实，然而它那真正的不可逾越的善是超乎自然的，甚至同于它的来源——太阳。太阳是分不出来道德不道德的。它作为生命去战胜黑夜[①]。艺术亦如此。

全然沉浸在艺术之中的克利斯朵夫甚是意外地觉察，许多莫名的意料之外的力量顿时涌生；不过这不是他的情欲或者悲哀以及有意识的灵魂，只不过是一颗关心所有、唯独不关心他的一切的灵魂，这颗灵魂是欢乐的、神妙的、狂野的、不可解的灵魂！它像驱策马

① 希腊神话以阿波罗为驾驭太阳的光明之神，亦为艺术之神，象征艺术与太阳同源。

一般驱策克利斯朵夫，不停地踢他。有那么一会儿可以停下来稍作休息的时候，便会一边看着自己所写的东西，一边问起自己：“为什么，为什么我身上会出现这个东西呢？”

精神的狂乱已经让他动弹不得，这种完全独立的意志是所有天才都领教过的，也是这个世界与生命共同的迷，欧德还称其为“妖魔一般的”；而他自己虽然有武装保护，也早已被它制服了。

克利斯朵夫没日没夜地写着，永无停息地写着，或许就是这样，有时候丰足的精神是可以无须养料地持续生产。哪怕只是缓缓地弹拨，也会使得微风中的花粉在成千上万的内心生根发芽……

他不但没有思索的时间，生活的时间也是空缺的，忙于创造的灵魂威震着生命的废墟。

后来，所有都停下来了，精疲力竭的克利斯朵夫似乎一下便老了十岁，不过毕竟是得救了。脱离了克利斯朵夫的他，在上帝身上获得了新生。

头顶忽然泛起零零散散的白发，犹如九月里一夜间开遍草原的秋花。皱纹也开始侵蚀他的腮帮，不过换来的也有诸如眼神的恬静、嘴巴神气的隐忍。他平心静气，现在的他开始明白了，一旦到了面对震撼世界的力量时，所有人类的骄傲都是没用的，当然也包括他自己的。人是做不到完全自主的，一定得时刻保持警惕。一旦你睡过去了，那股神秘力量就会悄悄进来将我们带走……可是究竟会带到怎样的深渊里去呢？是干枯龟裂的河床里吗？或者光是一味地情愿又能怎样呢？还是应当适时向未知神明低头？等到什么时候他变得高兴了，就也会随机地赐予你爱情、死亡，或是生命。倘若没有上帝的意志而只是单个人的意志那么是不能有什么作用的，我们所有的劳作与努力在他那一瞬间就可以被毁灭，不过也有一个好处，那就是当他高兴时也可以让绝望变得有希望了。一个能创造的艺术家尤为深刻地感触到自己是逃不过神的掌握的，因为真正伟大的艺术家是只说神灵启示他的话的。

克利斯朵夫终于明白故者海顿的哲思，所以你得祈祷上帝，求他和你同在。你得抱着虔诚与热爱的心和生命之神沟通。

夏日临尽，一个经过瑞士的巴黎朋友，发现了克利斯朵夫的隐居，特意登门拜访。作为音乐批评家的他一直都很欣赏克利斯朵夫的作品。还有一个也崇拜克利斯朵夫的著名画家与他一同前来。克利斯朵夫从他们口中获知，自己的作品已经在欧洲各地上演，受到热烈欢迎，但他并没有因为这个激动，他似乎对这样的消息并不怎么感兴趣，只是觉得过去的自己已经不复存在，所以对过去的作品也就不再关注。出于照顾客人的请求，他演奏了一首自己最近的新曲子，只不过他们已经完全听不懂了，甚至以为眼前的克利斯朵夫是不是已经疯了。

“它自由得如流液，找不到旋律，也没有节奏，更不再有什么主题的约束，因为没有一种固定形式所以便可以适应任何一种形式，你甚至找不到任何一种类似相像的东西，渺小甚微只如几点微光。”

克利斯朵夫笑着答道：“几乎就是这样，在整个世界的幕后发光……”

但他们并不懂诺瓦利斯[①]的这句名言，只是心里暗想着：“他才气尽了。”

克利斯朵夫并不希望他们了解。

---

① 诺瓦利斯为十八世纪德国诗人。

送别客人的时候，他故意领着他们看了看山上的风景。不过他也只走那么点路。音乐批评家对着一片草原提起巴黎戏院的装饰；那位画家也觉得它的色调配合得欠高明，像又酸又无味的大黄饼，霍特娄[①]一派的东西，而且他对自然界也是没什么兴趣的。

“自然界？什么叫自然界？我就不认识，难道不是只需要光和色就行了吗？这些什么自然我可没什么精力去在意……”

克利斯朵夫跟他们握手，然后送走了他们，这些情形他都没有上心。他们都是在土洼那一边的。如此倒好了。他可不愿意告诉人家：“你们应该走同样的路，如果来我这里的话。”

他烧着的火终于被几个月的时间熄灭下去了，只不过他心里还是觉着火一定会再次燃烧起来的，所以还是一直保持着内心的那股暖气，即便他身上没有，那别人身上一定有的，而且这并不影响他对它的爱：火总是同样的火。这段时间的傍晚，他觉着整个自然界都蔓延着那道火。

他踏上了回家的路，阳光在一阵暴雨过后倾泻在大地上。草丛里升起青烟，成熟的苹果掉落在潮湿的草间。蜘蛛网上的雨滴还在闪闪泛光，犹如那种古老的车辆；林边的啄木鸟不知道遇着什么喜事咯咯地笑个不停，千千万万的小黄蜂迎着阳光炫舞，发出的嗡嗡声充盈着整个树林。

克利斯朵夫站在林中一片空地上，那是一片土坳间的圆形盆地，夕阳满照，脚下的泥土如被渲染过一样赭红，前方居中的地方有一块小田，长着晚熟的麦与深黄的灯芯草。一片秋色灿烂的树林遍布它的四周：红铜色的榉树，淡黄的栗树，密密麻麻长着果实的清凉

① 霍特娄为十九世纪瑞士历史画家。

茶树，犹如伸着火红舌头的樱桃树，叶子橘黄的苔桃，佛手柑，褐色的火绒……热烈地堆在一起，像是一片燃烧的海洋。一只吃饱了果实、被这阳光迷醉的云雀，从这个轰轰烈烈的树林中飞窜出来。

而克利斯朵夫的心如天上云雀般，尽管知道待会儿会要掉下来，会死很多回，但他亦清楚它是可以在火焰中飞升，可以用自己呖呖流转的歌声告诉那些留在地下的同伴眼前这天国的光明与美丽的。

卷十　复旦

第一部

克利斯朵夫不再细数那些消逝的岁月。生命无声无息地走过。

然而他的生命还存留在其他地方。它没有历史，只有它创造的作品。音乐的清泉源源不绝地歌唱着，充满了灵魂，使它丝毫感受不到外面的喧闹。

克利斯朵夫胜利了。名声渐高了，头发花白了，年龄也到了。他却毫不在意，他的心永远是年轻的，充满活力的；他的力和信仰，一切如故。他又获得了安宁，却不是荆棘燃烧前的平静。暴风雨的捶打和海洋的涌动，使他在低谷中看到的情景，依然留在他的内心深处。他清楚地知道掌控人生的争斗的是上帝，未经他的首肯，谁都做不了主。当时的克利斯朵夫心里有两个灵魂：一个是饱受着风雪折磨的一片高原，还有一个是高耸入云、在阳光下熠熠生辉的雪峰峰尖。当然，这些种地方都不能长期居住；但是当下面的雾气让你冻得痛苦的时候，你会知道到达太阳的方向的路。克利斯朵夫即使在迷惘中也不再感到孤单了。强健的圣女赛西尔[1]睁着明亮的大眼睛在他的身边向着天空倾听。他则像拉斐尔画里的圣·保罗一样，一声不响地思索着，身体倚在剑上，没有愤怒，也不想征战，一心只想着创造属于他的梦想。

他那个时期的作品注重钢琴乐和室内音乐。因为这些曲体可以让创作变得自由和大胆，内容和形式之间相对来说更为直接，但是思想不会有中途衰竭力的危机。弗雷斯科巴第[2]、哥波冷、舒伯特、肖邦等人的表达方式和风格特点的大胆，比配器方面的革命还要早五十年。现在克利斯朵夫用自己那双强健有力的手用力敲打着从音箱传出的强劲的声响、别致的和声、令人痴醉的和弦，跟那个时代的人能够接受的曲子风格相差太远了，它们在精神上的影响类似于一些奇特的法咒——只要是大艺术家从海底深渊的旅程中带回来的成果，大众一定需要很长一段时间才能够完全领悟。所以几乎没有人能够理解克利斯朵夫晚年大胆的作品。他的成名基本是依靠他早年的成绩。然而有了名声后不被理解比从未成名更令人难堪和尴尬，因为这些都是无可预料的。在他唯一的朋友去世以后，这种难堪之情令克利斯朵夫更加想要逃离当下这个社会。

德国旧案早已消散。法国的流血事件也早被遗忘了。现在他可以随处走动，去哪都好。可是他害怕去巴黎，他怕看到那些熟悉的东西，怕想起曾经的那些伤心事。而德国，虽然他回去过好几个月，偶尔也去看看自己的作品，并做一些指挥，但是都不会长久居住。因为他不

---

① 赛西尔是公元四世纪殉道的圣女，后来被称为护佑音乐家的神。

② 弗雷斯科巴第是十七世纪意大利作曲家，也是历史上有名的管风琴师。这里所指的弗雷斯科巴第及哥波冷、舒伯特、肖邦诸人的表达方式与风格特点的大胆，是专指他们各自在管风琴、扬琴、钢琴及其他室内音乐（如二重奏、三重奏、四重奏等）方面的音乐作品。

喜欢的事实在太多了。这些情形并不是德国特有的，各地到处都是。但我们对自己国家总比对别的国家更加苛刻，对自己国家的弱点更觉得悲痛。况且欧洲的罪行基本上都是应由德国负责的。一个人成功后就得负成功的责任，就好像对打了败仗的人欠了一笔债，你就有义务给他们带路。在路易十四称雄的年代，法兰西理性的光辉就照遍了整个欧洲。但德国作为色当战役[①]的胜利者又给世界带来了什么光明呢？刀剑下的亮光吗？没有灵魂的思想，没有侠义的行动，粗鲁的、甚至是不健康的理想主义。武力和权益竟然是掮客式的战神。四十年来，欧罗巴怀着极度不安的心情在黑暗里探索着。成功者的钢盔把太阳严严实实地遮住了。丝毫没有抵抗能力的降卒只能可怜地被人看轻，但当你看到戴着钢盔的人你又会想些什么！

近来，太阳探出头来了，云朵里透出一丝光亮。克利斯朵夫从钢盔的影子下走了出来，想要成为第一批看见日出的人。他心甘情愿回到了瑞士。那些彼此仇视的国家，让当时很多渴望自由的心都感到难以呼吸，没法继续生存下去。克利斯朵夫和大多数人一样想要寻求一个中立的、可以让人自由呼吸的地区。在属于歌德的时期，由开通的教皇统治的罗马城，曾经是各地思想家躲避的港湾，就像受惊的鸟能够遮风避雨、能够栖身的岛屿。但是现在哪儿有避难所呢？哪儿能让他们容身呢？岛屿被呼啸而来的海水吞没了。

罗马不再是原来的罗马了。鸟儿们慢慢飞离开了七星岗[②]——然而阿尔卑斯[③]还是原来的样子。在相互争抢的欧罗巴中心，仅有

① 一八七〇年普法战争中，法军在色当失利，成为法国战败的主要原因。
② 罗马城是建在七个山岗上的，后来人们用七星岗来指代罗马。
③ 瑞士东南部及中部偏东都有阿尔卑斯山脉。瑞士全国划分为二十四郡。

二十四郡的小岛艰难存活。这里当然没有千年古城的优雅纯净，充满诗情画意，也嗅不到史诗里英勇机敏的英雄的气息。然而，这块光秃秃的土地有它气势恢宏的乐曲，山脉的线条有它雄壮的节奏，并且比其他任何地方都更能让你感受到一股前所未有的强大力量。克利斯朵夫并不是来求得满足怀古的幽情的。他说只要有一片宽阔的田野，几株高大的树木，一条蜿蜒的小溪，一望无际的天空，就足够了。不用说，他的家乡有安静宜人的景色，比阿尔卑斯山巨大的充满诱惑力的战斗对他更具亲切感；可是他无法忘记他是在这里找到重生的力量的，是在这儿看到上帝在燃烧的荆棘中出现的。他每回回到瑞士，心里一定会有一些感激和信仰存在，并且跟他相似的人不在少数。被人生伤害的勇士，再一次在这块净土上找到持续斗争的毅力和勇气，不知道有多少人还保持对斗争的信仰！

因为长居这个国家，他对它慢慢认识清楚了。很多旅途中的过客只看到它的难看的伤疤：窄小的旅社糟践了国内最美的风景，外国人齐聚的地段，让全国各地肥肥胖胖的人来换回他们的健康；那些承包客饭的马槽，那种酒池肉林的奢侈，那些游戏场中的曲调，加上意大利戏子令人生厌的叫唤，令偶尔烦闷但却有钱的坏蛋们笑呵呵的；还有铺子里无聊的摆设：木熊、木屋、各种小玩意，都是最老的那一套了，没有任何有意义的新发明；诚实的书商卖着专讲黑幕秘史的小册子——四处都是无耻下流的气味。但是每年到这儿来的众多的清闲阶级，除了普通百姓的娱乐以外还不知道有些什么陶冶情操的娱乐，甚至还不知道有些什么非常刺激的娱乐节目。

外来游客对当地人的民俗生活没有一点意识。他们怎么也想不到，这里还是道德舆论、民主自由的聚集地，存在了好几百年了。

料不到加尔文和辛格里[①]的炭火还在灰烬下面燃烧，料不到拿破仑式的共和国永远无可想象的那种坚毅强劲的民主精神，料不到他们行政部门的简单与社会事业的广泛，料不到由西方三个主要民族团结起来组成的国家[②]对于世界的榜样作用相当于欧洲未来的缩影。

他们更无从预想粗糙的外表下面还掩藏着文化的精髓：比如鲍格林那粗野的、有如点火石般星光四溅的梦境，霍特娄那从不放肆张扬的英雄精神，高特弗里德·凯勒的善良、率直的性格，史比德雷伟大的史诗与上帝带来的曙光，民间庙会充满魅力的传统，在粗糙的古树上滋养春日的琼浆玉液。所有这些青春常在的艺术有时会像初夏野梨树上坚硬的涩梨刺激你的味蕾，有时也像青绿黝黑的苔桃一样清淡无味。然而它们至少在空气里弥漫着一股股泥土的芬芳，那是自学成才的艺术家的作品。然而古老的文化沉淀并没使他们跟民众大相径庭，他们读的书仍然和大众一样都是人生这部巨著。

克利斯朵夫喜欢那些只为生存、不随意夸耀的人，即使近来他们也会受到德美两国的工业化的影响，但他们仍然保存了作为古欧洲人最值得骄傲的、能够让人心情舒畅的特点，保存了他们的淳朴和善。他跟两三个这样的人成了朋友，他们或庄重严肃，或忠实诚恳，喜欢追忆往昔，过独居生活，带着听天由命的心情和加尔文式的悲观论调，眼见着一天天消逝的古老的瑞士。克利斯朵夫与他们见一面实在难得。看上去他的旧伤已经结疤，但是伤口过深了，不能痊愈。他怕和别人再次扯上关系，害怕再一次陷入情爱与痛苦的深渊。有一部分是因为这种原因，他选择定居在瑞士，他觉得住

① 辛格里，瑞士人，是十五至十六世纪时著名的宗教改革家。

② 瑞士包括德、法、意三种民族。

在瑞士能给他带来安逸的生活，因为在这里他很容易过上独居的生活，在陌生人聚集的地方，把自己变成城中的一个陌生人。并且他经常搬迁住所，已经很久没有在一个地方常住了，仿佛一只没有目标没有方向的流浪的老鸟，需要属于他的空间，而天上才是他的王国……

一个夏季的傍晚，他悠闲地在村子高头迈着步子：手里还拿着帽子，走在一条羊肠小道上。小路蜿蜒着，在一个斜坡处拐了弯，继续向前曲曲折折地延伸。路的两边都长着低矮的胡桃树和松树，自然形成了一个如桃花源般与世隔绝的小天地。小路每到一个拐角的地方，就有山穷水尽的感觉，似乎已经到了路的尽头，山矗立在前面。极目望去是澄净的天空，蔚蓝一片。傍晚沉寂的氛围慢慢地扩散了去，就好像碧绿的苔藓下一条潺潺而过的流水……

一位太太出现在路的第二个拐角上，她着一身黑衣，在背后清明天空的映衬下显得分外清晰；在她后面跟着一男一女两个孩子，六岁到八岁，他们在路边采着花儿玩耍。等到走近，克利斯朵夫和那位太太一眼便彼此认出来了，但谁都没有喊出来，只是眼神里满是激动。克利斯朵夫微微地打了一个惊异的手势，他显然有些手足无措，那位太太的嘴唇也在抖动着。他们停下了前进的脚步，同时轻声呼唤道："葛拉齐亚！"

"你居然在这儿！"

他俩紧紧地握手，一言不发。葛拉齐亚为了打破尴尬局面先开口说话了。她告诉克利斯朵夫自己的住处，又询问他住的地方。机械的问答，不留心的应允，谁都是左耳进右耳出，等到互相道别，才想了起来。他们彼此对视着。孩子们奔跑着跟了上来，她介绍孩子给克利斯朵夫认识。克利斯朵夫没有说话，瞥了他们一眼，冷冷的眼光里透着敌意。在他的眼里只有她一个人的身影，他盯着她那张饱经风霜的脸，仔细端详着这张略显老态却风韵犹存的脸。

她被他看得有些害羞了，轻声问道："你晚上能来看看我吗？"

她把旅馆的名字说了出来。

他问她丈夫在何处，她指了指身上戴的孝。他激动至极，再不能继续说下去，便与她道别，傻傻地独自走了。他刚走了几步，想起什么，又转身走向正在路边采撷杨梅的孩子，他忽然搂起他们，猛地亲了一下，急忙走了。

晚上他到了女人说的那家旅馆。她待在玻璃阳台下静静地等着。两人相距很远，坐了下来。旁边只有两三个老人，便再也没有其他人了。克利斯朵夫看到其他人在场有些恼怒。葛拉齐亚静静地看着他。他也看着葛拉齐亚，嘴里小声念叨着她的名字。

"我是否有很大的变化？"她问。

他心潮澎湃的回答："你受苦了。"

"你也是。"她注视着他那张饱受磨难和备受情感鞭笞过的脸，眼神里尽是怜爱。

然后，彼此再没有话了，只是沉默着。

过了许久，他说："我们就不能找个安静的地方单独聊聊吗？"

"不，朋友，就留在这里吧，这里不是挺好的吗？没有人会关注我们。"

"我觉得不便说话。"

"这样挺好。"

他不知道为什么。后来，他回忆他们那一段谈话，认为她不相信他。然而，她是害怕她本能的感情表露，有意待在一个有人的地方，这样会安全一些，令他们不会导致一些冲动行为。因而，她情愿受些束缚待在旅馆的客厅里，便于掩盖她内心的慌乱。

她话语很轻，时断时续地把自己生活的现状描述了一番。裴莱尼伯爵在几个月以前的一次决战中丢了性命。克利斯朵夫这才知道他们夫妻生活得很不幸福。长子也死了。但她并没有任何埋怨，把自己的伤心事搁下了，非常自然地换了话题，打听起克利斯朵夫的状况，她知道他饱受磨难的经历后，十分同情。

正值星期天，教堂的钟声响起。生命再一次画上一个完美的句号……

她邀请他等两天再去。因为她并不着急跟他相见，他有些伤心。但是他的内心是复杂的，快乐和悲伤缠绵在一起，痛并快乐着。

第二天她故意说有事情，写了个字条让他马上去。他看到那张毫无内容的话喜上眉梢，差点乐坏了。这次她带着她的两个孩子，在客厅里招待了他。他满怀疑虑地看着两个孩子，眼睛里充满了爱怜。他感觉大一点的那个女孩子相貌与她的母亲神似，却没有细问那男孩子究竟像谁。他们嘴里聊着当地的风土人情、天气变化等，书桌上翻开着的泛黄的书本，他们的眼睛却在讲着别人听不懂的话。他正想着怎样跟她深入交谈，使彼此更接近一些、更亲切一些。不巧的是，她在旅馆里结识的一个女朋友来了。葛拉齐亚热情地招呼着，好像对他们两位客人没有亲疏远近之分。他有些不悦，却并不责怪她。她建议大伙一起去外面散散步，他点头应允。

虽然那个女客也非常年轻漂亮，甚至有些迷人，但有她在，克利斯朵夫感觉这一天完全被白白浪费掉了，没有什么游玩的兴致。

两天以后，他才又跟葛拉齐亚见了一次面。那两天里，他念念不忘的只有与她的下一次约会。但这一次见面，他还是没有能和她说些知心话，没有进行深入交流。她非常温柔友善，但永远不会过于主动，永远让别人看不透。她看到克利斯朵夫残留着那一派德国人的感时伤怀性情，她愈加紧张、不安定，厌恶之情油然而生，骨子里更加不情愿了。

他饱含深情地给她写了封信，她被感动了。他在信里说，人这一辈子这么短，他们俩这一生都已经过去了一大半了，能够相见的日子没有多少了。假若还不能趁着有缘相聚的时候敞开心扉好好聊聊，那就不只是刻骨铭心的痛，而是上帝无法原谅的罪过。

她态度和蔼、语气温和地回复了他的信，告诉他自从她以前受到挫败、精神极度崩溃后，就潜意识里害怕自己再受伤害，有了戒心，对谁都设置防线；她对她的行为感到抱歉，但是她没法一下子改变这种处处小心的习惯。只要是有些过于强烈的情感表达，哪怕这份感情是发自内心的，她也很难一下子接受，会担心，会害怕。

但是，她知道这好友再次相遇的机会难得，这份友谊来之不易，她跟他一样，是非常高兴的。信的最后，她还约他当天晚上去她家吃晚饭。

他读过信后，两眼老泪纵横，非常感谢她能理解自己。他把头埋在旅馆房间的枕头上，流尽毕生的泪水，狠狠地大哭了一场。他十年孤独累积起来的烦闷抑郁全都得到了发泄，瀑布般的洪流顷刻间将枕头濡湿。自从奥里维去世以后，他就一直一个人。葛拉齐亚的信对于他那颗一直期盼温情的心来说就好像是久旱逢甘霖、枯木又逢春，那是复活的呼唤。温情！……他早就应该习惯没有温情的生活，他一直以为那是不属于自己的奢侈品。直到现在，他才感觉到他对于它的需求是多么强烈，他的心里还积聚着多少人间的真爱。

那个用甜蜜、温馨、圣洁构筑的夜晚……虽然，他们俩都不想再隐藏些什么了，但是他也只能找一些可有可无的话题随意聊着打发漫长的夜。他拨弄着琴弦，抚出一首首乐曲，她用眼神鼓舞他将内心积掩的感情尽情释放，他便借着琴声旋律道出了多少动人心扉的蜜语。她完全想不到眼前这个谦恭有礼的人会是以前认识的那个高傲又暴躁的坏脾气大男人，她被触动了。他起身准备离去的时候，两人默契地握了手，此时无声胜有声，他们的心交融在一起了，汇聚成了爱的海洋，再也不会轻易分开了。外边下着雨，一点风也没有。克利斯朵夫的心在夜幕里欢快地歌唱……

她只能在当地做最后几天的停留了，从没有想过要推迟行程。

他不敢向她提出请求，要求她多逗留几天，也不敢胡乱埋怨。最后一天，他们俩带着两个孩子在路上散步。半路上他感觉自己是最幸福的人，心房里满满的都是爱，他差一点儿把一切和盘托出，但是被她边微笑着边做出的一个温柔的手势阻挡了：

“嘘！你要说的，我都知道了。”

他们走到几天前再次相遇的那条小路的拐角处坐了下来。她面带微笑，眼睛久久地看着在脚下横亘的山谷。但她所凝视到的并不是山谷。他仔细端详着她这张清秀的脸上苦难镌刻在上面的悲凉的烙印，在她那满头浓密的乌黑的秀发中间，有意无意中撩出几丝白发。看着精神的痛苦弥漫到她整个身体，他的心里突然产生了一股崇敬和怜悯之情。时间遗留的伤口上到处是她受伤的灵魂——于是他用带点儿颤抖和哽咽的声音轻声请求着，希望她能留一根白发给他作为纪念。

她走了。他不知道为什么她不要他送行。他信任她的友谊，但是对她的保守颇感疑惑。他再也不能在当地待下去了，于是起身向另一个方向走去。他希望用旅行和工作把他的思想填满，让他没有任何杂念。他写信给葛拉齐亚，但她每次几乎都要等两三个星期才会回复一封简短的信给克利斯朵夫，信中散发着一丝恬静的、淡淡的友谊，没有什么波动情绪，平平的、缓缓的。克利斯朵夫每次看了这些信都陷入极度的矛盾中，他看到她的表达，内心的难受溢于言表，可是他又庆幸葛拉齐亚给他回信里安静的状态，这让他备感安慰，他认为自己没有权利去责怪她。他们的爱情，直到最近才重新开始，时间还太短，他担心再次把它弄丢了。幸运的是，她的每一封回信都令他感觉到她心态的平静，她安静、闲适的心灵总算能令他得到些许慰藉，也放心了很多。但他们两人的性格毕竟相差太大了……

他们相约秋末在罗马相会。若不是为了去看她，克利斯朵夫完全不想走这一趟。长时期的孤独使他变得不喜欢出门，他对现在那些有闲阶级可有可无的旅行丝毫不感兴趣。他害怕生活习惯的改变影响到自己固有的思维定式。而且他原本就对意大利没什么兴趣。他对它的了解是来自“现实主义作家”的迂腐的音乐和那些男高音的歌唱，这些都是能激发一般文人志士旅行中灵感的源泉。

他同进步的艺术家一样，对意大利没有任何好感，并且还满是敌意，因为最固执的学院守旧派总是提及罗马，这令他们很是反感。而且，北方人由来就是讨厌南方人的，他们把意大利当作是自吹自擂的南方人的代表，所以对它是非常厌恶的。只要一想到意大利这个国家，克利斯朵夫就噘起嘴来满是不屑……他完全没有兴趣对一个没有音乐底蕴的民族做更为广泛深入的了解。他暴跳如雷，说:“意大利人除了随意抚弄一下曼陀铃，没有技巧地大声吼几首音乐剧，还能干吗呢？在如今的欧洲乐坛上能有何地位？”——可是葛拉齐亚是这个民族的。为了去找她，克利斯朵夫可以走遍世界的任何一个角落，还有什么地方不能去呢？在没有见到她之前，对周围的一切都不管不顾就可以了。

他早就学会视而不见了。多少年来，他从来没有打开过自己的内心世界。在这个秋天即将结束的时节，他更得闭上眼睛了。阴雨连绵不绝，下了三个星期了。后来重重叠叠的乌云像一顶灰色帽子笼罩在瑞士巍峨矗立的山峰上，令它湿漉漉地不停打着寒战。人的眼睛已经记不起阳光是什么样子了。为了在心中再次找到太阳的温暖，你必须先把周围变得漆黑一片，紧紧地合上眼睛，一直走到矿穴的深处，走进如梦一般的地道里。在那儿，你才能看到与世隔绝了太久的太阳。当你一个人趴在地下隧道努力挖掘过后，从那里出来的时候你就会觉得浑身燥热难耐，脊骨与膝盖都僵硬了，四肢变形，眼睛呆滞，就好像半夜里出来活动的鸟的眼睛一般。有好几回，克利斯朵夫都从矿穴中取出历经千辛万苦和艰难险阻才提炼成的温暖，来缓解他冰冻的心。可是北方的梦境就好像散发着火炉般的热度。当你置身其中的时候，丝毫感受不到，你喜欢那种沉沉的暖意，喜欢那个迷雾中的光，还有装在你沉甸甸的头脑里的美好的梦。人应当珍惜当下，爱自己拥有的一切，应当知足！

克利斯朵夫坐在车厢的一个角落里，昏昏沉沉的，火车慢慢开出了阿尔卑斯山脉的边关，突然看到空灵的天空和散发着光明的山坡，就好像做梦一样。阴霾的天色，昏暗的日光，都被抛在边塞的那一边了。突如其来的变化让他备感惊讶而并非欢愉。要很长一段时间，他麻木的灵魂才能慢慢得到解脱，挣脱那个把它锁住的牢笼，从以前的阴影中摆脱出来。太阳渐渐西落，柔和的光好像伸出手臂把他紧紧拥抱着；于是他忘记了以前发生的一切，沉浸在五颜六色的美好世界里。

那是米兰附近的平原。太阳在蔚蓝的运河折射出耀眼的白光，像脉管一样的支流在毛茸茸的稻田里纵横交错。秋天的树木，苗条消瘦，轮廓分明、婀娜多姿的树干披戴着一袭赭红色的绒毛，就好像是达·芬奇笔下的雄山秀水。白雪皑皑的阿尔卑斯山脉，发散出柔和的光，气势恢宏的光线绕着地平线围了一圈，配挂着橙黄、青黄、淡蓝的吊坠。亚平宁山脉上暮色降临。一条条羊肠小径沿着陡峭险峻的山峰弯弯曲曲地绕着，时而重叠、时而交会的节奏就好比法国南方普罗旺斯的舞蹈一般。倏地，海风袭来，从山坡底下吹来的风里弥漫着橙树的芳香。大海，是拉丁的海，灯光闪闪，几条小船停回港口把帆放了下来，仿佛在海面上沉睡了……

火车停在海边的一个渔村上。列车员向旅客解释说，连绵不断的大雨把热那亚与比萨之间的一条隧道冲坏了，每趟列车都要晚点好几个小时。克利斯朵夫买的是直接到达罗马的车票，碰到这件意料之外的事，他并不像别的旅客那样埋怨，相反颇有些兴高采烈。他跳下月台，利用这个空隙，径直向海边跑去。大海的迷人景象把他深深地吸引了，兴奋的情绪高涨了，忘记了时间，以至于两三小时后，当火车鸣着长笛，缓缓驶出渔村，开始重新向目的地驶去的时候，他居然还悠闲地坐在一条小小的渔船里，他看着慢慢驶出眼帘的火车，高声呼喊着："祝你一帆风顺。"在明净的海上、明净的夜里，他感受着海风拂过脸颊，渐入睡眠状态，小船顺着小杉树环绕的岬角漂去。他借宿在村子里，在那里待了五天，心情无比愉悦。他就好像一个长时间绝食的人看到眼前突然摆满的美食一般，狼吞虎咽的，他所有的感官都忙着感受光明的灿烂……光明，世界之血，生命之河，从我们的眼睛里、鼻孔里、嘴巴里、皮肤上的所有的毛孔里渗透进我们的肉体……啊，光明，对于生命来说，比面包更珍贵的光明——只要是看到你卸下了北方的面巾，而展示出你纯净、热烈的美好品德的人，都情不自禁地发问在之前没有你的时候是怎么活下来的，更知道从今以后是再也少不了你了。

在这五天里，克利斯朵夫沉浸在太阳的怀抱里。在这五天里，他有生以来第一次忘记自己是一个音乐家了。心里的音乐都变成了光明。空气，海洋，陆地——那是太阳的交响乐。而意大利巧妙地凭借它的聪明才智和天赋异禀运作起了这个乐队，别的民族却只能去临摹大自然，唯独意大利人是跟自然同舟共济，和太阳一起描绘充满色彩的音乐：一切都是音乐，一切都在歌唱。路上有一堵红墙，墙面上露出金色的隙缝，上面是两株杉树，绿意盎然，周围的蓝天空明澄澈。一架雪白而陡直的大理石梯子，在两堵粉红的墙中间开了一道蓝色的门面。五彩缤纷的房屋，树上杏子、柠檬、佛手熠熠生辉，那些都是绿叶衬托下诱人的果实呀……意大利的风景对视觉是种强烈的冲击。眼睛对于色彩的享受，就好像是香甜可口的果子落到了饥渴的舌头上。克利斯朵夫一向在灰暗的天地中过着苦行僧般禁欲的生活，现在可以放开肚皮饱餐一顿，好好地给自己补偿一下。他的丰富多变的性格向来受到环境制约，此时此刻他才突然感觉到自己是多么需要享受的，便尽情抓住眼前一切的色、香、味、人声、钟声、海声等所组成的音乐，空气与光明对感官的安抚……克利斯朵夫的思想一无所有，他沉浸在天堂的极乐的世界。一旦他偶尔清醒过来，便忙着把心中的快乐告诉他遇到的所有人：告诉那眼光锋利、戴着威尼斯参议员式的红帽子的老船夫；告诉一个经常跟他同桌进餐的米兰人，这个一边吃着通心粉，一边转着奥赛罗式的骨碌碌的眼睛，还射出恶狠狠的怒火的麻木不仁的家伙；告诉一个托盘的时候低着头、弯着胳膊、伛着胸部的饭店侍者，就好像是贝尼尼作品里的天使；告诉一个对路人使眼色，总拿着一只带绿叶的橙子来祈福的青年圣·约翰。克利斯朵夫也跟那些低着头，一遍遍哼唱一支永远没有完的鼻音很重的歌的车夫们打招呼，跟他们搭讪起来。他发现自己竟不知不觉地唱起了《乡村骑士》①！他似乎忘记了旅行的目的，忘记了他要跟葛拉齐亚见面的事……

是呀，他忘记了一切，直到那心爱的倩影又显现在他眼前的时候。是怎么出现的呢？是他在路上瞥见的一道相似的目光引起的，还是一个深沉悦耳的歌曲调子引起的？他完全想不起。但顷刻间，他周围所有的景致，在遍布橄榄树林的山林里，在炽烈的阳光与厚重的阴影交织着射入亚平宁山脉的高山背脊上，在橙树林中，在波涛汹涌的海面上，处处显现出女朋友那满带微笑的面容。在空气中似乎有无数葛拉齐亚的眼睛静静地盯着他。她在这块土地上就好像是蔷薇树上的一朵含苞欲放的蔷薇，娇艳欲滴。

于是他又搭上了驶向罗马的火车，路上没有再做停留。意大利的历史文化和名胜古迹、艺术名城，都没能再引起他丝毫的兴趣。

① 《乡村骑士》为意大利作曲家玛斯加尼的喜歌剧，节奏明快，向来被克利斯朵夫讨厌。

他在罗马没有看任何东西，也不想看任何东西。一路上，首先出现在他视线里的是些没有风格特色的新市区和方形建筑，这使他失望之极，也不想再看别的什么了。

一到罗马，他直接去找葛拉齐亚。

她问："你从哪条路来的？在米兰或者佛罗伦萨都停留过吗？"

"没有。干吗要在那些地方逗留？"他回答说。

她笑了："你说得真是妙极了！你对罗马有什么样的印象呢？"

"没什么印象，我什么都没见到。"他回答道。

"真的？"

"真的。我没时间。一个建筑物都没参观，一出旅馆，我就到这里来找你了。"

"罗马哪里都可以看到的……看对面那堵墙……只要看看墙面上的反光就好了。"

"我只能看见你。"他说。

"你真不礼貌，只想着自己的念头。那么你是什么时候从瑞士出发的？"

"八天以前。"

"这八天你做了些什么呢？"

"我也不知道。我在海边一个说不出名字的村子里住了几天。大概睡了一个礼拜。我是说睁着眼睛睡的。我不知道看到了什么，也不知道梦到些什么。好像是梦见你了。我知道那是些很美的梦。但最美妙的是我忘记了一切……"

她说了声："很好呢！"

但是他没听见，接着往下说："是呀，我忘了当时的一切、过去的一切。我想脱胎换骨，重新开始我的新生活。”

“很好。”她笑盈盈的，眼睛眯成了一条缝，看着他，“自从我们上次分手以后，你真的改变了，和以前有很大的不同了。”

他也看着她，觉得她也跟以前大不相同了。其实这并不是她这两个月有什么大的变化，而是他看她的眼光完全跟以前不同了。在瑞士的时候，他保留了太多葛拉齐亚年轻时的印象，脑子里心里都是她过去的样子，这些深深刻在他记忆里的影子使得他对眼前的这个老朋友看得并不真切。现在，在意大利阳光的照射下，北国的幻梦融化了，在满目光明的世界里，他看到了他所爱的人的真面目。

她与当年像被紧锁在巴黎的野鹿一般的情形相距甚远，她初为人妇时，跟他小聚了几天而又马上分别的少妇形象，也已不复存在了！拉斐尔笔下的小圣母出落成一个风韵翩翩的罗马美妇了。

她外表丰满，身材匀称，浑身上下散发着一股怡然自乐的慵懒的气息。她成了恬静、安逸的代名词。她喜爱铺满阳光的宁静，呆呆地坐着思考，感受着平和安静的生活，那是北方人永远无法理解的。在以前，她光彩夺目的笑容蕴含着一颗慈悲之心，如今她的笑容里增添了些许新的内容，那是宽容里的无奈，有点倦于人世的心境，含有些嘲讽的话语和广博的胸襟。岁月给她披上了冷漠的外衣，她不会再那般冲动，以至于备受感情欺骗。她难得说心里话了，脸上挂着一副看淡人世沧桑的微笑，处处防备着克利斯朵夫难以遏制的冲动。除此以外，她也有弱点的，在平日里，她也会偶尔冲动，还会不可抑制地卖弄一些女子独有的风情，事后也会觉得可笑。她对一切、对自己，都不会反抗，反映出一个与世无争看破红尘的人的一种温和的因果宿命观。

她家里的客人很多，她也不怎么挑剔，至少看起来是这样的；但熟客基本上都属于同一阶层，呼吸着相同的空气，生长在同样的生活习惯里，所以他们聚在一起气氛是非常融洽的。和克利斯朵夫在德国和法国所碰到的大不一样，他们大部分是意大利的古老世家，有些人也跟外族联姻，注入一点新鲜的血液。表面上，他们亲如一家，四种主要的语言都是通用的，西方四大民族相互之间也有很好的交流。每个民族都拿出一份本族的资本：例如犹太人的不安，盎格鲁·撒克逊人的冷淡，但它们都很快就在意大利这个大熔炉里熔化了。好几百年来靠抢劫掠夺发家致富的达官贵人们在这个民族身上贴上了贪婪和尊贵的标签，对他们产生了深远的影响，这是一个民族不可能轻易改变的：质地可以变化，但痕迹却是无法消除掉的。迁徙到拉丁故土上的北方民族，似乎就是纯意大利种族，笑容似乎是吕尼画出来的，恬静淡雅，充满诱惑力的目光就好像是提香画出来的。无论你在罗马的画板上抹上什么颜色，调出来的总是罗马色彩。

那些人的灵魂都是很庸俗的，还有几个更是粗鄙下作，但依然散发出一种经久不散的传统文化与古文明的气息，克利斯朵夫虽然不能轻易分析自己的感想，但也不禁折服赞叹。即使在极细微处他们也总能散发一股淡雅的香味：风度文雅，举止有礼，平易近人而又不失身份，还保持着几分睿智，一举一动都尽显灵动，高雅与细腻总带点儿质疑的色彩却又机智灵活、随机应变，展现得相当自然。他们不呆若木鸡，也不狂妄自傲，更没有书生的迂腐气。你在这儿丝毫不用担心会遇到巴黎社交场中偷偷观察研究你的心理学家，或是信仰军国主义的德国博士。你所见到的都是非常淳朴的人，非常有人情味的人，就像丹朗斯和西比翁·爱弥里安[①]的朋友们一样……

“我是人，我对跟人有关的一切都感兴趣……”

实际上这些都是徒有其表。他们所表现的生活都是表面上的，没有真实内涵的。骨子里是无药可救的轻浮，跟世界上任何国家的上层社会都相同。唯一不同的是意大利的轻浮是民族性的，是精神萎靡、麻木不仁的。法国人的轻浮是带着直刺神经的冲动，头脑不愿意歇息一刻，不停地转动，哪怕是空转一阵。意大利人的头脑却非常善于休息，甚至是太会休息了。他们躺在温暖隐蔽的地方，躺在把颓废的享乐主义和备受讥讽的聪明才智的柔软而温暖的枕头里，安逸舒服地睡觉——他们的聪明延展性相当大，充满好奇心，其实是骨子里彻底的麻木。

所有这些人都没有定见。不论是政治或是艺术，他们都只是把它们当作业余爱好玩玩罢了。到处都是可爱俊美的人，一个个都长着古罗马贵族那意大利味儿十足的俊秀的脸，轮廓分明，眉清目秀，一双聪慧的眼睛明亮又温和，举止安详，以博爱之心包容大自然，热爱自然、古画、鲜花、女人、书本、美食、家乡、音乐……

他们似乎什么都爱，可是却没有任何东西是挚爱。在其他人看来，他们好像没有什么爱。但其实爱情在他们的生活中是占有很大地位的，但前提是不能打扰他们日常的生活。他们的爱情就像他们自己一样，也是萎靡的，懒怠的，即使是热恋也就像家庭中日常的感情。

① 丹朗斯为公元前二世纪时著名的喜剧作家。西比翁·爱弥里安为公元前二世纪时罗马贵族党非常出色的领袖。

他们的聪明是很稳健的，也是很和谐的，但这其实是一种麻木：不同的思想在脑子里相互碰撞在一起，不仅没有冲突，并且能相安无事地结合起来，相互之间的锋芒都被磨平了，没有什么危害，过得其乐融融的。他们害怕彻底的信仰，惧怕极端的手段。只有似了非了的解决方式和若有若无的思想，他们才感觉舒适。他们的思想属于自由主义极端信仰的保守党，需要一种居中的政治与艺术，需要一种气候宜人的疗养地，在那儿不会气喘，也不会心跳加速。在哥尔多尼剧中那些懒散的人身上，或是在曼佐尼那种均匀而模糊的光线中，他们能够看到自己的面目，但他们那可爱的散漫的性格并不会因此而感到不安。他们不会像他们伟大的祖先说的那样："首要的是生活……"而是说："首先是要平静的生活！"

大家的心愿就是要平静的生活，就算是那些铁打的硬汉和政治活动的指挥者也是这样。例如某个小小的马基雅维利[1]，很善于主导自己、主导别人，心肠跟头脑一样，非常冷酷，机敏睿智，只为达到目的，不惜利用一切手段，为了满足自己的勃勃野心可以出卖所有的朋友，同时也可以为了令一个更为有利益的目的牺牲自己的野心，这个目的就是尊贵神圣的"平静的生活"。他们需要很长一段时间的冬眠。然后睡足了觉醒来，他们才会觉得精神焕发；庄重的绅士、幽静的淑女才会突然之间活跃起来，渴望说话，说说闹闹，快快乐乐地去应酬玩乐。他们需要不停地讲话，不停地做动作打手势，不停地倒腾奇谈怪论，用着莫名其妙的兴趣，把他们的精力都消耗掉。总之，他们在那里表演一场滑稽的歌剧。在这些意大利人的肖像陈

① 马基雅维利（1469—1527），意大利政治家、史学家，代表作是《君主论》，主张"为达目的，不择手段"。

列室内，我们很难找到思想被侵蚀的印迹，闪着寒光的眸子，被永不停休的精神活动磨得消瘦的脸庞，像我们在北方看到的一样。可是与其他的地方一样，这儿也有沉闷的灵魂，在神情漠然的外表之下隐藏它们的内心的伤痕、欲望和忧虑，而且还用恍恍惚惚的境界来混淆自己。某些心灵还会不时地显现出一些古怪的、畸形的、乖张的现象，以示它们精神失衡，这是古老的民族的特征，不可避免的，就好像罗马郊外崩裂的断层岩。

这些灵魂，这些平静的、爱嘲弄的、隐藏着悲剧的眼睛，都蕴藏着一种谜一样的独特魅力。但克利斯朵夫对它没有半点去体会的兴趣。他看见葛拉齐亚周围总围着一群颇为时髦的人物，恼怒极了。他憎恨他们，也怨她。他生她的气，就好像也对罗马生气一样。他去看葛拉齐亚的次数越来越少了，到最后他打算起身离开这个地方了。

可是他并没有离开。尽管他非常讨厌那个意大利社会，但不知道为什么他对它有了异样的兴趣了。

眼下，他独来独往，不与人交流，只自个儿在罗马城内外转悠。罗马的阳光，平台上的花园[①]，被阳光照射的海像金色腰带围绕着的郊野，渐渐地把这块神奇的土地的秘密展现在他面前。他看不上那些古代的建筑，下定决心不主动去寻找它们，等着它们来发现他。然而它们居然真的来找他了：他在路面起伏不平的城市里悠闲散步的时候与它们偶然相见了。他无意之中看到了夕阳照射下熠熠生辉的大广场，还有一半已经坍塌的巴拉丁拱门，湛蓝的天空从后面衬托着拱门。他在看不见边际的郊野徘徊：旁边是流淌着暗红色水流

① 欧洲庭园，尤其在罗马，颇多利用地形建成的很高的花坛，规模不小于花园。

的台伯河，满是泥沙堆积，仿佛是流动的泥土，荒废的古代水桥就好似古生物的偌大无比的脊骨[①]。厚厚的乌云从蓝蓝的天空翻滚着飘过。骑马的乡下人挥舞着马鞭，赶着一群灰白色的长角的牛从旷野里穿过。径直的古道上尘沙飞舞，没有一点遮挡，脚细得跟羊角一般、大腿上环绕着长毛皮的牧人赶着一队队小毛驴安静地走着。放眼望去，意大利中部的雄伟的山脉延伸着连绵不绝的峰峦；在地平线的另一边，横亘着古城墙，婀娜多姿的雕像映照在圣·约翰教堂的正面，远远地看见黑黝黝的身影……万籁俱寂……骄阳如火……风呼呼地从平原上吹过……一座无头的、臂上雕刻着衣饰的雕塑，淹没在荒凉的野草中；一条蜥蜴爬在石像上悠闲地晒着太阳，一动不动，只看见肚子因为呼吸在那儿有规律的翕动。克利斯朵夫沉浸在阳光里了，醉醺醺的（有时也被加斯丹利的葡萄美酒灌醉了），坐在裂开的大理石像附近的黑色的泥土上，脸上挂着笑容，睡眼惺忪，蒙蒙眬眬的，脑袋也是空空的，什么都不记得了，他尽情吸收着罗马特有的宁静气息，那股平静而强烈的力，直到夜幕降临的时候。悲壮的夕阳隐隐退去，周围一片沉寂，忧郁席卷心头，他赶紧起身溜了……啊，大地，满腔热情而又默默无声的大地！你看上去多么和气，但骨子里却不甘平静，我还听见你胸中的罗马军团的嘹亮号角声呢。多少生命的狂潮在你怀中激荡！多少欲望在要求苏醒！

克利斯朵夫找到了几个心里还燃烧着世界火种的人物。在死者

---

① 大广场位于古罗马城的中心（在今城之南端），罗马帝国时代作为市集、审判及举行国民大会之用，现在是罗马城中最知名的古迹之一。巴拉丁是罗马七岗之一，现在还有著名的废墟。台伯河是意大利第二大河，横贯罗马全城。水桥是罗马帝国时代把城外的水运到城内时放置水管的建筑，比地面高数十丈，下面有很多环洞，远远看去像绵延不绝的巨型凯旋门。

的尘土下面，火种至今被保存了下来。大家都认为它已经和玛志尼[①]一起熄灭了，却不曾料想它又复活了，还是相同的火。当然，很少有人愿意看着它，因为它扰乱了正在休息的人们的宁静。那是一道明亮而强烈的光。心中有这簇光亮的人基本上是青年，最大的也不过三十五岁。他们思想开明，尽管这些知识分子气质、教育、意见、信仰等各不相同，但都因为对这簇新生命的火焰的崇拜而团结起来了。尽管党派的名称各异，尽管思想的派别相左，那都不重要，重要的是“勇于思考”。坦坦荡荡、敢作敢为！他们极大地扰乱了民族的迷梦。自打意大利受了英雄志士的鼓舞在政治上奋起以后，自从它最近在经济上复苏以后，当代的青年更卖力地把意大利的思想从墓穴中解救出来。社会精英们的慵懒而胆怯的麻木状态、懦弱的性格、爱说空话大话的脾性，令他们万分痛苦，似乎是遭受了奇耻大辱一般。几百年来，泛泛之谈和卑躬屈膝的嘴脸像迷雾似的笼罩着整个民族的精神，现在他们响亮的声音把雾霾打散了，一阵狂风把无情的现实主义精神和至死不渝的气节吹过来了。他们渴望不屈的理性。必要的时候，他们能够舍弃个人的原则来成就民族生活所必不可缺的纪律，然而他们仍然把最高的祭坛和最纯洁的忠诚留给了真理。他们对真理的爱是狂热而虔诚的。这些年轻人中的一个领导者[②]在敌人污蔑、毁谤、威胁之下，仍然用宏伟的气度回答：

“请尊重真理！我这是在公平、真诚地跟你们说，没有丝毫怨恨。

---

① 玛志尼（1805–1872）是近代意大利民主革命运动的领军人。

② 指葛斯伯·普莱索里尼，当时与巴比尼共同领导一个叫作“民族之声”的社团。——原注（译者按：普莱索里尼生于1882年，意大利作家，对近代意大利文学有深远影响。）

我不记得你们对我的伤害，也不记得我可能给你们的损害。你们首先要真诚！凡是对真理没有虔诚的执着和崇高敬意的人，绝对谈不上有良心，谈不上崇高的生命，谈不上牺牲奉献，谈不上高尚无私。执着于真理是件辛苦的事，希望你们努力。如果是拿虚伪来伪装的人，在还未能伤害别人之前，就已经先伤害了自己。即使取得短暂的成功，那也是徒劳无功的。你们的灵魂不会有根基，是悬在空中的，土地也都被谎言这个大蛀虫蛀空了。现在我不是以敌人的身份和你们对话。咱们都处在一个超越分歧的立场上说话，即使你们用满嘴的国家名义来装扮你们的情欲，也无法改变这个事实。世界上还有些东西比祖国更加崇高的，那就是人类的良心。世界上也有些你们不能侵犯的法则，要不然你们便不能称为真正的意大利人。现在站在你们眼前的只是一个追求真理的人，你们应当听听他的呼唤。他只殷切期望你们伟大、纯洁，他也非常愿意和你们一起奋斗。因为不管你们是否愿意，我们始终和全世界所有为了真理而拼搏努力的人一起努力。我们的成功（那是无可预想的）将要标上我们共同的印记，如果我们的行为不有违真理的话。人类的精华就在于他天赋异禀，能够追求真理、看见真理、爱真理、为真理献身。凡是掌握真理的人，都能感受到真理散发的健康气息！”

克利斯朵夫第一次听到这些话时，就好像听到了他自己内心的呼喊，感觉这些人和他原本就是兄弟。显然，民族与思想的对峙，迟早有一天会令他们自相残杀；然而朋友也好，敌人也好，他们总归是同一个大家族的成员。这一点，他们跟他一样知晓，还比他先知道。他没有认识他们之前，他们就先认识他了。因为他们早就是奥里维的朋友。克利斯朵夫发现他朋友的作品（几册诗和几册批评集）在巴黎读者极少，但早就被那些意大利人翻译过去，对他们是很熟悉的东西了。

后来他才隐约发觉他们和奥里维之间有着无法逾越的鸿沟。他们看人的方式，永远是站在着意大利人的立场上，完全紧握着他们的民族精神。他们在外国作品中所寻找的，只局限于他们这个民族的本性中所能够接受的部分、所希望出现的东西，所吸收的往往还是他们不知不觉已经融进了自己的思想的东西。天生就是平庸的批判家、蹩脚的心理学者，他们心中只有自己和自己的热情，即便在沉迷于真理的时候也是如此。意大利的理想主义永远不会忘记自己，永远都没有客观可言，并且他们对于北方人那些无我的梦幻没有半点兴趣；它把一切归结到自己身上，归结到自己的欲望，归结到民族的自豪感。然而不幸的是这些健美的、非常适合实际行动的意大利人，倘若只凭借一腔热情做事，不久就会感到厌烦；但是被热情席卷的时候，他们比所有一个民族都要飞得更高，只要看近代意大利的统一运动就能明白。现在在意大利任何党派的年轻人中又刮起一股声势浩大的风：国家主义派，新加特力教派，自由的理想主义者，所有有抱负的意大利人，希望做罗马帝国——世界之后——的公民的人，都在追捧着这股潮流。

开始，克利斯朵夫只看到了他们的热情，还有使他跟他们意气相投的共同的反感。在看不起上层社会这一点上，他们当然与克利斯朵夫观点相近。克利斯朵夫憎恨上流社会的原因是葛拉齐亚喜欢同它来往。但他们比他更憎恨那种谨慎、木讷、苟且的精神，憎恨那些可鄙的丑态、吞吞吐吐的说话、模棱两可的思想、遇事没有果断观念的墙头草作风。他们都是自学成才的好汉，里里外外都是自己造起来的，没有时间也没有本事做一番最后的雕琢，反而有心显现出他们与生俱来的粗野和乡下人的热辣的口气。他们想要人听见他们的话，想要引得人家攻击；不管怎么样都行，只是不能忍受大众的置之不理。为了激起民族的精神，他们就是自己先消耗点民族精神、做点牺牲也是非常情愿的。

那时他们并不受人喜欢，也不想方设法去讨人家喜欢。克利斯朵夫和葛拉齐亚提到他这些新朋友，因为她是一个热爱和平、讲究分寸的人，所以自然觉得他们令人讨厌。她认为哪怕他们支持的事情多么值得人同情、多么的不可拒绝，但他们所使用的手段有时也会异常极端，惹人反感。这个说法是不无道理的。他们喜欢讽刺挖苦人，喜欢利用攻势，喜欢用侮辱的话来批评人，甚至还出言不逊，即使是对他们最不想伤害的人也是这样。他们太自信，对事情总喜欢过快地总结，不问缘由就定了结论。他们自己还没能发展成熟，就急切地要加入公共行动，一会热爱这个，一会痴迷那个，态度偏激，难有回旋。他们真诚热烈，忠贞不渝，愿意全身心地付出，对自己拥有的一切丝毫都不吝惜，他们一方面过于看重理智，一方面过早地加入狂热的劳作，把自己的精力都消耗殆尽了。年轻的思想才刚萌芽就暴露在太阳底下，这样是很不卫生的。心灵会被太阳灼伤。只有时间与沉默才能在秋季的树上挂满丰硕的果实。然而他们就似乎缺少时间与沉默。大部分有才情的意大利人都碰到过这种不幸。暴晒并且不成熟的行为就像一种酒精：理智尝到了这味道马上就会上瘾，从那以后，就变得不正常了。

他们这种毫不顾忌的坦白，跟一般专讲折中之道的人的枯燥平凡、藏头藏尾、不敢说一个是或非的作风相比之下，不用说克利斯朵夫是更欣赏年轻人的蓬勃朝气的。但之后他不得不认同，讲中庸之道的人的心平气和和体贴入微的睿智也有它的价值。反而他的那些朋友们令生活永远处于不眠不休的战斗状态，结果自然是令人生厌。克利斯朵夫满以为去葛拉齐亚那儿是帮他们辩驳，但事实上，有时候他的目的是想把他们忘掉。毋庸置疑，他们跟他很像，太像了，如今的他们就恍如二十岁时候的自己。然而历史的长河是不可逆转的。克利斯朵夫很清楚自己与这种极端的思想已经告别了，他正朝着和平之路奔走，而葛拉齐亚的眼睛仿佛就蕴含着通往和平之门的秘匙。可是为什么他对她感到不满呢？……这是缘于爱情的自私，他想独占她。他无法忍受葛拉齐亚对任何人的逢迎都来者不拒，对谁都殷勤招待、笑脸相伴。

她看穿了他的心事，有一天便用那种可爱而坦率的态度对他说：

“你不喜欢我的处世方式吗？唉，朋友，别把我过于理想化了。我是一个女人，不会比别的女人更珍贵、更有价值。我并不是非得跟那些人来往，但我承认看到他们很高兴，就好像我偶尔喜欢看有些低俗的戏、读几本无聊的书，那些都是你不屑一顾的，但是对我来说就是种休息、是种娱乐。我有什么就享受什么。”

“你怎么能忍受那些浑蛋呢？”

“生活已经教会我对人对事别那么苛求。一个人不能有过多的要求。真的，如果有这些老实本分的人来往，只要心地善良，人生就待你不薄了……当然你不能对他们抱有任何希望。我明白如果有一天我需要帮助的时候，很多朋友都会消失不见的……然而他们对我挺好。只要能从中得到一丁点真情，我完全不在乎其他的。你对我有怨气，不喜欢这样的我，是吗？原谅我的平庸。可是至少我能区分自己待人接物的不同。对你，我确实展现了最好的部分。”

“我要的是全部。”他气呼呼地说。

可是他很清楚她说的是实话。他以为她对他的感情是无可置疑的，所以他犹豫了好几个星期，终于有一天鼓起勇气问她：“难道你真的不情愿……”

“什么啊？”

“属于我，”他又继续补充，“……就是说你不想要我属于你吗？”

她淡淡地笑了笑：“亲爱的，我们现在不就是这样了吗？”

“你知道我说的意思。”

她听了有点儿迷糊，但她紧紧握着他的手，很真诚地看着他，低声而轻柔地回答：“不，亲爱的。”

他不说话了。她看出他很悲痛。

“对不起，我让你伤心了。我能够想到你迟早会对我说出这些的。但咱们是好朋友，原本就应该坦诚，实话实说。”

“朋友！只能是朋友？”他忧伤地说。

“知足常乐！你还要什么呢？跟我结婚吗？……你还记得以前你看见我漂亮的表姊的时候，眼神里放出的光吗？你眼里只有她，那个时候你不理解我对你的感情，我伤心极了。的确，我们这一生完全可能是另外一种情形。可现在，我认为这样反而更好。我们没有让友谊接受共同生活的考验，没有在柴米油盐中污染了最纯洁的东西，这样它不会贬值，不是更好吗？”

“你能说这种话，表明你不再像以前那样爱我了。”

“啊！不，我从始至终都那么爱你。”

“嘿！这还是你生平第一次跟我这样说呢。”

“咱们之间不应该再隐瞒什么。实话告诉你，我对婚姻已经完全没有信心了。我明白用我过去的婚姻经历当作例证是不够的。但是我用心想过，也仔细观察过周围的情形：美满幸福的婚姻真的是太少了。婚姻制度多少有点儿违反自然。硬要把两个独立的个人绑在一起，那必然就会牺牲一个，令其饱受摧残，抑或是两败俱伤。可是这种痛苦的磨炼却还没有任何益处。”

“啊！”他说，“我跟你的看法正好相反，我认为婚姻是心甘情愿的，是能够相互忍让的结合，这是件多美妙的事！”

“是呀，你幻想中确实是美妙的。但事实上，你会比任何人都痛苦。”

“为什么？你认为我一辈子都不能有妻子，有儿女，有家庭吗？……不要再跟我说这种话！我一定会很爱他们！难道你觉得我不能有这样的幸福吗，我就不能享受天伦之乐吗？”

“不知道。但我认为很难，甚至是不可能的……除非有个不太聪明、不太漂亮，但对你绝对忠诚的老实的女子，而且还不了解你，那或许还有可能……”

“你太坏了！……不管怎么样你也不应该耻笑人家。一个善良的女人，哪怕说不上风雅，不大有头脑，那也是好的、不错的。”

“是呀！要不要我帮你找一个？”

“不要这么说行吗？你是在狠狠地刺我的心。你怎么能说这种话呢？”

“我又没说什么。”

“难道你一点儿不喜欢我，所以你可以放任想象我娶别的女子吗?”

“刚好相反，因为我爱你，所以希望你幸福，会为你的幸福感到高兴。”

“如果是这样，那……”

“不提了！不提了！我告诉过你，那样对你来说，是非常不幸的……”她打断了他的话。

“别担心我。我保证我会幸福的！可是你告诉我：你跟我一起的时候会不会感到痛苦？”

“啊，痛苦？才不会。朋友，我太在意你了，太赏识你了，一定不会觉得跟你在一起是种痛苦……而且我可以让你知道：我相信现在不管我遇到什么事，我都不会太痛苦了。我见得多了，就把一切都淡化了……可是说实话，（你让我说实话的？你不会生气？）我明白我的缺点，我也许会非常的笨，过了好几个月如果我觉得跟你在一起不很幸福的话，那我是绝不愿意的，然而，因为我对你有着最不可侵犯的感情，不管怎么样我都不想让这点感情受到破坏。”

他听了异常悲哀，“是呀，你这么说其实是想缓解我现在的痛苦。我不能令你喜欢。我有些地方还让你非常反感。”

“怎么会！没有的事！别这样无精打采的。你是一个幽默风趣、不可多得的好男人。”

“那我就更不明白了——既然如此，为什么我们不合适呢？”

“因为我们性格太不相同了，两个人都过于特殊了。”

“就因为独特我才爱你。”

“我也是。但是因为这种个性冲突，我们将来会矛盾不断的。”

“不会的！”

“会的！可能因为我明白你比我要有成就得多，也更受社会的欢迎，我会恨自己没有能力，甚至因为内心的忌妒小肚鸡肠地阻拦你的机会。于是我只能压抑自己倔强的性格，不说一句话，忍气吞声的，但如果这样，我心里会觉得非常的苦闷。”

克利斯朵夫急得直掉眼泪。

“唉！我是绝不愿意发生这种事的。我自己就算是上刀山下火海也可以欣然面对，可是我却不能让你因为我遭受一丁点儿的痛苦。”

“朋友，你别上火了……你很清楚的，我也许把我自己摆在了一个很高的位置上……因为我也许还无法为你做出任何牺牲。”

“没有比这更好的了！”

“然而万一你因为我牺牲了，不论怎么样，我都是非常难过的……你看，不论从哪方面来想办法都无法解决，还是就跟现在一样安静地坐着吧。天底下究竟还能有什么东西能够高过我们之间的友情的？”

他略微摇着头，不胜悲苦地笑了笑：“是呀，你的这些表现不就是想表明你内心从头到尾根本就没怎么爱过我吗？”

她也淡淡地微笑着，满是伤感的情绪，她长叹了一口气说：

“可能吧。你讲得一点都没错。我已经不再年轻了，我很累了，朋友。我不像你那么坚强，生活真是不好过……啊！有些时候我觉得你仿佛就是十七八岁的孩子。”

“唉！可怜的孩子！岁月已经在我脸上留下了痕迹，脸已经老了，皱纹越来越多，皮肤也变得憔悴起来！”

“我了解你跟我一样吃了很多苦头，甚至有可能更多。但是我清楚地看到你，想跟你聊聊。但我看着你看我的眼神，与青年人没什么区别。我能感受到你心中涌起的波涛，活力四射。我呢，我已经把这些都灭掉了，心静如水了。那时的我正处在黄金时代，是充满激情与活力的时候，我实在是太不幸了呀！当下的我已经大不如从前了，已经没有任何力量了。我命若游丝，再也没有勇气重新走入婚姻的殿堂。啊！以前，如果有一个我非常熟悉的人向我有所表示的话……”

“你说啊，说啊……”

“唉，不要提了……”

“如此说来，如果我从前……啊，天哪！”

“如果你从前怎么呢？我没说什么呀。”

“我懂了。你心太狠了。”

“以前我就是个疯了，就这样。”

“你现在说的话我更不爱听。”

“可怜的克利斯朵夫！无论我说什么都会弄得你伤心。不说算了。”

“说吧，说吧……快告诉我呀。”

“说什么？”

“说些顺耳的。”

她抿着嘴笑了。

“不准笑我呢。”

“你可别太在意呐。”

“我不可能不伤感的。”

“你不应该伤心，真的！”

“为什么？”

“因为你已经有了一个特别喜欢你的女朋友。”

“真的吗？”

“我都说了，你又不信。”

“最后再说一遍吧！”

“说了你不能再伤心？会满足吗？咱们这段珍贵的友情你总能够满意了吧？”

“不满意还能怎么办！”

“幸运呀，幸运呀！你居然说你爱我。但我对你的爱绝不少于你对我的爱！”

“哈哈！那是不可能的！”

他说这句话的时候，他那种对爱情的自私表现令她哈哈大笑了。他也跟着笑起来。他接着说：“有胆量你再说一遍……”

她不说话，静静地看着他，好一会儿后，她突然靠近克利斯朵夫，她的脸凑近克利斯朵夫的脸，轻轻地吻了他一下。实在是太突然了，他不知所措。等到他反应过来，展开双手想把搂在怀里，她却早已脱身了，在客室门口一边盯着他，一边放一个手指在嘴边，轻声嘘了一声就消失了。

从那以后，他和她再没有谈论过爱情，他们之间也不像以前那么拘束了。从前，他和她待在一起，不是尴尬地不说任何话就是控制不住激烈的情感表现，现在取而代之的是单纯的、朴实的朋友交往。这是朋友之间相互坦诚的有利之处。不拐弯抹角地谈话，各种幻想和担忧都不复存在。他们完全知道对方的想法。当克利斯朵夫在葛拉齐亚家看见她和那些他极度厌恶的宾客相聚的时候，听见他的女友与他们谈论一些无聊的话题、说些交际应酬的话，他显得非常不耐烦的时候，她马上察觉到了，冲着他淡淡地笑着。这就足够了。他明白他们的心是在一起，他便平复了下来，心情变得平静了。

他跟心爱的人在一起的时候，脑子里的各种邪念就没有了，欲火也浇灭了；他已经在精神上完全地占有了爱人，就不会有什么杂念了。况且葛拉齐亚性格柔和，对周围的人无形中自有一股魅力吸引。

过于激动的言辞，哪怕是无意之举，也会令她备感尴尬，觉得那是不纯洁的、不美好的。在这些地方待久了，克利斯朵夫也慢慢受到了她的熏陶。他无须克制自己的冲动，慢慢地形成了一种自主控制力；这股自制力因为不必再消耗在狂躁脾气所导致的冲动里，而变得更加有力。

他们心有灵犀、心意相通。葛拉齐亚只顾享受恬静的悠闲生活，终日使自己处于半睡半醒的蒙蒙眬眬的状态，碰到充满活力、欣欣向荣、生机勃勃的克利斯朵夫，便慢慢开始振奋了。她对于精神生活产生了非比寻常的兴趣。她一向不怎么看书，也只是懒怠地翻过几部过去喜爱的名著，反反复复地看；现在开始对其他思想有了些许兴致，慢慢地沉迷了进去。她不是不知道现代思想的丰富多彩，但是因为过去一个人从来没有半点兴趣，独自摸索；现在有克利斯朵夫为他指引，她便不再害怕了。她虽然还有各种保留，但已经不知不觉地被牵引着认识这个富有生命力的、年轻的意大利，虽然在这之前她一直很反感意大利年轻人那种无视传统、慷慨激昂地去推翻传统的那种热情。

他们两个灵魂交融的渗透，克利斯朵夫受益明显更多。众所周知，在爱情的世界里，性格较为懦弱的往往是付出得多的，并不是说性格强势的人爱得不投入，只是因为他更强大一些，所以不可避免地会多获取一些。从前克利斯朵夫就因为这样的原因从奥里维那里得到了不少精神财富，丰富了自己的思想。但这一次与新女友的神交使他收益更大：因为葛拉齐亚所带来的是非常珍贵的、稀少的、奥里维根本无法拥有的珍奇宝物——那就是快乐，灵魂的快乐，眼睛的快乐。无处不在的光明就像拉丁天空的笑脸，为最卑贱的东西遮丑，用鲜花为古旧的墙做点缀，让忧愁染上静谧的光彩。

光明的盟友是万物复苏的春天。温暖而凝重的空气中孕育着新生命的梦，灰白色橄榄树绿意盎然。在有暗红色拱顶的引水渠下，杏树枝丫上是雪白的花朵绽放着。罗马的郊外好像刚睡醒的样子：绿草如茵，翩翩起舞，生机勃勃的罂粟就好像火焰一样。红色的葵花、如茵如褥的紫罗兰就好像溪水一般在一处处别致精妙的草坪上潺潺流动。蔓藤环绕着如茵的伞状的柏树，一阵清风拂过城上，空气里弥散着巴拉丁古园的淡淡的蔷薇的馨香。

他们经常一起散步。只要她愿意从恍恍惚惚的几小时中像东方女子那样从蒙眬的半睡半醒中苏醒过来，她就能够像换了一个人似的。她喜欢走路：腿长个高，既健康又苗条的身材，从侧面看非常像是《森林》这部作品中的女主人公狄安娜。两人去得最多的地方不外乎那些山庄，是十八世纪辉煌一时的罗马被外族入侵剥削践踏后残留下来的。他们最爱的是坐落于罗马古城边缘的玛丹山庄，从那里可以看见罗马的荒野山郊。他们顺着绿树成荫的橡树林走道慢慢踱步，路的两边净是古罗马夫妇的古墓，树林中依稀可见那些夫妇悲凉的脸庞和挽着手相互扶持的影像。两个人安静地待在走廊的尽头，坐在蔷薇棚下，背靠着一个白椁。眼睛所及之处荒凉一片，清静至极。喷泉缓缓滴着水，好像要咽气一样，懒洋洋的……他们低着头轻声细语。葛拉齐亚用眼睛盯着朋友的脸神态自若，态度安然。克利斯朵夫讲述着他的奋斗史，他悲惨的过去，现在回想这些都不会再觉得可怜了。在她旁边，在她眼光注视之下，所有的一切都显得那么淳朴，似乎原本如此……她也讲她的故事。

他没怎么听到她所说的，但他知道她说话的主题。他与她融为一体了。他用她的眼睛看这个世界，而且似乎哪里都能看到她的眼睛，平静的、燃烧着烈焰的眼睛：他从古老的雕像那破败的脸上看到，也从它们如谜一样神秘的深沉的眼光里看到；从树叶多如羊毛的杉树四周，从太阳底下泛着光的橡树中间，罗马的天空绽开笑颜，如蜜一般，她的眼睛也在天上。

克利斯朵夫从葛拉齐亚的眼睛里看到了拉丁艺术的含义。到现在为止，意大利作品都丝毫不能吸引他。蛮横的理想主义者，日耳曼林子中的孤傲的人，对于太阳光下的、绝美的塑像的香浓的韵味，就好似一盘蜂蜜的滋味，一直不懂得品味。他对梵蒂冈博物院里的古物不怀好感，透露着敌意。那些呆木的头脑、那些女性化的或是过于夸张的身体、那种粗俗的臃肿的身段、那些小白脸、那些武者，都让他感到厌恶。他仅偏爱几个雕塑的肖像，但对它们的原型人物没有半点兴趣。他讨厌没有血性的、矫揉造作的佛罗伦萨派的文字，讨厌病恹恹的妇女，讨厌拉斐尔煞白的脸色和有肺病的维纳斯。至于模仿西施庭艺术[①]的鲁莽愚钝的勇士和满是汗水的运动家们，在他看来就只是一帮当炮灰的肉丸。只有米开朗琪罗一个人，为了他的大哭大悲，为了他驳斥俗世的傲骨，为了他炽热的感情，这才获得克利斯朵夫暗暗滋生的敬意。他与那个大师同用着一种单纯而狂野的炽爱，爱他那些豆蔻年华的纯洁的裸体，爱他那些粗犷而充满野性的处女，悲苦的《黎明》，眼露凶光的《圣母》和善良漂亮的《丽

① 十六世纪后半期至十七世纪时，意大利艺术家模仿米开朗琪罗在西施庭教堂的壁画（《最后之审判》与《创世纪》），大半流于粗野鄙俗。

亚》[①]。但在这位受尽煎熬折磨的勇士心中，克利斯朵夫仅仅听见了自己灵魂悲壮的回声。

葛拉齐亚为他打开了一扇崭新的艺术世界的门。他体会到拉斐尔与提香那安逸雅致、空明恬静的境界，看到了古典天才庄严肃穆的辉煌，他们像狮子般震慑着整个拜服在他们手下、任由他们使唤的有形的宇宙。威尼斯大师[②]那闪电般的目光径直射到你的心里，一道闪电把掩蔽人生的朦胧的雾霭给划破了。还有那些既战胜了世界也战胜了自己的拉丁天才，他们会恪守纪律，即使在战胜后，仍然丝毫不松懈，竭尽可能地找出最有意义的战利品让自己吸取；他们的战果就是拉斐尔的一批惟妙惟肖的肖像画和他在梵蒂冈宫中居住时画的屋子的壁画。对于克利斯朵夫来说，那些作品是比瓦格纳的音乐更美妙的音乐。线条清晰明朗，结构大方和谐，完全展现出妆容和举手投足的美。那全都是智慧，全都是爱。有些是洋溢在年轻人心里奔腾不息的爱，也有的是精神的力，享受生命的力。永远青春的温情，带着嘲讽味道的智慧，热恋中身体散发的体香，都将阴影一赶而尽，笑意把热情催眠。还有被艺术家驯服的桀骜的生命力……

克利斯朵夫不禁问自己："既然他们能够联合罗马的力与和平，那凭什么我们不能办到？当下一般最优秀的人经常会为了追赶上当中的一个而去毁掉另外一个。波生、洛朗，还有歌德他们所欣赏的和平的境界，倒是意大利人比别的民族更不理解当中的含义。难道还需要一个外国人来提醒他们吗？而且谁能够把这种和平方式传授

① 《黎明》《圣母》《丽亚》都是米开朗琪罗雕刻的女塑像。

② 威尼斯大师系指铁相（1477—1576），因为他是威尼斯画派的领袖。威尼斯派在画史上因色彩鲜明而出名。

给音乐家呢？音乐上至今没有一个像拉斐尔那样的人。莫扎特仅仅是个孩子，是个德国的小布尔乔亚，神经质的，伤感的，话太多，举动过多，因为一点儿小事就闹腾，时笑时哭。烦琐的巴赫，英勇的贝多芬，伟人的后代，即使能把贝利翁的山叠在奥萨山上咒骂天神①，也终究没能看到上帝的笑容……”

克利斯朵夫可是看到了，因为看到了，所以对自己的音乐感到羞愧：无益的骚动，不实的感情，唐突的悲叹，拉拉杂杂地总谈论自己，毫无节制地发泄，让他感觉到可耻又骚动的灵魂非加以控制不可。

就像是一群没有牧人的羊和一个无君之国。非得采取手段控制不可……

克利斯朵夫在这几个月好像把音乐抛诸脑后了，没有这样的需求了。他感受到罗马气息，就像是正在十月怀胎。他成天迷迷糊糊的，好像在做梦，又好像沉浸在酒窖里不知东西。初春时节的大自然跟他一模一样，一面因为半睡半醒困极了，一面腾云驾雾般醉意绵绵。大自然和他一起做梦，就像是情人在睡梦里紧紧地搂着。他不再反感罗马郊外的翻滚的神秘气息，因为他早就明了壮烈的美。他把沉睡中的大地之神揽到了怀里。

四月中，他接到了巴黎的邀请，请他去指挥几场音乐会。他不做任何思索就准备委婉拒绝了，但他想还是得与葛拉齐亚商量一下。他喜欢听她的意见，觉得把他的生活跟她商量是非常开心的，这样他可以把她当作是在自己的生活圈里的。

可是这一次她却让他非常失望。她听他把事情仔细地说完后，表示希望他接受这个邀请。他听到这样的意见非常难受，他认为这

① 古籍记载，传说古代有一个巨人族，将贝利翁山叠在奥萨山上与丘比特对峙。

是对她来说，他可有可无。

葛拉齐亚给他这个建议时，心里并不是没有惜别之情的。但克利斯朵夫为什么要征求她的意见呢？既然他希望她为他选择，她就觉得自己必须为朋友负责。自从他们彼此交流思想以后，她有点受到克利斯朵夫的思想的影响，认为行动不仅是人们做人必须遵守的准则，并且也是一件颇有意义事。至少她觉得她的朋友理应把行动当作一种天职，不能轻言放弃。她比他更明白，意大利有一种令人沉迷的气息，能把人麻醉，好像南方的温暖的季候风里包含着醉人的毒素一般，会钻进你的血管，销蚀你的意志。她每每感觉到这种邪毒的诱惑却怎么也没法抗拒。她所有的朋友几乎都染上了这个精神疾病。之前比他们更坚强的人都遭受过这些疾病的侵害，它把青铜母狼像[①]都锈蚀了。罗马城中死气沉沉，古人的坟墓太多了。

在这儿长期居住倒不如在此做客，那样会卫生些。住在罗马很轻易就忘记时代了，而这对于想要闯出一番天地的年轻人来说是相当危险的。葛拉齐亚很清楚自己身处的环境对于一个艺术家来说并非一个生机勃勃的环境。并且，她即使对克利斯朵夫比任何人的友谊都要深厚（她敢承认吗？）可是她心里并不会因为他要走而觉得失落。天哪！他也让她厌烦了，而令她厌烦的还是她最喜欢他的地方：他的智慧和积攒了多年而将要喷涌出来的生命力，她静若止水的心被搅乱了。还有一部分厌烦的理由是她总觉得备受爱情的威胁，这虽然是美好动人的，但却是缠人的，得随时防范，最好能远离一些。她根本不会承认这些，满心以为自己给的建议全都是为了克利斯朵夫。

① 母狼是罗马城的象征，历代雕塑家大多以这个作为题材雕塑成铜像。

要说是为了克利斯朵夫好，她能说的借口就多了。一个音乐家在那时的意大利生活是不容易的，他呼吸的空气都受到制约，音乐生活受到压抑。这块土地当年因为欧洲音乐而大放异彩，成为西方音乐的种苗，如今戏剧化的工厂只能排放油腻的烟灰和滚热的烟雾。凡是不愿参加歌唱班的，不能够或不情愿进入戏剧工厂的，就只能流落他乡或蝼蚁偷生了。民族的灵魂并未枯竭，但人们让它停滞，让它迷路，让它自生自灭。意大利宗师擅长旋律几乎是一种特色，古代艺术纯粹精练的美几乎来源于本能；年轻的音乐家能够继承这些长处的，克利斯朵夫遇见不止一个。然而有谁来关心他们呢？他们的作品不但没有人愿意演奏，更没有人愿意出版。单纯的交响曲是不能吸引人的。不是经过精心打扮的音乐是没有人想听的！因此他们只能拖着疲沓的身子哼给自己听，慢慢平静下来。可是有什么用处呢？还不如好好睡一觉。克利斯朵夫非常想帮助他们。但就算可以，他们卑微的自尊心也无法坦然接受。不论他做什么，他终归是一个外国人。所有传统的意大利人，哪怕表面上热情如火，但心里还是会把外国人看作粗野的蛮子。他们觉得，他们的艺术生病了，就应该由他们自己想办法；所以就算克利斯朵夫非常和蔼可亲，他们也不会把他当作亲人看待。既然如此，他能怎么办呢？他不能与他们竞争，他们在阳光下的地盘原本就少，他哪里还好意思同他们争呢？

何况，天才是不能缺少养分的。音乐家当然不能缺少音乐，不能没有音乐听，也不能不把自己的音乐演奏给人家听。短时间的隐居当然能够韬光养晦、精神亢奋，但一定是以重新出山作为前提的。孤独是崇高的，但对于一个此后再也甩不掉孤独命运的音乐家来说则是致命的。一个人必须活在当下社会里，哪怕这种生活是嘈杂的、奢靡的，也必须不停地吸收，不停地给予，然后再接收，如此循环往复……在克利斯朵夫时期，意大利再也不是以前那个艺术大集市了，或许有一天它会重新回到那个地位。但现在的思想市场，连接各个民族灵魂的市场在北方。你想要好好地活下去，就必须去那儿生活。

倘若克利斯朵夫决断的话，他是绝不想回到那个纷扰的社会中去的。但对于克利斯朵夫的天职，相比之下葛拉齐亚更加明白。她对他比对她自己要求严格得多，也许那是因为她更加在乎他的缘故，而且这样自己也会更方便。她把打起精神去生活的事情交给他代办了，她自己依然保持着一颗平静澄澈的心。他不能怨她。她就像圣母一样，已经尽了她最大努力，完成了她的使命了。社会上，各人的角色不一样。克利斯朵夫的角色是行动。她呢，世界上只要有一个她这样的人就可以了。他也不强求她更多……

是的，他对她别无所求，只有一点要求，那就是希望她能多爱她自己一点，少为他一些。因为他不喜欢她不自私的友谊，以至于完全只会为朋友考虑，而这个朋友只求她不要考虑他的利益。

他走了。他走得远远的了，但是他并没有离开她。古语有云："只要你心里不愿意，你就永远不会离开你的朋友。"

第二部

他到达巴黎的时候心里很不舒服。自从奥里维去世以后，这还是克利斯朵夫第一次回来。他原本想一辈子不再回这个城市的。他坐在从车站驶向旅馆的马车里，一路上他都不敢向车窗外看去。开始几天，他不想出门，总是藏在房子里。种种往事在门外窥视着他，一想到这，他就一阵心烦悲伤。但到底为什么心烦悲伤呢？他自己搞明白了吗？他是害怕往事重现或是看到那久远的面孔逝去，那样他会更加痛苦的，他的悲伤心烦就来源于这样的恐惧吗？……其实对于旧梦重温的苦痛，一个人的本能无形中已经发动了他全部的智慧，心里有了防备。所以，他找挑了一个距离以前住的地方相距甚远的旅馆（也许自己不以为意）。第一次去街上散步的时候，去音乐厅指挥乐队排练的时候，再一次融入巴黎生活的时候，他开始还闭着眼睛，不愿看清眼前的景象，而是偏执地只看以前的事物。他一再对自己嘀咕着："对的，这是我熟悉的，熟悉的……"

艺术界和政界是一样的，仍旧是那么专权并且那么混乱无序。

广场上还是以前一样的市集，只是演员变换了角色。当时的革命党变成了布尔乔亚，超人变成了时髦人物。从前的无党派人士正在打击如今的无党派人士。二十年前的小伙现在比他们当初攻击的老头儿还要封建，他们的批评家拒绝承认后来者有生活的权利。表面上一切都没改变。

但事实上所有的都变了……

> 亲爱的朋友，请原谅我！你心地真好，不怨我这么长时间没写信给你。你的来信令我备感安慰。好几个礼拜了，我都心烦意乱的。物是人非，以前的事物都散落各处了。没有你在我身旁我好像丢失了什么似的。在这里，一个个亲朋好友纷纷离我而去，环绕着我的是无尽的空虚。我以前在这里跟你讲过的老朋友都已经不在了。夜莺——（你还记得她的歌声吧，就在那个悲喜交加的晚上，我在人群里来回走动，我从一面镜子里看到了你对我闪着的眼睛。）——实现了她情理之中的愿望，获得了一小笔遗产，迁居到诺曼底去了，在那经营一个农庄。亚诺先生退休了，他们夫妇二人回到他们的家乡南方，住在距翁热不远的一个小城里。我同时代有头有脸的大人物不是死了就是倒了，只剩下几个老木偶，二十年前在艺术上政治上刚有点起色的，现在继续还干他们的活，唱着他们的戏，总是戴着那副假面具。除了这些面具，我谁都不认识。我觉得他们就像在墓地里扮鬼脸，想想都觉得后怕。我刚到这里来的时候，离开了你们那温暖的阳光，来到这黯淡的北方，生理上也很不适应！看到这些事物的丑陋的样子，灰暗的屋子，还有那些圆顶和那些纪念物上的简陋的线条，以前从来不关注，现在觉得俗气之至，使我感觉在遭罪，精神上更加不愉快了。

然而我不能对巴黎人指手画脚。他们对我的态度跟以前相比有很大的区别。仿佛我不在巴黎的这几年跻身名流行列，有了些许名气。这些我就不多说了，我清楚那是因为什么。他们在书面上口头上对我的赞美，使我非常感动，也很感激。然而我告诉你：我觉得自己和以前攻击我的人的关系反而比现在巴结我的人的关系更亲密……我明白这是我的过错。不要恨我！有一段时间我非常恐慌。这应该是很正常的。可是现在我全明白了。没错，你让我回到社会里来是明智的。那时我的孤独把我掩盖在了沉沙里。演查拉图斯特拉①的角色是不卫生的。时光从我们身边悄悄溜走，转瞬即逝。一定会有一个时间，我们变成一片沙漠。想从沙土底下挖一条直通大江的新的水道是要熬过很多艰难的岁月的。现在这点我们已经办到了。我没感觉眼晕。我再一次赶上了大江。我观望着，我看到了……

唉，亲爱的朋友，法国是一个很奇特的民族！二十年前我自以为他们完了……没想到他们又朝前看了。亲爱的奥里维曾经对我说过，我还认为他是骗我的。当时怎么会信他的话呢？法兰西跟它的巴黎一样哪儿都是土堆瓦砾，被人拆得东一块西一块的。我以前说：他们毁了一切……他们就是一个蛀虫式的民族！不曾想它居然是一个海狸②式的民族。别人认为他们拽着断壁残垣的时候，他们却用这些残垣断瓦去开拓他们新的基地。此时此刻我看到哪里都在盖房子，这就是：一件事情成功的时候，连傻子都

① 查拉图斯特拉为七世纪时伊朗宗教的复兴运动者。尼采假借他的名义宣传超人哲学，出版了《查拉图斯特拉如是说》，假设他在山里隐居了十年，然后悟道。
②海狸善于破坏陆地树木，用来建设它们在海里的巢穴，其整齐工巧不逊色于人间的村镇。

会懂得……

其实，法国人的混乱无序还是跟以前差不多。你必须要习惯，才能在乱糟糟的局面中分辨出各色的劳动者。这些人，你是懂得的，他们在屋顶上不大声吵闹自己在干什么，他们是不会做任何一件事的，不贬低邻居所做的事情也是做不成任何事的。确实，这种作风即便是非常明了事理的头脑也会被搞得稀里糊涂的。但是像我这样在他们中间待了快十年的人，根本不会轻易地被他们的吵闹声忽悠过去了。你会发现那是他们宣泄工作压力的一种方法。尽管嘴巴说个不停，但他们手里不曾空闲，同样也忙个不停；每个营造厂都在盖房子，整个城市都翻新了。最令人得意的是所有的建筑都不会很不搭调。即使他们相互坚持自己的想法，但似乎大伙的头脑都没啥区别。别看他们混乱一片，骨子里却有着相似的本能，那是民族的逻辑，跟纪律的作用是一样的。归根结底，这纪律恐怕比一个普鲁士联队的纪律更加有保障。

四处都是对于建设的热忱和干劲：政治上，社会主义者与国家主义者为了巩固松懈的政权争先恐后地工作；艺术上，有人想为特权阶级盖一座贵族的古宫，有人想替广大民众造一所大厦，为集体灵魂歌唱：重拾过去，建造未来。而且不管做些什么，那些乖巧的动物总是在构建相同的细胞。他们海狸式的或是蜜蜂式的本能，令他们在几百年里找到了同样的形式，完成了同样的行为。最狂热的革命分子也许就是最古老的恪守传统的人。我发现在工团组织中，在最出色的年轻作家中，有很多继承了中古时代的精神。

现在，对于我来说，我非常习惯他们吵闹的工作作风，我开心地看着他们工作。说实话，我太老太孤独了，住在他们的房子里怎么都不会感到舒心，我想要自由的空气。但他们毕竟只是优秀的工人。这已经是他们最高的德性了。它把最平庸、最腐化的灵魂都升华了。他们艺术家的审美是敏感的！我之前没在意，还是你提醒了我。罗马的阳光让我慢慢睁开了眼睛。你们文艺复兴期的同胞让我了解了这里的作家。德彪西的一纸乐谱，罗丹的一尊半身像，舒阿莱的一句散文，都跟你们十五世纪的人是同一宗血脉的。

让我不快的事这儿并没有很多。我又碰见了当年集市上的熟人，曾经让我义愤填膺的人。他们并没什么变化。而我，我改变了，不敢再对他们苛责了。等到我忍不住想要对这种不留余地的人猛烈地批判一场的时候，我就暗暗对自己说：你没有这个权利。你自认为是强者，然而做的事连这些人都比不上。我突然也弄清楚了，世界上没有什么东西是没有用的，就算是最低贱的人在悲剧里也有属于他们的角色。奢靡的享乐主义者，再缺德的无道德主义者，他们也完成了他们白蚁式的责任；摇摇欲坠的破屋，必须先拆了才能够重新修好。犹太人也尽力完成了他们庄严的使命，这个使命是在所有其他民族中做一个异族，在世界上编织人类大同的网。他们推倒各民族间的知识壁垒，让理性的自由随风飘扬。最可恶的腐败分子，专门唱对台戏的破坏分子，毁灭我们关于往昔的信仰，鞭笞我们亲爱的死者的时候，却在不知不觉中为这份神圣的事业工作，为这个新生活出力。国际的银行家为了满足他们凶恶的欲望必然会制造不少祸害，他们骨子里是不由自主地跟那些意欲打倒他们的革命者站在同一阵线上，为今后世界的大同奋斗，并且他们的奉献远比稚嫩的和平主义者更贴合实际。

你看，我老了，不会再咬人了，我的牙齿已经磨损了。在剧院里我再也不能像普通天真的观众那般斥责演员、痛骂卖国贼了。

安详的女神，我只跟你说我的事，可是我一心想着你。你不知道我多么恼自己呢！那个‘自我’既压迫我，又使我不能分心，快把我淹没了。那是上帝挂在我脖子上的重担。我真想把它拿下来，放到你的脚下！当然是寒碜的礼物……你的脚原本是用来踩在柔软的泥土和清脆入耳的砂土上的，我还看见这双柔美的脚从容地踏在满是风信花的草坪上呢……（你有没有再到陶里阿别庄去过？）走了一会儿，你的脚累了！现在你又半躺在平时你最爱的地方，在客厅的里端，手托着下巴，拿了一本书，却并没有翻看。你安静地听我说，却没很注意我的话：因为我令你颇感厌恶。你为了多点耐性，不时地想自己的心事；你又是体贴温柔的，留心着听不让我扫兴，突然有几句话把你从遥远的地方呼喊回来的时候，你那迷茫的眼睛马上会假装聚精会神的样子。而我，嘴里叨叨着，其实跟你一样心完全不在这里，也几乎听不到我自己的声音；我一边注意我的话对你表情的变化，一边在我内心深处听到另外一番话；那是我没有跟你说的，跟我嘴里说的相反的，而你，安详的女神，你全都明明白白地听到了，只是故意假装没听见。

再见了。我想不用多久你就会再见到我。我不会在这儿六神无主地继续待下去的。音乐会已经举办完了，我还能做些什么呢？——我吻一下你的两个孩子，吻他们可爱的脸蛋。那是你的杰作：我亲了他们不是应该满足了吗？

克利斯朵夫

“安详的女神”的回信是这样写的：

我的朋友，我就在你记忆深刻的客厅的一隅收到你的信。我看一会儿，又把你的信放下一会儿，让我自己也跟信一样时不时休息一下子！别嘲笑我！这个办法能让你的信显得更长些。这样我就能消耗一个半天在它身上。孩子们一个劲儿问我看的是什么，老看不完。我告诉他们是你的一封信。奥洛拉看了看信纸，非常同情地说：唉！写这么长的一封信真是活受罪呀！我告诉她，这并不是我给你的惩罚，而是我们在一起讲话。她听着没吭声，带着弟弟一溜烟跑到隔壁屋子玩去了。过了好一会，正当雷翁那罗在那儿大声吵闹的时候，我听见奥洛拉说：别吵，妈妈正在跟克利斯朵夫先生说话哩。

你说的有关法国人的情形，我很感兴趣，但并不惊奇。你应该记得，我曾经怪你对他们不公平。大家大可以不喜欢他们，但不得不不承认他们是一个睿智的民族！一些普通的民族是依靠好心或者强健的体格来补救的。法国人则全靠聪明。聪明使得他们把所有的弱点都掩盖了，他们能够再生。人们都认为他们倒下了，堕落了，腐败了，却想不到他们那涓涓长流的智慧使他们得以重获新生。

可是我还是要怪罪你。你要我原谅你只说你的事：你这就是瞎说。你没有跟我提及一点关于你自己，没有提及你的行为、见闻。直到我表姐高兰德（你怎么不去看她呢？）把你的音乐会的剪报寄给我，我才知道你有多成功，你只在信里随口带过。你难道就这样看破一切了吗？……我想应该不会的。你得跟我说那些让你高兴的事……而且本该令你高兴，首先，我就觉得开心。我不希望你把所有的东西都看得这么淡。你的来信语气很伤感，真的不该这样。你对别人公平公正自然是好，但千万不能因此受到压抑，认为你是他们之中最差的。虔诚的基督徒可能会颂扬你。

但我却不这么认为。因为我不是一个虔诚的基督徒，只是一个善良老实的意大利女子，不希望别人沉迷于过去的事，深陷苦恼之中，能够管好眼前的事就已经很好了。我不大知道你以前到底做了些什么。你只是随意提过几句，剩下的我基本可以猜得到。当然那不是很有面子，但在我心中你的分量是很重的。可怜的克利斯朵夫！一个女人到了我这个年纪，一定会知道一个男人通常都是很脆弱的。如果不了解他的弱点，她是不会轻易爱上他的。不要再想你做过的事了。倒不如考虑一下你将要做的事。世上是没有后悔药可吃的。那是倒退。不管是在好的方面还是坏的方面，所有的事都是永远向前的。'永远要向前啊，萨伏阿！'[①]……如果你认为我会愿意让你回到罗马来，那你就错了！这里已经没有你的事了。还是继续留在巴黎吧，去创造，去活动，去参加艺术生活。我不愿意你采取听天由命的态度。我情愿你做些美好的东西，我希望它们会成功，希望你变得越来越强，以便帮助更多像克利斯朵夫一样开始拼搏奋斗的人打破同样的难关。你应该访问他们、帮助他们，好好地对你的后辈，别像你的前辈以前对你那样。而且我希望你坚强，让我懂得你是强者：你无法想象这能带给我多少拼不尽的力量。

我差不多每天都与孩子们一起去鲍尔该士别庄。前天我们搭车来到邦德·谟尔，然后绕玛丽沃岗走了一圈。你看不起我可怜的腿。它们对你很不满：他说什么呢，这位先生？说我们在陶里阿别庄走上十几步就会累吗？他根本不认识我们呀。我们不想辛苦是由于我们懒，不是不能做到……我的朋友，你不记得我是乡

① 十九世纪意大利统一运动才有这个口号。因为当时以萨伏阿王族作为建国的核心。

下姑娘了……

你应该去看看我的表姐高兰德。你还恨她吗？其实她是个老实人，而且是你的忠实粉丝，好像巴黎女子都被你的音乐给迷倒了。瑞士的野人都快成巴黎的名人了，只要他自己情愿。有没有什么太太给你写情书呀？信里连一个女人都没有说到。你爱上谁了吗？给我讲讲吧，我保证绝不忌妒。

你的朋友G．

嗬！你认为我会感激你信里最后的那句话吗？爱讥笑的女神，你想要忌妒，别期望我会令你忌妒。你说的那些为我发疯发狂的巴黎女人，我对她们丝毫没有感觉。疯癫！她们倒是愿意，但其实她们是最不疯癫的人。别期望我会被她们迷住。如果她们对我的音乐毫不关注，可能我还好上当受骗。但她们真的喜欢我的音乐，我怎么可能还有气呢？当有一天有人告诉你他懂得你的时候，你就可以判断他永远都是不会懂得你的……

可是我这些嬉皮笑脸的话，你也别太当真了。我对你的感情还不至于让我对其他的女子不公平。当我不再用爱人的眼光去看她们以后，我对她们有了前所未有的好感。是我们男人太笨了、太自私了，只知道压迫女人，让她们过着一种屈辱的、不健全的、几近婢女的生活，结果是二者都不幸，两败俱伤。三十年来她们为了改善自己的生活境况做出了很大的努力，我认为这是这个时代的一件大事。在这样一个大城市里，我们不得不敬佩这新一代的女性，不管有多少障碍，凭借着淳朴的热情去征服学问、征服文凭、征服科学，那都是她们认为能够帮助解放她们的，能够替她们打开陌生世界的秘匙，让她们能够跻身于男子平等的行列中！当然，这种信念是模糊的，是有点儿可笑的。但不管是什么进步，从来无法按照我们所希望的方式实现；尽管途径不同，进步始终是事实。现代女性的努力一定不会付诸东流。它会使女人们变得更加健全，更加有人情味，就好像那些伟大的时代里的妇女一样。她们不会再对世界上的重大问题不闻不问了，不会再表示冷淡了：那种不可思议的冷淡是不符合常性的，因为就算是一个极度重视家庭的女人，也不应该抛弃她在社会中的责任感。她们的曾祖母，在圣女贞德和凯塞琳·斯福查[1]的时代，就不是这么想的。从那个时候起一直到现在，女性们开始变得贫血了，身体越来越弱。我们不让她们拥有空气和阳光。现在她们会拼命从我们这里把它们都夺回去，啊，真是勇敢！自然，在如今这些拼搏的妇女当中会有许多人死去，还有些会身心失常。这是疾病到了生死攸关的时候。对于那些身体过于单薄的女人来说，做这种努力会大伤元气。一株久旱的植物遭遇第一场雨就可能被浇死了。但没有办法，这是进步的代价。以后的人一定会凭借这些苦难繁荣发展，现在因为战斗而献身的处女，很多永远结不了婚了，但她们给未来留下来的果实会比以前很多代生儿育女的女性更加丰富：因为新的黄金时代的女性会从她们的牺牲中产生。

这些勤劳的蜜蜂，是不可能在你表姐高兰德的沙龙里遇到的。你为什么非要我去她那儿呢？我必须听你的话，但你这是不对的，你滥用职权了。我再三拒绝了她的邀请，收到了两封信没有回复。于是她到我某次的排练场上（别人正在试奏我的

① 凯塞琳·斯福查为意大利十五世纪时的贵族，在当时封建战争中因保卫家族而声名卓著。

第六交响曲）来捧我的场了。在休息的时候，我看见她迎面走来，鼻子朝天一个劲儿地吸气，嘴里嚷嚷着：啊，是有点儿爱情的气息！……啊！我太喜欢这首曲子了！

她的外表虽然改变了，唯独跟猫一样凸起来的豹眼和抽动不止的夸张鼻子还像以前一样。脸庞变宽了，也结实了，气色红润，非常健康。参加运动的结果，使她和从前大不相同了。她已经痴迷上这一行了。如你所知，她的丈夫是汽车俱乐部和航空俱乐部的主要人物之一。所有的飞行比赛，所有水、陆、空运动，史丹芬·台莱斯德拉特都表现得非常到位。他们经常东奔西跑地旅行。要跟他们说话几乎是不可能的；两人谈话的内容无外乎赛跑、赛船、赛球、赛马等。这是一批新的时髦人物。对于女人而言，悲莱阿斯的时代已经不在了。现在大家早已不在精神上讲究时髦了。少女们所酷爱的，是在露天与阳光底下奔跑晒出来的鲜红的肤色。她们看你的时候，眼睛就像男人一样，笑得非常粗犷，语气也非常火暴，变得更加唐突了。你的表姐有时会若无其事地说几句脏话。她以前是这不吃那不吃的，现在成了饭桌上的健将。她还埋怨自己胃不好，因为说习惯了，实际上并没有少吃一口。她不看一本书。在她那个圈子里，没有谁看书。只有音乐还荣幸地被她们看得起，同时它是因为沾了文学不景气的光。等到这些家伙累得瘫倒了，音乐就相当于他们的土耳其浴，暖暖的蒸汽、按摩、东方烟袋等……完全用不着他们思考。在运动和恋爱之间，音乐是一种过渡的艺术，并且也还是一种运动。但在所有稍具美感的娱乐中，最流行的还是跳舞。俄国舞，希腊舞，瑞士舞，美国舞，在巴黎可以尽情地跳：贝多芬的交响曲，埃斯库罗斯[①]的悲剧，巴赫的《十二平均律》，梵蒂冈教廷中的古物，格路克的歌剧《奥尔弗》，瓦格纳的《特里斯坦》……那些人都走火入魔了。

最有意思的莫过于看你的表姐怎样把她的唯美主义、体育运动和精明干练调和起来（因为她继承了她母亲处理事务的才干和家庭生活的专制作风），合成一种莫名其妙的混合物。但她觉得非常舒服，她的荒诞不经并不影响她清楚的头脑，就好像她驾着高速行驶的汽车不会眼晕，也始终手脚稳健。她可真是一个了不起的女子：丈夫、宾客、仆役，她都能随意支配呵斥。她也关心政治：拥护殿下[②]；但我不相信她保王，如此一来，她可以多一个借口活络筋骨；而且即使她一本书念不过十页，仍然可以参加学士院的选举。

她自荐要做我的后台。你明白这对我来说就很不是滋味。更可气的是，我听从你的话才去看她，却没想到她自以为对我产生了什么影响……我故意想气她一下，当面告诉她实话。她听了只笑了一下，然后厚着脸跟我争论。你说她骨子里是个实诚人，不错，只要在她有一些儿事情可以做的时候。她自己也承认这一点。但如果机器没有东西可以磨了，她为了找材料，什么都能干得出。我去过她家两次，再也不去了。对你，我已经足以证明我的顺从。你总不是想要我的命吧？我从她那儿出来差点筋疲力尽而死。我上次看到她回来，晚上做了一个很可

① 埃斯库罗斯是古希腊的悲剧诗人。

② 这本书的写作时期，法国王室的后裔是路易·菲力普·劳白·奥莱昂公爵（1869—1926）。十八世纪大革命以后，法国的保王党运动一直存在，每个时代的党人均以当时在王室世系上应当继承王位的人为假想的王，称之为“殿下”。

怕的噩梦：我成了她的丈夫，生活被她搞得一团糟……真正的丈夫是不可能做那样荒唐的梦的，因为所有我在她家里见到的人里头，他是和她待在一起时间最少的一个；就算是碰在一起了，他们也只谈论运动。他们俩相处得非常好。

这批人为什么会追捧我的音乐呢？我不想知道。依我看，这应该是对他们的一种新的刺激。他们喜欢我粗暴的音乐用以磨砺双耳。当下，他们喜欢色彩浓重的艺术，对于包裹在厚厚的色彩内的灵魂，他们想都没想过。他们今天如痴如醉，明天就可以视若无睹，再从明天的视若无睹变成到后天的随意中伤，实际是从来未曾了解对象。这种情况是所有艺术家都会遇到的。我对于自己成为红人并没有什么幻想，那不会很长久的，而且还会要我付出代价。此刻，我只是冷淡地看着那些光怪陆离的现象。对我来说最崇拜的最热心的（你猜是谁？）是我们的朋友雷维·葛，从前跟我一起有过一次可笑的决斗的那位漂亮先生，你应该还记得吧？现在他在开导那些以前不了解我的人，并且做得很好。所有谈论我的人他算最聪明的。剩下的是些什么货可想而知了。你看，我能炫耀什么？

况且我也没有那个心思。别人称赞我的作品，我自己听了都觉得羞愧。我在作品中看清了自己，我不觉得我漂亮。对于一个善于观察的人来说，一件音乐作品是一面多么无情的镜子啊！幸亏这些人又瞎又聋。我在作品里表现了太多的弱点和缺陷，我有时候甚至觉得把这些魔鬼放到世界上来真的是干了件坏事，是有一种罪恶感的。一直看到群众非常安静，我才放下心：他身着三重的铁甲，根本伤害不到他们，否则我真该下地狱了……你怨我对自己要求过于严格，那是因为你认识的我并不像我认识的我自己。别人只看见我们现在的外表，看不到我们可能会形成的模样；大伙称赞的，多半是推动我们的时势和支配我们的力量，而很少是我们修养得来的成绩。让我讲个故事给你听吧。

前天晚上，我进入了一家咖啡馆。那里在演奏非常好的音乐，虽然方式很奇特；在巴黎这样的咖啡馆非常多，我去的就是这样的一家。他们采用五六种乐器，配上一架钢琴，就能够演奏出所有的交响曲、弥撒祭乐、清唱剧等。就好像罗马卖大理石的小店出售小型的梅迭西斯祭堂，作为壁炉架上的装饰品。似乎这么办是对艺术有益的。为了要让艺术在人间流通起来，所以必须把它打造成铜板儿。除去这些，至少那些音乐会是真实存在的：节目种类繁多，非常丰富，演奏者都很用心。我在那儿碰到一个跟我有些交往的大提琴师，他的眼睛与我父亲的眼睛非常像。他把他一生的经历跟我讲了。祖父是地道的农夫，父亲在北方一个村公所里面当办事员。家人想培养他成为上等人，做律师，于是把他送到不远的城里去念中学。孩子健壮粗犷，压根不是干小公证员那种考验人耐心毅力的细功夫的工作的人。他不想任人摆布，翻墙跳了出去，在田野里胡乱追逐，追赶女孩子，凭借着蛮劲跟人打架；实在没事就整天游荡，什么也不做，每天做白日梦似的想些异想天开的事。唯独一样东西令他产生兴趣，那就是音乐。没有人知道为什么！家族里面从头至尾没有出过一个音乐家，除了一位疯疯癫癫的叔祖。这位叔祖是内地常见的那种怪物，经常是很聪明、天赋极高，但往往清高孤傲，为了摆弄一些稀奇古怪的小事儿把聪明消耗殆尽。那叔祖声称有一种最新的记谱法[①]，（你看，又有一种！）可以发动一次音乐革命；他还满心欢喜地发明了一套速记术，把歌词、曲调、伴奏三者统统记录下来；但写下之后，往往他自己也认不出来了。家族的人一边嘲讽这个老头儿，一边却很得意，心里暗暗想着：他是个老疯子。可是天知道，或许他真是个天才……或许侄孙的对于音乐的喜爱就遗传自他。他在那种小镇能有些什么音乐可以听呢？……然而低劣的音乐所引发的爱好，与美妙的音乐所引发的是一样纯净美好。

不幸的是他的这种热情在他所处的环境里是不可对外宣扬的，他又没有叔祖那般倔强的顽固劲。他只能暗地里翻看着老疯子竭尽心力所鼓捣出来的玩意，当作他不正规的音乐教育的底子。在父亲和舆论的面前，他既虚荣又没胆子，在还未成功之前他是绝不敢把他的理想透露半点风声的。这个老实巴交的孩子顶着家庭沉重的压力，就像法国所有的小布尔乔亚一样，因为软弱，不敢违抗家长的意愿，表面上听话乖巧，暗地里却永远只能过着见不得光的生活。他没有走上自己想要从事的道路，却毫无兴趣地勉强地做着家人指派的工作：所以既无法有轰轰烈烈的成就，也不能淋漓尽致的失败。考试都马马虎虎地过关。过关的益处是可以避开当地人与父母的双重监视，给他们一个交代。他一看到法律就头痛，下定决心以后不吃这碗饭；但只要父亲在世，他就永远不敢把自己的理想公之于众。也许他非常喜欢在决定取舍之前稍稍等上一会。像他这样的人，永

① 很多欧洲人发明新的记谱法，他们认为五线谱不完美。

远在幻想着自己将来做些什么、可能干什么，但眼下却什么事也不做。巴黎新的生活让他如痴如醉了，走了歪道，以小农民的猛劲，把自己全身心投入了两件事：女人和音乐；一方面他被音乐会弄晕了头，一方面在四处寻欢作乐。他因此白白浪费了几年，不想一点儿办法去弥补他落后的音乐教育。他孤傲、暴躁、独立，放荡与疑心的坏脾气，使得他不能跟任何教师学习，他更不情愿去请教任何人。

父亲去世后，他把法律书一股脑儿抛诸脑后了。又没有勇气和毅力去掌握音乐必不可少的技艺就直接开始作曲了。由于懒散的旧毛病和寻欢作乐的不良嗜好，他根本不能下苦功夫做事。但心里还是有感情的，可他自始至终抓不住自己的思想和表现形式，终归只能作些陈词滥调。更糟糕的是，这个平凡的人心里确实隐藏着点伟大的东西。我看过他以前的两部曲子，作品中不时闪现些动人的思想，但仅仅处于萌芽状态，立马就变了样。那就好像是泥炭沼地上的一簇簇火……并且他的脑子又是多么的古怪！他想跟我解释贝多芬的奏鸣曲，他居然认为里面讲的是一些幼稚并且可笑的故事。然而热忱的感情和严肃的态度却值得称道！他一边说一边噙着泪水。他能够为了心爱之物不惜送命。你一见到他就会觉得他既感人又可笑。就在我想要当着他的面嘲笑他的时候，我的心底却想要拥抱他了……他真是老实之至。他看不起巴黎文艺社团的欺骗手段，也看不起那些虚名的红人，另一方面仍情不自禁地像小布尔乔亚一样崇拜那些突然蹿红的人……

他继承了一笔小小的遗产，不到几个月他便把它花完了，等到不名一文的时候，他又像很多跟他境况相同的人一样，又老实起来了，娶了一个曾经被他引诱的穷姑娘。她嗓子很棒，并不喜欢音乐却摆弄着音乐。两人的生活来源全靠她的嗓子和他的过得去的大提琴演技来维持。自然而然，他们没多长时间就发现了彼此的平庸，终于无法忍受。他们生了一个女儿，父亲把所有的希望都放在她身上，希冀自己无法完成的事能够由女儿帮他实现了。小姑娘跟她的母亲太像了，只能倒腾倒腾钢琴，没有半点天分可言；她很尊敬她的父亲，努力用功，想要取得他的欢心。几年里，他们走遍了名城胜地的所有旅馆，竭心尽力换来的钱还比不上所受的羞辱。体质本来就弱的孩子在长期的过度劳累中夭折了。无望的妻子脾气变得越来越糟。这真是苦海无边，看不到半点希望了，同时他又怀抱着一个永远也不能实现的梦想，更加增添了自己的苦痛……

嘿，我亲爱的朋友，我看到这个一事无成的可怜虫，一生都活在绵延不绝的悔恨里，我就在心底想：看，我也有可能就是这种下场。我们童年时代在心灵上有很多相似的地方，一生的境遇也相差无几；甚至我们对于音乐的看法也有很多是相同的；只不过他中途停了下来，浅尝辄止。为什么我没有同他一样沉陷下去呢？

我想可能是因为我的顽强的意志力，但是我也依靠了偶尔的好运气。如果仅从我的意志来说，那难道都是靠我自己的努力才得到的吗？难道不是因为我的民族，难道不是因为我的朋友们，难道不是因为帮助我的天主的力量吗？……一想到这些，我就变得谦卑起来了。一个人觉得所有热爱艺术的人，肯为艺术受苦受难的人都和自己是兄弟。从最底层到顶层，其实差距并没有那么大……

写到这里，我想起了你信中的话。你说得很好：但凡一个艺术家还有能力帮助他人的时候，就不应该坐观其事。因此，我将留下来，我要坚持每年都在这儿住几个月，或者在维也纳，或者在柏林，尽管我已经不习惯这些城市了。但是我不应该离开自己的岗位。即使这种停驻并不能帮到别人什么，但那是我必须担心的，也许能对我有些许好处。而且一想到这是你的心愿，我就感觉相当欣慰。并且（我不想说谎）我在这儿慢慢感到开心了。再见了，专权的王后，你赢了。我不仅做了你想要我做的事，并且爱上做这些事了。

克利斯朵夫

就这样他留在了巴黎，部分原因是讨她欢心，还有部分原因是他作为艺术家的好奇心被唤醒了，他对新生的艺术兴趣浓厚。他在精神上把自己的见闻都奉献给了葛拉齐亚，写信告诉她发生的一切。他心里明白，希望她对这些备感兴趣那是痴心妄想，没准她还会漠不关心呢。但他感谢她并不大张旗鼓地表现出来。

她每隔半个月给他回复一封信，都是语气亲切并且不失分寸的，跟她的行动保持一致。她在跟他讲自己生活的时候，自始至终保持着温柔亲切、高傲孤立、矜持有礼的语气。她明白她的话会使克利斯朵夫产生怎样强烈的反应，所以她情愿冷淡地表达而不轻易去勾起他的炽热的爱，因为她不想跟着他一起激动。然而她依靠女性的灵性，总有点子不令朋友因为爱情备感失意，假若她有些冰冷的话语打落了对方的雅兴，她会马上换上几句甜言蜜语把伤口严严实实地包扎起来。克利斯朵夫没多长时间就看出了她这种把戏，于是也使出爱情的诡计，竭力压抑自己的激情，写信写得很有分寸，让葛拉齐亚回信的时候能够没那么多警觉。

他越在巴黎住下去，对人们忙忙碌碌的活跃的新生活也就越感兴趣。尤其是因为年轻人对他没什么好感，所以他更觉得有意思。

他的确没有看走眼，他的走红也不过是昙花一现。十年的归隐之后重回巴黎，他不免在社会上名噪一时。然而命运戏人，这一次给他捧场的居然都是他以前的敌人——时髦人物和上流社会的人；一般艺术家竟然暗地里对他滋生了种种敌意，或是满怀疑虑。他的权威是凭借他年代颇久的名字，数量庞大的作品，热情如火的肯定语，以及绝对的真诚。自然大家都承认他是个红人，都敬佩他或尊重他，但是却不了解他、不喜欢他。他已经无法跟上当代的艺术潮流了。他是不适合的榜样，是个怪人。他一向如此。十年的孤独令他更不合潮流了。他归隐的时候，在欧洲，尤其在巴黎，与他看到的一样，早已经复兴重建了，产生了一个新的社会秩序，伴随着一代新人的兴起，他们爱行动甚于爱了解，爱占有甚于爱真理。它要生存，要拥有生活，何惧用谎言去换取。有令人自豪的谎言，各种各样令人骄傲的谎言：民族的骄傲，阶层的骄傲，宗教的骄傲，文化与艺术的骄傲，对它来说都是有益的，只要谎言能给他们提供一副盔甲，只要能提供给它们刀剑盾牌，保护它们走向成功之路。因此这一代人最厌恶的就是听到响亮且苦闷的声音，让他们感受到世界上的疑虑和痛苦：那好像是狂风，扰乱黑夜的宁静才逃走的，尽管大家都极力不想承认，想要遗忘，然而那些狂风还在不停地威胁着世界。

相距得太近了，想听不见是不可能的；于是年轻人们只能气呼呼地掉过头去，大声叫嚷着，想把自己的耳朵震聋了。但那个声音比他们的响得多，所以他们埋怨克利斯朵夫。

相反，克利斯朵夫对他们非常友善，亲切地看着他们，看到大家齐心协力地向着一个明确的目标进发，朝着一个新的秩序奋斗，他禁不住升起一股敬意。在这股激流之下人们有意识地先考虑自身利益，这并不令他感到惊讶。一个人向着目标勇往直前时，眼光理应是朝前看的。可是他，独自呆坐在一个世界的转折点上，能够回头看看那个摄人心魄的夜晚，向前仰望那稚嫩的满怀希望的曙光，对着清新而充满激情的黎明体验一番那种不可触及的美，他感到由衷的高兴。他处在钟摆中心稳定的一点上，钟摆却又开始向一边荡开了过去了。虽然他不跟着钟摆一起摆动，却非常欣喜地听着生命的脉搏在跳动。那些人不承认他过去的悲惨，他是与他们一起翘首盼望的。该来的总会来的，就像他所梦想的一样。十年前，奥里维在黑暗与痛苦中摸爬滚打，那只可怜的高卢小公鸡用他那脆弱的歌声告诉大家黎明即将到来的喜讯；歌者早已不在了，但歌的精神却是实现了。法兰西花园里的鸟已经苏醒过来了。恍然之间，克利斯朵夫好像听见了奥里维那嘹亮亢奋的鸣啼声，盖过了所有的叫声，响彻天际，清越空明。

他在一家书店的架子上漫不经心地翻阅着一本诗集。他没听过作者的名字，但有些字句打动了他，使他翻阅了下去。他越在没有裁开的书页中间慢慢往下翻阅，越发感觉那声音熟悉，非常亲切，似曾相识……他不能确定他的感觉是怎么回事，但又不想就此把书抛开，于是买了下来。回到家里，他继续读着，想不到就沉浸其中了。诗中那狂躁剽悍的气息，清晰地向人们展现了千百年来那广大无边的古老的灵魂，令人想起那些冬日的树木（人类只是那些参天大树的枝叶与果实），还追忆到人类的那些祖国。从那些诗句里看出了人类母性的伟大的面目，那是现在、过去、将来，永远都不会消逝的面目，她君临世界，就好像中世纪艺术里的圣母，像山一般巍峨，如蝼蚁一般弱小的人类只能在她们脚下顶礼膜拜。诗人礼赞这些伟大的女神所做的英勇的搏斗，有史料考证以来那里就战争不断：那是几千年的伊利亚特史诗，这只是特洛伊战争中的一部分，就比如阿尔卑斯山脉是希腊岗峦的一部分一样，二者实在无法相提并论。

这样一部充满自豪与战斗的英雄史诗，对于像克利斯朵夫那样充满着欧罗巴精神的人来说，思想上距离甚远。可是在法国诗人的印象中——（娇艳的处女雅典娜手持盾牌，蓝眼睛在黑暗中发光；这位劳动女神，是举世无双的艺术家，有着无可比拟的理性，用她那寒光四射的长矛把动荡不安的蛮夷制服了。）[①]——克利斯朵夫在耀眼的光明里看见一道闪亮的目光，一副笑容，那是他所熟悉的、深爱过的；但刚想要去抓住，幻影就破灭了。他因为没有抓到而懊悔不已，不想翻了一页，却读到了奥里维去世前不久告诉他的一个故事。

他非常惊讶，立马赶到出版社那里去打听诗人的地址。别人当然不会告诉他。他生了气，却不奏效。后来他想到可以在年鉴中找到，果然不错，他马上去了作者家里。他的脾气是想到什么就做什么，从来不肯耗费时间虚等。

在巴底诺区，他爬到一幢房屋的顶层，一条公共走道的两旁有

① 希腊神话把雅典娜当作童贞的女神，代表战争，代表艺术，代表聪明，代表劳动，保护农业，保护城市。她的德性与职责多如繁星。

好几扇门，克利斯朵夫按照别人的指点敲响了其中的一扇。可是开门的却是隔壁一个并不漂亮的女人，她额上遮盖着深褐色的头发，肤色污浊，紧绷的脸上是一对炯炯有神的眼睛，用疑惑的语气问他来干什么。克利斯朵夫把拜访的来意说明了，女人又提了几个别的问题，随后说了自己的姓名。然后她走出自己的屋子，从身上掏出开另一扇门的钥匙，但却没有让克利斯朵夫进去，让他先在过道里等着。她进去后把门重新关上。好长时间后，他终于得以走进了那间戒备森严的房子，先是穿过一间空旷的用来做餐室的房间，房间里零星地摆着几件破烂的家具，在靠近没有窗帘的窗户边放着一个鸟笼子，有十几只鸟在那里叽叽喳喳叫个不停。隔壁房内，一张破旧的床上躺着一个男人。他慢慢直起身子来迎接克利斯朵夫。在他瘦弱的脸上闪着光，一对俊秀的长睫毛的眼睛里放着火辣辣的光芒，那双长长的纤细的手，那个残废的身子，还有那带着点沙哑的尖锐的声音……克利斯朵夫立刻认出来了……他不正是爱麦虞限吗？就是那残废的、差点铸成大错的小工人，爱麦虞限猛地站了起来，他也认出了克利斯朵夫。

他们俩一句话也不说，此时此刻，他俩同时看到了奥里维的影子……但他们都不敢立马向对方伸出手去。爱麦虞限向后退了一步。那种连自己也拒绝承认的愤恨，以前就对克利斯朵夫充满了忌妒，在过了十年之后，那种深深的怨气和妒忌又冒了出来。他呆呆地站在那里，提防着，心里满是敌意。可是当他看到克利斯朵夫激动不已，看到他们俩心里共同想着的名字（奥里维……），克利斯朵夫快要喷涌而出的时候，他终于抑制不住了，立即扑在对他张开的手臂里。

“我早就知道你在巴黎，可是你，你是怎么找到我的？”

克利斯朵夫说：“我看到了你新近出的一本书，从中听见了他的声音。”

“真的吗？你看出他来了是吗？我现在所有的一切都多亏了他。”

（他刻意回避说出名字。）

停了好一会，他感伤地说：“我们两个，他更爱你。”

克利斯朵夫微微一笑：“真正爱的人是不会有多少之分的，他会把整个人都给他所爱的人。”

爱麦虞限看着克利斯朵夫，个性坚强的眼中那点悲壮突然蒙上一道温柔的光。他握着克利斯朵夫的手，让他坐到床边上，紧挨着他。

他们把自己过去的生活都相互讲了一遍。从十四岁到二十五岁，爱麦虞限做过不少行业：印刷工人、地毯工人、小贩、书店掮客、诉讼代理人的书记、政客的秘书、新闻记者……在这些行业中，他都努力下苦功夫自学；偶然碰上几个好心人，被他的毅力给感动了，经常帮他一点小忙，但很多人都是利用他的贫穷和与生俱来的天赋。他有不少悲惨的经历，结果还不算太惨，只是磨损了他原本就很孱弱的身体。因为他学习古文字非常快（在一个骨子里受到人文主义熏陶的民族里，这种才能并不是例外），他拜了一个专研古希腊学问的教士做老师。虽然他没有工夫把那些学问进行精深的钻研，可是他已经养成了思考的习惯和自己独具的文字风格。这个出身低贱，全部知识都靠自学而来并且有很多缺陷的人，居然学会了摆弄词汇的本领，可以用思想来控制表现形式，就是布尔乔亚青年十年的高等教育也很难培养出来的。他把这些成就都归功于奥里维。虽然别人给予他的帮助更为直接，但让这颗心点亮黑夜里的长明灯的，确实是奥里维。其他人只不过是帮忙添加灯油。

他说：“从他过世的时候起，我才慢慢了解他。但他对我说过的话都在我的心里。他的光明从来不曾远离我。”

他谈论着他的作品，慢慢地把它当作是奥里维遗留给他的任务，提及法兰西民族精神，举着英雄主义的理想的火焰，这都是奥里维预见的；他想替这些奏响最响亮的声音，超越于一切战斗之上，敲响未来的胜利之钟。他为他复兴的民族歌唱英雄的史诗。

他的诗歌果真是这个古怪的民族的产物。经过好几世纪，这民族始终把克尔特古族的气息保持得那般坚牢，但又伴随着一种奇怪的自豪的脾性，用罗马征服者的传统和法律的外套来丰富自己的思想。爱麦虞限的诗中蕴含着高卢族的胆识、发狂的理性、爱讽刺的性格、勇敢的精神、自大与无畏的混合，敢于叫板罗马贵族，抢劫台尔弗神庙[①]，傲气地笑着对天舞刀弄枪。但是巴黎这个侏儒症患者跟他那些戴着假发的祖先一样，和他未来的子孙也一样，仍旧把他的感情托付在两千年前的希腊英雄和天神身上。这是法兰西民族的怪异的本能，与它追逐"绝对"的需要互相融合的本领相同：它的思想伴随着几千年前的印迹，而它却以为是拿自己的思想给几千年后的人当作典范。古典形式的束缚反倒令爱麦虞限的热情更加亢奋高涨。奥里维以为法兰西是很有前途的，他的信念是沉稳安详的，到了他的门徒身上却成了炽热的信仰，着急行动并且胜利在望的信仰。他想要胜利，望见了胜利，就为胜利欢呼。他之所以能够激起法国群众的心，就是依靠这种发狂的信仰和乐观主义。他的作品跟战争一样有力量。疑虑与惊恐的阵线被他划破了。所有的青年人都跟着他勇往直前，奔向新的命运……

他一边说一边激动起来，眼睛里冒着星光，惨白的脸上泛着点点红晕，嗓门也升高了。克利斯朵夫偶然发现这团熊熊烈火与燃烧着这堆火焰的可怜的身体形成了鲜明的对比。而这个命运弄人的悲惨，他还只知道一丁点儿。诗人歌颂的是顽强的毅力，是新一代沉

① 台尔弗是希腊古城，曾经被高卢族攻陷。

醉于体育、行动、战斗的英勇的年轻人，诗人自己可以是连走路都困难的人，只能过着极其简单、处处受限的生活，节制饮食，只喝清水，不抽烟，没有情人；他全身充满了热情，但为了孱弱的身体健康他不得不过着禁欲的日子。

克利斯朵夫仔细地观察着爱麦虞限，觉得他可敬又可悲。克利斯朵夫自然不会显露，但可能他的眼神泄露了秘密，又或是仍旧残存着伤口的爱麦虞限的孤傲，在克利斯朵夫的眼神里他看到了同情之心，他认为这比恨更糟糕。突然之间，他慷慨激昂的感情回落了，不说话了。克利斯朵夫拼命想把他的自信挽救回来，也只是徒劳无功。心灵之门已关闭。克利斯朵夫知道他被自己深深地伤害了。

爱麦虞限一句话也不说，眼神里充满了敌意。克利斯朵夫站了起来，爱麦虞限无声地将他送到了门口。爱麦虞限一走路就更显示了他的残废，他自己很清楚这一点，因为自尊的骄傲而故意装作不介意；但他认为克利斯朵夫一直暗中观察着，于是心里更加愤恨。

他正冷漠地同克利斯朵夫握手道别，突然有个年轻的漂亮女子带着一个装腔作势的男人来按他的门铃。那男人是克利斯朵夫在剧院上演新戏的时候碰见过的，总是面带笑容，嘴里嘀嘀咕咕的，耷拉着脑袋对妇女们毕恭毕敬的，亲吻着妇女们的手，从正厅的座位上谄笑着和认识的人打招呼，一直到剧院的最后几排。克利斯朵夫不知道他叫什么，就叫他“花花公子”。“花花公子”和他的女伴一见爱麦虞限，就用极其肉麻的奉承和亲热的口吻争相叫着“亲爱的大师”。克利斯朵夫一边往外走，一边听见爱麦虞限冷冰冰地回答说今天有事，不能接见客人。克利斯朵夫很敬佩他这种不畏权贵的胆量。可是爱麦虞限为什么对这批前来谄媚、大献殷勤的、有钱的时髦人物这般冷淡呢？克利斯朵夫不知道原因。他们说了很多好话，满嘴都是恭维，却从未想过减少他的灾难，就好像赛查·法朗克的朋友们直到他死都让他不得不依靠教钢琴维持生计。

克利斯朵夫又去看过爱麦虞限好几次，却始终不能再恢复第一次拜访时的亲密感了。爱麦虞限看到他，并没有开心的表现，总是带着点儿矜持与疑虑。有时他需要发泄他的才情，被克利斯朵夫一句话打动了，情不自禁地兴奋起来，让他的理想主义在他深藏的灵魂里放射出一丝绚丽的光辉。他的热情稍纵即逝，随后憋着气、板着脸一声不吭了，让克利斯朵夫又好像碰到了死对头。

他们两个差别太大了。就是年龄的差距也相当悬殊。克利斯朵夫有自知之明，增强了自己的自控力。爱麦虞限却还不成熟，一直阴晴不定，变幻莫测。精神上的骚乱比克利斯朵夫一生的任何一个时期都甚。他的样貌之所以古怪，正是他内心矛盾、激烈冲突的结果：严厉的苦行僧的禁欲生活竭力压制着遗传因子天性的欲念（他的父亲是个酒徒，母亲是个妓女）；狂热的想象在铁一般的意志力下挣扎着，不受限制；极端自私的心理和大无畏的慈爱之心，谁都不知道这二者之中哪一个会占据优势；还有英勇献身的理想主义和对于无限光荣的羡慕，令他一看到周围人的优越就会怨恨到几近病态。即使是奥里维独立坚强、大公无私的思想都能够在他身上找到，哪怕他有才气，有平民的生命活力（这使他不会厌恶实际行动），有简陋的表皮（使他不会讨厌这个、讨厌那个），因此比他的老师更优秀，可这也完全达不到奥里维那种无欲无求的平静心境。他天生是虚荣的，动乱的，并且除了令自己痛苦以外，还要加上别人的痛苦。

他跟第一次招待克利斯朵夫的那个邻居少妇住在一起，经常有矛盾争吵。她爱爱麦虞限，真心诚意地照顾他，给他打下手，誊写手稿，或是帮他写下他口述的文字。人长得不漂亮，感情却很丰富；出身平民，做过很长时间的纸版女工，后来还在邮局当过差，毫无乐趣可言的童年在是巴黎那种穷苦工人堆中度过的：身心压抑，经常做着很累的工作，工作环境也很差，缺少空气，不安静，从来没有独自的空间，心中的小天地总会受到外界的干扰。脾气还很清高，对于真理抱着一种朦胧的幻想和虔诚的宗教式的信仰，她夜里睁着疲倦的眼睛誊写作品，有时甚至没有灯光，就借着月色抄写雨果的《悲惨世界》。她遇到爱麦虞限的时候，爱麦虞限又贫穷身体又有病，比她过得还要差，可她就此跟他在一起了。这是她平生第一次也是仅有的一次爱情，她就像是饿虎扑食一样死抓着不放。可是对于爱麦虞限，她的感情却是个累赘，他无福消受，只是勉强收容她。看到她对他的忠贞，他很受感动，知道她是最可信赖的朋友，只有她会把他当作自己的命根子一样。可也就是这样的感情让他备感压抑。他需要自由，需要孤独；她时不时用眼神乞求他看她一眼，他却感觉烦躁之极，对她恶言以对，恨不得跟她说："赶紧滚吧！"他看见她丑陋的样貌和呆笨的举止就非常生气。尽管他对上流社会知道得并不多，同时也看不起上流社会（因为相比之下，他的行为更加丑陋和可笑），但他从心里喜欢高雅，喜欢在那个圈子里的女子；没想到她们对他的表现就像他对他那个女朋友的表现一样。他极力对她表示好感，但压根就没有这种好感，或者是不经意迸发的恨意就把所有的好感都掩埋了。他没有任何办法。他有一颗仁慈的心，很想对人好；但同时他身上又附身了一个施暴的魔鬼，就想着害人家。这种内心的矛盾，和他明知道矛盾的结果对自己有百弊而无一利的感觉相似，这使他恼羞成怒；当这股闷气发作的时候，就波及了克利斯朵夫。

爱麦虞限不由自主地对克利斯朵夫产生了双重反感：一种是他从前的妒忌残留下来的（那些童年的积怨，哪怕原因早就忘了，但它仍起着作用），另一种则是强烈的民族主义情绪。他把从前的优秀人物所幻想的关于正义、怜悯和人类博爱的美梦，全部寄情于法兰西身上。他并不觉得法兰西和欧洲其他的民族是相互对立的，是依靠别国的衰败才繁荣起来的；相反他是把自己的民族放在其他民族的前面，是行列的领先者，仿佛是一个正统的国王为了帮大家谋福利而君临天下，进行统治，它是理想的卫士，是人类的向导。他宁愿法国灭亡而不愿意它犯下不正义的罪行。但他绝不相信会有这种事。他的心态修养都表明他是个地道的法国人，是受到法国传统熏陶的；在他的潜意识里，他能轻易找到法国传统的深远意义。他否认外来思想，对其不屑一顾，如果外国人不愿意接受这种屈辱的地位，他的蔑视就会变成恼怒。

这一切，克利斯朵夫都看得非常透彻；但因为年长些，经历得多些，他并不会因为这些不高兴。虽然这种民族自豪感是很伤人的，但克利斯朵夫好像并没受到伤害，他认为那是爱国心造成的假象。他不想去对一份神圣的感情加以指点，哪怕这感情有些过分。

况且，每一个民族都自命不凡，坚信自己的使命，这对于整个人类来说也是有好处的。他和爱麦虞限不同的原因有很多，但其实令他感到难以忍受的只有一点，那就是爱麦虞限的嗓门太尖了，这使得克利斯朵夫的耳朵很不好受，甚至脸都僵硬了。他想方设法不让爱麦虞限感觉到，努力让自己沉浸在音乐中，而不是乐器的声响中。每当残疾诗人讲述一切以胜利作为前驱的精神胜利，讲述对天空的征服，讲述那个煽动民众的“飞翔的上帝”，像伯利恒的明星[①]一样指引着他们沉迷于广阔无垠的空间，奔向未来世界……那时可悲的驼子脸上就会泛出奇光异彩。但在这个庄严的环境里，克利斯朵夫感到危机四伏：他感觉到那冲锋陷阵的步子和新的《马赛曲》那越发洪亮的歌声，将会把大伙引到何方，克利斯朵夫有了预感了。他

① 据《新约》记载，耶稣生在犹太的伯利恒，有几个博士从东方来拜见，说是因为看见了生下来做犹太人之王（即指耶稣）的星。

带着讽刺的心情想着（可并没有感伤过去和陷于对未来的担忧的意思），这些诗歌会产生出乎诗人想象的后果，迟早有一天，人们会满怀感恩地追忆从前“节场”那一去不复返了的时代……那时大家才是自由的！真是自由的黄金岁月！世界正在朝着一个有力量、健康、敢想敢做、光荣的新时代前进，但那时你必须恪守纪律，不能越出狭小的活动范围。我们不是一心一意期望着那个铁的时代、古典的时代吗？在路易十四或拿破仑统治下的伟大的古典时代，从远处看似乎已经站在人类之巅，也许民族在那个时候把它国家的理想实现得最成功。可是你去问当时的那些英雄们有什么感受。你们的尼古拉·波生[①]去了罗马求生，也在那里与世长辞；他在你们国家过不下去了。你们的巴斯加，你们的拉辛，都离开了社会。在最伟大的人物中间，因为受到社会的歧视、压迫，有多少人过着隐居生活！就算是莫里哀，他心中也藏着多少说不出的苦。至于在你们念念不忘的拿破仑统治下，你们父亲那一代似乎也没有人觉得幸福；那个英雄对自己的定位很准，明白他死了以后，大家都会长舒一口气，叫一声“啊！……”在皇帝四周，思想领域一片荒芜！就好像非洲的太阳照到一望无际的沙漠上……

这些思考再三的想法，克利斯朵夫是不会说出来的。只要稍微显露一点口风就会令爱麦虞限怒气冲天，他又怎么敢轻易尝试呢？但他把自己的思想隐藏起来也是徒劳的，爱麦虞限很清楚他是那样想的。而且他还恍惚知道克利斯朵夫比他想得更加深远，所以他更加烦闷。年轻人永远不会原谅他们的前辈逼迫他们去看到二十年以后他们将会怎样。

① 尼古拉·波生（1594—1665）是法国的画家，一六二四年前往罗马，一六四〇年被路易十三强逼回国，一年后因为被宫廷画家妒忌，重回罗马，最终在罗马去世。

克利斯朵夫看穿了他，对自己嘀咕着：“他没错。每个人有每个人的信仰！一个人应当相信他所信的。我绝对不能打乱他对未来的信念。”

然而，只要克利斯朵夫在，两人的精神上就都不平静。他们待在一起的时候，都得拼命压制自己的个性，但结果总会有一个处于优势，使另外一个因为委屈而心生怨恨。爱麦虞限孤傲的脾气，因为克利斯朵夫的经验和个性都比他稍胜一筹而感到苦闷。也许他还强制自己不对克利斯朵夫产生感情，因为实际上他已经开始喜欢他了。

他变得更不通人情了：关起门来谁都不见，也不回信。克利斯朵夫只好去找他。

到了七月初。克利斯朵夫总结了一下这几个月的收获：有很多新思想，但没什么朋友。名噪一时却不值一提的成功，他看到自己的形象与作品在普通人的大脑中反映出来，不是模糊了就是成了漫画，心里很不是滋味。他很想得到某些人的理解，可他们却丝毫不感兴趣；他主动接近他们，他们对他也是相当冷漠；不论他多么想融入他们的理想，做他们的同盟军，却根本不能与他们打成一片。似乎他们喜欢猜疑的自尊心不想获得他的友谊，所以宁愿当敌人。总之，他眼看着属于自己的那一代人像潮水一样奔腾而去而自己没能跟上，新一代的潮水又不允许他加入，他是孤独的。但这并不奇怪，他这一辈子习惯孤独了。但他觉得在这一次全新的体验之后，他就可以安心地去到瑞士隐居了。他心里还有一个计划，而且这个愿望越来越强烈了。年龄见长，他只想赶快回到家乡去养老。

但是那边已经没有认识的人了，或许在精神上会比在外国的城市里更加孤独，但家乡还是家乡；你不会强制和你血统相同的人一定要跟你思想统一：大家处处都是连着的，彼此感觉都能体会天地这本大书，彼此的心也会说一样的语言。

他把自己的不如意轻松地告诉了葛拉齐亚，说他想回瑞士，还开玩笑般地希望她答应。决定下个礼拜起程。可是他又在信尾加了一句话："我改变主意了。行程推迟了。"

克利斯朵夫非常相信葛拉齐亚，可以把所有的秘密都告诉她；但仍然保持着内心的一个角落，只有他自己有钥匙，那是一些不仅仅属于他，还属于那些他深爱的逝者的回忆。所以他没有提及奥里维的事，并不是想要故意隐藏，只是因为他跟葛拉齐亚说的时候不知道怎么说才好，因为她根本就不认识他啊……

那天早上，正当克利斯朵夫给女朋友写信时，响起了敲门声。他边去开门，边因别人打扰他而不停地抱怨着。一个十四五岁的男孩子要见克拉夫脱先生。尽管克利斯朵夫心里不大高兴，但是还是让他进来了。他长着一头黄色的头发，一双蓝色的眼睛，眉清目秀，中等且纤细的身材。克利斯朵夫在他对面站着，他看起来有点局促不安，害羞得说不出话来。不过没多久便恢复了正常的神情，用清澈的眼睛好奇地上下打量着克利斯朵夫。克利斯朵夫被孩子可爱的神情给逗笑了，那孩子也跟着笑了起来。

"说，"克利斯朵夫问，"你来找我有什么事情呢？"

"我来……"孩子又变得局促不安，脸红着，不出一声。

"没错，你是来我家了，"克利斯朵夫笑道，"但是你为什么来这里？你看着我啊，难道怕我？"

笑容又重新出现在孩子的脸上，他摇着头说："我可不怕你。"

“那真是太好啦！那你先说自己是谁吧。”

“我是……”

他又不说话了。他用清澈的眼睛好奇地朝房间四周看了一圈。

奥里维的照片摆放在克利斯朵夫房间壁炉架上，他一眼就瞟到了。

克利斯朵夫不自觉地顺着他的眼光望过去。

“你倒是说啊！胆子大点儿！”

孩子就说：“他是我父亲。”

克利斯朵夫诧异极了，反射性地跳了起来，孩子的胳膊被他抓着，他将孩子拉到自己身边，而后又坐在椅子上，紧紧地将他搂在怀里。他们的脸几乎是挨着的，他看着他，嘴里反复地念叨着：

“我的孩子……我可怜的孩子……”

忽然，他抱着孩子的头，亲吻了他的额头、眼睛、脸颊、鼻子以及头发。这种激动的动作显然吓到了孩子，他不高兴地挣脱了他的怀抱。克利斯朵夫放开了他，双手捧着脸，将额头靠在墙上，就这样过一会儿。孩子已经站在房间的最里头了。克利斯朵夫再次将头抬起来时，脸上的神情平和了许多。他面带亲切的笑容看着孩子，说：“你被我吓坏了吧！哦，真是对不住……你看，都是因为我对他的爱。”

孩子默不作声，还有点儿后怕。

“你和他真是像极了！”克利斯朵夫说，“但是我并没有认出你来。到底是哪些地方变了呢？”

克利斯朵夫又问道：“你叫什么名字？”

“乔治。”

“没错。我记起来了。你叫克利斯朵夫·奥里维·乔治……你现在几岁了？”

“十四岁。”

“你已经十四岁啦！唉！时间过得可真够快的……对我而言这还真就像昨天才有的事——貌似不久前我就已经知道了……你和父亲真是像极了。拥有同一张脸，但你却并不是他；拥有同样颜色的眼睛，但眼神却不同；拥有一样的笑容和嘴巴，但声音却不同。和你父亲相比，你显然更加孔武有力，站得更直，脸也更加饱满，但是你们却极易脸红。过来坐下，我们聊聊吧。是谁让你来我这里的？”

“我。”

“哦，你自己过来的？你是怎么知道我的？”

“别人谈到过你啊。”

“谁谈到过我啊？”

“我的母亲。”

“啊？你来我这儿她知道吗？”

“她不知道。”

克利斯朵夫略微顿了一会儿，继续问道：“你们现在住在哪儿？”

“蒙梭公园附近。”

“你是走路过来的？是吗？这可不近呢，你该很累了吧？”

“我未曾体验过累的感觉。”

“这可真是太好了！来，让我来看看你的手臂。”

他的胳膊被克利斯朵夫摸了摸。

“你这个小子长得真不错……告诉我，为什么你会想来看我？”

“因为您是爸爸最好的朋友，而且他很喜欢您。”

“是她……”他立即变换说法。

“你是从你母亲口中听说的吗？”

“对的。”

克利斯朵夫会心一笑，想：“她那是在妒忌呢！……他是多么的招人喜欢啊！但是为什么不早点告诉他呢？”

而后他接着问道：“为什么过了这么久你才来见我呢？”

“很早之前我就想来的。但是我担心你不会见我。”

“怎么会呢？”

“早在几个星期前，我就在希维阿音乐会上见过您了。当时母亲跟我待在一起，我们跟您离得很近，就只隔几张椅子。我朝您行了个礼，但是您却只是斜着眼睛瞪了我一眼，并且皱着眉头，完全没有回应我。”

“我，我看了你一眼吗？……可怜的孩子，你怎么会有这样的想法？……唉，我压根儿就没看见你啊。我之所有皱眉头是因为我该死的近视……你怎么会认为我很凶呢？”

“倘若您要凶的话，我坚信你完全可以凶得起来的。”

“是吗？”克利斯朵夫继续说道，“倘若真是这样，你怎么还敢来见我呢？”

“是啊，我要看您呀。”

“倘若你被我赶出去了，你会怎么做呢？”

“我可不会轻易被别人赶出家门的。”

他态度坚决地说着这话，看起来有点儿局促不安，但是却又带点儿挑战的意味。

克利斯朵夫不禁笑了起来，乔治也笑了起来。

“恐怕是你要把我给赶出去吧，对不对？哦！你的胆子可真够大的！……你一点儿也不像你父亲。”

乔治顿时拉下脸来：“您认为我和他不像吗？但是方才您还说……依您来看我不讨父亲喜欢吗？我也不讨您喜欢吗？”

“我是否喜欢你，对你有什么影响吗？”

“影响大着哩。”

“为什么？”

“因为我喜欢您啊。”

瞬间，几种不同的表情出现在他的眼睛、嘴巴、脸上。这完全可以媲美四月的天气，一堆堆乌云在春风的折射下，印在了田野里。克利斯朵夫盯着乔治，听着他说话，心里觉得舒畅极了，以往的种种烦恼顿时烟消云散。所有他所受过的悲苦、折磨，以及和奥里维的痛苦都犹如过眼云烟。奥里维生命中的幼芽便是这个孩子，克利斯朵夫也从这株幼芽身上复活了。

克利斯朵夫和乔治交谈着。好几个月前，克利斯朵夫的音乐还没有进入乔治的生活。但从克利斯朵夫回到巴黎后，乔治没有错过克利斯朵夫的任何一场音乐会。一说到克利斯朵夫的乐曲，他简直可以说是痴迷了，总会容光焕发且兴致勃勃地谈论着。他将自己热爱音乐且想学音乐的想法告诉了克利斯朵夫。但是从克利斯朵夫提的问题便可以看出这个孩子根本还不了解音乐。克利斯朵夫问乔治的学习状况，知道他还在读中学，并且他还满不在乎地说自己是个好学生。

“哪方面是你的强项呢？理科还是文科？”

“两个方面差不多。”

“怎么？怎么？难道你就是这样没出息吗？”

他很坦诚地笑着，答道：“或许是的吧。”

而后，他又说了句心里话：“但是，我知道自己不是那样的人。”

克利斯朵夫忍俊不禁。

“那你为什么不用功学习呢？未必你对任何东西都不感兴趣吗？”

“当然不是！我对所有的事情都有兴趣。”

“那又如何？”

“我当然就没时间啦，因为我对什么都有兴趣啊。”

“你没时间？你又干些什么浑事呢？”

他随意地做了个姿势，意思并不是很明确。

“哦，我要做的事情多着呢。我要搞音乐，参加运动，参观展览会，还要看书……”

“多读你的课本那可是再好不过的事情啦。”

“课本无聊透顶……再者我们还要去旅行呢。我上个月就去英国看了牛津和剑桥比赛。”

“嗯，你的功课这样才能有所进步呢！”

“您不要这么说！我这样做可比在学校学得多呢。”

“对此你母亲是怎么看的？”

“母亲很通情达理。什么事都是由我自己拿主意。”

“见鬼！……你真是交上好运，倘若我是你的父亲。”

“那您可真是够倒霉的，没有像我这样的儿子……”

他还真是讨人喜欢，尤其是那种撒娇的神气。

“那你这个伟大的旅行家就告诉我，”克利斯朵夫说，“我的祖国你了解吗？”

“当然了解。”

“我担保你根本就不懂德语。”

“恰恰相反！我很擅长德语呢。”

“那我们就用德语沟通吧。”

于是，他们便用德语交谈起来了。乔治说得一塌糊涂，错误百出，但是他却表现得相当自信。乔治很机智，不懂的就靠猜测，猜错时总会自己先哈哈大笑起来。他总会眉飞色舞地谈自己的旅行，谈自己看过的书。尽管他看过很多书，但都是走马观花地看，并且只读一半，余下的就自己瞎编乱造。但在强烈而新鲜的好奇心驱使下，他总会四下寻找理由使自己变得兴奋。他的话题总不会固定下来，谈到那些曾使他感动过的戏剧或作品他总会神气活现。他的知识杂乱无章，他读过劣质的作品却没有读过名著。

“这些可都有意思极了，”克利斯朵夫说，“但是倘若你要有所成就，就必须用功。”

“哦！没必要。我们有的是钱。”

“真是该死！你说的话太严重了。难道你愿意碌碌无为地过一生吗？”

“当然不是！什么我都会涉足。倘若一辈子爱着一份事业，那真是够傻啦。”

“但是只有这样专攻一行，才能将自己本行做精。”

“的确曾有人这么说过。”

“怎么！的确曾有人这么说过？……我，是我说的。看吧，我认真研究一行四十年了，至今才有点门道。”

“要四十年去学一行，那什么时候才能动手操作呢？”

克利斯朵夫笑了起来。

“好家伙，倒挺会还嘴的！”

“我想成为音乐家。”乔治说。

“就算是即刻开始学也算是比较晚的呢。愿不愿意让我教你？”

“哦！那真是太好了！”

“明天你再过来吧。我倒要看看你能成什么气候。倘若你成不了气候，我是绝不会让你碰钢琴的。倘若你是块璞玉，那我们倒是要看能将你雕琢成什么……但我可事先说明，你必须得用功学习。”

“我绝对会努力用功。”乔治快活地说道。

两人约好明天再见。正待要离开时，乔治突然记起自己明后两天都已经有约了。是啊，这个星期可真够忙的。他们只好另约日子和钟点了。

但是克利斯朵夫还是白等了，他失望极了。一想到能够和乔治再次见面，他就像个孩子一样地高兴着。他的生活因为这个出人意料的来访而变得光明起来了。因为这次访问，他兴奋得夜不能寐，并且心存感激，感激这个小伙子替他的父亲来看望自己。一想到孩子可爱的笑脸他便会心一笑。克利斯朵夫已经完全被他迷住了——天真、可爱、俏皮而坦率的谈吐，他已经沦陷了。他沉醉在这种无言的欣喜中，耳朵和心里不停地轰鸣着。如今他就像和奥里维结交时那样欢乐，此外相比那时他此刻更认真更虔诚，因为逝去的人的笑脸在活着的人的脸上再次出现了——他连着好几天都在期盼着乔治的再次拜访。但是没有人来，甚至连一封歉意书都没有。尽管克利斯朵夫很伤心，但还是替那孩子找借口并且原谅他的爽约。乔治住在哪儿，克利斯朵夫不知道；但是就算是知道了，克利斯朵夫也不敢写信给他。老人总是将自己对青年人的喜欢放在心里，并且羞于将自己对青年人的依赖之情说出来。他当然知道青年人并没有同等地看待自己，他们处在不同的形势之下。强人所难地去要求不在乎自己的人在乎自己，这是他绝对做不出的事。

时间就这样悄悄地流逝，杳无音信。尽管克利斯朵夫很伤心，却强迫自己不去找乔治一家。但是他每天都会期盼那个爽约的人再次过来。整个夏季克利斯朵夫都待在巴黎，不去瑞士。他觉得自己真是荒唐至极，但是对于旅行他却没有任何兴趣了。到了九月份，他才在枫丹白露住了几天。

临近十月末时，乔治·耶南终于敲了他的门。他轻描淡写地说了对不起，并且关于之前爽约的事完全没有任何愧疚之意。

“我没能赴约，”他说，“之后我们出门了，去了布列塔尼。”

“你总该写封信给我吧。”

“是的，我曾想过要写信给你。但是我总是很忙……另外，”他笑着说，“我都忘记了这回事，什么事都忘记了。”

“你什么时候回来的？”

“十月初。”

“哼，你过了三个星期才想到要来见我？……实话告诉我：你的母亲不准你来看我，是不是？……你来看我她是不是很不高兴？”

“不是的！恰好相反。今天还是她叫我过来的哩。”

“怎么回事？”

“就在暑假前来拜访过您之后，我便如实地都告诉她了。她说这是应该的，并且还问起过您，问了好多问题呢。三周前，我们刚从布列塔尼回来时，她叫我来拜访您。八天前，她又催我过来拜访您。直到今天早上，她生气了，因为知道我还没有来拜访您。她叫我吃完午餐就立刻过来拜访您，绝不能再延后了。”

“你难道对于你说的这些事丝毫不觉得羞愧吗？非得要被人逼你，你才肯来吗？”

“不是这样的，不是这样的，您可千万不要这么想啊！……哦！我惹您生气了！真是对不起……都怪我实在太糊涂……您骂我吧，但请您别记恨我啊。我很想招你喜欢，否则我也不会过来这儿。没有人逼我。首先，只有我愿意做的事才能受人逼迫。”

“坏家伙！”克利斯朵夫忍俊不禁地笑着说，“你关于音乐的计划现在怎么样了？”

“哦！我一直将这件事放在心上呢。”

“想想就学得会了吗？”

“我想现在就开始学。近几个月真的太忙了，有很多事情都等着我做呢！但是现在，你等着看我怎么用功吧，如果您还愿意教我的话……”

（他撒娇地看着克利斯朵夫。）

“你这是在说笑。”克利斯朵夫回答他。

“您当真不信我的话吗？”

“当然。”

“您真是太讨厌了！从来没人能信我的话，真够泄气的。”

“只有你真正用功时，我才将你的话当真。”

“那我们现在就开始吧！”

“今天我没时间，等明天吧。”

“不行，还要很久才到明天呢。我决不允许您今天一整天都看不起我。”

“你真是够讨人厌的。”

“求求您……”

看到他妥协的样子，克利斯朵夫笑了笑。让乔治坐在钢琴椅上之后，克利斯朵夫便和他聊起音乐。他问了乔治几句，并且让他回答几个和声方面的小问题。乔治压根儿就不懂这些，但是他的音乐本能弥补了他的愚昧无知。尽管乔治不知道和弦术语，但是却找到了克利斯朵夫想要的和弦。即便是没能找到，也能在他的笨拙中看出他别样的音乐鉴赏能力以及对音乐的敏感度。只有经过讨论，他才愿意接受克利斯朵夫的批评。并且从他提出的那些问题可以看出他的聪明和诚恳，他认为艺术不是一种教条式的公式，必须得经过自身体验才能相信。他们的话题并不局限于音乐。说到和声时，乔治就会联想到一些画面、风景、人物。他就像是脱缰的马一样，不受任何束缚，不得不时刻地看着他。而克利斯朵夫总是狠不下心。克利斯朵夫觉得这个小家伙说的话很有趣，听着他总笑着说些胡话。奥里维和他的性格简直就是南辕北辙……奥里维的生命就像是在地下无声流淌着的河，而乔治的生命则像在阳光下肆意奔腾的地上河，拼命地消耗着精力。但是它们的本质相同，都是纯洁的水，就像他们清澈的眼睛一样。克利斯朵夫微笑地看着那些似曾相识的东西——乔治身上出于本能反感的、所爱所恶的东西、天真的执着以及倾心奉献所有给自己所爱的人……只是乔治喜欢的东西实在太多了，以至于他没有足够的时间去喜欢。这就是他们的不同之处。

从第二天至接下来的几天，他都到克利斯朵夫那儿。他对克利斯朵夫有了那种青年人特有的激情，专心致志地学习他教的任何东西……而后，慢慢地没了激情，来得越来越少了……最后干脆不来了，这样便是几个星期没见着人。

乔治很随便，容易忘记，自私得天真，亲热得真诚，心地善良，人很聪明，但对自己的聪明很吝啬。他总能得到别人的谅解，因为大家都很喜欢他。他很幸福……

克利斯朵夫既不愿意批评乔治也不愿意埋怨他。他写信给雅葛丽纳以表示自己的感谢之情——谢谢她让乔治来看自己。她用压抑感情的文笔回信给克利斯朵夫，希望他能够照顾乔治并教会他做人的道理，言语之间并没有想要见面的意思。雅葛丽纳不敢来找克利斯朵夫，可能是为了以往的事怕见面尴尬，也可能是出于自己的高傲。克利斯朵夫也没觉得被邀请了就一定得去，而没被邀请就不能去——因此他们就这样，偶尔会在音乐会上远远地见到，只有乔治罕有的拜访才是他们之间唯一的联系。

春天来了。葛拉齐亚来信数量屈指可数。对她而言，克利斯朵夫和她只能存在最忠实的友谊。但是对于真正的意大利女人而言，现实远比感情用事要来得直接，她不一定需要见到朋友才会想起他们，但是只有见到才会想起和朋友聊天的趣味。她不得不时常见见朋友，以便于将心中的记忆永远地保存着。这就是为什么她的来信内容变得简短且数量变得稀少的原因。克利斯朵夫和她之间的友谊，她从未质疑过，就好像他信任她一样。不过这种信任所产生的热度要明显少于它产生的光明。

最近的这些失意，显然没有影响克利斯朵夫的心情。他的时间多半花在音乐方面的活动上，这足以弥补心灵上的创伤。一个强毅的艺术家到了相当的年纪，多半是活在艺术中，少半活在现实中。

现实变成了梦境，艺术却变成了现实。克利斯朵夫的创造力再次觉醒了，这得益于和巴黎的接触。最大的刺激莫过于看见所有人都在大都市中埋头苦干，它的狂热能将最冷静的人都感染。克利斯朵夫独自生活了好几年，他已经存储够了精力了，等待着爆发。法国艺术家在其不知足的好奇心的驱使下，不断地在音乐的技术方面取得新的进展。这笔新的财产使得克利斯朵夫又有了探索新天地的资本。和他们相比，克利斯朵夫显然更粗暴野蛮，走得更远。但是他再也不似从前那样随兴所至地大胆地创新。“清楚明白”是克利斯朵夫内心唯一的追求。他一生都在或急或缓的节奏中运用自己的才能，不同时期拥有不同的节奏这便是它的规律，而极端之间的空隙则要得到充分的利用。前个时期，他痴心妄想地想要看“秩序面纱下明亮的一片混沌”，甚至不惜将面纱撕破。但是他瞬间觉得必须摆脱混沌的诱惑，在人生之谜上再次盖上理性。他已经被罗马征略天下的气息洗礼过了。就好像当时的巴黎艺术一样（他避不开它的感染），对秩序也心存向往了。但是却不似那些精疲力竭的反动派将所剩无几的精力来保护他们的睡眠——也不似华沙城中的秩序。[①]

那些只会明哲保身的人回到了圣·桑与勃拉姆斯的路上——回到了所有艺术的勃拉姆斯，学校里的功课被他完成得不错，之所以回到平淡无味的新古典就是为了求得安静。难道他们的热情还有残存着的吗？哦！朋友们，你们很快就要精疲力竭啦……我指的可不

---

① 一八三一年俄军占领华沙时，波兰外长塞巴斯蒂尼回复议员质问，声称：“华沙城中秩序很好。”而事实上，俄军之所以在城内镇压波兰民族，就是为了“恢复秩序”。

是你们的秩序。我的秩序和你们的秩序不同，我的秩序是在自由的热情和意志之间而诞生的……克利斯朵夫竭力想在自己的艺术中使所有生命的力量保持平衡。那些新的和弦，那些从音乐的深渊中被他抓出来的魔鬼，他是用来创建思路清晰的交响乐以及修建阳光普照的大建筑物的，就像是修建意大利式穹隆的教堂一般。

他已经消磨了整个冬天就是为了这些精神上的游戏和斗争。冬天总是很快就过去了，虽然偶尔黄昏时，在克利斯朵夫将一天工作都完成时，再看自己一生的成绩，却也不知道冬天到底是长还是短，他到底是年轻还是老了……

而后，一道新的阳光被人间的太阳射出，幻梦的幕被它穿透了，将一个崭新的春天带来了。葛拉齐亚给克利斯朵夫来信说，她将要带着两个孩子来巴黎。很久之前，她就已经这样打算过。她曾多次得到高兰德的邀请。但是她害怕打起精神、打破习惯，离开心爱的恬静的无所事事的家园，再次回到她熟知的巴黎旋涡中来，这是需要打起十二分精神的。于是，她年复一年地推迟了这个计划。这年春天，她似乎有点犹豫，又或许是心中藏着不为人知的失意——（很多不为人知的事情被女人藏在自己心里，而她自己也不愿意承认这些事情！）——她就是为这才想要离开罗马。正逢传染病大行其道，这就成了她带孩子们赶快逃离罗马的借口。给克利斯朵夫写信后没几天，她便动身前往巴黎。

葛拉齐亚刚到高兰德家，克利斯朵夫就赶紧过来看望她。克利斯朵夫发现她心不在焉，好似若有所思。尽管这使得他心里难受，但他却表现得像个没事人儿。如今他几乎已经将自我耗损殆尽，因此变得耳聪目明。他知道她有不想为人所知的伤心事，便也不刨根问底了，只想着怎样帮助她解闷。他很快活地讲自己的倒霉事、工作以及打算，并且小心谨慎地将自己的温情流露出来。这股隐晦的柔情将她的心灵渗透，并且她知道自己的苦闷已经被克利斯朵夫猜到了，因此她感动极了。朋友的心成了她那颗哀伤的心的依靠，尽管它并不是讲和两人相关的事，而是别的事。没多久，他便看见朋友眼中的阴霾渐渐地消失了，他们的目光越离越近，越离越近……最后有一天，他突然停止他的谈话，目不转睛地盯着她。

“出了什么事？”她问。

“你今天才算是真正地回来了。”

她笑了笑，轻声地回答道：“是的。”

谈话时想要安安静静并不容易。他们单独在一起的时间少之又少。高兰德为了表示自己的殷勤经常陪着他们，这使得他们都觉得太殷勤了些。尽管她有很多缺点，但是人不错，并且对葛拉齐亚和克利斯朵夫也是出于真心地关切着。但是她绝对想不到自己居然会让他们感到厌烦。她当然看出来了——（什么事她都看在眼里）——在她看来克利斯朵夫和葛拉齐亚是在调情：调情对她而言可并不陌生，她倒是很乐意看见他们调情，因为这使得她很高兴。

但是这就是他们最受不了的事情，他们只希望她别过问与己无关的事。他们两个总会因为她的出现或是对任何一个人说一句暗示他们友情的心中有数的话（其实那已经很失分寸了）而拉下脸来，之后他们便会说些别的事情。面对他们都有所保留的态度，高兰德竭力想要寻求他们这样做的原因，想方设法找原因，却始终没有找到真正的原因。对他们而言，庆幸的是高兰德总是不能安静地待在一个地方。她踱来踱去，家里所有的琐碎事她都监管着，可以同时做十几件事情。就趁着她进出的空隙，只有克利斯朵夫和葛拉齐亚单独和孩子们待在一起时，才能继续刚才没能聊完的天真无邪的话题。他们总是很默契地避谈感情，只聊些生活中的琐事。作为女人的葛拉齐亚，便对克利斯朵夫的日常生活进行盘问。家里的所有事他都做得一塌糊涂，和女仆总吵架，她常报假账，什么事情都敢做。听了这些事使得她很快活，但却对他不会管事而心生如母亲怜悯孩子一般的感情。有一天，高兰德闹腾他们很长时间。她一走开，葛拉齐亚便叹着气说道："高兰德真可怜！我很喜欢她……但是我真是烦透了她！"

"倘若是因为她使我们心烦，你才喜欢她，那么我也喜欢她。"克利斯朵夫说。

葛拉齐亚听了克利斯朵夫的话，笑着说："告诉我……你同不同意……（这儿可真不是说话的地方）……我们去你家里聊天？"

克利斯朵夫听后，心里为之一震。

"去我家里？你会愿意去我家里吗？"

"你不会不高兴我去你家里吧？"

"不高兴！哦！天啊！"

"那么我星期二去可不可以？"

"星期二，星期三，星期四，随便你来。"

"那就星期二下午四点钟吧。"

"你真是太好了，你真是太好了。"

"等等，还有一个条件呢。"

"条件？什么条件？随你便。你知道，只要是你说的我都会照办的，不管有没有条件。"

“我喜欢有个条件。”

“什么条件我都答应。”

“你还不知道条件是什么呢。”

“那又有什么关系呢？我都已经答应了，任何条件都答应你。”

“你真是个死心眼，至少也得先听听是什么条件啊！”

“你说吧。”

“从此刻起，你家里任何东西都不能动——知道吗？一点儿改变都不行，所有东西都要保持原状。”

克利斯朵夫的脸立刻沉了下来，错愕了。

“啊！这究竟是什么意思啊？”

她笑了：“你看，我叫你不要着急答应。但是你已经答应了。”

“为什么你要……”

“因为我要看看你平时家里的情况，真实的情况。”

“但是你得答应我……”

“不。任何事情我都不答应。”

“至少……”

“不，不，不，不。什么我都不要听你的。要不我就不去你家里了，反正这也没什么大不了的……”

“只要你肯去我家，你知道你说的任何事情我都会答应的。”

“那么你是答应了？”

“是的。”

“绝不反悔了？”

“是的，独裁的王后。”

“独裁的王后好不好呢？”

“独裁的王后好不到哪里去，因为她只能被人爱着或者被人恨着。”

“那么我既被别人恨又被别人爱，是不是？”

“错啦！别人都是爱你的。”

“那真是为难极了。”

约定的那天，她来了克利斯朵夫的家。别人说的话他向来都很当真，他甚至连一张纸都不敢收拾，房间里也乱糟糟的，这样就是为了不失信于人。但是他心里难过极了。想到朋友看到这般情形不知道会做何感想，他就觉得非常不好意思。他焦急地等待着。她准时来了，只过四五分钟便到了克利斯朵夫这儿。她迈着小步子稳健地走上楼。按门铃时，克利斯朵夫就已经站在门后面了，立刻将门打开。她衣着很朴素，但是却很大方得体。透过她的面纱，克利斯朵夫看见一双平静的眼睛。他们低声地相互问候，握了手。和平时相比，她现在越发沉默了。他又激动又拘谨，为了避免将自己内心的慌张显现出来，他不说一句话。他请她进来，先前准备为自己杂乱的房间而想好的道歉的话，也没能说出口。她在一张最好的椅子上坐下，克利斯朵夫挨着她坐着。

“我就是在这间屋子里工作的。”这是他唯一能想到的要说的话。

沉默了一会儿。她不慌不忙地看着，面带善意地微笑着，心里也有点儿慌乱。（后来她告诉克利斯朵夫，在自己还是女孩子时，就想过要来他家里看看，但是刚要进门却又怕了。）房间里凄清的景象——又黑又窄的过道、四处都泛着萧条的气息、寒酸相尽显——使她触目惊心。她对克利斯朵夫充满怜悯，他一生做了许多工作，吃了很多苦，并且有点儿名气，但是却没能过上富足的生活！并且她似乎也看出来，克利斯朵夫对生活起居没有任何要求。

房间里没有任何装饰品——地毯、图画、艺术品以及沙发——除了一张桌子、三把硬椅子以及一架钢琴——别的什么都没有。许多纸张杂乱地和几册书籍堆放在一起，并且桌上、桌下、地板上、钢琴上、椅子上到处都是纸。她见克利斯朵夫这样谨守诺言，不由得笑了起来。

过了一会儿，她指着克利斯朵夫的座位问："你就是在这儿工作的吗？"

"不是的，在那边。"

克利斯朵夫指着房间里最阴暗的一个角落，那儿摆放着一张矮矮的椅子。她朝角落走了过去，并且煞有介事地坐下来，一声不吭。他们默默地互视了几分钟，都不知道该说些什么。他坐在钢琴前，随兴地弹奏了半小时。克利斯朵夫觉得朋友的精神将自己包围住了，因此心里觉得欢畅极了。克利斯朵夫闭着眼睛，弹奏着美妙的曲子。此刻，她才知道这个房间美之所在：炉火纯青的音乐在房间里徜徉着。她似乎觉得这颗充满热爱和苦恼的心就在自己的身体里跳动着。

曲子弹完了，克利斯朵夫却仍旧在钢琴前呆坐了一会儿。而后就听见她在背后哭泣，这时他才转过身来。她朝克利斯朵夫走了过来，并握住他的手，轻声说："谢谢你。"

她的嘴巴颤抖着，眼睛闭着。克利斯朵夫也将眼睛闭上。他们就这样握了几秒钟手。时间好像静止了……

她再次睁开眼睛。为了掩饰自己慌乱的心情，她问："我可以看看别的房间吗？"

他为了避免激动的心情也乐意这样做。于是他将隔壁房间的门打开了，但是他几乎马上就变得局促不安了。一张又窄又硬的铁床摆放在房间里。（后来他对葛拉齐亚说，自己从未将一个情妇带回家。她嘲笑克利斯朵夫说："那是当然。她得有极大的勇气才敢上你家呢。"——"为什么？"——"倘若没有极大的勇气，怎么敢睡在你那张铁床上呢？"）

一个乡下人用的五斗柜摆放在房间里，贝多芬的头像被挂在墙上。不值钱的相框里放着他母亲和奥里维的相片，并且就摆在靠床的地方。葛拉齐亚十五岁时的相片被摆放在五斗柜上，那是克利斯朵夫在罗马时从她那里偷来的。克利斯朵夫实话实说并请求她原谅自己。

她看着照片说："你能认得出我吗？"

"认得，你那时的样子我现在都还记得呢。"

"两个人中，哪一个是你最喜欢的？"

"你还是你，我一如既往地爱着你。无论何时我都认得你，哪怕是看你小时候的照片我也认得。你的整个灵魂我都可以在这个孩子身上看到。就凭你的灵魂，我便可以看到你的永恒。你的今生还有前生，我都爱着你，并且将一直爱着你……"

他不说了。她也没有回答他的话，她心中因为爱而变得惶恐不安。她回到工作室，克利斯朵夫指着窗外一株小树，说是他的朋友：树上休憩着很多小麻雀，它们叽叽喳喳地叫着。

她说："我们现在吃点点心吧。我带了茶叶和蛋糕，因为我知道你家里是不会有这些东西的。此外，我还带了点其他的东西。你的大衣，给我吧。"

"我的大衣？"

“是的，是的，给我吧。”

她从手提包里拿出针线。

“怎么？你……”

“前天我看见你大衣上有两颗纽扣快要掉了。现在纽扣掉到哪儿了？”

“是的，我还没想到要把纽扣缝上去呢。太麻烦了！”

“可怜的克利斯朵夫！把大衣拿给我吧。”

“那真是太不好意思啦！”

“你别管，去泡茶吧。”

他拿着水壶和酒精灯过来了，舍不得和朋友离开一会。她边缝纽扣边俏皮地斜着眼睛看他笨拙的举动。茶杯都不是完好无损的，准是用的时候不小心。她认为这些茶杯不能再用了，但是他却义正词严地说这些茶杯是他和奥里维同居时的纪念品。

临走时，他问：“你怎么不取笑我？”

“为什么要取笑你？”

“乱七八糟的房间啊。”

她笑了：“它会慢慢地被我变得整洁的。”

她走到门口，正准备开门时，克利斯朵夫突然跪在她面前，亲吻了她的脚。

“你这是在做什么？”她惊叫起来，“疯子，亲爱的疯子，再见吧。”

她和克利斯朵夫约定往后的每个星期都会在固定的一天上他家来，但是她要他答应不再做些疯癫的举动，不再跪在地上亲吻她的脚。她温柔的气息将克利斯朵夫感化了，即便是在他情绪激动的日子也同样将他感化了。虽然他独自想她时，总会心潮澎湃。但是两个人见面时，他们却永远都像是好朋友。葛拉齐亚从未觉得不安，哪怕是因他一句话或者是一个举动而引起的。

克利斯朵夫生日那天，奥洛拉被她打扮得和自己初遇克利斯朵夫时一样，并且还教奥洛拉弹奏此前克利斯朵夫教她弹奏的曲子。

这种柔情蜜意同友谊的矛盾心情混杂在一起。她轻佻、爱交际、乐于被人奉承，哪怕是傻瓜们的奉承也能使她高兴。除了克利斯朵夫，她对任何人都会卖弄风骚，或许克利斯朵夫也是她卖弄风骚的对象。面对克利斯朵夫温柔体贴，她却故作矜持冷淡。而倘若是克利斯朵夫对她冷淡矜持，她便柔情万种地挑逗他。不消说，她绝对是最规矩的女人。但是哪怕是最规矩的女人也有卖弄风情的时候。她和别人交际，但也要符合社会习惯。尽管她在音乐方面极有天赋，了解克利斯朵夫的作品，但是对此却没有任何兴趣——克利斯朵夫自己也清楚地知道。在一个真正拉丁民族的女人看来，艺术倘若能和人生结合在一起才是有价值的，而人生唯有和爱情结合在一起才算是有价值的……爱情是潜藏在肉欲且疲倦的身体中的……在她看来波澜壮阔的交响乐、英勇壮烈的思想以及北欧人醉心于理想的热情与她是没有任何关系的。能不费吹灰之力就能使潜藏在心里的欲望舒展出来、富有热情却不至于精疲力竭、伤感而刺激的音乐，才是她所需要的音乐。

她性格懦弱并且反复不定。不能专心致志地做事，只能断断续续地做事。她需要排遣寂寥，今天制订了明天的计划却不一定会在明天完成。她幼稚且爱耍小脾气，并且不知道在多少地方都这样表现出来了！女人天生的胡思乱想以及蛮不讲理时常会发作……这些她自己也清楚地知道，于是就独自待上几天。她的弱点她都知道，埋怨自己不能克服，并且还使朋友伤心难过。有时候她为克利斯朵夫做出很大的牺牲，但是克利斯朵夫丝毫没有察觉到。归根究底，天性总会打败所有。此外克利斯朵夫命令式的语气，也使得葛拉齐亚受不了。曾有一两次，葛拉齐亚为了表示自己的独立性，刻意做与克利斯朵夫要求相悖的事。之后她后悔了，晚上便埋怨自己没有使克利斯朵夫快活。她爱克利斯朵夫远远超过了表面上所展示出来的感情。她觉得自己一生中最宝贵的东西包括了她和克利斯朵夫之间的友情。两个性格相悖的情人，总是在分开时才越发相爱。误解固然是导致他们分开的原因，但是错也不像克利斯朵夫自认为的，完全在他这方面。即便是她曾经爱着克利斯朵夫的时候，能否嫁给他也是个问题。或许她愿意将自己的生命给他，但是她能和他共度一生吗？她清楚地知道（克利斯朵夫当然不知道）自己爱着丈夫，哪怕是现在，她因丈夫而受那么多苦后，她依旧还爱着他。而克利斯朵夫却从未享受过她这样的爱。情感上的秘密，身体上的秘密，那些事情很难为情，所以只得瞒着心爱的人。为了表示自己对他们的敬重，以及怜悯自己……克利斯朵夫绝对不会猜到她的心思，因为他是个男人。但是偶尔瞬间也会觉得自己最心爱的人并不在乎自己——所以人生在世绝不能盲目地完全依赖某个人。他对葛拉齐亚的爱并没有因此而改变，他甚至没有任何抱怨。葛拉齐亚的平心静气将他笼罩了，因此他对任何事都心平气和地接受。哦，人生，那些东西原本就是你不能给予的，怎么能埋怨你呢？你原本的样貌不是已经相当美丽圣洁吗？蒙娜丽莎的微笑谁能不爱……

葛拉齐亚美丽的脸庞被克利斯朵夫良久地凝视着，他看到很多有关过去和未来的事情。在克利斯朵夫漫长的独居岁月里，在他的旅行中，克利斯朵夫话很少而观察得多，这使得他学会了从脸上揣摩出别人心里所想，了解到历经千年而塑成的丰富且复杂的语言就是面部表情，它远比说出来的话要复杂千百倍。民族性全都体现在脸上……面部线条永远都和口中所说的话形成对比。比如一个少妇的侧影，轮廓清晰，干脆利落，就像是柏恒·琼斯派[①]的素描，带有悲剧色彩，她的内心似乎被神秘的热情、忌妒心以及莎士比亚式的痛苦所侵蚀着……不开口则已，一开口就将自己的愚蠢、自私、平庸以及风骚的丑态暴露无遗。她相貌的惊人力量完全被这些东西给淹没了。然而她身上的确拥有那种热情和强烈的吸引力。但是它们会以什么形式爆发出来呢？是得寸进尺的性格吗？是夫妻间的争风吃醋吗？还是惊人的毅力，又或者是病态的狠毒？这是任何人都料想不到的。有可能自己还来不及表现出来，却已经传给下一代了。但是民族的头顶上总是有这股力量在盘旋着，就像是摆脱不了的宿命一样。

这份遗产的重担如今也压在了葛拉齐亚的肩头，这份遗产是古老家族所遗留下来最完整的遗产。至少她自己清楚地认识到这一点。想要知道自己的弱点并且使自己在没有自主权的内心里控制民族性是需要花费极大的力量的，民族性就像是一艘将你载向远方的帆船，得花费很大的力气才能使命运变为自己的工具，就好像是随风起落的帆一样。葛拉齐亚将眼睛闭上时，便不止一个声音在她的内心回荡，并且说话的音调全是她熟知的。但是所有不和谐的音乐最终还是和她健全的心灵融合在一起了，她和谐的理性将它们变成了柔和而家

① 柏恒·琼斯是十九世纪的英国画家，作品带有象征、神秘、感伤的意味。

喻户晓的乐章。

但可惜的是我们的精华部分没能遗传给自己的下一代。

葛拉齐亚有两个孩子，其中十一岁大的小姑娘奥洛拉和她很像。她没有母亲长得好看，带点粗俗并且腿有点跛。但是她性格好，总是很快活并且对人亲热，身体健康，有志气却缺少天分，总是只想而不做。

她很受克利斯朵夫的疼爱，看见她们两个挨着坐在一起，仿佛就像是看见两个不同年龄的葛拉齐亚……那就是同根树枝上的两朵花，达·芬奇笔下的《圣家庭》——圣母与圣·安娜[1]——拥有不同脸孔的同个微笑。你能够一眼便看见女性含苞待放和春华秋实的两个不同阶段的景象。这种景象是多么的凄美啊，因为只能眼看着花开花落的景象……因此一个满怀热情的人会同时对两姐妹或者是两母女产生纯洁而热烈的爱。克利斯朵夫因此便爱着自己情人的女儿。她脸上的喜怒哀乐以及每根线条，难道不是她尚未睁开眼睛前的生命的回忆吗？难道不是她闭眼长存于地下时的生命的预告吗？

她还有个儿子，叫雷翁那罗，今年刚满九岁。他长得像父亲，远比姐姐漂亮得多，因为父系的血统越发纯正，过于纯正，以至于因血液缺乏而变得衰败了。他很聪明，并且会总想些坏主意，会假意讨好别人。他有一双大大的蓝色眼睛，长长的淡黄色的头发，脸色苍白，呼吸声很轻并且总是神经兮兮的。他一旦抓住机会就会充分地利用，因为他生来就懂得如何做作，善于发现别人的弱点。葛拉齐亚很偏爱他：首先，身体虚弱的孩子总会得到母亲多一点的关爱；

① 圣·安娜是圣母玛利亚的母亲。

再者，老实善良的女人总会认为顽皮的小孩比较可爱，因为母亲被压制住的某些情感可以从他身上体现出来。更主要的是，从儿子身上让她回想起使她爱恨交织的丈夫。或许她看不起她的丈夫，但是却一如既往地爱着他。这种令人心醉的奇异扑鼻的花香，都是在潜意识里暧昧且温暖的花房中不断地滋生着。

尽管葛拉齐亚努力做到对两个孩子不偏不倚，但是奥洛拉仍旧觉得母亲有点厚此薄彼，并且心里不大高兴。克利斯朵夫和奥洛拉都猜到彼此的心事，因此两个人本能地拉近了关系。而克利斯朵夫和雷翁那罗之间却潜藏着反感。尽管那孩子借用撒娇的方式来掩藏自己的反感，但在克利斯朵夫看来这简直就是不能忍受的事情。他竭力克制自己，勉强自己去喜欢这个属于另外一个男人的孩子，将他当作自己和葛拉齐亚生的孩子。雷翁那罗恶劣的天性以及时刻提醒着他是别的男人的孩子的特性，他也强装着没有看见。他极想在这个孩子身上看见葛拉齐亚的灵魂。葛拉齐亚倒是耳聪目明，她比谁都了解自己的儿子，但却依旧宠爱着他。

在雷翁那罗身上的陈年肺病终于发作了。葛拉齐亚决心要将雷翁那罗带到阿尔卑斯山中的疗养院里进行休养。克利斯朵夫要陪她去，但是为了避免谣言，她拒绝了他的好意。克利斯朵夫看见她过于在意礼教，心里很不是滋味。

葛拉齐亚走了，女儿被她留在了高兰德家。可是没过多久，她便觉得孤单得可怕：在疗养院休养的人只讲自己的病痛，而冷漠的大自然似乎只是冷眼旁观着。痰盂被那些可怜虫端捧在手里，他们互相在暗地里偷瞧着对方，眼睁睁地看着死神将邻居带走。葛拉齐亚离开了疗养院，只是为了躲避这些可怜虫。他们租了一所小木屋。

雷翁那罗的病情非但没有因高海拔而有所好转，反而使他的病情越发严重。他发着高烧。夜里，葛拉齐亚焦急万分。虽然葛拉齐亚写的信里只字未提，但是远处的克利斯朵夫却察觉到了。她硬撑着不愿意妥协，尽管很想克利斯朵夫过来做伴。但此前是她制止他的，现在怎么也开不了口说："我坚持不下去了，我需要你……"

一天傍晚，葛拉齐亚在木屋的走廊里站着。黄昏日落时恐怕是内心苦闷的人最不愿意见到的时刻……她看见，她以为看见架空铁道的小站通往木屋的小路上走着一个行色匆匆的男人。他走走停停，犹豫不前，微驼着背。他突然抬起头看了看木屋。葛拉齐亚立即跑回屋子里，避免被他看见，她将手放在胸口上，心潮澎湃地笑了起来。尽管她并不信教，但此刻却跪了下来，将头埋在双手之间，好似是在感谢什么人……但是他还没来按门铃。葛拉齐亚再次来到窗户前，在窗帘布后面窥望着。他在临近木屋的地方停了下来，背倚着空地上的栅栏，迟迟不进来。此刻她慌乱的心情远远要超过他，她边笑边轻声地说："哎，你倒是进来啊……进来啊……"

最终他到底还是鼓足勇气，拉响门铃。葛拉齐亚早就站在门口里面了，立即打开门。他的眼神好似是一只怕被挨打的狗，说："真是对不起，我是来……"

"谢谢你！"她回答。

而后她便将自己急切地盼望他来的心情告诉了克利斯朵夫。

克利斯朵夫专心致志地帮她照料病情日益严重的孩子。但是雷翁那罗却对他异常厌恶，对他说了很多狠毒的话，此刻雷翁那罗将自己对克利斯朵夫的厌恶之情暴露无遗。克利斯朵夫将这归咎于疾病。他从未像现在这样有耐心，克利斯朵夫和葛拉齐亚在孩子的病床前连续过了好几天痛苦的日子，尤其他病情危急的那一夜。而此前雷翁那罗看似没有任何生还的机会，但是那夜后却奇迹般地得救了。他们觉得快活极了——可以守在熟睡的孩子身旁。葛拉齐亚突然站了起来，披着大衣，拉着克利斯朵夫向外面跑去，他们在雪地里漫步。沉静的夜晚，天上的星星瑟缩地闪着。她挽着克利斯朵夫的胳膊，欢快地呼吸着冰冷且和平的空气。好不容易开口说话了，但是对于爱情却只字不提。到了木屋外，她在屋外的石阶上站着，双眼泛着因儿子重生而喜悦的幸福的光芒，快活地说："亲爱的，亲爱的朋友！"

这便是仅有的表示，但是他们都觉得他们的关系更为神圣了。

度过了漫长的疗养期后，她重回巴黎，在巴西区租了一所屋子，再也不管那些闲言碎语。为了朋友，她觉得自己有足够的勇气去面对那些闲言碎语。自此以后，他们变得越发亲密，这使得她觉得完全没有必要在乎别人的闲言碎语（那是无法避免的），他们的友谊值得公开，没有必要觉得好像有什么不可告人的事。她欢迎克利斯朵夫的随时到访，他们常在一起散步、看戏，又或者是在众人面前聊些亲热的话题。没有一个人不将他们当情侣。就连高兰德也觉得他们实在过于明目张胆，便隐晦地说一句，但是葛拉齐亚却微微一笑，示意她不要再说了，而后便随心所欲地说些别的事。

葛拉齐亚可并没有赋予克利斯朵夫任何新的权利。他们仍旧只是朋友。克利斯朵夫和她谈话时仍旧那样亲切恭敬，并没有丝毫改变。他们之间毫无隐瞒，什么事情都互商互量。不知不觉中克利斯朵夫好似变成了一家之主：克利斯朵夫的劝告她时常听从。自从在疗养院里度过了冬季后，她便不似从前。她向来身体结实，但是从那之后便被忧虑和疲劳拖垮了身体。她的精神也同样受到影响。

尽管依旧可以看见她身体里残存的爱要性子的脾气，但是却多了一分沉着认真的态度，越发想努力学习、善待他人，避免给别人造成困扰。克利斯朵夫的脉脉温情以及纯洁的心灵将她感化了。她计划将来把克利斯朵夫希望的幸福给他，就是嫁给他。

自从克利斯朵夫被她拒绝后，便再也没有说过那个话题，也不敢再旧话重提。但是他始终觉得很遗憾：这是个没有任何希望实现的梦想。尽管克利斯朵夫很尊重她的话，但是对于她认为婚姻是空谈的言论却并不赞同。他始终相信两个真心相爱的人，倘若能够结合在一起的话，那么将是无比幸福的事情。而当他和亚诺夫妇相遇后，便越发对于不能结合这件事儿备感遗憾。

亚诺太太五十多岁，她的丈夫也已经六十五六了。从外貌来看他们远远不止这个年龄。他变胖了。她却干瘪瘦小，皮肤变得不再平整有点儿打皱。以前她就已经那样单薄了，如今更似是皮包骨。自亚诺退休后，夫妇俩便在内地过着隐居生活。在沉寂的小城市中和他们似睡非睡的麻木的生活中，他们和时代已经没有任何联系了，只是偶尔会有送来的报纸带给他们一些迟来的信息。有一次，他们在报纸上看见了克利斯朵夫的名字。亚诺太太便写了一封简短的略带客气口吻且亲热的信，告知他们对于他所取得的成就备感高兴。接到他们的来信后，克利斯朵夫也不写信通知他们，便立即坐火车去他们那儿了。

克利斯朵夫到的时候，夫妇俩正坐在院子里的槐树下休憩。正值盛夏，天气热得很。他们就像是鲍格林笔下的老夫妻一样，手拉着手在花棚下打瞌睡。他们被阳光、睡眠以及衰老压着，已经大半个身子都埋在另一个世界的梦境中了。夫妇俩还似从前一样温情，彼此拉着手，逐渐幻灭的肉体散发着暖气，这是他们生命中最后微弱的光芒——他们快活极了，因为克利斯朵夫的来访好似又回到了从前。他们聊着逝去的日子，回想时，才发现它们反倒是那么清晰。亚诺很健谈，但却不记得别人的名字，亚诺太太在旁边提醒着他。尽管亚诺太太不大喜欢说话，但是却喜欢听别人说。她无言的心里始终新鲜地保存着当年的许多形象。往事偶尔会闪现出来，就像是小溪中的鹅卵石。她看着克利斯朵夫，神情亲切且充满怜悯。克利斯朵夫当然知道她回想起了谁，但是却都没有讲出奥里维的名字。亚诺对太太表现出啰唆且动人的关切，怕她着凉或是受热，并且用操心且爱怜的眼神瞅着那张自己心爱的憔悴的脸，而亚诺太太却总是疲倦地笑着以示安慰，让他安心。克利斯朵夫用既感动又羡慕的神情看着他们……这便是白头偕老。丈夫爱时间在太太身上留下的任何痕迹。他们互相数着各自脸上的痕迹，说："我认得你眼睛旁的、鼻子上面的那些小小的皱纹，我是看着你的脸变皱的，我知道它们是什么时候出现的。还有这些可怜兮兮的灰头发也在渐渐变色，跟在我后面一起褪色的，当然有一部分原因在我！这张原本细腻的脸因煎熬和苦难而变得浮肿了，发红了。我的灵魂，因你和我同甘共苦、共同衰老，而越发爱你了！你的每一条皱纹对我而言都是往昔的一首乐曲。"可爱的老人们，手牵手共度一生，并且将手牵手共同长眠于幽静的夜里！看到他们使得克利斯朵夫又悲又喜。哦！生命这样才够意思呢，即便是这样去死那也是极有意思的！

这次访问他自然告诉了葛拉齐亚，但他并没有讲出自己的想法。而葛拉齐亚感觉到了。说话时他常走神，眼睛望向别处，说话也是断断续续的。她微笑地看着他，她被克利斯朵夫不安的内心给感染了。

当天晚上她独自在卧房时，便不免胡思乱想起来。克利斯朵夫的叙述又被她回顾了一番，但是见到的并不是在槐树下打瞌睡的夫妇俩，而是克利斯朵夫说不出口的内心强烈的希冀。她心里满是甜甜的爱意。上床熄灯后，她想道："是的，倘若与这种幸福擦肩而过那真是荒唐之极，并且是极其罪过的事情。世界上最大的幸福不就是让自己心爱的人感到快活吗？怎么，难道我是爱他的吗？"

她冷静下来，异常激动地听见自己的心说："是的，我爱着他。"

就在这时，隔壁房间传来了孩子急促且沙哑的干咳声。葛拉齐亚立刻竖起耳朵听着。自从儿子犯病后，她总是满怀心事。她问他，他没有回答，只顾着干咳。她立即下床，来到他身边。他气呼呼地抱怨着，说自己不舒服，并且边说边咳嗽着。

"哪儿不舒服呢？"

他不回答，只顾着痛苦地呻吟着。

"好宝贝，你倒是说啊，究竟是什么地方不舒服呢？"

"不知道。"

"是这里吗？"

"是的——哦，不是的。我不知道。我浑身都不舒服。"

说到这儿，他便又开始剧烈地过分夸张地咳嗽着，葛拉齐亚可被这咳嗽声给吓坏了。她觉得儿子是故意这么做的，但是见他出了一身汗，不停地喘息着，便怪自己错怪了他，就抱着他，说些好话哄着他。他慢慢地安静了下来。但是一旦葛拉齐亚想要走开，他便立刻又咳嗽了起来。尽管她冻得发抖，但还是不得不留在他的床头。他不让葛拉齐亚去穿衣服，一直拽着她的手不放，一直到他完全熟睡才罢休。那时她才浑身冰凉地躺在床上，又急又累，刚才的梦也没能再继续下去。

那孩子有种特殊的本领，总能猜透母亲的心思。我们总能发现，同种血统中拥有这种本领的人并不多见。只要看一眼便知道对方的心思，在无数不可见的痕迹中猜出来。这种天生的本领因共同生活而得到加强，雷翁那罗则是出于他的坏心眼而变得越发敏锐了。阴损别人的欲望，使他变得心明眼亮。而他是恨死了克利斯朵夫的。这究竟是为什么呢？为什么孩子会对从未得罪过自己的人怀着这样仇恨的心理呢？这总是出于偶然。倘若孩子自认为自己恨着某人，就会习以为常；并且越是开导他，他就越发固执己见。最初他只是闹着玩的，却没想到自己居然真的恨他了，并且有时还有些超出孩子想象力的深刻理由，而就连孩子自己都不觉得……在看到克利斯朵夫的最初几天起，这个曾经爱过他母亲的男人就引起了裴莱尼伯爵的儿子的恨意。他甚至准确地感觉到了，葛拉齐亚想要嫁给克利斯朵夫。自此他便无时无刻不在监视着他们，寸步不离地跟着他们。克利斯朵夫一来，他便不会离开客厅，又或者当他们在一起时冷不丁地闯进去打断他们的谈话。更甚的是，只要母亲独自想着克利斯朵夫时，他便坐在她旁边，盯着她，直盯得她脸红不好意思为止。她唯有站起来才能掩饰自己内心的慌乱——之后他又兴奋地在母亲面前数落着克利斯朵夫。母亲叫他不要再说了，但是他却仍旧肆意地说着。倘若她要罚他，他便装病来吓唬她。这向来就是他惯用的且极其有效的手段。曾在他还小时，为了报复母亲骂了他，便赤裸着身体，躺在地板上，故意受冻着凉。还有一次，克利斯朵夫为了给葛拉齐亚庆祝生日而特意作了一首曲子，但是雷翁那罗却故意将曲子弄丢了，之后便在柜子里发现了已经被撕成条状的曲子。葛拉齐亚生气了，雷翁那罗被痛骂了一顿。于是雷翁那罗又哭又叫，跺脚，在地上打滚，肆意地发着神经。葛拉齐亚真是被吓坏了，唯有抱着哀求他，他提出的任何要求都答应。

自此他便清楚地知道自己是家里的主宰，并且这个有效的武器被他反复地利用。谁也不清楚他发的神经病几分真、几分假。之后他便不只是在不顺心时才拿出这个有效的武器，倘若母亲想要和克利斯朵夫度过一个晚上，他便故意捣乱。甚至于在他无所事事时，或是想要逢场作戏时，想要知道自己的威力有多大，他便也会玩着这个危险的把戏。他很聪明，许多稀奇古怪的歇斯底里的手段都被他发明出来了：有时饭刚吃到一半，他便突然抽搐发抖起来，将玻璃杯打翻或是将盘子打破；有时故意抓住楼梯栏杆，装作手指抽筋，说是松不开了；又或者说自己肩膀下好像针扎一样疼，并且叫嚷着打滚；再不然就说自己要窒息了。最后，他弄假成真，真的生了一场病。但是他显然没有白费工夫，这些足以让克利斯朵夫和葛拉齐亚吓得满头大汗。以往安静的日子再也回不来了——悠闲地谈话、看书、音乐，这些被他们看作是极大幸福的所有的微小的事，自此都被破坏殆尽了。

每隔一段时间，雷翁那罗也会放放手，许是因为玩腻了，又或是因孩子气而想做些别的事。因为他知道他们是受他控制的。

于是，这段时间被他们赶紧利用着。这些偷来的时间是那样珍贵，因为不能确保整个过程都没有被打扰。他们觉得相互之间是那么的亲近！但是为什么就是不能一直这样下去呢？……有一天，葛拉齐亚因此而觉得相当遗憾，克利斯朵夫抓着她的手，问道："是啊，这究竟是为什么呢？”

“亲爱的朋友，你是知道原因的。”她满脸无奈地笑着回答道。

是的，克利斯朵夫当然知道她为了儿子而牺牲了他们的幸福，也知道她知道雷翁那罗说的谎话，但是她还是心疼自己的儿子。克利斯朵夫明白盲目的亲情会使得最优秀的人为自己平庸的或者没出息的子女消耗完自己的一切，而对于那些自己最爱的人，但却不是自己至亲的人则什么也没剩下。对此克利斯朵夫尽管相当生气，甚至起过杀死这个将他们生活破坏的小魔鬼的念头，但还是得忍气吞声，并且知道葛拉齐亚为什么要这样做。

于是他们都放弃了自己内心的想法，不想再做没有意义的反抗。那份属于他们的幸福他们得不到，但是他们心灵上的结合却无论如何也是别人剥夺不了的。尽管牺牲了幸福，但是他们也因此而越发靠近了。他们互相谈着心，倾诉自己的苦闷，将心比心地交谈，就连悲伤也变得欢乐了。葛拉齐亚被克利斯朵夫称作“忏悔师”。他对葛拉齐亚丝毫不隐瞒使自己自尊心受辱的缺点，并且过于责备自己。她边笑边劝克利斯朵夫不要过度担心。就连物质上的窘境他也对她毫不隐瞒。但是他绝不接受她的任何帮助，并且在说明不接受任何帮助后才说明了自己的窘境。这是他最后一道非维持不可的骄傲的防线，而她也尊重他的决定。既然不能使他的生活有所改善，便将他所重视的她的温情给了他。他无时无刻不被她的温情包围着。早上还未睁开眼睛，夜里还未闭上眼睛，他都要为他们的爱情默默地祈祷。而葛拉齐亚则在醒来时或是夜里未能成眠时，都会想着：“亲爱的朋友此刻正想念着我。”

这样他们便心平气和了。

葛拉齐亚的身体变差了。她要不总在床上躺着，要不便躺在椅子里睡上一整天。每天克利斯朵夫都会过来和她聊天，读书给她听，看他的新作品。这时她便会撑着自己浮肿的双脚，勉强地从椅子上站起来，一瘸一拐地走到钢琴前，弹奏他的新作。她能带给他的最大的乐趣就只有这个了。在他所教过的学生中，就只有葛拉齐亚和赛西尔俩人最有音乐天分。尽管赛西尔拥有天生的乐感，但是却并不了解音乐；而对葛拉齐亚而言，音乐是一种美妙而和谐的语言，她明白音乐的含义；她全然不知生活和艺术中的险恶，凭借着自己内心的智慧而将音乐照亮了，而克利斯朵夫的心也被她照亮了。他因葛拉齐亚的弹奏而越发明白了自己所表白的暧昧的热情。在他的思想迷宫中，他闭眼倾听着她，跟随在她身后，手拉着手。在葛拉齐亚的内心，他再次领会自己的音乐，这样就等同于他们的心灵合二为一了。新的音乐就在这种神秘的结合中产生了，就好似是他们生命结合后的成果。有一天，他将俩人用生命交织的乐曲集送给她，并对她说："这便是我们的孩子。"

无论能否在一起，他们的心永远都在交流着。在寂静的老房子里度过的夜晚，是再甜蜜不过的事情了！葛拉齐亚和周围的环境相互辉映着，轻言细语且亲切的仆人对她相当忠诚，并且将自己对女主人的敬意和关切也转移给克利斯朵夫一点儿。他们同时听着时间流逝的歌声，并看着生命的波涛滚滚流去，他们自得其乐着。他们的幸福存在着不安的因素——葛拉齐亚虚弱的身体。虽然她病了，但是却心胸开阔，那些潜藏在身体内的痛苦反倒使她越发有魅力。克利斯朵夫的"亲爱的、痛苦的、动人的、容光焕发的"女朋友便是她。某些夜晚，他刚离开葛拉齐亚的家，感觉心中充盈的爱意即将喷发出来了，等不到第二天再说了，就迫不及待地写信给她，说：“亲爱的亲爱的亲爱的亲爱的亲爱的葛拉齐亚……”

就这样他们幸福地度过了几个月。原以为能永久地这样过着。

孩子好似已经将他们抛诸脑后了，只关注着别的事情。但就在几个月后，他便又来找他们麻烦，并无论如何也不肯放手。这个捣蛋鬼非要拆散他母亲和克利斯朵夫。于是他又假意做作起来了。这并不是他事先计划好的，而是依着自己的性子行事。他不在乎自己所做的事情会给别人带来什么样的后果，只顾着自己消遣作乐。他喋喋不休地逼迫着母亲，要母亲去远方旅行。葛拉齐亚无力抗拒他。并且医生也劝她不要再在北方过冬了，离开巴黎去埃及休养一段时日。近些年由于精神上的刺激，长期担心儿子的健康问题，长时间的犹豫不决，内心的无声的挣扎，以及因为使朋友难过而难过，都使得她的身体日渐变差。这些克利斯朵夫都相当明白，为了不增加她的苦恼，就是分别的日子越来越近，他也不吭一声，也不想办法推迟她的行期。克利斯朵夫和葛拉齐亚都故作镇静，但是在相互感染之下，他们也就真的变得心平气和了。

动身的日期到了。那是九月的某个早晨。早在七月中他们便一同离开了巴黎，在安加第纳共同度过了临别前的最后几个星期，这个地方和他们六年前相遇的地方离得很近。

已经连续五天都淫雨霏霏了，他们不得不单独待在旅馆里，不能出去散步。旅馆里大部分人都已经走了。临别前一天，尽管雨停了但是云还笼罩着山顶。两个孩子和仆人们同坐第一辆车先动身了。她也跟在后面动身了。克利斯朵夫将她送到弯曲的直通意大利平原急转直下的拐弯处。车篷被水汽打湿了。他们彼此紧靠着，不吭一声，甚至连看都不看一眼，异样的天色半明半暗地展现在周围……葛拉齐亚呼出来的气在她的面纱上凝成一片水雾。克利斯朵夫紧握着她套在冰冷的手套里的温暖的小手。他们的脸靠近了。克利斯朵夫隔着潮湿的面纱，亲吻了她可爱的嘴。

在山路拐弯处，他下车了。浓浓的大雾将车辆淹没了，但却能听见车轮声以及马蹄声。草原上飘浮着一片片好似密网的白雾，雾中的树木颤抖地悲鸣着。四周没有任何风的踪迹。大雾使得生命都窒息了。克利斯朵夫喘气着，停了下来……任何事情都不复存在了。所有的事都成为过去了。

克利斯朵夫在浓雾中深吸一口气，便又再次上路。对于一个不会成为过去的人而言，任何事情都不会成为过去。

第三部

一日不见，爱人拥有了更多的魅力。我们的心挂念的全是爱人身上独特的闪光点。来自远方友人的一字一句，默然中，都有着清晰的回音在耳旁萦绕。

克利斯朵夫和葛拉齐亚之间的通信语言逐渐成熟、内敛，两人如同一对相互搀扶着、一起度过了生活中的风风雨雨的年轻夫妇，对于前方的道路，两人都满怀着坚定的信念。两个人都非常坚强，能够彼此支持，彼此领导；但是有时候也非常脆弱，想要接受对方的支持与领导。

克利斯朵夫又一次回到了巴黎。他本来不愿再去，可是自己发的这些愿有什么用呢！他知道在那里无处不存在着葛拉齐亚的身影。但是天不遂人愿，那里有新的形势在召唤他，让他忘记自己的意志，履行自己的职责。向来消息非常灵通的高兰德对克利斯朵夫说，他的小朋友耶南此刻正在胡闹。一直把儿子泡在自己爱的蜜罐里的雅葛丽纳对他已经没心思去管教约束了。雅葛丽纳在精神上正经历一段苦闷的时期，自顾不暇，对于儿子的成长教育也无心过问。

在经历了那场足以摧毁自己的婚姻和奥里维的生活的可怕情变后，雅葛丽纳整日在隐居中度过，从未迈出大门一步。巴黎社会在这个时候露出了它真正的虚伪面孔，出事之后，对雅葛丽娅避之唯恐不及；待风头一过，又仿若无事般伸出愿意重新接纳她的手。雅葛丽纳断然拒绝了。她觉得自己坦坦荡荡，不需要对自己的行为惭愧，更不必向他们有所交代。那些她熟知的女子之中，又有哪一个在她面前会更有底气一些？她觉得痛苦的事只有一件，就是害了她最好的朋友、她最爱的人，她无法原谅自己。失去了他的爱，这世界显得异常孤单。

那些遗恨和痛苦被时间慢慢抚平，只剩下一种无法摆脱的郁闷，她在心里看不起自己、看不起别人，甚至看不起自己对儿子的爱。她心中充满着爱，却找不到发泄的出口，便索性一股脑全灌注在母爱里面，这样，她在面对儿子时更加无能为力，没有一点力气去对抗他的任性。为了控制自己的胆怯，她固执地认为这是向奥里维赎罪。有一段时间，她对儿子极尽体贴，可随后就厌烦了，立刻不管不顾；一会儿她显得非常严苛，跟乔治纠缠不清；一会儿大概她又嫌烦了，便随他一边玩去。她感觉到自己无力教子，内心很是担忧，却并不打算转换方法。有时候她也试着用奥里维的精神来做人，然而结果总是不尽如人意，显然她们母子俩都无法受用奥里维的消极主义。她希冀只用感情掌控儿子，这无可厚非：毕竟他们之间不论如何相似，除了感情，更谈不上别的联系。乔治·耶南十分迷恋自己的母亲，他像一块磁铁被她的一颦一笑、一举一动、她的爱深深吸引着。不过在精神上，他承认自己和她是不熟悉的。

而他的母亲，直等到青春期的第一阵风把儿子吹远去了，才恍然惊觉这一点。然后她惶惶不安、愤愤不平，以为他的疏远是由于别的女性的影响，思量着想去破除那些影响，那拙劣的方法反倒把他推得更远。其实在他们一起生活的日子里，两人各有各的念头，却都活在对方的想象里，对于彼此的差异视而不见。就像两棵树上的果实，因为一开始共同的好恶而有了对对方的认同感，但随着乔治从青涩的少年向成人转变，曾经共同的情感也随之消失。雅葛丽纳不无沮丧地向儿子倾诉："我和你父亲，你谁都不像。"

她这样的举动让他越加感受到两人是不同的，他甚至私下里为之自豪，同时也有点儿焦躁不安的情绪。相比双方互相接近的部分，上一辈与下一辈对于双方无法相容的这一部分的感觉更加敏锐。他们必须确认自己的存在，为此，让自己的言行变得不公平公正也值得。然而这种感觉的强弱是以时代为根据的。由于文化在某一个时期处于和谐状态，犹如崎岖的山地环绕着的一座山峰——因此两代人之间，水平并没有明显的分歧。但是当处于一个复兴的时代，或一个颓废的时代时，常常是那些努力向上攀登或在山顶往下冲的年轻人，轻易就超越了前人——乔治和他的伙伴们已经在攀登山峰的路上。

他在思想上和性格上并不优秀，不管学哪样，能力也一般，每一门成绩都维持在中上的水平。说也奇怪，他在入世之时，就已经显现出了过人的理智。比起自己那个在短暂的一生中支付了无数智慧和意志力的巨额学费的父亲来说，高出了几级。

他的理智才开始在这个世界迈步，看到的却是整片的黑暗和时不时闪烁的稀疏光线，一大堆可知与不可知，矛盾的错误，敌对的真理，这是他父亲积累下来的经验。在这时他发现自己有一件武器可以使用，那就连奥里维也没有认识到的：他的力。

他的力？从何而来？这是一种奇异的景象：睡眠中的人们忽然苏醒，如同干渴的树木遇到了春天的水流，生机勃勃。这种力要怎样运用呢？也要用来发现现代思想这座错综复杂的迷宫吗？不，他不这样认为。既然是迷宫，一定会有许多潜藏的陷阱，他的父亲就是被它们打败的。如果要他跟随父亲再一次失败，他宁愿走自己的路。总之，只要是奥里维喜欢的，描述哲学的思想或是那些疯狂的赞颂神圣的书籍，比如托尔斯泰那种虚无主义的悲天悯人，易卜生那种大肆赞扬摧毁的自傲，尼采的那种狂热，瓦格纳的那种激烈性的悲观主义，他唯恐躲避不及。在长达半个世纪中，那些写实派的作家们对于艺术中的欢乐成分绝口不提，对此，他痛恨不已。这使他的童年充斥着悲哀的梦影，影子追在身后，他却半点也不想回头去望。他太理智了，所以不会让自己被上个世纪的懒惰的怀疑主义牵制着去走别的路；他无法忍受勒南和阿那托·法朗士一派的玩世作风，那不过是自由思想的堕落。这种方法只能用来自欺欺人，因为无法自欺，只好欺人。

他是如此坚强，所以无法用怀疑安慰自己；他又是如此胆怯，无法拿出自己的主意。然而他必须有自己的主意，好让自己有一个一心追求的方向。于是那些道貌岸然的人、没有真才实学的大文豪、投机的思想家，开始在市集上叫卖，推销他们研究出的良方，说可以医治青年们的欲望。实际上他们所谓的灵丹妙药不过是一些快要发霉的旧药，有的是正统的王室，有的是古典的传统，有的是旧教教会，又岂会真正有用？甚至有人异想天开，说只有拉丁文化得到恢复才能治好病。这还不是最傻，更傻的是竟然有人煞有介事地介绍地中海精神（过不了多久也可以宣扬宣扬大西洋精神呢）。他们以新罗马帝国的继承人自居，以反抗北方与东方的蛮子自居……不管怎么说也只不过是老生常谈，让人失去耐心。就好比一块用旧的布料，被他们奉若至宝地到处宣扬。青年人耶南与那个时期所有的年轻人一样，到一个一个的贩子那儿去听他们夸口，总是乘兴而来，败兴而归。他常常会为自己的轻信懊恼，认为浪费了金钱与时间，只看见又一次拙劣的表演。然而年轻的梦是很难醒的，等到下一次听说又有新药出炉，他就好了伤疤忘了疼，又高兴地跑去受骗了。他属于正儿八经的法国人：有着偏好秩序的本能，但吹毛求疵。他需要一个领袖，不过无论哪个他都服从不了，一个个被他讽刺得一无是处。

他已经无法等待找到一个人能帮忙告诉他答案了。他不肯像父亲一样一生在探求真理中度过。他有着年轻人无限的精力，决定要进行消耗。去旅行，玩艺术，把音乐看作玩命的娱乐。对于爱情，本就心生向往。青春期已到，又有了英俊的资本，怀着好奇好玩的心态，就毫不犹豫地跳进了爱情的海洋，在其中徜徉。结果保持不了多久热情，这个年轻人很快就对女人厌倦了。紧接着他又迷上了体育，什么都要试，什么都要玩。他不落下任何一场斗剑和拳击的比赛，获得了赛跑与跳高的全国冠军，又成了某足球队的队长。他和一些富有又胆大的青年，在赛况激烈相当于在拼命的汽车竞赛中飙胆量；之后，他又抛下一切去玩新的玩意。兰斯举办了一场航空大会，他被感染了，跑去与三十万人一起狂奔叫喊，高兴到不由自主地流泪，在这一刻，他意识到自己与全人类同在。飞机将他们带到天空，这是人们无比羡慕的鸟儿拥有的天空。从大革命的黎明时期走来，人们仰望天空第一次感觉到，另外一个世界已经展现在眼前。母亲被耶南说要去成为征略天空队伍中的一员吓了一跳，她请求他，最后几乎是命令式地要求他放弃这种不实际的念头。他只是我行我素。雅葛丽纳以为克利斯朵夫与她是同一个战线上的，失望的是他完全没有反对的意思，只是叮嘱耶南小心一点。毕竟克利斯朵夫也年轻过，他料定乔治不会听自己的，也了解年轻的力量有多么强大与固执，最好顺其自然，不做阻拦。

雅葛丽纳不甘心自己失去掌控儿子的权力。她真的认为自己已经丢弃了爱情。她需要爱情的灌溉，她的一切感情、一切行为，都是以爱为依靠。这世间很多母亲，在遭遇婚姻问题与情人的矛盾以后，都会不自觉地把所有的热情转移给儿子；某一天发现儿子独立了，要脱离她们的掌握了，经受的痛苦其实与失去爱情相差无几——雅葛丽纳再一次受到了打击。乔治浑然不觉。他还没看到周围正上演着一出感情被自己摧毁的悲剧，自私的本能已经先一步促使他只管往前奔。

雅葛丽纳只能独自承受这份新的痛苦。等到时间流逝，慢慢地减轻了痛苦，她才得以解脱，随之变淡的还有她的爱。当然她依旧爱着儿子，只是这种爱已经不同，它变得遥远、缥缈和实际。明白了这一点，自己的感情和儿子会怎么样，她于是毫不在意了。就这样她悲伤地撑了一年，他一点没察觉。然而那份赖以生存的热情终究没有消亡，既然没有人给她，她只有自己去寻找。这是一些女性在心灵好不容易成熟之际，却没有得到应有的关注的时候，时常会有的一种现象。第一次见面，她就为这个女子身上的神秘气息迷住了。

这个女子年纪和她相仿，是个专做救济事业的女修士。人很高大，身形壮实，稍显胖了点。她有着一头褐发，五官分明，轮廓好看，最出神的是眼睛，总是微笑着，嘴巴显得阔大。从下巴可以看出这是一个十分专制的女子。她有着南方人的富于想象和乡下女人的狡猾，十分机灵，一点也不忧愁，擅长处理实际事务，目光长远，难得的是会把握好度。老公证人培养出来的狡诈和她的神秘气息结合，有种说不出来的味道。她已经把支配别人作为一种自然而然的习惯。雅葛丽纳相信自己是为她着迷，对救济事业表现出空前高涨的热情。女修士安日尔当然知道雅葛丽纳的热情是冲着自己而来，这一向就是她的看家本领。于是她假装没看到雅葛丽娅的热情，骨子里她理智地把它平均分摊给她的上帝和她的救济事业。雅葛丽纳把她的一切都交了出来：钱财、意志、感情，统统捐献了出来。对爱的渴求让她拥有了信仰，变得慈悲。

除了她自己，身边的每一个人都看到了她的狂热。不管是乔治的监护人还是一向对金钱不甚在意的乔治自己，都明白其中的坏处。为此，乔治十分忧虑。他尝试着找回两人之间的亲密，不过已经迟了，他们之间已经有了一条不可逾越的鸿沟。他对这种情况恼羞成怒，认为全是那个狡猾的女人搞的鬼，连带着对于母亲也表现出明显的不满。他无法容忍一个陌生女人来抢占母亲的感情，这只能为自己所有。不过他没看到是自己放弃在先，才会被人抢了去。他现在只是一心想要争夺回来，使用的方法却显得相当幼稚，让人尴尬。又加上母子两人性情都十分急躁，争吵的话语难免让对方都下不了台，使形势更加严峻。另一方面，安日尔对雅葛丽娅的影响反而更深了。乔治于是愈加胡闹了，去外面赌博，把钱输得精光，因为母亲的胡来，他还一边在外面花天酒地，一边唯恐不被人知地张扬。他和史丹芬·台莱斯德拉特家里的人关系不错：在知道了乔治的很多荒唐行为后，高兰德就对他很有兴趣，打算对他施展自己的魅力。她虽然看起来很轻浮，心地却不错，也很明事理。也由此察觉出这个年轻人正处于一种危险的境地，在明确知道自己帮不了忙以后，就写信告诉了克利斯朵夫。一收到信，克利斯朵夫就赶过来了。

克利斯朵夫是唯一对年轻的耶南有所影响的人。实际上克利斯朵夫的影响很小，还不连续。这种影响在无法说明的情况下更加需要提醒。乔治和他的年轻伙伴们对上一代持有抵触的态度，对于那个时代的艺术和思想抱有明显的怀疑，很不幸，克利斯朵夫来自那一代，还是其中的典型代表。那些送给老实的年轻人的良方，如新的《福音书》、小型的先知和老魔术师嘴里的符咒、能够让罗马连法国甚至全世界起死回生的灵丹妙药，都统统与克利斯朵夫无关。他只忠于自己、信仰自由，宗教和党派也好，国家也罢，他不受来自任何一方的束缚与限制。但是这个时代，他的信仰已经过时，或者还未重新风行。对巴黎来说，他只是个不相干的人，当时的氛围是，每个国家的人都有歧视外来者的倾向。

耶南这个年轻人，轻浮、快活、喜欢玩乐和疯狂的游戏，厌烦别人扫兴，轻易就会上别人花言巧语的当。他身体强壮，思想又有些懒惰，比较倾向于《法兰西行动派》的暴力主义[①]，同时他又是国家主义者，也是保王党，还是帝国主义者——（事实上他自己也搞不清楚）——他尊敬的只有一个人：克利斯朵夫。天性的灵敏，让他认定克利斯朵夫是强大的，对他所处的社会，他是失望的，认为其一无是处，却也不因此而影响自己的玩乐。父亲的遗传如影随形，

① 《法兰西行动》为近代法国最反动的日报，创刊于一九〇八年。

他沉醉于运动和行动，忽然之间就会陷入巨大的不安，想为自己的行动找到一个方向。这种不能言说的心理，是从奥里维和奥里维爱过的人身上发展而来的。

他去看望克利斯朵夫。多嘴的毛病让他一进门，就絮叨起自己身上发生的事，全然不在乎克利斯朵夫在不在听。克利斯朵夫一直耐心地听着。但是乔治来的次数太频繁，有时候会扰乱他的工作。这种时刻他会先跳出去把自己的作品构思好，再跑回来听乔治讲。这对他来说是新鲜有趣的，像个小孩子的恶作剧。不过有一两次，让乔治发觉了，不平地质问：你没有认真听啊？

这个时候，克利斯朵夫为了表明自己的诚意，会打起十二分精神专注听他说话。乔治谈话十分坦白，而且喜欢吹嘘自己的那些胡闹行为，克利斯朵夫常常被逗得笑出来。

不过克利斯朵夫并不认同乔治的一些行为，比如他对感情的放任自流，对金钱的尽情挥霍。最让克利斯朵夫愤怒的是，他对自己的过错满不在乎，认为这是理所应当的。他们对于“道德”的理解截然不同。乔治这一代青年，把男女关系当作一场游戏，无所谓道德不道德，只要有好心，够坦白，不用顾虑太多，就可以担上个君子的称号了。在他看来，克利斯朵夫对感情的认真简直是自找麻烦。

克利斯朵夫对此无法赞同，即便从前的脾气已经磨炼得温和了些，也断然做不到置之不理。乔治的做法在他眼中已经等于卑劣了，为此他常常直言不讳地指出来，乔治也是个暴脾气，一言不合便闹得不可开交。然后就是几个星期互不搭理。这样，克利斯朵夫也会觉得用自己的标准来要求乔治是苛求了，每个人一生都有自己的信仰，又何况两个人本来就是在不同时代下成长起来的。但是他控制不了自己，更不愿意在思想上妥协。他需要走自己的路，有勇气对事物做出自己的评判：“这是好的，那是坏的。”不用委曲求全。一个人只有自己成为强者，才有能力扶持弱者。人孰无过，做了的坏事，可予以宽容。但是对还未做的坏事，就必须谨慎了。

乔治自己也知道这态度没错，一方面是决意不会把还未做的事拿来请教克利斯朵夫的，另一方面是对于要做的事存有疑惑，只好做过以后再说。但是真到那时候，只怕也已经是无济于事了。

遇到这样的情形，他们都会陷入一阵沉默。每次乔治接触到克利斯朵夫的目光，都可以感觉到自己在他面前就像一面年轻的镜子，看到了自己的原形。克利斯朵夫也明显地感受到了这种变化。他自嘲地笑笑，开始跟乔治讲述跟刚才的冲突无关的故事，有发生在自己身上的，有道听途说的别人的，有想象的，有真实经历的。乔治听着这些故事，在其中看到自己的影子，荒唐可笑一一呈现在眼前，他不由自主地要取笑自己和他了。克利斯朵夫讲故事的时候不喜欢加以评论，无意中起到了加强故事性的效果。他并不觉得故事的主人公是自己，仿佛那是别人的故事，毫不在意的样子。

这样温情的味道让乔治入迷，他就为这种味道而来。谈话结束以后，克利斯朵夫看起来好比一个旅行回来的游子，将所有的疲惫释放，神情里是阅尽沿途风情后沉淀的悠闲轻松，空气里飘散着午后阳光的安宁祥和。乔治看着这个经历沧桑后全身舒展的人，也情不自禁地安静下来。浮躁跑远了，他得到了一次休息。听着克利斯朵夫说话，精神也常常像个调皮孩子溜出去游玩一番，但不管在哪，克利斯朵夫的笑声都未曾离开。

不过，他对老朋友的思想还是一知半解的。他诧异于克利斯朵夫竟然能够安于精神上的孤独，隔绝了任何集团，如艺术团体、政治党派、宗教党派，等等。他对克利斯朵夫说：“你其实应该把自己关在一个团体里。”

克利斯朵夫听到这话笑了，反问他：“为什么要把自己困在里面，你不是一样整天想着往外跑吗？”

乔治回答说：“精神和肉体是不一样的，精神有它的集体性和同一性，精神的规则适用于同时代的所有人。如果可以，我愿意回到以前的古典时代。那时多美好啊！”

克利斯朵夫对这种想法不以为然，嘲笑乔治是个胆小鬼。

乔治不同意了：“我并不是没有勇气，我们都是有勇气的。”

“不胆小为什么要逃避现实，现实不美好可以用自己的双手去创造。看着前人的脚跟走路，迟早是会摔跤的。”

“先得把自己的根种在土里。”这句话在当时十分流行，乔治这么说时神情非常得意。

“把根种在土里，树要怎么办？这里有这么多的养料，予取予求。你只要找到自己的根就行了。”

“那完全没必要。”乔治说。

“还说不是缺乏勇气。”克利斯朵夫叹息了一声。

乔治想要为自己辩解，却无力地发现这是个事实。他没有兴趣去研究自己的内心，那里有个巨大的洞，灌着风，时不时有坠落的危险。

“那好，让我握着你的手吧！”克利斯朵夫说。

他便带领乔治一起往洞的入口走去，一眼望见生活的悲惨和无奈。乔治吓得直往回冲，克利斯朵夫注视着那年轻的背影，关闭了入口。

“这太可怕了！”乔治回过神来，说，“你如何忍受这样活下去的？”。

“怎么就活不了？你没试过自然不知道这其中的乐趣。”克利斯朵夫回答。

“简直就是地狱。”

克利斯朵夫拍了一下他的肩膀。

“看啊，这就是我们的运动选手，如果觉得承受不住，看不了不看就是，没有人会管你的。你只管向前就好，可是向前也是有技巧的。你要看准目标，在追逐的队伍中一箭命中猎物。箭已上弦，往前策马狂奔吧！”

“我的猎物在哪儿呢？”

“加入追逐的人群，带着你的武器，勇敢地去逮着你的猎物。冲破前方的风雨，斩断一路的荆棘，世界会是你们的。‘台太尔[①]早已试探过了天空……’

“你拉丁文学得不错，那这一句也帮我解释一下。‘他已经从阿希龙[②]上飞过……’

“看啊，这就是你们的命运，你们这些征服者何其幸运！”

对于新生一代应当担负的责任，他了如指掌，乔治于是邀请他：“既然你如此了解，我们可以一起啊。”

“我有我自己要做的事，你只管去干你的，最好是能够超越我。

① 神话载：台太尔为希腊大建筑家，被囚于克兰德迷宫，乃以羽毛与蜜蜡造成翅翼而遁。

② 神话载：阿希龙为地狱之河，今作死亡解。

而我呢，要留在这儿做守门员。《天方夜谭》里，有一个高山般的精灵，被关在所罗门印玺的箱子下面。你知道吗？那个就隐藏在我们的灵魂里，就是刚才你看一眼就吓跑的入口。我这一时代的伙伴们，组成了一个军队，与它发生了激烈的战争，最后打成了平手，只好停战休养生息。现在，这是你们的战场了，你和你的后辈应该有这样的认识，把所有的精力用于备战，用新的力量去获取战争的胜利。即便中途会有很多次暂时的休战，但不要放弃，要坚持到分出胜负为止。你或许还有玩乐的时间，愿意的话，就把它花在培养坚强的意志和矫健的身体上，不要再做一些无谓的事。终有一天，你的时代会需要你的精力。”

乔治的胸怀足以接纳纳克利斯朵夫的思想，但是左耳进右耳出。克利斯朵夫说的话，他一转身就都不记得了。可是有种吃了很可口的食物的满足感，虽然他早已想不起这食物的味道了。他很佩服克利斯朵夫，不过对克利斯朵夫所信仰的东西始终持怀疑的态度。（他自己是没有信仰的，不在意一切。）这不代表他可以允许别人背地里议论他老朋友的不是。相反的，他会因此而拼命。

克利斯朵夫预测得不错，一段时间过后，就换了风向。他的理想不同于那些年轻的法国音乐的理想。这使得克利斯朵夫对法国音乐更加有好感，但法国音乐界对他却是怀有敌意的。他很受群众的欢迎，如果让那些饥饿的青年与他站在一个阵线上就糟糕了。他们没有真材实料，因此表情穷凶极恶，露出咬人的长牙齿。可克利斯朵夫一点也不在乎。

“啊，他们可真较真儿！”他说，“这些孩子正把他们的牙齿磨炼地更锋利呢……”

相比之下，他并不讨厌他们，反而是那些见风使舵的小狗们让他厌烦不已。杜契尼[1]曾说过："当一头凶猛的猎犬将头埋进一只奶油钵里时，那群小狗就蜂拥而至，舔它的胡子，表示庆贺。"

歌剧院接受了他的一部作品，排练也马上进行。不料，报纸上很快就出现了不利于他的报道。因为他的作品，让一个青年作家的剧本被埋没了。那作者愤愤指出这个责任一定要由克利斯朵夫来负。

克利斯朵夫于是跑去要求经理先让那部已经收下的歌剧上演。

经理赔笑着不接受，他极力称赞克利斯朵夫的作品，对另外一部作品贬得体无完肤，说是没有上演的价值。

"那你为什么会收下来？"

"一个人是没法做到随心所欲的，舆论的力量太大，我们有时也不得不屈服。以前，那些青年不管怎么闹也没事，可是现在他们找到了靠山撑腰，用国家主义派的报纸作为武器对我们进行毁谤，说我们是卖国贼、劣等法国人，如果我们轻视他们，哼，那就有好果子吃了。可是他们拿来的弥撒祭，描写爱情的二重唱简直让你头痛，我要是接受它上演了，戏院一定得关门大吉。所以，作品接受下来就行，他们也无法说什么了。还是谈咱们的正事吧，你的作品不一样啊，一定会大卖的。"

接下来，他又极力恭维了克利斯朵夫一番。

克利斯朵夫听到这里，气得不行。"我断然是不会再受骗了，我也是从年轻走过来的，年轻的时候被你们压制，而现在你们竟然要伙同我去扼杀另一个青年人的热情。除非先上演那个年轻人的剧本，要不然我就拿回我的剧本。"

① 杜契尼为十六至十七世纪的法国诗人、讽刺作家。

经理夸张地拍着胸口，一脸痛惜："怎么你不清楚，倘若我们这么做了，不是表明我们向报纸低头了吗？"

"那跟我没有关系。"

"那就依你，第一个吃亏的反正是你。"

就这样，青年作家的作品得以排练，克利斯朵夫的作品也在加紧进行。一部是三幕的，一部是两幕的。演出时间是同一天晚上。

克利斯朵夫专程跑去告诉那青年这个消息，那青年对此十分感激，连说终生不忘。

经理把全副精力倾注在克利斯朵夫的剧本上，克利斯朵夫对此无可奈何。另一部作品明显遭到冷落，克利斯朵夫对此并不知情。

他去看过几次排练后，没有什么深刻印象，也随便提了一些建议，遭到人家拒绝，也就不再过问。后来，经理提出如果要马上演出，必须把新作家的作品去掉一部分。为了演出，这种代价作者认为是应该的，但不久却不乐意了。

上演当天，克利斯朵夫的剧本果然大卖，新作家则遭到失败。

克利斯朵夫受到几家报纸的指责，说他是故意设了陷阱，阻碍一个年轻的法国作家的前途；又说歌剧院为了讨好德国大师忽视本国音乐的发展，而这个德国大师对所有的明日之星都怀有仇视。克利斯朵夫不置可否，相信年轻作家会为他解释。岂料年轻作家毫无反应。克利斯朵夫于是写了一句话："你没有看到？"把报纸的批评寄给了他。他回信说："很抱歉，或许是我太受新闻记者的欢迎了，大可不必理会。"

克利斯朵夫笑了，在心里说真是没胆量的人。

于是，像那个青年作家说的，克利斯朵夫将这件事情完全"置之脑后”了。

但是破天荒的这篇攻击克利斯朵夫的文章竟被很少看报的乔治发现了。乔治知道那个记者，于是跑到他常去的咖啡店找他决斗，扇了他一耳刮子，刺了他肩膀一剑。

第二天，克利斯朵夫进餐的时候收到朋友的信，告知了他这个消息。克利斯朵夫差点背过气去，没等吃完饭，就去找乔治。看到他，克利斯朵夫气势汹汹，如火山一样喷发了。

“浑蛋，谁叫你为了我去打架的，谁叫你来管我的事的，啊？你竟然跑去跟个无耻之徒决斗，他正想出名呢，这一回被你成全了。糊涂蛋，要是你为此送了命，简直不能想象，你休想我会原谅你！”

乔治疯了一样笑：“老朋友，你太奇怪了，我为你打架，你还骂我。要是我跟你动手，你是不是要给我颁奖了。”

克利斯朵夫不再说了，抱着乔治亲吻他的脸，振振有词道：

“听到你打架把我这把老骨头吓坏了，抱歉，我的孩子。以后不准你再这么胡来！”

“我可不会听你的，”乔治嘟囔着，“我乐意怎么做就怎么做。”

“我绝对不允许你这样。下次你再胡来，我就不再承认你，我会断绝与你的关系，我会……”

“否认我的继承权吗？没关系。”

“够了，算我求你，乔治，我请求你……你这样做没意义啊。”

“亲爱的老朋友，我没你那么好的心地，也没你那么多的见识。不过论到对流氓的认识，你就比不上我了。不给他们狠狠的一棒子，他们是不会收敛的。现在他们想对你进行毒舌攻击，得考虑清楚再说。”

“噢，他们与我一点关系也没有，那些话，我只当玩笑看。”

“我可不这样认为，你也不要来管我。”

这之后，克利斯朵夫变得小心翼翼，生怕引起乔治胡闹。后来几天，他伏在咖啡店的桌子上认真浏览了每一份日报，打定主意不能让乔治看到任何一篇攻击的文章。一星期过去，他总算松了口气。真被乔治料中了，那些家伙在行动之前开始掂量掂量了。克利斯朵夫抱怨小浑蛋耽误了他八天工作的同时，也情不自禁地想到自己为了奥里维而跟人决斗的情形。于是他好像听到奥里维也这么对他说：

“随便他做什么吧，克利斯朵夫，我欠了你的，也是要还给你的。”

对成为矛头这种事，克利斯朵夫一贯显得漫不经心。然而，爱麦虞限却做不到这样的淡然。

欧洲的思想界像一列火车，运行得飞快。偏见与希望的种子成长速度也随之加快了，以前真正成熟需要一二十年，如今，五年之内就已经发育良好。思想一代追赶一代，号角已经响起——爱麦虞限落在后面了。

赞扬法兰西精神的诗人视奥里维为宗师，对于奥里维的理想主义从不敢否认。排除强烈的爱国心，他崇拜精神上的崇高伟大。在他的诗歌里，高声呼唤着法兰西必胜，由此阐明自己的信仰。因为法兰西是欧罗巴最高思想的旗帜，宣示着反抗暴力而得胜的权利。然而，权利本身就有暴力的成分。于是暴力又堂而皇之地出场了。这新生的一代，强壮，坚定，有着野性的气息，有着必胜的信念。他像草原上的雄狮，用他强而有力的利爪，无坚不摧的牙齿征服了整片平原，此刻对眼前的这片广袤的土地正跃跃欲试。整个民族的英明神武，盘旋于海洋和阿尔卑斯之上的翱翔，穿越整个非洲大沙漠的驰骋，诞生于这个全新时代的十字军（比菲利普二世和维尔哈杜伊昂[①]更神秘，却少了些功利主义），冲昏了整个民族的头脑。

这些年轻人从书本上得到了对战争的最初印象：豪迈。他们成群结伴，迫不及待地要见识真正的战争。让那些空谈见鬼去吧，他们不屑于相信信仰。他们极力吹嘘，大肆宣扬那些狭隘的见解，提倡粗俗强暴的现实主义，甚至赞扬民族的自私自利，那种赤裸裸的自私自利，在他们心中，为了增加自己国家的荣耀，哪怕将他人及他人的民族整个地踩在脚下也在所不惜。他们敌视异族，排斥民主，他们之中甚至最没有信仰的人也在大力主张恢复旧教的力量，以期能将“宇宙万物的本体”凝注于一点，以便让那掌权的、能维持秩序的人来监督宇宙的“无穷无极”。曾经那些温和的诡辩家、人道主义的思想家、空洞的理想主义者，不仅备受歧视，而且被视为社会的罪人。那些年轻人把爱麦虞限也视作这类人。对此，爱麦虞限感到极其痛苦，气愤不已。

因为一起遭到了不公平的对待，克利斯朵夫甚至比自己严重，他不由得把克利斯朵夫看作自己的盟友了。克利斯朵夫失望于他情绪的多变，早已不登门。不过他不觉得需要主动低头，于是安排偶遇的样子让对方先来迁就他。得到内心的平衡后，他表示对克利斯朵夫来访问很高兴。之后两人时常在对方家里会面。

爱麦虞限把克利斯朵夫当成了听众，发泄心里的诸多不满。

爱麦虞限很恼怒报纸上的批评，看克利斯朵夫并不在意，急于拉他一起感受这些批评的恶劣，把报上那些评论克利斯朵夫的言论

---

① 菲力普二世为十二至十三世纪时的法王，第三次十字军领袖之一。维尔哈杜伊昂为十二至十三世纪时的法国史家、政治家，曾发动第四次十字军东征。

念给他听：对于老本行的文法他一窍不通，连和声都不知道，抄袭同行，侮辱音乐，他是个“老疯子”；末了又说，这，真让人受不了，我们是秩序、理智、古典、平衡的忠实拥护者。

克利斯朵夫也不恼，只说：这是一种必然的形势，新事物总是要代替旧事物的，我们那个时候六十岁才被称老，而现在，无线电、飞机速度多快啊。这些年轻人也风光不了多久，他们也一定会经历我们这一步的。

爱麦虞限却不如克利斯朵夫想得通，他是自相矛盾的。思想坚定却带着病态的神经，内心热切却在身体上缺损，他不适合战斗却需要战斗。某些恶毒的批评竟使他痛彻心扉。

“啊！”他说，“真应该让批评家们来感受我们现在所受的痛楚，这样他们就不会毫无分寸地一顿胡说。”

“即便他们知道了，这也是他们的生计，又怎么会笔下慈悲？”

“他们就是一群卑鄙之徒，杀人于无形。我们为生活疲于奔命，为了艺术耗尽心力。他们不仅不善意地拉你一把，冷眼旁观也就罢了，反而落井下石。这个割一刀，那个刺一下，让你伤痕累累。”

“不过话又说回来，他们之中有时候也有那么几个好人，他们能给你带来极大的好处呢！无论哪一行，都不缺少那些毒蛇猛兽般的人。艺术家中不是也有这样的人吗，他没有一点慈悲之心，爱慕虚荣，满腹牢骚，把整个世界视作囊中之物，如果不能将其细嚼慢咽，就暴跳如雷。这样的人不是最糟糕的吗？可是你得有耐心。无论多么穷凶极恶的人都会带来一点点好处。即使是最凶残的批评家有时也能有益于我们。他就像一个驯马师，决不允许我们在大路上悠闲地行走。每当我们自以为是地认为已经成功了，他们就放出猛犬来咬我们的腿。继续向前啊！向更远处跑啊，向更高处爬啊！当我还在奋力前进时，它早就有些不耐烦了，不停地追赶我。还记得阿拉伯的那句名言吗：‘人们只摇结果的树。人们只会拿石头去砸那些硕果累累的树。’那些批评家从不去骚扰的艺术家是多么可怜啊。将来，他们只会滞留在半路上，坐在那条大路上，一副懒洋洋的样子。等他们忽然想起来该起身上路了，那时他们的腿早已经蜷曲得不能挪动了。我们的敌人实际上是我们的朋友，我们应当热烈欢迎他们。在我们的一生中，他们带给我们的好处实际上远远胜过我们的朋友，所以我们的朋友反倒成了我们的敌人了。”

爱麦虞限也被感染得笑了，问：“你已经是一个老战士了，难道甘心被初出茅庐的孩子们训斥吗？”

“我们以前还不是和他们一样满怀激情，这是人类的自然循环，他们教训我们是应该的。就像大海的浪花，新浪打旧浪。这个时代是他们的时代，他们凭借我们的经验不断地往前方摸索，可以走出更宽广的天地。我们也不应该泄气，只要还有精力，就得去不断学习新的玩意，丰富人生。即便真的老了，感受这些新鲜的血液，心里也欢喜，我们曾经是同一个种族，这样就够了。”

“要是没有我们，他们还会存在吗！是我们的泪水孕育出了他们的欢乐。是我们这整整一个时代的人的痛苦才使得他们有力量去骄傲，开出娇艳的花。正是你们这样的人在为他人做嫁衣……”

“不能这么说。我们亲手创造出了这样一个种族，一个超出了我们自身的种族，实际上也是为了我们自己。我们小心地收藏起他们的力量，将他们放在一间四面通风的小屋子里，竭力保护着他们，拼尽全力去抵着门，将死神阻挡在外。他们所走的那条胜利之路，正是我们亲手为他们开辟的。依靠着我们的苦难，我们拯救了他们的前途。诺亚方舟被我们开到了幸福之地的入口。将来，这方舟会载着他们，在我们的力量的驱使下，慢慢驶进幸福的港湾。”

“我们举着神圣的火把，手捧我们整个民族的神灵，背着这些如今已长大的孩子，穿过茫茫的大沙漠，可是他们会在某一天想起我们吗？忧患痛苦，忘恩负义，难道我们还没尝够它们的滋味吗。”

“那么，对此你会有遗憾吗？”

“那倒不会。我们的时代是一个轰轰烈烈的时代，为它牺牲了自己，这的确是悲壮的伟大，令人陶醉不已。身处现代的人怎么能体会到这种舍身忘我的欢乐呢。”

“那真正最幸福的人还是我们。我们登上了高高的尼波山[①]，山下面是那片我们没能进去的地带。可是与那些将来能够进入福地的人相比，我们却更能欣赏那风景。所有站在平原上的人，永远看不到这平原的广阔，还有那遥远的天边。”

克利斯朵夫带给乔治和爱麦虞限的令人安定的感觉，获益于跟葛拉齐亚的爱情。这份爱情，让他拥有了一种新生的力量，让他对生命的一切新的形式保持慈悲。不论世界的力量如何更换，即便互相对立，他都与这种力量站在一起。新兴的民主政治不断冒出头来，一小撮特权阶级害怕损害他们的权利而不停地摇动反对的旗帜，克利斯朵夫却是欢迎的，他不墨守成规，相信一定会有新的艺术，摆脱幻想，在真理中实践出来的梦想里开出花来。他不在意这新事物会将他与过去一起卷走。

① 据《旧约 · 申命记》，摩西去世以前，曾登此眺望上帝预示他不能进去的福地。

葛拉齐亚看到她的爱情释放出能量，对克利斯朵夫产生了好的影响，因为对此很清楚，所以她的精神已经进入了更深的阶段。她以书信的方式对他进行指导，却不妄想在艺术上对他有所帮助。她界限分明，发出的声音就像一个方向标，指明灵魂前进的方向。当那些声音符合克利斯朵夫的想法，他就可以对此进行思考，总结出可以交流的思想。对于音乐家而言，乐器的美妙声音，就像清晨带着露水的玫瑰，美艳不可方物。相爱让他们得到了一种奇异的默契，把各自灵魂里闪光的部分与对方进行交换，用爱进行灌溉，再互相归还。葛拉齐亚知道她无法与克利斯朵夫建立婚姻，不在一起，反而可以明确向他示爱。这爱情被一种宗教般的虔诚包裹着击中了克利斯朵夫，让他的心情始终不急不躁。葛拉齐亚给了克利斯朵夫平和，这平和她自己是早就没有了——身体坏得厉害，精神上也饱受打击。儿子的状况不见好转。

她过了两年提心吊胆的日子，雷翁那罗还变本加厉，手段愈加残忍，让她无比惊恐。他整天想着怎么折磨爱他的人，怎么引人注意，已经到了入魔的地步，最后竟然演变成一种狂病。具有讽刺的意味是，他假装的病成真了，死神开始在他面前晃悠。这几年葛拉齐亚受尽了儿子装病的痛苦，真病来了，她习惯性地认为这又是一个新的骗局。感情是有尽头的，那些假话已经把她的怜悯心消磨得所剩无几。等到雷翁那罗说真话，她不敢再相信，再等到真相浮出水面，又终生遗恨。

雷翁那罗心理一直阴暗。他不爱任何人，却要求身边的人只可以喜欢自己。情欲中他有的只是妒忌。他不仅要把母亲和克利斯朵夫分开，还要切断他们之间的感情交流。他用惯用的手段：装病威胁母亲起誓不再另嫁，还不满足，又强迫母亲不再给克利斯朵夫写信。在儿子的无理取闹下，她终于爆发了。她痛斥他的谎言，拂袖而去。做完又忍不住自责，认定是自己的错。这一次争吵让雷翁那罗病了，母亲对他是真病还是假病的怀疑加剧了病情的发展。为了让母亲后悔，他在怨恨之中祈求死去，不料结果真的灵验。

等到医生告知她儿子已经没救的消息，她只觉晕眩不已。但她表面必须装成个没事人样，告诉儿子病不严重。他对自己的病有些预感，又不肯承认，想从母亲这里得到希望，最终失望了。那段时间简直就是一个噩梦，无论是对他还是对他周围的人。因为他不想死!

儿子去了另外一个世界，葛拉齐亚不哭也不闹，出奇的安静。这让人摸不着头脑，实际上她已经感受不到痛苦了，剩下的念头只有死。她如平常一样生活，就这样几星期过去了，她没有表情的脸甚至渐渐有了笑容。没人可以体会她的绝望，克利斯朵夫还一无所知。她告诉他发生的事，对自己只字不提，对克利斯朵夫忧虑的信也置之不理。他要来她身边，她也断然拒绝了。一段时间过后，甚至她写信的语气也变得和出事之前一样，温和沉稳，不愿让他一起承担自己的悲剧。她深知他对她的依赖，而她感情的海啸在他这儿也会得到平息，所以并不隐藏内心的起伏。

在心灰意冷中，支撑她活下去的只有两桩事：克利斯朵夫的爱情和她深深植入内心的宿命观。无论快乐还是悲伤，那宿命观已经融为自己生命的一部分。在它的指引下，她像一个牵线木偶，恍恍惚惚地往前走，感觉不到被荆棘刺穿皮肤的痛，感觉不到身体不堪重负的疲倦，直到被渴死饿死为止。宿命观维系着她的肉体，爱情维系着她的灵魂。生命早已失去意义，她只是为克利斯朵夫活着。在信中，对于言明她的爱，她却显得更加吝啬了。这是混乱的，一方面，她的爱有增无减；另一方面，想到亡子生前的强烈反对，她不由得谴责自己的行为。如此，她克制了一段时间不与克利斯朵夫通信。

克利斯朵夫对这沉默犯糊涂了，他被她平静的话语里潜伏着的暴风雨席卷着，做不出反应。而下一封信一定会对上一封信的感情做出掩饰，十分冷淡。接着又恢复了平静。

一天下午，乔治和爱麦虞限来拜访克利斯朵夫。乔治诉说他在某次运动比赛的烦恼，爱麦虞限诉说他对文坛的不满。克利斯朵夫认真地听着，不时幽默一下。忽然有人打铃，是高兰德来的一封信。克利斯朵夫坐在窗边看信，过了一会儿他独自离开了房间。乔治和爱麦虞限讨论了一番，发觉他没在房间，就去敲门，没有回音。他们也并不在意，过了几分钟，克利斯朵夫进来了，脸色如常，只是多了一层重重的疲惫。他向客人表达了歉意，又继续刚才的谈话，劝慰了很多话，使他们的烦恼得到纾解。

之后他们离开。乔治去了高兰德家，高兰德一看见他，就一边哭一边问：“他怎么样了，苦命的人儿，简直就是晴天霹雳啊。”

听到这番话，乔治感到莫名其妙，一头雾水，这才从高兰德口中知道克利斯朵夫看的信里是说葛拉齐亚已经辞世了。

葛拉齐亚是骤然离开的。她的生命早已是燃烧殆尽的蜡烛，随时都可能熄灭。感染流行性感冒的前一天，克利斯朵夫写了一封满怀柔情的信给她，她突然急切地想见他，觉得那些把他们分开的障碍都变得微不足道了。然而因为精神困顿，她不得不把写信的事往后推迟。又顾虑到克利斯朵夫在忙着练习一阕带有合唱的交响曲，由爱麦虞限的诗《福地》改编而成，两人觉得这个题材有点象征他们的命运，都投入了极大的热情。这种时候，葛拉齐亚认为不该拿自己的事来干扰他，想说只是一般的伤风，又因为觉得太大惊小怪了，打算撕掉重写。岂料，老天跟她开了一个大大的玩笑。死神来得迅速，葛拉齐亚只来得及交给女儿自己的戒指，嘱咐她转交给克利斯朵夫。她和奥洛拉素来疏远，现在要去另一个世界了，才用满心的真诚打量这张最后见到的脸。她紧紧握住那双会代表自己去握克利斯朵夫的手，愉快地想着：我没有在这个世界完全消失。

> “这是什么？听啊，这声音气势宏伟，充盈我的耳朵，
> 而这声音有时如此温柔，这声音是什么？”
>
> ——《西比翁之梦》[①]

乔治急切之下，恨不得立刻赶回克利斯朵夫身边。他往日从高兰德的描述中，看到了葛拉齐亚对他的老朋友有多重要，甚至他平常还会拿此作为笑谈。而这时他心情十分复杂，既同情又紧张，对克利斯朵夫遭遇这件事的痛苦深有感受，他要用自己的行动给他安慰，给他一个拥抱。因为知道克利斯朵夫的感情非常激烈，所以他认定刚才克利斯朵夫的镇定很反常。他打了铃，没有反应。他再打铃，又用平时克利斯朵夫给的暗号敲了几下门，才听见屋里有动静。然后有缓慢的脚步声，克利斯朵夫开了门，一脸平静。乔治被他的表情惊住了，反倒不知所措了。克利斯朵夫问得很慈祥：“孩子，是你啊，

① 《西比翁之梦》为古罗马作家西塞罗所著《共和国》第六卷内的一篇。

东西丢这里了吗？”

乔治心乱如麻，迟疑地回答：“是的。”

“先进屋吧。”

已经是傍晚时分，克利斯朵夫回到靠窗的椅子里，仰着头，静静地看着天边的红霞和对面的屋顶，也不招呼乔治。乔治一边装着找东西，一边悄悄地观察克利斯朵夫的神色。老人的脸在夕阳里映着，看不出表情。于是乔治装着继续找东西，走到刚才克利斯朵夫独自待着的隔壁房间。信摊开在床上，从被褥的散乱看来，他刚刚躺过，地毯上有一本打开的书，翻开的一页正好折了一下。乔治捡起来一看，原来是《福音书》里叙述玛特兰纳与园丁相遇的一段[①]。

于是乔治又折回来，这里翻翻，那里找找，不至于太慌乱，装作无意地瞟了克利斯朵夫一眼，他还是维持着先前的姿势。乔治本想分担他的难过，但他的神色看不出一丝痛苦，反倒让乔治觉得过意不去了。他有些胆怯地说了句：“我走啦。”

克利斯朵夫没有转头：“再会吧，孩子。”

乔治小心地关上门，走了。

克利斯朵夫就这样坐到天色黯淡下去，他不思考，也没有痛苦。他好比一尾游累了的鱼，随着水流漂着，不在乎前方是什么。等到他直起身，已经是深夜了。他往床上一倒就睡过去了。水流还在那里缓缓淌动。

于是她出现了，心爱的她，就站在面前，对他笑着：现在你已

---

① 据《新约 · 约翰福音》第二十章，玛特兰纳于耶稣葬后到墓上去，发现墓穴已空，回头看到一个人，以为是园丁，其实便是复活的耶稣。此处隐指一个人见到了真主而不认识。

经渡过了河。

他的心被温暖的水流包裹着，一片祥和宁谧，奏出美妙的曲子。

睁开眼，已经是白天。景象还深深地刻在脑海里，她的话语在耳边回旋，像暗夜里的火光。他下了床，心里有一股神圣的热诚。

> “如今我终于望见了，我的儿子，只有这堵墙横亘在你和俾阿特利斯之间……①”

然而横亘在他和俾阿特利斯之间的那堵墙，他已经跨越过去了。

他灵魂的大部分都已经去了那边。一个人越是创造，越是生活，越是有所爱，越是失掉他的所爱，死神便越来越难以掌控他。

每一次打击降临到我们身上时，每一件创造之物出自我们之手时，我们都从自己身上脱出一点点，躲进那创造之物中，躲到那逝去的爱人的灵魂之中。最后，罗马完全不再是罗马了，那最优秀的自己早已经脱离了我们的身体。在墙垣的这一边，紧紧留住他的只有一个葛拉齐亚。可如今她也离开了……现在，充满了痛苦的世界关上了大门。有一段时间，他的内心十分兴奋，觉得再也没有什么约束了，再也无须等待什么了，再也不用依靠什么了。他得到了完全的解放。这场斗争终于宣告结束。他离开了战场，看着黑暗中的荆棘燃烧着，最后熄灭。他已经走了很远了。那燃烧的荆棘发出微弱的火光，为他照亮了前进的道路，他以为自己就快要到达山顶了。可是从那时起，他又不知道走了多远的路，可那山顶似乎一点儿也没有变得近些。如今他才幡然醒悟，就算永远走下去，他也不可能

① 俾阿特利斯为但丁终生倾慕的爱人，上引诗句见《神曲 · 净罪界》第二十七。

到达那山顶。可是一个人一旦步入了那光明之地，并且爱人也在那里，那么就算同他们一起永远走下去，你也不会觉得时间太久。

他闭门在家，也没有人赶过来安慰他。乔治上次过去用完了所有的同情后，便放了心，马上就把这事忘得精光。高兰德去了罗马。爱麦虞限一直都不知道这事。他还在为克利斯朵夫没有回访而赌气。

克利斯朵夫因此得着了机会，可以整天整夜地和他心上的人无声交谈。他们永永远远地在一起了，两人的谈话十分动人，没有什么能够表达完全。感情丰富的时候，克利斯朵夫会尽情地为自己的心谱曲，或者让手指在琴键上飞舞几个小时。在这一个时期，他的即兴创作达到顶峰。不过他并不打算把它们记下来。

几周以后，他又和大家见面了。周围的人除了乔治，都不知道他经过了一段痛苦的日子。即兴创作的习惯继续了一些时候，灵感常常在不经意中就冒出来。在高兰德家里的一天晚上，克利斯朵夫忘我地弹了将近一个小时的琴，所有的感情都随着琴声倾泻出来。客人们都震撼不已，连对音乐一窍不通的人，也能感受到琴声里的痛苦，高兰德甚至差点落泪。克利斯朵夫弹完了，转过头，才记得这些不相干的人，看到他们激动的样子，抬了抬肩膀，大笑了起来。

他像一个驯兽师，将痛苦这头野兽驯服了，任凭它暴躁、狂吼，他决计不放它出来。

这个阶段他创作出了自己痛并快乐着的作品。里面有《福音书》的一幕，是连乔治也熟知的。

“女人，是什么令你哭泣？”

“我的主被人带走了，我不知道他将放到哪里去了。”

说完之后，她回转身来，看到耶稣就站在面前，可她却不知道那就是耶稣。

——还有另外一组极其悲壮的歌，是在西班牙的通俗歌谣的基础上创作而成的，这组歌曲中有一首情歌非常特别，那悲怆的情调如同一朵黑色的火焰：

让我成为那座坟，将你埋葬，
这样我的双臂，可以永远拥你入怀。

——他还创作了两阕交响曲，一阕是《平静的鸟》，另一阕是《西比翁之梦》。在约翰·克利斯朵夫·克拉夫脱的所有作品中，这两部音乐作品超越来了当时音乐的最高成就，处于音乐的巅峰。德意志的那种神秘、自然、有丰富含义的思想，意大利的那种热情奔放的旋律，法兰西的那种丰富而细腻的节奏，富有层次的和声，都被他完美地结合了。

这种痛苦中诞生出来的丰富灵感持续了几个月。而后，克利斯朵夫凭借坚定的意志，在人生的路上迈着更加沉稳的步伐前进。死亡之风将一切都吹散了，它吹走了悲观主义的最后一丝迷雾，吹散了苦修者心灵的灰暗之气，吹灭了幽暗神秘的幻境。一团团乌云散开了，一条长虹露出来了。明净的天空堆满了微笑，仿佛被泪水清洗过了一般。这山峰上的黄昏如此恬静。

第四部

欧洲的大森林里潜藏着一团大火，此刻正不断地往上涌。你扑灭了这一处的火，那一处又开始燃烧。大火将那干枯的荆棘燃烧，发出滚滚浓烟，溅出点点火星，不断地从一个地方烧到另一个地方。此刻，在那遥远的东方，一场国际战争拉开了序幕，前哨战也已经打响了。整个欧洲，昨天还如同死森林般静寂，萎靡不振，毫无生气，充满怀疑的色彩，而今天这场大火已经将它团团围住了。杀戮的欲望充斥着所有人的心。一场战争一触即发。你用力压制它，它重又抬起头来。即便是最无意义的托词也能滋养这场战争。所有人都甘心被偶然来控制，任何偶然性都能引发争端。即使是最心平气和的人也认为这场战争在所难免。一大群理论家将普鲁东的旗号扯过来，热情地赞颂战争，扬言这战争可以使人类发挥出最崇高的德性……

西方民族的身心复活最后得到的就是这个结果。对于行动与信仰的热心，让民族踏入了嗜血的队伍。这样混乱的局面，想要平静下来，除非出现一个拿破仑式的天才。欧洲却是没有的。而那些被选出来的统治者能力让人失望，显然，人类的智慧不擅长这方面。

你只能随波逐流，不管是民众还是当权者。整个欧罗巴蔓延着战争来临的紧张气息。

克利斯朵夫不禁回忆起与奥里维一起经历过的情形。那个时候，局势也是差不多这样紧张，只是范围没有遍及欧洲，战争的威胁也没这么的严重。而克利斯朵夫的心情也已经发生变化，是不会再去加入仇恨的队伍中了。如同一八一三年的歌德，克利斯朵夫的心境是：缺少仇恨，怎么可以杀戮？不再年轻，怎么可以仇恨？他早已变得和平，平等地看待这些争执不休的民族，没有歧视。他知道，每个民族都有它对世界的贡献，有它存在的意义。当一个人在精神上已经到了相当程度，就“再没有民族的区分，对于其他民族的福祸，能够感同身受，如同对待同胞一样，透着亲切”。那带来疾风骤雨的黑云已经沉没在你脚下，天空围绕在你周围——这“无边无际的天空任由大鹏翱翔”。

但是有时候，对周围表现出来的赤裸裸的敌意，克利斯朵夫也会觉得尴尬。巴黎的民众非常露骨地表示出对异族的敌意，克利斯朵夫无时无刻不感到自己与他们属于敌对的民族；更令他感到悲伤的是，连他最爱的乔治也是那么直白，时常忍不住当着他的面表示自己对德国的心情。克利斯朵夫只好离开，以看望葛拉齐亚的女儿为借口去了罗马，在那儿住了一段时间。可是罗马并不比巴黎安静。民族主义的骄傲如同一场瘟疫，蔓延到了罗马，将意大利人的性格改变了。克利斯朵夫向来认为那些罗马人是麻木不仁、慵懒成性的，而此刻他们竟也只想着暴力，想着侵略，想着战争，想着罗马的雄鹰翱翔在利比亚沙漠的上空；他们竟以为自己重新回到了罗马帝国时代[1]。最了不起的是，原本相互敌对的各大党派，保王党、教会派、社会党，都被这股狂热感染，态度极为真诚，竟不觉得这股狂热是与自己的主义相对立。由此可见，当瘟疫式的狂热扫荡了各个民族时，政治也好，人类的理智也罢，全都变得无足轻重了。对于个人的热情，那股狂热并不急着消灭它们，而只是很狡猾地利用它们，使所有的个人热情都朝向一个共同的目标。在建立了丰功伟绩的时代，往往就是这样的情况。路易十四的内阁，亨利第四的军队，还有那建立了法兰西丰功伟业的祖先们，他们极富理智，又信仰坚定，他们同样追名逐利，贪图享乐。扬山尼派也好，好色之徒也罢，清教徒也好，情欲强烈的人也罢，他们的本能得到了极大的满足，同时他们也为那共同的使命出了一分力。将来，无论哪场战争，都会有和平主义者与国际主义者的身影；他们同国民议会时代的先民们一样，每个人都认为他们是为了各自民族的福祉，为了人类永远的和平，并对此深信不疑……

克利斯朵夫站在罗马耶尼居峰的山顶上俯视着下面的城市。那里也有一个世界：古时的废墟，巴洛克式的房屋，现代的建筑，杉树与蔷薇缠绕在一起，每一个时代的人类，就像一群绘画师发挥智慧，用画笔将时代的风格展现出来，组成了他所看到的画卷。与此同时，人类建立秩序和颁布法律，统治这个世界。

克利斯朵夫只在罗马停留了很短的时间，这个城市让他感觉危险，好像随时会被它的和谐淹没。他有时也会回德国待一阵子。尽管德法两国的矛盾正在激化，然而他依旧偏爱巴黎。那边有他当作

① 公元前一世纪时，利比亚为罗马帝国领地；一九一二年后，又曾沦为意大利的殖民地。

儿子一般的乔治。当然不仅是感情的牵挂，思想的开放也是一个原因。一个以精神为食粮的艺术家，德国的生活对他显得单调。德国没有艺术的氛围，那里的人们思想实际，对艺术家并不看重。诗人们因为受到大家的冷落，干脆把自己关在房间里，一门心思创作。

他们其实是有才华的，高傲的小贵族，互相之间也不能融入，便只能待在自己狭小的空间里。因为不能向外扩展，他们只有不停地挖洞，把所有的空间都榨干。于是他们在丛林里迷路了，连呼喊都不会有回音，个个跌坐在原地，大雾不散尽，只好自己去寻找出路。

与之相反，在莱茵河的对岸，每过一段时间，必定会爆发一场集体的狂热，引发一阵群众的骚动，这狂热与骚动之风吹过艺术的湖面。如同铁塔威镇着巴黎，那座恒久不灭的灯塔照耀着欧洲平原，几百年来，数不尽的艰辛与荣耀孕育了那个古典的传统，并一代代地传承至今。它并不奴役人的精神，也不束缚人的精神，只是把几个世纪以来所走的康庄大道指了出来，为整个民族照亮前方。

在德国，那些思想家们如同一只只迷失在暗夜中的鸟，纷纷飞向这座遥远之处的灯塔。然而在法国，有谁能想到，法兰西的那股力量竟能将邻国众多的慷慨之士吸引过来！不知道有多少人向法国伸出了乞求援助的手，这种乞援无关政治罪行！……可是德意志的兄弟们啊，你们眼中看不到我们，也听不到我们的呐喊："看啊，在这里，我们向你们伸出双手。谎言也好，仇恨也罢，我们永远都不会被分开。我们呼唤着你们，你们也离不开我们，让我们共同追求我们民族的伟大、精神的伟大。我们是西方的双翼，少了谁都无法飞翔。啊，战争，要来就让它来吧！我们永远彼此紧握双手，兄弟般的心紧紧地贴在一块儿，让我们一起翱翔吧。"

克利斯朵夫思绪万千。他强烈地感受到了两个民族是如此的相得益彰，也强烈地感觉到假如两个民族不能相互帮助，那么他们的精神、艺术、行动，将是怎样的残缺不全。克利斯朵夫出生于莱茵河畔，正是在那里两股文明流到了一起，因而他从小就有种本能的预感，认为这两股文明必须融合起来，而在他极具天才创造的一生中，他也在无意识地寻求两翼的平衡。他那日耳曼民族的理想越大，他对拉丁民族的秩序与条理就越需要。正是因为这一点，在他看来，法兰西竟是如此可贵；在法国，他也能更好地认识自己，控制自己，并极力保持自己的完整性。

那些试图伤害他的成分，他能够抵抗，而那些与他相异的力量，他也能够很好地吸收进来。一个精力旺盛、身心健康的人，能够吸收进一切力量，包括那些对他有害的力量，并进而将那些力量转化为自己身体的一部分。有时候，一个人甚至会觉得，那些与自己最迥异的成分竟然是最有吸引力的，那是因为在那里他可以获得更丰富的养料。

反倒是那些同他对立的艺术家的作品更令克利斯朵夫喜欢，那些模仿他的作品他可是一点儿也不感兴趣。那些模仿者称自己为他的忠实信徒，这令他非常恼火。那些模仿者都是些老实刻苦、品学兼优的年轻人，他们对他非常恭敬有礼。虽然克利斯朵夫十分乐意能对他们的音乐感兴趣，可是他实在没法做到这一点，因为他觉得那些作品毫无价值。反倒是另外一些不喜欢他的、在艺术上与他对立的音乐家，更能令克利斯朵夫欣赏他们的才华……反感，对立，这又能怎样呢？至少这些人是活生生的！活着就是最重要的德性。假如一个人毫无生气，即便他有了所有的德性，他也称不上一个有道之士，因为他作为一个人是不完整的。克利斯朵夫曾说过一句玩笑话，他说只有那些批评攻击他的人才是真正的信徒。有一次，一个年轻的音乐家向克利斯朵夫倾诉了自己的理想，极力恭维克利斯朵夫，满以为这样能令克利斯朵夫感到高兴。克利斯朵夫问他："你满足于我的音乐吗？你的爱恨就是借用我的方法来表达的吗？"

"是的，偶像。"

"那么你还是不要说什么的好！因为你压根儿就说不出什么来。"

那些一味屈从的人，那些只想着吸纳他人思想的人，克利斯朵夫深恶痛绝。所以那些同他持有完全不同主张的人反倒吸引着他。

他有一些朋友就是这样的人，他们视克利斯朵夫的艺术、理想主义的信仰、道德观念为已逝之物，对于人生、爱情、婚姻、家庭，以及一切的社会关系，他们都持有完全不同的观点——他们都是好人，只是与克利斯朵夫不同，他们已经到达了另一种精神境界；在他们看来，那些悲痛与苦闷竟然消磨了克利斯朵夫的一部分生命，这实在是不可理喻的，当然，这是件好事！克利斯朵夫也不想让他们理解他。他从不强求他人持有与自己一样的思想，他不需要这样来证明自己思想的正确性，因为他对自己的思想非常自信。他只想有个机会能了解其他的思想，了解其他的心灵。他想要爱，想要了解，越多越好。他想要看，想尽一切办法去看。对于那些他从前极力攻击的思想，现在他不但能够容忍别人持有这样的思想，他甚至觉得这还挺有意思的，因为正是这样世界才会变得更加丰富有趣。

也正是因为乔治不赞同他的人生悲剧论，他才对乔治更加喜爱。如果所有人都是一副道貌岸然的样子，都同克利斯朵夫一样拥有英雄般的自我克制，那人类岂不是太过于脆弱了，太过于灰色了。人类需要的是欢乐，是毫无顾忌，是对偶像敢于亵渎的勇气，包括亵渎最神圣的偶像。但愿高卢民族诙诡戏谑的精神长明！怀疑与信仰，缺一不可。怀疑可以摧毁昨日的信仰，重新开辟明日的信仰之路……当一个人慢慢地将要离开人生时，人生的一切都显得明朗，仿佛远离一幅美丽的画，那些在近看时显得十分冲突的色彩，此刻在远处观望都已经化成了一团和谐。

物质世界也好，精神世界也罢，克利斯朵夫对之都洞若观火。

首次的意大利之旅令他收获颇丰。在巴黎，他同画家、雕塑家来往频繁，因为在他看来，他们身上集中了法国民族的精粹。他们试图追逐一切动景，抓住一切颤抖的色彩，极为夸张大胆，他们要扯下那遮蔽人生的网，他们要让你快乐得心颤。在一个真正有眼力的人看来，一线光明就是一个取之不尽用之不竭的宝藏。当人的精神达到了这样一种极乐之境，那些无聊的喧嚣与战争又算得了什么呢！……甚至那些喧嚣与战争也化成了奇妙世界的一个部分。我们应当牢牢地抓住一切，积极的力量和消极的力量，还有人生一切的材料，牢牢地抓住它们，融进我们的心中，将它们融化。这么做的结果就是一座雕像在我们心中铸成了，这是精神甜美的果实；一切能令这个果实变得更美好的都是可取的，即便需要自我牺牲也在所不惜。创造者是微不足道的，只有那被创造之物才是真实存在的……任何人想要伤害我们都无法触摸到我们。你们永远也不能攻击到我们……你们噬咬到的仅仅是一件空洞洞的衣服，而我的身体早已经离开了那里。

如今他创作的音乐作品只有恬静之境。过去的音乐，如同春日里爆发的雷雨，那雷雨在胸中积聚、爆发，最终消灭。如今的作品仿佛夏天的朵朵白云，像白雪皑皑的山峰，那展翅的大鹏鸟全身发出耀眼的光缓缓翱翔，连天空都被它填满了……啊，创造！它仿佛八月里成熟的庄稼，在宁静的太阳下静卧……

最开始是朦朦胧胧的，充满生机的，模糊的境界，如葡萄般丰润，如麦穗般饱满，如孕妇般透着一股莫名的欢畅。管风琴发出隆隆的响声，蜜蜂在蜂房里嗡嗡鸣唱……这音乐沉着而响亮，渐渐地，主节奏从中慢慢显露出来了；行星开始旋转，轨迹也分外分明……

接着出现的是意志。那风驰电掣的幻境像脱缰的野马，意志如驯马师一般牢牢抓住它，将它紧紧夹住。那创作时的灵感知道如何控制它飞奔的节奏，它有它自己的规则，这规则必须服从；它牢牢控制住那些疯狂的力量，给那些力量制定目标、确定路程。这时，理智与本能开始处于一种合作关系之中。原本黑漆漆的影子也瞬间变得开朗了。在前方的道路上，还有那一簇簇的光明，在将来的创作之物中，它们会酝酿成一个小世界，彼此互相联系……

整幅画的草图已经勾勒出来了。在朦朦胧胧的清晨中，它露出了自己的样子。那和谐的色彩，那流畅的脸部线条，一切都变得明朗了。他甚至翻出了自己所有的宝藏，只为早日完成这件作品。他打开了记忆的仓库，一阵阵香气随之扑面而来。感官得到了精神的解放，它们不禁如醉如狂了；而精神自己则待在一旁，默不作声，静静地准备挑选对象。

所有准备工作都已经做好了。工人们抓起那些从感官那里得来的材料，按照大脑所做的设计，开始了创作。技术娴熟又肯吃苦卖力的工人是建筑师们的得力助手。一座大教堂就是这样建成的。

“可是上帝看着他的作品，认为还不够完美。”

于是建筑师便重新打量了整幅作品，适当地做些局部修改，便令作品更加和谐了。

梦境终于完工了。啊，上帝啊！

夏天的朵朵白云，那展翅的大鹏鸟全身发出耀眼的光，缓缓翱翔，连天空都被它填满了。

可是他的生活不仅仅有艺术。像克利斯朵夫这样的人，必须要有所爱。他不仅需要平等地爱所有的人，将所有生灵的爱散播给艺术家们；他还会偏爱某些人，偏爱那些他自己亲自选中的人，他要将自己交给他们。这是大树的根。正是这个偏心的爱使得他心中的热血不断地被更新。

克利斯朵夫的血还没枯干，受到了爱的滋润。他的爱有双倍，被爱的有葛拉齐亚的女儿奥洛拉和奥里维的儿子乔治。他决心用实际行动让他们结合。

在高兰德家，乔治和奥洛拉见面了。奥洛拉和她的表姨母一起生活，她除了每年去罗马几个月，其余时间都在巴黎度过。她十八岁，乔治大她五岁。她高个子，宽脸盘，有一头淡黄头发，黑皮肤，薄薄的上嘴唇，眼睛很明亮，笑着的时候像是在思考，下巴很多肉，一双褐色的手，胳膊浑圆有力，脖子的线条很优美；她总是乐呵呵的，喜欢玩乐，劲头十分足。性情继承了她母亲的懒散，一睡就是十几个钟头；剩下的时间，她晃来晃去，不停地嬉戏，一副没睡醒的样子。克利斯朵夫把她称为睡美人，在她身上看到了萨皮纳的影子。她喜欢唱歌，快乐也唱，不开心也唱。有时大笑，有时自个儿在那里傻笑，声音清脆得很。高兰德想方设法希望把她调教成一个淑女，如果是对一般的姑娘，这比穿衣还自然，但对奥洛拉却一点也不管用。

她不热衷学习，对一本书感兴趣，可以连着看几个月，完了，过几天就忘得干干净净了。写错字她也不以为意，谈论有深度的话题时，常常让人哭笑不得。她代表了一种新鲜血液，年轻，热情，对事物的一知半解，让人感觉自然。但她有时也会调皮，与一班青年跑去野外写生，弹弹肖邦的《夜曲》，独自拿着一本诗集，在那里异想天开。

克利斯朵夫经常注视着她，暗地里也觉得有些好笑。对于奥洛拉，克利斯朵夫怀有一种近似于父亲般的慈爱与宽容的感情，又有点儿取笑的味道；同时也对她怀有一分虔诚尊敬之心，因为此刻将要接受别人之爱的女孩子，是他曾爱过的人的化身。别人都不知道克利斯朵夫爱得有多深。唯一能懂得的大概就是奥洛拉了。从小的时候，她就经常看到克利斯朵夫总在她身旁，宛如家族成员中的一位。以前她并不像兄弟那样被宠爱，在那段备感痛苦的时期，她不由自主地靠近克利斯朵夫，猜测他和她有着同样的烦恼，而他也明白了她的悲伤；两人虽然没有明说，但却将彼此的烦恼苦闷都放在了一块儿。后来当她发觉了母亲和克利斯朵夫之间的感情时，便自认为自己参与到了他们的秘密之中了，虽然他们并没有对她说过什么。葛拉齐亚临死之前对她的托付，还有此时克利斯朵夫手上戴着的那枚戒指，个中深意她都明白。因而暗地里她频繁地和克利斯朵夫保持联系，无须多言她也能清楚地了解到它们有多么复杂。克利斯朵夫这位老朋友，她是发自内心地喜欢他，虽然她从不肯费点劲去弹一遍或看一遍他的作品。她有几分音乐天分，可是对于那些专门题献给她的乐曲，她连打开看看的兴趣都没有，她只喜欢毫无拘束地和他谈天。并且自从得知在克利斯朵夫那儿可以经常见到乔治·耶南以后，她就更频繁地来看克利斯朵夫了。

对于乔治来说，他也是第一次发现，与克利斯朵夫待在一起竟然也是这么愉快有趣。

然而，直到很久以后，两个青年才明白了各自对对方真实的情感。一开始，他们看向对方的眼神都充满了嘲讽。两个人风格迥异。一个像水银一般停不下来，一个像死水一般酣睡不醒。然而没过多久，水银有些平静下来了，而死水也从酣睡中苏醒了一些。乔治经常取笑奥洛拉的衣着打扮，笑话她那意大利的品位——总是喜欢对比强烈的颜色，而不太懂得搭配层次的细腻。奥洛拉则时常挖苦乔治，学着他的口吻说话，学他那副老气横秋而又装腔作势的样子。虽然两人时常互相讥讽取笑，可是彼此仍然非常开心——只是他们并不知道为什么会这么开心，是因为可以相互讥讽吗，还是因为可以同对方搭讪？两人甚至将克利斯朵夫也扯进了他们的争吵之中，而克利斯朵夫也乐得为他们传递他们那些射向对方的冷箭。

他们装作毫不在乎的样子。事实上恰恰相反，对方的那些冷嘲热讽，两人都非常在意，而且从不隐藏心中的怨恨，特别是乔治，所以两人一见面总是会吵架斗嘴。不过两人之间的争吵并不十分激烈，因为都不想伤害对方，都情愿对方打在自己身上，并认为这可爱极了，挨打竟然比打人更有趣。他们互相观察着，透着万分的好奇，睁大了眼睛试图找出对方身上的缺点，结果竟然更加着迷了。当然，他们绝不会承认这一点的。跟克利斯朵夫独处时，两人都在抱怨对方讨厌极了。但只要克利斯朵夫提供一个机会让两人见面，他们却从不肯错过这个机会。

有一天，奥洛拉又来看克利斯朵夫，在他家里时，她说周日上午再过来看望他。不一会儿，乔治像往常一样风一般地闯了进来，对克利斯朵夫说他周日下午再过来。周日早上，克利斯朵夫白白等了一上午，因为奥洛拉没来。等到快要到乔治约定的时间时，她却突然来了，向克利斯朵夫不断地道歉，声称自己有点事情没办法早点来，然后又编了个故事。克利斯朵夫看着她这样天真无邪的样子，觉得很有意思，便说："太遗憾了。本来你还能遇见乔治的。他已经来过了，我们一起吃的午饭，可是他说下午没时间，没办法继续待在这儿了。"

奥洛拉失望极了，连克利斯朵夫的话都没心思听了。他可很高兴，仍旧和她有一句没一句地聊着。她的回答有些心不在焉了，她甚至有些恨他了。突然，门铃响了。乔治来了！奥洛拉吃了一惊，不禁有些错愕。克利斯朵夫微笑着看着她。直到这时，她才知道，原来他是在开她玩笑，不由得脸红了，笑了笑。他用手指摆了个吓唬人的手势，十分俏皮可爱。突然她有些冲动，一下子跑去将他抱住了。她的耳畔传来他的轻语，他在用意大利文说："小坏蛋，小可爱，小刁蛮……"

她忙用手将他的嘴捂住。

看到他们俩有说有笑，还拥抱了，乔治感到有些莫名其妙。

看到乔治那诧异的甚至有些恼怒的神情，克利斯朵夫两人笑得更开心了。

克利斯朵夫就是这样偷偷地促使两个年轻人相互接触。快要成功时，他又有些自责了。他同样地爱着他们两人，可对乔治要求更严苛，因为他能看到他身上的不足；对于奥洛拉，他觉得非常完美，在他看来，奥洛拉的幸福可比乔治的幸福更重要。对奥洛拉他觉得自己担负着更重大的责任，因为他把乔治看成了自己的儿子，看成了自己的一部分。奥洛拉如此天真无邪，乔治却那么纯真，他不敢确定，把她交给他是不是个明智的做法。

两人订婚没多久，有一次克利斯朵夫正巧看到他们俩在聊天，他从他们身后经过，他听到了他们在树荫底下的谈话。他听到了奥洛拉笑着询问乔治以前的一段恋情，克利斯朵夫不禁吓了一跳，没想到乔治都说了出来，非常直接坦率。除此以外，他们还坦诚地说了些其他的事情，奥洛拉表示，对于乔治持有什么样的道德观念，她不会像克利斯朵夫一样非常看重。虽然两人十分相爱，可是并没有把对方看成永不分离的。在对待爱情和婚姻时，他们有着非常洒脱的态度，这的确很美，可是毕竟不同于传统的白头偕老、“至死不渝”的婚恋。看着这两个年轻人，克利斯朵夫心中不由得惆怅不已……他们离他是那么遥远！那方舟载着我们儿女行驶得多么快啊！……但是请有点耐心，因为在河流彼岸，大家迟早会相遇。如今，那条方舟并不在乎航线的问题，只一味地随风漂流——自由精神慢慢地改变了当时的社会风俗，按理说，在思想与行为等方面也应该有所影响。可事实上并非如此：人类有着无视矛盾的天性。社会风俗的确变得更加自由了，然而思想方面却变得更加不自由，竟然会自愿戴上宗教的手铐脚镣。这样两种非常极端的情况虽然不合逻辑，但竟然会出现在同样的一群心灵之中。一股复兴旧教的潮流正在涌现蔓延，相当一部分的上流人物和知识分子都为之着了迷，乔治和奥洛拉也为之神魂颠倒。要知道乔治天生喜欢争辩，从来不信仰任何宗教，根本不爱理会什么上帝与魔鬼——这个对一切都喜欢讽刺一番的真正的小高卢人——突然间竟然会说出真理就在基督旧教之中这样的话，这是在太有趣了。

是的，乔治的确非常需要信仰一个真理，他急需行动，间接地遗传了法国布尔乔亚主义，同时又十分厌倦自由，因而这个真理正好与他的这些特征完美地配合起来。在外闲逛得太久了，小马已经累了；他走回来，自愿地将自己束缚在民族的犁上。只需要屈指可数的几个朋友做榜样就足够了，乔治对于思想界的气压十分敏感，因而他马上就成了第一批俘虏。紧跟着他的是奥洛拉——无论他走到哪儿，她都紧跟其后。突然之间，他们就变得异常自信，那些与他们持有不同思想的人，他们都看不起。啊，真是个巨大的讽刺啊！

这两个举止轻佻的孩子竟然真诚地信仰了旧教；而葛拉齐亚与奥里维，他们有着努力、严肃、纯洁，和那样的苦心孤诣，竟然没有任何信仰。

克利斯朵夫看着这些心灵发生的巨变，虽然好奇，但并没有像爱麦虞限那样试图反抗它；因为爱麦虞限是个有着自由精神的理想主义者，当他看到过去的敌人现在重新获得了力量，他感到非常气愤。可是面对已经吹过去了的风，我们根本无法反抗，只能静静地等候它过去。人的理性变得疲惫不堪。仅仅只有一次巨人一般的努力后，它就疲惫不堪、昏昏欲睡，像个煎熬了一天的孩子一般，做着睡前的祷告。梦境之门被打开了，西方人的头脑中不仅有宗教，还涌现出了许多神秘玄妙的通灵的理论。甚至哲学都发生了动摇。

那些在思想界被奉为神明的巨擘，如柏格森，如威廉·詹姆斯，都不禁有些踉踉跄跄、步履不稳了。科学界也开始有些缺乏理智的表现了。但这个阶段总会过去的。就让他们暂时缓口气吧！明天，人的精神会重新清醒过来，变得更加敏锐，更加自由……长久艰辛的工作之后，睡上一觉总是非常甜蜜的。克利斯朵夫难得有时间能休息一下，看到那些孩子们能代替他享受一下这个福分，看到他们是那么气定神闲，那么信仰坚定，那么坚信自己的梦想，他感到非常高兴。和他们分开，他心里是非常不乐意的，也做不到。葛拉齐亚的悲伤和奥里维的苦恼在儿女的身上居然得到了解脱，他觉得这也算是件好事了。

“我，我的朋友们，还有那些我们的先民们，我们所受到的一切痛苦，都只不过是想令这两个孩子幸福快乐……这快乐，安多纳德，你本该享有这快乐的，可却被剥夺了！啊！那些做出牺牲的人创造了多大的幸福啊，假如他们能够预先体验这幸福，那该多好啊！”

这样的幸福我们为什么要反对呢？我们不能够强求他人按照我们喜欢的方式去幸福，他们有他们自己幸福的方式。而克利斯朵夫最多只是温和善意地提醒乔治和奥洛拉，提醒他们不要太轻视那些与他们有不同信仰的人们。

可是他们却不屑于和他讨论，神情之间似乎在说：“他怎么可能理解我们……”

在这两个孩子的眼中，克利斯朵夫属于陈旧的过去。而他们根本就不看重过去！他们有时会非常天真地谈论些未来想要做的事情，那些事要等到克利斯朵夫“走了”的时候做……——事实上他们的确非常爱他……真是两个狂妄自大目空一切的孩子！他们就在你身边，像蔓藤一样疯长。你不得不被这股自然力推搡着，驱赶着……

“走吧！走吧！你快走啊！是该我们上场的时候了！”

这些话虽然他们并没有说出口，可是克利斯朵夫还是听到了，他很想对他们说：“噢，可不要这么着急！现在我感觉非常好。不要把我看成一个死人呀！”

看着他们那么天真专横的样子，他觉得非常好玩。有一天，他们在同他说话时有些轻蔑，他有些无所谓地对他们说：“你们就痛痛快快地说出来吧，直说我老糊涂了吧。”

“噢，不，我亲爱的老朋友，”奥洛拉笑哈哈地回答说，“在这个世界上你是最好的人了，可是你并不懂得所有的事。”

“那么你就懂得所有的事了吗，孩子？你就是个伟大的贤哲了吗？”

“噢，别再取笑我了，我可不知道多少事，不过乔治知道的可多着呢。”

克利斯朵夫笑了：“没错，孩子，你说得对。没有什么事情是爱人所不知道的。”

对克利斯朵夫来说，要他承认自己在思想上并没有他们高明，也许并不困难，可是要他忍受他们的音乐，那简直太困难了。他们一点一点地消磨他的耐心。每当他们来的时候，钢琴就只能响个不停。爱情鼓动了他们的兴致，他们像小鸟一样唱歌，但又不像小鸟那样善于歌唱。奥洛拉并不为自己的音乐天分感到骄傲，但是对于未婚夫的音乐才能，那就不同了，她觉得乔治的演奏和克利斯朵夫的一样好，她甚至觉得乔治的更好呢。乔治虽然也很聪明，也喜欢自我嘲讽，可是经不住爱人的自信满满的夸赞，他几乎也要这么认为了。克利斯朵夫并不同他们争论，反倒有些狡猾地重复着奥洛拉的话。有的时候他实在是非常厌恶了，就离开房间，用力地甩上门。他听着乔治弹奏《特里斯坦》，露出恳切而又怜悯的笑容。那小子打起十二分精神，却把一个十分壮烈的曲子弹奏成了少女般柔情似水的调子。克利斯朵夫听了忍不住哈哈大笑，可又不想告诉他们他为什么笑，只是紧紧地拥抱着乔治。他就是喜欢这样的乔治，或许更加喜欢他了……呵，可怜的孩子！……噢，爱使得艺术都变得不再那么重要了。

克利斯朵夫经常同爱麦虞限谈起他的孩子们（他是这样称呼他们的）。爱麦虞限非常喜爱乔治，经常跟克利斯朵夫开玩笑地说，克利斯朵夫已经有了奥洛拉，乔治应该让给他了，他抱怨克利斯朵夫不公平，把一切都垄断了。

克利斯朵夫和爱麦虞限虽然与外界接触不多，可整个巴黎社会到处盛传着他们两人的友谊，已成为美谈。对克利斯朵夫，爱麦虞限抱有极大的热情，可是他是一个骄傲的人，从不表示自己的热情，有时他还故意喜怒无常，粗暴地对待克利斯朵夫，只是为了掩饰这一点点的感情。可是这些都逃不过克利斯朵夫的眼睛。克利斯朵夫非常清楚这颗心是多么忠诚地对待自己，他也知道这忠诚万分可贵。没有一个星期他们不是见两三次面的。有时他们身体欠佳，没办法出门，两人便书信往来，那些书信仿佛是从遥远的地方寄过来的。相比于外界事物的变化，科学与艺术等领域的思想进步，他们会更感兴趣。他们总是活在自己的思想里，对自己的艺术苦思冥想，有时也会投入到模糊繁杂的现实事务之中，从中发现一些别人尚未发现的，却能写进人类思想史的微光。

大部分时候，都是克利斯朵夫去爱麦虞限家。尽管上次生病使得他的身体并不比他的朋友好到哪儿去，可他早就觉得爱麦虞限的身体需要更多的休息。其实克利斯朵夫要爬上爱麦虞限那间处于六楼的公寓，也不是那么轻而易举的事了，爬楼的时候，总要休息好一会儿，喘一口大气才能继续爬。两个老人都不知道保重身体，有些严重的支气管病使得他们时常呼吸阻塞，可他们还是有很大的烟瘾。为了抽烟的事，奥洛拉经常和克科斯朵夫闹，这也是为什么他情愿去爱麦虞限家的一个原因，他要躲着奥洛拉。两个老朋友聊天时经常剧烈地咳嗽，停下来看着对方时，就像两个犯了错的小学生一样。有的时候，一个会批评另一个剧烈咳嗽的人，可是被批评的人一旦缓过气来，肯定要发起抗议，声称咳嗽无关乎抽烟与否。

爱麦虞限的桌子上堆满了纸张，一只灰色的猫蹲在桌子上一处空着的地方，望着两个吞云吐雾的人，一本正经的样子带着些责备的神情。克利斯朵夫总说这只猫代表了他们的良心，他在它身上盖上一顶帽子，因为不想直面自己的良心。那只猫并不是什么名贵的品种，体质非常弱，是爱麦虞限从街上捡回来的，当时它就要死了；自从那次磨难之后，它的身体就再也没有回复从前的健康，吃得少，不爱动，一声不响的，性情又非常温顺，总是睁着一双眼睛看着它的主人。主人不在家时，它就特别可怜的样子，主人一回家，它便待在他身边，一副心满意足的样子，时常摆出一副深思的样子，或者盯着那只够不着的鸟笼里的鸟，好几个小时地发呆。

当你对它有点关心时，它就用礼貌的鼾声回敬你。有时爱麦虞限兴致来了，会抚摸它几下，克利斯朵夫摸它的时候手劲很大，它也很有耐心地接受了，永远都在注意不去挠不去咬任何人。那只猫身体非常孱弱，有一只眼睛总是流着眼泪，并且经常咳嗽。如果它会说话的话，肯定不会像那两个老朋友一样厚脸皮地说“咳嗽无关乎抽烟与否”这样的话；它默默忍受着他们的所有行为，似乎在心里说：“他们只是人类，他们不知道自己在做什么。”

爱麦虞限非常疼惜这只猫，在他看来，这只可怜的动物和他的命运十分相似。克利斯朵夫甚至觉得他们眼睛的神情都是一样的。

“那并不奇怪。”爱麦虞限说。

动物的长相往往是它们所在环境的反映，而且会随着主人而改变自己的相貌。一个稀里糊涂的人和一个有思想的人，两者养的猫也绝不会相同。主人的教训还有主人的行为，决定了家畜是凶恶还是和善，是阴险还是真诚，是愚蠢还是聪明。甚至无须人为地施加影响，仅仅是它们生长的环境就能影响它们，生活在山明水秀的环境中的动物，眼睛都特别神采奕奕——爱麦虞限的这是灰猫，生活在天空灰暗的巴黎，住在缺少空气的顶楼，主人还有残疾，这些都与它非常协调。

同克利斯朵夫初识的时候大不相同，现在的爱麦虞限已经温和得多了——发生了一件非常平凡的悲剧，他受到了强烈的刺激。有一次他偏偏有些粗暴地很直白地拒绝了一个女性对他的感情，之后这个女人就忽然不见了。他非常着急，找了整整一晚上，终于在警察局找到了她。原来她想要跳进塞纳河寻死，翻越桥上的栏杆时，正巧衣角被挂住了。她不愿意说出自己的名字和住所，一心只想去死。这样的情形让爱麦虞限大为震惊：他怎么能够忍受自己在受了苦难之后，又给别人带来了苦难。那个绝望的女人被他带回家了，他不断地安慰她，竭力让她相信自己一定可以给她那份她想要的感情。待她平静下来之后，他有些无奈地接受了她对自己的爱，将自己生命中余下的那一小部分给了那个女人。这之后，他的心中又涌起了他天性中的所有精华。他曾是一个行动派的信徒，此刻他竟觉得只有一件事是善的，那就是不要伤害他人。如今他已经完成了自己的使命。那股力量在人间掀起了巨浪之后，把他当成了一个能够引发行动的工具。一旦任务完成，他也就失去了作用，那场行动仍在继续着，可是他已经不被任何人需要了。他只能眼睁睁地看着它继续向前，那些施加在他肉体上的侮辱，他已经不在乎了，然而那些诋毁他信仰的行为，他还无法做到完全无动于衷。因为他虽然是个自由的思想家，自认为与一切宗教毫不相关，甚至还常常嘲笑克利斯朵夫是个伪教士，但他毕竟还是和所有的思想家一样坚强刚毅，他始终有自己的祭坛，在那里供奉着他的梦想，他把它当成神明，甚至愿意把自己当成祭品献给它。可如今早已经没有人去祭拜这座祭坛了，爱麦虞限感到非常痛苦。大家经历了多少艰辛才能将那些神圣的思想供奉上祭坛，为了这个神圣的思想，一百年来多少优秀的人受了多少折磨，可如今这些思想竟然被人们踩在脚底下，这怎么能不让你悲痛呢！这法兰西理想主义的光辉的遗产，这对于自由的信仰，这对整个人类的爱，这对于所有人类是一家的理想的渴望，曾有多少圣徒，多少英雄豪杰，多少殉道者为之奋斗不已，可如今竟被那些现代的年轻人们闭着眼睛破坏殆尽！他们到底发了什么疯，竟然如此怀念那些曾被我们好不容易击败的妖魔，竟然心甘情愿地戴上我们竭尽全力击碎的镣铐，他们竟然奋力疾呼，要求暴力统治，竟然要在我们法兰西人民的心中重新燃起战争与仇恨的火光？

“不仅是法国，整个世界都是这样了，”克利斯朵夫笑眯眯地说，“从西班牙到中国，所有的地方都被这暴风雨吹打着。你找不到一个地方躲避风雨了！就连我的瑞士也在高声宣扬着民族主义，呵，多滑稽啊！”

“这样的情况，你不会担心吗？”

“有什么好担心的？此刻我看到的浪潮并不是少数几个人依靠着荒唐的情欲激发起来的，而是一个操控宇宙的神明发起的。面对这个神明，我只能低头。如果我不知道臣服，那就是我的错，不是他的错。你应该想方设法地了解那位神明。然而在你们这群人之中，有谁愿意费心去关心这个问题？你们浑浑噩噩地过日子，看到了路边的界石，就以为已经到达终点了；你们眼中只有那些冲击着你们的浪潮，却看不到那无边的大海！今天的这些浪潮，正是昨天的属于我们的那些浪潮推起来的。并且今天的这些浪潮还必须为明天的那些浪潮开辟新的道路，并被明天的浪潮所遗忘，如同昨天的浪潮被今天的浪潮所遗忘一样。对于目前的民族主义，我既不赞赏，也不畏惧。它和时间一样，总会过去的，它现在就在逝去，它已经逝去了。它就是梯子上众多梯阶的一级。我们一起爬到梯子的顶部去吧！运送养料的军队自然会来的。你听，他们已经擂起战鼓了！（克利斯朵夫的手指敲着桌面，打起了鼓，灰猫被吓了一大跳。）

“如今各个民族都急切地需要集中力量，列一份清单。一百年来，各个民族都发生了变化，这变化来自民族间的相互影响，也来自世界上所有智慧之人投入的巨大精力，建立的新道德、新科学、新信仰。每一个民族在和其他民族一起步入新纪元之前，的确需要好好自我审查一番，要对自己的面貌和财产有清楚的了解。新时代就要来临了。一张人类和人生之间的新契约就要签订了。新的规则将创生出新的社会。明天是礼拜天。每个人都在清算一周以来的账单，清扫房屋，以期能将它整理得井井有条，然后一同站在唯一的上帝面前，所有人联合起来，与上帝重新订立一份新的契约。”

爱麦虞限看着克利斯朵夫，眼眸中透着昨日的梦。克利斯朵夫说完后，他顿了顿，才说：“克利斯朵夫，你真幸福，因为你看不到黑夜。”

“身处黑夜，我也能看清事物，”克利斯朵夫回答，“我在黑夜中已经待了太久了，早已变成了一只猫头鹰。”

在那段时间里，克利斯朵夫的朋友们都发觉他的行为态度有些异常。他总是不太注意别人说些什么，一副心不在焉的样子。有时他笑眯眯的，仿佛在想些什么。当别人提醒他的态度有些漫不经心时，他就急忙向人家道歉。有时候还用第三人称称呼自己：“克拉夫脱一定会为您办好这件事的……”

要么就说：“克利斯朵夫从来不在乎这个……”

那些不了解他的人，说他陷入了自恋症。

事实上恰恰相反。克利斯朵夫是以一个旁人的角度，观察审视自己。他现在已经进入了一个新的境界，那些追求美的奋斗，他完全不在乎了，因为他已经完成了自己的任务，而别人的任务他相信自有别人会完成；并且最终也会像罗丹说的那样，“美会取得最终的胜利”。他变得不再反抗社会的不善与不公——他常笑着说，任何反抗都是违背自然的，而且他的生命也正渐渐离他远去。

是的，他再没有以前那么强壮健康了。哪怕只是一点点的体力活动，如走了点远路，或跑得有些快，他都会感到累极了，马上就没办法呼吸，心跳也更加剧烈了。有些时候他会想想苏兹那个老朋友。他从来不跟别人说他的这些感觉，说了也没什么用，只是白白让人担心而已，而且你也不会因此而更加健康。更何况他压根儿就不在乎这些不愉快的事情。他从不害怕疾病，反倒害怕别人要求他保重身体。

他有一种很神奇的预感，他非常想再回一次故乡。他很早就有这个计划了，只是一年一年地拖了下来。他总是对自己说，等明年再去吧……可是这一次他不想再往后拖了。

克利斯朵夫没有告诉任何人，自己一个人悄悄地走了。他在故乡只住了很短的一段时间。克利斯朵夫没能找到原本打算去找的景象。上一次他回故乡时，城里只是有些微的改变，而现在简直是天翻地覆了，一座小小的城市变成了一个大型的工业城市了。原先那些老房屋、公墓全都消失了。一间大工厂在萨皮纳的农庄上拔地而起，烟囱高耸入云。克利斯朵夫孩提时代嬉戏的那片草原已经被河水淹没了。街道上全是一切稀奇古怪的建筑，还题着克利斯朵夫的名字。一切都消失了，过去的都不见了……算了吧！生命总是要延续下去的，也许就在这条以他的名字命名的街道上，也许就在某间破旧的屋子里，有一个小克利斯朵夫在发呆，在苦闷，在斗争。他来到规模宏大的市政大厅，在那里他的一件作品正在演奏，可是他们完全颠倒了它的意义，令他本人都快要认不出来了……算了吧！当音乐被误解时，也许会激发出全新的力量吧。种子已经被我们播撒下来了。之后你们想对它做什么就做什么吧，只管将我们拿去作为养料吧！夜幕降临时，克利斯朵夫缓缓步行于围绕着城市的田野中，田野上升起了一股浓雾，他想起了那场将要笼罩他生命的浓雾，想起了那些萦绕在他心中的爱人，他们离开了这个世界，躲进了他的心底，黑夜即将来临，他和他的爱人们就要被黑夜盖住了……算了吧！算了吧！黑夜，我可不害怕，你能孕育光明！一颗星星熄灭了，无数颗星星会闪耀起来。如同一杯煮沸的牛奶，那无数的窟窿里无不充溢着光明。你无法湮灭我。我的生命会因为死神的到来而重新燃起耀眼的火焰……

离开德国后，克利斯朵夫本打算在初次遇见阿达的那座城市中逗留一段时间。自从与她分手后，他就再也没有收到她的任何消息。他甚至连写封书信去询问的勇气都没有，多少年了，每当想起她的名字，他的心就会不住地颤抖……如今他内心终于平静了，他再也不畏惧任何事物了。然而躺在莱茵河畔的旅馆里，听着夜晚的钟声宣告着明天的节日，那些曾经的回忆又涌现出来了。当年的那股危险气息再次从河面上传来，只是他现在已经不能理解了。整个晚上，他都在回忆那件事，那可怕的主宰终于还是没能抓住他，他不禁喜极而泣。明天该干什么，他不知道，并且已逝的“过去”有时那么遥远，他突然又想起要去拜访一下勃罗姆夫妇。可是翌日天亮，他就泄气了；连向旅馆打听一下医生和他的太太是否健在的勇气都没有。他最终决定离开了……

就在他即将离开的时候，克利斯朵夫感到有一股力量推动着他无法抗拒地向教堂走去，那里是阿达以前经常做礼拜的地方，他把自己藏在一根柱子后面——从那儿他可以看到那张她经常跪着的凳子。他静静地等候着，内心一直相信，假如她还会来的话，肯定还会到那个位子上去的。

果然，没多久就走来了一个女人，可是他完全不认识。她和别的女人没什么两样：身体肥胖，脸盘饱满，下巴圆润，表情冷漠，一身黑衣，端坐凳上，木然不动，那样子不像是在做祷告，仿佛什么都没在听，只是两眼望着前方。看着这个女人，克利斯朵夫竟一点儿也想不起他在等待的那个女人。只是有那么几次，她做了一个奇怪的动作，仿佛要抚平膝盖上衣服的褶皱。过去她经常做这样的动作……坐了一会儿，她要出去了，她从他身旁经过，步履缓慢，双手抱胸，怀里捧着一本《圣经》。她瞅了一眼克利斯朵夫，眼神阴郁烦闷，露出一点点微弱的光。两人都没有将对方认出来。

她走了过去，头也不回，僵硬的身子挺得笔直。直到过了很久，他的心才颤抖了一下，因为他认出了那张嘴，那张隐藏在冷冰冰的笑容之下的，藏匿于一层层皱纹之中的，他曾深情亲吻过的嘴……他几乎不能呼吸了，双腿瘫软无法站立，心里想："上帝啊，这个女人就是我曾经的爱人吗？她去了哪里？她去了哪里？我又身处何处？她的爱人身处何处？那将我们吞噬的残酷的爱情，那副我们的躯体，如今还剩下些什么？——只剩下一堆灰烬。可是燃烧的火又在哪里？"

他的主对他说："火就在我这里。"

随即他抬起头，眼睁睁地看着她跻身于人群中，跨过了大门，走向了太阳之下。

回到巴黎没多久，克利斯朵夫就和雷维－葛，他多年的老敌人，握手言和了。雷维·葛诡计多端，用意险恶，曾经不断地攻击克利斯朵夫，后来雷维·葛终于出名了，心中得到了满足，不过他还是有些小聪明的，暗地里也承认克利斯朵夫的确是个了不起的人，想方设法地同克利斯朵夫搭讪。可是面对曾经的攻击，和现在的大献殷勤，克利斯朵夫都视而不见，一副无所谓的样子。终于雷维·葛有些心灰意懒，放弃了。两个人都住在同一个小区里，上街时经常碰面，可彼此都装作互不相识的样子。克利斯朵夫从旁走过时，会瞅一眼，若无其事的样子，完全无视他这个人。克利斯朵夫这种视而不见的态度可把雷维·葛气坏了。

雷维·葛有个女儿，十九岁左右，非常好看，小巧大方，侧面看起来就像只小绵羊，金黄的头发卷曲着，眼睛极富风情，笑起来极像意大利画家吕尼画中的形象。父女二人经常一起散步，有时克利斯朵夫能在卢森堡公园里看到他们，可爱的女儿挽着父亲的手臂，两人非常亲密。克利斯朵夫向来喜欢看美丽的脸庞来打发时间，看到这张脸时，更加喜欢了。一想到雷维·葛，他就自言自语：

“这个浑蛋倒是挺幸运！”

随即他又不无得意地想道：“不过我也是有个女儿的呀。”

他不由得将两个女孩儿比较了一番。当然他会有私心，认为奥洛拉各个方面都比她优秀。可是这样做比较的时候，他不由自主地将两个孩子看成了一对好朋友，虽然她们俩并不认识对方，而且在心里，克利斯朵夫开始不自觉地向雷维·葛靠近了。

从德国回到巴黎后，他听到了“小绵羊”的死讯，作为父亲他立刻很自私地想道：“如果我的女儿也倒霉了，那可不得了！”

这样，克利斯朵夫开始有些同情雷维·葛了，决定给他写信，可是打了两次草稿，都觉得不满意，还有些不好意思，所以没有寄出去。几天之后，他又碰到了雷维·葛，对方那个痛苦不堪的样子令他忍不住向雷维·葛走去，朝对方伸出了手。雷维·葛想也没想，很自然地握住了他的手。克利斯朵夫感叹道：“可怜的孩子啊！”

克利斯朵夫深情激动的语气深深打动了雷维·葛，他竟有种无法言语的感动……他们有一句没一句地随便说了些伤心话。临近离开的时候，两人之间已经不再有任何隔膜了。他们之间的确有过斗争，可那是他们的宿命，因为各自有各自的性格，各自有各自的使命，这使命他们必须完成！可是最终悲剧也好喜剧也罢，都落幕了，两个人都抛开了表演时用作面具的情欲，以本来的面目彼此面对，才发现原来自己并不比对方高明多少；因此当自己表演的角色结束后，两人就应当握手言和了。

乔治和奥洛拉预定在初春举行婚礼。可是克利斯朵夫的身体状况继续下降，健康令人担忧。孩子们看他时那焦急的神情他都看到了。有一次他还听到他们在悄悄地说着什么。

乔治说："你瞧，他的脸色难看极了！很可能已经病了。"

奥洛拉回答："真希望我们的婚礼不要被他耽误了！"

这些话他都记在心里了，悄悄地决定要满足他们的愿望。噢，可怜的孩子们，不要担心！他怎么可能会破坏他们的幸福呢！

然而克利斯朵夫确实太不懂得保重自己了。最近他实在紧张得有些过头了，仿佛结婚的是他自己似的。可是就在婚礼举行的前两天，他那曾经发作过的肺炎竟然莫名其妙地又来找他了。他不断地自责，怪自己太不小心了，他决定一定要坚持到婚礼结束之后。克利斯朵夫想起了葛拉齐亚，她在临死前也不愿意告诉他自己病倒了，只是不想扰乱他即将举行的音乐会，不想妨碍他的工作、破坏他的快乐。而现在他也要像她那样做了，只不过是对她的女儿这么做，这样想着他心里不禁快乐极了。因而他不让任何人知道自己的病情，可是支撑着病体确实太不容易了。幸运的是，两个孩子幸福的样子令他开心不已，竟然奇迹般地熬过了那么长的婚礼仪式。离开教堂，回到高兰德家时，他就已经筋疲力尽了，慌忙将自己关在房间里。没过多久，仆人发现了他晕倒在地。等到克利斯朵夫从昏迷中苏醒过来时，他执意不让人们告诉新婚夫妇，因为他们即将做蜜月旅行。那两个孩子的全部注意力都在自己身上，根本没有注意到其他的事。

他们开开心心地同他告别，答应他会给他写信，明天不写后天也会写……

两个孩子刚一离开，克利斯朵夫马上就去床上躺着了。他发烧了，一直退不下去。他孤身一人，身边连个陪伴的人都没有。爱麦虞限也生病了，没办法来看他。克利斯朵夫没请医生，他觉得自己的病一点儿也不严重，他也没有一个仆人可以为他请医生。每天早上会有个女人过来给他打扫房间，只待两个小时，而且对他毫不关心；克利斯朵夫更加顽固，根本不要她服侍。每次她在打扫房间时，克利斯朵夫总要叮嘱她，不要乱动那些纸张。可是那个女人非常固执，这一次克利斯朵夫卧病在床，她觉得这是个很好的机会，她可以依照自己的方式好好清理一下房间了。克利斯朵夫躺在床上，眼睛看着大衣柜上的镜子，从里面看到了那个女人正在隔壁房间打扫，一些东西都被她打乱了，这个老人脾气暴躁的毛病一点都没变，他勃然大怒，马上跳下床，一把夺过她手里的纸，推推搡搡地把她赶出了门。这一生气，他马上就又发高烧了；而那个老女人也非常气愤，再也不来了，也不通知“这个老疯子”一声——是的，她就是这么称呼克利斯朵夫的。就这样他卧病在床，却没有一个人照顾他。清晨他去拿牛奶，会看几眼那个守门的女人，看看那两个孩子有没有寄信给他，他们答应过他的。可是一封信也没有。他们实在太快乐了，都想不起他了。克利斯朵夫并不怪他们，假如自己站在他们的立场上，也会跟他们一样的。他想象着他们无忧无虑、幸福快乐，想到是自己给了他们那些快乐。

奥洛拉终于来信了，那时克利斯朵夫的病已经好了很多，已经可以下床活动了。乔治只是在信的末尾签了名。奥洛拉没怎么询问克利斯朵夫最近怎么样，也没有说很多他们的事，不过她委托克利斯朵夫帮她办一件事，她说自己有条围巾落在了高兰德家，希望他能给她寄过去。尽管这并不是件非常了不得的事情，也许只是没话找话说，一时想起来的，可是克利斯朵夫却非常高兴，因为他还可以给他们帮忙，便急急忙忙地出门了。大街上下起了大雨，寒潮来了，下过了一场大雪，凛冽的寒风肆意地刮着。街上看不到一辆车的影子。克利斯朵夫等着邮寄包裹。那个工作人员十分无礼，故意缓慢地办着手续，他很生气，可是却没有办法。克利斯朵夫早就气定神闲了，按理说并不会自己生气，可是近来的疾病令他脾气又变得十分暴躁了；他的身体已经摇摆不定了，被动了根本，仿佛一棵就要倒地的橡树，被人砍了一斧子后发出倒地前的一阵颤抖。他回到了家，一路上抖个不停。守门的女人在楼底下递给他一样东西，那是一段从杂志上裁剪下来的一小段文章。他瞅了瞅，原来是篇攻击他的文章，将他骂得狗血淋头。现在还能看到这样的东西，实在很难得了。当一个人根本不在乎挨打时，再去打他就很没意思了！

就是那些最顽固的敌人，尽管对他厌恶至极，可是仍会不由自主地敬重他，也正是因为这样，他们更加生气。俾斯麦曾这样说过，语气中透着几分遗憾的味道：“人们总以为只有爱才是最不由自主的。事实上更不由自主的却是敬重……”

可是写那篇文章的人是个强者，连俾斯麦恐怕都没他强悍，爱也好，敬也罢，都同他没关系。他信口雌黄地将克利斯朵夫骂了一通，并扬言下半个月还会发表几篇文章，攻击克利斯朵夫。克利斯朵夫看了之后，笑了笑，躺到床上自言自语：“呵，他可要惊讶了！那个时候我可就不在了。”

大家劝他雇一个仆人照顾自己，他偏偏不愿意。他说他一辈子习惯了孤身一人的日子，到了晚年还要雇一个人，那不是让他没办法享受清福吗？

可他一点儿也不觉得无聊。这些年来，他总是同自己聊天，仿佛他有两个灵魂似的。这几个月来，克利斯朵夫的心中有越来越多的同伴了，他已经不止两个灵魂了，而是十个灵魂了。这些灵魂们相互聊天，但更多的时候是在唱歌。有时候，他也会加入他们的聊天之中，有时候他就静静地听它们说话。他把空白的五线谱放在任何伸手可及的地方，床上、桌上到处都有，这样他就可以记录下那些心灵们的谈话，有时听到了一些针锋相对的议论，他就忍不住笑出声。现在他有了一个下意识的习惯，他几乎是同时在进行“想”和“写”这两个动作；对于克利斯朵夫来说，如实地写就是更清楚地想。一切阻碍他与那些灵魂之间的谈话的，他都非常气恼烦闷。即使是他最亲爱的朋友，他有时候也会忍不住有这样的感觉。他努力不对他们表现出这种气恼，可是这样自我克制令他疲惫不堪。等朋友走后，他又可以重新独处了，他便无比高兴。刚才他是个迷途的孩子，人类琐碎的语言遮住了心灵的声音。克利斯朵夫的静默令他能够与神明相通！

克利斯朵夫只同意守门的女人，或者她的任意一个孩子来看看他，他们每天都过来两三次，看看他是否有事。克利斯朵夫也拜托他们帮他送些纸条，因为他一直和爱麦虞限保持通信，直到最后那几天也是。两个老朋友都一样病重，也很清楚自己的情况。克利斯朵夫的心灵自由且有信仰，爱麦虞限的心灵虽然自由，却无信仰，但两人的心灵最终都走向了同一条道路，此刻两人都到了一种物我合一的境界，心灵澄净清明。两人的笔迹颤抖得厉害，几乎无法辨认了，可两人绝口不提自己的病情，只聊着那些永远也聊不完的话题，他们的艺术，他们思想的前景。

终于有一天，克利斯朵夫抬起颤抖的手，给爱麦虞限写了一封信，那是瑞典王在战场上濒临死亡时说的话："我已经达成了我的目标，兄弟，你要靠自己想法子了！"

克利斯朵夫对自己的一生看得清清楚楚，仿佛面对着一座结构复杂的楼宇……年轻的时候，他不断地努力，只是为了能够自我控制；他顽强地拼搏，只是为了能同别人竞争，获取自己的生存权，同种族这个妖魔斗争，拯救自己的个性。在获得胜利之后，他仍然不敢放松警惕，日夜防备着，他要保护好自己胜利的果实，不要被胜利冲昏了头脑。友谊带给他莫大的快乐，也带给他莫大的考验，他那孤独的心灵从此能够沟通全人类。再之后他的艺术也取得了成功，他的生命到达了一个顶点。他不禁骄傲了，自以为已经征服了自己的精神，自以为已经主宰了自己的命运。可是事情突然就发生了激变，一个神秘的骑士迎面而来。爱人的丧失，还有肉欲与羞耻，它们都是上帝的先锋队。克利斯朵夫被打倒了，马蹄残忍地践踏着他的身躯，他浑身鲜血淋漓，可他仍然不停地攀爬，直到爬上了顶峰，他看到了云层中的火焰，那是能够锤炼灵魂的野火。他迎面与上帝相遇，他竟同上帝展开了肉搏，如同雅各与天神之间的战争一般。最后战争结束了，他几乎力竭。于是克利斯朵夫开始珍惜这次失败，他开始明白了自己的界限，他努力地在上帝划定的范围内活动，在这个范围内努力实现上帝的意志。他这么做只是为了等到播种、收获之后，在那么多艰辛却美妙的辛勤劳作结束之后，能得到在山脚憩息的权利，那时他一定要对阳光照耀下的山峰说：

“祝福你们！你们的光明我并不羡慕。可是你们的阴暗在我看来却是那么的甜美……”

此时，他看到了他的爱人，他看到她握住自己的手；她的肉体只是个障碍，这障碍早已被死神摧毁了，如今她的灵魂整个地倾注到了他的灵魂之中。他们一起从时间的洪流之中抽身而出，来到了快乐的巅峰——在那儿，过去，现在，未来，手拉手围成一个圆圈；他们内心平静，静静地看着喜怒悲欢，看着它们生长、繁荣，最后枯萎——在那儿，所有的事物都是如此和谐……

可是克利斯朵夫有些太着急了，自己觉得已经到了幸福的彼岸。然而胸口一阵剧烈的疼痛，还有脑子里不断浮现的乱七八糟的人影，这些都提醒他，最后这段最艰难的路他还没有走完……好吧，继续向前走吧！

克利斯朵夫躺在床上，木然不动。楼上有个愚蠢的女人，接连几个小时都在弹琴。她反反复复地重复着同一个曲子、同一个句子，并且乐在其中。她从这些句子中感受到了极大的欢乐，感受到了变化万千的情绪。对于她的这种快乐，克利斯朵夫心里十分明白，可还是忍不住厌恶极了，差不多要哭起来了。假如她的琴声没有那么响就好了！克利斯朵夫痛恨喧闹，如同痛恨一种恶习一般……最终他还是忍住了，虽然要做到充耳不闻的确非常困难，可是也没有想象中的那么困难。渐渐地，他觉得自己就要离开这具肉体了，离开这具病恹恹的丑陋猥琐的肉体……这么多年来他都被囚禁在这具肉体里，早就受够了！看着这具肉体一点点地坏死，他心里想着：

“好了，它囚禁我的时间也不会太久了。”

他又有种冲动，想要看看人究竟能自私到何种地步，他对自己说：“一种是让克利斯朵夫的名字流传千古而作品却消亡，一种是让克利斯朵夫的作品长存而名字消亡，这两种你会选在哪一种呢？”

他毫不犹豫地说：“让那些作品长存吧，让我自己灰飞烟灭吧！只有这样，我才能将最真实，也是唯一真实的自己留下来。就让克利斯朵夫毁灭吧！”

可是不一会儿，他就觉得那些作品跟他自己同样的没有意义。

他居然会认为自己的艺术会长存，这简直太荒谬了！不仅是他自己的作品，甚至整个现代音乐，他都能清楚地看到它们的命运。音乐这种语言消失得太快了，比任何其他语言都要快；等到一两百年之后，就只有那么寥寥可数的几个专家才会懂得它。你看看现在还有几个人懂得蒙特威尔第与吕利的音乐？那伫立在古典森林中的橡树已经慢慢地被苔藓侵蚀了。那些音乐如同一座座高大的建筑，我们尽管在里面热情地歌唱，可是在不久的将来，这里都将成为废弃的庙宇，只剩下一堆废墟……克利斯朵夫看着这对废墟，内心居然毫不感触，他不禁有些奇怪了。

“难道对生命，我并没有那么热爱吗？”他惊讶地问着自己。

可是他马上就明白了，正恰恰是他热爱生命的表现……难道我要面对那堆艺术的废墟痛哭流涕吗？不，毫无必要。人类只是通过艺术来反映自己在自然界中的影子。就让它们全都消失吧，让阳光吞噬它们吧！因为它们遮住了属于我们的阳光……我们的指缝不断地流失那些来自自然界的无尽宝藏。充满智慧的人类竟然想要用一张网来兜住流水。所有的音乐都是虚假的幻象。那一个个跳动的音符都是我们虚拟出来的东西，与现实生活中任何活的声音都没有关系。面对这许许多多实实在在的声音，人类依靠智慧才勉强想到了这样一个折中的办法，试图用音乐来表现“无穷”。人类正是依靠这个谎言去了解那不可了解的未知，他相信了这个谎言，只是因为他需要相信它。然而它毕竟不是真实的，不是活生生的。精神创造了音乐，并从中得到了快感，可这快感只是人类将那些来自现实世界的直觉加以颠倒混淆之后的结果。有时会冒出来一个天才，十分偶然地就和大地接触了，在那一刹那间，他竟然看到了真正的流水，那流水超越于艺术之上。紧接着堤岸崩溃了。现实从那一个个缝隙里漏进来了。然而没过多久人类就将那个裂缝填补好了。那个堤岸是人类理智必需的保障。理智一旦碰上了耶和华的目光，就彻底崩溃了。因此，理智不断地将囚禁自己的牢房涂上一层层的水泥，任何外物只要进来，就会被它完全消化掉。对于那些不想睁眼的人来说，这是个非常美的办法……可我不一样，我期待能看到耶和华的真实面目。即便我会因此而灰飞烟灭，我也要听听你那雷鸣般的声音。艺术的声音只会令我感到局促不安。噢，精神，噢，人类，请安静会儿吧，请不要发出声音吧！

可是这段高谈阔论刚刚过去没多久，他就在被单里摸索，寻找那些纸张，想要记下几个音符。然而他发现了自己的矛盾，便微笑着说：

“噢，我的音乐，我的老朋友，你真是太好了。可是我却如此恩将仇报，竟然要将你赶走，可是你，你绝对不会离我而去；无论我多么人性，你都不会对我灰心。噢，请原谅我，那些话毫无意义，你应该明白的。我们是相互信任的朋友，我从未欺骗过你，你也一直真诚待我。朋友，让我们一起离开吧。跟我在一起吧，永远在一起。

然后我们一起得到解脱……”

他昏迷了很长一段时间，高烧不退，不停地做些混乱的梦。直到他从梦中醒过来，他的心中还留有那些稀奇古怪的梦的印记。他看了看自己，摸摸自己的身体，想要找到自己，可是他失败了。他好像就变成了“另外一个人”了。这另外一个人比他更加宝贵……

可是那是谁呢？……梦中似乎有另一个人附在了他的身上。是奥里维吗？葛拉齐亚吗？……他的心脏和头脑都脆弱得不行了，他分不出到底是哪个爱人了。不过就算分辨出来了又有什么意义呢？他对他们的爱都是平等的。

克利斯朵夫精神舒畅，全身酥麻瘫软。他连动一下都不想。他很清楚，痛苦就像等待耗子的猫，潜伏在一旁。他只好装死。怎么回事！我已经死去了吗？……屋子里一个人都没有了，楼上也听不到琴声了。孤寂，沉默。克利斯朵夫不由得叹了口气。

“一个人如果在临近死亡的时候，还能说即使是在最孤独的时候，他也从不感觉孤独，这样才是真正的安慰！这一路走来，我遇到了很多灵魂，在某个时间对我施以援手的弟兄们，在我的思想中盘旋不去的神秘精灵们，死的或者活的——不，他们都是活的——噢！你们就是这样热情地拥抱着我，守护着我，这让我热爱的一切，这被我创造出来的一切，我要听到你们美妙的声音。我为我的命运而祝福，因为我能拥有你们。我是富庶的、富庶的……幸福填满了我的心！”

他朝窗外看去……此时天气非常好，可是看不到太阳，天空如同一个美丽的盲女郎……一根树枝抵在窗户上，克利斯朵夫出神地望着它。那树枝开满了小小的白花，滋生了许多嫩芽，树枝也显得膨胀了不少。这一簇簇的花，这一丛丛的叶子，这不断复苏的生命，它们把自己的一切都托付给了那个再生的力量。看到这样的境界，克利斯朵夫觉得呼吸都不那么艰难了，也感觉不到濒临死亡的肉体了，他整个人也如同树枝一般获得新生。那再生之力用柔和的光晕笼罩着他，仿佛轻轻地吻了他一下。在他生命即将逝去的时间里，那棵美丽的树微笑着看着他；他也将那颗充满热爱的心完全倾注到了那棵树上了。他不禁想到，就在这个时刻，有多少生灵在世界上相爱了。这个时刻，对他来说是垂死前的受难，而对其他人来说，却是令人销魂的良辰；并且这样的情况将永远不会改变，生命中那强烈的欢乐从不会干涸。他喘着粗气，大声哼起了一首生命的赞歌——他的思想已经没办法指挥他的声音了，也许他压根儿就没有出声，可他自己并没有发觉。

突然，耳边响起了另一个乐队的声音，那是另一首赞歌，他感到非常奇怪：

"他们是如何知道的呢？我们并没有排练过呀。希望他们能完整地演奏完整首曲子，可不要出差错啊！"

他费力地从床上坐了起来，他要让整个乐队都看得到他，他挥舞着粗大的手臂，有节奏地打着拍子。然而乐队对整首曲子非常有把握，没出一点差错。噢，这音乐可真奇妙！啊！他们竟主动地演奏出了下文！对此克利斯朵夫感到有趣极了："等等我，好家伙！我要追上你们。"

于是他挥动着棍子，兴奋极了，痛痛快快地将船驶出去了，时而向左，时而向右，还穿越了一条条危机四伏的水道。

"这一句，你们知道怎么接下去吗？……还有那一句，快点呀！……瞧，这又是新的一句了……”

可是他们对于他的路线总是摸得非常透彻，你将一些大胆的乐句抛给他们，他们就把更大胆的答句抛给你。

“这些坏家伙！他们还能做出些什么事情来呢？……”

克利斯朵夫放声大笑，为他们高声喝彩。

“浑蛋！跟上他们的步伐可真不容易！难道我就要输给他们了吗？……当然不行，这种东西是不算数的！今天我有点累了……不过没什么关系！最后的输赢还未定呢……”

可是这支乐队演奏的东西总是令人想入非非，并且花样儿翻新，变化万千；最后他只好大张着嘴，听他们的演奏，大气都不敢喘一个……克利斯朵夫感觉自己太可怜了。

“浑蛋！”他自言自语，“你完蛋了。不要再唱了！你也没什么本事。这个身体就要没用了！你要换一个新的了。”

然而他遭到了身体的强烈反抗。他不断地剧烈咳嗽，他听不到乐队的声音了。

“你还不住口吗！”

他一手掐住喉咙，一手握拳，用力地捶着胸脯，那样子就像是要对付一个必须要打倒的敌人似的。他看到自己身陷那场混战之中。他的周围是一大堆不断呐喊的群众。有人用力地抱住他。他同他一起滚倒在地。他被对方压倒了。他快要无法呼吸了。

“快放手，我要听！……我要听！否则我就杀死你！”

他将对方的脑袋撞向墙壁，却始终不放手……

“啊，那个人到底是谁？和我扭成一团打架的人是谁？我手里抓住的这个身体，这个热得发烫的身体，它是什么呢？”

狂热混乱，昏迷不醒。热情与混沌。情欲与暴怒。最后一次，污泥从池塘的底部向上泛起……

“啊！怎么还没有结束？这紧黏在我身上的水蛭，就没办法拉扯下来吗？……那好吧，这个腐朽的身体，你就和那水蛭一起死吧！”

克利斯朵夫挺直腰杆，撑开双肩，曲起膝盖，用力推开那个隐形的敌人……成功了，他终于逃脱了！……在那边，音乐一直在响着，渐行渐远了。汗水浸透了克利斯朵夫全身，他朝它们伸出双手：“噢，请等等我！请等等我！”

他奋不顾身地跑上前去，要追上它们，他身体摇晃不稳，冲撞着一切能碰到的东西……他跑得太快了，他呼吸阻塞了。他的心剧烈地跳动着，耳朵里有血在轰鸣：一列火车从隧道中呼啸而过……

“上帝啊！真是胡闹！”

他不得不无奈地朝那支乐队挥动手臂，请求他们不要抛下他……终于火车驶出了隧道……世界重新安静了。他又能听到那首音乐了。

“太美了！太美了！再演奏一次吧！弟兄们，尽管大胆地演奏吧……是谁作了这首曲子？……什么，是约翰·克利斯朵夫·克拉夫脱？别开玩笑了！真是胡说八道！他的东西我可太熟悉了。他可写不出这种音乐，最多也不会写完十节……是谁又咳嗽了？安静点儿吧！这个和弦是什么？……还有那一个呢？……慢点儿吧，请等等我吧……”

克利斯朵夫不断地发出些不知所谓的叫喊，他的手死死抓着被单，一副要写些什么的样子，他的脑袋疲乏极了，可还在思考这些和弦到底是如何配合的，接下来应该配合怎么样的和弦。可是他绞尽脑汁也想不出来。心里不由得着急了，松开了抓牢床单的手……

随即又再次抓牢了……啊！这一次，实在是太……

“停，停，停，我实在跟不上你们了……”

克利斯朵夫的意志整个地消散了。他紧紧地闭上眼睛。幸福的眼泪在眼皮内流淌。守门女人的小姑娘望着他，无比虔诚地为他擦掉眼泪，可是他却一点感觉都没有。这世界上的一切事物，他已经没有丝毫感觉了。他的耳朵已经听不到乐队的声音了，只剩下一片模模糊糊的和弦。他始终没能揭开谜题。他的脑袋还在非常固执地反复思考：“在死之前，我想得到答案，究竟这是个什么和弦，如何接下去？”

这时候传来很多声音，其中有一个最热情。阿达那双凄惨的眼睛，忽然就又换成了一双慈祥的眼睛了。

葛拉齐亚，是不是你，是你们其中的哪一个呢，我分不出来了，太阳怎么还没升起啊？

远处的三座钟发出恬静的钟声。窗外有麻雀在聒噪，像是在提醒他，该给他们喂食了……又一次在梦中，克利斯朵夫看到了自己童年时代的房间……钟声再次响起时，天已经快亮了！空中轻快地来回飘荡着美妙的音乐。那些音乐来自遥远的地方，来自彼岸的村庄……江水在午后奔腾，发出浩浩荡荡的巨浪拍击声……克利斯朵夫看到了自己的身影，正用手杵在楼梯旁边的窗子上。克利斯朵夫整个人生如同那条莱茵河，在眼前流淌。整个人生，一切生命，鲁意莎，高脱弗烈特，奥里维，萨皮纳……

“母亲，爱人，朋友……他们的名字是什么呢？……爱人，你们去了哪里？还有我那许许多多的灵魂，你们去了哪里？我很清楚，你们就在我身边，然而我却没办法抓住你们。”

“我们与你同在。安息吧，亲爱的！”

“我再也不要与你们分开。我寻找你们太辛苦了！”

“不要再难过了。我们再也不会离你而去了。”

“噢！我被河流冲走了，身不由己……”

“那将你冲走的河流，也将我们冲走了，我们和你在一起。”

“我们要去哪儿呢？”

“去一个能让我们团聚的地方。”

“就要到那个地方了吗？”

“你自己看吧！”

克利斯朵夫用尽全力支撑起身体，将无比沉重的头尽力抬起——他看到了，那条河流，满溢的河水将田野都淹没了，河水静静地流淌着，缓慢而庄严，水面几乎是静止的了。然而，在那遥远的天水之际，有一道银色的巨流，在太阳的照耀下，波光粼粼，像钢铁一般闪闪发光，那巨流朝他冲了过来。再一次，大海的声音传进了他的耳朵……他的心都要停止跳动了，他问道：“就是它吗？”

他深爱的那些人回答道：“是的，就是它。”

他的脑袋渐渐地死去，此时在想着：“门已经打开了……我也找到了想要的和弦！……这还没有结束吗？怎么会出现一个全新的广阔的世界呢？……好吧，明天我们继续向前吧。”

啊，这才是欢乐，自己即将在上帝最高的和气中融化，自己即将为上帝献出自己，自己一辈子都在竭力尽忠：这欢乐才是真正的欢乐！

“上帝啊，我是你的仆人，对我你不会非常不满意吧？我没有做多少事，能做的也只是那么一丁点儿。我奋斗过，痛苦过，流浪过，也创造过。现在请容许我躺在你父亲般的怀抱中休息一会儿吧。总有一天，我还会重生，只为了迎接另一场全新的战斗。”

于是，波涛汹涌的大海，还有那水声潺潺的河流，都跟着他一起歌唱：“你会在未来重生。现在就暂时休息一会儿吧！一切生灵的心都是那同样的一颗心。白天与黑夜融为一体了，露出动人的笑容。爱与恨的结合，创造了和谐这个庄严的配偶。我要歌颂那位掌管爱与恨的神明。我要赞颂生命！我要赞颂死亡！”

> 当你见到克利斯朵夫的面容之日，
> 是你将死而不死于恶死之时。
>
> （古教堂门前圣者克利斯朵夫像下的拉丁铭文）

圣者克利斯朵夫穿过了河流。整整一个晚上，他都在逆流行走。他的身体结实得像块石头，稳稳地伫立在水面之上，在他的左肩上，坐着一个小孩，娇弱却沉重。圣者克利斯朵夫靠着一棵被拔起来的松树，松树弯曲了，他的脊背也随着弯曲了。在他出发时，很多人看着他，都说他不可能渡过河的。很长一段时间，他们都在嘲笑他、讽刺他。接着，黑夜降临了。他们有些疲倦厌恶了。而克利斯朵夫此时已经走了很远很远了，那些停留在河岸上的人，他们的叫喊声也已经听不到了。他行走在激流猛浪之中，孩子坐在他的肩上，小手紧紧抓着他前额的一绺头发，嘴里的声音非常平静，不停地喊着：“快走吧！”——他便艰难地行走着，佝偻着背，眼睛紧紧注视着前方，那是一片黑漆漆的河岸，陡峭的石壁渐渐地露出了白色。

清晨，祷告的钟声忽然响了起来，所有的钟声全都跟着惊醒过来。黎明又到来了！金色的天空中，一轮红日缓缓升起，就要跳出黑洞洞的陡峭悬崖了。克利斯朵夫几乎要倒下了，他终于到达了彼岸。于是他对孩子说："我们终于到了！唉，你可真重啊！孩子，你到底是谁呢？"

孩子回答说："我是即将到来的将来。"

附录一　罗曼·罗兰年表

1866年　1月29日在法国克拉姆西出生，父亲是一个公证员，母亲是一个公证员的女儿。

1880年　定居巴黎。

1886—1889年　在法国高等师范学校就读。

1889—1891年　在罗马的法国学校就读。

1895年　完成主要博士论文《在吕里和斯卡拉第之前的歌剧源》。在巴黎高等师范学校就职，教授艺术史。

1897年　在《巴黎杂志》上发表第一部作品《圣路易》，上演他最初创作的两部悲剧《阿尔特》与《狼》。

1898年　《狼》出版。

1899年　发表《理性的胜利》。

1901年　《丹东》首次在《半月刊》上发表。

1902年　发表《七月十四日》。

1903年 在巴黎《半月刊》上发表《贝多芬传》和《时机快到了》。

1904年 《约翰·克利斯朵夫》的第一章发表在巴黎《半月刊》上，剧本《蒙第斯坦夫人》完稿。

1905年 《约翰·克利斯朵夫》的前三章获得费米纳奖，取名为《幸福的生活》。

1905年 《米开朗琪罗传》完稿。

1906年 《三个恋爱的女人》剧本完稿。

1908年 《往昔与今日的音乐家》完稿并发表。

1910年 发表《亨德尔传》。

1911年 在《巴黎杂志》上发表《托尔斯泰传》。

1912年 在巴黎《半月刊》和奥朗道夫书店发表《约翰·克利斯朵夫》的最后一章。至此，《约翰·克利斯朵夫》全书完稿，奠定了罗曼·罗兰大文豪的地位。

1913年 获法兰西学院文学奖。

1914年 第一次世界大战爆发，罗曼·罗兰因为厌恶战争而离开法国，到瑞士的红十字会工作。同时在《日内瓦日报》上发表一系列的反战文章，后来以《超然于纷争之上》这一书名出版。

1915年 荣获诺贝尔文学奖。

1917年 放弃国际红十字会奖的奖金和其他文学奖金。

1918年 发表《阿格里让特城的恩培多克勒》。

1919年 小说《高拉斯·布洛宁》发表。

1920年 第一次世界大战结束后，罗曼·罗兰继续进行其和平运动，同时热心地为反对法西斯主义而奋斗。

1922年　开始动笔写长篇小说《受蛊惑的灵魂》，1933年完稿。

1923年　《甘地传》完稿。

1925年　《爱与死的角逐》完稿。

1927年　《赖马克里斯纳传》完稿。

1930年　《维佛根兰达传》完稿。

1935年　《由革命而来的和平》完稿并发表。

1936年　《如何阻止战争》发表。

1938年　《瓦鲁敏》完稿并发表。

1939年　《罗伯斯庇尔》和回忆录《心路历程》完稿。

1940年　他被维希政府软禁在家中。

1944年　12月30日，与世长辞，享年78岁。

附录二　诺贝尔文学奖大系书目

1901 年	苏利·普吕多姆（法国）	《孤独与沉思》
1902 年	特奥多尔·蒙森（德国）	《罗马史》
1903 年	比昂斯滕·比昂松（挪威）	《挑战的手套》
1904 年	何塞·埃切加赖（西班牙）	《伟大的牵线人》
1904 年	弗雷德里克·米斯特拉尔（法国）	《米赫尔》
1905 年	亨利克·显克微支（波兰）	《你往何处去》
1906 年	乔苏埃·卡尔杜齐（意大利）	《青春的诗》
1907 年	拉迪亚德·吉卜林（英国）	《丛林故事》
1908 年	鲁道夫·奥伊肯（德国）	《人生的意义与价值》
1909 年	拉格洛夫（瑞典）	《尼尔斯骑鹅旅行记》
1910 年	保尔·海泽（德国）	《骄傲的姑娘》
1911 年	梅特林克（比利时）	《青鸟》
1912 年	霍普特曼（德国）	《织工》
1913 年	泰戈尔（印度）	《新月集·飞鸟集》
1915 年	罗曼·罗兰（法国）	《约翰·克利斯朵夫》
1916 年	海顿斯坦姆（瑞典）	《查理国王的人马》
1917 年	彭托皮丹（丹麦）	《天国》
1917 年	耶勒鲁普（丹麦）	《明娜》
1919 年	卡尔·施皮特勒（瑞士）	《伊玛果》
1920 年	汉姆生（挪威）	《大地的成长》
1921 年	法朗士（法国）	《泰绮思》
1922 年	贝纳文特（西班牙）	《不该爱的女人》

1923 年　叶芝（爱尔兰）　《当你老了》

1924 年　莱蒙特（波兰）　《农夫》

1925 年　萧伯纳（爱尔兰）　《圣女贞德》

1926 年　黛莱达（意大利）　《邪恶之路》

1927 年　亨利·柏格森（法国）　《创造进化论》

1928 年　温塞特（挪威）　《新娘·女主人·十字架》

1929 年　托马斯·曼（德国）　《布登勃洛克一家》

1930 年　辛克莱·刘易斯（美国）　《巴比特》

1931 年　埃里克·卡尔费尔德（瑞典）　《荒原与爱情》

1932 年　约翰·高尔斯华绥（英国）　《福尔赛世家》

1933 年　伊凡·亚历克塞维奇·蒲宁（俄罗斯）　《阿尔谢尼耶夫的一生》

1934 年　路易吉·皮兰德娄（意大利）　《六个寻找剧作家的角色》

1936 年　尤金·奥尼尔（美国）　《进入黑夜的漫长旅程》

1937 年　马丁·杜·加尔（法国）　《蒂博一家》

1944 年　约翰内斯·延森（丹麦）　《希默兰的故事》

1945 年　加夫列拉·米斯特拉尔（智利）　《葡萄压榨机》

1946 年　赫尔曼·黑塞（瑞士）　《荒原狼》

1947 年　安德烈·纪德（法国）　《窄门》

1949 年　威廉·福克纳（美国）　《喧哗与骚动》

1954 年　海明威（美国）　《永别了，武器》

1956 年　希梅内斯（西班牙）　《小毛驴与我》

1957 年　加缪（法国）　《局外人》

1958 年　帕斯捷尔纳克（苏联）　《日瓦戈医生》

〔法国〕罗曼·罗兰◎著
刘合文　郑明生◎译

约翰·克利斯朵夫

（三）

海峡出版发行集团 THE STRAITS PUBLISHING & DISTRIBUTING GROUP | 海峡文艺出版社 Haixia Literature & Art Publishing House

图书在版编目(CIP)数据

约翰·克利斯朵夫/(法)罗曼·罗兰著;刘合文,郑明生译. —福州:海峡文艺出版社,2017.8(2023.9重印)
(诺贝尔文学奖大系)
ISBN 978-7-5550-1195-8

Ⅰ.①约… Ⅱ.①罗…②刘…③郑… Ⅲ.①长篇小说—法国—近代 Ⅳ.①I565.44

中国版本图书馆CIP数据核字(2017)第145791号

诺贝尔文学奖大系

约翰·克利斯朵夫

[法国]罗曼·罗兰 著 刘合文 郑明生 译

责任编辑 蓝铃松

编辑助理 吴飏茉

出版发行 海峡文艺出版社

经　　销 福建新华发行(集团)有限责任公司

社　　址 福州市东水路76号14层

发 行 部 0591—87536797

印　　刷 福州俊丰彩印有限公司

地　　址 福州市晋安区鼓山镇鼓一村福光路189号

开　　本 889毫米×1194毫米 1/32

字　　数 1205千字

印　　张 53.875

版　　次 2017年8月第1版

印　　次 2023年9月第3次印刷

书　　号 ISBN 978-7-5550-1195-8

定　　价 232.00元

卷六　安多纳德

在法国内地有一个守了几百年的古老家族——耶南，他们一直保持着纯正血统。不管社会经过多么大的变化，类似耶南的这种古老家族，仍然遍布法国的每一个角落。它们与乡土有着超过他们意料的千丝万缕的联系，除非有重大的变故，才会迫使他们离开本土。这种乡土情结既没有理智的原因，也没有多少利益关系；有些文人认为这是人们对乡土的热爱，对本土祖先们的遗迹的留恋。真正使人们心灵到感情牢牢束缚在这片土地上的其实是一种强有力的感觉，他们觉得自己几百年来成为这片故土的一部分，生活在这片土地上，呼吸着这片土地的空气，聆听到它的心跟着自己的心一起跳动，就像睡在同一张床上的两个人一样，感觉到它轻微的变化，体会到它寒暑交替，日月星移，阴晴昼晦的变化，以及万物的改变。而且不是只有景色最秀美或生活最舒服的乡土，才能紧紧抓住人们的心；即使是最普通、最寒素的地方，跟你的内心说着体贴温馨的话的，也有同样的魔力。

这就是耶南家所在的位于法国中部的一个省份。开阔而湿润的土地上，似乎没有生机的一座古老小城，在一条混浊不堪的运河中映射出它暗淡的面目；小城周围是单调的田野、农田、草原、小溪、森林，随后又是单调的田野……似乎没有一点美景，没有一座精美的建筑物，也没有一道历史的痕迹。虽然这里没什么特殊的美景古迹，但是这里的一切却都让你不愿离开。这里平淡的一切似乎有一股潜在的力：凡是第一次到这儿都会受不了这种迷离的情绪，但世世代代受着这个影响的人却再也不愿离开这儿，他感染太深了；那种不动的景象，那种沉闷而柔和的气息和那种单调的重复，深深地吸引了他，一种深沉的甜美，虽然让他很不屑，甚至加以菲薄，但是却让他深深地喜爱上它，永生难忘！

耶南家祖祖辈辈都生活在这个地方。早在十六世纪的时候，就有耶南姓的人住在这里的城里或乡下：因为按照惯例会有个叔祖伯祖之类的人，一生专门做修订族谱的工作，把家族那些有名无名的、辛勤工作的和微不足道的人物都在族谱中记录下来。族谱开始的时候只有些农夫、佃户、村子里的工匠等等，后来有了地位稍高点的在乡下当了公证人的书记，慢慢地又当了公证人，再后来终于有住在县城的人了。安东尼·耶南的父亲奥古斯丁，是一个很高明的商人，他在城里办了个私人银行，非常有才华，像农夫一样的油滑。坚强的他，为人方面却中规中矩的，但他做事却不会拖泥带水，很勤劳，喜欢享受生活；因为他表面笑嘻嘻的，却很喜欢用言语来伤人，什么话都直话直说，也因为他很富有，所以附近几十里范围的人都很畏惧他。虽然他既矮又胖，但却满面春光，红红的大脸上有着许多痘疤，一双小眼睛炯炯有神。从前，他是个出了名的好色之徒，至今还有这个喜好。他喜欢讲些粗俗的笑话，喜欢吃吃喝喝。看他吃饭是一件很有趣的事，除了儿子以外，还有几个和他一样特点的老人陪着他，有推事、公证人、本堂神父等。教士在这些耶南老头心中是很没地位的，不过他们也跟他一起大嚼，只要这些教士愿意——全部都是南方硬朗汉子的典型。那会儿各种各样的玩笑言语充满整个房间，每个人的拳头都搁桌上乱敲，而且大喊大叫地狂笑不止。在这样的氛围下，就是厨房里的佣人和左邻右舍的街坊们都喜笑颜开。

后来，盛夏酷热的一天，老奥古斯丁去地窖装酒时身上只穿着一件衬衣，不小心患上肺炎。二十四小时都不到，他就起程奔着他的世界去了。他不认为什么他的世界的存在，然而就如内地会反对教会的布尔乔亚一般，在最后一分钟内硬是将所有教会仪式办妥当了，一来让内地的人们少些啰唆，二是对这些个手续也是满不在乎……最后死后之事到底也是不可获知的……

儿子安东尼接手了他的生意。同样一个矮胖子，喜兴但又通红的脸上没有胡子也没鬓角，响亮的声音说得不是很清楚，而且语速很快，小动作的频率也很高。他没有父亲打理财务的能干，但办事能力还算不错。久远深厚的历史，让银行正逐步走向发展高峰，对他来讲好好守着这份基业，按部就班发展下去就足够了。他在当地因为经商而著名，尽管在事业上并不是很有成就。他只是很踏实很努力很认真地做人，不管走到哪里，都能获得别人的尊重和肯定，坦率直朗的性格可能对某些人来讲有点忒腻，有点过头了，甚至有点儿平民气息，可是不管是在城市还是在乡野，他总可以赢得很好的人缘。他对金钱一点也不会浪费，对感情却丝毫不会吝啬，很容易动情流泪，看到什么灾难会有一种发自肺腑的难过，使受难的人也为之感动。

跟大部分内地人一样，他的思想里有很大一部分是关于政治的。作为一个老革命党，外表上的刚烈却掩饰不了那份铭刻到骨子里的柔善，那份孤独的自由主义、爱国主义，偶尔也会照着父亲的样子去反对教会。他是市参议员，像同僚们一样取乐于捉弄本区的神父或本城妇女所崇拜的宣道师。不管是在夫妇争执的话题中，还是父子暗斗找借口，总是不会少了关于法国小城里的那个反教会行为，几乎任何家庭都无法逃避。

安东尼·耶南在文学方面也很有志向。拉丁文学像影响着他那一代的其他内地人一样也影响着他，对有些篇章他更是如数家珍；而拉·封丹、布瓦洛、伏尔泰等的格言，18世纪小篇诗人的名句，他能侃侃道来的也很多，甚至有时候还试着去模仿他们作诗。其他很多他的熟人也有这个嗜好，而正是这个嗜好让他收获了很大的名气。他的滑稽诗大家口耳相传，四句诗、步韵诗、折句、讥讽诗、歌谣，偶尔彰显唐突，但风趣却丝毫不减。口腹之欲的神秘时刻都依存在诗中。

这个壮健、快乐、活泼的矮个子，却娶了一个性格跟他完全不同的妻子。她有一个做法官的父亲，叫吕西·特·维廉哀。这家特·维廉哀其实只是特维廉哀，他们的姓像一根绳子被从中切断分成两部分，变了特·维廉哀。他们祖祖辈辈都是法官，在法国司法界赫赫有名，对于类似法律、责任、社会的礼法、个人的尤其是职业的尊严很看重，做人坦诚实在，但也有一点迂腐。在上个世纪里，锱铢必较的杨山泥派影响了他们，导致如今在轻视耶稣会派之余，还残留一点悲郁情怀。所以不想乐观地看人生，不但是不愿去磨平人生的棱角，反而会特意自主地增添一些，以便自己更有理由地去呼天抢地、怨天尤人。吕西·特·维廉哀就有一部分这种性格，这巧合地和她丈夫粗犷豪爽的乐天主义背道而驰。她又瘦又高，比他高出一个头，身材相当不错，很会打扮，然而这些依托打扮的举止特征却显得不是很随和自然，她总是让别人看起来觉得——似乎是故意的——比实际的年龄大；贤淑的她对别人却要求很严，不但不能宽忍任何过错，连一丁点的缺陷也不能饶恕。周围人觉得她冷酷而且骄傲。因为对宗教的虔诚不二，所以夫妇俩常常为此争执不休；但彼此都深爱着对方，尽管争辩，都觉得少不了。至于具体实务上，两人都不能处理得很高明：他是人情社会的历练不够，习惯了做好好先生，别人给点笑脸或什么好处，就很容易被说服；她则是对商界的涉入不够，既不想着去揣测琢磨，也不会有什么兴趣去关注在意。

他们育有两个孩子，一男一女，女儿叫安多纳德，儿子叫奥里维，奥里维比姐姐小五岁。

女儿安多纳德是个美丽的褐发姑娘，一张优雅端庄的法国式圆脸，眼神很有力量，天庭饱满，下巴细秀得让人疼爱，挺直的小鼻子——就如一个法国肖像家所描述的那般，是“那种清秀的，很有格局的鼻子，略微的小动作凸显她的生动神情，那点细密的思潮在她和别人说话或者听别人说话的时候显露无遗”。她秉承了父亲无拘无束、自由自在的脾气。

和姐姐不一样，奥里维淡黄色头发下显得有点娇弱，虽有着和父亲一样矮小的身材，性格却迥然不同。自小饱受疾病折磨，健康也因此大打折扣。虽然家里的人因此格外疼他，但虚损脆弱的身体还是让他变得有点郁郁寡欢，爱幻想，怕死，无法应付人生；不敢见陌生人，不愿和别人相处，总是认为和他们一起没一点意思，总是觉得他们很凶蛮，对他们的游戏和打架的行为很厌烦；被别人打的时候，不是因为没有勇气去自卫，而是担心自己会伤着别人，幸亏有父亲的地位保障着他最后的安全，不然真会有一天，他会被其他小朋友折磨死的。他心很善，对感情超乎想象的灵敏，他会因为简单的一句话或者一丝感情的传递而大哭，因此比他健全的姐姐给了他一个“泪人儿”的外号。

尽管两孩子互相深爱，但由于性格差异太大，终究玩不到一起去。他们有着各自的生活、各自的幻想。安多纳德越来越漂亮，别人在她耳边告诉她，她自己心里也很明白，所以对此非常高兴，构想着未来美好的梦。娇弱而悒郁的奥里维但凡接触到外界就觉得不可接受，于是便藏在自己谬误的小世界里胡思乱想。跟其他女孩子一样，他也需要爱别人，也需要被别人爱。基于过着孤独的生活，没有同龄朋友一起玩或者关心，他便自己编造出三个“朋友”：一个叫约翰，一个叫艾蒂安，一个叫法朗梭阿。他把大部分时间用来陪他们。他睡得很少，空想极多。清晨，被人从床上强行拉起来的时候，他总是把赤裸的两腿挂在外面；偶尔走神厉害了，两只袜子套在一只脚上。有时双手浸在脸盆里，浸着浸着也会出神。即便是在书桌上写字或者温习功课的时候，他也会胡想一会儿，等回过神来，发现自己什么都没做。在餐桌上，别人跟他说话，他会好一会儿才回应别人，而且有时候回了一句半句又不知道该说什么了，他蒙蒙眬眬地听着各种念头在自己胸中回响，过着内地那种度日如年的单调岁月。偌大的屋子只住了一半，有的是可怕而挺大的地窖和阁楼，挂着锁的幽深的空房，百叶窗都关了，家具、镜子、烛台都遮着布，那只是浮现在祖先画像上的笑容也深深印在他脑海里了，还有关于轻佻与有德故事的帝政时代的版画。外边，马蹄匠在对门打铁，锤子时重时轻，风箱也在艰难的喘气，被熏炙的马蹄发出一股怪味；

洗衣妇蹲在河边捣衣，屠夫在隔壁屋子里砍肉，一骑马打街上经过，蹄声阵阵；水龙头轧轧地响，河上转桥来回转着，纤绳拉着装木料的船在被铺得很高的花坛前缓缓划过。铺着石板的小院子有块方形的泥地，紫丁香孤艳地长着，四周是一大堆风吕草和喇叭花，临河的平台上，大木盆里种着月桂和开花的榴树。附近的广场上有时会有各种赶集的喧闹声、猪叫声，乡下人穿着蓝色上衣……星期日在教堂里，歌咏队的声音还是那样不准，做弥撒的老教士上下眼皮直打架。一家人在车站大路上悠闲地散步，边走边和别人（他们也以为全家散步是必不可少的节目）脱帽招呼——直走到大太阳的田里，看不见的云雀在上空盘旋——或者沿着明净的、死水似的河走去，两边白杨战战兢兢地抖动着。接下来便是丰盛的晚餐，各种美食多得可以大吃几天几夜。大家娓娓而谈各种有关吃喝的问题，很是享受。因为在座的都是行家，而在内地吃喝也确实是桩大事情，是一门实实在在的艺术。大家也说到了一些关于商情的问题、一些笑话，以及一些关于疾病的议论，关系到太多的细节……而这孩子只是坐在一边，不作声响，像隐形人，虽然嚼着，可又并没吃多少东西，只是用耳朵使劲听着，听着大人们说的每句话，遇到听不清楚的，就用自已的想象填充，如旧家庭的儿童一样直让几百年的印象刻得太深了。他有种奇特的天赋，能够猜到他未曾有过不大了解的一些思想，还有充满着各种莫名神秘的血腥味和其他味道。老妈子讲着奇怪而可怕的故事……最后是晚上，来来往往的蝙蝠悄悄地飞着，妖形怪状的东西直叫人害怕，那是他明知在这座老屋子里到处蠢动的，例如大耗子和多毛的大蜘蛛等；然后便是跪在床前祷告，几乎不听自己说了些什么。隔壁救济院响起声音不均匀的钟声，那是修女们睡觉的钟声；还有雪白的床，那是给他躺着做梦的诺亚方舟……

春秋两季，在离城里几里的别庄中过的日子是一年中最好最享受的时节。那里不会看到任何其他人，可以放肆地随意地幻想。像大部分小布尔乔亚的子弟一样，两个孩子是不接触平民的，另外对仆役和长工也都有点恐惧和厌恶。母亲将贵族气质顺承给他们——其实主要是布尔乔亚脾气——瞧不起劳力的工人。奥里维时常一整天骑在一株槐树的枝头读着奇妙的故事：美丽的神话、缪查或奥诺埃夫人的童话、《天方夜谭》，或是游记体的小说，遥远的世界对法国内地的青年来说，总是那样令人期待，就好像梦在海外漫游。屋子被一个小树林遮住了，于是他自认为已经身在很远的地方。但他心里清楚自己离家并不远，所以他是高兴的：因为他不怎么喜欢孤零零地走远了，他已经在不经意间迷失了。周围都是树林，透过树叶的间隙，远远看见那黄黄的葡萄藤，草原上混色的母牛悠闲地啮草，寂静的田野也被迟缓的鸣声无情冲破。远处的鸡鸣更是在农庄那头遥相呼应。仓屋里也传出节奏快慢不匀的声音。数以千万计的生灵在这个恬静的天地中活跃。一行匆忙行进的蚂蚁进入奥里维的视线，他的眼神此刻似乎透露着某种不放心。如风琴管子般轰鸣着的蜜蜂群满载而归，漂亮但又有点傻气的黄蜂也到处乱窜。所有这些忙碌的生灵们似乎都急于到达某一个目的地……哪儿呢？它们不知道。或许只要是一个合适的地方，哪儿都行……面对这个盲目但又满是敌人的宇宙，奥里维不禁打了一个寒噤。他像一只小兔子，松实落地声或者树枝折断声都会让他听着发抖……而此刻花园的另一头，安多纳德发疯似的荡着秋千，架上的铁钩摇得吱咯吱咯地响，但就是这个却让奥里维放心了。

她也是做梦的人，只不过她有自己的梦法。她成天在园子里探索，不仅贪嘴，而且好奇，嬉笑地啄着藤上的葡萄，悄悄摘了一个桃子，又悄悄钻上枣树，或是在走过的时候用手推几下，让小黄梅像雨点似的掉下来，入口即化，跟香蜜一样。她也会不顾一切地去采花：一会儿时间就把从早上开始就惦念着的一朵蔷薇摘到手中。然后再往花园深处的间道一溜烟地撤走了，然后把“罪恶”的小鼻子伸向诱人的花心中，吻着，咬着，吮着；随后把赃物揣在怀里，放在她不胜奇怪的眼看在敞开着的衬衣底下膨大起来的一对小乳房中间……另外一件被禁止的乐事，就是脱了鞋袜，用那细腻的皮肤踏在小径的凉快的细砂上，潮湿的草地上，赤裸的双脚踩在阴处冰冷的，或是给太阳晒得滚热的石板上；更或者走入林边的小溪，用脚，用腿，用膝盖，去接触水、泥土、日光。她在柏树荫下静静躺着，看着阳光下照得红彤彤的双手，漫不经心地静吻着细腻手臂上那如丝绸般的皮肤！她用蔓藤和橡树叶做成冠冕、项链和裙子，再加上蓝蓟、红的伏牛花和带着青的柏实的树枝做点缀。她把自己扮成一个野蛮的小公主，然后她自个儿围着喷泉跳起舞来，飞舞着胳膊不断地旋转，直到哪会儿头晕目眩了，才尽情地倒在草地上，然后温柔地把脸钻进草里，无缘无故地狂笑不已。

眼前的两个孩子就这样磨蚀着属于他们的日子，虽只隔那么几步远，却都是各过各的，各自享受各自认定的。除非安多纳德走过的时候想要弄一下兄弟，就顺手抓一把松针撒在他鼻子上，或是使劲摇一摇他的树，威吓他要把他摔下来，或是不知不觉地扑在他身上吓他，嘴里喊叫着：“呜！呜！”

她偶尔也会放肆地淘气一下，就哄他说母亲在传唤他，要他赶紧从树下来。等到把他骗下来了，她却爬上去把位置抢占着不走。奥里维因此自言自语说是要去告她。可是安多纳德是不可能永远待在树上的：对她来说安安静静地待两分钟都有困难。她只要爬上去，然后把奥里维弄急了，等奥里维快要哭了的时候，她就下来了。然后把他扑在地上叫他“小傻瓜”，还用稻草擦他的鼻子。他想要试着挣扎，可是只能勉强动几下，他终究不是她对手，于是他便像一条黄金虫一样面朝天地躺着一动也不动，安多纳德把他“苗条”的胳膊按在草地里，而他此时便会做出一副很可怜的样子。安多纳德看着他认输被打败的神情便会忍不住放声大笑，然后突然拥抱他，又撒开手——而且临走时还会塞一把青草放到他嘴里向他告别。他一边很是痛恨，一边不停地吐着嘴里的青草，抹着嘴巴，愤愤地叫嚷。她只是笑着，然后赶紧撤了。

她的笑容从不间断，哪怕是晚上睡觉的时候。奥里维正像往常一样，醒着编着自己的故事，常常会因为听到她那样的笑声和间断的梦话而吓一跳。外边，树被风吹得吱吱作响，一只哭泣的猫头鹰叫声，远方树林深处的农庄里不停地有狗吠声传来。昏暗的夜色中，奥里维看见沉重的柏树枝像个幽灵一样，在他眼前摇曳，也就在那时，他才会忽然从安多纳德的笑声中回过神来。

他们都笃信宗教，奥里维更是。对于父亲公然反对教会的行为，他们很是惊骇。但他让他们自由，像多数不信教的布尔乔亚一样，即便没有家族的信仰，他们也不会觉得怎么样：有些盟友在的地方总是好的。对未来的事情，我们也没有足够把握，而且他虽然不信教，但至少他是信神的，到了迫不得已的时候把神父请来，像他父亲一样：那虽然不会有什么很多好处，但起码不会害人；一个人不一定因为相信家里要着火才去保火险的。

奥里维有时候会莫名地神化自己。偶尔他认为自己已经消失了，但又温柔着依傍着什么。平日忏悔的时候也会感触到一种来自痛苦的快乐，认为由无形的朋友来接待自己很是舒服；他总会张着手臂，你尽可以倾诉一切，他会什么都明白，什么都谅解；沐浴这种谦卑和爱的阳光，灵魂净化了，也得到了休息。奥里维不明白别人为什么会怀疑，信仰本来就很自然。他想，如果不是人家的不怀好心，便是上帝有意要惩罚他们。他也会暗地里为父亲祈祷，祈求上帝点化父亲，让他悔悟过来。直到有一天在乡下参观一所教堂，奥里维忽然见着父亲开始画十字，他心里那会儿不知道有多么欣慰。他内心里认为《圣徒行述》和儿童故事是差不多的，是混在一起的。他曾经认为两者并没有什么区别。童话中嘴唇破裂的史格白克、多嘴的理发匠、驼背嘉斯伽，他都很了解；在乡间散步的时候，他时常留心找那些黑色的啄木鸟，觅宝人的神奇草根被他们衔在嘴里，而迦南与福地，儿童想象加工之后也就成为皮尔乔或贝里区域的地方了。附近的一座圆状山岗，顶上孤零零地伫立着一棵像枯萎了的羽毛般的小树，他觉得有点像亚伯拉罕燃起火把的山头。有一些枯萎的树丛堆放在麦田的尽头，他把它们看作是上帝显灵的燃烧的荆棘，因为年事已久而熄灭了的。直到后来都上了年纪了，不再相信什么神话的东西了，他还是会用那些可以让他信心倍增的通俗传说来迷醉自己，觉得其乐无穷；尽管他并不会真的受这些传说之骗，可心里却很想为此受骗。所以很长一段时期，每逢复活节前的周六，他都会留神，想看那些在星期四飞出去的钟从罗马带着小幡飞回来。后来，他终究明白了那些有多么的不现实，但每每听到教堂熟悉的钟声，他还是会习惯性地仰着鼻子望天。有一回他似乎看到——虽然明知不可能——有一口钟系着蓝丝带从屋顶上飞过。

他迫切需要迷失在这个信仰与传说的世界中。他不但无法面对人生，也无法面对自己。他常痛苦于自己又瘦又苍白，而且身体娇弱。只要别人跟他面前说起这个情况，他就会受不了。他天生的悲观，母亲方面遗传给他的那些没有问题，但不幸的是，悲观主义似乎特别钟情这类病态的孩子，并且在他们身上疯狂地生长。然而他自己却不这么认为，他只是觉得所有孩子都和他一样。这十岁的孩子不但不去园子里玩耍，反而把自己关在房里，一边吃点心，一边写他的遗嘱。

他每天晚上都要偷偷写日记，而且会写很多——除了废话以外似乎没有什么要说的，所以也不知道要写什么。这种写作是一种遗传的癖好，是法国内地的布尔乔亚——这个永垂不朽古老的种族——几百年相传下来的需要，写日记会一直坚持到自己老死，依托一种不可轻视又不可原谅的耐性，把每天的见闻、作为、饮食这类的东西一一地记录下来，而且只为自己，不为别人。他心里清楚没有人会看到这些，自己以后也不会再翻开来看。

和信仰一样，音乐也是他的避难所，可以用来躲避白天太剧烈的光明。姐弟俩都有音乐家的心灵——尤其是奥里维把这种天赋从母亲那承继过来。趣味并不能让人们给予太多肯定。能在这方面给他们指导的人没有几个：内地人唯一听到的不过是铜管乐队所奏的进行曲，或是——逢到什么节日——阿唐的乐曲，教堂里的管风琴所奏的浪漫曲，中产阶级的小姐们在音没校准的钢琴上所弹的圆舞曲或波尔卡，通俗歌剧的序曲，莫扎特的两三支奏鸣曲——就只有那么几支，音符也就几个。为招待宾客的晚会节目也会有那么一部分内容。晚餐之后，凡是能弹几曲的都会被请出来：虽然他们刚开始会脸红地婉拒，但终究是拗不过大家的盛情的，于是弹一首他们擅长的曲子。艺术家的记忆力和高超的技巧便在这时得到大家充分的肯定。

每次晚会，两个孩子对于晚餐的乐趣往往会被这样一套玩意儿破坏了。但是如果两个人一起来个巴尚的《中国旅行》或者韦伯的小曲，彼此便会配合得很好，而且不会感到害怕。但如果要他们独奏便太难为他们了。按照往常的思维，安多纳德总是比较勇敢。她肯定觉得烦得要死，然而已知逃不掉了便也会在钢琴前安静地坐下，开始弹她的回旋曲，各种杂乱，不是这里错了，就是那里出问题，然后停下来转过身来冲着大家笑笑："啊！我记不得了……"

完了她会有意跳过几拍再重新开始，一口气弹完了。然后也会像完成一件大事一样而感到非常高兴，在客人的称赞声中回到自己的座位上，又笑着说："弹错的音很多呢！"

但是对奥里维来讲就没这么好说话了。他无法忍耐在别人面前献艺，因此成为大众的目标。在别人面前说话已经让他很痛苦了。演奏，尤其为那些不爱音乐——他看得很明白——而只是为了习惯才请他去表演的人，更使他觉得是种专制。他不顾一切地拒绝。偶尔一两个晚上，他竟溜之大吉，在一间漆黑的房里或者走廊里藏着，甚至忘记了对蜘蛛的恐惧而一直逃到阁楼。然而他越是拒绝，别人邀请得越是厉害；与此同时父母的责难也降临了，有时候反抗得太激烈了还会挨巴掌。最后他还是不得不继续弹——只是肯定会弹得很坏。对真正爱音乐的他来说，弹成这样子自己也会很伤心、很难过。

小城里的趣味不只有这么点平庸的东西。有过一个时期，零零星星的两三个布尔乔亚家里的室内音乐还整得挺好的。耶南太太经常说到她的祖父，会很热心地边拉着大提琴，边唱着格路克[①]、达莱拉克和裴尔东的歌曲。如今家里仍然藏着一厚册乐谱和一本意大利歌谣。就像柏辽兹所说的安特列安先生一样，这位“幼稚”的老人“很喜欢格路克”。但柏辽兹随即感触辛酸地补充一句：“他也很喜欢普吉尼。”可能普吉尼才是他更看好的。总之，在外曾祖的收藏中，意大利歌曲占着绝大多数，也就是这些作品为奥里维提供了音乐食粮。固然它会像强塞给小孩们的内地糖食一样没有什么实质的养料，可能吃倒胃口，永远无法接受合理的食物，但奥里维嘴馋得很，不可能会有倒胃的危险。人们不会给他正常的营养。他用糕饼代替得不到的面包。这样，齐玛罗萨、巴西哀罗、罗西尼，就理所当然地成为这个忧郁神秘儿童的保姆了，在应该喂他乳汁的时候却给他喝了醇酒。

他时常自娱自乐地弹奏。音乐已经深深地让他受到了熏陶。不要求明白自己所弹的东西究竟是什么，只是随意消极地孤芳自赏。没有人会想到教他和声，他自己对这个也无所谓。所有和科学或者科学精神有关的，对他家来讲都是完全陌生的，尤其在母亲方面。那些人文主义化的司法界的人，一个算题就可以把他们弄混了。他们提起一个进经纬局办事的远房兄弟，认为是个奇人。可是听说最后他硬是为了这种工作发疯了。内地旧家出身的布尔乔亚，思想很健全很实际，可能因为肚子装的东西太多，日子过于单调而迷糊了，

① 格路克与普吉尼是十八世纪两大意大利歌剧创作者，在法国竞争激烈，当时爱好音乐的人被分为格路克派与普吉尼派。

以为自己的人情关系可以应付一切，只要有了它，世界上就没什么可以难倒自己的。科学家在他们眼中是一流的艺术家，比别人有用却不高于别人的高明，因为艺术家除了艺术是无所可以用的，而无所用就接近高雅。科学家却类似手艺工人——这便是不大体面的地方——更有学问而有些疯癫的工头，纸上的能干只能应付他们那些数目字的工厂！科学家只有在有社会经验和经商本事的人做领导时，才能干出一点大事来。

令人失望的是，人生经验与商业经验并没有像这些明理的人所想象的那么可靠。他们口中的经验只不过是一些遵从故事的旧例子，能应付的只限于一些平易的事情。真要遇上那种必须立即做出决断的事，他们便会无可奈何。

作为银行家的耶南便是这样的人。因为所有的情节都和预想的一样，节奏不快也不慢地和以前一样，所以业务上从来没有出现过什么过不去的困难为难他。他接了父亲的事，却并不具备对这一行相关的才干；既然打接手起就一直都很顺利，都没什么问题，他就因此把所有功劳都归于自己的高明。认真、老实、通情达理成了他对别人传授的口头禅。他计划着把自己的职位传给自己儿子，但并没有怎么考虑儿子的兴趣是什么，这跟当初他父亲对他兴趣的不关心一样。他也不准备替儿子的事业做打算，任其自在成长，较高的一个要求就是希望他做个好人，而且尤其希望他们幸福，因为他非常疼他们。所以这样的安排导致他们对人生方面的事情没有丝毫战斗的准备，几乎就成了温室里的花儿。可是这又能怎样呢？他们不是一路这样走过来，也一路这样走下去的吗？在环境安定的内地，在有钱而且受人敬重的家庭里，有着一个慈爱的、快乐的、亲热的父亲，交际宽广，在地方社会上占着第一流的位置，生活真的不能再容易再光明了！

安多纳德已经十六岁了。奥里维正要举行初成人礼的大典。他被各种神秘的梦想弄得昏昏沉沉的。安多纳德青春的心窝被这甜蜜的歌声填得满满的。她感到心花怒放，心里明白自己长得漂亮，又突然听到别人这么说起，顿时非常愉悦。父亲的夸奖和自己无所顾忌的交谈，已足够让她变得飘飘然了。

他对着女儿出神，她搔弄着自己的妩媚，对着镜子自我欣赏，华丽而优柔的小动作，让一旁的他看了很是高兴。他先是抱起她坐在椅子上，然后用一些爱情的话语来挑逗她，说有多少男子为之倾心，有多少人来向她求婚，他甚至把名字都一一列举出来了：尽是些老成的布尔乔亚，一个比一个老，一个比一个丑，这直让她急得大叫，转而又大笑起来，用手搂着父亲的脖子，用脸贴着父亲的脸。他问她会看上哪个幸运儿：是那个被他家的老妈子冠以丑八怪之称的检察官呢，还是那大胖子公证人？她轻轻地推了他几下，暗示他不要再说下去了，或者用手捂着他的嘴。他吻着她的小手，一边让她在膝上颠簸，一边唱着那首老山歌：

“美丽姑娘要什么？
是不是要一个丑老公？”

她扑哧一声笑了，玩弄着父亲下巴底下的络腮胡子，接唱下去：

“或是丑，还是美，

夫人，就请您做媒吧。”

她决定了要自己做选择。她清楚她有很多钱，或者会有很多钱——关于这一点父亲已经通过各种言语告诉过她：她是“极有陪嫁的”。当地家里有贤子的大户人家都开始赞美她，还在她周边使了好多计谋，张着雪白的网预备捉那条美丽的小银鱼。但那条鱼对他们来讲很可能成为四月里的糖鱼[1]，因为聪明的安多纳德早已识破了他们的伎俩，只是觉得这样子好玩——她是很乐意让人捉，却不乐意被别人捉住的人。她的小宇宙里早已选定了未来的丈夫、当地的贵族——通常每地只有一家，自称为外省诸侯的后代，其实常常只是祖上买了国家的产业[2]，或是在十八世纪当过行政官员，再或者是在拿破仑时代承包军需的——叫作鲍尼凡。在离城几里外的地方有一座宫堡，尖溜溜的塔盖盖着晃眼的石板，四周遍布着大森林，其间还有几口养着鱼的池塘，他们正在试图讨好耶南家。年轻的鲍尼凡对安多纳德很热心。他长得既英俊，而且以年龄而论也相当强壮、相当胖。他每天的生活只有打猎、吃喝、睡觉；举止也还算文雅的他也会跳舞，骑马更不用说了，并不比别人更蠢。他偶尔走出古堡到城里来，穿着长靴，跨着马，或者坐着双轮马车；他会找一个生意上的借口去拜访银行家，有时为了讨好那些太太还会带上一篓猎来的野味或者一大束鲜花什么的。他趁这个时机来接近耶南小姐。当两人一起在花园里散步的时候，他会很努力地巴结她，一边很愉快地和她谈天，一边捻着自己的须，用踢马刺蹬在阳台的石板上橐橐地响。

① 西方风俗在四月一日用制成鱼形的可可糖赠送给儿童。

② 法国大革命后，教会产业大部分都被公开标卖，落入中产阶级的手里。

安多纳德觉得他再可爱不过了。她的骄傲和她的心就在这个时候觉得很是舒坦。懵懂的初恋原来是这般温柔，直让她陶醉其中。奥里维是不喜欢这个乡下绅士的，因为鲍尼凡身强力壮，笨重，粗野，笑的时候声音像打雷一样，而且手也不规矩像钳子一样，总是一副很调侃的样子叫他："小家伙……"更让他生恨的是鲍尼凡总是拧他的面颊——当然是不自觉的了——那个陌生人喜欢他的姐姐——爱这个属于他一个人而不属于任何人的姐姐……

不幸的是大祸降临了。老布尔乔亚家庭数百年来都生活在这片土地上，吮吸着它所有的乳汁，但这终究是他们早晚都得碰到的。他们漫不经心地在那儿打盹，以为自己就和这方土地一样不朽。殊不知脚下的泥土早已死去，连根须都再也找不到，甚至只要人家一铲子就可以让其永远倒下来了。那时，大家认为是运气不佳，撞上了这样的飞来横祸。却不知道如果树身本身是坚固的，厄运就永远不会存在；或者眼前的祸患只是像暴风般经过便不再停留，不会造成根本上的影响。

银行家耶南是个懦弱、轻信，有些虚荣的人。他喜欢体验不一样的感觉，心甘情愿地把"实际"与"表面"放在一起来谈论。他大肆挥霍，但多亏世代相传的节俭习惯以及自己时时的反省，造成的浪费还不至于使他的财产安全受到影响——他浪费了几方丈的木材而舍不得用一根火柴。在商业方面，他也缺乏警惕意识。他从来不会拒绝朋友的借贷要求，而且谁都有机会做他的朋友。他更不会让人给他写字据，登记的账目零零散散也不是很完整，人家不还，他绝不会主动去要。就像他认为别人相信他的善意一样，他也相信别人的任何善意。表面上果断直爽的他内心却胆子很小，不但不敢对一些冒失鬼的请求说不，也不敢去怀疑他们的偿还能力。这种作风一方面是由于本质上的好心，另一方面也是由于实质上的胆怯。他因为怕受到侮辱，所以不敢得罪任何人，所以永远让步。为了欺骗自己，他会很热心地做好这些事，感觉就像是别人拿了他的钱是在帮他解脱什么。他几乎以为是这样了：他的自尊心和过度的乐观让他很容易认定自己做的都是没错的买卖。

他的这种行为处事自然而然会赢得债务人对他的同情：他们乡里的人对他好得很，他们心里明白需要他的帮助时永远不可能存在不行。因此他们更加不愿意错过这样的机会。但是人的感激就像是树上的果实一样，应该不误时节去采摘，即使老实的人也应当如此。如果就让它一直在树上挂着，那么它就会发霉烂掉。数月之后，那些受到过耶南先生好处的人，就开始认为这些好处都是耶南先生应当给予他们的；甚至在他们的心里还有这么一种想法：耶南先生之所以这样不顾一切地帮忙一定是有利所图。而一般有心人却觉着在赶集的时候送一只野兔或者一篮子鸡蛋什么的给银行家，即使不能用来偿还一定的债务，但起码可以还个人情，也算是不亏欠太多了。

事到如今，亏的不过是一些小数目，而且耶南所接触的人还算是规矩的人，所以还没造成什么大的损害，损失的钱——银行家们提都不愿意提，数额甚微。但有一天耶南碰着一个做大事情的阴谋家，得知他的资金情况和轻易放款的习惯，情形马上就峰回路转了。那个挂着荣誉团勋章而且架势很大的家伙，扬言自己的朋友圈子中有好几个部长，还有一个总主教、一大群参议员、一批文艺界与金融界的知名人物，还认识一家具有高度权威的报馆。他的语气严肃又带着套近乎的感觉，对付他看中的人已经绰绰有余。他那些用来证明身份的手段粗俗浅薄，任何一个比耶南精明一些的都会犯疑的：他摆出平常阔朋友写给他的信，里面的内容除了应酬饭局还是应酬饭局。因为在笔墨方面，法国人向来是很大气的，对一个新朋友，哪怕只是刚认识半小时，一方面大方地握手，另一方面盛情地互赴饭局，只要这个人开口不提钱事——其实在看到旁人也借给他的时候，就是借钱也行。因此一个聪明人若是看到邻人有了钱觉得不好处理而想要帮忙的时候，一定会找到一头羊首先跳到水里去，引其他的羊跟着一起下水。耶南先生应该就是第一头跳水的羊吧。只不过他是那种柔顺的绵羊，专门让别人剪毛的。宾客的见识广博、美言美语、阿谀奉承迷住了他，而且他的劝告也让他赚到了第一笔钱。他先压上小额的钱，结果赢了；转而压得更大更多了，甚至是所有的钱，包括自己的和所有存户的一起都放进去了。他本是想，自己一定会成功的，所以并没有告诉他们，想等到胜利后再出其意料地告诉存户自己为他们赢了多少钱。

事业失败了。一家有联系的巴黎商号在给他的信中提到了一件事，说有一桩新的倒闭案，可是万万没想到耶南自己就成了受害人之一：因为这是银行家不跟任何人提起的。他的轻举妄动真让人难以置信，刚开始不但没有向行内消息人士咨询信息，而且还故意逃避去征询，私下里做着这桩事情，自信地认为自己的见识可以保证自己永远不会错，对一些肤浅的模糊的情报也很容易满足。一个人经常会在自己人生中犯蒙做点傻事，好像到了一定时期便必须把自己弄得身败名裂；对别人好心的挽救甚至还故意躲开，自己放弃任何能补救能挽回损失的建议，拼了命地向前冲，似乎这样就可以让自己心满意足地落败下来。

耶南冲到车站，慌慌张张地上了去往巴黎的火车。他想要找到那个家伙，甚至一路还在想自己听到的也许是不真实或者别人夸大了的消息。结果，不但没有找到那个人，反而确认了自己心里不敢相信的事实。他惊恐万分地回来，没有告诉任何人这个事情。外边还没有一个人知道。他想先瞒一阵子，哪怕只是短暂的几个星期也好；又倚仗自己那种“出神入化”的乐观性格，想着应该还有办法挽救，即使自己的那部分已经无可挽回了，但他只是希望能多少补偿他的那些主顾们。他做着种种尝试，而就是这样的慌乱无序，即便是有希望的机会也被他浪费掉了。去哪都借不到钱。在黔驴技穷的情况之下，那最后的拿少数仅存资源做的投机事业硬是把他彻底断送了。他的性格也由此发生了翻天覆地的变化。他少言寡语了，但是变得很易怒、暴躁、冷酷，忧郁得可怕。在外人面前，他只是做牵强的快活状，可是内在悲伤的情绪任何人都看在眼里：别人以为他身体不好。跟自己人待在一块的时候，他总是心不在焉，于是他们开始怀疑他是不是有什么事情瞒着他们。他会突然冲到一间屋里，翻腾着一件家具，把纸片什么的撒满一地，还因为没找到自己想要的东西大发脾气，或是因为别人想帮助他。随后，他静静呆愣在这些乱东西之间，他无法回答别人问他找什么这类的问题。他好像开始淡化了对自己儿女的关心，或者在拥抱他们的时候眼中噙着泪。他胃口开始变坏，而且开始失眠。耶南太太明明认识到大祸马上就要降临，她之前从没有过问自己丈夫的买卖，也是因为自己不懂这。但这次她问他，却被他用暴躁的口气给回绝了。而她一气之下，也不再多问。但她还是隐隐约约感觉到有什么事情不对劲了。

孩子们是不会想到有什么危险的。以安多纳德的聪明，肯定会像母亲一样能有所预料的，但此时的她已经陷入初恋的快乐深渊中，不去多想一些不安的事；她只是觉得一切都会好起来的，或者即便等到真正有什么事情不可避免地发生了，那时再去看也没事。

然而最了解此时此刻眼前这个银行家的抑郁情绪的还只有小奥里维。他感受到了父亲身上的痛苦，便默默地和他一道痛苦。但他不敢跟他说起任何什么，不是自己无能为力，而是自己无可获知。再则，他也努力不去想一些让人悲伤的意念。像母亲和姐姐一样，他也有一些迷信的思想，觉得但凡我们所不愿看到发生的灾祸是不会发生的。那些可怜的人只要遭受到来自灾祸的威胁，便会怯弱地把自己藏起来，以为自己会侥幸逃过那些灾祸。

动摇人心的谣言开始蔓延，传言说银行家已经没有任何资本了。尽管银行家试着在主顾面前镇定自若，但这也没能让他躲过去，一些严重质疑的主顾提出取款的要求。耶南觉得这一下可完了。他和别人争执不休，而且因为别人的怀疑而歇斯底里地愤怒，甚至跟老主顾们强辩争吵，这样一来大家就更加怀疑了，越来越多的人开始要求提款。他无计可施，失望至极，甚至都把自己弄糊涂了。他做了一个短期旅行，把最后的一点钞票也瞬间输在了临近的一个喷泉赌场上。

小城的人们因为他的突然离家而变得惊慌，说他逃跑了。耶南太太费尽口舌地跟他们解释，还说她丈夫一定会回来的。尽管他们心里是很愿意耶南太太说的是真的，但他们还是不相信。所以当大家知道他回来了都缓缓舒了口气：很多人都开始怀疑自己的想法，像耶南这样精明的家庭，即便是出了什么事情，也不至于到破产倒闭的地步。银行家的态度碰巧印证了这个事实。疲惫不堪的他现在终于明白了只有一个办法了，所以他开始变得镇定下来。下了火车，跟几个遇到的朋友随和自然地在火车大道上聊天，说着一些地里雨水不顺、葡萄长势不错等这类的话，甚至谈论一些报纸上的关于倒阁的时讯。

回到家后，对于妻子对他走后所发生的一些事情的报告，他装作很不在意、坦然自若的样子。她紧紧盯着他的神情，试图从他的脸色弄明白他究竟有没有在外出期间把可能的灾祸解决好。但她僵持着不去问，在等待他主动跟自己交代。他却只口不提彼此都真正关心在乎的事，这让妻子彻底失去了想要接近他然后获得事情真相的念头。他说了些天气酷热、身体劳累这类的话，随后一家人便坐在一起吃夜饭。

他说话很少，倦怠疲惫，紧锁眉头，心里挂着放不下的事，不管是用手指弹着桌布，还是有时候勉强吃些东西，都觉得人家有意在注意他。他呆呆地望着两个孩子和他的妻子：孩子们见着这样大家都不说话的局面很害怕；妻子生气了，板沉着脸，却还是留神一旁他所有的动作。晚餐快要结束的时候，他似乎清醒了不少，开始用挑逗的话跟孩子们交谈起来，询问他们在自己不在家的日子里都做了些什么。但他还是无法把自己的注意力真的放在孩子们身上，他听着孩子们的回答，却不知道他们说了些什么，完全忽视了他们。敏感的奥里维觉察到了，只回答了一半便打住了，没有再多说什么。安多纳德尴尬了一会，但忽然又高兴起来，并且喋喋不休地说了很多，还时不时地用一些小动作提醒父亲注意听自己讲话。耶南默不作声，看了看安多纳德，又看了看奥里维，额上的皱纹像是刚用刀刻上去的，越来越深。女儿的故事讲到一半，他终于忍不住了，起身走向窗子，不想自己的情绪被他们发现了。折好饭巾的两个孩子也站了起来。

耶南太太叫他们去院子里玩耍，随即花园里俩孩子的身影便开始高兴地相互追逐。耶南太太看了看面朝窗外的丈夫，慢慢沿着桌子像找什么东西似的走过去。她突然走近丈夫，一方面是由于感情的冲动，一方面是怕佣人听到，所以压低嗓子问："安东尼，发生什么事啦？你肯定遇着什么事了……是的！你瞒了我们一些事情……可是到底是什么倒霉事？还是你生病了吗？"

但耶南同样耸耸肩装出无所谓的样子把她支开了，冷冷地回答："没事，没事，我告诉你，别烦我！"

她很气愤地走开了，并且在心里自言自语，再也不管丈夫什么事了，他最好遇到什么事也别再来找她。

耶南走到花园里。安多纳德跟平常一样疯狂地强拉着他一起奔跑。但是奥里维突然说不想继续玩了，站在离父亲不远的地方，用胳膊肘靠着栏杆。安多纳德继续过来耍他，他却很不高兴的把她推开，她抱怨了几句不好听的话，没什么的玩的了就回到屋子里去了，并没多注意一旁的父亲。就只有耶南和奥里维还留在院子里。

"怎么啦，孩子？为什么不想继续玩了呢？"父亲温柔地问。

"我好累啊，爸爸。"

"这样啊，行，那咱父子俩在凳子上坐一会吧。"

他们坐下了。时值九月，月色明朗。一边是喇叭花沁甜的香味，一边则是花坛的墙角下腐败的并不浓的河水味。那些围着花飞转的黄蛾，发出像小纺车一样的声音。坐在对岸屋前的邻居们在悠闲地交谈着，谈话的内容可以远远被听见。安多纳德在屋子里弹着歌剧里面的曲子。耶南握着奥里维的手，抽着烟。眼前父亲的脸渐渐被黑影遮掉了，只有一丁点的火光透过烟斗可以看得见，时而熄了，时而又燃了起来，但最终还是灭了。两个人都不说话。奥里维问到几颗星的名字，和内地很多布尔乔亚一样，对这些自然现象，耶南也并不懂得多少，只能说出几个众所周知的大星宿。但他故意把孩子问的那几个就当成是自己唯一知道的那几个。奥里维却没有争辩：人家能告诉他那些神奇的名字，他就已经感到很快乐了。并且此时此刻他所有的问题都只是为了更好地缩小自己与父亲的距离。他们都沉默了。奥里维把头紧紧靠在椅子上，嘴张得很开，然后看着星星像以往一样看着看着便出神了，直到被父亲手上的暖气渗透过来。然而父亲那只手却忽然间颤抖起来。奥里维甚是奇怪，于是用轻松但稍带困倦的声音问他父亲："啊，爸爸，你的手怎么抖得这么厉害？"

耶南马上把手缩回去了。

过了一会，不停转动的小精灵奥里维又问："爸爸，你也很累吗？"

"是的，孩子。"

奥里维用温柔亲切的声音又说道："不要太累了，爸爸。"

耶南把奥里维的头抱到胸前，紧紧搂着他并轻声说道："可怜的孩子！"

只不过此时奥里维的思绪已经转到另外一个地方了。钟楼传来八声钟响之后，他挣脱了父亲，并说："我该去看书了。"每个星期四，他都有一件很大的乐事要做，那就是吃完饭后便看书，而且一直可以看到睡觉，这期间没有任何事情能够影响到他，让他抽出哪怕一分钟来。

把孩子送走后，耶南自己却在漆黑的阳台上徘徊起来，不过最后自己也回屋去了。

房里，妻儿都靠拢在灯光下。安多纳德把一条丝带缝在自己胸前，嘴巴里要么哼唱要么不停地言语，这让奥里维看着不怎么舒服，面对眼前书本的他紧紧拧着个眉头，胳膊肘撑在桌子上，还用手捂着耳朵。耶南太太一边补袜子，一边和老妈子谈话——她在一旁借着背白天账目的间隙聊一些闲话；她总有讲不完的好故事，那种滑稽的土话直让人控制不住笑声，一旁的安多纳德还偶尔学几句。谁也没注意旁边一直默默注视他们的耶南，他“飘忽不定”地站了一会，又坐下随手翻了翻一册书，然后又合上，随即又重新站起来。他实在没法再继续待在这里了，点了蜡烛，说了声告别的话，然后走到孩子们身边，动情地亲吻他们。他们只是满不在乎地答应了一声，甚至连看都没看他一眼——安多纳德专注在手头的活里，奥里维凝神在书本上连他捂着的手都没有收回来，对着书本很不耐烦地回了声再会——只要他看书去了，就算是家里有人掉进火盆里了他都不会回过神的。耶南在隔壁房里待了会之后便出去了。老妈子走了，耶南太太过来把被单放进柜子，当作没看见他。他犹豫了一会儿还是走进来说：

“请你原谅我刚才说话不好的语气。”

她内心很想对他说：“我不想恨你这个可怜的人，但是有什么事你不能说出来呢？就告诉我们吧。”

但是考虑眼前可以利用的报复机会，她不想就这样过去了：

“别搁我眼前烦我，你对我多凶，在你眼里根本就不把我当人看。”

然后又痛恨地把所有他的罪状说了一通，说得彻彻底底。

他毫无精神地回了个手势，然后苦笑着走开了。

没有人听见枪声，只是第二天事情被发现之后，他们才想起来昨晚寂静的街上那像抽鞭子一样啪的一声。过后，安静寂寥的黑夜再一次笼罩在这城上，把活人和死人一起包裹了。

一两个小时之后，耶南太太醒来，发现丈夫没有在身边，她心里马上焦急起来，随即起来搜寻每一个房间，没找到，之后便去了临近住宅的银行办公室。在耶南的公事房中，她这才发现他坐在椅子里，身子伏在书桌上，一滴一滴的鲜血还在桌子上不尽地往下流。她大叫了一声，不小心把手里的蜡烛弄丢了，然后晕了过去。听见声音之后的仆人们连忙赶过来，把她扶起进行救护，也把男主人的尸体移到了一张床上。孩子们的卧室门紧闭着，睡得像天使般的安多纳德什么都没有察觉。只是奥里维，他听见一片人声和脚步声，很想知道发生了什么事；不过因为怕吵醒姐姐，于是便又睡过去了。

第二天早上，当孩子们还不知道发生了什么的时候，城里已经传得沸沸扬扬了，那是老妈子哭啼着讲出去的。此时此刻他们连健康都存在问题的母亲已经不能再思考而做出什么决定。家里陪着死者的只有两个孤零零的孩子。刚出事的那段时间，他们的害怕甚至强过自己心里的痛苦，并且现实是人家也不让他们安安静静地哭。清晨很早的时候，就有法院的人过来办手续。躲在房里的安多纳德，凭着少年人的自私心理，拼命让自己脑海里只有她男朋友的身影，似乎只有这样才能帮助她暂且从这可怕得让她无法呼吸的现实中解脱过来。最近的他对她特别殷勤，所以她认为他一定会赶来安慰她。然而事实是那边什么消息都没有，哪怕是一个字条都不见踪影，看不到人家丝毫的同情心。反之，许许多多的银行存户一听到耶南自杀的消息便马上找上门来了，恶狠狠地不顾一切地对着这些孤儿寡妇破口大骂。

短短几天时间，一切都垮下来了，走了一个亲爱的人，所有的家产、地位、名誉以及朋友都在瞬间消失了。就像是世界末日一样。他们失去了任何一个可以依靠其生存的条件。一向都很重视家庭清白的他们，对这样无辜而意外的不光荣的事情的发生都非常痛苦。最感到遭受到痛苦打击的是安多纳德，因为在之前的生活中，她是最不清楚什么是痛苦的，但另外两个就不一样了，他们再怎么伤心，但至少知道痛苦是什么滋味，面对痛苦并不陌生。天生的悲观让他们觉得这次只是太多失魂落魄而并没有什么太多的出乎意料。两人一向把死看作一个避难所，尤其是现在。尽管这个时候这种屈服是可悲的，但是他们还是想到让自己死去来躲开这样的灾难，不过跟一个乐观、幸福、爱生活的年轻人，让他们突然之间陷入绝望的黑暗深渊，或是被逼到跟死亡面对面时所感到的悲愤比起来，究竟要好多了。

社会的丑恶面瞬间让安多纳德看得清清楚楚。她睁开眼睛看到了人生，父亲、母亲、兄弟都统统被她批判了一番。当奥里维陪着母亲痛哭的时候，她却在一旁忍着所有的悲痛苦苦煎熬着。过去、现在、未来所有的一切都在她弱小的脑海里层层出现；她发现自己已经一无所有，没有任何希望和可以依靠的，也不再想着去依靠着谁。

原本就已经很凄惨的葬礼，也弄得十分丢人。自杀人的遗体是很难被教堂接受的，昔日的朋友也无情地将这些寡妇孤儿们的求助拒之门外。偶尔一两个跑过来露下脸，但来的人的窘相却比不来的人更让人无法接受，像是赏赐人家一种恩典，他们的沉默有很浓的谴责轻视之意。家族方面更是做得不仁义，不但没有给予必要的帮助和支持，反而丢过来无尽的责备与批评。大家的愤怒不但没有因为银行家的自杀而有所平息，反而这种行为在他们看来就和他破产一样让人气愤，而且布尔乔亚是无法原谅自杀者的，那些无法忍受生活苦难灾祸而自杀的行为会被视为形同禽兽。对那些耻于与他们一起生活的人，他们会用最严厉的法律来惩戒。

没有哪一种怯弱能低如自杀者的怯弱。他们尤为气愤那些放弃自己生命的人，更气愤的是这样的行为损害了他们的利益他们却无法找人报复——他们从来不会想耶南是经过怎样痛苦的过程才做出这个决定的。他们甚至想让他遭受比这个更厉害千百倍的痛苦。既然他本人已经成功逃避了，他的家属就无缘无故成了替罪羊，成了他们泄恨的对象。尽管他们知道这样不公平而不去说什么，但是有些行为他们却还是依旧照做，他们只是觉得他们必须找一个人来惩罚。

根本做不了除悲戚以外事情的耶南太太，听到自己的丈夫被别人攻击，她随即恢复了勇气，也就是这个时候她才发现自己多么爱他。三个迷茫于未来的人都同意将所有母亲的捐赠和属于自己的一切产业都拿出来，去尽可能多地补偿一些父亲债务的漏洞，加之没办法继续在本地待下去，他们还是决定离开这里去巴黎。

起程的时候好像在逃亡。

第一天晚上，他们一块到墓地去告别。石栏围着刚翻掘过不久的墓穴，他们跪在墓前，任由眼泪静静流淌。奥里维无休止地抽泣。耶南太太无奈地擦拭着鼻涕，悲恸欲绝的她总是想着自己跟丈夫最后见面时说的话。奥里维回想着那会儿在阳台凳子上父亲跟他的对话。安多纳德考虑到了他们将来要面对的一切。大家对眼前这个断送了他们所有未来、丢掉了他们所有希望的人没有任何一点抱怨。可是安多纳德还是想到了：“爸爸，我们会吃好多好多的苦啊！”

黯淡下来的雾里，浓浓的潮气已经把他们包围。耶南太太不忍就这样离去。安多纳德看见奥里维打了个喷嚏，于是和母亲说：“妈妈，我好冷啊。”

他们起身来将要离去，耶南太太走出不远后又回过头来说道：“可怜的朋友！”

夜色伴着他们的身影走出墓园。安多纳德牵着奥里维冰冷的手。

他们回到老屋里，度过了在这个叫老家的地方的最后一个晚上。眼前的这些墙壁、这个家、这一方土地和所有的酸甜苦辣都默默相关，都是无法分得清的，就像它们早已都是这个家庭的一部分，都是他们生命的一部分，直到他们生命结束了才会告别它们。

行李都收拾好了，他们想要趁街坊邻居都还没醒的时候离开，以免引起大家的闲谈议论，所以准备坐最早的车离开。原本需要挨在一起的他们，情不自禁地都走进各自的卧室，站着一动也不动，不想伸手去脱帽子和外衣，面对眼前即将告别的一切，墙壁、家具等一些东西，他们只想再多陪它们一会，好让他们的印象更深一点。只是到最后大家所有排遣痛苦的想法都集中到母亲屋里来，那是一家人团聚的房间，尽管那里还摆放着很大的床：从前大家每每吃过晚饭之后，若是没有外人来访，都会聚在这个房间来；从前……他们觉得已经远得很了！围坐在火不是很大的小炉子旁，大家都默默无语，因为第二天需要起得很早，所以做完祷告之后，便早早地都睡下了，虽然大家都不怎么睡得着。

凌晨四点，一直都在看着表的耶南太太亮起蜡烛起床了。听到声音原本就没怎么睡着的安多纳德也跟着起来了。唯独奥里维睡得很熟，耶南太太怜悯地看着他，不忍心把他叫醒。她踮着脚尖走开，还嘱咐安多纳德："小声一点，让可怜的孩子再多享受几分钟这里的时光吧。"

穿好衣服之后，她们也收拾下零散的包袱。屋子的四周依然是静悄悄的，在深秋凉爽的夜里，所有的人、所有的动物，都特别地贪婪留恋他们舒适的睡眠。安多纳德牙齿打战：身体跟心都是冰凉凉的了。

外面寒风刺骨，吱呀声中大门被打开了。老保姆随身带着钥匙，这是她最后一次来侍候主人。身子稍有臃肿的她又矮又胖，而且脾气急得厉害，但就年龄来说，她还是非常硬朗的，鼻子通红的她围着块布在脸上，热泪盈眶，看到太太不等她来就起床了，厨房的炉子也生好了，深深感到不安。——她进门的同时奥里维也醒了，但他随即又闭上眼翻个身又睡去了。安多纳德过来轻轻地把手放在弟弟的肩上，用很低的声音在他耳边说道："奥里维，我的小乖乖，时候到了。"

睁开眼叹了口气，看着姐姐那靠近自己脸的微笑，摸着他的额角，嘴里说着："起来吧！"

他就起来了。

他们安安静静地走出屋子，像贼一样。每人都手拿一个包袱，走在最前面的是老妈子，她还要推着一辆满载衣物的车子。除了身上穿的，他们差不多把所有东西都留下了。其他一些可怜物交由另外的慢车运，里面只是几册书、几幅肖像，古式的座钟像生命脉搏般地摆动……晨风啸厉，清早的城里，谁也没有起来，所有的护窗都紧闭着，街上空空荡荡的。他们默默行进，除了老妈子还在不停地唠叨着。耶南太太拼命想要把这最后一次见到的，可以让她回想起过去生活的这个形象，镌刻在心里。

到了车站，尽管很想为了省钱而买三等票，只不过由于面子作怪，依旧买了二等票。她无法忍受在车上两三个认识她的站员面前的窘迫。她急急忙忙扑入一间空的车厢，和孩子们躲了起来。躲在帘子后面，担心真的会遇到什么熟人。但结果可是一个人也没出现：他们起程的时候，城里的人都还在睡觉，空荡荡的车厢只有几个乡下人，和几头把头伸在车栅上面悲鸣的牛。过了好久之后，他们才听到机车那长啸声，车子总算开始移动了。三个流浪者揭开窗帘，把脸贴在窗上，最后看了一眼这个他们熟悉的但即将要离别的小城。迷雾中隐约可以看到那哥特式的塔尖，干草堆遍布在山岗上，白霜铺盖在草地上，还在冒着水汽：这已经是遥远的、梦中的风景，不再是现实的了。列车拐弯进入另一条铁轨的时候，眼前的景色都消失看不到了。他们控制不住自己了。耶南太太把手帕掩着嘴巴抽泣着。扑在母亲身上的奥里维把头枕在她的膝盖上，淌着泪吻她的手。坐在车厢那头的安多纳德，静静看着窗外流眼泪。大家都有自己掉眼泪的理由。耶南太太和奥里维只想着丢掉的一切。但安多纳德却更多地想到了将来的事情，她恨自己不该这样，很想让自己只是浸在往事里。不过事实上，她的未来考虑是正确的。她比母亲与兄弟把事情看得更准确，没有他们那种对巴黎的种种幻想。安多纳德自己也没料到将来的遭遇。大家都没有去过巴黎这个大城市。不过耶南太太有个姐姐在巴黎，而且丈夫是个有钱的法官，她这会儿去就准备找姐姐帮忙解决问题的。而且另一方面，她认为孩子们所受的教育和天分会很容易在巴黎找一个体面的工作来维持生活，只不过在这方面，她跟大多数母亲一样预料错了。

刚到巴黎的最初印象是那么让人失望。在车站上，他们被拥挤的行李房和门口水泄不通的车马弄得狼狈极了。天下着雨，找不到一辆车。他们走了很多路，手臂被沉重的包裹压得很是酸痛，被迫在街中央冒着被车马压死或者被溅上一身淤泥的危险停了下来，只是不管他们怎么呼喊，都没有车夫答应他们。后来总算是停下了一辆肮脏得不能再肮脏的破车，不幸的是在往车上递包裹的时候还把被褥弄到地上的泥浆里了。车夫和扛衣箱的脚伙趁他们人地生疏，骗他们要双倍的价钱。耶南太太告诉了车夫一个条件不好且又很贵的旅馆的名字，内地客人一般都在那里住宿，因为那是他们的祖父三十年前住过的地方，于是再怎么不舒服他们也还是来这里住了。在这里他们又被敲诈了一笔，旅馆的人说是客满了，只给了他们一个很小的房间，却算了他们三个房间的价钱。吃晚饭的时候，为了节省一点，他们没去食堂而只随便吃了些菜，结果是没吃饱而价钱一样的贵。刚到巴黎的他们太失望了。住旅馆的第一夜，不通气的房子不管怎样都无法让人入睡：时热时冷，让人窒息。走廊里的脚步声、关门声、电铃声，让他们时刻都心惊肉跳，头被下面的车马和重货车的声响吵得都涨了。逃到这样令人害怕的城市，茫茫然而不知所措，真的是被吓惨了。

第二天，耶南太太赶到姐姐家去，姐姐住的是一个在沃斯门大街上的华丽公寓。她尽管并没有直接说什么，但是她还是想过，奢望着人家在自己还没有解决困难之前就请自己过去那边住。但第一次的招待之后她就不敢再继续持有什么希望了。波依埃·特洛姆夫妇他们为这个亲戚家的破产很是不满，那位夫人更是如此，她生怕自己家受到牵连，然后还阻碍了丈夫的发展。如今这个惨败落魄的家庭自动上门来拖累他们，她可无法接受这样的现实。为人忠厚的法官丈夫也是这么想的，不过他最起码想要帮他们，只是被压迫着不敢乱动。不过他心里还是同意妻子那样决定的，波依埃－特洛姆太太用冷冰冰的态度招待她的妹妹。耶南太太无法想到会是这样子，很是意外吃惊，但也勉强捺着傲气，清楚地解释了自己的艰难处境和求助的希望，然而他们却装作听不见，连晚饭也没有留他们吃，只是莫名其妙地约耶南一家在周末去吃饭。原来这只是波依埃为其太太弥补的举措，他觉得妻子的态度太激烈和没有情理，想借此缓和一下：他那份故作的随和明显不是真诚的，而且还有点自私。可怜耶南母子回到旅馆，谁都不敢再提起这次刚开始的访问，更别说交换自己的意见了。

后来的日子，他们在巴黎东奔西跑想找个公寓，一层又一层的楼梯快把他们累死了。住着拥挤的军营式规矩的屋子，脏乱的楼梯，房间里照不到阳光，这种情况让他们这些习惯了内地大屋子的人格外悲惨难受。他们觉得自己受到的压迫越来越重。不管是走在街上，进铺子，还是上饭店，他们总是惊慌失措，让别人嘲笑愚弄。可能是习惯了触手成金的缘故，想要买的东西都是那样贵得吓人。不具备任何自卫能力的他们笨拙到让人难以想象。

对姐姐已经不抱任何希望的耶南太太却仍旧惦念着那顿被请而还没有去吃的饭，还有许多关于这顿饭的幻想。他们一边穿扮着，一边心里激动地乱跳。人家只是把他们当作外客而不是至亲来对待——而且主人也没花费除了这顿饭之外的其他东西来招待他们。和孩子们年纪不相上下的表姐表弟，却看着并不比他们父母和气。穿得很漂亮的孩子在他们面前摆弄炫耀着，态度很不礼貌，以便让他们觉得很狼狈。男孩子因为这顿饭吃得非常受罪，而尽力做出一分不高兴的样子，波依埃·特洛姆太太僵直地端坐在那里，一副像是在训导妹妹的样子，包括让菜的神气也是如此。波依埃·特洛姆先生为了不让人家提到正事而谈一些无聊的话题。除了吃的东西以外，他生怕牵涉到任何其他关于亲戚和关系的话题。耶南太太终于鼓足了勇气想把心中一直没放下的问题说出来，而波依埃·特洛姆太太却毫不客气地用一句没有丝毫意义的话把她的话压了回去，所以她就彻底失去了这最后的一股勇气。

饭后，她想通过指导女儿弹琴来显示自己的本领。因为小姑娘的窘迫和不在状态，所以弹得并不怎么样。波依埃他们已经很不耐烦了，但只好等她结束这首曲子。波依埃太太暗含讥讽地动了动嘴唇，然后望向自己的女儿，想着女儿能为自己争取点什么来。后来，这音乐实在是没完没了，她便跟耶南太太聊一些不相关的话题。安多纳德彻底蒙了，惊恐万分地认识到自己每弹到一半就容易回到前面去，这种情况下，无奈的她便放弃继续弹下去了，痛快地敲了几个不准确甚至完全错误的音来终止这首曲子。一旁的波依埃先生喊了声："好极了！"随即叫人上了咖啡。

波依埃太太先是告诉他们她女儿是跟比诺学的琴，比诺称赞她女儿弹得很好，然后转过头来问安多纳德是在哪学的。

大家的交谈仍在继续，客厅主妇们与小古董的关于装束的问题都谈完了。耶南太太此时此刻脑海里不停地浮现一个念头，是该说点什么重要的事情了。

可是一面对这个问题，她就紧张不安。她总算是鼓足勇气了，可就在这时，波依埃却理直气壮地提出来说是他们要出门去赴一个无法变更的约会……耶南一家实在是太恼火了，转身便准备离开这里。他们只是做做客气的样子。一刻钟之后，门铃响了，仆役通报说是住在下层的邻居来了。波依埃悄悄给妻子使了一个眼色，然后在一旁说了一会悄悄话。波依埃为了不让邻居们知道他们家有这样一门让人耻辱的亲戚而把耶南他们请到了隔壁一个小房子里，里面还没有生火。孩子们无法忍受这种羞辱，流着眼泪的安多纳德想要离开这里，刚开始母亲还不怎么同意，可是后来拖得太久了，她也没法再继续忍受下去了，于是做出离开这里的决定，带着他们到了穿堂，仆役们马上把这消息告诉了波依埃，他便立即过来假装说了些俗套的道歉类话，但事实是谁都可以看得出他心里是很想让他们离开这里的。他笑着跟他们说了些好话，然后虚情假意地跟他们握手道别，甚至后来一直把他们“请”出门。孩子们回到住处后气得掉眼泪。安多纳德发誓再也不会去这些人的家里。

耶南太太在植物园附近租了一个四层楼上的公寓。卧房与一个幽暗的天井邻着，高墙紧紧围着这里，有一个餐厅和耶南太太要求的客厅，下面是一条喧闹的街，过往有很多蒸汽机车和开去伊佛莱公墓的柩车。穿着破烂的意大利人、卑微低贱的孩子们，在路旁凳子上无所事事地坐着，偶尔还激烈地大吵一番。因为这些嘈杂的声音，公寓根本没法打开窗户。快天黑回家时，必须穿过忙乱而气味重重的人群，以及一些淤泥遍布且拥挤的街道，隔壁楼下一家下等酒店门口站着一些“魁梧”的姑娘，黄黄的头发、一张被涂得像石膏一样的脸，过往行人在她们眼里是那样卑劣低等。

因为耶南他们身上的钱很少，所以很快便要花完了。每晚他们都忧愁焦急地看着日渐消瘦的钱包。他们想要试着节俭，可是发现他们根本学不来：节约是一门需要从小开始留心的学问，需要花费很长一段时间练成。对这些挥霍惯了的人来说，试着去节俭只是浪费时间罢了：很容易受消费的诱惑，然后每次都给自己找个借口不去忍住，总想着下次节省就好了；但是要是偶尔挣来或者获得一些小额的收获的时候，又会马上把这些钱用掉了，所以用的钱总是超出挣的多得多。

几星期之后，他们的财产终于告罄了。耶南太太没办法只好暂时抛开仅存的那份自尊心瞒着孩子们去找波依埃借钱。她设法单独跟他在办公房里见面，恳请他在他们暂时没有解决生计之前借点钱给他们。波依埃是一个心很软的人，也算是挺有人情味，刚开始跟耶南太太纠结了一会儿，但最后还是借给她了。对当时感情冲动而借给耶南太太二百法郎，他事后是非常后悔的，尤其是当自己太太知道了之后，责怪他太懦弱无能的时候。

为了谋一份生计，母女天天在巴黎街上游走：耶南太太有一种和其他布尔乔亚一样的偏见，认为除了所谓“自由职业”其他任何偏旁的职业都不符合她和她女儿的身份，甚至她都不愿让自己女儿担任家庭教师这样的职位。她心中认为，唯有公家事才能满足她们的身份要求。但如果要奥里维去当一个教员，那么他首先必须完成自己的学业。至于安多纳德，耶南太太极想让她进学校工作，如果能进国立音乐院去赢一个钢琴奖那就更好了。但她所打听的学校都有足够的教员，而且大部分的教育水平都高过她那个只有初级文凭的女儿；在音乐方面，更是不得不承认安多纳德的天分太过平凡，比她优秀的人多了去了，而且都还没成名呢。他们认识到这座城市正促使着所有的才人做着倾尽一切的努力和牺牲。

两个孩子失望至极，突然间觉得自己什么都不是了，比所有普通人都要普通；他们一定要自己认定这点，还向母亲证明了这一切。在内地中学奥里维不需要费很大力气就可以获得一个很好的角色，而不像在这里处处都被别人折磨甚至都折磨得昏了头，倒把原有的一切聪明都给赶走了。他被送进一所中学，还奇迹般地弄到了一份助学金，只不过后来因为期初成绩太差了，所以这份助学金也被取消了。他自认为自己真是愚蠢至极。另外他慢慢开始讨厌巴黎，讨厌巴黎熙熙攘攘的人潮，讨厌学校里的同学，忍受不了和他们谈话以及那些人给他的一些耻辱的建议。然而如今的他却也没有勇气去说出他们的轻蔑和不值一提，他们的无知堕落已经让自己觉得受到玷污了。每个晚上他都会与母亲和姐姐虔诚地祈祷，也算是唯一可得的安慰了。在一天历程中所遭受到的各种失望和委屈已经让他们觉得受到了玷污，谁都不敢说起。但是接触了巴黎的无神主义，奥里维的信心也在无意中开始失去。尽管他还在信仰着，可是上帝已经不再继续围绕在他的周围了。

母亲与姐姐还在一无所得地奔波着。耶南太太又去看波依埃夫妇。而他们为了彻底摆脱她，勉强给她找了一个事情来做，让她做一位在南方过冬的老太太的伴读；也让安多纳德到乡下一个法国西部人家做家庭教师，报酬都还挺合适的。但耶南太太却拒绝了，她不仅受不了让自己去服侍老人家，更忍受不得的是她女儿也要跟着走这条屈辱之路，而且还不得不为此分开。不管他们怎样不幸，更是因为这种不幸，所以大家要紧紧抱在一起不分离。波依埃太太却不高兴她的回复，觉得当一个人不能再继续和原来一样保持一切姿态的时候，就不应该再坚持什么，或者挑剔什么。耶南太太忍不住怪她太没善心，波依埃太太于是就借这个机会说了很多难听的关于他们破产和欠他们钱的事情。到了要说再见的时候，姐妹俩却突然变成了死对头，不再保持原来所有关系，耶南太太恨不得马上把欠他们的钱还给他们，可是却是办不到的。

毫无结果的奔波还在继续着。耶南太太去拜访那些耶南以前经常帮忙的省府众议员和参议员，然而他们受到的却是一些忘恩负义、没有任何人情味的接待。众议员对她的信件不闻不问，当她上门的时候，仆人会随便找个借口把她打发走。参议员却还以一副丝毫不考虑他人感情的态度去责备他们的伤痛，还说这些都是耶南的过错，都是他造成的，还很无情地谴责了一番耶南的行为。耶南太太为丈夫争辩了几句。参议员回答说，银行家太过荒唐，他太糊涂了，不但不跟别人商量任何事情，还根本不听别人的。倘若他只是把自己害了倒也还好，那是他活该。但是暂且不说别的受害人，就连他自己的妻子儿女都被连累成这样子，要到处流浪，想方设法谋生，这或许只有耶南太太能够谅解他了，前提是她是一个圣者。但眼前的参议员他不是，他只是一个正常人，一个健全的、明理的、会思考的人，他没有任何理由去让自己宽恕他。在这种情况下，以自杀一死了之的人实在让人痛恨。仅有的一个替他辩护的理由，那便是发生这事并不能完全怪他。说到这里的时候，参议员忽然转变态度向耶南太太赔不是，说是自己情绪太过激烈，但这毕竟只不过是他用来同情她的手段，接着他从抽屉里拿出一张五十法郎的钞票，就当作是自己的布施和慈善表达——被她拒绝了。

她去一个大机关里求职，但手段却并不怎么高明，而且有始无终。她好不容易鼓足了勇气走了这么一回，可是回来却一副不得志的忧愁状，而且接下来几天都没有再多活动，待她后来再去询问的时候，已经来不及了。或许是看到他们身上无利可图，连教会也没有给予他们多大帮助，或是因为不愿意帮一个曾经有过强烈反对教会的家长的家庭。耶南太太费尽力气好不容易在一所修道院找到一个教弹钢琴的职位，乏味至极而且获得的报酬也少得可怜。这些钱是远远不够的，所以她又在晚上兼职帮文件代办所做一些抄写工作。但他们对她要求很高，不管她怎么注意，由于书法和粗心的原因，偶尔还是会漏掉词句，甚至直接把一行都漏掉了。这让她受到很不客气的埋怨。她常常眼睛干涩作痛、腿脚发麻地干到半夜，但这种情况下，抄件还要被退回来，这时她便垂头丧气地回家，整天不知所措。她犯心脏病已经很久了，再加上如今的这些痛苦磨难，病情开始恶化，她有点害怕。痛苦得无法呼吸的时候，好像自己就要死去一样。于是她出门的时候身边老带着字条，上面记着自己的一些姓名和住址的信息，万一自己倒在半路上的时候会用得着。但是如果她真的死了，那怎么办呢？安多纳德用一种自己从来没有过的安详的姿态去安慰她、支持她，只是想母亲可以好好休养身体，想自己帮母亲去工作，但犹留最后一口傲骨之气的耶南太太怎么也不同意女儿去承受所有她受的委屈。

可是不管她再怎么努力、再怎么节省，挣的那点钱却还是不够他们一家人生活，不得不把之前藏着的一些首饰变卖了。可最让人郁闷的是，这变卖来的钱当天就被人给偷走了。这位总是糊里糊涂的妇人，走进一家百货公司，想给明天安多纳德买点节日礼物。为了不让钱丢了，她用手紧紧攥着，但是有一会儿为了仔细看一件商品，她疏忽地把钱搁在柜台上，等到自己想起来去拿的时候，已经消失了——这是最后一下的打击。

几天过后，八月快要结束了，一个闷热的晚上——这座城市都被热腾腾的水汽笼罩着——耶南太太来文件代办所送一份紧急的文件。因为那会儿已经很晚了，不想让孩子们看着不放心，可又想省掉那几个铜子车钱，所以赶路赶得非常急促，爬上楼的时候她已经累得无法呼吸。孩子们对她这种状态回家已经是习以为常了。她硬撑着和他们一起马上吃饭。他们都说天气太热吃不下什么东西，都只吃了几块肉和喝了一点淡水，孩子们都没有多说什么话，既是不怎么想说，也是为了让母亲更好地歇息一会儿，只是一起都静静地看着窗子。

忽然，耶南太太挥动着手，还使劲地抓着桌子，默默瞪了他们一会儿，然后绝然地倒下了。安多纳德和奥里维急忙奔过去扶住了母亲。他们俩发疯般叫着："妈妈！我的小妈妈！"

但是她没能回答，孩子们一时不知所措。抽搐不停的安多纳德只是紧紧搂着母亲，拥抱她，呼唤她。奥里维向门外大声呼喊"救命"。

爬上楼来的守门女人见到这个情形之后，随即通知了一个医生，但是不幸的是，当医生到达时，她已经离开了。也许死得这么快也算是她运气了，可是最后几秒钟的她，眼睁睁地看着自己死去，还把孩子就这么丢弃在这世间，那种感触又有谁能清楚呢？

孤零零的孩子们在惊恐中还没回过神来，孤寂地打理着一些后事。善良的看门女人也算是帮了他们很多忙了，耶南太太工作的修道院那边，只是冷冷地说了些遗憾的话。

母亲刚死的时候，两人绝望至极，甚至找不到词来形容。但正是这过度的绝望让他们得救了，因为奥里维抽风抽得很厉害，不得不全心照看着奥里维的安多纳德这时已经把自己的痛苦忘记得快差不多了；奥里维也被这份苦难的亲情深深感动了，所以也就不会在痛苦的挣扎中做出一些什么不正当的行为。两人拥抱着，坐在亡母的灵床旁边，微弱的灯光下，奥里维喃喃自语，望着窗外的远处，说应当死的话那就两人一起死了；安多纳德也想过这样可怕的念头，但她还是不会轻易屈服，她挣扎着要继续活下去……

“活着又怎么样呢？”

“当然是为了我们母亲啊！”“她为我们已经遭受了多少苦，你想想，她会永远陪在我们身边的，或许就这样看着我们悲惨地死去……”她接着又很兴奋地说。但随即她又换了一种很激动的语气说道：“啊！我们不应该这样怯弱！我不愿意！我要反抗，我不能屈服！不能妥协放弃！总有一天我要给你所有的幸福。”

“那是不可能实现的了！”

“会的，你未来会很幸福的，我们已经受够了苦难，不会总是继续这样悲苦下去的。你一定能走出一条幸福的路来，有自己的家庭，我会让你做到这样的，肯定会！”

“如何存活呢，我们都不能……”

“一定可以的，至于怎样做，等先到你能够谋生了再说，之前的一切都由我来负责。等着瞧吧，我肯定会做到。啊！如果妈妈同意我做的话，说不定我早已……”

“那你能去做些什么呢？我不想你去做一些屈辱的事情，妈妈在天堂也绝不会同意的……”

“怎么不可以啊，我靠自己的努力获取报酬，又没有做什么亏心事，哪会有什么屈辱！恳请你不要再操心我，我会做好的，我们未来都会幸福的，等着瞧吧，而且奥里维，到那个时候，母亲还会为我们感到高兴呢……”

灵柩后边跪着的只有两个孩子，他们都决定不去通知波依埃家，可能这门亲戚早已经在他们心中不复存在了，他们对母亲太狠了，连母亲的死也和他们脱不了干系。他们告诉看门女人说，他们已经没有任何亲戚了。

他们紧握着手在空荡荡的墓前祈祷。即便是深深绝望也要保持一份傲气，再怎么孤独无助也不想因此再看到那些冷漠自私的亲戚。两人走回家，一路上跟他们摩肩接踵的都是些不关心任何他们的思想、他们的生活、他们的丧事的，只是说着一样的语言的群众。安多纳德让奥里维挽着手臂。

他们把公寓换到了房子的最高层——两间对着顶楼的卧室，还有一间可以做餐室的很小的穿堂和一间小得跟壁橱般的厨房。他们可以去其他地方找到一个更好的住所，只是在这里他们会觉得亡母一直都在他们身边。看门女人很怜悯同情他们，可时间长了就都忙活自己的事情去了。房子里的房客们没有认识他们的，他们也不认识房客中的任何一个。

修道院竟然同意了安多纳德接手母亲教别人弹钢琴的工作，她另外也想着去找些其他的课。她心里唯一念想着的是让弟弟可以顺利念完师范。她单独做了这个计划，她一边到处探听高师的相关消息，一边自己也努力学习着，偶尔征询下毫无意见的奥里维。但她已经替他做好选择了。只要他进了高师，他不但这一生都不要再愁什么了，而且会有一个很有希望的前途。所以一定要他走到这一步，自己无论如何也要活到那个时候。那只不过五六个年头的艰苦，一定可以坚持到那个时候的，这让安多纳德忽然信心倍增，让她整个人身心都振奋起来。她心里很清楚她将要面对的生活会有多么艰苦，只能依靠着那份全力扶持兄弟的热情才忍受得了。她心里暗下决心，即便自己等不到幸福，但一定要让弟弟幸福！……正是这样坚决的勇气，让这个年轻的还没经过任何历练的姑娘彻底得到了改变，那种心底的牺牲精神和不屈不挠的拼搏之气，不仅是别人，就连她自己也万万没有预料到的。这个年龄的女子，整个身心都会充满爱的力量，被爱包裹着，跟自己不离不弃，就像泥土下的溪水般受到浸润和关爱。另外，爱情也可以变为其他很多形式，只想献身给别人做养料的它总是很容易就满足，哪怕只是一点点的借口就已经足够，那纯真又深刻的情感随时准备着，准备着蜕化为牺牲。爱情却让安多纳德被友爱俘虏，而只残留一个框架。

弟弟因为不会有这样的热情，所以也不会在精神上形成什么依赖，再说这也是人家为自己牺牲，而不是自己为别人贡献自己，而且如果你是爱着那个为你牺牲的人的话，这肯定会更自由更甜蜜。可是事实却截然不同，他看着姐姐为自己遭受这么多的苦难折磨，心里非常难过。她回答说："啊！我的好弟弟！……你应该清楚正是你所给我的所有辛苦，才让我这样充实幸福地活着！"

他很清楚这点，在安多纳德看来，这样心甘情愿地为自己弟弟付出是那么的重要，只不过他内心的傲气和心灵不能眼看着人家为自己受这么多苦。并且，他如此一个懦弱的人，要为其担负起非成功不可的责任——既然姐姐在他身上付出了自己所有的一切，真的是太让人觉着沉重了，他受不了这样的感觉，不但没有更加鼓起勇气，而且有时候因此垂头丧气毫无精神。可是她却赶着他无论如何也要努力，要继续生存下去，如果没有姐姐这样的督促他是办不到的，他总是很容易认输，甚至还有自杀倾向；如果不是姐姐强加给他的努力拼搏追求幸福的念想，可能他现在早已经追着母亲去了。他常常苦闷于自己的本性受到压抑，但正是这抑制救了他，他也度过了一个转变年龄的时期。这样一个时期，数以千万计的青年都会因为一时失去理性而被暂时的疯狂断送了所有的未来。如果真给他时间去想这想那的，可能他早已经选择了一条堕落颓废的道路：每每他自我反思时，各种各样的非正常的幻想以及对生活、对巴黎、对那些腐化在一起的成千上万的生灵的厌恶，就跑来占据了所有反思的心灵。但是一看到姐姐后，便会马上苏醒过来；既然她还在为他努力活着，那么他就需要好好地活下去，将来也就会因此幸福了，尽管自己并不怎么在乎所谓的幸福……

如此一来，热烈的信仰支撑着他们所有的生活，尽管这只是一种苦行的信仰，一种由宗教和为他们牺牲的志愿促成的。两个孩子所有的努力付出都只奔着奥里维能成功这个唯一目的。安多纳德能够忍受任何的屈辱和工作：她几乎就成了别人眼中的奴役，像一个老母亲一样地带着孩子们去街上散步，以学习德语的名义在街上溜达几小时。这样的对精神的折磨和身体的劳累，恰使得她内心的友爱和那份傲气都得到一种解脱。

中饭是在中学解决的，每天到天快黑的时候才回来，疲惫至极地回来之后还要照看一会儿奥里维。她在煤气灶上或酒精灯上预备晚饭。奥里维的胃似乎总是饱的，从来没有说饿的时候，也不怎么愿意吃东西，尤其是肉类的；只好强硬地要他吃一些，有时候就做一点他喜欢吃的生菜。但安多纳德毕竟不是一个厨艺精湛的人，她很努力地做，却只换得兄弟不堪入口的评价。不善烹饪会很大地影响那些青年主妇，使得她们晚上睡不着、休息不好——只有一次次在炉灶之前失望之后才能获得一些进步！

晚饭之后，她洗了数量并不多的碗，并且不让他来帮忙，然后又像一个慈母一样督促他的功课，还告诉他背课文，检查他的试卷，有时候还帮着他准备，还总是小心翼翼地生怕眼前的弟弟生气。一张既用来吃饭也用来写字的桌子，两个人围坐在一起，只是各忙乎各的，他写功课，而她要么缝东西，要么抄写文件。他睡下之后，她就帮着他整理些衣服或者再来忙一下自己的事情。

尽管生活已经很艰难了，但他们还是决定把能够积蓄起来的钱，先用来还母亲欠的波依埃家的债。这倒不是因为这个波依埃债主是怎么凶横，他们已经悄不作声了，不再对那笔早已付出的钱抱任何希望，并且能够用那点钱摆脱了一门这样连累人的亲戚已经让他们高兴好一阵子了。只不过两个孩子的傲气与孝心让他们认为，亏欠那些他们看不起的人的债务是很让人痛苦的。他们尽可能地节约：在娱乐上，衣着上，食物上，都把钱省着，想积成一个对他们来讲太大太大的数字——两百法郎。安多纳德本想把这一切都揽到自己的肩上，由自己来承担，但是早已看穿她心思的弟弟无论如何都不同意，无论如何也要跟她一起承担。他们为了完成这个任务千辛万苦，甚至每天能有几个铜子的积蓄都能让他们兴奋好一会儿。

一点一点地省吃俭用，三年过后，那个天大的数字终于成了现实。那真的让他们高兴得不得了……那天晚上，安多纳德去了波依埃家。他们还是那样的不欢迎安多纳德的到来，想着她是不是又来要求什么了。于是便抢她一步提起话头，说是为什么那么久都不给音讯，还责怪她连母亲的死讯也没有通知他们，到现在想到用他们的时候才出现。她打断了他们的话，并告诉他们并不是过来找他们帮忙的，只是过来偿还以前母亲欠的债务的，说完把两张大票轻轻放在桌上，要波依埃给她写一张收据。他们的态度来了个大转弯，刚开始做样子假装不愿意接受那笔钱，忽然之间却跟她客气起来，显得很热情的样子，像一个债主在多年后收到自己早已置之度外的债务那样。他们询问两个孩子如今住在哪里，靠什么生活下去的，但她不愿意回答他们，只是要求快点给她收据，她还要忙着去做事情；然后她冷冷地行了礼，走了。眼前这个女孩的忘恩负义让波依埃夫妇很生气。

总算是放下一件心头大事了，但两个人还是像以往一样清贫地过活，只不过接下来就都要为奥里维了。但她不想让他知道，所以她瞒得更厉害了。她不舍得穿什么好一点的衣服，甚至有时候为了把钱省下来饭都不吃，而把那些钱用来调剂兄弟的生活，给他弄一些装饰什么的，或者让他去娱乐一下，去听听音乐会或者看看歌剧什么的。那也是奥里维最喜欢做的事情，只不过每次他都想拉着姐姐一起去，然而她会找出各种各样不去的理由缓解他的不安：要么说自己身子累动不了，要么说自己真的不喜欢去看。只不过他是清楚地知道这些都是姐姐善意的谎言，不过这也终究没能阻碍奥里维的极度渴求的欲望，于是就一个人去戏院看了。可后来到那之后心里还是不安和难过，所以边看戏的同时也在心里嘀咕。那个周末，她打发他上夏德莱戏院去听音乐，半个小时之后，他回来告诉姐姐说是在戏院门口没有勇气继续走进去：不能跟她一起欣赏，已经让他丧失了大部分兴趣。安多纳德听了这话感动了，尽管心里还有些遗憾，兄弟没有利用这个难得的周末去消遣一天。但奥里维并没有因为这个而遗憾什么，家中姐姐脸上洋溢的快乐笑容所带给他的快乐要好过世界上最美最美的音乐。那天下午，他们在窗子旁边面对面坐着，他在看书，她干着手里的活，但似乎都做得并不怎么用心，而只是悠闲地谈论着一些无关紧要的话。如此温馨甜蜜的周末还是头一次遇见，之前从来没有经历过；姐弟俩说好以后再也不要因为音乐会的事情分离，而且对他来说，以后再要他一个人去欣赏音乐会也是办不到的。

让他兴奋意外的是，她私下里省下的钱已经足够为奥里维租一架钢琴了，而且依靠这种租赁的形式，钢琴可以在被租几年之后为租赁方所有。不过这样一来，她肩上又平添了一个沉重的担子。到期应付的款子对她来说就像一个噩梦，为了筹备这些钱，她把身子都拖坏了。但很多的幸福也正因为这样的一桩子事情油然而生。在这个艰苦的生涯中，音乐就是他们的快乐天堂。他们沉浸在里头，然后忘记了这个世间的一切。但那也不是没有危险的。音乐是诸多强烈溶解剂之一。那种像暖室般催眠的气氛，或是像秋天般刺激神经的情调，很容易因为这个人的感官过度享受而摧残一个人的意志。但就安多纳德这样百经磨炼、备受苦难而找不到一点乐趣的人来讲，些许可以让他们获得一点安慰。匆匆忙忙地忙了一个星期之后，有一场音乐会确实是一种很好的安慰。两个人就这样在对过去音乐会的怀想和下一次音乐会的期待中生活着，那两三个忘记时间、远离巴黎的终点的周末确实让他们享受了很多。场外雨雪纷飞，他们紧紧搂在一起，心中还怕买不到座位，好久过后才进戏院，坐在一个狭窄漆黑的位置上，被无情地淹没在嘈杂的人海中。因为人群彼此相互拥挤着，而且当时又炎热难耐，所以他们很不舒服——可是他们却拥有很多快乐，快乐着自己的快乐，快乐着别人的快乐而快乐，快乐着贝多芬与瓦格纳伟大的心灵中所映射出来的光、力、爱和自己心中的奔泻而快乐，快乐于此时此刻彼此久经磨砺和沧桑的脸上洋溢的欣慰高兴的笑容。安多纳德软软地像躺在母亲怀里一样甜蜜幸福地躺着，奥里维握着她的手。没有人注意到他们。不过这阴暗的大厅里，柔弱的灯光下，像他们这样感动和伤感的人又岂止他们两个呢？

安多纳德还有宗教支持。她每天都很有诚意地向上帝祷告，而且每周末都去做弥撒。即便遭遇了横祸，她也还始终坚持着自己对宗教的信仰，认为它一定会跟自己一起受苦，而且会在你身边安慰你。然而在精神上，她和神明的关系与死者的关系比起来是那样渺小，他们总是会出现在她受到磨难的时候。但她独来独往，很有理性。身旁的旧教徒与她不相往来，他们认为她有邪恶之气，或者正向这条路走去，所以对她很不好；但另一方面作为一个法国女孩子的她，那种特有的性格又促使她永不放弃自己的判断：她的信仰不是为了像低贱的牲畜般，而是单纯地为了爱！

奥里维却不那么坚持所谓的信仰了。刚到巴黎的那段时间，他的信心就开始瓦解，到现在已完全崩溃。为此他感到深切痛苦，因为没有信仰的只有两种人，要么是强者，要么是弱者，但就他自己来讲，他既不够强，也不是很弱，所以一直在心里纠结发闷了好久。他的心依旧透露着一股神秘的气息，尽管不再拥有信仰，这个时候离他的思想最靠近的终究还是姐姐的思想。他们俩都生活在宗教气氛里。一天的别离之后，傍晚都回到家里，这尽管狭窄的公寓却是他们永远温暖、安全的避风港湾，虽然有点寒冷，有点破败，但毕竟是纯洁的，毕竟在这里他们是感觉不到这座城市的腐败气息的……

他们都很少谈及自己的事情：劳累疲惫之后回来，是没有什么心思去回忆自己好不容易撑过的一天的。忘记这一天的事情似乎成了他们的一种习惯。刚回家的时候，更是特别注意，一起吃晚饭，却从不问起有关问题，只有眼神之间的交流，所以有时候一顿饭吃完，他们可能会一句话都没说。奥里维和小时候一样，会对着饭菜发呆。这时安多纳德便会轻柔地拿起他的手，然后笑着说："喂，你的勇气去哪啦？"

他就回应着笑笑，然后赶紧端起饭碗吃了起来，整个晚饭时间，他们都不怎么想说话。他们极需要静默。一直到都休息够了，到彻底浸没在彼此细致入微的爱里的时候，他们才说得多一些。

然后奥里维开始弹琴。安多纳德早已放弃了这个习惯，想让他一个人安安静静地享用钢琴。因为那毕竟是他唯一可以用来消遣的道具，而他也尽量地借此陶醉。音乐方面很有天赋的他有着似乎女性般的气质，那种爱人家而不是为了创造事业的性格像是与生俱来的，能在精神上和他弹奏的音乐配合得很好，很多细腻的东西都被形象忠实地表现出来——至少在他软弱的手臂和短促的呼吸所容许的范围以内，因为像《特里斯坦》或贝多芬后期的奏鸣曲那样的作品，他是应付不了的。因此莫扎特和格鲁克的音乐更迎合他口味，当然也是他最喜欢的。

偶尔她也唱一些简单古老的调子。她的女中音嗓子，微弱得像是中间隔了一层什么东西。因为胆子小，她是不敢在别人面前唱歌的，就算是在奥里维面前，她也会很含蓄。她最喜欢的是《忠实的琼尼》，这是一首贝多芬用苏格兰歌词作成的一首曲子，一首极为优雅静谧而且内在温柔十足的作品，就像是为她本身而配的一样。每次奥里维听了之后都忍不住泪湿眼眶。

相对而言，她更欣赏弟弟的音乐。她赶着忙活着手头的杂务，但同时又会打开厨房的门，以便让自己可以听到奥里维的琴声；只是不管她怎么小心，总是容易引起奥里维对她放置碗具声音的埋怨。所以她就只好把门关上，等到都忙完了，洗个手便在离钢琴不算太近的凳子上坐下，安安静静地听弟弟弹琴——他无法忍受别人在他弹琴的时候离他太近——在壁炉前面静静地像小猫一样蹲着，背对着琴的她眼睛直愣愣地看着壁炉里金黄的火舌无休止地吞吐，然后冥想着什么，想着想着出神了。到九点的时候，她鼓足勇气去提醒奥里维到时间了。这类让他从幻想中清醒过来，或者让他从缥缈的梦境中回过神来都是很难的事情。但奥里维由于晚上还有功课要完成，而且不能睡得太晚，所以便立即听了姐姐的话。音乐完了以后，在做其他工作之前还需要花上一段时间。他的思想在别处飘浮，即便是九点半过了后，也还是继续在外头哪里飘浮着。在对面做活的安多纳德尽管心里清楚他并没有在做什么，但是怕他讨厌自己监督的神情，所以都不敢怎么看他。

青春期的转变慢慢向他靠拢，这是一个幸福的时期。清秀的额角很是明显；一双极像女孩子的眼睛，放荡，天真，时常还有一个调皮的黑圈围着；虚肿的嘴唇压着一张阔大的嘴巴，脸上的笑容是略带讥讽又含糊的；脑后的头发弄得像发簪一样，前面的更是直到眼前，甚至还有一束倔强地矗立在某个位置；一条宽松的领带挂在脖子上，还需要姐姐每天帮他系好；姐姐帮他补纽扣的速度还赶不上他弄丢纽扣的速度；衬衣不用袖套，一双大手，腕部的骨头很突出。他显出一副圆滑、瞌睡、贪念舒服的神情，呆头呆脑地傻望着天空，鼓突的眼睛扫视着安多纳德屋里的每一样东西：瞧着小铁床和挂在床高头的象牙十字架，瞧着父亲母亲的肖像，瞧着一张旧照片，上面是故乡的钟楼与小河。等到眼神落在正在做活的姐姐身上，他发现她脸色是那样苍白，顿时觉得她好可怜，觉得自己非常惭愧，觉得自己应该振作精神去做点事情，而不是这样闲荡着四处“流浪”，于是他赶紧忙他的功课，企图挽回那个失去的时间。

每到放假的时候，姐弟两人都各自看着各自的书。尽管他们是如此相爱，但是终究不会念着同一本书。那样他们会觉得是一种亵渎。他们以为这样美妙的如秘密般的书只能独自在心里静静体会，只是看到特别美的一些地方，就会递给对方，让对方念一念。

于是，当其中一个正念着的时候，另外一个早已念罢的就用傻愣愣的眼神紧紧盯着对方，看着对方的每一个表情，跟他一同吟味。

他们往往尽情地把胳膊肘撑在桌上聊天而忘了念书，而且夜越深，他们想互相倾诉的就越多。总是很抑郁的奥里维，为了减轻自己的痛苦，总是想着把自己的苦闷愁绪倾泻到另一个人身上。他不自信，安多纳德便给他勇气去跟自己做斗争，然而这却是永远没有尽头的，每一天都会有斗争的时候。说完泄气话的奥里维便轻松舒服了，可是完全没有预料到这些话会一直压在姐姐心上，待他意识到时已经来不及了。他消磨了她的勇气，把他的疑虑给了她。安多纳德绝不会在表面上显露出来。她的那份与生俱来的天真快乐性格早已消失得无影无踪了，尽管她还在继续快乐着。她有时精疲力尽，无法忍受这种自我牺牲的生活。她尽力避开这种思想，却不愿意进一步地分析它，所以也免不了被影响。祈祷是唯一可以用来的依傍，除非心灵微弱到连祈祷都做不到——这也是常有的事。而那时焦虑烦闷的她便只能等着上帝的救助了。奥里维是从来不会想到这些苦闷的。安多纳德总是趁机逃避一会儿，有时就把自己关在屋子里，等没有了烦闷思绪便再出现，尽管再次出现时依旧残留着浅浅隐痛，但脸上挂满笑容的她却比之前更加温柔了，好像是在为刚才的痛苦烦恼而道歉。

他们的卧室是相邻的，两张床在同一堵墙的两边，他们可以就这样睡在床上谈话。偶尔睡不着的时候，便轻轻敲着墙问："你睡着了吗？"

只有一墙之隔的姐弟像是睡在同一张床上的不同朋友。但由于贞洁观念的根深蒂固——夜里两个房子的屋门总是紧闭着的，不过除了奥里维生病的时候。

虚弱的他身体不但没有出现好转，反而一步步恶化：不是喉头，便是胸部；不是头部，就是心脏；即便是轻微的感冒也会引发他的支气管炎；他还因为得过猩红热而差点死去。平时他也有种种重病的奇特的征象，只是幸亏没有真的发作：肺部与心脏常有几处作痛。有一次医生说，他很有可能患有心包炎或者肺炎；随即他们便找了一个著名的专科医生去看，又证实了那个疑惧。但结果是他一直好好的健康无事。其实所有他出乎意料的一些病象都是因为他神经方面的原因造成的。不过紧张几天之后，事情便也过去了，安多纳德却为此饱受折磨。因为担心害怕，她失眠了很多夜，时常从床上爬起来到隔壁门口去听兄弟的呼吸，心惊肉跳的，以为他是快要死了。对，她觉得他到了非死不可的情况了，所以她浑身抖动地跳了起来，双手紧紧合握着，不停地抽搐，不想让自己嘴巴里喊出："噢，天啊！天啊！别把他带走啊！不，不——你不能这样做！——我求你，求你！……噢！好妈妈！救救我啊！救救他，救他一命呀！”

她浑身都紧张得不自在了。

“啊！还差一点他就要成功了，就要幸福了，难道要我半途而废吗？不，不，那是不行的，那太残忍了……”

紧跟着，奥里维又使她担心别的事。

他们都一样老实，只不过他更加意志薄弱，而且思想太过复杂自由，遇上那些明明知道不正当的事情，很容易就心摇意乱，然后还持着质疑而宽容的态度，他也是抵制不了肉欲的诱惑的。纯洁的安多纳德，向来都是不知道兄弟的心理变化的，直到有一天她发觉了。

奥里维以为她不在家，因为那时刚好是她应该教课的时间。那天她刚要出门的时候就收到了学生们的请假信，尽管这让原本微薄的收入又流失了一些，可她还是很欣慰。她很兴奋可以这样大大方方地休息一天，于是精力殆尽的她便在床上一直躺着。奥里维从学校回来，带回来一个同学在自个房间里聊天。他们所说的每句话她都可以清楚地听见，他们毫无顾忌地聊着，以为旁边不会有别人。兄弟快乐的声音让安多纳德听着很舒服，自己也跟着笑了笑。只不过一会之后，她却突然沉下脸来，浑身开始紧张起来。隔壁的他们此时正津津有味地说着肮脏下流的话。她听见奥里维，她的小奥里维笑着；她也听见她原本以为天真无邪的嘴里说出一些自己都没想到的话，这让她感到很伤心，心里的极端的痛苦找不到词形容。他们不知疲倦地说了好久好久，而她也一直跟着在听。后来，他们出门去了，屋子里只有安多纳德一个人了，她开始哭泣，觉着心里有些东西忽然迷失了。理想中的弟弟的形象——她的小乖乖的形象——就这样被玷污了。对她来讲，这太让人觉得痛苦不过了。但晚上彼此见面的时候，她什么都没有提起。他可以看出来她流了很多眼泪，却不知道为了什么，也不懂姐姐为什么对他改变态度。好久好久过后她才恢复正常。

不过给姐姐打击最大的还是那一次他整晚都没有回来。她等了整个晚上。这不但让她的道德纯洁受到打击，连她内心最神秘的地方也被深深地伤害了，那些可怕的情绪活动越演越烈，只不过她不想让自己面对。

在奥里维方面，他主要还是想为自己争取独立。他早上回来，做好了准备顶回任何姐姐的只言片语。为了不吵醒她，他踮着脚尖走进屋子，只不过她早已站在那儿等着，脸色苍白，那眼睛谁都可以看出来是哭过的。她非但不责备他，反而像往常一样照顾他吃早餐和准备上学。他看她一言不发，却是非常失望，姐姐所有的行为态度都像是在对他进行责备。那时他可支持不住了，跪在她面前，把头埋在她裙子里，然后两人一起哭了。他万分羞愧，厌恶自己在外边过的一夜，觉得自己堕落了。他想开口，却被她用手捂着嘴巴，他便吻着她的手。两人没再多说什么，似乎彼此心里都很清楚。奥里维发誓要成为姐姐所希望的人物。可是安多纳德毕竟不能那么快就把心头的事给忘了，她像是得了一场大病刚好，到痊愈还需要一段时间。彼此的关系开始有点不太自然，但她的友爱还是持续的热情，只不过在兄弟心里却看到了一些完全陌生的成分，他开始为她担心。

她所以对奥里维的变化格外惊讶，也是因为在外头她还受着其他一些男人的关注。她傍晚回家，以及晚饭后必须去代办所送文件或者拿需要抄写的文件回来的时候，经常被人盯着，然后听到一些蛮横的言辞，这让她备感痛苦，更无法忍受。能带着弟弟同走的时候，她就以强烈要求他散步的名义把他带着；但是他不怎么同意这样子，所以她也不敢继续那样强求，不想因为这样而妨碍他工作。这些风格和她那童真的脾气是那么的格格不人。夜晚的巴黎对她好比一个森林，有各种各样的野兽随时准备侵袭她；每每想到要走出自己家，她心里就不停地颤抖。可是事实又是不得不出去，她真的不知道该怎么办，常常为此焦急。而一转念间想到她的小奥里维也将要——或者已经——跟那些男人一样开始追求女人的时候，她甚至都无法再回到家之后跟他正常地打招呼。他万万想不到姐姐会对自己有这样的反感……

她长得并不算很漂亮，可是就是有一种能够吸引人的莫名力量，尽管她从来不会做一些勾引人的动作。衣服朴素得像是一直都在尽孝，个子不高却显得很窈窕，表情细腻丰富，但经常默不作声，不大爱说话，只悄悄地在人堆里穿过，生怕别人注意到她。困倦温柔的眼、小小但又很清秀的嘴巴，透露着一种深邃的意蕴，是那样地吸引人。有时意识到自己惹人喜欢的她会有些羞愧——心里却是很高兴的……一颗能感到别人好意的、平静的心中，情不自禁地会带上一些可爱的风韵，这些谁又能说得清楚。偶尔也只是在一些不算灵活的动作上，或者闪闪灵动的眼神中有所表现，而这些又是多么好玩多么动人。正是这种忙乱让她在惶乱的过程中更加楚楚动人。人家的欲念被她挑动了，因为她是一个这样清寒而只是自我照管的孩子，很多人就直接表明了。

她偶尔会去一个犹太人聚集的有钱人家逛逛，那是她在教书的一个人家——拿端的朋友——认识的，尽管有点孤僻，但还是会偶尔参加一两次的夜会。亚尔弗莱·拿端先生是巴黎的一位名教授，很有作为的一个学者，同时又是一个极有学问也极具浮华的交际家。在犹太人中，这样的混合人品是非常多见的，而真实的心意与浮华的作风也在拿端太太心中占着相同的地位。夫妇两人会对安多纳德表示亲热、真诚的好感，只不过这好感是有周期性的。安多纳德在犹太人中比在旧教徒中能够得到更多的同情。尽管他们有很多的缺点不足，但是有一个很重要也很突出的优点，那就是极富生命力和极具人性光辉，他们会关心所有有人性的东西或者值得人性去付出的东西。即使他们没有真正热烈的同情，也永远有种好奇心，这种好奇心使得他们去探访所有有价值有深意的心灵和思想，无论这些心灵和思想和自己的是怎样不同。因为同时感兴趣的事情会很多，所以他们很少去帮助别人，而且尽管自称为洒脱，实际上他们比其他人更留恋虚荣这类的东西。但毕竟他们确确实实做了一些事情，在这个社会能够这样子已经很了不起了。在社会上，在行动上他们确实是先驱，是所有生命的原始动力。拿端家对安多纳德的关心让她在受尽旧教徒的冷淡之后，开始有了些许感动。拿端太太肯定了她的仪表和操守问题，也大概看清楚了安多纳德忠于友爱的生活，她自称要做安多纳德的保护人。没有儿女的她很喜欢年轻人，时不时地招待他们，反复地约安多纳德去她家做客，并且劝安多纳德找点有意思的事情而丢掉那种孤独的生活。她可以很容易地看出来安多纳德所以孤僻是因为生活境遇不好，便有心送给安多纳德一些精美的衣物，毫无疑问地被高傲的安多纳德婉拒了；但这位殷切的自命保护人却有很多办法来让她接受自己的小礼物，让她开始面对正常女性的虚荣心。安多纳德一方面很是感激，但另一方面又很担心，会隔一段时间，勉强去参加一次拿端太太的夜会；因为年轻，她终于也觉得很愉快。

在这个来来往往很多而且都很优秀的年轻人的场所，这位由拿端太太所提拔的出身平庸而美丽的女孩子，马上便引起了两三个圆滑少年的注意，他们本以为很容易就会成功。他们刚开始想在她的羞怯方面下手，甚至后面还拿她来打赌。

终于她收到几封匿名信，首先是用迫切忧急的言辞把约会日期定了，然后又用了另外一些信来吓唬她，甚至后面直接谩骂侮辱她，说一些恶心淫猥的话，还公然描写她的身体上哪些部位怎样怎样；写信的人想利用安多纳德的天真，想让她知道如果她不去赴约就会让她怎样怎样。安多纳德因为纠缠上了这些是非，痛苦无奈地哭了，而她身心清白的骄傲也受到了深深打击。一方面她确实不知道该怎么办，另一方面又不想告诉自己的弟弟，避免因为他的伤心而把事情弄得复杂严重。但她毕竟也没有朋友可以商量。也不愿意向警察署告发，担心事情会张扬出去。但是不管怎样都必须把它彻底结束了。她知道就这样置之不理，他们是不会善罢甘休的，也终究解决不了问题。

随后又来了一封最后通牒式的信，要求她第二天必须去卢森美术馆相会。她去了——千思万想之后，她坚定相信这个纠缠磨难她的男人一定是在拿端太太家中见过面的，信中有一件事就是在那边发生的。所以她便请求拿端太太帮忙，陪她一起去美术馆，但是让拿端太太在外面车上等着。到时，她进去了。在指定的图画前面，那家伙高傲地走过来，故作很殷勤地跟她说话。她却沉默地直瞪着他。他说完那一套乱七八糟的话之后，便颇有疑问地问她为什么这样紧紧盯着他。她回答说：“我在观察一个不正直的人怎样欺辱一个女人。”

对方听了这话毫不在意，反而装作亲狎的神气。她又说："你威胁我说会让我当众出丑，行，那我就给你这个机会，现在呢，你想怎样？"

她感到很气恼，说话语调也一下子提高了很多，她在故意引起旁边人注意，而且旁人也确实开始关注他们了。而他明白了无法达到目的之后，便也放低了声音。她最后一次又喊了声："哼，你这个没骨气的男人！"

说完最后一句话，她转身便走了。

他不情愿就这样认输，便在后面跟着她走出了美术馆。她径自走向等着的车子，突然打开车门。刚才跟着的男子迎面便撞见了在车子上坐着的拿端太太，拿端太太随即用他的姓氏招呼他，他顿时不知所措，立马溜了。

安多纳德无奈，只好把事情原委讲给这个女朋友听。但她只讲了个大概，她是非常不愿意把自己的贞洁受到伤害的痛苦告诉一个外人的。拿端太太埋怨安多纳德没有早通知她。安多纳德要求她对此保密。事情就这样结束了。拿端太太也没必要转而对那个男人下逐客令了——因为从此他没有敢再露面。

几乎在同一时间段，安多纳德还有一件伤心事发生了。

一个很规矩的男子，年纪四十上下，从远东当领事回来后的假期，在拿端家遇到安多纳德，爱上了她。那是拿端太太故意瞒着安多纳德安排的会见，因为她心甘情愿决心要帮安多纳德说媒。他是一个长得并不怎么好看的犹太人，头有点儿秃了，背有点儿驼了，但眼睛柔和而且态度也显得比较亲切，受过很多痛苦的安多纳德总是很接纳别人同情。安多纳德早已没有当年郎才女貌的梦了，不再是那个娇生惯养的女孩子了，把人生只是想作在美好的日子和情人一起散散步那么回事了。而今的生活对她来讲是一场艰苦但也卓越的斗争，每天都要重复一次，没有休息，否则的话，你经年累月一点一滴争取回来的就很有可能会在一瞬间化为乌有。她觉得如果可以在一个朋友的怀抱里安安静静地躺一会，跟他共尝甘苦，由他来守望而让自己闭一会儿眼睛，肯定会非常幸福甜美。她知道这都是梦想，可还没有足够勇气去丢弃这个梦。她想得很清楚，这样一个社会，作为一个没有陪嫁的姑娘是很没地位的。法国老派的布尔乔亚是世界闻名的金钱婚姻派。这种贪心，连犹太人也望尘莫及。犹太人中富有的男女或者贫寒的男女们相互追求都是再正常不过的事情了。但对内地信奉旧教的法国布尔乔亚来说，婚姻都是为了追求金钱的。而那些可怜虫又干些什么呢？他们只有平庸的需求：只知道吃喝，打哈欠，睡觉——节省。安多纳德从小就见识了这班人，并且都习以为常了。她在富有的时候见过他们，也在贫穷落魄的时候见过他们，早已不再对他们心存幻想了。所以对于那位男的求婚，她有点意外的兴奋。感激和深刻的温情让她慢慢转变了开始并不爱他的态度。如果不是因为要跟他到远方去而把弟弟丢下的话，她早就答应了。但在那种条件之下，她拒绝了。不过那个朋友还是无法谅解她，尽管他知道她是考虑到她弟弟这样高尚的理由。他清楚爱人有那些德性是非常难得的，但爱情的自私却要求牺牲这些德行。他便不再见她，走之后的五六个月都没有给她回信，直到有一天她收到他寄给她的一张喜柬，她才知道他已经和其他女子结婚了。

那事深深地伤害了安多纳德。一次次地承受悲苦的她，只好把所有的悲苦交给上帝；她肯定自己应该受到惩罚，因为自己居然忘了自己唯一的使命便是照顾弟弟奥里维。于是从此后她就全心全意地陪在兄弟身边，并且更好地去照顾他。

她完全退出了社会，没有继续去拿端家走动。而且因为谢绝了那桩婚事，拿端家已经对她很失望了：他们也不承认她的理由。拿端太太只是坚信这桩婚姻会成功的，而且未来也一定会很美满，如今却因为安多纳德的拒绝使得一切希望都不复存在。这倒让拿端太太的自尊心受到小小的打击。她认为安多纳德的顾虑尽管是有义气的，但是赋予了太多的感伤色彩，于是乎她便开始冷淡这位朋友。她只知道帮助人家，不会考虑别人会不会介意；这种心理上的需要此刻又有了另外一个去处，让她关切与照顾人的感情暂时得到了发泄。

奥里维完全不了解姐姐心中那段感情故事。他是个多情的、轻浮的少年，整天都在不停地幻想。尽管他精神活泼，心里也和安多纳德一样温柔，但你是无法在他身上找到任何一点可以依靠的。他可以为了矛盾，消沉、闲荡，或是浪费几个月时间去单恋。他常常惦记一些清秀的面容，也时常想着那些在交际场合见过一面却完全没有注意过他的姑娘。他也能为了一段文字、一首诗、一阕音乐而出神，而荒废几个月的正课时间。总得要有人时刻在他身边留神监督着他才好。他发起脾气来一向很可怕，紧张到夸张的程度，精神上也无法有效控制，全身哆嗦，好似可能害肺病的人所常有的现象。医生把这种危险情况告诉了安多纳德。原本脆弱的他，从内地到巴黎换了新环境后，迫切需要改变一些周边环境，需要更加清新的空气和美好的阳光。但这些安多纳德都无法提供给他。他们没有足够的钱，无法利用假期离开巴黎。假期以外的时间，两人又都需要工作，到了星期日都已经疲惫不堪，除了音乐会也不会再找机会出门了。

可是夏季的周末，安多纳德还是硬撑着精神把奥里维拉到郊外的森林中去散步。但林中全是一对对精神亢奋而大声言语的男女，音乐咖啡馆的歌曲，油腻的纸张，这些绝不是能给予奥里维精神休息和净化的场所。到傍晚回家时，还要坐着闷人的、低矮的、狭窄的、黑洞洞的郊区火车，各种各样的说笑声，还有粗鲁的谈话，恶臭的气味。本来就没有平民气质的他们回到家中又是一阵厌恶抱怨。奥里维要求安多纳德以后别再做这种散步，而安多纳德好长一段时期也再也没有这个勇气。但考虑到弟弟的健康，过了一阵子，她觉得他们还是需要去，尽管事实上她比奥里维更厌恶这样的散步，每一次新的尝试都不比上一次更愉快，奥里维抱怨得更加厉害了。到后面两个人就只能待在沉闷的城里，在这样囚禁式的公寓里幻想着田野了。

到最后一年了，学期的最后阶段就是高等师范的入学考试了。而恰恰在这个时候。安多纳德已经累到极点。她预测兄弟一定能考上。在中学他被认为是最优秀的报考生之一，所有教员都肯定了他的功课和聪明；唯一没有给予肯定的是他忙乱无规律的思想，总是无法完成计划类的事情。但是轻藏的责任也使得他深感压力之大，也开始有点心里焦急了。考期近了，极度的疲惫和对考不上的担心让他对考试越来越没自信了。如今的他胆小到了近乎病态的地步：眼前的一切使他整个人就像瘫痪了一样。一想到要当着大众站在许多考试委员面前，他就情不自禁地浑身发抖。他整个一生都在受胆小的累，轮到在教室里开口发言就脸红耳赤，喉咙都塞住了，刚开始只能答应一声人家对自己的呼喊。如果只是随意地问他一些问题，那还好，容易回答，如果在之前就知道问题或者等着回答一些预知的问题，他会紧张得要死：不停胡乱思想的脑子，甚至把所有将会面对的一切情节都想得清清楚楚；而且拖得越久，心里就越是担心。他几乎每一门考试都要考两次：因为在考试的前夜，他已经在梦里考过好几回了，这些梦中的考试已经把他的精力消耗完了，于是他也就再没有足够的精力来应付真正的考试了。

但是事实上，他还到不了那个能够使他紧张得在梦里流冷汗的口试。笔试的时候，一个平时他很能发挥的哲学问题，却意外地写了不到两页，还花费了六个小时时间。刚开始的那几个小时，他脑子里一片空白，什么思想都没有，就连那丁点的幻想也仿佛被什么彻底堵塞了。到最后一小时，他的思想开始得到解脱，开始出现一点转机的希望。他这才写了很美的几行，不过由于篇幅相差太远，所以还是被评为低等。安多纳德一看到他狼狈的样子就知道都泡汤了，于是私下里也跟着他一样垂头丧气，只不过没有显露出来，而且她就算是到了绝望境地，也还是会保持着希望的。

奥里维落选了。

他悔恨至极。安多纳德也只是勉强地笑着，似乎在她看来事情并不严重，但她的嘴唇在发抖。她安慰弟弟，解释这是运气不好的原因，有机会补救的，明年一定会以更高的名次考上的。她完全没有说，为了她，他这一年本是应该考上的。不过身心交困的她估计撑不到明年，但她非撑不可。如果奥里维还没考上她就离开了，他也很有可能会因为没有勇气继续独自奋斗而遗憾地被人生吞噬了。

因此她开始隐藏自己的困乏，反而加倍地努力。她为了让他在暑假有些娱乐不惜流着血汗地去付出，希望等到开学的时候他可以有一个更好的精神去应对新的开始。然而到开学的时候，她不仅把自己小小的积蓄用完了，而且还不幸丢失了几个高薪的教职。

还要苦苦地坚持一年！……两个孩子把自己搞得筋疲力尽就是为了顺利渡过这最后一关。首先需要找一些别的差事维持生活。拿端他们介绍安多纳德去德国教书。这是她最不乐意接受的建议，可眼前确实是没有别的机会，又不能久等。两姐弟六年来从来没有因为什么分开过，她甚至无法想象如果看不见他听不见他的声音她要怎样继续生活。什么话都不敢说的奥里维想到这点也不免心惊肉跳，但这毕竟是由于他的考试失败造成的，如果他当时考过了，安多纳德就不需要经受这个磨难了，自己也就不需要面临这个痛苦了。所以他是没有权利反对的，自己个人的悲惨作为也没有资格再被说出口，一切只能由她一个人决定。

即将要分离的时候，两人默默地忍受着所有的苦楚，好像有一个就快要死了；实在受不了的时候，他们便躲开彼此，都不见面。安多纳德希望奥里维可以通过眼神告诉她自己的想法，如果他挽留她，对她说："别走啊！"她就可以不走，尽管是应当走。直到最后一刻，在去车站的马车上，她还准备打消自己的念头，觉得自己根本没有足够的勇气来面对这个计划。而她等的只是一句话，只要一句话！……然而他就是没有说出来，他只是和她一样全身发僵。她要他承诺每天都给她写信，只要有点儿不安的事，就立刻叫她回来。

她走了。一方面，进了中学宿舍的奥里维心都凉了，转眼他就成了一个寄宿生；一方面安多纳德在火车里痛苦万分。整夜都睁着眼睛的两个人，每过一分钟都意识到彼此距离就更远了一点，不由得彼此低声呼唤。

想到即将要投身进去的那个社会，安多纳德非常害怕。六年的时间改变了她很多东西。以前的她是不惧怕任何东西的，如今却习惯了孤独与安静，反而苦于失去孤独的生活。曾经的幸福岁月不在了，嘻嘻哈哈的、快活的、多嘴的安多纳德也跟着一起消失了。忧患使她变得孤僻。估计是和奥里维住得太久的缘故，她养成了那么一点羞怯的情绪，对兄弟以外的人很少开口。她开始害怕任何事情，即便只是去拜访朋友也会很心慌。一想到要去住在陌生人家，跟他们谈话，老是站在别人面前的时候，她更急坏了。可怜的小姑娘没有她弟弟那么喜欢教书：她很尽职，但并不为自己的工作可以惠及他人而感到欣慰。她生来是为了爱人而不是教育人的，然而却没有人在乎她的爱。

德国那个新的差事，比任何其他地方都不需要她的爱。她在葛罗纳篷家教孩子们读法语，主人从来不关心她。他们傲慢又亲狎，冷淡又爱管闲事，以为出了那么高的薪水就是给了她天大的恩惠，对她尽可以为所欲为，把她视为一个高级仆人，不给她半点自由。她甚至没有私人的卧室：那间用来给她睡觉的和孩子们房间相邻的小房间连房门都关不好。她从来没有清静的时间。尽管这是任何人都应该有的神圣权利，他们是不承认的。她的快乐只是和弟弟在精神上沟通和交流；她会利用哪怕只是片刻的自由时间，但人家却连这点片刻的自由也不放过，也还要跟她争。她才提笔，在自己房间里打转的人，就问她写什么。看信的时候也问信上写了点什么。他们用一种亲狎与嘲笑的神气，探听“小兄弟”的状况。她不得已只好藏起来。她那些为了看信的手段，说出来真会让人脸红。如果有封信不小心被丢在房间里，肯定是会被人偷看了的；既然没有任何除衣箱以外可以上锁的东西，她就被迫把所有自己觉得是隐私的纸片都搁身上带着：人家一直都在发掘她的思想秘密，所以老是在搜寻她的东西和她的内心。这并不是因为他们一家人有这个多管闲事的习惯，只是他们觉得自己出钱雇了她，就应该了解属于他们的这个人的所有一切。本质上他们也并没有怀什么不好之意，探听别人的隐私也是他们年久积累的习惯，但是他们从不会因为这个而动怒或者恼火的。

安多纳德无法容忍的这种间谍式的无耻的勾当，让她一天没有超过一小时的时间是脱离他们让人气愤的目光的。她把自己对葛罗纳篷家里的人态度略微增添了些骄傲与不屑的成分，这可让他们不高兴了。他们先是为自己的好奇心找了理由辩护，然后再批评安多纳德躲避他们是不正确的。他们觉得对于一个作为这个家庭一分子住在家里的人，而且是负责教育他们女儿的人，他们有权去了解一些她的私事什么的，说这是他们的责任，所以他们认为，安多纳德这样躲避一定是有什么事情瞒着没有告诉他们：一个清白的女孩子是什么都不用隐藏的。

因此安多纳德时刻都在被这些问题困扰着，时刻都在想着该怎么面对，这样一来原本就冷淡孤僻的她变得更加不可接近更加内敛。

弟弟每天都给她写一封十二页的长信，她竟然也做到了每天回一封，即便有时候时间紧，只是写那么短短几行字。奥里维努力不流露出自己的悲苦，装得很勇敢的样子。但事实上他苦闷得要死。一向习惯了和姐姐一起生活的他，跟她分开之后，完整的生活似乎缺少了一大半，他所有的一切，包括他的思想都无法调动起来；他不能散步，不能弹琴，不能工作，也不能不工作，不能梦想——只是梦想她。整天都沉陷在书本里的他却做不出来任何工作：他总是担心着别的东西，不是自己遭遇苦难，就是对姐姐的想念，或者是在等着当天来信的同时想着昨日的信。信到了，他用颤抖的双手打开来看，他实在是又害怕又快活。感情到达这样的冲动程度，便是收阅情书也不至于。像安多纳德一样，他读信的时候也是悄悄地躲着别人读的，还跟姐姐一样把很多信都带在身上，最近拿到的那封就在睡觉的时候放在枕头下面，在晚上因为想着姐姐睡不着的时候便拿出来瞧瞧，顺便看看它是不是还在老地方，他觉得跟她离得不远！如果哪天邮局耽搁了，信没有准时送到，他就会很担心安多纳德，然后在心里默想，他们居然隔了两天两夜了！……从没有出过门的他把空间与时间格外夸大。他老是在那不停地自我想象："噢，上帝！如果她病倒的话！总该让我见她一面再死吧……为什么昨天只有短短几行呢？……是不是病了？……是的，她病了……"那时的他简直无法呼吸。除此以外，他更担心自己会在她不在身边的时候死去，在这些没有干系的人中间默默死去，在这可厌的中学里，在这个凄凉的巴黎。后来他想着想着便真的病了……"如果写信让她回来会怎么样呢？"一想到自己这样的怯弱就害羞。而且提笔和她谈话聊天的时候，他似乎没有痛苦缠绕。他好像遇见她，听到她的声音了；他告诉给她一切，以前和她一起住的时候，他也没有说得这么痛快过；他给她取了一个名字"我的忠实的、勇敢的、至爱的好小姐姐"。那是真正的情书。

安多纳德完全被这些信甜蜜幸福死了，也只有在读信的时候她才感觉到自己还活着，还在呼吸着。倘若信在预期时间耽搁了没有出现，她就会苦恼得什么似的。有两三次，葛罗纳篷他们大意，或是——谁知道——故意，直到晚上，甚至是第二天早上才把信交出来给她，那时她竟然为此焦急地发烧了。元旦那天，两个孩子巧合地有了同样的想法：花了很多钱互相发了一封同时送达对方手里的长电。奥里维征求安多纳德关于功课方面和思想方面的意见；安多纳德帮他想办法，支持他，鼓励他。

事实上她自己也是没什么勇气的，在这个陌生的地方住着，一个人也不认识，也没有人关心她，除了一个才来不久而和她同样住不惯的教员的太太。那是一位母性很强烈的好心人，当知道两个孩子各处一方而深爱彼此的痛苦后，显露出非常同情的样子——但安多纳德这样的贵族式的灵魂还是经不住她的粗劣、平庸和不灵活。因为对谁都不能吐露，所以便把所有心事都埋在自己肚子里。当她以为自己快要倒下的时候便咬咬牙，继续坚持下去。她的健康状况很不好，消瘦了很多，弟弟在信里越来越消沉，特别颓丧的时候，他还写道“你回来吧，回来吧！”

然而这样的信刚送出去便觉得后悔了，便又写了一封解释的信，要安多纳德别太注意那句话，他还伪装成不需要姐姐的样子保持着高兴和快乐。如果别人看出来他是没有她不能过活的话，那么他自己也是无法忍受的。但是安多纳德毕竟是可以看出他的心思的，只是她自己也不知道该怎么办。有一天，她先是去车站问车子出发的时间，然后便做准备想要动身回去，但是之后不一会儿，便觉得自己在乱来。她来这儿就是为了让奥里维在中学好好念书的，不管情况怎么样，彼此能坚持多久就多久。她已经再没有什么勇气去做什么决定了：早晨还是很勇敢的她，一到晚上就觉得特别低落，只想着离开这里。她想念家乡——想着那个对她残酷不堪、又埋着她过去所有遗迹的家乡——也想着弟弟的语言，那用来向她表示爱的语言。

那段时间刚好有个法国剧团路过那个德国小城。既没时间也没心情上剧院的安多纳德想听一下法语，去“法国”看一下。其余的事，我们以前叙述过了。戏院已经客满。她遇到了一个陌生青年音乐家约翰·克利斯朵夫，见过她失望的神情之后，他把她请到了包厢中：她竟然也懵懂地接受了。这次会面倒是引起了城里的不少闲话，而且随即便传到葛罗纳篷家里，他们的态度是凡是跟这个小女孩有一丁点相关的不利的猜疑是都会被他们接受的，再加上我们以前说过的那种情形，克利斯朵夫让他们感到非常气恼，便毫不客气地把安多纳德辞退了。

这颗贞洁而容易害羞的心灵，把所有的一切都给了自己的手足之爱，任何卑贱的思想都没有玷污过它，当得知人家对她的指控之后，她愤怒地恨不得马上死去。但她并不恨克利斯朵夫，她明白他和自己一样是无辜的，他只是出于好心想帮助她，所以她很感激。不过她不知道任何他的身世的问题，只知道他是一个被强烈攻击的音乐家。虽然不太清楚什么人情世故，但久经沧桑之后，她内心的直觉已经变得非常敏锐，清楚认识到那个陪她看戏的同伴举止粗鲁、有点疯癫，然后也和她一样有点率直，有一股慷慨豪爽之气。他似乎能给她某种她需要的安慰。任何对克利斯朵夫的不善言辞都不会影响自己对他的信任。她认为他和自己一样也是个被欺侮的，和她一样遭受人们恶意的攻击，而且比自己时间更长。因为习惯于太想着别人而把自己忘记了，于是每想到克利斯朵夫也在遭罪，这倒反过来减轻了她自己的痛苦程度。然后高度纯洁与固执的性格根本不同意她跟他再次见面或者继续通信。她只是想着他应该不会知道连累自己的事，而且自己的善心也在强烈期望，期望他永远都不会清楚这事。

她走了。火车开出一小时以后，她刚好又遇上了克利斯朵夫，他刚从外埠回来。

在并列在一起停了几分钟的车厢里，他们相遇在这样静悄悄的夜里，什么都没有说，也没什么可以说，除了一些再平淡不过的话，而且这个时候说这些话反而会亵渎彼此的那份同情与神秘的默契；这是唯有心心相印可以解释的感情，谁都说不清楚，也找不到根据。在这最后一刹那，彼此毫不了解的人相互望着，似乎看到了平时从来没有看到过的内在的隐秘。这样两颗灵魂在这个世界相遇，似乎可以忽视说话、亲吻、拥抱等其他一切这类的东西；倘若认识了之后，那样的感觉是不会一直存在的。像一道给人力量的光明，或者黑暗中黎明的曙光一样，安多纳德把它永远保存在心灵深处，以便让她凄凉的心能获得些许的安慰！

她又跟奥里维团聚了。而这个时候她也是应该回来了。这个神经质的孩子刚病倒，一直担心在姐姐不在的时候害病的他硬是病倒了，然而却没有写信告诉她，不想让她担心。他只是心里一直在不停地呼唤她，就像盼着一个奇迹诞生一样地盼着她。

奇迹出现的时候，他已经躺在中学病房里发烧，还在胡乱想着什么，这总算是见着面了，可他并没有因此呼喊姐姐。因为他曾经很多次见过她这样子进来……他以为这次也是幻象，坐起来哆嗦着张着嘴。待她走到病床旁边，他倒在她怀中，感觉到了嘴唇上娇嫩的面颊和手里那双因为在夜车冻得冰冷的手的时候，他总算知道了那确实是他期盼许久的姐姐回来了，他就哭了出来。只是像小时候“小傻瓜”一样地哭着，他把她紧紧搂着，生怕她会再一次走掉。许久未见的两人脸色都发生了很大的变化……但这毕竟不是重要的，重要的是他们已经再见面了：所有的阴沉都在此刻突然变得明朗。两人彼此紧紧抓住不再松手。她什么话还没说，他却先要她发誓不再出门。毫无疑问，她是不会再离开的，离别真是太痛苦了。母亲说得对，不管怎样，只要不离别就是好的。即便是穷或者死都还能忍受，只要大家还在一起。

他们赶紧租了一个公寓。尽管还想住之前那个，可是那个已经被别人租了。新的公寓也靠着一个院子，一株小皂角树矗立在墙的角落：他们很快便喜欢上它了，也觉得它就像田野的朋友，和他们一样被关在这个城市里。或许是姐姐回来了的缘故，奥里维很快地恢复了健康——尽管他的所谓健康对强壮的人来说还算是病态的。安多纳德在德国过的那些苦闷的日子，至少挣了一笔钱；由她翻译的一本德语书也顺利地被出版商接受了，这也算是一笔不错的收入了。钱的烦恼暂时没有了，一切都挺顺利，唯一的担忧和愿景就是奥里维能考上高等师范——可是考不上又怎么办呢？

既然又像从前一样住在了一起，便把心思又集中到考试上面来，尽管他们都不想多提这方面的事情，但是它总是到处出现，他们脑海里甩不掉这个念头，即使是在消遣娱乐的时候也是如此。音乐会上或者是晚上醒来，它都会奇迹般地来侵蚀他们。一方面奥里维很想减轻姐姐的负担，并且报答姐姐为自己付出的一切，但另一方面又害怕万一落第难逃兵役：他厌恶军营里肉体和精神方面堕落的男性。他性格中所有贵族的与贞洁的气质都受不了兵役的义务，甚至可以用生命来抗拒的。然而这时的人们已经普遍信仰每个男人都应该做出保卫国家的贡献，奥里维的心理因此受到指责；然而这种兼爱为名、粗俗真实的共同生活，只有瞎子才会否认，况且最大的痛苦莫过于强迫一般性情孤独的人所受的痛苦。

考试时间到了，奥里维差点没能进场：他真的不舒服，害怕这种不论考取与否都要经历的那种心惊肉跳的境界，就希望自己真的病倒了就好了。虽然等待笔试结果的时期是那样漫长难熬，但笔试成绩还算让人满意。世界上最守旧的国家是那些历经大革命的国家：根据它年代悠久的习惯，试期被定在了七月最热的几天，好像是有意为难这些可怜的青年们，要他们在酷暑难忍的天气预备考试；而繁重的考试节目甚至到了没有一个考试委员能完整说出其哪怕十分之一的内容。在喧哗扰攘的七月十四[①]（那是教并不快活而需要清静的人受罪的狂欢节）的下一天，作文卷子才开始进入批改程序。奥里维的公寓附近，广场上摆着赶集的杂耍摊，气枪打靶的噼啪声从早一直响到晚。让人骑着打转的木马呜呜地叫着，蒸汽琴呼哧呼哧地响着。八天的热闹之后，为了讨好民众的总统又特意延长了半个星期的假期。他是不在乎这些的，反正自己听不着！但可怜的安多纳德与奥里维却被吵得头脑发胀，只好关紧门窗，把自己锁在房里，然而那声音即便是他们捂着耳朵也一直传了进来，直到他们心窝里。

笔试及格以后，差不多立刻就是口试。奥里维不想让安多纳德去旁听，让她在门外等着。但门外的她哆嗦得比他还厉害。后来他也没说考试满意与否的话，要么口试中回答的话让她听着焦急，要么就是没有说的话让她纠结不休。

到了最后揭榜的日期了。录取新生的榜是贴在巴黎大学文学院的走廊里的。安多纳德不同意奥里维一个人去。出门的时候，他们暗暗地想：等会儿来的时候事情已经有结果了，说不定那会儿他们

① 七月十四日为法国大革命爆发的日子，后定为法国国庆日。

还要回过头来遗憾这个时间，虽然这个时候是心惊胆战，但起码还存着那么点希望。站在巴黎大学的不远处看着它的时候，他们顿时都觉得腿软了。一向勇敢的安多纳德也不免对弟弟说：“哎，别走得这么快啊……”

奥里维回头看了看勉强堆着笑容的姐姐，回应道：“要不咱们在这张凳上坐一会儿？”

他几乎不想就这样走到目的地了。然而一会儿过后，她握了握他的手：“没关系，弟弟，走吧。”

他们一时找不到那张榜，好几张上面都没有耶南的名字。最后看到的时候，他们刚开始弄不明白，可看懂之后，居然不敢相信那是真的，耶南确实是考上了，他被录取了，他们激动得说不出话来。两人连忙奔向家中。她抓着他的胳膊，紧握着他的手腕，他贴在她身上，奔跑得像飞一般，看不见周边一切，过大街的时候还差点被马车撞倒压死，彼此互相呼喊着“我的小弟弟！”“我的小姐姐！”

他们匆匆忙忙地爬上楼梯。一进屋便拥抱在一起。安多纳德牵着奥里维的手，来到父母遗像旁边，靠近卧床的一角，对他们像圣殿一般的地方。两孩子一起跪下，静静地哭了。

安多纳德叫了一顿精美的晚饭。但是他们并不饿，都吃不下。晚上，奥里维时而坐在姐姐膝下，时而又跑到姐姐膝上，像小孩子般地惹人疼爱。他们很少对话，累到实在不行了，甚至都没有力气继续快乐了。九点之前他们就睡得像个死人一样了。

第二天，安多纳德头痛欲裂，但毕竟心里放下了这么重的一个负担！奥里维也觉得此时此刻所有的空气对他来说都已经自由了。她让他得救了，她完成了她的使命，而他也没辜负姐姐的期望！这不知是多少年来他们第一次偷懒多睡了一会儿，临近中午都还在床上躺着，聊着天，彼此透过开着的房门可以在一面镜子里瞧见对方快乐但又有点虚肿的脸；他们笑着，送着飞吻，一会儿又浅浅入睡，彼此瞧见对方睡着的模样，都甜蜜地瘫倒了，除了吐几个柔弱的单词之外再也没有力气说什么话了，他们实在是太累了。

安多纳德一直都没有停止过积蓄一些小钱以备不时之需。她一直瞒着兄弟她给他预备的一个惊喜。录取的第二天，她宣布为了犒劳彼此这些年含辛茹苦的付出，他们将要去瑞士住一个月。现在奥里维进了高师，不但有三年的公费，而且出了学校又有职业的保障，他们可以用那笔积蓄小小地挥霍一下。奥里维听到这个兴奋地喊起来。安多纳德此时却因为弟弟的兴奋而更加兴奋，也因为可以看到想念多年的田野而兴奋。

准备旅行成为他们一大乐事。他们动身的时候已是八月中旬了。不习惯于旅行的他们第一天忙完之后，奥里维就睡不着觉；那晚在火车上，他也没能睡好。从早到晚都在担心着，怕错过火车。急忙慌张的两人在站里被别人挤来挤去，二等车厢里，连放手臂枕着睡觉的地方都没有——睡眠是号称民主的法国铁路局不给平民旅客享受的基本权利之一，他们总是得意于能让有钱人享受这样的特权——奥里维一直都没有闭眼，甚至现在还不敢断定有没有错过站，还在留神着一路的站牌。安多纳德则似睡似醒，还时不时地惊醒过来；震动的车厢使得她的头左右摇晃。奥里维顺着从车顶上照下来的昏暗的灯光凝视着她，对她脸色的变化忽然大吃一惊。她眼眶陷了下去，嘴巴很疲倦地张着；脸色暗黄的，东一处西一处的皱纹布满了整个腮帮，似乎印刻着曾经那些沮丧与失望日子的痕迹。她看起来又老又病——她真的是太累了！她本想把行程延缓几天，但又怕弟弟不高兴，挣扎着要自己相信自己没有什么问题，只不过有点小疲劳而已。等到了乡下便会好起来的。可是事实上她又多么怕自己病倒在路上！……她感觉到他在注视着自己，便睁开那双明澈、清亮的眼，装作很精神的样子。他低声问她身体怎么样，那语气既是担心，又很是温柔。她只是紧握着他的手说一切都很好。此时此刻任何一个表示爱的字都可以让她振作起来。

曙光照在多尔与蓬塔利哀之间苍白的田野里，田野像是刚刚苏醒过来。那兴奋的太阳甚至也和他们一样刚从城市的种种压抑杂乱中逃离出来。草原打着寒噤，被薄雾吐出来的一层乳白色的气雾包裹着。路上小景致很多：村子里的小钟楼，眼梢掠过一汪清水，停在远处飘浮的蓝色的山岗丘峦上。火车停在寂静的乡间，阵阵清风夹杂着清脆动人的早祷的钟声；一群神清气爽的母牛也站在铁路旁认真地听。这一切的一切都是那么新鲜，直叫姐弟俩为之兴奋了好久。此时此刻的他们就像两棵原本枯萎的树，却在瞬间得到甘霖滋润，愉快至极！

接下来的清晨，到了快要转车的瑞士关卡。仅有一个小得可怜的车站伫立在这田野里。一宿没睡好的他们倒觉得有点恶心了，清晨潮湿的空气又使人轻轻打战。周围一片寂静，天色清明，嘴巴似乎已经塞满了草原的气息，沾着你的舌头，像小溪般沿着喉咙直到胸腹。大家都站在一张大桌子前喝一杯提神的热咖啡，掺着带酪的牛乳，还有一股野花野草的香味。

他们搭上瑞士的火车，兴奋地看到了火车上各种各样不同的设备。可是安多纳德累极了！她开始察觉到她这种持续的不舒服有点不对劲。为什么这么多的优美的东西都不能让自己高兴起来呢？和弟弟做一次美妙的旅行，不需要再操心未来的生活，只是好好欣赏着美好的自然世界这不是她一直都梦想的吗？现在她是怎么回事呢？她责怪自己，还试着强迫自己欣赏眼前的一切，对弟弟的那份快乐牵强地乐着。

他们歇在土恩，打算第二天前往山里。然而在旅馆里，安多纳德在那天晚上忽然患了严重的寒热，呕吐，头疼得厉害。奥里维着急了，心不在焉地熬了一晚上，第二天天亮便去叫了医生，然而这又一笔意外的支出大大地影响了他们原本薄弱的资源。医生认为暂时并不怎么严重，只是疲劳过度，身体虚弱了。没有办法再继续前进了，医生也说要安多纳德整日躺在床上注意休息，并且要好好调养的话，可能需要在土恩待得久一些。尽管他们心里很难过，可事情毕竟还是没有想象中的那么严重，于是也就宽慰了些。可是对远道而来的他们来说，被关在这样的屋子里出去不得毕竟是有点痛苦的。安多纳德劝弟弟出去散散步。他去旅馆外走了一圈，看见阿尔河的绿波，白色的山峰还在远远天边的云端活动，显得非常快乐；只不过这份快乐，他却无法一个人享受了。于是又连忙回到姐姐身边，真切感动地告诉她外边的一切风景；但她却纳闷他怎么回来这么早，于是要他再出去走一会儿，而他却像以前从夏德莱音乐会回来的时候一样说："不行，不行，那太美妙了；我一个人欣赏心里不舒服，也无法享受得好……"

这种心绪是无法避免的：他们清楚只要自己没能跟对方在一块，自己就会变得不完整。但听到对方把这意思说出来总是怪舒服的。这句如此温柔的话胜过任何给她的灵丹妙药，她浅浅地笑着。一边是不尽的喜悦，另一边又是困倦难耐，于是便美美地睡了一觉。为了不让医生阻止他们离开，他们决定清早离开。清新的空气和一同玩赏美景的快乐，竟然是让他们觉得这样莽撞的行动是多么值得。他们顺利到达了终点，一个山间的小村，在什齐兹附近，临着图恩湖。

他们于是就这样在这个小旅馆住了将近一个月。安多纳德尽管没有再烧，但身体似乎再也健朗不起来了。她只觉得脑袋沉甸甸地像是快要压垮自己，感觉没有一刻是舒舒服服的，奥里维时不时问到她的健康状况，只是想她可以好起来，脸色不要再那么苍白。然而迷醉于这眼前美景的他终究还是把这些不愉快的想法搁到一边去了；所以总是很乐意相信她真的身体很好，尽管明明知道那并不是真的。与此同时，她对于可以让弟弟这样快乐着感到非常欣慰，也对于可以这样伴着清新的空气休息感到非常欣慰，这么多年的艰苦拼搏，如今总算是可以安静休息了，能不感到愉快吗？

奥里维想带她一起散步，她也很乐意去；然而好几次，她坚持着走了二十分钟，却累得喘不过气，不得不停下来。所以他只好独自继续，她还是心里焦急地担心着他，尽管路程并不怎么艰险，他回来后才放心。偶尔两人出去随便走走，她抓着他的胳膊，一边迈着轻盈的脚步，一边跟他说话；他似乎有很多话要说，还傻傻地说了一些关于他未来计划的事情。临近山谷快到半山腰的时候，他们遥望白云倒映在静止不动的湖里，水面上闲逸地漂浮着三三两两的小艇，仿佛漂在池塘上的小虫；温和的空气浸润着他们，那带着草与树脂香味的铃声，伴着风一阵阵向他们迎面吹来。两人一起梦想着未来的一切，然后觉得最不知所措的还是现在。偶尔安多纳德也会不小心跟奥里维一样耍点小孩子的童真：和他互相追逐。有一次，他居然再一次在她脸上看到了那种久违的无忧无虑纯真快乐如溪水般的笑容。

很多次奥里维都忍不住去远足，这后来便让他觉得后悔难受了，认为自己没有好好珍惜和姐姐在一起的时间和她亲密地聊聊天。哪怕在旅馆里，他也时不时会让她独自待着。同寓有一群青年男女，奥里维刚开始并没有怎么搭理，可后来无法忍受他们的吸引便也加入了他们。除了姐姐以外，他很少有朋友，那些中学里低贱俗套的同学和他们的情妇也让自己觉得厌烦。每当和与自己年纪相当而且有气质的年轻人在一起时，他是那样的快乐。尽管性情孤僻，他也有纯真的好奇心，有一颗柔情、圣洁的心，会沉迷于女生眼里那小小的火焰。而他自己虽然羞怯，但也讨人喜欢。青春的妩媚在他爱与被爱的情绪中油然而生，自己的言行也跟着开始发生变化，只是那份笨拙却格外让人疼爱。他天生富于同情心。孤独的生活让他养成能看穿别人恶劣、悲俗那一面的特质——不过真跟那些人碰见了，他也只会看他们的眼睛，似乎透过那些眼睛，可以看出一个和自己一样不久便会死去的生灵。于是一种温情不禁涌上心头。无论怎么样，他都觉得自己应该和气地对待那些人。他是懦弱的，一般人都会喜欢他；他们能原谅所有的缺陷和美德，唯独无法原谅那为一切德性之本的力。

安多纳德可不想加入这个青年人的集团。她的困顿和无法振作的精神已经让她瘫下去了。多年的操劳已经让她身心交瘁，两人似乎转换了角色：如今她觉得已经远离社会，无法再回到这个社会了。她开始厌烦所有旁人的谈话和说笑的喧闹，那使她疲惫，甚至非常气恼。她恨自己这种心情，很想像其他姑娘一样，关心她们关心的一切，快乐她们快乐的一切……然而她还是做不到，心里紧紧揪着就像一个死人一样。坐在漆黑的夜里，有时连灯也不会点；奥里维却在楼下客厅里，弄那些不知何时已习惯的谈情说爱的东西。安多纳德只要听见他和女友们依依不舍地告别然后上楼来的时候，她才会从迷惘的境界中醒来；那时才扶起来打开了灯，然后看着兄弟的笑容，自己也觉着突然精神了不少。

秋深了。太阳黯淡了。自然界萎谢了。在十月的云雾之下，颜色慢慢地褪了；初雪笼罩了高峰，浓雾浸没了平野。游客出动了，先是一个一个，后面就成群结队。而朋友们的离去，尽管并不相干，但也还是会觉得凄凉；尤其是眼看恬静而甘美的夏天，令人格外悲伤的是这些人生中如水草般美好的时光。姐弟俩决定在一个深秋的日子做最后一次散步，他们沿着山林前进。彼此都默不作声，黯然神往地幻想着什么，瑟缩地依偎着，披着衣领翻起的大氅，相互紧扣着手指。潮湿的树林也沉默不语，好像在低声哭泣什么。林木深处，孤单的鸟儿怯弱但又温和地叫着，它们也察觉到冬天快要来了。宛如轻纱的雾里，传来远处一阵阵的羊群的铃声，那种声音呜呜咽咽，似乎是发自它们肺腑的……

他们伤感地返回了巴黎。安多纳德的身体一直都没有痊愈。

那个时候为了给奥里维置购带去学校的校服，安多纳德花掉了最后一笔积蓄，甚至还为此变卖了一些首饰。这又有什么关系呢？她知道他将来会还给她的——再说等他去学校以后，她也不再需要花多少钱了……她不忍心去想他走了之后的情形，只是把自己对兄弟的所有热情都注入了手头帮他缝被服的工作里头。她甚至想到了这应该是她为他做的最后一件事了。

别离的前些天，谁都没有离开过谁，生怕因此浪费了这最后在一起的分分秒秒。最后一天晚上，他们很晚才睡，两人围着炉火，安多纳德坐在那张唯一的安乐椅上面，奥里维则坐在旁边一张矮凳子上，摆出一副被宠惯的大孩子样，很是招人怜爱。对于将要开始的新生活，他既有些担心，又有点好奇。安多纳德一想到将来不能再继续和弟弟亲密，顿时不知所措。而他似乎是有意让她觉得更难舍难分，临别前的一举一动都是那样温柔：他天真地撒娇，像一个即将远行的人开始正视自己身上所有的缺点和优点。坐在钢琴前面的他一遍一遍地弹着她最喜欢的那首莫扎特的曲子——那种缠绵悱恻、惆怅而高远的意境，恰是浓缩了他们所有的辛酸快乐的过去。

离别的时间就到了，安多纳德送奥里维到校门口。回家之后的她又感到孤独了。只不过这次不再像上次去德国，上次的离合是可以自己做出决定的，可以在无法坚持的情况下回来的。但这一回却不同了，他走了，她在家，这注定是长久的甚至终生的别离了。极具母亲情怀的她刚开始总是一直都在想着念着弟弟，想着他在学校里面的新生活，想着他可能会受到的欺负，以及一些难以避免的忧愁烦恼，尽管这种担心只是就那么回事，但她这样一个孤独而又总是爱担忧的人，总是很容易夸大这种感受。不过这种操心至少使她暂时遗忘了自身的寂寞。她开始构想着明天在会客室跟弟弟的见面。临时她早到了一刻钟。尽管他对她很亲热，但是他的主要心思似乎还在自己所见所闻的新事物上。后来的日子，她还是那样一如既往地温柔关切地去看望他，只不过渐渐地，他们的短暂的见面开始变得不一样了。他就像是她的整个生命，他虽然也温柔地爱着安多纳德，可是他毕竟做不到只想着她。有两三次，他到会客室晚了一会儿。

还有一次，他竟然肯定地告诉她他在学校里没有什么厌烦的。这类小事情使得安多纳德的心像是被刀扎一样的痛——她开始责怪自己的自私。她清楚地了解，如果彼此都离不开，或者自己不能在人生中给自己找一个其他目标，那么这不但是不好的，而且是违反自然的。确实，她已经明白了一切，十年来她把整个生命给了弟弟，到如今又能怎样呢？倘若失去了这个生活的唯一目标，那么她还能拥有什么呢。

她试着去做一些看书做音乐的事情……然而，天哪！没有了他，莎士比亚、贝多芬，显得多空虚！……那些东西固然是很美的……但是他却不在身边了！如果一个人对一件美丽的东西不能用所爱者的眼睛去欣赏，那么再美再欢乐的东西都是没意思的，因为那根本做不到在另一颗心中去品味它们。

如若身体像以前那般健朗，她还有可能再另找一个目标，然后重新开始一段新的生活。然而她确实已经筋疲力尽了，整个人都开始消弭了，甚至再也用不着靠咬紧牙关来坚持什么了，她终于还是倒下了。她身上所有被她压制的疾病慢慢都开始抬头了。

一个人孤单地待在空荡荡的家里，眼前的黄昏似乎也跟自己一样没劲地度着这最后的一段时光，旁边早已熄灭的炉火也再没有力气去重新点燃，她甚至连上床睡觉都无力做到，而只是静静地呆坐着，迷迷糊糊、战战兢兢地胡思乱想到半夜。回忆过去的生活，跟死了的人与破灭的幻象老是分不开；她低沉地想到自己没有爱情充实和已经虚度的青春。一种无奈但又暧昧的痛苦……似乎那学走路的小孩的脚步每一步都能踩在她伤痛的心上！……心头积聚了一些邪念，都市的自私享乐气息把她最后的灵魂感染了。她压抑着自己心中的遗恨，觉得自己的欲念想法有那么点可耻的成分，不懂苦恼从何而来的她，以为只是低劣的本能作怪。因为不能继续工作，她辞掉了所有教职。习惯早起的她有时竟一直睡到了中午，只是她觉得起身与睡觉都差不多一样了，都是那样没意义；另外也很少吃东西，有时甚至干脆不吃，只是在星期四下午和星期日一天弟弟放假的时候，才勉强装作和从前一样。

对于新生活那般感兴趣的他没有察觉到任何什么，也没有心思再注意姐姐。如今的他正经历着青年的某个时期，不再那么轻易交付自己的内心，冷淡了从前感动的一切。对于自然和人生，成年人总是比一般二十岁青年体验和印象得更新鲜更纯真。所以有人说，年轻人的心并不年轻，感觉也并不锐敏。这总是不正确的。他们并不是因为感觉迟钝了而冷淡，只是由于有一份热情和野心以及一些执着的念头已经占据了他们的内心。原本毫无约束的感情却只有在他们肉体衰老、对人生无所要求的时候，才能再次获得它们本该有的地位，而像小孩子一样的眼泪也会再次溢出眼眶。奥里维心中念想这无数的小事情，尤其是一种不自然的单相思纠结着他（那是他永远有的），他开始对旁边的事物熟视无睹。安多纳德不清楚他的这些心理变化，只是默默地感觉到自己和他之间的距离越来越远。这不能完全归咎于奥里维。有时他回家来，刚开始想着要见到她并跟她谈话的时候是很高兴的，然而一进门之后，姐姐的过度操心和亲切的感情便会让他苦闷地变得冷淡了，以至不再有吐露心声的欲望，甚至以为安多纳德失了常态。她不再像往常一样对他知情识趣。然而他却也没有过多地去思考为什么，只是简单地回答着她的问题。她越是追问得厉害，他就越是沉默寡言，甚至最后竟然还用一句粗鲁的话伤害了她。于是她也很尴尬地缄默了。一天时间就这样虚度了——他才跨出家门踏上回校的路，就开始后悔自己的行为。回学校的那天夜里，他想到了姐姐难过的情形，于是情不自禁地开始埋怨自己；有时一到学校就写一封热烈的信给她——只不过在第二天早上重新念完一遍之后，便又撕掉它了。不知道这种情况的安多纳德只是以为他不再爱她了。

然而她依然还有青春感情的最后一次激动，虽然这不算是最后的快乐，但对青年时期来说，它毕竟真的就只有那么一次了。于是沉重的心情又开始苏醒过来，内心中爱的力量和对幸福的渴求又不知所措地激动了一下，而且也是那样的不自然，和她性格迥然不同。如果不是自己太过烦闷，太过兴奋与迷茫，她是从不会有这样的情况的。

她和弟弟在夏德莱戏院听音乐。他由于担任一份小杂志的音乐评论，可以坐比当年好一些的位置，周围的群众他还是觉得那样可厌。他们靠台坐在两只弹簧凳上。那天由克利斯朵夫·克拉夫脱出场演奏。刚开始他们并不知道这位德国音乐家。然而他一出台，她马上就激动起来，内心开始沸腾。尽管疲惫的眼睛让她看得不是太清楚，但至少她已经想起了这位在德国的难友。她从来没跟兄弟提过，连她自己后来也很少想起：那次别离以后，她所有的生活都被各种各样的问题占据了。而且对于她这种极具理智的法国女子，是无法让自己承认这样的没有开始也不会有很好结果的感情的。许许多多自己不想见到的情意都被她藏在心中那个深不可测的地方；她明知有这些东西存在，却始终不敢直面，因为对于那个不受理智监督的生命感到说不出的恐怖。

内心稍微平静之后，她借着弟弟的眼镜看了看克利斯朵夫，注意到他的舞台侧影，看出来这其中透露出来的暴烈孤僻。他穿着一套极不合身的旧衣服。安多纳德沉默不言，浑身冰冷，眼睁睁地看着克利斯朵夫受着观众的侮辱。大家原来就不欢迎德国艺术家，这时也才发现他的音乐是那样沉闷。在一阕似乎太长的交响曲之后，他又出场弹几个钢琴曲子；各种讥讽态度的群众，明摆着不情愿再次看见他了。他开始演奏了，甚是厌烦的群众毫无情绪地听着；最高一层的楼厅上有两个听众大声谈了一些很不客气的话，在场的人听到之后，一直发笑取乐。可没想到克利斯朵夫顿时停下来，摆出一副像野孩子般的桀骜的态度，用一只手给观众们弹了一首“玛尔勃罗上战场去”的调子，然后挺直站起来说道：“这才配你们的胃口！”

刚开始还不明白怎么回事的群众，迟疑了一会儿之后，开始嘈杂起来，吵吵嚷嚷着：“道歉呀！非道歉不可！”紧张的人们气得要死，自以为真的是愤怒了，其实心里清楚的人们知道那只不过是为了借此机会疯狂闹一下，就像上了很久的课的学生需要好好放松一下一样。

安多纳德被吓得动弹不得，抽搐的手指捻着那只手套，在交响乐的刚开始的几个音符，她就预料到可能会出事，感觉到群众压抑的恶意正在抬头。预料到克利斯朵夫的心情，早已猜到他会很快就要发作，甚至等不到终场。她苦闷地等待着，却也恨不得上前去阻止他，但事情毕竟像她预料的一样发生了，而且没一点差错。因此她受的打击跟受着宿命的打击似乎完全一样，仿佛不是人为可以挽回的。她眼睛盯着克利斯朵夫，而克利斯朵夫愤愤然瞪着谴责他的群众，就在那么一瞬间，他们的眼神碰到一起了。但是克利斯朵夫的眼睛并没有在那一瞬间把她认出来，而是在狂乱的情绪下，继续扫视着台下的群众，或许他已经把她忘记了，最后他在观众的嘘斥声中不见了。

极想说话、想呼喊的她却是那样无力。知道自己的激动情绪并没有被兄弟发现，而且他也还在身旁分担着她的悲痛与愤慨的时候，她才放松地舒了一口气。奥里维极有音乐天分，而且有自己不受约束的个性；只要爱好一件东西，他是会不顾任何一切去追求的。听了克利斯朵夫的交响曲开头的几拍子，他就感觉到了某种莫名的伟大，遗憾之前没有碰到过这样的气息。热情的他低声地自言自语道：“啊，多么美啊！多么美！”

姐姐听了，情不自禁地感激地靠着他。与其他群众不一样的是，交响曲奏完以后，他狂热地鼓掌，并且抗议他们的无情与嘲讽。等到全场骚乱的时候，他更气坏了：胆怯的他却突然站起来，争辩着说克利斯朵夫是没错的，他不但责问那些嘘斥的人，甚至还想跟他们打架。但场上的声音毕竟太大了，他的声音很容易就被淹没了。安多纳德明白反抗是没有用的，便抓着他手臂要他住嘴。

他无奈地坐下，继续愤怒地说道：“丢人啊，丢人啊！这些该死的家伙！”

她一言不发，难受极了；他以为她对这音乐没一点兴趣，便问她：“难道你不觉得这音乐美吗？”

她点点头表示感觉到的。她一直呆愣在那里，提不起精神。然而当乐队准备换另一首曲子的时候，她气愤地在兄弟耳旁说道：“走吧，我无法忍受这些家伙了！”

他们匆匆忙忙走了。互相挽着手走在街上，安多纳德不作声，奥里维一个人在旁边兴奋地说着。

接下来的几天，她独自在卧室里似乎被一种感情弄得很茫然了，尽管她努力地不去让自己正视它，可是它却一直都纠缠着自己的思想，像在太阳穴中剧烈跳动的血一样，使她非常难受。

过了一晌，奥里维拿来一册克利斯朵夫的歌集，那是他在一家店铺找到的。她随便翻开，忽然看到曲子上面有一句德文，写着“献给那个受我连累的女子”，下面还写着年月日。

她对这个日子记得很清楚——心里一慌，她无法再继续往下看了，把它放下之后，要奥里维弹给她听，但却把自己关到卧室里去了。很是欣赏这种音乐的奥里维马上弹了，却忽视了在隔壁屋里情绪激动的姐姐。她忽然到衣柜里翻出一本小册子，查她离开德国的日期和那神秘的日子，事实上她早已清楚。结果证明那确实是和克利斯朵夫一同看戏的晚上。然后她闭上眼安静地躺在床上，双手合在胸前，听着那心爱的音乐，感动得不得了……啊！为什么她的头疼得这样厉害呢？

由于没看到姐姐出来，弹完一曲的奥里维便进屋看她，发现她正躺在床上。他问她是否不舒服。她只是说累了，然后便坐起来陪他。他们谈着，不过她并没有马上回答他的问题，就像刚从迷蒙中惊醒过来一样，然后笑着说只是头疼得很，人有点儿犯晕乎。奥里维走时，她又把集子留了下来，然后自个整夜地研究，在钢琴前面看着乐谱，并不弹，只随便按几个音，轻轻地，生怕引起邻居们讨厌。很多时候，对于这个同情她而只是靠直觉与善心窥视到她灵魂的神秘的人，她也是看不起的，在感激与温情的作用下，她摆正不了自己的思想，反倒觉得快乐又悲哀着——悲哀……啊！她的头疼得多厉害！

她整宿都在做梦，既甜蜜又困顿！天亮的时候，为了打起精神，她决定出去走走。尽管头还是那样疼痛，但为了让自己有一个目标，她还是决定去逛逛百货市场。其实除了想克利斯朵夫之外她并没有什么自己想做的事情，只是她自己并不承认这点。等她满是疲惫地走出来时，却忽然发现他正在对面人行道上。而且他好像也同时注意到了她。她立即毫不犹豫地向他招手。这次克利斯朵夫也驻足认出她来了，而且他已经走下人行道朝着安多纳德来了，安多纳德也迎着他走过去了。然而如潮水般的群众不停地挤促着她，她柔弱得像根草一般，跌滑在泥泞街上的一骑马似乎也在克利斯朵夫前面形成了一条堤岸，过往车辆硬是被堵塞了，中间好像还难舍难分地成了固定场面。克利斯朵夫不顾一切地还想穿过来，却意外地被夹在车马中间动弹不得。等到他艰难地走到原本可以看到安多纳德的时候，她却已经消失不见了。而本想冲出人潮的她似乎总是抵不住那样的压力，便放弃了挣扎，只是以为这是宿命的安排，是为了不让他们再次见面：而既然是命中注定的，又有什么办法？于是已经从人群中走出来的她便不想再回去了。她忽然害羞了：该对他说些什么呢？该怎么控制自己的举动呢？如今在他心目中自己又是怎样的呢？想到这些，她便溜回家了。

激动的心一直等到回到家才安定下来。回到房间的她连脱下帽子和手套的力气都没有，只是在黑暗中慢慢坐了下来。她很苦恼自己没能跟他说上话，但另一方面又感觉到心里有一道光明。没有了黑暗，也忘记了身上的疾病，只是想着刚才发生的一切，想着在另外一个场合又会怎么样？她看见自己向克利斯朵夫招手，看见克利斯朵夫认出了她而异常兴奋的样子，所以她很高兴，但也有点羞怯。黑暗的房里，她又情不自禁地向他伸出了手臂：她觉得自己快要完了，本能地想抓住一个与自己擦肩而过的但非常慈悲地望着她的坚强的生命。她心里有不尽的温情和悲苦，在深夜里向他叫道："救救我啊！救救我啊！"

她激动地起来点燃油灯，拿来纸笔，给克利斯朵夫写起信来。如果不是因为自己被疾病困扰，高傲又羞怯的她是永远不会想到给他写信的。失去自我的她根本不知道要写些什么给他。她告诉他她爱他……写到半截，不禁又突然停下，想重新再写：可这个时候已经不再有刚才的热情了，空荡荡的大脑里，烧得跟火一般，再怎么努力也找不到词句；她彻底被疲倦拖垮了，觉得很难为情……这些能有什么用呢？自己心里清楚这是骗自己的……而且就算是愿意寄出去也不可能的。因为她不知道克利斯朵夫的住址……可怜的克利斯朵夫！即便他知道她此时此刻的想法，即便他也和她一样爱着对方，可是这又能怎样呢？……已经来不及了！一切都是徒劳的。她就像一只即将被窒息的鸟儿，拼命地拍打着翅膀。她只有认命了……

她在桌子前面呆坐了好久，无法摆脱那种麻痹的状态。待她千辛万苦勇敢站起身来的时候，已经过了半夜。她把信纸放进一册书里面，但是既没有勇气撕掉它，也没有勇气把它藏起来。后来她睡了，身子还在不停地打战。谜底揭晓了：她觉得神的意志完成了。

于是她心里只有一片和气恬静的境界。

周末清晨，奥里维回来后发现躺在床上神志不清的安多纳德，马上叫了医生。医生来了，诊断为急性肺病。

最后几天，安多纳德知道了自己病情，之前让她感到害怕的精神骚动，现在被她找出原因了。可怜的姑娘最近总是羞愧于自己内心的情绪，觉得那只是由疾病造成的，而不需要自己负责，于是便大舒了一口气，轻松了很多。她还有精神打理一些事情，烧掉某些文件，给拿端太太写了一封信，恳请她在自己……后的前段时期（她不敢写下“死”这个字）照顾她的弟弟。

病情很严重，医生也不知所措，而且她本应有的体力又在多年的劳累中消磨得差不多了。

安多纳德非常镇静。当得知自己不行了的时候，反倒觉得自己解脱了。她想起了过去所有遭受的一桩桩磨难，也见证着自己的任务就要完成，亲爱的奥里维幸福了，她感觉有一种说不出的喜悦，她想道:“这是我的成绩。”

但她又质疑了自己的骄傲:“如果没有上帝帮我，我也是做不到这样的。”

所以她甚至感谢上帝让她一直活到了今天，让她完成了任务。这时候离开了肯定是非常悲伤的，但是又是无法抱怨的，如果抱怨就是忘了上帝恩德的行为，因为上帝本应该在几年前就把她召去的，不过如果她早离去一年就很难料到现在情形会怎么样了，想到这里，便轻叹一口气，继续感激着隐忍着。

尽管她呼吸困难，可并没有因此抱怨，只是在昏睡的时候，偶尔像一个小孩子一样呻吟几句，在这种状况下，她眼中的人和事便都多了一分乐天知命的心情。而一看到奥里维更是特别高兴。她没有说话，只动了动嘴唇叫他，让他把头倚靠在她的枕头上，然后四目相望，她静静地看着他。临走的时候，她抬起身子，把他的头紧紧抱在怀里，喊着：“啊！奥里维！……奥里维！”

她取下自己脖子上的圣牌挂在兄弟脖子上。她把奥里维付托给了她的忏悔师、医生……付托给所有的人。周围人认为她从此以后便是托生在弟弟生命里了，似乎他就是她茫茫大海中的一座孤岛。有时，她陶醉在神秘的热情与信仰中，然后把肉体的苦楚忘得干干净净，同时又让原来的悲哀变成了欢乐——神明的欢乐——在她的嘴上，在她的眼睛里发出光辉。她一遍遍说着："我很快乐……"

她神志越发变得昏迷不清，在最后一次还是清醒的时候，她嚅动着自己的嘴唇，好像在说着什么。奥里维走到床前把头贴在她身上。她还记得他，无力地对着他笑，眼睛里早已热泪盈眶。人们无法听到她说什么，但是奥里维却像是抓着一线呼吸似的听到了几句歌词，一首他们姐弟俩都非常喜欢的歌词，也是她经常为他吟唱的一首歌：

"我会再来，我的亲爱的朋友，我会再来……"

接着她又陷入昏迷了……她永远离开了这个世界。

那些她在平时生活中不知不觉感动过的很多人都很同情她，就连同在一座房子里她喊不出姓名的房客也是如此。很多完全陌生的人都来安慰奥里维。安多纳德的葬礼不像她母亲的那样寂寥。奥里维的朋友、同学，旧教徒往往用小圆形银质胸章贴身悬挂，胸章上刻有耶稣或圣母像，还有那些平时不闻不问，只是见过，彼此都不甚了解但是佩服她的义气的人，甚至也有些可怜的人，在她家做散工的女人，街坊上的小商人，都来墓地送她最后一程。她走的那天，拿端太太便强把奥里维叫了过去，此时此刻的他已经痛苦得失去神志了。

只有在这样一个时期，他才能承担得起这样一件祸事，才能不至于被所有的悲伤打倒。他才开始过一种新生活，不知不觉地便在这样一个集团中间被大家推动着。由于种种事情的压迫、学校方面的作业与操心、求知的热忱、大大小小的考试、为了生活的奋斗，他已经无法在精神上把自己藏起来了，但这事让他痛苦了好久，不过事实是他正是因为这样才得救了，如果有任何拖延或者推迟的时间，他早就完了。

但是他还是会很拼命地怀念姐姐，不能把他们一起生活了那么久的故居买下来让他感到很伤心，因为他毕竟是没有那么多钱的。他只是希望那些看起来像是关心他的人可以理解自己不能保存她的东西的痛苦，然而却没有人懂得。他借了一点钱，加上自己替别人补习的学费，租下了一个顶楼，用来留存所有姐姐用过的东西：她的床，她的桌子，还有她的靠椅。那个房间被他看成是用来怀念姐姐的圣地，精神不好的时候，他便把自己藏到那去。他的同学以为他有什么外遇。但他只是在这里捧着脑袋安安静静地怀念她：他只有她一张小小的照片，还是他们俩小时候一同拍的。他哭着看着照片问自己“她到底去哪了”啊，如果她还在这个世界上，那么即便是在天涯海角或者什么无法到达的地方，他也会用同样的热诚、同样的快乐去找寻她，再苦再累他也不在乎，只要能够更靠近她一点，哪怕只是一步！……是的，哪怕他只有千分之一的希望能够遇到她……然而这毕竟是无可奈何的。没有她的爱、她的指导与安慰的他是那么的孤独，他甚至无法高明地应付自己的人生！……如果一个人能够在这个世间遇到一次友爱真诚的心，然后体会了那种相濡以沫肝胆相照的情意，那么他就是已经尝到了天上人间的欢乐——终生都会为之牵挂的欢乐……

对于一般懦弱而温柔的灵魂，最令其悲伤的事莫过于尝到了一次最大的幸福。

人生才刚刚开始的时候就丧失了一个心爱的人，这是怎样的痛苦呢，不过这还不及以后生机衰退的时候那么惨痛。正值青年时期的奥里维，虽然内心有一股悲观因素，但是再大的不幸遭遇过后也还是要继续生活的。似乎安多纳德在临死的时候把一部分灵魂转移给兄弟了。他相信是这样。不大像姐姐那般相信信仰的他，却也还是觉着姐姐并没有离开自己，而是像她以前所说的活在他的心上。布勒塔尼一带有种信仰，说夭折的青年会一直都在以前生活居住的地方飘浮，直到真的年老终寿的时候才散去。这样，安多纳德仿佛继续在奥里维身旁长大。

他重读了一遍所有她的纸张，然而不幸的是几乎所有什么纸张的记录都已经被她烧掉了，况且她本来就是一个不太喜欢记录自己内心生活的人。她会因为揭露自己的思想而脸红。她只有一本小日记簿，但上面却记着一些别人永远看不懂的东西，一些光秃秃的日子，纪念她一生或悲或喜的琐碎事儿，这些只是她不用多去思索便可以全部想起来的事情。差不多所有的这些日记都和奥里维的生活是息息相关的，还有一些他写给她的信也被她保存下来了，一封都不差。但是他就没那么细心了，她给他写的信几乎都被他弄丢了。他不知道自己要留着那些信干吗，他只是知道姐姐会永远陪在自己身边。温情的泉源是永不消逝的，可以永久浸润他的嘴唇与心；曾经的他已经没有预料地浪费了所有他得到的爱，可如今他却恨不得再一点一滴地把他们储藏起来……他随意翻着安多纳德的一册诗集，忽然注意到那被印在一张破旧纸上的几个铅笔字：“奥里维，亲爱的奥里维！……”他几乎就要晕过去了，他放声大哭，拼命吻着那张不存在的、在坟墓中和他说话的嘴巴。那天以后，他开始翻开她所有的书，一点点找寻她留下的其他心里话。直到他发现了她写给克利斯朵夫的信稿，才第一次明白她心里的那个刚开始孵生的罗曼史，也第一次看见他从来不知道的也不会在乎的她的感情故事，也终于体验到了在最后不安宁的几天，在被弟弟抛弃而转向一个陌生的熟悉人伸手求援的那种心情。她从来没和他说见过克利斯朵夫。他从信中知道他们以前在德国见过面，而且克利斯朵夫对她很好，当然无法知道具体情形，只清楚了安多纳德至死还藏在心里的感情是在那时生起的。早已因为音乐而喜欢克利斯朵夫的奥里维如今对他更有一种无法言语的好感。她是爱过他的，奥里维认为自己爱的克利斯朵夫也是爱她的。

奥里维想方设法找到他，可是却很难找到他的行迹。经过那次挫折后的克利斯朵夫，已经消失在巴黎的茫茫人海中，谁也不会注意到已经退出这个社会的他。然而几个月之后，奥里维却在街上与克利斯朵夫偶然相遇，那会儿他刚好患病初愈，脸色苍白，精神憔悴。不过奥里维没有勇气走上前去跟他打招呼，而只是一直远远地跟着他，直到搞清楚了他住的地方。奥里维想写信给他，但不知道写些什么好，关键是也下不了这个决心。安多纳德还继续在精神上陪伴着孤独的奥里维，她用她的爱情、她强烈的贞洁观念感染了他。当想到姐姐对克利斯朵夫的爱时，自己也禁不住脸红了，感觉自己就是姐姐一样。另外，奥里维真的很想和他好好聊聊有关她的事情。只不过自己做不到，她所有的秘密已经让奥里维无法开口。

他想办法要跟克利斯朵夫见面。去任何一个他认为克利斯朵夫可能会去的地方。他真切地希望亲近他。但是每次快要见着的时候，他又躲开，生怕被克利斯朵夫发现了。

最后，那一次他们都去参加了同一个朋友家的夜会，这时的克利斯朵夫才留意到他。远远站着的奥里维沉默不言，把心思都用来注意他了。那天晚上，安多纳德肯定是和奥里维在一起了：因为克利斯朵夫在奥里维的眼中看见了她，而且也正是这个意外出现的形象使得克利斯朵夫从客厅转过来，走向这位年轻的使者，来接受一位幸福的死者的凄凉但温柔的敬意。

卷七　户内

第一部

我终于有一个朋友了！……拥有了一颗灵魂，会使你在烦苦时有所依傍，有了一个温馨而又宁和的避风港，使你在魂飞神移之时能够稍作喘息：那是多么美妙啊！不再感到落寞，也不必每天都谨小慎微、不敢合眼，而终于不堪重负被敌人打倒于地了！遇见所爱之人，把你的整个生命便交托给他——他也会将整个人生托与你保管。终于能够安稳睡上一觉了。你闭眼安寝时，他守护你身边；他沉沉睡去，你来做他的守护人。可以倾心去保护自己所爱，而他也像是一个孩子那般去依赖着你，岂不幸福！而更加幸福的事是彼此倾心相许，把自己的所有交由朋友来安排。待到你老了，累了，多年累积下的人生已使你不胜其烦的时候，你依然能将自己的灵魂寄托在朋友的身上，重新获得少时的活力与果敢，用他的双眸去触碰变换的世界，用他的感觉去品味瞬息万幻的美景，用他的灵魂去体验人生的壮美……即便是苦也会和他一起品尝！……啊！只要能生死相依，即便是痛苦也会变为欢乐了！

我有了一个朋友了！他离我那么远，却也那么近，永久镌刻在心的一角。我占有他的心灵，他也占领了我的心灵。我的朋友是爱着我的，是“爱”让我们彼此唯一。

罗孙家的晚宴之后，克利斯朵夫隔日一醒来，马上就想到了奥里维·耶南，就想立马见到他。八点钟还没有到，他就已经出了门了。清晨的天气温暖中夹杂些让人郁闷的味道。那是夏季提前抵达的四月天：积攒了太多的水汽在巴黎上空浮动。

奥里维的家安在圣·日内维高岗下面的某条小街上，临近植物园。屋子正好处在这条街最窄的一段地方。院子尽头尽是黑咕隆咚的楼梯，时不时散发着各种让人窒息的恶臭。层层台阶拐角处陡得厉害，墙壁也有些歪斜，壁上早已被画得面目全非。三层楼上，一个蓬头垢面的女人敞开着衣衫，听到有上楼的脚步声便打开门来看，一看是克利斯朵夫便立马粗鲁地一把关上了门。每一个楼层都住满了很多户人家，孩子的哭闹声便从门缝里飘荡出来。这都是些平庸而又无所作为的人，整日挤在这低矮的房子里，即便是望向外面也只有让人作呕的院子。克利斯朵夫打从心里就特别厌恶，心想只有神经病才舍得丢下充盈着新鲜空气的乡下，跑到巴黎这种坟场一样的地方来生活，能有什么好的。

他爬到了奥里维住的那层。门铃的拉手是一个打了结的绳子做的。克利斯朵夫使劲地往下拉了拉，铃声一响，周围的几户人家也都开了门。奥里维也开了门从里面出来。他一身整齐利落的穿着让克利斯朵夫感到十分惊奇。要是换了别的场合，克利斯朵夫也绝对不会注意这些的，但是在这儿他感到精神一振，奥里维的齐整洁净，与这个污浊不堪的环境相比显得让人愉悦，昨天晚上所见的奥里维那清澈神明的眼光再次又活了过来。他伸出手去，奥里维慌乱不已，嘟囔着："怎么，你，你怎么到这儿来了！"

克利斯朵夫特别想抓住这颗刹那间慌乱失神的萌态全显的心灵，于是便看着奥里维不搭腔。他向回推着奥里维，直走进了这间卧室兼书房的小屋。窗边靠墙摆着张小铁床，克利斯朵夫瞥见床上堆了一大堆的枕头。三把椅子，一张黑漆的小桌子，一架钢琴，几架图书，这些家当就把这间小屋给挤得一点空间都没有了。屋子低矮而又昏暗，但主人那种清澈的眼神却又给了这个昏暗一丝亮光。一切都很干净利落，像是出自一个女人的手；花瓶里插着的几枝蔷薇，无端地给室内添了几笔春色，四壁上挂着一些佛罗伦萨派的古画相片。

"噢，你是来……来看我的吗？"奥里维欣喜不已地问了一句。

"噢，是啊，我可是非来不可啊！"克利斯朵夫回道，"你啊，大概是不会主动去看我的吧？"

"你以为我不会去吗？"

奥里维跟着又说："是，你说的一点都没错。并不是我不想去。"

"这么说的话，是什么拖住了你呢？"

"是我实在太想见你了。"

"这个理由可真是妙呢！"

"是啊，你可别笑我。我只是怕你不想见到我。"

"我，我才不会呢！我想见你，就来了。要是你不愿意，我立马就能看得出来的。"

"那你眼光肯定要很不错才可以。"

他们相互看着对方，相视而笑。

奥里维又说："昨天我真是又蠢又笨，生怕你讨厌我。胆小几乎成了我的一种病，一句话都说不出来。”

“别埋怨了，你们国家能说会道的人多如牛毛；能让我撞见一个像你这样因为胆小而沉默的家伙呀，还真是一件让人惊喜的事呢。”

克利斯朵夫笑了，为了自己的幽默而暗自欢喜。

“那是因为我的沉默吸引到你了，让你来看我吗？”

“是啊，你的沉默，为了你这个不作声，沉默也分好多种呢……可我就是喜欢你这一种，说完了。”

“你只见过我一面，又是怎么产生好感的？”

“那是我自己的事。我交朋友用不着浪费那么多时间，只要看到是我喜欢的类型的脸，我就会立马决定，马上去找他，而且一定要找到为止。”

“你这样来结交朋友就没有看走眼的时候吗？”

“常有的事啊。”

“万一这次又看走眼了呢。”

“那咱们就慢慢走着瞧好了。”

“噢！那我完蛋了，我整个心都悬起来了，只要一想到你时时刻刻都在盯着我看，心都跟着乱了。”

克利斯朵夫既好奇又亲昵地看着那张因激动而一阵红一阵白的脸蛋，心情全写在了脸上，恰似彩云投映在水中。

“这孩子可真是神经质呢！像个女人一样。”克利斯朵夫一面想着，一面轻轻触了下他的膝盖。

“算了吧，你以为我们是敌人需要这样敌对么？我最讨厌别人把自己的朋友当试验品。我期望的是：两个人之间是自在与坦诚的，无拘无束，没有必要把什么都埋在心里，也不用担心自己毛手毛脚地出错——今天很喜欢的，明天或许就变得完全不喜欢。这不正是更有男子汉的气度，更胸怀坦荡吗？”

奥里维正色望向他，回道：“这是没错，这是更显男子汉的气度，可你是一个强者，我不是。”

“我敢确定你也能成为强者，只不过表现出来的方式不一样而已。而且我现在不也正在帮你成一个强者么，当然如果你愿意的话。我刚刚也已经说过了，现在我还要再坦白补充一句——（但不能保证以后还是会这样）——我是真的，喜欢上你了。”

奥里维的脸唰的一下红到了耳朵根儿，羞得一动都动不得，一句话都接不下去了。

克利斯朵夫环视了下屋子：“你住的地方太差了，就没有别的房间了吗？”

“还有一间小屋子，存放了点儿东西了。”

“哎！这里简直都让人透不过气来了，你是怎么住下去的？”

“慢慢习惯就好了。”

“我可是一辈子都习惯不了这种地方的。”

克利斯朵夫敞开背心，大口地喘着气。

奥里维走过去敞开了全部的窗户。

“你住城里肯定很不合心吧，克拉夫脱先生。我可绝对不会因为精力过剩而难受。哪怕给我一丁点的空气，我都能活得下去。只是到了夏天啊，有些晚上实在是难熬得很，一想到就会全身发毛。躺在床上，就像是要死去了一样。”

克利斯朵夫眼睛瞟向床上那堆枕头，又回过头瞅着奥里维倦怠的脸庞，好像冥冥中看见了他在黑夜里那挣扎的一幕。

“那就离开这儿啊，”他说，“干吗还要继续住这种地方呢？”

奥里维无所谓地耸了下肩，回道：“唉！在哪儿不都是一样！”

正在这时，他们听到头顶上传来一阵闷重的走路声，混着楼下那杂乱的吵闹声，墙壁每一分钟都能被街上的车震得晃荡不已。

“这种破屋子！”克利斯朵夫继续着，“脏臭不说，还闷得发慌，在这屋子里只看得到悲惨的景象，你晚上怎么睡的？你不感到丧气的吗？要是换了我，简直都活不下去了，我倒宁愿选择睡在桥洞下。”

“刚开始我也感觉挺痛苦，这种地方给我的感觉和你的感觉一样，让我恶心。我还记得小时候跟着大人出去逛，只要经过这种肮脏的平民人家住的地方，我就会恶心，有时候还会有些不好讲出来的可笑的恐惧。我在想：要是现在这一刻地震了，我就死在这儿了，再也出不去了，这个才是我真正害怕的。那个时候我怎么也想不到会有这么一天我会不得已住在这种地方，搞不好还要住一辈子。我当然知道自己不能太挑剔，可是心里却是极其厌恶的，只有想办法让自己不再去想它。上楼的时候，我就把眼睛、耳朵、鼻子，一切的感官都封锁，与世隔绝。而且啊，你看，从那边的屋顶望开去，是一棵皂角树。到了晚上我就自己坐在这屋角里，让自己只看那棵树，别的什么都看不见；树叶随风吹动的景致，那一刻就让我觉得我已经逃离了巴黎了；而那些齿形的树叶和着微风摇曳生姿，有时候感觉比树林里的风声还要让人心醉呢。”

“是啊，”克利斯朵夫说，“我知道你时不时就会出神，可你也没必要幻化出些别的来帮助自己，只是为了应对生活里的不如意啊，这不是一点用处都没有吗？”

“可是大部分人的命运都不济。你就没有为了一些气愤与斗争而安慰一下自己的吗？”

“我的情况不同，我就是为了斗争而生下来的。让你看看我这个胳膊和手，能跟人家斗争表示我很健康，你呢，你可是没有多少气力的，我一眼就能看得出来。”

奥里维颓然地看着自己孱弱而细小的手腕：“是的，我身子确实很虚弱，向来如此也没有什么好转，可我有什么办法呢？总是要活下去的啊。”

“你靠什么养家？”

“教书。”

“教什么？”

“什么都教，帮人补习拉丁文、希腊文、历史。帮人家辅导应对中学的毕业考。我还在市立学校教授道德课。”

“什么课？”

“道德课。”

“天！你们学校里教道德？”

“当然。”奥里维笑着回应。

“那你有什么能在课堂上连续不停地絮叨十分钟以上的东西吗？”

“我每个星期可是有十二个点儿呢。”

“那你是教他们如何恣意妄为了？”

“为什么？”

“因为教人家什么是与人为善是废不了多少口水的。”

“那么就是不说最好了？”

“就是，不说就最好。什么都不懂不代表就不做好事。向善可不是一种学问，而是一种行为。只有那些神经兮兮的人才会咬着道德争论个不休。可是这道德最紧要的便是精神不能出现错乱，那些迂腐不堪的家伙们，自己折断了自己的手脚还非要教人怎么走路。”

“可那些又不是对着你说的，你是明白了，可还有一大帮不明白的人在那呢！”

“那就让他们像孩子一样手脚并用地去爬吧，让他们自己去学走路。即使手脚并用也好，不并用也好，首要的是他们要会走。”

他踱着步在房子里转了一圈，不几步就走到钢琴那里，他站住了，打开琴盖，随意翻阅着乐谱，把玩了会键盘，说：“弹几首曲子给我听听罢。”

奥里维着实一惊：“我弹？多古怪的想法！”

“罗孙太太说你弹的曲子很好呢，来，来，弹一首吧。”

“在你的面前？噢！那会羞死我的。”

这个从内心发出的呼声让克利斯朵夫哈哈大笑了起来，奥里维感觉到有点不好意思，也笑了。

“对于一个法国人来说，这能算是个理由吗？”

奥里维还是推却着，“可是为什么？为什么非要我弹呢？”

“这个我过一会儿再告诉你，你先弹吧。”

“弹什么好呢？”

“随你了。”

奥里维长叹了口气，无可奈何地坐在了钢琴架子前，顺从地听了克利斯朵夫的话，他知道这是一个独断专行的朋友。他想了良久，方才开始弹奏起一首莫扎特的 B 小调柔板，起初他的手指僵硬，连按键都气若游丝，后来胆子变得大了一些，自认为只不过是别人内心情感世界的再次重演，可并不晓得已将自己的内心表露无遗。音乐是最能表达情感的，也最能暴露隐藏在内心深处的思想。透过莫扎特的曲子，克利斯朵夫发觉了这位新朋友内心的起伏：体会到了凄美婉转的情调，羞赧温和的笑容，显出了他正是一个精神有些紧张、纯洁、多情，但却很容易脸红的家伙。曲子快要结束的时候，也正是表现爱情与痛苦交错迸发到极点之际，奥里维却按捺不住内心激荡的情感，手指哆哆嗦嗦，停了下来，有些怪不好意思地说："我不能弹下去了……"

一直站在身后的克利斯朵夫躬下身子，把停顿下来的曲子弹完了，说道："我现在可是真真切切地听到了你的心了。"

克利斯朵夫抓起他两只手，定神瞧了他好一阵子："还真是怪呢！……我总是感觉像是见过你……好像相熟了很久一样，对你怎么这么熟悉？"

奥里维嘴唇抖得厉害，差一点就要全说出来，可最终还是咽了下去。

克利斯朵夫又仔仔细细地盯着他瞧了好一阵，然后偷偷地笑了笑，走了。

他满心欢喜地走下楼梯，中途碰见两个丑八怪一样的孩子，一只手捧着面包，一只手拿着一瓶汽油。他开心地拧了下他们的腮帮，门房沉着脸，他却对着门房笑笑。他一边在街上走着一边低声地哼着曲子，不一会儿就到了卢森堡公园，找了一处阴凉地方的凳子就躺了下来，闭上眼休息。空气里没有一点风，也只有极少的游客从他身边走过。喷水池发出一声高一声低的响动。撒着细沙的路上时不时传来窸窸窣窣的动静。克利斯朵夫被晒得全身懒洋洋的，动都不想动；遮阴的树影不一会就移开了，可他连动一下的气力都没有。他的脑子飞快地转动着，却没有要把它刹住的想法；那些滋生出来的念头现在可是全部晒在暖阳下了呢。卢森堡宫的钟声响了，他没有理会；过了一会儿，他恍然发觉刚才那几声钟声敲的正是十二点，便马上坐直了身子，才发现已经恍恍惚惚浪费掉了两个钟头，早就错过了和哀区脱的约会，一整个早上都浪费了。他笑笑，吹着口哨要回家，用经过的小贩叫卖的调子作了一支回旋曲。即便是再悲戚的调子现在在他这里都变成了快乐的乐章。途经所居那条街上的一间洗衣作坊，他照旧往里瞅了瞅，是那个茶褐色头发、皮肤暗淡无光、小脸儿却红得发烫的姑娘，烫着衣服，又细又长的胳膊直裸到肩头，胸襟也敞着，像往常一样向他抛着媚眼：破天荒的第一次克利斯朵夫竟然不生气。他依旧笑着，进了屋子，发现没有什么活可以做的。他把帽子、上衣、背心，往周围随便一丢，便开始着手工作，那股子猛劲儿就好像把全世界都要踩在脚下似的。他把散落得到处都是的乐谱捡起来，可是心却不在这上面，只有眼睛盯着出神。又过了几分钟，他就又开始恍恍惚惚了，和在卢森堡公园的情形没两样。他忽地回过神两三次，想重新振奋下精神，可还是没用。他打趣地骂着自己，站起身子把头浸在冷水里，这才稍微清醒了些，再次坐在案桌旁，闷声不响，一副恍然无神的脸，心下想：“这不就和爱情一样了吗？”

他只敢偷偷地想，似乎也有一些害羞。耸了下肩，转念又想：“爱不能只分两种方式……噢，不，确实有两种，一种是倾尽自己的内心去爱一个人，一种只是浮于表面去爱一个人。但愿我永远不要得这种精神上的吝啬病！”

他不再往下乱想了，只痴醉于脑子里浮现的梦境，久绕不去。他心里唱道："你是我的，我才能成为整个的我……"

他顺手拿起一张纸，把自己心中荡漾的那首歌写了下来。

他俩决心要合租一个寓所。克利斯朵夫是想马上就能搬进去，尽管因租期不满而损失一部分租金。谨言慎行的奥里维，虽然也很想立刻能搬走，可还是劝他等双方的租期满了再搬也不迟。克利斯朵夫实在是不能理解这种想法。他和其他很多穷人一样，损失点儿钱倒也没什么关系。他以为奥里维手头比他更紧。有一天他看到朋友穷困不堪的情况让他大吃一惊，他立马跑出去，过了两个小时又回来了，把从哀区脱那借来的几枚法郎得意扬扬地一一摆在桌上，奥里维红着脸说什么也不肯收。克利斯朵夫气急之下，就说要把钱丢给那个在楼下院子里靠拉琴要饭的意大利人，被奥里维拦下了。

克利斯朵夫假装很生气地走了，其实他只是恨自己太笨，没办法让奥里维顺从。结果，朋友写来一封言辞恳切的信，好好地把他安慰了一番。但凡奥里维不敢当面说的，都写在了信里：他说与克利斯朵夫的相识是多么的让人愉悦，说克利斯朵夫的好意让他受到无比的感动。克利斯朵夫回了一封充溢着同样感情的信，像是在十五岁时候写给他朋友奥多的一样，满纸都是洋溢着喜悦的胡话，用法文、德文，甚至是各种用音乐作比的双关语。

他们终于把搬家事宜安排妥当。在靠近唐番广场的蒙巴那斯区一幢旧楼的六层楼上，他们找到一处公寓，还算满意。三间正屋加一间厨房，房间有点小，正面朝向一个四面都是高墙围挡的小园子。在那一层上，透过对面一堵矮墙望过去，正好可以看见一所修道院的大花园，这种地方在巴黎有很多，只是都藏在鲜为人知的僻静处。

通往园子的小路有点荒凉，一个人都不见。那里的古树比卢森堡公园里的更加高大更加浓密，在阳光的映射下摇曳生姿；成群的鸟儿叽叽喳喳地叫个不停，天刚蒙蒙亮就能听到鸟儿的歌唱，接着便是麻雀吵闹而有应和的和鸣。夏季的傍晚，燕雀的吵闹透过暮色，在空中久久萦绕不去。到了夜晚蛤蟆的叫声就像滚珠一样不绝于耳，也似浮到水面的气泡。假如这幢旧房子不是无时无刻被沉重车子经过时发出的震动声所骚扰，就好像大地被冻得几乎战栗的话，你绝不会想到你现在所处的就是巴黎。

其中有一间比其他两间好得多，两个朋友便相互礼让，结果大家一致同意采用抽签形式进行裁决。克利斯朵夫首先提出了这个建议，他耍了一个平时不会去做的小手法让朋友抽到了那间房子。

于是他们便开启了一段美好幸福的时光。那不是只单纯依靠某一件事，而是同时全身心地投入：他们把所有的行为与情感都浸染在幸福的国度里，快乐简直是一刻都不离身了。

在这段有关友谊的旅行中，那种无言的默契中典藏的欢乐，只有找到生命中的知己才能真切地体会到。他们很少交流，也不敢多交流，只要两个人能在一起，一个眼神便知晓，他们虽未言却早已心领神会了。用不着相互询问，甚至连瞧一眼都用不着，他们每一秒都能见到对方的容貌。陷入感情的人都会毫无察觉地把爱人当作自己的偶像，想把自己与对方完全融为一体，所以他依靠着一种奇妙的、忽然而至的直觉，就能够窥测到爱人的内心。朋友看朋友是一种透明，他们彼此将自己交由对方保管。双方的笑容与声音早已在心灵深处相互模仿——直等到那股暗藏的魔力、那根植于民族本身的性格，突然仰起头生生地把他们之间的友谊撕裂为止。

克利斯朵夫压低了声音来说话，走路尽量放轻，就怕打搅了隔壁屋里安静的奥里维；友谊让他改变了很多：他那种幸福、信赖、拥有活力的表情时常浮现在脸上。他是那么心疼奥里维。奥里维大可以借此对他的朋友放肆，要不是他自己感觉不配得到克利斯朵夫这样的爱而满脸绯红的话：因为他认为克利斯朵夫比他好太多，岂不知克利斯朵夫与他有一样的想法。两个人之间的这种默契是因友谊而滋生的，给他们的生活加了甜甜的配料。当一个人发觉自己在朋友的心目中占据着一个很重要的位置，即便自认为不够资格，却也是甜蜜与快乐的一件事情。因此两个人都很感激对方带给自己的这种感动。

奥里维将克利斯朵夫的和自己的书都放在一起，不分你我。当他提到某一本书的时候，不再说是“我的”，而是“我们的”。只有一小部分物品当作自己的私有，不作为公共财产：那是姐姐的遗物，或是与她有关的一些物品。克利斯朵夫被爱情打磨得透明了，不久便注意到了这种情况，只是不懂为什么。他也从来不敢问及奥里维的家庭背景，只晓得奥里维所有的亲人都已经过世了，只留下他一个人。除了自己心里的那点高傲的感情让他不喜欢打探私事以外，他还担心自己的询问会触及朋友的伤疤。他甚至都不敢仔细端详朋友桌面上的照片，尽管有着强烈的好奇心也被他遏制住了。那张相片上有一位严肃端坐的先生、一位太太，还有一个十二三岁的小姑娘，脚底下卧着一条长毛大狗。

搬进来没几个月，奥里维忽然染上了风寒，躺在床上。克利斯朵夫心底那块柔软的地方便荡漾开来，急切又温柔地呵护着他。医生发觉奥里维肺部有点炎症，嘱托克利斯朵夫用碘酒给病人擦背，克利斯朵夫一心做这件事的时候，忽而发觉他脖子上挂着一块圣牌，他向来知道奥里维对这些宗教信仰一类的都嗤之以鼻，这让克利斯朵夫感觉很奇怪。奥里维当下脸一红，“这是件纪念物，是我那可怜的姐姐安多纳德直到死都戴着的。”

克利斯朵夫身子一震。听到安多纳德这个名字让他心中一亮。

“安多纳德？”他问。

“是啊，那是我姐姐。”

克利斯朵夫又反反复复地念叨：“安多纳德……安多纳德·耶南……她是你姐姐？”他一面说，一面望向案桌上面的相片，“她不是很小就离世了吗？”

奥里维悲戚地笑了笑：“这一张是小时候的相片。只是可怜我再没有其他的……她走的时候已经二十五岁了。”

“啊！”克利斯朵夫开始变得十分激动，“她以前是不是去过德国？”

奥里维点点头。

克利斯朵夫一把抓住奥里维的手：“那我认识她的啊！”

“我知道。”奥里维回答。

他一把搂住克利斯朵夫的脖子。

“可怜的姑娘！可怜的姑娘！”克利斯朵夫一刻不停地嘶嚷着。

他们俩呜呜地都哭了起来。

克利斯朵夫忽地想起了奥里维还在生着病，一边尽力安慰他，一边把他的手臂放进了被窝，将被子盖住肩膀，像一位妈妈一样替他擦掉眼泪，坐在床头看着他。

“这就是了，这就是了，”克利斯朵夫继续着，“也难怪我看着你眼熟，第一天的晚上就能认出你来。”（不知道他是对着眼前的朋友说，还是对着那位已经死去的朋友讲的。）

“可是你，”他停顿了一下又说，“既然早就知道了，那为什么不说出来呢？”

安多纳德冥冥之中借着奥利维的眼睛在传递心迹：

“我不能说。这是应该由你说的。”

俩人又陷入了一阵沉默。在这之后，在寂静的夜里，奥里维纹丝不动地躺在床上，轻轻地把安多纳德的一生讲述给了握着他手的克利斯朵夫听，只是隐藏起了那段她自己都不愿意提及的陈年往事，或许克利斯朵夫早已经知道了。

从此，他们俩都被安多纳德的精神包裹住了，两个人在一起的时候，就好像她也身处其中。他们甚至都不用刻意去想她：两个人的思想都是以她的思想为转移。她的爱让两个人的灵魂交会。

奥里维脑海里时常浮现出她的形象：那些记忆零星散乱，一件件小事，她那姣美而又迷人的脸庞、妩媚而又娇羞的笑容、端庄而又静美的神态，恰似一弯新月透出轻薄的微光来。克利斯朵夫默默地在一旁听着，感觉整个人都被这个不能再次相见的朋友所折射出来的光晕给罩住了。因为天生就比别人观察缜密，他有时候都能从奥里维的言语中窥听到那更为深远的回音，这是奥里维自己所察觉不到的。

而且对于那年轻死者的灵魂，他也比奥里维感觉得更为清晰。

在奥里维的身旁，克利斯朵夫早已不知何时取代了她在他心里的位置。这个笨拙的德国人居然可以像安多纳德一样心细与殷勤，温柔中不乏体贴，让人看了就感动。有时他自己也搞不清到底爱的是哪一个，是奥里维呢，还是安多纳德。在柔情的推动之下，他一声不响地拿些花草去供奉安多纳德墓。奥里维竟然一直都蒙在鼓里，直到有一天在去墓地的时候才发觉墓碑处多了些许鲜花。只是还不能肯定是克利斯朵夫所为。他尝试着去打探这个问题，克利斯朵夫却故意把话给岔开了。他不想让奥里维知道这件事。最终，有一天两人在公墓上竟然遇到了。

除此之外，奥里维私下里与克利斯朵夫的母亲保持着书信来往，把关于克利斯朵夫的一切都转述给她，并且表达了自己对克利斯朵夫的钦佩与敬仰之情。路易莎谦卑而又有些笨拙地回了信，以表示万分的感谢。她经常像提到一个小孩子似的提起自己的儿子。

犹如一对情人一般度过了一段静默的时光以后——经过了一段拥有着“让人恬静安宁，欢愉甜美”的幸福时光以后——两人的舌头开始有些松了。他们几小时的相互之间彼此寻觅，像是要在朋友的心里找到些什么似的。

两个人的秉性迥异，但本质却又那么纯粹。他们是如此的不同却又是如此的相似，所以才会被对方吸引。

奥里维身子虚弱，不能直面惨烈的人生。只要遇到险阻，就会想到退缩，但这并非是因为害怕，只是那一小部分的胆怯在作祟，而一大部分却是不愿用粗俗与卑鄙的手段去对抗，他靠着替人补习功课、写些文绉绉的诗来维持生计，报酬也少得可怜。他有时也会写点儿文章，但却始终不能自由地抒发自己待事的看法，而须得讨论些他不大感兴趣的话题——他喜欢探讨的领域，人家不要他写；他是个诗人，人家却让他去做评论；他通晓音律，人家却要他去给画做评。他当然明白，凡是有关这些的问题，他只用老生常谈地写些不痛不痒的奉承话：而这对于大众来说是极受用的。他也不得不对平庸的人说些他们能懂的俗话。后来他实在是厌恶极了，再不愿提笔写这种文章了，只给一些小报社写作。那些刊物虽没有报酬，但却是随心的，而这些也是被许多青年真心喜欢的。只有在这种地方，他才能写出他认为可以珍藏的东西。

他为人谦逊有礼，表面上极有耐性，可事实上却是特别的敏感，言辞稍微有失就被气得七窍生烟了；要是遇见什么不公正的事，他也会仗义出手；他除了担忧自己痛苦，还担忧着别人的苦处。历史中承载的某些丑恶的史实让他深恶痛绝，仿佛是自己遭人蹂躏一般。只要一想到那些遭受过同样苦难与不幸的人，他就变得脸色煞白，浑身颤抖，痛苦到了极点，然而他所同情怜悯过的人物早已经跟他隔了几个世纪化为尘土了。要是他目睹了这种暴行，更是气得不知如何是好，空惹自己一身病，寝食难安。他表面上故作镇静，实在是因为生气如果太过火，就会说出一些不能让人谅解的话来。那时人家会恨他多过恨向来脾气暴烈的克利斯朵夫，因为奥里维一冲动，貌似比克利斯朵夫更加容易泄露他最真实的想法。然而这是好的。如果他去批评一个人，不会像克利斯朵夫那样盲目夸张，也不会有克利斯朵夫那样一厢情愿的假想，而是会把事情看得通透。这便是一般人最无法谅解的。他便由此默不作声，已然知道争辩没用，也就避免了争辩。可是这样的压抑却让他痛苦非常。但最折磨他的是自己的胆怯与懦弱：因为胆怯，他甚至有时不得不与自己的思想相悖，或者不敢坚持下去，或者还要对别人道歉，就像那次为了讨论克利斯朵夫而跟吕西安·雷维·葛争吵起来的情形。他对人对己都犹豫不决，这让他经常陷入苦闷之中。在那个感性的少年时代，他不是极端亢奋，便是极端消沉，而中间转变的方式也很唐突。当他感到最快乐幸福的一刻，就发觉悲愁已静待身旁了。果然，他根本还没望见悲哀的影子，冷不防就被它给抓了个正着。那时的他不仅是烦恼，还得怨愤自己的烦恼，质疑自己的言语、行为、诚实，站在别人的角度来攻伐自己。他的心狂跳不已，无谓地挣扎着，就快要窒息了——自从安多纳德死后，或许是拜受了她死亡的馈赠，受到了在某些挚爱的亡人身上所散发出来的那种令人宽慰的光明之赐，好像黎明前的那道曙光将病人的眼睛与灵魂都映照得更加通透明净了似的，奥里维虽不能完全甩开这些恼人的困扰，但至少能自己加以控制了。很少人能想象得出这种内心的纠结，他把这个让自己感到羞辱的秘密埋藏在心里：一方面是软弱而无力的躯壳，一方面是心静澄明的智慧，虽不能完全抑制骚乱，却也不至于受它所害——“在扰攘不息的心头终究能保持着一片平和”。这番超凡脱俗的心境让克利斯朵夫大为惊奇。那是他透过奥里维的眼睛所能看出来的。奥里维敏锐的直觉、强烈的好奇心，心怀宽广地接纳着一切，坐拥一份豁达乐观的同情心来仰观这个世界：这种清澈纯明的目光透露出的是最为难能可贵的禀赋，这便让他能始终怀着一颗永远纯净的心灵去体会宇宙间万物轮回、变幻万千的美景。在这个以自我为中心的天地里，他才觉得了无牵挂，天地一体，能够执掌一切了；他这才可以忘却自己本身的缺陷与身体的苦痛。这个孱弱无力、随时可以随风而去的身体，假使你远远地拿一种幽默而怜惜的眼光去审视它，确是能品出另一番风味。在这种情形之下，一个人绝不执念于自己的生命，可是更加强烈而热情地执念于别人的生命。奥里维把身体里余下的仅存的精力全部倾注到了爱情和思想中去。他不能拿出更多的活力来独自生存。他是根藤萝，需要有个倚傍的臂膀。

将自己整个身心都交由他人保管的时候，才是他生命最丰腴的时候。那是一颗女性的灵魂，需要爱别人，也需要别人的爱，天生就是要和克利斯朵夫成对诞生的。历史上有很多高贵而让人钦佩的朋友，他们为大艺术家护航，同时也需要大艺术家施与营养而繁茂盛开：例如贝尔脱拉费沃之于达·芬奇，加伐里哀之于米开朗琪罗，翁白尔同乡之于年轻的拉斐尔，哀尔·梵·琪尔特之于那个年老而潦倒不堪的伦勃朗。他们没有宗师那般高贵，可是宗师们所有高贵与圣洁的地方在这些朋友身上貌似更臻化境。他们才是天才最般配的伙伴。

他们之间的友谊对两人都大有裨益。有了朋友，生命才显现出它绝美的华章。一个人活着是因为朋友，能够保持自己生命的完整，不受时间与世俗的玷污，也是因为朋友。

他们互相给予力量。奥里维思想纯明，身体孱弱；克利斯朵夫精力充沛，思想混乱。一个是瞎子，一个是瘫子，拼凑在一块儿，可算是最完美的结合。受到克利斯朵夫的影响，奥里维喜欢上了阳光的味道；而这些都得益于克利斯朵夫的朝气蓬勃、身心康健，即便是身处痛苦、遭受苦难与憎恨的时候依然能够保有乐天派的性格。而这些他都灌输给了奥里维。可是克利斯朵夫从奥里维那里学来的远远多于这些。一般来看，即便天才有所馈赠，但他在爱情中所获得的远胜于所付出的，因为他是天才，而大多数天才能吸取周围的伟大为自己所用并且让自己变得更加伟大。这就是俗话里所讲的财富永远都跟在富人的后面。同样，力量也是跟在强者的后面。克利斯朵夫从奥里维那里汲取思想滋养了自己，让他变得超然物外，洒脱自在，练就了远大的目光——这是一种宁静致远的豁达与境界。

但朋友的这些品性一并移栽到他这块更肥沃的大地上时，它们的生长与勃发就变得更加健硕有力了。

他们在彼此的灵魂中发掘出这些领域，让双方都钦佩不已。每个人都奉献出无尽的财富，那是时至今日才被人挖掘出的各民族的精神宝库。奥里维所呈现的是法国人本身所独特散发出来的广博的涵养与参透心灵的本事，而克利斯朵夫呈现出来的却是德国人那种对音乐的感知与品味自然的直觉。

克利斯朵夫完全无法理解奥里维为什么会是法国人。这位朋友和他印象里所看见的法国人是那么的不同！在没有遇见之前，克利斯朵夫差点就把吕西安·雷维·葛看作是现代法兰西精神的典型代表，却从不知道他实际上只是一幅画而已。直到遇见了奥里维，他才感到巴黎还有比吕西安·雷维·葛思想更为开放却仍不失其质朴纯真的人。克利斯朵夫拼命地想跟奥里维讲个出道理来，企图说通他和他的姐姐完全不是法国血统，而更像是外来血统。

“我可怜的朋友，”奥里维回答，“相对于法国而言，你都知道些什么呢？”

克利斯朵夫拿出他从前为了了解法国而耗费的精力作为辩论的根据——他把从前在史丹芬与罗孙家中所遇到的法国人全部都列举出来，他们大多是一些犹太人、比利时人、卢森堡人、美国人、俄国人，只有几个才是真正的法国人。

“这个我早就想到了，”奥里维回道，“你连一个真正的法国人都没碰到过。你眼睛所看到的只是一个即将崩溃与堕落的社会，一些贪图享乐、不思进取的禽兽，那些根本就不是法国人，仅仅是些流浪汉、政客、一群废物，他们的所言所行只能搅扰到法国的表层，根本连法国都没接触过。你只看见了被华丽的秋景与丰盛的果园吸引过来数以万计的黄蜂，却没留心看到背后忙碌的蜂房和对工作与研究的热忱。”

“对不起，”克利斯朵夫说，“我曾经也见过像你们一样优秀的知识阶层。”

“什么？两三打文人吗？那才好呢！在这个年代里，知识已经变得越发重要，文学却只能是体现民族思想的一个侧面。更何况就以你看到的文学为例，也只是一些戏剧而已，那些是富人们手里的玩偶，更像是高级饭店里有钱的主顾预定的国际烹调。巴黎那些戏院吗？一个但凡真正投入到工作中的人根本就不明白它里面是怎么回事。巴斯德一生都没看过几场戏！正如所有的外国人一样，你在意的是我们写的小说，是路两边的戏院，是我们那些政客的所作所为……只要你愿意，我可以带你去看看从来不看小说的女人，从来不去戏院看戏的巴黎姑娘，从来不关心政治的男人——而这些大部分可都是知识分子呢。你没看到过我们的知识分子阶层，也没见识过我们才华超众的诗人。你没见过我们孤高的艺术家，也没见过我们革命志士那样璀璨的火焰。最虔诚的信徒，你一个都没有见过；最雀跃的自由言论者，你也一个都没撞见过。至于平民百姓就更不用说了！除了那个照看过你的可怜的女人，除此之外，你又了解法国哪些呢？你哪里都看不到！住在二三层楼[①]以上的巴黎人，你又认识几个？你要是不认识那些人，那你就根本也说不上认识法兰西。在破败不堪的公寓里，在巴黎的顶楼下，到处都有着善良与真诚的人，

---

① 巴黎公寓的房租层次愈低愈贵，愈高愈便宜，所以一般的巴黎平民多住在二三层楼以上。二十世纪三十年代以前，一般普通的巴黎房屋都只有五六层。

他们庸庸碌碌地过着自己的一辈子，规规矩矩，每天都在做着自我牺牲——在法国，无论是哪个时代都有着这样一小撮群体，微不足道地过活，精神却是正好相反的，几乎没有人注意到他们，没有什么惊天动地的大事迹，却正是这些人，支撑起了法兰西，成为法兰西最强劲的后力。至于自诩为优秀的人却停止在那里溃脓、腐烂，不断地更新循环……直到有一天你看到一个法国人不是为了追求幸福而奔走，也不是为了自己的幸福，而只是为了心中的那个梦想而存活，你便觉得不能理解。可是这里有成千上万的人，都是像我这样，甚至比我活得更有意义、更谦卑、更热忱，为了一个从不回应你的上帝而鞠躬尽瘁，始终坚持着内心那撼动不了的信仰。你哪里会认识那些卑贱的小人物，节衣缩食，按部就班，不知倦怠，默默无闻的，而心中即将要引燃起一堆烈火——这是为了保家卫国，跟那些自私自利的贵族相抗衡而牺牲的民众，是拥有着蓝色眼睛的老伏朋[①]一流的人。你既不熟知平民，也不了解优秀阶级。像这样支持或者类似我们的朋友的书，你又看过哪本？你甚至完全都不知道，我们用多少忠诚与心血来培植着一批年轻的书刊。你想没想过有些正人君子正是我们迎面的太阳，它的光辉足以令无赖小人无处遁形吗？他们不敢正面相对，只有低下头颅，以便耍一些阴谋下作的手段去暗害它。卑鄙小人是奴隶，而所谓奴隶倒是真正的主人。你只晓得奴才，却认不得主人……你眼睛看到我们的斗争，自以为是胡闹，是因为你完全不明白它所带来的含义。你只瞧见太阳散发的光芒和影子，可看不见心里的太阳，看不见我们几百年来挣脱这个病态世俗的灵

① 伏朋（1633—1707）为法国平民出身的元帅与军事工程家，以指挥防御战著称。晚年发表宣言，主张贵族应与平民平等纳税，因此失宠于路易十四。

魂。你想过去认识它吗？有没有窥见我们果敢的行为、巴黎公社时代的十字军？有没有嗅到法兰西精神里那悲壮的气息？有没有曾经看一眼巴斯加心中的悬崖陡壁？对于一个一千年来始终都在运动、在创新的民族，它独有的哥特式艺术、十七世纪文化、大革命巨潮席卷全世界的民族—— 一个经过几十次磨难都没有毁灭与消亡的民族，怎么可以妄加评论呢？你们没有什么两样。加上你所有的同胞，到这儿来都只看见了腐蚀我们的蛀虫，文坛、政界、金融界的冒险者和他们的供应商，他们的主顾，他们的妓女：你们把这批蚕食了法兰西的寄生虫搬出来批判法兰西。你们之中没有一个人想到被腐蚀的真真正正的法国，躲藏在内地的那些鲜活的储藏库，那些一心埋头工作的大众，根本不会搭理眼前的主人怎么刁蛮无理……你对这个情况一无所知也在所难免，我不怨愤你们：你们哪里去知道呢？连法国人自己都快要不认识法国了。我们当中最优秀的人们都被禁锢在了我们自己的国土上。别人永远都不能明白我们所处的苦楚：我们紧紧抓着我们的民族灵魂，把从它那儿得到的圣火当作神圣的宝物一般留存在心中，并竭尽全力让它永远燃烧不灭——我们真的太孤独了，周围尽是那些异族散发出来的乌烟瘴气，像一群让人恶心的苍蝇一样压在我们的思想上，留下作呕的蛆虫蚕食着我们的精神，玷污我们的灵魂——而这时应该站出来保护我们的人却反而欺骗我们；我们的指路人，我们那愚昧无知的批评家，只知道对敌人谄媚，以求得他们谅解他们的族类——民众也弃我们于不顾，漠不关心也就算了，甚至装作不认识我们……我们怎么才能让民众认识呢？简直都没有办法跟他们接近。啊！这才是最让人痛心疾首的！我们明明知道法国有数以万计的人和我们有着相同的思想，明明知道我们是他们话语权的代言人，却没有办法让他们听见！敌人霸占了一切：报纸、杂志、戏院……报纸避讳思想，要不然就只接受那些只把享乐欲望做工具、为党派做武器的腐朽思想。各种党派团体把所有的去路都封死了，只为那些自甘堕落的家伙放行。无穷尽的贫穷与没日没夜的劳作已把我们的精力消耗殆尽了。忙着捞钱的政客们只关心那批能够用钱就能收买的无产阶级。而残酷无情的布尔乔亚又冷眼旁观地看着我们去死。我们的民众一点都不了解我们：凡是和我们有着同样反抗命运的人，也和我们一样被悄无声息地重重包围，不知道有我们的存在，而我们也不知道有他们的存在……让人战栗的巴黎！诚然巴黎也做了些益事，集合了所有法兰西的思想为一体，但是它做的坏事也一点都不比它做的好事少多少；而且处在我们这样的时代里，善与恶又能差多远呢。只要有一个家伙来冒领优秀阶级的帽子而占据了巴黎，凭借舆论大放厥词，法国的声音就完全哑掉了。更何况法国人自己都模糊一片，他们噤若寒蝉，怯懦地把自己心里的那些思想都藏匿起来……从前我为了这个痛心。可是现在，克利斯朵夫，我算是安心了。我已经知晓我的力量，知晓了我们这个民族的力量。我们只要耐心等待洪水退去，法兰西的精美细腻的花岗石是绝不会被冲走的。这场洪水所卷带来的污泥之下，我可以让你摸到它。看哪，如今散落在河床的一些岩石已经将峰尖露出水面了。”

克利斯朵夫发觉了理想主义那股强劲的气势。在当时但凡法国诗人、音乐家、学者，都因这股力量变得骚动起来，尽管这些人吵嚷不停，借以宣扬他们卑鄙、低俗的享乐主义，妄想掩埋住法国思想界正义的气息，可是法国的思想界为了亮明自己的立场，鄙夷这些市井流氓的叫嚣，一心念着自己，念着它的上帝，继续高歌唱出它的浓郁与热情，以至于为了躲避外界的搅扰，把自己藏入高塔上最僻静的地方。

诗人原本是个雅致的词汇，现如今却泛滥于报纸和教会之间，用来称呼那些追名逐利的势利小人。但真正的诗人却是最鄙视那些干瘪无力的辞藻与枯燥的写实主义的，认为那只能浅尝辄止停留在表层而无法触及内心的深处；他们守卫在灵魂的最深处，深入一种神秘而又变幻莫测的情境中，那是形象与思想都向往的，它们如同一团激流倾泻而下，浸透了那心的色彩。但这种为了创造一个新的未知世界而刻意隐藏起来的理想主义，人们是无法去理解的。克利斯朵夫在刚开始也无法理解。在宣泄吵嚷以后，这情形突变了。恰似在夺目的阳光下大肆骚乱，却又忽地迎来了一场毫无声息的黑暗。他耳朵里嗡嗡作响，什么都听不真实。他因为十分珍爱生命，看了这分明的对比让他特别难受。外边热情高涨的巨潮在激荡拍打着法国，震荡着世界。而从艺术的领域来看，却看不出有受到打扰的痕迹。克利斯朵夫问奥里维：

“你们因为德莱弗斯事件[①]搞得尽人皆知，但亲身经历过这场风暴的诗人在哪儿？心中所怀宗教信仰的人，此时此刻心中正作着几百年来最惊心动魄的较量，教会的权威与内在的自由正在对决。为什么没有诗人来描述这种悲痛？劳工阶级已经整装待发，有些民族消亡殆尽了，有些民族重新崛起了，亚美尼亚人遭到灭门，亚洲在悠悠千年中苏醒，把欧洲的执掌人，把莫斯科这个庞大的怪兽给推

① 德莱弗斯事件为一八九四年至一九〇六年轰动法国的一件大事。德莱弗斯少校被污蔑叛国投敌，死后得到平反。

倒了。土耳其迎来了曙光，世界被人类占领了，古老的土地已然在我们的脚下裂出缝隙来，吞噬了整个民族……所有这二十多年来所创造的奇迹，已足够写二十部史诗了，你们诗人所颂扬讴歌的作品中，可见过这些痕迹？写实版的诗歌，难道他们真的一点都没见到过吗？”

“你要有点耐心，我的朋友，”奥里维回答，“别插嘴，你先听我说……”

世纪的车辙印记已渐渐隐没了，移动的巨轮留在街上的声音也已渐渐消失。空灵而又玄妙的歌声便清晰可闻了：蜜蜂扇动翅膀的嗡嗡声，菩提树下所散发出的香味……风用它魅惑的双唇亲吻着大地……安宁的雨声中夹杂着幽幽蔷薇的芳香。

我们看见诗人用他独有的刀斧在柱子上雕刻出“最淳朴的事物的庄严形态”，“用他的铂金笛，用他的紫檀箫”表现严谨与幸福的生活，又为“阴影是光明的零点对焦”的灵魂，高唱出它们宗教与信仰的甘甜与美妙……还有那慰藉你，朝着你酣畅笑着的痛苦，“在它冰冷的脸颊上，映射出一道他所在的世界才散发出的光芒……”以及那“睁大温情眼眸、恬静安宁的死亡”。

多少纯粹的音乐合奏出了这首交响曲。没有任何一个可以和高乃依与雨果那嘹亮高亢的小号相比较。但它们的和鸣更让人印象深刻，层次也更为鲜明。那是现代欧罗巴最让人销魂的音乐。

克利斯朵夫不吱声了，奥里维对他说：“现在你明白了吗？”这时轮到克利斯朵夫示意奥里维打住了。他虽然喜欢更阳刚的曲调，但听到灵魂像注入了清泉流水般的呢喃，也乐意领受了。大众尽管为了争时间的长短而互相砍杀，诗人依然在那里吟唱绝美的春色和

“美好的景致所带给人们的丝丝甜美”。人类在贫瘠的土地上哀号而不得不日夜不分地劳作的时候，亿万的生灵互相厮杀只为得到那鲜血淋漓的自由的时候，溪流和树林却轻快唱和：“自由！自由！圣洁！圣洁！”

诗人并没有自私地置身事外一心只想着自己的美梦。他们的胸中积压了太多悲壮的怒吼，也有很多高傲的叫嚷、爱的呼声、苦痛的呼声。

这是一场狂野而又痴醉的飓风，“夹杂着肆虐的威力或是深沉的甘美”；是骚动的劲力，是一部欣喜若狂的历史剧，和着歌声唱出人们的痴狂，唱出了人世间、劳作者之间无休无止的争斗。

似泼墨的脸颊在黑影与雾霭中渐次清晰，或收缩或舒展的脊背上的肌肉，屹立在浓烈的火焰与沉重的铁砧前面……（历练着将来的城市。）

惨淡而又冰冷的光，投照在“澄明的智慧”上，同时也显现出一些孤寂灵魂的悲痛与苦闷，他们以痛快酣畅的心情来折磨自己。在很多德国人看来，这些理想主义者身上所显现的许多特征倒更像是德国式的。但他们都赞许“法国式的绅士的谈吐”，诗中到处都充溢着希腊神话的浪漫气息。法国的景致与平时的生活，在他们看来都变成了阿提卡海的美景。古代的魂魄似乎附身在了二十世纪的当今法国人身上，他们妄想褪去现代的表面，显露出他们美丽的胴体。

这一类的所有诗文都弥散出一种成熟了千百年的文明的气味，这在欧洲其他地方是找不到的。你只要闻过一次，就终生不会忘记。它把全世界各民族的艺术家都引到法国来，蜕变成地道的法国诗人；

而一些膜拜法国古典艺术的大众，也没比盎格鲁·撒克逊人、佛兰德人和希腊人更加狂热痴情的了。

在奥里维的引导下，法国诗神的纯粹之美彻底把克利斯朵夫浸染了，尽管以他的性格来看，这个偏向于贵族式的精灵通透的女神，远不及一个淳朴、善良、康健、简单但却热爱生活的平凡家的女子来得可爱。

所有的法国艺术都有着令人迷醉的气息，好似金秋时节被太阳烤暖的林子里所散发出的杨梅熟透的味道。音乐正像那隐避在草丛里的颗颗小杨梅。起初，克利斯朵夫已经看惯了浓密的杂树，对这些小生命已熟视无睹。现在整个诱人的香味已让他心驰神往，回了头了；在奥里维的帮助下，他看到了在那些暂叫作音乐的荆棘与枯叶之间，还有一小撮音乐家打造着朴实精粹的艺术品。在菜园里、在工厂的煤烟间、在圣·特尼平原的中心地带，一群心无一物的野兽们在一个圣洁的树林中欢舞。克利斯朵夫惊奇地听着他们的笛声，又安静又俏皮，跟他以前听到的完全不同：

> 我只要一支小小的芦苇，
> 就能使细长的野草自语，
> 辽阔的原野悲鸣，
> 纤柔的杨柳哭泣，
> 还有那条会唱歌的小河也在轻声吟唱：
> 我只要一支小小的芦苇，
> 就能让整个森林齐鸣……

那些钢琴小曲、那些声音、那些法国的小歌小调，德国艺术家向来是鄙视的，连克利斯朵夫自己以前也没留心到其中浪漫诗意的手法；但在涣散慵懒的风度与享乐的风气之下，他已经开始望见了一种为了重新奋起而引起的烦躁与苦闷——那是居住在莱茵河对岸的人无法感同身受的。法国音乐家带着这种心情在他们蛮荒的艺术领地中寻觅能够创造明天的种子。德国音乐家守着上一辈人留下来的田地，认为在他们赢得往昔的胜利之后，世界的变化已经登峰造极；可是宇宙依旧在不停运转，而法国人就是踏在最前面的先锋。他们找寻艺术的先进文明，探访那已经泯灭的和即将乍现的太阳，探求那已经消亡的希腊和沉睡了几百年方醒依旧怀抱无边梦想的远东。西方音乐向来都被章法结构与古典规则所制约，至此法国艺术家才抛开古代的调式开拓出新的华彩；他们在凡尔赛水池里注入来自世界各地的水：通俗易懂的旋律与节拍，异国的与遥远年代的音阶，全新的或半旧的土地。在此以前，法国的印象派画家早已开拓了一个新的领域——他们是喜欢探求的哥伦布——现在法国音乐家竭尽全力要霸占整个音乐的领土了；他们在听觉的广阔领域里走得更远，在灵魂的汪洋里发现了从未发掘的陆地。可是他们很可能一无所获。他们向来充当的都是引领者的角色。

克利斯朵夫很佩服这个一复苏就走在最前端的音乐。这个纤细优雅的伙计是多么的勇猛！克利斯朵夫曾经指责他的荒诞，现在可是大度得多了呢。要永远不犯错，就只有什么事都不做。为了追随鲜活的真理而犯下什么过错，比起那些迂腐不堪的真理有希望多了。

无论是什么样的结果，那种曾经为之付出的艰辛都是值得的。奥里维让克利斯朵夫看到了这三十五年来倾心浇灌出来的事业：人们花费了多少的精力才把法国音乐从一八七〇年以前的冰冻时代解放出来。那个时候的法国没有独特个性的交响乐，没有绅士的修养，没有悠久的传统，没有英雄，没有大众，柏辽兹一个人充当了所有，而他却还是郁郁寡欢而死。如今克利斯朵夫对这些全心投入到复兴大潮的人们深深敬仰，他不愿意再嘲笑他们狭隘的美学素养或缺少天才的因子了。他们开创出来的不再停留在作品表面而是扛起了整个民族的音乐灵魂。在炼造法国新音乐的一切伟大的前辈里面，赛查·法朗克最为得宠。他没看到自己苦心经营的成果被认可那一天就郁郁而终了，就像德国的老许茨那样，他在法兰西的艺术界最黯淡无光的年代能坚守着他的自信与民族才华。在这个喧嚷的巴黎，这位圣洁的宗师，音乐界的圣人，辛苦煎熬了一辈子，从来没有失去本心的清明与难得的耐性；他的坚强容忍的笑容给他的作品蒙上一层慈爱的华彩。

克利斯朵夫因为没看透法兰西真实的生命本质，所以当看到一个没有精神支撑的民族中间居然能冒出一个有才华的大艺术家，就认为是不可思议的事。

可是奥里维只是稍微耸了下肩，回问他在欧洲的哪个国家，可以找到一位有着浓郁圣徒气味的画家，能够与那个清教徒式的法朗梭阿·米莱相提并论的人——问世间又有哪一个学者赶得上能像巴斯德这样更加追逐浓烈与谦逊的信仰的——有朝一日他的精神就会变成他所说的那样，“在悲痛涌动的境地中”被“永远”这个念头一把抓住之后，他便匍匐在地下，“乞求理智将他饶恕释放，因为他已经快要变得和巴斯德一样，为了信仰而疯癫了”。旧教教义既不会阻碍米莱那种果敢的写实主义，也不阻碍巴斯德那种狂热的理智踏出矫健的步调，“踏遍了原始的荒蛮，在小若微尘的暗黑的天际中[①]，在生命起始的最隐蔽的时空探寻”。他们生在内地，吸取着内地民众本身拥有的信仰，也就是一向栖身在法国这块田地中的信仰；玩弄平民的政客即便信口雌黄也没用。奥里维对这个信仰了然于心：那是他天生所得。

克利斯朵夫顺着他的手指看到了二十五年来旧教的革新运动。法国的基督教思想狂热地要与理智、自由、生命合而为一；那些勇猛的教士，就像他们之中谁说的，“承受了人的洗礼”，赞同旧教应该知晓所有，能与一切刚正不阿的思想相融合：因为“一切刚直的思想，即便是犯下了一些错误，也还是圣洁的”。数不清的年轻信徒，诚挚地守望能创立一个基督教共和国，自由、圣洁、博爱、接纳所有施行善意的人；虽然突遭诬蔑诋毁，被斥责成为邪教异语，饱受左右两派——（尤其是右派）——暗箭中伤，这支小得可怜的维新队伍依然十分冷静，坚毅勇敢地踏上前途未卜的征程，知道洒尽血泪也不一定能够一帆风顺地前行。

至于法国其他宗族，也同样经历着活跃的理想主义与激情澎湃的自由主义的交合。原先存在的新教和犹太教那些体型庞大而麻木的躯壳，在新生命的刺激下而瑟瑟发抖了。大家争先恐后地尝试，试图创造出一个宗教式的自由国度，从而对热情与理智都不再打压。

这种对宗教的追捧并非是宗教独特的个性，它牵起了整个革命运动的精魂。而在这儿，它也比其他多了一点儿悲怆的味道。克利斯朵夫向来只留心卑鄙的社会主义——被政客们拿来贿赂民众，拿一些幼稚可笑、卑鄙媚俗的梦境，去引诱那些饥肠辘辘的主顾；而所言快乐，据那些政客们讲，是他们有朝一日执掌政权之后利用先

① 巴斯德为近代研究细菌学的鼻祖，故言“小若微尘”的天际。

进的科学赐予大众普有的幸福。此刻的克利斯朵夫看到的是，与这个让人呕吐不止的乐观主义所带来的完全不同的，是一般领导工会的优秀分子所倡导的神秘莫测而激荡的运动。他们所宣扬的是“战争，从战争的边缘中为垂死挣扎的末日世界所带来的一种新的开始、目标与理想”。这些让人敬服膜拜的先行者，深恶痛绝那“布尔乔亚式的，商业化的，温柔的，英国式的”社会主义，而重新画出一个豪壮的世界观，“它的规律是抗争”，它的生存条件是不停地牺牲。你要是能想象到被这些领导者领导着与旧世界宣战的队伍，怀揣着康德和尼采的理论同时期冀能付诸实践的话，那么这些永远仰起头颅的革命志士就显得可敬可佩了——他们引以为傲的悲观味道，轰轰烈烈的勇者生活，面对战争与牺牲所持有的信仰，就战斗精神和对宗教的热情而论，和条顿会[①]或日本武士道的理想是如出一辙的。

但是这完全是法国的产物，那些人都是几百年来从未改变本性的法兰西民族。这类民族化的个性，克利斯朵夫透过奥里维的眼睛在执政时期的执政者与专权独裁者身上见得到，从一些思想家、行动者和大革命以前的先导者身上也能见到。加尔文派、扬山尼派、雅各宾党、工团主义者，都用一种悲观的理想主义与大自然抗衡，不抱幻想，也不失信心，像铁杖一般支撑起民族，往往也毁灭民族。

克利斯朵夫如果呼吸到这些神秘莫测的战斗的气味，就开始明白偏执狂的可敬，明白法国人对它是怎样的忠心，这是其他善于调和化解的民族所不能了解的。与所有外国人一样，他刚开始只感觉法兰西共和国印刻在所有建筑物上的标语[②]，与法国人的专制思想相

① 条顿会为十二世纪时半军人半慈善性质的日耳曼团体。

② 法国公共建筑物上大多镌有大革命时期的标语：自由、平等、博爱。

对比可笑之极，便尽量地加以讽刺。而现在他可头一次领教了他们所推崇的、有着极强战斗性的“自由”的意味——看到了理性下的热浪滚滚。这可并不像他先前所设想的一样，对法国人只是一句好听的言辞、一个空泛的观念。对于一个需要理性高于一切的民族来看，为理性而斗争自然也高于其他一切斗争。虽然这种对抗被一些自以为实事求是的民族认为可笑，可是这又有什么关系呢？用深邃的眼光来看待，那些想着征服宇宙，想着只为帝国或金钱而斗争，还不是一样的空洞？不管是哪一种的对抗，百万年后还不是照样化为尘土撵入历史的车碾么？可是如果是人生的价值需要依靠对抗的激烈碰撞，依靠为了获得心中的梦想而拼尽全力，那便是牺牲也在所不惜了，那么，除了法国那些为了拥护梦想或反对梦想而永久的对抗以外，还有什么其他的抗争能为生命添设更多的光芒呢？而凡是品味过这种酸涩困苦滋味的人，对世间称颂的盎格鲁·撒克逊人没有半点用处的宽容，便感觉太过乏味，一点男子的气概都没有。盎格鲁·撒克逊人也是有被人称颂的地方的，他们可以自由地发泄自身的精力。但是他们本身的民族精魂里并不包含宽容，宽容只有在党派之间想化解不和的冲突时，才显现出伟大的力量。但是这在当今的欧洲，宽容已经变成了麻木不仁、毫无生气和信仰缺失的代名词。英国人借用伏尔泰的一句名言说，“英国依靠信仰分歧而得到的宽容”，法国即便是经过了一场大革命都还没有到手——那是因为处在大革命时期的法国，自诩比英国更加拥有信仰。

正如维吉尔领着但丁游历地狱一样，奥里维领着克利斯朵夫见到了理想主义的坚强战士，见到了为理智浴血奋战以后，直登到山顶——只有那里才有纯明安静的、超凡脱俗的一小群法国最优秀的领航人。

他们可是世界上最自在的人了。好像停留在天空中的鸟儿一样洒脱……定格在那个顶峰上，空气那么纯粹洁净、那样稀薄，克利斯朵夫几乎都不能呼吸了。在这儿，你可以见到所谓的艺术家声称神游于绝对的自由之中——见到了一些思想极端的主观主义者，就像福楼拜那样根本就看不起“相信万物为实体的一般庸人”——见到了一些思想家，以他们多棱角的变化莫测的思维模仿着变幻无穷的万物的波涛，“昼夜不停更替”，哪儿都不肯停留片刻，走到哪儿都不会遇到稳固的大地与岩石的，就像蒙丹所说的，“不描写生命，只描绘过程，一天又一天、一秒又一秒的征途”——也遇见了一些学者，明知万事皆空，人们在虚幻中创造思想、上帝、艺术、科学，继续创造着这个世界和法则，创造着转瞬即逝的梦。他们并不向学问讨要休憩、快乐，甚至也不讨要真理——因为他们不确定是否会得到真理的垂青——他们只是喜欢学问本身而去喜欢学问，因为它是美的，也只有有它才是美的、真的。在思想激烈碰撞的顶峰，我们可以瞧见这些学者，激动着的怀疑主义者，不在乎什么是苦痛，什么是泯灭，甚至连现实也视如空气，只管合上眼睛，去倾听万千心灵无声的合奏，聆听数字与形式的微妙发出璀璨的和声。

这些大数学家，思想自由飞驰的哲学论者——世界上最严谨最务实的头脑——已然走进了变化莫测、神秘万千的极端之中；他们让周围的空气虚幻缥缈起来，探出身子瞧向深渊，醉心于自己的目眩神迷；他们欢声雀跃，将思想的光环透过了无尽的黑暗绽放出来。

克利斯朵夫靠过去也想瞅一眼，便觉得天昏地暗。他向来以为自己是自由的，因为他除了拥有自由的良知以外已经推开了一切的束缚；但面对着这些甚至超脱了思想的所有绝对的规范，无法抗拒的强制，没有了一切活下去的理由的法国人，他突然惊觉自己那些所谓的自由原来是那么微不足道。那么他们为什么还要继续活着呢?

“为了得到自由呀，只有自由才是最大的享乐。”奥里维回答。

可是这种自由使克利斯朵夫无所适从，甚至会羡慕德国的极权主义和近乎苛刻的纪律了。他说：“你们的享乐是一种自欺欺人，是鸦片抽多了的人幻化出的梦。你们一心执念自由，将生命置若罔闻。人的绝对自由是可怕的，一个国家的绝对自由是混乱……自由！自由！这个世界上又有谁是真正自由的？在你们的国家里又有谁是自由的？——还不是那些泼皮无赖！你们最杰出的人都是活在缺氧的环境里的。你们只能用这些来麻痹自己的神经。不多久以后恐怕连梦都没得做了。”

“那又有什么大不了的！”奥里维回答，“我可怜的朋友，自由所带来的欣喜，你是无法体会的。那确实值得用苦痛，甚至是生命去交换。自由，就是让你感到自己周边所有的灵魂都是自由自在的——甚至包括地痞无赖。那种乐趣是无法言表的，仿佛你的灵魂在无垠的天际畅游。这样的话，灵魂无法再在别处栖居了。你尽管能给我像帝国军营内那样的安全、秩序、近乎完美的纪律，和我又有什么相干呢。我会被憋死的。我要的是新鲜的空气、是自由，越多越好！”

“世界要靠某种规律来维持，”克利斯朵夫说，“主的到来只是早晚的事。”

可是奥里维带着讽刺的表情，用着比哀尔·特·雷多阿的话回道：

“倾尽所有手段去禁锢法国的自由的言论，

无异于妄图将太阳埋在地里或禁锢在洞里。”

克利斯朵夫开始对这极端自由的空气有些习惯了。在法国思想的顶峰上，一群纯明通透的灵魂在幻想；克利斯朵夫站在山顶上向脚下的山坡望去，只瞧见一群勇猛无畏的人为着自己的信仰——无论信仰是什么——无休止地奋斗，试图登上山顶。他们向着愚昧、疾病、穷困，发起神圣的战争，赤诚地专注于发明，征服了光明，开启通往天堂的门，那是科学与自然之间的大规模战争；在山坡的较低的地方，一群静默不语的、拥有着坚强意志的善男信女，果敢而谦卑的灵魂，好不容易才爬到半山腰，因为不能再前行，只能坐守原地，不甘心地过起了平凡的生活，但依然热切抱着自我牺牲的精神；山跟儿下，在凶险的小路上，多少偏执狂，本能地扯作一团，不知道周围的崖壁之上还有另一番景致；再往下去便是一片潮湿的沼泽和在那污泥中来回打滚的牲口了。沿着山坡，哪里都开满了艺术的鲜花，音乐散发出沁人心脾的杨梅味儿，诗人吟歌如高山流水绵延不绝。

克利斯朵夫转头问向奥里维："你们的民众都在哪儿呢？我只瞧见了或好或坏的人。"

奥里维回答说："民众吗？他们在自己的田地上劳作耕耘，全然不搭理我们。各个优秀的阶层都想把他们拉到自己的阵营，他们谁都不理会。从前他们心还在浮，还能听听政客们的花言巧语来消遣，现在却完全不闻不问了。不知道有多少人都放弃了选举的权利。那些政党争得面红耳赤甚至头破血流，民众也置若罔闻，只要硝烟不会蔓延到自己的田间地头里去就行了。但万一出了问题，他们可就恼了，才管不着什么党什么派，他们都能给他们点颜色看看。他们从不主动出手，除非自己的工作和休息受到了侵扰才会愤而回击。

那些帝王、共和政府、教士、帮派、社会主义者，只要不侵害到公共的危险，像战争、混乱、瘟疫等，然后让他们安安静静地种他们的地就好了。他们心里想着，难道这些畜生就不能安静一下吗？但是这些畜生就是愚蠢之极，死死纠缠着老实巴交的人不放，非把他惹怒了拿起镰刀挥舞着把他们全都逐出门外——这便是我们眼下的主子早晚都会遇见的事。从前，民众在一些巨大的思潮里被煽动起来了，将来也许不会再如此冲动，虽然他们少年时期的疯狂劲儿早已经过去了；可不管怎么样，狂热只是一时的兴风作浪，他们很快就会回到自己的老伙计身边——土地——那儿去的。让法国人眷恋的永远是土地，而非本国的子民。千百年来，有多少个民族辛勤劳作在这片土地上，也是土地将他们联系了起来，土地才是他们永久的爱人。无论旦夕祸福，他们依旧扎根在那儿；他们觉得土地上的什么都是好的，甚至是一小块土。”

克利斯朵夫极目远眺，沿着路看过去，在池沼的周边、在崖坡上、在战场与废墟之间，法兰西的高山和平坦的地方都成了大片的田地：这是欧洲文明下的大花园。它那永不消失的魅力不仅是因为土地肥沃，也是因为那些不辞劳作的民族，几百年来从不厌倦地开垦、撒播，让这片沃土变得更好。

真是个古怪的民族！大家说它喜怒无常，可它什么都没改。在中世纪哥特式的雕塑身上，奥里维透过犀利的目光辨出了今日各行省的所有特征；正如在格鲁哀或杜蒙斯蒂哀的油画里找出当代交际社会或知识分子那倦怠而略带讽刺味道的表征，从勒拿[①]的画上仍能

① 格鲁哀为十五至十六世纪法国宫廷画家。杜蒙斯蒂哀为十六至十七世纪时宫廷画家。勒拿三兄弟为十六至十七世纪著名画家。

寻到北部各州省的工人和农民不息的精神与矍铄的目光。昔日的思想仍旧在今日的灵魂深处流淌。巴斯加的精神不独存于一心痴念宗教的优秀人士之中，就连庸碌的有产阶级或工团运动的党人心中也留下痕迹。高乃依与拉辛的艺术作品对于千万民众来说始终都是鲜活的印章，所处巴黎的小职员会感觉路易十四时代的悲剧都比托尔斯泰的小说或易卜生的戏剧来得更为亲切。中世纪的颂歌、法兰西传说中的特里斯坦对于当代的法国人来说，比瓦格纳的《特里斯坦》联系更加紧密。十六世纪以来在法国花坛中总是从不间断地盛开着各式思想的花朵，虽然种类繁多，终究都是源于同一片沃土，与周遭的花儿自有分别。

克利斯朵夫对法兰西的认识只停留在表皮，根本还没抓住他本来的真面目。他在这个多姿多彩的美景中觉得最为不可思议的，是这块土地正处于分崩离析的状态之中。正如奥里维所言，每一块园子，都用篱笆、墙壁以及各种的栅栏给围挡了起来。充其量也不过是一些小的公共草原和树木，又或者河这一边的居民要比河对岸的居民彼此挤得更紧一些。各自窝在各自的家里。而这种神圣不可冒犯的个人领地宣言，在经过了几百年的毗邻磨合以后，非但没有得到改善，反而更加稳固了，克利斯朵夫心里在想："天！他们这样可多孤独啊！"

就以孤独来看，克利斯朵夫和奥里维所住的屋子可以称得上是一个典型的例子了，它是社会的缩影，一个老实本分、不怕艰辛的小法兰西，与它周边的不同个体毫无联系。一幢六层楼的老房子，走的时候都能发出咯吱咯吱的响动，天花板已经被蛀虫侵蚀得差不多了，雨水都能渗进克利斯朵夫和奥里维住的顶楼，这让他们不得不找些泥匠来把屋顶胡乱修缮修缮。克利斯朵夫听到他们在头顶上一边工作一边谈话。其中有一个家伙让他觉得又好玩又惹厌：他没有一刻不在自言自语的，兀自笑着、唱着，尽说些浑话、傻话，一边不断地跟自己絮叨，一边不断地工作；他每每要做一件事都得给自己汇报一下："还得往上敲一只钉呢。工具去哪儿了？我开始敲啦。要敲两枚呢。还得再来一下！嘿，乖乖，这不就成了吗？"

克利斯朵夫在弹琴的时候，他先静静听一阵子，然后便大声吹着口哨，要是碰到轻松的段落，他就用劲儿地敲起锤子，应和着在屋顶打拍子。克利斯朵夫怒不可遏，站在凳子上，想从顶楼的天窗伸出头去好好骂他一顿。可一瞟见他趴在屋梁上，满嘴含着钉子，老实巴交的脸在那笑着，克利斯朵夫也不由得笑了出来，那工人也跟着笑了。克利斯朵夫忘了骂人这回事，开始跟他聊着天。末了，他想起来爬上窗来最开始的缘由，便说："呃！我问你，我要是弹琴的话妨碍你吗？"

他回答说不，但建议他别拣着太慢的调子来弹，因为他得跟着音乐的节奏干活儿，太慢了工作都完不成了。他们像好朋友似的道别。这六个月里克利斯朵夫和整幢屋子里的邻居说的话加起来，还不及他这几分钟里和这工匠说得多。

每层楼上分别有两个公寓，一间里有三个小间，一间里有两个小间，没有为仆人准备的下房：每个家庭都自己动手搞定家务活，只有住在底层和二楼的除外，他们的屋子也是由两个公寓合并起来的。

住在克利斯朵夫和奥里维家隔壁的邻居是一位姓高尔乃伊的神父，年纪四十上下，学问广博，思想也很前卫，而且宽以待人，以前在一所神学院里讲授《圣经》，近段时间以来因为思想太活跃而受到了罗马的处分。他接受了处分，虽然打心眼里不服气；他一声不吭，不想反抗，但也不愿意听从别人的劝告，宁愿自己的思想溃脓也不愿意公之于众。对于这种极其能忍的人，克利斯朵夫是无法理解的。克利斯朵夫想跟他聊聊天，但那教士总是以冷面对人，从不提及自己的心事，他的自以为是的傲气已经淹没他了。

这两个朋友居住的公寓的下一层，住着一户人家；男的是个工程师，叫哀里·哀斯白闲，夫妻俩有两个七岁至十岁的女娃。他们都是很优秀的人，只是因为境地困窘而常把自己锁在家里不愿见人。少妇不辞辛苦地每天工作，屈辱地过活；她宁愿劳苦多一些，也不要让人知道他们的困境。这是克利斯朵夫不能理解的又一种心境。他们是出生在法国东部的新教徒。几年以前夫妇俩卷入了德莱弗斯事件的巨潮之中；为了这件案子，他们近乎发狂，七年间[①]和数以万计的法国人一样如醉若狂。他们为之牺牲了宁和、地位、社会关系，隔断了多少好朋友之间的友情，差一点就把自己的身体也给搞砸了。他们好几个月来无心吃饭睡觉，反反复复地探讨着同样的论点，固执得更像是一个疯子。他们相互鼓励，情绪也更加激昂：虽然胆小，也怕闹出笑话，却还是加入示威的队伍中去，在集会上发言；回到家中，两人依然心潮澎湃；夜里，俩人都哭了。他们为了这场战斗把热情与激情都消耗殆尽，等到曙光即将到来却已经没有气力去品尝胜利的快乐了。当时的期冀那么大，牺牲的热情多么纯粹，使得等到最后的胜利与当年的抱负相比，早已微乎其微了。他们那么正直，以为这个世界上只遵循一条真理；所以先前所膜拜的所谓的英雄们此时此刻向政界妥协，让他们困苦异常，感到了灵魂的幻灭。

① 德莱弗斯事件前后历经七年方休。

他们向来认为战争中的伙伴都和他们相同，是为了追求正义的坚果。可等到有一天真正地推翻了敌人，他们就如饿虎扑食一般抢夺赃物，掠夺政权，争夺荣誉，抢掠位子，这也轮到他们踩着正义前进了！只有极少数的人才继续着他们的信仰，依然穷困潦倒，依然孤独无依，被所有的党派所遗弃，而同时他们也丢掉所有的党派，悄无声息地退隐江湖，悲伤与郁郁寡欢时时刻刻折磨着他们，厌恶了一切的希望，对人们厌恶到了极点，对生活也厌倦到了极点。工程师哀斯白闲和他的妻子便属于这一类人。

他们在屋子里没有一丁点儿动静，怕搅扰四邻，尤其因为他们经常受到邻居的打搅，而为了心里那个小小的自尊不愿张扬。克利斯朵夫看到这两个孩子欢喜的快活劲儿老是受到打压，便觉得十分可怜。他是很喜欢小孩的，只要在楼梯上撞见了她们便不由自主地流露出欢喜的模样。女孩子们刚开始有些怕生，不久就跟克利斯朵夫混得熟悉一些了，他那里永远都能蹦出一堆的笑话来逗她们开心，或者分些糖果给她们吃。她们在父母面前提到他，他们起先并不领情，但是这个经常摆弄钢琴而发出声音和乒乒乓乓搬家具发出声音让他们恼火厌恶的邻居——因为克利斯朵夫在房里总感觉像是窒息了，踱来踱去得像是一只关在笼子里的黑熊——凭着那副坦诚的精神慢慢地把他们征服了。他们之间的谈话却不怎么合得来。克利斯朵夫身上闻得到乡野味道的态度，让哀里·哀斯白闲有些惊诧。工程师一点都不想放下矜持，但对于一个神情诚恳、心境快乐的人却也没法抵御的。克利斯朵夫慢慢赢得了这个邻居的信任。哀斯白闲对很多东西都很有兴致，做事很有勇气，可是意志消殆、郁郁寡欢、处处隐忍。他坦然接受生活所带给他的困苦，却没有勇气去改变这一切。

这恰好印证了他是一个彻头彻尾的悲观主义者。有人请他去巴西去当一个工厂经理，报酬也不错，但是他婉拒了，担心家里人适应不了那里的气候。

“那为什么不把他们留下来，你一个人去挣钱养家啊？”克利斯朵夫说。

“把他们留下来！”工程师嚷道，“可见你还没有孩子。”

“要是我有了孩子，我也一样这样想呢。”

“我才不要！……背井离乡地去那么远的地方！我宁愿窝在这里受苦。”

克利斯朵夫感觉大家非要在一起才算是热爱自己的祖国、爱自己的亲人，这个未免也太奇怪了。奥里维却很能体会这种想法，他说：“你想想看，世界上还有什么比举目无亲、远离故土、客死他乡更可怕的事呢？更何况人生苦短，再这样劳苦奔波又何必呢！”

“难道一个活人非得时时刻刻都要把死挂在嘴边吗？”克利斯朵夫耸耸肩回答，“那即便是死了，也是为了自己爱人的幸福而死，死得其所不远胜过什么都不做来得更好吗？”

在同一层五楼那个小些的公寓里，有一个叫奥贝的电器工人——他不与邻居往来可不是他的过错。这个已经逃离了平民阶级的人物，再也不愿意重新回到平民阶级中去的。小小的个子，一副倦容，看着就很凶狠的脑门上面横着一条皱纹，目光炯炯有神，像螺旋一样锐利地直勾勾盯着别人；短髭是那种淡淡的黄色，一张讥讽的嘴巴，说话语速挺快，语调低沉，声音像蒙上一层什么似的；脖子上什么时候见到都围着一条围巾，喉咙受了烟的刺激，老是不舒服；急躁冒进，那脾气就像是得了肺痨一样。他自视甚高，尖酸刻薄，喜欢挖苦别人，一肚子的牢骚，事实上却待人诚恳、浮夸、纯真，生活里处处碰壁。他是某个布尔乔亚的私生子，自记事起就不记得父亲的样子，抚养他长大的母亲又是个叫人难以尊敬得起来的女人。他从小就见过太多凄惨、丑陋的事，什么手艺都学过，跑过了法兰西很多地方。他千辛万苦自学历史、哲学、颓废派的诗文，无所不读；戏剧、画展、音乐会，时下的潮流也无所不晓。他疯狂地膜拜文学和布尔乔亚思想，深深痴迷其中。他脑子里塞满了大革命煽动下那让中产阶级如痴如醉的模糊而热烈的思想：相信理智永远都是对的，进步永无止境—— 一句俗语说得妙：活到老，学到老——相信幸福将至，科学是无所不能的，相信人就是神，而法兰西又是人类的先导。他反对一切教会，认为所有的宗教——尤其是基督旧教——都顽固不化、因循守旧，所有的传教士天生都是阻碍进步的天敌。他的脑袋充斥着社会主义、个人主义、排外主义。他精神上奉行人道主义，气质上有着专制主义的味道，行为上却是无政府主义。他生性自负，知道自己受教育的程度低，所以说话都会谨言慎行，能很好利用吸收别人的话，但却出于尊严而不喜欢向别人讨教。他即便聪明机敏，却还是无法弥补缺乏教育的不足。他一心写作，和其他许多初学的法国人一样，文字倒自成一派，他自己也很明白这一点，只是思想有些错乱。他把花费了很大心血写成的东西拿出来一部分给自己很喜欢的一位知名记者看，被耻笑了一番。经过这次以后，他对任何人都不提及他的工作了，但仍专心继续写作：因为他需要一个发泄的突破口，那是他引以为傲并且乐在其中的事。他对自己一分钱都不值的哲学思想和作品非常满意，认为极有爆发力。至于对现实生活中趣事的写作，他倒提不起什么兴趣。他自诩是一名哲学家，想写点社会剧和有关哲理的小说。他轻而易举地解决掉了不能解决的问题。他随时都能发现新大陆，当他发现这块新大陆早已被其他人探寻到了，便很失望，心里也挺别扭，几乎认为别人在给他下套。他贪慕虚荣，抱着甘为事业而牺牲的热情，但因为不知道该如何下手而困苦不已。他梦想能成为一名文学名家，栖身于作家之林，以为作家的声名是超凡入圣的。虽然他期冀得很好，却也能看得很通透，知道自己不是这块料。不过他至少希望居住在浓郁的布尔乔亚思想氛围中，远远望过去，似乎嵌上了颗颗水晶。这种愿望是好的，却给他带来了烦恼，让他觉得和工人们往来是一件极其难堪的事。既然他竭尽全力想贴近的中产社会不接纳他，便索性一个都不来往。因为这个缘故，克利斯朵夫轻易地就和他接近了，如果不适当回避一下，恐怕奥贝在克利斯朵夫屋子待的时间都比在他自己房子里待的时间还要久。他总算是遇见了一个艺术家，还能一起聊聊音乐和戏剧，真是让人高兴。只是可以想象的是，克利斯朵夫可没有同样的感觉：他更喜欢亲近一个平民来聊聊平民之间的事。那可是和奥贝完全相反也是他不愿意聊的。

楼层越往下走，克利斯朵夫和邻居的关系就越疏远。他要是能走进四楼的公寓，简直需要难以想象的魔力帮助才可以——四楼的一边住着两个太太，被长年累月的丧事折磨得够惨的了。奚尔曼太太三十五岁，自从丈夫和女儿死后，就跟年老而虔诚的婆婆一起生活，大门不出，二门不迈。四楼的另一边住着一个神秘的家伙，很难断定其多大年纪，貌似五六十岁的样子，身边带着一个十来岁的小姑娘。秃头的他胡子却保养得很好，双手纤长细巧，说话温和，谈吐大方。人家称他华德莱先生，一说是无政府主义者，一说是革命党，说不清是俄罗斯人还是比利时人。实际上他是一个来自北方的法国人，早已经退去了革命党的身份，只是保留着过去的名声。他参加过一八七一年的暴动，被判处了死刑，不知怎么回事逃过了这一劫，他十多年来几乎走遍了整个欧洲。在巴黎混乱期间和之后，在亡命天涯期间和之后，在从前的战友而现在手握政权的人之间，在一切的革命党派之间，他看到不计其数的丑事，于是便退出了党派，心境平和地坚守着自己洁白无瑕却毫无用处的信念。他书看了很多，也写些带点煽动性的小册，听说领导了印度和远东那一带的无政府运动，忙着奔波准备世界革命，也搞一些性质稍微温和一些的研究性的工作：他要创造一种普及音乐教育的新的世界语言。他跟公寓里的人一个都不往来，即便是碰到也只是象征性地打个招呼。而对于克利斯朵夫他能多说几句他记载音乐的好方法。但克利斯朵夫对这个却不感冒：采用什么符号来标记思想，他感觉没什么要紧的，他能运用各种语言来表达自己。那位学者可毫不理会，继续顽固地为他的学说做着辩解。至于他其他方面的事情，克利斯朵夫可是一点都没办法知道的。因此每次在楼梯上撞见他，克利斯朵夫只注意到跟在他身边的小姑娘：一头淡黄色的头发，脸色苍白而无血色，眼珠幽蓝，侧面一看干枯瘦小，一副弱不禁风的病样子，表情一成不变。他跟大家一样认为她是华德莱的女儿，事实上是个孤儿，在她四五岁的时候工人阶级出身的父母就因染病死了，是华德莱把她抱养过来的。他对平凡贫苦的孩子十分喜欢，那是他发自内心的一股神秘的温情，像梵桑·特·保尔[①]一样。因为信不过所有官办的慈善机构，也了解一般慈善团体的真正动机，所以他独自做起了救济

① 梵桑·特·保尔为十七世纪时的圣者，以救济孤儿著称于史。

事业，不告诉别人，倒感觉另有一番快乐。他学习医学，准备悬壶济世。有一天他到一个街坊的工人家里，看见有人生病，便帮助诊治；他本就知道一些医药常识，之后再学习补充。只要看到有孩子在遭罪，他就真的受不了。等到最终医治好了这些苦命的孩子之后，看到他们瘦削的脸上再次显现出苍白的笑容，他是多么的开心。这是他心里的天堂，他把那些平时的受恩人给他带来的一切恼人的麻烦事，全都抛诸脑后了，因为他们很少对他有什么感激涕零的举动。门房的女人看见许多脏兮兮的脚踩踏楼梯，气得不行，不停地说些尖酸刻薄的话。房东很不放心这些穷苦的工人——在她眼中就相当于无政府党——从这里进进出出的，对华德莱常有闲言碎语。他想搬家，可又舍不得：他有些古怪的毛病，固执却又不失温柔，由着她说去。

克利斯朵夫因为十分喜欢小孩，才赢得了华德莱一点信任。这是他们相同的地方。克利斯朵夫每次一碰到那个小姑娘，就感觉心里不太舒服，感觉她的容貌和萨皮纳的小女儿有些相像。萨皮纳不仅是他的初恋，而她的倩影如昙花一现，悠然宁静的风采，至今还印刻在他心里。所以他对这个不蹦不跳、毫无血色的女孩子甚为关切。她很少说话，也没有同龄人在身边，老是一个人，安静地玩一些没有声响的小游戏，有时拿着个玩具娃娃，有时拿着一块木头之类的，自言自语地编一些故事。她对人既亲近又有些疏远，有点儿怯生也有些捉摸不透；她的义父可没有察觉到这一点，只晓得一味地爱她。其实这种怯生和捉摸不透的感觉，即便是在我们亲生的儿女身上也不可避免地有一些。克利斯朵夫想把工程师家的两个小孩介绍给她。但哀斯白闲与华德莱双方都客气而坚决地谢绝了。这些家伙宁愿闷死在自己的笼子里，也要保持尊严。其实，如果有需要帮助的地方，他们还是会伸出援助之手的；但双方却担心别人以为是自己需要帮助。而两家人的自尊心和所处的困苦境地相当，所以谁都不愿意迈出第一步。

三楼上的一个大套间似乎永远空着。房东把这层留了下来，可是自己也不住。他以前是个做生意的，赚够了预定的钞票之后就不干了。一年中的大部分时间，他都不在巴黎；冬天到东南的一个海边旅馆里过冬，夏天去诺曼底一个海滨浴场上避暑，靠着那点利息养活自己，看见别人奢侈地大手大脚花钱享受，权当是自己在享受，想象着和那些人一样过着穷奢极欲的生活。

紧邻着的那个小公寓租给了没有孩子的亚诺夫妇。丈夫在四十至四十五岁的样子，是一名中学教员，他把时间都花在上课、备课、抄写上，始终都没有时间来撰写他的博士论文[①]，最终放弃了。妻子小他十岁，人看起来很和气，却也十分怕羞。两口子都很聪明、博学，夫妻感情很要好；可是他们貌似不认识什么人，也不出去转转：一个太忙，一个太闲。但妻子很贤惠，尽量把忧愁都藏在心里，没事的时候也尽量找点事情来做，不是在看书，就是帮丈夫做记录，誊清笔记，缝补衣服，做衣服帽子。她很想时不时去看看戏的，可是亚诺却不大有什么兴致：晚上他太累了。于是她也就此打消了这个念头。

他们俩最大的爱好是音乐，都很喜欢。丈夫不会弹琴，她会弹却不敢弹；在别人面前，即便是在自己朝夕相对的丈夫面前，她都好像是刚学钢琴的小姑娘似的。但这对于他们来讲，能有这么一点小爱好也已足够了。格路克、莫扎特、贝多芬，都成了他们的偶像；

① 法国大学毕业生如果要考取博士学位，可以在就业之后的几年之间提出。

他们连那些音乐家的细枝末节都晓得，对他们所经历的惨淡人生深表同情。两个人一起读书也是一件欢喜的事。当今能让人赞不绝口的文学著作实在是凤毛麟角：作家一般对那些为他们带来声望、金钱、快乐的读者是从不会记挂在心上的；而这些谦卑读者从不在社会上露面，自己从来不写些什么东西出来，只知道闷声不响地看书。这道艺术的光环，在那些实诚人的心中已经幻化为神，足以让他们安贫乐道，过着快乐宁祥的日子了，虽然有些伤感——那也并不矛盾——非常孤独无依，而且生活中还会遇到更多的不如意与坎坷。夫妻俩的人品远远胜过他们所处的地位。亚诺先生有自己独立的思想，但就是没有时间，也没有足够的勇气能够把它写下来。发表文章或者出书都是一件很麻烦的事情，犯不上，而且那也只是一种不必要的虚荣。要是他和他所敬佩的思想家比起来，简直相形见绌。他太喜欢美妙的艺术品了，以至于不愿意再去“制造艺术”，感觉这样的想法是可笑狂妄的。他认为自己的职责就是做艺术品的传播者，所以只管把他的思想灌输给学生：认为他们以后会写出好的东西来的——上面当然没有他的名字——还没有人像他那样把金钱都花费在买书上。穷人是最慷慨的：他们自己掏腰包来买，而那些有钱的人却以为不是别人所赠，就是有失体面的。亚诺为了买书花光了所有的钞票：这是他的弱点，他的癖好。他感觉很不好意思，于是经常瞒着太太不说。她并没有因此埋怨他什么，换作是她也会这样做的——夫妇俩总是有一些不错的计划，准备积攒一笔钱到意大利转一圈——他们心里很明白，那永远只能成为一个美好的梦了，他们永远也留不住钱。亚诺已经很满足了，他有这样一个让人心疼的爱人、一份稳定的工作和内心的喜悦，这就足够了；她难道感觉还不够吗？——她说：是啊，已经足够了。不过她也不敢说出来，要是丈夫有点声望，让她脸上也沾些光，把她的生活改善一下，让她活得稍微舒服些，不是更好吗！……然而她胆子很小，并且她知道即使他想求得声望，也没有什么把握，现在都已经太晚了！……他们感觉最为遗憾的就是没有个孩子。就这一点来说，俩人也避而不谈，相反倒更加相互珍惜相爱，像是这一对可怜的人儿是要求得对方的谅解似的。亚诺太太心眼儿好，待人真诚，很想能与哀斯白闲太太做个朋友，可就是不敢：因为人家又没主动示好。至于与克利斯朵夫相识，便是夫妇俩求之不得的事：他们早已被他那遥远的乐声给吸引住了。但他们绝对不会主动的，觉得那样做太过唐突了。

二楼的公寓是被一对有钱的犹太人给包下了，他们是法列克斯·韦尔夫妇，无儿无女，一年大概有六个月的时间住在巴黎乡下。即便他们已经在这儿居住了有二十余年——这完全是因为住习惯了，因为他们可以很容易就能找到一个更能匹配他们财力的房屋——却老是像个路人甲一样，从不和邻居说话，人家关于他们的事也不比第一次遇见他们那时候知道得更多。但这丝毫不影响邻居对他们已经形成的印象：他们不受人欢迎，当然他们也不需要讨好迎合邻居来让邻居喜欢。其实，他们是应该让四邻多了解一些的：夫妇俩都是蛮好的人，而且非常聪明。丈夫大概有六十岁，是一个亚述考古学家，在中亚细亚的发掘方面享有盛誉；和许多犹太人一样，他思想开阔，兴趣极为广泛，绝对不会因为自己的专业而把自己给限制住；他平时对什么都有兴趣：美术，社会问题，当代思想界的震荡。可是这些限制不了他的思想，他觉得但凡所有的知识都很有趣，但也没有只钻一门不能自拔。他十分聪明，太聪明了，太不受约束了：

一只手打造出来的东西，却在准备用另一只手销毁；因为他创建了很多的著作与理论，这确实精力过人。因为习惯，由于精神上需要多样化的活动，所以他虽然不相信自己的工作能有多大的用处，但依旧耐着性子深入刻苦研究学问。只是他不幸降临在有钱人家，没机会接触并了解为了生存而进行战斗所带来的意义。他在近东做了几年发掘工作就感到厌倦了，之后再没接受任何官方的邀请。除了他自己的研究工作以外，对于当下的一些问题他也颇为关注，比如一些有着实际意义并能立刻可以施行的社会改革，对于法国学校教育的改善等等。他传播思想，引领潮流，推动那些大规模的文化思想向前运动，可没多久他就感到了厌倦。有很多次，人们依据他的见解掀起了一场运动，他却用最为尖锐的言语去抨击抵制这个运动，这让受过他激励的人感到分外吃惊。他不是故意的，只是天性使然；他有些神经质，喜欢嘲讽别人，锐利如鹰的眼神对什么都尽收眼底，不太容易宽容。从某种角度来看，抑或是放在放大镜下审查，则天下的好人好事就会浮现出它极其可笑的一面，所以早晚都会受到他的讥讽。他这种性格秉性的人当然结交不到朋友。但他心里却实心实意想给别人点好处，事实上也正是这么做的。可人家对他并不感恩戴德，即便是受到恩惠之人，也因为感觉自己在他面前像个小丑一样可笑，所以也不能原谅他。他不能接触很多人，不然就没法子喜欢他们了。他不是一个愤世嫉俗的家伙，当然也没有那种本事可以领下愤世嫉俗的头衔。他一方面嘲笑这个社会，一方面在社会面前胆怯如鼠，同时心里纠结不能妄下断言说社会就是错的，还是自己就一定是对的。他尽量避免与别人格格不入，竭尽全力想让自己对事情的态度与表面的观点与其他人一样，但是这一点用处都没有；

他还是会忍不住要批判他们，对一切夸大其词的、做作的现象感觉太过敏感，而且不懂得如何隐藏自己对一些东西的厌恶。第一，因为他太了解犹太人，所以对他们那些可笑的地方尤为敏感；第二，虽然他心胸阔达，没有种族之间的界限，但有时候却受到一些其他种族人的歧视——不管怎么样，他的思想和基督教的思想界也大相径庭。鉴于这么多的原因，他只能独善其身埋头工作，深情地爱着他的妻子。

最糟糕的是他的这位贤妻有时候都免不了受他的嘲讽。她是一位喜欢活动而又贤良淑德的好女人，愿意伸出援手来帮助别人，一直都在那里做着慈善事业；性格单纯，远没有她的丈夫那般复杂，拥有着坚强的意志与责任感——这观念虽有些顽固不化，抽象模糊，却是有着很高的标准。没有自己的孩子，没有什么很遂心的事，没有轰轰烈烈的爱情，她便把这凄惨的一生完全倾注在了信仰上面，其实信仰只是以坚强的意志为基底来建构的。丈夫便发挥了他嘲讽的本性，把她所信仰的东西看了个透彻，于是便拿她开玩笑。他是一个矛盾的综合体。他对责任所持有的观点、水平也绝不低于他的妻子，同时又冷酷无情地加以分析、批判，不受蒙蔽，把她的道德信仰片片肢解。却不知他的这种行为摧毁的是妻子的支撑点，消耗殆尽了她的勇气。当他发觉这个的时候，他比她更为痛苦，可是祸都已经闯下了。即便如此，他们依然相亲相爱，继续工作，继续行善。可是妻子那冰冷高贵的态度，并不比丈夫喜欢嘲讽的本性好多少；既然夫妻二人都自恃清高，不愿说出自己做的善行好事，大家于是就把他们的稳重矜持当成了冷漠无情，把他们的孤独认为是自私孤僻。而他们愈感觉别人拿这种想法看他们，他们便愈不愿意去解释澄清了。犹太人多半是粗疏的，相反，这对夫妇却因为这种稳重——骨子里隐藏了很多清高的因子——而吃了亏。

高出小花园几个石级底下一层住了一位退伍的炮兵军官夏勃朗少校。这个还算年轻的军人以前隶属于殖民地部队，曾经在苏丹和马达加斯加战绩累累，不知道为什么忽然又丢了所有，自从搬到这个地方以后就再也没有提及军队两个字，整日打理着花坛，吹着一支笛子——可是却一点长进也没有——随口骂骂政界，然后再把他心疼的女儿埋怨上几句。他女儿三十岁了，虽然并不是闭月羞花的绝美女子，却也是显得分外可爱，为了孝顺自己的父亲，到现在也没有出嫁。克利斯朵夫每每踱步到窗口望向花园的时候，常常就能看见他们，当然更能被那个女儿所吸引。她下午大部分时间都会花在公园里，不是拿着东西缝补，就是在浮想联翩，抑或是收拾收拾园子，兴高采烈地陪着那唠叨不休的老父亲一整天。她用清脆响亮、安静宁和的声音与温和的语气，回应他的喋喋不休。他却总是在小路上踩着小碎步踱来踱去；不一会儿，他进了屋子；她便坐在园子里的凳上，几个小时几个小时地缝补着东西，既不挪动一下，也不说一句话，脸上堆着一副浅浅的笑容。而那无所事事的军官，在屋子里死命地吹奏起那支刺耳的长笛，或是为了换一下口味，笨拙地按着那架大口喘着粗气的风琴，呜呜咽咽的，使克利斯朵夫有时觉得蛮好玩，有时却也很气恼——随心情而定。

所有这些人，各自住在这座花园紧闭的房屋里，相互之间不相来往，死气沉沉。只有克利斯朵夫，情感需要一个发泄口，也是因生命力太过旺盛了，用自己盲目而又清澈的博爱精神——拥抱着这些人，他们可不知道。他不了解他们，也没法了解。他与奥里维不同，不能明察观测到人的心理。但他是爱着他们的，也就很自然地能够从他们的角度来看事情，与他们站在一起。由于心灵的感应在起作用，他渐渐能察觉到这些咫尺天涯的人们不济的命运，能感受到那个失去最亲密的人的妇人的痛苦与麻木，明白那些教士、犹太人、工程师、革命党人，为了所谓的自负而把灵魂深埋于心；他看见了信仰与温情开始变得暗淡轻柔的火焰，悄无声息地燃烧在亚诺夫妇心中；平民出身的工匠天真地想要得到光明，军官压抑着反抗的心，做些毫无意义的事；还有那静坐在紫丁香下出神的女孩，他也感觉到了她一切随缘的恬静。但唯一能够参透这些心灵的无言的音乐，也只有克利斯朵夫能够懂得；他们自己是听不见的，每个人都只生活在如何排遣生活中的苦闷的梦幻里了。

可是大家都有事在做：怀疑派的老学究，悲观的工程师，教士，无政府主义者，不管是高傲着的或是悲观气馁着的人，全都在工作着。屋顶上还有那个泥水匠在唱歌。

屋子周围，克利斯朵夫发觉在最优秀的人中也有着同样的精神层面上的孤独——即便把他们结合成一个大团体也是一样。

奥里维为克利斯朵夫介绍了一本他经常发表观点的小杂志，名叫《伊索》，它借用蒙丹的一段话作为箴言：

“有人把伊索和别的两个奴隶一起送到市场上去贩卖。买主先问第一个都可以做些什么：他为了卖弄自己，把自己可以做的事情吹嘘得天花乱坠；当问到第二个，也是一样来回答，甚至有过之而无不及。等问到伊索，他回答：我什么都不会，前面两位已经把事情都做好了，他们无所不能。”

这纯粹是对蒙丹所讲的“以炫耀知识自吹自擂之徒无耻下作”

的讥讽与打击。《伊索》同人中自诩为怀疑派的，内心其实抱有更为坚强深刻的信仰。但在民众的眼里，这个具有嘲讽的面具自然无甚吸引力，反而让人更加迷糊。如果你想让群众跟随你，你必得要讲一些简单、清晰明了、简洁有力、明确的目标才好。坚实有力的谎言远比苍白无力的真理更能博得人心。怀疑主义只有显现出浅显的自然成分，或是对基督教的偶像崇拜的时候，才能讨得他们的欢愉。所以在这份《伊索》杂志所刊登出来的高傲的怀疑主义只能迎合一小部分人，因为只有这些极少数的仁人志士才能领略到他们刚毅不屈的灵魂。但这股力量是一点实际用处都没有的。

他们对这些可是漠不关心的。法国越是民主化，它的思想、艺术、科学，似乎就越贵族化。科学藏匿于术语后面，栖身于殿堂里头，远不及十八世纪时那么容易靠近了，除了一些行家里手。艺术——也算是称得上尊重自己而崇尚美的那种——还不是一样固执己见，瞧不起民众。即便是关怀行动甚于美的作家，看重道德思想甚于美学思想的作家，也会有一种无法言说的贵族气息。他们貌似是让内心燃烧的火焰保持纯粹，而并非传递他人；他们并非要让自己的思想得以胜出，而只是想单纯证实它的存在而已。

可是在这些人之中，也有一些人从事大众艺术。在这些实诚人当中，有些宣传无政府主义的、饱含破坏性的思想——那种遥不可及有关未来的真理，这些或许过了一百年或者两千年后是有益处的，但就目前来看，只能侵蚀、灼烧着人的灵魂；另外一些人却在写一些令人感到苦痛的抑或是讥讽的戏剧，赤裸的真实着的悲惨。克利斯朵夫读过之后，感觉原本想把自己的忧愁困苦暂时甩开一旁几小时而过来的观众，却得到这样更让人悒郁不欢的消遣，实在是太可怜了。

“你们要拿这些东西给民众吗？”他问，“那才真是想把他们活埋了呢！”

“放心吧，”奥里维回答，“老百姓可不会来看这些东西呢。”

“他们这样做是对的！你们简直都疯了，难道想把他们生活下去的勇气也一并没收吗？”

“这话可怎么说的？难道就不应该让大众了解一下事物的悲惨一面，而重新振作起精神继续尽到自己的责任吗？”

“振作起精神？我可不信。毫无乐趣是肯定的了。人一旦丢掉了生活的乐趣，这无异于拿走了他的命。”

“可是这又有什么办法？我们总不能歪解事实吧。”

“那也不能对着所有人把事实一个一个全都抖出来啊。”

“这像是出自你口中的话吗？你可是一个真理永远胜于一切的人！”

“是的，对于我来讲，还有那些意志强悍能直面真理的人来说，说出真理本没有什么错，但对于其他人来说，就未免有些残忍了，这简直就是蠢笨、胡闹。现在我才看清楚了，我以前在自己国家的时候就没想到过这些。德国人不会像你们这样揪着真理没完没了：他们把生活看得无比重要，他们谨慎小心只关注自己想看到的那一面。你们不是这样的人，所以我喜欢亲近你们：你们率真爽朗、勇敢果决，可是又不冷漠无情。你们自认为发现出一条真理的时候，就扩散到大众群里去，也不会问他会不会殃及他人。如果你们为了追求真理而牺牲自己的幸福，我无话可讲，我也很佩服你们。但是为了追求真理而把别人的幸福搭进去，那可是万万不行的！那是霸道而自私的。爱真理甚于爱己，但是爱别人又是要甚于爱真理的。”

“难道就因为这个就要撒谎来欺骗别人吗？”

克利斯朵夫引用歌德的几句话回应道：

“凡是至高无上的真理，我们只应该去传播有益于社会的一部分。至于剩下的部分，我们应该藏于心底；如同隐蔽的太阳散出柔和的光晕，从而将这种温柔的阳光投射在我们所有的行动上。”

这些顾虑貌似并不能让法国作家的内心有所触动。他们不会顾及手中的弓弩所射出去的是“思想还是死亡”，抑或二者兼而有之。他们缺少一颗爱的心。假如某个法国人要是拥有了思想，便硬塞给别人去接受。没有思想，他也一样需要别人去接受。眼见着有些行不通，他便撒手不做了。这就是那些优秀的人士对政治冷漠的主要原因。有了信仰也好，没有信仰也好，每个人都深藏不露。

曾经有人尝试去改变，想销毁这种个人主义，于是便组织一些团体；但是这些组成的很多团体不久就会空泛虚夸，抑或变成可笑的帮派。最优秀的都在那里相互敌对，恨不得把对方先除之而后快。当然里面有一些特别优秀的杰出之士，有着充沛的精力和极强的信心，天生就能领导一般意志懦弱的人。但他们各自都有自己的队伍，哪里肯和别人合并。他们拥有了一些杂志社、团会、组织，这些里面什么都已齐备，就是只少一件：妥协；没有一个团体愿意对其他团体作出让步，他们一心争夺大众（其实也只是一些少数人，本身就挺可怜）站在他们队列这里，苟且偷生一些时日，就应声倒地再不动弹了，并非死于敌手，而是——叫人看了最痛心的——自己把自己给打败了。有各种不同的职业——就像是文人、剧作家、诗人、散文家、教授、小学教员、新闻记者——组成了很多个小阶级，每个阶级里又由很多小团体组成，彼此故步自封。沟通交流是不可能的。在法国，不管是面对什么事情都无法达成一致；也只有在极少数情况下，这种“达成一致”才能像流行病一样传播，而往往这种“一致”是一种错误：因为它是病态的。在法国几乎个人主义控制了一切，科学方面如此，商业方面亦如此，商人之间既不能相互联合又不能团结在一起，这全都是个人主义的错。这种个人主义没有旺盛的生命体，但却顽固不化、故步自封。孤独一人，不求于人，也不和别人来往，害怕相形见绌让人觉得自己无用，也不希望孤独的心境受到打搅：大凡创立“独自的”杂志，“独自的”剧场，“独自的”团体的人，几乎都抱有这种思想。而创立这些杂志、剧场、团体的唯一目的，只是想自己独处，不愿意为了共同的行动或目标而团结在一起；还有本应该相互能包容谅解的人或团体却彼此猜疑或者敌视，处处提防。

即使相互之间看重的人为了同一个目标而迸发的时候，就好像奥里维和办《伊索》杂志的那些同志们，他们貌似永远都怀着一颗警戒的心存在，绝对不会显露自己的真实情感，这在德国经常能够见到却特别让人生厌。这群青年人中间，有一位作家[①]让克利斯朵夫特别感兴趣，因为他有着让人惊异的能量，思维清晰、逻辑严谨、意志坚强，对道德观念怀揣着极大的兴趣，打算将自己连带着整个世界都一并贡献给这些观念；他为此开办了一份杂志，几乎都是他一个人编辑。他发誓要为法国甚至是欧洲带来一个圣洁、自由、果敢的法兰西的观念；他始终深信未来的一天，大家都会赞同他所传

① 即夏·班琪。——原注（译者按，班琪即作者发表本书的杂志《半月刊》的主编）。

播的东西可以为法兰西思想史上添上最为浓墨重彩的一笔——从这一点看他的想法不错。克利斯朵夫很愿意和他来往以对他有更深层次的了解。但是这是没有办法的事。尽管奥里维经常能和他碰到一起，但也只是在有事情的时候才会碰在一起；他们没有一点儿私密的话讲，最多也只是相互之间沟通一些抽象虚无的思想，而事实上也谈不上，只是两个人凑在一起自言自语，然而，他们两个人还算是从一个战壕出来的能够彼此看重对方的战友呢。

许多的原因形成了这种矜持，连他们自己都搞不清楚。起先是过分的批评把人与人之间的不同点划分得太清楚了，而过分的理智又加重了这些不同之处；然后，他们缺失了热情而纯真的同情心，也就是缺少那颗热情的爱人之心。或许也能找出其他的原因，例如工作的压力、生活的不如意、思想领域的混乱，让一个人到了夜晚就再没多余的精力能与人开怀畅谈了。最后，还有法国人自身不敢承认而憋在心里的那个可怕的想法，认为大家来自不同的种族，不同的年代里定居在法国，即便是因此双方之间有了联系，却鲜有相同的思想来交流——这一点，为了大家共同的利益原来就不应该经常提及。而最大的障碍是太痴心于自由，对它投入了太多太危险的热情：一个人如果舔尝到了自由的味道，几乎都能为之付出一切。这种孤寂的自由正是用了很多年的艰辛与困苦换来的，所以弥足珍贵。优秀人物独处，难免要受制于平庸的人，宗教的或政治的团体逼迫你，各种压力全都负荷加压在你的身上：家庭、舆论、国家、帮会、党派、学派；孤独便是对这些压迫的反抗。如果一个囚徒必须翻越二十道高墙才能逃出牢笼，那么，若非身强力壮的人是绝不能毫发无损地达成所愿的。这对于自由意志的心来说，的确是一项极为艰难困苦的考验。一旦历经此难，就会终生刻下了这个烙印与不羁的性格，永远也不能和别人相融了。

除了一种孤傲，还有另一种隐忍退让的孤独。法国有许多老实人将他们的善良、淳朴、勇敢都深埋于心。多如繁星的有理的没理的理由让他们停滞不前毫无动作。有些人是因为顺从、因为胆小、因为习惯；而另一些人是害怕舆论的压力，害怕遭到耻笑，害怕抛头露面，怕人家把他们不以功利为目的行为说成有所图谋。这一个不加入政治与社会的争斗，那一个也远离慈善事业，因为有太多做事马虎或毫无头脑的家伙被他们看到，也害怕别人把他们看作和一般行走江湖的骗子与术士相类比。几乎所有人都感到了厌恶与倦怠；怕动、怕苦、怕恶、怕出笑话、怕出乱子、怕担责任；还有那“又有什么用呢？”的心理作祟，把当今不知多少法国人坚强的意志都消磨殆尽了。他们真是太聪明了——毫无刚毅的聪明——他们总是能够看到事物的正反面。他们缺乏魄力，缺乏着朝气。当一个人朝气蓬勃的时候绝对不会询问为什么活，只是为生活而活——因为生活本身就是一桩让人感到美妙的事！

对于一些优秀的人，身上多的是让人感到可亲近的普通的优点：温文尔雅的人生观，淡泊名利，亲近家人故土，尊礼重教，严谨小心，不逼迫他人，不陷害他人，不轻易表露情感，永远带着一种矜持的态度。所有这些让人怜爱的、迷人的特点与恬适无争、果敢和内心的快乐是相符的，但这在某种情况下却与法国日渐衰退的生命和面无血色的苍白也不无关系。

在克利斯朵夫和奥里维的屋子底下，那个四面高墙环绕下的幽静的小院子便是小型法兰西的典型象征。那是一片与世隔绝的绿茵。

有些时候，从外面卷进来的旋风扑打进院子里，倒也给坐在那儿凝神发呆的少女带来些遥远的田野与大地的气息。

克利斯朵夫看到了法兰西下面隐藏着的绿意，觉得它不应该受到卑鄙下流的人的打压。安静的优秀阶级躲藏在那个忽明忽暗的小世界里，这都快让他窒息了。禁欲主义只适用于那些牙齿一颗不剩的人。而他却需要新鲜的空气，万亿的群众，辉煌的光芒、千万生灵的爱，需要把他所爱的人紧紧相拥在怀里，把敌人碾为粉末。他需要战斗和胜利。

“你可以做到，”奥里维说，“你是强者，你凭借天生带来的缺点（对不起！）和优点来战斗。你很幸运，你的民族并不是一个贵族味儿太浓的民族。你不厌恶行动。必要的时候，你甚至可以去当个政治家了！……再加上你用音乐作笔又是很幸运的一件事。人家听不懂你在讲什么，你却什么都可以说。假使让人家知道了你的音乐里有蔑视他的意味，否定他们的信仰，对他们全力想毁掉的东西歌功颂德，要是这样的话，他们死都不会饶了你，千方百计地阻挠、捣乱，直到你为了和他们相抗衡而消耗光大部分的精力，直等到你即将取得胜利，你已经耗光了你的元气，你的生命也不久就会画上句号了。凡成功的人物都是拜别人的误解所赐。所让人敬佩称服的地方也正是跟他们的真面目相反的。”

“唉！”克利斯朵夫回答，“你们所认识的那些大师比你们可怯懦得多了。我以前以为你是孤立无援的，所以原谅你没什么行动。但事实上，与你们有着同样想法的人多如牛毛。你们远胜过压迫你们的那些人，你们的价值也远超他们千万倍，却心甘情愿地对他们无耻的行为俯首称臣！我真是搞不懂你们。你们拥有富饶美丽的国土，绝顶的聪明，又有着人情味儿，你们却一点都不用，还让一些少数的流氓控制你们、污辱你们，把你们踩在脚下。嘿！挺起你们的胸膛来吧，有什么好怕的！别妄想着等待奇迹或是拿破仑来帮你们忙！站起来吧，团结起来吧。你们大家都动起来，把屋子好好打扫干净。”

奥里维却耸耸肩，没有一点神采地讪讽地回道：“赤膊上阵跟他们火并吗？不，那不是我们的职责，我们还有更有意义的事情去做。我讨厌强暴。用暴力来解决问题所产生的结果我是最明白的了。那些一事无成而尖酸刻薄的老家伙们，保王党里的不明所以的年轻傻瓜们，散播暴行与仇恨让人憎恨的恶魔，会一起强占我的行动，加以诋毁。你难道要我再喊一遍‘野蛮的家伙滚出去’抑或‘把法国还给我们法国人’类似这种的话吗？”

“凭什么不？”克利斯朵夫说。

“不，这不是法国人说的话。即便人家把它们涂满爱国色彩四处宣扬也没用。这些只适用于野蛮的国家！我们的国家可不是培养仇恨的。对我们民族的肯定，并非是要建立在否定或毁灭别人之上，而是要把他们同化。不管是骚乱不安的北方人还是多嘴多舌的南方人，全都让他们过来吧……”

“那满是毒素的东方人呢？”

“即便是满是毒素的东方人也无所谓：我们一样能同化他们，就像吸收其他人一样，过去我们所容纳的还不多吗？东方人感觉很得意，我们中间有一部分人颤颤巍巍，我看了都可笑。他们自认为征服了我们，大街上、报纸上、杂志上、戏院舞台上、政界，但凡在我们所看见的地方耀武扬威。真是个傻子！他们才被我们征服了呢。他们提供养料供给了我们，可他们自己却消失了。高卢人的胃好得很呢；这两千年来被他们消化的文明绝非一个。我们忍受得了拿毒药来试验……你们德国人要是害怕，就去怕吧！你们一定得要保持自己的纯洁，否则将不复存在。但是对我们来说，最重要的不是保持纯洁而是兼收并蓄。你们堂上坐着一个皇帝，大不列颠也自称为是一个帝国，但实际上真正拥有帝国风范的却是我们拉丁民族。我们是世界城的百姓。”

“挺好，”克利斯朵夫说，“只要一个民族处于健康的阶段，在它年轻有为的时期，这一套没什么问题。但它最终都会有精力衰竭的一天，那时它就开始面临着外来巨浪掀翻的危险了。我们不妨老实这样讲，你不觉得这一天已经来了吗？”

“这个话已经被别人重复了几百年了！但我们的历史每次都证明了那纯粹是多虑之举。在圣女贞德的那个时代，巴黎蛮荒一片，虎豹豺狼出没；从那时至今，我们的考验数不胜数！当今世风日下，道德沦丧，荒淫享乐，意志消沉，社会混乱，我从来不记挂在心上，耐心点儿吧！想要生存下去就得要经历苦难。我很明白将来要爆发一个反抗的潮流——但是并非多么高明，照样是个胡闹的结果：今时今日浑水摸鱼、得过且过的人，将来还是会吵嚷着做领导……可是那又有什么大不了呢？这些运动并不会触碰到法国大众深处的灵魂。树不会因为果子烂了而跟着烂掉的。它掉在地下也就完了。所有这些人在整个民族中间，实在是太过渺小了！他们死也好，活也好，跟我们有什么关系呢？难道还值得我去着急上火地修起堤坝，掀起革命来对付他们吗？眼下所面临的不是一个制度就能改变的。这股奢靡之风所引起的麻风病，财富与聪敏繁衍出来的寄生虫，它们会消弭的。”

“在把你们都侵蚀了之后。”

“对于这样一个民族，你是不应该绝望的。它有一股潜伏起来的德性，一股追求光明与理想的后劲，哪怕是那些妄图侵蚀它毁灭它的人都能因此受到影响。甚至是那些贪得无厌的政客都受它所感。哪怕是再平凡无奇的人一旦手握政权，也能感觉到国运的伟大；国运将他们从小我中解脱出来，交给他们火把，依次传递下去；而他们也跟随前人的脚步与黑暗中的势力做着神圣的战斗。民族的本性牵引着他们；愿意也好，不愿意也罢，他们都会完成他们所否定的上帝的意愿……亲爱的国家，亲爱的国家，我是永远不会改变对你的信心的！你所经受的致命的考验，反倒让我感觉，我们在世界上所担负的责任是引以为傲的。我绝对不愿意我的法兰西被关在病房里瑟瑟发抖，怯懦地不敢让外界的清风来吹拂面颊。我也不想病恹恹地苟延残喘。一个人生长到我们这样，假使不再生长，还不如痛痛快快地死了算了。就让全世界的思想尽情汇集到我们的思想中来吧！我一点儿都不害怕。潮水涌来也给我们的土地带来了肥沃的淤泥，然后便退潮了。”

“我可怜的朋友啊，”克利斯朵夫说，“在它还没退下去的时候可一点都不好玩儿啊。况且要是等到你的法兰西从尼罗河中再次浮现的时候，那时候你自己又在哪儿了呢？奋起反抗不是更好吗？你都已经知道你这一辈子命中注定是失败的了，那么除了失败，你还有别的什么危险让你挂怀的吗？”

“不，我所承担的危险远比失败承担的多。我可能没有了精神上的宁静：那对于我来说远比胜利重要得多。我不想心存怨恨。哪怕对我的敌人而言也是如此，我要给出一个公平的待遇。我要在热情汹涌澎湃的高潮之时也会保持我清澈明晰的目光，要熟悉一切、关爱一切。”

可是克利斯朵夫感觉用这种超凡遁世的心情去体味人生，和自取灭亡一点区别都没有；他感觉和安班陶克尔[①]老人一样，胸中涌起了一支颂歌在那里唱赞仇恨，唱赞与仇恨相互比邻的爱——撒播于大地上的富饶的爱的赞歌。对于奥里维那种既来之则安之的宿命论他是不敢苟同的；而且他不怎么能相信一个一点不设防来自卫的民族能够永久生存下去，所以他十分期望能够唤起整个民族的强健的力量，让整个法国的老实人都愤而崛起。

如果你想要了解一个人，施以一分钟的爱情都比几个月来的观察效果更好，同理，克利斯朵夫对于法国，八天里闭门不出与奥里维促膝长谈的结果，都比他花费一年时间去走遍巴黎、走遍文化与政治的沙龙知道得要多。在他感觉这个平庸而又让人手足无措的杂乱中，朋友的心灵简直就是辽阔汪洋中的一个小岛，是理智与恬阔的灵魂的代表。奥里维宁静安详的内心之所以能打动别人，是因为它完全没有精神依托——因为他生活困窘——他孤独而又贫穷，加之他的国家又是如此一蹶不振——因为他身体孱弱，病态毕现，十分神经质。由此可见他宁静安详的内心并非是因为坚强的意志做支撑——他的意志一点也不强大——而是发源于他生命与种族的内心深处。在奥里维周围许多人的身上，克利斯朵夫也隐约望见了一丝深远的微光，体会到“波澜不惊的大海深处所发出的沉静”；他自己向来是容易被搅扰的，要使出全身解数动用全部的意志才使得本

① 公元前五世纪时希腊的哲学家。

性得以找到一个平衡点，现在这种潜在的和谐，当然使他欣羡不已了。

掀开法国所隐藏的另一面，这把他以前对法国民族特性的看法完全推翻了。呈现在他面前的不再是那个快乐的、温和的、无忧无虑的、光芒四射的民族，而是一批含蓄内敛的、孤寂的灵魂，表面上像罩上了一层薄薄的水雾，荡漾着乐观的调子，事实上却浸满了深沉而又明智的悲观色彩，脑子里充斥着执着的想法与灵智的热情——他们的心灵不可动摇只能毁灭而不能改变。当然这说明的仅仅是法国的优秀阶级；可是克利斯朵夫搞不懂这种信念与坚忍不拔的精神从哪儿冒出来的。奥里维回答说：

"从失败[①]中得来的。是你们，我的克利斯朵夫，重新练就了我们。唉，那可是一个艰辛而痛苦的过程。你们无法想象，我们从小到大是如何悲惨地度过了这些日子。我们生活在屈辱与阴郁的法兰西，从死神手里逃脱过，强权暴力总是欺压在我们头上。我们整个生命，我们的精神，我们的法兰西文明，十个世纪的伟大光芒——全都操控在一个一点都不了解它、讨厌它、随时都能把它碾为粉末的强权征服者手里。可是我们就是要为着这些命运走下去啊！你想想看，那些一出生就举丧戴孝的家庭里的法国孩子们，时时刻刻都被一个战败的影子罩着，熏陶着让人沮丧的思想；从小就教他们如何为祖国报仇雪恨，或许这种报仇是为国尽忠陨灭自己，或许甚至连死的价值都没有：虽然年纪尚小，但早已知晓世界无正义可言，强权胜于一切！一件件事实摆在眼前，便让那些儿童变得不是自甘堕落就是使得他们在这种环境下生存下去。有很多人都自暴自弃了，他们

① 作者假定本书中的人物都是一八七〇年以后长成的一代，故此处所谓"失败"即指普法战争一役。

心想：既然已经变得如此，奋起又有什么意义呢？振作又有什么意义呢？一切视如浮云。即便是想了又有什么用呢，还是尽情享乐吧。然而，从鲜血中挣扎走过来的人都是经受了考验的；任何的幻起幻灭都撼动不了他们的信仰：因为从一开始他们就知晓信仰与幸福向来不同路，然而他们无法选择，只好走这一条路，别的路都被堵死了。这样坚强的信念可不是一天就能练就的，你别期望那些十五岁左右的孩子们能晋级到这个层次。在得到之前，必得苦其心志，流尽悲痛的泪水。但是这样是很好的，必须得这样……

> “噢！信念，你这个忠贞不渝的处女，
> 用你的枪尖去耕耘各个民族遭受压迫的灵魂吧！”

克利斯朵夫沉默地紧紧握着奥里维的手。

“亲爱的克利斯朵夫，”奥里维说，“你的德意志可让我们吃了不少苦。”

克利斯朵夫几乎要道歉赔不是，好像那就是他犯下的错。

“别难过，”奥里维笑着说道，“德国无意间带给我们的好处远远胜过害处。是你们重新将我们的理想主义之火点燃起来的，是你们掀起了我们对科学与信念的极度热情，是你们将法国的教育普及开来，重新激发了巴斯德的创造力，单单凭借他一人的发明创造就足以挣得了五十亿的战争赔款，是你们重生了我们的诗歌、绘画与音乐；也正是依靠你们的力量让我们的民族意识逐渐苏醒。我们对信仰的追求远胜于对幸福的追求，并且已经得到了回报：因为我们在麻木不仁的世界里已经感受到了那种灵魂的力量，我们对于这种力量，甚至是胜利，都不再报怀疑的态度了。你瞧啊，克利斯朵夫，我们即便如此渺小，如此软弱无力——与强劲的德国相比就如同海中的一滴水珠——但我们却坚信那是能染透整个海洋的一滴水珠。马其顿一个小小的军团就能把欧罗巴大队武装击垮！”

弱不禁风的奥里维双眸里闪现着信仰的光芒，克利斯朵夫注视着他说：

“可怜又孱弱的小法国人！你们比我们更加强壮。”

“噢！失败对于我们来说是有益处的，”奥里维接着重复说道，“我们需要为失败祝福！我们永远不会叛离它。我们是失败之子。”

第二部

失败可以锤炼优秀的人。它把纯净而强健的心灵放在一边，让他们变得更加圣洁更加强健；可是它却加速了其他灵魂的堕落，或是一刀斩断了它们展翅腾飞的力量。一蹶不振的民众与继续前行的优秀分子从此分道扬镳。优秀分子很明白这个，感觉非常痛苦；即便是勇敢无畏的人，内心也深埋着悲伤，感受到了孤独无依。更糟的是，他们不仅与民众分开了，而且也和自己人分开了。大家独自战斗着。强者只想救赎出自己。“噢，人啊，要自我救赎！”他们并没有料到这句名言的言外之意是：“噢，人啊，你们自己救赎你们自己吧！”他们都缺少人与人之间的信任，缺乏同情心的给予，缺少共同行动的需要——那是一个民族在取得胜利时才会拥有的，缺少饱满高亢的感觉，缺少勇攀峰顶的意念。

对于这种情况，克利斯朵夫和奥里维也了解一些。巴黎有太多知晓他们灵魂的人，屋子里也有太多虽然相互之间不认识而值得交朋友的人，但是他们却像身处亚洲的沙漠里一样备感孤独。

两个人的境况都很清苦，几乎没有什么固定的收入来源。克利斯朵夫也只有帮哀区脱抄写一些谱子和一些乐曲的工作。奥里维冒失地把教师这个职位给辞掉了。自从姐姐死后，他简直沮丧难过到了顶点，加之在拿端太太那个圈子里的一次让人心痛的恋爱：在克利斯朵夫面前他从来没提及过，只是实在不想扒开心里的伤痛去给别人看；他最为吸引人的地方，有一部分就是即便是最亲近的朋友也能永久地保持一种神秘的气息。在需要用静默来度过的消沉颓废的时期，对他来说教书这个角色却是极其让人无法忍受的。他对这个需要对着一群人宣扬自己的思想、眼前永远晃荡着那么多人的职业，一点都不感兴趣。要做一名真正的中学教员，必须得有一种信徒般的热情，而这却是奥里维所不具备的；说到大学的教师，却需要频繁地与群众沟通，而这足以使一个像奥里维那样喜欢独处的人感到无比头痛。曾经有那么两三次他公开演讲，可是他却羞得不行。他一点都不喜欢站在讲台上这样抛头露面。他看到讲台下的人，感觉到他们，就好像自己生出了触角似的，他明白里面很大部分人只是为了解解闷儿才过来的无聊之人。对大众讨巧的角儿可不是他喜欢的。更加糟糕的是，在那个讲台上所讲出来的东西经常能使你对待周围的态度与想法重新改变；只要你稍微不注意，就会在言谈举止方面，对思想转述的方式上面，乃至心理方面，都会变成作秀。演讲一般会遇到两个窘境：不是变成让人讨厌的装腔作势，就是变成像时髦一样的正儿八经学究气。在几百个陌生而又缄默的人面前大声独白，相当于一件谁都可以穿但是穿起来又不合身的现成的衣服，这对于一个有些孤僻自傲的艺术家来说，简直是虚伪透顶让人无法接受。奥里维需要专注思考，说的每一句话都要将自己的思想完全展现出来，所以他把好不容易争取来的教师这个职位辞去了；也正因为没有了姐姐来扰乱他的思维，于是他便执笔从文。他很天真地以为自己的东西只要有艺术价值，用不着自己怎么推荐，都能够很容易得到别人的认可。

不久他便幡然醒悟了。想要发表自己的一些东西简直比登天还难。因为太爱自由，所以他痛恨所有有损自由的东西，只有在相互敌对的政党分割划占国土与舆论的时局之下独自过活，好似一株快要窒息的植物。对于所有文学社团他也持有同样孤立的态度，而他们也同样抗拒排挤他。在这些地方，他当然没有朋友。除去极少数心怀大志的人，或是一门心思钻研学问的人，他对那些有着冷漠无情、自私自利，而又灵魂枯燥的一般知识分子无比厌恶。一个人为了让头脑更聪明（头脑又不大）而不惜扼杀掉自己的灵魂，还真是可悲的。没有一点菩萨心肠，只有那种聪明得像是还未出鞘的利刃一样，这利刃指不定哪天就直抵你的咽喉。你可得无时无刻不提防些。交朋友也只能交这种喜欢美好事物的、栖息于艺术之外的淳朴的人，从中图利的小人可万万交不得。大多数人是呼吸不了艺术的气息的。只有伟岸高大的人才能身处艺术之中而仍不失去生命的源泉——爱。

奥里维只能自己依靠自己，而自己这个臂膀却又是十分孱弱的。任何事对他来说都不是简单的。他不肯因为自己的作品屈尊。当瞧见一些青年作家卑躬屈膝奉承某个知名的剧院经理，心甘情愿忍受那种连仆人都不及的待遇时，奥里维脸都能红了。即便是出于关乎性命的问题，他也做不出来。他只是将原稿拿到邮局里寄过去，或者放到剧院或杂志社的办公桌上，结果他的稿子在那里放几个月都没有人去看。有一天他偶然遇到一个中学时代的老同学，一个懒惰又亲切的家伙，始终对奥里维怀着敬佩又感激的情愫，这是因为奥里维文笔不错，以前很高兴地为他做过枪手；这个人虽然对文学一窍不通，可是却认识一票儿的文人，这可比精通文学有用多了；更是因为他有很多钞票，公关又好，喜欢附庸风雅，他就任凭让那些文人利用。他在一家大杂志社持有股份，只是对杂志社里的秘书帮奥里维多说了几句好话，人家便立即拿出积压了很久的原稿，读了一遍，又踟蹰了些时日（因为即便作品有其本身的价值，作者的名字可是没一个人知道的，一点价值都没有），最终采用了。奥里维一听到这个好消息，以为自己终于苦尽甘来，其实这才不过刚刚开始。

让人承认你的作品这在巴黎其实还不算是很难，但是要把它们印刷出来可真算是一件难事。这可只能等了，成年累月地等着，搞不好得等一辈子，除非你学会了奉承或搅扰别人的本事，时不时在那些小皇帝刚刚醒来睡眼惺忪的当口儿去朝见，让他们想起还有你这个人存在，明白你是下定了死心要和他们纠缠到底的。奥里维只晓得窝在家里，让等待把自己的元气消耗殆尽。他最多致信过去，可这永远都石沉大海。心烦意乱的结果是，他都无法一心工作下去了。这种做法当然荒唐，但是你不能凭借理智来做解释。他苦苦等待每一班信差，在桌子面前发呆出神，十分烦闷，只是为了下楼去等信件才肯走出自己的房子：充满期望的眼神，一瞧见门房那儿的信箱立马就心灰意冷了；他无所事事地在街上溜达着，心想着等一下再过来；直等到最后一班都过了，屋子里除了楼上邻居走路时发出“咚、咚、咚”沉重的脚步声外，再没了其他声响，这世间的冷漠让他彻底寒了心。他只想要一句回话，只要一句就够了！难道连这样一个小小的请求都不可以吗？那些吝惜施舍的人可不会料想到自己带给他的痛苦。每个人都站在各自的角度看待这个世界。心中死气沉沉的人眼见的世界便如死灰一般，他们断不会料想到年青一代的心中充溢着的期望和悲痛的呻吟；即便想到了，他们也会冷着心肠，面带着毫无生气的嘴脸，嘲讽着批判他们。

作品终于出版了。奥里维等了那么久，看到作品问世也已经没什么可以兴奋的了：在他心里那个作品已经成了一个死的东西了。但是这个作品对于别人来说还是活着的。里面所埋藏一些带有诗意与睿智的闪光之处，是不能不被人关注的。社会对这件作品却保持着沉默。他又陆续写了两三篇评论，因为他和所有党派都没有什么联系，遇到的就只有沉默，要是有的话，就是一些敌意。他只感觉很奇怪。他天真地认为每个人对于一件崭新的、即便是并不十分看好的作品，必定是抱有友好的态度的。对于一个发誓要给别人带来美好、力量或欢乐的人，大家不是应该报以感激之情的吗？但是回应他的只有冷漠与菲薄。他明明知道，在作品里所展现出来的思想并非只是他一人所想，还有其他与他抱有同样的想法的人，可是却不晓得这类的老实人是不会读到他的书的，而且他们在文坛上连说话的资格都不具备。即便是其中有两三个看到了他的文字，与他感同身受，也绝对不会讲给他听；他们用无言将自己罩住了，就像选举弃权了似的，在艺术领域他们也投了弃权票；他们避而不看那些让他们接受不了的书，不看让他们恶心的戏，却由着敌人将票投给了他们的敌人，容忍那些只代表了极少数的无耻小人的作品肆意炫耀。

奥里维不能依靠在精神领域与他相通的人（因为他们根本都不知道他）给予他力量，只能落入敌手，听凭那些站在他思想对立面的文人骚客和受这些文人指挥的评论家发落刁难，肆意宰割了。

最起始的接触让他的心灵受到了创伤。他对于这些批评所引起的敏感远超于老布鲁克纳，新闻界的蓄意抨击带给了他很多苦痛，以至于他已经不敢再让别人演奏他的作品。连老同事甚至都不支持他。那些所处教育领域的人们由于职务关系，或多或少还存留一些法国文化本身流传下来的传统，按理是能了解他的。可是他们把整个灵魂都献给了工作，屈从于严明的纪律的老实人，被毫无前途的职业打磨得满腹牢骚，无法原谅奥里维特立独行的行为。由于是已经服帖的公务员，所以只有见到出类拔萃的才华与优越的地位合为一体的时候才接受认可。

出现这种情况，只有两三条路可供选择：不是采用强力冲破外边的结界，就是低头妥协，或者退一步与世隔绝只为自己写作。对于第一条和第二条来说，奥里维做不到，便采用了最后那条。他迫于生计，不得不忍耐帮人家补习功课，除此之外自己写些东西，但因为没有见光，作品变得日渐苍白，日渐虚无，变得不现实了。

在这种或明或暗、了无生趣的日子里，克利斯朵夫像狂风暴雨般闯进来了。他对世间的卑劣与奥里维的隐忍非常气愤。

“难道你就拿不出一点儿血性出来吗？”他叫嚷道，“你怎么忍受得了这种生活？你明明知道自己远远比这些畜生高明得多，还这样让他们欺压吗？”

“我能怎么办呢？”奥里维说，“我又不能自我防卫，跟我看不起的人对抗，我实在受不了。我明白他们会无所不用其极，拿出所有的武器来对付我，但是我不能这样。我不仅讨厌用他们那种下三烂的招数来应对，也怕伤害了他们。小时候我傻傻地让同伴们打。

别人误以为我胆小懦弱、害怕挨揍，可是实际上我是更害怕打人。有一天一个野蛮的家伙又在欺负我，旁边有人对我说：喂，和他拼了，朝他肚子上踹一脚！我听完吓了一大跳，我宁愿挨打。”

“你太没有气性了，”克利斯朵夫又说了一遍，“这也是你们那挨千刀的基督教思想埋下的祸根！你们的宗教教育也只剩了一些《教理问答》之类的；《福音书》早已经被阉割得差不多了，白开水一样没一点味道，萎靡不振的《新约》……婆婆妈妈的大慈大悲，永远准备着让人流泪……然而你们的大革命、卢梭、罗伯斯庇尔、一八四八的革命……难道这些你全都忘了吗？我奉劝你每天早上诵读一段血淋淋的《旧约》吧。”

奥里维不同意。他对《旧约》天生讨厌。这种厌恶感可以追溯到他的童年时期，他悄悄拿来翻看一部带有插图绘本的《圣经》，当时人们从来不看，也不容许小孩看。其实禁止也是多余的。奥里维看不久，又气又恼地合上了，直到读了《伊里亚特》《奥德赛》和《天方夜谭》那一类书之后，才渐渐地从《圣经》那种阴郁的心境中走出来。“《伊里亚特》中的众神，”奥里维说，“一般都是长相极美、有力量，也有很多缺点的人。我了解他们，我爱他们也好，不爱他们也好；即便我不爱，也还是喜欢这种人的；我有点儿心疼他们。我会像帕特洛克勒斯那样，甘愿亲吻阿喀琉斯[1]那受了伤的双脚。可是《圣经》里的上帝是一个狂妄自大而又偏执的老犹太人，一个发怒狂躁的疯子，无时无刻不在诅咒、谩骂、威胁、恐吓，像发了失心疯的狼一般怒嗥，在云端里发狂。我不了解他、不喜欢他，

① 帕特洛克勒斯与阿喀琉斯为希腊神话中的英雄，交情极密，都曾参与特洛伊之役。

他那永不停止的诅咒让我头晕，他的残暴让我惊恐：

> 对摩押的默示……
>
> 对大马色的默示……
>
> 对巴比伦的默示……
>
> 对埃及的默示……
>
> 对海旁旷野的默示……
>
> 对异象谷的默示……[①]

“他简直就是个疯子，自以为将法官、检察官、刽子手兼于一身，在自己设置的监狱的庭院里宣判对花和石子的死亡判决书。这部杀气腾腾的书充满着切齿的仇恨，令人窒息……因为毁灭而响起的哀鸣……哀鸿遍野传遍了四境……他不时在尸横遍野、妇孺惨亡的屠杀中稍微歇一口气；于是他笑了，和姚苏哀[②]军队中的士兵在围城之后坐在餐桌前的狂笑像极了：

> 万军之主耶和华宴飨士兵们，让他们吃着肥肉，喝着陈酒。……主的剑上淋满了鲜血，涂满了羊腰的脂肪……[③]

“最要命的是，这个所谓的上帝竟然用卑鄙下流的手段派先知去蒙蔽人类的眼睛，为让他们受苦找寻理由：

---

① 以上均为《旧约·以赛亚书》各章的摘要。

② 姚苏哀为希伯来首领之一。

③ 见《旧约·以赛亚书》第二十五章。

去吧，把这个种族的心肠变硬，把心涂满油脂，塞住耳朵，不许他改变主意，不让他恢复健康。

——我的主啊，几时方休呢？

——一直到屋内再无人居住，土地荒芜破败之时……[1]

“真的，我这辈子都没有见过这么残酷的人！……

“当然，我没有蠢到不知道这种语言的力量。可是我不能将思想与形式相脱离；假如我对这个犹太上帝报以赞赏之意，正如我对饿虎也能产生赞赏之意一样。即便莎士比亚再会创造妖魔鬼怪，也造不出这样一个被神圣、仇恨包裹着的角色。这部书真是可怕极了。所有的疯狂都是具有传染性的，恨就在其中。然而这种疯狂十分危险，因为它那残酷无情的骄傲还自以为可以净化整个世界。几百年来一直在清教徒的思想里浸泡着的英国让我害怕。庆幸的是我们中间隔着一条英吉利海峡。如果一个民族还在将《圣经》当补给肥料，我就是死也不信它是一个完全开化的民族。”

“那要照这样来说，你应该也很怕我喽，”克利斯朵夫说，“我就是痴迷于这种思想的，那是雄狮的精髓所在，是强健的心魄的精神食粮。《福音书》要没有《旧约》当解毒剂，便仅仅是一盘索然无味、不干不净的菜；民族想要生存下去就必须拿《圣经》做筋骨，我们理所当然去奋起、去恨。”

“我就是恨这个恨。”奥里维说。

“估计你连这点儿恨都没有吧！”

---

① 见《旧约·以赛亚书》第六章。

“你说得没错，我连这么一丁点儿恨都恨不了。我总不能不去看看敌人的理由。我经常念叨着画家夏邓的话：柔和些！要柔和些！”

“真是一只绵羊！”克利斯朵夫说，“但是即便你想做只绵羊都不行。我要逼你跳跃鸿沟，拉着你死命向前。”

果然他把奥里维的事都当自己的事做，开动了论战。刚开始并不十分顺利。他一句不合就恼怒；原本是想帮朋友的，事实上却越帮越对朋友不利；事后他也感觉到了，为着自己的鲁莽感到后悔难过。

奥里维也没欠这位朋友的情。他和人打架就是为了克利斯朵夫。即便他害怕斗争，虽然逻辑清晰、头脑冷静，耻笑偏激的言行，可是但凡关系到克利斯朵夫，他可比所有人，甚至比克利斯朵夫都来得更为激烈。他的理智都快被淹死了。一个人深陷爱情当中是会变得糊里糊涂的。感情的事是没有什么道理可以讲的，奥里维确实做到了这点。可是他比克利斯朵夫来得更灵巧些。这个对自己行事作风古板顽固的青年，但是却为了朋友的成功运用起了策略，甚至也玩弄手段。他拿出让人惊诧的意志和聪敏的机巧为克利斯朵夫广结朋友，他有自己的方法让音乐批评家与音乐爱好者都被克利斯朵夫所吸引。假使这是他自己的事，他便脸红得不得了。

两人费了九牛二虎之力却还是没能改善他们的处境。感情之深，反倒让他们做了很多傻事。克利斯朵夫偷偷借钱帮奥里维印了一本诗集，哪承想一本都没卖出去。奥里维鼓动克利斯朵夫举办了一次音乐会，最终也一个观众都没有。克利斯朵夫面对着空荡荡的演出厅，拿出亨德尔的话自我宽慰：“这太好了！这样的音响效果才更好……”但是豪言壮语可收不回来投进去的本钱。他们回家后心里有些难受。

在这种艰难的困境中，唯一来帮助他们的是一个四十岁左右名叫泰台·莫克的犹太人。他开一家艺术照相馆，对自己的行业有着极大的热情，眼界很高，也花费了不少心思在上面。但他除了自己的行业以外，还对其他很多事都很有兴趣，以至于都忽略了做生意。即便是他一心拍照的时候，也仅限于对技术的改良和对打印照片的好方法的研究，就方法来看虽然巧妙，但难以成功，白白浪费不少的钞票。他博览群书，关心哲学、艺术、科学、政治以及各方面涌现出来的新思想；他感觉十分敏锐，凡是独特的都会被他发觉出来，仿佛那些个性下隐藏着什么磁力在吸引着他。奥里维的朋友和奥里维一样孤独无依，每个人做着自己的事情，于是莫克就成了他们中间的联络员，在这些人之间疏通传递，无意中促使着他们进行思想的交流。

当奥里维打算把莫克介绍给克利斯朵夫认识的时候，克利斯朵夫刚开始回绝了：过去的教训提醒他与以色列族的人交往要倍加小心。奥里维笑着说，他对犹太人的了解或许还比不上对法国人的了解。于是克利斯朵夫就答应尝试看看；当他第一眼见到泰台·莫克，眉头就皱了起来。从表面上来看，莫克身上的犹太色彩特别浓郁，和一般不喜欢他们的人心里想的一样：又矮又衰，头上都剩不了几根头发了，身体长得极不匀称，鼻子臃肿，一副大框眼镜罩住了那双斜眼，下巴那满是杂乱的又粗又硬的黑胡子，手上多毛，很长的胳膊，短小的罗圈儿腿，这和腓尼基教里的上帝特别像。可是他眉宇之间隐现出慈爱的表情，却着实把克利斯朵夫感动了。莫克特别朴实，不多讲一句废话，不过分恭维，说出的几句话还极有分量。可是他很开心能够帮到别人：没等人家开口，他就为你把事情办得妥妥帖帖的了。他经常过来，而且来的次数有点多，差不多每次都能带些好消息过来：不是帮奥里维介绍可以写点文章或教授新课的差事，就是帮克利斯朵夫介绍一些可以教授音乐的活计。他从来不多做停留，感觉很自然。也许他已经感觉到克利斯朵夫显现出来的不高兴，因为克利斯朵夫只要一望见那张胡子拉碴的脸出现在门口，就感觉有些不耐烦，可事后又非常感激莫克的好心相助。

犹太人身上并不欠缺好心：这也是他们在所有的德行中当之无愧的，即便他们并不付诸实际行动。实际来讲，大多数的好心都是以消极的或者中性的形式出现：大度、冷漠、不向恶、嘲讽中隐忍，在他们看来都是好心的一种展示。莫克的好心却是主动而积极的。他永远准备为了什么人或事而倾尽所有：为了他清苦贫寒的犹太教友，为亡命天涯的俄国人，为压迫下的各国民众，为不幸的艺术家，为所有经受的灾难，为一切慷慨的善举。他的钱袋子永远敞开着，不管自己如何捉襟见肘，他都会想办法变出一些钱来；等他一分钱都没有了，他就会让别人掏一些钱出来；他只要是说帮别人一把，从来不辞劳苦，奔走相助。这些都是他表露出来的很自然的举动。他的缺点就是吹捧自己如何老实、待人诚恳之类的；可是妙的就是他也确实很老实、真心待人。

对于莫克的态度，克利斯朵夫好坏都有，有一次竟然无意地说了一句不中听的话，像是出自一个浑小子之口；因为莫克的好心感动了他，他便亲昵地抓起莫克的手说："啊！真是可惜了！……你身为犹太人真是太不幸了！"

奥里维大吃一惊，脸一下子变红了，那种感觉就好像是说自己。他感觉挺难堪，尽力想着怎么把克利斯朵夫的话给圆过来。

莫克笑了笑，带着悲凉而嘲讽的味道，平静地回答："更加不幸的是这辈子投胎做了人。”

克利斯朵夫以为这只是一句平常的牢骚，但是其中蕴藏着的悲凉的意味，却远远大于他的想象。奥里维凭着细致入微的观察体察到了。除了人们熟悉的这个莫克后面，还隐藏了另外一个不同的，甚至有许多地方都截然相反的莫克。他表面展现出来的性格，是长年累月压制天性的结果。这个感觉质朴纯真的人，骨子里很喜欢兜圈子，稍微不注意，就能把简单的事复杂化，即便是内心的真实情感也会让人感觉有些不自然，略带嘲弄的意味。他面上谦逊有礼，有时甚至过于自卑，可内心却是很傲气，他因为已经把自己看了个通透而处在深深的自责之中。他那种洋洋洒洒的乐观，一刻不停歇地活动，无时无刻不在忙着帮助别人，其实都是在掩饰扎根在内心的虚无主义，害怕直面自己的心。莫克表示一直都坚信很多事情：相信人类不断地进步，相信净化以后犹太精神的前途，相信法兰西能够完成做一名新思想的战士的使命，他真心实意地想把这三件事摆在同样重要的位置——而奥里维一眼就看穿了，对克利斯朵夫说：“实际上，他什么都不信。”

虽然莫克玩转人生，个性洒脱，但他依然有些神经衰弱，不愿面对内心的空虚。虚无让他非常恐惧，半夜里突然惊醒，好像一个劲儿想抓住水里的救生圈一样，他四处找一些借口让自己行动起来。

生长在太过远古的民族中是要付出很大代价的。他担负得太多：漫长悠久的历史、各类考验、让人厌烦的经验、来自智慧与感情方面的失意，总而言之，要有几百年的日子，沉淀在这日子下面的尽是一些烦躁苦闷的渣滓。无穷无尽的闪米特族的厌烦，与我们亚利安族的迥然不同；虽然我们的烦躁与苦闷也经历着痛苦，但至少存在一些理由来支撑，原因消失，烦闷也可以跟着消失；而这原因大部分就是欲望得不到满足。但对于某些犹太人来说，求得生机的心都被致人性命的毒素给毒蚀干净了。他们无欲无求，没有了兴趣，没有了野心，没有了爱，也没有了欣悦。这些与自己国家的传统相分离的东方人，千百年来将精力消耗殆尽，竭尽全力想抵达不为所动的境界却无法达到；他们自始至终都没有失去的——并不是保持原状而是过度夸张了的，只剩下思想，无穷尽地分析，让他们对其他什么都提不起兴趣来，对所有行动都缺乏勇气。其中最有性格的人也只是制造出一些角色来让自己扮演，但是却不打算给自己。他们之中不乏一些聪慧严谨的人，往往对现实生活无所谓，所有都只是逢场作戏；即便他们不承认这一点，可作戏人生的确是他们活下去的唯一方式。

莫克也是个演员，但是是按着他的方式演绎。他每天忙碌着，只是为了麻痹自己。可是他的奔忙与其他人只为自己考虑却不同，他是为了别人。他对克利斯朵夫表现出来的忠诚是让人感动的，也是让人讨厌的。克利斯朵夫有些时候粗暴地待他，事情过后又马上追悔莫及。莫克对克利斯朵夫从来不会产生怨愤。他遇到任何事都不会垂头丧气，并不是克利斯朵夫让他产生多大的热情，他所喜欢的是帮忙，而并非帮助的对象。对象对他而言只是借口，使他能做这些好事，混过日子。

他花费了很多力气让哀区脱下定决心刊印克利斯朵夫的《大卫》和别的几件作品。哀区脱心里很看好克利斯朵夫的才能，可并不急着将他推到大众的面前。直等到莫克想自己掏钱交由另外一个出版家刊印出版，哀区脱为了那点面子，才主动接揽了过来。

一次奥里维生了病，钱也用完了，陷入了困窘的境地，莫克竟然想去向那个与两位朋友同住在一个屋檐下的有钱的考古学家法列克斯·韦尔去求救。莫克和韦尔相互认识，可是彼此没什么好感。两个人性格迥异，莫克这种骚动不安的、神秘莫测的、热烈的性情，粗暴的举止，也许能招来内心平静的、喜爱嘲弄的、举止文雅而思想保守的韦尔的嘲讽。然而从另一方面来看，他们骨子里有些东西很像：对于行动提不起什么兴致，只单凭倔强而机械的生命力作为支持。可是两人都不想承认这一点。他们一心扮演着自己的角色，而这些角色之间相互并没有产生交集。所以那天韦尔对莫克冷淡也合情合理了，莫克想让韦尔对奥里维和克利斯朵夫的艺术理想感兴趣，却受到了韦尔嘲讽的质疑。莫克总是被这个或那个的理想抱负折磨，这在犹太人的社会里看来极其可笑，同时把他当成了到处张口借钱的恐怖分子。可他却有着一股坚持不懈的韧劲，这一次也不会例外；他一边坚持，一边用克利斯朵夫和奥里维的友谊来打动他，竟然让韦尔心动了。他眼瞧着到了这点，便更加紧追不放。

他牵动起了对方的那根心弦。原本这个挣脱了所有，而今一个朋友也没有的老人家，曾经把友谊看得无比重要。他这辈子最大的感情投入是对一个早亡的朋友。那是他内心的瑰宝，每每想起便备感安慰。他开创了些事业，为了缅怀这位挚友，将自己的著作题献给他。莫克口里讲到克利斯朵夫与奥里维之间的友谊真真地感动了他。他的经历和他们是那么的相似。他失去的这位朋友当年是他的长兄，青年时期的伙伴，是一个他拜服的引领者。正如同其他年少气盛的犹太人一样，拥有着智慧的头脑与慷慨的热情，身处冷漠残酷的环境中让他感到痛苦，想让他们的民族再次重生，再经由他们的民族振兴整个世界，他们不遗余力地倾尽所有的精力，如同火把上的烈焰一样照耀了几小时：韦尔的故友便是其中之一。故友的火焰曾经燎起了年轻韦尔的整个精神。当他还活着的时候，韦尔一直都追随着他的脚步迎着他信仰的光晕向前行走，相信科学，相信精神力量的存在，相信将来的幸福。自从朋友离开人世以后，懦弱而又牢骚满腹的韦尔把自己从理想与信念的顶峰一下拉入了《传道书》[①]那样的沙土里，这是每一个聪慧的犹太人都具备的气质，而且随时准备将他们的聪慧吞噬。可他一刻都没忘记与朋友在一起所经历过的美好日子，他一直都将这种即将隐退幻灭的光彩保留于心。他没有对任何人讲起过这位朋友，包括对他深爱的妻子也没提过：这是神圣而不可轻视的。然而这位风烛残年的老人，被认为是既冷漠无情又古板无趣的老家伙，一直都重复念叨着一个印度古代婆罗门高僧讲的又温和又酸涩的句子：

“世界上遭受过毒害的树，还能生出比生命的甘泉更加香甜的两个果实：一个诗歌，一个友谊。”

韦尔自此之后就对克利斯朵夫和奥里维产生了兴趣。他知道这俩人性格孤傲，他便偷偷地问莫克要了一本奥里维新近出版的诗集。两位朋友并没有做些什么，甚至都没想过：他竟然为这部作品搞到了一笔学士院的奖金；正处于这种捉襟见肘的困难中时，这笔钱来得恰是时候。

克利斯朵夫知道这笔意外之财是一个他试图诋毁的人争取来的，他对自己可能说的话或者心里产生的想法非常愧疚。即便他对登门拜访这种事并不喜欢，可他也要去对韦尔表示感谢。可是他的好心

① 《旧约》中有一卷叫作《传道书》，大意说的是万事皆空，人生满是愚妄。

没有得到回报。当看到克利斯朵夫充满年轻人的朝气与热情，历经风霜的老韦尔无意间醒悟过来了——他们俩聊不到一块儿。

自从那天克利斯朵夫登门拜访过韦尔之后，有些感激却又带着些愤怒地回到他居住的顶层楼上，莫克又给了奥里维一些更多的帮助，与此同时也看到吕西安·雷维·葛所写的一篇并不看好他的音乐的评论——并不是直截了当地进行批评，而是明里暗里将克利斯朵夫与他看不起的三四流音乐家相提并论。

等莫克走了，克利斯朵夫对奥里维说："你有没有这样一种感觉，我们总是在和犹太人打交道，并且只和犹太人打交道！难不成我们也得需要变成犹太人才算完吗？感觉就像是我们在诱惑他们。敌人也罢，朋友也罢，我们无论走到哪里都只能撞见他们。"

"那是因为他们与其他人比起来更加聪明，"奥里维说，"在我们法国这里，凡是灵魂自由的人几乎都只能与犹太人聊聊那些新鲜的和活生生的事。其他一些人都紧抓着过去的旧事缅怀而无法自拔了。很不幸的是，对于犹太人来讲这种经历是不存在的，或者至少可以这样来说，他们经历过的与我们不相同。所以我们只能和他们聊一些现今发生的事情，也只能和我们的同族人聊过去的事。你看啊，犹太人的身影出现在各个方面：商业、工业、教育、科学、慈善事业、艺术的挖掘……"

"可别把艺术放进来。"克利斯朵夫说。

"我不得不说我对他们的处世态度并非全都喜欢：恰恰相反，那些经常让我讨厌。可是再怎么说，他们都是鲜活存在的生命个体，我们离不了他们。"

"别太夸大了事实，"克利斯朵夫打趣地说道，"我就可以。"

“是，或许你依然可以生活下去。可是如果是你的生活与作品无法让大家熟识（假使没有了他们，这种情况是很有可能发生的），你的日子又有什么意义呢？难道你以为那些追求同一宗教的人会对我们施以援手吗？旧教教会会看着它最优秀的同教人死去，而绝对不搭把手的。凡是一心追求宗教信仰的信徒，时刻准备为上帝献出自己生命的人，如果斗胆冒犯了旧教的规条，将罗马的威权忽略的，那么一般自诩为旧教徒的卑鄙下作之人就会将他们视同陌路，抑或看成敌人，一声不响地将他们送入他们共同的敌人手里。一颗怀揣着自由的灵魂，无论多么伟大，假如只单单怀有基督徒的精神却不肯顺从，那么即便他是信仰最圣洁、最有力量的代表，也不会得到一般旧教徒的认同。他不聋不瞎，要用自己的思想去探求；所以大家把他遗弃，幸灾乐祸地让他独自承受痛苦，被敌人蹂躏着，呼唤着他的兄弟们能解救他出来（他也正是为了这些所谓兄弟们的信仰而牺牲的）。当今的基督旧教，它内心里暗藏的冷漠无情的力量足以致人于死地。它可以对敌人报以宽恕之心，但是却不能宽恕企图喊醒它、对它施以援手的人……可怜的克利斯朵夫啊，如果没有一小群思想自由开放的新教徒和犹太人，我们不知道会怎么样？我们这些拥有特立独行思想的旧教徒，我们的行动又有什么用？就当今的欧洲来看，犹太人充当了善与恶相连接的最为活跃的传递者，将思想的花粉随意播撒开来。你那些穷凶极恶的敌人与最早时期的朋友不都是出自他们之中吗？”

“确实，”克利斯朵夫说，“他们激励过我，在后面支持过我，在战斗中对我说过一些让人振奋鼓舞的言辞，这些说明还有人是了解我的。当然这些朋友很少能自始至终如一待人的：他们的友谊就像是点燃一堆干草的火焰。不过也没关系！在漫长的黑夜里能出现这道一闪而过的微弱的光芒已经算是很好的了。你说得对：我们要知恩图报！”

“我们不能迷糊，”奥里维说，“别再把我们这个扭曲病态的文明摧残折磨了，别再去折断它几根最有活力的枝丫。假使祸从天降，将犹太人驱逐出欧洲大陆的话，整个欧洲在思想与行动方面就会渐行渐弱，甚至面临瓦解崩盘的危险。尤其是在我们法国，在一息尚存的境况之中，驱逐他们会让我们整个民族承受巨大的创痛，这比在十七世纪驱逐新教徒所带来的后果更为可怕。毫无疑问，他们此时所居的位置已经远远超出他们实际拥有的价值。他们趁着今日政界和道德上混乱不堪，推波助澜，因为他们感觉这种局面让他们得其所哉。像莫克这般优秀卓越的犹太人，错就错在诚心把法国的命运与他们犹太人的梦想融合在一起，这对我们来说通常弊大于利。但是也不能责怪他们随着自己的性子来改造法国吧，他们是深深地爱着法国的。假如他们的爱让人惧怕，我们也只能起来自卫，让他们各回各位，在法国他们当居次位。并不是我个人认为他们的种族比我们低等到哪里去（这种种族优劣的问题是让人感到可笑又讨厌的），但是我们不允许一个还未同化完整的异族，自认为对于我们自己的未来都能比我们看得更加透彻。它感觉在法国很不错，那我也会很开心；但绝对不容许它将法国改建成一个犹太国！如果一个绝顶聪明而又拥有力量的政府可以将犹太人置放在他们应在的位子上，他们一定能成为法兰西最好的工具，以促进法兰西变得强大；而这一点是对大家都有益处的。这些神经敏感、躁动不安、不安分的人，需要法律来规范和控制他们，需要一个正直刚毅、能让人拜服的主人来操控他们。犹太人就像是一个女人：愿意被人驾驭的时候是顺从乖巧的，可是一旦让她来统治就完全不行了，而屈膝叩首于他们的人更让人觉得可笑至极。”

尽管两个人能惺惺相惜相亲相爱，可两个人在一些方面终究是有些不太了解的，甚至有些许的反感。初次交往的时候，每个人心里都有一尊神，只管把自己与朋友相似的地方晒出来相互适应。可随着时间久了，两个隐藏在心底的种族本性也逐渐显现出来了。他们之间有一些小的嫌隙，即使友谊再深厚也是不能避免的。

在双方有误会的时候，他们都搞不清楚了。奥里维的思想是将信念、自由、热情、嘲讽、质疑等掺杂起来的混合物，克利斯朵夫永远只停留在表皮。对奥里维来说，克利斯朵夫不懂人心也让他觉得很苦恼；他有一股书卷气般的贵族感觉，经不住会笑这个坚毅的、显得粗暴而又笨重幼稚的、不知道剖析自己，自欺欺人的朋友。克利斯朵夫那唠唠叨叨的情感，极易冲动，会直接表露自己的喜怒哀乐，这在奥里维来看是让人很讨厌的，甚至还夹杂了点可笑的成分。除去这些，克利斯朵夫对力的膜拜，德国人对强权的追逐，更让奥里维以及他的同胞无法信服。

然而克利斯朵夫也无法容忍奥里维的嘲讽，常常因此勃然大怒；他忍受不了那种反过来倒过去反反复复地推敲，永远都在分析，就好像世界无绝对的是非可言——这对于一位像奥里维这种崇尚高尚节操的人看来，是无法理解的奇怪现象。可是它的根源来自他容纳万物的智慧：因为他不喜欢从一个角度看待事情，喜欢能瞧见相反的看法。奥里维对待事情，从历史的、整体的思想出发；因为很需要对事物有个全面彻底的认识，所以会看到正反两个方面：他一会儿倾向于正的那一方，一会儿又倾向于反的那一方，瞧别人替哪一面辩驳而定；到最后他自己也成了一个矛盾的综合体，也难怪克利斯朵夫感到莫名其妙了。但是这对奥里维来讲，并非是因为喜欢才和别人对着干或者标新立异，而是一种必须得到满足的需要，需要公平，需要通情理。他生性厌恶成见，感觉只有反抗才是正途。克利斯朵夫对于卑劣下作的人与行为，很多时候都会夸大其词，想都没想就会妄加评论，这一点让奥里维很不爽。虽然他和克利斯朵夫拥有同样纯净的心灵，可天性终究没有那么坚强，也会受到外界的蛊惑、熏染与影响。他反对克利斯朵夫夸张的同时，自己却在相反的方面夸张。这种思想上的缺陷让他每天都在和朋友唱反调去支持他的敌人。克利斯朵夫真的是生气了，抱怨奥里维的诡辩与宽容。奥里维只是笑笑：他很明白正是因为不抱任何的幻想才能宽容对人，也了解克利斯朵夫相信的事要比他多得多，并且接受得更为全面。克利斯朵夫从不左顾右盼，像一头野猪似的只顾向前冲。对于巴黎式的“慈善”尤其让他感到厌烦。他说：

“能让他们对恶徒宽恕的最大的理由就是这些恶徒本身已经够不幸了，又或者说不该让他们来负责……但是首先，说那些恶徒是不幸的是不正确的。那几乎是把荒唐可笑的、无聊透顶的戏剧上的那一套道德观念、荒唐的乐观主义，正如史克里勃和加波[①]所宣讲的那一套，活活地搬到了现实生活中来用了。然而史克里勃与加波，两位伟大的巴黎人，与你们那些贪图享乐、假意向善、幼稚可笑、懦弱胆怯、不敢直面自己丑态的布尔乔亚社会最为相配了……一个恶棍也有很大可能会是一个快乐而又幸福的人，甚至还会比别人拥

① 史克里勃为十九世纪法国通俗戏剧作家，加波为法国近代新闻记者兼剧作家。

有更多快乐的机遇。至于说不该由他负责便又是浑话了。人类的天性无所谓好与坏，因此也就能说人也是起于恶，既然这样的话人能犯罪也本属正常。德行不是天生就有，是后天培养的。因此人类需要去捍卫它！人类社会是由小部分的强健而又伟大的人所创建起来的。他们的责任就是让他们苦心经营起来的事业不被狼心狗肺的社会败类摧毁破坏掉。”

这与奥里维的思想相差无几。但是奥里维凡事要求平衡的本性，所以当一听到需要战斗来解决的话，就抱着随性无欲无求的处世态度。

“别这么激动，我的朋友，”他对克利斯朵夫说，“就让世界消亡吧。就像《十日谈》里面所讲的那些伙伴似的，当佛罗伦萨城蔷薇盛开，杉树成荫的山谷底下黑死病肆虐的时候，我们就暂且安静地呼吸下思想园林里新鲜的空气吧。”

他一整天像是肢解机器似的拆分艺术、科学、思想，期望着能够从中找到一些藏匿的轮轴；他最终变得猜疑一切，所有现实中的事物都幻化成了精神层面的虚无，变成了遥不可及的空中楼阁，甚至比几何图形都让人感到空虚，几何图形至少还可以说会满足思想上的要求。克利斯朵夫极其愤慨，说道：

“机器本来就能工作，为什么还要把它拆了呢？你这样做很有可能会把它弄坏的。况且你得到的东西呢？你证明了什么？证明万事皆为幻象？我也晓得一切皆空。就是由于虚幻笼罩着我们，所以我才要揭竿而起。你说什么都是不存在的吗？我就是存在的。没有行动的意义吗？我就是在行动。嗜好死亡的人，那就随他们去死吧！我可得要活着，我想要活着。我的生命放在一只秤托里，思想又在另一只里……就让思想死去吧！”

他任由暴烈的性子张扬，辩论问题的时候难免说些难听的话伤到别人。常常说完就后悔，恨不能收回刚吐出去的话，可是听到的人却已经受了伤了。奥里维对一切都很敏感，脸皮儿薄，话稍微说重了一点，更何况还是出自他所爱的人之口，他几乎心都能被揉碎了。可是他因为那股傲气劲儿，把这一点咽进肚子里，只是在那自我反省。他感觉出来他的朋友和所有的大艺术家一样，忽然之间就能无意识地表露出一些自私。有时候他感觉在克利斯朵夫心中一首曼妙美好的曲子都比他可贵：克利斯朵夫对他也不隐瞒自己的这种想法。他是知道克利斯朵夫的，感觉克利斯朵夫这样是对的；可是他心里却非常的难受。

而且，克利斯朵夫生性有着一些躁动不安的因子存在，奥里维不知道他在想什么，这让奥里维很担心。首先是他那忽然而至的让人害怕的怪脾气。有一段时间，克利斯朵夫不想讲话，又或者像附身的魔鬼一样尽想着怎么去伤害别人。再不然就是玩失踪，你一整天都见不到他的影子。有一次，他竟然连着两天不回家。鬼晓得他都干了些什么！他自己也搞不清……实际上是狭窄的生活和房子禁锢了他的黑白分明的天性，就好像囚禁在了鸡笼里，有时自己都差一点要爆炸了。而朋友的镇定更让他气愤难当，竟然想给朋友点颜色瞧瞧。他只有选择逃离，在巴黎附近到处乱窜，用疲惫来折磨自己，心里希望能撞到什么奇遇，有的时候还真的能碰到；他倒想能制造些乱子就好了，比方说和人痛快地打一架之类的，这样才能消耗一下太过旺盛的精气……奥里维本身身体孱弱，感觉那是不可能的事情。克利斯朵夫了解的也不比奥里维多多少。他从恍惚不定的世界里转醒过来，就好像做了一个倦怠无比的梦，为自己做过的和将来还会做的事感到有些惭愧，也心有不安。但是在那风起云涌般的疯狂劲儿过去了之后，他就像是历经雷雨之后的无垠长空，没有污染，万里晴空，包容所有。他对奥里维更加温和了，他为自己给他带去的痛苦而恼羞自己。他有点搞不懂两个人之间发生的小口角。错并不只在他这一方，可是他感觉自己同样需要承担责任；他责备自己怎么会有那么大的好胜心，把朋友驳倒还不如两个人一起犯错。

最糟的是如果是在晚上闹别扭，就要带着别扭的情绪过一整晚，两个人心里都不舒服。克利斯朵夫便经常下床去写张纸条从房门底下塞进去，等到第二天一睁开眼就过去跟奥里维道歉求得原谅。又或者熬不到天亮，三更半夜就去敲门认错。奥里维和他一样哪里睡得着。克利斯朵夫对他的爱他明白得很，不是刻意伤害他的，可他想听克利斯朵夫亲口对他说。克利斯朵夫果然说了：一切暴风雨都过去了。这心里才舒服了呢！这样他俩就睡得着了。

“唉！”奥里维叹了口气说道，“两个人之间能互相了解太不容易了！”

“非得时时刻刻都要相互理解吗？”克利斯朵夫说，“我感觉没这个必要，只要相爱就可以了。”

两个人吵完架之后，总是想尽办法、极尽温柔而小心地用感情来补救，这让他们的爱更加深厚了。只要一吵架，奥里维心里就能投映出安多纳德的影子。于是这两位朋友的相互体贴与关心多到无以复加。每年到了奥里维的生日，克利斯朵夫总会为他献上一首曲子，送上鲜花、糕饼和其他的一些小礼物，天知道这些都是从哪里蹦出来的，因为他俩的生活都有些捉襟见肘。而奥里维呢，经常三更半夜地熬夜偷偷帮克利斯朵夫抄写乐谱，眼睛都熬红了。

两个朋友之间的小误会向来都是一带而过，只要第三者不插足进来。可那是避免不了的：在这个世界上，好管闲事从而惹得大家不和的人实在是太多了。

奥里维也熟悉克利斯朵夫曾经来往的史丹芬一家，之前他还被高兰德诱惑过。当时克利斯朵夫在那边没有碰见他，由于那时奥里维的姐姐刚刚离世，躲在家里不出来。高兰德是绝对不会邀他去的：虽然她很喜欢奥里维，可她不喜欢有霉运的人；她说自己太易难过伤感，看到别人伤心也会跟着伤心，所以需要等奥里维从悲伤里走出来。等到她知晓他已经恢复而不会将霉运沾染到其他人身上的时候，便想尽各种办法勾引他。奥里维一受勾引就容易被迷倒。他喜欢独处却又偏爱浮华，很容易痴迷，更何况他又是那么深爱着高兰德。他对克利斯朵夫说出了想去趟她家里的想法，克利斯朵夫出于对朋友的尊重，没有指责他什么，有些打趣地说道："去吧，伙计，随你高兴。"

可克利斯朵夫自己决不会跟去。他早已想好再不和那些搔弄风情的女人有什么瓜葛。这并不是说他厌恶女性，完全不是那么回事。对于普通的苦心劳作的少妇，每天大清早就睡眼惺忪地急急赶往工场或是办公室，却老是迟到，他都怀有好感。他认为女人只有在活动的时候，用自己的生活挣取面包和独自谋生的时候，才最有味道。他甚至感觉，只有这样才能完整地将女性独有的韵味、体态动作的轻盈曼妙、感官的敏锐和饱满完美的生命与意志显现出来。他瞧不起那些终日无所事事、贪图享乐的女人，认为她们和吃饱了的野兽没什么两样，一面消耗食物，一面百无聊赖，尽做着一些白日梦。

奥里维却是完全不同，他喜欢女人悠然自得，喜欢她们如花的面庞，认为只要长得漂亮，能散发出迷人的香味，便此生无憾了。他的艺术感觉浓郁了些，而克利斯朵夫却更有人间的味道。克利斯朵夫和高兰德完全相反：越是历经沧桑、饱经风霜的人，他越倾慕。正是因为有着相似的感觉，这便让他和他们更加亲近了。

打从高兰德知道了奥里维和克利斯朵夫两人之间的友情以后，更想见上一见这位奥里维：因为她对两个人之间交往的细节很好奇。有一点让她有些气愤难平，克利斯朵夫那么高傲地就把她忘了。她没想报复，感觉不值当的，可是却愿意捉弄一下他。这种小猫搔痒抓挠的小伎俩，是想得到别人的注意。凭她那种魅惑人的本事，早就把奥里维给迷晕了，她也就不费吹灰之力把话套出来了。只要与自己无关的，奥里维的眼光犀利，不会受人愚弄欺骗；可是面对一双可爱至极的媚眼时，便是谁也比不上他的天真与轻信了。对于他和克利斯朵夫之间的友谊，高兰德表现出了真挚的关怀，所以他就把他们的友情真实讲述了出来，甚至他俩有时候小小的赌气，也说了一些，因为他感觉事情早已经过去了，现在回想起来蛮好玩，而且把错都归咎于自己。他说出了克利斯朵夫对艺术这方面的计划，说出他对法国以及对法国人的一些（当然不是赞扬的）看法。这些事情本身无伤大雅，可是高兰德马上就宣扬了出去，还大肆渲染了一番，为的让故事听起来更吸引人，也为的是将克利斯朵夫好好戏弄一番。第一个听到她那些私房话的，自然是那个整天和她在一起的吕西安·雷维·葛，他可没有理由保守秘密，所以那些话就被添枝加叶地散布出去，将奥里维幻化成了一名牺牲者，话语间流露出了同情，也多了种嘲讽与轻侮。两个主角既然又不是名人，原本是没有什么人会对这些感兴趣的，可偏偏巴黎人最好多管闲事。以至于有一天，克利斯朵夫自己也从罗孙太太嘴里亲耳听到了这些所谓的秘密。她是在一个音乐会上碰见他的，问他和可怜的奥里维·耶南是不是真的闹不和，又问及他工作的事，只言片语之间提及的很多事，都是只有他和奥里维两个人才知道的。他追问她是谁告诉她的，她说是吕西安·雷维·葛，而吕西安听到的东西又出自奥里维之口。

克利斯朵夫犹如挨了当头一棒。他性格暴躁，遇事不知道思虑再三，甚至都没想对人家指出这个事情的不实，他只瞧见了一件事，就是：奥里维把他对她说的体己话私密事都泄露给了吕西安·雷维·葛了。他一刻都不能在音乐厅里待下去了，立马就离开了。周围一片空白。一心想着："我的朋友出卖了我！"

奥里维现在还在高兰德那里。克利斯朵夫把自己卧室的门上了锁，这让奥里维不能像往常一样回家之后和他聊聊天。果然他听见奥里维回来时发出的响动了，奥里维推不开门，只得凑近锁孔那里冲着他轻轻打了声招呼，可他没一点反应。屋里黑漆漆的，他坐在床上，双手托着脑袋，反复对自己念叨："我的朋友出卖了我！……"就这样坐了大半宿。直到这时，他才发觉自己是如何深深地爱着奥里维；他并没有怨恨朋友对自己的出卖，只是感觉内心无比悲痛。你所深爱的人对你为所欲为，甚至不再爱你。你根本就没有办法让自己去恨他，既然他把你抛弃了，说明你根本不值得得到人家的爱，你只能去怨恨你自己，这可真是最致命的一击。

当第二天早上看到奥里维的时候，他什么都没有说；他感觉那些责备别人的话，自己听了都受不了——怨恨朋友利用他的信任将自己的私密告诉给了别人，让敌人有机可乘等等，他是一句也说不得的。可是他的脸色出卖了他：冰冷凶恶的神色溢满了敌意。奥里维着实吃了一惊，却很是奇怪。他怯生生地想要知道自己怎么把克利斯朵夫给惹怒了。克利斯朵夫却粗鲁地别过头不再理他。奥里维也有些恼怒了，默不作声，暗暗悲苦。他们一整天都没有再见面。

即使奥里维让克利斯朵夫承受的苦痛多出千百倍，克利斯朵夫也不会想到去报复什么，甚至都想不到通过自卫来保护自己。对于他而言，奥里维在他心里是圣洁的。但他心里的怨气总归是要对什么人发泄出去的，既然不能对着奥里维，就只能撒到吕西安·雷维·葛身上了。按着偏执而容易激动的性子，他把之前归于奥里维头上的过失一股脑全都放在了吕西安头上；他一想到这种家伙竟然能将他与朋友的友情掠走，就像以前掠走高兰德对他的友谊一样，不由得怒火中烧。加之那一天他又见到吕西安写的一篇评论，是关于《菲德里奥》[①]的演出的，简直气坏了。吕西安用一种挖苦嘲笑的口气提到贝多芬，笑称剧中的女主角都可以拿蒙底翁道德奖了。这出歌剧最为可笑之处，以至于某些错误，克利斯朵夫看得比谁都清楚；他对于享誉世界的大师们从来不盲目地去崇拜，但他也不认为自己时时都有道理，就像法国人那样逻辑缜密。有一种人愿意去挑自己所爱的人的毛病，可是却容不得别人这样做，克利斯朵夫就是其中之一。况且克利斯朵夫对艺术家的批评再多尖酸刻薄，最终也是抱有对艺术执着而强烈的信仰，是对大师的爱，所以不能容忍他被抹上一点点污点；吕西安却是抱着拿那一套来取悦大众的卑鄙下作的心理，极尽所能奚落一个大人物来博取人们的欢心：这两种评论自然是不同的。再者说，虽然克利斯朵夫灵魂上洒脱不羁，可心里认为有一

① 《菲德里奥》（亦称《莱奥诺拉》），为贝多芬作的歌剧。

种音乐是神圣不可冒犯的：那是远超于音乐的音乐，是一颗伟大而又兼具慈爱的灵魂的音乐，带给你慰藉，带给你勇敢，为你送来希望的音乐。诚然，贝多芬的作品便是其中之一。现在一个卑鄙的家伙百般凌辱他，也难怪克利斯朵夫气愤难当了。这不仅是一个艺术问题，一切让人生产生意义的事物：爱情、牺牲、道德，全部都涵盖其中了。我们绝对不允许别人冒犯这些，就像是不能看着一个为我们所敬服的女子被人家侮辱一样；在这种情景之下，一个人自然是要恨的，是要去拼命……恰巧这个凌辱的人又不是别人，而是克利斯朵夫最为不屑的家伙，那更没什么话说的了！

或许命中注定，就在当天晚上，克利斯朵夫撞见了那个人。

不想和奥里维单独在一起，克利斯朵夫一反常态，去了罗孙家参加晚会。人家请求他弹奏，他勉强应了下来。可是过了一会儿，他正凝神专注地想着要弹奏的作品，偶然抬起了眼睛，瞥见就在几步以外的人群中，吕西安面露嘲讽之色在那儿上下打量着他。一个乐段还没结束，他就立刻停了下来，直起身子，背对着钢琴。在场的人们瞬间安静了下来，面露窘色。罗孙太太惊诧之余，走向克利斯朵夫，勉强挤出一丝笑容，小心翼翼地询问（因为她不能确定作品是否就真的结束了）：“您不再往下弹了吗，克拉夫脱先生？”

“已经弹完了。”他冷冷地应着。

他说过之后就感觉有些措辞不大合适，可是却没有就此收敛一下，反而更加躁动了。他没有留意大家都用着嘲讽讥笑的目光注视他，兀自走到客厅的一个角落坐下，那里可以看得见吕西安的一举一动。身边坐着一位脸色通红、眼睛闪现淡蓝色的光、一副很想睡觉的老将军，认为应该对克利斯朵夫风格独特的作品夸赞一番。克利斯朵夫不耐烦地欠了下身子，胡乱回了几句。老人仍在说着，谦逊有礼，显出一副温和的笑容；他向克利斯朵夫请教如何能背诵出来这许多页的音乐。克利斯朵夫真想给老头儿来一拳，掀到椅子底下。他想听到吕西安在说什么，以便寻得一个机会发起攻击。在这几分钟里，他感觉自己都快要炸了，怎么也控制不住。吕西安正挑着细嗓门儿和几位太太侃着一般大艺术家创作的用意何在以及他们内心深处的思想。客厅里忽然安静了一阵子，不一会儿克利斯朵夫就听见吕西安用一些下流的暗喻，聊着瓦格纳和路易王[①]之间的友情。

“你住嘴！”克利斯朵夫拍起旁边的桌子大声喊道。

大家有些惊愕，扭转过来。吕西安跟克利斯朵夫目光相对，脸色变得有些白了：“你这话是朝着我说的吗？”

“就是对你这个狗杂种说的！”克利斯朵夫回答，突然跳起来说，“你非得要把这世界上一切伟大的东西都糟蹋个遍才算完吗？给我滚出去，你这个浑蛋！否则我就要动手把你从窗户口那丢出去！”

他迎面走过去。妇女们尖叫着闪开了一条路。屋子里顿时乱作一团。克利斯朵夫立马被人层层围住了。吕西安直了直身子，然后又坐了下来，随后又摆出了他那副无所谓的姿态来。吕西安轻轻唤住一个从旁边经过的仆人，递给了他一张名片，然后又当作什么都没发生一样继续聊着天，只不过他的眼皮不受控制地打战，眼睛也动个不停，用眼角扫了下大家的神情。罗孙跑过来站在克利斯朵夫的面前，揪着他的衣领，把他向门口推去。克利斯朵夫又气愤又羞愧，耷拉着脑袋，只能看到前面那片雪白的硬衬衫，禁不住数起了它发亮的纽扣。胖子罗孙的气息直扫到他的脸上。

① 德国巴伐利亚王路易二世。

“嘿，我的朋友，你怎么啦？”罗孙说，“你这闹的算是哪出啊？你检点检点吧！你知道这是在哪儿吗？你疯了吗？”

“嘿！不会再踏进你家门一步了！”克利斯朵夫说着，挣开了对方紧揪着衣领的手，朝着门外走去。

大家小心谨慎地让开一条路。在衣帽间里，一个仆人托着一个盘子过来，盘子上是吕西安·雷维·葛的一张名片。他稀里糊涂地拿起来，大声地念着；然后便愤愤然地翻着自己的衣袋，在一堆杂七杂八的东西里拣出了三四张褶皱了的脏兮兮的名片。

“拿回去！拿回去！拿回去！”他说着话便把名片往盘子里一扔，太过用力，把其中的一张摔在了地上。

于是，他便走了。

奥里维对这件事毫不知情。克利斯朵夫随便挑了两个人当作自己的证人：一个是音乐批评家丹沃斐·古耶，一个是在瑞士一所大学担任私人教授[①]的巴德博士，他们是一天晚上在一家酒店里相识的，尽管对这个人没什么好感，却能一起坐下来聊一聊自己国家的事。经过协商达成一致，双方决定使用手枪。克利斯朵夫什么武器都不会用。古耶建议他最好要到射击场地去练习练习，克利斯朵夫当即回绝了；第二天才要决斗，当时他又埋头工作了。

诚然他无法一心工作，就像做了一场噩梦一样，脑袋里一个模糊不清而又执着不肯走开的念头在嗡嗡地回响……“真烦，真是烦！……什么事来着？——明天有场决斗呢……嗨，那只不过是开玩笑的！……谁都打不着谁的……可是也说不好……以后呢？……

① 德国大学有“私人教授”一职，资格必须有博士学位；其薪酬不由公家支付而由学生直接负担。瑞士是否亦有此制度，不详。

对啊，以后呢？那个畜生扳了一下扳机就能结果了我……这真是天大的笑话！……晓得，两天之内，我就可能躺在这片臭气熏天的土里了……也好！这儿也好，那儿也罢……难道我还怕了他不成？——可是，我明明知道抱负未实现，现如今却因为一桩无聊透顶的小事就把生命白白地断送了，不是太不值得了吗？……现如今这个社会所谓的争斗，口头上说着让敌我双方机会平等，真他妈的见鬼！把我的命和那个家伙的命放在同一条线上！干吗不换成拳头或棍子呢？那样倒还有点儿意思。这冷冰冰的枪可真是没个味儿！……他会用枪，我可是从来都没拿过枪的……他们讲的没错：我是要去学学的……难道他想置我于死地吗？哼，我才要一枪结果了他呢。”

他跑下楼去。离他住的地方不远处有一家射击房，克利斯朵夫要了一支枪，让人教他怎么用。开了第一枪，差一点儿把管事的给打死；他重新开了两枪、三枪，还是没什么进步；他有些烦躁，情况变得更坏了。旁边的几个年轻人瞧着他笑，他当作没看见，只顾自己一心练枪，对于身边的嘲笑是那么不在乎，意志又那么坚定不移，即便是无聊取乐的人对他都有些刮目相看了。其中有的人就过来指导他几下。他平时性格暴躁，现在却像是小孩子一样听话，强迫抑制自己的双手不要发抖；他挺直身板儿，眉头拧在一块，脸上淌着汗，一声不出，火气上来的时候就会愤愤然跳一下，然后又一心专注练靶子。他足足练习了有两小时，两小时后，他终于射中了。不屈的意志终于让不听领导的身子乖乖顺服了：让人看了也心生拜服。刚开始取笑他的人有些走开了，有些也没了声儿了，可是却不舍得走。当克利斯朵夫走出了铺子，他们竟然主动和他打招呼。

克利斯朵夫回到家正望见莫克在那十分焦急地等着。莫克听说了要决斗的事，可他想知道这到底是为什么。虽然克利斯朵夫支支吾吾地不想斥责奥里维，莫克也能猜得到。他遇事沉稳冷静，深知两位朋友的脾气秉性，知道奥里维肯定不会干这种事的。他立马着手调查，轻而易举地就知道了事情的来龙去脉，原来这都是高兰德和吕西安·雷维·葛的多嘴多舌犯下的错。他赶忙跑回来，把拿到的证据交由克利斯朵夫看，认为这样就能阻止他决斗的意念了。恰恰相反：当克利斯朵夫明白这都是吕西安使的坏让他怀疑他的朋友，便恨吕西安恨得牙根痒痒。莫克喋喋不休地劝解试图阻止他，他为了摆脱其唠叨，便应了下来。但是主意已定，心里暗自高兴：决斗是以奥里维的名义，而不是为着他自己!

车子驶进林子里的小路时，证人中有一个人随口抒发了下感想，这让克利斯朵夫产生了兴趣。他想知道这些人心里都在想着什么，最终感觉他们对他是不在乎的。巴德教授心里想着什么时候能结束了这件事，想能不能赶得及将今天在国家图书馆档案室刚刚开始的工作做完。正由于他也流着德国人的血，所以在克利斯朵夫的三个同伴中最为关心决斗的结局如何。古耶既不搭理克利斯朵夫，也不搭理巴德，只管和于里安医生交流着生理学上遇到的难解的问题。拥有图卢兹人血统的年轻人于里安，曾经和克利斯朵夫住在同一层楼上，常常问他借一些诸如酒精灯、雨伞、咖啡杯之类的东西，等到还的时候没有一个不是弄烂了的。作为交换，于里安免费为克利斯朵夫看病，把他当作了试验对象，他的天真让于里安觉得很有趣。于里安那和西班牙贵族一样镇定冷静的外表下，内心里却喜欢嘲讽讥笑人。眼下的这件事让他兴奋不已，感觉滑稽得可笑。他已经想象得到克利斯朵夫会如何出丑，这让他开心坏了。他最高兴的是克利斯朵夫掏腰包让他坐车到林子里兜风。三个人脑袋里最一致的想法是肯定的，就是他们把这件事情看得很有意思。谁也不把决斗当回事儿，并且对于可能预见的后果都很冷静地做好了万全的准备。

他们先到一步。密林尽头有家小客店。那是一个十分肮脏下流的娱乐场所，巴黎人经常来这儿寻开心。周边的篱笆上缠满了野蔷薇花，几张小桌子正好摆在了有着古铜色叶子的橡树荫下。一张桌上坐了三个骑自行车过来的人。一个是穿着短裤、套着黑袜子的女人，涂脂抹粉地坐在那里；其余两个男人穿着法兰绒衣衫，估计热得不行，不时嘟嘟咕咕发出些声音，仿佛话都说不了了。

车子一到，小客店里忙乱骚动了一阵子。古耶已经和这个店里的伙计相识多年，主动提出说要打理好一切。克利斯朵夫被巴德拉到了一个花棚下面，要了啤酒过来，空气里和着暖阳的味道，感觉十分惬意，到处是蜜蜂发出的嗡嗡的声音。克利斯朵夫那一刻忘了因为什么到这里的。巴德倒空了酒瓶，顿了一会儿，说："我想明白该怎么办了。"

他灌了一口酒，接着又说："如果时间赶得上，我还有时间去趟凡尔赛。"

为了场地的租金，古耶和店里的主妇争吵起来了。于里安也没闲着：他从骑自行车的人身边路过时，对那女人露出来的大腿夸张地大声和着好，引来一大阵的粗俗的谩骂；于里安也不是省油的灯，不客气地回敬他们。巴德轻轻地说："法国人都是下流坯子。伙计，对你的胜利表示祝贺。"

他端起酒杯和克利斯朵夫碰了下杯子。克利斯朵夫却在那发呆神思：断断续续的乐句从脑海里闪过，就像是一片和谐的虫鸣。他有点想睡觉了。

小路上的细沙被另一辆车压得发出沙沙的声响，一瞧见吕西安没有血色的脸上挂着的笑容，克利斯朵夫气就不打一处来。他站起来，巴德跟在他后面。

吕西安高高的领子把脖子都埋起来了，穿着打扮十分讲究，正好和对方的随便穿着有了个对比。随后下车的勃洛克伯爵，他是以情妇众多、嗜好收藏古代圣体匣和极端保王党的意见出名的体育家；再后面是雷翁·摩埃，一个典型的时尚人，以文学见长而获选为议员，依靠耍弄政治手腕成了文学家，年纪不大，秃顶，胡子刮得一根不剩，苍白暗黄的脸，长长的鼻子，圆滚滚的眼睛，尖尖的脑壳儿；最后一个出来的是爱麦虞限医生，十分细腻的闪米特人的样子，表面上待人彬彬有礼，心里却冷漠得像块儿冰；他是医学学士院的成员之一，某个医院的院长，以深邃博学的著作和对医药上的怀疑主义而声名远播，经常带着一种嘲讽的同情心去听病人的倾诉，却没有想过为他们医治。

后来到的这些人都煞有礼貌地给先来的这些人行礼问候。克利斯朵夫对他们爱搭不理，但是让他十分厌恶的是自己的证人对吕西安的证人极尽奉承之意。于里安认识爱麦虞限，古耶认识摩埃；他们俩满脸都挤满了笑容，谄媚地围过去。摩埃冷漠而又不失礼节地回敬他们，爱麦虞限依然嘻嘻哈哈的，十分随意。勃洛克伯爵站在吕西安身旁，眼角一扫就把对方几个人的礼服和衬衣给看透了，和他身边的主人小声说了几句，嘴几乎都没怎么动——这两个人都是稳重镇定而又不失规矩的。

吕西安自在轻松地等着勃洛克伯爵发出口令。他只把这次决斗看作是一场极其简单的仪式。他枪法准，对敌人笨拙的底细知道得一清二楚，不想利用自己的优势，趁着大家都不注意的当口儿（那应该不太有可能，证人总是想方设法不让决斗出现意想不到的恶劣后果）一枪命中敌人：因为他很明白，最愚笨的做法是让敌人成为大家眼里的牺牲者，倒不如采用另外一种方法无声无息地除掉他，那才是聪明的办法。可是克利斯朵夫将外套脱了下来，半敞着衬衫，粗壮有力的脖子和结实的拳头露在外面，头低着，眼睛凶狠地瞅着吕西安，集中精力在那等待着，脸上写满了杀气；旁边的勃洛克伯爵上下打量了他一遍，心里想要是文明人能消灭决斗的危患就好了。

待到各自发出了两颗自然没什么结果的子弹之后，证人们赶紧跑来恭贺。两位都下得来台面，可是克利斯朵夫一点都不满足。他定在那儿，手里还握着枪，不相信事情就这样完了。他很想像前一天在射击房里那样，一枪一枪全打下去，直到击中为止。他听到古耶跟他说要他与敌人握手，又望见敌人用那永久不变的笑容朝着自己走过来，感觉这场闹剧简直是恶心极了，立马扔了手枪，搡开古耶，径直朝着吕西安猛扑过去。人们好不容易才把他拽住挡了下来，阻止他用拳头解决争斗。

吕西安走开了，证人们将克利斯朵夫围住；而他却冲破圈子，不理会他们的讥笑与责怨，径直朝着森林跑过去，一面大声自言自语，一面摆出义愤难当的手势，也不记得自己的外套和帽子都落在了场子里，一门心思地冲着树林深处跑。他远远听见证人们在笑着叫他，后来叫烦了，也就不再理他了。不久，他听见车子渐行渐远的声音，他们已经走了。他独自在静寂的林子里站着，心中那口恶气渐渐平复，弯下身子躺在了草地上。

过了不久，莫克到了小客店。从早上他就在找克利斯朵夫。店里的人说克利斯朵夫跑进了树林。他开始一处一处地寻找着，穿过了浓密的树丛，到处呼喊着克利斯朵夫的名字；他听到了克利斯朵夫的歌声，又嘀咕着折回来，循着声音走，最终在一个空地上瞧见了克利斯朵夫：四仰八叉地躺着，像个小牛似的打着滚。克利斯朵夫很开心地向他打招呼，称他“老伙计”，对他讲，敌人已经被他打得像个筛子似的全身都是洞；又强迫莫克一起跳着玩儿，重重地一下一下拍着莫克的身体。淳朴天真的莫克虽然手脚不太利索，可也几乎和他玩得一样不亦乐乎。他们手牵着手回到小客店，然后临近搭上火车回巴黎。

奥里维一点都不知情，只是对克利斯朵夫对他忽然变得温柔的这个转变感到不解：这种突然的转变让他感到好生奇怪。一直到第二天，看报纸的时候他才知道了克利斯朵夫决斗的事。他一想到克利斯朵夫所冒的险几乎都吓傻了。他追问克利斯朵夫为什么要去决斗，克利斯朵夫死也不说，直逼到实在没招儿了，才笑着回了一句：

“为了你呀。”

除了这些，奥里维再也问不出个什么了。最终还是从莫克的口里知道了事情的来龙去脉。奥里维顿时都气坏了，立马断绝了与高兰德的来往，又去请求克利斯朵夫的原谅，宽恕他的冒失。克利斯朵夫想戏弄一下莫克，十分调皮地将法国的一支很老的歌谣改动了几个字对着他朗诵。莫克也真心实意地为着这两个朋友重归于好而高兴。克利斯朵夫的歌谣这么说的：

我亲爱的宝贝，你以后可得留心……

那有空闲嚼舌根的姑娘，
那溜须拍马的犹太人，
那无聊至极的朋友，
那假装亲昵的敌人，
还有那变了味儿的酒，
你可千万别吃了这些家伙的亏！

友谊恢复了。友谊经历过一次破壳反倒让人懂得更加珍惜。过去所发生的嫌隙都已经消散了，即便是两个人之间相互不同的那部分的性格也变得极有魅力。克利斯朵夫将两个民族的灵魂糅合在心里完美地融在了一起。他感觉自己的内心是非常丰满与充实的，而这种丰满与充实让他用音乐传达了出来。

奥里维听了惊赞不已。从他那过度的批评层面来看，他差不多以为他已经将他那钟爱的音乐发挥到了极点。他通常抱有这样一种病态的看法，感觉进步走到一定的点之后，必然衰退，所以经常害怕这个让他心存对美好生命热爱的曼妙的艺术会戛然而止，源头干枯。克利斯朵夫感觉这种担忧有点可笑，喜欢和人争辩的脾气又上来了，于是就说在他以前世界上还一片荒芜，等待着去创造。奥里维拿法国音乐去反驳，认为它已经完美得无以复加，才会物极必反，盛极而衰。克利斯朵夫耸了耸肩，回道："法国音乐吗？……它还没生出来呢……在这个世界上你们还有那么多美妙的话可以传达！估计你们不是音乐家，所以也看不到这些。啊！假如我要是法国人的话！"

然后，他就开始举一些法国人所能描述的事情：

"你们反反复复地老是折腾一些和你们根本不搭调的体裁，而能与你们相称的一些民族性的事反而一个都不做。你们是优雅而高贵的民族，妙美的诗情画意，举止端庄舒雅，态度的美，服饰的美，你们很擅长创造一种别人无法比及的艺术——明明可以创造出充满诗意的舞蹈，而你们却不再去做……你们的民族是诙谐机敏的，但是你们却不再执笔描绘歌喜剧，只让那些不入流的音乐家去搞。啊！要是我是个法国人的话，我就要把拉伯雷的作品改成音乐，我要创造个滑稽史诗出来……你们是一个生产小说家的民族，可你们却并不在音乐上发挥小说家的异能——居斯达夫·夏邦蒂哀的作品还没有归为这一类。你们不利用你们擅长分析、参悟个性的禀赋。啊！假如我要是个法国人，我便用音乐来刻画肖像……（比如说，我可以为安静地坐在下面花坛旁紫丁香附近的姑娘写生）……我要用弦乐四重奏来为你们的司汤达伴舞……你们是开创了欧洲第一个民主的国家，可是没有平民戏剧、平民音乐。啊！假如我是个法国人，我一定将你们的大革命拿来谱曲：把七月十四、八月十日[①]、瓦尔米[②]、联欢大会，以及一切大众都放在我的音乐里！不是用那种流于表面的瓦格纳式来诵读，而是用交响乐、合唱、舞蹈……不是干瘪的说教！这种说教我早就听厌了。我将会用我那气势恢宏、兼带合唱的大交响曲泼洒出大片的景致来，荷马式的、圣经式的史诗，描绘水、火、土、明媚的天空，振奋人心的狂热，本能的活跃，民族命运的转折，节奏的胜利，就好像世界的主子指挥着千万生灵，带领着千军万马出生入死……处处都有音乐，处处都涵盖着音乐！假如你们是音乐

① 一七九二年八月十日巴黎人民揭竿起义，进攻王宫，废黜国王，击毁了数百年来的封建君主制度。

② 瓦尔米为法国玛纳州中的一个市镇，一七九二年法国人在这个地方击败了普鲁士人。

家，那么你们一切公开的节日、一切的典礼、一切的工会、学生会、家庭庆祝，都应该有音乐随行……可是首先，如果你们是音乐家，你们就要先得创造出纯粹音乐，无欲无求的音乐，唯一想要达到的就是让人感到温暖，让人得以呼吸，让人生活下去。你们要创造的可是太阳！……你们这里的雨已经下得够多的了。你们的音乐让我得了流感。所有的一切都是昏暗无光的：点起你们的灯火来吧……你们怨恨意大利的垃圾堆满了你们的剧院，驯服了你们的民众，把你们扫出自己的家门。这完全是你们的过失！你们昏暗阴郁的艺术、靡靡之音的和鸣、烦琐压抑的对位都把大众搞烦了。他自然要扑往生命存在的所在，无论是否粗野，他们只要生命！你们是为了什么离开生命呢？你们的德彪西是一个伟岸的艺术家，可是对于你们来说却并不是健康的。他是加速麻痹你们的助推者。你们需要的是有人能将你们摇醒。”

“难道你想让我们重新走上施特劳斯的老路吗？”

“那也不可以。他会毁了你们的。只有我的同胞们那样的好胃口，才消化得了这种烈性的饮料。即便是换作我的同胞也不见得喝得下……诚然施特劳斯的《莎乐美》[①]称得上是杰出的作品……可我本心却不愿意写……我想起了我那可怜的老祖父与高脱弗烈特舅舅，他们但凡聊起音乐，语气是多么的尊仰与温柔！唉！一个拥有神明力量的人却用在了这个地方！……那是一颗烈焰奔腾的流星！一个伊索尔德，犹太的卖淫妇。犹如野兽般的痛苦挣扎的淫欲、厮杀、强奸、乱伦这一类疯狂热烈的欲望，号叫在德国人颓败荒废的心灵深处……可是你们，却在低迷的温床中慢性自杀……前者是猛兽，

① 指理查德 · 施特劳斯歌剧中的莎乐美。

后者是俘虏。人在哪？……你们的德彪西是个志趣高雅的才子，施特劳斯是个邪恶卑劣的才子。前者没有生气，后者让人厌恶。一个就如同一片银色的池塘散失在了芦苇里，弥散出一股狂热的香味，一个犹如混浊不清的一条湍急的河流……而在这些泡沫之下覆盖的又是低劣的意大利风格，新派的梅亚贝尔，劣质的感情，发出阵阵恶臭……《莎乐美》这个让人恐惧的杰作！这个《伊索尔德》的女儿……可是在《莎乐美》之后，又会产生出什么呢？”

“就是啊”，奥里维继续说着，“我真的想提前出生半个世纪，不管怎么样，这个步入深渊的趋势都是要停下来的，要么悬崖勒马，要么堕入深谷。只有那个时候我们才有的呼吸。真是感谢老天爷，有没有音乐都无所谓，大地照样会开出娇艳的花朵来。我们把这种违背人性的艺术拿来做什么啊？……西方的火已经逐渐烧尽了……没多久……没多久，别的光明就会从东方腾起。”

“别再跟我说你那心里的东方了！”克利斯朵夫说，“西方还没走到无计可施的地步呢。你认为我会退缩吗，我？我还有好几百年呢。生命万岁！……欢乐万岁！……摆开阵仗与我们的命运抗争吧，斗争万岁！溢满心房的爱情万岁！给予我们信心，比爱情更加甜蜜的友谊万岁！白天万岁！黑夜万岁！恭贺太阳！恭贺梦想与行动的主，恭贺开创音乐的主！胜利啊！”

他说完旋即坐上桌子，把思想碰撞起的火花全部写下来，再也不回想刚才说过的话了。

这个时候的克利斯朵夫内心一切力量完全得到了平衡。他不再就某一种音乐体裁或其展现出来的价值做过多的深究，也不会竭尽全力地去探寻新奇；大凡可以通过音乐来彰显的题材，他不多费心就能轻易地找到了。对于他而言，一切顺其自然。如同潮水般奔泻下的音乐，竟让克利斯朵夫辨不出它具体是展现哪一种感情。他只是感到很舒服，因为可以尽情地宣泄而感到了舒服，因为感觉万物生命已在心中跳跃而舒服。

这种快乐与丰满的生命力浸染了周围的人。

附带花园的房子对于他来说太狭小了。以前的隔壁是一个修道院的大花园；一条安静宽阔的走道，百年古树，可以让他的心灵驰骋一下；可是这样美好的景色不能永久保鲜。就在克利斯朵夫的窗户的正对面，一幢六层楼的房子正拔地而起，不仅挡住了远处的景物，连同他与周围环境之间的联系也一并被隔离了开来。每天他都只能听到整日整夜滑车转动、砖头打磨、敲打木板的响声。在一群工人中他又看见了那个修葺屋子的朋友，曾经相识于屋顶的那位。他们远远地点了下头。克利斯朵夫如果在街上遇见了他，还会带他去小酒馆儿喝上两杯，这让奥里维感觉很惊异。克利斯朵夫感觉这工人口里总是唠叨个没完，有些好玩，而且还有那乐和派的性子让他感觉很有意思。可是克利斯朵夫依然会诅咒他跟他那群工人建筑了这堵高墙，抢走了自己的光明。奥里维反倒没有那么多抱怨的言辞，他可以习惯这种密闭狭小的环境，就好像是笛卡儿的火炉，受到压制的思想就会穿过那里直冲云霄。克利斯朵夫可是需要空气的。已然被囚禁在了这个狭窄的地方，他便就此与周围的灵魂交融在了一起，尽可能地将它们消化，化作音符。奥里维说他就像是陷入了爱情的人。

“那要是这样来讲的话，”克利斯朵夫回道，“除去我的爱情以外，我便别无所见、别无所爱，面对什么都提不起兴趣来了。”

“那么你的兴趣怎么这么高涨呢？”

“那是因为我身强力壮，胃口也挺好。”

“快乐的克利斯朵夫！”奥里维叹着说，“你真是该将你的好胃口分一些给我们呢。”

健康和疾病一样是会传染的。首先得益的是奥里维。他最为缺失的就是力。他隐居于社会之外，因为他极其厌恶社会的鄙陋与粗俗。他知识渊博和具备少有的艺术天分，可他还是太懒了，无法成为大艺术家。大艺术家不会是一个极尽挑剔之人。心智健康的人最为看重生活；尤其是有天赋的人，因为这些天赋异禀的人与别人相比更需要生活。然而奥里维却一直想避开生活；他把自己放置在没有躯壳、没有皮肉、虚幻的诗情梦幻里浮浮沉沉。正如某些出类拔萃的精英一样，他需要在曾经的年代里或者从来不曾出现过的年代里探寻美的真谛。恰似如今生命中甘甜的泉水就远不及昨日的沁人心脾！倦怠的灵魂不能径直接触生命，只能接受被过去的帘幕掩蔽的，抑或是出自前人之口的生命。克利斯朵夫的友谊慢慢将奥里维拉出了这些虚幻缥缈的艺术境地。暖阳洒进了他的灵魂深处。

工程师哀斯白闲也受到了克利斯朵夫乐天派的感染，但是他并没有改变自己的习惯，那更像是一个顽疾一样钉在那里；而且我们并不期望他能一下变得精神亢奋，离开法国去外面挣取钱财。这对于他来说要求有些过分。可是他已经不那么意志消沉了，那些早前丢弃的研究工作，书本和科学重新让他产生了兴趣。如果有人对他说，这些对本行的兴趣都是克利斯朵夫带给他的，他指定惊奇不已，克利斯朵夫听了更会感到惊异了。

与克利斯朵夫相交最为神速的，便是住在三层楼上的那对夫妇。

当他外出经过他们家门口的时候，对里面传出来的钢琴声有很多次都十分留心，只要不当人面，亚诺太太弹琴倒还不错。以后他便赠送自己的音乐会门票给他们，他们为此十分感激。自此以后，晚上他会时不时地去他家小坐一会儿聊聊天。但他没有再听过少妇弹琴的声音了：她很害羞，当着人弹琴让她很不好意思，即便是一个人在家，由于晓得别人从楼梯间也能听得到，便总是踩着节音板。可现在反倒是克利斯朵夫弹琴给他们听，长久与他们谈论着音乐。聊天的时候，亚诺夫妇表现出了极大的热情，这让克利斯朵夫很开心。他无法相信竟然有如此痴迷音乐的法国人。

“那是因为，”奥里维说，“你以前碰到的全都是音乐家。”

“我明白，”克利斯朵夫回答，“最不热爱音乐的便是音乐家；但是你不能让我相信法国有多少像你们这一类的人。”

“千千万万。”

“那这就是一种传染病，是新起来的热潮，对吗？”

“不，这不能算热潮，”奥里维说，“如果有人听了美妙的和弦乐，抑或听到柔和似水的歌曲，而不懂得欣赏，不为之动容，不感动其中，不会有灵魂的震颤，不会超凡脱俗，那就可以确定的是，这个人的内心是扭曲的，是丑陋不堪的，是堕落的；我们应该像对待一个天生下作丑恶的人一样去防备……”

“我以前听过这话，”克利斯朵夫说，“我朋友莎士比亚曾经说过。”

“不，”亚诺柔声回答，“在莎士比亚以前的我们的龙沙曾经说过。你看，在法国崇尚音乐的风气可不是从昨天才流行开来的。”

法国人喜欢音乐固然让克利斯朵夫感到奇怪，可是法国人几乎与德国人喜欢同一种音乐，这让克利斯朵夫感觉更加奇怪。在他之前所遇见的巴黎艺术界和时尚界朋友之中，最为适当的办法就是将德国的大师当作知名的外国大师来对待，一方面对他们表现出钦佩赞服，另一方面却保持着相当的距离：大家最为开心的事就是讥笑嘲讽格路克的笨拙、瓦格纳的粗鲁，而且拿法国人的心思细腻来做一比较。实际上来说，有时候克利斯朵夫甚至质疑一个法国人是否能够明白得了那些依照法国的表演风格所弹奏出的德国音乐。有一次他去听一个格路克音乐会，听完回来肺都气炸了：那些伶俐乖巧的巴黎人几乎都要把这个性格暴烈的老头儿给施以粉黛了。他们给他上装，扎上丝带，用棉花塞在他的节奏里，把他的音乐浸透印象派色彩和淫荡猥琐的气味……可怜的格路克！他那坦诚的灵魂、圣洁的道德、赤裸裸的痛苦，都消失到哪里去了？法国人难道就觉察不到吗？但是，这一刻克利斯朵夫见到了他的新朋友们对于德国的古典作家、旧歌谣和日耳曼民族性中间最有特点的部分，所展现出那么深沉而又柔和的爱，不由自主地想要发问：他们不是向来都把这些德国人当成了外国人，而且不是法国人只喜爱法国自己的艺术家的吗？

“不是这么回事！”他们回答，“这是我们的批评家以我们的名义做掩护来说的。因为他们总是在追逐潮流，于是就说我们和他们一样。我们不会搭理这些批评家，正如批评家也不会理会我们一样。这些滑稽可笑的家伙竟然妄想来对我们说教，教导这个拥有法兰西古老文明传统的法国人，什么是法国的纯粹，什么不是！……他们教导我们说，我们的法兰西是只以拉穆或拉辛为典型的！就像贝多芬、莫扎特和格路克还没来我们家里做过客，没有和我们一起坐在爱人的床头分担我们的忧愁困苦，激励起我们内心的希望……如同我们还不是一家人！假如我们可以坦诚讲出我们深藏的思想，那从我们的角度看来，倒不如说巴黎批评家口里称赞某个法国艺术家，才真真正正地是个外来人呢。”

“其实，”奥里维说，“如果艺术非要说有什么界域的话，倒不是在种族，而是在于阶级。我不知道是否有一种艺术称作法国艺术，另一种称作德国艺术；可是确实存在着一种有钱人的艺术和穷光蛋的艺术。格路克是个非常了不起的布尔乔亚，他是我们这个阶级的。某个法国艺术家，在这里我就不指名道姓地说他是谁了，可他却不是我们这个战壕里的人：虽说都是布尔乔亚出身，可他却以我们为耻，否认我们，我们也同样否认他。”

奥里维说的没错。克利斯朵夫越深入地了解法国人，越发觉其实法国的老实人和德国的老实人十分相像。亚诺夫妇让他回想起了亲爱的老许茨：一心圣洁地喜欢艺术的心灵，没有偏见，只是单纯的对美的渴求。为了悼念许茨，他也就喜欢这对夫妻。

他认为不同种族的老实人没必要为了种族的不同而将精神的领域分隔开来，他也认为同一个种族之中的老实人之间却也没必要因为看法的不同而分什么界限。他怀着这种心情，无意间却让两个貌似最无法相互交流的人——高尔乃伊神父与华德莱先生，最终相识了。

克利斯朵夫经常去问两个人借书来读，而且用着那种奥里维不太喜欢的举动，粗枝大叶地将他们的书交换借给了对方。高尔乃伊神父并没有因为这个而气恼，他对别人的心灵有种本能的直觉，他能看得出来隐藏在年轻邻居的灵魂里充溢着的宗教气息。从华德莱先生那借来了一本著作，这本著作让三个人各自站在自己的角度上来品读，这让他们的精神彼此靠得更近了。有一天他们俩偶然间在克利斯朵夫家里遇到了，起先克利斯朵夫担心两位客人相互说出一些让人不高兴的话来。可恰恰相反，他们刚一见面就很有好感，谈论一些不会产生敏感的问题，彼此交换着旅行和人生的认识等。他们很快感觉到彼此都有着一颗仁厚的心，有着《福音书》精神和浮想联翩的希望，尽管两个人都有些对人生悲观失落。他们相互之间都深表同情，可是也会带上些嘲讽的味道。这是心神贯通的契合。他们向来不提及有关信仰的问题，平时也不怎么见面，也不很盼望见面，可是要是碰巧撞到了却会觉得很开心。

就两个人来说，高尔乃伊神父对待事物所持有的想法则比华德莱更为洒脱。这出乎克利斯朵夫的意料。他从这种自在而诚挚的思想里，逐渐地察觉到了它的伟大；他感觉这个教士一切的思想、行为、世界观，全都浸染了刚强而又宁静的神秘味道，没有被搅扰的因素，这使得他的生活以基督为中心，就像——以他的信仰来讲——基督的生活是以上帝为中心一样。

高尔乃伊对什么都不抱着否定的态度，对待展现出来所有生命的力量都不否认。从他的角度来看，但凡所有著作，古代的也好，现代的也罢，宗教的还是非宗教的，从摩西到裴德罗[①]，都是真实存在着的，都是与神明相通着的，那是上帝的语言。《圣经》只不过算是其中最丰富的一个成员，就像是教会是一帮围绕在神身边最出色的兄弟；可是《圣经》与教会并没有将人的精神框在一条死板不变的真理之中。基督教义是鲜活的。世界的历史只不过是神的思想不断蔓延的历史。犹太庙宇的摧毁，异教社会的瓦解，十字军的败北，鲍尼法斯八世[②]的

① 裴德罗为法国近代大化学家、政治家。

② 鲍尼法斯八世为十三世纪时的教皇，以反对法国国王向教会征税而受辱。

受辱，伽利略将大陆置于广阔的宇宙之内，王权的消亡，教会协定的废除——这所有的所有曾经在某一个时段都让人的心无所依傍。有的人用尽全力死命抓着最后一根即将沉下去的所谓的救命稻草不肯松手；有些人便随意抓起一块木板一起漂流开去。高尔乃伊神父只对自己发问：“人在哪儿呢？能让我们得以存活的东西在哪儿呢？”因为他坚信：“生命所居之处便是神明所居之所。”——就是因为这个原因他对克利斯朵夫十分有好感。

在克利斯朵夫看来，他也认为但凡一颗伟大而诚挚的心灵必如美妙的音乐，余音绕梁于耳边，召唤起遥远而辽阔的回声。大凡刚毅不屈的人一定具备生生不息的能力，这便是生命的本性，也是存活下去的本能，如同当船体出现倾斜时用力来一桨，以求得平衡，让它重新冲出去。——正是有着这种奋起抗争的力量，克利斯朵夫两年来对巴黎的淫欲主义所产生的嫌弃、厌恶与质疑，反倒复活了他心中的上帝。并不是他相信上帝，他自始至终都否认上帝的存在，可是心里却满是上帝所给予的精神。高尔乃伊神父微笑着对他说，克利斯朵夫就好像他的寄名神[①]一样，心里有着上帝而自己却浑然不知。

“那我为什么却看不见上帝？”克利斯朵夫问。

“你和那些数以万计的人都一样：每天都能看得见他却不会想到是他；上帝幻化成各种不同的形式展现在世人面前：对于一些人而言就展现在日常生活中，好似对圣·比哀尔在加里莱那样；对于另一些人而言，比方说对你的朋友华德莱先生来说，就像对圣·多玛一样通过人类的伤痛与忧患来展现；对于你来说，上帝存在于你

① 所谓寄名神即圣者克利斯朵夫。

对理想的尊严里……你迟早都能看到他的。”

“我是永远都不会退让的，我的精神是自由的。”克利斯朵夫说。

“与上帝同在之时，你才拥有更多的自由。”教士安静地应道。

但是克利斯朵夫并不允许别人硬把他规划在基督徒这一栏。他天真而激情地辩驳着，就好像别人把他的思想冠以这个或那个标签真的很重要一样。高尔乃伊神父在一旁安静地听他说，以一种教士所一贯持有的不易察觉的讥讽的味道，同时也怀抱着很大的慈悲心肠。他的耐性是从他向来都信奉的信仰中得来的。他的耐性已经在教会所给他的考验中磨砺了很久；即便难受异常，历经极大的困苦烦闷，可他的耐性依然完好。上司时时刻刻都在压迫着他，主教的监视也时刻存在，拥有自由思想的人也在一边窥探着他——他们想让他做与他的信仰相悖的事——同一教的教友与教外的敌人一样对他无法理解，排挤他：这种情况非常不利于他，对他十分残酷。因为需要顺从，所以他无法去反抗。他不能发自内心地顺从，因为上司很明显是错的。埋在心里自然困苦烦闷，即便说出来也会让人误会，曲解也是苦恼的事。除此之外，你还应该担负起对其他灵魂的责任，眼睁睁地看着他们受苦，等待你去引导他们，解救他们……高尔乃伊神父为了他们，也为了自己而疼痛万分，但他都忍耐了下去。他明白教会历史悠久古远，这点磨难根本就不算什么。可是这种沉寂忍耐逐渐地把他自己消耗殆尽：他开始胆小怕事，畏首畏尾，不敢说话，连极小的活动都担当不了，最终在沉默中变得没有了知觉。他感觉这种情况让他非常难受，可又不想振作精神。这次碰到了克利斯朵夫，对他来说却是个很有力的帮助。这位邻居所释放出的朝气与活力，热情与真诚，对他所表现出的天真而诚挚的关切，有时偶然蹦出几句唐突的问话，这让他的精神受益匪浅。克利斯朵夫又重新拉着他进去了活人的队列之中。

在克利斯朵夫那里，电机工人奥贝碰到了高尔乃伊。他一撞见教士，无意识地全身一颤，甚至都不能把厌恶的情绪压下去。即便是初次碰面的感觉过去以后，和这个不能用哪个词描绘的人在一起也能感觉很不舒服。可是他和有修养的人聊天倒是很开心，于是把这种对教会抵触的心硬是压下去了。华德莱先生和高尔乃伊神父之间那种亲近的口气让他感到十分吃惊；同样让他感到吃惊的是，这个社会上竟然会有一个民主派的教士和一个贵族阶层的革命党：这个把他完全搞糊涂了。他左思右想也不知将他们归为哪一类比较好，因为他是那种需要分门别类才能搞清楚的人。而要找到一个隔间，将这个读着阿那托 · 法朗士和勒南的著作，安静的、追求公平而又中肯地讨论这两位作家的教士置放进去，确实不是一件轻松的事。涉及科学，高尔乃伊神父更愿意让那些懂科学而不会命令科学的人引路。他尊重权威，可他认为权威和科学不是一个范畴。肉、灵、爱，隶属于三个不同的范畴，是神明的三个不同层段。诚然，奥贝无法理解到这种精神境地。高尔乃伊神父语气温和地对克利斯朵夫说，奥贝的出现让他想起了曾经见到过的那种生活在乡下的法国人——一位年轻的英国女子朝他们打听路，她说英语，他们不懂，他们回法语，她也不明白，于是他们便投以同情的眼神瞅着她，摇了下头，边说着边又做起了手边的农活："可惜了！这姑娘人长得倒是水灵！"

在起始的一段时间里，奥贝对教士与华德莱先生高深的学问和典雅的举止有些胆怯，只是一声不出地听着他们的谈话。后来逐渐地他也开始加入了，因为他真的很想发表些自己的看法。他说着一些虚无缥缈的空话，那两位很绅士地听着，心里不免感觉有些好笑。奥贝兴奋之余，无法自控，他充分利用着不多久便泛滥成灾的高尔乃伊神父永远没有尽头的耐性。他开始朗诵起了自己倾尽心血的作品，教士只有无奈地在那听着，不过也没感觉怎么厌烦：因为他所听的并非是对方的话，而是对方这个人。事后克利斯朵夫开始对他遭受的罪表示同情了，他却回道："嗨！我不是也在听别人的一套吗？"

奥贝对华德莱先生和高尔乃伊神父十分感激，三个人尽管没有相互深入地进行了解，不知道什么原因竟然相互很喜欢。他们感觉能有如此的亲近让他们感到很奇怪。这完全不在他们的意料之中，是克利斯朵夫把他们撮合在一起了。

克利斯朵夫把三个小孩拉到了他的阵营里，他们是哀斯白闲家的两个小女儿和华德莱先生的义女。他们已经成了朋友，看到三个小孩孤独无依十分同情。他对她们每个人都讲她们还不认识的小朋友的故事，让她们开始有了想见面的愿望。她们各自在窗户旁打着手势交流，在楼道里经过的时候悄悄说两句话。她们表露出了想交朋友的意愿，再加克利斯朵夫从中帮忙，双方的家长竟然同意她们在卢森堡公园一起玩。克利斯朵为自己终于成功说服他们而感到很开心，她们第一次约好玩的时候他去看了她们，发现她们对忽然而至的快乐显得有些局促，不太自然，一时不知道该如何是好。他一下子把这种窘况赶得无影无踪了，想出了些小游戏，和她们一起奔跑着、追逐着，他把自己也混在里头，就像是个十岁大的孩子一般。在公园里散步的人望着这个孩子头儿被这三个小姑娘追着边嚷边跑，在林子里绕来绕去。她们的父母却一直存着疑虑的心思，不怎么愿意让她们在卢森堡公园里多玩儿几次，因为那里不太容易看着孩子。克利斯朵夫便想方设法让住在底层的夏勃朗少校开辟出他的小花园供小姑娘们玩耍。

因缘巧合让克利斯朵夫和军官有了交流（恰巧的机缘总是能找到善于使用它的人）。克利斯朵夫的书桌是安置在靠窗的那个地方的。一天，风把几页乐谱卷到了下面的花园里去了。克利斯朵夫想下楼捡上来，依旧光着头，敞着衣襟。他原本以为只要和仆人说一下就可以了，不料过来给他开门的却是军官的女儿。他稍微愣了下神，继而表明了自己的来意。她笑着把他让进门，一起走到园子里。他把自己的乐谱拾了起来，正当她把他送出来的时候，正好碰见军官从外面回来，十分惊讶地瞧着这位古怪的客人。女儿笑着做了介绍。

“啊！楼上的那位音乐家原来就是您啊？太棒了！咱们是同行。”

少校边说话边握住了他的手。两人用一种友好而又幽默的语气谈论着各自举办的音乐会，克利斯朵夫在音乐会上弹奏钢琴而少校是吹笛子。克利斯朵夫有点儿想走了，可军官执意留住他，越来越远地聊着有关音乐的问题。忽然少校不说了，转而提到另一个话题，说：“过来我给你看一下我的加农[①]。”

克利斯朵夫一边跟在后面走一边心想，要他克利斯朵夫发表对法国炮队的看法有什么用。只是想不到军官得意扬扬地拿出来给他欣赏的是音乐上的加农，是自己呕心沥血创作的乐曲，从末尾看起

① 加农为近代的大炮，同时亦是一音乐术语，是一种轮唱曲（通译作“卡农”）。此处用谐音作双关语。

也可以，相当是一种回文体；抑或两个人一起看：一个从正面，一个从反面。这位少校毕业于一所多艺学校，向来对音乐有着特殊的偏好；可是让他更钟情的是破解音乐里的那些难题，他认为音乐（其中有一部分确实是这样）是一种神奇而与思维有关的游戏；他拼尽全力想出办法解决音乐结构上的谜，搞到最后越来越玄，越来越感觉没什么用。他在军队服役的那些日子，自然没什么空闲让他去培养这个爱好；可自打退休之后，他把他全部的精力都放于此了；他为此所花费的精力，不亚于当年在非洲大沙漠中为追逐黑人或逃避他们所设下的陷阱所耗费的精力。克利斯朵夫感觉这种谜很有意思，于是提出了一个更加难解的，这可把军官乐坏了；他们两个通过比赛来斗智：搞了一堆音乐谜出来。直到两个人玩得尽兴了，克利斯朵夫才上了楼进了自己家门。可第二天一大早，邻居就拿来了一个新的难题考他，那可是邻居大半宿没睡才琢磨出来的，克利斯朵夫拿过来破解了。两个人就这样一直相互比着赛，直等到有一天克利斯朵夫厌烦透顶而认输了才作罢：这下子，可把军官给高兴坏了。他认为这种胜利相当于击败了德国人。他邀请克利斯朵夫赏光去吃个便饭。克利斯朵夫一点都不客气说他的音乐作品十分恶劣，而当听到他用风琴演奏着海顿的行板，又大声嚷嚷着说简直都让人受不了。克利斯朵夫这种率真的性子竟然讨得夏勃朗的欢心。自那以后他们经常聚在一起聊天，只是不再提起音乐了。克利斯朵夫对有关这方面的空谈提不起一点兴致，宁愿去聊些军事，军官简直求之不得。对于这位可怜的军官来说，喜好音乐只是他的无奈之举，他的内心非常苦闷烦躁。

于是他不知疲倦地讲述了在非洲所经历的事情。那些惊险而刺激的经历，足以与比查尔跟高丹士[①]的故事相媲美了。克利斯朵夫惊异地听夏勃朗讲述这篇奇幻而又野蛮的史诗，这是他以前从未听过的，即便是在法国也几乎没什么人了解：这二十年间，小部分的法国侵略者在非洲大陆上，被黑人部落紧紧包围，即便是最为简单的行动工具都没有，他们耗费了太多英勇的精神、机敏而勇猛的行动、惊人的毅力，与胆小的舆论和政府做斗争，背离了法国的意愿帮法国开掘出另外一片比它更为广大的疆土。这种行为背后有一股强烈的快乐气味和一股浓重的血腥味道，这给克利斯朵夫展现了一幅现代冒险家征服的画面。这让出生在当今的法国人意料不到，也是当今的法国耻于承认的事实：政府为着顾及自己的颜面将一块遮羞布蒙在了他们身上。少校拉高嗓门描述这些过往，手舞足蹈地讲着大规模的围剿战争，将人当作靶子行猎，在那片连幸运都不会光临的土地上，他有时追杀土人，有时被土人追杀。他在讲述悲惨壮烈的事情之中会插入一些相关地质的描绘。克利斯朵夫听着他讲，两眼望向他，眼瞅着这种血气方刚的壮士变得无事可做，整日地拿一些音乐消磨时光，于是变得非常同情他，暗暗想着他怎么能屈从于命运来过这种日子。克利斯朵夫对他提出了这个问题。少校起先不怎么愿意对一个外国人展露心迹。可是法国人大部分都爱嚼舌根，尤其是当他们在指责别人的时候："我在这种军队里有什么意思？当水兵的搞起了文学，当步兵的搞起了社会学，他们什么都干，除了打仗。他们甚至都不准备，就准备着不打仗；他们把战争转化成了哲学问题……关于战争的哲学，嘿！……唠唠叨叨，废话连篇，那可不是

① 比查尔与高丹士均是十六世纪时西班牙冒险家。前者征服秘鲁，后者征服墨西哥。

我应该做的。要是这样我倒不如回家钻研我的加农！”

他心里还装了一个更大让他烦躁苦闷的事不好说出来：特务搅得军官们之间相互怀疑，愚昧无知而又穷凶极恶的政客们发出无理的命令，这让军队不得不做着一些卑劣警察要做的事：清理教堂、镇压罢工起义。被当权的政党（那些激进派的反对教会的小布尔乔亚）利用从而争夺权力，做他们泄愤的工具将矛头指向全国的民众。这老非洲人也不喜欢如今的那个殖民地军队，招来的大部分人都是要不得的，由于是要满足别人的私欲——他们不愿意承担风险去保卫“大法兰西”，保卫海外法兰西的荣誉和承担的危险[①]……

克利斯朵夫自然不用加入这些法国人之间的争论中，那和他一点儿关系都没有；可是他却很同情这位老军官。不管自己对战争抱有什么样的观点，他一向认为军队造就的是士兵，就像苹果树结出来的就应该是苹果一样，也认为将政客、美学家、社会学家放到军营中是荒谬的。但他一直都不懂，为什么这样一位刚毅果敢的人怎么会这么低声地退缩让步。一个人如果不去勇敢面对敌人，这便是自己最大的敌人。凡是一些有价值的法国人都会让人一步的。在军官女儿的身上克利斯朵夫也感觉到了这点，而且更加令人动容。

她叫赛丽纳。头发梳得很是精致，将她那高而圆润的额头和尖尖的耳朵露了出来；脸较为清瘦，下巴极美；美丽的黑眼睛闪现着神采又透出了一股聪明劲儿，不含一点猜忌心，而且非常柔和，看起来有一点儿近视；鼻子略大，上嘴唇角处有颗小痣，宁静的笑容让她有些厚的下嘴唇怪可爱的稍微突起些。她宅心仁厚，活泼可爱，

---

① 法国陆军中的殖民地部队，主要是招募壮丁编成的，因普通人都不愿意到国外去当兵。

风雅机灵，可是对什么都没有什么太大的好奇心。她平时不怎么看书，对于新近出版的作品几乎都不知道，从来不去剧院，也从来不去旅行（以前父亲经过的地方太多了而导致了厌烦情绪滋生），不参加任何缘由而举行的慈善事业（父亲将这种活动贬得一文不值），不想钻研些什么（父亲耻笑讥讽那些有着渊博知识的女子），她在那个像是一口井似的用高墙围住的园子里很少活动，可她并不感觉有什么烦闷，尽可能地找来一些事来打发日子，逍遥自得地忍耐着她的命运。在她身上和她周围所处的环境当中（女人随处都能用潜意识来营造自己独有的气氛），会散发出一种夏邓画上的气味。那是一种和煦而又恬静的境界，是面貌与态度之间的安详、迷离而专注地工作；也是家常生活中的诗意，对于每天按时按刻的思想与举动，始终那么深切地爱好；还有布尔乔亚的那种平凡的恬静，奉公守法，诚实不欺，安静地工作，安静地娱乐，可是照旧富有诗意。大方、健全、清白、纯洁，像面包，像香草，一派的正直与善良。人物的和气，旧屋的和气，笑盈盈的心灵的和气……

克利斯朵夫待人坦诚又亲切从而博取了她的信任，成了她的好朋友；他们聊天无拘无束。她经常奇怪自己为什么会回答他的一些问题，她告诉了他很多她对别人从没说起过的事。

“那是因为你对我没有什么戒心，”克利斯朵夫跟她解释，“我们是不会坠入爱情的旋涡的，我们的友谊太过纯洁，是不会走上这条路的。”

“你真的很好啊！”她笑着回答。

那种掺杂着某种恋爱味道的友谊，与一些喜欢玩暧昧、喜欢玩弄别人感情的人的胃口最为相配了，可是对于性格健康的她来说，貌似和克利斯朵夫一样厌恶这种的。他们只是最亲切的朋友。

有一天他问她，有些时候看见她静坐在园子里的凳上，膝上放着活计，几小时下来呆坐着不动也不做手里的活，是在想些什么。她红了脸，辩解着说其实没有几小时，只不过偶尔出神几分钟，“继续她的故事”罢了。

“什么故事？”

“自己编的故事。”

“你会编故事？噢！讲一些给我听听吧！”

她说他太好奇了。她只跟他说，她并没有让自己充当故事的主角。

那他也感到很奇怪：“既然是编的故事，那么为自己编造一些美好的故事，假想有一种更加幸福的生活，不是很自然的吗？”

“要是我是故事的主角，我会绝望死的。”

她因为说出了一些藏在心里的小秘密，脸一下就羞红了；接着她继续说：“园子里吹来一阵清风会让我很快乐，感觉园子就好像有了活力。而假使那风变得更加强劲，从更远的地方吹来的话，它就变得更有趣了！”

克利斯朵夫透过她矜持的外表，感觉到了她内心暗生出来的一种悲凉哀伤的心绪，那是她平时快乐的天性和自己也知道是无聊的生活琐事所掩盖起来的。她为什么不将自己解救出来呢？她这种性格的姑娘不正是应该过上一种活跃而有趣的生活的吗！她把这些都说成是父亲的爱女之心，不舍得她离开他。克利斯朵夫告诉她，父亲神清气朗，不需要她陪在身边，像这种性子的男人完全可以自己生活，没有权利因为自己而把女儿牺牲。她还是帮父亲辩解，因为孝心而撒谎，说并不是父亲强制让她留在身边，而是她自己不忍心离开——这句话一部分讲述的也是事实。在她眼里，在她父亲眼里，以及周围人的眼里，这种现状是要永远这样下去的，绝对不会有什么改变。她有一个已婚的哥哥，他认为她代替他侍奉父亲是再正常不过的了。他只对自己的孩子上心。他爱他们爱到绝不允许有自己的主见。这种爱对他来说，尤其是对他的妻子而言，这已经画地为牢了，捆住了自己的生命，约束了自己的活动：貌似自从有了小孩以后，自己的生活就完全变了个模样，意味着永远舍弃了自己的发展。那个活跃、聪敏、年轻的男子，已经在算计着自己退休之前还需要做多少年的工作。一些杰出的人甘愿让家人父子之间的情感扼杀掉自己的志气；法国是最注重家庭浓厚氛围的，这几乎让人透不过气来，家庭的成员已经浓缩到最小的程度：除去父母，一家也只有一两个小孩。这种所谓的爱只是一种畏惧退缩的、紧抓不放的感情，就如同一个吝啬鬼死死抓住手里的金子一样死也不松手。

一件偶然的事便让克利斯朵夫对赛丽纳更加感兴趣了，这让他看到了法国人对待感情的狭隘，对于生活的畏首畏尾，甚至连自己应该把握的那一份都不敢攥在手里。

哀斯白闲有一个小他十岁的弟弟，也是位工程师。和很多处在中产阶级的人们一样，他渴望着艺术，其实他们以前就很想从事艺术的，可又担心会耽误了他布尔乔亚的前途。其实这算不得什么难解的题，当今很多的艺术家都很好地解决了这个问题，而且也没冒什么风险。但是人总是要有点志愿的，而并非所有人都持有这一点毅力的。首先，他们无法判定这是不是自己的志愿；然而随着生活逐渐变得稳定下来之后，他们就听之任之不再反抗了。诚然我们不会怪罪他们，假使本可以做一个安守本分的布尔乔亚，那当然没必要再去做一个另类的艺术家。不幸的是，当志愿化为灰烬之时还是会留有一点缺憾在心里：一个天生的艺术家就这样死了[1]！平时一个人的这种矛盾心理被一些称作“哲理”的东西掩埋着，可是生活也确实给影响了，一直到时间的流逝和新的烦恼将这些旧的愤恨涂抹掉为止。安特莱·哀斯白闲的情况便是如此。他很希望执笔于文学；可他的哥哥固执己见，非要他和自己一样献身于科学。安特莱向来很聪敏，对科学或者文学都还有一些天分；他不确定自己是否能够成为一个艺术家，但是却能确定自己能够成为一个布尔乔亚；就这样，他做出了让步，先暂且（我想大家应该晓得所谓暂且是什么意思）听从了哥哥的想法，考进了中央工程学校；入校的时候名次不靠前，毕业的时候依然如此，打那以后，他就一直做着工程师这个行当，做得还算认真，可是却一点都提不起兴趣来。时间过去了这么久，他的那些艺术天分全都丧失光了，所以每当他提及此事便总是用一种自我嘲讽的口气。

“再者说，”他说——（克利斯朵夫一下就听出了里面悲观的味道）——“人生没有必要为了这一个错过的机遇而自我烦愁。毕竟水平不怎么样的诗人多一个少一个又有什么关系！”

弟兄俩十分相亲相爱。虽然性格差不多，却总是话不投机。以前两人都是德莱弗斯党的一分子。可是安特莱被工团运动吸引过去了，成了一个反军国主义者；相反哀里却是个地道的爱国主义者。

有的时候安特莱过来看望克利斯朵夫却不去看望他的哥哥，这让克利斯朵夫备感诧异，因为他和安特莱还没交好到这个地步。安特莱一张口便满是抱怨——那确实够让人讨厌的了；与此同时他也

① 系古罗马尼禄皇帝自杀前语。

听不进克利斯朵夫的话。因此克利斯朵夫也就不做隐瞒地表示他的拜访是没什么太大意义的；可是对方却丝毫不介意，貌似都没有察觉。最终有一天，克利斯朵夫这才注意到客人倚靠在窗户边，一心留意着楼下的花园而对他说的话爱搭不理，他这才回过味儿来。他当场揭穿了。安特莱也坦诚地说出了自己是认识夏勃朗小姐的，来克利斯朵夫这里的目的也确实是为了看她一眼。话匣子一打开，安特莱又说出了他和这位小姐是旧相识，不仅仅是认识。哀斯白闲一家与少校一家是多年的旧交，两家一度走得还很近，后来因为政见不同而彼此疏远、不相来往。克利斯朵夫认为这实在让人无法理解。难道他们就不能各自持有自己的想法而继续相敬下去吗？安特莱辩解说，他自然是宽容待人的，但是面对两三个涉及原则的问题他无法容忍别人的态度与他相左，比如德莱弗斯事件。聊到此处，他就开始胡搅蛮缠了，这个算得上是时下的风气导致的。克利斯朵夫明白这种风气，争论下去也没什么必要；可还是追问了一句，这件事是不是没有个结束的一天，又或者他的愤恨会不会永远都这样延展下去，直至连累到我们的曾子玄孙。安特莱听完笑了，没有正面回答克利斯朵夫，转而赞扬赛丽纳·夏勃朗，批判那位父亲的自私，说他不该因为自己而拴住女儿。

“假若你爱她她也爱你的话，为什么不直接娶了她呢？”克利斯朵夫问。

安特莱便埋怨赛丽纳是教会派的成员之一。克利斯朵夫便问他这有什么不对劲的。他说那就必得要奉行宗教仪式，成为上帝与宗教人的奴仆。

“可这和你又有什么关系？”

“我只想我的妻子属于我一个人。”

“怎么！你对你妻子的信仰都要忌妒吗？那要是这样来看的话，你可比那个少校自私多了。”

“你这是站着说话不腰疼。难道你会娶一个完全不喜欢音乐的女人吗，你？”

“我已有过一次经验了！”

“两个连思想都说不到一块儿去的人，还怎么搭伙过日子？”

“抛开你这些思想吧！我可怜的朋友，人处于热恋阶段的时候，什么想法都是不会去考虑的。要我的女人像我一样爱音乐，对我有什么用呢？于我而言，她就是我的音乐！如果一个人像你一样机缘巧合之下爱上了一个姑娘，而恰巧她也深爱着你的时候，那么你们都忠于自己的信仰，不也是挺好的吗？归根到底，你们两个人的思想都有其各自存在的道理。世上只有一条真理：就是相爱。”

“你说的这些都是诗人的言辞，你没有看到真实的世界。我已经看过太多思想相悖而饱受痛苦的夫妻了。”

“那说明他们爱得不深。他们应该首先要知道自己究竟要的是什么。”

“有时候想得到的不一定就会得到！即便是我再想娶夏勃朗小姐为妻，也不可能。”

“那你给我你的理由。”

安特莱便说出了他所顾虑的事：自己还没在社会上站稳，没什么钱，身体也不好。他怀疑自己是否还有权利结婚。承担的责任太大了！……会不会让你的爱人跟着自己受苦？会不会你自己也受苦？更何况将来还会出现孩子的问题……还是缓一缓再说了，又或者干脆放弃算了。

克利斯朵夫耸了下肩膀："原来你的爱是这种的！假如她心存爱情，她会为你做任何事。谈到孩子呢，你们法国人的想法还真是好笑。你们要确定他们一生下来就会过上衣食无忧、不吃一丁点苦的日子，才肯放心带他们到这个世界上来……见鬼！那跟你们有什么太大的关系呢？你们只需要赐予他们生命，教会他们热爱生命，拥有捍卫生命的勇气就够了。至于其他的……他们活也好，死也罢……那都是个人的造化。难道放弃人生会比碰碰人生的运气更好吗？"

克利斯朵夫健康的心理着实打动了安特莱，但不足以让他下决心。他说："是的，或许……"

可他到现在为止。就好像其他人一样，似乎患了一种缺乏志愿而又不能有所行动的瘫痪病。

克利斯朵夫竭尽全力想要去除这种消极的状态，这在他很多的法国朋友身上都能见得到；让人感到奇怪的是虽然他们无精打采，却依然辛苦劳作，甚至是有些亢奋地忙碌着自己的工作。他在各个不同的中产社会里碰见的差不多全是满腹牢骚的人，当权的人与他们腐朽堕落的思想令他作呕，对于他们民族精神所遭受到的屈辱感觉非常愤慨。然而这并不是某一个人的怨恨，不是某些人或某个阶级的政权与活动被剥夺而发出的怨气，如同精力过剩无处排出的被免去职位的公务员，或者隐忍在一块田庄里像是一头受了伤的狮子一样任人宰割的贵族阶级那样。这是一种精神层面的抗争，是潜伏着的、深刻的、普遍的：这种情绪在军队、司法界、大学、办公室里，以及政府的一切重要部门之间，到处都存在。但是他们一点行动力都没有，又或者他们一开始就灰心丧气了，总是念叨着："根本就没办法。”

由此他们便颤颤巍巍地躲避开自己真正的想法、有关的谈话，尽量回避着所有不开心的事，以期冀在生活中能找到一个避风港。

如果他们只是逃离政治舞台也就算了。可在平时的生活当中，那些老实人也不想做些什么。他们含着屈辱和连他们自己都看不起的一些痞子交往，不想和这些人抗争，感觉这是无用之举。比方说，就克利斯朵夫所知道的那些艺术家、音乐家，为什么一声不吭地任由那些舆论界的流氓欺负呢？其中有些简直愚蠢透顶，他们的无知无人不晓，可还是被当作公众的权威。他们自己的那些文章和书根本都不是自己写的，他们雇用书记为之代劳，那些可怜兮兮的饿死鬼为了自己能填饱肚子、有衣服穿，把自己的灵魂都给出卖了——假使他们还有灵魂的话。在巴黎，这是一种公开的秘密。但是这些痞子依然高坐统治者的位子，傲慢蔑视着这些艺术家。克利斯朵夫读到他们对事情的评论时，几乎肺都气炸了，大声嚷嚷：“噢！这帮软骨头！”

“你在骂谁呢？”奥里维问，“还是骂节场上那些个坏家伙吗？”

“不，我在骂那些老实人。这些流氓撒谎、扯谎、抢劫、盗窃、凶杀，那是他们的本性。但是其他的人呢，一面拿出鄙视的眼光看待流氓，一面却让流氓胡作非为，这更让我瞧不起。假如舆论界的同仁，假如刚直不阿而又拥有广博才识的批评家，假如被那些小丑戏弄的人，并不是因为自己的胆小，担心自己受牵累，或是心存歹念与敌人为伍以避免让自己遭受攻击，如若不是因为这些理由而默不作声地由着那帮土匪乱来，如若不让他们以保护自己的名义与友谊当挡箭牌的话，那么这种无耻下作的势力便站不住脚了。所有的领域都是一样的毛病。我遇见过很多正派的人，当他们一提起某个人的时候都会说：‘他不是个东西。’但是却没有不称呼他‘亲爱的同行’的，没有不和他握手的。他们会说：‘这种人实在太多了！’是的，卑躬屈膝的人太多了，胆怯懦弱的好人太多了。”

“唉！你要我们能怎么做？”

“你们可以去做警察呀！还在等什么呢？等着老天能帮你们处理好吗？你看，这雪已经下了三天，街道都被它给堵死了，把巴黎都搞成了一个泥地。你们在干什么呢？你们大骂当局任由你们陷在泥地里不管不问。可是你们想没想过自己试着爬出来？这可真是可笑！你们揣着胳膊站在那里愣神，自己家门口的雪都不敢扫开。没一个人谨守自己的责任，政府不做好政府该承担的责任，私人也不尽守自己的责任：只是相互推脱了事。几百年来君主制度的熏染，已经将你们染成了什么都不会亲自下手的习惯，奇迹诞生之前，你们只会仰头看着天。奇迹唯一可能降临的方式便是你们要下定决心去行动。你看呐，奥里维，你们的聪慧与德行足以转让给别人，但是你们缺少一腔热血。首先你应当做开路先锋，你们的脑子和心都没病，有了病的是你们缺少对生命的激情，它溜走了。”

“可那有什么办法呢？得要等着它回来啊。”

“首先要有意愿期冀它回来！听见没有：要有意愿！为着这点，首先需要呼吸新鲜的空气。如果一个人不想出门，那至少也应该打扫干净自己的房子。而你们却容忍那些节场上的乌烟瘴气将瘟疫带回家。你们有三分之二的艺术跟灵魂被污染了：你们却一点斗志都没有、垂头丧气，甚至连愤怒的劲头儿都提不起来，几乎都已经见怪不怪了。在这些荒谬可笑的老实人中间，有几个吓傻了，甚至以为是自己错了，那些行走江湖的骗子才是对的。你们《伊索》杂志不是标榜不会有任何的蒙蔽吗？可我在那撞见了不少可怜兮兮的年轻人，心里明明讨厌艺术，嘴上却说着喜欢。他们软弱得像是一只羔羊，所以即便毫无乐趣，也会自我催眠：最终还是要在自己编造的谎言里烦闷地死去！”

克利斯朵夫就像是一阵清风一样摇撼着睡梦中的森林，再次扎进了那犹豫徘徊的人堆里去。他并没有想过把自己的想法移植给他们，只是想灌输给他们一点力量，让他们敢于有自己的想法。他说：

“你们太过谦卑了。一个人最大的对手便是神经衰弱的怀疑。宽容是可以理解而且也是理所应当的。可是绝对不能对你所信奉善与真的东西产生质疑。凡是你所信奉的，你都应当加以保护。无论我们有着多大的力量，都不应该退让。在这个世界上，最渺小的人和最强大的人都同样拥有一份责任。并且（只是他们还不知情）他也有他的力量。别以为势单力孤的反抗就是白白浪费的！对自己的信念给以肯定本身就是一种力量。近些年来我们也不止一次地看了很多这样的例子，政府和舆论都不得不顾及一个老实人的意见，而这种精神所给予的力量便是老实人手里唯一的武器，百折不回的，向世人昭示的……

“倘使你们要问我千辛万苦耗费这么多劲儿到底有什么用，奋起有什么用……那么我可以这样来讲给你们听：因为法兰西已经快死了，因为欧洲也已经快死了，因为历经了几千年磨难与痛苦的我们的文明也要崩盘了，如果我们不奋起的话。国家危在旦夕，欧洲也危在旦夕，尤其是你们那个小小的法兰西，全部被你们那些冷漠给撕毁了。它死在了你们每一根日渐枯萎的神经中，死在了你们每一次隐忍不发的思想中，死在了你们每一个优柔寡断的意念中，死在了你们每一滴近乎枯竭的血液中……站起来吧！就是应该活下去！假如非死不可，也得等站起来死。”

最为困难的还不是鼓动他们行动，而是能鼓动他们一起行动。从这一点来看，他们是不可能被唤醒的。他们相互埋怨，最优秀的人总是固执己见、顽固不化。克利斯朵夫所在的那幢房子里就有这样的例子。法列克斯·韦尔、工程师哀斯白闲、少校夏勃朗，三个人之间都默不作声地敌视着对方。虽然他们属于不同政党，拥护不同的民族旗帜，可是所期望的却是一样的东西。

韦尔先生和少校很多方面的想法都很一致。那个终日埋头于书本，常年生活在自己思想里的韦尔先生，却对军事有着特别的兴趣：这种奇怪的情形对于一般的思想家来说是常事。一身书生气的老头儿崇拜着拿破仑，他把凡是能让人回想到帝政时代的史诗的纪念物和书籍之类的全都收集起来。韦尔和同时代的很多人一样，被那颗光芒四射的骄阳晃花了眼睛。他追寻当年的战役，将它们又重新演练一遍，钻研行军步骤；他是学士院与大学里属于纸上谈兵的那一种战略家，不是阐释奥斯特里茨一仗，便是执着于纠正滑铁卢一役犯下的错误。聊到这种拿破仑迷，他便首先跳出来百般嘲笑讥讽；但是他也不免痴迷于这些美好的故事，就好像在玩游戏的孩子一样。想到其中的一些事甚至能让他不免动容热泪盈眶，当他感觉自己太容易动感情了，便笑得直不起腰来，直把自己称作蠢老儿。实际上，他痴迷于拿破仑并不是出于爱国，而是被里面奇幻的故事给吸引住了，喜欢不切实际的活动。他确确实实是个爱国之人，甚至与许多纯血种的法国人相比更爱法国。法国的反犹太主义人士经常质疑那些定居在法国的犹太人，诋毁他们对法国的感情：这简直迂腐不堪了。一个家庭但凡定居在一个地方两三代以后，势必会爱上那片沃土；然而对于犹太人来说，还有特殊的缘由，爱好这个在西方思想领域最先进最为开放的民族，因为他们近百年来都在帮助法国朝这个方向迈进，而所谓自由，一部分也是他们的功绩。因此一旦看到威胁到法国与这些已经同化了的法国人之间的情感的时候，他们就会奋起保护它。这群该死的畜生就是想要这样，相当于帮了敌人一把。

夏勃朗少校便属于这种思维紊乱的爱国者之一，受着报纸舆论的威吓，认为一切居住在法国的外来民族都是埋伏着的敌人；即便他们向来好客，也硬让自己猜疑、厌恶，否认自己的民族有宽阔的胸襟来吸收、同化外来民族的大家风范。所以夏勃朗感觉对于二层楼上的房客还是不做深层次交流的好，虽然心里很愿意与他结识。从另一个方面来讲，韦尔先生也十分愿意能和军官聊聊天；可是也晓得他的那套国家主义，于是也就有点看不起他了。

克利斯朵夫比少校对韦尔先生更少了分兴趣。可是他无法容忍不公平。所以当夏勃朗对韦尔进行攻击的时候，他便做韦尔的辩护人。

有一天，少校照往常一样唠叨咒骂着现状，克利斯朵夫便对他说："这可都怪你们自己，你们个个都往后缩。只要法国有什么地方不随你们的心，你们便由着自己的性子，吵吵闹闹地不合作了，就好像自己缴械投降是多有面子的一回事。打了败仗还这么兴高采烈的人，我还从来没见识过。你是位军人，告诉我，难道这也算是作战的一种方式吗？"

"这和行军打仗无关，"少校回答，"我们不能为了法国相互厮杀。可是在这一类的战争里面，就要依靠说话、辩论、投票，和千万个地痞流氓搅和在一起。这我可办不到。”

“你实在是太灰心了！在非洲你不是对这些见得多了吗？”

“非洲哪有这里这般丑陋的！在那里，你可以削掉他们的脑壳！而且，想要战斗就得有自己的士兵。在非洲我有我自己的狙击手。可在这儿我却是孤身一人。”

“可是好人也很多啊。”

“在哪儿？”

“到处都是。”

“那么他们在干什么？”

“和你一样，无事可做，无法可想。”

“至少也要举出一个人来啊。”

“只要你愿意，我随便都能举出三个来，而且和你住在同一幢楼。”

克利斯朵夫一讲出韦尔先生的名字，少校一听直嚷嚷，再说起哀斯白闲夫妇，他几乎都跳起来了大声嚷道：

“那个犹太人吗？那些德莱弗斯党吗？”

“德莱弗斯党？那又怎么样呢？”

“就是他们葬送了法国。”

“他们和你一样深爱着法兰西。”

“要是这样的话，那么他们都是些疯子，害人的疯子。”

“难道您就不能对您的敌人公平一些吗？”

“与那些正大光明交战的敌人，我自然可以公平相待，你看，我现在就是与您这位德国先生聊着天呢。我对德国人是报以尊重的态度的，即便我心里非常期待有一天能把我们所吃的亏连本带利一并还过去。但是你说的那些个叛徒，情况就不一样了：他们用暗箭伤人，传播瘟疫似的观念，传扬毒菌般的人道主义……”

“是呢，你的思想还停留在中世纪武士第一次瞧见炮弹的那一刻。可这又有什么法子呢？战争也在进化啊。”

“好吧。别兜圈子了，咱们就当这个是一场战争。”

“假如有共同的仇敌来侵犯欧洲，难道你就不会和德国人联合抗敌吗？”

“在中国我们已经有过一次合作了[①]。”

“你往四下里看看吧！你的国家，所有我们的国家，不是都在民族的英勇的理想主义的胁迫之下吗？它们不是都被政治冒险家和思想冒险家揪在手里吗？面对共同的敌人时，你们不正是应当与你们有强大力量的敌人携起手来吗？像你这样的人怎么会瞧不见眼下事实的真相？你口中所讲的敌人，无非是一些与你的想法相左的理想的人！一种理想就是一种力量！你无法否认这一点；在最近挑起的战争中，是你们敌人的理想将你们击败了。与其为了抗争他们的理想而消耗尽你们的精力，为什么不将他们的理想与你们的融合在一起，然后齐心去对付所有与理想对着干的敌人，对付侵犯国家利益的人，对付蛀蚀欧洲文明的蠹虫，不是很好吗？”

“先要晓得是为了谁而战？是想让我们的敌人胜出吗？”

“当你们在非洲的时候，有没有想到这样一个问题，你们过来打仗到底是为了一个王还是为了法兰西。我见到你们当中大部分人心里都没想到过有什么共和国吧？”

“他们才不在乎这些个呢。”

---

① 指一九〇〇年八国联军入侵中国。

“那好吧！法兰西可是从中受益不少呢。你们的出征是为了它，也是为了你们个人。而现在你也要这样来效仿！将战线拉长。不要再因为政治上或宗教上的一些小嫌隙就起了争议，那是无聊至极的事。不管你们的民族代表的是教会还是理性，都不是什么大不了的事。首先一点是要让你们的民族存活！但凡能激发生机都是不错的。敌人只有一个，便是自私地贪念享乐，它吸干了生命的源泉并把它搅浑了。你们需要将力量、光明、丰满的爱、牺牲的欢乐尽可能地挖掘出来。永远别让别人代劳。你们需要自己来奋斗，奋斗，你们要拧成一股绳向前！”

说着，他在钢琴上弹起了《合唱交响乐》[①]中的《降B调进行曲》的开头那几节。

“你知道，”他停下来说道，“假使我是你们音乐家中的一员，夏邦蒂哀也好，勃吕诺也罢[②]，我要帮你们将《公民执戈前驱》《国际歌》《亨利四世万岁》《神佑法兰西》等等，一并放在一首合唱交响曲里（你听呐，就是这种感觉），……我要为你们炒出一盘大杂烩塞你们嘴里！那味道自然是很怪（倒也不见得炒出来的会比他们的更怪）。但是我敢打包票，你们一旦吃下去定会火气大发，你们必定有所行动不可！”

他说完便哈哈大笑起来。

少校也跟着笑了起来：“你是条汉子，克拉夫脱先生。只可惜你没站在我们这一队里！”

“我怎么就不是你的战友？到处都在进行相同的抗争。还是让

① 即贝多芬作的《第九交响曲》。

② 夏邦蒂哀与勃吕诺均为法国近代音乐家。

咱们聚拢些吧！”

少校表示同意，但也到此为止了。克利斯朵夫便靠着那股执拗的倔脾气，老是把话题扯到韦尔先生与哀斯白闲夫妇身上。军官和他一样倔上了，反过来倒过去都是反对犹太人和德莱弗斯党的那些陈词老调。

克利斯朵夫有点难受。奥里维安慰他说：“你别太难受，一个人的思想无论多么强大都不能一夜之间就将整个社会换次血。那太理想化了！但是你已经做了很多了，只是你自己还不知道。”

“我做了什么了？”克利斯朵夫问。

“你可是克利斯朵夫。”

“这能给别人带来什么好处？”

“噢！很大的好处呢。我亲爱的克利斯朵夫，你只需要做你自己就好了，不用为我们劳心。”

但是克利斯朵夫绝对不肯放弃。他继续和夏勃朗少校争论辩解着，有时候争得面红耳赤。赛丽纳看了感觉挺有意思的。她一边安静地听他们聊天，一边做着手上的活计，没有加入辩论的行列，但是她貌似变得快乐了一些，眼神里有了更多的光彩，看待周遭的眼界也变得宽阔了许多。她开始想拿起书看了，和以前相比开始喜欢往外走动走动了，对很多事情变得有些感兴趣了。一天克利斯朵夫因为哀斯白闲正和她的父亲激烈辩论着，少校见她笑着，于是便问她什么有想法，她平静地答道：“我认为克利斯朵夫先生说的是对的。”

少校一愣：“怎么！你也这么认为？……好吧，不管谁对谁错，我们现在这样活得不是很好么，用不着看见这些人。对不对，孩子？”

“不，爸爸，打交道多一些，我会觉得很开心。”

少校默不作声了，假装没听见女儿说的。他不表露出来，并不代表克利斯朵夫所说的对他来说没什么感觉。虽然他思想狭隘、性子暴躁，可他心地却很正直，有一股侠义心肠。少校对克利斯朵夫有好感，喜欢他的坦诚和精神上的健硕，却经常叹息他是个德国人。尽管经常和克利斯朵夫争得脸红脖子粗的，可却经常想找他辩论；克利斯朵夫的思想在他那里慢慢地发芽了。他自然不会承认这一点。有一天，克利斯朵夫看到他偷偷摸摸地翻着一本书。后来赛丽纳把克利斯朵夫送出门时，对他说："你想知道他在看什么书吗？是韦尔先生的著作呢。"

克利斯朵夫听了分外开心。

"他怎么说的来着？"

"他说：'这鬼东西……'说归说，他可不舍得放下那书呢。"

克利斯朵夫下次见到少校，绝口不提书的事。倒是少校忍不住问他："你怎么不拿你的犹太人来和我争了？"

"没必要了。"克利斯朵夫说。

"为什么？"少校气势汹汹地问道。

克利斯朵夫笑而不语，走了。

奥里维说得一点都没错。如果一个人要想对别人有所影响，绝不单单只靠语言就能完成的，而是需要精神来完成。有一些人用目光、行为、清澈澄明的灵魂，在周围散发出一股安宁的、让人舒服的味道。而克利斯朵夫能给人带来鲜活的生命。它犹如一阵春雨缓慢地穿过毫无生气的屋子，穿过斑驳古旧的墙壁和紧闭的窗子，让那些被多年的苦痛、病弱、孤寂打磨得面黄肌瘦、几乎死去的灵魂重生。这是灵魂之间的对决，施予者与感受者都不知情。但是世界万千生灵就是依靠这种潮涨潮落的运动，而这种神秘莫测的吸引力影响了这种运动。

奚尔曼太太就是上文提到的那个三十五岁的少妇，住在克利斯朵夫和奥里维所在公寓的四层楼上。两年前死了老公，一年前又死了一个七八岁的女娃。她和婆婆生活在一处，从不和人来往。整幢房子的房客之中，就属和她最生疏了。他们难得打照面，而且也从来不说话。

她个子挺高，清瘦，腰身很不错，深褐色的瞳孔里没有一点儿神采，表情呆滞，偶尔会射出一道阴暗、冷峻的火焰，蜡黄蜡黄的脸有些扁平，嘴巴干瘪而又深陷着。老奚尔曼太太是个虔诚的老太婆，整天窝在教堂里。媳妇却对什么都提不起兴趣，一心只想着自己心里的悲痛。她家里摆放的全是亡女的遗物和相片等。由于全心专注着这些东西，她脑子里便再也没有了孩子的模样；眼前这些死的东西代替了心里那个活的模样了。因为见不到孩子，便更执拗地要看到孩子；她想念着女儿，要一心地念着女儿，结果一点办法都没有。于是她冰冷地呆坐在那里，惘然若失，没有了眼泪，生命干枯衰亡了。宗教也没什么办法。她参加仪式，但不信宗教，因此便没有鲜活的信仰做支撑；她在教堂里做捐献，可却不热衷于慈善事业；她的一切宗教信仰都构建在一个想法之上：与女儿作别，其他的与她无关。上帝？上帝和她有什么关系？只要能见到女儿就行了！……可是这个愿望她自己一点把握都没有。她只是需要心里坚信，偏执地让自己相信，可是还是会怀疑……她看到别人家的孩子心里就不是滋味，心里想："他们的孩子怎么就没死？"

街坊里有个小姑娘，模样举动都和她那死了的女儿特别像。每每从后面瞅见小姑娘拖着小辫子，她就不自主地颤抖，跟在小姑娘后面走；当孩子转过头来的时候，她眼里见到的却不是她的女儿，恨不得上去一把掐死她。她埋怨哀斯白闲家的孩子在楼上大声吵闹，两个女儿已经是很文静的小姑娘了，家教很严，可是只要来回在屋子里稍微走动几下，她便马上派遣仆人上楼提醒。克利斯朵夫有一次领着小姑娘们回来，恰巧撞见她，着实被她投向孩子们的那恶狠狠的眼光给吓了一跳。

一个夏季的夜晚，这个活死人靠着窗户坐着，呆坐在黑暗的屋里愣神，脑袋一片虚空，克利斯朵夫的琴声忽然传了进来。他习惯了每天在这个时间一边弹琴一边想事。这个音乐让她恼火，因为缥缥缈缈的境界全被搅乱了，她愤愤地关上了窗户；可是音乐却一股脑地全部钻进了房子里，这实在是让她十分愤恨。她心想着让克利斯朵夫停止弹琴，可是又没有这个权利。从那以后，她每天都在那个时间愤怒而焦躁地等着琴声开始；假如弹奏得要是晚了，她心中的怒气有增无减。她不由自主地得要把音乐全部听完，等到音乐一停，她那个麻醉的境界便荡然无存了。一天夜晚，她在阴暗的卧室一角发呆，音乐远远飘来穿过紧锁的窗户，这让她打了个激灵，几近干涸的眼泪竟然淌了出来。她走过去打开窗子，边听边哭。音乐就如同雨水，滴滴淌进了她那颗干涸的心，它又重新醒过来了。她再次看到了天空、星辰、夏夜，感觉就像一缕微弱的光一般，心中诞生了对生命的乐趣，产生了对人类的同情心。当天夜里，这几个月来的第一次，她与她的孩子在梦中相遇了。因为让我们贴近亡者最可靠的方法，便是乐观面对生活，他们是与我们相连的，生同生，死同死。

她并不想与克利斯朵夫相识，可是只要听到他和孩子们从楼梯上走过，就忍不住躲在门后面去听孩子们的唠叨，与此同时她的心就跳得很厉害。

有一天她正打算出门，忽然听到了孩子们在楼梯上的走动声，脚步声略微比平时大了些，听到那孩子对她的妹妹说："轻一点，吕赛德，克利斯朵夫说过的，别打扰了那位伤心的太太。"

另一个便把脚步放轻了，压低了声音聊天。这下奚尔曼太太实在受不了了：她打开房门，死命抓起她们抱在怀里。她们害怕了，有一个都吓哭了。她只好放下她们。

打那以后，但凡碰见她们，她便笑着对她们，但是笑的时候脸有点儿僵硬（她很久都没笑过了）。她也和她们讲些莫名其妙的亲热话，孩子们害怕之余，只胆怯地小声回几句。她们自始至终都害怕这位太太，和以前相比更加害怕了；每次经过她家房门那儿，就怕她一下跑出来抓住她们，便飞似的跑开了。而她却藏在门后面偷偷看，心里很愧疚，自认为愧对死去的女儿，跪倒在地上乞求女儿的谅解。可那个时候她生活与爱的本性已经被全然唤醒，无法再压制下去了。

一天晚上，克利斯朵夫回到家，感觉这幢屋子里闹哄哄的，像是出了什么事情。有人告诉他说华德莱先生突发心绞痛死了。克利斯朵夫禁不住想起了那个孩子，怜惜悲悯之情溢于言表。没人晓得华德莱先生还有没有什么亲戚，那个孩子几乎没人可以依靠了。克利斯朵夫三步并作两步地奔到四楼，华德莱家的门大开着，他冲进去发觉高尔乃伊神父呆坐在灵前，女孩子哭着喊爸爸；看门女人笨嘴拙舌地在旁边好言宽慰她。克利斯朵夫走过去抱起孩子，和她说些体己的话。她难受至极，死死地勾住他的脖子；他想带她出来，可她不愿意，他只好留下来陪着她。暮色低垂，他倚窗向外望着，怀抱着她轻轻摇晃着。孩子渐渐安静了，伴着呜呜的哭声睡过去了。克利斯朵夫把她抱到床上，笨手笨脚地帮她解鞋带。天色已晚。房间的门依然开着，一个影子一闪而进，还能听得到裙裾发出的窸窸窣窣的声响。克利斯朵夫透过暗淡的光认出了是奚尔曼太太那双烈火般热辣的眼神。她站在门口，有点哽塞地说道："我来是……你愿意……愿意把她交给我吗？"

克利斯朵夫握住奚尔曼太太的手，哭了。然后，她在孩子的床头坐下了，须臾，转而又说："请让我来照顾她吧……"

克利斯朵夫与高尔乃伊神父一起回了楼上。教士有点尴尬，感觉自己非常冒失。他谦卑地说希望得到死者的谅解，因为他是以朋友的身份而不是以神职人员的身份前来的。

翌日清晨，克利斯朵夫再次来到华德莱房子时，发现小孩纯真而依赖地勾着奚尔曼太太的脖子，孩子对那些能够讨得他们欢心的人是马上能够倾心相对的。她同意了和她的新朋友一起走……她早已将她的养父忘干净了，而特别喜欢这个新妈妈。这种情况按照常理来说是让人有些放心不下的。奚尔曼太太那有些自私的爱有没有意识到这一层呢？……或许见到了。但是又有什么关系呢？她应该去爱的。幸福已经沉浸在爱里了……

就在华德莱先生下葬几个星期之后，奚尔曼太太领着孩子去了离巴黎很远的乡下了。走的当天，克利斯朵夫和奥里维都去送行。她心里的高兴劲儿全写在了脸上，他们俩以前可从没见过。她几乎没留意到他们，快要出发了才看到了克利斯朵夫，伸出了手说："你救了我。”

克利斯朵夫听得云里雾里，他俩上楼去，说：“她说这个是什么意思，这疯癫的女人？”

过了不久，他收到一张陌生女孩子的相片，安静地坐在一张圆凳上，两只小手乖巧的交叉在膝盖上，眼神里透着清澈而忧郁的光芒。相片下注明一行小字：“我的亡女对您表示感谢。”

在这幢楼里，所有的人都感觉到了一缕新生命的气息。一座赤诚的炉火已经在六层楼上燃烧起来了，它的光芒渐渐温暖了整幢屋子。

但是克利斯朵夫却不这么认为，他感觉效果来得太慢了。

“啊！”他感叹道，“难道就不能让那些信仰不同、阶级不同、相互不熟知的人联起手来吗？这难道行不通吗？”

“急什么！”奥里维说，“这是要互相之间的宽容、忍耐与同情才可以的，然而这些又得发自内心的欢愉，而所讲的内心的欢愉，是只有有着健康的、正常的、和谐的生活才能体味得到的快乐，感觉自己从事着有意义的活动、参与着伟大的事业并从中得到快乐。想要抵达这种层次，国家势必要处在一个辉煌的时期，抑或是拥有迈向辉煌时期的国家。与此同时也需要（这两点要同时具备的）一个超党派的、明智的、强劲政权，能集合汇聚大众所有的力量的政权。这支强大的政权的力量一定是依靠自己本身的政绩而不是依靠什么大众的，一定是不依靠那些混乱不堪的大多数人，而是依靠它的政绩而让大众拜服的，例如得胜归来的将军、匡扶国家的独裁家，把智慧看得高过一切的政权……我也说不好。那不是我们能做得了主的，需要机会，还要有知道握紧机会的人，要好运与天才全都具备。

耐心等着吧，希望着吧！力量已经聚集在这里了：信仰之力，科学之力，古法兰西、新法兰西、大法兰西劳作之力……假使能有什么玄妙的咒语将这些力量积聚起来，这将会是多么宏伟壮阔的气势！可这个玄妙的咒语，不是你我这样的就能念得出来的。可是谁能呢？胜利吗？荣誉吗？……耐着点性子吧！最重要的就是所有民族优秀的分子都得储蓄能量耐心等着，不要损耗掉自己，不要等到时机还没成熟的前一刻丧失信心。幸运与天才只会诞生在几百年来执着信仰、磨炼耐性、不畏困苦的民族身上，因为他们当之无愧。”

“谁晓得呢？”克利斯朵夫说，“幸运与天才总是在大家没有期待的时候出现，让人始料未及。你们对那些风云变幻看得太重了，要及时抓住眼前。抓紧准备吧！把行囊都装备起来吧！永远不要脱下鞋子，手握好棍子……谁敢断定主今晚不光顾你家的门口呢？”

今天晚上，主已经向我们靠近了，他翅膀的影子已经投映到门上了。

德法两国之间发生了些芝麻绿豆的小事，然后紧跟着邦交突然变得恶化。只三天的时间，大家从友好互助的近邻忽地就变成了挑衅战争的敌人了。针对这种情况，谁也不会感到惊讶，除了那些自以为可以用理性就能掌控世界的幻想家。然而类似这样的人在法国遍地都是；他们望见莱茵河对面的舆论界突然一夜之间转变了态度，气势汹汹地露出排法的嘴脸的时候，不由得倒吸了一口冷气。两国内部一些报纸向来以专属爱国家自居，以民族的宣言家自居，有的时候受政府的唆使，支使政府应该如何去做。德国的舆论界便是采取了这样一种手段对法国发出通牒式的无理要求。德国与英国有一些纷争，然而德国却不允许法国当一个旁观者。那些傲慢无礼的报纸命令法国做出一些支持德国的宣言出来，不然就以让法国付出战争的第一批代价做威胁；它们试图采用恐吓的手段来降服同盟国，不战而胜就把法国当成俯首称臣的战败一方来对待——总之，它们把法国当作了奥地利。从这点我们看到了被胜利蒙住了双眼的德意志帝国主义那副嘴脸，也看到了德国的一些领导者对其他的民族一点都不了解，他们将自己国内的那套思想，强权压过一切的那套言辞，付诸别人身上。对于一个古老的民族，一个在欧洲拥有比德国更为长久几百年的荣誉与权威声望的国家来说，这种粗暴的强权必然会引起相反的结果。法兰西暗伏着的高傲劲儿一下被激了起来，举国沸腾了，就连最麻木冷漠的人都被气得大声叫嚷了起来。

德国的大众与政府教唆的挑衅动作一点关系都没有：但凡每个国家的老百姓只想着能安安静静地过着小日子；德国的老百姓尤其温和、热情，喜欢和大家和平相处，并没有想过打败别人，而是愿意更多地去赞赏他们、效仿他们。但是政治当局并没有询问过这些老百姓的态度，他们也没什么胆子说出自己的想法。凡是没胆量加入公共行动中去的人，势必沦为公共行动的玩具，变成嘹亮而荒谬的回声，折射出舆论界的呼号与引领者们的挑战；这也便谱成了《马赛曲》或《保卫莱茵》。

对于克利斯朵夫与奥里维来说，这件事无异于当头棒喝。他们向来相亲相爱，缘何他们的国家却不采取相同的方法来相处。这股被惊醒的深仇大恨，让双方都找不到其中的缘由，尤其是对克利斯朵夫而言；以一个德国人的角度来看，他感觉自己没有对被自己民族征服的民族产生愤恨的理由。他其中一些同胞所展现出来的狂傲让他很难受；在一定的限度范围内，他与法国人站在一队，对这种强迫别人的行为感到同样气愤；但是他不懂法国人为什么不想成为德国的盟友。他认为德法双方有足够的理由应该联合起来，有着共同的思想，与此同时也有着伟大的使命需要一起全力去完成，所以当看到它们俩相互仇视以对的情况大为恼火。他和所有的德国人想法一样，认为在这场误解中法国要负主要的责任；即便他承认过去战争的惨败让法国备感疼痛，但也只认为是自尊心作祟，要为了获得更多更大的利益——为了文明，为了法兰西，就不应该再去考虑自尊心的问题。他从来没有认真把阿尔萨斯—洛林问题放在心上多思考一下。从小学起他就已经习惯了把并吞阿尔萨斯—洛林的行为当作是理所当然的行为，这只是在历经千百年来的其他民族统领之后，收复本该属于德国的领土而已。所以当他知道他的朋友感觉那是一件暴行的时候，他便一头雾水了。他从来没和朋友讨论这些事情，一直以为他们会态度一致；岂料向来坦诚待人、胸襟宽广的奥里维，竟然相当平静，一点激愤的情绪都没有，只是无比悲戚地对他说，一个民族或许可以不会对这样的暴行进行报复，可是要他去举手赞同这对于他来说就颜面扫地了。

他们两人对这个问题不太能够相互理解。奥里维便列举出了历史上众多足以证明阿尔萨斯为拉丁土地而理所当然由法国收回的理由，可是这些对克利斯朵夫没有起到一点效果；支撑相反论断的理由也不少：不管是哪种政论，都能够找到足够支撑它存在的理由。对于这个问题克利斯朵夫之所以如此看重，不单是因为牵连到法国，更多的是从人情的角度来看的。问题的关键所在并不是阿尔萨斯人是否为德国人，而是他们愿不愿意把自己当作德国人，这才是问题的核心。哪个人有这个权利来说："这个民族是我的，因为他就是我的兄弟。”假使对方不买账呢？即便存在这种否定的态度是不应该的事，那错也只能错在不能讨得兄弟欢喜的那一方，因为他没有什么权利硬要拉对方在身边跟着他的脚步走。四十年来，德国人用尽各种武力威胁与威逼利诱，甚至贤明的德国政局也给了他们很多益处，可阿尔萨斯人还是不想做德国人。即便他们因自身软弱而不得已做出让步的时候，那种背井离乡、逃亡异地的人的苦痛，或者更加悲惨的是，一些无法离开自己的故土而不得已忍耐着扛在自己身上让人憎恨的枷锁，眼睁睁地看着故土被人霸占，同胞忍受着屈辱的苦痛，这种难受是永远抹杀不掉的。

克利斯朵夫不得不坦言自己从来没留心到问题的这一面，于是心里便有些茫茫然了。一个实诚的德国人探讨问题向来抱有一种坦诚的态度，那是向来看重自尊心的拉丁人无法做到的，不管这个拉丁人多么实诚，也是不大能够做到。诚然，历史上所有的民族都有过这种类似的暴行：克利斯朵夫并没想援引一些例子当作德国的口实。他性子太过高傲，不能找一些无耻的借口为自己开脱；他明白世界越是进步，人类的罪恶就越加凸显得让人恐惧，因为周边散发着更多的光芒。可是他也明白这一点，假使让法国赢了战争，也不见得就比德国更加收敛，铁定会在罪恶的铁锁上再扣上一环。就这样，惨痛的冲突便一直这样无休无止地持续下去，这可能会让欧洲文明的精魂受到重创。

这个问题诚然让克利斯朵夫陷入困扰，可对于奥里维来说则更加痛苦。让人悲痛的是本应该联合起来的两个民族在相互厮杀，而即便是在法国内部，也会窝里斗。这么多年以来，和平运动与反军国主义运动在从最上层到最下层的分子之间传播，政府由着他们去，只要不会危及那些政客们眼前的既得利益，政府便拿出了旁观者的姿态；它想不到的是最危险的并非公开支持一种最危险的思想，而是任由这种思想埋伏在民族的血管里，直等到将要备战迎敌的时候过来搅局。这种思想迎合了一些灵魂自由的人，他们期冀可以创建一个和睦的欧洲，把一切的努力缔结在一起，开创一个更加平等更加人性化的世界；与此同时它也迎合了一些无耻下作之人的自私，这些人是无论如何都不会为了什么人或事而甘愿拿着自己的身体来冒险的。这些反对抗战的思想已经浸染了奥里维和他的许多朋友。有那么一两次，克利斯朵夫在自己这幢楼里也听到了一些类似的谈论，不禁骇然。善良的莫克脑子里满是对人道主义的假想，眼睛里透着神采，口气相当温柔地说着，应该去阻挡战争的爆发，其中想到最好的办法便是鼓动士兵造反，煽动他们将枪口指向他们的长官，相信这必然会成功。工程师哀里·哀斯白闲言辞冷漠地回道，假如战争爆发，他会和朋友们先和国内的敌人算清了账，再来上战场迎敌。安特莱·哀斯白闲十分同意莫克的观点。一天克利斯朵夫望见兄弟两个吵得很凶，甚至都拔枪扬言说要毙了对方。尽管这些凶恶的言辞里掺杂了些戏谑的口气，可这让旁观者感觉他们有一天真的会行动的。克利斯朵夫好不惊奇地打量着这个荒谬的民族，始终准备着为了主义而自我了断……真是群疯子，只讲逻辑的一群疯子。每个人都只望见了自己的主义，不到终点，永远不会退让一步。并且他们当然是以能消灭掉对方为快的。人道主义者向爱国主义者开炮，爱国主义者报之以同样的手段。正当这个时候，敌人过来了，把国家和人类一并碾碎。

“可是，”克利斯朵夫问安特莱·哀斯白闲，“你们是否与其他民族的无产阶级达成了一致呢？”

“总是要有人第一个站出来的，那就让我们来。我们向来都打头阵。就让我们来发起这个信号吧！”

“如果别人不跟过来可怎么办？”

“不会的。”

“你们事先有没有商议下，制订一个什么计划？”

“不用商议！我们的力量远远超过了所有的外交手段。”

“这不是在谈观念，而是在讲战略战术。假使你们想要让战争消失，就得按着战争的方式来。在两国之间首先要把作战计划周密部署好，安排好在德法两国要去采取的具体行动和时间。假如你们想碰碰运气，结果会是什么样的呢？一边是毫无章法地碰碰运气，另一边是组织严谨的强大力量——你们不失败才怪呢！”

安特莱·哀斯白闲听不进这些。他耸了耸肩膀，只虚张声势地说些恐吓别人的话，他说抓一把砂子扔在关键地方，扔在齿轮中间，机器就能被搞坏。

但是冷静畅谈理论是一码事，把思想付诸实际，尤其需要当即做抉择的时候，又是另一码事。狂风骤雨在心里洗荡的时候是极其难过的。一个人以为自己是自由的，是自己灵魂的主人，岂料却忽然感觉自己像是被什么东西不自主地拖拽着。你心中暗藏的意志却要违背你的意志。你这时才发觉原来有一个陌生的主，无形中控制着人类。

一些头脑最坚定、信念最牢固的人，发现自己的信念已经消融了；他们手足无措，而结果常常出乎意料地走上与他们预想的完全不同的道路。在一些反对战争最为激烈的人中，心中突然升起一股对国家的骄傲与热情。克利斯朵夫见到一些社会主义者，甚至是工团主义者，面对着这些相反的热情与思想犹豫不决。在两国冲突的起始，克利斯朵夫还没看到事态的严重性，他以德国人那种冒冒失失的语气对安特莱·哀斯白闲说，假如他不想德国一口吃掉法国，实践他理论的时候便到了。安特莱听完勃然大怒，跳着脚回道：

“走着瞧吧！……你们这帮流氓，即便你们有那些挨千刀的社会党、四十万党员、三百万选举人也不敢堵住皇帝的嘴，砸烂你们的枷锁！……哼，就让我们来代劳吧！将我们吞并消灭吧！到最终我们才会吞灭你们呢！”

时间等待得越久，大家心里便越不安。安特莱十分痛苦。明明知道自己坚持的信念是正确的却没有任何办法去保护它！与此同时还感觉到自己已经被那些流传着的精神疫病给传染了——它就是散播在社会上的集体思想与战争思想的病菌！这种病菌浸染到了克利斯朵夫周围的人，即便是克利斯朵夫也免不了受它影响。他们彼此不作声了，相互之间都开始远离。

可是这个犹疑不决的情况是不会持续很久的。无论那些踟蹰不前的人愿意与否，行动的风暴都会将他们卷进这个或那个党派里去。到了人们似乎感觉已经是战争的前夜，两国的关系已经到了万分紧急的一刻，克利斯朵夫却发觉人们已经敲定了自己的选择。一切敌对的政党都自觉站到了它们曾经所蔑视与嫉恨的政权后面。颓废的艺术家和美学家们，在色情意味浓郁的小说里也掺杂了一些爱国的宣传。犹太人说要捍卫神圣祖先留下来的土地。一听到国旗两个字，哈密尔顿就会忍不住落泪。然而人们都是真挚坦诚的，都得了传染病。安特莱·哀斯白闲和他一些工团的朋友们和其他人一样，而且更甚，迫于形势所逼，不得已做出了一个让他们厌恶的决定，并且怀着一个悲观阴郁的心情打定了主意，这种思绪逼迫他们成了厮杀的工具。电机工人奥贝由于被后天的人道主义与先天的排外主义困扰着，几乎得了失心疯。他几夜几夜地睡不着觉，最终寻到了个解决所有问题的方法：把法国当作全世界的代表。从那以后他不再搭理克利斯朵夫，几乎整幢房子里的人都对他冷冰冰的了，就连同友善的亚诺夫妇都不再邀请他去家里做客了。他们继续将自己浸染在音乐的国度里，试图关闭那件人们都殷切关注的事，可是他们每时每刻都会想起。他们中间假使有人碰见了克利斯朵夫，仍然亲昵地与之握手，可变得匆忙而躲闪。如果在同一天，克利斯朵夫碰见了他们夫妻俩，他们便很尴尬地稍微点下头，停也不停一下就走开了。恰恰相反，多年不来往的人却忽然走得近了。有天晚上，奥里维示意让克利斯朵夫靠近窗户，想要让他看看哀斯白闲一家和夏勃朗少校在园子里聊天的情景。

对于人们思想的突变，克利斯朵夫倒是没感觉有什么奇怪的。他自己也一堆事够他烦的了。他心里也在翻腾奔涌，几乎都控制不了。奥里维本来比他更有理由烦躁的，此时却很冷静，貌似是这些人里仅有的一个不受浸染的人。即便一边等待还未降临的战争，一边害怕必然到来的国内的分崩离析，可奥里维却明白早晚交战的双方的信仰都是伟大而强悍的，也明白法国会变成人类前进的实验场，而新思想的成长需要法国用鲜血来滋养。可他并不想自己被卷进来。面对着人类的相互厮杀，他引用安提戈涅[①]的一句名言：“我是为爱而生的，不是为恨而生的。”为了爱，和爱的另外一种形式——了解。

---

① 安提戈涅为希腊神话中俄狄浦斯的女儿，全家遭受厄运，无一幸免。引语见希腊悲剧作家索福克勒斯的悲剧。

他对克利斯朵夫的爱足够让他看清自己应该担负的责任。在千万个生灵准备相互仇杀的时候，他认为，他和克利斯朵夫保有两个灵魂的责任与快乐，就表现在狂风暴雨中依然能够坚守着他们的爱与理性。他想起了歌德抵制加入德国一八一三年的仇法运动。

克利斯朵夫完全能够感知到这些，但就是无法平静。从某种方式上来讲，他背弃了德国再也回不去了，即便和他的老朋友苏兹一样，浸染着十八世纪里那些伟岸的德国人怀有的欧洲思想，那些经商主义和新德意志的军国精神让人作呕，他心里涌起了一阵巨浪滔天似的热情，不晓得会把他卷到哪里去。他没告诉奥里维，只见天在焦急地等待着消息，悄悄地整理东西，收拾着行囊。他无法用理性来思考事情，他控制不了。奥里维对他有些放心不下，时刻注意着他，猜到了他内心的纠结与斗争却不敢问他。他们感觉应该要比平时更加贴近一些，而实际上也比任何时候都更加相亲相爱；可是他们害怕聊天，就怕会发现思想上面的什么不同而让他们分开。他们经常四目相对，温情中藏着一种不安，就好像到了诀别的前夜。两个人都忍耐着心中的苦闷默默无言。

在这些愁云惨淡的日子里，院子对面正在搭建的房顶上，几个工人正迎着暴雨狂风敲打着最后几根钉子；而克利斯朵夫那位唠叨嘴碎的工人朋友，从很远的地方就笑着冲着他嚷着："看哪，我的房子完工了！"

幸好阵雨过了，来得快去得快。宫廷中半官式的文告就好像晴雨表似的宣告了天气变好。舆论界那些张狂的凶狗又跑回了自己的窝里。人们在几小时之内都放松了下来。这是夏季的一天傍晚。克利斯朵夫喘着大气从远处跑过来告诉了奥里维这个好消息。他们痛快地长出了几口气。奥里维笑着看向他，有些怅然，可是还没胆量把积压在心上的问题说出来，只说：

“哦，那些老闹别扭的人，你不是见到他们团结起来了吗？”

“我见了，”克利斯朵夫笑吟吟地回道，“你们还真是爱开玩笑！你们一直吵嚷着就好像水火不容似的，其实到头来心里想的都是一样的。”

“对于这个好像你很满意？”

“为啥不满意？就是因为他们聚合在一起要以我来做牺牲吗？……算了吧！我可是很强大的人，而且体会一下这个将我们一卷而去的风潮，见到心里苏醒的魔鬼，也很有趣。”

“我简直害怕极了，”奥里维说，“我宁愿看着我的民族一直这么孤单下去，也不想它以这种方式来获得团结。”

他们不作声了，两个人都不敢触及让他们极其困扰的事。最终还是奥里维鼓足勇气，有些紧张地问道：“老实跟我说，克利斯朵夫，你是不是已经准备走了？”

“是。”克利斯朵夫回答。

奥里维已经料想到了这句话，可是这一听心里还是一震：

“克利斯朵夫，你竟然……”

克利斯朵夫手按在了脑门上：“我们别讨论这个了，我不想再提了。”

奥里维苦痛着又问了一句：“你打算与我们作战吗？”

“我不知道，我还没想过这问题。”

“可是你心里已经打定了主意了，是不是？”

“是的。”克利斯朵夫回答。

“对抗我吗？”

“对抗？我永远不会和你对抗！你是我的。无论到哪儿，你都要永远和我在一起。”

“那是对抗我的国家了？”

“为了我的国家。”

“这可真是太可怕了，”奥里维说，“我和你一样深爱着自己的国家。我爱我的法兰西，但是我会为它而扼杀了我的思想，泯灭了我的良知吗？那和背叛法兰西有什么区别。我怎么可以心里无恨而故意生恨，怎么能演一场仇恨的喜剧而不说谎呢？想要思想自由的人首先的一点就是要理解，要去爱；自在的思想被当代铁的纪律束缚住了，这几乎犯下了极大的罪孽，它会因为这个而自我消亡的。皇帝就是皇帝，可别误以为是上帝！他想要拿走我们的钱财和生命，那就拿去好了。可是他却拿不走我们的灵魂，他用鲜血是玷污不了它们的。我们来到这个世界上是想要散播光明而不是来熄灭它的。各就各位就可以了！假如皇帝要发动战争，那就让他率领着自己的队伍去打仗好了，以前就有以作战作为职业的军人！我才不会那么傻，面对着暴力呻吟。我不会是暴力队伍中的一分子，我是思想队伍中的成员，和数以万计的同胞一样，我们都是代表着法兰西的。皇帝的铁蹄想要征服世界，就由着他去吧！我们对抗的是真理。”

“想要征服，”克利斯朵夫说，“首先是要取得胜利，先要生活。真理不是像崖洞的墙壁上分泌出来的钟乳石一样从脑子里分泌出的硬性条款。真理是生活。脑袋里是找不到的，应该去别人的内心去寻觅。和他们团结在一起吧。你们怎么想都行，可是，每天都得体会一下人生。应该体会他人的生活而忍耐着自己的命运，珍爱自己的人生。”

“我们的命运是要顺其自然。是否思想，都不是我们能说了算的，即便因为这个而遇到危险也是没什么办法的事。我们的文明已经走到了这个阶段，是不能再退缩的了。”

“没错，你们抵达了顶峰的边缘，到了一个民族不得不想跳下去的地方。宗教与本能已经在你们身上发挥不了什么能力了。你们仅存有理性。危险哪！死神来了。”

“一切民族都是会走到这一步的：只不过早或晚几个世纪而已。”

“扔掉你的世纪吧！整个生命的长短是以天做单位的。只有那些虚幻的空想家才会想着把自己扔在虚无缥缈间，却不去拥抱瞬间飞逝的时间。”

“那有什么办法呢？烈焰在火把上燃烧。我可怜的克利斯朵夫，人不能同时存在于过去和现实之中。”

“应该把握好当下。”

“过去有过辉煌，就相当不错了。”

“只有在如今依旧活着的，而且能够得到伟人赞赏的，才称得起伟大。”

“你宁愿去做一名早已作古的希腊人，也不愿意变成当下这些潦倒无为的民族中的一分子？”

“我更期望能够是一个活着的克利斯朵夫。”

奥里维不再往下说了，并不是因为无话可回，而是他对此不感兴趣。在辩论之时，他自始至终心里都只想着克利斯朵夫。叹了口气，说道：“你爱我赶不上我爱你。”

克利斯朵夫无比心疼地紧握着他的手：

“亲爱的奥里维，我爱你胜过爱我的生命。但是请原谅我，我不能爱你超过爱生命与人类的太阳。我最讨厌黑夜，但是你们虚假的前进却在引诱我走向黑暗。你们那些无妄无为的言辞底下，隐藏着相同的深渊。只有行动才是活生生的，即便行动是杀戮那也是活生生的。在这个世界上只有两样东西我们可挑：吞咽一切烈火，或者是黑夜。即便夜幕来临之前的梦都有悲凉的意味，但是我宁愿不要这种，它可是死亡的前兆。这种永无休止的静默让我害怕极了。添些干柴在上面吧！越多越好！如果需要的话，那把我也一起扔进去吧……我不想火苗熄灭。假使它熄灭了，我们就全都玩完了，世界上的一切都玩完了。”

“我很熟悉你这种观点，”奥里维说，“那是从过去的荒蛮时代飘过来的。”

他在书架上拿下了一本古印度诗人的诗集，念道：“起来吧，坚定地投入到战斗中去。抛开苦与乐，不问得与失，不考虑成功与失败，尽你所能去战斗……”

克利斯朵夫把书抢了过来，继续念着：“世界上没有任何一样东西能够阻挡得住我，没有任何东西不属于我的，但是我决不会放弃行动。如果我永不停止地行动，让人们以我为榜样去做，那么所有的人都将会灭亡。如果我停止运动一分钟，世界就会陷入一片混乱之中，而我也成了杀害生命的杀人犯。”

“生命，”奥里维一再说着，“生命，什么是生命？”

“一场悲剧。”克利斯朵夫回答，“朝前冲吧！”

狂风巨浪已经走远。每个人都怀着自己的心思，急切地想要关闭对它的回忆。几乎没人记得经历的事情。但是每个人都在心里挂着，只要看他们满心高兴地过着平常的日子便明白；遭受到过威胁，平常的日子便更觉弥足珍贵。就好像大难不死之后，人们都死命往自己嘴里塞东西。

克利斯朵夫以十倍的热情重新埋头创作。而这也影响了奥里维。两个人为了排空抑郁的灵魂，依据拉伯雷的作品一起创作了一部史诗。这部史诗拥有健康的唯物主义色彩，这是精神饱受摧残之后必然会出现的现象。除去卡冈都亚、巴奴越、修士约翰这几个名角之外，受到克利斯朵夫感染，奥里维又往里增加了一个名叫忍耐的乡下人。这个角色纯真、狡黠，遭人殴打、被人窃盗也无所谓；妻子遭人强吻、田地被人占领也无所谓；千辛万苦地耕种着他的一亩三分地，然后被人拉去打仗，受尽折磨也无所谓；他一面遭受主人们的欺压，一面等着挨鞭子，心想，“事情不会一直这样下去的”，他料想到他们会倒大霉，用眼睛盯着，早已咧着大嘴在那里偷笑了。果不其然，一天卡冈都亚和修士约翰加入了十字军，倒了霉。忍耐对他们表示惋惜之情，又很快活地安慰自己，救出了几乎淹死了的巴奴越，说道：“我知道你还会戏弄我的；但是我不能没有你；你能帮我解解闷儿，让我发笑。”

在这篇诗歌的基础上，克利斯朵夫写了一个带有合唱的分幕交响曲；包含一些惨烈悲壮而让人发笑的战争、狂欢的集会、滑稽可笑的歌唱、耶纳甘派的牧歌、小孩的高歌、海上的疾风骤雨、有音响的岛屿和钟声；最后是一首田园交响乐，和着草原的味道，长笛、双簧管、民歌，弹奏出一支快乐轻松的曲调——两位朋友在一起工作非常开心。面色清瘦略显苍白的奥里维犹如洗了一个健身浴。快乐的浪潮在他们头顶拍打而过……沾着灵魂的笔墨在创作，同时也沾满了朋友的灵魂在创作！即便是情侣间的相拥都没有这两颗友善溢满爱情的灵魂的结合更加幸福更加热烈的了。心心相通的默契让他们经常有着同样的想法：或者克利斯朵夫写出一幕音乐，奥里维立马就能想到歌词。他引领着奥里维朝前奔行。他的精神染透了朋友，让朋友也结出了果实。

除去创造所给予的欢乐，再加之战胜所取得的欢乐，哀区脱打算将《大卫》出版，一经问世便马上引起了国外很大的反响。哀区脱有个瓦格纳党的朋友，现居英国，是位很出名的乐队指挥，非常喜欢克利斯朵夫的这部作品，把它拿到很多音乐会上进行演奏，收到了很好的效果；靠着这点，与此同时借助名指挥的力量，《大卫》也搬上了德国的舞台。那位指挥又与克利斯朵夫联系，表示如果还有其他的作品，自己很乐意效劳；他也尽力为克利斯朵夫宣传。曾经不受人待见的《伊芙琴尼亚》在德国重现光芒。人们都称克利斯朵夫是个天才。克利斯朵夫传奇的一生让人对他产生好奇。《法兰克福日报》最先发表了一篇颇具轰动效应的文章。其他的报纸也随即跟了上来。然后法国的一些人也发现了他们之中潜伏着一位大音乐家。《拉伯雷史诗》还没写完，巴黎一个音乐会的会长便问他要这部作品；然而，古耶感到克利斯朵夫要出名了，便故作神秘地提起他发现的天才朋友。他写文章对《大卫》大事夸赞了起来，彻底忘记了上一年他提及这部作品时说的恶毒的言辞。他身边的人也没想起这个。巴黎很多人曾经都对瓦格纳和法朗克有所揶揄，现今又哄着他们去抨击新兴的艺术家，之后再等这些艺术家淘汰成为过气的人之后再去捧他们。

对于这次的成功克利斯朵夫感觉有些出乎自己的预料。他明白自己最终都会取得胜利的，但就是没有料想到会来得如此之快。他对于这些太快获得的成功心怀戒备，耸下肩膀，对大家说希望能给他一个空间。如果换作在上一年他创作《大卫》的时候来赞誉他，他或许可以接受；可是现在心境已经大不相同，他又升了几级。他真的很想和一些提起他很久以前的作品的人说：

“把这个脏东西从我眼前拿开！我讨厌它，也讨厌你们。”

于是，他便带着一股被人搅扰而有些气愤的小情绪，重新投入到他的新工作中去。可是他心里还是感到了一种痛快。荣誉所带来的最起始的几道光芒是很温和的。战争取得胜利是让人愉悦的，能增进人健康的。就好像窗户打开，春天的气息便一股脑地涌进了房子。虽然克利斯朵夫看不起自己以前写的东西，尤其以《伊芙琴尼亚》为代表，可是当见到这件可怜兮兮的旧作曾经带来的那些耻辱，然而现如今却受着那些德国批评家与戏院的追捧，也算是出了这口气。他收到一封德累斯顿那边寄来的信，上面说人家很乐意上演他的乐剧，在下一季中开演……

经历了多年的忧苦，这封信让他终于望见了远处恬淡宁静的景致与胜利，可是在同一天又收到了另一封信。

那天下午，他边洗脸边兴奋地隔着房间与奥里维聊着天，瞧见门房从门底下塞了封信进来。他认出了那是母亲的笔迹，他正打算给她写信，告诉她成功的喜悦……然而当他拆开了信，只有几句话……啊，她的字迹怎么抖得这样厉害啊？

我亲爱的孩子，我身体有些不太好。如果可能的话，我还想见你一面。吻你。

妈妈

克利斯朵夫哭了起来。奥里维十分惊异，立马跑了过来。克利斯朵夫话都说不出来了，只指着桌子上的那封信。他一直哭着，完全不听奥里维读完了信之后对他的好言宽慰。接着他奔到自己的床前，匆忙抓起外套穿上了，领带也不系（手指抖得厉害），往外就走。奥里维直跑到楼梯口才拦住了他，问他打算怎么办。去搭下班车吗？可是晚上这个点已经没有车了。与其在站上干着急还不如在家等。必需的路费有没有呢？俩人搜遍了身上所有的口袋，总共只有三十法郎左右。正值九月，哀区脱、亚诺夫妇以及所有的朋友现在没有一个在巴黎的。远水解不了近渴。克利斯朵夫内心十分焦急地说他可以走上一段路。奥里维让他等一小时，自己去想办法筹钱。克利斯朵夫无计可施，只得由着他来安排。奥里维破天荒地第一次进了当铺，他素来宁愿自己挨饿受冻也绝不会当掉自己身边的任何一件纪念物的，可是这次为了克利斯朵夫，况且事发突然。他便把自己的表当了，但是换来的钱远远不够路费，于是回家拿出了几部书卖给了一个旧书摊。他心里自然十分不舍，可是此刻也无暇顾及了，心里只挂念着克利斯朵夫的悲伤。一回到家，他发觉克利斯朵夫神情沮丧，呆坐在原地。奥里维把筹来的钱和三十法郎放在一起，已经足够了。克利斯朵夫心乱极了，根本没精力追究钱是从哪儿来的，也没想过自己这样一走朋友还有没有钱过活。奥里维也没想过自己以后该怎么办，所有的钱他全都给了克利斯朵夫，像照顾孩子一样关照着这位朋友，把他送上车，直到车已经启动了才和他分手。

火车在夜里穿行，克利斯朵夫睁大眼睛望着前方，心想：“我还能赶得及吗？”

他明白，母亲写信让他回去，一定是她的情况十分危急了。他焦躁不安，恨不得飞驰的快车再开快一点。他怨恨自己不该扔下母亲一个人出来，但又感觉这种怨恨是空的：物换星移，由不得他做主。

车轮与车厢单调的晃动让他慢慢冷静了下来，狂躁的灵魂得到了控制，犹如音乐的世界里掀起的滔天巨浪被激烈的节奏震撼住了。他将自己的过去，从遥远的童年开始，全部回想了一遍：爱情、希望、幻灭、丧事，还有那令人狂喜的力，苦痛、快乐、创造的蒙眬醉意，竭尽全力想要握住人生的光芒与黑暗的喜悦，这是他灵魂的灵魂，是潜在的上帝。事到如今间隔了这么远的距离，所有的所有都越发显得更加明白了。他那些欲望的躁动、思维的混乱、过失和错误、顽抗的拼搏，全都像是回旋的旋涡，浪潮推卷着它奔向那个恒久不变的目标。他明白了这么多年磨炼出的一个道理：每一次历经的考验都像是逐渐上涨的洪水将堤坝冲垮；它从一个狭窄的山谷向一个更加开阔的山谷进发，然后将它注满；视线开始宽阔起来，空气瞬间也变得更加流畅。在法国高地与德国的平原之间，河流冲开了一条路，直冲到了草原上，侵蚀着高岗之间的低洼地，将两国的水聚拢、吸收了。它奔流在两国之间，并不是将它们分开，而是想让它们聚合：两个民族在它身上融合了。克利斯朵夫第一次发觉，他的生命就如同动脉一样将两岸一切生命力浇灌进了双方仇视的民族中去。在最为阴暗惨淡的这段时间里，他的眼前却浮现出了一片恬淡宁静的景象……之后，幻觉渐渐消散，眼前只有老母亲那张痛苦而慈祥的脸。

当他抵达了自己的小城时，东方刚微微泛白。他需要留心不让别人把他认出来，因为下达的通缉令还在生效。但是车站上没人会注意到他，人们这个时间都还在沉睡，家家都还关着房门，街上空无一人：那是曙光到来前最为阴暗的一段时间，夜色已褪去了它的薄纱，日光未至，这是睡眠最为香甜的时候，梦境也已浸染了曙光来临那一刻的光芒。正在推开铺子百叶窗的仆人轻轻地哼着一首老歌。克利斯朵夫几乎窒息。啊，故乡！我深爱着的故乡！……他恨不得躺下去亲吻着这方沃土，倾听着那个让自己心都化了的老歌，他感觉被迫离开故土的时候是那么让人痛苦，然而自己却是如此爱它……他凝神敛气地走着，终于见到了家，他不得不用手捂住嘴巴，不让自己大声叫出来。那位留在这儿、遭他抛弃的人现在到底怎么样了呢？他差不多一口气踉跄地奔到门前。门半掩着。他推门而进，可是却没有人……人一走过旧楼梯便咯吱咯吱地发出响动。他又上了二楼，房子貌似没人住，母亲的房门关着。

克利斯朵夫的心跳得飞快，不安地把手握在了门钮上，可是却没勇气推开……

路易莎孤零零地躺在床上，感觉自己就快要走了。其余的两个儿子都不在身边：经商的洛陶夫在汉堡有了自己的家，恩斯德去了美洲，没有一点音讯。没有谁关心她，只有一个邻居的女人每天过来看她两回，问问她还要些什么，坐上一小会儿，便回去忙自己的事了；她过来的时间不固定，但经常会来得很晚。路易莎认为别人忘记她是很自然的事情，就和自己得病一样自然，况且她过苦日子也过惯了，内心十分平静。她心脏有些不好，经常憋过气去，自己感觉像是要死了：睁着双眼，两只手抖得厉害，额头上全是汗。她没有抱怨什么，认为这是应当的。她已经做好了离开的准备了，也受过了临终圣体。可还有一件事情让她挂在心头：担心上帝不允许她上天堂。其余的一切，她都会甘心忍受。

在小房间的漆黑的一个角落，所有亲人的照片都被她放在了枕头的周围和床头的墙壁上：三个孩子的、丈夫的（她对他始终怀有最初的爱情）、祖父的，还有哥哥高脱弗烈特的。凡是真心待她的人，无论多么微不足道，她都会记在心里。她把克利斯朵夫最新邮寄过来的一张相片别在褥子上，靠近她的脸，又将他最近的几封信压在枕头下面。她最爱整洁了，如今望见房间里没有打理收拾，心里就感觉不大好过。门外传来各种窸窸窣窣的声响，这对于她来说简直就是在报告时刻。这种声响已经在她耳边回响了多少年了！这一辈子都是在这个小窝里消磨的……她一心牵念着克利斯朵夫，多希望在这个时候他能陪在她的身边！但是他如果不来那也没关系的了。相信她一定会在天上看见他的。如今她只需要把眼睛闭上就能看到他了。她总是神情迷糊地一天天过着……

她又仿佛回到了莱茵河边上的老房子……家中正在过节……又是一个夏季，艳阳高照，窗户大开着，阳光铺路。鸟儿叽叽喳喳地唱着歌。曼希沃跟祖父坐在门前，一边抽烟一边快活地聊着天。路易莎看不见他们，可是心里很开心，因为今天丈夫待在家里，祖父脾气还不错。她在楼下做着一顿丰盛的饭菜。她非常认真地在做着一块栗子蛋糕，这是大家没有想到的好东西，一想到孩子们看到时快乐地叫起来的神情，她便很开心……啊，我的孩子，他在哪儿呢？在楼上，她听到了他的琴声。她搞不懂他在弹什么，可是一听到他那叮咚的钢琴声，便知道他乖乖地坐在那，她就很开心了。天气真的很好！大路上传来车子轻快的铃声……啊！天啊！我那烤肉啊！

可别在她出神望着窗外的这个空当给烤焦了！她很怕她那喜欢又敬畏的祖父不高兴，责问她……幸好，上帝保佑，还好没事。看，什么都弄好了，饭桌也摆上了。她招呼曼希沃和祖父。他们很开心地答应着。但是她的孩子呢？……他没再弹琴了。琴声停了有一会儿了，她没注意到这一点——“克利斯朵夫！”……他干什么呢？一点声音都没有了。他总是不记得要下楼吃饭，少不得又挨父亲一顿骂。她急忙爬上楼：“克利斯朵夫！”

没人应答。她开了房门，没有见到他，整个屋子空空如也，钢琴盖也盖上了……路易莎不由得心中一紧。他怎么了？窗户开着。天哪！他不会从这掉下去了吧！……路易莎吓坏了，从窗口那一个劲儿地向下瞧……“克利斯朵失！”……哪儿都没他的影子，每个房间都没找见他。祖父在楼下冲着她嚷道：“你来吧，别急，他自个儿会过来的。”可是她却不愿意下楼，她知道他就在这附近，肯定是躲起来玩儿了，就喜欢跟她捣乱。啊！真是个淘气的孩子！……是的，肯定是了，楼板在那里发出咯吱咯吱的响声；他躲在了门的后边了呢。但是钥匙没插在门上。拿钥匙！她在一个抽屉里找着，一大堆的钥匙。这把，是这一把……不是，不是这个的！——是啦，就是这个！……但却插不进去，路易莎的手抖得厉害。她特别着急，得赶快啊。为什么呢？不知道，只知道要赶快打开，否则她就等不及了。她已经听得见门后克利斯朵夫的呼吸声了……啊！就是这把钥匙！……终于打开了。她兴奋得几乎叫了起来。就是他的孩子呀，他一把搂住了她的脖子……啊！真是个淘气的孩子，好孩子，我的孩子！

她睁开眼，发现他就在她的面前。

他已经看了她一阵子了，注视着她，几乎已经变了容貌，消瘦而又有些虚肿，这种无声的苦痛衬托着她勉强挤出的笑容让人更加难受；周围格外安静，显得母亲尤其孤寂……他的心都要碎了……

她见到他了，可没感到惊讶，只是浅浅地笑着，这种笑容无法用语言形容。他搂住了她的脖子，将她抱在怀里；她也抱着他，大串大串的眼泪顺着脸颊流了下来，轻声说了一句："等一等……"

他见她一直都在喘。

他们就这样动都不动。她忍不住一直流泪，摩着他的头。他边哭边亲吻着她的手，用被单遮住脸。

直等到稍微平静了一点，她想要说些什么，但就是说不好：说的话都不挨边儿，他听不太懂。那也无所谓，总之他们已经见了面，自始至终都是那么相爱，那就够了。他非常气恼地问道，为什么没有一个人照顾她。她替那个关照着她的女人解释道："她不能总是待在我这里，她也有自己的事情要做。"

之后，她便用一种更为微弱、断断续续的连字母都念不全的声音，急迫地嘱咐一些有关她的坟墓的一些事情。她希望克利斯朵夫可以代为转达一下她对其余两个孩子的爱。她也讲到了奥里维，他对克利斯朵夫醇厚的真心，她都知道。她也希望克利斯朵夫帮忙转告他，就说她祝福他，可是马上她就纠正了，改成了两个更为谦恭的词汇，说她对他表示崇高的敬意……

她又开始大口地喘着粗气了，他扶她从床上坐了起来，满脸都在淌汗。她极为勉强地笑着，心想，终于握到了孩子的手了，自己已经别无他求了。

克利斯朵夫忽然感觉母亲的手在他手心里颤抖了起来。路易莎张着嘴，心疼地望着他，离开了人世。

就在当天晚上，奥里维也赶来了。他绝对不会让克利斯朵夫在这个极度悲痛的时刻孤独一人，那种感觉他尝过。同时他也为这位朋友回到德国冒的风险感到担心。他要和他在一起，保护着他，但是没有路费。送走了克利斯朵夫，他决心把几件祖辈传下来的首饰给卖掉。那个时候当铺已经下班了，然而他又很想搭明天最早的那班车走，便打算找街坊上一个收旧货的人想想招儿，不料刚出门就在楼梯口撞见了莫克，莫克一了解了发生的这些事，马上表示奥里维没有去找他帮忙让他非常难受，他便强迫奥里维收下他的钱，可是他心里还是有些疙瘩，那是因为奥里维为了帮克利斯朵夫筹钱，当掉表，卖掉书，却没问他开口借。他非常诚心地想要帮助他们，甚至想要陪同奥里维一起去德国找克利斯朵夫。奥里维好说歹说地才拦下了他。

奥里维这一来，在精神上给了克利斯朵夫很大的帮助。他陪着过世的母亲，守了一整天。负责照料的女工过来做了几件零碎事儿就又走了，没有再过来。一整天都没有一点儿生气，就好像时间在那一刻停止了。克利斯朵夫和躺在床上的死者一样动都不动，眼睛始终看着他的母亲。他不哭也不想，把自己也变成个死人了。奥里维的到来，相当于创造了一个友谊的奇迹，让远去的眼泪和生命又重新回到了他体内。

拿出些勇敢吧！只要还有双忠诚的眼睛与我们一起哭泣，即便生命再多困苦也是值得的。

他们相拥了很久。之后，便坐在路易莎身边轻声地谈话……夜里……克利斯朵夫依靠在床脚边上，随意地讲到了他童年那些陈年旧事，每一件都离不开妈妈。他静默了几分钟，继续又往下说。直到最后他倦极了，手遮着脸，不出声了。奥里维靠近看他，才发觉他睡着了。于是奥里维便一个人守夜，不一会他靠着床架子也进入了梦乡。路易莎温和地笑着，就如同在守护着两个孩子，感觉很开心。

天刚蒙蒙亮，一阵阵的敲门声便把他们惊醒了。克利斯朵夫打开了门，邻居一个木匠过来告诉克利斯朵夫，别人已经告发了他，如果不想被捕的话，应该立马就走。克利斯朵夫始终不愿意逃亡，想着一定要将母亲安葬了之后再离开。但是奥里维却请求他立马去搭车，答应他所有他母亲的后事自己都会帮他代办好，奥里维逼迫着克利斯朵夫出了房子，而且为了防止他后悔，直到把他送到了车站。克利斯朵夫一直坚持要在离开之前去看看莱茵河。他生长在河边，他的灵魂就如同海中的贝壳永远都留有河水清澈的回声，虽然在城里露面很危险，可是他已经铁了心。两人顺着莱茵河陡峭的岸边向下走去，遥望着它滚滚而下穿过低矮的河岸向北奔流。雾霭之中，一座大铁桥的两个桥洞淹没在灰蒙蒙的水里，就好像巨大无比的车轮。远远的，在草原的那一边，隐约望见几条船只顺着蜿蜒的河道向上行驶。望着这些景色，克利斯朵夫有些出神了，奥里维拽着他把他拽到车站，克利斯朵夫就像是梦游一样由人摆布。奥里维将他安顿在即将要出发的车厢里，约好第二天在法国境内的第一个车站上会合，以免克利斯朵夫独自一人回巴黎。

火车已经开了，奥里维返回到房子里，门口站了两个宪兵。他们误将奥里维认作克利斯朵夫。奥里维也不着急辩解，这样才能让克利斯朵夫逃得更远一些。当警察局的人发现抓错了人时却并不着急，也没急着去追赶逃掉的人；奥里维有些怀疑他们其实是有心让克利斯朵夫逃走的。

奥里维为了处理路易莎的后事，一直耽误到第二天清晨。克利斯朵夫那位做商人的弟弟洛陶夫，当天才赶回来参加丧礼，这位有些身份的人非常礼貌地参加完葬礼，立马搭上车就走了，没有对奥里维问起一句有关哥哥的近况，也没有说任何对他为母亲置办丧事表示感谢的话。奥里维在城里又耽搁了一阵子。在这里他不认识任何人，但是却感觉有些影子很亲切：小克利斯朵夫、小克利斯朵夫曾经用心爱过的人、让他深受痛苦折磨的人，还有那亲爱的安多纳德……一切曾经在这生活过的人，以及现在已经不在了的克拉夫脱一家，还留下了些什么？……只剩下了一个外国人承载着的对他们的爱。

那天下午，就在约定的法国边界车站上，他们两个人会合了。那是一个周围林木苍葱、山峦迭起的小村庄。他们并没有搭乘下一班去往巴黎的列车，而是打算走路到前面的那个城市。他们需要静一下心，于是朝着静寂的山林中走去，远远地只听见几声闷重的伐木的声音。他们爬到了山峦处的一片空地上，脚下那片狭窄的山谷依然是德国的领土，有看守林子的小屋，屋顶盖着红色的瓦片，一小片绿地就好像林子里出现的一片翠绿的湖泊。周围全都是一片片蓝色所覆盖着的一眼望不见边的树木，层层薄雾弥漫了整个森林。轻雾缭绕于柏树枝间，一层透明的薄雾把整个线条都遮住了，色彩也变得淡了，所有都静止在了那一刻。没有脚步声，没有人声。秋天的榉树都变成了金黄色，雨点滴滴答答地打在树叶上。溪水拍打着岩石。克利斯朵夫和奥里维停了下来，安静地站在那里。每个人都在想着自己的难受事。奥里维静静地对自己说着：

“啊，安多纳德，你在哪儿呢？”

克利斯朵夫却在想："如今她已经离开了我，成功对于我来说还有什么意义？"

可是他们听见他们各自怀念的逝去的亲人在宽慰着他们：

"亲爱的，别为我们伤心了，别再挂念着我们了，还是想着他吧……"

他们彼此瞧了一眼，立刻忘记了自己的伤痛，而感受到了朋友的苦痛。他们紧握着对方的手，心中只泛起了一股沉寂而又惨淡的愁绪。一阵柔风拂过，雾气逐渐消散，显露出了明朗的天色，雨后的土地是那么的柔和……它将我们相拥入怀，显现出一抹亲切的微笑，对我们说：

"休息吧。一切都会很好……"

克利斯朵夫的心放了下来。这两天，他完全沉浸在回忆当中，沉浸在妈妈的灵魂里；他回忆着她那谦卑的日子，枯燥而又孤寂的时光，孩子们都离她远去，只剩下一个老妇人呆坐在空无一人的家里思念着那些遗弃她的孩子们……可怜的老妇人，逆来顺受、乐天知命地忍受着这一切，不存一点私心……克利斯朵夫也想到了他认识的其他的所有同样有着谦卑灵魂的人。这个时候的他感觉自己和他们贴得很近！在那个躁动不安的巴黎，眼睁睁地看着那么多的思想人物像是发了疯似的搅在一起，眼下又望见了那片血雨腥风，鼓动不明真相的民族相互仇视；克利斯朵夫经历了这几年的争斗，对于这个骚动不安而又贫瘠的社会，对于夹带自私之心的争战，对于自命为理智的代言人而实际上只懂得搬弄是非的野心家，感到了前所未有的厌倦。他爱的是数以万计淳朴的灵魂——他们在每个民族之中默默地燃烧着，它是人类未泯的良知，代表了慈悲、信仰与牺牲。

“是的，我认识你们，我最终和你们在一起了，你们才是和我有着同一个血统的。我开始像是个浪子一样离你们远去，随着路边上的那些影子走了，可现如今我又回到了你们的中间，请收留我吧，不管生死，我们都是一体的；无论我去了哪里，你们也会随我到哪里。噢！母亲，我曾经生活在你的身体里，而现在你已经存在于我的内心中了。你们，高脱弗烈特、苏兹、萨皮纳、安多纳德，你们所有人都活在了我的心里。你们是我的无价之宝。咱们一起收拾行囊出发吧。我发出的全都是你们的声音。凭借着我们团结的力量，我们必能抵达目的地……”

树叶上几滴雨水缓慢地流淌了下来，一束阳光穿过枝丫留下缕缕光芒。树下边的一小片草地上传来了一阵孩子的声音：有三个小姑娘正在围着房子跳舞，唱着一支天真烂漫而古老的德国山歌。阵阵西风从远处轻轻飘来，像是裹杂着扑鼻的蔷薇花香，吹来了法国的阵阵钟声……

“噢！和平，你是神圣的乐谱，你是被解救了的灵魂的赞歌；苦、乐、生、死，敌对的民族和相亲相爱的民族，所有的一切都交融汇聚在你的身上……噢！我爱你，我要得到你，我一定可以得到你……”

夜幕低垂。克利斯朵夫从睡梦中醒来，又望见了朋友那张忠诚的脸庞。他冲着他笑了笑，把他拥入怀里。不久之后，两个人穿过树林，悄无声息地再次上路；克利斯朵夫走在前面为奥里维开路。

孤独着，毫无声息的，

一前，一后，

大路上走来了两个年轻的兄弟……

卷八　女朋友们

虽说克利斯朵夫在法国以外有了些声誉，可是两位朋友的生活并没有因此而有所改变。每隔一段时间，就会有段苦日子让他们不得不勒紧裤腰带过活。一旦赚了一点钱，便死命地吃到撑，以补偿过去的饥饿。日子长了，这种饮食习惯便开始影响了身体的健康。

此时他们又过起了苦日子。克利斯朵夫通宵为哀区脱改谱，这件乏味而枯燥的工作直到天亮才结束，他倒头便睡，借以弥补缺失的睡眠。奥里维大清早便出门，他得到巴黎城的那一头去讲课。八点钟左右，门房上楼送信，按响了门铃，要是按照平时，如果按了门铃没有回应便会把信笺从门缝底下塞进来，可是这天他却一直在敲门。克利斯朵夫眯缝着蒙眬睡眼，抱怨着去开门，一点都没留心到门房的笑意，絮絮叨叨地讲述着自己报纸上看到的一篇文章，他拿过了信，看都没看就把门一搡，门还没关严就爬上了床，不一会儿就睡死过去了。

又过了一个多钟头，他被房子里的脚步声给惊醒了：他瞧见床头站着一个陌生人，对他端正地行了礼，他吓了一跳。原来这是一位新闻记者，看见门没关，便径直进来了，克利斯朵夫大为气愤地从床上蹦起来，大声地嚷嚷着："你来这里干什么？"

他随手抓起身边的枕头便直接摔了过去，客人连忙往后一闪，道明来意，原来这位是《民族报》的记者，因为《大日报》上的一篇文章而专程过来想为克拉夫脱先生做一期专访。

“什么文章？”

“您没看吗？”记者说完，便自告奋勇将那篇文章的内容告知于他。

克利斯朵夫又躺了下来，如若不是睡得迷糊不清的话，早就把这个家伙撵了出去；可是他感觉让这个人说话比把他赶出去省事多了，他便窝进了被窝，把眼睛闭上假装睡觉。他很有可能就这么睡过去了。但是来的人十分顽固，调高了嗓门，大声读那篇文章。刚听见开始的几行，克利斯朵夫就竖起了耳朵，人们把他捧成了一位当世的音乐奇才。克利斯朵夫把佯装睡觉的事早就忘记了，禁不住咒骂了一声，坐了起来，说：“他们简直都疯了，到底中了什么魔？”

记者见此就不再往下念了，而是趁机向克利斯朵夫问了几个问题，克利斯朵夫想都没想就实话实说了。他拾起了那篇文章，很诧异地盯着印在第一版上自己的那张相片。他都没时间去看里面的内容，第二个记者便也进了房子。这次克利斯朵夫可真的恼怒了。他要求他们出去，但是他们在没有把室内的布置、墙上的相片、艺术家的面貌特征快速地记下来之前，是绝对不想走开的，克利斯朵夫真是感到好气又好笑，衣服都没穿好，就推搡着他们的肩膀，直到送出了门外，转身就锁了门。

这一天，他是注定不会有个安宁的日子过的。还没洗漱完毕，就又听见有人在敲门，并且用了只有亲近的朋友才会用的方式叩击着门。克利斯朵夫过来开门，发现又是个不认识的，他打定主意直接把他打发走，不料来客辩解说，他就是刊登那篇文章的人。对于一个追捧你为奇才的人，你有什么理由拒绝他呢？克利斯朵夫无声地忍了下来，只得接受了他的这位粉丝的狂热与赤诚。他很诧异为什么这种名誉忽然到了他的头上呢，难道是他前一天无意之中给人演奏了一部什么杰作？他可没空来追根究底这些东西。这位记者可不管他愿意与否，执意拉他出来，想一边攀谈一边拉他去报馆，声名远播的阿赛纳·伽玛希在那里等着见他，车已经等在楼下了。克利斯朵夫推脱了一阵，可是他天生性情天真而又怕伤了情面，只好由人摆布了。

十分钟后，他就被引见给了谁见到都畏惧三分的无冕之王。这位五十岁左右身形强壮的男子，五短身材，肥胖的身躯，一颗滚圆的脑袋，灰色的小平头，红红的脸，瓮声瓮气的声音里带着一种命令的口吻，说话浮夸，经常口若悬河地长篇大论。在巴黎种族间平等是他的挡箭牌，他会做生意，也会利用别人，自私却又天真，待人狡黠而又热情，高傲自负，他将自己的事业与法国乃至全人类紧紧地绑在一起。他自己的利益、他的报纸的未来是与公众的福利紧密联系在一起的。他不容置疑地表示：谁要是侵犯了他的利益，也就是侵犯了法兰西的利益；如果要除掉一个敌人，他会不惜把政府推倒。除去这个，他也不乏宽广的胸怀。就像有些人在酒足饭饱之后，也会有理想化的想法。他喜欢做一个救世主，偶尔会将几个穷苦的可怜人从阴沟里拎出来，以彰显他如何伟大，可以凭空改造一个人的命运使之成为名人；如果他愿意，他甚至能捧出一个君王，当然也可以废掉一个君王。他神通广大，只要他开心，他甚至能造出个天才来。

这一天，他来“造”克利斯朵夫了。

引来这件事的人其实是无心的奥里维。

对他自己的利益来说，奥里维一点都不喜欢投机钻营，对那些炒作深恶痛绝，讨厌那些瘟疫般的记者，可是涉及他朋友的话态度就转变了。他就像是那些充满慈爱的母亲，很明显就是个老实本分的小资产阶级，一个坚守贞节的贤妻可以为了她那泼皮的儿子求情，甚至不惜出卖自己的身体。

奥里维在杂志上刊登文章也好，和很多批评家与爱好音乐的人接触也好，只要有机会就会讲起克利斯朵夫；而且从某一刻开始，他惊奇地发现竟然有人开始相信他说的话了，文学界和上流社会开始卷起了一股好奇之风，涌现出了一股神秘的气息。这股风到底是从何而来的呢？是因为近来英德两国都在演奏克利斯朵夫的杰作，登在报纸上而掀起的回声吗？貌似没有一个确切的原因。可是巴黎有群察言观色的人，他们比圣·雅各街的气象台都精准，能灵敏地揣测出次日的风向，知晓那阵风会吹出个什么东西来。在这个神经紧绷的大城市中，有的是让人颤抖的电流，有的是无形无影的荣耀的浪潮。一个即将腾飞的明星奔跑在另外一个明星的前面，沙龙里传播着一些渺茫的传说，积存到了一定的时间，就会在报上渲染，大声吵嚷着的喇叭把新生的明星的大名吹进麻木僵硬了的耳朵里。这种吵嚷经常会吓跑赞颂它的第一批最为亲密的朋友。但实际上这种情况的出现应该是由这一批最亲密的朋友负责的。

于是，奥里维和《大日报》那篇文章是脱不了干系的。他利用人们对克利斯朵夫的好奇，时不时巧妙地透露着一些消息，激起了人们的好奇。他尽量不让克利斯朵夫与新闻记者直接打交道，怕闹出一些笑话。可他答应了《大日报》馆的请求，暗地里让克利斯朵夫和一个记者不露痕迹地在某个咖啡厅见了面。但是所有的这些防备措施更激发了人们的好奇心，让克利斯朵夫更显神秘有趣。奥里维向来与新闻界没什么交流，没想到却启动了一架恐怖的机器——一旦你启动了它，要是再试图控制它或者减慢它的行进几乎是不可能的了。

去教课的路上，他看到了《大日报》上面的文章，着实吓了一跳。他没想到这一点。他认为报纸肯定会把所有的资料都收集齐整了，对于他们想要了解的人了解得更加彻底之后再着手写出来。这种想法确实是太幼稚了。如果一家报社费尽心思地发掘了一个新起的人物的时候，自然为自己报社的利益着想，与同行竞争发掘新人所带来的荣誉。于是它便要赶时间，几乎不理会是否完全了解这个新人。然而被人追捧的那个人也绝对不会埋怨别人误解。既然有人追捧，那自然是以为自己已经被人充分了解了。

《大日报》首先对克利斯朵夫清贫的日子添枝加叶地大肆描述了一番，将他描述成了德国政府专制下的一个牺牲者，一个追求自由的信徒，不得不逃离德意志帝国，来到自由灵魂的庇佑所——法兰西来（作者又借此宣扬了那套排外的言辞）。之后又拿来他的天才吹嘘一通。然而关于这位天才，作者完全不知情，只晓得他前期在德国创作了几首平淡无奇的歌，那是让克利斯朵夫感到无比羞耻并且很想去毁掉的东西。这位记者虽然不熟悉克利斯朵夫的作品，但是他自诩很明白克利斯朵夫用意何在——他胡乱揣测强加给克利斯朵夫的用意。从克利斯朵夫或奥里维那里，以及从自认为很了解克利斯朵夫的古耶那里听来零零碎碎的几句话，这位记者已经足以编造出一个“共和政治天才——民主主义的大音乐家约翰 · 克利斯朵夫”的形象了。他又趁机诋毁当代的法国音乐家，尤其是最有性格、最自由、最不在意民主的那些人。他只将一两个作曲家排除了出去，因为他们很得人心。但是有些可惜的是，他们的音乐远远不及他们的政治得人心，这都是芝麻小事。况且这些人的追捧，即便是对克利斯朵夫的追捧，也远远赶不上对别人的批评来得力道重。如果是在巴黎，当你看到一篇赞扬某人的文章时，你最好是从反面揣度一下：“又在说谁的坏话了？”

奥里维看着报时，脸都羞红一片了，自言自语着：“这都是我做的好事啊！”

他非常不安地上完了课，马上赶回家。当一听说克利斯朵夫已经与记者出去了，他几乎吓傻了。他等着克利斯朵夫回来一起吃午饭，可是他一直都没回。奥里维简直是一小时一小时数着时间过的，他越等越急，心想：“他们要从他嘴里掏出多少话啊！”

三点左右，克利斯朵夫兴高采烈地回家了。他与阿赛纳 · 伽玛希一起吃了个便饭，香槟灌得他迷迷糊糊的，一点都搞不明白奥里维在担心着什么，不明白他为什么那么担心地问他都说了什么、做了什么。

“做了什么？吃了一顿好的。我很久都没有这么大吃一顿了。”

他把吃过的菜全都说给奥里维听：“还有酒呢……我把各种颜色的酒全都灌下去了。”

奥里维打断了他，问他一起出席的都有些什么人。

“一起出席的？……我不晓得啊。有伽玛希，那个矮胖子说话直来直去的；还有写那文章的作者格劳杜米，他还真是个可爱的年轻人；还有三四个记者，我不认识他们，他们人很活跃，待我也很殷勤，都是好人里的好人。”

奥里维貌似有些不敢相信。克利斯朵夫感觉他的表情有些奇怪，便问：“你难道就没瞧见那篇文章吗？”

“瞧见了啊。”

“你，你仔细看了没？”

“哦……我就是稍微瞟了一眼。我还没来得及往细里看。”

“那么你再去看一看吧。”

克利斯朵夫又去看了，刚看了几行就大声笑了起来：“啊！这傻瓜！”

他几乎笑得直不起腰来，马上又继续说：“嗨！所有的批评家都是这种人，什么都不懂！”

但是看到最后，他就来了气了：这简直太胡闹了，那些人几乎把他写得不成样子了，写他是“一个共和政治的音乐家”，这到底是什么意思！……除去这种，他们还将他的“共和的”艺术拿出来矛头直接对准前辈大师的“敬堂艺术”（事实上他是从这些前辈的灵魂里寻找精神养分的），那还像话吗？“狗杂种！他们竟然让人把我当傻子了！”

并且为什么每每提及他的时候，却还要反骂一些很有天资的法国音乐家呢？他还是多多少少有些爱着这些音乐家的（即便爱得还不够），他们都很有才华，是为这一行添砖加瓦的人才。而最让人厌恶的就是说他对他的祖国存在着卑劣的仇恨！……那实在无法让人忍受……

“我要给他们写封信。”克利斯朵夫说。

奥里维劝他：“别，要写也不是现在写！你太激动了。等到明天，等你冷静下来的时候再拿笔……”

克利斯朵夫执拗坚持。凡是他有什么想要说的话一刻都等不了，只答应把写好的信先让奥里维过过目。这是很必要的。奥里维将信反反复复地修改了一遍，尤其将那些强加在他头上的关于对德国的不实的言辞仔细修改了。之后，克利斯朵夫立马狂奔着把信送到了邮局。

“这样来看，”克利斯朵夫回应道，“事情总算有一半可以挽回，我相信那封信明天就可以刊登出来了。”

奥里维用着质疑的神色摇了摇头。之后，他还是有些放心不下地盯着克利斯朵夫，问：“吃饭的时候，你没说什么唐突的话吧？”

“没有啊。”克利斯朵夫笑着回答。

“真的？”

“当然，胆小鬼。”

奥里维略微放宽了心。克利斯朵夫却放不下心了，他想起了自己说过的胡说八道的话。那个时候他没有任何约束，对他们一点戒备心都没有：他感觉他们待人很诚恳真挚，对他很好！这确实是实话。人们总是对受自己恩惠的人很好。克利斯朵夫又是那么开心，兴奋劲儿也带动了桌上其他的人。他那亲切的大大咧咧的性子，搞笑的俏皮话，一副好胃口，不管往里灌多少酒都能面不改色的好酒量，让伽玛希感觉很喜欢，因为他也称得上是饭桌上的汉子，健硕、豪爽、气色不错，最看不起那些身子虚弱、不敢吃不敢喝的巴黎人。他都在饭桌上看人，因此对克利斯朵夫十分地赞赏。他当场向克利斯朵夫建议把他的《卡冈都亚》改编成歌剧在歌剧院演出——在这些法国资产阶级看来，艺术的最高峰就是将《浮士德人地狱》[①]或者九阕交响曲搬上舞台。克利斯朵夫一听到这番稀奇古怪的想法之后哈哈大笑，好不容易才将报馆经理拦了下来，没有让他立马打电话去给歌剧院或美术部下达命令（听伽玛希说，那些人全都听他差遣）。这个建议让克利斯朵夫回忆起了曾经改编交响诗《大卫》的时候，就顺手将议员罗孙因为要力捧情妇演出而组织的那次表演描述了一番。向来就与罗孙不合拍的伽玛希，听完十分开心。克利斯朵夫喝酒喝高了，又见人们对他那么热情，就顺带又说了很多其他别的逸事，然而人家每一句都记在了心里。一离开饭桌就把说过的话抛到了九霄云外的，应该只有克利斯朵夫一个人。这个时候被奥里维这样一问，他便把说过的那些话又都想起来了，吓得直打哆嗦。因为他已经有足够多的经验，明白可能面临的后果。现在他的酒劲儿可完全过去了，对于将要面对的情况他看得无比的清晰，就好像已经在发生了：不加斟酌就脱口而出的故事历经一番点缀之后，刊登在诽谤、抨击性极强的报纸上，他关于艺术这方面的胡扯也会被人利用变成抨击别人的一支冷箭。至于他写的信将会出现什么后果，他和奥里维明白得很：去回应一个新闻记者的话简直就是在浪费笔墨，说出最后一句话的永远都不是你。

事情的发展与克利斯朵夫料想的别无二样。他不小心说出的事情果然刊登了出来，但是纠正的信却没有登出来。伽玛希只是派人代为传话，说他明白克利斯朵夫心胸宽广，他的坚毅不屈与良知让人心生敬佩；可是伽玛希将他的坚毅不屈与良知保守成了秘密，于是那些强加给克利斯朵夫的虚假的言辞任意传播开去。刚开始是见

① 《浮士德人地狱》为柏辽兹的名作，是合唱剧。

诸巴黎的报纸上，接下来就是在德国的报纸上，尖讽的批评接踵而至，一个德国艺术家发表对自己的祖国这样有失身份的言论，几乎引起了公愤。

克利斯朵夫自以为很聪明，利用别的报馆的记者来做访问之际，表明他始终是爱着德国政府的，说在德国和在法国一样让人感到自由。哪料到那记者所在的报社是替保守党说话的，马上为他编了一套反共和的言辞。

“真是越描越黑！”克利斯朵夫说，“唉，我的音乐怎么和政治扯上关系了呢？”

“在我们这你要学会见怪不怪，”奥里维回答，“你去看看那些对贝多芬的评判。有人把他说成了雅各宾党，有人说他是教会派成员之一，有人说他是平民阶层的代表，有人说他是王室的仆人。”

“嘿，贝多芬可是会把他们一脚给踢出去呢！”

“那你也这样做就行了。”

克利斯朵夫心里真的很想这么做。但是他心肠太好了，面对着那些对他谦卑的人总是坦诚相对。奥里维老是不放心将他一个人留在家里。因为总是有人过来拜访；虽然克利斯朵夫已经答应他要谨慎应对，可到头来还是人家问一句他老实地回一句，但凡是脑子里想的他全都如实托出。有一些女记者自称是他的朋友，刻意逗着他说他的恋爱史。其中不乏一些人利用他来诋毁别的一些人。奥里维每次到家，经常发现克利斯朵夫悔愧交集。

“你又乱说了？”他问。

“是啊。”克利斯朵夫垂头丧气地回答。

“你这个毛病真是改不了吗？”

“真是应该让人把我关起来……但是，我发誓，这肯定是最后一次了。”

“哼！下次还不是这样……”

“不会的，不会的，我再也不乱说了。”

等到第二天，克利斯朵夫扬扬自得地对奥里维说：“又来了一个，被我赶跑了。”

“别太过了，对付他们需要万分谨慎。这些畜生很凶的……只要你一反抗，他就会咬你一口……他们想要报复你实在是太简单了！即便是一句极其平常的话，他们都能找到漏洞做文章的。”

“喔，天哪！”克利斯朵夫手摸着脑门。

“怎么了？”

“我关门的时候对他说了句……”

“说什么了？”

“提到了德皇的一句话。”

“德皇的？”

“是的，不是提到了德皇，就是说的皇族的某个人……”

“该死！明天肯定成为报纸的头条。”

克利斯朵夫急得心都跟着抖了起来。可是他第二天看见的，却是对他房子的描述，事实上那位记者脚都没进去，还有另外一段杜撰的对话内容。

消息逐渐传播开去，变得越来越不着边，外国报纸又加以曲解。法国报纸上描述克利斯朵夫穷得叮当响的时候，帮人把名曲改编成吉他琴谱来贴补家用，另外一家英国的日报却说他弹着吉他在街头卖艺。

他亲眼所见的并不全是赞美的言辞，这还差得远呢！由于克利斯朵夫是《大日报》所追捧的，其他的报纸就对他展开了攻击。他们的尊严告诉他们，让同行去发掘一个他们并不知晓的奇才是绝对不允许的，于是他们便拿他开涮。古耶因为紧握在手心里的东西被人生硬地抢走了而感到十分气恼，于是便写了一篇文章以正视听。他亲切地提及他那位老朋友克利斯朵夫，刚到巴黎之时，所有的一切都是他来安排的。他说，毫无疑问，克利斯朵夫是个天资聪慧的音乐家，可是（他可以这样讲，因为他们毕竟是朋友），他的绅士修养不足，少了些自己的特色，十分高傲；如今别人用这种荒唐可笑的方式来奉承他，娇纵了他的这种傲气，其结果最终会害了他，他需要的是一位有思想、有眼光、博学严谨、正直严明的导师（这就是说的是古耶本人）。其他的一些音乐家勉强笑着，他们表示看不起一个只靠报纸做后台的艺术家；他们假装很讨厌这种吹嘘，吃不到的葡萄都是酸的。有些恶言诋毁克利斯朵夫，有些对他假意怜悯疼惜，而也有一些是转过身子来憎恨奥里维（这些都是奥里维的同好）。他们向来讨厌他的强硬，怨恨他不和他们走得近。实际上他怀有的这种态度多半是因为喜欢独处，很少是因为讨厌他们。其中有几个人还或明或暗地指他在《大日报》那些文字中有利可图。也有几个为克利斯朵夫抱屈，斥责奥里维不应该把一个思想天真、老是做梦、无力应付生活的艺术家——克利斯朵夫搡到杂乱的市场上去，让他失去了方向。他们说这几乎都要把克利斯朵夫的未来给断送了，他虽然没有天生的才能，可是如果多用心的话还是会有些成绩的，如今被别人的巧嘴给说晕了方向，岂不是很可怜！难道人们就不能少说几句，让他安安心心地埋下头工作吗？

奥里维很想对他们说："喂饱了肚子才有力气工作。谁给他这个面包呢？"

他们可是不会被这句话给难住的。他们可以理所当然地回答说："这个不过都是小节。人就是应该受些苦的。"

诚然，高歌这种禁欲主义的都是一些上流社会的人。比方说如果有人去乞求某个百万富翁来给予一个穷困潦倒的艺术家援助的时候，那富翁便这样答道："先生，穷又有什么大不了的呢！莫扎特就穷困了一生！"

如果奥里维对他们说，莫扎特最大的愿望便是活着，克利斯朵夫也绝不愿意活活饿死，他们便会感觉奥里维俗味太浓了。

克利斯朵夫被这些流言蜚语搅扰得心烦意乱。他在想这种状况会不会永远这样延续下去。但是经过了半个来月，事情就已经过去了。报纸上也不再提起他。可是他已经出名了。每当人们提到他时，不会讲是《大卫》或者《卡冈都亚》的作者，而是说："喔，是的，就是那个《大日报》上的人哪！……"所谓声名，也就是这么回事。

奥里维也感觉到了这一点，因为他瞧见克利斯朵夫收到了很多的信，自己也间接地收到了一些：写脚本的作家、音乐会的邀请函；最开始的敌人摇身一变又成了新朋友并带来了最友善的问候；而且也有妇女们寄来的请帖。为了推出报纸的专栏，很多人便过来征求他的意见，比方说法国人的人口增减、理想派艺术、女人的胸衣、舞台上的裸体等一系列的问题，甚至还有人问他德国是否已经濒临颓废，音乐是否已经玩完等等。他们俩看到这些都笑了起来。即便心里一点都不在乎，可是克利斯朵夫这个大老粗竟然也会同意那些宴会的邀请。奥里维几乎都不敢相信自己的眼睛。

“你，你真的去？”

“是啊，”克利斯朵夫嘀嘀咕咕地答着，“你以为只有你才可以去看太太们吗？现在该轮到我了，告诉你！我也要去乐呵乐呵了！”

“你去找乐子？我可怜的朋友！”

事实上是克利斯朵夫闷在家里太久了，突然特别想出去转转。而且他也很开心去闻一下荣誉的气息。只是一到晚会上，他便又感到厌恶了，感觉所有的人都蠢得不行。可是他一回家就故意戏弄奥里维，和他唱反调。克利斯朵夫哪里都去，但是绝对不去同一家两次；他能找出各种奇怪的借口，用让人吃惊的无所谓的态度，避开他们再一次的邀请，这让奥里维看了都感觉荒唐无理。可克利斯朵夫却哈哈大笑了起来。他到沙龙去并不是想提升自己的名气，而是想增加一些生命的养分：目光、举止、语气，以及各种声音与色彩的形式，这是因为一个艺术家需要时不时地填补一下他调色库里的颜色。一位音乐家的思想补给绝不仅限于音乐。语气的顿挫、动作的停顿、完美的笑容，都可以超过同一个行业里任何交响乐给你带来的音乐感受。只是很不幸的是，沙龙里的那些嘴脸、那些灵魂弹奏的乐曲，与音乐家弹奏出来的音乐一样都是枯萎而单调的。每一个人都有他自己固有的形态。一位漂亮年轻的女子，刻意地去追求妩媚，脸庞上露出的笑容就像是一支巴黎曲调那样呆板无聊。然而男人却比女人更加无聊。在社会日渐萎靡消息的影响下，一些刚强的人已经消弭了，个性被打磨得直至消失。克利斯朵夫眼中见到了太多艺术家中已经死去的和即将死去的人：某个年轻的音乐家朝气蓬勃，有着极好的天分，最终却被荣誉打败，一心只想要吸入那些侵蚀他的谄媚奉承的有毒气体，只贪图着享乐，只想着呼呼睡大觉。只需看看那个坐在沙龙一个小角落里的年迈的大师便可推测出他二十年后的样子：名利双收，身兼一切学士院的会员，抵达了峰顶，貌似没有什么好怕的，也不用谄媚奉承什么，可是他却向所有的人低下了头颅，他害怕舆论、政府、报纸，没有胆量说出自己的想法，而且也不再思考、不再存在，就像一只空壳一样任人观赏。

然而在曾经辉煌过或者有可能开创辉煌的艺术家与有才之士背后，必定会有个女人在腐蚀着他们。无论是傻还是不傻，爱他们或是只爱自己，她们个个都是极其危险的；最好的女子也是最让人恐惧的：她们那些目光短浅的情感几乎能够毁了艺术家，她们一心只想着让天才屈服，将他们的头颅压低，降到自己的水平上加以打理、修剪，然后将他们打扮装饰，直到让他们迎合自己的感觉与虚荣心，以与她们以及与和她们来往的人的平庸相匹配才罢手。

虽然克利斯朵夫在这个社会里只是走马观花，可是眼见的却足够让他害怕了。妄图截获他、用他来为沙龙做装饰的女人，远不止一个；那些低眉浅笑的引诱，对于克利斯朵夫来说也不能讲一点都没有动心。如果他的见识再低一些，如果看不见周边那些因此而得到恶果的例子，估计他就逃不开了。他一点都不想成为那些蠢笨的护卫美女的奴役中的一员。假使没有被那么多的女人追捧的话，他的危险反而更大。如果人们相信他们之中存在一个天才，他们依旧会掐住他的咽喉的。这些人看见一朵花就想着如何把花插到花瓶里，看见一只鸟就想着如何把它锁在笼子里，看见一个自由的人就想着如何将他奴役。

克利斯朵夫被迷惑了片刻，可立马就回过神来振奋了起来，将他们一股脑都抛到了后面。

命运总是在戏弄人。它会放手让一般大大咧咧的人溜掉，却不会放过那些小心谨慎、有预见的人。陷入巴黎这张大网的不是克利斯朵夫而是奥里维。

奥里维从他朋友的成功那里感受到了好处：克利斯朵夫名声的光芒也映射到了他的身上。现在来看他有些名声了，并不是因为在过去的六年间他所创作的文章，而是因为他发现了克利斯朵夫。因此每当克利斯朵夫受到邀请的时候也会带上他，都是他陪在克利斯朵夫身边，以便暗中监督保护他。可能他对于这项任务太过专注了，于是他便放松了对自己的警惕。爱神悄然降临在他身边，带走了他。

那是位清瘦而又不失妩媚的金发少女，精致的鬈发犹如粼粼波纹围着她略微狭窄却清朗明媚的额头；眉毛有些淡，眼皮略微厚了些，眼眸闪着晶莹的蓝色；精巧的鼻子，微微翕动的鼻孔，太阳穴稍微有些凹陷；略微有些俏皮的下巴，灵秀而性感的嘴巴，嘴角上扬，很有味道的笑容就好像是纯洁的田野之神的微笑；脖颈细长，身段娇小而苗条；焕发着青春色彩的脸满是快乐的神情，露出了朦朦胧胧的神色，好像一个谜，又像是初春的美景——她叫雅葛丽纳 · 朗依哀。

她还不到二十岁。她的家人都信仰旧教，家境富有而高尚，思想很开放。父亲是个聪明机敏的工程师，心胸宽广，很会做事，很能接纳新的思想。他凭借着工作、政治关系、婚姻赢得了一笔财产。他的太太是金融界里一位典型的巴黎化了的美人，他们的婚姻可以算是爱情的结晶，也可以算是金钱的结晶——在这种人心里，这才算得上是真正的爱情的结晶。金钱是保存了下来，可爱情就歇菜了。

虽说这样可还是剩下些许残留的余晖，因为两个人当年都是热情而挚诚的；但是他们却没有很过分地以忠诚自居，各做各事，各寻各欢，双方依旧很投机，就如同两个自私的伙伴一样，一个心安理得，一个谨慎小心。

女儿是他们联系的纽带，可与此同时却也是他们相互争夺的对象：因为他们都太爱她了。两个人在她身上都看到了自己的影子、自己的缺点，那些都是被纯真、单纯的孩子加以理想化了的；双方暗中都想把女儿拉拢到自己这里。这个情况显然哄骗不过孩子，而且小孩都有一种很幼稚的想法，将自己看作世界的中心，因此她尽可能利用这个心理，不断地刺激父母，让他们较劲看谁更爱她。任何的小性子，如果一个反对，她就有十分的信心能让另一个同意；而那个之前反对的便因为自己遭到冷淡而恼火，进而应下更多的要求。这样一来她就被过分地溺爱了。不过幸好她本性不坏。自然她和所有的孩子一样都会自私，可是就是因为她受到的宠爱太多了也太有钱了，所以几乎没碰到什么阻碍，因此她的自私里夹杂了些病态的味道。

虽然朗依哀夫妇疼爱女儿疼到无以复加，但绝对不会因为她而失去一些他们自己的好处。白天很大一部分时间，他们都会让孩子自己玩儿。因此她有大把的时间用来幻想。大人们当着她的面说话也不避讳（他们并没有因此而有所顾忌），不仅让她早熟，也让她很早就被影响，以至于在她六岁的时候便拿着手里的布娃娃讲着爱情故事，里面的角色差不多便是丈夫、妻子、情人。不用说，她是没什么邪念的。等到有一天她意识到感情的影子之后，她便不再对着布娃娃讲了，而是把故事通通藏到了心里。她纯真无杂念，但是欲望的魔鬼早已在远方怒吼，就如同无形无影的钟在遥远的地平线敲击，裹杂着风声发出阵阵声响，只感觉自己都被它笼罩了起来，脸成了绯红色，既害怕又开心连气都喘不过来了，可是你却对这种情况完全不懂。之后不久声响便消失了，就像来的时候那样迅速。万籁无声，只有些嗡嗡的响动，影影绰绰地消融在湛蓝色的长空里。你只明白应该去哪里，最快地翻过山到那一面去：那就是幸福生长的地方。啊！要到了那里才有趣呢！……

没有抵达之前，她时刻都幻想着做着各种揣测。凭着这个小姑娘现在的智力来看，要能想到山那边的景致几乎有些不可能。她有个年纪差不多大的玩伴，是个小姑娘，叫西蒙纳·亚当，经常一起探讨这些十分重要的话题。每个人都拿出了十二岁女孩的聪慧和经验，拿那些听到的话和偷偷看的书来当参考。两个小姑娘踮起脚尖，紧握着石头，试图透过旧墙看见自己的未来。她们自以为可以从墙缝里望到一些什么，但实际上什么都看不见。她们天真单纯，即便是淘气也不无诗意，与此同时也带了点巴黎人特有的喜欢嘲讽戏弄的秉性。她们说了一些粗话自己却全然没有察觉，而将一些小事看得比天都大。在家可以随便翻而没人敢说声不的雅葛丽纳，将父亲的书都翻了个底朝天。幸好她天性纯真无邪，让她没有受到什么污染，只要看到一幕稍微露骨的场景，或者稍微放荡的言辞，她便十分厌恶，马上把书扔了；她在肮脏的队列中穿行，犹如一只小猫从脏兮兮的水洼里蹦出来，竟然一点泥巴都没沾到。

小说并没怎么吸引她：这是很明确的，因为那实在是让人感觉枯燥。让她的心里颤抖不已而满怀憧憬的，却是诗人的作品，当然这是关于爱情的作品。这种诗人散发出来的气质与女孩子的很贴近。

他们看不见事实是什么，只在欲望与怅然之间加以想象；他们的神态和她们一样犹如趴在旧墙缝那向外张望。可是他们明白很多很多的事情，但凡是应该明白的他们都懂，并且他们用特别甜腻而神秘莫测的词语轻轻地将它们包住，你要带着万分的小心打开才能找得到……找到……噢！还是什么都没有，但是永远都差那一步就能找到……

两个好奇的小姑娘倒是一点都不感到厌倦。她们颤颤巍巍地轻轻地读着阿尔弗莱·特·缪塞和苏利·普吕东的诗句，认为那便是邪恶的深渊；她们将诗抄录了下来，相互琢磨着一些句子里潜藏着的意思，可是有的时候里面根本就没有什么其他的意义。这两个十三岁的小妇人，天真无邪地，荒谬地，完全搞不懂什么是爱情，但却半开玩笑半认真地谈论着爱与性；她们公然在教室里当着善良的教员的面—— 一个挺柔和挺有礼貌的老头儿——把那些诗文抄写在吸墨纸上：

噢！让我，让我紧紧地将你搂在怀里，
在你的亲吻里痛饮着狂乱的爱汁，
一点一滴的，永无停止！

她们是在一所富家子女读的学校里上学，老师都是教育界的知名人士。在这里，她们的情感有了一个可以宣泄的出口。几乎所有的女孩很喜欢她们的老师。他们只要稍微年轻些，长相上还可以，就能令她们痴迷。她们将功课做得很好，就是想要讨得她们那些偶像的欢心。作文卷子分数稍微低了一些，她们就哭得特别伤心；如果得到老师的称赞，她们的小脸儿便会一阵红一阵白的，还要冲着他们抛几个感谢而俏皮的媚眼。倘若要给叫到一边来说几句建议或者夸赞两句，那几乎都能把她们给乐疯了。老师没必要是什么非常了得的人才才能博得她们的喜欢。在体操课上老师将雅葛丽纳抱上秋千架的时候，她便全身都发烫了。这一举动招致了多少竞争！惹来了多少嫉妒！好多个媚眼都朝着老师扔过去，谦卑而又让人着迷，恨不得将老师从她手里抢过来！上课的时候只要他一张嘴，钢笔与铅笔就唰唰地如同飞一样写起来。她们不是非得想弄懂，主要是不想错过他说的每一个字。她们一边写，一边好奇地悄悄盯着她们的偶像，专注地看着他的脸颊和举动，雅葛丽纳和西蒙纳相互悄悄地讨论：“如果他要是系一条蓝色小点的领带会不会很好看？”

之后她们又拿出了一些彩色画、荒唐至极的诗句、有着诗情蜜意的插图，当作理想中的人——演员、演奏家、曾经的或者现今的作家，一会儿喜欢摩南·舒里，一会儿喜欢萨曼[①]，一会儿又变成了德彪西。一想到可以在音乐会中、沙龙里、街道上，会和一些不认识的年轻人互抛媚眼，她们的脑子里立马就能勾勒出一幅幅爱情图景。总而言之，心里永远充满对爱的渴求，渴望被爱占有。雅葛丽纳和西蒙纳两个人之间没有秘密：这也证明了一点，她们其实并没有什么感情；而且这也是让自己永远都不会拥有刻骨铭心的感情的好方式。但是这却成了一种慢性的病，虽然她们意识到了并取笑着，可是暗地里却开始有意培植。两人相互激励。西蒙纳有很多荒诞离奇的想法，可又是十分谨慎的。纯真而又热情的雅葛丽纳更能实践它。有很多次，她几乎都闹出了很大的笑话来……这个是年轻人都会犯

① 摩南·舒里为十九世纪法国著名悲剧演员；萨曼是十九世纪法国著名诗人。

的：有些时候，这些让人可怜的受到惊吓的小动物（这是我们都会历经的阶段），不是几乎就自杀，就是差一点投入一个陌生人的怀里。不过苍天垂怜，差不多所有的年轻人都到此为止了。雅葛丽纳写了十来封情书的手稿，很想把它们寄给那些仅有一面之缘的人，最后还是没有寄出去，除了有一封热情洋溢的匿名信，寄给了一个巨丑的、庸俗的、自私自利的、冷血的、心胸狭窄的批评家。她就是看到了他文章里有几行表露了真情的语句，便对他倾心了。她也迷恋着一位住得很近的很有名的演员；每次路过他房门前，心里总是在想："要不要进去下呢？"

有一次，她竟然壮着胆子走进了他在的那层楼上，可一走到那儿，她转身就跑了。她和他能说些什么？没什么可以说的，因为她一点都不爱他。她也很清楚，这种疯狂有一半是自己哄骗自己，另一半是对爱的渴望，那是永远不能缺少的，幸福而又傻傻的需要。既然雅葛丽纳是个聪明的姑娘，这些她都懂，但还是免不了疯癫。一个聪明的疯子抵得上两个。

她经常出入各种场合。很多年轻的绅士们都为她痴迷，任何地方都会有人去奉承她，而对她倾慕的也远非一个。她一个都不喜欢，却喜欢和他们调情。她从没把自己可能对别人带来的伤害放在心里。一个年轻貌美的少女会将爱情当作残酷的游戏。她感觉别人对她倾慕是最自然不过的了，可她只为自己所爱之人负责；她一心相信这点：如果谁要是爱上她就已经很幸福了。这也怨不得她，即便她整日都在幻想着爱情，但实际上却完全不了解爱情。人们都认为在温室里成长起来的上等阶级的大家闺秀，远比乡下的姑娘早熟，可事实上正好相反。之前看过的书、听到的话，都让她无法忘记爱情，然而在她无所事事的日子里，这种想念的心境竟然变成了一种嗜好；有些时候她把一个剧本几乎都倒背如流了，却对里面的内容没什么触动。爱情和艺术一样，我们不能去单纯地读别人的话，而是应发自内心地说出自己的感受；要是在无话可讲的时候却急于想说点什么，那是永远都没什么东西可说的。

于是，雅葛丽纳就好像许多其他女孩一样，依靠着其他人情感的余灰过活，虽然那些灰烬帮她平复这躁动狂热的心情，让她双手发烫、喉咙干涩发哑、眼睛酸痛，但是也蒙住了她的双眼让她看不到事情的本来面目。她自认为了解它们。她意志坚强。她尽可能多地看书，听人家聊天，林林总总也听了不少知识过来，有时甚至是对自己的反省。她比周边的人都更加实在，因为她更加真实。

有一个女子为她带来了很不错的影响，只是时间有些短。那人就是不出嫁的姑妈——玛德·朗依哀，年纪在四十岁至五十岁，五官端正，就是一脸的苦相，不怎么美；她永远一袭黑色衣服，举止大方得体，但还是有一点拘谨，说话极少而且声音很小。要是没有那双灰色眼眸里闪现的清澈的眼神，与那充满忧郁的嘴角边浮现的那抹温柔的笑容，人们几乎都快要忽视她的存在了。

只在没有客人的时候她才会出现在朗依哀的家中。朗依哀对她很敬重，可心里却有一些厌恶。朗依哀太太老实地对丈夫表示对她的来访没有太多的兴趣，但是碍于礼数，每个星期都会邀请她在家中用膳，表面上也流露不出敷衍的味道来。朗依哀聊着自己的事情，这个对于他来说永远都不过时。朗依哀太太则在想着其他的一些事情，可是脸上却依然笑脸相迎，回的话经常驴唇不对马嘴。相互之间还算和睦，礼数都在。而且有的时候姑妈知趣地离开比料想的早的时候，他们也表示出了挽留的热情；有些日子，朗依哀太太一想到一些让人心情愉悦的旧事的时候，那美丽的微笑便更加明媚动人。玛德姑妈把一切都尽收眼底，她兄弟家里有很多让她受不了或者让她十分难受的事情，可她一点都不表露出来：表露出来又有什么用呢？她是爱着她的兄弟的，对于他的聪敏与成功很是骄傲；与家里其他人一样，她感觉当年的牺牲与长兄如今所获得的成功相比较，值得了。可她最起码还保留着批评精神，她同他一样聪慧，在精神层面上甚至比他更为坚强不屈（法国有很多的女人都比男人聪明很多），她把他已经看透了；当他向她咨询意见时，她便原原本本地全部说出来。但是朗依哀已经很久没有过来向她求教了！他觉得不知道那些建议或者闭上眼睛更为妥当，事实上，他明白的不一定比她少。为了保持所谓的自尊，她离得远远的。没有谁来关心她的心里是怎么想的。大家感觉还是不知道为好。她自己一个人过活，很少出门，身边只有几个并不十分亲近的朋友。她如果依靠兄弟的社会关系和自己的才能做些什么事情的话一点都不难，但是她却不想用。在巴黎一个很出名的杂志上，她曾经写过两三篇有关历史与文学的文章，那种淳朴、确切以及个性的笔风曾经得到过别人的注意，但是她也就到此为止了。她有很大可能会交一些有趣的朋友，因为那些优秀的人士对她很感兴趣，而她也有可能愿意与他们结交。但是对他们表现出的主动她却只是不加理睬。有的时候戏院将要上演她喜欢的作品，订了座，最终却没有去；有时候，本可以去做一次她非常喜欢的旅行，最终还是窝在了家里。她的个性是禁欲主义和神经质的奇异混合体。但这些神经质却一点都没有危害到她灵魂的淳朴。她的生命受到了创伤，可是灵魂却很健康。只有她自己明白旧时的创伤在她心坎里留下了不可磨灭的疤痕。然而更加深刻更加隐秘的，甚至她自己都不知道的，却是命运所带给她的烙印，就如同深深植根在那里折磨她的潜在的病痛——可是朗依京一家只望见了她那双让人有些无法明白的明亮双眸了。

当雅葛丽纳处在无烦无忧的开心之中的时候，这是她童年的正常姿态，是不太能想到姑妈的。可她一到了一个年龄段，整个身体便躁动不安起来，虽然只是很短暂，但却感觉自己都快要离开人世。那段时间里，她尝遍了凄苦、厌恶、恐惧、烦闷的滋味，就像是个孩子溺在水里而不敢大声叫“救命”的时候，旁边的玛德姑妈向她伸出了手。啊！其他的人离她远远的！父母都像是外人一样，表面上亲昵而事实上却非常的自私自利，对自己又是非常的自恋，哪里还有闲心去管一个十四岁的小姑娘心里的伤痛呢！但是姑妈是明白她的，而且对她表示十分同情。姑妈什么都不说，只是很淳朴的笑一笑，隔着餐桌和雅葛丽纳相互交换个眼神。雅葛丽纳感觉姑妈是明白她的，便依偎在姑妈旁边。玛德默不作声，只用手轻轻抚摸着雅葛丽纳的头。

小姑娘信赖姑妈了，心里一有不开心的事便去找这位好朋友。不管什么时候去，她都有信心能碰到同样温柔的眼神，将那份恬淡安静灌注到她的心里。她几乎不怎么和姑妈说起她梦幻中的白马王子，她感觉很害羞，她也感觉那不可能是真的。可是她却经常说她心里那些虚无缥缈而又让人挥之不去的躁动，那才是真实存在着的烦闷。

“姑妈，”她有时叹口气说道，“我是多么想要得到幸福啊！”

“我可怜的孩子！”姑妈轻轻地笑道。

雅葛丽纳将头枕在她的膝盖上，亲吻着那抚慰她的手："我将来会得到幸福吗？姑妈，告诉我，我的未来会幸福吗？"

"我不知道，亲爱的。这有很多是要靠你自己的……当一个人想要幸福的时候就一定是会幸福的。"

雅葛丽纳有点不相信。

"那么你幸福吗？你？"

玛德凄苦地笑了笑："是幸福的。"

"真的？你真的是幸福的？"

"你不信？"

"信，但是……"雅葛丽纳停住了。

"怎么？"

"我要的幸福，可不是你这种的。"

"可怜的孩子！我也这样希望呢。"玛德说。

"真的，"雅葛丽纳很坚定地摇摇头，继续说，"像你这样的，我会受不了的。"

"我也没想到自己能受得了。但是有很多做不到的事情，生活就会教你做到。"

雅葛丽纳听了这话有些不安，答道："噢！我可不想学这个，我想要的幸福一定得是我喜欢的那种。"

"但是别人问你具体是要什么样子的幸福，你就不知道了。"

"我知道我要的是什么。"

她想要的事很多，但是要让她列举出来，她也只找到了一件，反过来倒过去地说道："首先，我要人家来爱我。"

玛德默不作声，做着针线活。过了不久，她说道："如果你不爱那个人，单单是要人家来爱你有什么用呢？”

雅葛丽纳愣了下，回道：“但是，姑妈，我说的这些自然只是限于我爱的人里的！其他的都不算数的。”

“倘使你一无所爱呢？”

“你的话好奇怪！人哪有没有爱的。”

玛德摇了下头，有些质疑。“一个人心里不爱，可是你却想要爱。爱是上帝赏赐给你的一种恩惠。你得要乞求他赐予你。”

“如果人家不爱我呢？”

“即便是人家不爱你也没关系，你也要这样做。你会变得更加幸福的。”

雅葛丽纳拉长了脸，露出气恼的小样子：“我可不愿意，这有什么乐趣呢。”

玛德温柔地笑了，看着雅葛丽纳叹了口气，随后又做起了针线活。

“我可怜的孩子！”她重复了一遍。

“你为什么总是在说可怜的孩子？”雅葛丽纳心有不安地问道，“我可一点都不想做个可怜的孩子。我是多么渴望着幸福呢！”

“就是因为这个我才说：可怜的孩子！”

雅葛丽纳有点气了。可是不一会儿也就过去了。姑妈的笑容让她都拉不下脸来。她一面假装成赌气的样子一面去拥抱她。实际上，一个人在这个年龄阶段听到自己在很远的将来会有很多悲伤无奈的事，却还是满怀憧憬的。从远处看，不幸也是有着诗意的呢，人们最惧怕的是庸碌无为的日子。

雅葛丽纳一点都没留心到姑妈的脸色越来越难看，只是发觉她开始很少出门了，她以为是姑妈喜欢独自一人窝在家里的原因，雅葛丽纳为此还经常取笑她。有一两次她去拜访的时候，恰巧看到医生出门。她就问姑妈：“你病了？”

姑妈回答：“不是什么大病。”

可是，连每个星期去朗依哀家吃饭她都不再去了。雅葛丽纳十分气愤地问她理由。

“好孩子，”玛德温柔地说，“我只是有点儿累了。”

雅葛丽纳仍是不信，以为是推辞的话。

“哼，每星期上我们家只待上两个来钟头就累了吗？你根本就不喜欢我。你只愿意待在你那个火炉边烤火。”

她回家之后扬扬自得地把这些话重复了一遍，没料到立马遭到了父亲的训斥：“别去烦你姑妈！难道你不晓得她现在病得很厉害吗？”

雅葛丽纳听完脸都吓白了。她颤颤抖抖地问姑妈到底得的是什么病，别人不肯说。直到后来她才知道是肠癌，听说姑妈只剩下几个月时间了。

雅葛丽纳心里恐慌了好几天，直到看到了姑妈才宽心了一些。玛德还算运气好，并没有特别的痛苦。她依然露出了那慈祥的笑容，白皙透明的脸上投射出了灵魂清澈的光芒。

雅葛丽纳暗想：“应该不是吧。他们或许搞错了，不然她怎么会这么平静呢？”

她又絮絮叨叨地念起了那些心里话，玛德听得比以前更仔细了。但是聊到一半，姑妈就会走出房子，露不出半点痛苦的神情；直等到疼痛过去了，脸色恢复平时的颜色她才进屋。她绝口不谈自己的病，竭尽全力来掩饰着；或许她刻意不去想它，她明白病魔在侵蚀着她，让她感到恐惧害怕，但她不想将自己的思想都放到这个上面来；她一切的意志力都表现在不让病魔夺去她最后这几个月的平静。但是病情急转直下。不多久除了雅葛丽纳以外她不再见其他任何人了。直到最后就连雅葛丽纳去拜访的时间也不得不减少。最终到了分开的日子了。姑妈躺在几个礼拜都没有离开过的床上，和她的小朋友作别，讲了很多柔和与宽慰的话，接着便关起了门等死。

雅葛丽纳在那几个月里是非常难受的。姑妈离世正是她精神上最为悲苦的时候，在这种状况下支撑起她的就只有姑妈一个人。这个时候她可是孤独悲伤到了顶点。她急切需要一种信仰支持她走下去。从表面上看，她貌似并不缺少这种信仰：自小她就奉行着宗教仪式，她的母亲也是这样。可是这就是问题的所在：母亲是奉行仪式的，玛德姑妈却不：这怎么能拿出来一并比较呢？大人们感觉无所谓的谎言却难逃孩子的眼睛，他们很明白地见到了很多缺点与矛盾。雅葛丽纳发现母亲和那些自诩拥有宗教信仰的人一样都很怕死，和没有信仰的人没两样。真的，单单只依靠宗教是绝对不够的……除此之外，还有些个人的经验、反抗、憎恶，一个愚笨的忏悔师伤害她的话……都让她对宗教产生怀疑。她继续去教堂，但是却没有什么信仰，只是像拜访亲友一样，以展示自己有修养。她感觉宗教就像是这个世界一样空无虚幻。唯一的救命稻草便是追忆死者，她的光芒已经完全覆盖在她身上了。她后悔当时不应该发那些年轻人自私的脾气而忽略了姑妈的感受，现在是叫也叫不应了。她将姑妈理想化，而玛德那种深层次的、韬晦的生活为她树立了一个很好的榜样，她十分厌恶社会上那种不严肃而又虚幻的社交生活。她眼里见到的就只有虚伪，而一些诱惑以前让她觉得很有趣，现在却只有厌恶。她患了神经过敏症。不管是什么都会让她十分痛苦，她的意识清净澄明没有受到一点蒙蔽。但凡是以前因为无所谓而没留心到的事情，现在她全部都看到了。其中有一件竟然深深地伤害了她，让她一辈子都难以忘记。

一天下午，她坐在母亲的客厅里。朗依哀太太正在会客，来的是一位非常时髦的画家，脸色很白，在那里装腔作势，他是她们家的常客，可是也绝非亲密的知己朋友。雅葛丽纳感觉自己在那里让母亲和客人都感觉很拘束，便更加赖在那里不肯走了。朗依哀太太稍微有些恼怒，整个头都有些昏昏沉沉的，再不就是和那些时髦的太太们像嚼糖果似的吃一些头痛丸把自己的脑袋都搞糊涂了，不怎么留心自己说过的话。她一不小心把客人唤作“我的小心肝儿……”

她立马明白过来了。然而他和她一样不动声色。两人继续客客气气地交谈着。正在一旁倒茶的雅葛丽纳心里一惊，几乎都把杯子撞到地上。她能感受到他们在背后会心地相互笑着。她忽地转过身，真的看见了他们眼里默契不语的目光，一下子就让他们遮挡了过去。这个发现简直都把她吓呆了。雅葛丽纳从小无拘无束地生活着，经常听人们提到类似这种场景，她自己经常笑着提到过，但是这一次竟然让她无法忍受，这让她十分痛苦，刚才亲眼见到她的母亲……自己的母亲，这事情可就完全不同了！她惯于夸张，于是她的思想便从一个极端转到了另一个极端。至今为止，她是什么都不会质疑的。从今以后，她便对什么都开始猜疑了。她开始想到母亲以前行为中的小细节，毫无疑问，举止轻佻的朗依哀太太有太多让人怀疑的地方了，雅葛丽纳还要在上面添油加醋。她想和父亲有更多亲近，他与她向来很近，而他的聪敏也极大地吸引了她。她愿意把更多的爱去给她的父亲，同情着他。但是朗依哀本身貌似并不需要别人替他抱不平。于是这位神经质的小姑娘疑心病又来了，比对母亲的猜疑更加厉害，她认为，父亲其实什么都知道，只是认为装聋作哑更好一些；只要自己能够随心所欲，别的一概无所谓。

雅葛丽纳感觉没有什么希望了。她不敢去鄙视他们，她是爱着他们的。但是她无法在这生活下去了。西蒙纳的友谊没有起到一点帮助的作用，她十分严肃地批评着她曾经的伙伴的缺点，连同自己的也不放过，望见自己的丑陋和平庸让她十分痛苦，只有无奈地思念着淳朴的姑妈。可是这些回忆也逐渐地消散了，时间的潮水将它们吞没了，将它们的印痕一起冲刷干净了。从这点来看，所有的所有都是会结束的；她以后会和其他人一样都将陷于淤泥之中……噢！不管怎么样都要逃出这个世界！救救我吧！救救我吧！

正当处于这个让人抓狂而又孤寂、厌世而又狂热的阶段，心怀神秘的等待、对着无形的救世主伸手求助的时候，雅葛丽纳与奥里维相遇了。

朗依哀太太与人们一样邀请了那位冬季里爆红的音乐家克利斯朵夫。他依旧不讨人欢心。朗依哀太太却依然感觉他很可爱：只要还是走红着的，他摆什么姿态都可以，人们总会感觉他非常的可爱。这些都只不过是几个月的事情而已。雅葛丽纳没感觉他有什么了不起的地方，克利斯朵夫受到一些人的追捧先就让她不相信。更何况他举止粗俗、大声讲话、得意扬扬的样子都让她看不上眼。按照她那个时候的心境来看，生活本身都是庸俗的；她所欣羡的是一种凄美的、或明或暗的境界，自己很喜欢这种感觉。克利斯朵夫散发出来的光实在是太过耀眼了。可是聊天之际间或提到了奥里维：他将他的朋友和他所有快乐的事情都牵连在了一起。他把奥里维讲得太有趣了，这几乎让雅葛丽纳望见了一个完全合乎心里所想的人物。她请求母亲也要邀请奥里维。奥里维没有立刻应下来。而在他还未出现的那个阶段里，克利斯朵夫给雅葛丽纳更从容地描绘了一个幻想中的奥里维，直等他终于应约前来的时候，本来的面貌便和想象中的肖像八九不离十了。

他来了，几乎不怎么说话，也不用怎么说话。他聪慧的眼神，他的笑容，他高雅的谈吐，全身都散发着一种光芒万丈的安静，很明显地将雅葛丽纳迷住了。加之克利斯朵夫在身边做对比，更加衬托了奥里维的好。可是她脸上却没有任何表现，由于很害怕心里正在萌生的情感，她和克利斯朵夫继续聊着天，可聊的内容全都是奥里维的事。克利斯朵夫觉得可以聊到他的朋友，简直高兴坏了，一点都没有察觉到雅葛丽纳已经听得入了迷。他也提起了他自己，虽然她一点都不感兴趣，但是也在谦恭地听，之后又有意无意地将话题扯到了奥里维那里。

雅葛丽纳的美丽对于一个没有警惕心的男人来说是很危险的。克利斯朵夫已经不由自主地爱上了她：他喜欢经常去她的家里，开始关注自己的穿衣打扮；他那些熟悉的感情又钻进了他的想象中去了。奥里维从刚开始的几天就对她着了迷，误以为是对方刻意冷淡他，心里十分难过。克利斯朵夫特别开心地将自己与雅葛丽纳聊了些什么对他说，这让他更加难受。奥里维自己都没想过自己能讨得雅葛丽纳欢心。尽管和克利斯朵夫住在一起，对一些事物也看得比较开了，可是却仍然没什么自信心；他太了解自己了，不相信能够得到别人的爱。其实，一个人要让别人真的爱上自己，如果依靠的是自己的价值而不是仰仗那些缘分与宽容的话，那还有多少人能够值得别人真正地去爱。

一天晚上，朗依哀家盛情邀约，可他感觉自己如果再去见到那位神情平淡的雅葛丽纳就太不好意思了，于是推诿说自己太累了，让克利斯朵夫自己去。完全不知情的克利斯朵夫挺开心地过去了。用他纯真而又自私的心理看，他只想着与雅葛丽纳独处时带来的快乐。但他这种快乐的心情没有几天了。没见到奥里维过来，雅葛丽纳立马就露出了沮丧、恼人、烦闷而又失望的表情；她讨人喜欢的兴趣都没了，也不听克利斯朵夫说的什么，只管随口应几句。他甚至有些尴尬地望见她几乎都想打哈欠了。她真的很想大哭一通。她突然退出了客厅，再也没露面。

克利斯朵夫十分狼狈地回到家，一路都在想着这两种完全不同的态度究竟是怎么回事，最后终于看到了一点儿真相。等他一回到家里，奥里维便在那里等着他，假装无所谓地问起了他晚会进行得如何。克利斯朵夫把那件不顺心的事拿出来讲给他听。他边讲边注意到奥里维的表情逐渐明朗了起来。

“你不是很累吗？”他问，“怎么不去睡觉？”

“噢，我现在感觉好很多了，”奥里维回答，“不怎么累了。”

“是呀，”克利斯朵夫很俏皮地说，“今天你没去，精神确实变得不错了呢。”

他亲昵地、狡黠地瞅了瞅奥里维，走回到自己房里去了。他轻轻地笑了，可笑容里浸满了泪水：

“坏蛋！”他心里想，“竟然拿我开玩笑！连他也在戏弄我。没想到他们俩还有这一套！”

打从那以后他将自己对雅葛丽纳的情感一并抛开，就像一只母鸡孵育小鸡一样用心孵育着这对小情人的浪漫史，表面上假装不知道他们的小秘密，也不帮他们戳破，只是暗地里成全了他们。

他自以为自己的职责便是把雅葛丽纳的性格仔细做一下研究，从而再判断奥里维和她在一起是否能够得到幸福。他笨拙得很，对着雅葛丽纳提了许多莫名其妙关于趣味与道德方面的问题，这让她大为恼火……

“真是岂有此理！他就这样对着我问这个问那个的到底什么意思？”雅葛丽纳愤愤然地转过身去。

奥里维瞧见雅葛丽纳没有再关注克利斯朵夫，简直高兴坏了。而克利斯朵夫见奥里维开心他也便很开心，他甚至比奥里维更开心。这让雅葛丽纳感到十分不解，只是她没想到克利斯朵夫面对着他们的爱情却比她看得还透彻，所以只感觉他实在是太让人讨厌了，搞不明白奥里维怎么会与这样一个粗俗鄙陋的人成为最好的朋友。克利斯朵夫想到了这一点，想故意让她气恼。之后他便推诿说事情太多，婉拒了朗依哀家的邀请，让雅葛丽纳和奥里维有时间可以单独相处。

但是他面对着未来还是感觉有些担心，自认为对于这桩感情他应该负起主要的责任，自己感到很烦，因为他已经把雅葛丽纳看透了，很多的事情都让他挂心：首先是她家很有钱，之后便是她所受到的教育，出生的环境，尤其是她的缺点。这让他想到了前女友高兰德。毫无疑问，雅葛丽纳为人更直率坦诚，待人更加热情，对于勇敢的生活有些许的憧憬渴望，也有着敢于牺牲的愿望。

“可是单单有愿望是远远不够的，”克利斯朵夫想道，“还需要魄力。”

他想把这种可能面临的危险告诉奥里维。可一看见奥里维回来的时候眼睛里闪现着幸福的光芒，他便又不敢开口说了，心里想：“两个孩子这么开心，还是别去打扰他们了吧。”

她对奥里维用情至深，逐渐地感觉到他朋友的信心还是有依据的，不再感到困扰了；最终，他也相信了雅葛丽纳确实是像奥里维眼里见到的那样，也是她自己喜欢的那种人物一样，意志十分坚强！她是深深爱着奥里维的，爱他与她所在的社会的不同。她爱他的贫困，他在道德观念上不会退让半步，他在社交场合不善于应酬。她深深地爱着奥里维，那么纯洁那么彻底，甚至想要和他一样的穷……有时甚至想让自己变丑，只有这样她才能更加断定奥里维爱的是她的内心，是充盈在他心底的、一直十分渴望的爱……啊！有些时候，当他在眼前时，她都感觉自己脸都有些白了，双手颤抖。她可以打趣自己的激动，假装关注着其他的事情，不看他，用嘲讽的口气讲话。但是她会忽然停住，跑到卧室里，把门插上，拉起窗帘，呆坐在那里，膝盖紧紧挤在一起，双手交叉抱在胸前，竭力压抑着自己狂跳的心。她安静地呆坐在那里，一动不动，就怕吓跑了那种幸福。她默默地将爱情紧紧抱在怀里。

如今克利斯朵夫全心全意地关心着奥里维的成功，犹如慈母一般悉心照料着他，留心他的打扮，说出一些对穿衣的建议，帮他系好领带。奥里维耐心地任由他摆布，宁愿走到楼梯那里重新再系。他感到不免好笑，可是他对这种亲昵的举动很受感动。爱情削弱了他的胆子，让他不敢对自己加以肯定，所以他十分愿意去请教克利斯朵夫，将见面的过程全都讲给他听。克利斯朵夫和他一样十分激动，有时会在夜里几个小时几个小时地搜肠刮肚地为他的爱情献计。

在巴黎附近，亚当岛森林近旁的一个小镇上，朗依哀家别庄的一个大花园里，奥里维和雅葛丽纳终于私订了终身。

克利斯朵夫陪朋友一起去那里，可是他发现房子里有一架风琴，于是自己弹起了琴，让这对小情人去散步了。实际上他们不想他这个样子。他们害怕单独相处。雅葛丽纳默不作声，心里还带有一些敌意。上次见面，奥里维就已经感觉到她变得很冷漠，目光冷淡，甚至带上了些敌意。他看得心都是冷的。他不敢细问，害怕从爱人嘴里说出什么残酷冰冷的话来。自从那次望见克利斯朵夫走开，他心里就不禁打哆嗦，感觉只有克利斯朵夫在身边才能让他感觉不会受到打击一样。

雅葛丽纳对奥里维的爱一点都没有减少，甚至更加爱他。正是因为这样，她对他才有些冰冷。她曾经将爱情当作游戏而渴求着，而现在这一刻真的到来了，就放在她的面前；可是她看到的却是个大洞，这把她吓得连忙往后退去。她搞不懂了，心里想："这是为什么？为什么？这到底怎么回事？"

然后她看着奥里维，拿出了那种让他十分痛苦的神情，又想："这男人是谁？"

她不晓得。

"我为什么爱他？"

她也不晓得。

"我是爱他的吗？"

她也搞不懂……搞不懂，可是她知道自己是真的爱上他了，她被爱情捕获了；她自己将要全部消融在爱情的旋涡里，她的意志，她的独立，她的自私自利，她对于将来的幻想，也一并都消失在了这个怪物这里。于是她十分气恼地蹦起来，有时几乎恨透了奥里维。

他们径直走到花园的尽头，那里有一行大树和用草坪围挡起来的菜园，踏着轻快的小细步走在小路上：两旁栽满了红醋栗树，树上挂了很多深红色的果实，还传来阵阵扑鼻的杨梅的味道。恰值六月，暴雨过后天气变得分外凉爽。天空灰蒙蒙的，只显露出或明或暗的光；一大块一大块的云随着风沉重地飘移着。可是这股遥远的风一点儿都吹不到地面上：叶子连动都不动一下。无比悲凉的气息包裹住了一切，包裹住了他们那颗心。然而在花园的另一边，从那一眼望不见的别庄半掩着的窗户里，飘出来阵阵风琴声，正在弹奏着的是约翰·赛巴斯蒂安·巴赫的《降E小调赋格曲》。两个人紧紧地挨着坐在井栏上，脸色有些泛白，都不作声。奥里维瞧见雅葛丽纳脸上流着泪。

“你怎么哭啦？”他嘴唇颤抖着，低声问道。

然而他的泪也禁不住流了出来。

他握着她的手。她将头斜靠在奥里维的肩膀上。她不愿意再抵抗了，她被打败了。这是一种解脱！……两人都轻轻地哭了起来，听着音乐，沉重的云悄无声息地从头上飘过，就好像刚刚擦着树尖飘过的一样。他们回想起自己曾经的苦难，或许还想着未来可能面临的苦痛。在一个人的命运周围经历过的坎坎坷坷，或许一小段音乐便能完全透露出来……

又过了一会，雅葛丽纳擦了下眼睛，看着奥里维。忽然，两个人拥抱在了一起。噢！无法言说的幸福！圣洁的幸福！这幸福实在是太过甜美，这样的深刻，甚至都让人感到心痛了！

雅葛丽纳问：“你姐姐和你像吗？”

奥里维心下一惊："怎么忽然提起了她？你认识？"

"克利斯朵夫告诉我的……你以前很痛苦，是不是？"

奥里维点了下头，激动得话都说不出来了。

"我曾经也很痛苦。"她说。

于是她便说起了她那已故的密友、亲爱的玛德姑母，无比悲伤地说她当时如何心痛。

"你会帮我的，对不对？"她用那哀求的口吻说着，"帮助我生活，成为一个好人，拿可怜的姑妈当榜样！你喜欢她吗？"

"她们俩我们都爱，就如同她们俩也会相亲相爱。"

"真希望她们能在这啊。"

"她们就在这儿啊！"

两人紧紧相拥，彼此的心跳都能听得分外清楚。突然下起了细雨，让雅葛丽纳不禁打了个寒战。

"我们回去吧。"她说。

树下几乎都已经黑了，奥里维亲吻着雅葛丽纳略显潮湿的秀发。她抬起头看向他，他第一次触碰到了那陷入爱情的动人的双唇，那种少女热辣而又有些龟裂的嘴唇。他们几乎都快晕过去了。

走到屋前，他们停了下来。

"我们曾经是多么孤独无依啊！"他说。

他早就把克利斯朵夫忘光了。

音乐声没有了，他们两个人马上想起了他。当他们回到房子，发现克利斯朵夫正将肘子依靠在风琴上，两只手捧着脑袋，陷入了对过去的回忆之中。直听到有人开门才回过神来，和颜悦色的脸上有着一副庄严而温柔的笑容。从他们的眼神里他就明白了刚才发生的事，紧紧地握着他们的手，说道：“坐下吧。我弹些曲子给你们听。”

他们坐了下来，他把自己心里所有的情感和对他们所呈现的爱全部化作了音符倾吐了出来。弹完后，三个人都不作声了。过了一会，他站起身来，瞧着他们。他的眼神是那么的和善，就好像年长了他们很多，坚强了很多！她这时才第一次感受到了克利斯朵夫的内心。他将他们两个人都拥入怀里，向着雅葛丽纳说：“你会全心爱他的，对吗？你们会彼此深爱的吧？”

两人对他都充满了感激。但克利斯朵夫立刻转开话题，大声地笑着，走向窗户，纵身一跃跳到了花园里了。

这之后的几天，他劝说奥里维去向雅葛丽纳的父母求婚。奥里维不敢去，害怕像自己预料的一样遭到拒绝。与此同时克利斯朵夫也强迫着他去寻觅个事情来做。即便两位老人答应了他的请求，如果奥里维不能自谋生计，就无法接受雅葛丽纳的家产。奥里维和他有着一样的想法，但却不赞同他所持有的对于和有钱人家的女子结婚应该多份警惕的想法。克利斯朵夫自始至终都感觉财富是荼毒人灵魂的。他老是喜欢用一位哲人对一位老是为自己的灵魂得以救赎问题奔劳的阔太太说的话：“怎么，这位太太，您已经有了百万的家产了，而还想拥有一颗不朽的灵魂？”

“你得多提防着女人，”他半认真半开玩笑似的对奥里维说，“一定得提防女人，尤其是那些有钱的女人！也许女人喜欢艺术，可是她也会把艺术家压死。富婆则会把艺术和艺术家都残害了。财富是一种病。女人比男人更加抵御不了财富的侵蚀。一切有钱人都不是正常的……你笑吗？你是在笑我吗？哼！难道一个有钱人就会知道什么才是人生？难道他和残酷的现实有过什么接触？他感受过那种饥寒交迫的滋味吗？闻到过用自己的双手挣来的面包的味道吗？感受过自己辛勤劳作开垦土地的气息吗？他连见都见不到，能知道什么才是万物众生？……小时候我有过几次被别人带着去坐那种大公爵的马车去玩。车沿途经过了我每棵草都再了解不过的草原和曾经一个人狂奔过的心爱的树林。但是我却什么都见不到了。凡是那些惹人怜爱的景色，一瞬间却都变得像是带我出来游玩的老家伙那样古板而僵硬，没一样是自然的。那批平庸腐朽的人就好像是隔了一层幕布一般将草原和我的心都给隔开了；不仅如此，只要脚下踩着车板子，头上有车顶压着，便将我和天地都隔绝开来了。想要感觉到大地母亲的慈祥，便须得脚踏实地踏进她的肚子里，就好像是一个第一次见到阳光的婴儿似的。财富隔断了大地与人的牵连，隔断了一切大地造育出的孩子之间的牵连。这样的话，你怎么还会造化成一个艺术家呢？艺术家是大地的代表。一个有钱人是不能够成为伟岸的艺术家的。如果想要在这种水土之中成为一个伟大的艺术家，须得有胜过别人千百倍的才能。况且即便是成功了，那也不可避免地是那颗温室里培育滋养出来的果子。就连神圣的歌德也没办法：与他的灵魂相匹配的是蜷缩的四肢，他没有了那些惨遭财富扼杀的主要器官。你还没有歌德身上的那种魄力，必定是会被财富吞噬，特别是被那位有钱的太太给吞噬，而就这一点而言，在歌德身上至少得以幸免。单身的男子还能与灾难相抗衡。他天生强大，一些坚强的本性将他与大地连接到了一起。可是女人不仅容易中毒，而且还会将毒素传染给他人。她喜欢去闻财富身上涂了香料的恶臭。她如果拥有财产却还能保有一颗康健的灵魂这几乎就是个奇迹，就如同一个富人同时又有着天才的智慧一样……并且我一点都不喜欢恶魔：但凡资产超过了一般生活所需的人就是个恶魔—— 一个腐蚀他人的毒瘤。”

奥里维笑着说道：“但是，我总不能因为雅葛丽纳不是个穷人而不去爱她，也不能强迫她为了爱我而变成穷人啊。”

“如果你救不了她，至少也要救你自己！这也正是你去救她最佳的办法。你要保有自己灵魂的纯洁。你要去工作。”

奥里维不用克利斯朵夫来专门对他说出这些担忧。和克利斯朵夫比起来，他更加敏感。并不是说他把克利斯朵夫说出的关于财富的诅咒当真的听，他自己也出生于有钱的人家，对待财产没有什么鄙视的心态存在，并且感觉财富和雅葛丽纳俊美的小脸蛋儿特别般配。可是他忍受不了别人怀疑他的爱情是为了财产，于是便想要重新进教育界。到目前为止，唯一的希望便是得到一所内地中学的一个平凡的职位。这就是他所能为雅葛丽纳带来的可怜的新婚聘礼。他感觉很愧疚地和她说起了这个事。起先雅葛丽纳无法接受他给出的理由，认为这是受到了克利斯朵夫的影响，她感觉可笑之极；如果一个人心存真爱的话，与所爱之人同风共雨不是很自然的事吗？拒绝爱人心甘情愿给他的优惠不就是太小家子气了吗？……但是最终，她还是对奥里维的想法妥协了；正是因为这里面有些酸苦与严肃的因素才让她下定了决心，感觉这也是一个能够满足她渴望已久的献身热情的机会。姑母的离世让她产生了对周边环境的抗争，爱情的滋润更加激发了她的兴奋点。但凡是自己本性中与神秘的热情相斥的一切元素，她都一概否定；她就如同是一张拉满的弓，随时准备将自己射向理想的方向，而所说的理想便是极其圣洁、极其困苦艰难，同时又拥有快乐辉煌的生活……未来的障碍，清贫的境遇，对于她而言都转变成了快乐。这才是真正美妙的境界!

朗依哀太太什么都只顾自己，没什么闲时间去留心周边发生的事情。这段时间她一心只扑在了健康方面，整天忙碌着她那些虚虚实实的病症，一个一个地把医生都看了个遍，每个医生都是救命的稻草；一个月过了一半就又要换下一个了。她几个月几个月地不在家，住在费用非常高的疗养院，带着一种虔诚的心去接受着各种无聊至极的治疗，把女儿和丈夫全部抛诸脑后了。

比较注重家庭的朗依哀先生对女儿的私密开始有所察觉了。那是他作为父亲的忌妒心理搞的鬼。他对于雅葛丽纳向来有着着迷一样的情感，这是很多的父亲对自己的女儿都会有的情感，只是他们不愿意承认这一点；那是一种带有神秘色彩的、肉感的，差不多是圣洁的好奇心，想让自己在自己的骨肉而且还是女性的人身上得到重生。这些埋藏在心底的秘密，有些阴暗的影子，也有些昏暗的光晕，还是不能究查太深为好。到现在这一刻为止，他感觉自己的女儿让那些年轻人为之痴迷很有趣，他喜欢这样的她，卖弄风姿、浮想联翩，但是思想却清晰明了——和他自己很像。可是一旦他见到一些事情变成真的就不怎么放心了。他经常在雅葛丽纳前面讥笑奥里维，之后又用一种十分尖酸刻薄的口气来评判他。雅葛丽纳刚开始只是笑笑，说："不要说他这么多坏话，爸爸，如果我以后嫁给了他，你们见面就会尴尬的。"

朗依哀先生大声叫嚷起来，说她是疯子。这才是让她变成完全的疯子的好办法!他宣称她一辈子都不能嫁给奥里维。她说她非他不嫁。这一幕可真是掀开了。他发现她开始不把这个父亲放在心里了。这个自私心极重的父亲气愤难当。他发咒说他再也不许奥里维和克利斯朵夫登门了。雅葛丽纳一听这个简直气疯了。有天早上，奥里维推门出来，瞧见她像一阵风似的刮进了房子，脸色有些变白，十分坚定地望着他说："把我带走吧！我爸妈不同意。我非要不可，再也不回去了。"

奥里维既惊诧又感动，没想着等冷静下来详谈。幸好克利斯朵夫那个时候在家。要是换到平时他是最感性冲动的一个，可是那天却反过来劝说他们稍微冷静一下。他劝他们说，这样的话是会闹出乱子的，以后就有他们受的了。雅葛丽纳气愤难当地紧咬着嘴唇，回答说："大不了自杀。"

这句话一说出来非但没把奥里维吓回去，反倒让他更加坚定了意念。克利斯朵夫好说歹说才让这两个疯子暂且有点耐心，他说在走这最后一步之前，总得先试试其他的办法：雅葛丽纳姑且先回家，由自己去拜访朗依哀先生并说服他。

真是个奇怪的说客！刚说了没几句，就几乎被朗依哀先生给赶出门，之后他又感觉事情有些趣味。来者那庄严、坦诚、不容置疑的态度，逐渐地让听的人不禁为之动容；但是朗依哀的态度一直不改变，继续加以嘲讽。克利斯朵夫假装听不见，但是听到他说了几句十分过火的讽刺的言语，他也不说了，静默片刻，才接着往下说。到了一个点，他把拳头猛地朝着桌子敲几下，说道：

"请您听我一句：对于这次登门拜访我一点都不感兴趣：我这是压着自己的火气才不挑您说话的措辞；但是我感觉我有这个责任向您表达清楚，所以我就说了。请您稍微客观一些，将我的话慎重考虑一下。"

朗依哀先生听着，当听见女儿那个想要自杀的想法的时候，耸了下肩膀，假装无所谓，可是他心里却真的被震撼住了。以他的聪明才智，是绝对不会将这种恐吓当作玩笑来看待的；他明白应该能想到痴情女子的疯狂举动。以前他曾经有个情妇，平时嘻嘻哈哈的一副好脾气，他以为她只是说些大话而不可能去实行的，后来竟然当着他的面朝着自己开了一枪，当场没立马死去；那一幕就好像现在就在眼前……对于这些疯癫的姑娘简直都没办法。想到此处，他心里一阵难受……“她真是要这样吗？好吧，这傻孩子，算她倒霉！……”当然，他或许会要一些手段，假装答应了下来，拖些日子，逐渐地让雅葛丽纳疏远奥里维。但是要是这样，他就必得要花费一番他不情愿花费的心血。况且他的心也很软，就是因为他以前曾经气愤地朝着雅葛丽纳说过“不”，现如今就无意识地想说声“好”了。总而言之，世界上的事有谁说得准呢？也许孩子的选择是对的。最主要的就是两个人相亲相爱。朗依哀先生也并不是不知道奥里维是个正经的好人，或许还有些才气……于是他便同意了。

结婚前的一天，两个朋友相互陪着到大半夜都没睡觉。对于两个人过去相亲相爱的日子，只剩下最后的几个钟头，两个人都很珍惜。但是这个时间已经一去不复返了。就好像那些悲戚的别离，在火车发动前对方要执意留下来，瞧着对方，叮嘱很多，可是心早已经不在了；朋友已经离开了……克利斯朵夫话说不到一半，便觉察到了奥里维心不在焉的神情，停了下来，笑着说：“你的心早已经飞走了！”

奥里维惶恐地道着歉，与自己的好友分开前的这最后一刻还心不在这里，感觉很难受。可是克利斯朵夫却握住他的手，说：“罢了吧，别勉强自己。我很快乐，去做你的好梦吧，孩子。”

他们紧紧地相依偎在窗户旁边，瞧着那黑暗笼罩下的花园。又过了一会儿，克利斯朵夫问奥里维：

“你想逃离我吗？你认为这样就可以避开我了？你在惦念着雅葛丽纳。但是我可会追上的，因为我也在惦念着她。”

“我的朋友，”奥里维回答，“我又如何不想你！即使……”

说到这儿他停住了。

克利斯朵夫笑着帮他把话说了下去：“……即便想我是多么的难！”

婚礼那天，克利斯朵夫穿着典雅得体，应该算是非常不错。他们不举行宗教仪式。奥里维本来就对宗教不感冒，而雅葛丽纳则是存有叛逆的心理，两个人都不想。克利斯朵夫本来写了一首交响乐体裁的曲子准备在区公所弹奏；可是到了最后，他才晓得公证结婚是什么意思，最终放弃了，感觉那是很可笑的，表示一个人的信仰和自由的灵魂都没有了。一个真真正正的旧教徒很不容易成了一位自由思想者，并不是要把一个公务员转变成教士。在上帝与自由的思想之间，国家没有必要代替宗教而存在。国家只负责登记，不管结合。

奥里维与雅葛丽纳结婚的过程之中，让克利斯朵夫感觉幸好没把那首曲子放进去。区长庸俗地恭贺奉承着新婚夫妇，奉承新娘那有钱的娘家和极有面子的证婚人。奥里维心思不在这里，带着嘲笑讥讽的神情在那听。但是雅葛丽纳就一点都不听了，悄悄地拿眼角瞄着西蒙纳朝着她吐舌头；她曾经和西蒙纳打赌，说结婚“绝对不会让她感到紧张”，如今她差不多就快要赢了：她几乎都没想到过这场婚礼的主角是自己，即便想到是自己也只是感觉很好玩而已。其他的人都是为了这些宾客来装腔作势的，来宾也都在旁边瞧热闹。朗依哀先生只顾在人前极尽卖弄。尽管对女儿的爱是那么深沉，可那个时候关注最多的还是宾客，心里还在琢磨有没有什么请帖忘记发。只有克利斯朵夫感觉非常激动，他就好像充当了父母、结婚当事人和区长那么多的角色。他眼睛一眨不眨地望着奥里维，可是奥里维连看都没看他一眼。

当天晚上，这对新人去了意大利。克利斯朵夫和朗依哀先生将他们送到了车站，瞧见这对新人很开心，一点都没有依依不舍之情，丝毫不隐瞒他们恨不能赶紧走开的心绪。奥里维就像是个小少年，雅葛丽纳就像是个小姑娘……这一种的作别还真是让人感到伤心呢！父亲眼睁睁地望着自己的女儿被一个陌生人领走……从那一刻起离他越来越远。可是他们只感受到了一种解脱的快意。所有的拘束都没有了，一切的障碍也都没有了，他们自我感觉已经到达了人生的顶峰，一切已齐妥，什么都不用担心，可以死而无憾了……过去之后，他们才明白这只是人生的一个阶段而已。转过了这个山峦，又是未知的前方在等着；几乎很少有人能够抵达到第二个阶段……

夜色吞噬了列车。克利斯朵夫和朗依哀一起搭伴回去，调皮地来了一句："咱们现在都变成了鳏夫了！"

朗依哀先生笑了。他们相互道了别，各自回家。两人心里都很悲伤。可是那是一种既哀伤而又美好的滋味。克利斯朵夫自己待在卧室里想着："如今我生命中最为重要的一部分已经幸福了。"

奥里维房子里的所有东西都没有动过。两位朋友有过这样一个约定：在奥里维没有找到新家搬走之前，他所有的家具和纪念物等依然放在克利斯朵夫这里。所以就感觉奥里维还在他的身边一样。克利斯朵夫拿起了安多纳德的相片看，放到了桌子上瞧着它说："朋友，你开心吗？"

他经常写些信给奥里维。但是收到的回信却很少，看起来也有些心不在焉的样子，在精神上他的朋友慢慢地疏远了他。他感觉挺失落的，可是却对着自己安慰说就是要这样的。他并没有质疑他们友谊的未来。

孤独对他来说并没有什么。以他的性格来看，他感觉还远远不够呢。《大日报》对他的保护已经让他感觉有些讨厌。阿赛纳·伽玛希有这样的性格，认为是他费尽心血栽培出来的新人他就应该有支配权，那些他们身上所获得的荣誉也理所应当和他的光荣相连在一起，就如同路易十四的帝座四边都围着莫里哀、勒·勃仑和吕里一样。克利斯朵夫感觉就艺术方面来说，即便是德皇也比不上那位《大日报》的老板更让人生厌。因为这位新闻记者对于艺术的理解不见得比皇帝更明白，毛病倒比他多多了；凡是他讨厌的，他就不容许存在，他说这些是恶劣的、危险的，他要为了大众的利益而将它们销毁。最丑陋而最让人恐惧的，就是这种横行霸道、欠缺教养的市井之徒，自己认为手握金钱和报纸，不仅能够操控政府，还能操控人的思想：但凡听命于他的，就赐人一个窝、一条链子连带一些肉饼；对他们说不的，他们就放出成百上千个蠢货去围追堵截！——克利斯朵夫可不是那种受人摆布的家伙。在他的眼里如果一个蠢货要是敢有这个胆子，对他讲在音乐领域该做什么不该做什么，简直就糟糕透了；他要这个蠢货明白艺术与政治相比可是要更多的准备的。他十分直接地拒绝了把一部无聊透顶的册子改写成音乐，才不理会那个作者是报馆的主要职员而被老板格外关照过来的。出现了这件事之后，他和伽玛希的关系变得有些疏远了。

可是克利斯朵夫却感觉有些开心。他才从默无声响的日子里崭露头角，却早已经想着回到那个默无声响的日子中去了。他始终认为“在闪光灯的汇聚下，会在人群里把自己弄丢了”。深切关心着他的人实在是很多了。他重复着歌德的话：

“一个作家因为一部有些意义的著作而声名显赫，人们便会想方设法让他继续生产下一部有意义的作品……一个会深刻自我反思的有才学的人，也会无意识地被拉入这些纷扰嘈杂的社会里，因为每个人都在想着能从这个有才能的人身上蹭点儿便宜。”

他把自己关在家里，只亲近几个老朋友。他又去拜访这段日子以来有些疏远的亚诺夫妇。亚诺太太白天相当多的时间都是一个人，有很多时间关切别人的伤悲。她一想到自从奥里维离开之后克利斯朵夫独自感受生活带来的空虚，便压着羞怯的心情邀请他共进晚餐。她十分愿意时不时过来帮他做一些家务活，但是她太胆小了；这或许比较好：因为克利斯朵夫很讨厌别人帮他做这个做那个的。可是他却接受了邀请，定时就会过去吃晚饭。

他发觉这对夫妇总是那么相亲相爱，氛围永远都是那么柔和与阴郁，与以前相比更加暗淡了。亚诺经历了个精神堕落的阶段，教书的那段日子已经将他磨得很痛苦——作死的工作，日复一日没个尽头的一成不变，就好像脚下的轮子老在一个地方打转，永远不停歇，也永远不前进。尽管这个好人很有耐心，但也免不了有些沮丧的情绪。他因为社会上存在一些不公平的事感到十分心痛，感觉自己循规蹈矩却一点用处都没有。亚诺太太竭尽全力宽慰他。她貌似什么时候都是那么的宁静柔和，但是人却逐渐变得沧桑了。克利斯朵夫当着她的面夸赞亚诺拥有这样一位贤良淑德的太太。

“是的，”亚诺说，“她确实很好：不管碰到什么事情神情都很镇定。这是她的幸运，也是我的造化，要是她感觉自己的日子太难过的话，我早就会疯了。”

亚诺太太脸红着默不作声。然后她又很平静地扯到了别的事情上去了。克利斯朵夫的拜访对于他们来说是有好处的；而于他来说，也很开心接纳这些善良的人围绕在自己的身边，让自己的灵魂温暖起来。

恰巧又来了一位女朋友，更为准确地讲，是克利斯朵夫把她找过来的；这是因为尽管她很想与他结识，但却绝对不会主动上门来拜访他的。她是位得过国立音乐院的钢琴头奖的音乐家，年龄在二十五岁左右，叫赛西尔·弗洛梨。矮胖身材，浓厚的眉毛，有着一双明亮亮水汪汪的大眼睛；小又粗的鼻子向上翘着，略微有些红晕，像是个鸭子的嘴；嘴唇厚厚的，看起来人很老实、亲切；肥大的下巴感觉也很结实，有自己的特点，脑门虽然不太高但却很宽；厚密的秀发盘成个大髻束在脖子上；胳膊看起来有些粗大壮实，有着长长的钢琴家的手，指尖看起来有些方，大拇指与其他手指显得离得很远。她全身都充满精神头，就像是乡下人那样健康。她与母亲同住一处，待母亲很孝顺。母亲心肠也好，对音乐没啥爱好，只是因为经常听到别人谈论，便也在聊着音乐，晓得所有与音乐有关的事情。赛西尔日子平淡无奇，一整天都在上课，有的时候也会举办一些没多少人关注的音乐会。一般时候她都回家很晚，有的时候走回家，有的时候坐公交，累得够呛，但是兴致却不减半分；回到家就提起精神弹琴，缝补帽子，有很多话讲，喜欢笑，也喜欢无聊地哼着小调。

生活并没有宠溺于她。她明白辛苦劳作换来的丁点儿的幸福是多么来之不易，也能感受到小小的快乐，对她自己的境遇或者艺术方面的一点小小的进步都会感到很满足。她只要这个月比上个月多出了五法郎，又或者练习了几星期的一段肖邦最终弹得还可以了，她就开心得不得了。她的工作量都是按着她的能力来的，就好像做适当的运动让她心情很好一样。弹琴、唱歌、教学，这些有规律的日常生活让她一面感觉没有虚度光阴，另一面可以过着幸福的日子，平平凡凡地有些小成就。她胃口不错，能吃能睡，向来不得病。

她做人刚直不阿、待人谦虚、心理很健康，没什么忧心的事；她只活在当下，不问过去不谈未来。身体不错，生活平淡，没有什么大风大浪，她几乎就是这样一直快乐着的。她十分喜欢练琴，也喜欢打理家务，也喜欢什么事都不用做。她的日子不是一天天算的（她做事懂得如何安排），而是一分分来算的。她心里没有特别远大的梦想；即便存有这种梦想，也是在她思想与行为范围内的布尔乔亚理想，也就是说她心安理得地做着她喜欢做的事。周末她去教堂，可是她的生活里宗教却没有什么分量。她敬服那些有着疯狂热情的人，就像克利斯朵夫那样拥有信仰或者天才的人，她一点都不忌妒：即便有了他们的烦躁郁闷和天生的才干，又能做什么呢？

那么她是如何感受到大家们的音乐的呢？她自己也搞不懂。她只明白她能感受得到。她比其他的演奏家高出一节的地方，是她身心都特别健康。这个自己没有特别的激情但生命力却非常顽强的心灵，对于陌生人的激情来讲，倒是一块十分肥沃的田地，而她却并不因此受到扰乱。侵蚀过大家们的让人恐惧的激情，她能尽量表达出它的力量而不让自己受它所伤，她只感觉到那些作品散发出的力量与弹奏完之后那痛快淋漓的疲惫。那个时候她全都是汗，疲惫不堪，笑得很安详，感觉心里很开心。

有一天晚上，克利斯朵夫去听她表演，十分赞赏。结束之后他与她握手表示祝贺。她十分感激：那天晚上人来得很少，况且她向来没有多少人追捧。她既不会花什么心思去参加什么所谓的音乐团体，也没什么特殊的能力能让人在后面追捧，既不会用什么过于花哨的技巧，也不会胡乱将名作乱改一通来讨得人们的喜欢，她不会将自己视作研究巴赫或贝多芬的专业人士，更不会对她所弹奏的乐曲去贴上什么所谓的理论，只是老实本分地将自己感悟到的演奏出来——于是没有谁留心到她，批评家们也对她完全不晓得：因为没什么人对他们说她演奏得如何好；而他们本人也不晓得优劣。

克利斯朵夫打那以后经常瞧见赛西尔。这个身体健康而灵魂安宁的女子对他而言有种说不出的魔力。她性格刚正坚强，淡泊名利。他为着没人知道她而大为气恼，建议要让《大日报》的朋友们多提起她。她即使能够得到别人的赞赏而让自己很开心，但却请求他别为她做这些。她不想去奋斗，花费了大力气却惹得别人的忌妒；她只想平平静静地过些平淡的日子。别人不提到她更好。她不嫉贤妒能，看到其他演奏家的技巧，她第一个竖起大拇指赞赏。没什么野心，也没什么欲望，她的灵魂确实是太懒了。如果当前没什么目标笃定的事的话，她便什么都不做，甚至连乱想都不会；晚上躺在床上，不是立马睡觉，就是什么都不想。很多这个岁数还没出阁的姑娘，每一刻都在想结婚，就怕做了老姑娘，但是她却没有因此担忧过。别人要是问她希不希望自己嫁一个好丈夫，她回道："哦，抱着这种痴梦做什么呢？为什么不想有五万法郎的进款呢？做人应该满足，应该守得自己的本分。人家要给你，那最好不过！要是不给那就算了。

一个人不能因为没有蛋糕可吃就断定上等的面包不好吃，特别是当你吃惯了那么长时间的硬面包之后！”

“而且，”母亲接着说，“还不一定有多少人连硬面包都没得吃呢！”

赛西尔向来都有一套不信任男人的道理。几年前去世的父亲天生懦弱而且十分懒惰，这让老婆和孩子吃过不少苦。她还有一个不长进的兄弟，不知道他整天混什么，每隔一段时间就会出现一下，问家里拿钱；人们都怕他了，感觉他让他们丢尽了脸面，就怕有那么一天听到他在哪又出了乱子；但是大家都疼爱他。克利斯朵夫瞧见过他一回。克利斯朵夫那个时候正在赛西尔家里做客，突然听见门外打铃，母亲去开了门。之后就听闻隔壁屋子里说话的声音，时不时地扯着嗓子嚷几声。赛西尔有些慌乱了，也跑了出去，留克利斯朵夫一个人在房子里。隔壁还在吵着，陌生人口气开始变得有些恐吓威胁了，克利斯朵夫感觉这个时候应该出去阻止一下的，于是开门往外走，可是他只望见一个身形有些扭曲着的年轻人的影子，就被赶忙跑来的赛西尔拦下了，她请求他先回屋里。她也跟在他后面一道进来，大家一声不出地坐在那里。那个陌生人又在隔壁吵嚷了一阵子，一会儿就走了，只听见大门被使劲地碰了一下。接着赛西尔叹了气，对克利斯朵夫说：“是……是我那位兄弟。”

克利斯朵夫这才明白过来了。“啊！”他说，“我明白……我，我也有一个……”

赛西尔紧紧握住他的手，关切而又同情地问道：“你也是吗？”“是的……那都是让家里不省心的活宝。”

赛西尔笑了笑，他们换了个话题来聊。真的，这种让家里不省心的宝贝，对她来说可不对味儿，婚姻也不能触动她的心：男人都无趣，还是自己一个人过活的好。母亲瞧见这样的女儿，也只有叹气的分儿；她可不想丢了自己的自由，平时唯一想要的便是未来能有这么一天——鬼晓得是什么时候！——能搬到乡下去住。可她不想费尽心力去幻想那种日子里的小细节，认为这样痴想太虚幻的事一点意思都没有，与其这样还不如躺床上睡一觉——或者继续她的工作……

在没能将她的梦想付诸实践之前，一年夏天她在巴黎附近租住了一间房子，和母亲俩人一起住，只要坐上二十分钟的火车便抵达了。房子离那孤零零的车站还有相当一段距离，中间是一大片荒地，赛西尔经常半夜才回去，但却没感觉有什么可怕的，不相信危险的存在。她尽管有手枪，可是经常忘记拿，而且不怎么会用。

克利斯朵夫去看望她的时候，经常让她弹琴。她对于音乐著作的深刻的感悟让他感觉很开心，他稍微提示一两句她便全然知晓。他发现她嗓音很不错，那是她自己都没料想到的。他建议她加以训练，并教她唱德国的老歌谣或者是他自己的创作；她也很有兴趣，唱歌的技巧也不断提高，这让他们两个都感到很惊讶。她有着极高的天分。音乐的光芒像是个奇迹一样照耀在这个对音乐一窍不通的巴黎小布尔乔亚女子身上。夜莺（他都是这样叫她）间或也聊到音乐，可是却很实际，向来不涉及感情方面的事情；她貌似只对唱歌和钢琴的技巧感兴趣。当她和克利斯朵夫待在一起不提及音乐的话，就聊些俗事：不是日常家务，便是烹饪或者平常琐事。换到平时，和一个布尔乔亚女人聊这些事情连一分钟都感觉到厌烦的克利斯朵夫，却和夜莺聊得津津有味。

他们就这样在一起消磨夜晚，他们相互是真心地相爱着的，这是一种安静的，差不多是平淡的感情。有天晚上他过来吃晚餐，比平时稍微耽搁久了一些，忽然下起了一场暴雨。当他想要去火车站搭乘最后一班车回家的时候，外面风雨大作；她对他说："算了吧！等明儿早上再走吧。"

他睡在了小客厅里临时搭起来的一张床上。客厅与赛西尔的卧室中间只隔了一个很薄的板壁，门也关不严。他都能在床上听到另一张床咯吱咯吱的响声，也能听得到赛西尔安静的呼吸声。五分钟过去了，她看来已经睡熟了；他也跟着进入了梦乡，两个人的思想里没有一丝杂念。

与此同时，他又结识了一批新的陌生的朋友，这是他的作品招引来的。他们所居之所大部分都距离巴黎很远，或者独自居住，是永远遇不着克利斯朵夫的。即便一个人的名声是不好的，也会有一点好的地方，那就是能让数以万计的好人熟识艺术家，然而这一点的话，如果没有报纸那些荒谬绝伦的大肆宣扬是绝对做不到的。克利斯朵夫与其中的几位有了联系。有的年轻人日子过得十分清苦，全心全意地追逐着一个连自己都没什么把握的梦想：他们竭尽所能地汲取着克利斯朵夫友爱的精神滋养。也有的则是外地的无名小辈，看了他写的那些诗歌之后就写信给他，就像老许茨一样，感觉和他很有共鸣。也有一些是清贫的艺术家，其中有一个作曲家，不仅没有办法获得成功，而且也没有什么方法来表达自己的内心，当他瞧见自己内心的思想被克利斯朵夫完全展现了出来，简直开心极了。然而最为让人怜爱的或许是写匿名信的人，因为这样一来，他们便更能自由地讨论，天真无邪地将自己的内心世界展露给这位支持着他们的兄弟身上。克利斯朵夫是那么想爱这些可爱的灵魂，可是他始终都不能认识他们，因此十分怅然。他吻着那些来自陌生人之手的信笺，就好像写信的那些人亲吻着克利斯朵夫的诗歌一样；每个人都在心里默想：“这珍贵的纸张，你们给了我多么大的恩惠！”

就这样，物以类聚，人以群分，很快在他周围就聚拢了一批同道中人，就好像是天才的亲友，从他身上吸取着营养，同时也为他带来营养。这团体逐渐扩大，最终形成了一个以他为核心的团体灵魂，就好像一个光明的世界，一个毫无实体的星球穿行在宇宙之中，将它友善的歌声与所有星球之间的和声融为一体。

正值克利斯朵夫与他那些灵魂相通的朋友有了神秘莫测的联系的时候，他的艺术思想有了很大的转变，变得更加广阔、更人性。他不再期望着音乐只停留在内心独白阶段，只是自己的语言，更不期望它只是一个只有内行人才能洞悉的复杂深刻的结构。他要让音乐变成与人类交流的扶梯。只有能与别人相沟通的艺术才是拥有生命活力的艺术。约翰·赛巴斯蒂安·巴赫即便是在人生最为孤寂的阶段，也在依靠他在艺术世界里表露的宗教信仰与其他人相融合。亨德尔和莫扎特的创作，由于事势所迫，也是为了大众而不是只为他们自己。就连贝多芬都要顾及大众。然而这是很有好处的。人们应该这样提醒提醒天才：“你的艺术之中有哪些是为我来的？如果没有，那我一点都不需要你！”

这种压力让艺术家第一个得到了益处。自然，只表露自己的大艺术家也存在。可是最为伟大的却是那些心为全人类跳动着的艺术家。如果要是哪个想见到活着的上帝，就须得爱这个人类；只沉溺于自己荒蛮的灵魂之中是遇不见上帝的。

然而当代的艺术家谈不上拥有这种爱。他们只为那些贪慕虚荣、混乱不堪，与社会生活脱节的极少数的人创作，这种极少数的人是一点都不想与别人分享这种热情的，或者竟然玩弄他们的情感。为了与他人不同，他们宁愿抛弃人生。这种人最好还是死了的好。我们是要朝着活人走的，我们饮的是大地的乳汁，吸纳人类最为神圣的部分，吸纳他们对家庭和大地的情感。在那个自由当道的时代，意大利文艺复兴代表拉斐尔，将母性的光芒绘制在圣母像中。现如今有谁可以为我们在音乐领域绘制一幅《圣母坐像》[①]呢？有哪个人可以帮我们演奏出人生每个阶段的音符呢？你们什么都没有，你们法国也什么都没有。当你们想分出些歌曲散给人们的时候，不得不抄袭德国过去的名作。你们的音乐领域中，从底层到顶峰，所有的所有都要重新开始，或者推倒重新来……

克利斯朵夫与此时居住在外省的奥里维保持着通信，想通过书信来维持这曾经产量丰硕的合作。对他说尽可能多地收集美妙的诗歌，和平时的灵魂有着紧密联系、犹如德国的老歌谣一样的，比方说圣书或印度诗歌中的某些章节、宗教的或伦理的赞歌、自然景致与爱情或者天伦的情感、描绘清晨黄昏与暗夜的诗歌，适合一般淳朴而健康的灵魂的一些东西。每支歌只要四句或六句就可以了，表述简单直接，无须那些高深莫测，无须精练的曲调，所谓的那些附庸风雅来刻意卖弄自己才能的人是一点都没用的。“期望你会爱着我的生命，帮助我爱自己的生命！帮我写一些《法兰西的祈祷》吧。”应该要寻找一些流畅明晓的调子。我们应该对那些所谓的艺术的言

① 拉斐尔所作圣母像多到无法一一列举出来，《圣母坐像》为其中之一，现藏于意大利佛罗伦萨毕蒂博物馆。

语尽量躲避，那和时下很多音乐家的著作一样，已经转变成了某个阶级的专用术语。应该勇于以一个人的角度而不是以一个艺术家的角度站出来讲话。看看那些前辈们的杰作吧，十八世纪末期的古典艺术，就是从普众的音乐符号中得来的。就像是格路克、平凡创造交响曲的创造者、初期歌谣的创作者，或许他们所创作出来的乐句和巴赫与拉穆那些凝练深沉的乐句比起来，会显得平庸无奇，可就是这种当地风情的背景造就了伟大的古典创作中的独特的韵味与通俗性。它们来自最为简单质朴的音乐形式，来自歌谣；这些平常日子里开出的纤细的花朵，深深地印刻在了莫扎特或韦伯幼年的心灵里。你们大可以去向他们学习，创作一些大众更为听得懂的曲调，这之后再创作交响乐。这么急于求成又有什么用呢？打造金字塔可不是从塔尖开始打造的。你们现如今创作的交响乐只空有一颗头颅而没有四肢。噢，美丽的思想，你们得要先有个躯壳啊！必须要有几拨有耐心的音乐家去靠近大众。一个民族的音乐绝对不是一夜间就能打造出来的。

克利斯朵夫不仅将他的理论付诸音乐方面，而且还激励奥里维在文学方面实践。“当今的这些个作家，”他说，“试图勾描一些独一无二的人物，或者是在健康的人们之外，只有在病态的人群里才能找得到的典型代表。既然他们甘愿将自己排除在人生这道门之外，那你也没必要去理会他们，你只管朝着有人类的方向前进吧。面对普通人就得展现普通人的生活：它比海洋更加深沉、更加广阔。我们之中就连最为渺小的人也都潜藏着无尽的源泉。每个人都是其中的一个源头，只要他甘愿老实本分地做一个人，不管是情人，还是朋友，是以生育的痛苦而换来荣誉的妇女，是默默奉献自己的人。

每个人都是生命的源头，从这个人流经那个人，又从那个人流经这个人……你写这些朴素的人的朴素的日子吧，写这些枯燥的时光的静寂的史诗吧，所有的一切都是那么相似却又有那么大的差异，大地自开创之日起，所有的一切都是大地母亲的孩子。你越接近朴实越好。千万不要以现代艺术家为学习的榜样，白白花费心血去探寻细微渺小的境界。你面对的是大众，就要用大众都听得懂的语言。词语没有雅俗之分，就看能不能将你想表达的意思说得精准。不管你要做的是什么，需要将你自己整个儿投入到里面：坚守你自己的思想，保持你自己的感觉。文字应该追随你灵魂的节拍。风格就是一个人的精魂。”

奥里维对克利斯朵夫的观点表示赞同。可是他却用质疑的口吻说：“这样的一部作品或许是美的；可是它却永远无法到达能够去读这等作品的人那里。批评者们在半路上就将它杀害了。”

“你总是拿出这套法国小布尔乔亚的态度来！”克利斯朵夫回答，“你在担忧批评界会对你的作品发出何等想法！……实话对你说，那些批评家只晓得记载成功或失败。你只要全心成功就可以了！我一点都不把他们放在眼里！你也别把他们放在心上……”

可是奥里维抛之于脑后的东西可多着呢！他可以抛弃艺术，抛弃克利斯朵夫。那个时候他心里只有雅葛丽纳。

他们眼里只看到了爱情，看不到其他的了；这种私欲心理让他们的周围变成了一种虚无，毫无远见地将未来的所有退路都给切断了。

沉醉在新婚的甜蜜之中，两颗相互交融的生命一心一意地只想将对方吸收……两个人的肉体与心灵没有一处不在相互触碰、玩味，想要交融到对方中去。他们两个本身便构成了一个没有规则的宇宙、一片混沌的爱，所有的一切相互交合在一起几乎都分不出彼此，只顾吞噬着对方。对方的一切都让他们销魂荡魄，而所讲的对方其实就是自己。世界与他们何干？就好像古代的两性人[①]在优美和谐的美梦里沉睡一样，他们面对世界合上了双眼，他们两个便是世界。

噢，白天！噢，黑夜！你们编织了一幅同样梦境，犹如美丽的白云飘过的时间，在近乎眩晕的眼神中只浮现出一道光芒的轨迹，让人有着丝丝春倦的暖风，肉体交融的暖意，迷醉的爱情，圣洁的淫乱，疯狂的相拥，叹息与欢笑，幸福的热泪，噢，这小如微尘般的幸福，你还留下些什么？……我们的心几乎都想不起你的存在了：因为但凡你在的时候，时间便不再存在了。时光如水，日复一日……甜美的黎明……两个紧紧相拥的肉体从沉睡着的深渊中同时漂浮起来；笑语盈盈的，呼吸交融，一起睁开双眼，又见到了彼此，再一次亲吻了……清澈的徐风将躁动着的身体上的热度平复了下去……无尽的时光中只有痛畅迷离的气味，其中掺杂着黑暗中的甘美在回响……夏日正午、田野里、草地上、高挺的白杨底下愣神……在静美的余晖里，两个人手挽着手在清明的暮色中回到爱情的床席上。微风轻拂着树林的叶子，澄明如水的长空，如鹅毛般轻挂一轮银月。一颗星划过天际，消失了，让你心中为之一震……一个世界就这样悄无声息地吹落了。路上，在他们身边，一些悄无声息的影子飞逝而过。城里敲响了大钟，明示了明天的佳节。他们就这样停了一会儿，她紧紧地依偎着他，一言不发……啊！多么希望生命就如同这一时刻一样，永远地定格……她叹了口气说："我为什么爱你这么深呢？"

在意大利游历了几周以后，在法国西边的一个小城里他们定居

① 希腊神话中假想的民族，男女两性兼具一身。

了下来，奥里维在那担当中学教员。他们几乎谢绝了所有的宾客，对什么都失去了兴趣。即便是不得不去拜访客人的时候，他们也毫不掩饰他们待人的冷漠，这让有些人心里不怎么痛快，也让有些人报以微笑回应。一切风言风语都朝着他们卷来，可是却伤不着他们半分。他们就好像其他所有的新婚夫妇一样的傲慢无礼，那神情就好像是在说：

“哼，你们，你们能知道个什么……”

在雅葛丽纳那张俏美而有些愠怒的脸颊上，在奥里维那开心而又无所谓的眼神里，很明显显露出了这样的含义：“你们实在是太讨厌了！……什么时候才能让我们独自安静地在一起呢？”

即便是在众人面前，他们也是那样我行我素。人们经常会看到他们一面聊着天一面眉目传情。他们不用盯着对方就能彼此看得见；两人含着笑，明白对方此刻也有着一颗同样的心。直等到应酬出来，他们两个几乎都开心地叫嚷起来，疯狂玩着，就好像是八岁的小孩子似的。他们尽讲着疯话，拿奇怪的名字相互称呼着。她把奥里维叫成了奥里佛、奥里丸、奥里芳、法南、玛米……就像是个小女孩似的样子。她想要变成他生命中的一切，母亲、姐妹、妻子、情妇。

她不仅满足于分享他的开心，还要履行自己曾经许下的愿望，分担他的工作：这也很有趣。刚开始，她既有趣又热情地做着，因为工作对于她这种女人来说是个新奇的事物，所以当面对最为枯燥乏味的事情时也感觉很有意思：图书馆里抄写的工作，翻译枯燥的书籍，这全都变成了她日子预计程序里的一部分。她梦想中的生活不就是圣洁、严肃，全部奉献给相同的、崇高的灵魂与劳作的吗？只要庇佑于爱情的光环下，所有便都是很好的；因为她脑子里全部只有他，而不是她手下正做的事。最感到奇怪的是，凡是她怀着这种心态做出来的所有东西便都很好。她的思想对于那些在其他时间绝对不能担当的抽象无比的读物，这个时候都能轻而易举地应对；爱情让她整个人都逃离了世俗；她自己可不这样感觉，就好像一个梦游的人走在屋顶上，十分惬意，什么都望不见，只管一心做着自己那个庄严而又开心的梦……

过了一会，她有些望得到屋顶了，但是一点都没有感觉恐慌，只问自己在屋顶上是要做什么，然后便回到了房子里。工作让她感到了厌恶。她认为是它干扰了她的爱情。那自然是由于她的爱情没有以前那么热情似火。可是表面上却还看不到什么。他们俩时时刻刻都要在一起，竟然闭门拒客，推掉了一切应酬。他们对于别人对他们的感情、自己的工作、所有打搅到他们爱情的事都心生厌恶。就连与克利斯朵夫的通信都逐渐地变少了。雅葛丽纳一点都不喜欢这个人：他就好像是一个情敌，承载着奥里维以前的一段时间，然而在这个时段里她是不曾出现过的。在奥里维的日常中克利斯朵夫所在的分量越重，她便从本能上越想夺下那个位子。她没有刻意去做，只是暗中使诈让奥里维跟他的朋友变得疏远；她嘲笑着克利斯朵夫的思想、面容、写信的体裁、艺术领域的打算；她这么做并不是故意的，也没有要弄一些手段：善良老实的天性不允许她这样。奥里维听到她的评论感觉很有意思，也没感觉有什么居心；他自我感觉对克利斯朵夫的爱丝毫未减，可是此时此刻他的爱只包含克利斯朵夫他本人了：这可是在友谊里没什么太大意义的；他没感觉自己正逐渐地开始不了解他，不再关心他的灵魂，不再关心曾经让他们心向往之的无畏的理想主义。对于年轻人来说，爱情散发出来的气息实在是太浓郁了：与它相比，其他一切信仰便会显得微乎其微了。爱人的身体以及在这圣洁的身体身上感受到的灵魂，已经取代了一切知识与信仰。从这个角度来看，当一个人去望着其他一些人心中渴望着的梦想，望着自己曾经渴望着的梦想，便只感觉可笑得很了。从前那些绚烂激情的生活和艰苦卓绝的努力，他只瞧见了瞬间的花朵，还以为是亘古不变的东西呢……爱情将奥里维整个吞没了。刚开始关于他的快乐与力量都会用诗歌加以展现，可是直到后来感觉连同这些都是虚无缥缈而掠夺了爱情的时间了！然而雅葛丽纳和他一样，除去爱情，将生活中所有存在的价值都肢解摧毁，却不知道大树如果倒下，缠绕着它的藤萝也会没有了依赖。这样下来的话，他们两个人都会在爱情中相互摧毁了。

人们对于爱情太痴迷了！直等到自私的幸福转变成人生唯一的梦想之后，不多久人生便会失去梦想。直到这时，幸福便成了一种习惯，一种麻醉剂，想戒都戒不掉了。但是总是抓住幸福是不太可能的事……世界上的音符不知道有多少个，幸福只是其中一个而已；生命的钟摆永远左右晃动，幸福只是钟的一端：假使非要把钟摆终止在哪一极上，唯一的办法只能将钟摆掰折……

他们品味到了安静快乐所带来的苦闷，寻求刺激的味蕾越来越得不到满足。幸福的时光减慢了时速，就如同没有了水分供给的花朵那般凋谢，变得没有了一点力气。天空总是那么蓝，但已经没有了早晨那种新鲜的空气。所有都停止在这一刻，大地陷入了沉默。他们真正地变得孤独了，就像他们曾经期冀的那样，但是他们却无比哀伤。

一种无法用语言描绘出来的空虚的情绪，一种并非失去魅力的苍茫的烦恼展现出来了。他们不明白这到底是怎么回事，只是感到朦朦胧胧的烦躁不安。他们的多愁善感几乎变得有些病态了。神经在寂静的包围之下开始有些紧张局促，但凡遇到稍微意料之外的小小撞击，就会如同枯叶那般瑟瑟发抖。雅葛丽纳无故地流着眼泪；虽然她一直认为这是因为爱情而落的泪，但事实上却不是。结婚以前，她是如此紧张激动、热情而又苦恼着的日子，现如今达到了预期的目的，并且超过了这个目的，所有的一切就此停止，一切新的行动，甚至还有可能涵盖以往的一切行动一下子失去了所有的意义，这种境况让她很奇怪地感觉不解与消极。她自己不愿意承认，认为是精神倦怠引起的，自我解嘲地笑着，可是她表露出来的笑与她的哭一样都掺杂了不安的味道。她重新振奋了下精神想去做过去的活计，不料她不久便无比厌烦地扔了，甚至都搞不懂为什么以前会对这种无聊至极的事情产生那么大的兴趣。她又强迫自己去交际，也是一样的结果：习惯已深深扎根在那里，她再也忍受不了平凡庸俗的人与无聊透顶的聊天；这些原本是生活中必不可少的，她却感觉俗不可耐，于是依偎着丈夫孤独地走下去，与此同时还拿起了这些失败的尝试强迫自己相信：人生中可取的只有幸福。果然有一段时间她更加沉溺于爱情了。只是那种单纯的意志做动力的结果。

没有她的感情那么疯狂而更加温和婉转的奥里维，相对不太容易受到这些烦恼的搅扰，只是偶尔有着一种说不出道不明的颤抖。而且他的爱情在一定程度之内也受限于那些日常琐事——他不喜欢的职位——可还没有到完全消耗殆尽的地步。因为他向来十分敏感，爱人心中的波澜很显然也会让他有所反应，那么雅葛丽纳埋藏着的不安定的思绪自然也会传染给他了。

一个天气晴朗的下午，他们结伴去野外散步。出门之前，两个人都感觉这次散步肯定是非常开心的。一切看起来都很快乐。不料才走了几步，两个人心头便涌现出了一种阴郁的、让人疲倦的哀伤。他们没有办法聊天，却还是勉强聊着：说出的每个字都让他们感到无比空洞虚幻。散步结束，他们就像是木偶一样什么都没见到，什么也感受不到，十分哀伤地回家。已经晚上了，整个屋子剩下的只有虚无、阴暗而寒冷。为了避开对方的眼睛，他们没有立马去点灯。雅葛丽纳进了卧室，帽子和大衣都不拿下来，兀自静静地倚窗坐下。奥里维待在隔壁的房子里靠着书桌站在那里。两间房子之间的门是开着的，两个人相隔不远，甚至都能听得到对方的呼吸。俩人在或明或暗之中偷偷地哭了，哭得分外难过。他们都捂住嘴，尽量不让自己哭出声来。最后，奥里维悲痛地唤了声："雅葛丽纳……"

雅葛丽纳哽咽着回答："怎么？"

"你不来吗？"

"我这就来了。"

她脱掉大衣，洗了把脸。他把灯点了起来。不几分钟，她就进来了。两人彼此不敢看向对方，知道对方哭了。他们无法相互宽慰：因为两个人心里都很明白这是为什么哭的。

终于积攒到了一个时刻，他们俩无法再将心里的烦闷苦楚欺瞒下去。因为双方都不想承认真正的原因，于是便想方设法去找别的借口，那自然很容易。他们感觉所有的一切都是这种枯燥的内地生活方式所造成的。这一下他们的心得到了宽慰。朗依哀先生晓得女儿对于那些困苦的日子厌烦了，并没有感觉很奇怪。他托了政界的朋友为女婿在巴黎谋了一个差事。

听到这个好消息，雅葛丽纳开心地蹦了起来，她感觉曾经的幸福又回到了身边。等到要离开这里，这个让人生厌的地方倒显得十分亲近：这个地方见证了他们多少爱情！离开之前的那几天，他们尽可能地去找寻那些痕迹，心里有些怅然也有些感动。静寂的原野是见证着他们一步步踏着幸福的脚印走过来的。他们似乎心里有个声音在低声喃喃地对他们说道："你明白你留下了的东西，你可明白你将会面临的遭遇吗？"

离开的前一天晚上，雅葛丽纳哭了起来。奥里维向她问原因。她不想回答他。他们拿出一张纸写道：——（平时他们担心自己的语调让人产生误会，便经常用这个方法。）

"我亲爱的小奥里维……"

"我亲爱的小雅葛丽纳……"

"我因为要离开而感觉挺难受的。"

"离开哪儿？"

"离开曾让我们相爱的那个地方。"

"去哪儿呢？"

"到让我们变得更老的地方去。"

"到我们执手相守的地方去。"

"可是不会再这么相爱了。"

"只有更加相爱。"

"有谁知道？"

"我知道。"

"而我是一定要更爱的。"

于是他们在纸的后边画着两个圆圈，表示两人拥抱在一起。之后她擦了下眼泪，笑了，将他穿扮成了亨利三世的爱人似的，给他戴上她的便帽，披上她那个高领的白坎肩，这让奥里维的头看起来活脱脱地像是一颗杨梅。

在巴黎，他们又与一些亲人老朋友相逢了，感觉这些人与他们离开的时候略有些不同了。一听到奥里维回来了，克利斯朵夫立马兴高采烈地往这边赶过来。奥里维也一样十分欣喜。但是一见面，他们都出乎意料地有些窘迫。两人都想重新调整下状态，但是没一点用。奥里维还是和以前一样温柔亲切，可还是有一些变化了，这一点克利斯朵夫很清楚地察觉到了。一个步入了婚姻殿堂的朋友，不管怎么样都不再是曾经的朋友了。男人的灵魂里现在掺杂了些许女人的灵魂。这在奥里维的身上随处都能望见：眼神里有些捉摸不透的光芒，嘴唇那以前从来没出现的褶痕，说话口气和思想的起伏变化。奥里维自己没察觉自己的变化，倒是感觉克利斯朵夫和以前有很大的不同了。当然他倒不是感觉克利斯朵夫在变化，承认自己已经改变了；但是在他的眼中，这是随着年龄的变化所做出的十分正常的进化。他还对克利斯朵夫没有之前那么进步而感到很惊异，责备他还是怀抱着过去的思想，那是他曾经无比看重而现如今却以为很天真与古板迂腐的。因为奥里维的心被一个陌生人完全占领了，而相对而言克利斯朵夫的这种思想与那个外来的灵魂十分冲突。尤其是当雅葛丽纳也加入其中参与聊天的时候就感觉得分外鲜明：在奥里维和克利斯朵夫中间就好像隔着一层含讥带讽的帘子。但是两个人都尽力掩盖着自己内心的想法。克利斯朵夫依旧会到他家里去做客。雅葛丽纳无意之中就会朝他投射几支冷箭，他不做理会。可是他回到家便感觉十分难受。

回到巴黎之后刚开始的几个月里，对于雅葛丽纳来讲是十分的开心的一段时间，奥里维也是如此。她刚开始是为她的新家布置忙碌着。在巴西区的一条老街上他们找到了一处可爱至极的小公寓，窗户的外面有个小花园。对于家具与壁纸的选取几乎浪费了她几个星期。雅葛丽纳拿出了自己全部的精神头儿，甚至将整个热情全部投入到里面去了，就好像她永远的幸福要依仗那几口旧橱的颜色和形状一般。之后她重新认识了她的父亲、母亲、朋友。因为她在深陷于爱情的那一年里几乎都将他们忘干净了，因此这一次却是真真正正的新发现，尤其是当她的灵魂浸入了奥里维的灵魂，奥里维的灵魂也浸入了她的灵魂，所以面对旧熟人免不了会用新的眼光来看待。她感觉这些人可远比过去有趣多了。刚开始，比较之下，奥里维还没有怎么逊色。将他和她的亲朋好友放置在一起看，都相得益彰。他那谦逊温和、朦朦胧胧的诗情，让雅葛丽纳在那些只懂得贪求享乐、肆意炫耀、讨人喜欢的浮夸的人身上感受到了更多的魅力；另一方面，他们诱人而又危险的缺点，因为她出生在这个阶层，因此看得格外透彻，这便让她更加喜欢丈夫的坚贞可靠的内心。她喜欢比较这些，并且喜欢这样一直比较下去，从而来说明她的选择一点都没错。可是到了后来，她有时竟然搞不懂为什么能够做出这种聪明的抉择了。幸好这只持续了很短一段时间。她甚至为此感到十分愧疚，于是事情过去后对奥里维比任何时候都要温柔体贴。然后她再循环往复，直等到这套已经习惯成了自然，她便感觉索然无味了；相互比较得到的后果，逐渐地让两个十分不同的人不再那么相互比较优缺点，而是对立的两方冲突起来。她自己心想，假使奥里维能有她那些巴黎朋友身上所具备的长处，或者说是缺点，不是更好？她绝口不对奥里维提起，可是奥里维能够感觉到她在用苛刻的目光注视着他，让他心里有些不安而又有些屈辱。

即便是如此，他对雅葛丽纳还没丢失爱情所能带来给他的优势；年轻夫妇间温情而又勤勉的日子还是能够持续很久，如果要是没什么特别的事情将他们的境遇打破，把勉强支撑在那的平衡打破的话。

我们这才发觉财富是最强大的敌人……

朗依哀太太的一个姐妹故世了。她是一个十分富裕的企业家的寡妇，一个孩子也没有，所有的财产全部转移给朗依哀家里。雅葛丽纳的财产又多了一倍以上。她得到了这笔遗产之后，奥里维想起了克利斯朵夫有关财富的一番谈话，说道："没有这笔财产，我们也照样过得很不错；钱要是太多了反而就生出了害处。"

雅葛丽纳取笑他："傻子！这有什么害处啊？更何况我们照样可以这样过下去。"

表面上来看生活依然按着原来的方式走下去。生活一如往昔，可是过了段日子，雅葛丽纳就埋怨钱已经不够花了；那很明显是有些事情已经悄然发生了变化。实际上，收入增加了三倍，照样全都花完了，不知道都花在了哪里。他们几乎都搞不懂曾经是怎么过日子的了。钱就像流水一样流走了，被数不清新进来而立刻又变成生活不可缺少的用度花掉。雅葛丽纳认识了一些很知名的裁缝，将从小就很熟悉的去她家打工的女裁缝给辞退了。以前她戴的是只花四个铜子、不费什么材料就可以做得很漂亮的小帽子，穿的虽然并不是很完美，但也能衬托出个人的妩媚与自己独特气息的衣衫：现如今这些日子都结束了。周边一切的东西以前那种温馨亲和的感觉，现在渐渐消失。她身上的韵味消散了，变得俗不可耐了。

他们换了另外一个公寓。以前花费了那么多的心力，那么热情洋溢布置起来的房子，现在看起来感觉太狭小而难看了。那些映衬出一个人灵魂的、淳朴的小房子，窗外摇曳着瘦弱的树影的景色，现在已经不再需要了；他们另外换了一套更加宽大、舒适的公寓，房间分配合理，但是他们却不喜欢也没有办法去喜欢，闷得人出不来气。陌生的家具和花绸的壁纸代替了那些熟悉的旧物。这里勾不起对任何过往的回忆。刚开始几年一起生活的思想从脑海里完全抛了出去……对于一对夫妇来说，最为可悲的事情就是他们和过去爱情的连接线被一下剪断。最开始的温情必得要被精神沮丧和相互敌对的人生时段所取代，于是便依赖着对过去甜美的回忆做支撑。由于在用钱上面的方便让雅葛丽纳在巴黎、在旅途上（现在他们经常旅行了）结识了一些只有钱而没有一点用处的人，与他们交往越久的后果，便是让她看不起其他的人，看不起那些自力更生的人。她凭着她那杰出的接受能力，马上便被这些枯燥贫弱而腐败的灵魂给同化了，她是无法抗拒他们的。一想到人家可以——并且应该——在恪守了日常的一些职责之后，能够在平淡的环境中获取幸福，她便马上感觉非常恼怒，感觉那就是“布尔乔亚的下贱”。她以致对自己曾经为爱情不顾一切敢于献身感到困惑不解了。

奥里维没有强大的力量与之抗争，他也变了。他辞掉了教师这个职位，没有了不做不可的事情。他只是一味地埋下头去创作，生活的平衡点随之有了一些变化。到现在为止，他因为不能全部投入到艺术的怀抱而感到万分苦痛。现今当他可以完全拥抱艺术的时候，却感觉虚幻缥缈得像是身处云雾之中。假使艺术没有一个职业来让它获取平衡，没有紧张忙碌的生活作为倚靠，没有日常的压力去刺激，不再需要作为一种谋生的手段，那么艺术就会丢失了它最为精华的锐利与现实作用。它将会变成极度奢华的花朵，而不是（就像一些最为伟岸的大艺术家所展现的那样）人间困苦的圣洁的果实……奥里维品尝到了无事可做的味道，老是感觉做什么都没兴趣；精神层面没有什么压力，于是他丢了笔，整天游手好闲，迷失了最初坚定的道路。他与他所出生的那个阶层，和一些坚韧不屈、不畏艰险、披荆斩棘的人完全断绝了联系。他进入了一个与他的生活完全不同的世界，虽然感觉不太舒服，但是也不会觉得厌恶。他软弱、可爱而又略带探奇的个性，略带些欣喜地欣赏着这个有些风趣却左右摇摆着的社会；他没有感觉自己已经受到了它的熏染；他的信念已经没有过去那般坚定不移了。

但是他的变化远远赶不上雅葛丽纳来得那般迅速。女人有种让人害怕的性格，能够说变就变。她这种新陈代谢的能力经常让爱她的人着实吃惊。可是对于一个意志不能加以控制而生命力却十分顽强的人来说，这种极快的转变倒也很自然。那种人就如同是一条溪流，爱他的人要么就是被它卷走，要么就是自己变成长江瀚海而将它卷走。不管你选择其中的哪一种，你都是要改变的。这确实是很危急的考验：你只有对爱情低头之后才能真切了解爱情。在一起生活的刚开始的几年中，生活中想要美满和谐却是十分脆弱的，经常只需要两个人之中的一个有了一些极其细微的变化，都能把所有的一切摧毁。而当遭遇财产或周边环境的突然变更，情况就会变得更加危急。只有意志极其坚强或者不挂于心的那种坦荡之人才能抵御得了。

雅葛丽纳和奥里维既不是坚强之人，也不是超然于物外之辈。他们瞧见对方都变了样貌，熟悉的面庞开始变得陌生了。在察觉到这种可悲的状况之时，为了他们的爱情，相互之间躲躲藏藏：两个人自始都是相亲相爱的。奥里维可以借由工作来躲避，工作是他的镇静剂。雅葛丽纳却没有什么可以依托的。她什么事都不做，总是赖在床上不起来，又或者花很久的时间去梳妆打扮，几小时几小时地呆坐在那里，衣服穿了一半，动都不动的一个劲儿愣神；一种无法言明的哀愁点点汇集，就像裹了一层冰冷的薄雾。她顽固地一心想她的爱情，根本就没有办法将这种想法移到别的地方去……爱情！当它在牺牲自我的那一刻才会变成人生最难能可贵的珍宝。它如果仅是追逐幸福，那它便是最为无聊透顶、最让人气恼的东西……然而雅葛丽纳抛开对幸福的追逐之后，无法想象人生还有着其他别的目标。当意志坚强的时候，她试图去关心别人，关心别人的困苦：但是这真的做不到。别人的苦痛让她有一种无法压制的恶心；她的神经不允许她去看那些苦痛的情景，想都不许想。为了让自己的良知有些安心，她曾试图有那么两三次去做些好事，可结果却不如人意。

“你看，”她对克利斯朵夫说，“一个人心念着要做善事，可到最后却是作了恶。还是不做的好，我可没这方面的长处。”

克利斯朵夫瞧着她，就想到了和他偶然遇见的某个女友，明明她很自私、举止轻佻、缺乏道德与真情，可是她要是见到别人正在承受着痛苦，不管是不是与她有关，立马会展现出母性的同情一面。即便是最脏的照看工作她也不会被吓倒：甚至需要无私的奉献，她却感觉很有乐趣。她自己或许没有意识到，就好像她心底有一种模糊不清的理想在推动，从这个地方得以发泄；她的灵魂在日常其他的场景里是麻木着的，可是到了这种特定的时刻却展现出了自己的光彩；能够减缓其他人的苦痛让她心里非常快乐，而那一刻的快乐几乎是有些过分的。这个有着自私本性的女子所展现出来的慈悲不能说得上是德，本性不坏的雅葛丽纳所展现出的自私也不能说就是恶；这对她们两个人来说都还是正常的，然而另外那个人只是更加健康一些。

雅葛丽纳绝对无法想象痛苦。她宁愿选择死也不想承受肉体上的苦痛，宁愿选择死也不想抛弃欢乐的源泉：美貌或者青春。倘使她自我感觉应该占有的幸福却无法全部获得（因为她对待幸福怀着一种绝对的、荒唐的、宗教般的信仰），如果别人拥有的幸福比她多得多，她便感觉这就是世界上最不公正的事情了。幸福不仅仅是一种信仰，还是一种修为。在她眼里，困苦几乎就是一种顽疾，她全部的生活都在逐渐地以这个为原则展开。当她还是个小姑娘的时候，将内心真实的自己用理想主义加以包裹；如今这种性子已经全部显露出来了。而且为了抵抗曾经的理想主义，如今她拿出了她那赤裸裸的功利的眼光来对待。不管是什么人也好，什么事也罢，都必须以是否契合社会的舆论与生活的便利，这才会让她看重。她如今的心境已经和母亲一样抵达了同一个境界：按时去教堂，奉行宗教仪式，所有的这些也都只是表面做做样子而已。她不再因为真诚与否而挂怀，她有着很多其他更为实际的事情扰心；一想到自己年少时带有的那种神秘的反叛色彩，她便觉得可笑至极。但实际上来看，她的那些今天所注重的实际的想法和那些过去的理想主义一样虚幻，都是她自己有意强求的。她不是神灵，也不是猛兽，只是一个烦恼压身的可怜的富太太。

她很烦，烦得很……既不是因为奥里维不爱她，也不是因为她不爱奥里维，而就是因为找不到烦的理由，她才更加烦躁。她感觉自己的日子已经被锁住了，堵塞了，没有了任何前途；她渴望那种时刻都能不断变化的新鲜的幸福，其实像她这种不珍惜幸福的人，根本就不配拥有这种纯真的理想。她和许多其他的女人、许多无所事事的夫妻一样，拥有了所有的条件去拥抱幸福却一直感觉很烦忧。他们拥有金钱、漂亮的小孩、健康的身体，头脑也很聪明，知道欣赏美好的东西；假如要去做点什么，要去宽善待人，要充盈自己与他人的生活，所有的条件都具备了，然而他们一整天都只是在自寻烦恼地去抱怨，不是讲他们之间不怎么相爱，就是讲他们爱哪个人或者不爱哪个人，眼里关注的永远都只有自己，关注自己的感情关系与性爱关系，关注自认为应该享有的幸福，关注自己充满矛盾的自私，总是在争辩、争辩、无休止地争辩，假装上演可歌可泣的爱情喜剧，或者悲伤痛苦的喜剧，最终却骗自己相信这是真实的……对于这种人，真应该大声对他们说一句："你们简直是无聊至极。一个人已经拥有了满足幸福的条件还要怨天尤人，几乎就是可笑至极！"

与此同时也应该有这么一个人将他们所有的财产、健康和一切他们不配享有的好处全部收回！将这些自己不配享有自由，惧怕自由的奴仆们，再次扣上贫穷和真真正正苦痛的枷锁！假如他们一定要辛苦劳作挣得自己的面包的话，他们绝对会很开心地咽下去的。而等到有一天瞧见了苦痛的本来面目，他们便再也不敢拿苦痛来玩那些可恶的把戏了……

可是不管怎么说，他们都是在痛苦地挣扎着。他们俩变成了病人，如何不叫人心生怜悯呢？雅葛丽纳对奥里维的疏离，与奥里维没有羁縻雅葛丽纳一样都是无辜的。她完全保留着她的天性。她不明白婚姻对天性来说就是一个极大的挑战，早就应该想到天性会愤而抵抗，自己应该有所准备拿出勇气来迎敌的。她只是感觉自己走错了，心里非常悔恨恼怒。在这种绝望的情况之下，她便迁怒于她之前爱过的一切，怒视着她曾经信仰的奥里维的信仰。一位聪慧的女子与男子相比，更加能在瞬间仅凭自己的直觉就感受到事情的永恒性，可是如果要她坚定不移地去把握住就不是一件容易的事了。拥有这类思想的男人是在用生命去照料它们，而女人却在用这种思想来给自己添加养料，只一味地吸取，却从来不会去创造。她的灵魂与情感无法自己补给，永远都会需要新的养料来加以培植。缺失了信仰、缺失了爱之后，她便去摧毁，除非上天垂爱，能够让她拥有心灵的平和，那是最为高尚的德性。

以前，雅葛丽纳饱含热情地坚信以有着共同的信念为前提在一起，坚信一起奋战、一起吃苦、一起建造，便是幸福。可是这种信念只有在经受爱情光芒映照时她才选择去相信；当见到太阳逐渐西落，信念就好像屹立在虚空缥缈的苍天之下的一座蛮荒阴郁的巨山；雅葛丽纳感觉自己已经再无力气起程继续了：即便是登到了顶峰又有什么用？山的另一面又会有些什么呢？这就是个骗局！雅葛丽纳几乎都搞不懂，为什么奥里维会对这些腐蚀着生命的幻想当真；她认为他并不是特别的聪明，也没有多大的活力。他周围的空气过于沉闷，几乎让她透不过气来，无法呼吸；求生的本能让她进行防卫。她依然深爱着奥里维，可是她却要把他的信念摧毁干净，那些信念就是她的仇敌；嘲讽和肉欲都被她拿来变成武器，她要把自己的欲望和零零碎碎的关心变成藤萝那般将他缠绕在自己这里，想把他化成自己的影子……而她自己的话，她不知道自己要什么，甚至连自己是一个什么样的人都搞不清楚！她感觉奥里维身上没有荣誉的光环对于她来说是一种侮辱，先不管这种成名对与不对：因为她相信一点，归根到底，看一个人是平庸还是天才，全是靠那张名片说了算。奥里维知道妻子对他产生了这样的质疑，感觉压力非常大，因而更加丧气。但是他竭尽全力去奋斗，和他一样奋斗的人，过去很多，将来也会有很多，大部分奋斗下来却一点结果都没有。在这场势力不等的抗争之中，女人自私的本能利用男人的懦弱、沮丧和与世无争来抗衡男人理性上的自私，其实所谓的与世无争就是一个遮盖男人在生活中消磨了斗志和男性的软弱的一个借口。雅葛丽纳与奥里维两个人至少在这些普通的战士中间是聪明得多的。因为奥里维永远都会坚守着自己的梦想，他不同于一般的男人那样任凭懒惰、虚荣、混乱不堪的爱情奴役，心甘情愿否决自己的灵魂。况且即便是真的做到这些，连雅葛丽纳都会看不起他的。然而她正处于盲目冲动之中，想要竭尽全力摧毁奥里维的力量，却不晓得这种力量便是她自己的力量，是两个人的守护神；她还依着本能地想把这股力量所依从的友谊也一并加以毁灭。

自从他们获得了遗产之后，克利斯朵夫就感觉和他们在一起时有点不舒服。雅葛丽在和克利斯朵夫聊天的过程中刻意附庸风雅，时刻都在说着实际的功利观点，她终于得逞了。有时他实在是太气愤，说出些尖锐的言语，这让对方听了大为恼火。可是这两位朋友是莫逆之交，向来不会因为什么事而有嫌隙。奥里维不管怎么样都不想牺牲克利斯朵夫，却又无法强迫雅葛丽纳变得和自己一样；他实在是太爱她了，也绝对不让她痛苦。克利斯朵夫明白奥里维左右为难的苦衷，于是便主动引退了。他明白自己处在他们之间只会让奥里维为难，而且还会伤害到他，于是想出了各种借口疏远他，然而软弱的奥里维竟然同意了，但是他了解克利斯朵夫为他做出了多大的牺牲，心里简直难受死了。

克利斯朵夫一点也不怨恨奥里维。他想，人常说男人的一半是女人，这话确实没错。因为步入婚姻殿堂的男人只能当半个男人了。

他一心想把生活重新启动起来，期望这样就可以对奥里维放开手了，他让自己相信分开只是暂时的，可是这一点用处都没有：他尽管很乐观，可有的时候却也很压抑。他无法习惯一个人过活了。当然，在奥里维居住在外省的那段时间里他就已经是孤独一人了，可那个时候他有办法可以自我宽慰，想着朋友虽在远方，可终究是会回来的。可现今虽然朋友已经回来，却感觉比任何时候都隔得更远。转眼间失去了这些年和他的生活牵连在一起的柔情，他的行动便也没有了任何价值。从他爱上奥里维的那一刻起，一切思想都围着他的朋友。如今工作已不足以填补那块空白：因为克利斯朵夫已经在工作中习惯将朋友与工作联结在了一起。如今朋友对他疏离了，克利斯朵夫就如同一个失去了平衡的家伙：想要重新得到平衡，他需要其他温情的介入。

亚诺太太和夜莺自始至终都待他不错。只是在这个时候，两位精神安宁的朋友对他的慰藉是不够的。

她们两人似乎也揣测到了克利斯朵夫的悲伤，暗暗对他表示同情。一天晚上，克利斯朵夫特别惊奇地发现亚诺太太来到他家拜访。这是她头一遭过来看他，神情有些激动。克利斯朵夫倒没多加留心，自认为她只是胆小。她默不作声地坐了下来。克利斯朵夫为了避免她窘迫，便领着她参观房子；因为哪里都放着奥里维的纪念物之类的东西，两个人就无意识地说到了奥里维。克利斯朵夫很开心地在聊着，绝口不提他们之间的状况。可是亚诺太太禁不住怜悯地望向他，问："你们几乎都不见面了，是吧？"

他以为她是过来安慰他的，有些恼怒了：他最烦别人干涉他的私事，便答道："我们想不见面就不见面。"

她的脸一下红了，说："噢！我没想打听什么。"

他后悔自己过于粗鲁，于是握着她的手说："对不起。我总是担心别人会攻击他。我可怜的孩子！他和我一样感到痛苦……是的，我们没有再见面了。"

"他也没写封信给你吗？"

"没有。"克利斯朵夫感觉有些不太好意思。

"人生真是可悲啊！"亚诺太太过了一阵子又说。

克利斯朵夫仰起头来："不，人生并不可悲。只不过有些可悲的时间段。"

亚诺太太隐隐约约地用着一种悲伤的口气说道："人们相爱，却又不再相爱，可见爱只是虚空的。"

"曾经相爱过就足够了。"

她又说："你为他做出了牺牲。如果你所做出的牺牲可以为所爱的人带来些好处，倒也算了。但是他却并不因为这个而感到更加幸福！"

"我没有做出牺牲，"克利斯朵夫愤愤然地回答道，"即便是我为此牺牲了，也是因为我心甘情愿，没有什么可以说的。一个人就是应该做他该做的事情。如果不那么做的话，便会让他陷入痛苦之中。'牺牲'这个词用得实在是太荒唐了！不晓得是哪个心胸狭窄的牧师，将那种阴郁、暗沉的思想注入牺牲里。仿佛牺牲之后非得要痛苦，那种牺牲才是有意义的……见鬼！假使牺牲对于你来说只是哀伤的而不是欢乐的，那还是别牺牲了，因为你根本就不配。一个人的牺牲并不是为别人做苦力，而是为了你自己。假使你在做出牺牲的时候没有感觉到一点快乐，那就走开吧！你都不配生活。"

亚诺太太听完克利斯朵夫的话，看都不敢看他一眼，忽地站了起来，说："再见了。"

直到这时他才想起她这次是来向他说体己话的，便说："噢！对不起，我简直自私透了，老是在讲自己。再待一会儿吧，好不好？"

"不坐了……谢谢你……"说完这句她就走了。

他和亚诺太太有很久一段时间没有见面了。她没告诉他任何消息，他也没去她家，也不去夜莺家。他非常喜欢和她们在一起，但是很害怕聊到让他感到很悲伤的事情。况且她们那种宁静平淡的生活，稀薄的空气，就目前来看对他有些不太合适。他需要看到一些新鲜的人，需要对一件事情产生兴趣，又或者去寻求一段崭新的爱情让自己振奋起来。

为了驱除心里的苦闷，他又去了那个很久都没有再去的剧院。他认为，如果一个音乐家想要观察和记录情感上的热情，剧院便是一个绝佳的场所。

这并不是说他对法国的戏剧比他刚刚来到巴黎的时候更加有好感。他除去讨厌一些经久不变的、平白直叙的、过于火爆的题材，总是拿爱情做样板来分析的那套心理学之外，还觉得法国人的戏剧语言太做作了，特别是在诗剧方面。他们写出来的散文与韵文，与大众那些鲜活的语言和民众的特点一点关联性都没有。散文是一种极其做作的语言，写得较为好的，是出自专栏作者的手笔，写得较差的，则来自粗俗的副刊文章。谈到诗歌，就好像歌德所说的那样：“越是那些无话可说的人越适合写诗。”

诗歌是一种冗长的、极尽扭曲的散文：都是刻意编造出来的而无须了解心里的感受；因此凡是个老实人看到了都会感觉这是在胡诌。克利斯朵夫并没有把这些歌剧看得比靡靡之音的意大利歌剧更高。倒是演员远比剧本更能引起他的注意。感觉奇怪的是作家们都在竭尽全力地去模仿演员。“如果不把演员们的恶习搬到剧中的人物上去，那么就绝对不要奢望你的戏能够成功。”从狄德罗描写了这段文字以来[①]，情况并没有多大的转变。喜剧演员成为艺术的模板。只要有一个成功了，他便立马能够拥有他的剧院、拥有他的作者——他们就像是裁缝一样量体裁衣照着他的形象创作剧本。

在这些走红的明星中间，一个叫法朗梭阿士·乌东的引起了克利斯朵夫的注意。最近这一两年来，人们为了她简直都痴迷了。她也有自己的剧本供应者，可是她并不是只演为她专门创作的剧本。在她那混杂的剧本里，从易卜生到萨杜，从邓南遮到小仲马，从萧伯纳到亨利·巴太依都能找得到。有的时候，她也出现在古典诗剧和莎士比亚的著作中。但是在这种情况之下，她会感觉有些拘束。不管演的是什么，她总会表露出她自己，永远只表露她自己。这是她的缺点，也是她的优点。当她自己还没有让大众注意到的时候，她的演技水平并不得人心。可是一旦有朝一日让大众开始对她感兴趣了，不管她演的是什么都能活灵活现。实际上只要一看见她，你便会忽略那些本身就很弱的著作；通过她富有生命力的表现，那些

① 十八世纪以来。

作品都开始显得很美了。克利斯朵夫感觉与她表演的作品相比，她那颗陌生的灵魂雕塑成的、女性的肉体之谜更加激动人心。

她的侧影十分美丽动人，而且很清晰，和悲剧中的人物很相像，但却没有罗马女人那么鲜明的轮廓线。她那犹如约翰·古雄雕像般细腻的巴黎人曲线，就犹如一个年少的男孩。鼻子虽然短小可是却很有姿态。迷人而美丽的嘴巴略微有些薄，上面有一道略显凄苦的皱痕。聪颖的脸蛋略显清瘦，年轻而又有些动人的表情衬托出内心的苦痛。下巴的线条勾勒出她性格刚强。皮肤白皙没有血色，没有一点表情的脸，依旧像个镜子似的投射了她的灵魂。头发与眉毛显得有些细。神秘莫测的眼眸，一片灰蒙蒙却又透着一抹琥珀色，闪动着略微青色或者黄色的光芒，就像是猫的眼睛。她表情上的神态和猫一样显得有些迷离，似睡似醒，但是眼睛睁开着，像是一直在提防什么，经常会忽然使性子，显露出她埋藏起来的凶残。身材没有看上去的那么高，也没有看上去的那么清瘦，肩膀和胳膊都很漂亮，双手长而柔软。衣着与发式的风格看上去简洁大方，非常适中，不同于其他那些女演员一样大大咧咧不注重外在形象或者过于装饰，即便出身卑微，骨子里却是个贵族，这一点和猫很像。她内心里还有一股子非常不服输的野性子。

她应该还不到三十岁。在伽玛希那边，克利斯朵夫听到有人谈论她，用着一种粗暴的口气对她表示钦佩，就好像是在说着一个非常放荡、聪慧、大胆的女子，野心勃勃，但是却很泼辣、脾气古怪、性子暴烈；听说她在还没成名之前沦落于风尘，现在翻身了，报复心很重。

有一天，克利斯朵夫乘火车去默东探望夜莺，刚一打开车门，就看见那位女演员已经先站在那了。她似乎感觉十分烦躁与痛苦，克利斯朵夫的忽然出现让她很是不悦，立马背过身去，望向窗户外边。克利斯朵夫察觉到她神情有些异常，便直直地盯着她看，那种纯真的出于同情的神色几乎让人感到不好意思。她有些不耐烦了，便朝着他恶狠狠地瞥了一眼，他只感觉有些奇怪。等到下一站，她走下了车换到另外一节车厢上去。直到这时他才明白是自己把她吓跑了，便有些不是滋味。

转眼过了几天，他在搭乘同一路线的车准备回巴黎，占了月台上那张唯一的凳子。她再一次出现了，走过来坐在了他的身边。他想要起身走开，她却说了句："坐下吧。"

那个时候没有其他的人。对于那天让她换车厢的事他表示万分的歉意，他说如果要是早一点想到是他自己让她发窘，他绝对会走下车的。她冷冷地笑着回道："确实，那天你紧紧地盯着我看，实在是让人讨厌至极。"

"对不起，"他说，"我也控制不住我自己……我看你那天感觉很难受。"

"那又怎么样？"

"我绝对不是有意的。假如你瞧见一个人在河里喊救命，你就不会伸把手救他吗？"

"我？我才不会。要是我的话我就把他的脑袋死按进水里，让他早点死。"

当她说起这些话的时候，既有点调侃，又有点发牢骚的口气。见他愣住，她便笑了。

火车到站。除了最后一辆，其他列车都已满员了。她上去了。

乘务员催促着他们。克利斯朵夫实在不想再来一幕上次的事情，正想找其他一节车厢，她却说："上来吧。"

他上去之后，她又来了一句："今天我无所谓。"

他们聊着天。克利斯朵夫十分正经地对她解释，说一个人不该对其他人报以冷漠的态度，应该互帮互助、互相宽慰，这样大家才都会受益……

"安慰对于我来说没作用……"她说。

克利斯朵夫一直在坚持自己的观点，她高傲地报以微笑，说道："不错，安慰别人的角色自然对扮演者是有好处的。"

他思考了一会才明白，对方是在怀疑他的用心，不禁愤愤然站起身来，打开车门，才不理会火车是否开动，就一个劲地想跳下去。她好不容易才将他拦了下来。他怒不可遏地关了门，再次坐了下来，那个时候火车刚过隧道。

"你看，"她说，"要是真跳下去了不就要了人命了吗？"

"我才管不着这些。"

他不想再和她讲话。

"人真是蠢得要命，"他说，"人们相互折磨，然后又折磨自己；别人想帮他一把的时候，他却起猜疑之心，实在是太可恶了！这种人才是没人性的。"

她边笑着便安抚着他，将戴着手套的手放在了他的手上，亲切地和他交谈着，喊出了他的名字。

"怎么，你认识我？"他说。

"怎么会不认识？你，你可是个大红人哪。刚刚我不应该对你说出那样的话。你是个好人，我看得出来。算啦，别生气了。好！

咱们握手言和吧！”

他们相互握了握手，亲人般聊着天，她说：“但是那不是我的错。我和人打交道多了，不得不防。”

“他们也经常骗我，”克利斯朵夫说，“可我却总是选择相信他们。”

“我能看得出来你是这样的人，你大概天生就是个笨蛋。”

他笑了：“是的，甜酸苦辣我这辈子经历了不少了，但是于我而言却没什么不好的。我的胃很健康，饱也行，饿也行，如果有必要，我还能将那些攻击我的家伙一并吞下去。我的身体却能变得更不错。”

“你那是运气好，你可是一个男人。”

“而您，您是个女人。”

“那又算得了什么。”

“那多有趣，做个女人的话！”

她听完就笑了。“哼！”她说，“但是别人是如何对待女人的？”

“那要自卫嘛。”

“那这样来看善心也不能持续多久的了。”

“那是因为那个人的善心还不够。”

“可能是吧。但是受苦也不能受太多，太多了就会让人枯竭。”他又想对她表示同情了，忽而又想起了刚才她的语气……

“你又要将宽慰别人的心说成别有用心了……”

“不会的，”她说，“我不会说这种话了。我感觉您心眼儿好，待人坦诚。我很感谢您。但请不要同情我，我是不会懂的……对于您的好心我表示感谢。”

他们到了巴黎之后就分开了，彼此既没要地址，也没有邀请对方继续聊聊的意思。

就这样过去了一两个月，她跑过来敲开克利斯朵夫的门。

“我过来就是想找您谈一谈。自从那次见过之后，我时不时地就会想起您。”她说着就坐了下来，“只要一会儿就好，不会搅扰您很久的。”他开始跟她谈话。她说：“请稍等一下，可以吗？”

他们沉默半晌。过了一会儿她便笑着说：“刚才我支持不住了。现在变得好多了。”

他想问她到底是什么事。

“不，”她说，“请别问我怎么了！”

她朝周围扫视了一眼，将房子里的东西都看了一遍，瞧见了路易莎的照片。“这是您母亲？”

“是的。”

她拿起相片放在了手里，无比同情地看着。“多好的老母亲哪！”她说，“您真有福！”

“只可惜她已经离世了。”

“没关系的。至少您曾经拥有过这样一位母亲。”

“那你呢？”

她皱了下眉头，岔开了话题。她不愿意别人问及她的事。

“和我聊聊您吧。和我讲讲……讲讲一些您生活里的事儿……”

“这和你有什么关系？”

“还是讲讲吧……”

他不想讲，但是还是禁不住回应了她：因为她问得很巧。因此他讲了让他感到十分伤痛的事情，那是与他的友谊相关的故事，奥里维离开了他。她听他在那里讲，露出几分同情而又略带了一抹讥讽的笑容……她突然问道：“现在什么时候了？啊！我的天！已经坐了两个小时了！对不起……噢！我现在心情静了好多了……”

然后她又继续说道：“我希望能再过来……不是经常性的……只是偶尔……这样对我有些好处。但是我不想让你讨厌，浪费您的时间……只要偶尔谈一下就好了……”

“我可以到你那去的。”克利斯朵夫说。

“我不要你去我家。我更愿意待在您这聊……”

但是她很久都没有过来了。

有一天晚上，他偶然听说她病得不轻，已经好几个星期都没有去演出了，便不顾她以前的阻拦，兀自去拜访她了。人家回他说不见客的；可她在里面听到了他的名字，又命人从楼梯那把他叫了回去。她躺在床上，病稍微有些好转了；她得了肺炎，容貌变化很大，可是依旧带着那种嘲讽的神态与尖锐的眼神。她看见克利斯朵夫，心里甭提多开心，让他坐在床边，带着无所谓的语气说到自己，讲她几乎都死过去了。他听着脸都变了色。她笑着打趣他。他抱怨她什么也不对他说。

“和你说了你就要过来吗？才不要呢！”

“我敢断定你都没想到过我。”

“那你就走运了，”她又可爱又哀伤地笑着说道，“我生病的时候一点都没想起你。只是今天刚刚想起。算了吧，你别伤心。我生病的时候从不想任何人的。我只对别人要求一点，让我一个人静静。我把鼻子面向墙壁等着，愿意一个人孤单地死去。”

“自己承受苦痛终究是不好的。”

“我已经习惯了。我经受了那么多年的痛苦，谁也没有来帮我，现在已经习惯了。况且这样的话倒还好。你受了难，任凭谁都是没有办法的事，只会在房子里捣鼓了点声音出来，让人厌烦的关切，虚情假意地唏嘘一番……我宁愿一个人安静地死去。”

“你倒挺能忍！”

“忍？我几乎都不晓得这个字什么意思。我只是咬咬牙，憎恶那个让我疼痛难耐的病。”

他问是否有人过来看望她，是否关心着她。她说剧院里的同事过来看过她，他们都是些很不错的人，笨头笨脑的，待她也不错，至少表面上来看很有同情心。

“倒是我，跟您说，倒是我不怎么想见到他们。我是一个不怎么好相处的人。”

“我却一点都不怕。”他说。

她无限怜悯地对她说：“你！你竟然也说这样的话吗？”

“对不起，对不起……天哪！我怎么就变成了个巴黎人！……真是对不住……我敢发誓，我说话几乎不过脑子……”

他把脸用被子蒙了起来。她禁不住哈哈大笑了起来，朝他头上轻轻敲了一下：“啊！这话听起来可不是出自一个巴黎人之口了！幸好我又看出了你的本来面目了。好，抬起头来。别弄湿了我的被子。”

“你原谅我了？”

“当然啦。别提了。”

她又和他聊了一会儿，问他现在在做什么，之后她有些累了，烦了，就打发他走了。

她和他相约下个星期过来。可就在出门之前，他突然收到了她的电报，让他别过去了，说她心情不太好。之后，又隔了一天，她又叫他过去了。她几乎已经恢复了，临窗躺着。恰值初春的一天，天清气爽，树木吐着嫩芽。他从来不曾见过她这般亲切而又如此的温柔。她说前天她一个人都不能见：即便是克利斯朵夫，也会像其他人一样让她讨厌。

“那么今天怎么样？”

“今天，我感觉自己非常的年轻，有着活力，对周围所有年轻而有活力的人都感觉不错，比方说您。”

“但是我早已不年轻了，也没了年轻时候的活力。”

“你至死都是那样的。”

他们聊着他们分手之后做的事情，聊着她不久就去登台表演的剧院；聊到这儿，她说出了她对剧院所持有的态度，她讨厌它，可是又恋着它。

她不愿意他再去她那里，答应会去看望他，可却怕搅扰了他。

他对她说什么时候过去不会妨碍他工作，约定了暗号，让她按照约定的暗号敲门，他看自己当天的心情选择开或者不开……

她没有随便使用这种权利。但是一次她去应约参加一个晚会，而且要朗诵一首诗歌，忽然临时不想去了，走到半路就打电话过去推掉了，调转车头朝着克利斯朵夫寓所过来。她原本只想着和他打声招呼就离开的。可是那晚上她竟然将她这一辈子的往事全部都讲了出来。

凄惨的童年：她从来不晓得谁是她的父亲。母亲生活在法国北部一个城镇的近郊，开着一间声名狼藉的小客店；许多过路的来这边吃喝，和女店主睡觉，虐待她。其中一个因为她手上有几个钱便娶了她，他经常喝酒、打她。法朗梭阿士有一个姐姐在小客店里当侍女，整天累到死，还被继父当着她母亲的面强奸了，最终得了肺病死了。法朗梭阿士从小被打，什么下流无耻的事她都见过。她肤色惨白，性格粗暴，少言寡语，心里却感情丰富，野性得很。她眼瞅着母亲和姐姐忍气吞声受尽痛苦与耻辱，最终死掉。她可却是坚强不屈，不肯屈从；她是个反叛的女人：遭遇屈辱的时候，便会发起疯来，冲着打她的人乱抓乱咬。有一次她想到了自杀，可是没能成功：刚一上吊就已经后悔了，怕自己真会这么死了；等到她快要窒息了的时候，便赶忙用手颤颤巍巍地将绳子解开，一心只想要活下去了。既然无法借助死亡来逃脱这一切（克利斯朵夫听到与自己相似的经历，不禁凄惨地笑了笑），她发誓要走出去，要获得自由，要有钱，要把所有欺负她的人踩在脚底下。有一天晚上，她在小房间里听到那男的在隔壁房子里吼骂，母亲被他打得大声叫嚷，被凌辱的姐姐哭泣着，她暗自许下了这个愿望。她感觉自己太可怜，想到发的这个愿望，心里才略显宽慰了。她咬紧牙关，心想："我要让你们死无葬身之地。"

在这个惨淡无比的童年里只望见一丝光明：

有一天，一个经常和她在河边玩的孩子，因为他父亲在剧院里做门房，便不顾禁令带她去看了一次排戏。他们躲在剧院一个黑漆漆的角落里。她们处在黑暗里瞧向那舞台，神秘变化的景象越发闪耀，那些说的美好而又不太懂的话，女演员那种女王般的神情，而她确实也在那场浪漫剧中出演女王，简直把法朗梭阿士都看呆了。她激动坏了，屏住了呼吸，心跳得厉害……"对啦，对啦，就是要做这样的人才是呢！……噢！如果我也能像那样的话……"直等到排演结束，她不管怎么样都想去看那场晚上的公演。她假装和同伴一并出去，却偷偷摸摸地跑回来躲在剧院里的凳子底下，在尘土中熬了三个钟头。剧院就快要开演了，观众都已经到场了，她正想从下面爬出来，不料被人抓个正着，遭受羞辱，被人们赶出了剧院送回了家，到家里又惨遭一顿毒打。那天晚上，如果不是她已经决定她会在不久的将来有一番作为并对这些恶棍报复的话，她一准儿就自杀了。

她自己有了想法，跑到演员们寄宿的剧场旅馆里去做侍女。她不怎么识字，也不怎么会写，书也没读过，也没什么书可以看。可是她愿意去学，发奋苦读，从客人的房里偷书来看，一般都在月夜或者黎明的时候看，省得费蜡烛。因为演员们生活没有什么规律，她这种偷书的行为很长一段时间都没有被发现，最多是丢书的人乱发一顿脾气就算了。而且她看完了书就会还给他们，但却不怎么完整：因为她会把自己喜欢的几页撕下来保留。书还回去的时候经常被塞在床底下或是家具的下面，当失主发现了误以为从来没被拿出过房子。她经常将耳朵贴靠在门上，听演员们念台词。之后她便一个人在走廊里轻轻地照着他们的语调学，打着手势。有时候被人家看到了，便嘲笑羞辱一阵。她只愤愤然地默不作声。这种教育方式可以一直这样下去，如果不是有一次她偷拿了一个演员的脚本的话。失主简直气疯了，因为除去她，没有第二个人去过他的卧室，一口咬定就是她偷拿的。她死命抵赖；演员扬言要让人搜，她简直吓坏了，马上趴在地上承认了，而且还承认了另外一些窃案和一些撕掉的书页。他痛骂了她一顿，可他的内心却没有表面上那么凶。他责问她做这些事的缘由，一听说她要当一名女演员，禁不住大声笑了起来，之后又详细问了她一些情况，她把烂熟于心的好几页台词都背了出来，他特别吃惊，问道：“喂，你说，你要不要我教你一些？”

她开心得不得了，吻他的手。

“啊！”她对着克利斯朵夫说道，“你知道我那个时候是多么喜欢他啊！”

当时她还只是个不谙世事的小女孩，尚未失去贞操。面对别人的攻击，她总是靠着一股蛮力去躲避。从她还是个小女孩起，她在家里看到的都是些悲惨的景象，这样的家庭环境感染着她，令她保留着野人般的贞操，形成了坚贞的性格，她厌恶所有肮脏的行径，厌恶一切缺少爱情的性欲。唉！可是命运竟能如此地捉弄人，竟然如此残忍地惩罚她！

“这么说，你同意了他的要求？”克利斯朵夫问。

“啊！我宁愿跳火坑，也不愿被他的魔爪拿捏着。可是我没办法，他威胁我，说要把我当成小偷送去监狱。我走投无路了，这样我就投进了艺术，投进了人生。

“噢！这个浑蛋！该死的！”克利斯朵夫大声嚷着。

“没错，我恨透了他。可是后来我见多了比他坏上一千倍一万倍的人。和他们相比，他还不是最坏的，无论如何他答应我的事情他都做到了，把自己所有的本事都传授与我了，虽然并不多。在他的引荐下，我参加了剧团。起初我只是个小跟班，要伺候所有人，为所有人办事，演戏的时候也只是个跑龙套的。后来能当上正式的演员，也是由于一次巧合。有一晚，扮演仆人的女演员生病了，大家就让我临时替补上去了。之后我就一直演这个角色了。那时我很丑，是的，我一直都很丑，大家觉得我又可笑又滑稽，根本不适合演戏。直到有一天，大家突然就把我当作最特别、最理想的“女人”。啊！那些浑蛋！大家觉得我演戏时简直是在胡闹，一点都不守规矩。同事们都嘲笑我，观众也不欣赏我。即便是这样，他们还是没有赶我走，因为我还是有些用处的，更何况只需要付很低的薪水。我不仅只需支付很低的报酬，甚至还要付出很多代价。我要用肉体去换取那一点点的进步，跟各种人交换，同事、经理、经纪人，甚至经纪人的朋友……”

她脸色苍白，牙齿紧咬着嘴唇，一双眼睛瞪得很大，目光充满仇恨。她没有说话，却让人能感受到她心中流淌着的血泪。那一瞬间，她仿佛又看到了那些不堪回首的屈辱，还有那强烈的战斗意志。每一次新的屈辱都让她的意志更加坚强，让她变得更加不可战胜。正是这不屈的意志支撑了她这么多年。她也曾有过自杀的念头，她简直活不下去了，死亡才是解脱。可是在屈辱中死去实在恐怖至极。在最初的屈辱发生时自杀，或者在取得完全的胜利后自杀，都算是好的解脱。可她如今已经深陷于泥沼之中，并且还没有得到一丝补偿，就这样死去，未免让人心有不甘。

半晌，她都没再说话。克利斯朵夫愤怒地在屋子里来回踱步。那些折磨这个女人的男人们，那些污辱这个女人的浑蛋们，他简直想将他们统统杀死。然后他站在她面前，伸出手将她的脑袋捧在手心里，轻轻抚摸着她美丽的额头，目光怜悯地望着这个可怜的女人，饱含热情地抱紧她，感叹道：“噢！我的孩子，你可真可怜！”

她试图挣脱他的怀抱。他安慰她说：“我喜欢你，请别害怕。”

法朗梭阿士哭了，眼泪大颗大颗地滑过脸庞，苍白的脸上没有一丝血色。他跪在她的脚边，不停地亲吻她的手，有两滴眼泪落在了那美丽修长的手臂上。

没过多久克利斯朵夫就恢复了平静，坐回椅子上。她也平静下来了，一言不发地坐了一会，接着低声讲述她的故事。

最终一个颇有名气的作家捧红了她。在那个男人看来，这个女人十分奇怪，她身上仿佛有种魔力，她简直是个天才。他称她为“戏剧艺术的典型，新时代的女性代表”。当然，继诸多男人之后，他也侵占了她。而她也在如此之多的男人之后，让他侵占了她。她对他不仅没有所谓的爱情，甚至只有与爱完全相反的情绪。然而，他令她名声大噪，她也令他红遍人群。

“如今，”克利斯朵夫说，“他们已经不能对你怎么样了，现在开始轮到你去随意控制他们了。”

“你真的觉得我有这样的本事吗？”她的回答有些心酸无奈。

接着，她又提到了另一件被命运再次捉弄的事情。有一个文人，虽然她瞧不起他，可却无可救药地爱上了他。然而正是这个浑蛋，将她所有的痛苦和秘密写成了文章，最后抛弃了她。

“我从没将他放在眼里，把他看得如同泥土一般卑微。可是我竟然无可救药地爱着他，只要他的一句话，我就会心甘情愿地跑向他，向他低头。啊，一想到自己这么卑微，我就气得不得了，可是我又能怎么办呢？理智认为我该喜欢的人，我的心却从不喜欢。情感和理智，我只能满足一个。可是我的心和我的肉体都在向我叫嚣，都向我要求满足它们的欲望。我不信仰上帝，我有自由的权利，可是我却没有办法制服它们。噢，我有自由吗？我的心和我的肉体牢牢地控制着我，不停地向我要求一些我不愿意做的事情。我向它们投降了，我不住地自责，可是我又有什么办法呢？”

她呆呆地看着火炉，时而用火钳拨动一下炉子里的灰，顿了顿后接着说：“书上常说戏子无情，麻木不仁。确实如此，我碰到的人都是些爱慕虚荣、徒争面子的人，像个幼稚的孩子，没有什么思想。我时常想，我和他们到底谁才是真正的演员。但我想肯定不是我。然而我还是为他们付出了巨大的代价。”

此时已经是深夜三点了，她停了下来，站起来准备离开了。克利斯朵夫劝她先躺床上休息休息，天亮了再走也不迟。她却更愿意待在安静的没有一点声响的屋子里，守在没火的壁炉边上，继续刚才的谈话。

“不休息，明天你会没精神的。”

“我早就习惯了，你呢？明天要忙什么？”

“我很闲散的，明天上午十一点才有堂课要上，再说，我身体非常好。”

“那你更应该好好休息了。”

“没错，我睡得太沉了，天大的事也没法吵醒我。不管多大的痛苦都无法阻挡我瞌睡。对此，我简直恨死了。多少好时光就这么浪费了！偶尔能有机会报复一下睡眠，熬一熬夜，我心里其实挺开心的。”

两人断断续续地说着话，声音很轻，有时还会沉默良久。后来，克利斯朵夫就睡着了。法朗梭阿士微笑着望着他，手捧着克利斯朵夫的脑袋，防止它倒下来。她坐在窗边，眼睛望着黑漆漆的院子，脑子里乱糟糟的，不知在想些什么。没过多久天亮了，院子也渐渐亮了。大约七点的时候，她轻声把克利斯朵夫叫醒了，她要离开了。

一个月中，她又来过一次，刚好克利斯朵夫出去了，公寓大门紧闭。之后，克利斯朵夫就交给了她一把钥匙，以便她随时能进公寓。果然，很多次克利斯朵夫回来时，都能发现她来时留下的印记，有时是桌上的一小束紫罗兰，有时是一张寥寥几笔的字条，或是漫画、速写什么的。她就是用这种方式告诉他，她来过了。

有天夜里，她离开戏院去了克利斯朵夫家，找他聊天。克利斯朵夫正忙着工作，两人聊了一会儿，就没了上次那么高的兴致了。她想离开时，却已经来不及了。倒不是克利斯朵夫挽留她，而是她自己的意志不让她再次离开。于是两人都没有离开，欲望在心里悄悄萌生。

他占有了她，而她也给了他。

那晚之后，她消失了好几个星期。那晚，她挑起了他麻木沉睡了很久的欲火，他居然离不开她了。她从不让他去她家。他只好去戏院找她。他躺在后排的座位上，爱欲与冲动令他浑身不住地颤抖。她情绪悲壮，感情热烈，演戏能令她将它们发泄出来。而他也随着她的表演，消耗了所有精力。终于，他忍不住给她写了封信：

“朋友，你恼恨我吗？假如我给你带来了烦恼，敬请原谅。”

信中的话是如此谦卑，她忍不住马上就扑进他的怀抱，对他说道：

“我们单纯地做朋友多好，可是既然没办法做朋友，就不用勉强自己了，一切顺其自然吧！”

于是两人开始一起生活了，但并没有住在一起，他们仍然保有各自的自由。法朗梭阿士没办法和克利斯朵夫像正常人一般同居，况且她戏子的地位也阻止她这么做。通常都是她去克利斯朵夫的公寓找他，有时白天过来，有时晚上过来，跟他聊上几个小时，但从不在那里过夜。

暑假时，戏院没有演戏的工作，他们就来到巴黎郊外的叶弗附近，两人在那里租了一间房。那段日子里，虽然难免会有些凄苦忧伤的时候，但也有幸福快乐的时光，还有心灵相惜、用功刻苦的时候。两人的卧室环境十分精致漂亮，光线也很好，地势很高，透过卧室的窗户，能俯瞰无边无际的田野，满眼都是迷人的绿。晚上，两人躺在床上，眼睛望向窗外，天空暗淡无光，一朵朵奇形怪状的云飘浮在夜空中。他们相拥而眠，在将睡未睡的蒙眬时分，耳旁能听到蟋蟀的嗡鸣声，还有雷雨的轰鸣声。那仙人草、金银树、蔓藤，还有割下的干草散发出来的气息，仿佛泥土的呼吸，一点点地渗透进卧室，渗透进两人的体内。岑寂漆黑的夜晚，两人深深地陷入甜蜜的梦中。啊，世界都安静了，只有远处不时传来一两声狗叫，还有偶尔几声鸡鸣。晨光熹微，晨露晶莹。清晨的天空朦胧暗淡，空气中透着一丝寒气。阵阵钟鸣传来，那是人们在做早祷了。尽管床是那么温暖，但身体还是有些哆嗦，两人不由得将对方拥得更紧了。藤蔓爬满了墙壁，一群群鸟儿在晨光中苏醒过来，叽叽喳喳叫个不停。克利斯朵夫慢慢睁开双眼，压低鼻息，柔情似水地看着怀里的朋友，看着她那美丽俏皮的脸，还有那惨白的脸色，那是爱情激动之后留下的色彩。

他们之间与其说是有情欲参与的自私的爱情，不如说是一种刻骨铭心的友情，一种包含了肉欲的友谊。他们各自忙着各自的工作，并不妨碍对方。法朗梭阿士极为珍惜克利斯朵夫所具有的才能、善良、人品等。她比他大许多，因而在有些时候，女人所具有的母性让她无比快乐。然而她毕竟不懂音乐，对此，她十分遗憾。有时极为难能可贵地，她居然能从他弹奏的曲子中领会到一股狂野的热情，然而这股热情并不是音乐直接带给她的，而是其他事物对她的感染，人物、风景、声音、颜色、周围的一切，都能带给她那股热情。音乐对于她来说，确实是神秘而奇妙的语言，然而她还是能够在其中感受到克利斯朵夫的艺术天才。这种感觉就像在看一个伟大的演员说着外语演戏，尽管听不懂，却能感染鼓动自己的心灵。而对于克利斯朵夫来说，在进行音乐创作时，法朗梭阿士更能激起他的思想与热情，这些思想与热情比自己心中的还要强烈，还要美。她的灵魂是如此女性、如此柔软、如此慈悲、如此残酷，甚至闪耀着天才般的光芒。与这样的灵魂紧紧联在一起，克利斯朵夫简直挖掘到了一个无穷无尽的宝藏。从她那里，他学到了许多人生的知识，尤其是关于女人的事，那些事他自己并不十分了解，而她眼光清明，总能对之做出十分尖刻的断言。从她那里，他更加深刻地理解了戏剧：戏剧是一切艺术中最具有艺术精神的，它是最完美、最真实、最丰满的；在制造梦幻时，戏剧甚至具有无比神奇美妙的功效。从她那里，他了解到写作不应该只是关乎个人的。从前，他跟大部分艺术家一样，倾向于为自己创作，他们都以贝多芬为学习的榜样，欣赏贝多芬不肯“在灵感迸发的时候为一把该死的提琴创作”的精神。伟大的戏剧作家通常是为了某一个舞台而写作，让自己的作品去适应戏剧演员。他们从不以之为羞，也不觉得这样的创作会令自己变得微不足道。因为他们知道，如果他制造的梦境是美好的，那么能将这梦境实现则是伟大的。戏剧和壁画有相同的地方，作为艺术，它们都是最严格的，它们都是有灵魂的艺术。

法朗梭阿士对于艺术的这些想法，与克利斯朵夫的想法正好吻合。此时克利斯朵夫的艺术生涯正要迈向一个全新的阶段，他正努力寻找一种集体艺术，一种能在全人类中沟通的艺术。从法朗梭阿士的经验中，克利斯朵夫体会到，在观众和演员之间存在一种神秘的感应关系。尽管法朗梭阿士极为现实，从没有自欺欺人的幻觉，但她也感受到了那股感应力，那股将演员和观众联系起来并使之产生共鸣的神奇的电波，她能从一个演员的声音中感受到千千万万人的心声，尽管这心声无声无息。当然，这样的感觉出现得极少，往往是间歇性的，同一出戏同一个段落从来不会重现。其他时间没有这种感觉时，就只剩演员的演技和功夫了，看不到灵魂的表演虽然精妙却毫无热情可言。然而那意外的情况的确难能可贵，当那种感应出现时，如同一闪而过的闪电，瞬间照亮了黑暗的深渊，照亮了全人类共同的灵魂，虽然这灵魂实际上是由一个人来表达的。

把人类共同的灵魂通过艺术作品具体表现出来，这才是伟大的艺术家的职责所在。克利斯朵夫的理想就是像古希腊的游吟诗人那样，首先超越自我，然后将那股人类集体的热情融入心中，并将之吹遍人间。这一点是法朗梭阿士梦寐以求的，因为她没办法不表现自己，没办法超越自我进入无我的境界。个人抒情主义经过一百五十多年的泛滥，如今已经呈现出一股病态。一个人如果想要求得精神上的伟大，他就必须多感受，多自我控制，思想要含蓄，说话要简洁，绝不能滥用语言，一言半语、一颦一笑就应该能表现，不能像女人那样肆意地流露感情，也不能像小孩儿般过分地夸张，他应该向男人说话，向那些只需半个字就能理解你的人说话。然而现代音乐总是絮絮叨叨地讲述着自己，对任何人都竹筒倒豆子般地推心置腹，这样的音乐简直不知羞耻，难登大雅之堂。现代音乐就像某些病人，将自己的病状向别人描述得淋漓尽致，甚至有些令人讨厌或是令人感觉可笑的细节也不放过，并对此津津乐道，乐此不疲。虽然法朗梭阿士不是什么音乐家，也不懂音乐，但却本能地感到音乐正像只寄生虫一般不断地侵蚀着诗歌，在她看来，这实在是一种颓废的征兆。克利斯朵夫起初并不认同这个看法，但仔细想了想，发现这说法确实有一定道理。歌德的诗最初是被谱写成了德国歌谣，这第一批歌谣准确而朴素，然而不久之后，这些诗就被舒伯特加入了浪漫的感伤，之后又被舒曼渗入了小女孩一般的多愁善感，最后竟被胡戈·沃尔夫改成了特别加强的朗诵，灵魂被赤裸裸地暴露在外，而含蓄的分析完全被抛弃了，那层将神秘的心灵遮掩起来的幕布终于被无情地撕扯掉了。

克利斯朵夫认为自己也感染了这种病，因而对这些艺术感到十分惭愧。当然，复古是他所不愿意的，因为那简直是违反自然法则的荒唐行为，但他可以挑些大师来熏陶自己，挑那些思想表达含蓄的，其作品具有集体艺术意识的大师。他将亨德尔的作品挑出来重新听了一遍。德意志民族的宗教崇尚禁欲主义，亨德尔对此极为厌恶，故意将圣乐写得像史诗，为普通民众创作，为他们谱写歌谣。而现在克利斯朵夫面临的困难是，亨德尔时代能找到《圣经》，而现在如何才能找到一部能够唤醒现代民众共同情绪的题材呢。如今的欧洲没有一部共同的经典了，没有一种信仰，没有一节祷词，没有一首诗，是所有民众共享的。对于当今的文人、艺术家、思想家来说，这简直是耻辱！没有一个人是为了大众而思想，为了大众而写作的。虽然贝多芬也留下了几页福音书，能够安慰人的心灵，然而这几页音乐却只有音乐家能够阅读，绝大多数的普通人大概永远也不可能听到的。瓦格纳曾经试图在拜罗伊特的山岗上创立起一种宗教艺术以联合全人类。然而当时那些颓废的音乐和思想已经玷污了他那伟大的心灵。在这神圣的高岗上的已经是一批法利赛人了，远非迦里里的渔夫[①]。

克利斯朵夫现在很清楚自己该做什么样的工作了，可是他需要一名诗人，他自己只能创作音乐。而音乐，尽管被视为普遍的语言，但始终还是狭隘有限的。只有依靠文字这张弓，才能将音乐像箭一样射进民众的心里去。

克利斯朵夫正在筹划创作一首交响曲，以日常生活为创作根据。他将这首交响曲暂定为《家庭交响曲》，不过并不是理查德·施特劳斯式的，并不是用放电影般的画面来表现家庭生活，也不是依靠一些音乐的辞藻和传统的字母来表现作者心中的各种人物形象。那些都是学者们幼稚而迂腐的把戏！他不打算描绘动作或人物，而是要表现一种情感，一种人人都熟悉的并能在心中产生共鸣的情感。第一章，他想要表现一对年轻夫妻间的感情，那感情温柔细腻，还要表现他们的幸福，那幸福天真却严肃，以及他们对未来的信心。第二章，是一首挽歌，要表现对一个夭折的孩子的感情。克利斯朵夫竭尽全力地避免用对现实的描绘来表现这种痛苦。他的音乐里没有人的具体相貌，只有无边无际的苦难，这苦难是你的，是我的，是一切人的，这苦难或许就是那谁也无法逃离的命运。这心灵因着幼儿的夭折而垂头丧气痛苦不堪，慢慢地这心灵开始依靠着挣扎而渐渐振作起来了，它把自己的苦难当作祭品献给了上帝。第二章紧

① 耶稣少年时代曾在迦里里传道，劝说渔夫："来跟从我，我要叫你们的人如鱼一样。"法利赛人原为古犹太民族中的一种，后移用为伪君子的同义词。

随其后的是一首《赋格曲》，这痛苦的心灵继续向前，终于变为坚强的意志，这曲调线条遒劲有力，节奏铿锵有力，终于感染了整个人，将他从挣扎与泪水中拖出来，不断推向前，踏着这威武的进行曲，他赢得了百折不挠的坚定信仰。最后一章要表现老之将至的情景，重又表现着第一章的那些情感，那些温柔的情绪和动人的信心，只是这些情感更加成熟了。在经过了那么多的磨难之后，这些感情走出了痛苦的阴影，逐渐显现出来，它们头戴光明之冠，对天空吟诵赞美之歌，对无穷之生命表达着虔诚尊敬与热爱之情。

克利斯朵夫也埋头于古书之中，去寻找一些简单易懂又极富人情味的题目，这样的题目很能够引起人们心灵的共鸣。他最终选择了尼奥贝与约瑟这两位伟人。但克利斯朵夫遇到了一个难题，即如何将音乐与诗歌结合起来。与法朗梭阿士的讨论令他回想起了以前的一个计划，他曾经与高丽纳探讨过创作一种乐剧[①]，这种乐剧介乎话剧与吟咏歌剧之间，是一种将自由的音乐与自由的语言融合为一的艺术。这样大胆的想法在当今时代大概只有他能想得到，墨守成规的批评家们长期受瓦格纳艺术传统的影响，当然会嘲笑讽刺这种艺术形式。但这样一种艺术形式的确是前无古人的，因为这种艺术形式并不是简单地模仿韦伯、舒曼、贝多芬这些伟大的音乐家，尽管这些巨擘在音乐话剧方面都极具造诣；也不是将朗诵与音乐相配合，声嘶力竭地用颤抖的嗓音为低俗的群众创造低俗的艺术效果；而是一种全新的极具创造力的艺术形式，这种艺术形式试图将歌唱的声音和与之相近的乐器融

① 见卷四《反抗》。——原注

合为一，试图令和谐优美的诗句中能回荡着一咏三叹的回声与音乐的幻想。当然这种艺术形式只能在某些特定的时间能与心灵产生共鸣，也只有某些特定的题材才能创作成这样的艺术形式，唯有静默亲切的境界才适合它，唯有这样的艺术形式才能将富含诗意的韵味带给人们。这种艺术形式将是所有艺术中最含蓄最具有贵族气息的。然而当今是诗歌暴发户的时代，所有的艺术家们都自命不凡，而实际上都鄙俗不堪，因而这样的艺术形式很难得到发展。

也许克利斯朵夫与别人一样，并不适合创作这种艺术。因为他的力量属于平民式的，以及他的长处，都极大地阻碍了他创作这种艺术。他几乎只能靠想象来创作这种艺术，幸亏有法朗梭阿士帮忙，他才初步创作出了样谱的雏形。

正是凭借了这样一种方式，他几乎是一个字一个字地，将《圣经》上的文字谱写成了音乐。例如那个关于约瑟的不朽的故事：约瑟历经万难后终于和他的兄弟们重逢，约瑟不知尝试过了多少方法之后，才那么轻轻地，那么感动地，说出了那些话，那些令晚年的托尔斯泰闻之泣下的话："我忍不住了……告诉你们，我是约瑟，父亲还活着吗？我是你们的兄弟，你们失掉了的兄弟……我是约瑟……"①

克利斯朵夫和法郎梭阿士这对组合虽然美妙且自由，但却不可能持久。因为两人性格实在无法和谐，虽然他们一起生活的时光的确很充实。两人脾气都非常暴躁，经常冲突不断，倒不是为了

① 《旧约》载：约瑟为雅各之子、希伯来的族长；幼年被兄弟卖往埃及，作为埃及行政长官，终回希伯来与父亲兄弟团聚。

些无聊的琐事而争吵。对法朗梭阿士，克利斯朵夫向来极为尊敬。而法朗梭阿士尽管有些残酷，但克利斯朵夫真心对她好，她也会真心回报他，绝不想给他带来任何伤害，况且两人天生就很乐观，性情快乐。可是无论她如何嘲笑自己，内心依然摆脱不了痛苦。因为她忘不了那个曾经爱过的浑蛋，她的心中始终有股热情在激荡，而这股热情却是从前的，而非现在的。对过去如此无法割舍令她感到羞愧不已，而更令她受不了的却是，克利斯朵夫居然会猜疑这件事。

法郎梭阿士整天一言不发，神情郁闷，时常发呆，神经紧绷，紧张不安，克利斯朵夫对此十分奇怪，不明白她为什么这么不开心。如今的她已经是得到了大家的景仰与追捧，成了伟大的艺术家了，目的不是都已经达到了吗？

“没错。”她说，“可我不像一般的女演员，她们可以像老板娘一样，把演戏当成做生意。这些人一旦得到了很高的地位，嫁给了布尔乔亚那样的有钱人，并且演艺事业发展到巅峰，甚至能得到一枚勋章，那时她们当然会感到非常满意。可是我呢？我想要的不只是这些。任何一个稍微正常点的人都应该知道，成名后比成名前内心会更加空虚。我想，这一点你也很清楚吧！”

“是的，我很理解。”克利斯朵夫说，“噢！我的天！小时候理想的光荣在我眼中跟这可完全不同。那时的我是那么的渴望它！在我眼中，它是那么光明！我甚至把它当作神圣的东西，远远地膜拜它。可事实上，理想的光荣并不是我想的那样。不过这也没什么大不了的！你成名也有些结果很奇妙，给人也带来了一定的好处。”

“能带来什么好处？是的，我胜利了。可那又怎么样？一切还不是跟原来一样？音乐会，戏院，一切与从前并没有两样。只不过是旧的潮流被新的潮流取代了而已。他们对你一点儿都不了解，即使看你一眼，也只是粗略地一扫，实际上早就心不在焉地想着别的事了。就算是你自己，对其他艺术家你又了解多少？至少其他的艺术家是不了解你的。就连你最爱的人也和你离得远远的！难道你不记得你和托尔斯泰之间的那档事了吗？”

克利斯朵夫十分钦佩托尔斯泰的著作，曾给他写过一封信，请他允许自己将他的一篇通俗的短篇谱写成音乐，甚至还给他寄去了自己的一本歌集。可是托尔斯泰并没有给他回复，就像歌德没有采纳舒伯特与柏辽兹的杰作一样。托尔斯泰让人演奏了一遍克利斯朵夫的音乐，可是他完全听不懂，不禁生气极了。在托尔斯泰的眼里，贝多芬的音乐是颓废的，莎士比亚的作品则充满了江湖气息。而那些矫揉造作的小作家们的作品却令他醉心不已，如《一个侍女的忏悔录》在他心中就充满了基督教精神。

“我们对那些大人物是没有什么用处的。”克利斯朵夫说，“或许我们该想想其他的人。”

“其他人？找谁？那些行尸走肉般的布尔乔亚的群众吗？要为这些人表演、创作吗？那简直是荒废人生，实在太惨了，不值得！”

“没错！他们的确如你说的那般，但并不令人泄气。那些人也不是罪恶至极的坏人！”

“你可真是个乐观的德国人！”

“他们和我是同样的人，怎么会不理解我呢？就算有时候他们不理解我，难道我就该为之忧郁难过吗？在那茫茫人海中，总会有一两个理解我的人，而这就足够了。哪怕只有一扇窗，我也可以呼吸到外面的空气。想想那些天真的观众吧，想想那些年少的人们吧，还有那些淳朴的老人，他们原本过着平庸的日子，是你用你那悲壮的美将他们拯救出来了。想想你的童年时代，想想他们也曾给过你快乐与幸福，你该把这份快乐传递给别人，即使只是传递给一个人也好。”

“你觉得他们真的会感激你吗？我可不相信！看看那些所谓爱我们的人吧，看看他们之中那些所谓优秀的人吧，看看他们是怎么爱我们的，怎么看我们的？噢，不，他们甚至连看都不看我们一眼！他们赞美我们，却用着最令人屈辱的方式。他们对所有的戏子都一样感兴趣。我们在他们眼里都是令人看不起的傻瓜笨蛋！在他们眼里，所有的红人都是一样的。”

“话虽如此，可毕竟流传至后世的都是最伟大的作品、最伟大的人。”

“那是因为存在着距离。看山的时候，你距离山越远，山就仿佛越高。虽然你看清了山的高度，可你却更加无法接近它。退一步说，谁又能证明这样的高度是真正的伟大呢？那些消失在时间长河中的人们虽然默默无闻，可你了解他们吗？”

“我可不管那些！”克利斯朵夫说，“就算没有一个人能理解我，我却还是我。至少还有音乐陪伴我，它是最真实的，我爱它、信任它。”

“你在你的音乐世界里享受着自由，可以随心所欲。可我该怎么办？我只能服从别人给我安排的角色，重复地演，直到恶心。在美国，有些演员甚至能将《里奇》或《罗伯特·玛凯尔》[1]演上万次，短短的人生中竟有二十五年一直都在演着一个无聊的角色。在法国，我们这些演员虽然还没有到那个做牛做马的地步，然而我们毕竟已经在这条路上了。可怜的戏剧！在人们眼中，只有很少一部分人才能算得上天才，那些喷着流行的香水、被修剪过枝叶的天才。一个时尚流行的天才！你不觉得很恶心吗？不知道要浪费多少精力！瞧瞧大家是如何对待摩南的吧！他一生中都演过什么东西？仅仅两三个角色是经典的，一个是奥狄普，一个是卜里安克德。其他的统统是些无聊至极的角色！但是你可要想想，摩南有可能创造出非常了不起非常伟大的角色！除了法国，其他地方的情况也差不多。看看那些人是如何安排杜斯的，她的一生竟被那些无聊至极的角色白白耗费了！”

“没错。”

“就算你跟那个浑蛋在一起，就算他会爱你，你也绝对不会快乐的，你仍然会自寻烦恼。”

“你说的没错。唉！我自己也不清楚。曾经的日子苦不堪言，磨难太多，需要我不断地斗争，以至于现在再也不可能找回内心的平静了，我的心中总是有股烦恼、有股骚动。”

“那烦恼和骚动在你没受苦之前就已经存在了。”

“可能吧。我承认，这烦恼从小就跟着我。”

① 《里奇》为一喜歌剧，故事见华盛顿·欧文短篇名著《里奇大梦》。《罗伯特·玛凯尔》为十九世纪风行一时的喜剧，剧中人罗伯特·玛凯尔为荒淫无耻的小人典型。

“那你到底在期盼着什么？”

“我不知道，我想要的凭我的力量根本不可能得到。”

“我能体会你的感受。”克利斯朵夫说，“年少的时候，我也是这样的。”

“然而你已经成熟了。我却还停留在少年时代，我是一个不完整的人。”

“所有人都是不完整的。而所谓的幸福，就在于看清自己的限度而并安于这个限度。”

“对于我来说，那大概是不可能的。因为我已经超出了这个限度。生活蹂躏我、逼迫我，我早已是个残废了。可有时我总觉得自己跟那些稀里糊涂的人是不一样的，我甚至有可能重新变为正常人，一个美丽健康的女人。”

“你可以的，你看你现在不是挺好的吗！”

“那你跟我说说，在你眼里我是个怎样的人？”

他想象她从小生长的环境是和谐自然美好的，生活快乐，无忧无虑，她爱别人，别人也爱她。他的话让她听着很高兴，然而之后她又感叹道：“如今已经不可能了。”

“那你应该学学老亨德尔，学学他在双目失明的时候是怎么样对自己说的。”

他又弹琴给她听。她忘情地抱着他，她亲爱的疯狂的乐天派。

他安慰她，可她却只能令他苦恼，至少她很怕让他苦恼。在她，绝望是一种病，经常侵袭她，却又没办法不让他知道。爱情让她变成了一个无比软弱的人。晚上，两人相拥而眠的时候，她悄悄忍受着痛苦的煎熬，可他猜到了，身边的这个朋友近在眼前却仿佛远在天边，他要求替她分担一些痛苦。终于她承受不住了，哭着扑倒在他怀里，断断续续地向他倾诉心声。整个晚上，克利斯朵夫一直在很有耐心地安慰她，没有丝毫的不满。然而时间长了，这样无边无际的烦恼肯定也会侵袭他。法朗梭阿士生怕自己的不安影响了他。她是如此的爱他，以至于绝不愿意自己的痛苦也伤害了他。她接到了去美国表演的邀请，欣然答应了，这是个迫使自己离开他的好机会。她提出分手，这令他感到非常屈辱。而她也是如此感觉。可怜的人，竟然无法让对方幸福！

“噢，我的朋友，我们真是可怜。”她对他微笑，语气中透着温柔与悲哀，“我们真是愚蠢！我们以后可能再也不会有这种友谊，再也不会有这样的好机会了。可是又有什么办法呢？有什么办法呢？我们太愚蠢了！”

他们彼此望着，神情是那么低落，心里难过极了，可是为了不哭出来，他们都笑着，抱了抱对方便分别了，两人眼中都有泪光在闪烁。分别的时候竟是他们彼此最相爱的时候。

她走了之后，他又回到了忠实的老朋友——艺术中去。噢！天空繁星闪烁，一片平和！

没多久，克利斯朵夫就收到了雅葛丽纳写给他的信。这仅仅是她第三次给他写信，但信中的口吻与之前大相径庭。在信中，她声称没再见到他后她十分遗憾，并热诚地邀请他去她那儿，两位朋友如此爱他，如果他不去，他们会很伤心的。克利斯朵夫开心极了，却并不意外。他早就知道，雅葛丽纳不会永远对他那么不公平的。祖父常常放在嘴边的玩笑话，他很喜欢：“女人迟早有内心善良的时候，你只需耐心等待就好。”

因此他重新回到了奥里维那儿，他的到来令他们非常开心。雅葛丽纳竟然不见了惯有的刻薄口吻，反倒极为殷勤，没有说一句伤害克利斯朵夫的话，不停地问些关于他的工作的问题，在谈到某些比较严肃的问题时，她也变得很有见识了。克利斯朵夫惊讶于她的改变，而实际上她的改变只是为了讨好他，让他喜欢她。克利斯朵夫与时髦女演员的爱情故事已经传遍了整个巴黎，雅葛丽纳听到这个新闻时，充满了好奇心，对克利斯朵夫不禁也刮目相看了。这一次两人久别重逢，她甚至觉得他比以前可爱多了，就连他的那些缺点也散发出魅力。她觉得克利斯朵夫是个天才，她要让他爱上自己。

那对青年夫妇之间的生活非但没有变好，反而变得更加糟糕了。雅葛丽纳心里烦恼极了。啊，孤独的女人！也许只有孩子才能羁绊住她，甚至孩子也不可能永远羁绊住她。假如她不仅仅是个女人，更是一个真正的女性，一个灵魂丰富、苛求生活的女性，那么她天生就有许多事情要去完成，而那些事情如果没有别人帮忙，她是无法独立完成的！男人可不像女人这般孤独，即使他在最孤独的时刻也不会像女人那般孤独至极。男人的孤独是沙漠，而他只需在内心自说自话就足以点缀他的沙漠。假如有另一个人跟他一同孤独，那他会更适应这个孤独，因为他不会再关注孤独而只顾着自言自语了。当他若无其事地在孤独的沙漠中自言自语时，他如何想得到他这样会令身边的女人更加孤独，她会觉得沙漠变得更加可怕了，连静默也变得更加残酷。因为对于女人来说，所有的语言全都死掉了，连爱情也无法令它再生了。他不可能会关注到这一点，因为女人往往喜欢孤注一掷，将自己的整个生活都倾注在爱情上，而他不同，他还有其他的事要关心。可是女人们的生活和无尽的欲望又有谁会关注呢？这千千万万的生灵拥有一股强烈的力量，从人类诞生之日起，他们徒劳地燃烧了四千多年，把自己献祭给了两个偶像：母性与爱情。而崇高的母性，千万个女人可能祈求却得不到，而剩下的女人得到了却也不过是充实了她们几年的生命而已。

雅葛丽纳在无边的绝望中煎熬，时常感到恐惧，仿佛有把尖刀直戳她的心脏。她想："为什么我还活着？为什么我还在这个世界上？"

这样想着，她的痛苦简直到了极点。

"上帝啊！我快死了！上帝啊！我快死了！"

午夜梦醒时分，她的心中总是萦绕着这样的念头。她有时会在梦中对自己说："今年是一八八九年。"

"不对。"她听到一个回答，"今年是一九〇九年。"

实际年龄竟然比想象的老了二十岁，一想到这儿她就非常难过。

"我的生命就要结束了，可我还没有真正生活过！天哪，这二十年来我是怎么度过的？我的生命被我自己搞成什么样了？"

在梦中，她变成了四个小女孩，睡在同一间房里的四个小床上。四个人身材和脸蛋长得一模一样，一个八岁的样子，一个十五岁的样子，一个二十岁的样子，一个三十岁的样子。前三个都感染了流行病死掉了。第四个正在照镜子，突然她害怕起来，镜中的人鼻子越来越瘦，脸越来越长……啊，她也快死了，一切都结束了。

"我的生命被我自己搞成什么样了？"

醒来时她眼角淌着泪。白天的到来也不能驱赶噩梦，因为白天就是噩梦。她的生命被自己搞成什么样了？是谁耗费了她的生命？她甚至有些怀恨奥里维了，视他为无辜的犯罪同伙（就算无辜，他也伤害了她），视他为盲目的、不断逼迫她的法则的犯罪同伙。事后她后悔不已，因为她心肠太好了。可她实在太痛苦了。那个逼迫她生命的人虽然也痛苦，她仍然忍不住要让他更痛苦，以此报复他。可事后她却更加难过，更加讨厌自己。她认为，如果不能把她自己拯救出来，她还会令别人更加痛苦。她在四周摸索寻找拯救自己的方法，此刻的她如同一个溺水者，试图抓住一切救命稻草。她尝试着去关注一些事情，比如一个人物、比如一件作品，希望能将它们变成自己的事物，变成自己的人物、自己的作品。她还强迫自己去做一些有文化气息的工作，比如学习一门外语，写点评论文，或者写个短篇，甚至尝试作曲和绘画。然而这一点作用都没有，那些工作实在太难了，她头一天就没有信心了。并且“艺术品啊，书啊，这些都是什么呢？我根本就不确定是不是对它们有兴趣，甚至不确定他们到底存不存在”。有一段时间，她特别兴奋，和奥里维谈笑风生，仿佛对他的话特别感兴趣，而实际上她只是在想方设法地麻醉自己罢了。可是这也是白费力，因为突然之间她就不感兴趣了，心也凉了，她只好将自己藏起来，不流泪，不呼吸，只是情绪低落。她曾试图侵蚀奥里维，如今她的努力有几分成效了。奥里维也变得疑神疑鬼，变得有些浮华了。可这也不能令她感到满意，在她眼里，奥里维和她一样软弱无能。差不多每个夜晚，两人都不在家。巴黎各个交际场所中都能觅到她的身影。谁能想得到，她的脸上总是带着讥笑嘲讽而又紧张不安的笑容，内心却藏着痛苦不安而又极度绝望的烦闷。她寻寻觅觅，想要找到一个爱护她、支持她，将她从深渊中拯救出来的人，然而只是徒劳。她无奈地呼唤着、叫喊着，却得不到任何回音，只有一片沉静。

她明白，自己从来都不爱克利斯朵夫。他举止粗鲁，性格率直，让人难堪，还有他那冷漠的态度，没有一样是她受得了的。她一点儿都不爱克利斯朵夫，可至少他很强大，他就像是一块岩石，浮在死亡之上。她想要依靠这块岩石，依靠这个只有头还在外面的溺水者，否则她就将他完全拖下水。

并且，她不仅仅是想将丈夫从他的朋友身边分开，她还要从丈夫的手里将他的朋友夺走。即使是最本分的女人，她也有一种本能，这本能逼迫她尽力甚至过分地发挥她的力量。越是这样肆意使用她们的力量，她们的弱点就越显示出惊人的力量。如果这个女人自私而傲慢，那么盗取丈夫的朋友这种事对她来说，会有一种犯罪的快感。事实上这很容易，女人只需要抛几个媚眼就够了。无论丈夫的朋友是否老实，都很难不上钩。因为尽管朋友能够自律，能够不做出什么行动，但在思想上他已经犯罪了，已经背叛了他的知己。如果丈夫发觉了朋友的异样，那么两人的友谊就结束了，因为彼此都会有所怀疑，会用异样的眼神看待对方了。当一个女人使用这种危险手段时，通常会到此为止，不会再有下一步动作。两个男人的友谊已经被她被摧毁，她将他们捏在掌心，可以随意摆弄了。

克利斯朵夫察觉到了雅葛丽纳的热情，但却并不诧异。当他对一个人产生好感时，就会天真地认为，人家也一样毫无保留地爱他。所以当他看到雅葛丽纳对他那么亲热时，他也同样亲热地对她，和她相处很愉快，甚至认为她十分可爱。结果他对她的印象太好了，几乎就要认为奥里维感到不幸福都是因为奥里维自己太蠢笨了。

他和他们坐着汽车一起旅行，虽然只有短短几天而已。朗依哀家有一所老房子，在普高涅乡下，只是为了纪念老家而一直保留着，平时没什么人去，克利斯朵夫就住在那儿。屋子位于森林与葡萄园中间，显得有些孤零零的。屋子里已经非常陈旧，连窗户都关不紧，阴凉的树脂被太阳烤晒后发出一股股霉烂的气息，萦绕在四周。与雅葛丽纳相处了几天后，一股甜蜜的气息渐渐笼罩了克利斯朵夫，不过他的精神可并没有骚动。他听她说话，看她行动，呼吸着她的气息，甚至能触摸她美丽可爱的胴体，当然这一切都透着天真无邪的感情，却也带着点儿肉欲的快感。奥里维不禁有些担心了，默不作声。当然他并没有怀疑什么，只是隐隐约约地内心会感到不安，却又不愿意承认这种不安。他甚至责备自己，觉得自己不该这么慌乱不安，便时常故意留他们独处。雅葛丽纳明白奥里维的心思，心里十分感动，她想对他说："噢，亲爱的，不要难过了。我只爱你啊。"

然而她什么都没说，三个人都任凭自己去冒险。克利斯朵夫当然是内心坦荡的，雅葛丽纳也不清楚自己要什么，只打算走一步看一步，只有奥里维一个人仿佛能预感到什么，但是他的自尊和他对她的爱，使得他不愿意去猜想。然而当意志选择沉默的时候，本能便开始骚动不安了；当心已经不在的时候，肉体便开始获得了行动的自由了。

一天夜里，晚饭吃完后，繁星满天，没有月亮，三人都觉得夜色太美了，便决定去园子里散散步。克利斯朵夫和奥里维两人都离开了屋子。而雅葛丽纳说要去楼上拿一条围巾，却迟迟不见她下来。克利斯朵夫生平最讨厌女人拖拖拉拉的，便决定进去催催她。他甚至没发觉，近来他开始有些像她的丈夫了。他听到了她的声音，是从那边过来的。可是他进去的房间里黑漆漆的，百叶窗全都被拉上了，黑暗中他什么也看不见。"喂！过来吧，总像个老太太般没完没了地收拾。”克利斯朵夫带着玩笑的语气笑嘻嘻地说，“不停地照镜子，你不怕把镜子照坏了吗？”

她站住了，却没有回答他。克利斯朵夫感觉她已经进屋子了，却没有动。

“你在哪儿呢？”他问。

她仍然一言不发。克利斯朵夫也沉默不语，只是在黑暗中窸窸窣窣地寻找着她。突然他感到躁动不安，心跳加快，停住脚步，就听到雅葛丽纳的呼吸近在咫尺。他向前迈了一步，便停下来了。他不想再往前走了，因为他很清楚她就在附近。时间仿佛静止了，几秒之后突然有两只手猛地抓住了他的手，一把将他拉近，接着一张嘴紧紧地贴上了他的嘴唇。他抱住了她，紧紧地搂着。两人都没说话，木然地站着，一动不动，然后她的双唇离开了他，挣脱了对方的怀抱。雅葛丽纳离开了房间。克利斯朵夫跟在她后面，气喘吁吁，两腿瑟瑟发抖。他倚着墙壁停了一会儿，好让沸腾的血液平静下来。最后他终于赶上了他们。雅葛丽纳在和奥里维聊天，仿佛什么事情都没有发生似的。他们走在前头，离他只有几步之遥。克利斯朵夫跟在后面，神情有些沮丧。奥里维停住了脚步，准备等他。克利斯朵夫也停了下来。奥里维亲热地喊了他一声。克利斯朵夫听到了却没有回答。奥里维很了解他，知道他的脾气，知道他不爱开口，便不再坚持，和雅葛丽纳一起继续向前走了。克利斯朵夫呆呆地跟在他们的身后，跟他们距离十多步，像只狗一般尾随着。他们走，他也走。他们停下，他也停下。绕着园子走了一圈之后，大家便回去了。克利斯朵夫跑到楼上，把自己关在房间里，没开灯，没上床睡觉，也没有思想。深夜时分，他实在太困了，便头枕着手趴在桌子上睡着了。

一个小时后他便醒了，点燃蜡烛，匆匆忙忙地收拾好乱七八糟的行李，整理好箱子，一头栽到床上睡着了，直到天亮才醒。起床后他便拿着行李下楼离开了。一整天大家都在等他，四处寻找他。雅葛丽纳脸上装着漠不关心的样子，可心里却非常气恼，不停地数着钱，那神情充满了侮辱和讥讽。直到翌日晚间，奥里维才收到了克利斯朵夫写来的一封信：

亲爱的朋友，请不要介意我如疯子般地离开。你也知道我的确是个疯子。可是能怎么办呢？我就是我。非常感谢你亲切热情的款待，那简直好极了。可是你也看到了，我始终无法和别人共同生活。或许我压根儿就没资格拥有生活。对于我来说，躲在一旁远远地爱别人才是最好的。与人离得太近，我会对他们感到厌恶的。当然，我并不想这样。我非常愿意爱你们，爱所有人。啊！我多希望能带给你们幸福。假如我能够带给你们，带给你幸福，我宁愿放弃自己所有的幸福！可是这怎么可能呢。一个人能够做到的只是给别人指路，却无法代替他们行走。每个人只能拯救自己。救你吧！救你们吧！啊，我爱你！——请代我向耶南太太致意。

克利斯朵夫

“耶南太太”双唇紧抿，将信读完了，脸上透着轻蔑的笑容，语气冷冷地对奥里维说：“那就听他的话，快点拯救你自己吧。”

奥里维朝她伸出手，想要拿回信，雅葛丽纳却将信揉成一团，使劲往地上一丢，眼里涌起两团泪水，就要掉了下来。奥里维慌忙握住她的手，神色紧张地问：“你这是怎么了？”

“不要你管！”她愤怒地冲他吼道。

她冲向了门外，在门口处又冲他吼了一声：“一群只想着自己的自私鬼！”

终于《大日报》方面的保护人也成了克利斯朵夫的仇敌。这丝毫也不意外。因为克利斯朵夫生来就有种“不知恩图报”的德性，正像歌德所称赞的那样：

“不愿意对别人表示感激的性格是难能可贵的，这种德性只有特别出众的人才拥有。他们出身贫寒卑微，不得不处处接受别人的恩惠。可那些给予帮助的好心人们总是那么鄙陋粗俗，毒害了那些恩惠。”

在克利斯朵夫看来，绝不能因为别人援助过自己，就把自己的人格无保留地降低，当然也不能舍弃自由，因为那跟降低人格并没有什么实质区别。他想帮助别人时，就全心全意地帮助别人，从不期望什么回报，并不把自己看成一个等着收利息的债主。可是那些帮助过他的人们却不是这么觉得的。在他们看来，知恩图报是天经地义、理所当然的，所以当报馆举办了一个带有广告性质的游艺会，想要克利斯朵夫替他们为一支荒唐可笑的颂歌谱写音乐时，克利斯朵夫的拒绝在他们看来简直是岂有此理。他们也曾向克利斯朵夫暗示过，说他这么拒绝是不对的。可是克利斯朵夫并不理会他们。没过多久，报纸宣传了一些克利斯朵夫的主张，而他很不留情地否认了，这让那些向他施过恩惠的人们更加恼羞成怒了。

于是，报纸便开始对克利斯朵夫发起了攻击，使用的武器也是各色各样。人们又翻出了一些古老的武器，那是所有没什么能力的人惯用的血口喷人的伎俩，这种伎俩如果是用来对付所有富于创造的人，那可是不具有什么杀伤力的，可是如果用来对付一切蠢笨者，那倒是一击即中，非常有效果。他们指控克利斯朵夫，声称他犯了剽窃罪。他们将克利斯朵夫的作品割裂，将其中的一段取出来，然后又从一些没有名气的作家的作品中摘取一段，并乔装打扮一番，这样来证明克利斯朵夫盗用了他人的创作灵感，压迫扼杀那些年轻的艺术家。这些伎俩如果只是一般下贱的批评家们使用也就算了，因为他们通常以狂吠为职业，素来喜欢踩在伟人肩上，大肆叫嚣着“我比你更伟大”。然而稍微有些艺术才能的人竟然也喜欢互相倾轧，他们竭尽全力地要让对方难受。世界如此之大，足够他们安安静静地做各自的工作，为发展各自的才能而拼命奋斗。可是显然，对此他们并不明白。

在德国，有些艺术家极为善妒，经常为克利斯朵夫的敌人提供武器，必要的话，他们甚至还能发明些新的武器。在法国也是这样的情况。音乐刊物上有很多国家主义者，虽然他们当中也有不少人是外国人，那些国家主义者们将克利斯朵夫出身的种族作为攻击的对象，以这样的方式去侮辱克利斯朵夫。克利斯朵夫红极一时，享有不小的名气，连那些对他毫无成见的人也对他恼怒了，就更不用说其余的人了。来听他音乐会的听众当中，有一批前进杂志的作家和上流人物，他们此刻对克利斯朵夫极为拥护，无论克利斯朵夫写些什么，他们都要称赞，声称在克利斯朵夫之前的音乐简直不能称之为音乐。还有几个人在解读他的作品时，声称其中有很深刻的哲学意味，这令克利斯朵夫听后也大为吃惊。还有一些人说，克利斯朵夫的音乐是一场革命，是对传统的颠覆，可是他们却不知道克利斯朵夫恰恰极为敬重传统。无论他怎么争辩都没有用，因为大家会说他自己其实并不知道自己写了些什么，在他们看来，如此佩服克利斯朵夫就是在佩服他们自己。所以当报纸攻击克利斯朵夫时，他那些音乐界的同僚们都感到痛快极了，因为他们一厢情愿地把那些虚构的“谎言”当成事实，并对那些“事实”感到愤怒。其实他们也不是因为这个而不爱克利斯朵夫的音乐。大多数人在创作音乐时，并没有什么思想可以表现，而克利斯朵夫却有非常丰富的思想，尽管他那创造的想象力在表现思想的时候有些杂乱且笨拙。如此对比，他们当然会恼羞成怒。而那些书记官们只是把风格当成了文社学会里的公式，在他们看来，表现思想就像烹饪一样，烹饪是把食物放入模子，而表现思想就是将思想放进那些公式里。因而他们总是指责克利斯朵夫根本不会写作。至于他那些最好的朋友们，有些因为克利斯朵夫带给他们幸福，因而实实在在地爱着克利斯朵夫，可他们并不想了解他；而其他一些朋友都是些不知名的听众，他们虽然了解他，但在社会上却没有什么发言权。而唯一能够替克利斯朵夫进行强有力的辩护的便只有奥里维了，可是他们分离了，他仿佛已经将克利斯朵夫遗忘了。于是，克利斯朵夫的崇拜者和他的敌人同时抓住了他，他们在争着伤害克利斯朵夫，比比谁更能伤害克利斯朵夫。对他们，他感到极为厌恶，可是绝不加以辩解。有一次他在一份报纸上看到了一个为大众的愚昧和放纵塑造出来的所谓的艺术界的权威—— 一个越俎代庖的批评家对他的宣判，克利斯朵夫耸耸肩说：“好吧好吧，你可以批判我，我也可以批判你，等百年之后看是谁获得胜利！”

可是对他的诽谤漫天飞扬，而普通群众对这么话都信以为真，即使是对他最荒唐可笑最卑鄙可耻的指控，他们也深信不疑。

克利斯朵夫好像觉得目前的处境还不够举步维艰，竟然在这个非常时期跟他的出版商闹翻了。其实哀区脱的行为没什么值得克利斯朵夫不满的，他顺次刊行克利斯朵夫最新的作品，并且也是很诚实地与克利斯朵夫进行交易。尽管诚实的哀区脱也无法避免与克利斯朵夫签订不合理的条约，但至少他一直在严格遵守那些条约，并且遵守得极为严苛。有一次，克利斯朵夫十分意外地发现，哀区脱将他的七重奏改成了四重奏，还将一支普通的钢琴曲极为笨拙地改成了四手的钢琴曲，而哀区脱在做这一切时并没有事先告诉他。他有些愤愤地去找哀区脱，将那些被篡改的乐谱朝哀区脱面前一丢，质问他："乐谱被篡改的事你都清楚吗？"

"当然清楚。"

"未经过我的同意，你居然，居然随意篡改！"

"经过你的同意？"哀区脱语气十分平静地说，"你所有的作品可都是属于我的。"

"它们也是属于我的！"

"不，你错了。"哀区脱态度温和地对他说。

克利斯朵夫气愤地说："你说什么？难道我的作品竟然不是属于我的吗？"

"它们已经被你卖给我了。"

"别开玩笑了！你买到的只是一堆纸，你要靠它们赚钱，就尽管去吧。可是它们都是我用心血创作出来的，它们是属于我的。"

"你把一切都卖给我了。按照首次出版三十生丁计算，我已经预先支付了你三百法郎的版权所属费了。在这样的情况下，你已经毫无保留地、毫无限制地，将那些作品的全部权利都卖给了我。"

“难道我连毁掉他们的权利也没有了吗？”

哀区脱耸耸肩，将铃按响，进来了一个职员，哀区脱对他说：“去把克拉夫脱先生的合同给我拿过来。”

他语气平静地向克利斯朵夫念他们签订的契约条文，那份合同克利斯朵夫看都没看就签字了，当然合同也是按照音乐出版社的一般规则订立的。哀区脱念道：“哀区脱先生拥有作家的一切权利，对作品哀区脱有权独家出版、发行、印刷、镌版、出租、翻译、出售，有权在咖啡店音乐会、戏院、舞场、音乐会等处演奏，有权对乐谱加以修正、增减，以便适合任何乐器，有权更换题目，或增加歌词，或……解释权归哀区脱先生所有，与其他人无关……”

“看吧。”他说，“我算是客气的了。”

“是的。”克利斯朵夫说，“看来我还得感谢你了。你还能把我的七重奏改成小调，在咖啡店音乐会演奏呢。”

克利斯朵夫没再说话，神色有些狼狈不堪，他双手抱头，不停地说：“我出卖了我的灵魂。”

“你放心。”哀区脱有些嘲讽地说道，“我绝对不滥用这些权利。”

“在你们共和的国家，竟会允许存在这样的交易吗？你们声称人有自由的权利。可事实上你们却在做着贩卖思想的交易。”

“我已经付给你报酬了。”哀区脱回答。

“没错，每份三十生丁。”克利斯朵夫说，“还给你。”

克利斯朵夫掏了掏口袋，想将三百法郎全部还给哀区脱，可惜他根本没有那么多钱。哀区脱看着他，脸上带着轻蔑的微笑。那神情令克利斯朵夫更加愤怒。“

我要重新拥有我的作品。”他说，“我要赎回它们。”

“你没有权利赎回它们。”哀区脱回答，“不过我向来不会跟人过不去，如果你能照价赔偿我的损失，我就让你赎回它们。”

“可以，只要能赎回它们，就是把我卖了也没关系。”

半个月之后，哀区脱提出了赎回版权的条件，对此克利斯朵夫毫无争议地接受了。克利斯朵夫此刻像个傻子一样，执意要赎回所有作品的出版权，而他要赔偿哀区脱一大笔钱，比哀区脱付给他的报酬要多出五十倍，事实上这个价格是哀区脱精确计算得来的，补偿了哀区脱的实际损失，因而并不过分。而哀区脱也早料到，克利斯朵夫一时半会儿肯定偿还不了。作为一个艺术家，甚至作为一个普通人，克利斯朵夫的人格比任何年轻的音乐家都要高尚，都更值得尊重，因而哀区脱并不想打击克利斯朵夫，但他想让克利斯朵夫得到教训，他要让克利斯朵夫明白，对于他权力范围之内的一切行为，他绝不允许他人干涉。况且那些合同的条文并不是他自己定下的，而是当时业界很普遍的，因而他并不觉得那些条文有什么不公平。除此之外哀区脱还坚信，那些条文对出版商的确有好处，但对作家的好处也并不会少，因为出版商知道怎么才能将作品推广更开，而作家们只知道关注一些情感问题，当然对情感的顾虑的确是高尚的，但始终没法带来真正的经济利益。他决定让克利斯朵夫获得成功，但却是依靠自己的方式，而克利斯朵夫必须完全听他的安排才行。没了他的帮助，克利斯朵夫不会那么容易成功的，他要让他明白这一点。于是哀区脱和克利斯朵夫订立了一个协议，克利斯朵夫必须在六个月之内偿还所有赔偿，否则哀区脱将获得克利斯朵夫作品的所有权利。很明显，克利斯朵夫在那么短的期限内根本不可能偿还赔款，甚至连赔款的四分之一也可能凑不齐。

可是克利斯朵夫倔强固执，连具有纪念意义的屋子也退了，重新找了一间便宜的屋子，他变卖了很多东西，却惊讶地发现没有一件东西非常值钱。他四处借债，向善良的莫克寻求帮助，可惜那段时间他贫病交加，又犯了关节炎，根本没办法出门。他也找过其他的出版商，但他们开出来的条件跟哀区脱一样，很不公平，有的出版商甚至拒绝了他。

那段时间，恰好音乐刊物也在对他进行最猛烈的攻击。在巴黎，有一份报纸对他的攻击特别凶狠，一个匿名编辑把他当作该打的孩子，每个星期都在“回声”栏目里写些文字来诬蔑他，把他描述成可笑至极的人。还有另外一个音乐批评家也参与进来，与这位匿名的同事一唱一和，他可以抓住任何微不足道的事情作为借口，将他残暴的兽性发泄无遗。而这仅仅是个开端，只不过是第一战役，他计划在几天后对克利斯朵夫发动一场彻彻底底的歼灭战。他们胸有成竹，心里很清楚，与其去寻找确凿的证据来指控克利斯朵夫，还不如含沙射影明讥暗讽，这样对群众产生的效果更大。他们戏弄着克利斯朵夫，就像猫戏弄老鼠一般，并把他们写的每篇文字都寄给克利斯朵夫。对此，克利斯朵夫虽然不屑一顾，但也为此痛苦不已。不过从始至终他都没有反驳一句，对那些侮辱也不予辩解，因为即使辩解也没什么用。他只是固执地跟他的出版商斗争，仅仅为了自己那过于好强、实则无益的自尊心，为此他耗费了精力、时间、金钱。而同时又因为冲动，他拒绝再让哀区脱为他宣传音乐，这样他连唯一的武器也丧失了。

一夜之间，情况就发生了逆转。报纸上本来预备要发表的文字最终没有发表。含沙射影地进行讽刺的舆论也渐渐停息了。所有的攻击突然间就止住了。不仅如此，两三周后，那份报纸的批评家甚至看似偶然地写了些文字来赞颂克利斯朵夫，仿佛为了证明他和克利斯朵夫已经讲和了。一个来自莱比锡的著名出版商竟然给克利斯朵夫写信，表示希望能够刊行他的音乐作品，而开出的条件对作曲家来说十分有利。克利斯朵夫甚至收到了一封恭维信，上面盖着奥国大使馆的印章，信中表示希望能在大使馆的庆祝会上弹奏克利斯朵夫的曲子。他们甚至连夜莺也邀请了，只因为克利斯朵夫对夜莺十分欣赏。继此之后，在巴黎居住的德意两国的贵族侨民也开始邀请夜莺了。有一次，克利斯朵夫迫不得已而参加这一类的音乐会时，竟然受到了大使的热情款待。然而才聊了一会儿，他就发现这位大使对音乐一点儿都不懂，对他的音乐作品也一无所知。那么大使又是为什么突然对克利斯朵夫产生好感的呢？这一切仿佛有个大人物在背后悄悄地照顾他，帮他扫清障碍，为他开路。克利斯朵夫试探地问大使，大使便说裴莱尼伯爵和伯爵夫人是克利斯朵夫的朋友，他们十分钦佩克利斯朵夫。可是克利斯朵夫压根儿就没听说过这两个名字，并且那晚在大使馆他也没机会见见这两位大人物。事实上克利斯朵夫并不想结识他们。在这个非常时期，克利斯朵夫厌恶一切人，包括朋友，也当成敌人一样地不相信。在他看来，无论是朋友还是敌人，都极为靠不住，仅仅一阵轻风就能将他们改变。对于他们我们不该依赖，相反，应该如那位 17 世纪的名人说的那样：

“上帝把朋友赐予我，然后又将他们要回去了。他们抛弃了我，我也丢弃了他们。从此两不相欠。”

自从那一天他从奥里维的屋子不辞而别之后，奥里维再也没有联系过他，两人之间的感情似乎都结束了。克利斯朵夫再也没心思去结识新朋友，在他看来，裴莱尼伯爵夫妇大概也是些时髦人物，喜欢自称为克利斯朵夫的朋友，所以他根本就不想见他们，甚至想要躲开他们。

不仅如此，他甚至想要逃离整个巴黎。他多想把自己埋进那孤寂而亲切的世界里，几个星期都不出来。啊！他多想去故乡过几天静修的生活，哪怕只有几天也够了！渐渐地，这样的想法竟发展成为一种极度的渴望。啊，他的天空，他的莱茵，他的土地，那里埋葬着他的逝去的爱人，他要非重见不可，一定要再见一面。可是那样他很可能会被捕，自从他逃出德国以来，他的国家始终没有撤销对他的通缉令。然而此刻他只想回去，即使只有一天也好，为了那一天他可以做任何事情。

庆幸的是，他的这个心愿被一个新的保护人得知了。他曾在德国使馆的一个晚会上演奏他的音乐，在那里他结识了一个年轻的外交官。外交官司对克利斯朵夫非常钦佩，说他的祖国能有这样一个伟大的音乐家该多么得意啊！克利斯朵夫不禁很心酸地对他说：

“是的，我的祖国非常得意，甚至宁肯让我死在国外，也不肯让我回国。”

这位青年外交官向克利斯朵夫询问了事情的缘由。几天后，他再次找到克利斯朵夫，告诉他：“上头有个人极为关心你，这个人位高权重，可以令通缉令暂时无法生效。他了解了你的情况后，很是同情你。我们是朋友，我不妨有话直说，我搞不清楚他怎么会喜欢你的音乐，因为他并没有什么高雅的艺术品位，不过人却很聪明，心肠也很好。现在他虽然不能立刻将你的通缉令撤销，但如果你只是想回国待几天，看看家人的话，他还是可以令地方当局睁只眼闭只眼的。瞧，这是给你的护照。你回国和离开的时候，把护照给他们看看。万事小心，不要引起太大的注意。”

克利斯朵夫终于再次踏上了故乡的土地。按照约定，他只待了两天，和故乡的土地还有土地里埋葬的已故之人叙叙旧。母亲的墓就在那里，荒草疯长，可墓前供奉着鲜花。父亲和祖父的墓紧挨着，他们并肩长眠于地下。在他们脚下，克利斯朵夫席地而坐。墓地的后面是一堵围墙，围墙外面小路凹凸不平，一棵高大的栗树伸进墙内，留下一片阴凉。他的目光越过矮墙，一望无际的金色田野映入眼帘，和煦的微风轻轻吹过，田野泛起阵阵涟漪，土地在太阳的照射下显得懒洋洋的，麦田里想起了鹌鹑的叫声，墓园上面柏树丛发出簌簌的声音。克利斯朵夫独自坐在那儿，心神缥缈，内心宁静。他双手环抱着膝盖，背倚着矮墙，眼睛望向天空。闭上眼睛，他静默了一会儿。啊，多单纯的世界！此刻他感觉回了家，亲人们就在他身边。他紧挨着他们，他的手握着他们的手。克利斯朵夫就这样静坐了几个小时。

黄昏时分，细沙铺就的小路上忽然响起了簌簌的脚步声。那是守着这片墓园的人，他看了看坐在地上的克利斯朵夫。克利斯朵夫向他询问那些鲜花是谁送的。他回答说是普伊农庄上的主妇，他们每年都会来一两次。

“是洛金夫人吗？”克利斯朵夫询问道。

接着他们就聊了起来。

“你是她的儿子吗？”园丁问他。

“她生了三个儿子呢，你说的是哪个？”克利斯朵夫回答。

“我指的是在汉堡的那个。另外两个没什么出息。”

克利斯朵夫一动不动，微微向后仰着头，静静地没说一句话。此刻夕阳也已落山了。

“到时间了，该关门了。”园丁说。克利斯朵夫起身跟着他，围着墓园走了一圈。园丁把他带到他的住处。在那里，克利斯朵夫消磨了一会儿，看到了逝者的名字。啊，这儿竟有这么多熟悉的名字！老于莱，老人的女婿，童年时代的伙伴，那个喜欢和他玩耍的小姑娘，最后，他的心在看到一个特别的名字时不禁颤抖了一下：阿达！如今大家都入土为安了。

黄昏的天边，一条缎带般的晚霞静静地铺着。从墓园出来后，克利斯朵夫一个人走向田野，在那里久久地徘徊着。夜空也亮起了点点星光。

翌日，克利斯朵夫又去了墓园，坐在老地方度过了一个下午。但不再像昨天那样恬静了，他的心开始变得活跃。他坐在墓栏上，一首快乐的无忧无虑的颂歌在心中响起，他掏出小本子，将那首曲子记录了下来。如此又度过了一天。他仿佛又回到了过去，他在当年的那个小阁楼里埋头工作，隔壁住着母亲。一首歌写完后，他起身要离开了，刚走了几步，他又忽然改变主意，旋即回来将小册子藏在草里。几滴雨落下来了。克利斯朵夫想道：“过不了多久它就会化作泥土了。这样也好。这是特别写给你的，与旁人无关。”

曾经熟悉的河、熟悉的市街，映入眼帘，只是发生了很大的变化，有些物是人非。在城门口有条荒废的壕沟，壕沟的小路边种着一片皂角树林，从前他看着它们被种下，那时还只是小小的一片林子，如今已经长成一大片了，连老树都快被挤出去了。他还看到了特·克里赫家的花园，他沿着围墙往前走，认出了那块界碑，童年时代的他经常爬上界碑远远地望着园子。他惊奇地发现，那个花园，那道墙，那条街，如今竟是如此的狭小。他在铁门前站了一会儿，正准备继续朝前走时，一辆车从他身边经过。他抬起头，无意中看到车中的少妇在打量着他，目光有些好奇，那少妇衣着鲜艳，体型肥胖，扬扬得意。随后便听到少妇发出一声惊叫，她朝司机打了个手势，车子停下来了。她对他喊道："您是克拉夫脱先生吗？"

他不由得停了下来。

她冲他微笑，说："您不记得了吗，我是弥娜呀。"

他朝她走去，内心慌乱，令他想起了第一次遇见她时，他差不多也是这么慌乱不安[①]。她的身边坐着一位中年男人，身材高大，已经秃顶，胡须向上翘着，一副踌躇满志的样子。她向克利斯朵夫介绍说，这是"法官洪·勃龙罢哈先生"——她的丈夫。她邀请克利斯朵夫去她家里。克利斯朵夫找借口推脱不去。可是弥娜不停地嚷着："不行，这可不行，您可一定要来，还要留下来吃晚餐。"

她语速很快，说话很急，声音响亮，克利斯朵夫还来不及询问，她就自顾自地竹筒倒豆子般地将自己这些年发生的事情全都告诉了克利斯朵夫。听着她在那里大声叫嚷，克利斯朵夫头都要晕了，只听清了一半，就静静地望着她。啊，这就是弥娜，啊，他亲爱的小弥娜！瞧她长得多结实，体态丰满，细腻的皮肤泛着蔷薇般的微红，可惜有些松弛了，特别是她的鼻子，依旧那么丰腴。她的态度、她的风韵、她的姿势，一切都像从前那样，只是身材已经走样了。

她絮絮叨叨地说个没完，跟克利斯朵夫说她曾经的事，甚至提到她的隐私，跟他说她是怎么爱她的丈夫，以及她的丈夫是如何爱

① 见卷二《清晨》。——原注

她。克利斯朵夫听她说话感觉有些尴尬。她极为乐观，不喜欢批判别人，当然，在别人面前从不批判别人。她非常爱她的家庭、她的屋子、她的城市，比一切其他的家庭、其他的屋子、其他的城市都爱。当着丈夫的面，她称赞他是“最伟大的男人，她从未见过的伟大”，她声称在丈夫的身上，她发现了“一股超人的力量”。而那“最伟大的男人”一边笑眯眯地看着她，一边轻轻地拍拍她的腮帮，对克利斯朵夫说弥娜是“一个了不起的贤妻”。克利斯朵夫的事，这位法官似乎知道些什么，不知道该怎么对他，是该尊敬还是该轻蔑？不过既然克利斯朵夫既有未结的旧案，又有大人物保护，那么就两种态度兼用吧。弥娜一直在滔滔不绝地说话，把自己的事情一股脑儿地全对克利斯朵夫说了，随后又将话题转到克利斯朵夫的身上，不停地问这个问那个，内容极为繁杂，全程如同她的自白。刚才的那一堆自述，克利斯朵夫并未向她提任何问题，只是她自己想象着他问了些问题，然后又自己回答了那些问题。能再次见到克利斯朵夫，她可真是高兴得不得了。她压根儿就不懂他的音乐，得知克利斯朵夫已经非常出名，而自己曾经又拒绝过他的爱，她觉得这是件很值得骄傲的事情，便在话里不时地提起那件事，也不注意用词是否得当。她拿出纪念册，要求克利斯朵夫在上面签名，紧接着就向他问了许多关于巴黎的事情。她对这个城市非常好奇，就如同她对这个城市非常轻蔑一样。她声称自己对巴黎很熟悉，说她去过歌舞剧场、歌剧院、蒙玛德尔、圣·格鲁。在她看来，巴黎的女人都极为淫荡，没有一丁点儿的母性，巴不得不生孩子，即使有了孩子，也只是把孩子丢在家里不闻不问，而自己却到戏院或娱乐场所疯玩。她决不能容忍别人与她有不同的意见。晚间，她请克利斯朵夫为她弹一首曲子。她听了之后感觉非常棒，可心里觉得丈夫的琴声与克利斯朵夫的琴声一样美妙。

克利斯朵夫十分高兴能再次见到特·克里赫太太，弥娜的母亲。她曾经对他非常好，克利斯朵夫在心里是非常感激她的。如今，她依然那么心地善良，而且比弥娜看着更加自然舒心，只是好像永远都有点取笑克利斯朵夫的意味，对此他曾经非常生气。她一点儿也没变，仍然和当年他离开的时候一样，喜欢的东西也没有变，仍然认为什么都很好，一切都只有一种面目。她在心里将从前的克利斯朵夫同现在的比较了一下，发觉还是童年时代的克利斯朵夫更让她喜欢。

克里赫太太身边的人，除了克利斯朵夫，全都守着老思想，没有丝毫改变。小小的城市毫无生气，城里的人眼界十分狭窄，他简直受不了。晚上，他和主人们坐在一起，听着他们大部分时间都在议论别人，那些他不认识的人，说他们的坏话。他们的目光全都集中在邻居们的身上，嘲笑他们如何可笑，在他们看来，凡是与自己不一样的地方都是可笑的。他们就是有这样的好奇心，有些不怀好意，永远只关注那些毫无意义的琐事，对此，克利斯朵夫终于忍受不住了。克利斯朵夫也会提起他在国外的生活情况，但刚一说出口就后悔了，他觉得他们是不可能领会巴黎所代表的法国文明的。曾经他也十分讨厌法国文明，但现在回国了，他反倒觉得这种文明是难能可贵的。拉丁文化精神崇尚自由，而首要的规则就是了解，为了获得“尽可能的了解”，甚至可以牺牲“道德”。他再次发现，那些主人们，特别是弥娜，他们身上有一种骄傲，这骄傲曾经深深地伤害过他，只是如今他几乎忘了而已。这骄傲是他们的弱点，但也是他们的德性。

因为这种骄傲，他们毫无慈悲之心，只知道一味地尽职尽责，将这种尽责当作一种值得骄傲的德性，并因此而看不起别人，只要自己身上没有的缺点，他们就会瞧不起。当然对他们来说最重要的是合乎体统，那些“不合常规”的优越都是他们不想要的。弥娜态度和气，自信自己永远是对的，总是用同样的标准去批判别人，从来不愿意花点时间去了解别人，她只关注自己。她的这种自私有些朦胧有些玄幻，一切都要灌注进自我和自我扩张。也许她的确心肠很好，也能去爱别人。可是她太爱自己，特别是太尊重自己。在谈到自己时，她仿佛永远都要在她的身上冠以“长老”或“敬礼”这些词。我们甚至可以猜想，如果她最爱的男人对她那尊严的自我胆敢有一丁点儿不尊敬，当然他日后肯定会后悔不迭，她就不再爱他，永永远远地不再爱他。呵！为什么你就不能抛开那个“自我”，多注意“你”呢？

不过克利斯朵夫在看待她的时候，眼光并不严厉。平时他是那么脾气暴躁，而此刻竟然变得异常有耐心，只是静静地听着，并不去批评她，他不停地回忆童年，将童年的往事当成一道光晕，笼罩着她，全心全意地在她身上寻找着小弥娜的身影。她有些动作姿势却是还留有小时候的影子，嗓音也还能勾起他对童年的动人的回忆。他沉溺在这些影子里面，默不作声，完全忽略了她的话，只是假装在听而已，他对她始终都表现着一股温柔和尊敬。然而他总是不能全神贯注，集中精力，如今的弥娜叽叽喳喳吵个不停，搅得他都找不到从前的弥娜了。最后他实在有些腻了，便站了起来，心里对自己说：

“噢，我的小弥娜，我的小可怜！他们想说服我相信你在这里，在这个令人厌烦的、不停地叫嚷的、漂亮的胖女人身上。可是我很清楚你不在这里。算了吧，弥娜。我们跟他们没什么关系。”

他告辞了，跟他们说明天再来拜访。如果他告诉他们他要坐今晚的车离开的话，他们肯定要留住他，直到快要开车了才放他走。在寂静的夜里，他才走了几步，心情就重新变得愉快了，就像没有遇到弥娜之前的那种心境。莱茵河的水声吞没了一切，他一下子就忘了这个不愉快的夜晚。他来到河边，靠近一所房子，他一眼就认出了那是自己出生的屋子。此刻护窗已经严严实实地关上了，里面的人们大概已经睡了吧。走在路上，克利斯朵夫停了下来，他知道如果他去敲门的话，他们肯定会开门的，啊，那些熟悉的幽灵。屋子周围是一片草原，他走了上去，在河边找到了曾经和舅舅交谈的地方，坐了下来。往日的时光仿佛一刹那全都回来了。那个他心爱的小姑娘，那个他初恋的小姑娘，那个和他一起做过美梦的小姑娘，此刻终于回来了。无穷的希望，甜蜜的眼泪，少年的温情，全都在他心中重温了一遍。他不禁有些自嘲，笑着对自己说：

“我根本就没有吸取教训，我的人生总是犯着同样的错误，总是明知故犯，永远重复着同样的梦。”

他多想能够始终如一地爱，始终如一地信仰！那被爱过的一切会永远活着。

“哦，我的弥娜，这是在我身边的弥娜，而不是在另一个陌生男人身边的弥娜，我的弥娜，你永远都不会老去！”

被云遮住的月也开始钻出来了，朦胧的月光洒在水面上，泛起一片银色的粼粼波光。克利斯朵夫坐在地上，惊觉河面仿佛离他近了许多，从前可不是这么近的。他往水边走了走，细细察看了一番。没错，这里有棵梨树，在梨树的外面以前曾经是一片沙地，还有一小块草地，童年时代的他经常在上面嬉戏。可是现在它们已经被河流侵蚀了，河水都漫到梨树的根部了。此情此景克利斯朵夫不禁悲伤不已。克利斯朵夫朝车站走去。那儿也有巨大的变化，现在已经是一个新兴的市区了，在那里有贫苦人家的住房，有正在施工的建筑地，还有大工厂的高高的烟囱。克利斯朵夫又想起了下午看到的那片皂角树林，不由得想道："在那边，一切也在被河流侵蚀。"

古老的城市在黑暗阴影中沉沉地睡去，那些住在城里的所有的活着的人，还有那些死去的人，如今在克利斯朵夫的心中都变得极为珍贵，因为他觉得危险正在一步步地靠近它们。

城垣已经被敌人攻占了。

啊，那些我们所爱的人，赶快救出他们吧！我们爱着的一切都面临着死亡的威胁。啊，那些渐渐模糊不见的脸，赶紧将它们铸成铜像吧，永久地保存。趁宫殿尚未被熊熊大火烧毁，赶快将国家的珍宝从那大火中拯救出来吧。

克利斯朵夫慌忙上车离开，仿佛一个洪灾的逃难者。然而他也像那些将守护城市的神灵从城里救出来的人们一样，克利斯朵夫将那过去的神圣灵魂，那故乡的土地燃起的爱的火花，一并搂在怀里，全部带走了。

有一段时间，雅葛丽纳和奥里维彼此接近了些。雅葛丽纳的父亲去世了。这真正的苦难压迫着她，她才明白其他的所谓的苦难简直是无聊透顶。那段时间里奥里维对她温情款款，这令她不禁重新燃起了她曾经对他的感情。在她心中，时光仿佛后退了好几年，重新回到了像玛德姑母死后的那段日子，那段虽然凄凉却紧靠着爱情的日子。她开始责备自己对生活不懂得感恩，她应该感谢生活没有将那些曾经赐予她的幸福的东西收回去。她现在开始明白了这些东西的珍贵，便竭力要抓住它们。医生建议她暂时离开巴黎，以免总想着丧事。她便和奥里维一起去旅行了，他们来到当年新婚时住过的地方，四处转转看看，结果他们更加感动了。生命之路不经意地转了个弯，看着之前以为已经消失了的爱情，他们惆怅不已。他们看着那爱情来了，也明白爱情终将会消失，只是会消失多久呢？或许永远都消失不见吧！于是两人有些无奈，忍不住死死抓着爱情。“啊，请不要走啊。请和我们待在一起吧！”

可是他们心里十分清楚，爱情终将会消失。

回到巴黎后，雅葛丽纳感觉体内孕育了一个小生命，那是爱情的结果。可是现在爱情已经不在了。这个生命渐渐沉重，竟成了一个负担，只是这负担并没有让她和奥里维挨得更近。没有意料之中的欢乐，她只是非常不安，不断地追问自己。以前每当她感到烦闷时，总以为有了孩子，她就可以得到拯救了。而如今有了孩子，她却没有被拯救。这个小生命仿佛一棵深深扎根于她的肉里的植物，她感觉它在不停地生长，不断地吮吸她的鲜血，内心不禁惊骇不已。这个陌生的生命占据了她整个身体，不停地吸引着她。一整天她都恍恍惚惚心不在焉，有些茫然地听着一个声音，那声音模糊地嗡鸣，柔和却悲痛，将她催眠。突然，她从梦中惊醒过来，浑身汗湿，不住地发抖，她要反抗了。“自然”的网罗抓住了她，她拼命地想挣扎。她觉得“自然”欺骗了她，她想要生活，想要自由。之后她又不断地自责，责怪自己思想怎么如此可耻，自己的心肠怎么如此残忍，甚至怀疑自己是不是比其他的女人更坏，是不是跟她们完全不同的女人。随后她逐渐平静下来，有些迷迷糊糊的，心里想着这逐渐成熟的生命。这生命将来会变成什么样呢?

小生命诞生后的第一声哭叫，还有那小小的可怜却动人的身体，都令她感动，她感觉整颗心都被融化了，就在那一刹那，成为母亲的光荣带给了她无尽的欢乐，这欢乐竟是世界上最强烈的。她用自己的血肉，经历巨大的痛苦，终于凝成了一个生命，　一个活生生的人。那爱的巨浪能撼动整个宇宙，将她整个人都包裹起来，卷着她的身体，送上了天。啊，上帝！女人也能创造生命，她和你竟是平等的。可是你却体会不到女人的快乐，因为你没有经历过痛苦。

而后，欢乐的巨浪终于平息，她的心又沉入了谷底。

奥里维看着怀里的孩子，心情激动，浑身不住地颤抖。他微笑地望着雅葛丽纳，他想知道，在他们和这个神秘的小生命之间，这个初具人形的可怜的生物之间，到底存在着怎样的生命关系。他亲了亲孩子黄黄的皱脑袋，有些温柔，又有些嫌弃。雅葛丽纳看了他一眼，有些忌妒地推开了他，双手抱着孩子紧紧搂在胸前，忘情地吻着。孩子哭了，她便马上放下，转头哭了起来。奥里维走到她身边，轻轻地抱着她，将她的眼泪擦干。她也紧紧抱着他，脸上勉强露出了一点笑容。之后她说想要休息了，要求把孩子放在她旁边。啊！可怜的人！爱情一旦消失了，他们还能怎么办呢？男人一大半的心思都放在了智慧上，一旦发生过刻骨铭心的感情，他的脑海中绝对会留有昔日爱过的痕迹，昔日感情的概念。也许他再也不会有爱情，可却忘不了他曾经的确爱过。女人将自己毫无理由地完全交给了所爱的人，而一旦毫无理由地不再爱他时，却无能为力了。祈祷吗？欺骗自己吗？可是如果她太软弱以至于无法祈祷，太诚实以至于无法欺骗自己，那又该怎么办呢？

雅葛丽纳手肘杵着床沿，看着怀里的孩子，眼神温柔、怜爱又悲哀。他到底是怎样的存在？无论他是谁，他都不会完全是自己。他只是“别人”。可是她却已经不再爱这个“别人”了。噢，我的孩子，可怜的、亲爱的孩子！这个生物将她和已经死寂的“过去”连起来，对此她感到愤怒。她有些怄气地看着他，却忍不住不停地拥抱他。

现代女人最大的不幸就在于她们享有自由，却又不够自由。如果她们能有更多的自由，那么她们还能找点事情做，从中感到快乐和安全。如果她们没有现在这么多的自由，那么她们就会逆来顺受，忍受这无法破坏的夫妻关系，从而也能少些痛苦。然而最糟糕的莫过于，有联系却无法束缚她们，有责任却无法强制她们。她注定要在这个家里过一生，假如雅葛丽纳能够相信这一点，那她或许觉得这个小家庭并不是那么狭窄，那么不便，或许她还会将它营造得更加舒适惬意，就像她最初对家庭的爱一样。可一旦她明白自己还可以逃出这个家庭，她就觉得这个家逼迫得她简直无法呼吸。她的确有反抗的自由，这自由竟使得她开始相信自己应该反抗了。

现代的道德学家们真是群奇怪的生物。整个生命在他们眼中只是需要观察的器官而已。对于人生，他们只想观察，并不想体验，更不用说什么人生的理想愿望了。他们观察人性，看清楚了，如实记录下来了，这样便以为自己尽了责任了。他们说：“看，这就是人生。”这些道德学家们从未想过要改造人性，仿佛他们眼中的人性作为“存在”，是一种德性。因而任何缺陷作为存在就有了一种神圣的权利。如此，社会便变得民主了。过去只有君王会不负责任，而如今有了这样的权利，所有人特别是那些无赖，全都有理由不负责任了。这样的导师可真伟大！他们绞尽脑汁，竭尽全力要让弱者们明白他们有多么软弱，并让他们相信软弱是他们的天性，并且应当一直保持软弱。如此情况之下，弱者们除了无所作为，迷惘发呆，还能做什么？如果有人能够不为自己的缺陷而骄傲，已经算很了不起了。然而女人们一旦经常听到别人说她们是病弱的孩子，她们就觉得自己的疾病与幼稚是件值得骄傲的事情。人们培养她们的软弱，并且为她们提供帮助，令她们变得更软弱。如果有人敢公然宣称，年少时由于心灵尚未发展平衡而出现的犯罪、自杀、甚至灵肉堕落，这些行为都是能够谅解的，那么马上就会萌发犯罪。就算是成年人，假如你不停地对他说他不能自己做主，那他便会放弃自我做主，而任由兽性来支配自己。与之相反，你只要反复对女人说，你能够自由支配自己的肉体和灵魂，她就真的可以做到这一点。然而你们这些懦弱的家伙们怎么敢承认，你们正是不想让她们知道这一点，从而能够从中获利！

处在这样可悲的环境里，终于雅葛丽纳完全迷路了。和奥里维疏远之后，她重新走回那个社会，那个年少时的她根本瞧不起的社会。她和已婚的闺蜜的身边，时常聚集着一小撮男男女女，他们都是些有钱人，聪明、漂亮、悠闲、意志薄弱。他们享有绝对的思想自由和言论自由，幽默风趣，但他们的自由并不过分，尚未发展到过火的程度，这反而使自由看上去倒像是生活的调剂品。他们非常喜欢引用拉伯雷的名句："你可以随心所欲地做你喜欢做的任何事。"

事实上他们只是在夸夸其谈而已，因为对生活他们没有多少愿望，不过是丹兰末修院[①]里那些烦闷的人罢了。他们非常喜欢宣扬"本能自由"的教义，但他们身上几乎已经找不到这些本能了，他们只不过是在头脑中放纵一番罢了。他们喜欢将自己浸浴在这种文明的水池之中，慢慢融化，口中呼吸着那些淫荡而淡薄的空气。这个温热的大熔炉能将一切都融化为液体，包括原始的兽性，强烈的生命，人类的精力、热情、意志、责任、信仰，等等。这些思想如同一股黏液，浸润着雅葛丽纳美丽的胴体。奥里维没有力量去阻止她。因为当时的流行疾病也感染了他，他也相信自己无权干涉爱人的自由，除了依靠他对她的爱情，他不愿意做任何事。对于他的反应，雅葛丽纳丝毫不因之而感激，因为在她心里，自由本来就是她该享有的权利。

很不幸，她已经将她的心完全投进了这个社会，这个社会具有两重生活，而她心里却无法容忍模棱两可。一旦信仰了，就要用整颗心去信仰。她的灵魂慷慨而热烈，即使是在自私的行径中，她的全部血管也被那灵魂烧得火辣辣的。况且她在与奥里维一起生活时，一直都是遇事不稍假借，甚至不道德的事也都随时准备彻彻底底地去做。

她那些新朋友们实在太谨慎了，他们绝不会把自己的真相透露给别人。理论上，他们声称绝对不被社会与道德的偏见所支配，然而实际上，任何能给他们带来好处的偏见，他们都不会断绝与它们的关系。道德与社会同时被他们利用，被他们期望祈求，他们像那些虚伪的奴仆一般，盗取主人的财物。或许是他们整天无所事事，又或许只是因为习惯，他们甚至相互偷盗对方的东西。很多丈夫都知道妻子在外面有情人，而这些妻子们也知道丈夫在外面养着情妇。他们各取所需，只要不闹得沸沸扬扬，对于这些丑事他们倒是无所谓。

---

① 五世纪时拉伯雷创此集团，集合一班高贵而优秀的人物，以提倡风雅生活为目的。

这些夫妻们之间默契得如同合伙人，当然，也可以说他们像犯罪同伙。然而雅葛丽纳却非常诚实，总是很严肃地对待一切。首要，要诚实。其次，要诚实。再次，还是要诚实，永远要诚实。当时所崇尚的德性中就有诚实。但在此处我们不难发现，在腐败的人那里，一切都是腐败的，而在健全的人那里，一切都是健全的。真诚有的时候竟然也会如此丑恶！一般人是如此庸俗恶劣，以至于看清他们的内心简直是一种罪恶。因为他们的眼里只有自己的庸劣，并且竟然还对此扬扬自得。

雅葛丽纳总是研究镜中的自己，她看到了一些东西，而那些东西最好一辈子都不要看到。因为那些东西一旦看到了，她就没办法鼓足勇气挪开目光了。她不仅没有扑灭它们，反而任由它们疯长，变得硕大无比，终于霸占了她的眼睛和思想。

孩子也无法令她活得更充实。她无法亲自哺乳，孩子一天一天地萎靡下去。不得已，她便雇了一名乳母。起初她感到悲伤极了，然而没过多久她就长长地舒了口气。孩子长得很健康，很强壮，非常乖，一点儿也不闹腾，总是在睡觉，晚上几乎不会哭闹。乳母是个结实的女人，已经不是第一次哺乳了。她对婴儿有种忌妒的，本能的，过分的感情，她反而更像孩子的亲生母亲了。有时雅葛丽纳也会向她提些意见，而乳母只顾着按照自己的想法去做，并不理会她。假如雅葛丽纳跟她争辩几句，不一会儿就会发现自己其实对哺乳孩子一无所知。生完孩子之后，她的身体一直不是很健康。早期患有静脉炎，严重地打击了她的精神。后来又有几个星期躺床上不能下地，就更让她苦恼不堪了。她的思想简直发狂了，反反复复地思考着一个问题，永远在抱怨着同样的话：“我从来就没有真正的生活，可如今我的生命已经结束了。”她有些神经过敏，自己觉得自己一辈子都是个残废了，又觉得正是因为孩子，她才会生病，因而心里十分痛恨这个孩子。这样的心理事实上比一般人所想象的要多得多，只不过被严严实实地遮盖了而已。当女人有这种心理时，自己都不敢承认，因为觉得这样的想法是自私可耻的。雅葛丽纳不停地自责，她的心中有一场母爱与自私的战役。看到婴儿甜蜜的睡容，她的心都融化了；但过了一会儿她又非常心酸地抱怨道：“他差点要了我的命。”

同时看到孩子那无忧无虑的睡容，她就觉得厌恶，因为她的痛苦才成就了他的幸福。就算后来她病好了，孩子也长大了一些，背地里她还是对他还有敌意。但这种敌意令她感觉很可耻，于是她便将其转而敌视奥里维了。她仍然当自己是个病人，总是为自己的健康担忧不已，而那些医生又为虎作伥，煽动她什么事都不要做，事实上她的病根就在于她整天无所事事。这样她就远离了她的孩子，好几个星期都躺在床上，一动不动，孤独至极，也无聊至极。每天吃饱了就躺在床上，像只被填饱了的鸭子，结果她全部的精神都花在关注自己身上了。现代医学可真是奇怪，他们竟然用一种病去代替另一种病，用自私病去代替神经过敏！你们怎么不用放血的方式去治疗他们的自私病呢？假如他们的血太少了，那么为什么不从他们的脑袋里转移一部分血到他们的心里去呢？

痊愈之后，雅葛丽纳身体更加肥胖了，也更加健壮年轻了，可是她的精神却比往常任何时候都要更加消极。接连几个月来，她都陷入极度的孤独之中，她和奥里维最后一点思想上的关联也已经被切断了。奥里维虽然有些软弱，可对自己的信念仍在坚持着，雅葛丽纳只要还待在他的身边，他的理想主义还能影响她。一个精神强过于她的人，能够控制她，目光总能看清她的内心，令她忍不住要自责，对于这样的人，她一直都在尽力摆脱，竭力反抗，可惜她并没有成功。可一旦这个男人暂时离开了她，她的心上再也没有那种洞悉一切的爱压迫时，她变得完全自由了，而他们之间也立刻就不再存在友善的信心，只有怨恨，恨自己竟然曾全心全意地爱过对方，恨自己一直以来竟然都被感情束缚了，而这感情其实早已名存实亡。在你爱的人和你以为爱你的人之间萌生的怨恨，是任何语言都无法形容的。一夜之间，一切都改变了。前一天她还爱着他，仿佛爱着他，或者她以为自己爱着他。可是突然之间她就不爱他了，在心中抛弃了之前的爱人。意识到这一点时，他感到有些莫名其妙，对于她心中很早就酝酿着的恨意，这恨意日积月累，他从来都没有发觉，并且也不想去追究她为什么要报复他，仇恨他。雅葛丽纳如此仇恨他的原因大概很久以前就已经萌生了，这原因非常多，无法捉摸，有的是隐藏在蚊帐之下的，有的是伤害了她的自尊心的，又或者是对方窥视并批判了她心中隐藏的秘密，甚至她自己也不知道究竟是些什么原因。有一种伤害是无意识的，无心的，可是被伤害的人永远都不可能原谅对方。人们或许永远都不会意识到这种暗中的伤害，甚至连被害者本人都不太了解。然而这伤害已经在她的身体上留下了深深的痕迹，并且肉体永远都不可能遗忘这伤害。

只有一个与奥里维截然不同的男人才可能拯救这段日渐淡漠的可怕的感情。这样的男人必须更加单纯，更能亲近自然，更有柔韧性，本能非常强，毫无优柔寡断的顾忌，必要时甚至能无视理性地反对而采取一些行动。可是奥里维还没有上战场就已经失败了，他没有信心。他的眼光太精明，早就看出了雅葛丽纳身上的遗传性，这遗传来自她的母亲，比意志都更强有力。他眼睁睁地看着她掉进家族的深渊，如同一粒石子般不断坠落。可他实在太笨拙太柔弱，虽然他努力过，可是那只能加速她的坠落。他强装镇定。她却毫无意识地就有了种预谋，她要他暴怒，逼迫他说些粗俗鄙薄的话，这样她就能更加理直气壮地瞧不起他。如果奥里维没有克制住而发火了，她就轻视他。假如事后他感到非常惭愧，她就更加轻视他。假如奥里维忍住了没发火，没中她的算计，那她就会怨恨他。而最糟糕的是，他们可以连续好几天都一言不发，这沉默是如此的恐怖，令人无法呼吸，就算是最温柔和气的人也会受不了，忍不住要发狂了。有些时候你甚至还想恶心、叫喊，或者令别人叫喊。沉寂，暗无天日的沉寂，这沉寂能令爱情消解，而人会如同星球一般在各自的轨道上运行，最后在这无边的黑暗中消失殆尽。他们甚至发展到这样的程度，他们所有的行为虽然都是为了向对方靠近，可结果却总是南辕北辙，使得双方离得越来越远。他们之间的生活简直要让他们受不了了，而一件很偶然的事情更加促进了事态的发展。

最近一年，赛西尔·弗洛梨经常拜访耶南家。奥里维最开始是在克利斯朵夫家里认识她的，之后，雅葛丽纳也邀请她去家里坐坐，赛西尔便经常去看看他们，即便克利斯朵夫和他们分手了，她还是经常去看他们。雅葛丽纳很喜欢她，虽然她自己并不怎么懂音乐，也觉得赛西尔非常平凡，可是她喜欢听赛西尔唱歌，一看到赛西尔，她就精神为之一振，心里非常舒服。能和赛西尔一起弹琴唱歌，奥里维也感到非常高兴。时间长了，赛西尔与他们成了很好的朋友。她总能让人感到心神安宁，她的眼神坦白，肤色健康，笑声虽然有些粗野可的确令人很舒服，她一走进耶南家的客厅，就如同一道阳光照进了浓雾之中。她的到来令奥里维和雅葛丽纳都感到十分舒心宽慰。每当她要告辞时，他们就非常想挽留她说："再坐会儿吧，再坐会儿吧！看我们多冷清啊！"

在雅葛丽纳离家休养的那段时间，奥里维与赛西尔见面更加频繁了。对她，他无法隐瞒心中的悲戚，想也不想地就向她倾诉了，仿佛一个温柔而柔弱的心灵需要发泄心中的苦闷一样。听了他的话，赛西尔十分感动，不停地安慰他，说的话十分慈爱。她为他们俩之间的事情感到非常惋惜，并不停地鼓励奥里维要有信心。可是也许奥里维的心里话令她感觉比较尴尬，又或者是些其他的原因，她找各种借口尽量减少拜访的次数了。这可以理解，因为她觉得自己的行为有些对不起雅葛丽纳，她不觉得自己有权利知道他们之间的秘密。奥里维则认为她刻意地疏远是有其他的理由，一个他认为十分充分的理由，即她厌恶自己向她诉苦。然而赛西尔的刻意疏离却让他惊觉了她在他心中的重要。只有赛西尔才能将他从压迫他的痛苦中拯救出来，因为他已经习惯了与她分担自己的思想。而他对自己的情感一直都看得十分清楚，所以他非常明白自己这次对赛西尔的感情究竟是怎样的。他根本不打算告诉赛西尔，但他忍不住要记录下自己的所思所感。最近，他又把他那危险的习惯捡了回来，将自己的心思全都埋进笔墨之间。前几年，他和雅葛丽纳的爱情还很浓厚，他已经戒掉了这种嗜好。可是一旦他的生活又变回了单身的独处生活，他这遗传的癖好又出现了。这癖好是一个艺术家发泄痛苦的方式，也是自我分析的需要。他详尽地描述自己，描述自己心中的痛苦，这感觉仿佛是当着赛西尔的面倾诉一般，并且他更加自由，因为这些文字永远都不会出现在赛西尔的面前。

但很不幸的是，这些文字竟被雅葛丽纳发现了。那天她有一种与奥里维在精神上非常靠近的感觉，很多年了她都没有感觉和他离得那么近。她整理书柜，翻看以前他写给她的情书，感动得眼泪都流了出来。她把自己埋在书柜的影子里，简直没办法继续整理东西，过去的点点滴滴又在她的脑海中重温了一遍，看到它们差点就被自己毁掉了，她不禁悔恨极了，同时她还想起了奥里维的悲伤。对于他的悲伤，她无法漠然无视，也许她会忘了奥里维，但只要想到她令他痛苦不堪，她就受不了。她简直肝肠寸断了，忍不住想扑倒在他的怀里，对他说："噢！奥里维，亲爱的奥里维，我们是怎么了？我们都疯了，疯了！我们不要再自寻烦恼了吧！"

如果这时奥里维能在这里该多好啊！

可正在此刻，奥里维为夜莺写的那些信进入了她的眼帘，于是一切都结束了。她是否会觉得奥里维真的背叛了她呢？可能会吧。可这并没有多大关系。在她看来，精神上的背叛远胜于行为上的背叛。她能允许她的爱人有个情人，却无法原谅她的爱人竟偷偷地将心全部献给了另一个女人。当然，她这样想也挺好的。

"这有什么大不了的！"也许有人会这么说。因为一般的可怜人只有看到爱人的背叛成为了事实，她才会感到痛苦不堪。然而却不知道假如心灵没有背叛，肉体的背叛是微不足道的。而一旦变心了，那么一切都结束了。

雅葛丽纳没有打算再把奥里维夺回来。因为一切都已经太晚了！她已经不像从前那么深切地爱他了，又或者她其实太爱他了。不过这与忌妒无关，她只是丧失了所有的信心，丧失了她对他所有的希望与信仰。她从未想过正是她自己让他灰心失望的，正是她自己看不起这希望与信仰，也正是她自己逼着他走向这次的爱情，更没想到他这次的爱情竟会是如此的无邪，一个人对于自己的爱竟然是不能自主的。她更不会想到，将这次的事情同自己与克利斯朵夫的调情相比较，因为她不爱克利斯朵夫，因而她并不把它当回事。她太冲动了，认为奥里维对她撒谎，根本没将自己放在心里。当她将双手伸向最后一根救命稻草时，竟然扑了个空。终于一切都结束了。

那一天雅葛丽纳所感到的痛苦，奥里维永远都不会知道。但当他看到她时，他就知道一切都结束了。

在这以后，除非有外人在场，他们再也没有交谈过。他们互相监视着对方，如同两头被追逐的野兽，整日提心吊胆、担惊受怕。耶雷米阿斯·高特海尔夫[①]曾经极尽翔实地描写过一对夫妻，他们不再爱对方，只是互相监视着对方，窥探对方的身体健康、对方生病的征兆，他们并不期盼对方早死，但却一直在期盼着能发生一件意外的灾难，期盼自己的身体比对方健壮。有些时候，雅葛丽纳和奥里维互相认为对方都是这么想着的，事实上两人并没有这么想，可是仅仅是这么怀疑对方就已经令他们痛苦不堪了。有时雅葛丽纳晚上思绪很乱，最后睡不着时，她会想着丈夫比自己健壮，正在一点一点地侵蚀她，过不了多久她就要被他压倒。当人的心灵和幻想被惊吓之后，竟然会这么疯狂！可是在他们心中，那最优秀的部分，还在暗暗地爱着对方！

奥里维被打倒了，再不想奋斗挣扎一回了。他垂手立在一旁，丢掉了那把能控制雅葛丽纳心灵的舵。缺少了掌舵人，她在面对自

① 19世纪瑞士小说家。

己的自由时，不禁有些头昏眼花。对于雅葛丽纳，非常需要一个可供她反抗的主宰，假如没有，那她就自己创造一个主宰。因而她总是固执地执着于一个念头。至今为止，虽然她感到非常痛苦，却还从未偏离奥里维的意思。直到那天之后，她觉得自己摆脱了一切约束。她还很年轻，却自以为自己已经老了，所以她决定趁早再去爱上一个人。曾经，她也是那么富有幻想，充满了强烈的热情，那些只见过一次的面孔，那初遇的对象，甚至一个名人，哪怕一个名字，一旦恋上了以后，就再也无法放下了。而她被那些热情逼迫着相信，她的心不可能再离开它所选择的对象，因为它已经被他完全占有了。曾经的种种全都被扫荡干净了，那些她对其他人的情感，那些道德观念、那些回忆，还有她对自己的骄傲以及对他人的敬重，全都被这新的对象给挤出去了。等这些执着的念头再也没有养分供给，燃烧过后都归于沉寂了，这废墟中就会生长出一个全新的性格，它不再慈悲怜悯，也没有青春幻想，只是像野草侵蚀荒废的古迹一样，慢慢侵蚀着生命。

这一次，顽固执着的念头同样青睐一个善于玩弄感情的人。可怜的雅葛丽纳竟然会迷恋上一个情场老手。他是一名来自巴黎的知名作家，长相难看，年纪也大，体态臃肿，行动笨拙，脸色通红，无精打采，连牙齿都掉了，为人心肠狠毒，唯一的筹码是红极一时，唯一的本事是诱骗大批的女人。她很清楚他为人自私自利，这一点他常在自己的作品中公开炫耀。他这样做是有理由的，因为当自私自利被镶嵌上艺术的光环时，就如同吸引飞蛾的火焰，如同捕鸟的网兜。雅葛丽纳的身边已经有不少女人被那个男人诱骗了，最近她的一个刚结婚的女性朋友也被那个男人诱骗了，随后又被他抛弃了。

那些被诱骗的女人并没有为此寻死觅活，只不过因为心中怀恨而做了一些荒唐可笑的事，惹得大家看笑话。有些女人被重重地伤害了，也只能忍气吞声，因为他们太顾忌自己的社会关系和利益。她们不会把事情闹得沸沸扬扬。即使会欺骗朋友和丈夫，或者被朋友和丈夫欺骗，也不会把事情闹大。她们都是些女英雄，一些为了顾及舆论而情愿牺牲自己的女英雄。

可是雅葛丽纳简直疯了，她不仅敢说敢做，而且敢做敢说。对于自己的疯狂，她完全不去计算，也不顾利害关系。她的这个优点实在有些可怕，总要对自己保持真诚坦白，对行为的后果一点儿也不害怕。与同样社会环境的其他人比，她算是比较有价值的了，因而她做出来的一些事情可能会更糟糕。假如她爱上了一个人，并对他萌生了肉欲的想法，那她就会义无反顾地向火坑跳。

亚诺太太独自守着家，像珀涅罗珀[①]编织着那件著名的物品一般，亚诺太太在织毛线，显得兴奋又镇定。也像珀涅罗珀一样，亚诺太太在等着丈夫回来。亚诺先生一整天都在外忙活，早上和下午他都要授课。一般情况下，他中午都会回家吃饭，不管双腿酸软无力，也不管授课的中学远在巴黎城的另一头。这倒不是因为他对妻子有很深的感情，也不是为了节省一点钱，仅仅是出于一种习惯。也有些时候，他要留在学校给学生温习功课，有时是他借着机会留在那一区的图书馆里工作。吕西·亚诺一个人守着空荡荡的房子。上午八点到十点会有一些女仆来帮她做些粗活，杂货商们每天也会来送

① 珀涅罗珀为《奥德赛》史诗中主角俄底修斯之妻。俄底修斯出征期间，追求珀涅罗珀者甚众，珀涅罗珀以完成织物后再决定为推托，实则日间编织，晚上拆掉，故永远不会完工。

一次货物，除此之外再没有一个人上门拜访。在这一整栋房子里，她没有一个相熟的人。克利斯朵夫搬走了。一位新的房客住进了楼下的花园。赛丽纳·夏勃朗和安特莱·哀斯白闲结婚了。哀里·哀斯白闲一家人也离开了，因为他受别人的委托，去西班牙开矿了。老韦尔的太太去世了，韦尔本人几乎从不会到巴黎的这所公寓里居住。只有克利斯朵夫和他的女性朋友赛西尔还时常同吕西·亚诺来往，保持着他们之间的友谊。可是他们住的地方太远，工作又忙又累，时常好几个星期才能来看一看她。所以她只能一个人凑合着过了。

不过她可从不感到厌倦。哪怕一丁点儿的琐事也能引起她极大的兴趣，比如一些日常的家庭琐事。比如一棵非常小的植物，每天早晨诺亚太太都要把那些稀少的叶子轻轻擦拭一遍，像个慈爱的母亲。还有那只灰色的猫，安安静静的，像个惹人疼爱的家畜，时间久了也开始有了一些主人的脾性。像亚诺太太一样，它整天都在火炉旁边蹲着，要么就趴在桌子上，靠着灯，眼睛望着诺亚太太来来回回做活儿的手指，有时会睁开奇怪的眼睛看看她，然后又无所谓般地闭上了。连家具都像是在那儿陪着诺亚太太。每样家具的面容都是那么亲切。她将它们的灰尘擦拭干净，连凹槽里面都抹得干干净净，随后十分小心地将它们放回去，那时的诺亚太太高兴得简直像个孩子。在心里她和它们聊天，家中唯一的老古董，那张路易十六式的圆脚书桌，她时常对它微笑。每天只要看到它们，她就觉得很快乐。她还会忙着整理衣服，在椅子上一站就是好几个小时，脑袋和手臂全都塞进了那个乡村式的大衣柜里面，瞧瞧这儿，理理那儿，那只猫一直在旁边看着她，似乎觉得非常奇怪。

她忙完了家务之后，一个人吃了午饭，上帝才知道她都吃了些什么，她胃口不好，需要去街市办的事情也办好了，结束了一天的工作后，回到家时已经快四点了。靠着窗子，有时靠着壁炉，她坐了下来，陪伴她的照旧是那些家务活儿，还有那只猫，那时的她不禁有些得意扬扬。有时她会找一切借口待在家里不出门。她最高兴的事就是能待在家里，特别是在冬季下雪的时候。她怕雨、怕风、怕冷、怕泥浆，因为她自己就是一只非常干净、非常乖巧、非常柔和的猫咪。卖菜的商贩们有时忘了她，她情愿什么也不吃，也懒得上街买菜，只嚼一块巧克力糖，要么就在橱柜里找个水果，这么凑合着。她在偷懒，这可从不让诺亚知道。阴天时，或者天气晴朗的时候，天空蔚蓝，阳光照耀着大地，这阴暗幽静的公寓被街上吵闹的喧声笼罩了，如同一颗灵魂被海市蜃楼包裹着，这个时候，她最喜欢坐在那个角落里，旁边搁着一张小凳子，全神贯注地忙活着，一动不动。她的身边总摆放着一本心爱的书籍，往往是些英国小说的翻译本，那些书有着朴素的红色封面。那些书她其实很少看，一天都难看完一个章节，只是放在膝盖上，书页始终都在那一页，要么就是完全合上了。书中的故事她都烂熟于心，自己慢慢想着。那些狄更斯与萨克雷写的长篇小说，她能几个星期一直看下去，而后几年中都会一直回忆幻想，书中的浪漫温情时常将她催眠。现在的人读书速度很快，看得很潦草，书中那些需要慢慢咀嚼反复回味的精妙之处，他们是不可能理解了。那些存在于小说中的人物，他们的生活和自己的生活就是一样的，都是真实的，对此，亚诺太太坚信不疑。小说中有一些人物是她极为喜爱的，比如那位凯塞胡特夫人，温柔又忌妒，连她的爱都是默默无闻的，从始至终都保存着一颗慈母与处女的心，她就像自己的姐姐；那个小东贝就像她最小的儿子一样；而她自己就是陶拉，一个垂死的老顽童。这些儿童一般的心灵睁着纯洁而善良的眼睛，从世界上走过，她向它们伸出双手；她的身边围着的都是些可爱的流浪汉，不会伤害别人的怪物。他们都在追逐一个梦想，那梦想动人而可笑。排在第一位的就是狄更斯，他有一颗博爱的心，他在自己的梦境中哭笑打闹。此时如果她望向窗外，就会发现，人群中总会有一两个可爱的或可怕的人影，它们来自那个幻想中的世界。她还猜想，有一批同样的人影，他们就躲在那些屋子的墙壁后面。正是因为有些害怕这个神秘莫测的世界，她不喜欢出门。她惊奇地发现，在她的周围掩藏了很多悲剧，同时还上演着很多的喜剧。这不一定只是一种幻觉。长期幽居独处，她的直觉变得十分神秘敏感，她能从偶尔触碰到的目光中看出许多秘密，那是关于过去和未来的秘密，而这些秘密当事人自己却一点儿也不知道。她又往真实的场景中融入了小说的回忆，改变了小说的原貌。身处这个巨大的宇宙之中，她觉得有些迷茫，找不到自己，她必须回到家中，心神才能安宁。

不过她完全没有必要去看别人或去观察别人，她只需要观察自身就足够了。这个生命的外表是那么的苍白暗淡，可里面却是如此的光辉灿烂！如此的充盈饱满！谁也不会想到，这里面会藏有多少的回忆、多少的宝藏！可是这些回忆与宝藏是真实的还是虚幻的？既然在她心中是真实的，那它们当然就是真实的。那神奇的梦幻竟能改变这渺小生命的面貌！

亚诺太太在回忆从前，一直追溯到了童年时代。于是从前那些渐渐消失了的希望，此刻又像一朵朵小小的鲜花般静悄悄地开放了。童年时代，她第一次有了爱慕的对象，那是一个令她一见钟情的女孩。

她爱着她，那是一份只有在非常纯洁的年纪时才会有的爱情，她曾想要亲吻她的双脚，当她的女儿，甚至想要和她结婚。后来爱人结婚了，婚姻不太幸福，生有一个孩子，没多久孩子也夭折了，紧接着她也去世了。十二岁的时候，她又爱上了一个和她年纪差不多的女孩，那女孩十分淘气，性格专横，整天嘻嘻哈哈的，专门喜欢将她惹哭，之后又拼命地亲她。两个人甚至为了将来，做了许多不可思议的计划，谁想到那个女孩突然就进了嘉曼丽德教会修行，也不知道是什么原因，据说是很快活。再之后，她又热情地爱上了一个比她大了很多的男人。她没有对任何人提起过这份热情，甚至那个被爱的男人也不知道这份热情。她却正好接着这股热情好好地发泄了一顿，将那些早逝的热诚和感情倾泻个痛快。再后来，又萌发了另一股热情，这一次对方非常爱她。然而她心中非常胆怯，觉得自己毫无把握，她甚至都不敢相信他爱她，也没有勇气向别人表示她的爱。幸福就这样流走了，她甚至来不及抓住它。后来……后来……噢，竟有那么多琐碎的事情，而每件事对她来说都意义深刻：有些是朋友们的亲切问候，有的是奥里维不经意间说的一句可爱的话，有的是克利斯朵夫来看望她，还有他的音乐幻化出来的神奇世界，有的是一个陌生人投递过来的目光。没错，尽管这个女人忠实、纯洁、贤德，可她的心中仍会有一些不贞的念头，这些念头令她惶恐不安，脸红心跳。她尽全力试图抛开这些无邪的思念，然而心中还是会有一股暖流。她非常爱她的丈夫，尽管他并不是她理想的形象。可是他心肠多好啊！有一天他对她说："噢，我亲爱的夫人，你不知道在我心中你占有多么重要的位置。你就是我全部的生命。"听了这些话，她感觉心都融化了。就在那一天，她觉得自己永远地、完全地和他融为一体了。每过一年，他们就会更加紧密地结合在一起。她梦想过工作，梦想过旅行，还梦想过孩子，可最后什么也没有。可是亚诺太太还抱着那些梦想。她在心中想象着一个孩子，因为一直在幻想，而且幻想得如此深刻，以至于她几乎竟真的以为这个孩子是存在的，就在她的眼前。为了这个孩子，她耗费了多少年的心血，每时每刻，她都要用自己认为最心爱的、最美好的成分来让理想中的孩子变得更美。

这些便是她的整片天地。然而里面却包罗万象。在这最宁静最平凡的生命下面，埋藏着多少不为人知的悲剧，甚至最亲近的人也无法了解！而最为悲壮——这些生命怀揣着希望而结果却一无所获，它们呼叫呐喊，要求获得本该属于它们的权利，那些自然早已答应却又拒绝交给它们的东西，它们被热情和痛苦煎熬着，可表面上却平静如水，这是何等的悲壮！

幸运的是亚诺太太的运气不仅仅关心自己的生活。在她的梦境中，只有一小部分是属于她自己的生命。她也在试着感受其他人的生活，她熟悉的或者她曾经熟悉的人的生活，设身处地地为他们着想。她会去想克利斯朵夫，想他的女朋友赛西尔。今天她也在想着他们。亚诺太太和赛西尔两人感情非常好。在两人的关系中，尽管赛西尔更为健壮，可柔弱的亚诺太太却成了赛西尔的依靠，这十分奇怪。那姑娘尽管快乐、健壮、高大，然而内心并不像外表那么坚强。强烈的烦闷正侵袭着她。心灵即使再宁静，也无法阻挡住命运的突然袭击。有种感情在她心中慢慢升起，起初她并不在意，可这种感情慢慢地越来越强烈，逼迫得她不得不承认，原来她爱着奥里维。这个年轻的男人态度诚恳温柔，有着女性般的魅力，他性格柔弱，太容易被人掌控，这些都强烈地吸引着她，因为那些特别需要照顾的人总能引起富于母性的女人的在意。后来奥里维告诉了她，他们夫妻间的烦闷，对奥里维，她的同情心近乎危险。当然，这些并不能完全解释情感上的问题。一个人为什么会爱上另一个人，谁又能说清楚呢？这种爱时常并不关乎两个人的事，那只是时间的捉弄，时间能让一颗心在毫不提防的时候，随意地遇到一份感情，然后被这份感情征服。赛西尔看清楚了自己的心思后，就果断地将那爱情之箭拔掉了，这爱情在她看来是荒唐可笑的，根本就不该发生。然而这终究还是让她伤痛不已，那伤口始终无法愈合。她拿出全部的勇气，装作十分开心快乐的样子，谁都没有猜出她的心事。而她心里埋藏了多大的痛楚，只有亚诺太太一个人知道。亚诺太太清瘦的怀抱成了赛西尔避难的港湾，赛西尔时常倒在她怀里，静悄悄地淌几滴眼泪，抱抱她，之后很快乐地离开了。这个朋友尽管瘦弱，但却有着比她还要强大的毅力和信仰，赛西尔非常喜欢她。赛西尔的心事，亚诺太太只需她的只言片语就能猜到。在亚诺太太看来，人生就是个误会，一个无法消解的误会，如此的可悲。人能做的只有爱、怜悯，还有梦想。

有时梦想在她心中太喧闹，像一群蜜蜂般嗡鸣，令她有些头晕眼花了，她就会走向钢琴，用手轻轻抚弄那些琴键，那些琴声能安抚人心，像光明一样笼罩了人生的幻象。不过对于日常生活的时间，这位贤妻可从不会遗忘。每当亚诺回来的时候，灯总是亮着的，晚饭也已经盛好了，妻子正在等他，脸色有些苍白，但充满了笑容。对于她的那些精神上的神游，他又如何会想得到。

日常的生活如何能与神思幻想的精神生活融洽相处，如何才能并行不悖，这才是最困难的。幸运的是，书本和艺术给亚诺的生活带去了一些幻想，正是有了那些作品中永恒的火焰，他心中那摇摆不定的火苗才得以维持下来。然而最近几年慢慢地许多事情都令他烦心，教师这一职业的苦恼，极为不公的待遇，趋炎附势的现象，与学生和同事之间的烦心事，这些都使得他开始有些愤怒不满了。他甚至开始议论政治，骂犹太人，骂政府，觉得他在教育界不得意，全都是德莱弗斯的错。他整日唠唠叨叨地发牢骚，多多少少也感染了亚诺太太。她年近四十，这个年纪的生命力正开始发生动摇，急需要平衡，她的思想近乎空白。有一段时间，两人都找不到生存的意义，生命之网都不知道该如何安置才好。尽管现实中的支撑极为软弱，可是能有一个支撑总还是好的，这样梦想才能有个依托。然而他们什么支撑都没有，更不可能相互依靠。他不仅帮不了她，反而还需要她的支持。而她觉得自己不仅无法给丈夫依靠，连自己都快要坚持不下去了。只有奇迹才能拯救她，她呼唤着奇迹。

终于，在灵魂的最深处，这奇迹出现了。在亚诺太太的心中，在那份孤独之中，有一种需求，如此的荒唐却又如此的神圣，这种需求拼命地去创造，为了创造而创造，在她的心中织起了一张网，上帝的气息，来自天上的风，将她吹到了属于她的地方。最后，上帝的气息拯救了她，给了她隐形的依靠，她和人生又重新连接起来了。于是，靠着他们最纯洁的血液，夫妻两人开始极具耐心地编织着他们的梦境，那美妙却虚无的梦。

亚诺太太独自在家，黄昏天渐渐暗了下来。

一阵铃声将她惊醒，美梦被打断了。把手上的活儿放在一旁，她去开门了。克利斯朵夫神色慌张地进来了。她握着他的手，亲热地问："发生什么事了，我的朋友？"

“唉，奥里维来找我了。”

“找你了？”

“今天早上他来找我，对我说：救救我吧，克利斯朵夫！我抱住他，他对我哭诉：我只剩下你了。她离开我了。”

亚诺太太大为惊讶，双手合十，叹道：“噢，可怜的孩子！”

“她跑了。”克利斯朵夫接着说，“跟她的情人私奔了。”

“那孩子呢？”

“没带走，丈夫和孩子她都不要了。”

“噢，可怜的女人！”亚诺太太又感叹道。

“从始至终他都爱她，爱的只有她，”克利斯朵夫说，“这一次的打击将他完全击垮了，他已经没办法爬起来了。他不停地对我说：克利斯朵夫，她骗了我，她是我最亲的朋友，可她骗了我。我只能说：她都骗了你，那她就不是你的朋友了，她是你的敌人。不要再想她了，要不你就把她杀了吧！”

“噢！克利斯朵夫，你怎么能这么说？这实在太残忍了！”

“没错，我知道残忍，在你们看来，杀人如此野蛮，简直只能发生在原始时代。可是我偏要听听你们是如何攻击这种兽性的，在你们这漂亮的巴黎社会里，竟会觉得对于一个欺骗了自己的女人，男人竟然不能杀她，甚至还要找出一堆理由来原谅那个女人！哼！这些慈悲心肠的使徒！这群淫乱的狗！竟然会义正词严地批判兽性，真是太可笑了！他们摧残了人生，丢弃了一切人生价值，最后还要战战兢兢地对人生顶礼膜拜。哼哼！这个没心没肺不知廉耻的东西，这个仅剩血肉的臭皮囊，在他们心中，竟然也值得人去尊重！对于这块屠宰场上的肉，他们竟然如此的恭敬，如此的细致入微，谁胆敢去侵犯这块肉，就是滔天大罪。在他们看来，灵魂被杀竟没什么关系，肉体倒成了神圣不可侵犯的了。”

亚诺太太回答说：“杀害灵魂的人当然是最不可饶恕的，可这并不意味着，杀害肉体就不是罪孽，我应当很清楚这一点。”

“这个我明白，我的朋友。你是对的。我也只是冲口而出，并没有真的这么想过。噢，天知道！或许我真的会那么做也说不定。”

“你不会那么做的，你是在诋毁自己。你心肠好着呢。”

“当热情将我俘虏了时，我同样会变得残忍。你没看到我刚才都愤怒成什么样子了吗？当你看到你爱的朋友悲痛地大哭，你怎么可能不痛恨那个伤害他的人？而且这样一个抛夫弃子，和情人跑掉的女人，这该死的女人，我那么说算严厉吗？”

“请不要这么说，克利斯朵夫。有些事情你并不清楚。”

“怎么了，你是在为她说话吗？”

“我只是觉得她很可怜。”

“我只可怜那些被伤害的人，从不可怜伤害别人的人。”

“唉！你认为她没有受伤吗？你觉得她是故意把孩子抛弃，把生活毁掉吗？你该明白，她自己的生活也被毁了。对她，我并不熟悉，克利斯朵夫。我总共只遇见到她两次，并且都只是偶遇，她对我没什么好感，和我没什么说过好听的话。可是我比你更了解她。我肯定，她并不坏。可怜的女人！我甚至能看到她内心经历了什么。”

“我的朋友，你的生活如此严肃，你是如此理性的人！”

“听我说，克利斯朵夫。很多事情你并不了解，虽然你心肠很好，可你毕竟是个男人，同一切男人一样，内心冷酷，尽管你很善良，然而只是徒劳。你从不过问自己之外的事情。对于身边的女人，你们男人从来都不会去想，从不想费心去了解她们，只顾着用自己的方式去爱她们。对自己你们可是太宽容了，总以为了解我们。可怜的女人！你无法体会我们有时会多痛苦，虽然你们爱我们，可是你们爱我们的方式，你们将我们当成怎样的人，看到这些时，我们会有多痛苦！有时，克利斯朵夫，我们恨不能将指甲深深地掐进肉里，只为了不让自己发疯，噢！请不要爱我们吧，请不要爱我们吧！你们做什么都可以，但是请不要这样爱我们！你听过吗，曾有个诗人是这么说的。即便是在自己家中，身处子女之中，女人尽管表面上享受着富有与尊重，可心里仍感到一种轻蔑，与最痛苦的灾难相比，这轻蔑还要千万倍地难以忍受。克利斯朵夫，好好想想这些吧。”

“你说的都把我搞糊涂了。我有些不理解。可我看到的，看到你……”

“我也同样经历过那些痛苦。”

“是吗？可是不管怎么说，我都不会相信，你会像那个女人一样，做出那种事。”

“克利斯朵夫，我没有孩子，假如我是她，我也不知道我会怎么做。”

“不，绝对不可能，我那么信任你、尊敬你，我敢打赌，你绝对不会那么做。”

“噢，千万不要打赌！我几乎就做了和她一样的事。对不起，我可能要破坏我在你心中的好印象了。可是假如你不想不公平地对待他人的话，你就该学会了解我们。没错，我没有做出那样的事，可那也是一招险胜的事，并且很大程度上，是你拯救了我。两年前，有段时间我觉得痛苦极了，觉得谁都不需要我了，没有人重视我，没有人需要我，连丈夫对我也是可有可无的，我真是没有一点存在的价值了。有一天我正想离家出走，也不知道该做什么！我去楼上找你了，你还有印象吗？当时你并不明白我的意思，事实上我是去同你告别的。后来，我也记不清都发生了些什么，不记得你跟我说了些什么，只是我知道你无心说的几句话，就像一道光明照耀了我。对于那时的我来说，哪怕一丁点儿的小事都能决定我的命运，使我得救或者陷落。离开你的屋子，我回家了，关上门，哭了整整一天，之后就没事了，那些痛苦也消失了。”

“现在，”克利斯朵夫问，“对于那件事，你后悔过吗？”

“现在？噢！那么疯狂的事，假如我真的做了，我就跳进塞纳河里了。那种耻辱我如何能忍受，我更受不了令我的丈夫痛苦。”

“那现在呢？你快乐吗？”

“我很快乐，身处这个世界，一个人可以有多大的快乐，我就有多大的快乐。单纯的对爱情的信仰通常是虚幻的，只有多年共处的生活，多年灰色且平凡的生活，以及多少同渡难关的记忆，只有这些才能让两个人相互了解、相互尊重，互相信任对方是可靠的。人一年一年地老去，这种情况会越来越好，可这些却很不容易。”

突然，亚诺太太不说话了，脸有些红了：“上帝啊！这些事我怎么说出来了呢？我怎么就说出来了呢？噢，克利斯朵夫，求求你，这些话可千万不要对别人讲。”

“你放心。”克利斯朵夫握着亚诺太太的手对她说，“这件事对于我来说是很神圣的。”

对别人说了那些秘密，亚诺太太有些难为情了，转过身朝向一边，随后又说：

“本来，我是不该对你说这些的。可是我希望你能知道，就算在关系最融洽的夫妻之间，即使是在你最尊敬的女人心里，有时也会有些疯狂的念头，这些并不是你所想的那样，只是一时犯傻，那是的的确确真实存在的，它能令你无法忍受那种痛苦，能让你走上疯狂的道路，甚至能毁了你整个生命，更可能毁了两个人的生命。因此我们不应该太严厉。即使是在彼此最相爱的时候，双方还是会令对方痛苦不堪。”

“那是不是应该自顾自，过着孤独的生活？”

“那样对我们只会更糟糕。一个女人要独自一人生活，要跟男人一样地去奋斗，并且还要时常提防着男人，我们这个社会并没有这样的观念，并且大家对这样的观念还比较反感，所以这样的生活太可怕了。”

她没再说话，身体微微向前，眼睛一动不动地盯着炉子里的火焰。没多久，她又断断续续地继续说着话，声音温和，有些朦胧：

“可是这不是我们的错。女人过着孤独的生活，并不是因为她任性，而是迫不得已。因为她必须自己养活自己，不能依靠男人，如果她没钱，男人就不会要她。她没办法不孤独，可却捞不到孤独的一点点好处。因为在巴黎，如果她像个男人一样行动独立，人们是会批判她的。对于她，所有的事都是不允许的。我有一个年轻的女性朋友，她在外省一个中学教书。即使把她关在一间连空气都没有的牢房中，也没有她现在那种自由的环境那么孤独、令人窒息。这些努力工作自给自足的女人，中产阶级是不会接受的。他们看她们时，目光总是透着猜疑和轻蔑，不怀好意地监视着她们的一切行动。男校里的同事们疏远她们，也许是为了避免别人的闲话，也许是因为暗中怀着敌意，也许只是因为他们太粗俗，习惯泡咖啡厅、说粗话，也许只是因为工作一天后太疲乏，又也许只是因为这些男人们非常厌恶知识女性。即使是女人之间关系也不融洽，特别是当大家都在学校宿舍生活的时候。通常，女校长对于年轻人是最不能了解的，她不知道，她们一开始就有些心灰意冷了，因为这职业太枯燥，这非人的生活太孤独。她不帮助她们，看着她们在暗中忍受着煎熬，却只觉得她们很骄傲。谁都不关心她们。她们没什么社会关系、没多少财产，甚至无法结婚。工作的时间太多了，她们根本没有空闲去创造一种有灵性的生活，让自己有所依靠，有所安慰。这样的生活简直就是死去的生活，只能靠一种宗教的或者道德的超凡的情操来支撑。我说的是超凡的，其实应该说是病态的、变态的，因为将一个人完全都牺牲掉，这件事是违反自然规律的。不能依靠精神方面的事情找条出路，那么能不能尝试一下慈善事业呢？可是在这方面，一颗真诚的灵魂只能得到一些悲苦的经验。那些慈善机构有的是官方的，有的是名人办的，然而实际上只不过是慈善家们的聊天沙龙。那些轻佻的举止，那些官僚习气，混在了慈善的行为里，简直让人想呕吐。他们一边调情聊天，一边玩弄着别人的苦难。这时要是有个女人无法忍受这样的情况，竟然有勇气一个人径自闯进那个苦难的地方，那个她只是听人说过的地方，她会看到更让她无法忍受的景象，因为那里就像一个活地狱。你说，她想要帮助人，可是该从何做起呢？她也陷入了这个苦难的大海之中。可是她仍然坚持努力，仍然为了救助那些苦难的人而奋斗不已，她同他们一起掉进水中。假如她能够拯救一两个受难之人，那简直是天大的喜事了！可是又有谁来救她呢？她自己又会有谁想着来救呢？为了别人的苦难，也为了自己的苦难，她在那里独自煎熬。她把自己的信仰献给了别人，渐渐地自己也快耗尽信仰了，所有受着苦难的人都在依傍着她，都抓着她，她快要支撑不住了。然而竟没有一个人想要帮助她，甚至还会对她落井下石。克利斯朵夫，你不是有个了不起的女人吗？她为了那最卑微而又最可敬的慈善事业献出了自己。那些妓女被公共救济会拒绝了，或者她们害怕公共救济会，她收留了她们，让她们可以在家里分娩，拼命帮她们恢复身心健康，甚至收养了她们的孩子，唤醒了她们心中沉睡的母爱，帮她们重新建立家庭，为他们寻找合适的工作，让她们能够过上正常的生活。可是她倾尽所有的力量，也无法挽救这种凄惨的、令人失意的事业，她能够拯救的人实在太少了，况且没有很多人愿意被她拯救，还有那些夭折的婴孩，那些还没出生就被判处死刑的无辜的生命！这样一个视他人的苦难为自己的苦难的人，这样一个发誓要拯救人类自私罪孽的人，这样的一个纯洁无邪的人，你看看别人是如何评价她的？民众不怀好意地污蔑她，指控她在慈善事业中牟利，甚至还有人说她剥削压迫那些被她保护的人。迫不得已，心灰意冷，她离开了本区，搬走了。你根本想象不出来，在这样一个陈旧的、没心没肺的社会里，一个独立的女人在做着怎样残酷的斗争。这样一个死气沉沉、濒临死亡的社会，竟还要分出一点力量来阻碍他人生活！”

“噢，可怜的朋友，并不只是女人在遭受这样的命运，我们男人也在做这样的斗争。只是我有自己的避难所而已。”

“避难所？”

“对，我的艺术就是我的避难所。”

“这是你们的避难所，我们却不能。况且，即便同样是男人，有几个人能真正在艺术中寻求避难？”

“我们的朋友，赛西尔呀。她那么幸福。”

“对她你都知道些什么啊！你对人的判断太简单了！仅仅因为她非常勇敢，因为她不会总是沉溺于悲伤之中，因为她不对别人说出自己的软弱，你就说她很幸福！是的，她健壮，努力奋斗，所以她能幸福。但你不知道她做了怎样的斗争。你觉得这种艺术的生活，这种自欺欺人的生活，天生就适合她吗？哼，艺术！很多可怜的女人，单纯地以为写作、演戏、唱歌能让她成名，天真地以为那就是最幸福的！那样是不是就可以剥夺掉她其他的一切，令她们变得不知如何安放自己的感情？哼，艺术！假如我们什么都没有，只有艺术，这对我们有用吗？在这个世界上，只有一样东西可以让你忘掉其他的一切，那就是一个可爱的孩子。”

“就算有了孩子，你还会不满足。”

“没错，光有孩子可能也不够。女人总是不能得到完全的幸福。同做男人相比，做女人简直太难了。你们不经常想这些。为了思想，为了活动，你们能忘掉一切。你们将自己变成了残废，并且为此而高兴。然而当一个健全的女人面对这种情况时，她会非常痛苦。牺牲掉一部分的自己是不人性的。我们啊，在一种情况下幸福，又会想到没有在另一种情况下幸福，对此悔恨不已。我们身上存在好几个灵魂。而你们只有一个灵魂，这个灵魂更强壮，通常都是粗暴，甚至残酷的。对你们我非常钦佩。可是你们不可以太自私了！你们无法想象自己能有多自私。在无意之中，你们给人带来了极大的痛苦。”

“可是又能怎么办呢？那并不是我们的错。”

“是的，克利斯朵夫，那的确不是你们的错，也不是我们的错。归根到底，人生就不是十分简单的事，不是么？人们总说，活得自然点就可以了。可是到底怎样的才是自然的呢？”

“没错，在我们的生活中，一切都不是自然的。单身是不自然的。结婚也是不自然的。自由恋爱只能是强者欺压弱者。整个社会都是不自然的，是人们制造出来的。都说人类是合群的动物。胡说八道！合群只是为了活下去而迫不得已。人的合群只是为了自己的利益，为了保护自己，为了追求享受，甚至为了追求伟大。这些追求迫使人们签订一些契约。但人为的约束总会受到自然的反抗。我们并不适合自然。我们想尽一切办法去制服它。那是一场战役，而我们却时常被打败，不过这并不奇怪。如何才能逃离这个牢笼呢？只有坚强。”

“只有慈悲。”

“噢，上帝！我们要摆脱自私，要慈悲，要呼吸生命，要爱光明，爱生命，爱自己的任务，尽管那任务十分卑微，爱那一小块自己扎根的土地！如果不能横向发展，那就只好纵向延伸，向更深的、更高的方面去努力，如同一棵处于一角的树，奋力向着太阳生长！”

“没错。我们首先应该相亲相爱。希望男人能把自己当成女人的兄弟，而不是女人的俘虏或主宰！希望男人和女人都能摆脱自傲，多关心别人，少关注自己！我们都是弱小的人，我们得彼此帮忙。当有人倒在地上了，千万不要对他说：你是谁，我不认识你。我们应当对他说：勇敢点，朋友。我们会战胜困难的。”

两人不再说话了，坐在壁炉前，那只猫咪趴在两人之间，他们都呆呆的，一动不动，只是看着火苗发呆。火焰将灭未灭，若隐若现地映照着亚诺太太秀丽的脸庞。平时她的内心不会这么激动，此刻她的脸微微泛红。她非常惊奇，自己怎么会说出这么多心里话。她还从未说过这么多话，将来或许也不会说这么多了。

她把手放在克利斯朵夫的手上，问他：“那个孩子，你们打算怎么办呢？”

这个念头打从一开始就盘桓在她脑海中。那天她仿佛完全变成了另外一个人了，不停地说话，滔滔不绝，仿佛喝醉了酒，不过只有这个问题一直横在她心里。克利斯朵夫才说了几句话，她就一直想着雅葛丽纳遗留下来的孩子，想着抚养他该是多么快乐，她要在这颗小小的灵魂四周编织她的梦幻和她的爱，但随后她又开始自责：“不，不能这么做，我不该把自己的幸福建立在别人的痛苦之上。”

可是这个念头无论她如何努力，她都摆脱不掉。她嘴里说着话，而心里则在默默地揣着希望。

克利斯朵夫回答说：“没错，这个问题我们也想到了。孩子可真可怜！奥里维和我都没办法抚养他。我们该找个女人来照顾那个孩子。我想，也许可以找个女性朋友给我们帮忙。”

亚诺太太紧张地屏住呼吸，等着下文。

克利斯朵夫接着说：“我本想和你商量这件事的。可就在刚刚，正巧赛西尔去找我们。她知道了这件事，看到孩子后，她简直感动得不行了，非常高兴，她对我说，克利斯朵夫……”

亚诺太太全身的血液都凝固了。她听不到克利斯朵夫后面的话，只感觉眼前一片模糊。她多想对他喊：“不，不，把孩子给我吧！”

克利斯朵夫仍然在说话，可是她已经听不到他在说什么了，只能勉强提起点精神，想着赛西尔以前向她倾诉的心事，她只能告诉自己说：“赛西尔比我更加需要那个孩子。我还有我家里这些东西，还有亚诺我亲爱的丈夫，并且和她相比，我已经老了。”

随后，她笑了对他说：“那样很不错。”

壁炉的火终于熄灭了，映照着她的脸的红光也已经渐渐消失了。那张脸可爱而疲倦，此刻只剩下平时惯有的慈悲和隐忍的神情。

“我最亲的朋友骗了我。”

奥里维被这种念头打倒了。克利斯朵夫出于好意，竭力刺激他，只是徒劳。

“那能怎么办呢？”他说，“被朋友欺骗是很正常的磨难，就像一个人会生病、会穷困一样，也如同在和愚蠢的人做斗争。你应该武装自己。如果没办法支撑下去，那肯定是个可怜的男人。”

“啊！我就是一个可怜的男人。在感情方面我没办法骄傲。一个可怜的男人，没错，我非常需要温情，假如没有温情，我就会死掉。”

“你的生命还在继续，你还可以爱其他人。”

“我已经不相信任何人了，我再也没有朋友了。”

“奥里维！”

“对不起，克利斯朵夫。我没有怀疑你，尽管很多时候我会怀疑一切，甚至怀疑自己。可你不同，你够强大，你可以不需要任何人，包括我。”

“和我相比，她更加不需要你。”

“你怎么忍心这么说，克利斯朵夫！”

“我的好朋友，我对你是有些粗暴，可我这样做是为了激励你，让你能够反抗。为了一个嘲笑你的人，你把你的生命和所有爱你的人都抛在一边，这样做值得吗？不觉得很可耻吗？”

“爱我的人又怎么样，和我有什么关系，我只爱她！”

“去做你的工作吧！以前那可是你最热爱的。”

“可是现在不是了。我感到乏味极了，仿佛已经没有了人生。所有的事物都是那么远，那么远。虽然我看见了，可是却搞不清楚了。一想到人们不知疲倦地每天重复着一成不变的钟摆式的动作，做那些无聊透顶的作业，还有报纸上的争辩，还有那些无聊至极的享乐；一想到人们充满热情地攻击一个内阁、一部书，甚至一个女演员，啊！我就觉得自己苍老了！我不怨恨任何人了，只是所有的事物在我看来都很乏味，世界都是空的。写作吗？为了什么去写作？有谁能理解你呢？从来只有一个人是我写作的动力，我的整个人生都是为了那一个人，可如今一切都结束了。我累极了，克利斯朵夫，我累极了，我现在只想睡一会儿。”

“好吧，我的朋友，睡吧。我会守着你的。”

可是睡觉却是奥里维目前最没办法做到的。啊！如果一个被伤害的人可以安静地睡上几个月，直到他的生命更新了，旧的伤痕已经完全不见了，他也如同换了一个人一般，那该多好啊！可是没有人能给他这份恩赐，而他也不会接受这份恩赐。对于他来说，最无法忍受的痛苦，就是自己不能细细体味这份痛苦。奥里维仿佛一个受了风寒的病人，竟把风寒当成了养料。那是一场真真切切的风寒，每天都在固定的时间里发病，特别是黄昏时分，日暮西山的时候。剩下的时候，他就忍受着爱情的折磨，忍受着往事的侵蚀，脑子里只有一个念头，嘴里含着一口食物，像个傻子一样反复咀嚼，就是不咽下去。那唯一的固定的念头集中了他所有的精神力量。

他与克利斯朵夫不同，他不会诅咒他的痛苦，也不会去痛恨带给他痛苦的原因。因为他能更公平更明白地看待这整件事，他很清楚整件事情他自己也有责任，他知道不只他一个人在痛苦，雅葛丽纳同样是无辜的，她为了他而做出了牺牲。她将自己整个身心都托付给了他，可是他又是怎样对她的呢？如果他没办法给她幸福，那为什么他要把她和自己拴在一起呢？他束缚了她，他伤害了她，她有权利斩断这一切。他想："这不怪她，只能怪我。我爱她的方式不对。虽然我是那么的爱她，可我却不知道该如何去爱她，竟然没办法让她爱我。"

这样，他把所有的错都归结在了自己的身上。或许他是对的。可是一味地抱怨过去也没多大意义，甚至都不能阻止他下次再犯同样的错误，反而让目前的他没办法活下去了。足够强大的人在发觉事情无法补救的时候，能够将别人带给他的伤害遗忘，也能将自己带给别人的伤害遗忘。但是人是靠热情，而不是靠理智变得强大的。热情与爱情就像两个远房亲戚，碰在一起的机会极为难得。奥里维只有爱情，他的力量只能伤害自己。这段时间，他神情沮丧心灰意冷，而一切疾病也都乘虚而入。支气管炎，流行性感冒，肺炎，全都向他发动进攻。他几乎病了一个夏天。在亚诺太太的帮助下，克利斯朵夫竭力照顾他，终于令他战胜了疾病。然而对于心病，他们却束手无策。无边无际的悲伤渐渐地令他们感觉太折磨人，他们想逃避了。

灾祸总是让人变得特别孤独。对于灾害，人类本能地就感到厌恶，仿佛害怕灾害会传染。不过至少灾害的确是令人讨厌的，人们纷纷逃避它。当你痛苦时，几乎没什么人能够看你痛苦还会原谅你！约伯的朋友那个老故事是经典的。"提幔人以利法责怪约伯的不耐烦。书亚人比勒达把约伯的灾难看成是上帝对他的罪恶的惩罚。拿玛人琐法指责约伯狂妄自大。”最后，布西人兰姆族巴拉迦的儿子以利户大为震怒，因为约伯只相信自己的思想，而不相信神灵的旨意①。在这个世界上，真正可以感到悲哀的人并不多。大批人去应征，而被悲哀选中的却仅仅那么几个人。奥里维就是被悲哀选中了的人。曾有一个逃避世界的人说过：“他仿佛很享受别人对他的虐待。然而这种被虐的角色并没有什么好处，只会被别人看不起。”

奥里维的痛苦无法对任何人说出，即使是最亲密的朋友也不能说。因为他发现那样只会令他们丧气。即便是心爱的克利斯朵夫，对于他这种不肯放手的烦恼也有些不耐烦了。他知道自己很笨拙，没有办法进行补救。事实上，克利斯朵夫豪爽慷慨，又经历了那么多苦难，对于奥里维的苦痛，他没办法体味。这是一种人性中天生的缺陷。无论你多善良、怜悯、聪明，甚至经过无数磨难，可你始终没办法体会朋友牙疼的痛苦。如果这个病拖了很长的时间，你很可能会觉得这个病人对你的诉苦实在有些夸张。而当朋友患的是一种隐形的疾病，特别是那种深藏在心灵深处的疾病，岂不是更令人觉得夸大其词？当一个人为了一种与他毫无关系的感情痛苦不堪时，旁人不能理解自然会感到有些恼怒了。而这个旁人为了良心能安，便只好对自己说：“我能怎么办呢？我给他说尽了理由都没什么作用。”

没错，说尽了理由也没什么作用。对于一个在痛苦中历经煎熬的人来说，如果你为了他着想，你就只能去爱他，毫无理由地爱他，

---

① 据《旧约 · 约伯记》，耶和华欲试验正人约伯之心，降祸于彼，使其身长毒疮，体无完肤。约伯三友提幔人以利法、书亚人比勒达、拿玛人琐法各从本处赶来安慰约伯。因约伯自怨平生，诉苦不已，三友乃晓以大义。

可怜他，而不是去劝他，治疗他，唯有爱才能治疗那爱的创伤。可是一个人的爱并不是取之不尽用之不完的，即使是最爱的人，他们的爱也是有限的。朋友们对他说完了，也写完了所有的他们能找到的安慰的话，他们便觉得已经尽到了做朋友的责任了，于是小心翼翼地离开了，只把病人像罪犯一样舍弃在一旁。然而他们心中始终在自责，觉得自己对他的帮助实在太少了，于是他们会继续帮助他，只是变得越来越少了。他们想方设法地让病人忘记他们，也竭力让自己忘记自己。如果这个病人有些不识时务，固执地守着他的苦难，当他们躲在那个隐蔽的地方，对此听到了一点儿风声，他们就会十分严厉地批评那个病人，指责他不够勇敢，经不起折磨。而当这个病人一旦被苦难打倒在地，他们虽然也会真心地可怜他，可是背地里一定会说："噢，可怜的人！当初我怎么没想到他是这么没用。"

当人身处这种普遍的自私之中时，一份细致入微的关心，一句温柔简单的问候，一道爱你怜惜你的目光，将会给你带来多大的安慰！那个时候，人才能体会到慈悲多么可贵，相比之下，其他的任何东西都显得没什么价值了！正是这样一种慈悲，使得奥里维相比于克利斯朵夫而言，更加愿意亲近亚诺太太。不过克利斯朵夫还是很有耐心的，因为爱他，而向奥里维隐瞒了自己心中的感想。但经过了苦难的磨炼之后，奥里维的目光变得更加尖锐了，很轻易地就看到他的朋友在心中做着激烈的思想斗争，也看到了克利斯朵夫的心正被自己的悲伤沉沉地压着。仅仅这样就足够令他不愿意亲近克利斯朵夫，甚至恨不能对他说："算了吧，朋友，你走吧！"

这样，再相爱的两颗心还是会被苦难分开。就像一家簸谷机，能把糠和谷子分成两堆，它把愿意死的放在一边，愿意活的放在另一边。这是一种求生的规律，十分可怕，它的力量比爱情还要强！朋友看到朋友溺水，母亲看到儿子将要死去，要是他们没办法救出对方，自己就会逃跑，绝不会跟他们一起去死。可是他们分明是那么爱自己的儿子，爱自己的朋友，这份爱比他们对自己的爱远胜于千万倍。

尽管克利斯朵夫深深地爱着奥里维，可是也迫不得已，选择逃避。他足够强大，身体健壮，在奥里维的苦难中，他仿佛缺少空气一般感到不能呼吸。他有些自责，恨自己竟然没办法帮帮自己的朋友。同时他又很想报复一下什么人，因此对雅葛丽纳恨到了骨子里。尽管亚诺太太对他说了那些深刻的话，可他仍然会严厉地批判雅葛丽纳。对于一个性格暴烈的年轻人来说，这个现象很正常，因为他还有没充分体验人生，还不能怜悯别人的弱点。

克利斯朵夫去看望赛西尔，还有那个由她照顾的孩子。这份借来的母性完全改变了赛西尔，她变得那么细腻、温柔、年轻、快乐。虽然雅葛丽纳离家出走了，可她并没有因此而对那份自己都不敢承认的幸福抱有什么希望。她很清楚自己和奥里维的关系，与雅葛丽纳在家的那段时间相比，此刻的奥里维完全陷入了对雅葛丽纳的思念之中，他反而更加疏远自己了。并且她的心中早已经没有了从前的那股慌乱，雅葛丽纳离家出走后，她的烦恼就已经被弄清楚了，精神上也恢复了从前的平静，甚至有些不明白以前怎么会那么慌乱。在抚爱孩子的感情中，对爱情的渴求也得到了满足。女人有着一种很奇妙的直觉和幻想，她在这个小生命的身上竟然看见了她的爱人，现在的他是那么弱小，他需要自己，他完全属于自己。她可以爱他，热烈地爱他，她对他的爱是那么纯洁，就像孩子清明的眼睛和无邪的心。然而她温柔的感情之中也会有些许惆怅和遗憾。啊！这毕竟不是源自自己的血肉的孩子啊。但不管怎么说，她的心中还是甜蜜的。

如今克利斯朵夫看赛西尔时，眼光都不同了。他不由得想起法朗梭阿士·乌东曾开玩笑说过一句话："你和夜莺天生就是一对，为什么会不爱对方呢？"

但与克利斯朵夫相比，法朗梭阿士看得更加透彻，更加清楚明白。像克利斯朵夫这样的人，情愿爱一个令他痛苦不堪的人，而不会爱一个对他好的人。相互吸引的人往往是来自两个极端。不断地寻找自我毁灭的东西就是人的本性，它追求的是热烈的生活，尽可能地自我消耗，那种谨慎小心勤俭节约的生活并不是它想要的。克利斯朵夫就是这样的人，这办法对他很有效，因为他追求的就是轰轰烈烈的生活，而不是尽可能地活得长久。

然而克利斯朵夫并没有法朗梭阿士看得那么透彻，在他看来，爱情就是一股违反人性的力量。爱情总是将一些水火不容的人揉在一起，而那些性格相似的人却被爱情排斥在外。相比于爱情所造成的毁灭，它带来的好处简直是微乎其微。爱情圆满，它就会消磨你的意志；爱情不圆满，它又会伤害你的心。它给人带来了什么好处呢？

当他如此诽谤爱情时，爱神却在温柔地取笑他，有些讥讽地对他说："你真是个忘恩负义的家伙！"

克利斯朵夫再次去了奥国大使馆，在那里参加一个晚会。夜莺在使馆晚会中演唱舒伯特、克利斯朵夫和胡戈·沃尔夫的歌。她很愉快，不仅因为自己成功了，也因为朋友也成功了，现在克利斯朵夫被优秀阶级赏识了。即使面临着广大的人民群众，克利斯朵夫的名字也十分具有号召力。一群像雷维·葛那样的人再也没办法假装不知道克利斯朵夫了。大大小小的音乐会都会演奏他的作品，连歌剧院都在上演他的一部戏剧。好像有个人一直在暗中悄悄地帮助着他。这位朋友如此神秘，曾多次给他提供过帮助，如今继续帮他完成他的志愿。有很多次，克利斯朵夫都能感觉到有人在背地里帮助他，他竭力躲避。他也想过方法去找这位神秘人，可是这位朋友好像生气了，因为克利斯朵夫没有早点想办法去找他，所以他总是躲着不让克利斯朵夫找到。更何况，克利斯朵夫一直在忙着其他的事情，他心里装着奥里维，装着法朗梭阿士。有天早上他看报纸时，读到了一则消息，得知她在旧金山生了重病。他想象着她在国外，一个人待在酒店里，不想见任何人，也不想给任何人写信，一个人咬紧牙关坚持着，一个人孤独地等死。

这些念头不停地纠缠着他，他不得不离开人群，来到一间偏僻的小客厅，躲在里面。背倚着墙壁，站在角落里，树木花草遮住了他。夜莺在唱舒伯特的《菩提树》，她的嗓音凄凉、美妙而热烈。听着这纯洁的音乐，他不禁回想起了往事，心中不由地有些伤感。对面的墙壁上挂着一面大镜子，里面反射着大厅里的人物和灯光。克利斯朵夫没有看镜子，只看着自己的心，一片泪水凝成了浓雾，蒙住了他的眼睛。突然，他毫无理由地颤抖起来，就像舒伯特的《菩提树》一样，他的脸苍白得没有一丝血色，站在那里好几秒钟一动不动。一会儿，眼泪消失了，镜子里面，他竟然看见了一个人在看着她，那是他的“女朋友”。女朋友？那她是谁？可他只知道她是他的朋友，是他认识的人，除此之外一无所知。他注视着她的眼睛，倚着墙壁继续颤抖。她朝他微笑。他没有看到她眼睛的颜色，也没看到她的脸蛋、身材的高矮、身体的线条、穿什么衣服。他只看到了一点，即在她那微笑中有一种同情的慈悲。

这样的笑容不禁令克利斯朵夫回想起了一件往事，那还是童年时代的事情了。大约六七岁的时候，在学校里他很可怜，高年级的同学欺负他，将他打了一顿，所有人都讥笑他，连老师也对他不公平地处罚。其他人都在开心地玩耍，只有他躲在一旁，垂头丧气，悄悄地掉眼泪。有一个女孩儿向她走来，神情有些幽怨，不怎么和别的同学一起玩。事实上，从那时起，他从没有想起过她，可是此刻他却很清楚地看到了她的样子，身材有些矮小，脑袋却很大，头发和眉毛是淡黄色的，近乎雪白，眼睛蓝而无光，腮帮子宽大暗淡，嘴唇和脸蛋虚肿着，一双小手红彤彤的。她来到他身边，停了下来，嘴里含着大拇指，看着他哭。然后用红红的小手抚着克利斯朵夫的头，有些胆怯地、匆忙地、好心地笑着，对他说："好啦，不要哭啦！"

克利斯朵夫于是终于忍不住了，大声哭了起来，用鼻子蹭着小姑娘的围裙。她却又安慰他一句，声音有些颤抖，有些温婉："好啦，不要哭啦！"

几个星期以后，小女孩死了。发生那件事时，死神大概已经抓住她了。为什么这个时候他会突然想起她了呢？这个出身卑微的小女孩，这个死在遥远德国小城里的小女孩，这个被人遗忘的小女孩，同此刻这个凝视着他的贵族少妇之间，有什么联系吗？但世界上所有人都只拥有同一颗灵魂，尽管千千万万的生命各不相同，如同太空中旋转的星球，时间将那些心灵分割开来，可照耀它们的却是同样的光明，那光明来自爱。当年安慰他的那个女孩儿，她那苍白的嘴唇上闪现过一丝微弱的光，此刻，克利斯朵夫又看到了那片微光。

这一切却只是发生在一刹那。潮水般的人群挡住了客厅的门，克利斯朵夫再也看不到另一个客厅里的情况了。他重新回到阴影里缩起来，在镜子照不到的角落里躲着，生怕别人发觉他的惊慌失措。等定下神来时，他想要再看一看她，生怕她已经离开了。可他刚走进客厅，在人群中一眼就望见了她，尽管已经不再是镜子里的那样。这回他看的是她的侧面，她正坐在一群美丽的少妇之中，手肘拄着安乐椅，支撑着脑袋，身体微微向前探着，听人谈话，脸上的笑容有些机灵，又有些心不在焉。她的样子极像拉斐尔的名画《圣体争辩》中的圣·约翰，微睁着双眼，微笑着想着自己的事情。

随后她往上望了一眼，看到克利斯朵夫时，一点儿也不惊讶。这时，他才发现原来她是在冲着他微笑。他朝她回了礼，向她走去，心里感动不已。

“您不记得我了吗？”她问道。

正在这个时候，他想起来了，喊了一声：“葛拉齐亚。”[①]

这时，大使夫人从旁经过，说他们仰慕彼此这么久，这次竟能遇到，简直太幸运了。接着她以“裴莱尼伯爵夫人”身份介绍克利斯朵夫。可是克利斯朵夫内心激动到了极点，根本听不到她说什么。裴莱尼这样陌生的姓氏，他压根儿就没注意到。她始终都是他心目中的小葛拉齐亚。

二十二岁的葛拉齐亚在一年前，与奥国大使馆的一个年轻的外交官结婚了。他出身贵族，与奥国的首相颇有些亲戚关系，高雅大方，优雅时尚，喜欢玩乐，只是已经有点未老先衰的迹象了。当初，葛拉齐亚是真心爱上了他，如今虽然已经看透了他，可心里还是很爱他。

① 参阅卷五《节场》。——原注

她的父亲去世了。丈夫被任命为驻巴黎大使馆的随员。借着裴莱尼伯爵广泛的社会关系，也因为她本身聪明又有魅力，从前的少女因为一点点小事就会胆怯惊慌，而如今身处巴黎社会之中，她既不卖弄，也不觉得窘迫，竟然成了最受关注的贵族太太之一。她美丽年轻，惹人喜爱，并且她很清楚自己非常惹人喜爱，这些形成了一股力量。同时，她的心天生就很平静，非常清明且健全，而在她，命运与欲望又十分和谐，这让她非常快乐。她正处于人生中最美丽的年华。但她具有一种拉丁精神，那是由意大利的和平与光明培育而成的，因而她还保持着一种音乐气息，那种恬静美好的气息。这样，她在巴黎社会的社交场合中很自然地就有了一种号召力，对此她并不惊讶，并且很聪明地运用这种号召力，将它运用到了那些需要依靠她的慈善事业与艺术事业中去，却从来不在乎名誉。她的童年是在乡下农场度过的，那么无拘无束，因而她的性格中有独立不羁的性质，社会在她看来既有趣又惹人厌。不过对于自己的社会地位，她还是很适应的，她的厌烦常常被一副善意而殷勤的笑容掩盖。

克利斯朵夫是她的好朋友，她可从来没忘记他。曾经的小女孩默不作声地揣着自己天真纯洁的爱，那个小女孩已经不见了，取而代之的是如今的葛拉齐亚，一个非常理性而不再浪漫幻想的女人，想到自己童年时代那被夸大了的感情，她就觉得甜蜜而可笑。可是这些往事仍然能令她激动不已。事实上，对克利斯朵夫的回忆，确实是她人生中最纯真年代的回忆。只要听到他的名字，她就觉得愉快。每次他取得成功，她就开心得不得了，仿佛她也帮他出了一份力，因为她早就知道他会成功。来到巴黎之后，她想方设法地四处寻找他，想拜访他，还在请柬上留下了自己年幼时期的名字。可惜克利斯朵夫根本没有注意到，那些请柬全被扔进了纸篓里。对此，她一点儿也不生气，仍旧在暗中关注他的事业，甚至还打探他过得怎么样。最近她就利用自己的力量，让报纸上攻击诋毁克利斯朵夫的笔战戛然而止。葛拉齐亚十分淳朴，与报界并没有什么关系，可她想要帮助自己的朋友，便十分狡猾地使用了一些手段，去拉拢那些她非常讨厌的人。她请来了报社疯狗般狂吠的经理，只用了一点点小伎俩，就让他神魂颠倒了，他的自尊心得到了满足，他被她收拾得非常温顺了。而她只是在无意中说了句，她看到有人攻击克利斯朵夫，对此她十分诧异，她觉得这种行为很可耻，于是攻击马上就停止了。原本计划在第二天发表的一篇诋毁克利斯朵夫的文字就被经理换掉了，当写那篇文字的作者向他询问理由时，他反倒将作者狠狠骂了一顿。他甚至吩咐他的一名走狗，要求其在半个月内写一篇文字，要热烈赞颂恭维克利斯朵夫。那名走狗当然写了，文字极其热烈，当然也非常荒谬可笑。她又在大使馆内发动了几场音乐会，演奏克利斯朵夫的作品，她还知道克利斯朵夫想要提拔赛西尔，就帮那名年轻的女歌唱家崭露头角。最后她还运用了自己和德国外交界的关系，运用了一些很巧妙的手段，让政府注意到了被德国判罪的克利斯朵夫。她促成了一种无形的舆论，打算向德皇为克利斯朵夫提请特赦，这样一个艺术家能为国增光，应当让他能够回国。但是这个特赦无法马上实现，她就想方设法让当局答应克利斯朵夫能够回故乡短暂地待两天，让当局对此装聋作哑。

而克利斯朵夫一直都感觉有个隐形的朋友在暗中保护他，可是一直不知道是谁。此时，他看着镜中圣·约翰微笑的脸，他才认出来了。他们一起回忆了过去。可是克利斯朵夫却不太清楚他们究竟说了些什么。他所爱的人就在面前，可他既听不见，也看不见。当一个人真正爱着另一个人时，他甚至会忘了自己在爱对方。克利斯朵夫此刻就是如此。她就在他面前，足矣，其他的都无所谓了。

葛拉齐亚没再说话。进来一位高大的年轻人，长相俊美，风度翩翩，没留胡子，头顶也秃了，神情有些轻蔑和厌恶，透过单眼镜观察着克利斯朵夫，弯下身子行礼，那神态礼貌又高傲。

“这位就是我的先生。”她说。

他又听到了大厅里的声响了。心中的火光瞬间泯灭了。克利斯朵夫心中瞬间冰凉，默不作声地回了礼，便马上告辞了。

艺术家们情感生活遵循的原则，还有他们的心灵，实在太幼稚可笑，甚至有些苛刻！从前，这个朋友还爱他的时候，他忽视她，这么多年以来，他从来没想起过她。可如今才刚刚和她重逢，他竟觉得她属于他，是自己的宝贝，如果她被别人占有了，那也是别人从他手里抢走的，甚至她自己都无权嫁与他人。当然，对于这些情绪，克利斯朵夫自己并没有察觉到。但他的创作天才却察觉到了，以至于他在几天之内创作出了几支曲子，那些曲子总是把苦闷的爱情描写得那么美。

克利斯朵夫的心中总是想着奥里维的健康和痛苦，以至于好多天都没再去找她。终于有一天，他翻出了她留给他的地址，便决定去看看她。

上了楼梯，工人们敲锤子的响声传进了他的耳朵。走廊里杂七杂八地堆了一堆箱子。仆人告诉他说伯爵夫人现在暂时无法接见他。克利斯朵夫非常失望，便留下了名片，准备下楼时，没想到那个仆人追上了他，充满歉意地请他再回去。仆人将克利斯朵夫领到了一间会客厅，那里的地毯已经卷起来放在一边了。葛拉齐亚朝他迎来，脸上的笑容光芒四射，她朝他伸出手，又兴奋又快乐。他握住了她的手，亲了一下，同样激动与快乐。

“啊！”她说，“你来了，我高兴极了。我真怕离开之前都不能再见你一面！”

“离开？你要离开？”

克利斯朵夫又被阴影笼罩了。

“你看，”她指了指乱糟糟的房间，说道，“这个周末，就会离开这里。”

“你要离开多久呢？”

她挥了挥手：“这个我也不知道？”

他鼓足了劲准备说话，喉咙都开始颤抖了。

“你们去哪儿呢？”

“美国。美国大使馆把我的丈夫调过去当一级秘书。”

“那么，那么，那么……”他的嘴唇都在不住地发抖了，“这样就结束了吗？”

“噢，我的朋友！”他的声音令她大为感动，“不，并没有结束。”

“我刚找到你，马上就要失去你了！”

他的眼睛泛起了泪花。

“噢，我的朋友！”她又喊了一声。

他转过身，双手捂着眼睛，试图掩盖内心的情感。

“不要伤心呀。”她的手覆盖在他的手上。

此刻，那个德国小姑娘又出现在他脑海中。两人都沉默了。

“为什么这么晚你才来见我？”她终于问他道，“我想方设法地找机会见你，可你却从来没有给我回过话。”

“我什么都不知道，什么都不清楚。快告诉我，是你在一次又一次地帮助我，可我却没猜到是你吗？是你在使用力量帮我重新回国的对吗？是你当了我的守护天使，一直在暗中帮助我吗？”

她回答：“能为你做些事，我感到非常高兴。还有好多好多事情，我都要报答你呢！”

“你说什么？可我并没有帮过你什么。”

“你不知道你为我带来了多少好处。”

于是她跟他说起了自己的童年时代，那时她还在姑父史丹芬家，正是在那里她遇到了他，并且因为他的音乐，她看到了世界上所有美妙的事物。渐渐地，她有些兴奋，又明显又含蓄地跟他说起当年他的那场音乐会，她也参加了，观众们大喝倒彩，那场音乐会她感触很深，感到很悲哀，大哭了一场，还给他写信，可是他并没有给她回复，因为信没有寄到他那儿。克利斯朵夫听着她的话，把眼前对这个妩媚的脸庞所感到的激动与温情，全都转移到往事里了。

他们的谈话非常天真，也非常亲切，非常愉快。克利斯朵夫边说边紧紧地握着葛拉齐亚的手。突然，两人都沉默不语了。因为葛拉齐亚发现他爱着她，而他自己也觉察到了。

以前，葛拉齐亚爱克利斯朵夫，而克利斯朵夫根本没有意识到。现如今克利斯朵夫爱葛拉齐亚，可葛拉齐亚爱上了另外一个人，对他只剩下一种恬静的友情。仿佛两架生命的时钟，当一座始终比另一座走得稍微快了一些，就足以完全改变两个人的生命。

葛拉齐亚抽回了手，克利斯朵夫也没再勉强抓着了。他们默默地呆坐了一会儿。

随后葛拉齐亚对他说："再见。"

克利斯朵夫叹了口气，又说："一切都结束了吗？"

"这样或许会更好。"

"那在你离开之前，我们就再也不能见面了吗？"

"是的，不可以了。"她回答道。

"那我们何时能够再相见呢？"

她打了个手势，有些惆怅，也有些迷惘。

"那我们这次见面还有什么意义呢？"克利斯朵夫说。

可他看到了她的眼光中有些埋怨，便马上补充道："啊，对不起，我不该这么说的。"

"我会永远想念你的。"她说。

"噢，多可怜！我连想你都做不到。你的生活，我一点儿都不了解。"

她只用了几句话就告诉了他自己平日的生活，向他描述了自己生活的方式。当提到自己和丈夫时，脸上始终堆着笑容，那笑容美丽而亲切。

"啊！"他开始有点妒忌了，便问她说，"你是爱他的吗？"

"是的。"她回答说。

他站了起来。

"再见。"

她也站起身来。直到这时，他才惊觉她怀孕了，心里马上涌起一股无法名状的厌恶、忌妒、温柔，还有强烈的怜悯。她送他到了会客厅门口。他回转身，躬身握住朋友的手，久久地亲吻着。她微睁着眼睛，木然不动。终于，他直起身来，看都没看一眼，便快步离开了。

> 如果那时有人向我问些什么，
> 我只能露出谦卑的脸，
> 对他回答一个字：
> 爱。

那天是万圣节，天空阴沉沉的，还刮着凛冽的寒风。克利斯朵夫去了赛西尔家。赛西尔在孩子的摇篮边站着，亚诺太太顺路来探望她，此时正微微弓着身体，望着摇篮里的孩子。克利斯朵夫一个人在那儿发呆。他知道自己与幸福擦肩而过，可是他并没有什么可埋怨的，因为他知道那幸福还在那里。噢，太阳！我看不见你的时候也可以爱你！即使是在寒冷的冬季，在那些冗长、阴暗、发抖的日子里，你的光明仍然充满了我的心。我心中的爱情带给我温暖，我知道你一直都在。

赛西尔此时也处在幻想之中。她静静地望着孩子，竟然开始相信这孩子就是她自己的。噢，幻想，你的力量竟然能够创造出生命，我祝福你！生命，生命究竟是什么？生命并不是我们的肉眼和冷酷的理智看到的那样，它是我们幻想成的那样。爱酿成了生命的节奏。

克利斯朵夫凝视着赛西尔，她的眼睛很大，脸庞有些乡野气息，那张脸此刻正散发着母性的本能，这是比真正的母亲更纯洁更纯粹的母亲。他又凝视着亚诺太太，她的脸疲倦而温柔。这张脸就像一本被翻开的书，在那里，他很清楚地看到这位贤妻在生活中隐藏了多少甜酸苦辣，尽管别人一点都没猜到，可有时却与伊索尔德或朱丽叶的爱情一样，充满了快乐与痛苦的味道。只是她的快乐与痛苦更像是宗教的伟大……

神事的与人事的结合——配偶[①]。

他不禁想到，一个人的幸福与否同信仰的有无并没有多大关系，同样的，婚否女人的快乐与痛苦，与儿女的有无也没有什么关系。幸福是灵魂散发出来的芳香，应和着那颗正在歌唱的心。而慈悲就是灵魂最美的音乐。

正在这时，奥里维也走了进来。他行动安详，蓝色的眼睛里，闪耀着一道全新的、清明的神采。他微笑着望了望孩子，同亚诺太太和赛西尔握手，随后便和他们静静地说着话。他们看着他，十分亲热，十分诧异。他完全变了。当他怀揣着满腹的悲伤，把自己幽禁在孤独之中时，就像一条青虫躲在洞里。在一番艰苦的工作之后，他终于脱下了苦难那个空壳。他究竟是如何找到一个美妙的目标，并为之献祭自己的生命，将在下文继续讲述。从此以后，对于生命，他只关注一点，即把自己的生命献祭。而从他在心中把生命舍弃的那一天起，他的生命又重新获得了光彩，这是理所当然的。朋友们全都看着他，不知道发生了什么事，也不敢询问他，不过至少他们认为他已经解脱了。此刻，在他心中，再也不会对任何人任何事留有悲苦或遗憾了。

克利斯朵夫起身走到钢琴边，对奥里维说："我给你唱一支老勃拉姆斯的歌怎么样？"

"勃拉姆斯？"奥里维问道，"这不是你的死对头吗？你现在开始弹他的作品了？"

---

① 系罗马法中解释配偶之条文，与爱情之徒为人事的而非神事的有别。

“今天是万圣节，可以宽恕任何人。”克利斯朵夫回答道。

为了不惊醒熟睡的孩子，克利斯朵夫的声音很低，他唱了几句，那是施瓦本地方的一支老歌谣：

“你曾爱过我，我要感谢你陪伴的那段时光，
如今你在别处，我祝你更幸福……”

“噢，克利斯朵夫！”奥里维嚷了起来。

克利斯朵夫将他抱在怀里，紧紧地不放手，对他说：“好了，好了，我的孩子，我们是幸运的。”

围着熟睡中的孩子，他们四个人坐成一圈，都没说话。此刻如果有谁问他们在想什么，那么，他们会露出谦卑的神色，只用一个字回答你——爱。

〔法国〕罗曼·罗兰◎著
刘合文　郑明生◎译

约翰·克利斯朵夫

（二）

海峡出版发行集团 THE STRAITS PUBLISHING & DISTRIBUTING GROUP | 海峡文艺出版社 Haixia Literature & Art Publishing House

图书在版编目(CIP)数据

约翰·克利斯朵夫/(法)罗曼·罗兰著;刘合文,郑明生译. —福州:海峡文艺出版社,2017.8(2023.9 重印)
(诺贝尔文学奖大系)
ISBN 978-7-5550-1195-8

Ⅰ.①约… Ⅱ.①罗…②刘…③郑… Ⅲ.①长篇小说—法国—近代 Ⅳ.①I565.44

中国版本图书馆 CIP 数据核字(2017)第 145791 号

诺贝尔文学奖大系

约翰·克利斯朵夫

[法国]罗曼·罗兰 著 刘合文 郑明生 译

责任编辑 蓝铃松
编辑助理 吴飕茉
出版发行 海峡文艺出版社
经 销 福建新华发行(集团)有限责任公司
社 址 福州市东水路 76 号 14 层
发 行 部 0591—87536797
印 刷 福州俊丰彩印有限公司
地 址 福州市晋安区鼓山镇鼓一村福光路 189 号
开 本 889 毫米×1194 毫米 1/32
字 数 1205 千字
印 张 53.875
版 次 2017 年 8 月第 1 版
印 次 2023 年 9 月第 3 次印刷
书 号 ISBN 978-7-5550-1195-8
定 价 232.00 元

卷四　反抗

第一部　松动的土

摆脱了！……总算是摆脱了别人和自己的束缚！……束缚他一年之久的情网突然间破裂了。怎么破裂的？他自己也不知道怎么回事。他的生命在膨胀着，以至于所有的束缚都被挣脱掉了。当然这是成长时期必须经历的蜕变；成长时期陈旧的令人窒息的灵魂在猛烈地挣扎着，终于挣破了昨日的躯壳，都被那坚毅的天性撕得粉碎。

克利斯朵夫大口地呼吸着，却并不知晓自己发生了什么转变。他送走了高脱弗烈特回来后，刺骨的寒风旋转着飞进了城门洞。路上的行人都低头前行。狂风直钻进上工的姑娘们的裙子里，姑娘们只得无奈地停下来喘着粗气，鼻子和脸颊都被吹得通红，脸上露出气得要命的神情，恨不得哭出来。但是克利斯朵夫在乎的可不是这刺骨的寒风，而是他已经挣脱了精神上的束缚，因此他快活极了。他瞅着寒冬的天空，白雪笼罩着的城市，以及在风雪中挣扎前行的人们。他环顾四周，想到自己已经没有任何束缚了。他是无拘无束的……无拘无束！多么令人快活啊！独来独往，自由自在！多么令人快活：挣脱了束缚，挣脱了往事的纠缠，挣脱了往昔那些爱的恨的面孔的束缚！不再是生活的奴隶了，自己主宰了生活，多么快活啊！

他身上满是白雪，兴奋地回到家里。他像欢乐的狗似的抖了抖身上的白雪。母亲在走廊里扫地，他从旁边经过时将她从地上抱了起来，并且亲热地叫了几声，像哄小孩子一样。克利斯朵夫身上的雪全部都融化了，弄湿了他的衣服；上了年纪的路易莎在儿子的怀里拼命地挣扎着，笑得像孩子一样天真，还称他“大蠢蛋”！

而后，他两步并作一步地跑进了卧室。他拿着小镜子照自己，却看不大清，因为天已经黑了，但是他心里可高兴得要命。尽管他的卧室又暗又窄，并且难以转身，但是他却觉得这就是他的王国。他将房门锁上，心满意足地笑着。哦，他终于寻找到了自我！迷失自我已经有多少时日了啊！他急切地要沉浸在自己的思想中。现在他觉得自己的思想犹如一片宽阔的湖水，和远处的金色雾霾融汇在一起。一夜的高烧之后，他站在湖边，湖水的凉气肆意侵袭着他的双腿，身体被夏日的晨风吹拂着。他纵身一跃，跳到湖里，自由地漫无目的地游着，只要随心所欲地去游便好了，满心的欢畅。他沉默着，微笑着聆听心中无数的声音，心中有无数生命在奔腾着。他什么也分辨不出来，头有些晕，只感觉到目眩神迷的幸福。他觉得很快乐，因为自己能够感觉到这些无名的力量，但是他懒得去实验一下这些力量，只是扬扬自得地沉醉在这心花怒放的幻境中，他的内心煎熬了几个月，突然好似春天来临时百花齐放，刹那间万紫千红。

母亲叫他吃饭。他晕头转向地下了楼，犹如刚从野外奔波回来似的，他脸上容光焕发，使得路易莎惊讶地询问。他一言不发，只是搂着路易莎的腰，要她与自己一起围着冒热气的汤钵的桌子周围跳舞。路易莎气喘吁吁地说他疯了，而后她又突然拍着手叫嚷。

“天啊！”她很不放心地说，“我敢打赌你一准儿又爱上了什么人了！”

克利斯朵夫狂笑，将饭巾抛向空中。

“爱上了什么人！”他叫喊道，“哦，不，不！那早已经够了！你放心。结束啦，一辈子都结束了，结束啦！”

说完，他喝了一大杯凉水。

路易莎看着他，放下了心，但而后又摇着头说：“哼，说得好听！说不定过不了一天就不算数了，像那酒鬼一样。”

“就算是一天也是很不错了！”他愉快地回答。

“也对！到底是什么事情让你这样快活呢？”

“我就是快活，无缘无故的，任何理由也没有。”

他和她面对面坐着，他将他的肘子放在桌子上，得意地把他将来要干的事情统统告诉她。她半信半疑地听着，并总是提醒着他，汤快要凉了。他知道她并没有将他的话听进去，可也不在乎，因为他只要把这些话说给自己听就行了。

母子俩互相望着，笑着，他依旧说着话，她也并不怎么听进去。尽管她满意于自己有这样一个优秀的儿子，但是却不看好他在艺术方面的各种打算，她只是想：“他要是可以这样的快活，那也就心满意足了。”他边飘飘然于自己的演讲中，边瞅了瞅母亲的脸，她头上的黑巾紧紧地裹着满头银发，充满母爱的眼睛无限深情地看着他，满是慈祥安静的神态。他似乎看透了她所想的事情，便耸着肩开玩笑似的问道：

“我说的一切你都不以为然，是不是？”

“哦，没有，没有的。”她连忙矢口否认。

他走过去，搂着她说：“怎么没有，怎么没有！算了吧！用不着辩解，你一定不在乎。不过这样也不错。只要你爱我就够了。现在，我并不需要别人来了解我，任何人的了解都不需要，而且我也不需要任何人，不需要任何东西。我心里什么都有了！”

“啊，”路易莎若有所思，“他现在又疯了一些了！……唉，也好！他既然一定要疯，那我也宁愿他这样了。”

多么惬意，多么快乐，让自己在思想的湖面上漫游……仰着身子，躺在一条小船里头，肆意地吸收着阳光的温暖，脸颊可以感觉到水面上清新的微风温柔地拂过，他悬在空中，渐渐坠入了梦境中。他感觉到，那深沉的水波在他的身下缓缓流淌，在摇摆的小船底下流动着，他慵懒地将手轻轻地浸入水里。他又爬起来，将腮帮子轻靠在船边上，像幼年时期，望着湖水悠悠地从船边流过。他看见湖水中仿佛有各种奇怪的精灵风驰电掣般地一闪而过……一群接着一群，却从未有相同的重复出现。他开心地笑了，面对眼前出现的奇妙景象，对着自己的思想，现在，他还不想将自己的思想固定下来。做选择吗？为什么要在这千千万万的幻境中选择呢？漫漫人生，有的是时间！……倘若自己将来需要，只需撒下网去便可捞起水中奇怪的精灵……现在就先随它们去吧，何必着急做选择呢？将来再说！

小船随着温暖的风及迟缓的水波左右漂荡着。阳光明媚，天气晴朗，四周悄无声息。

他到底还是慵懒地将网撒下去，只见网浮在起泡的水面上，不消一会儿就完全沉到水里去了。片刻之后，他开始不慌不忙地将网往上拉，但是感觉越拉越重，等到正要从水面中提出来的时候，他却停下来喘着气。他当然知道自己是有收获的，但是却不知道自己收获的是什么；他停了一会儿，想多体会一下等待的乐趣。

最后他终于下决心将网拉上来：色彩缤纷的鱼被拉出水面，它们拼命地跳动着，想要离开渔网的束缚。他惊讶地瞧着这些鱼儿，用手指拨动着，想挑出最美的一条放在手里细细鉴赏一会儿；但是鱼儿们刚被拉出水面，五彩斑斓的颜色就消失不见了，鱼儿们也在他的手中消失不见了。他赶紧将鱼儿们重新扔进水里，又撒开网。他想如饥似渴地逐个欣赏自己心中激动人心的梦境，但是却一个也看不见了。他觉得它们在明净透彻的湖中自由游荡的时候，才是最美的……

他网到各种各样的梦，它们一个比一个更加匪夷所思。长久累积的梦，在他的心中从未被利用过，日积月累，心中充斥的思想就快要爆炸了。但是一切都乱极了，他的思想犹如堆积废品的仓库，或是犹太人的古董店，罕见的宝贝、精美的布帛、破铜烂铁以及破衣烂衫，统统被塞在一间屋子里。他觉得一切很有意思，尽管分辨不出哪些是有价值的。这里有相互碰撞时发出的和弦，钟声浑厚奏鸣的色彩，蜜蜂般嗡嗡的和声，又像情人的口中吐出的欢快的调子。这里有似曾相识的景色、脸庞、热情、心灵、性格以及文学的或者玄学的思想。这里还有许多大而难以实现的计划，譬如四部剧、十部剧，想让音乐存在于万物之中。还有的（并且是最多的）是暧昧的、突如其来的感觉，都是在突然之间毫无征兆地被触发起来了，说话的声音、路上的行人、滴答的雨声、心跳的节奏，都可以触发这些——这些宏大的计划只有一个乐曲题目，多数只有一两行，但这也已经足够了。他如同懵懂的孩子一般，以为真的创造出了自己想要的东西了。

但是他不可能长时间地沉浸在这种虚无缥缈的幻境中，因为天性的活泼，他开始厌倦了仅是占有，他要紧紧地抓住梦境不放——但是如何开始呢？所有的东西都同等重要，无法取舍。他反复琢磨，把它们翻来覆去，忽儿捡起，忽儿又丢下……不，丢下的是不可能再被捡起的，因为它们已经面目全非了。一个梦是绝不可能做两次的。它们无时无刻不是在变化的，在他的手里，在他的眼前，在他眼睁睁地瞧着的时候，它们已经摇身一变了。所以必须赶快才好，但是他却不能，他当然知道迟缓的工作是他最大的顾虑。他恨不得一下子将所有的工作都做完，但现在连最轻松的工作他也觉得困难得不得了。最糟糕的是他刚开始工作就对这份工作充满了厌恶。他的梦境和他自己一起消失了。在他做着一桩事的时候，心里却懊恼着另外一桩事情没有做。一旦他在美妙的题材中挑选出一个，就会立即使他索然无味，所以他的宝藏都会变得一文不名。而他的思想，只有不去触碰它的时候才会生机勃勃，一旦去握住它，它便失去了生命。这还真是一种可望而不可即的痛苦：仰头摘取果实，果实会变成石头；低头去饮河水，水就立即消失不见。

他想从已有的灵感源泉中获取一些灵感来解除他的饥渴，通过阅读自己从前的作品来安抚一下自己……但是那种饮料着实让人难以下咽！他喝了第一口便骂骂咧咧地吐了出来。奇怪，这种似温水般的东西，这种丝毫没有内涵的音乐，竟是他的作品吗？——他又重新翻阅了自己的作品，心里懊悔极了。他真是昏了头了，真不懂当初自己是如何写出来这种东西的。他脸红了。一次，当看到极其无聊幼稚的一页时，他居然转过身去瞧瞧四下里有没有人，而后羞愧地将脸埋在枕上，像一个害羞的孩子。还有好几次，他觉得作品真是写得荒唐至极、可笑至极，甚至忘记了这是他自己的“杰作”……

“哦！见鬼！”他叫嚷着，弯腰大笑着。

那些他从前自认为的倾诉热情，表达爱情的喜悦和悲苦的曲子，是他最受不了的。他仿佛被苍蝇叮了一口一样，恼火地从椅子上跳了起来，直用拳头打着桌子，拼命地敲着脑门，愤怒地扯着嗓子叫喊着，还用粗话来骂自己，说自己是蠢猪、浑蛋、跳梁小丑。最后他面红耳赤地站在镜子前面，抓着下巴，说：

“看看，看看，你这蠢货，你这蠢驴似的嘴脸！你撒谎！让我给你点颜色瞧瞧吧！替我把面前这个人丢进河里去吧，先生！”

而后，他将自己的脸埋进装满水的面盆里，直浸到自己快要被憋死了。他脸色通红，眼睛凸起，气喘如牛，他甚至连脸也顾不得抹，就径直奔向书桌，抓起该死的乐谱将它们撕得粉碎，气愤地嘀咕着：“你瞧，浑蛋，去你的吧！你这该死的家伙！……你瞧，你瞧！”

这时他才觉得自己松了口气。

乐曲中的谎言是他最恼火的地方。写的东西没有真情实感，尽是些小学生的作文，背熟的陈词滥调。他谈论着爱情，犹如瞎子谈论颜色，全是些道听途说的东西，鹦鹉学舌的俗套。而且不单单是爱情，所有的热情都是供他自吹自擂的主题——虽然，他竭力追求真诚，但是想要真实还是远远不够的，关键是自己能否真能做到。倘若一个人对生命毫无认知的时候，又如何能做到真诚呢？他之所以发觉这些作品的虚伪，看到现在和过去之间无法逾越的鸿沟，还全都得益于最近六个月所经历的风雨。如今，他总算是跳出了虚幻的世界，掌握了衡量思想真伪的真正标尺。

以前没有丝毫热情就写下来的作品使他厌恶，加之他那有错必纠的脾气，于是就打定主意，以后倘若没有情感的逼迫就绝不作曲。他也不再去追求自己的思想，除非创作的欲望强烈得如同电闪雷鸣一般逼迫着他，否则他将永远地放弃音乐。

他这么说，只因他知道这是暴风雨即将来临的前夕。

比如打雷，老天要它在何时何地发生就该在何时何地发生。但雷电在高处最容易触发，某些地方——某些灵魂——是雷电的集中营。那里可以产生雷雨，并且将天上所有的雷电都召集过来。正如一年之中有好几个月都是雷雨季节一样，一生之中也有一段时间是富有雷电的，即使不能随心所欲使雷电爆发，至少在将来的某一天它终会爆发。

整个人犹如箭在弦上一般，全身紧绷着。雷雨日复一日地聚集着。苍白的天上满是散发着灼热气浪的白云。没有风，空气凝固了，好似正在发酵，将要沸腾了。万籁俱静，死气沉沉。脑袋嗡嗡地响着，莫名地发着热。世间万物都在等待那股聚集已久的爆发力，等待着雷神高举那沉甸甸的大铁锤敲落在乌云上。一片巨大而又灼热的阴影悄无声息地移过，吹起了一阵火辣辣的热风。神经好似被风吹动的树叶一般，颤抖着……而后又重回无声世界。天空又在酝酿着雷雨。

焦急的等待，足以令人神魂颠倒。虽然等待压迫得你无法动弹，并且使你浑身难过，但是却能感觉到可以烧着整个宇宙的烈火正蕴藏在自己的血管里头。沉醉的心灵在锅炉里翻滚着，像在酒桶里发酵的葡萄一样。成千上万的生与死的种子正在生长着。会长出些什么东西来呢？……如怀胎的孕妇似的，你的心正在悄悄地盯着自己，目光直落在自己的内部，想道：“我会生下什么来呢？”

有时等待也是徒劳无获的。阵雨散了，雷雨没能爆发。当你惊醒过来时，脑袋沉甸甸的，有点失望、有点烦躁，还有未能言明的懊恼。但是，阵雨终究是会爆发的，这只不过是延期而已。今天，或者是明天。时间拖得越久，爆发得就会更加猛烈……

这不，它不是来了吗？……乌云从生命中的各个隐藏的角落升起。一团团黢黑的东西，时而被疯狂的闪电撕破——它们飞驰的速度使人头晕目眩，从四面八方飞驰而来紧紧包围住心灵，风驰电掣般从窒息的空中扑下来。而后，光明被它们吞没了。此时，真是令人如痴若狂的时刻！……自然界的规律为了维持精神以及物质存在的平衡，而不得不将雷雨产生的各种元素禁锢在牢笼里的。这些元素突围而出，在意识即将消灭的时候占领一切，巨大得难以形容。你痛苦到了极点。你甚至不再崇尚生命，只等用死亡来寻求真正的解脱……

但是突然之间，电光闪耀！

克利斯朵夫欢乐得疯狂地叫了起来。

欢乐，令人痴狂的欢乐，就如同太阳照耀着所有现在的和未来的成就，创造的欢乐，上帝的欢乐！没有创造就没有欢乐。不会创造就没有生命。而剩下的是与生命无关的漂浮在地下的影子。人生所有的欢乐均是创造带来的：爱情、天才、行动——均依靠着创造才能使之光彩夺目，甚至那些远离巨大火焰的没有任何地位的野心家、吝啬鬼、流浪者，也渴求着能拥有丝丝暗淡的光辉，供之取暖。

不论是肉体的还是精神的创造，都要冲出躯壳的束缚，蕴藏于生命中，永恒地存在于宇宙之中。创造就是消灭死亡。

不幸的是那些不能创造的人，形单影只地留在世界上，居无定所，眼看着日渐消瘦的躯体及那颗被黑暗充斥的内心，却从未闪耀出生命的光芒！不幸的是那些不能创造的灵魂，不能像吐出绿意的树木一样满载着生命与爱情！尽管社会给予他光荣和幸福，却还是给如同行尸走肉的他一点点装饰。

当克利斯朵夫看到一束光明照耀过来的时候，感觉到一阵电流从身上流过，他颤抖着。这仿佛是在黑黢黢的夜色中，在茫茫大海里突然发现了大陆，也好似在人群中看见一双深沉的眼睛忽然盯着自己。这往往是在几个小时的胡思乱想、精疲力竭之后才有可能发生的事情，更多时候是在谈话或者散步的时候，又或者是在想着别的事情时才会发生的。如果是在街上，他还会有所顾忌，怕打扰别人而不敢高声地袒露自己的心声；但在家里，什么都不能阻拦他，他可以肆无忌惮，扯着嗓子哼着胜利之歌。路易莎习以为常，最终也搞清楚了这是什么意思。她对克利斯朵夫说，他真像一只刚下蛋的母鸡。

音乐思想已经完全淹没了他：有时会是单独而完整的一句，而更多时候，整部作品好像是被一整片星云笼罩着。曲子的结构以及大体的框架都在幕布上隐约可见，幕布上还有些光彩夺目的句子。在黢黑的幕布映衬下，如同雕塑一般轮廓分明。但那仅像一道闪电，有时却是蜂拥而至的好几道闪电，而每一道闪电都能照亮一些黑暗的角落。可是这股神出鬼没的力量，总是出人意料地露一会儿脸，之后又躲在角落里好几天，只留下一条光辉的痕迹。

克利斯朵夫对其他一切都感到厌倦，只是一味品尝着这种灵感带来的乐趣。富有经验的艺术家当然知道灵感是难以捕捉到的，凡是因直觉感应到的作品都不得不用智力来进行塑造。所以他竭力挤压自己的思想，想将所有神圣的浆汁——甚至还常常添加些清水——都吮吸完——但克利斯朵夫太年轻，又太自负，自然对这种手段不屑一顾。他拥有着不切实际的梦想，只希望可以作出一些不加任何修饰的作品。要不是他有些异想天开，就不难发现自己的想法有多荒谬。当然，这一时期无疑是他精神上最富足的时期，丝毫没有给虚无可以逗留的空间。无论什么都可以产生这些接踵而至的灵感，眼睛看见的，耳朵听到的，以及日常生活中所接触到的。哪怕是一个眼神、一句话，都能在心中触发一些美梦。他思想的天地是浩瀚无垠的，并且缀满了无数的灿烂星辰——但，就算是在这个时期，也会出现万事熄灭的情况。虽然黑夜不会长久，无声的黑夜也不至于会延长到能够让他痛苦的程度，但他对于这种来无影去无踪的无名力量，还是有几分害怕……他不知道这次会消失多久，也不知道是否还会回来——他高傲的内心容不得这种思想，他对自己说："那力量就是我。力量不存在了，那么我便也不存在了。我的生命会与它一同消失。"——说归说，但是他心中的恐惧并没有中断，可是这反倒给他平添了一种快感。

虽然灵感目前还没有趋于枯竭的征兆，但克利斯朵夫显然已经明白仅有灵感是无法写出一部完整的作品的。刚出现的思想总是粗糙不堪的，一定要费大把的劲才能够生成一部作品；并且它们总是时断时续的，起伏落差很大的，非得给它们注入深思熟虑的智慧和坚定冷静的意志，才能将它们连贯起来，才能创造出新的生命。克利斯朵夫既然是一个极具天赋的艺术家，他当然不会做不到这一步。可他却不肯承认，硬说自己内心早已经有了现成的模型。不过他为了使它更明白，早就已经把内心的意境或多或少做过些许变化了——

何止如此，他有时候甚至将它改头换面。乐思来得过于猛烈，使他往往不能说出它真正的含义。当它突然闯进心灵最深处时，远远超过了意识范围。但就是这种纯粹的力远远超出一般规律，连意识也不能分辨出是什么使自己专注而心动，以及它所确定的感情到底是欢乐的，还是痛苦的，混淆在一起形成了特有的热情。但是无论是否了解，智慧总需要给这种热情命名，使之成为人类逻辑结构的一部分，烙印于头脑里，成为一个整体结构。

因此，克利斯朵夫说服自己相信——迫使自己相信——在他内心蠕动的那种暧昧的力，肯定有一种很确切的意义，并且这种意义正和他的意志相吻合。自由的本能正在从深层的潜意识中争先恐后地涌现出来，不管是否愿意，在理智的压迫下，不得不使混沌蒙眬的思想配合那些跟它丝毫扯不上关系的思想。就是在这种情况下，克利斯朵夫的作品不过是将两种东西勉强拼凑起来罢了：一方是克利斯朵夫心中规划的宏伟题材，另一方却是神秘莫测的力，并且克利斯朵夫对此浑然不知。

很多矛盾萦绕在克利斯朵夫身边，他低着头摸索前进着，灵机一动，在松散的作品中注入一股晦暗而强大的生命力。尽管他不知道如何表达，但是却使他产生一种胜利感，并且使他感到无比快活。

自从他意识到有了新的力量，他敢于去正视周围的一切，以及别人叫他崇拜的一切，他不假思索就照办的一切——正视之后，他便立刻不留余地地予以驳斥。撕破了伪装，他看到了德国人的假面目。

任何民族、任何艺术，都有其虚伪做作的一面。人类的真理只有极少的一点，而谎言却是人类食粮的主要部分。人类软弱的精神支架，根本经受不起真理的重量。一定要让宗教、道德、政治、诗人以及艺术家，给谎言包裹上一层可以减压的虚伪外壳才行。不同民族被不同的谎言包装着。正是因为有这些谎言作祟，各民族之间才难以彼此相互了解而易于相互轻视。真理对任何人都一视同仁，但是各个民族的谎言各不相同，并且都亲切地称它为理想。人由生到死都在充满谎言的世界里活着，谎言俨然已经成为人类赖以生存的必需品。只有极少数天才经过英勇搏斗之后，才能撕破谎言的包装，并且在搏斗时，他们总是在那个自由的思想领域内被孤立。

一个非常偶然的机会，使得克利斯朵夫戳穿了德国艺术的假面目。此前他并没有察觉到，并不是因为他没有机会，而是因为他身处其中，不能退一步看清全局的缘故。如今，他保持了距离，离得远了，才真正看到了显露出来的庐山真面目。

他在市立音乐厅的某场音乐会上。十几行咖啡桌整齐地排列在大厅里，大约有二三百张。乐队在大厅尽头的舞台上。一些军官坐在克利斯朵夫的四周，他们都身穿又紧又窄的深色长外套——通红的大脸上胡子被剃得精光，一本正经，却又俗里俗气。还有一些妇人正在高声谈笑着，不过似乎有点儿夸张过头了。女孩子们正天真地咧着嘴笑。还有些大胖子，戴着眼镜，满面胡茬，看上去活脱脱像只眼睛滚圆的蜘蛛。他们每次举杯祝贺都得站起来，像参加仪式一样抱着毕恭毕敬的态度，显得非常虔诚，他们的脸色与腔调都变了，像在念着弥撒经文，他们扮着庄严而滑稽的姿态互相敬酒。谈话声与杯盘声早已经将音乐淹没了。可是大家还是尽量压低讲话声和吃东西的声音。高大的驼背老人指挥着乐队，他的胡须挂在下巴上好似一条尾巴，眼镜服帖地架在长长的鹰钩鼻上，看他的样子，极像一个语言学家——这些人物是克利斯朵夫早就认识的人。但是今天，他突然用讽刺的眼神看着他们。是的，有时候并没有注意到别人的可笑之处，不知道什么原因，又会突然觉得十分可笑。

音乐会上要表演的节目有：《哀格蒙特序曲》，瓦尔德退菲尔的《圆舞曲》《汤豪塞巡礼罗马》，以及尼古拉的《风流的女人们》序曲，《阿塔利亚进行曲》中的进行曲，《北斗星幻想曲》中的幻想曲。乐队中规中矩地演奏了贝多芬的《序曲》，《圆舞曲》则奏得振奋人心。演奏《汤豪塞巡礼罗马》时，就听见有人开瓶塞。一个胖子坐在克利斯朵夫的邻桌，模仿着福斯塔夫[①]眉来眼去地和着《风流的女人们》的节奏打着拍子。一位肥胖的老妇人，身着一件天蓝色的连衣裙，束着一条白色腰带，扁鼻梁上架着一副金丝边眼镜，胳膊通红，滚圆的腰，用她的尖嗓子演绎着舒曼和勃拉姆斯的歌。她眉飞色舞，暗送秋波，眯着眼睛，左右摇摆着脑袋，圆滚滚的脸上挂着个宽大的笑容，像是演着令人生厌的哑剧。假使除去端庄老成的神态，她便极像咖啡店里的歌女。她早已是大群儿女的母亲，居然还扮作浪漫的小姐，装扮出青春而充满热情的样子。而舒曼的歌听起来就更像哄逗小娃儿的摇篮曲了，然而大家都津津有味地听着。但当南德合唱班的人马一亮相，听众们立即变得庄重肃穆起来。合唱班有时低声吟唱，有时大声吼叫，极富情致地演唱了几首歌，好似他们有意取消真正合唱的风格，让四十个人的声音等同于四个人的声音，只追求旋律效果，凄楚婉约却自以为极其细腻，声音低的时候感觉像是要咽了气，声音高的时候感觉像敲着大铜鼓，震耳欲聋。总之是毫无平衡和浑厚的感觉，却极富萎靡的风格，使人突然想起波顿[②]

① 福斯塔夫为《风流的女人们》中的男主角，在剧中是愚蠢可笑的角色。

② 波顿是莎士比亚名剧《仲夏夜之梦》中的织工。

的妙语：

> 让我演雄狮吧。我的叫吼足以与白鸽柔美的声音媲美，与夜莺的声音相比，足以以假乱真。

克利斯朵夫仔细聆听着，只不过越听越觉得十分不对味。他早已看过这些音乐会，这些情形对他而言早已经是耳熟能详的事情，乐队、听众们都是熟到不能再熟的了，但是他突然觉得一切都是那么的不真实。所有的，甚至他最喜欢的《哀格蒙特序曲》，那种弄虚作假的骚动，那种循规蹈矩的激动，这时他都觉得很虚伪。不错，他所听到的并不是贝多芬也不是舒曼，而是贝多芬和舒曼的愚蠢的代言人，以及嘴里塞满食物的听众，他们的愚昧无知使得作品被浓雾紧紧包裹着——不仅如此，作品里甚至在最美的作品里，也都存在着一些令人惶恐不安的成分，但是克利斯朵夫此前从未察觉到……到底是什么原因致使他从未察觉到呢？他不敢深究，认为这是对他尊敬的大师的亵渎。但他不能不去看，因为他早已经看到了。不看还好，一看便止不住地要往下看。他像彼萨羞答答的少女一样，在指缝里偷看着。

德国艺术赤裸裸地展现在他的眼前。所有的艺术家，伟大的或是庸俗的，他们都自以为是、犹豫不决，并且毫不掩饰他们内心的真实情感。有的感情丰富细腻，有的感情热情洋溢，心都被融化了。堤岸被冲破，日耳曼民族多情的浪潮肆意倾泻着。就连最强大的灵魂都被冲淡了，它灰色的水波之下满是软弱的灵魂，这是波涛汹涌的洪水，而德国人的思想沉睡在黝黑的水底。如门德尔松、勃拉姆斯、舒曼，以及那些自吹自擂、哀怨的歌曲小作家，会有怎样的梦想！也许是没有半片坚硬的岩石，都是软弱的沙土。只是一堆难成形的湿土而已……所有的一切都是那么荒唐、愚昧，克利斯朵夫简直不敢相信听众们居然完全没有察觉到。可是当他向周围瞧一下时，看到的尽是些乐在其中的脸孔，纵使尚未听到歌声，几乎就能肯定自己听到的都是美妙的，他们饶有兴味地肯定着这些音乐，他们又岂会妄加批评呢？对于这些人人崇拜的名字，他们都是无比崇拜的。对他们而言，他们凭什么不去尊重的呢？他们对音乐节目，对手里的酒杯，甚至是他们自己，都是尊敬至极的。只要可以和他们或多或少扯上关系的，他们心里一概认为是“奇妙无比”的。

克利斯朵夫觉得作品可以反映听众，而听众也反映作品，所以他将听众与作品轮流打量了一番。克利斯朵夫难以抑制自己内心的快乐，情不自禁地扮着鬼脸。直到合唱班庄严地唱起一个多情少女的羞怯的《自白》时，他实在抑制不住了，大声狂笑起来。四周响起了愤怒的嘘声。邻座的人诧异地看着他，瞅见这些诧异的脸孔时，他笑得越发厉害了，以至于眼泪都快要夺眶而出了。这一系列的举动终于惹恼了大家，他们吼着：“滚出去！”他站起来，耸了耸肩膀，走了，只见他笑得浑身都在发抖。看到这样，听众们都气愤极了。自此，克利斯朵夫和城里的人慢慢地敌对了起来。

经历了这番事情之后，克利斯朵夫回到家里，决定重新读一下得到“公认”的大师的作品。但他发现自己最敬爱的某些大师也言不由衷，这样的结果使他失望极了。他竭力否定自己，认为是自己错了——但是却事与愿违，这的确是没有任何可以怀疑的余地……他诧异于一个伟大的民族的艺术财富中，居然也存在那么多平庸虚假的东西，可以斟酌的作品简直少得可怜！

从此，每当他想读些自己喜爱的作品时，就心惊胆战的……好像中了妖术似的，可怜他到处都碰到同样的失望！读某几位大师的作品，简直伤透了他的心，仿佛自己失去了好朋友一样，也像自己发现自己信任的人，多年以来一直欺骗他一样。他痛心疾首，甚至夜不能寐，内心很苦恼。他责怪自己，是不是他自己无法辨别？还是自己已经变成了傻子？……不是的，绝不可能。他现在比任何时候都更清楚地看到太阳的光芒，更加能够感到生命的充实。他的心是不会欺骗他的……

他又迟疑了好一阵，那些他认为最好最真实的作家，那些如神明一般的作家，他不敢去触碰。他生怕自己会动摇对他们的信心。对于凡是追求真理的灵魂而言，本能上就应该看清楚事情的真相，对所有的事情都要寻根问底，哪怕会因此受苦受难也应义无反顾。对这种不讲情面的本能，还能有什么理由可以拒绝呢？于是他翻开那些神圣的作品，看看如皇城保卫军似的最后一批优秀的东西……岂料才看了一点点，便发现它们和那些作品如出一辙，甚至有过之而无不及。他没有继续读下去的勇气了。有时，他停下来，合上乐谱，停止翻阅，像诺亚的儿子用外衣遮住父亲裸露的身体一样。

自此以后，他对这些废品视而不见。他宁可牺牲所有，也不愿意神圣的幻想幻灭掉。他悲恸极了。好在因为年轻而生命力充沛，他也并不因之而动摇了自己对艺术的信仰。靠着年轻人那份独有的天真与自大的心理，仿佛还得由他从头再来经历别人以前都不曾经历过的。他沉醉于自己新生的力量中，他感到——（或许并不是没有缘故的）——除了少数的例外，在栩栩如生的热情和艺术所展示的热情之间，甚至连丁点儿关系都没有。他自认为自己表现的时候将会比他们更成功更真切。但那是绝不可能的，因为他本身热情洋溢，因此自己可以很容易在自己的作品中寻找到热情的踪迹。但除了他以外，任何人都不可能从他不完美的作品中找出丁点儿的热情。而被他所批评的艺术家也大多都是这样的。无论是心里想的，还是表现出来的，都处处体现了他们的深情；但是他们的表达方式已经不是这个时代的产物了，已经过时了，不能很好传情达意。

克利斯朵夫并非心理学家，他当然不会想到这些理由，在他看来已经过时的就是过时的。凭借着年轻人特有的专横以及自以为是的脾气，他就这样修正了对过去艺术家的看法。最为高贵的灵魂被他不留情面地揭开了，任何可笑之处都没有被放过。例如，门德尔松表现的是过分的忧郁、五彩纷呈的胡思乱想，以及空虚的观念；韦伯则表现的是华而不实的光彩、枯燥乏味的心灵以及头脑想象出来的感情；李斯特既是贵族，又是教士、马戏班的骑师，并且又是新古典派，富有大众气息，有真有假的高贵，一半拥有超脱于尘世的理想色彩，一半却又是令人作呕的搔首弄姿；舒伯特早就已经被多愁善感的情绪给淹没了，好似沉溺于几里路长的明澈而索然无味的水底。纵使是那些英雄时代的猛将、先知、半神以及教会的长老，也免不了虚伪做作，甚至伟大的巴赫，承上启下的音乐祖师，三百年来享誉盛名的伟人——也免不了说些谎话，还有时代流行的蠢话以及讲些学究式的唠叨。这位曾经见过上帝的伟人，在克利斯朵夫看来，他的宗教信仰是没有精神的，所以会加些糖在里面，并且他烦琐纤细的写作风格就犹如七宝楼台。在他写的合唱曲中，有的是非常虔诚的，却又是柔情缠绵的调子，仿佛灵魂在和耶稣调情一样，克利斯朵夫实在是厌恶极了，仿佛看见肥头大耳的天使正在飞舞着自己的大腿。除此之外，克利斯朵夫甚至还觉得这位天才作曲家是闭门造车，因为他的作品闻起来有股闭塞的味道，像贝多芬或是亨德尔这样的音乐大师，他们或许不及巴赫伟大，可是他们的作品更加富有人性，他们的作品中有股来自外界的势不可当的风。克利斯朵夫对古典派的大师也不满意，因为他们的作品基本上是“堆砌”起来的，缺乏自由灵动的色彩。有时是滥用音乐修辞学的滥调，将它加以扩大来表达某种情绪；有时只发展一种简单的节奏，翻来覆去，机械地四处铺张。这种对称的、堆砌式的结构——奏鸣曲和交响乐——使得克利斯朵夫懊恼极了。因为那时他还领会不到规模宏大以及精心编排的结构之美。他认为那是泥水匠的工作，而不是音乐家的工作。

他对浪漫派的审视甚至更加严厉。但奇怪的是，他更受不了的是那些自命无拘无束、妙手天成，并且最少用“堆砌”艺术的音乐家。如舒曼那般将自己的生命毫无保留地一点一滴灌注到无数小作品中的浪漫派作家，他可真是恨透了他们这类人。在他们身上，他看到了自己少年时代一些幼稚的想法，还有那些发誓要彻底摆脱的荒谬的玩意儿。当然，纯真的舒曼的头上不能背上虚伪的罪名，他从来都是忠实于自己的心，说的话也是可以真正感觉到的。但恰好是他的榜样使得克利斯朵夫明白德国艺术的虚伪，并不是艺术家想要表现自己所没有的情感，而是艺术家要表现自己真实的感情——因为这些情感本身就是虚伪的。音乐可以反映内心的真实想法，它是一面铁面无私的镜子。某个德国音乐家越显得天真诚意，就越会暴露出德国人心灵的缺点，缺乏主见的心态，啰里啰唆、缺少真诚，理想主义的闪躲，不能正视自己，也不敢正视自己。这充满虚伪的理想主义就是一般的音乐大师，甚至包括瓦格纳他们的隐痛。重读瓦格纳作品时，克利斯朵夫不禁愤恨不已。《洛恩格林》对他而言无异于高声叫喊的谎言。他厌恶这类拼凑滥造的豪侠传奇故事，更加厌恶这个无情又无畏的主角，这个冷酷与自私的化身，仅知道自我陶醉、孤芳自赏，只爱自己的道德。在现实生活中，他只嫌自己见到太多这等丑陋的人物。多的是这种典型的德国伪君子，俊俏而没有任何表情，炫耀自己而心狠绝情，自以为高于一切，甚至不惜牺牲别人来换取自己的幸福。而克利斯朵夫同样也不能忍受《漂泊的荷兰人》的忧郁和伤感。《四部曲》中那些愚昧的野蛮人，面对爱情完全没有任何趣味，令人生厌。当西格蒙特掳走一个手无寸铁的姑娘时，居然用男高音大唱贵族餐厅里的浪漫歌曲。在《神界的黄昏》里，西格弗里德和布仑希尔德在众目睽睽之下摆弄着德国式的好夫妻的姿态，彼此面对面地夸夸其谈，并且絮絮叨叨地炫耀他们的闺房热情。在这些作品里聚集着各式各样的谎言：不真实的基督教义，不真实的理想主义，不真实的中古色彩，不真实的传奇学说，不真实的神以及地下的人，没有哪一个不是虚伪的。而在那些自诩破除一切陈规旧矩的戏剧中，恰恰成规被标榜得最为引人注目。对于眼睛、头脑、心灵而言，除非它们是自愿的，否则绝不会发觉不了这种情形——但它们竟心甘情愿地接受蒙蔽。德国人扬扬自得于这种幼稚而又老朽的艺术，野性毕露的野蛮人与矫揉造作的小姑娘的艺术。

克利斯朵夫讨厌也是毫无作用的。他一听到这种音乐，就会和别人一样亢奋，或许有过之而无不及，作者恶魔般的意志会紧紧地抓住他。他大笑着、颤抖着，他的脸滚烫，心中好似狂风骤雨。他觉得，拥有这飓风般强大力量的人是绝不会有所顾忌的。他战战兢兢地打开神圣的作品，发现自己还是和以前一样激动，这些神圣作品的纯洁并没有被消减掉，他雀跃着大叫了起来。多幸运啊！这就好似他从狂风骤雨中抢救出来的珍宝一样。他似乎也救出了自己的一部分。但是难道这不是他自己吗？那些他深恶痛绝的伟大的德国人，难道不是他的血和肉，难道不是他最珍贵的生命吗？他之所以对他们如此严厉，正是因为他也是这样对自己的。谁能比他更加爱他们呢？慈祥的舒伯特、无邪的海顿、温柔的莫扎特以及雄心壮志的贝多芬，谁可以比他体味得更为真切呢？韦伯使他穿梭于喁喁的林间，看着巴赫的大教堂耸立在北欧灰色的天空之下，四周是广袤的原野，教堂的塔尖直入云间……但是这些都是不真实的——它们的不真实，使他痛苦极了，但是他却难以忘记。他将虚伪全部归咎于民族性，认为只有伟大才是属于音乐家的。但是那是错的。伟大和缺点都是属于这个民族——豪壮而涌动的思潮滚滚向前，汇聚成一条巨大的音乐诗歌的河，哺育着整个欧洲……任何一个民族都不可能纯洁到没有缺点，他怎么能这么严厉地对待自己的民族呢？

但是他完全没想到这些。像一个被宠惯了的孩子一样，他竟然忘恩负义地用从母亲那儿得来的武器去攻击母亲。也许只有在将来他才会感觉到她到底有多好，发觉她是多么值得自己去尊敬……

但现在这个时候，是他正盲目反抗自己童年偶像的时候。他恨他们，更恨自己，怪自己为什么当初毫无保留彻头彻尾地相信了他们——这样的反抗并没有错。人生的某个时期就应当敢于奋起反抗一回，敢将没有经过自己亲身认同的东西统统否认，敢于去否定别人佩服敬重的东西——无论是真理抑或是谎言。所有的教育、一切见闻，让一个儿童将大量的谎言与愚蠢伴同人生的真谛一起吞食了。

倘若他要成为一个健康的人，必须在少年时期就将所有以前吸收的东西全都呕吐干净。

克利斯朵夫已经到了一个身心健康的人厌恶一切的紧要关头。自己的本能逼迫着他将肚中难以消化的东西全部呕吐干净。

首先就得摆脱那种令人恶心的多愁善感的情绪的纠缠。当这种柔情从德国人心中慢慢流出来的时候，仿佛是从潮湿的地道里钻出来的，有一股霉烂的气味。来点儿阳光吧！人需要阳光！如同雨点一样多的歌，源源不绝地从德国人的心中流出来，肆意地散发着臭味，来一阵干燥猛烈的风吧！将它们一扫而空才好啊！歌曲里充斥着欲望、思乡、飞翔、请求和为什么，献给星星、献给月亮、献给夜莺、献给春天、献给太阳；或是春天的歌、春天的欢乐、春游、春夜、春讯的消息；或是爱情的声音、情话、失恋、情意、爱情的圆满；或是花之歌、花之敬礼、花讯；或是心痛、心情沉重、心乱如麻、头昏眼花；还有就是与玫瑰、小溪、斑鸠、燕子等来一套天真而可笑的对白；并且提出一些奇怪的问题——“如果玫瑰没有刺的话”——“燕子是不是见异思迁呢？”——这些触景生情、卖弄风骚的风格，娇嗔、淡而无味的歌曲。多少美妙的东西被亵渎了，多少高尚的感情被滥用了！但最糟的是，所有的东西都被浪费掉了，于是总在公众场合将自己的心赤裸裸地拿出来。只想着亲热地、傻里傻气地、大声地诉说着自己的忠心。明明没有话要说却还是要絮絮不休！难道这些唠叨真就没完没了吗？——喂！池塘里的青蛙，你们不要再这么聒噪了行不行！

歌曲中表白爱情时的谎言，最使克利斯朵夫觉得难堪。因为在这方面，他比任何人都有资格去与事实进行对比。那套按部就班诉说衷情的情歌公式，一点都不符合男欢女爱的事实。但是爱情这回事，写作情歌的人也是亲身经历过的，一生也至少爱过一次吧！他们可能这样谈恋爱吗？不，不可能，他们是撒谎，仍旧在撒谎，连自己都欺骗。他们要将自己过于理想化……理想化就是不敢正视自己的人生，不敢去看清楚事情的本质——无论何处都充斥着那种胆怯、不敢于直面的气概。不论是为了爱国，或是为了饮酒，抑或是为了宗教，到处都是装出来的热情、虚伪的戏剧化的庄严。而所谓的祝酒歌，只是用拟人法将酒和杯子生拉硬扯到一块儿，如“你，高贵的酒杯啊……”而至于信仰，应该如同潺潺流出的泉水一般从灵魂中飞涌出来。但这里却如同商品一般被故意制造出来。那些爱国的歌曲，好似是写给一群绵羊，让它们跟着拍子咩咩地叫着……那么！你们怒吼吧！怎么！难道你们也要永远撒谎——永远理想化——就连喝醉的时候、上战场的时候、疯狂的时候也要拼命地撒谎吗？

克利斯朵夫开始憎恨理想主义。他认为与其撒谎倒不如痛快地赤裸裸地袒露——其实他骨子里的理想主义远远超过任何人，尽管粗暴的现实主义者是他最大的敌人，但是他却宁可接受。

可是就连热情也欺骗了他。朦胧缥缈的雾霭，贫瘠的谎言，“暗淡的幽灵似的思想”，使他没了生气，浑身冰冷。他用尽平生的力量去寻找太阳。他总是将年轻人的刚烈表现在最前头，瞧不起周围的虚伪或是所谓的虚伪。他并没有看到民族本身的智慧在那里渐渐凝聚成一些宏伟的理想，驯服或是加以利用那些粗野的本能。一个民族焕然一新的理由，既不是依靠专横霸道、道德以及宗教规律所能办到，更不是依靠立法者与政治家、教士以及哲学家所能改变的，而是一定要经历过几百年的苦难和考验，才能塑造想要生活的人去适应他们的人生。

克利斯朵夫继续作曲，而他所深恶痛绝的别人的缺点，也同样出现在自己的作品中。创作对于他而言是一种难以克制的需要，不愿屈服于智慧所定的规律。需要才是人创作的动机，而非理智——而且，即使可以将多数的情感所带的全部谎言与虚假的表现都辨别出来，也不能使自己不重蹈覆辙，那要有长年累月的刻苦努力才能克服。要在现代社会里做到纯粹真诚谈何容易，因为大家早已被时代的懒惰给定型了。而对于某些人、某些民族，更加是难以办到的。因为他们有种不识时务的顽疾，在本该缄默不言的时候，偏偏让自己的心絮絮叨叨念个不停。

沉默的好处克利斯朵夫显然还没有认识到。在这一点上，他的精神是纯德国式的，并且缄默也并不是他这个年纪可以懂得的。他爱说话，偏爱粗声地讲话，这都来自父亲的遗传。他自己当然意识到了，并且拼命想改掉。他一部分的精力已经变得麻木不堪了，正是这种反抗导致的。除此之外，他还得跟祖父给他的另外一种遗传做斗争，即要准确无误地将自己表现出来困难至极。作为演奏家的儿子，卖弄技巧对他有很大的诱惑，当然也是危险的诱惑——那是完全归于肉体方面的快感，肌肉能够灵活运用的快感，克服困难、展示本领、迷惑大众、一个人控制千百人的快感。对一个青年人而言，追求这种快感是可以原谅的，甚至是近乎天真。可对于艺术与心灵而言却是个致命伤。这克利斯朵夫是知道的，是他的血统所决定的，他竭力拒绝却不得不妥协。

因此，他受着种族的本能与自己天赋的本能的驱使。从前的负担犹如寄生虫般黏着他，使他无法摆脱，他只好蹒跚前行，可结果已经和他所深恶痛绝的境界相距不远了。他那时的所有作品，全是真实与张扬、鲜明的个性与无知的傻话混合起来。前人的性格紧紧地束缚着他，他的个性难得能突破重围而透露出来。

克利斯朵夫是异常孤独的。没有谁能够帮助他跳出泥潭。他自以为跳出来了，但是却越陷越深。他盲目地摸索着前进，却屡试屡败，浪费了许多时间和精力。酸甜苦辣都被他尝遍了，创作的骚动使他无法平静，他分辨不出他创作的什么是有价值的。他想着一些不切实际的计划、庞大的轮廓以及高谈哲理的交响诗，顿时让他不知所措。可是他又太诚实了，不想长期拿这些妄想来蒙蔽自己。他还没有来得及动手起草，就已经抛弃了那些不切实际的计划，又或者他试图将最难以入手的诗歌谱成序曲。于是，他迷了路，在那个本不属于他的园地中。等到他开始动手写脚本的时候（因为他极有信心），却发现那真是荒谬得不能再荒谬的东西了。他又想采用歌德、克莱斯特、赫贝尔或者是莎士比亚的名著，但是却曲解了原意。这并不是他愚蠢，而是没有批评精神。因为太想着自己，反而不了解别人，他仅仅看见了自己那个纯洁而张扬的心灵。

除了这些生不出来的怪胎以外，他又创作了许多小曲，表现了一些转瞬即逝的情感，其实倒是永恒的音乐思想，写了许多歌曲。但是他的歌曲和别的歌曲并没有差异，他竭力拒绝流行的习惯。他要为已经有谱的诗歌重新配乐，狂妄地想要跟舒曼与舒伯特一较高下。有时他要写歌德笔下的富有诗意的人物，弥侬或者《威廉·迈斯特》[①]中的竖琴师等等，更要将他们的个性刻画得鲜明又动荡。有时他也会创作些情爱之歌，灌输些狂野而性感的气息，将那些浅薄的艺术家与品位低俗的群众蒙在情歌上的伤感与忧郁一扫而空。总之，他要使人物与热情作为独立的个体存在，而不让他们成为在星期日流连于啤酒店，随意捕捉某个机会发泄一下感情的德国家庭的玩物。

可是他总觉得诗人的作品都太文雅。他宁可采用最简单的题材，什么古老的诗歌，在善书里谈到的年代悠久的祭祀曲目。他特意不采用它们原有的赞美歌的特征，大胆地采用世俗而俏皮的手法；又或者利用一些成语，甚至偶然听到的话，群众的对白、儿童的想法。这些看似平淡的语言反而透露出最真实的感情。在这些地方，他获得了自己真正需要的东西，达到了更深层次的境界，可是他自己却浑然不知。

无论好坏——当然坏的居多——他所有作品都富含生命力。当然并非所有的都是新鲜的东西，那还差得远呢。克利斯朵夫正是因为真诚才显得普通。有时他采用别人早已用过的方法，因为他觉得这种方法才能够准确无误地将他的思想展示出来，加之他直觉的选择。他绝不追求新奇，认为只有极其平庸的人才会去追求新奇。他只求可以袒露自己的心声，而不在乎前人是否说过。他非常自信，这才叫作创造。世间不是永远只有一个克利斯朵夫吗？凭着他那目空一切的性格，他认为古往今来尚未存在可以称作伟大的事情，一切都还得从头开始。感觉到内心世界充实极了，人生丰富多彩，他便有点飘飘然起来，以至于手舞足蹈。兴高采烈的情绪并不需要什

① 歌德所作小说《威廉 · 迈斯特》讲述一意大利伯爵洛泰利奥因为女儿迷娘从小被吉普赛人拐走，于是就扮作行吟诗人，手弹竖琴，去各地寻访，后来终于找到自己的女儿。迷娘嫁给了大学生威廉 · 迈斯特。十九世纪法国音乐家托玛将这个故事谱成歌剧，名为《迷娘》。

么事情来支撑，哪怕是悲哀它也同样能够适应。他飘飘然的泉源来自他的力量，力量是一切幸福、一切品德的源泉。生活吧，尽情地生活吧！……凡是丝毫感觉不到这种让人陶醉的力量，感觉不到即使在最苦难的泥沼里也能生活得那样快乐的人，都不能称为艺术家。这就恰是衡量艺术家的标尺。真正的伟大是在快乐和痛苦中都能够兴高采烈。门德尔松或勃拉姆斯就如同十月的雾，如淅沥的雨，何曾有过这种超凡的能耐。

然而，克利斯朵夫却拥有这种超凡的能耐。他天生憨直冲动的性格，促使他乐于在人前表露自己的快活。他只想跟旁人分享他的快乐，却不知道这种快活会伤害到其他人。他没料想到的是，这种快乐会妨碍那些缺少这些快乐的人。他也不在乎别人是否高兴，他就是极富自信地认为把自己的想法告诉别人是再自然不过的事情了。他将自己的精神财富和一般音符制造家的贫弱做了比较，他认为要别人承认他的优势真是再容易不过的事情了，太容易了。只要将自己拿出去就行。

这不，他就将自己拿出去了。

大家都在等着他。

克利斯朵夫并没有隐瞒他的思想。从他知晓德国人的虚伪，并对什么都不愿意看清本质的民族特性后，他就决意要表露自己的真诚，那种绝对的没有掺假的真诚，无论对什么人什么作品都不留情面。又因为他做什么事都喜欢钻牛角尖，因此便说出许多荒诞而骇人听闻的话。而他的小孩子脾气也是很让人吃惊的。一旦碰到一个人，他就会不假思索地马上说出一堆他对德国艺术的想法，就像一个人有了奇妙的见解，而不想独自占有一样。可别人厌恶他所讲的，这是他万万没有想到的。一旦发现某部名作里有什么毛病，他就会专心致志地想着，并且见人就说，不管对方是不是音乐家。他扬扬得意地发表着他的怪论。刚开始，别人对他的话并不当真，对他的胡说八道笑笑就算了。但是，不久他们便发觉他总是重复那一套，别人不免就对他一味坚持的固执作风感到厌恶。尤其是发现克利斯朵夫对自己的那些怪论深信不疑，大家便也觉得这些怪论不再有趣，而是索然无味。而且他毫无顾忌，在音乐会上公开叫嚷，说些冷嘲热讽的刻薄言论，甚至明目张胆地表示瞧不起那些声名显赫的大师。

小城中藏不住消息，他的行径总是会像风一样在整个小城里传播开去。克利斯朵夫说过的话，人们全都听得清清楚楚。他去年的所作所为已经引起众怒。他和阿达公然调情的无耻行为大家还没有忘记。可他自己却早已忘记。时间如梭，往事终究会随时间被渐渐遗忘，现在的他和过去已经扯不上任何关系了。但是别人却还总是记着那些陈年旧事。那些人的社会职责似乎就是一件不落地将事情都记录下来，街坊邻舍的过失、错误，悲惨的或是肮脏的、令人不愉快的回忆，全部牢记在心。克利斯朵夫的行为中，除去过去的话柄，而今又加上一些新的东西，前后对照之后，事情就变得再明显不过了。以前是道德败坏，现在又有碍风雅。最宽宏大量的人说他是“独树一帜”，但大多数人则认为“他完全疯了”。

还有另一种对他更加不利的谣言正在传播着——因为是出自权威方面的，所以传播得更广——据说克利斯朵夫在宫廷任职时，胆大妄为，居然对大公爵本人也“直言不讳”，堂而皇之地贬低有名望的大师。他将门德尔松的《哀丽阿》称作“虚伪牧师的胡说八道”，并且将舒曼的一部分歌曲也同样侮辱了一番——而当克利斯朵夫说这种话时，貌似正是威严的亲王们在褒奖这些作品。大公爵冷冷地回答说：“先生，听你的话，有时别人会怀疑你是不是一个真正的德国人。”

这句中伤的话，被流传至街头巷尾，全因出自那样高贵的人之口。那些妒忌克利斯朵夫的名声，或是与他有点纠葛的人便会立刻补充说，他的确不是一个真正的德国人。克利斯朵夫的先辈是佛兰德族，而外来的移民毁谤他现在居住的国家的荣誉也就不足为奇了。这一下事情可算是水落石出了，日耳曼民族除了轻视别的民族以外，也更加有理由来抬高自己的地位了。

直到现在，人们只是在精神上对克利斯朵夫进行报复。但是在他罗列了更加翔实的事实之后，他自己已经成了众矢之的，却还去批评别人，这真是极不理智的事情。若是稍有头脑的艺术家，大概都会选择尊敬他的前辈。但克利斯朵夫认为应当瞧不起那些庸俗的人，并且得意于自己的力量。但他表现的似乎有点过火了，以至于有点忘乎所以。最近，他迫切需要发泄，他的欢乐实在是太多了，他一个人无法消受那么多的欢乐，倘若不分一些给别人，他会快乐得爆炸掉。他没有朋友，于是就把乐队里的一个叫西格蒙·奥赫的青年同事当作知己。西格蒙·奥赫是乐队副指挥，是魏登贝格人，脾气不错，为人深藏不露，对克利斯朵夫一直很尊敬。他对奥赫没有留心眼，当然就算将自己的欢乐告诉不相干的人甚至是敌人都是无所谓的。这又有什么不好呢？难道他们不是应该反过来感激他吗？他让大家一起快乐，无论对朋友还是敌人都一视同仁——他不知道，世界上最难的事情就是要别人去接受一种新的幸福。他们更乐于守着过去的不幸，那个已经浸泡了几百年的传统习惯，才是他们最需要的，更加让他们受不了的是，如果这个幸福还是他人恩赐的。对于他们而言，这简直是一种奇耻大辱，除非是无法避免的时候，他们才肯容忍去接受，但即便如此，他们也还是会设法让那个恩赐的人付出点代价。

所以，克利斯朵夫藏于心底的话即使有一千个理由不会受任何人欢迎，但也有一千零一个理由可以受到西格蒙·奥赫的欢迎，并会接受。乐队的首席指挥多皮阿·帕弗不久就要退休，克利斯朵夫虽然年纪很轻，却很有可能接替这个职位。奥赫是一个真正的德国人，当然不会不承认克利斯朵夫有能力胜任这个职位，因为宫廷方面又十分宠信克利斯朵夫。可奥赫自认为倘若宫廷多了解他一点，他们就会发现他是更适合的人。所以当瞅见克利斯朵夫高兴地跑进剧院时，他便堆起一副异样的笑容，来准备聆听克利斯朵夫藏于心底的心腹话。

“嗨，”他狡黠地说，“又有什么新的作品吗？”

克利斯朵夫激动极了，一把抓住了他的胳臂回答：“啊！朋友！这一件作品简直登峰造极了……如果你听到了的话……哦，该死！那简直妙不可言啦！哎，此曲只应天上有啊！只有上天的赐福，人间才能够听到呢！而任何人听过之后，就会觉得死而无憾了。”

奥赫可不是个聋子。他并没有一笑置之，也没有表现出欣喜若狂。他明白克利斯朵夫的脾气，倘若有人指出他的可笑之处，他自己就会先笑自己了。可是奥赫假装听得很认真，好像在盼望克利斯朵夫多说一些傻话。只要一转身，他就会添油加醋地把这些话传播出去。大家先是挖苦一阵，然后就会迫切地等待着批判他那些可怜的作品——可怜的作品，尚未诞生就已经被处决了。

作品总算是出来了。

克利斯朵夫在乱七八糟的音乐草稿中挑选了一段序曲，便是以赫贝尔的《尤迪特》那种铿锵有力的作风为题材，他认为这种风格可以弥补德国人萎靡不振的缺点（但他早已厌倦了这些作品，认为赫贝尔总是喜欢卖弄天才，惺惺作态）。其次是一首交响曲，借用瑞士画家鲍格林夸张的题目，叫作《人生的梦》。并且又加上一句小题词：人生如梦似惊鸿。另外还有一组歌和几首古典作品，最后加了奥赫创作的欢乐进行曲——克利斯朵夫明知是平庸的作品，但是为了表示亲热就故意列入节目单中。

几次的预奏会还算顺风顺水。虽然乐队并不了解自己所奏的作品，都对这种古怪的新音乐感到十分诧异，还来不及有什么意见。尤其在听众们没有表示任何意见时，他们绝不能乱做推断。他们看到克利斯朵夫自信的神情，自然也就心甘情愿地接受。一般音乐师都能遵从，并且很有纪律，唯命是从地跟在后面。但在女歌唱家方面遇到了困难。她就是上次音乐会上身着蓝色服装的老太太，她在德国是个有名望的歌唱家。虽然上了年纪，但在德累斯顿和拜罗伊特扮演了瓦格纳剧中的主角，肺活量大得惊人。她虽然掌握了瓦格纳派最引以为傲的咬音艺术，将辅音唱得高扬，元音唱得低沉如锤，但却因为这样，她未能懂得自然的艺术。她总是一个字一个字地对付着，喜好加强所有音，所有的音节恍若穿着铅底鞋子在地上沉甸甸地蹒跚着，赋予每一句以悲剧的色彩。克利斯朵夫叮嘱她把戏剧化的成分减少一些。起先她还乐意听从，但是天生沉笨的嗓音以及卖弄嗓子的习惯使她难以控制。克利斯朵夫烦躁极了，于是他对这位德高望重的太太说：他要听的是人说的话，而非要巨龙法弗奈[①]吹小号。这种极不客气的话，当然使她不高兴。她回答说、谢天谢地，她并不是不知道怎么唱歌的人，并且她也很荣幸地唱过勃拉姆斯的歌，而勃拉姆斯也听得如痴如醉。

“那真是太糟了！太糟了！”克利斯朵夫嚷道。

她傲慢地笑着，并要求克利斯朵夫解释这句谜一样的惊叹。岂料，他竟回答说勃拉姆斯一辈子也没有弄懂什么叫作自然，而他的褒奖简直是最难听的责备。虽然她对克利斯朵夫有时不大礼貌——就像她刚才说的——可也不至于讲出对勃拉姆斯这么冒犯的话。

他们两个继续用这种口气争执着。那位太太始终坚持她那激昂高亢的演唱方式——以至于某天，克利斯朵夫冷冷地说他可算是瞧清楚了，她生来便是如此，这是无法改变的；既然他的歌不能被完美地演绎出来，还是干脆不唱的好，从节目中取消得了。而此时已经是音乐会的前夕，大家都知道音乐会中有克利斯朵夫的歌，而且她自己也曾在外面提过；她并不是什么音乐天才，对那些歌里面的某些优点并不十分赞同，克利斯朵夫临时取消节目简直就是公开侮辱她。她并不愿意和这颗冉冉上升的音乐天才之星伤了和气，因为明天的音乐会或许会引起轰动，从而奠定他的声名。因此她让步了，并在最后一次预奏会中，她完全听从了克利斯朵夫的指示。但是她打定主意，在明天的音乐会中一定用自己激昂高亢的唱腔。

音乐会当天，克利斯朵夫从容自若，脑子里满是自己的作品，无法做出任何批判。他清楚地知道他的作品有些地方是要被别人取笑的。但这又有什么关系呢？如果一个人怕被别人取笑的话，那是

① 法弗奈是《西格弗里德》歌剧中守护尼伯龙根指环的巨龙，因为文中的女歌唱家善唱瓦格纳作品，借此来讽刺她。

绝对写不出伟大作品的。只有大胆地抛弃传统、礼节、羞耻感以及压迫心灵的谎言，才有可能追求到深刻。倘若有谁任何人也不想得罪的话，那么就只能一辈子卑微谨慎地为那些平庸的人奉献一些他们能接受的平庸的作品，将永远都不能踏进人生的殿堂。只有将这些顾虑踏在脚下时，一个人才能被称作伟大。克利斯朵夫这样做了。当然大家很可能会喝倒彩，他甚至有把握让众人都诧异。一想到听众们会因为曲子里某些大胆的部分而露出各种嘴脸，他就暗自高兴。他对那些尖酸刻薄的批评早已有了防备，而且已经觉得很好笑了。无论如何，谁也不能否认他作品中狂热的力量，除非是聋子——至于这力量是否被别人赏识则是另外一回事了。但那有什么关系？……讨不讨人喜欢有什么关系呢！……只要有力量，这就够了。像莱茵河一样吧！将一切都卷走吧！

首先让他尴尬的是大公爵的缺席。爵府的贵宾席上居然只有爵府里的随从太太们。克利斯朵夫恼火极了，想道："这家伙居然跟我怄气，他不知道如何去认知我的作品。他不来就是怕自己会受到牵连而感到难为情吧。"他耸了耸肩，装作满不在乎。但别人却很在乎，这是克利斯朵夫的第一个教训，同时也是对他前途的一个威胁。

主子尚且如此，听众就更不用说了：三分之一的空座就是答案。一想到他童年音乐会的盛况，克利斯朵夫不由得心酸。如果他稍有经验，当然知道演奏佳作时的听众数目自然会少于演奏通俗音乐：只因大部分人对音乐家感兴趣而不是对音乐；况且一个与普通人没有分别的音乐家，他的魅力还不如穿着短裤的儿童音乐家那么好玩、那么逗人，能够刺激他们开心。

克利斯朵夫没有等到更多的听众，便决意要开场。他自认为这样倒是更好，认为“朋友不在多，知己最珍贵”。

只可惜他这种乐观情绪也难以维持。

尽管一曲又一曲地弹奏下去，大厅里仍旧鸦雀无声。这种寂静无声并不是因为大家感情冲动到了极点沉醉其中的缘故，而是因为一无所有，什么都没有，大家似乎睡着了。每个音符都好像陷入了深不可测的泥沼中去了。克利斯朵夫背对着听众，全神贯注地指挥着乐队，可是依旧可以感觉到大厅里的气氛。真正的艺术家都有一种精神上的触觉，能够感知他的作品是否可以与听众产生共鸣。他仍旧打着拍子，异常兴奋，可大厅里那股沉闷的空气，早已吹凉了他的背脊，也凉透了心。

终于《序曲》奏完了，大家礼节性地麻木地拍了下手，旋即又安静下来了。克利斯朵夫宁愿被别人训斥一顿……即便是嘘声一片都行！至少可以让他体会到有点儿生命的活力，对他的作品有丁点儿表示！但是完全没有——他看着听众，听众也彼此望着。他们渴求在对方的眼中探求到一些意见，但是失败了，只能又重新板着冷漠的嘴脸。

音乐又响起了，轮到演奏那支交响曲了——克利斯朵夫几乎崩溃了，多次想丢下指挥棒掉头就走。他也被听众的麻木传染了，以至于不懂得自己指挥的到底是什么东西，他觉得自己已经掉入了烦闷的泥潭。起先预料在某些段落上听众会彼此间说的俏皮话也没有，大家都在无聊地翻阅着节目单。克利斯朵夫听见一阵哗啦啦的纸张翻动声，之后又陷入一片寂静，直到曲子终止，接着便又是一阵象征性的掌声，以表示他们知道乐曲终止了——大家安静下来以后，仍旧有些零星的掌声，因为没有回应，立即就不好意思地停住了。

这个小插曲更显出听众是多么厌烦这次音乐会，以至于越发显得空虚了。

克利斯朵夫呆坐在乐队中间，不敢四下张望。他伤心极了，真想哭出来，同时气得浑身打着哆嗦。他恨不得站起来怒斥听众："你们真是讨厌！真是讨厌！……全部给我滚出去！"

听众等着他们听惯捧惯的女歌唱家出场，此时都稍为清醒了些。因为刚才那些新作品就如同一片茫茫大海，而他们在海上彷徨着，没有指南针；但她就如同稳固的陆地一样，绝对不会让人有迷失的危险。克利斯朵夫看出听众们的想法，他轻蔑地笑了一笑。女歌唱家当然知道听众在等她，所以当克利斯朵夫去叫她上台的时候，她极像一个女王。他们俩都将对方看作敌人。按照旧例克利斯朵夫应该搀着她的手臂上台，但他却将双手插在口袋里，让她自个儿上台。她愤愤地走过去，克利斯朵夫极不高兴地跟在后面。当她一上台便迎来雷鸣般的掌声，大家松了口气，脸上又有了生气，所有的目光都聚集在她一个人身上。她陶醉在这种氛围里，并很自信地唱起歌来，当然是用她与生俱来的独有唱腔，她早已经将克利斯朵夫的叮嘱抛诸脑后。为她伴奏的克利斯朵夫立即变了脸色。他早已预料到她会捣乱。他立即敲着钢琴，愤怒地说："错了，不是这样的！"

可是她充耳不闻。于是他就在背后压低着嗓子，并生气地说："不！不！唱错了，不要这样唱！……不是这样的！"

这几句训斥，尽管台下的听众没有听见，但是乐队里的人可是听得一清二楚；她情急之下拼命地拉慢节奏，不该停的地方却停了。他没有留意，自顾自地弹下去，以至于歌和伴奏差了一节。但听众丝毫没有察觉：他们早就认定克利斯朵夫的音乐不会动听，拍子当然也准不到哪儿去了；可克利斯朵夫却不是这样想的，他像疯了一样，脸都扭作一团，终于再也按捺不住了。他突然停止弹奏，怒喊道："够了！"

或许沉醉于自己的唱腔，她没有听见，她又继续唱了半节，才停住了。

"够了！"他又粗暴地说了一遍。

全场哗然。过了一会儿，他又冷冷地说："咱们从头再来！"

她诧异地望着他，双手直哆嗦，恨不得将乐器朝他头上扔过去；事后她竟后悔当时为什么没有那样做。但是她又慑于克利斯朵夫的怒容，只好重新开始。她没有变动任何地方，将整首歌都唱完了：因为她觉得克利斯朵夫绝不会怜香惜玉，而想起要再受到那样的侮辱就吓得浑身发抖。

她唱完以后，台下掌声经久不息。听众并不是称赞她唱的歌曲——（假使她唱别的作品，也同样可以博得掌声）——而是捧这位有名的女歌唱家：他们知道给她捧场是完全正确的。同时听众都想安慰一下她，以补偿她所受到的屈辱。尽管他们也察觉到她刚才唱错了，但却忍受不了克利斯朵夫当众指责她。大家都喊着"再来一首"，但是克利斯朵夫很坚决地关上了琴盖。

她没有察觉到这又是对她的侮辱，她心烦意乱，根本不想再来一次。她急忙冲下了台，躲在化妆间内将胸中郁积的恼恨和愤怒一股脑儿发泄出来。她哭喊着，怒骂着克利斯朵夫这个浑蛋……愤怒的叫喊声传到门外。那些进去探望她的朋友出来说，克利斯朵夫对她就如同仆人一般。众人的议论很快就传遍了整个剧院，所以克利斯朵夫重新上台指挥最后一曲时，大厅里混乱起来。可这个曲子是奥赫的《欢乐进行曲》，而不是他的。听众乐于听这平凡的曲子，便不再责备克利斯朵夫的不是，而是用极简单的办法来表示他们的不满：他们故意给奥赫捧场，并且再三要求奥赫谢幕了几次；奥赫当然不会放过如此千载难逢的机会。而此时音乐会也结束了。

大公爵以及那些宫廷的人，还有那些终日无所事事却爱说长道短的当地人，对音乐会的情形自然是知道得一清二楚。与女歌唱家私下交好的几家报纸，绝口不提那件使她备受屈辱的事，一致称赞她的歌唱艺术，而在报道她所唱的作品时，仅仅附带提了下她唱的歌。对于克利斯朵夫其他的作品，只是寥寥几笔，所有报纸的报道都如出一辙，尽是些大同小异的论调："这种音乐作品，风格杂乱无章，缺少动人的旋律和灵感。只是头脑的作品而不是心灵的作品。少了真诚。只想自成一派……"之后的文字则讲述什么是真正的独创，并列举出一些已逝的音乐大师：莫扎特、贝多芬、吕威、舒伯特、勃拉姆斯等，这些音乐大师都是"不刻意追求独创而自然成就独创"——而后笔锋一转，讲述当地的剧院不久前重演的克莱采尔的作品，于是就将那"清新、美妙的歌剧"大肆夸奖了一番。

总而言之，即便是对克利斯朵夫最有好感的批评家，也完全不懂他的作品，而那些绝对憎恨他的人自然就表现出更为阴险的仇视态度，大众，他们对好意或是恶意的批评家毫不在乎，只是不吭声。当要大众自已随心所欲地去思考时，他们就干脆选择不思考。

克利斯朵夫失望到了极点。

他的失败是意料之中的。他的作品不讨人喜欢的理由何止一个，有三个。第一，它们过于稚嫩不成熟。第二，它们刚诞生，太新奇的事物很难一下子就让别人理解。第三，教训一个肆无忌惮的青年是大家乐于去做的事。但是克利斯朵夫很冲动，不肯承认他的失败是理所当然的。长时期被人误解，并且看惯了人类无可救药的愚蠢，真正的艺术家往往会变得内心豁达，而克利斯朵夫距离这个境界还很远。他相信大众，以及相信自己可以获得成功，但是这种幼稚的梦想如今被摔得粉碎。有敌人，他倒认为是极其平常的事情。他觉得奇怪的是自己竟然一个朋友也没有。那些他曾以为可以信赖的，并且对他的音乐感兴趣的人，自那次音乐会后，便再没有对他说过一句鼓励的话。他设法试探他们，可是他们总是闪烁其词。为了想要知道他们真正的想法，克利斯朵夫甚至苦苦相逼，结果却连最真诚的人都将他以前那些幼稚的作品和新作进行比较—— 一连好几次，他听到别人将他的旧作和新作做比较，说他的新作不行——可是几年以前，在那些作品刚诞生的时候，他们也同样认为不好。凡是新的就是不好的：这就是真理。克利斯朵夫明白这所谓的真理，于是便大惊小怪地叫起来。他可以接受别人的不喜欢，他不仅容许，甚至还极其欢迎，因为他并不想将任何人都当作自己的朋友。但是别人喜欢他却又不许他长大，硬要他一生都做个小孩子，那可真太过分了！十二岁以前的作品都是好的，二十岁以后的作品便被认为不行了；他不愿意自己总是一成不变，停留在那个阶段，渴望自己变，变，永远地变下去……想阻止生命的成长发展，简直就是浑蛋！……童年时的作品之所以有意思，并不是它幼稚天真，而是有股前程无限的力潜伏其中！而他们竟想让这前程消失殆尽！……要知道他们从来都没有真正了解过他，也从未爱过他，他们喜欢的仅是他的庸俗，这与其他人的庸俗丝毫没有差别，而不是真正的“他”：他们之间的友谊仅仅是场误会……

或许这有点儿夸张了。庸俗的人不喜欢新的作品，一旦它拥有二十年的寿命，他们便会义无反顾地喜爱：这是极为平常的现象。他们虚弱的头脑，经受不住香味浓重的新生命的味道，因此必须用时间来把这味道冲淡一些。艺术品只有经过时间的沉淀，才能被别人欣赏。

克利斯朵夫想要别人了解现在的他，而不是等他成为过去之后再了解他。如果别人不了解他，那么干脆在任何时间任何情形之下都不要了解他。他气愤之极。他总是渴望自己被别人了解，为自己辩解，和大家辩论，这才是白费工夫，那不是要将整个时代的口味都转变一下吗？但他固执己见，坚持要将德国人的口味彻底洗刷一遍，不管别人是否愿意。其实，他绝对不可能成功。几次简单的谈话，并不能说服一个人；可他在讲话的时候实在找不到任何合适的词语，并且面对那些大音乐家时，甚至用狂妄傲慢的态度和对方聊天，结果只是多结了几个仇家。他不知道应当先将自己的思想有条不紊地整理清楚，才能迫使别人听他的……

而他的星宿，带着灾难的星宿，正好给他带来了说服别人的机会。

在剧院的食堂里，克利斯朵夫和乐队的几个同事围桌而坐，他们骇然于他对艺术的批评言论。尽管他们各执己见，但是都大不乐意听到他放肆的言论。老克罗斯是个中提琴师，忠厚老实，同时是个很不错的音乐家，更难得的是自始至终都很欣赏克利斯朵夫；他故意咳嗽着，想寻找机会通过讲一个笑话将话题扯开。但是克利斯朵夫完全没注意到，反而越说越起劲。克罗斯灰心极了：“天晓得！他干什么非要讲这些话呢？他完全可以在心里说说得了，干吗非要将这些话说出来呢！”

奇怪的是，克罗斯自己曾经也对这些问题有过这样的想法；至少他曾经也对这些问题产生过质疑，克利斯朵夫的话证明了他心里的许多疑惑，可是他没有勇气去赞同—— 一半是害怕自己会被公众排斥，另一半是因为他很谦虚，甚至不敢相信自己。

而吹短号的韦格尔只懂得称赞，他甚至连一句话也没有听进去。不管什么东西，不管好坏与否，对天上的繁星和地上的煤油灯，在他眼里都是一样的。他的赞美并不是件值得开心的事，他对所有的事都是赞美、赞美、赞美。这已经成为他生命中不可缺少的一部分了，若是受到限制，就要痛苦了。

但是大提琴师哥赫就更为痛苦不堪了：他热衷于时下庸俗音乐。他最心爱的作品，便是那些被克利斯朵夫贬得不值一文的作品；他心中充斥着虚伪、很容易流泪的感情，以至于他不加思索地挑选最庸俗的作品。但他完全是真心地崇拜那些虚伪的大人物。只有克利斯朵夫才会认为崇拜真正的大人物是虚伪的——而这种虚伪还是天真无邪的。一些崇拜勃拉姆斯的人，企图通过自己崇拜的偶像而寻找到过去的天才们的蛛丝马迹：他们爱着勃拉姆斯身上的贝多芬。而哥赫却更胜一筹，他爱的倒是贝多芬身上的勃拉姆斯气息。

但最不能忍受克利斯朵夫奇怪的言论的，要数吹巴松管的史比兹。他的天生的奴性受到的伤害远远大于他的音乐本能所受到的伤害。某个罗马大帝就是死也要站着，但是他却非得趴在地上死，因为这姿势是天生的；他觉得人生最大的快乐莫过于此：在所有正统的，并且受人尊重的成功的事物前面三跪九叩。他极恨那些不许他舔土的人。

于是，韦格尔做着绝望的姿势，哥赫垂头丧气，克罗斯胡言乱语，而史比兹则会大声地叫嚷着。可是克利斯朵夫不紧不慢的语调盖过别人的唠叨，用最难听的话讲着德国和德国人。

邻桌的青年听见克利斯朵夫的话后，捧腹大笑。一头乌黑的鬈发，一双水灵的眼睛，一个大鼻子，还有那不知向左还是向右的鼻梁，大鼻子底下是两片厚厚的嘴唇，虽然他神情飘忽，可是气度不俗。他认真听着克利斯朵夫的话，并且对每个字都格外留神，他甚至笑得连脑门、太阳穴、眼角、鼻孔、腮帮到处都皱了起来，有时还笑得浑身晃动着。他把每句话都记在心里，但是并没有插嘴。克利斯朵夫高谈阔论到一半时，居然愣住了，在史比兹的奚落之下，气得结巴起来，最后终于找到了一个词，像大石块一样将敌人撂倒在地。见此情形，那青年更加乐不可支。当克利斯朵夫超出思想范围地冲动时，会突然说些骇人听闻的话，在场的所有人都尖声怪叫，只有邻座的青年显得异常兴奋。

最后，人们对克利斯朵夫这种钻牛角尖的争辩感到了厌烦，就离开了。克利斯朵夫想最后离开时，那个欣赏他言论的青年便走上前去。克利斯朵夫先前并没有注意到他。但青年有礼貌地脱下帽子，微笑地对克利斯朵夫说出自己的名字：弗朗兹·曼海姆。

他先对自己刚才在旁边偷听的冒昧行为表示歉意，而后又大肆赞扬了克利斯朵夫大快人心地抨击敌人的勇气。说到这里，他又笑了。克利斯朵夫带着兴奋和疑虑瞅着他。

“是真的吗？”克利斯朵夫问，“你不会是在取笑我吗？”

青年发誓表示否认。克利斯朵夫顿时欢喜极了。

“那你认为我是对的，是不是？你赞同我的看法吗？”

“老实说我并非音乐家，完全是外行人。而我唯一喜欢的音乐——并不是阿谀奉承——是您的音乐……或许这可以表明我的兴趣还算不错……”

“哦，哦！”克利斯朵夫仍旧半信半疑，“这还不能说明什么。”

“哦，您苛求的还真多……算了吧！……我和你想的是一样的，这并不能被称为证据。我绝不敢妄加批评你对德国音乐家的言论。但是不管怎么说，我认为你对普通的德国人，已经老年的德国人的批评真是恰到好处；那些杂乱不堪的浪漫派，迂腐的思想，以及多愁善感的感情，还要我们去喜爱这些陈词滥调，真是‘这不朽的昨日，亘古不变，永不湮灭的昨日，只因为它是今日之金科，亦是明日之玉律！’”

他又吟了一段席勒诗中的名句：

“亘古变换的昨天，永远是过去的也永远会重新出现……”

“而他便是我第一个应该打倒的人！”曼海姆又加上一句。

“谁？”克利斯朵夫好奇地问。

“当然是写下这种句子的人喽。”

克利斯朵夫搞不懂他在想什么，有点儿茫然。曼海姆又接着说：

“第一，我希望每隔五十年就将艺术和思想进行一次整理，凡是陈旧的东西，都将它剔除掉。”

“这或许有点过分了。”克利斯朵夫笑着说。

“一点儿也不为过。我甚至认为五十年都太长了，应该三十年，或者更短些！……这才是清洁的方法。哪个会把老祖宗的旧东西堆积在家里呢？等他们一死，我们就恭敬地将他们送出去，任其腐烂，并且还得堆上几块石头，好让他们永远被禁锢在外面，再也回不来。有些心肠软的人或许会放些花。我既不反对也不在乎。我只要求他们别再纠缠着我。我也不会去叨扰他们。活的死的泾渭分明，各站一边，井水不犯河水，谁也别打扰谁。”

“但是有些死人甚至比活着的人更活呢！”

“不！不！倒不如说是活人比死人更死，这才是事实。”

“或许是的。但无论如何，有些老人的确还是很年轻的。”

“我们可以看见他们是否还很年轻……但我觉得这是瞎说。我们绝不应该重复使用。唯有变才是可行的。首先就得把老人丢开。德国早就挤满了老人，最好全部都死掉！”

克利斯朵夫全神贯注地听着他这些稀奇古怪的言论，并很费劲地讨论着；其中一部分他们俩的见解竟然不谋而合，并且克利斯朵夫看到许多与自己想法一致的思想，只是当这些想法被别人用极其夸张的口吻说出来后，觉得有点难以入耳罢了。只因觉得别人和他都是抱着同样严肃的态度，便自认为那些话也许是看起来比他更善言谈、有学识的青年，根据他的原则，依照逻辑推演出来的。太多的人都不能原谅克利斯朵夫的骄傲自大，但是实际上他就如同孩子一般谦虚，尤其是他们用自己高深的知识理论讨论难题时，克利斯朵夫就极易被学识比他高的人愚弄。曼海姆对于自己故意散布的怪论感到高兴极了，一问一答，并且越说越荒唐，就连他自己都忍不住偷笑。从来没有任何人会将他的话当真，如今看到克利斯朵夫绞尽脑汁地想讨论，甚至想要了解他的胡言乱语，不由得高兴极了。他一边嘲笑克利斯朵夫的愚笨，一边又感激克利斯朵夫对他的重视，觉得克利斯朵夫既可笑又可爱。

彼此道别时，他们已经变成好朋友；但三小时后，让克利斯朵夫奇怪的是，在剧院的预奏会中居然看见曼海姆在乐队的小门里探头探脑，并对他做着鬼脸。预奏结束后，他过去找曼海姆。曼海姆甚至亲热地抓着他的胳膊说：

“你有时间吗？……我有个想法，或许你会觉得这是胡闹……难道你不想抽时间，把你对音乐以及对那些虚伪的音乐家的感想写下来吗？不如直接将这些话公之于众，更好过和乐队里四个只会吹笛子弹钢琴的傻瓜白费口舌。”

“你问我这样做是不是更有意思？……我是否愿意？……嘿，你可说得真是轻松！这些文章写好之后，我该往哪儿发表呢？”

“我不是说这是我的想法嘛！……我和几个朋友：亚达尔培·洪·华特霍斯、拉斐尔·高特林、亚陶尔夫·梅、吕西安·哀朗弗尔创办了一份杂志。这是本地唯一有独到见解的杂志，名叫《酒神》——你一定知道吧？……我们都十分敬佩你，而且希望你加入我们的团队。你是否愿意担任《酒神》杂志的音乐评论家？”

克利斯朵夫真是受宠若惊了，真想立刻就答应曼海姆；但是他却怕自己不够资格，因为他还不会写文章。

“别担心，伙计，”曼海姆似乎看透了他内心的想法，安慰道，“你一定会写的，并且一旦你做了评论家，你可以说任何你想要说的话，不用顾虑公众的感受。你一定想不到他们有多愚蠢。艺术家又如何，任何人都可以嘘他，但是批评家却有权利向大家说：‘替我骂这个家伙！’场子里所有的听众，都将自己的思想交由你来处理。只要你装作在思考，你爱怎么样都行。那些笨蛋只求填饱肚子，才不管吃的是什么。他们什么都会吃。”

克利斯朵夫答应了他的邀请，并且对他的盛情相邀表示感谢。他只有一个要求，就是他所写的内容绝对不要受到任何限制。

“当然，当然，”曼海姆回答，“绝对自由，没有限制！所有的人都是自由的。”

晚上音乐会散场时，曼海姆第三次去看望克利斯朵夫，将亚达尔培·洪·华特霍斯和其余的朋友介绍给他。他们对他都很诚恳友善。

他们之中除了华特霍斯是本地的旧世家出身，其他的都是犹太人，都很富有。曼海姆的父亲是银行家，高特林的父亲是有名的葡萄园主，梅的父亲是冶金厂经理，而哀朗弗尔的父亲则是大珠宝商。他们的父亲均是老派的以色列族，既勤俭又坚强，并且永远坚守着他们的民族精神，不辞辛苦地赚钱，但他们却更得意自己拥有的坚强毅力而不是财富。不过那些儿子似乎生来就要把父亲的家业败掉：他们取笑家庭的偏见，取笑如蚂蚁般吃苦耐劳，以及惨淡经营的生活方式；他们装作艺术家，瞧不起钱财，并把它从窗户里扔出去。其实他们不会忘记现实，因此并没有很大手笔，尽管很荒唐，他们也不至于昏了头脑。而且他们的父亲断然不会坐视不管的，定会对他们严加看管。曼海姆是他们中最会挥霍的，他甚至恨不得将家产痛快地花光；但是他一无所有，只能在背后指责吝啬的父亲，但是往往心口不一，他还是认为父亲的办法是正确的。这群人中，只有华特霍斯可以支配自己的钱，拿得出现钱，杂志社就是靠他出钱来维持的。他是诗人，时常写些亚尔诺·霍尔茨和瓦尔特·惠特曼[①]一派的“自由诗”，长短结合，所有的点、逗号、三点、横画、静默、大写字、斜体字、有下划线的字，等等，都有极重要的作用，其作用不亚于叠韵和重复的词句。他采用各国文字中的字，加上一些没

① 亚尔诺·霍尔茨（1863—1929）是德国新现实派诗人兼剧作家。瓦尔特·惠特曼是十九世纪美国诗人。

有任何意义的符号在诗里。他自认为——（不知道为何）——居然想要做诗歌方面的塞尚纳[1]。不可否认，他极具想象力，总可以对烦琐无味的东西很有感觉。他既感伤又冷淡，既淳朴又轻浮，硬要将名士派的帽子扣在精心雕琢的诗句上。他或许能成为好诗人，但那仅是时髦的人心中的好诗人。只可惜这类诗人在杂志上、沙龙里司空见惯；可笑的是，他还想做到仅此一家。尽管他比谁都多贵族偏见，可却一直装作没有任何贵族偏见的王爷，而他自己却不承认。他为了让反犹太的人诧异，故意在他创建的杂志里写一些犹太人，同时向自己证明他是毫无偏见的、思想无拘无束的。尽管他骨子里蔑视这些人，但是却用一视同仁的口吻和他们说话。虽然他知道自己的姓氏以及金钱都在被他们利用，却还是置之不理，唯有这样他才能扬扬自得地轻视他们。

大家都知道他是有利可图的，因此也鄙视他对他们的利用。事实上，他们只不过是相互利用罢了。用华特霍斯的姓氏和金钱，他们则拿出文才以及经商头脑，而同时他们也带来一批主顾。他们显然要比他聪明得多，但却并不是很有个性，甚至比他还少呢。而在这个小城里，无论身处何时何地都是一样的——种族的关系已经使他们孤立了好几百年，尖酸刻薄的眼光早就被练就得格外尖锐——但他们的思想往往都走在时代的前端，总是可以敏锐地察觉到陈旧的制度以及落伍退后的思想的可笑之处。但他们的性格却远不如头脑那样来得洒脱，他们更想从中牟取暴利而不是改革，尽管他们毫无保留地挖苦那些制度和思想。尽管他们自命为在思想上无拘无束，

① 塞尚纳（1839—1906）是法国后起印象派画家之一，是二十世纪初期的野兽派、立体派之先驱。

但其实质还是如同旧世家出身的华特霍斯一样，是扣着时髦帽子的纨绔子弟，文学是给他们打趣儿的。虽然他们并不凶，但还是乐此不疲地扮作刽子手的样子，弱者永远是他们拿来开刀的人。因为知道自己早晚要回到社会中去，所以他们绝没有勇气和心思去与整个社会为敌，仍和大家过着同样的生活，接受他们以前竭力挖苦的生活；而当他们冒着危险向一个当代的偶像开火时——地位已经不再稳固的偶像——他们绝不可能与之同归于尽，因为一旦他们估计到可能有危险时，便要即刻有船可上。而且从不过问是否胜利，一场完了，需消停好些时日才再来一次。新大卫派的党徒[1]只是要别人知道他们发起狠来是非常恐怖的，非利士人[2]当然可以放心——但他们并不想发狠。比起这，他们当然更倾向于和艺术家们称兄道弟，和女演员们一块儿出去吃夜宵。

这样的环境当然会使克利斯朵夫觉得不自在。尽管话题索然无味，但他们还是乐于谈论女人跟马，并且他们都呆板极了。华特霍斯说话总是慢条斯理的，声音清晰却没有特色，那种周到的礼数令人生厌。编辑部秘书亚陶尔夫·梅是个肥腻愚蠢的家伙，总是缩着脑袋，样子很凶，自以为什么都对；他事事武断，对别人的回答总是充耳不闻，甚至瞧不起对方的任何意见，可以说是压根儿没把对方放在眼里。高特林作为艺术批评家，似有种神经性的抽搐，眼睛总是一刻都不曾消停地眨着，超大的眼镜架在鼻子上——或许是为

---

① 德国大音乐家舒曼早年曾集合爱美爱真的同志，创立秘密音乐团体，号称“大卫党”。

② 古代以色列君主大卫曾征服过非利士人，而非利士人又是十九世纪德国大学生对一般商人市侩的轻蔑的称呼，舒曼则将音乐界中的俗物和顽固分子称为非利士人。

了模仿与他来往的那些画家，特意蓄着长发，悠闲地抽着烟，总是话到一半就戛然而止，永远都不会完整地说一句话，并且经常莫名其妙地用大拇指在空中乱画一通。哀朗弗尔是个秃顶的矮子，一张精致但毫无生气的脸夹杂着淡黄色的胡子，脸上堆着笑容；脸上挂着弯弯的鼻子，他的工作是在杂志上写些时装和社交界的新消息；他的绵羊音总是被用来说些露骨的话，人很聪明，但是很狡诈，有时候甚至可以用卑鄙来形容。这些富家子弟都是些无政府主义者，那是理所当然的事，批判社会往往是人们酒足饭饱的时候最为奢侈的享受了，因为可以将从社会得来的利益统统一笔勾销，恰如拦路打劫的强盗，将别人洗劫一空，还对他说："赶紧滚蛋吧！滚得远远的，待这儿干吗？我不需要你了！"

这群人里头，曼海姆是克利斯朵夫唯一有好感的。五个人中最有生气的就是他。他对自己说的话和旁人说的话，都觉得好玩极了；尽管他总是结巴地、嘻哈地胡说八道着，既不能有条理地清楚讨论，也不知道自己心中所想；但他为人很和气，没有野心，谁都不记恨。实际上他并非是很老实的人，他时常扮演着一种不是有意的、对社会也无害的角色。任何荒诞不经的事，却往往是对世人都有益的理想，他都陶醉于其中，但他全然不会完全相信。由于他那种精明的头脑和玩世不恭的态度所导致的，他永远也不会为了实行理论而陷入麻烦之中，因为即便是亢奋的时候他都能保持冷静。但他需要时刻变换的东西供他玩弄，那对他而言仅仅是一种游戏。目前积善积德便是他玩弄的对象。他认为做人做得慈悲是不完全够的，一定要显得慈悲才行；他一边大肆宣传着慈悲，一边又绘声绘色地表现出慈悲。因为喜欢故意作对，所以他反对家里人的那种呆板艰辛的生活方式，反对所谓的礼教、军国主义，以及德国人的市侩气。所以他是托尔斯泰的信徒，相信涅槃、福祸、佛教——但他实在是搞不懂自己究竟信什么——总而言之，软绵绵的，没有骨气的，啰里八唆的，慈悲的道德就是他所宣扬的——它宽恕一切罪恶，而肉欲的罪恶则是它最为乐意去宽恕的，但是却不见得能够容忍所有的德性——这种道德所宣扬的就是：一同寻欢作乐，相互娱乐，而最后还为之加上圣洁的光轮，才觉得完美。嗅觉灵敏的人当然会觉得中间有丁点儿的虚伪，倘若信以为真的话，便是极其令人作呕的。但是曼海姆只是玩玩而已，当然没有当真。无论什么其他的癖好都可以将这种下流的基督教随时取代掉，它是随时都要准备让位的，比如：暴力主义、帝国主义，又或者其他怪兽。曼海姆是在表演，十分真心地表演；在他还未曾恢复老实的犹太人的面目以及犹太精神前，他早已经将自己不具备的各种情操轮流试演过多次了。他真是一个让人既爱又恨的人。

某段时期，克利斯朵夫就是曼海姆玩弄的对象。曼海姆完全相信他，逢人便说他的名字，就连在家人面前也丝毫不掩饰对他的恭维。在曼海姆看来，克利斯朵夫简直就是天赋异禀的人，可以创作出古怪的音乐，对音乐的评价往往语出惊人——而且生得俊朗不凡：秀美的嘴，整齐洁白的牙齿。他还补充道，克利斯朵夫也同样佩服他——以至于终于有一晚，克利斯朵夫被他邀请到家里吃饭。克利斯朵夫自然也就见到了这位新朋友的父亲，银行家洛太·曼海姆，以及弗朗兹的妹妹于第斯。

这是他第一次拜访犹太人的家。虽然在这小城里居住着不少犹太人，并依靠种族的富有、团结、聪明，而使其在当地占着重要地位，但是他们却不爱与别的种族的人来往。民间对犹太人总是抱着无法消除的偏见，都暗暗有点敌意，又好像带有种近乎怜悯的味道。克利斯朵夫家里的人就存在着这种心理。祖父就是极不喜欢犹太人的——岂料天意弄人，他最优秀的两个学生—— 一个成了作曲家，一个成了有名的演奏家——恰好都是犹太人。这使老人着实很头痛，有时他真的很想抱一下这两位卓越的音乐家，但是总会记起耶稣曾经被犹太人钉在十字架上。他不知道该怎么办。他相信上帝会看在音乐的份儿上原谅他们，所以他还是热烈地拥抱了他们。克利斯朵夫的父亲曼希沃自诩是自由的思想主义者，他绝不会挣了犹太人的钱而觉得有何不妥，甚至还认为这是很应该的，但他仍旧取笑他们，蔑视他们。而克利斯朵夫的母亲，曾在犹太人家里当过厨娘，至于这件事是不是有罪还尚未被定论。他们对她傲慢无礼，可是她并不记恨，她不记恨任何人，反倒对这些被上帝贬入地狱的人表示同情。在她帮佣的家里，每当看见主人家的女儿走过，或是听见孩子们快乐的笑声时，她便不自觉地想："多漂亮的姑娘！……多可爱的孩子！……真是可惜！"

对于克利斯朵夫晚上要去曼海姆家吃饭的事，她没有发表任何意见，但是心里难受极了。她觉得那些中伤犹太人的话固然不该相信——所有的人总会被别人污蔑——老实本分人到处都有，再好不过的事情莫过于犹太人管犹太人、基督徒管基督徒，各管各的，互不相干。

克利斯朵夫并没有这些偏见，相反他要长久地和周围的人做斗争，因此这个异族反而更加吸引他。可是他对它一无所知。和他有来往的几个犹太人，仅是游荡在莱茵河与大教堂中间几条街上的平民以及小商人。出于人类群居的本能，他们显然正在慢慢吞噬着这片区域。克利斯朵夫偶尔会去闲逛，用好奇的目光瞧着那些嘴唇和颧骨凸出、腮帮下陷的女人，她们总是堆着神秘而魅惑的笑容，粗俗的谈吐与粗野的笑声破坏了原有的脸部和谐。但是就好像在沼泽上升起的磷火，也能星光闪耀一般，出现在最下层阶级中，在这些脑袋巨大、双眼无神、神气混浊、矮且臃肿的人身上，出现在没落的贵族后裔身上，甚至于出现在那些臭气熏天的贱民中：那分明是奇妙的眼神，是光芒耀眼的智慧，像从污泥中迸发出来的微弱电流，使得克利斯朵夫看得既惶恐又沉迷其中。他想肯定有些高贵的灵魂被困于其中，肯定有些伟大的心灵想从泥潭中挣脱出来；他很希望自己能够认识他们，并尽己所能地帮助他们；他俨然已经对这些素昧平生并且让自己心生畏惧的人有了好感。可他从未和任何犹太人有过亲密接触，更别提优秀的犹太人了。

因此，去曼海姆家吃饭对他而言是十分新鲜的，甚至可以说如同禁果一般吸引着他。而禁果之所以有如此味道还得益于“夏娃”。刚进门，克利斯朵夫的目光就被见到的于第斯·曼海姆吸引住了。她完全不同于他此前认识的女人。她身材高大，却很轻灵，长得结实，却是细瘦的；脸庞四周稀疏地长着些浓黑的头发，发际线很低，以至于遮着太阳穴和消瘦而黄亮的脑门；眼睛有点近视，眼球稍微外突，眼皮很厚，鼻子很高，鼻孔大；清瘦的脸颊，浑厚的下巴，肤色红润；轮廓分明的侧脸，充满个性；正面的表情难以描述，眼睛和面颊极不对称。很强的种族感在她身上完美体现，感觉到许多乱七八糟的成分都被胡乱拼凑在这个种族里，既有极美的，也有丑的。她的美在于，那张不善言谈的嘴巴，以及那双因近视而更深沉的双眼。

这双不仅属于个人的更具有民族性的眼睛，想要透过这眼帘看见这个女人的灵魂世界，只有比克利斯朵夫更为老练的人才可以做到。在这双热情而孤僻的眼睛里，他发现了她自己都不知晓的整个以色列民族的灵魂居住在里头。克利斯朵夫可被这种眼神给搞糊涂了。不知要花多少时间，才能够在被这双眼睛迷失中，在东方的大海上找到自己的航向。

她看着他，眼睛很清澈，眼神很平静；似乎她早已经看透了他的灵魂。他也察觉到了。他觉得一股坚强、明确、冷静的意志隐藏在她迷人的目光下面，并且正在肆无忌惮、毫无恶意地看着他的内心。她只是一把就抓住了他。卖弄风情的女人总会在任何人面前都施展一下自己迷人的魅力，而于第斯绝不会是这种人。她比谁都会卖弄风情。尽管她清楚地知道，只是本能地去施展她的力量——而对像克利斯朵夫一样容易被征服的人，更是不费吹灰之力。她对她所认识的敌人更感兴趣——男人、陌生人，无一例外都是她的敌人——以后遇到恰当的机会或许会和他们联手。只有聪明人才可以在人生的赌局中取得胜利，因此首先就要看清楚敌人的牌而不是泄露自己的底牌。倘若可以做到这一点，她便感觉到胜利在望了。她这么做仅仅是为了满足好玩的心，而不是想要从胜利中获得任何好处。她热心于那种是实在的聪明而不是抽象的聪明的人，尽管她也相当聪明，无论什么学问都难不倒他。只要她愿意，她甚至比她的哥哥更有希望继承银行家洛太 · 曼海姆的事业；但是她更加看重那种可以捉弄别人的机警的聪明，而非家族事业。她最喜欢做的事情就是看透别人的心思，并评价它存在的价值——在这一点上，她和麦西的女犹太人称金币的心思如出一辙——凭借着她与生俱来的感觉，她能够在刹那间看到别人的弱点和污点，以此找到心灵的密钥，并将它抓住。这便是她控制人的手段，但是她绝不会得意于自己的胜利，更加不会利用她的俘虏。一旦好奇心和骄傲得到满足，她便会抛弃她的俘虏，寻找新的目标。这种力完全是被她浪费掉了。在她那颗活泼灵魂背后却蕴藏着一股死气。于第斯的性格中又存在着好奇与无聊，这是她所独有的。

克利斯朵夫和她相互瞧着。尽管她不说话，但是只要她的嘴角含有一丝神秘的笑意，克利斯朵夫就会被她弄得神魂颠倒。笑意过后，又板着冰冷的面孔和冷漠的神情；她冷冷地和仆人说准备晚饭，似乎并不想听客人的话。过会儿，她的眼睛发着光，并清楚明白地又讲了几句，以表示自己了解所听到的一切。

她冷静地分析了哥哥对克利斯朵夫的评语，她当然知道哥哥向来都夸大其词；看到克利斯朵夫，就想要好好地挖苦他一番；弗朗兹不是经常夸奖克利斯朵夫相貌俊美吗？——弗朗兹乐于用自己专看事实反面的天赋去看待事情。细细查看之后，她承认弗朗兹并没有夸大其词；当她进一步研究后，发现克利斯朵夫确实存在着某种力量，既不稳定而且还很晃荡，但是却十分厚大。她乐于见到这种难得的力量。她有办法使克利斯朵夫讲话，让他坦白自己的想法，尽显他的缺点和智力。尽管她并不喜欢音乐，却还是要他弹琴。但是她懂音乐，并且这样可以辨别出克利斯朵夫的音乐特色，虽然她丝毫没有被他的音乐打动。她自始至终都保持着淡漠而有礼的态度，为了表示对克利斯朵夫的关切，她只是简明扼要地说了几句丝毫没有夸奖意味的话。克利斯朵夫当然也感觉到了，可是并不在乎，甚至扬扬自得；他自认为她的嘉许是少有的，所以这样的判断自认不会错。他想征服于第斯的想法极其明显，为了征服于第斯而表现出来的天真让三位主人都报以微笑：他只和于第斯讲话，而且说的话都是为了于第斯；他无暇顾及其他两个人，似乎他们根本就不存在。

弗朗兹既俏皮又钦佩地看着克利斯朵夫，眼睛和嘴唇都随着克利斯朵夫说话而跳动着。他对父亲、对于第斯使眼色，并笑出声来。而于第斯置若罔闻，仍默不作声。

魁梧而老态龙钟的洛太·曼海姆有点驼背，肤色泛红，灰色的头发如同刷子毛一样直挺，黢黑的胡须和眉毛；看似笨重的脸却魄力十足，但神情好似总在挖苦别人一样，这和于第斯像极了。他也在用自己独有的狡猾以及和善的态度，细细观察着克利斯朵夫；他几乎即刻就看出这个青年的确有点与众不同。但是他对音乐和音乐家漠不关心，那并非他的本行，他光明正大甚至扬扬自得地表示他的不懂——他之所以肯直言不讳地表示自己的不懂，只是为了证明自己的骄傲——克利斯朵夫坦言自己只要于第斯小姐陪着就行了，银行家先生可以先去忙自己的事；洛太觉得他的话挺有意思，便三心二意地坐在火炉边上读报纸，略带讥讽地听克利斯朵夫的废话以及他古怪的音乐，没想到竟然会有人觉得这无聊的东西有趣，不禁暗自觉得好笑；后来洛太不再愿意听他们的谈话，揣摩客人心思的责任自然就落到了于第斯的身上，幸而她也顺利完成了任务。

克利斯朵夫回去之后，洛太问于第斯："没想到你居然让他乖乖地讲出自己的心里话。你觉得这个艺术家如何？"

她笑了笑，略做思考，说："尽管他有些稀里糊涂的，但是好在他并不傻。"

"是啊，"洛太说道，"我也觉得是的。那他是能成功啰？"

“我相信他肯定可以。因为他是拥有强大力量的强者。”

“好，那就应该去帮助他。”洛太只对强者感兴趣，因而洛太用强者的逻辑回答道。

尽管克利斯朵夫很钦佩于第斯·曼海姆，但是却并没有倾心于她，而这是于第斯没有预料到的。对于两个直觉灵敏和依靠本能（天生的聪敏）的人，他们显然都彼此误会着。克利斯朵夫的确被她脸上神秘的神态以及头脑的活跃给迷住了，但是他并不爱他。他的双眼和精神确实被迷惑住了，但是心没有被迷惑住——到底为什么呢——却说不明白。或许是看到了她身上那些暧昧的以及令人不安的性格。但在某些情况下，这倒是使爱情亢奋的因素：爱情最强的时候，是一个人知道爱情所带来的痛苦。克利斯朵夫不爱于第斯的原因，和他们两个人都没有任何关系。让两个人都觉得屈辱的理由，是因为克利斯朵夫才刚结束上一段感情。克利斯朵夫并不是吃一堑长一智的人。但是他早已在爱着阿达时，将他的热情、信心以及精力都耗尽了，而剩下的早就不够使爱火重燃了。只有在心中另起一堆火，才有可能燃起火焰的希望：在烈火新旧交替的时候，只能看到些转瞬即逝的火星，以及旧火中残留下来的灰烬，闪着短促而明亮的光，材料的稀缺使之稍纵即逝。或许六个月之后，他会疯狂地爱上于第斯。但是现在他只能将她当作朋友——一个让他心乱如麻的朋友——他正在竭力驱散这团乱麻，只因为它会使他想起和阿达心痛的过往。于第斯与其他女人不同的地方，是最吸引克利斯朵夫的。她是迄今为止他见到的最聪明的女人，她浑身上下都散发着聪明。而她外在的美——言谈举止、容貌、眼睛、手、唇部曲线以及苗条的身体曲线——都体现着她的聪明；聪明充斥在她身体的每一个角落里，倘若丢失了聪明，她将会变丑。克利斯朵夫十分喜欢这聪明。尽管她还没有到达心胸宽大以及洒脱的程度，但克利斯朵夫则认为她早已经超越了这种程度；其实她的缺点他都还不曾知晓。他渴望让她分担自己的想法，便急于向于第斯献殷勤。他从未找到与自己志同道合的人，倘若能碰到自己人生的知己，那该是多么快乐的事啊！他认为妹妹应该比兄长更能够了解自己，所以小时候常抱怨自己没有妹妹。当看见于第斯时，爱情早已经被他抛诸脑后。于是，友谊之火又重新燃起来了。因为没有爱情，和友谊相比，他倒更愿意牺牲爱情换取友谊。

克利斯朵夫的这种心理并没有逃过于第斯的眼睛，她为此气愤极了。尽管很多有钱的年轻人都曾为她神魂颠倒，就算克利斯朵夫真的爱他，她也不见得会答应。但是知道他并不爱她，她为此气恼得很。如果只能在理智方面对他产生影响，这未免也太委屈自己了；男人倘若可以为了女人丧失理智，这才叫有意思呢！何况她并没有对克利斯朵夫产生影响，一切都是她自己凭空捏造的。于第斯向来蛮不讲理。她素来乐于支配那些平庸的青年人的思想，现在，她认为控制克利斯朵夫的思想可比控制这些平庸的思想要有趣得多。她根本就不在乎他那些计划，却很乐于去控制那个从未控制过的头脑，还有那狂劲的力量，并将它们雕琢成器——固然是照她的办法，而不是照着克利斯朵夫的办法。但她发觉想要达到目的必须得经过一番斗争才行，克利斯朵夫的成见多如牛毛，以及那些她认为过激天真的思想，那些都是她绝对要铲除的杂草。但是一根都没有被铲除掉，克利斯朵夫实在是太倔强了，以至于她的自尊心丝毫没有得到满足。既然不爱她就无须在思想上对她让步。

于第斯并不服气，并且在某段时间绞尽脑汁想要征服他。尽管那时克利斯朵夫头脑清楚，可也险些又一次坠入情网。男子往往会掉进阿谀奉承以及欲望得以满足的温柔陷阱里，那些想象力丰富的艺术家就更不用说了。克利斯朵夫不难被于第斯的花言巧语糊弄，爱情的陷阱就能将他彻底地再一次毁掉。但是很快她就对费劲去征服一个人而感到厌烦，她厌烦克利斯朵夫了，她已经不了解克利斯朵夫了。

一旦越过界限，她就不能了解克利斯朵夫了。现如今她完全了解他。但要更近一步，就不仅仅依靠她过人的聪明了，还需要热情，或者是可以暂时刺激热情的想象，即爱情。她很了解克利斯朵夫为人处世的批判态度，认为很中肯并且相当有趣，但她自己曾经也这么想过。最让她困惑的是，明知宣扬这些思想会遇到麻烦或困惑，干吗非要用这些思想去影响生活？而克利斯朵夫并不会有好果子吃的，就因为对所有人的反抗态度。他总不会痴心妄想地想要改变社会吧？……那说明什么呢？……那不是用头撞墙吗？聪明人完全可以任意批判别人，甚至在暗地里轻视并且嘲笑别人；但是他的处世方式和他们并没有不同，只不过稍胜一筹，这才是控制别人的最好办法。行动和思想完全是分归于两个不同的世界。为什么非要做自己思想的祭品呢？真实的思想是必须的，那是当然！可是干吗非要别人说真话呢？对于那些愚蠢的承受不了真理重压的人，干吗非要强求别人去接受呢？装作迁就他们的缺点，但在心里鄙视他们，实际上自己满不在乎，难道这样你不会扬扬自得？自认为是智慧的奴隶而得意，但始终都是奴隶，就奴隶论来看，还是依靠自己的理智去做奴隶吧，没有必要再做些无谓的斗争。做自己思想的奴隶并且为之牺牲自己的一切，是最不可取的。人不应该掉进自己挖的陷阱里——她甚至预测到克利斯朵夫将众叛亲离，如果他还是固执地走着反抗德国艺术和德国精神的道路，他将输得很彻底。她不明白他干吗非要和自己过不去，并欲除之而后快。

想要明白这一点，当然要明白他是为了信仰而不是成功。他信仰艺术，信仰自己的艺术，甚至信仰自己，他将这些当作超出一切利害和自己生命的现实。等到她的批评使他厌烦了，克利斯朵夫就用着天真并且夸大的口气说出原因，她轻蔑地耸耸肩，怀疑着。她认为他就像她哥哥一样只晓得吹嘘，总会讲一些不着边际并且荒唐之极的决心，但绝不会付诸行动。后来看见克利斯朵夫对这些荒唐的话信以为真，她便对他没有任何兴趣了，认为他是疯子。

此后她不再煞费苦心地隐藏自己的缺点，而是将真实的自己展现出来；她那地道的德国化的程度，远远超过他之前所见，甚至于超出她自己的想象——大家误认为以色列不属于任何民族，可是在欧洲的每一个角落，他们都保存着自己统一的民族特征，不会被外族所干扰。但实际上，犹太人比任何人都更加容易被感染。法国犹太人和德国犹太人因为所处国家不同而带来的不同之处，要远远多于同是犹太人的共同点，他们很容易被外族的思想习惯所感染，主要是接受习惯而不是思想。而所谓第二天性的习惯，对大多数人而言居然演变为特有的天性，所以当地人没有资格去批评犹太人缺乏深思熟虑的民族性，因为这种特性在当地人身上也是难以发现的。

女人本就对外界的微变都可以感受得到，能够很快地适应生活，并且总是抱着知足常乐的心态；土著的物质和精神都被全欧洲的女犹太人学得像极了，有时候还更甚——但是她们的外形以及民族特有的魅力都被完好地保存着。这些是令克利斯朵夫十分惊奇的。在曼海姆家遇到的那些姑母、堂兄妹，以及于第斯的女朋友们，其中几个极不像德国人，眼睛和鼻子挤在一起，鼻子又紧贴着嘴巴，皮肤粗糙暗黄，但轮廓分明。她们比任何德国女人都要更加德国，尽管她们长得与德国女人截然不同：穿着打扮，言谈举止，都似德国女人，甚至更加像德国女人。于第斯在这方面比她们谁都聪明，相比之下就能看出她聪明过人的地方，以及她自己的品行修养。但是她也同样拥有大多数人都有的缺点。她行事胆怯，但她在思想上完全无拘无束，她无拘无束的精神完全被实际的利害关系给吞没了。经过深思熟虑后，她相信社会、阶级，以及偏见，她觉得这些东西有利于她。她浑然不知自己紧跟在那些被她嘲笑的德国气质之后。她仍旧尊重着那些她明显觉得平庸的知名艺术家，仅因为他是名人；如果他和她有私交，那么就更要虚荣地佩服他。她曾怀疑他是个二流的艺术家，对勃拉姆斯的作品并不是很喜欢；但他的大名让她肃然起敬；加之收到过他五六封信，她便更是不假思索地认为当代最伟大的音乐家就是他了。她清楚地知道克利斯朵夫的价值，以及副官长弗雷希的蠢钝。相比克利斯朵夫纯粹的友谊，她更加得意于弗雷希对她财富的迷恋。军官始终是阶级人物的代表，尽管弗雷希很蠢，德国女人比任何女人都难以进入这个阶级殿堂。尽管她不信奉这些无聊的阶级观，知道嫁给副官长弗雷希会让她很有面子，但她并不愿意。然而她还是竭力去勾引他，甚至对这个傻瓜奉承谄媚，极力吹捧。料想不到的是这个比任何人都有资本骄傲的姑娘，银行家曼海姆聪明眼高的女儿，向来瞧不起资产阶级妇女的姑娘，却屈尊模仿她们。

这段短暂的经历使得克利斯朵夫对于第斯的幻想很快幻灭了，就如同幻想来临时一样快。凭良心说，这是于第斯不想让他有任何想法，所以她该对此负责。这种性格的女人一旦否定了你，将你从心中剔除之后，那你在她的心中不占据任何地位了，你就已经彻底消失了；对于自己毫无隐瞒地展示自己的内心，并不以此为耻，就如同赤裸裸地出现在猫狗面前一样。于第斯的自私、冷酷以及庸俗都被克利斯朵夫看到了。好在时间不长，他没有完全沉迷于她。但这个发现使他痛苦不堪，内心烦躁。尽管他不爱于第斯，但是那些于第斯可能成为并且应当成为的人都被他爱着。克利斯朵夫忘却她美丽的眼睛，尽管对他而言这是致命的诱惑；虽然他此刻已经清楚地看见了这双眼睛里面只有萎靡不振，但他仍然把它们看作先前所看到的、他所愿意看到的样子。不掺杂情爱的幻想就是遮掩的，当这种幻觉占据了他们心中最重要的位置时，艺术家往往并没有完全沉溺在自己作品里。偶然看到的脸都会勾起他们的幻觉；他们甚至能看到所有的、那些不以为意的甚至是曾经忽略的美；正是因为无意间发现的美，所以艺术家更加喜爱，就如同爱着快要幻灭并且即将灭绝的东西一样。

也许是他太过于自信，以至于没有看清于第斯可能早就没有什么发展前景了。曾有段时间克利斯朵夫相信她是有发展前景的。不能客观地判断于第斯，正是因为他始终都这么觉得。他觉得优点是与生俱来的、不可复制的，而她的存在就是最美的；他将于第斯所有的庸俗都归咎于德国与犹太的双重民族性，特别是德国。他就曾因为德国式的性格而受过很多苦难。其他的民族他并不了解，他认为德国是万恶之源，并将世上所有的罪恶都归咎于德国。于第斯带给他的失望，他又归咎于德国，认为它摧残了一颗热情的灵魂，这是不可原谅的。

和犹太族的初次相遇，便是这样的情况。他曾希望在这坚强并且孤立的民族中结交一个志同道合的朋友，但现在希望破灭了。极不稳定的热情，使他常常徘徊于各种极端间，他几乎立刻否定了犹太族的坚强，并认为他们极容易被外界所影响。除去本身拥有的缺点，它甚至还汇聚了从各处搜罗过来的各种缺点。他并没有从这个民族中找到可以支撑他艺术的东西，反倒有被这个民族慢慢地拖到危险境地的可能。

克利斯朵夫发觉了危险，但又不知道如何化解危险，只得不再去曼海姆家了。曼海姆请了克利斯朵夫好几次，可是都被他无缘无故地婉言谢绝了。从前的过分殷勤与如今的反常举动，反倒引起了别人的注意。大多数人认为是克利斯朵夫性格古怪罢了，但曼海姆一家都认为这绝对和于第斯有关。洛太和弗朗兹在饭桌上常常把这个问题当作笑料。于第斯并不在意，耸了耸肩，说没想到为了征服一个男人，居然将自己陷入这种境地，接着又严肃要求她的哥哥别总是开这种玩笑。另一方面，她并没有放过任何将克利斯朵夫哄回来的机会。她借口请他解答只有他才能解答的音乐问题，给他写了封信，信末便友好地说他近来很少去她家，大家都很想念他。克利斯朵夫给她回信，解答了她所有疑惑，推说没空，一直都没去。在剧院碰见时，克利斯朵夫为了避免看见曼海姆家的包厢，眼睛老瞅向别处；于第斯故意朝他微笑，但是他装作没有看见于第斯。她不再坚持，彻底断了挽回克利斯朵夫的想法，她觉得为了这样的艺术家而伤脑筋，是极不应该的。他会自己回来的，要是他愿意！不然的话只能算了！

没想到事情就这样不了了之了。曼希姆家里晚上并没有因为少了他而显得冷清。只是于第斯莫名其妙地恨起了克利斯朵夫。她认为他在的时候自己忽略他，是很平常的，他不开心是应该的。但是如果因为这样就绝交，那是她绝不能忍受的。傲慢、自私、冷漠——于第斯不能容忍在别人身上有自己的缺点。

相反，她比以前要更加注意克利斯朵夫的作品和作风了。她总是不留痕迹地向弗朗兹打探这些事情，当他把克利斯朵夫和他讲的话说出来时，她总会不放过任何可笑的地方，并对此讥讽一番，久而久之弗朗兹对克利斯朵夫的好感不知不觉就降低了不少。

杂志方面向来都很好。克利斯朵夫尚未察觉出那些人的庸俗，他们承认克利斯朵夫是天才，仅因为他是自己人。发现他才华的曼海姆在没有读他文章的情况下，就大肆宣扬克利斯朵夫是出色的评论家，并说自己是将他从音乐家的“歧途”上拉回来的指路人。为了引起大家的好奇心，他们故意用神秘莫测的词语给他的文章预热。他第一篇评论一问世，立刻使这个死气沉沉的小城动荡起来了——文章的题目叫：《音乐泛滥了》。

> 太多的音乐，太多的食物，太多的饮料！大家并不是因为饥饿而吃东西，不是因为渴了而喝饮料，也不因为想听才去听，只是为了满足自己的欲望。这和斯特拉斯堡的鹅并没有不同。大家狼吞虎咽，给什么吃什么。无论是瓦格纳的《特里斯坦》，还是《赛金根的吹号手》、玛斯加尼、贝多芬、赋格曲，又或者是两拍的军队进行曲、巴赫、阿唐、普契尼、马斯涅、莫扎特，

都可以拿来听。甚至连自己吃的东西是什么都不知道，却大口地吃。吃了之后，并没有快乐起来。看他们在音乐会上多么神气。有些人将之称为德国式的狂欢！但欢乐的含义是什么他们却并不知晓，他们一个劲儿地狂欢着！他们的喜怒哀乐都如同地上低贱的泥土一般，随水而逝，没有精神力量。他们傻头傻脑地笑着，如同吸水的海绵一般，几个小时的吸收，尽管装了很多，但是却不知装了什么东西。那种由真正的欢乐和痛苦所产生的力量会扼住你的咽喉，让你屈服于它。断然不会如同没有上盖的啤酒桶一样，一股脑儿地往外哗啦啦地流着好几个小时的啤酒，你再也不会要了，因为你已经醉了！

"音乐泛滥了！作践自己并且糟蹋音乐。你们只管去作践自己，不要拿音乐来开刀。你们将《帕西法尔》的《序曲》插在《联队女儿》的幻想曲和萨克管的四重奏中间，又或者是将贝多芬的柔板跟美洲土人舞乐或雷翁加伐罗的劣作混在一起，这无异于糟蹋世界上的美。我是绝不允许圣洁的和声和低劣的东西混为一谈的。你们自认为爱音乐，并且自诩为世界上最伟大的音乐民族。但究竟是爱哪种音乐？优秀的还是庸俗的？你们只是习惯性地鼓掌喝彩而不是因为音乐。你们可不可以先认真思考下哪种是你们喜欢的？你们不了解，甚至不愿意去了解，是因为你们害怕做决定，怕出丑，谨慎小心，统统都见鬼去吧！你们自认为没有带任何偏见，说自己凌驾于偏见之上，是不是？而真正的情形是：你们就处在偏见之下，永世不能翻身……

于是克利斯朵夫引用了高特弗里德·凯勒的两句诗。高特弗里德·凯勒出身于苏黎世的资产阶级，克利斯朵夫极为欣赏他的正大光明，以及其敢于反抗的态度及浓郁的乡土地域特性：

> 那些自命不凡妄自认为超出于任何偏见之上的人，实际上都被偏见压得不能喘气了。

克利斯朵夫又继续写道：

> 倘若你们喜欢庸俗的音乐，就大胆地说出来，不必遮遮掩掩，拿出你们的真面目，抹掉并且洗净你们灵魂上的胭脂水粉。你们是有多久没有看见自己的尊容了？这些话难道还不足以照清你们的真面目。无论是作曲家、乐队指挥、演奏家、歌唱家，还是你们这些亲爱的听众，你们可以认清自己了……你们要成为哪种人都可以，但请你们真实地演绎！你们无须顾虑这是否会损害艺术和艺术家！如果真理和艺术不能并存，请选择真理吧！真理是永生的，谎言是终将死掉的。

克利斯朵夫狂妄不羁的态度，再加之这番血气方刚的话，大家自然不能视而不见了。但是谁也不愿意站出来，因为文中并没有刻意地批评某人。站出来，无异于承认自己就是文章中贬低的人。他们都自诩为真理的“捍卫者”，所以那篇文章绝不会被大家公开批评。大家讨厌它，除了过激的语气外，还因为这些话出自非官方的艺术家口中。两派音乐家各持己见。一部分音乐家不安起来，对这些话表示抗议，因为他们知道克利斯朵夫绝不会满足现状，肯定还会陆续有类似的作品问世。另一批自作聪明的音乐家，称赞克利斯朵夫有勇气，但对他以后的文章，同样表示很头痛。

无论是抗议还是恭维，结果都一样。克利斯朵夫已经站在风口浪尖了，什么都阻拦不了他前进的步伐；并且依照此前所言，矛头该指向作曲家和指挥家了。

乐队指挥首当其冲。对乐队指挥，克利斯朵夫的言论早已上升到更高层次了，而不限于艺术范围一般性的讨论。他用隐晦但又一看便知的方式一一列出小城以及其周围艺术家的姓名。例如，毫无主见的宫廷乐队指挥阿洛伊·洪·范尔奈是一看便知的典型范例。这个凡事小心翼翼的老人拥有各种荣誉，但是却不敢发表自己的意见，对什么都采取敷衍的态度，甚至不敢对乐师们说任何意见及批评，就知道盲目地跟在别人后面。能够被他排入节目单的，只有那些拥有二十年声望以及经过官方认证的作品，新作能够被演奏的概率为零。克利斯朵夫用嘲讽的语气称赞他的大胆，称赞他发现了加德、德沃夏克，以及柴可夫斯基；恭维他的乐队演奏精准，节拍丝毫不差，表现丝丝入扣；接着克利斯朵夫又建议下次音乐会可以将车尔尼[①]的《速度练习曲》配成器乐来演奏，并劝他不要过于热情，不要太累，要保重身体——最后克利斯朵夫终于爆发了，毫不留情地指责了他指挥贝多芬《英雄交响曲》的作风：

> 大炮轰吧！轰吧！将这些家伙都轰死吧！……难道你们都不知道什么叫战斗，不知道什么叫对人类荒谬和野蛮的战斗——

① 车尔尼为十九世纪钢琴家兼作曲家，他的作品多是学生练习指法用的曲子。《速度练习曲》为此种练习曲之一。

以及打败荒谬和野蛮的力量？哦，你们怎么会知道呢，因为它要打倒的就是你！自认为能够忍着睡意听着贝多芬的《英雄交响曲》，便是英勇的——你们老实地说，你们是不是也厌烦这曲子，厌烦极了？你们还有什么英勇可以炫耀？哦！可能是摘掉帽子光头哈腰冒着大风等候某位大人物吧。

他对于这些学院派的老前辈们奏乐时所用的“古典”风格，已经到了无法忍受的地步了。

古典！概括了一切。自由的热情像被修订删改的教科书一样！古典甚至将生命这片被风灌溉的平原禁锢在古典学院的院中！古典就如同火热颤抖的心踩着节奏，甘心做钟槌，安静且规矩地按着四拍子颤动，也会在重拍上加强一下！……你们以为在玻璃缸中放些海水，加几尾金鱼，就看见大海了。这无异于自杀之后才懂得生命的珍贵。

尽管他对这些“打包匠”式的乐队指挥不客气，但也不见得会对“马戏班骑师”式的名指挥好点——克利斯朵夫将他们当作故作风骚的老妇、流浪的吉普赛人，以及走钢丝的卖艺人。他们游历各地，为了使别人欣赏他们的表演，不惜对名家的作品大动手脚。贝多芬的《第五交响曲》便让他们大展拳脚了一番。

演奏家也是他讽刺的对象。批判他们注重技巧的音乐会时，他故意说自己是外行，因为他们机械式的练习方式是属于工艺学院的范围，而不是艺术范围内的。时间长短、音符数量、耗费的精力等，

“你们这些肤浅的家伙！居然想让别人相信你们是极其热闹的，算了吧。这是自取其辱。等热闹结束的时候再拍手吧！那些桥段就正如同莫扎特写的驴耳朵一样。在这儿，你们尽情地吼叫吧，欢呼是音乐会上应有的桥段。你们真该死，竟然在贝多芬的《弥撒祭乐》后鼓掌，那明摆着是最后的审判。荣耀属于主的一幕，如暴风骤雨般的磅礴气势，如猛烈狂风般的意志，忽然停在云端，双臂挂在悬崖，而后奋力飞向天际……狂风怒吼。千钧一发之际，突然转调，一种颤抖的声音穿越重重乌云，像光一样径直落入泛白的海上。临近结尾时，死神的翅膀被三道闪电钉住，突然停了下来。但四周的一切都还在颤抖，迷糊的眼睛仍冒着金星。四肢瘫软，喘着粗气，心里七上八下的……你们已经乐疯了，尖叫着，议论着，尽管最后一个音符还没有消失……难道你们真就什么也没看到没听到吗？真的一无所获吗？你们将艺术家的痛苦当作儿戏，贝多芬死前的绝作被你们认为是一种精雕细刻的工艺品！在耶稣的十字架面前，你们居然喊着‘再来一次’。耶稣痛苦挣扎了一辈子，才够你们这些愚蠢的人打发一个钟头！”

这样，他无意之间诠释了歌德的两句名言，不过他没有达到歌德那种清明高远的境界罢了：“大众把崇高伟大当作游戏。要是他们看到了崇高伟大的本质，那就连看看的勇气也没有了。”

克利斯朵夫仍旧没有善罢甘休。热情高涨的他越过观众，如炮弹一样轰炸着那个圣坛、禁地，蠢材废物的避难所——评论界。同行也被他贬得一文不值。有个愚蠢的评论家居然大胆地批评当时最杰出的作曲家哈斯莱。克利斯朵夫小时候见过他，为了保留当初的那份好感，始终对他心存感激。他写过很多标题交响曲，尽管免不了比较偏激，但却是才华横溢的作品，自然是还轮不到自以为是的平庸的家伙来评论他。克利斯朵夫义愤填膺地叫道：

“你们这些家伙真是反了，天底下除了王法还有别的法纪。这些法纪就是天才创造的，他的意志将是大家的规律，因此他绝不会被拖到庸俗的路上。”

劈头盖脸地谩骂后，克利斯朵夫揪住了这批评家的小辫子，对他近来胡编乱造的荒谬文字痛快淋漓地进行了一番斥责。

整个批评界都觉得无地自容。以前他们是知道克利斯朵夫内行并且很有耐性，所以他们选择置身事外，不愿意自找烦恼。顶多含蓄地表示，像他这样优秀的作曲家越出了自己本行去乱撞，是十分可惜的。他们有意见的时候，且不论是什么意见，都还尊重批评家的特权——批评任何人，但不批评自己人。但自从克利斯朵夫将同行间的默契破坏后，他几乎立刻变成众矢之的了。他们难以忍受一个年轻的批评家居然出言冒犯那些泰斗，真是罪不可恕。克利斯朵夫几乎立刻就遭受各种攻击。他们不必长篇大论，因为早有套路——评论家有种用不着看对方的论证，更不用读对方文章便可进行驳论的本领，但他们并不想和自己实力相当的人进行辩驳——多年的经验使他们知道，读者还是相信对方的言论的，一旦发表了辩论口吻的文章，必然会使自己声誉受损。所以不如直接否定或者肯定。当然否定比肯定要有影响得多。可以从众心理论分析得知：扔石头比抛石头更容易。因此他们每日都刊登一些挖苦以及侮辱克利斯朵夫的短文，不点名地将他描写得十分可笑，大家一读便知是克利斯朵夫。他们将他的言论篡改得荒谬至极，并且真假参半地写他的私生活，攻击他的衣着打扮以及容貌。这些短文恰到好处地挑拨了克利斯朵夫和城里人的感情，尤其是宫廷方面。谣言散播久了，大家竟也真家里，想劝阻他。但克利斯朵夫刚听几个字，就大叫道："不，不，不，就是不！别再跟我说这些家伙。我不想再看见他们……我受不了，受不了……我恨死了这些个家伙，我甚至不愿意再看他们一眼。"

曼海姆狂笑。他甚至没想到劝克利斯朵夫消气，反而看起了热闹。

"我当然知道他们要不得，"他说，"这也不是才有的事。又发生了什么事呢？"

"没事。我真的受够了……好，笑吧，你笑我吧！我不介意，因为我是疯子。理智的人当然会理性地做事，我却不是，我是冲动做事的人。我身上的电聚集得太多的时候，它就要发泄出来，甚至会有人牺牲。如果使别人受伤，那是他们活该倒霉！我也倒霉透顶！我就不属于团队生活。从今以后，我只自顾自地生活。"

"你总不能不理任何人吧？"曼海姆说，"你一个人是不能演奏你的作品的。你总得要男女歌唱家、乐队、指挥、听众，还有捧场的人……"

"不！不！不！捧场！你不要脸吗？"听到最后一句克利斯朵夫跳起来嚷道。

"不是花钱请人捧场——老实说，这是观众明白作品价值的唯一办法——但总要有人捧场吧，得有个懂得什么时候捧场的团体。每个作家都有的，朋友的用处就在这儿。"

"我不需要朋友！"

"那别人就会嘘你的。"

"我宁愿别人嘘我！"

曼海姆这下可是乐极了。

"你愿意被人嘘你，别人还不嘘你。将来甚至没有人愿意听你的音乐。”

“不听就不听！难道我就非得是个名人吗？……是啊，我以前费劲地想要成名……简直荒唐至极！发疯！愚蠢！……好似满足庸俗至极的自豪感，就可以弥补各种牺牲似的；烦恼、侮辱、羞耻、痛苦、卑鄙无耻、屈辱、让步，这就是买得光荣的筹码！如果我还为这努力，那我真是见鬼了！这一套我再也不愿意见到了！我不要听众，不要宣传。宣传真是让人无地自容的东西。我要关着门为自己生活，为我爱的生活……”

“对哦，”曼海姆挖苦地说，“但你总要工作吧。你可以学做鞋子呢？”

“如果我像那个靴匠萨克斯一样，就好了！我的生活该有多快乐啊！星期日是音乐家，其他时间是靴匠，而且可以自得其乐，和几个知己玩音乐！这才叫生活！……费尽心力却让几个浑蛋来批评我，我傻吗？几个知己欣赏我，远比那些傻子来吹捧我要好得多，难道这不好吗？……骄傲，名誉，我再也不会被束缚了。这点你完全可以相信我！”“绝对相信。”曼海姆说着，心里却想：“过不了一个小时，你就会反悔。”于是他满不在乎地下结论：“好吧，瓦格纳协会的事就由我去管吧。”

克利斯朵夫举起胳臂吼道：“我费尽唇舌跟你说一个小时，难道没有用吗？……我告诉你，我再也不会回到那令我厌恶的地方！我恨透了所有的协会，瓦格纳协会，所有的羊圈，一定要挨在一起才会发声的绵羊。回去告诉那些绵羊，我是一只生来便有牙齿的狼，我不吃草！”

“好吧，好吧，我去说。”曼海姆边走边觉得这个早上过得挺不错，心想："他疯得可以锁起来了……"

他急忙告诉了妹妹，她耸了耸肩说："疯吗？他要让别人这样想罢了！……其实他是愚蠢，而且狂妄自大……"

然而，克利斯朵夫继续在华特霍斯的杂志上说些过激的话。他并不是觉得有趣，他讨厌到几乎不想干评论家了。但他偏要和那些想要他住嘴的人唱反调，偏不退步。

华特霍斯开始担心了，如果战役没有波及他，他将会一直冷眼旁观。但近几个星期，别人几乎忘了他是不好惹的，居然开始刻薄地攻击他，这使得他作为作家的自尊心严重受辱。如果华特霍斯够聪明，绝对可以看出来那是朋友搞的鬼。是的，哀朗弗尔和高特林两人暗中挑唆故意中伤他，他们认为只有这样他才会出面阻止克利斯朵夫的笔战。他们是对的。华特霍斯不再袒护克利斯朵夫，并且公开表示自己已经厌烦他了。自此，社里的人便竭力使他住嘴。但让他住嘴就像难以在吃东西的狗嘴上上套一样！他偏和那些人对着干。他说他们是胆小鬼，并且公开表示这些话是必须说的——他们没有权力干涉他的言论。如果他们要赶他走，那么请便吧！大可以让全城的人都知道他们和那些人是一丘之貉。要他自己走，绝不可能。

他们听了面面相觑，尴尬极了，埋怨曼海姆带了一个疯子进来。成天笑着的曼海姆，说自有办法对付克利斯朵夫，保证克利斯朵夫下一篇文章将会有所收敛。他们不相信，但事实证明曼海姆不是瞎说。克利斯朵夫下一篇文章，尽管不能说算是妥协，但再也不和别人针锋相对了。大家都奇怪，怎么早没想到这么简单的办法。克利斯朵夫从不看自己发表的文章，看校样也是走马观花。亚陶尔夫·梅为此已经说过他很多次，认为一个错别字都会使杂志社蒙羞。克利斯平庸的家伙来评论他。克利斯朵夫义愤填膺地叫道：

“你们这些家伙真是反了，天底下除了王法还有别的法纪。这些法纪就是天才创造的，他的意志将是大家的规律，因此他绝不会被拖到庸俗的路上。”

劈头盖脸地谩骂后，克利斯朵夫揪住了这批评家的小辫子，对他近来胡编乱造的荒谬文字痛快淋漓地进行了一番斥责。

整个批评界都觉得无地自容。以前他们是知道克利斯朵夫内行并且很有耐性，所以他们选择置身事外，不愿意自找烦恼。顶多含蓄地表示，像他这样优秀的作曲家越出了自己本行去乱撞，是十分可惜的。他们有意见的时候，且不论是什么意见，都还尊重批评家的特权——批评任何人，但不批评自己人。但自从克利斯朵夫将同行间的默契破坏后，他几乎立刻变成众矢之的了。他们难以忍受一个年轻的批评家居然出言冒犯那些泰斗，真是罪不可恕。克利斯朵夫几乎立刻就遭受各种攻击。他们不必长篇大论，因为早有套路——评论家有种用不着看对方的论证，更不用读对方文章便可进行驳论的本领，但他们并不想和自己实力相当的人进行辩驳——多年的经验使他们知道，读者还是相信对方的言论的，一旦发表了辩论口吻的文章，必然会使自己声誉受损。所以不如直接否定或者肯定。当然否定比肯定要有影响得多。可以从众心理论分析得知：扔石头比抛石头更容易。因此他们每日都刊登一些挖苦以及侮辱克利斯朵夫的短文，不点名地将他描写得十分可笑，大家一读便知是克利斯朵夫。他们将他的言论篡改得荒谬至极，并且真假参半地写他的私生活，攻击他的衣着打扮以及容貌。这些短文恰到好处地挑拨了克利斯朵夫和城里人的感情，尤其是宫廷方面。谣言散播久了，大家竟也真的以为克利斯朵夫就是这样的人。

克利斯朵夫的朋友们认为只要他们的杂志没有受到实质损害就可以了。令人奇怪的是，这份杂志好像不怕自己的声誉受到影响似的。外面的攻击不过是警告它和克利斯朵夫撇清关系，并不想将它也卷入到战争中；他们暗示如果再不和克利斯朵夫撇清关系，就顾不得同行情面，编辑部其他的人也会遭殃的。虽然攻击并不猛烈，但亚陶尔夫·梅和曼海姆已经感受到城里人心惶惶。曼海姆不在乎，笑话这种程度的批评只能吓到他的亲属，他们自认为他们要对他的行为负责，所以一定会恼羞成怒的。而亚陶尔夫·梅认为事态严重，责备克利斯朵夫拖累杂志，克利斯朵夫立刻义正词严地将他的话顶回去了。其他没有挨骂的人，对于吹牛皮的梅的事情偷着乐。华特霍斯暗自高兴，他说没有流血的战争就不能叫作战争。当然他绝不是说要牺牲自己；因为门第与社会上的关系，他自认为自己绝对不会吃亏，并且毫不理会同胞们吃些什么亏。他们俩可不是好惹的，因此舆论还没有欺负到高特林和哀朗弗尔。而克利斯朵夫的倔强，使得他们和所有朋友，尤其是所有女朋友的关系都很僵，这是他们最不喜欢的。刚看到几篇文字时，他们开心死了，认为这种玩笑式的写法妙极了；并且觉得克利斯朵夫的捣乱很有趣，自认为他会看在自己的面子上给某些人留些情面。但是他们错了，这是绝不可能的。克利斯朵夫埋头蛮干，并且谁的话都不听。如果他再继续捣乱下去，他们可以不用在这里生活了。他们的朋友到社里哭闹过好几次并且想尽办法让克利斯朵夫笔下留情，但是克利斯朵夫全都置之不理。他们生气了，但他还是毫无转圜余地，并且克利斯朵夫也一样生气。华特霍斯乐于看见朋友们着急，不为所动，并且故意偏袒克利斯朵夫，这让他们更加着急。他比他们任何人都更能欣赏克利斯朵夫勇敢的不留余地的以及逢人便撞的蛮劲。对于这锣对锣鼓对鼓的吵架曼海姆看得很过瘾，并自得其乐于将一个疯子带到这群规矩的人里，这的确可笑极了。他乐于见到克利斯朵夫与别人相互谩骂。尽管他妹妹的话，让他相信克利斯朵夫有点儿不正常，但他反倒因此更亲近克利斯朵夫；从亲近的人的身上找缺点，是他乐于做的事。尽管原因不同，但是他们都在人前替克利斯朵夫撑腰。

虽然他竭力表现得自己很愚笨，但实际上他相当精明；他认为替朋友着想的最好方法，就是把自身的以及最前卫的音乐组织的利害关系都考虑一下。

小城里也有个和多数德国城市一样的瓦格纳协会，代表反抗保守派的新思想。现在瓦格纳的地位已经稳如泰山，所有的德国戏院都可以看到瓦格纳的作品，所以替瓦格纳辩护不会有任何危险。瓦格纳协会在这个固执保守的消息闭塞的夜郎自大的小城里，并没有得到大家的认同。因为他们认为它的胜利是强取得来的，而不是别人自愿接受的。德国人天生对所有新事物都抱着怀疑的态度，只有经过几代人的验证，他们才愿意接受，而这里这种风气更为严重。瓦格纳的作品已经没有人敢责难，但是大家不乐意去接受所有被瓦格纳思想影响的新作品，这就充分地验证了民族排外性以及保守性。瓦格纳协会曾经保护了艺术界新生的伟大的人才，如布鲁克纳和胡戈·沃尔夫，但如果可以热心地去保护的话，那么它们将更有意义。但自私的大宗师后面往往会跟些自私的门徒。既然拜罗伊特的瓦格纳戏院[①]只上演瓦格纳一个人的作品，拜罗伊特所有的小支部将他当作唯一的神，永远地礼

① 德国巴伐利亚邦拜罗伊特城的瓦格纳戏院，为瓦格纳亲自设计监造，绝对不演他人作品。

拜他。最多他们在大殿旁边供奉几个忠实的信徒，但那些信徒必须对这位大师的任何话都无条件地执行，崇拜这位独一无二的多才多艺的神明，诗歌、音乐、喜剧、玄学等方面的真神。

本地的瓦格纳协会的情况就是这样的——为了做点表面工作，还是乐于将一些青年才俊纳为己用，他们已相中克利斯朵夫多时了。他浑然不觉它有意无意的示好，因为他压根儿没有想过要和别人联络，可是不明白为什么他的同胞就是要成群结党，似乎没有别人，自己就做不了什么事情了，就连唱歌、散步、喝酒似乎都做不了似的。但比较之下，他觉得瓦格纳协会比其他的团体还是好点的，他至少还可以听到些美妙的音乐会；尽管他并不同意瓦格纳所有的音乐观点，但较其他团体，它终究还是最接近他的。他们之间的确还存在着些共同点：他们对勃拉姆斯和勃拉姆斯派都是一样的过激态度。于是他加入了。曼海姆介绍克利斯朵夫过去的，他什么人都认识，尽管不是音乐家，但是他也是瓦格纳会的会员——协会领导早就注意到克利斯朵夫在杂志上发表的言论，他们大可以利用他抨击敌人的很有力量的作风。他们对于克利斯朵夫不痛不痒地攻击他们的神明表示视而不见——而且初次轻微的攻击，使他们更急于拉拢克利斯朵夫，尽管他们不承认担心他会做出些过激的行为。他们很客气地问他，是否可以在瓦格纳会音乐会上演奏他的歌曲。克利斯朵夫当然很得意，立即答应了去他们协会，并且在曼海姆的怂恿下，即刻入了会。

当时瓦格纳协会的领导人有两个：一个是著名的作家，一个是有名的乐队指挥。两人都将瓦格纳视为神明。作家姚西阿·葛林写过一部《瓦格纳辞典》，可以让人立即了解这位大师的一生，这真可谓他的毕生杰作。他可以在饭桌上倒背如流，就如同法国内地中产阶级熟读《毕赛尔诗歌》一样。他在《拜罗伊特公报》上发表过关于瓦格纳与亚利安精神的文章。他当然认为瓦格纳是纯种亚利安的典型代表，在亚利安种族内有着德国和法国两个种族，在法国抵抗塞米气息的坏影响下，德国民族成为抵抗拉丁的塞米气息的中流砥柱。他公然说法国的高卢族颓靡风气已经被打垮了，可他每天仍旧不断苦战，似乎它永远都是法国人的威胁。他承认高皮诺伯爵是法国唯一的大人物。葛林是有礼貌的矮小老头，如处女一样容易脸红。协会另一个领导叫哀利克·洛贝，直到四十岁以前他还是一家化学厂的经理，之后放弃一切做了乐队指挥。他的意志和金钱，成就了今天的他。他是瓦格纳的狂热的信徒，据说他曾经从慕尼黑步行到拜罗伊特，仅穿着朝山的布鞋。令人奇怪的是，这位知识卓越、周游各地、从事过各行各业并且处处显得性格坚强的人，在音乐方面却成了一头巴奴越[1]的绵羊。他特有的性格使他在这儿比任何人都要愚蠢。他对音乐毫无把握，不相信自己的感觉，所以当他指挥瓦格纳的作品时，只得亦步亦趋地跟随在拜罗伊特的艺术家和指挥后面演奏。他甚至恨不得将演出的场面、五颜六色的服装全都照搬过来，只为迎合瓦格纳小朝廷里幼稚可笑的低级趣味。他极像那些狂热追捧米开朗琪罗的人，临摹图画时甚至将原作的污点都临摹下来，只因为污点在神圣的作品上，自然就显得与众不同了。

克利斯朵夫原来并不怎么钦佩这两个人。但在与人交际时，他

① 这是出自法国拉伯雷名著《巨人传》中的典故。羊贩邓特诺侮辱了巴奴越，而后巴奴越买了一头羊，并且将羊赶进海里，其他的羊见到了，也跟着往海里走，最后羊贩邓特诺因为救羊而溺水身亡。现在用巴奴越绵羊来暗喻盲目跟从的群众。

们友善并且相当有学识；并且洛贝只要不谈音乐，也还不至于无聊。外加洛贝是个糊涂虫，克利斯朵夫正好就不讨厌糊涂虫，因为明白人比他们更使人讨厌。他还不知道糊涂到了极点其实是最使人厌恶的，也不知那些人被称为“怪物”，他们比任何人都缺少个性。因为这些“怪物”根本就是疯子，他们的思想就如同机械一般简单。

葛林和洛贝对克利斯朵夫很敬重，但是仅仅为了拉拢他。葛林写了一篇赞美他的文章；洛贝在指挥他的作品时，完全没有忤逆他的意思。这使得克利斯朵夫感动极了。不幸的是，他们的愚蠢使他们的努力白费了。因为他不会对恭维他的人产生幻象。他要求相当严苛，他决不允许别人虚伪地佩服他；倘使别人错误地认他做朋友，那么他将会是那人的仇人。因此他极不高兴葛林将他看作瓦格纳的信徒，并且在他的《歌》和瓦格纳的《四部曲》中寻找那些所谓的与瓦格有纳相似点——除了一部分音阶相似之外，根本就没任何相同点。他更不满意见到自己的作品被放在一个瓦格纳学者的无价值的赝品中间演出，并且两头永远放着所谓的神曲。

没多久他几乎要在这个小党派里窒息了。这又是一个如同老学院一样窄的学院，而且新创造的宗派决定它的气量更加小。克利斯朵夫开始怀疑艺术形式或思想形式的绝对价值了。在此之前，他认为伟大的思想可以照亮每一处，如今他发现思想改变是没有意义的，人还是老样子。归根究底，人还是最主要的，什么样的人就有什么样的思想。如果他们生来就庸俗、奴性，那即使天才的思想经过他们的头脑，都将会变得庸俗、奴性。英雄挣脱锁链时的解放的呼声，也就如同签下卖身契——克利斯朵夫恨不得说出自己的心声。他痛斥艺术上的盲从者，并且反对崇拜偶像以及古典大师；他认为继承瓦格纳思想的人，是那些敢把瓦格纳踩在脚下、瞧不起他、勇往直前、永远向前看的人，是那些敢让该死的人死去，只与那些和自己有同样生活热情的人打交道的人。克利斯朵夫对葛林的胡说八道感到气愤。瓦格纳作品里的错误或可笑的地方被他挑出来了。崇拜瓦格纳的信徒们当然会说：为了他荒唐可笑的妒忌，他就污蔑他们的上帝。克利斯朵夫相信那些在瓦格纳死后吹捧他的人，绝对是在他生前就想要将他置之死地的人。这真是冤枉他们了。葛林和洛贝当然也有光辉的，二十年前他们也是先锋，而后和多数人一样，停留在原地一动不动。人的力量很薄弱，爬了一段山路就没有任何气力了，只有极少数人可以奋力向前。

克利斯朵夫的新朋友很快就因为他的态度和他疏远了。他们的好感不是随便给予的，必须和他们站在一起才行。而克利斯朵夫显然是不愿意和他们同流合污的，他不愿意和他们扯在一起了。于是他们就开始对他冷淡起来了。别人拒绝再吹捧他，只因为他拒绝吹捧他们的上帝。他的作品再不如从前那样受人欢迎了，甚至有人拒绝在节目单上看见他的名字。大家对他冷嘲热讽，肆无忌惮地批评他。葛林和洛贝并不制止，似乎他们原本就是一伙的。但是他们并不想和他彻底断绝关系，首先因为莱茵河畔的德国人喜欢折中的办法，喜欢看见事情因为长期拖着而最后不了了之。其次大家奢望克利斯朵夫就范，就算不能说服他，至少可以将他拖垮。

但克利斯朵夫并没有让他们有时间。一发觉别人反感他但不愿意承认，甚至还和他保持着友好关系，他便敞开说让对方明白他们是对头。有一晚在瓦格纳协会中，克利斯朵夫看出大家虚情假意，就立即向洛贝说要退会。洛贝觉得莫名其妙。曼海姆到克利斯朵夫家里，想劝阻他。但克利斯朵夫刚听几个字，就大叫道："不，不，不，就是不！别再跟我说这些家伙。我不想再看见他们……我受不了，受不了……我恨死了这些个家伙，我甚至不愿意再看他们一眼。"

曼海姆狂笑。他甚至没想到劝克利斯朵夫消气，反而看起了热闹。

"我当然知道他们要不得，"他说，"这也不是才有的事。又发生了什么事呢？"

"没事。我真的受够了……好，笑吧，你笑我吧！我不介意，因为我是疯子。理智的人当然会理性地做事，我却不是，我是冲动做事的人。我身上的电聚集得太多的时候，它就要发泄出来，甚至会有人牺牲。如果使别人受伤，那是他们活该倒霉！我也倒霉透顶！我就不属于团队生活。从今以后，我只自顾自地生活。"

"你总不能不理任何人吧？"曼海姆说，"你一个人是不能演奏你的作品的。你总得要男女歌唱家、乐队、指挥、听众，还有捧场的人……"

"不！不！不！捧场！你不要脸吗？"听到最后一句克利斯朵夫跳起来嚷道。

"不是花钱请人捧场——老实说，这是观众明白作品价值的唯一办法——但总要有人捧场吧，得有个懂得什么时候捧场的团体。每个作家都有的，朋友的用处就在这儿。"

"我不需要朋友！"

"那别人就会嘘你的。"

"我宁愿别人嘘我！"

曼海姆这下可是乐极了。

"你愿意被人嘘你，别人还不嘘你。将来甚至没有人愿意听你

朵夫从来不认为批评是件好事，只说那些被批的人绝不会看不懂的。曼海姆逮住机会说克利斯朵夫有理，表示愿意帮他看校样。克利斯朵夫很感激，并且觉得有点不好意思。但大家都告诉他，节约时间等于帮了杂志社的忙。于是克利斯朵夫便把校样给了曼海姆，请他仔细更正。曼海姆当然不会马虎，对他而言这就是一场游戏。他很小心地改了开头几个字，删除了过激的形容词并且将语气弄得缓和些。后来越改越顺，便大胆起来，更进一步重新造句，并改变原文意思，这的确显示了他还是有一手的。保持着克利斯朵夫特有的笔调和句子的大体轮廓，但意义却是南辕北辙。为此曼海姆花的心思甚至多过自己写一篇文章，他这辈子都还没有这么用功。结果使他大为满意，克利斯朵夫向来挖苦的某几个音乐家，渐渐看到克利斯朵夫态度慢慢地缓和，甚至说些好话，觉得莫名其妙。社里的人也都高兴极了。曼海姆高声朗诵他费尽心思的杰作，使得众人哄堂大笑。哀朗弗尔有时对曼海姆说：“悠着点！你有点过头了！”

“哦，不要紧的。”曼海姆回答道。

于是他肆无忌惮地改着文章。

克利斯朵夫丝毫没有察觉到什么。他把原稿放在社里便不再过问。有时，他还把曼海姆拉到一边说：“这一回，我对他们不客气了，这些混账东西！你读吧……”

曼海姆便读了起来。

“你觉得写得怎么样？”

“朋友，真是太狠了，一点也不留余地啊！”

“你猜他们会说些什么呢？”

“哦！那恐怕他们会吹胡子瞪眼的！”

但是没任何反应。反而，人家渐渐给克利斯朵夫好脸色看了。那些他讨厌的人竟然在街上和他打招呼。有一次，他皱着眉头，气呼呼地跑到社里，把一张名片丢在桌子上，问：“这是什么意思？”

这是刚刚被他臭骂的音乐家给他的名片，居然挂着“不胜感激”几个字。

“他这是在说反话呀。”曼海姆笑着答道。

克利斯朵夫松了口气：“哎！我就怕他乐于看见我的文章呢。”

“其实他气得要命呢，”哀朗弗尔说，“但是他就是硬撑，装作自己满不在乎，一笑置之。”

“一笑置之？……浑蛋！”克利斯朵夫气愤地说，“好！我再写一篇。倒是要看谁笑到最后！”

“算了，算了，”克利斯朵夫的话让华特霍斯大感不妙，“我相信他不是笑你。我看他已经认输了，他是个基督徒。你打他左脸，他还会让你打右脸。”

“好极了！”克利斯朵夫说，“哼！胆小鬼。既然找打，我就好好痛扁他一顿！”

华特霍斯还想插几句，但是别人都笑起来了。

“随他吧……”曼海姆说。

“是的，”华特霍斯顿时醒悟，“多一篇少一篇都无所谓！”

克利斯朵夫走了。大家又狂笑一阵。等到大家静下来了，华特霍斯才对曼海姆说：“笑就算了，差点出乱子了……你还是小心些吧。不要让我们跟在后面倒霉。”“哦，别着急！”曼海姆回答，“我们有的是时间……更何况，我是帮他缓解气氛。”

第二部　陷落

当克利斯朵夫改造德国艺术的经验到了一定阶段时，城里来了个法国戏班子。说到底，其实是些没有经过任何培训的乌合之众，不知道是从哪里找来的一些无师自通的穷光蛋，只要能演戏就并不在乎别人怎么剥削的低级年轻演员。领头的是已经过时的女戏子。她这回在德国巡演，路过小城，打算在这里演出三天戏。

华特霍斯的杂志社为这件事搞得天翻地覆。曼海姆和他的朋友们了解巴黎的文化和社交活动，或者自认为自己很了解。他们见人就说那些从巴黎报纸上看来的花边新闻，以及似懂非懂的谣言，而且反复地说，在德国他们成了法国派的代表。这使得克利斯朵夫并不想去深入了解法国精神。克利斯朵夫对曼海姆赞美巴黎的话感到厌烦。曼海姆曾去过巴黎几回。他家族的人也有在那儿的——犹太人几乎已经渗透在整个欧洲，他们到哪儿都可以取得国籍，并且还可以得到高官厚禄：在英国有男爵头衔、在比利时有国会参议员的位置，在法国有部长，在德国有议员，甚至还有教皇亲自册封的伯爵。

作为犹太人他们彼此很团结，而且相当重视自己的祖先，但还是真心诚意地做了英国人、比国人、法国人、德国人，以及教皇的臣子和民众。他们的骄傲决不容许别人说自己选择的国家不是世界上最强大的国家。只有曼海姆喜欢说些胡话，故意将别的国家看作比自己的国家好千百倍，所以他常常很乐于提到巴黎。当他称赞巴黎人时，将他们说成是有点荒唐胡闹、喜欢高声叫嚷、疯癫糊涂的疯子，成天不是寻欢作乐就是闹革命，从来都没有过正经的时候。因此克利斯朵夫对这个“拜占庭式的颓废荒淫的共和国”没有任何好感可言。他脑海中的巴黎，应当是如同最近出版的德国艺术丛书中第一页上面的插画一样，前景是一个面目可憎的魔鬼在巴黎圣母院俯瞰着城中的屋顶，不禁让人想到那个传说：

> “永恒的肉欲如同永不知满足的吸血鬼，在大都市上面，垂涎欲滴地看着嘴边的食物。”

克利斯朵夫纯粹的德国人性格，让他瞧不起那些放荡的法国人以及他们的文学。他对法国的认识，仅限于一些粗俗而滑稽的法国作品，《哀葛龙》与《没遮拦太太》都是他看过的，还听过咖啡店音乐会里放的法国小调。小城市里有赶时髦的习气，尽管对艺术没有任何兴趣，但是却争先恐后地占座，更加使得克利斯朵夫对那个周游各地卖艺的女角儿格外表示冷淡轻视。他甚至表示自己绝对不会去看她的戏，并且那荒唐至极的票价更是他消费不起的，所以更加容易说服自己不去看她的戏。

法国剧团在德国上演的节目中，除了两三出古典剧以外，大部分是极其庸俗的、专供出口国外的巴黎低级庸俗的廉价货。因为越是低级庸俗的东西越容易国际化。克利斯朵夫倒是熟知第一晚上演的《多斯加》。他曾看过德国译本的演出，都是在法国作品上加些德国内地戏院轻松趣味的风格。所以当看到朋友们上戏院的时候，他就冷嘲热讽地说自己不用再受罪去听，反倒是极好的。可当看见他们兴致高涨地讨论昨晚的情形时，却又伸长耳朵偷听。他气恼极了，因为自己没有去听，不能够反驳他们说的话。

据预告，第二出戏将是法译本的《哈姆雷特》。克利斯朵夫一向不肯放过机会去看莎士比亚的戏。在他看来，莎士比亚和贝多芬一样，都是用之不尽取之不竭的生命源泉。对于他而言，《哈姆雷特》比任何时候都显得特别的珍贵，因为他刚刚经历过内心惶惑烦闷的时期。尽管面对这面神奇的魔镜很有可能将真实的自己展露无遗，但是他还是很心动，并且在戏院外的广告牌前不停地来回转着，想立即去订座。但他是个极度固执的人，但凡说过的话哪怕自己后悔也绝对要硬着头皮去做，决不食言。他那晚本来要像第一天一样老实地待在家里，但是似乎天意安排，他在回去的路上恰巧遇到了曼海姆。

曼海姆抓住他的胳膊，尽管自己很气愤，但还是照旧嬉皮笑脸地告诉克利斯朵夫，有个浑蛋老姑妈带着全家，不早不晚地恰巧赶在要看戏的时候来他家，这使得他不得不待在家里面招呼他们。尽管他很想偷溜掉，但是碍于自己要问父亲要一大笔钱，而不得不答应父亲不在家族的礼数以及对长辈的敬意方面开玩笑。为了钱，不能忤逆父亲的意思，只好做出让步，不去戏院看戏。

“你们已经有了票了吗？”克利斯朵夫问。“那是当然！而且是个不错的包厢。见鬼的是，我还得拿着票，现在就要去送给那该死的葛罗纳篷。他是我爸爸的股东，让他带着妻子女儿去戏院里显摆。可真是有趣极了！……我一定要说几句挖苦他们的话不可。只要我送了票给他们，他们是肯定不会放在心上的——相对于戏票他们当然是更爱钞票，恨不得戏票可以变成钞票。”

他突然停止抱怨，半张着嘴看着克利斯朵夫：“哦！……好了好了！……我有办法了！”他咯咯地笑着说。

“克利斯朵夫，你去不去看戏？”

“不去。”

“去吧，去看戏吧。就帮我一次忙，不要拒绝。”

克利斯朵夫莫名其妙：“我没有座位看戏啊。”

“看！这儿呢，可以去看戏了！”曼海姆高兴地说，强行将戏票塞到他手里。

“你疯了吧，你父亲叫你做的事情怎么办？”

曼海姆捧腹大笑：“他肯定会气得要命的！”

他擦了擦眼睛，说出他的想法：

“明天一早我就问他要钱，趁他还不知道怎么回事的时候。”

“明知道他会不高兴，我当然是不能接受你的戏票的。”克利斯朵夫说。

“你什么都不知道，而且也不用知道，这与你没有任何关系。”

克利斯朵夫打开戏票：“四个座的包厢你要我怎么办呢？”

“随便你。只要你喜欢，哪怕是睡在里面，甚至是跳舞都是可以的。而且还可以带些女人去看戏。你总该认识几个的吧？当然不认识的话，向别人借都可以。”

“我不要，真的不要。你还是拿回去吧。”克利斯朵夫将戏票递还给曼海姆。

“我才不要了呢，”曼海姆退后了几步，“如果你实在不愿意去，我绝不会勉强你的。但是我绝不会拿回来的。你扔到火里烧了也罢，学做好人去送给葛罗纳篷也罢！我都管不了。再见！”

说完之后他即刻就走了，只留下克利斯朵夫捏着票呆呆地站在街上。

这可使得克利斯朵夫为难极了。他心想应该将戏票给葛罗纳篷送去，但是自己没有那么大的劲。回到家后，还是没有拿定主意。等想起看看时间，就只剩穿衣服去戏院看戏的时间了。浪费戏票是傻子才会做的事情，他可不是傻子。他想要母亲和他一同去看戏，但母亲却宁可早点睡觉也不愿意去。于是他一个人去戏院，高兴得如同孩子一般，但是对于独享快乐总觉得有点美中不足。他并没有觉得对不起曼海姆的父亲和被他抢掉位置的葛罗纳篷，只是一个人看戏未免太可惜了。对那些和他一样的年轻人来说，可以看戏那不是件天大的好事情？想了许久也不知道该邀请谁一起去看戏。时间已经不早了，必须赶紧去戏院才行。

他进戏院时走过售票处，见窗户已经关上，并且挂着票已售完的牌子。好多人因为没有买到票都失望地回去了，但还有一个姑娘仍旧依依不舍，不愿走开，羡慕地看着进去看戏的人。她的穿着很朴素，身着黑衣服，个子适中，一张清瘦秀气的脸庞。他并没有注意她是否长得好看。他从她面前走过，顿了一下，转过身来，不假思索地问：“你没有买到票吗，小姐？”

她脸立即红了，用外国口音回答道：“没有，先生。”

“我有个包厢还可以坐人。可以邀请你一块儿去看戏吗？”

她脸几乎要红透了，边道谢边说自己不能接受邀请。克利斯朵夫遭到拒绝，心里很慌，也跟着边道歉边继续邀请她一起去看戏。虽然她心里是相当愿意去看戏的，但无论克利斯朵夫再怎么说她还是没有答应。他急起来了，忽然决定说：“听着，我有个好办法。戏票你拿去吧。我早就看过这出戏了（那当然是撒谎的），我一点儿也不在乎是否可以看戏，相信你一定比我更想看戏的。请你拿去吧，我是真心地想要给你。”

克利斯朵夫这种真诚的态度感动了那姑娘，她几乎都快要被感动得哭了。她结巴地道谢，并表示不希望他这样做牺牲。

“那就结了，我们一起进去看吧。”他笑着说。

望着他善良坦诚的神情，那姑娘很不好意思，觉得自己刚才就不应该拒绝他的邀请的，难为情地说：“那就多谢你了，先生。”

他们进去了。曼海姆的包厢恰巧在戏院正中央，裸露突出在外面，毫无躲藏之处。他们一进场就吸引了大家的目光。为了使少女自在点，克利斯朵夫便请少女靠前坐点，自己则坐得靠后点。她显然很紧张笔直地坐着，甚至连头都不敢移动一下，懊恼自己为什么接受了他的邀请。为了让她镇静下来，克利斯朵夫并没有说些什么，只是假装看着别处。但他无论看向哪里都可以撞到别人诧异的眼光，听见别人议论纷纷，只因自己带了一个陌生的女人坐在豪华的包厢里。他气愤极了，只得瞪着大家，心想自己从不管别人的闲事，但大家总是来管他的事情，真是过分极了。他万没想到那种冒昧好奇的眼光更多的是看向他身旁的女伴，并且相当不怀好意地看着。为了表示自己对这些议论满不在乎，他就向前探出身子和她说话。不开口还好，一开口，她反而愈加惊慌了。对于回答他的问题她可真是苦恼极了，低着头不敢看一眼，半晌才从嘴里挤出是或者不是。看她如此害羞，克利斯朵夫可怜起她来，就缩在包厢最里头，不理她了。庆幸的是，台上的戏此时也恰巧开始了。

克利斯朵夫没有看过广告，也不关心那名角儿扮演什么角色，他到戏院只是看戏而非看戏子。他没有想过她是扮奥菲利娅还是王后。如果要他去猜，她也一定扮演皇后，因为她应当是这个年纪的，意料不到的是她居然扮演哈姆雷特。看到这个角色出场，听到如玩具娃娃一般的音色，他简直不能相信自己的耳朵……

“这到底是谁呢？到底是谁呢？”他压着声音轻声地问着自己，“难不成是……”

等到他看到那确实是哈姆雷特时，不禁破口骂了一声；因为女伴不是德国的，自然没能听懂德国话，但左近的包厢里的人显然已经听到了，立即气愤地叫他住嘴。他便只好缩在包厢的最里面，爱怎么骂就怎么骂。但他还是很气愤。如果他能公平一点，其实化装技巧还是值得他去褒奖的，一个六十岁的老妇人居然可以变成比青年男子还俊美的“青年男子”（至少在捧角人的心里确实是这样的），这是化装艺术上的“绝招”。但他打心底厌恶这所谓的绝招，厌恶所有企图违反自然的现象。他喜欢女人就是女人，男人就是男人（如今，男女早已经不易区分了）。贝多芬的莱奥诺拉女扮男装那种幼稚可笑的化装，已经使他不是很舒服了。而女扮男装的哈姆雷特更是他不能忍受的，简直是荒唐至极。将一个结实的丹麦人，身材肥胖，脸色苍白，冲动易怒，思想太多，疑神疑鬼的男人变成一个女人——更何况还算不上女人，因为女人演男人永远只能算是妖怪——哈姆雷特被演成一个太监，一个不男不女的家伙……只有人们窝囊至极，评论界无聊至极，才会让这样荒诞的角色出现在台上而不把她嘘下台！克利斯朵夫实在不能再忍受女戏子的声音。似乎从尚梅莱[①]以来，她那种歌唱式的呆板的毫无旋律可言的朗诵，就被世界上最没有诗歌感觉的民族当作瑰宝。克利斯朵夫气得昏了头，怒容满面，不知道该怎么办，只好转身背对舞台，

恰如一个受罚的学生被面壁处罚一般。庆幸的是他的女伴不敢看他，不然一定会将他看作疯子。

突然克利斯朵夫脸上古怪的表情消失了。他动也不动，不再喘气。因为台上响起了一个动听的女声，优美而富有趣味、低沉且温柔的声音。克利斯朵夫竖起耳朵来听，边听边转过身子，诧异是什么样的人可以拥有这天籁般的嗓音。天啊！居然是奥菲利娅。当然这奥菲利娅与莎士比亚的奥菲利娅丝毫不同。她是个漂亮姑娘，壮健、高大、苗条，如同希腊雕塑一样，浑身上下都充满朝气。虽然她努力使自己不偏离角色，但她的身体，她的动作，一颦一笑，到处都流露出青春的魅力。美丽的身体该是有多大的魅力啊！克利斯朵夫先前还是如此地不满女扮男装的哈姆雷特的表演，而如今看到这个人物与他想象中的奥菲利娅并不一样，也并不觉得有什么好遗憾的。为了台上的奥菲利娅，克利斯朵夫毫不在乎地牺牲了心中的奥菲利娅。恰如其他热情冲动的人，克利斯朵夫自认为剧中人纯洁而骚动的内心，应当也燃烧着青春这股热情。她那神奇的声音，纯净、温暖、

① 尚梅莱是十七世纪法国女演员，擅长演拉辛的悲剧。虽然她的角色要求她竭力压制自己，但是她仍旧有股青春与欢乐的力在皮肤里、举动里和笑眯眯的深色的眼睛里闪耀。

圆润，每字每句都如同美丽的和弦一样，使克利斯朵夫沉醉其中。字里行间都跳跃着活泼的节奏并且夹杂着轻快的南方口音，如同茴香草与野薄荷的香味弥漫在空气中。南欧的奥菲利娅难道不是个新奇的人物？……金黄色的太阳以及法国南部的季候风都跟着她的后面来到了这儿。

克利斯朵夫完全不记得自己还有个女伴很怕羞，居然不自觉地移到包厢前排坐到她旁边，目光一刻不离地盯着那个不知道姓名的女演员。但是观众并不是来听不知名的演员的戏的，所以并没有注意到她。他们的掌声，只有在女版的哈姆雷特开口时才会响起。克利斯朵夫为此气恼极了，他低声骂着“蠢货”，但是十步之内的人完全可以听见他的话。

直到幕间休息时，克利斯朵夫才想起自己还有个女伴。看她一直都很害羞，他笑着想自己刚才粗暴的举动肯定吓到她了——的确。这位和他不认识但相处了几小时的年轻姑娘，的确拘谨得很反常，接近病态。如果不是刚才她特别兴奋，想必她是绝不会接受自己的邀请的。刚接受邀请，却开始懊悔，恨不得立刻可以离开这里。最糟糕的是她成了众人好奇的焦点，并且她背后（她甚至都不敢回头看看）她的同伴叽里咕噜地低声咒骂，这使她更加慌张了。她甚至料想不到他接下来会再做些什么事情。等他坐到她身边，她几乎吓得全身直冒冷汗，真不知道他还会做出些什么事情！她恨不得自己可以找个洞钻进去。她本能地缩到后面些，生怕碰到他的身子。

但在休息时间听到他和善地说话：“我是个惹人讨厌的同伴，是不是？真是对不住了，请你原谅。”她便又放了心。

她看着他，看见他很和善地笑着，就是这个和善的笑容才使得她刚才接受了他的邀请。

他接着又说："我不会去隐藏我的想法……因为这会让我窒息的！……这个女人，一把年纪的老女人！"

他又做了个厌恶的表情。

她微笑着，轻声回答道："即使是这样，但还是很美的。"

他听出了她的外国口音，问道："你是外国人，是不是？"

"是的。"

他看着她朴素的衣服，问道："你是老师吧？"

她红着脸回答道："是的。"

"请问你是哪国人？"

"法国人。"

他露出吃惊的样子："法国人？真是不敢相信。"

"为什么这样说？"她胆怯地问。

"你是这样的……庄重，严肃！"

（她想，这句话从他嘴里说出来并不完全是恭维。）

她有点不好意思地说："法国多的是像我这样的人。"

他看着她善良忠厚的小脸，高高的前额，直挺的小鼻子，清瘦的腮帮旁长着些栗色的头发；但是看见的不是她，因为此刻他的心里早已被那美丽的女演员占据了。他反复地说：

"真奇怪，你居然是法国人！……这是真的吗？你真的和那个奥菲利娅是同一个国家的？真是难以相信啊。"

他沉默了一会儿，说："她真是太美了！"

他浑然不觉得自己这么说，已经是在将奥菲利娅和他的女伴做了不客气的比较。尽管她明显感觉到了，但他不怪克利斯朵夫，就连她自己都认为奥菲利娅确实美极了。他问她女演员的事情，但是她却什么也不知道。看得出来她并不了解戏剧界，甚至可以说是相当陌生的。

“你应该喜欢听见他们在台上讲法语吧？”他问。

他随口说的话，却正是她心中所想。

“哦！”她发自真心的口气使他注意到了，“要是真是那样我会高兴死的。这儿真是闷死人了。”

这次他仔细地瞧了瞧她：她的手有点儿抽搐，似乎感到压抑。但她立刻想起这种话可能会使他不高兴，“哦！对不起，”她说，“我都不知道自己说了些什么。”

他轻松地笑道：“算了吧，用不着道歉！你说得没错。不仅仅是法国人才会觉得这儿闷得慌！”

他往后仰，耸了耸肩，呼了口气。

但是她觉得袒露自己的心声真是难为情极了，之后就再也不吭一声了。此外她也注意到了，他们的谈话被隔壁几个包厢里的人格外留神地听着。克利斯朵夫也察觉到了，为此生气极了。他们俩的对话就这样被打断了。趁着还没有到演出时间，他就在戏院的过道上逛逛。少女的话还清楚地在他耳边回荡，但他却另有所想，满脑子都是奥菲利娅的倩影。而后的几幕中，他完全被她吸引住了。等到奥菲利娅演到发疯的那一场，唱出爱与死的凄凉忧伤之歌，她的声音是那么扣人心弦，使得克利斯朵夫意乱情迷，就快要哭了出来。他恨自己表现得这样软弱（在他看来真正的艺术家是不应该有眼泪的），但又不愿意让别人看见这样的自己，就突然离开了包厢。过道里面以及戏院大厅都没人。他心潮澎湃地走下楼梯，没有意识地走出了戏院大门。他需要呼吸下黑夜里凉飕飕的空气，迈着大步在黢黑的荒凉的街上走着。走到运河边上，他将手肘靠着栏杆，凝视着河水无声地流淌，街灯的倒影在水里摇荡着。他的心情也是一样的：朦胧含糊，激动兴奋。什么也看不见，只知道有一大片欢乐在表面上飘荡。钟声响了，回到戏院去将戏看完？这是不可能的。他没有兴趣去看福丁布拉斯的胜利。有人会羡慕这个胜利的人吗？看尽了人生的辛酸痛苦和残酷冷漠，谁还愿意成为他呢？这个剧本是对人生的控诉。但是剧中的生命力在疯狂怒吼，使悲伤也变成了欢乐，使惨痛都令人沉迷……

克利斯朵夫回到家里，他早已经将那个连姓名都不知道并且被他丢在包厢里的少女抛诸脑后。

第二天一大早，他去了一家三流旅馆看望那个女演员。她和其余的伙伴都被剧团经理安顿在这儿住，但是那个名演员却被安排居住在头等旅馆里。别人把克利斯朵夫带进一间欠整洁的小客厅，吃剩的早餐被胡乱地放在琴键上，还放着些发卡以及几张脏烂的乐谱。奥菲利娅正在隔壁房间高声练歌，就像个因为闲得慌而搞出些声响的孩子一样。别人去告诉她有人找的时候，她停住了歌声，快活地问着，也不在乎隔壁间的客人是否会听见：

“那位先生找我有什么事吗？他叫什么名字？……克利斯朵夫……他姓什么呢？……克拉夫脱！克利斯朵夫·克拉夫脱？……真奇怪的姓！”

她重复读了两三遍，读 R 时舌头简直就快要卷到一起了。

“与其说是个姓倒不如说是个赌咒……”她说道，并且还真就赌了咒。

“是个小伙子还是老头子？……讨人喜欢吗？……好，我马上就来。”

接着她又唱道：

“任何爱情都不及我的爱情甜蜜……”

她边唱边翻找东西，咒骂那支贝壳别针胡乱地躲在东西堆里，害得她找不到。她找得不耐烦了，吼骂了几句，发着脾气。虽然她的样子克利斯朵夫看不见，但是他也可以猜想到她此刻在隔壁房间里的样子，竟不自觉地笑了起来。奥菲利娅的脚步越来越近，她猛地把门打开，她就这样出现了。

她只裹了件浴衣，曼妙的身体若隐若现，袒露的手臂在宽大的袖子里晃荡着，头发还没有梳理，卷卷的头发慵懒地挂在眼睛和腮帮上。她有双漂亮的深色眼睛，含笑的嘴巴，泛着笑容的面颊，下巴上还有两个带笑的可爱的酒窝，她浑身上下都带着笑意。她唱歌般好听地低声表达了自己衣冠不整的歉意。尽管她明知道自己是用不着道歉的，因为客人更喜欢她这样的打扮。她原以为来访问她的会是个新闻记者。但当听到他是因为真心地仰慕她而来的时候，她反倒没有失望，而是很高兴。她心肠不错，而且很殷勤，很会讨人喜欢，这一点没什么好隐瞒的。她对克利斯朵夫的访问以及他的热心都感到很快乐——她还没被捧她的人给惯坏呢。她的一举一动以及态度都很自然，就连她的虚荣心以及因为自己讨得别人欢心而表现得开心，都是那么自然。因此克利斯朵夫并没有觉得不自在。相反两人一见如故，如同老朋友见面一样。他讲着不成调的法语，她说着不成句的德语。没一个小时，两人将心里话都告诉了对方。她一点儿也没有送克利斯朵夫走的意思。这个身材健硕、性格快活的南方女伶，倘若不是她本身的天生的快活性格，在这些无聊的人中间，在这个言语不通的地方，她铁定早就会闷死了。现在有个人可以和她谈谈心，她当然开心极了。而克利斯朵夫看惯了本地人心胸狭窄的样子，如今看见这个无拘无束并且富有民间气息的南方女伶，自然也是说不出的高兴。他尚不知道这种性格的人也有做作的方面，除了外表真实表现出来的做作，心里也就没有什么了，就连表面上也是很虚伪的。但是她年轻活泼，有什么都不拐弯抹角而是直截了当地说。她敢于用自己新鲜的眼光毫无顾忌地批评任何事情，扫除云雾的南季风仿佛在她身上似的。尽管她没有受过任何教育，也不会思考。但是凭借着她的天分，她能随时随地感受到一切美好的事情。但她并不是真的被感动，过一会儿便止不住地笑着。出于自己的本能，她不自觉地卖弄风情，抛着媚眼，敞开一半的浴衣里袒露出她的胸脯，好使克利斯朵夫堕入她的美人圈套。相比工于心计，她更喜欢说笑，热热乎乎，自来熟，没有拘束也不用讲客套。她和他说戏班子里的内幕、她的烦闷、同事之间的明争暗斗，以及奚撒贝（她是这样叫那个名演员）打压她，不给她出头的机会。他向她诉说自己对德国人的不满，她听了拍手叫好。她心地好，不想说任何人的坏话，但是却又管不住自己的嘴巴。她边取笑别人边说自己的不是，字里行间都体现出南方人的特有的洞察力、中肯而滑稽的口吻：她控制不了自己用刻薄刁钻的话形容别人。她笑时会张开泛白的嘴唇，一副小狗般的牙齿裸露在外面。脂粉的颜色完全覆盖了她原有的脸色，只看见黑色的眼珠在闪闪发亮。

忽然间他们发现已经谈了一小时的话。克利斯朵夫就对高丽纳（她在戏班里的名字）建议自己下午再过来，带她逛逛这个小城。她听了高兴极了。他们说好吃完午饭就见面。

刚到约定时间，他就到了。高丽纳坐在旅馆的小客厅里，手里捧着台词本，高声地读着。她自顾自地继续读着，笑眯眯地看着他，读完一句后，才做手势要他挨着她坐在沙发上："坐这儿吧。不要说话。我必须再看看台词。15分钟就可以了。"

她手指点着剧本，草率又马虎地读着，活脱脱一个慌慌张张的小姑娘。他建议她背一遍，他帮她核对。将脚本递给他后，她就站起来背了。她结结巴巴地背诵着，一句话要反复背几次才想到下一句。背台词时她的脑袋总是摇摇摆摆，发卡都被甩到了地上。有时真的记不起来那个字，她就像撒泼的野孩子一样，大声地咒骂着，而且说些粗野的话语——最粗野且极短的话，她专门用它来骂自己。克利斯朵夫吃惊于她身上混杂着的才气和孩子气。她的声音几乎可以将脚本里的意思准确无误地且极富感情地表述出来。但每当专心致志地读到某一段的时候，就会说些不着边际的话。她背台词就好似鹦鹉学舌，尽管不知道什么意思还是会继续高声读下去，有时候意思完全不对，便胡言乱语起来。但是她不仅不着急反而相当高兴。最后，她高声地说："算了！"便将脚本从他手里夺过来，往角落一丢，说：

"时间到！放学了！……我们走吧！"

他担心她晚上忘记台词演不好，便问："这样你真的行吗？"

"那肯定行啊，"她极富把握地说，"不是还有提词人吗，不然要他干吗？"

她去房间戴帽子。克利斯朵夫坐在钢琴凳上面等她，随手弹了几个和弦组曲。在隔壁房间的她听见了，立即喊道：“哦！你弹的是什么啊？再弹一次吧！真是好听极了！”

她跑了过来，将帽子随手往头上一套。他弹完一曲，她就要他继续弹，还不时用法国女子特有的赞叹语调称赞克利斯朵夫，法国女人不管是听了《特里斯坦》还是喝了一杯巧克力，都会发出这样娇声娇气的赞叹。克利斯朵夫笑了，这的确不同于德国人长篇大论的赞叹，且对克利斯朵夫而言这确实是全新的口味。但其实本质是一样的，是两种不同的夸张：一个将小土堆比作大山，一个将大山比作小土堆，都是同样的夸张！由于从他喜欢的人的嘴里说出来，所以他更喜欢后者。高丽纳问克利斯朵夫弹的是谁的作品。听说是他自己的作品，她大叫起来。她显然没有注意听他说的话，因为早上谈话的时候已经告诉过她，他是一个作曲家。她把散步的事给忘了，坐在他旁边，硬要他将自己所有的作品都弹一遍。这并不是为了表示自己有礼貌，而是她真的喜欢音乐，凭借着她的本能居然弥补了教育的不足。起先，他并没有在乎她的话，只是胡乱地谈些极简单的曲子。但是，后来完全出乎他的意料，因为他无意中弹了自己看中的曲子，虽然他没有说些什么，她显然更喜欢这个。某种德国作曲家遇到法国知己，都会又惊又喜的，克利斯朵夫显然就是这类人：

“真是奇怪了！没想到你的鉴赏能力很高啊！”

高丽纳冷冷地笑了一下。

于是他就故意将曲子越弹越难，他想知道她究竟是否都能够听得懂。但是她似乎并没有被这些音乐难倒、并且在弹完一首曲调新颖的曲子，而且是从未被任何德国人了解的，甚至连他自己都产生怀疑的曲子时，高丽纳居然叫他再弹一次，并且几乎一个音调不错地将曲子背了出来。克利斯朵夫简直快要高兴得疯了。他转过身来极其感动地抓住她的手，说："哦！你真是个音乐家！"

她笑着说，起初她在外省的歌剧院唱过歌，但有个剧团经理在巡演的时候看到了她，并且认为她有演诗剧的才能，劝她改行当演员。

"真是太可惜啦！"他惋惜地说。

"有什么好可惜的？诗也可以称作是音乐的一种。"

她要他解释歌曲的意思。他把歌词用德语读，她如同猴子学人一样模仿他，甚至不放过他抿唇皱眉的细小动作。而后她将那些歌词唱了出来，却漏洞百出惹人笑话，只要她不记得背不出，就随口用些怪音调瞎唱着，这可把两人都乐死了。她不厌其烦地叫他弹，他也不厌其烦地听她唱。尽管她不知道怎么去唱歌，只知道尖着嗓唱，但是却有种道不明的清脆动人的味道。她说话很随意，有什么说什么。她没办法解释自己为什么喜欢这一首讨厌那一首，但是心里认为总有个确切的理由。最奇怪的是，那些德国最受欢迎的、最符合规矩的经典乐曲，反而让她最不自在，并且只是出于礼貌地奉承几句，分明可以看出她的不喜欢。由于她没有音乐素养，因此她不会和其他音乐爱好者和音乐家一样，下意识地只喜欢自己听过的曲子，更不会将爱好旧音乐的模式强加到新音乐中。她也不像德国人一样喜欢那些优美悦耳的多愁善感的曲子（或许她所喜欢的是另外一种，而克利斯朵夫尚未发现它的缺点）。她并不欣赏德国最受欢迎的靡靡之音，而且对克利斯朵夫作的最平庸的曲子一点儿也不欣赏——他的朋友则认为这是他唯一可以让他们追捧的歌，并且经常和他提到，但克利斯朵夫却巴不得毁掉它。高丽纳似乎生来就是演戏的，她喜欢的作品要可以清楚地直接地表达某种情感，克利斯朵夫也认为这是最有价值的。但是她反感某些不太协调的和声，而克利斯朵夫却觉得很自然：她很突然地感觉唱不下去，就停下来问："真的是这样的吗？"听见他说是，尽管她想迫使自己唱下去，但还是憋不住做了个鬼脸，克利斯朵夫看在眼里。有时她宁可跳过那一节，但他还是再弹一遍，问："你不喜欢这节吗？"

"我觉得它不自然。"她皱着眉头说。

"不自然？"他笑着说，"错不了。你用心看看它的意思吧！用心听难道会不真实？"他指了指心。

她扯了扯自己的耳朵说："或许用心想是没错……但是耳朵听起来就是不自然。"

她对德国派的忽高忽低的朗诵风格也很厌烦：

"为什么要这样大声喊叫呢？又不是只有他一个人，就不怕打扰到左邻右舍吗？他还真是有点像是在叫渡船一样……不好意思，你该不会生气了吧？"

克利斯朵夫非但不生气，反倒真心地笑了，并且认为她的见解很有道理。她的话使他快活，还没有任何人和他这样说过话。克利斯朵夫和高丽纳都同意：用歌唱表现的朗诵很容易使原来的语言变形，像一条变形扭曲了的大虫。高丽纳请克利斯朵夫给她的剧配乐，她的说白中间穿插了几段歌词，需要音乐伴奏。这个主意使他很兴奋。尽管难以控制音乐会的场面安排，但是克利斯朵夫觉得她的嗓子可以获得满堂彩的。于是，两个人就做着将来的打算。

等他们想起要出去的时候，已经将近五点钟了。这个季节天黑得很早，不可能再出去散步了。而高丽纳晚上的排演，是任何人也不能旁观的。于是高丽纳约他明天下午再带她去城里逛逛。

第二天的情形几乎又要和昨天的情形相同了。他发现高丽纳正在照着镜子，试戴假发，并且她骑在高凳上，两条腿悬空着。伺候她穿衣的女仆和理发师站在她的身旁，她嘱咐理发师将头发系高些。她在镜子里看见在她身后微笑着的克利斯朵夫，她俏皮地吐了吐舌头。理发师将假发拿走后，她转过身来，高兴地说："你好，朋友！"

她将脸凑上去让他亲吻。他没想到她竟会这样亲热，但是他也不愿意错过机会。实际上，她并没有将这当作一回事，这仅仅是打招呼的方式罢了。

"哦！我快活极了！"她说，"今晚这样才行了，才行哦（她指的是假头发）。真是快要把我愁死了！你今天早上要是来了，就能看见我有多可怜。"

他问她是什么使她这样发愁。原来跟她角色匹配的假发在巴黎包装的时候被理发师搞错了。

"那假发是笔直向下垂的，那真是难看死了。一见到我就哭了起来，哭得可伤心了。是不是，台齐莱太太？"

"我刚进来的时候，可被太太吓坏了，脸色苍白得像死人一样。"女仆回答说。

克利斯朵夫笑了。高丽纳在镜子里看到了克利斯朵夫在笑，生气地说："没良心的！有这么好笑吗？"但是说完后，她自己也跟在后面笑了起来。

他问她昨晚彩排如何——她说一切都很顺利。不过她希望别人的台词可以删减些，但是自己的台词可不要删减掉了……他俩聊得很起劲，不知不觉下午又过了一半。她穿衣服花了很长时间，并且问克利斯朵夫，她这样穿怎么样。克利斯朵夫夸她漂亮，并且幼稚地用德国式的法语，说从来没见过比她更“放荡”的女人了——一听她就傻眼了，瞪着克利斯朵夫，然后就大笑。

“我说错了什么吗？”他问道，“难道这么说是错的？”

“没错！没错！你说得很对。”她高声说，笑得直不起腰了。

他们总算是出门去了。她打扮得花枝招展，说起话来滔滔不绝，非常引人注目。她用俏皮的法国女子的眼光来看待一切事物，并且完全不隐藏自己的想法。看到挂满时装的服装店，看到卖画片的商店里，有谈情说爱的镜头，有的是轻浮滑稽的照片，被乱七八糟地摆放着，有的是当地的妓女，有的是王公贵族，有穿红红绿绿的衣服的皇帝，还有身穿水手装的皇帝把着“日耳曼”号的船舵，露出无所畏惧的神态，她便忍俊不禁地笑了起来。看见餐具上印着瓦格纳生气模样的头像，或者是理发店橱窗里的蜡人头，她都忍不住高声大笑起来。就是在忠君爱国的纪念像面前，对头戴尖盔穿着旅行外套的老皇帝，普鲁士和德意志各邦的代表，以及赤身裸体的战神，她也很没有礼貌地哈哈大笑。哪怕是看到路上的行人，那种相貌以及走路的样子、说话的腔调，只要有任何可笑的地方，都可以让她哈哈大笑。那些被她挖苦的人一看到她狡猾的眼神，就明白她不怀好意。她善于模仿的本能甚至连她自己都没有察觉到，他们心花怒放或者是愁眉苦脸的样子被她用嘴巴鼻子学着。她觉得那声音挺滑稽，因此就鼓起腮帮子随便模仿起来。克利斯朵夫也高兴地跟在后面学着，并没有因为她的肆无忌惮而觉得有何不妥，因为他比她有过之而无不及。庆幸的是他的声誉已经没有什么可损失的了，不然就这样在城里散一次步，就足以让他名誉扫地。

他们去参观大教堂。高丽纳坚持要爬到塔顶上，尽管她穿着高跟鞋和长裙，裙摆在一阶一阶的楼梯上拖着，衣服被扶梯角给钩住了。但是她毫不在乎，使劲地把衣服一扯，衣服被撕破了，将裙摆提得老高，仍旧兴高采烈地继续往上爬。教堂里的大钟几乎都要被她敲响了。到了塔顶，她高声地读着雨果的诗句，但是克利斯朵夫什么也听不懂，接着她又唱着一支通俗的法国歌。而后，她像伊斯兰教祭司一样，高声叫着。天快黑了，他们离开塔顶，回到教堂里，浓厚的黑影正顺着高大的墙壁上升，正面墙壁上的花玻璃像有魔力的眼睛一样闪闪发光。克利斯朵夫瞥见那天陪在包厢里面看《哈姆雷特》的少女，正跪在侧面的一个小祭堂里。她正在专心祷告，可是她并没有看见克利斯朵夫。克利斯朵夫注意到了她脸上紧张而痛苦的表情。他本想和她说几句话，哪怕是打个招呼。但是高丽纳拉着他直往前跑。

他们分手后不久，高丽纳就得准备上台。按照德国的惯例，戏院要很早开场。可是他刚到家，就有人按门铃，将高丽纳的便条给了他：

> 运气可真好！奚撒贝病了！今晚停演啦！万岁万岁啊！……朋友！你过来吧！我们一起吃晚饭吧！——记得多带些乐谱过来啊！……亲爱的高丽纳。

刚开始他并没有看懂。等弄明白后他就和高丽纳一样地高兴，直奔旅馆。他还怕吃饭时会撞见戏班子的所有人，但是一个也没撞见，就连高丽纳也没看见。最后，在屋子尽头响起了她爽朗的笑声。

就顺着声音去找，终于在厨房里找到了高丽纳。她突然想要做一盘自己的家乡菜，放着使大街小巷都能闻到的香料。旅馆里的胖老板娘和她关系不错，两人在一起说着难以理解的语言，夹杂着德语、法语以及野人话。她们互相尝着对方做的菜，咯咯地大笑不停。克利斯朵夫一来，她们就笑得更加厉害了。她们不让克利斯朵夫进厨房，但是他偏要进去，最终也尝到了那盘有名的菜，他扮了个鬼脸。她就说他是不识好歹的德国蛮子，白为他花心思了。

克利斯朵夫和高丽纳一起回到小客厅，饭桌已经摆好：上面只摆放着两个人的刀叉。克利斯朵夫不禁问戏班子里的同伴在哪儿。

“不晓得在哪儿呢。”高丽纳做了个不在乎的手势。

“你们不在一起吃晚餐的吗？”

“从不一起吃！在戏院里已经见得够多的了！……难道还要一块儿吃饭吗？”

德国和法国的习惯在这一点上不大相同，使他听了不但觉得奇怪又十分羡慕。

“我以为法国人是很会交际的呢！”

“难道你以为，”她回答说，“我不会交际吗？”

“交际意味着过社交生活。在我们这儿，男女老幼从出生到老死都是社会生活的一部分，所有事情都要和大家一起去做：吃饭、唱歌、思考都是要和大家一起做的。哪怕是他们打喷嚏，你也跟着打喷嚏。倘若不和大家一起，连一杯啤酒都别想喝。”

“那才叫好玩哩，”她说，“为什么不在一个杯子里面喝呢？”

“你不觉得这才是友爱的表现吗？”

“去他的友爱！我只和我喜欢的人友爱，才不和不喜欢的人友爱……呸！这还算什么社会，不如说是蚂蚁窠！”

“像这样和我们思想一样的人，你能想象得到在这儿生活是多么有趣的吗？”

“那就去我们那边生活啊！”

他还真希望可以这样。克利斯朵夫向她打听巴黎和法国人的情况。她告诉了他很多事情，但是并不是很准确。南方人说话本来就喜欢夸大其词，加上她本能的欲望就是想让别人用心听自己讲话。据她说，巴黎人人自由，个个聪明，人们会充分地享受自由，但是从不滥用，并且能够随心所欲地去做自己喜欢做的、想做的、相信的、不喜欢的事情，别人绝不会多说半句话。在巴黎，别人不会去干涉你的信仰，也不会偷窥你的心事、控制你的思想。在巴黎，政治家绝不会越界干涉艺术家的事情，也不会拿勋章、职位、金钱去招待他们的朋友或顾客。在巴黎，没有社团可以左右别人的声誉和成功，没有新闻记者会被别人收买，文人不会相互看轻，也不会谄媚对方。在巴黎，天才是不会被批评界压制的，名作家也不会永远被人吹捧。在巴黎，不择手段获取成功是被人们唾弃的，一帆风顺也未必会得到人们的拥戴。这里的人相互之间的关系亲密而又温厚，并且又相当的诚恳，相互之间没有忌恨，也没有不怀好意的诽谤。大家都乐意帮助别人，都真心诚意地欢迎任何新来的有才的人，并为他们铺就康庄大道。在这些豪侠风度、不计利害的法国人心中，都拥有一颗爱美的纯洁心灵。理想主义是他们唯一的可笑的地方，他们虽然头脑清楚，但是理想主义还是免不了上别的民族的当。

克利斯朵夫听得目瞪口呆，她说的真是令人神往呢。就连高丽纳自己也听得出了神，完全忘记了自己昨天还向克利斯朵夫诉苦，说她过去的生活如何艰苦等等，而克利斯朵夫也同样没有记起来。

但是，高丽纳并不是要德国人喜欢自己的国家，她更加关心的是要别人喜欢她自己。如果整晚没有些调情的事情发生，她就会觉得沉闷至极，可笑至极。她向克利斯朵夫调情，但是他完全没有察觉到，这简直就是对牛弹琴。克利斯朵夫根本不知道什么是调情。爱或不爱是他仅知道的。他不爱的时候，完全不会想到爱情的方面。克利斯朵夫对高丽纳的感情只是热烈的友谊，南方女子的这种性格对他而言是相当新鲜的。她的魔力、风度、乐天的心情、灵活的头脑、随便的态度，都把他深深地吸引住了。但是这些早已经远远超过了爱情发生的条件，虽然“爱情总是来得悄无声息的”，这次它偏偏就没有悄悄降临。他甚至连想都没想过玩着没有爱情却假装自己恋爱的游戏。

高丽纳看他没有任何反应，觉得很好玩。克利斯朵夫按照他带来的乐谱弹奏着音乐，高丽纳挨着他坐着，用赤裸的手臂搂着他的脖子，为了看清楚乐谱，她向前探着身子望，脸颊几乎都要贴在他的脸上了。克利斯朵夫觉得她的睫毛从他的脸上掠过，看见她俏皮的眼神，也看见她正噘着可爱的嘴笑着，她正在等着——她的确在等着。但是克利斯朵夫不懂这种暗示，只觉得高丽纳碍手碍脚，使他弹起琴来不是很方便，克利斯朵夫不知不觉挣脱了她的束缚，将座椅移动了一下。过了一会儿，他转过头去想跟高丽纳说话，但是看见她正在强忍着笑，她脸上的酒窝都已经被笑出来了，但还是抿住嘴，拼命地忍着。

“你怎么啦？”他惊讶地问道。

她瞅了一下他，终于忍不住了，大笑起来。

他觉得莫名其妙极了，问：“你笑什么？难道我说了什么好笑的话吗？”

他越问，她就越笑，快笑得差不多的时候，一看他那副莫名其妙的模样，于是又哈哈大笑起来。她站起来，跑到房间那一头，倒在大沙发上，把头埋在靠枕下，拼命地笑着，笑得全身都在发抖。他也跟着笑了起来，走过去给她拍背。等到她笑够了，才抬起头来，擦着眼泪，向他伸出手。

“哦！你可真够老实的！”她说。

“没有比别人更坏吧？”

高丽纳抓着他的手，还在咯咯直笑：“法国女人是不是不正经？”

（她学着他的德国式法语发音。）

“你是在取笑我。”他饶有兴致地回答道。

她温柔地看着他，并且使劲地摇着他的手，问：“我们是不是朋友？”

“那是当然！”他照样使劲地摇了她的手。

“高丽纳走了，你不会想起她？你不恨这个不正经的法国女人吗？”

“你也不恨傻里傻气的德国蛮子吗？”

“我就是喜欢他的傻呢……会去巴黎看我吗？”

“当然……你会给我写信吗？”

“我可以发誓……你也得发誓。”

“好，我就发誓。”

“不，这样不对。把手伸出来。”

她模仿着古代罗马人发誓的样子。她要克利斯朵夫答应给她写一个通俗的歌剧，译成法语版后由她在巴黎演出。第二天她就得跟着剧团走了。后天她们剧团要在法兰克福公演，他约定去看她。他们又谈了一阵子。她送给克利斯朵夫一张上半身几乎是裸体的照片。他们高兴地分手了，像兄妹一般拥抱了一番。自从高丽纳看出克利斯朵夫只是对她很有好感，而不是爱她之后，她也决定将他看作好朋友，不对他动情。

他们都睡得很安稳，并且谁也不乱做梦。他第二天不能送她，因为他早上有预奏会。但是第三天克利斯朵夫将所有的事情安排好后，就坐车去法兰克福赴约了。小城去法兰克福只有两三个小时的路程。高丽纳以为克利斯朵夫只是说说而已，而不是真的会来看她。但是她错了，他对约会是非常认真的，演出一开始的时候，他就已经到了那里。等到休息时间，他到化妆间去找她，高丽纳一见到他便惊讶地叫了起来，搂住她的脖子。她非常感激他能遵守约定，来看她的演出。克利斯朵夫觉得不痛快的是，高丽纳受到法兰克福许多富有而聪明的犹太人的恭维，他们能够赏识她现在的美貌，预料得到她将来的成功。每时每刻都有人来化妆间，一些相貌堂堂、眼睛炯炯有神的家伙，用生硬的乡音说些无聊的恭维话。高丽纳当然和他们调情卖俏。后来与克利斯朵夫说话时也不由得用同样的方式，带着调情逗弄口吻，这使得克利斯朵夫很不高兴。并且对于她满不在乎地在他面前化妆，看着她将脂粉涂到胳膊、胸脯以及脸上，他也觉得厌恶极了。克利斯朵夫想等戏完了马上就走，再也不来找她。等到他向她告别时，说不能陪她一起去参加别人请她吃夜宵的宴席，她的难过是那样的真实，这使得克利斯朵夫的决心立刻就动摇了。她要人拿来了火车时间表，证明他能够有时间陪她，并且是应该有时间再多陪她一会儿。他当然不能再推辞了，便留下来参加晚餐。对于别人的胡说八道以及高丽纳对所有人的敷衍态度，克利斯朵夫都没有明显地表现出他的不满。他是没有办法去忌恨她的。她只是个纯真的少女，没有道德观念，懒洋洋的，肉欲很强，喜欢寻欢作乐，撒起娇来就如同孩子一样，同时她又相当的正直并且善良，她所有的缺点都是相当自然的，合乎情理的，看到后只能让人一笑了之，甚至你还会喜欢她。她说话的时候，他和她对面坐着，克利斯朵夫望着她生动的脸，精神奕奕的漂亮眼睛，微胖的下巴，挂着意大利式的笑容——细腻、善良，但少了些清秀灵气。这一次克利斯朵夫将她看清楚了。有些特点让他想起阿达：她的举动，目光，以及俗气地卖弄风情。女人总归还是女人！但克利斯朵夫喜欢的是南方人的性格：慷慨豪爽，十分卖力地展示自己的优点，绝不装出交际场中的漂亮和书本式的聪明，而是天然和谐的女人；喜欢她那心灵和身体只有在阳光中才可以舒展开来——他走的时候，她特意站起来，到一边去和他道别。两人再一次拥抱，将通信的事情还有道别的话重复说了好几遍。

克利斯朵夫搭上最后一班车，回去了。路上中途经过一个站，对面开来的火车早已经停在铁轨上。和克利斯朵夫正对面的三等车厢里，正坐着陪他看《哈姆雷特》的法国少女。她也看到了克利斯朵夫，并且认出了他。两人都愣了，相互之间不声不响行了个礼，就都低着头，连动都不敢动。但是他第一眼就已经看见她戴着一顶旅行便帽，身边放着一个旧的手提箱。他以为她只是出门几天，万没想到她要离开德国。他不知道是不是应该跟她说几句话，迟疑了一会儿，考虑着说些什么好，准备打开车窗说话的时候，忽然听到开车的哨声，就放弃了说话的念头。列车开动前的几秒钟，两个人面对面地你看着我，我看着你。两个车厢里什么人都没有，他们的脸都贴在车窗上，眼神透过漆黑的夜色，交会在一起。两个玻璃窗隔在他们中间。倘若他们伸出胳膊，两个人的手还可以碰到呢。他们离得这样近，又那样远。列车摇晃着开动了。她一直都在看着他，她不再觉得不好意思了，因为他们马上就要分开了。两个人都痴痴地看着对方，以至于没有想到最后应该再打个招呼。她慢慢地远去了，他看着她消失，看着她乘坐的列车消失在漆黑的夜色中。就像两颗流星似的，片刻他们离得很近，但马上又在浩瀚无垠的太空中分开了，也许永远也不会再相会了。

等到看不见她了，他才感觉到那个少女的目光将自己的心挖了一个窟窿。他搞不懂为什么会这样觉得，但是内心的空虚感确确实实地存在着。他半闭着眼睛，昏昏沉沉地靠在车厢的一个角落里，他觉得那个少女的眼睛印刻在自己眼睛里。其他的思想都沉静下来了，让他细细体会那印刻的感觉。高丽纳的影子已经飞到心房外面去了，好似一只飞虫在玻璃窗外乱扑着翅膀，但他不再让她进到自己的心房里。

一下车，呼吸着夜晚凉爽的空气，走在寂静无声的街道上，他又清醒了过来，看到了高丽纳的影子。回忆起这个可爱的女戏子，他高兴地微笑着，但一想到她粗俗地卖弄风情，就又感到气恼极了。

为了不惊醒在隔壁屋子里睡着的母亲，克利斯朵夫轻轻地脱着衣服，低声笑着嘀咕着："真是些古怪的法国人！"

但是他又回想到了那天晚上在包厢里听到的一句话："也有像我这样的法国人。"

他头一回和法国人打交道，就看见了法国人所拥有的双重性格。但和所有德国人一样，他懒得去解开这个谜。一想到车厢里的那个少女，他便随口说着：

“她怎么看都不像是法国人。”

仿佛要由德国人来确定怎么样才算是法国人似的。

不管她是否像是法国人，反正他是一直都在想着她。因为他半夜惊醒过来，心里感到难过。原来他记起了放在少女座位旁边的那只旧手提箱，忽然明白那姑娘是再也不会回来了。其实他从一开始就应该想到，但是他却没有想到。这一下，他心里突然觉得有点儿伤感了。但他在床上耸了耸肩想道：“这和我有有什么关系呢？想这么多干吗！”于是他又接着继续睡着了。

但是第二天，他一出门就碰到了曼海姆，莫名其妙地称他为勃罗希[①]，问他是不是有意思去征服整个法兰西。从曼海姆这个活告示的嘴里，克利斯朵夫知道包厢的事闹大了，甚至完全超出了曼海姆的意料。

“你真是太了不起了，”曼海姆嚷着说，“我佩服得五体投地！”

“我什么都没有做啊！”克利斯朵夫回答。

“你真是令人佩服！说实话，我真是眼红你。抢了葛罗纳篷的包厢，还邀请他们的法国女教师去看戏，哈哈！真是妙极了，我都没有想到这么个好主意！”

“葛罗纳篷家的女教师就是她吗？”

“对，你就假装不知道，假装这么做是无心的，我赞成你这么做！……爸爸还没有消气。葛罗纳篷一家都气得要命！……但是很

① 勃罗希（1742—1819）是德国将军，曾多次带领普鲁士军队攻进法国。

快他们就不生气了，因为女教师被他们解雇了。”

“怎么！”克利斯朵夫叫道，“他们解雇了她！……因为我的原因就把她解雇了？”

“你真不知道吗？怎么她没有跟你说吗？”

克利斯朵夫心里很难受。

“好家伙，别苦恼了。”曼海姆说，“这没什么大不了的。再说，你早就该料想到的，一旦葛罗纳篷他们发现……”

“发现？发现什么？”克利斯朵夫喊道。

“发现她是你的情妇啊！”

“但是我都不认识她，甚至不知道她是谁。”

曼海姆听了微笑着，仿佛是说：“你真以为我傻。”

克利斯朵夫恼火极了，一定要曼海姆相信他说的话。曼海姆便道：

“那可真就更加奇怪了。”

克利斯朵夫焦躁不安，嚷着要去找葛罗纳篷，告诉他们事情真相，还那个少女一个清白。曼海姆劝他没有必要多此一举：“朋友，你越解释，他们越不信；而且现在已经太迟了，那个法国女教师已经不知道去哪儿了。”

克利斯朵夫真是难过极了，想尽自己最大的力量去寻找那个女孩子。他想写信给她，向她道歉。但是她的事没有人知道。他上葛罗纳篷家去问，但是碰了钉子。他们不知道她去哪儿了，而且也不关心她的去向。克利斯朵夫一想到自己害了人，就悔恨不已。除了悔恨，还有那双眼睛正似光一样悄悄地照着他的心，好似拥有魔力一般。魅力与悔恨似乎都被岁月的洪流以及新的念头给淹没了，吞噬掉了，但是它们却潜藏在他的心底。克利斯朵夫始终没有忘记他所谓的牺牲者。他发誓要找到她。尽管知道再见的机会很少，但是他却坚信自己会再见到她。

至于高丽纳，她一直都没有回复他的信。三个月后，他已经不再存有任何希望了，她突然来了一封四十字长的电报，莫名其妙地高兴着，而且用许多亲密的称呼，称呼他，并问克利斯朵夫是不是还爱她。而后，差不多一年没有来信，突然间又接到一封短信，字写得挺大挺潦草，像小孩子写的字一样，并装着贵妇人的口吻，只说了几句话，都是说着些亲热而古怪的话。然后，就又没有任何消息了。她并没忘了他，只是没有时间想到他。

高丽纳的很多影响对克利斯朵夫还是很新鲜，他总是经常想着两人交换的计划，他打算写一首戏剧音乐给高丽纳演，可以在中间夹几句她可以唱的调子——大概是一种诗歌体音乐话剧的形式。这门艺术曾经在德国风靡一时，并且得到莫扎特热烈赞赏。贝多芬、韦伯、门德尔松、舒曼，所有伟大的作曲家都写过音乐话剧。但自从瓦格纳派的艺术得势，将戏剧和音乐固定了形式之后，诗歌体杂剧就慢慢地变得不再受欢迎了。瓦格纳派那些自以为是的学究们不但排斥一切新的杂剧，并且还要彻底清除以前的杂剧。他们费尽心思地将莫扎特、贝多芬、韦伯等的歌剧对白全部删除，补上他们别出心裁的吟咏体，居然还自认为补足了大师们的思想上的缺点。事实上，他们是毕恭毕敬地将垃圾堆在杰作上面。

克利斯朵夫听了高丽纳的批评后，便格外觉得瓦格纳派的朗诵体特别笨重，甚至难听。他考虑到无论是在戏剧中还是在吟咏体中，倘若勉强将说白与唱歌糅合在一起，会不会很无聊，会不会违反自然规则，就好似将一匹马和一只鸟拴在一起拉车一样。说白与歌唱都有自己的节奏，并且各不相同。可以理解一个艺术家为了他所偏爱的一种艺术而不得不牺牲另一种。但是倘若要在两者之间求得妥协，那么两种都有可能牺牲掉，结果是说白不像说白，唱歌不像唱歌；歌唱的波澜壮阔受狭窄单调的河岸限制，而说白的美丽的裸露的四肢就会被富丽堂皇的服装束缚。为什么不让说白和唱歌自由自在无拘无束地活动呢？就如同漂亮的女子踏着轻快的脚步，沿着小溪走着、幻想着，潺潺的流水声使她如梦似幻。贝多芬的《哀格蒙特》、门德尔松的《仲夏夜之梦》以及比才的《阿莱城的姑娘》等都是音乐史上有名的步履节奏不同的例子。

她的脚步声不知不觉和小溪的流水声节拍相应了。就是这样，音乐与诗歌可以并肩前进，无拘无束地融合在一起。当然并不是所有音乐和诗歌都能够这样结合在一起的。因此那些反对杂剧的人往往都会振振有词地攻击那些粗制滥造的作品和庸俗不堪的演员。长久以来，克利斯朵夫也和那些反对的人一样都对他们存在着厌恶之心。演员们在跟着伴奏吟诵台词时，完全没有理会伴奏，并不想将自己的声音和伴奏融合在一起，只希望他的声音被别人听见，使所有爱好音乐的耳朵都反感。但是自从他听到了高丽纳和谐的声音，纯净得如同山泉水一般，好似一道阳光在水中动荡一样，声音随着每句旋律而跳跃着，形成了一种更自由更加和谐的歌声，他似乎已经看见了一种新艺术的美。

也许他没有看错。但是克利斯朵夫没有经验，贸然去尝试这种新艺术，倘使真要实现其价值意义，可以说是所有体裁中最困难不过的事情了。尤其是这种艺术有一个必要条件：就是要拥有诗人、艺术家、演员三方面的才能，并且要配合得相当恰当。但是克利斯朵夫对这些完全视而不见，便莽撞地尝试新的艺术——只有他一个人感觉到的新艺术。

他起初想将莎士比亚的一出神幻剧或《浮士德》第二部中的一幕来配制音乐。但是戏院并不愿意承担风险，一来认为费钱，二来认为是荒唐的试验。克利斯朵夫的音乐才能是被大家承认的，但是如果他自认为在戏剧方面也有同样的才能，别人就不免觉得他的话实在太不可信了，都一笑置之。音乐和诗歌像是两个毫不相干并且暗中相互仇视的世界。想要进入诗歌世界，和诗人的合作是必需的。并且这个诗人还是他不能挑选的，甚至他自己也不敢去挑选：因为他担心自己的文学趣味很低。别人说他一点也不懂诗歌，实际上他的确完全不懂别人夸奖的诗歌。克利斯朵夫那种老实与固执的脾气，使他煞费苦心地去领略这一首诗或那一首诗的妙处，但始终没成功，他觉得难为情，并且承认自己不是当诗人的料。使他备感安慰的是，自己曾经也喜欢过几个诗人。但是又怀疑自己喜欢诗人的方式正确与否。所以他发表过奇特的言论，说真正伟大的诗人是可以将诗译成散文，或者是译成外国散文，又说文辞之所以有价值是因为它所表现的心灵。朋友们都觉得他的言论很可笑。曼海姆将他看作俗物。他甚至不敢去辩解。因为见惯了艺术家装作内行而闹笑话，就如文人去谈论音乐，因此他决意承认（虽然自己心里还是有点怀疑）自己对诗歌真是外行，并且接受那些行内专家的意见。于是，杂志里的朋友们推荐了一个颓废派诗人史丹芬·洪·埃尔摩德给他认识，说其写出了别出心裁的《伊芙琴尼亚》。当时的德国诗人和法国诗人一样，都在忙着改写希腊悲剧。埃尔摩德的作品就是希腊剧和德国剧的混血儿，易卜生、荷马，甚至王尔德的气息都被混在一起，当然埃尔摩德也没有忘记抄抄考古学手册。阿喀琉斯是个懦怯无用的英雄，阿伽门农是个神经衰弱的国王，他们对处境絮絮叨叨地埋怨着，埋怨当然是没有任何作用的。伊芙琴尼亚是整部剧的重心：她又是一个神经兮兮的、歇斯底里的、喜欢卖弄文学的公主，她狂叫怒吼地教训着那些英雄，当众宣说尼采派的悲观厌世精神，结果是醉心于死亡，并在几阵狂笑中，抹了自己的脖子。

这种没落的野蛮民族的狂妄作品尽管穿着希腊装束，但是和克利斯朵夫的精神根本就是背道而驰的。可周围的人却都认为这是杰作。他胆子变小了，也听信了他们的话。实际上，他满脑子里都是音乐，时时刻刻都想着音乐而不是剧本。对于他而言，剧本只是一个河床，它能够帮助他宣泄热情的滚滚洪流。克利斯朵夫并非真正的诗歌配乐家，他不肯退让，不愿意放弃自己的个性。他只想到自己，而不是什么诗歌，但是他还不肯承认。再者，他根本不了解诗歌的意思甚至会歪曲了原作的意思，但是却自认为了解。和小时候一样，他想的和见到的完全是毫不相干的两码事。

直到诗剧排演的时候，他才发现了作品的真面目。一天，他听到其中一幕时，觉得荒唐极了，还以为是演员歪曲了作品的原意，他狂妄自大地当着诗人的面向演员解释剧本，并且还向替演员们辩护的诗人解释。作者恼火了，用不高兴的口吻说自己明白自己所要表达的东西。但是克利斯朵夫硬是说埃尔摩德对剧本完全不了解，引得众人哄堂大笑，克利斯朵夫这才知道自己闹了天大的笑话。他不再说话，承认这到底不是他写的诗剧。这时他才看到了剧本的荒谬之处，并为此沮丧至极。他完全不明白自己起初为什么完全误解了意思。他骂自己是蠢蛋，急得直扯自己的头发。他想自我安慰，就暗暗地反复地说：“好吧，我根本对诗歌一窍不通。别管诗歌了，管好自己的音乐吧！”——但是他实在是受不了剧中人夸张的举动、姿势，以及无聊的对话、装腔作势的激昂、不必要的叫喊。有时他正在指挥乐队的时候，甚至觉得自己连棍子都举不起来了，恨不得立刻躲到提词箱里面去。他太坦白，不够圆滑，不知道隐藏自己的想法，每个人都可以清楚地感觉到，无论是朋友、演员或者作者。

“难道你不喜欢这样的作品？”埃尔摩德冷笑着问。

克利斯朵夫鼓足勇气回答：“讲老实话，我不喜欢。我不懂。”

“那在你作曲之前，你有没有把剧本读一遍呢？”

“读过了，”克利斯朵夫天真地说，“但是我错了。我完全将剧本的意思曲解了。”

“可惜你没有将自己了解的写下来。”

“唉！要是我能写出来那才叫好呢！”克利斯朵夫说。

诗人也恼火了，他不服气，为了报复，就批评克利斯朵夫的音乐。他埋怨音乐太碍事，别人都听不见诗句了。

音乐家和诗人相互都不了解，而演员们却是对音乐家和诗人都不了解，而且也不想去了解。他们只是在唱词中找一些会引起人注意并且效果好的句子来体现自己的优点。当然，他们的吟诵并没有和着作品的腔调也没有和着作品的节奏：音乐和他们完全分离，南辕北辙，仿佛做到音准永远都不是他们应该做的似的。克利斯朵夫气恼极了，拼命叫喊着，提醒他们每一个音符。但是他叫他的，他们还是若无其事地唱他们的，甚至搞不懂他到底是什么意思。

克利斯朵夫早就想放弃这个戏了，但是排演已经到了一定的程度，而且取消可能会吃官司。他将这些泄气话说给曼海姆听，曼海姆不在乎地说：“出了什么事啦？事情进展得很顺利啊。难道你们相互都不了解吗？哦！那有什么关系？除了作家本人，谁又能了解他的作品呢？本人知道自己写些什么就已经相当了不起了！”

克利斯朵夫因为诗剧的荒谬无聊而忧心，说他的音乐会被它毁了的。曼海姆当然知道那些诗非常不合情理，况且埃尔摩德也是个无聊透顶的家伙，但是他觉得这没什么。埃尔摩德常常大摆筵席，并且他的太太还非常美丽，怎么还好意思去批评他呢？——克利斯朵夫耸耸肩，说自己没时间听他说这种轻薄话。

“这不是轻薄的话！”曼海姆笑着说，“别这么认真！他们都很老实！根本不知道人生的真正价值是什么。”

他奉劝克利斯朵夫，不要管埃尔摩德的闲事，还不如想想自己的事情。他鼓励克利斯朵夫多做点宣传工作。克利斯朵夫气愤地谢绝了。一个新闻记者来采访他，他憋着气回答：“这跟你有什么关系！”

又有杂志来找他要照片，他气得跳了起来，高声喊道，谢天谢地！他又不是德皇，用不着把照片摆在街边示众。而想要他和当地最有影响力的沙龙搞好关系根本就是不可能的事。他不接受邀请，即便是必须接受的，也不是忘记去，就是生着气去，仿佛存心和每个人过不去。

而最糟糕的是，诗剧上演的前两天，杂志方面的人和他也闹翻了。

要发生的事情终究还是发生了。克利斯朵夫的稿子继续被曼海姆篡改着，他甚至毫无顾忌地删掉整行批评的话，换上赞美恭维的话。

有一天，克利斯朵夫和某演奏家在某沙龙里遇见—— 这是一个被他痛骂过的小白脸式的钢琴家，这次却咧着嘴地向他道谢，他只看到了钢琴家那口白白的牙齿。他粗暴地回答说，没有什么好道谢的。但是那钢琴家仍旧不厌其烦地表示着自己的谢意。克利斯朵夫毫不客气地打断了他的话，说如果要是满意那篇批评他的文章，那是他自己的事情，但是写文章绝对不是想叫他满意的。说完就转过身子走了。演奏家以为克利斯朵夫是个脾气差的好人，也就笑着走开了。但是克利斯朵夫却记起了以前被自己批评的人居然寄来谢卡，便起了疑心，他就去报亭里买了份近期的杂志，找出他自己的文章，读了一遍……他当时甚至怀疑自己那时是发了疯，才会这样写。过了一会儿，他便恍然大悟，就气冲冲地跑到杂志社。

曼海姆和华特霍斯正在社里和一个相熟的女演员聊天。克利斯朵夫不等他们问他是来干什么的，就将杂志往桌上一摔，甚至连喘口气的时间都不给，就开始气汹汹地对他们暴粗口，大骂他们是坏蛋、小人、骗子。他拉过一把椅子，使劲地将椅子脚蹬着地板。曼海姆还想嬉皮笑脸，但他的屁股差点被克利斯朵夫踢到了。曼海姆赶紧躲在桌子后面，然后就在那儿哈哈大笑起来。但是华特霍斯表现得高高在上，他板着脸孔，沉着气，在喧闹声中竭力表示：决不容许别人用这种口气跟他说话，要克利斯朵夫等他的发落。并且将名片递给克利斯朵夫[1]，但是克利斯朵夫却将名片往他脸上一扔，叫道：

“摆什么臭架子！……我早知道你是什么东西了，还用得着你的名片……你就是个骗子，老滑头！……你以为我会和你决斗吗？……去你的吧，你只配挨一顿揍！”

在街上都可以听见克利斯朵夫的叫嚷声，过路的人也停了下来。窗子被曼海姆赶紧关了起来。那个女演员吓坏了，想走掉，但是房门被克利斯朵夫堵住了。华特霍斯气得脸色发青，连话都说不出来。

① 德国风俗：两人吵架时，一方将名片递给另外一方则表示愿意决斗。

曼海姆只是嬉皮笑脸地笑着，华特霍斯和曼海姆都想和他争辩。但是克利斯朵夫绝不给他们任何开口的机会，他将所有他能想到的最伤人的话都骂完了，一直骂到自己连气都喘不过来了才离开。而华特霍斯和曼海姆只有等克利斯朵夫离开后，才能说出话来。曼海姆很快又恢复到老样子，他挨了一顿骂就好似鸭子淋了一阵雨一样。可是华特霍斯却恼火极了，他的尊严受了伤害。最难以忍受的是，还是当着别人的面受到侮辱，这是他绝不能容忍的。社里的人都齐声附和。曼海姆是杂志社里唯一不记恨克利斯朵夫的人，他已经玩够了克利斯朵夫，觉得被臭骂一顿还是划得来。那还真是极有趣的事情，倘若这种事情发生在他的身上，他绝对会是第一个大笑的人。所以他打算照常和克利斯朵夫来往，仿佛根本就没有任何事情发生一样。但是克利斯朵夫却记恨在心，不管曼海姆如何迁就他，总是将其拒之于千里之外。曼海姆倒也觉得无所谓：克利斯朵夫对他而言只不过是个玩物，他已经玩够了克利斯朵夫，他又在寻找另外的玩物。自此他们就形同陌路了，但当别人在曼海姆面前提到克利斯朵夫时，他却仍旧说他们是好朋友，或许他心里真是这样想的。

吵架过后的两天，《伊芙琴尼亚》上演了，结果真是糟透了。华特霍斯的杂志将剧本吹捧了一番，却只字不提音乐。别的刊物却是嬉笑怒骂，扬扬自得。《伊芙琴尼亚》只上演了三场便停演了，但是众人的笑骂却并没有停止：大家很高兴可以逮到机会说克利斯朵夫的坏话！一连好几个星期，《伊芙琴尼亚》都是别人挖苦的对象。谁都知道克利斯朵夫没有了挡箭牌，就不放过任何挖苦的机会。而他在宫廷里的地位，是别人唯一顾忌的。虽然他跟大公爵的关系很冷淡，因为他对公爵的责备总是置之不理。但他还是会时不时地去爵府里走动，所以群众认为，官方还是支持他的——某种虚而不实的支持——但他还是亲自将最后的挡箭牌给推翻了。

他受了批评。不但批评他的音乐，还批评他新的艺术形式，评论家可是懒得去了解它，但是歪曲它到可笑的程度倒是很容易的事情。可惜的是克利斯朵夫还没有那么聪明，不知道对付恶意中伤的最好办法，就是视而不见、继续创作。几个月以来，克利斯朵夫养成了坏习惯，对任何恶意的评论都予以反击。他写了一篇，痛斥他的敌人，他将文章送给两家比较公道的报馆，却都被退了回来。尽管很客气，但还是话里带刺说不能刊登，克利斯朵夫非要想法将文章登出来。他想起城里有一家社会党的报社曾经邀请他加入。他认识其中的一位编辑，他们还一起讨论过问题。克利斯朵夫很高兴有人可以毫无顾忌地和他谈论当前局势、军队以及压迫百姓的陈旧思想。但是谈来谈去，也都还是脱离不了马克思的那一套，因此克利斯朵夫对那人就没有任何兴趣了。此外，他发现那个思想自由的人，除了有他不大喜欢的唯物主义以外，还有刻板的教条、专制的思想以及不敢公开承认崇尚武力，这完全就是另一种极端的军国主义。而克利斯朵夫每天听到的言论，和那人的言论并没有多大的区别。

尽管如此，当所有编辑部对他大门紧闭的时候，他想到的就只有这个朋友和这家报社了。他清楚明白地知道自己的举动会引起别人骇闻，因为这家报社向来很激烈，专门骂人，不留情面，因此大家都谴责这家报社。但克利斯朵夫向来都不看这家的报纸，只知道这家报纸思想大胆（这点他并不怕），而不知道这家报纸的语气恶劣（这点倘使他看见了也会厌恶的）。并且其他报社暗中勾结联合打压他，让他无处可以泄愤，因此即使他了解这家过激的报社，也不见得会有顾虑。他要别人知道，想要堵死自己是没那么简单的！——于是，当他将那篇文章送到社会党报纸的编辑部时，受到了他们的欢迎。第二天，文章就给登出来了，编者还加上一段按语，并自吹自擂地说已经获得了克利斯朵夫的大力支持，还说这位大师一直以来对工人阶级的斗争都深感同情，并愿意长期执笔。

克利斯朵夫既没看到编者的按语，也没看到自己的文章，因为刚好是星期天，天没亮他就去乡下散步了。他心情好极了，一看见太阳出来了，就又叫又笑的，手舞足蹈。什么报纸，什么批评，全都见鬼去吧！这是春天，世间最美的音乐全都奏起来了。昏暗的，沉闷的，气味难闻的音乐厅，讨厌的伙伴，还有那些无聊的演奏家，统统忘掉！只听见奇妙的歌声从喁喁细语的森林发出，只闻到令人陶醉的生命气息冲破了地壳在田野中飘荡着。

他被太阳晒得迷迷糊糊的，一回到家，母亲便递给他一封公爵府送过来的信。信用公家的口气，通知克拉夫脱先生当天上午去公爵府一趟。上午早已过了，已经快到下午一点了，但是克利斯朵夫并不着急。

"今天已经太晚了，"他说，"明天再去。"

但母亲着急了，觉得不妥："不行，你得马上去，亲王找你去。也许是有什么要紧的事情。"

克利斯朵夫耸耸肩："要紧事？那些家伙还有什么要紧事和我谈？……还不是和我说那套他对音乐的道理，真是受罪！……但愿他不会跟西格弗里德·曼伊哀[①]比本领，也写一曲《颂歌》就好了！那样，我就真的不客气了。我会毫不客气地对他说，搞你的政治吧！

① 西格弗里德·曼伊哀是当时德国写煽动文字的评论家给德皇起的诨名。

那方面你是能手，你总是对的，但是艺术就免了吧！艺术上，你的头盔、羽饰、制服、头衔、祖宗，全都没有啦！……我的天啊！如果没有了这些你还有什么呢？”

路易莎将什么话都当真，举起双臂喊道：“你怎么能说这些话！……你疯了吗！你疯了吧！”

他看母亲信以为真，就故意逗她，又说些过激的话，直到他越说越荒唐，路易莎才明白他在逗她，就转过身去说：

“你真是太胡闹了，孩子！”

克利斯朵夫笑着抱着她。他心情分外好：因为在散步的时候想到了一个美丽的旋律，它在心中跳跃着，犹如水里游动的鱼儿。他不肯去公爵府，因为他实在饿极了，一定要先大吃一顿才肯去。饭后，路易莎监督着他换衣服。因而他又逗她，说就这样穿着旧衣衫和沾满了灰土的鞋子也没有什么关系。但是临出门前他还是换了一套衣服，并且擦了鞋油，还学着各种乐器的声音吹着口哨。等他着装完毕，路易莎又检查了一次，并且认真地将领带重新打好。他居然也格外地有耐心，因为他对自己很满意——这也不是经常有的事情。他走时说，要拐走阿台拉伊特公主——大公爵的女儿，相当漂亮，嫁给了德国小亲王，现在正回娘家住几个星期。小时候，她对克利斯朵夫很好，而克利斯朵夫也特别喜欢公主。路易莎硬说他爱着她，他为了逗母亲也就附和着说是爱着她。

他并不急着去公爵府，悠闲地经过店铺，看到一条狗懒洋洋地横躺着晒着太阳打着哈欠，他就停下来去摸它两下。克利斯朵夫跨过爵府广场外面的铁栏杆——铁栏里面是方形广场，广场四面围着屋子，中间的空地上有两座喷水池，正在慵懒地喷着水。两边有两个树荫遮蔽的两个对称的花坛，花坛中间铺着一条平整的沙路，就像是头顶上的发际线，路旁摆着橘树盆栽。广场中央放着不知名的公爵的塑像，穿着路易·菲力普式的服装，塑像底座的四角有象征道德的雕刻。广场的椅子上，只有一个闲人正拿着报纸打瞌睡。公爵府的铁栏门前，岗哨等于形同虚设。徒有其名的壕沟后面，慵懒的两尊大炮似乎正对着半睡半醒的城市打哈欠。克利斯朵夫对着这些做了个鬼脸。

他走进公爵府，样子很随意，最多不过是嘴里今天不再哼唱着，但是内心却仍旧很快活。他将帽子往衣帽间的桌上一扔，随意地和老门房打招呼——克利斯朵夫跟着祖父第一次到公爵府看哈斯莱的晚上，他就已经是这儿的门房了——老头儿对克利斯朵夫随意的态度向来都不放在心上，但是这回却傲慢地看了他一眼，克利斯朵夫并没有注意到。再往前面走，他在前厅又碰到一个秘书处的职员，平时对他很亲热，有说有笑，但这回是唯恐避之不及。克利斯朵夫觉得很奇怪，但是并没有在意这些事，只顾往前走，要人通报。

他刚进内厅的时候，里头刚吃过中饭。亲王在一间客厅里，背对着壁炉，正抽着卷烟和客人聊天。克利斯朵夫在客人中间看见了那位公主，她也在抽着烟卷，慵懒地靠在靠椅上，高声地和围在她旁边的几位军官谈论着。大家都很开心。克利斯朵夫刚进门，就听见大公爵高声大笑的声音，但亲王一看见克利斯朵夫，就突然不笑了。他哼了一声，直冲到他面前嚷道：“哦！你来了啊！你终于还是赏脸来我这儿了啊！你究竟还想要弄我多久？你真是太不像话了，先生！”

克利斯朵夫犹如被当头棒喝，丈二和尚摸不着头脑了，好久都接不上话来。他以为是他迟到的原因，但是也不至于这样羞辱他啊。于是，他结巴地说：“亲王，究竟是怎么回事？”

亲王不理会他，依旧恼火地说：“闭嘴！我决不容许你这个浑蛋污蔑我。”

克利斯朵夫气得脸色发白，喉咙紧得说不出话来，好不容易挤出一句话：

“亲王，您没有告诉我发生什么事情，也就没有权利侮辱我。”

大公爵转过身对着他的秘书，秘书立即从袋里拿出一份报纸递到他手上。他之所以生那么大的气，除了暴躁的脾气之外还因为他喝了太多酒。他气冲冲地站在克利斯朵夫面前，像斗牛士拿着红布一样，使劲地抖开那张被揉得发皱的报纸，怒气冲冲地吼叫着：

“看你写的肮脏东西，先生！……你就只配被别人把你的鼻子按在里面！”

克利斯朵夫认出那是社会党的报纸。“我没觉得这有什么错。”他说。

“怎么！怎么！你真是不要脸啊！……编写这份浑蛋报纸的那些浑蛋，每天都说些最不要脸的脏话来骂我！”

“公爵大人，我并没有看过这个报纸。”

“你撒谎！”

“请不要说我是撒谎，”克利斯朵夫说，“我从没有看过这份报纸，我只在乎我的音乐。而且，我有权利喜欢在哪儿发表文章就在哪儿发表。”

“你除了闭嘴之外，你没有任何权利了。以前我对你真是太好了。按照你们父子俩的所作所为，我早该跟你们断绝关系的，但是我给了多少好处给你和你的家人。我不允许你再在反对我的报纸上发表任何文章。而且，没有经过我的允许，你也不能再写任何文章。我也看够了你为音乐而掀起的论战。我不允许受我保护的人去攻击那些真正有见识有良心的人所看重的东西，那些真正的德国人所看重的东西。你最好还是去作些好听的曲子吧，倘若写不出，去做音阶练习也是好的。我不需要音乐界里有社会党，净做些诋毁民族的光荣、引起混乱的事情。谢天谢地！什么东西是好的我们自己清楚，不劳驾你来告诉我们。你还是去弹你的琴吧，不要再到处惹是生非了，先生！”

肥胖的公爵面对着克利斯朵夫，恶狠狠地瞪着他。克利斯朵夫气得脸色发青，想说话，但是嘴唇一直哆嗦。良久，挤出一句话：“我不是您的奴才，我想说什么就说什么，想写什么就写什么……”

他气得哽咽住了，又恨又羞，几乎都要哭了出来。两条腿直打战，他胳膊动了一下，还撞倒了旁边家具上的东西。他明白自己此时非常可笑，并且他确实听见了有人在笑。他隐隐约约地看见公主也在笑着，和客人们交谈着，带着怜悯和讽刺的意味。从这时起，他便记不清到底发生了什么事情了。大公爵嚷着。克利斯朵夫嚷得更厉害，却不知道自己嚷着什么。秘书和另一个职员走过来，想叫他闭嘴，但是他却将他们推开了。他一边说着，一边下意识地抓着桌上的烟灰缸乱舞，作为愤怒的武器，他听见秘书喊着：“不要傻！快放下来，放下来！”

他又听见自己前言不搭后语地说着，还用烟灰缸敲打着桌边。

“给我滚出去！”公爵愤怒极了，大声叫喊着：“滚！滚！给我滚出去！”

那些军官走到公爵身边，想劝公爵不要生气了。公爵好像脑充血一样，眼睛凸出，大声叫嚷着，叫人把这个浑蛋赶出去。克利斯朵夫气得面红耳赤，几乎要伸出拳头去打公爵。但是他被一大堆矛盾的心理给压制住了：羞愧，愤怒，内心的胆怯，日耳曼民族忠君的性格，传统的敬畏，以及在亲王面前向来表示谦卑的习惯，都重重地压在他的心头。他想说，但是说不了；想动，但是动不了。他好似聋了、盲了一样，被别人推了出来。

他从仆人中间走过。他们面无表情地站在门外，但是却什么都听得清清楚楚。走出前厅只需要二三十步路，但是对他而言好似走了一辈子。走廊越走越长，好像怎么也走不完似的！……从玻璃门照耀进来的阳光，对此刻的他而言就像是救命稻草一样……他跌跌撞撞地走下楼梯，忘记自己的帽子还没有戴，直到老门房喊他回去拿帽子时，他才想起自己还光着脑袋。他精疲力竭地走出公爵府，穿过院子，回到了家里。他一路上都咬牙切齿。刚进家门，他浑身哆嗦的样子以及脸上的神情就吓坏了母亲。他把她推开，也不回答她的话，径直走进了卧室，将门一关，就倒在床上。他颤抖得厉害，以至于没有办法脱掉衣服，透不过气，四肢瘫软。……啊！不要再看见，不要再有知觉，不要再去支撑这个可怜的躯体，不要再为可悲的生活而挣扎，倒下去，没有思想没有气息地倒下去，不要再活着，离开这个世界！……他使劲脱下衣服，将它们胡乱扔在地上，他将眼睛蒙住，躺在床上。卧室里没有别的声音，只听得见他的小铁床在地砖上咯吱咯吱地响着。

路易莎将耳朵贴在门上听，敲了敲门，轻轻地叫着他，没有人回答。她在门口等着，内心焦急地听着房里的声音，最后无奈地走开了。白天她来房门口一两次，晚上临睡前又过来一次。一天一夜过去了，屋子里始终静悄悄的。克利斯朵夫浑身哆嗦，忽冷忽热，并且已经哭了好几回。半夜里，他爬起来对着墙壁举着自己的拳头。凌晨两点左右的时候，他像发了疯似的爬下床，浑身是汗，袒露着胸膛，气冲冲地想要去杀了大公爵。他的心被愤恨和羞愧吞噬着，身心都受着煎熬，但是内心的风暴却并没有显露出来，他咬牙切齿，但没有任何声音，将一切都往肚子里吞。

第二天一大早，他便和往常一样地下楼了。他精神上受到了摧残，但是却不说一句话，路易莎一句也不敢多问。她已经从邻居那儿知道出什么事情了。他整天都坐在火炉旁边烤着火，一言不发，焦急上火，弯着腰驼着背，极像老头。母亲不在时，他便悄悄地流眼泪。

到了晚上，社会党报社的编辑来看他。那编辑当然是已经知道了那件事，特意跑过来打听细节的。但克利斯朵夫居然天真地以为那是同情他，是因为连累了他而过来表示自己的歉意。为此克利斯朵夫感激起那编辑来了。他死要面子，不后悔自己做过的事情，不自觉地说出了自己的心里话。和像自己一样反对压迫的人畅谈，克利斯朵夫觉得是出了口闷气。那编辑故意套他的话，心想就算克利斯朵夫不肯自己写，至少可以提供点材料，让自己去写一篇轰动世人的文章。那编辑料想这次的公开受辱，这位宫廷乐师会将他的笔战功夫以及所知道的宫廷内幕消息贡献给社会党，那将是很有价值的。那编辑认为对这个公开的事情没必要闪烁其词，就实话实说地告诉了克利斯朵夫他的想法。克利斯朵夫吓了一跳，表示自己绝对不会去写的，如果他去攻击大公爵，别人会说他是为了报私仇。以前自己是因为受压制，所以才冒着危险说出自己的想法。但是现在不受压制了，就要更加谨慎行事了。编辑不明白为什么克利斯朵夫会有这么多的顾虑，认为他没出息，到底还是在公爵府待过的人，更认定他太胆小。

“那好，我们来，让我来写。你什么都别管。”编辑说。

克利斯朵夫央求他不要写，但是却不能强制编辑也不写。况且，编辑说这不单单是他一个人的事情，报社也被牵扯其中，他们有权利进行反击的。克利斯朵夫这下子不知道说些什么好了，最多只能要求编辑不要全部引用自己的心里话，那些话之所以对他说，是因为将他看作朋友而不是记者。他满口答应克利斯朵夫。但是克利斯朵夫还是不放心，他知道自己实在太不谨慎了，但是后悔已经太迟了——那编辑走后，他回想起自己刚才说过的话，不由得心惊胆战。他立刻写信给编辑，要求他不要将自己说过的话全部写出来——但是他在信里却又重复了那些心里话。

第二天，克利斯朵夫心急火燎地打开报纸，头版上赫然刊登了他的事情。昨天说的所有话，经过新闻记者添油加醋之后，已经无限地被夸大了。大公爵和宫廷被文中那些卑鄙而激烈的语调骂得狗血淋头。有些细节只有克利斯朵夫知道，别人肯定会误以为这篇文章是他的手笔。

新的打击彻底击垮了克利斯朵夫。他边读边冒冷汗，读完后简直吓昏了。他想跑到报社去，但母亲将他拦住了，怕他闯祸，其实这也并不是没有道理的。就连他自己都怕，倘若他真的去了，还说不准会做出些什么事情来。于是他便待在家里，但是却做了另外一件蠢事。他义正词严地写了一封信，怒斥记者的行为，并且否认文章里的事实，并表示他和社会党彻底决裂。这封信并没有被刊登出来。

克利斯朵夫又写信给他们，要他们将他的信刊登出来。别人将文章发表前一晚的信的副本寄给他，并问他两封信是否要一起发。这时，他才明白自己已经无处可逃了。不幸的是，他在街上偏偏又碰见了那编辑，免不了痛骂了一顿。第二天，报上就又刊登了一篇短文，说那些宫廷里的奴才，即使被扫地出门了，还是摆脱不了奴性；又含沙射影地说了下近来发生的事情，大家便都知道说的是克利斯朵夫了。

当所有人都知道克利斯朵夫连最后的靠山也失去了的时候，他便突然发现，自己的敌人多如牛毛了。所有被他直接或间接中伤过的人，不管是被他进行了个人批评的，或者是批评了他们的意见以及低级趣味的，现在对他群起而攻之，并且加倍报复。而广大群众，克利斯朵夫只想将他们从麻痹状态中唤醒过来，现在他们冷眼旁观，暗自称快，看着大家教训这个狂妄的青年。他居然痴心妄想要改造舆论，扰人美梦。克利斯朵夫已经掉下水了，但所有人都在使劲地将他的头往水里按。

他们并不是同时出手，而是先派一个先锋打探虚实，如果克利斯朵夫不还手，那就穷追猛打。接着他们接踵而至，而后就全军出击。有些人只是凑热闹，将这看作好玩的事情，犹如小狗喜欢在干净的地方撒尿。那些新闻界的门外汉，结党成群，因为他们无知，对胜利的人谄媚奉承，对失败的人口诛笔伐。还有些人搬出所谓的原则来进行猛烈炮轰，炮弹所到之处寸草不留。那才叫作评论界，评论界可以左右别人的生死。

庆幸的是，克利斯朵夫从不看报纸。几个关心他的朋友特意将骂他最凶的几份报寄给他，但是他却让报纸堆在桌上，懒得去看。

最后一篇有红色花边的文章引起了他的注意，文章说他的歌曲像野兽嚎叫，他的交响曲像是疯人院里的杰作，他的艺术是肝胆俱裂的，时紧时松的和声只是为了掩饰他心灵的干枯与和思想的空虚。这个很出名的批评家下结论说：

> 克拉夫脱先生近来作为记者曾写过的一些文章，文笔拙劣，趣味低俗，成为音乐界的笑话。当时有人好心好意劝他还是专心去作曲，但是他近来所作的歌曲，证明了那些劝告完全是错的。比起作曲，克拉夫脱先生还不如写文章的好。

读了这篇评论，克利斯朵夫整个上午都不能安心工作。他又去找那些骂他的报纸，好一次尝够失意的滋味。但是路易莎早已经把那些散落在外面的报纸全都烧了，因为这样方便她收拾屋子。起先他很生气，后来反倒觉得这样更好，索性将那份报纸也给母亲，说早该把这份也烧了的。

但是还有使他更难受的侮辱。他写了一首四重奏，将它寄给了法兰克福一个著名的音乐会，但是却被无缘无故地一致否决了。有一首序曲，科隆乐队有意接受，在他白等了几个月之后也给退回来，说是不能演奏。但是最沉重的打击还是来自当地的一个音乐团体。乐队指挥于弗拉脱是个不错的音乐家，但是和多数乐队指挥一样，他没有任何好奇心。他拥有当指挥的那种特有惰性，对于那些名作，他可以翻来覆去地演奏，却认为任何新颖的作品都是祸害，对其避之唯恐不及。他不知疲倦地组织着贝多芬、莫扎特或是舒曼的音乐会。在这些作品中，他只是随波逐流，跟在熟悉的节奏后面演奏就行了。

相反，他受不住那些现代音乐。但他却不敢公开承认，还自诩是天才青年的伯乐。实际上，倘使有人寄给他一首仿古音乐—— 一首从五十年前移植过来的新作品——他会非常乐意地接受，甚至尽自己最大的努力去劝说别人接受。因为这种东西既不妨碍他演奏的模式，也不破坏大家感受作品的模式。但是对于任何有可能破坏这种美妙模式的，或者害他费力的作品，就都会恨之入骨。只要创新的作家一天没有出名，就会遭到他的蔑视。如果这作家有可能出名，那么他的蔑视就转变成憎恨——恨到作家真正成名的时候。

克利斯朵夫不仅谈不上出名，而且还差得远。所以，当他间接知道于弗拉脱先生愿意演奏他的作品时，他觉得难以置信。他更觉得他没有理由得到这份荣幸，因为这位乐队指挥是勃拉姆斯的好朋友，同时勃拉姆斯的其他几个音乐家朋友也被克利斯朵夫在杂志上痛斥过。但克利斯朵夫自己是好人，天真地认为对方也和自己一样。他猜想他的敌人们看见他受欺辱，特意表示他们绝不会去记恨这些小恩怨。于是，他感动极了。他写了一封言辞恳切的信给于弗拉脱，并且寄去了一首交响诗。对方要乐队秘书回了一封言辞冷淡的信，但是却很客气，说他的交响诗已经收到了。但按照乐团规定，交响诗要先在乐队试奏之后才能公演。规定就是规定，克利斯朵夫当然不能说些什么；并且这只是一种手段，为了避免一些讨厌的鉴赏家多做评论。

两三个星期之后，克利斯朵夫得到通知，说他的交响诗要试奏了。按照规矩，试奏是不公开的，甚至连作者本人也不能到场。实际上，所有的乐队都容许作者到场，只是不露面而已。大家都知道他在那儿，但却都装作不知道。试奏那天，克利斯朵夫被一个朋友带进会场，坐在一个包厢里。他觉得奇怪的是，这个秘密的预奏会几乎坐满了人，至少在楼下：大批音乐爱好者、有闲阶级和批评家，他们都在那里嘀嘀咕咕，异常高兴。乐队却装作不知道他们的存在。

勃拉姆斯采用歌德《冬游哈尔茨山》里的一段狂想曲作为音乐会的开场曲，有女低音独唱，男声合唱，加上乐队伴奏。这件作品浮夸的感伤情调是克利斯朵夫早就讨厌的，他以为这或许是勃拉姆斯一伙人想客气地报复他的一种方式，勉强他再听一遍他以前批评过的曲子。一想到这，他便不由得笑了起来。更让他觉得有意思的是，接着又听到了受他批评过的两个作家的曲子。可见他并没有猜错，报复的用意已经相当明显了。他边扮着鬼脸，边想这也算是挺公平的斗争：音乐虽然不好听，但是这种报复的公开性，是他非常欣赏的。当听众们对勃拉姆斯一派的作品热烈鼓掌时，克利斯朵夫也并非发自内心地拍了几下手。

终于，轮到演奏克利斯朵夫的交响曲了。从乐队到听众，都瞟了下克利斯朵夫坐的包厢，让他明白大家都知道他在场。他尽量不让别人看见他。他像所有的音乐家一样，心情紧张地等待着，等着指挥棒一举起，音乐就如洪水般冲破大堤。这个作品演奏的效果到底会怎么样，克利斯朵夫还从未听到过。他所幻想的生灵到底长什么样呢？它会发出怎样的声音？他感到生命在他的心中汹涌澎湃。他面临着音乐的深渊，浑身颤抖着，焦急地等待着出来的东西。

结果出来的东西却是难以名状的没有成型的混沌。音乐不是支撑大厦的结实柱子，出来的和弦也没有一组站得住脚，简直就是乱七八糟的断壁残垣，除了布满灰尘的瓦砾，别的什么也没有。克利斯朵夫目瞪口呆，竟不敢相信演奏的是他的作品。他千方百计地寻找思想的线条和节奏，却什么也没找到，因为它们已经面目全非了，就好比一个口齿不清、摇摇晃晃的醉鬼扶着墙走路一样。他羞愧极了，好似自己就是这个醉鬼。他当然知道这不是自己写的东西，但是没有用。一个蠢驴代言人一开始就歪曲了你的意思，你自己也会跟着晕头转向起来，搞不清楚自己是否要对这种愚蠢的行为负责。至于听众，他们不分青红皂白，他们只相信表演的人、歌唱的人，相信他们听惯了的乐队，就像相信那些报纸一样：乐队是绝不会错的，如果有错，也是作者的错，而不是他们的错。就目前的情形来看，他们更加不会怀疑，因为他们原本就认为作者可笑。克利斯朵夫还妄想乐队指挥会停止这种混乱的局面，并叫乐队停下来再开始。但是乐器越奏越离谱。圆号该吹的时候不吹，一吹起来就落后一拍，而后又若无其事地继续吹了好几分钟，才安心地停了下来。双簧管的部分不知去向。最精细的耳朵恐怕也找不到音乐的思路，甚至误以为根本就没有任何线索。多种乐器的变换，乐曲中穿插的幽默，都被演奏得莫名其妙、荒谬可笑，以为作曲家不是笨蛋就是小丑。克利斯朵夫急得扯头发捶脑袋，他想去阻止乐队继续演奏，但是同来的朋友将他拦住了，说乐队指挥会听出演奏中的错误，并全部纠正的——何况克利斯朵夫本不应该在场的，如果他出去阻止，只会让事情变得更糟。克利斯朵夫被硬留在包厢里。克利斯朵夫只好听之任之，总是用拳头敲自己的脑门。一旦听到一段荒谬的调子，他就痛苦且愤怒地咕噜几声："真该死！真该死！"

他哀号着，唯有死死地咬着手指才能让自己不喊出来。

那时，除了演奏的错误，听众们也有了怨言，他们开始骚动起来了。起先只是一阵窃窃私语。不久，克利斯朵夫清晰地听见他们在笑了。乐师暗示他们不要笑，但有几个乐师却忍不住笑了起来。听众们一听，便知道作品是真的很可笑，就肆无忌惮地笑了起来。全场哄堂大笑，等低音提琴滑稽地演奏着一个节奏很强的主题时，大家笑得越发厉害了。只有乐队指挥一个人在喧闹声中不露声色，依旧打着他的拍子。

演奏终于完了——天下没有不完的好事——现在终于轮到观众开口了。大家显得很高兴又很兴奋，这回是真正的哄闹，闹哄了好几分钟。有的人怪声地吹着口哨，有的人喝着倒彩，嘘声一片，更加调皮捣蛋的人就喊着“再来一次”，包厢里有人用男低音模仿那滑稽的主题。于是，捣乱的人争先恐后，竞相模仿着。还有人叫嚷着：“欢迎作曲家！”——这些风雅的人已经很久很久都没有这样开心过了。

等到喧闹声暂时安静下来一点时，乐队指挥不动声色地转过那张僵硬的脸，将大半个脸对着观众，但还是假装没有看见台下的任何人——因为听众是不应该出现这个场合的——只是向乐队做了一个手势，表示他要说话了。于是有人嘘了一声，全场马上安静了下来。又等了一会儿，他才直截了当、斩钉截铁地说：

“各位，如果不是为了把胆敢侮辱勃拉姆斯大师的那位先生示众的话，我是决不会将这种东西演奏完的。”

他一说完，就跳下了指挥台，在大家的欢呼声中，走出了这个喧嚣的演奏厅。大家鼓掌了一两分钟之久，但是他却没有再上台。乐队开始散了。听众们也只好散了。音乐会就这样结束了。

大家很快活地过了一天。

克利斯朵夫早已经离开了包厢。他一看见乐队指挥走下台，便立即冲了出去，他三步并作两步地奔下楼去，要给乐队指挥两个耳光。带他来的朋友跟在他后面，想要拉住他。克利斯朵夫一把推开他，几乎使其跌下楼梯——他很有理由相信这位朋友也是给他下圈套的人之一——不知道是弗拉脱幸运还是克利斯朵夫幸运，后台的门是关着的，气得他用拳头乱敲猛砸，但是没有打开。这时，听众们从演奏厅出来了，克利斯朵夫不得不离开。

他处在难以形容的状态中：他胡乱地走着，挥舞着手臂，眼睛骨碌碌地转着，高声地说着话，极像疯子。他气得快疯了，狂吼着，声音越来越大。街上几乎已经没人了。音乐会场是去年在新区刚建好的。克利斯朵夫下意识地穿过荒地，向郊外走去。几所木板屋和新修的房子的大体框架，胡乱地搭在荒地上，四周围了栅栏。他起了杀人的念头，想要把侮辱自己的人杀死……但是就算杀了那个人，那些对他百般羞辱的人会改掉他们的兽性吗？他们的笑声难道就能在自己耳朵里消失吗？他们人多势众，自己简直无能为力。他们在很多事情上意见不同，但是只要是欺辱打压他，他们就会统一意见。他们不是误解，而是仇恨他。他到底是什么地方对不起他们了呢？他心里藏着的好东西，能使大家开心幸福的东西，就是为了和别人分享，所以才说出来的，以为他们也会像他一样快活。就算他们不喜欢这些东西，也应该对他表示感谢，就算严厉一点，也可以友善地指出他的错误。但是他们就要为了这些事，而恶意取笑他，污蔑歪曲蹂躏他的思想，将他看得小丑，恨不得他死。这到底是为什么呢？他气过了头，将别人的憎恨过分夸大当真了，其实那些庸碌的人哪里会将这些事情这么当真！他放声大哭地叫嚷道："我到底哪里对不起他们了？"他透不过气来，以为自己彻底完蛋了，就像童年头一次碰见坏人一样。

这时他看了看四周和脚下，原来他走到了磨坊邻近的小溪旁。几年前，他的父亲就是在这儿淹死的。他脑中立刻起了投河自尽的念头，他恨不得立刻跳下去。

他站在河堤上向下一看，他被清澈恬静的天光水影给迷住了。一只很小的鸟儿停在附近的树枝上歌唱着，唱得很起劲。他悄悄地听着，水声潺潺，他听见开花的麦秆在微风中潮涌颤抖的声音，白杨在哆嗦着的声音。路旁的围栏后面有一个花园，园中看不见踪影的蜜蜂用音乐染香了空气。小溪的另一头有一头母牛正在眯着眼做梦呢，它的眼睛好似玛瑙一般，亮晶晶的。一个有着淡黄头发的小姑娘靠墙坐着，肩上背着一只轻巧玲珑的藤篓，看起来好像装着一对天使的翅膀，她也在那儿幻想着，两条赤裸的腿晃来晃去，嘴里哼着难以琢磨的调子。在远处的草原上，一条狗在飞奔着，四条腿在空中打着很大的圆圈……

克利斯朵夫靠着一棵树，听着，看着春天的大地。他被这些生灵的和平和欢乐的气息感染了……其他的一切他都忘记了……突然他伸出手臂环抱着大树，把脸贴在树干上。他又扑倒在地上，将头埋在草里，闻着大地的气息，他激动地笑了，快活地笑了。他被生命的美和温情包裹着、渗透着。他想：

“你为什么这样美丽，而他们——人类——却是那样的丑？”

管它呢！他爱生命，并且觉得自己将一直热爱它，永远也不会和它分开。克利斯朵夫如痴如醉地拥抱着大地，拥抱着生命：

“我抓住你了！你是我的了。他们谁也不能将你夺走。他们要做什么就做什么吧！就算要我受苦也是无所谓的！……尽管受着苦，但终究还是生活着的！”

克利斯朵夫又鼓足干劲，重新开始投入工作。他再也不愿意和那些所谓的名人、夸夸其谈的文人、空话连篇的人、新闻记者、批评家、艺术界的商人以及投机分子打交道。他也不愿再浪费时间去纠正那些音乐家的偏见和忌妒。他们不是很讨厌他吗？那好！他也讨厌他们。他有自己非实现不可的事业。他很感激宫廷方面还他自由，他很感激别人对他的敌意，这样，他更可以静下心来工作。

路易莎对克利斯朵夫的想法完全赞同。路易莎并没有什么很大的野心，她没有克拉夫脱家族的脾气，她不像他的父亲，也不像他的祖父，她并没有望子成龙的想法。当然，如果克利斯朵夫能名利双收那也是很美好的；但是，倘若获取名利的代价就是烦恼，那她宁可不要。克利斯朵夫和宫廷闹翻之后，她伤心的不是没有名利了，而是克利斯朵夫的痛苦。她倒是很高兴克利斯朵夫和报纸杂志方面断绝来往。她像所有乡下人一样，对文字都很反感，认为文字那些东西是浪费时间、惹是生非的东西。有时她听见克利斯朵夫和杂志社的几个年轻人谈话，她觉得他们凶恶得可怕。他们诽谤并且污蔑一切，而且说别人坏话，并且越说越多，越说越得意。她不喜欢他们。他们很聪明、有学识，但是却不是什么好人。因此她很高兴克利斯朵夫可以和这些人绝交。她非常明白，他用不着他们！而克利斯朵夫，也是这样想的：“他们想怎么说、怎么写、怎么想都无所谓，随便他们。他们总不能因此就改变了我。他们的艺术、思想与我何干？随便他们！”

能够否定社会，当然是再好不过的了。但是，社会并不会这么容易就被青年夸夸其谈的大话给否定了。克利斯朵夫是真心诚意的，可还是存在着幻想，并没有认清自己。他不是修道士，他既没有隐世的气质，也没有到隐世的年纪。刚开始，他还不是很痛苦，因为他全心全意去搞创作。只要有事情做，他就不会觉得空虚。但作品一完成，新作还没有涌现心头时，在精神上的低潮时期，克利斯朵夫便会迷茫地环顾四周，对自己的孤独感到胆战心惊。他问自己为什么要创作。写作的时候，他绝不会问这个问题，该写作就写作，这不是很简单的事情吗？等到面对新作品时，创作新作时的强烈本能反而使他沉默了起来。自己反倒不明白为什么要创作它，对作品完全陌生，甚至想将这件陌生的作品忘记掉。但是忘记它几乎是不可能的，它还没有被出版，没有演奏过，更没有在世界上独立存在过。在这种情形之下，作品还是与母体血肉相连的新生儿，想要它独立存在于世上，就得剪断脐带。克利斯朵夫的作品越多，这些新生儿对他的压力就越大，他们不能独立存在世上，也不能消逝。谁能来解救它们呢？他那些思想上的婴儿被一股朦胧的压力鼓动着，拼命想脱离他，想去和其他的心灵结合，就像种子随风散落在世界一样。难道它们就只能被永远封锁在体内，不能成长吗？那他可能会因此而被急疯的。

既然所有的出路（剧院、音乐会）都已经被堵死了。尽管低三下四地恳求那些曾经拒绝过他的经理——那是作品印出来的唯一办法——但他无论如何也不愿意去那样做。但找一个愿意印刷的出版商，并不比找愿意演奏的乐队要容易。他试了两三次，办法要多笨就有多笨，结果他觉得自己实在是受够了。与其再碰壁，或是和出版商讨价还价，看别人居高临下的脸色，还不如自己花钱印刷。那当然是胡闹。他那一点儿积蓄，还是过去宫廷的薪水和几次音乐会的收入。但现在已经没有了经济来源，并且寻找新的经济来源还要费好些时日，他理应缩减开支，以便渡过难关。但他不但没有缩减开支，反而借债去印刷作品。路易莎什么都不敢说。她觉得他已经失去理智了，并且实在弄不明白，为什么要花大价钱将自己的名字印在书上。但既然这是儿子肯耐着性子留在自己身边的方法，她也就挺高兴了。

克利斯朵夫印刷问世的作品，并非是通俗易懂的，而是一批风格独特并且自己也相当重视的作品。都是些钢琴的曲子，也穿插了几支歌曲，有的很简短，曲调更大众化，有的很长，更加偏向于戏剧化。这些作品合起来形成了一系列或悲或喜的印象，衔接得很自然，有时钢琴独奏，有时独唱，或是钢琴伴奏。“因为，”克利斯朵夫说，“在我浮想联翩的时候，我并不能用固定的形式来表达，我只感到痛苦，或是快活，但却找不到词语来形容这些感情。但有时候忽然觉得自己有话要说了，就不经过任何思考地唱出来。有时候是意思模糊，断断续续的句子，而有的时候却是整首诗。而后，我又浮想联翩起来。一天的时光就这样过了。我所想要描写的也确实是一天的感觉。为什么歌曲集里面就必须得有歌或者序曲呢？那不是很不和谐吗？为什么不让心灵自由活动呢？这样不是更好？”因此这一系列歌曲被他称为“一日”，作品的各部分还有小题目，概括说明自己内心持续不断的梦。克利斯朵夫还加上神秘的献词、缩写的字母、纪念的日子，这些只有他自己一个人懂。这些会使他想起诗意盎然的日子，以及心爱的面孔：笑容满面的高丽纳、懒洋洋的萨皮纳，还有那相见而未相识的法国少女。

除了这些作品，他还选了十三首歌。这些都是他喜欢的，当然就是群众最不喜欢的。那些“最悦耳”的曲子是他绝对不会选择的，最有特点的才是他要选择的——群众最害怕有“特点”，那些没有性格的东西，在他们看来是最好不过的。

这些歌是配合十七世纪西里西亚诗人的作品词句谱写的，克利斯朵夫在一部通俗丛书里读到这些诗句，他觉得这些诗写得很真挚。他为其中如兄弟般的两个诗人而伤心，因为他们都是在三十岁去世的。一个是富有风趣的保尔·弗莱明，他在高加索和伊斯法罕一带漂泊流浪。他在残暴的战争、苦难的人生，以及黑暗腐败的环境中，依旧保持着自己纯洁、慈悲、恬静的心灵。另外一个是放荡不羁的天才约翰·克里斯蒂安·冈特，他沉迷于酒色，在抑郁痛苦中度过自己的人生。从冈特那里，克利斯朵夫取材的是反抗压迫的挑战的呐喊声，是巨人被困时愤怒的诅咒声、反击雷电的霹雳声。从弗莱明那里，克利斯朵夫取材的则是如鲜花一般柔和的情诗，似群星献舞般、宁静而欢乐的心的舞曲；还有一首被他称作“自献”的十四行诗，既悲壮又静穆，克利斯朵夫更将它当作早祷一样地咏叹。

克利斯朵夫同样醉心于虔诚的保尔·格哈特的乐天气息。对于格哈特而言，这是在悲哀之后的安息。克利斯朵夫喜欢他从上帝身上看出来的大自然的景象：在鲜嫩的草原上，鹳鸟在百合花和白水仙中间庄严地散步，溪水唱着歌从沙上流过，白鸽和燕子划破明净的长空，雨后的阳光显得欢畅无比，明亮的天空透过云层露出微笑，黄昏时所有的东西都显得清明肃穆，森林、羊群、城市、原野都静悄悄的。克利斯朵夫最厌恶的，就是那些教堂诗歌里赞美的特性。克利斯朵夫将这些如今还在新教堂里唱着的圣诗谱成曲子。可想而知，他并没有保存诗歌里的赞美性质。他用自由活泼的风格来重新谱写，格哈特倘若听见自己的《流浪的基督徒之歌》中的某些段落露出了高傲，或是《夏日之歌》中平静水波似的气息变作异教徒的波涛汹涌，恐怕会气得发抖吧。

作品终于印了出来，当然一切都超乎情理之外。替克利斯朵夫代印代售的是一个不合格的出版家，他只不过是克利斯朵夫的一个邻居而已。这一类重要的工作他根本就不能胜任，印刷被拖了好几个月，并且花了很多钱纠正错误。克利斯朵夫真是外行极了，竟让他多算了三分之一的账，开支大大超出了预算。印刷好之后，克利斯朵夫不知道拿着一册硕大的乐谱怎么办。出版商是没有什么主顾的，也不设法推销作品。他对作品漠不关心，和克利斯朵夫的做事态度截然相反。为了良心好过些，就要求克利斯朵夫写一段广告语，岂料克利斯朵夫居然说：“没有必要，倘若作品是好的，那么它本身就是广告。”出版商当然唯命是从，就将印好的乐谱藏在仓库里。作品真是保存得太好了，因为在六个月里，没有卖出一本。

在等主顾上门期间，克利斯朵夫不得不想办法去填补亏空。克利斯朵夫既要还债又要维持生活，因此他也不能再挑三拣四了。不但债务超出了他的预算，而且积蓄比先前计算得要少很多。是他不小心掉了钱呢，还是算错了钱？——算错的可能性要大得多，因为他连加法从来都没有做对过。钱是怎么少的，这并不重要。重要的是，钱确实少了。路易莎不得不流着血汗，来帮儿子的忙。他看了难过极了，千方百计想要将债务尽快还清。他到处去找教课的差事，尽管向人自荐和遭人拒绝是很难堪的事情。但是他的名声早已不如从前，找到学生谈何容易。因此，当听到某所学校里有个音乐老师的位置，他就很高兴地接受了。

那学校带着点宗教气息。校长是个精明的人，尽管不是音乐家。

但是却也明白在目前的情况下，只要花很少的代价，就能充分利用克利斯朵夫。校长面上很客气，薪水却给得很少。克利斯朵夫不好意思地指出了这一点，校长便和颜悦色地笑着告诉他：没有一官半职，就不能要求太高的待遇。

这还真是件倒霉透顶的苦差事！并不是真的要他教音乐，而是要让学生和家长都认为学生懂音乐就够了。对他而言，头等大事就是教学生在有来宾的典礼上唱歌，用什么方法教并不重要。这些情形使克利斯朵夫厌恶极了。克利斯朵夫在完成任务时，安慰自己说这是在做有益的工作，但是他的良心受到了谴责，觉得自己做了自欺欺人的事情。他想让孩子们受点切实的音乐教育，让他们了解并且爱好真正的音乐。但是学生们一点儿也不在乎，克利斯朵夫缺少威严，他没法叫他们听话。实际上，他也没有资格教小学生。他对学生们结结巴巴地歌唱不感兴趣，他想立刻和他们解释音乐理论。上钢琴课的时候，他要一个学生和他一起弹贝多芬的交响曲。这当然是不可能办到的事情。于是，克利斯朵夫大发雷霆，将学生从琴凳上拉下来，自顾自地弹了好久。在校外当家庭教师，他对学生也是一样的态度，没有一点儿耐性。譬如：有一个贵族出身的骄傲的小姑娘，他却说她琴弹得和厨娘炒菜一个样。他甚至给学生的母亲写信，表示不愿意再教了。要他继续教这样没出息的学生，他会气死的。这样，事情当然越变越糟了。学生本来就很少，现在倒好，全都走了。没有一个学生能够被他教到两个月以上。母亲劝他，要他无论如何也不要跟学校闹翻。如果丢了这份工作，真的不知道要怎么过活了。他只能压迫着自己，并且准时上下班，尽管他心里对这事厌恶得很。但是一个蠢驴似的学生第十次在同一个地方犯错，或者在他反复地教学生合唱一段无聊的歌曲时（他甚至连编排节目的权利也没有，因为别人不放心他的鉴别力），他内心的思想还真是不容易掩盖。不消说，他的工作热情肯定没有了。然而他硬着头皮，一声不出，眉头紧锁，偶尔用拳头敲敲桌子，吓了学生一跳，就当作是发泄一下心中的怒火。有时，这种苦水真是难以下咽。学生唱到一半，他就嚷道："算了吧！算了吧！不要再唱这种东西了吧！还是我来给你们弹弹瓦格纳吧。"

他们正求之不得，背着他玩起了纸牌。结果总有一些学生向校长打小报告。于是，校长将克利斯朵夫叫去，提醒他是要教学生唱歌，而不是教学生喜欢音乐。他忍气吞声地听着这些教训：因为他不想闹翻了。几年以前，他还一事无成，但却前程似锦，极有希望。谁又能预料到，等他开始显示出点价值的时候，反而会有这样的委屈降临呢？

对同事们必不可少的拜访，也是在学校里担任教职而受到的众多屈辱中一件极不容易的苦差事。他只是随便拜访一两个同事，心里就会憋得慌，实在没有勇气去拜访别的同事。他拜访过的两位同事对他也并不满意，而没有去拜访过的人则认为这是在侮辱他们。大家认为无论智慧还是地位，他都要比他们低，对他总是摆着一副高高在上的样子。他们那种自信以及看不起克利斯朵夫的那种态度，使克利斯朵夫几乎都要相信他们的想法是对的：以为他的确比他们更加愚蠢。但和他们有什么话好说呢？他们只懂自己那一套，别无其他。他们甚至不能算是真正的人。如果说他们是本书的话，他们顶多只能算是书本里的注解、文字说明而已。

克利斯朵夫避免和他们见面。但有时候却又避免不了。每月的一个下午，校长都会招待一次宾客，并且要求大家都到位。克利斯朵夫头一次没有去，甚至懒得道歉，只是装聋作哑，并且还自认为没有人会注意到自己的缺席。岂料第二天他就听到几句带刺的话。第二回，受到母亲责备后，他便只能抱着送葬般的心情去了。

参加招待会的有本校和其他学校的老师以及他们的妻儿。大家依照个人的级位分成几个小组挤在一间很小的客厅里，根本就没有人理他。他旁边一组正谈论着教学法和食品。这些教员太太对烹饪都有一手，如数家珍般地讨论着。男人们也谈得饶有兴致，几乎像是内行一样。丈夫钦佩妻子治家的才能，妻子钦佩丈夫的学识渊博。彼此钦佩的程度刚好半斤八两。克利斯朵夫站在一扇窗子旁边，背靠着墙，不知道怎么办才好，有时挤出一个微笑，有时板着脸孔发着呆，脸上的肌肉紧张地抽搐，真是无聊透顶。离他几步之外的窗槛上，坐着一个没有人理会的少妇，也和他一样的无聊。两个人都只是瞧着客厅里的人，因此彼此都没有看见。过了一会儿，他们待得腻烦了，转过头去打哈欠，这才注意到了对方。就在那一刹那，两人的目光碰到了一起。他们彼此会心地瞧了一眼。他向她走了过去。她轻声地问："这儿可真够无聊的，是不是？"

他转过身去瞧着窗户，吐了吐舌头。她高声地笑了，忽然精神一振，做个手势招呼他在旁边坐下。他们互相说了姓名。原来本校生物学教员莱哈脱的妻子就是她，他们刚来这儿了，本地还没有一个认识的人。她绝对谈不上好看，鼻子大而肿，牙齿不整齐，皮肤一点也不娇嫩，但是眼睛灵活清秀，笑起来像孩子一样天真。她说起话来像喜鹊一样，喋喋不休。他也好心情地一一回答她的问题。她坦率得很好玩，还会说些俏皮搞笑的话。他们旁若无人地高声谈笑着相互之间的看法。而四周的那些人，在他们孤独的时候不理睬他们，不肯发发善心，帮他们摆脱孤独，现在却对他们不满起来了：大家认为当着众人这样嘻嘻哈哈，是不太雅观……但是两个聊得正起劲的人，并不在乎别人是怎么看的：难道痛快就不能属于他们吗？

最后，莱哈脱太太向克利斯朵夫介绍了她的丈夫给他认识。她的丈夫长得可真够丑的，脸色苍白，没有胡须，脸阴惨惨的，但是神情比较和善。他喉咙里的声音总是在喉管里打转，好像只能出来一半，说起话来咬文嚼字，吞吞吐吐，常常在音节之间停顿下来。

他们结婚才几个月，但这对丑八怪却非常恩爱：在大庭广众之下不管是眼神交会，还是说话、拉手，都有股亲热劲儿，既让人好笑又令人艳羡。两个人喜欢的东西都是一样的。他们立即邀请克利斯朵夫在招待会之后去他们家吃晚饭。克利斯朵夫先是用说笑的方式谢绝，他说大家今晚最好是回家睡觉：好像走了几十里路，都累死了。但莱哈脱太太反驳说，心里不快活就更不应该睡觉，那样会睡出毛病来的。克利斯朵夫终于接受了他们邀请。他在孤独的时候很高兴碰到这两个好人，尽管他们不大聪明，但是很本分，又很热情。

莱哈脱夫妇的家也像他们一样好客：他们的客气到处都体现着，满屋子的标语，桌椅、器具、碗盏好像都会说话，总是翻来覆去地、不厌其烦地表示欢迎“亲爱的客人”，问候他的起居情况，并且说着很多殷勤的以及劝人为善的话。一个小小的靠枕放在挺硬的沙发上，在那里亲热地悄声地说道：“您再坐一会儿吧！”

他们给克利斯朵夫端了一杯咖啡，杯子又劝他：“您再喝一口吧。”

盘子里的菜很精美，同时也借机会替道德做宣传。一个盘子说：“我为人人，人人才会为我。”

另一个盘子说："和蔼亲热讨人喜欢，忘恩负义令人憎恶。"

克利斯朵夫虽然不抽烟，壁炉架上的烟灰碟子却吸引了他的注意："烧红的雪茄可以在这儿休息一下。"

他要洗手，洗脸桌上的肥皂就说："贵宾，请慢用。"

还有那文质彬彬的抹手布，犹如一个礼数周到的人一样。虽然没有什么好说的，也勉为其难地说了一句极有理却不合时宜的话："一天之美在于晨。"

结果，克利斯朵夫坐在椅子上动也不敢动，生怕不知道从屋子的哪个角落里又跑出别的声音来招呼他。他真想和它们说："你们这些小妖精，闭嘴吧！我听不见你们说了些什么。"

他忍俊不禁，大笑起来，并遮遮掩掩地说：自己是想起了刚才学校里的集会。不管怎样，他不愿意使他们难堪。再说，他也不大容易发觉人家的可笑。很快，他也就习惯了这两个人和这些东西的好意唠叨。他们有什么事情是你不能原谅的呢？他们都是些好人，并且也不惹人讨厌；或许是缺少些风趣，但是绝不缺少善解人意的聪明。

他们才刚搬来，人生地不熟，觉得很孤独。本地人往往都有种人令人讨厌的规矩，外乡人要登门造访必须得先经过他们的同意——不能随随便便就到这儿来。莱哈脱夫妇没有考虑周到，对这种新来的人应当对本地人应尽的义务，没有严格照办。莱哈脱顶多就当作例行公事一样，去走走过场。但莱哈脱太太最怕这些苦差事，并且不喜欢束缚自己，就天天拖着。在拜客名单上，她先挑选了几个不太讨厌的人去拜访。别的人就不知道猴年马月才会去拜访了。不幸的是，当地的要人都在她延期拜访的名单里头，他们对于这种无理失敬的行为大为不满。安日丽加 · 莱哈脱——她的丈夫将她叫作丽丽——为人处世有点儿随便，怎么也学不会那种正经的口气。她会跟地位高的人顶嘴，气得他们满脸通红。必要时，她也不怕戳穿他们的谎言。她说话心直口快，想到什么就绝对要一股脑儿地全都说出来。有时有些话说得太傻，惹得别人在背后取笑她。有时有些话说得太重，拿别人开玩笑，就结了许多冤家对头。有时候她咬着嘴唇，想要忍住不说，但是话已经脱口而出。她的丈夫可以算得上是男人中最温和谦恭的了，对于这一点也吞吞吐吐地跟她提过几回。她听了就拥抱他，怪自己愚蠢，说他是对的。但是过一会儿，又是老样子，并且在最不该说的时间和地点，却偏偏说出最不应该说的话来，好像不让她说出来，她就会被憋死似的。克利斯朵夫倒是和她挺合得来的。

在她不该说却偏偏说的糊涂话中，她总是将德国和法国做些不恰当的比较。她自己是德国人——她比任何德国人还要像德国人——但是生长在亚尔萨斯，并且和一般法国籍的亚尔萨斯人关系很不错；被拉丁文化诱惑着，那是许多归并地带内的德国人，包括那些看来最不容易被影响的德国人都抗拒不了的。也许，因为安日丽加嫁了一个北方的德国人，一天到晚都和纯粹的日耳曼人打交道，总要故意表示些不同，因此拉丁文化对她的诱惑更加强烈。

和克利斯朵夫初次相遇的那个晚上，她就谈论起这个老话题了。她称赞法国人说话没有束缚、自由自在，克利斯朵夫立马附和她。对他而言，法国就是高丽纳：漂亮闪烁的眼睛，年轻含笑的嘴巴，坦率随便的举止，悦耳动听的声音。他真想多了解些法国的事情。

丽丽·莱哈脱发觉克利斯朵夫竟这样和自己聊得来，竟鼓起掌来。

“只可惜我那年轻的法国女朋友不在这儿了，”她说，“她实在是待不下去了，已经离开这儿了。”

高丽纳的形象立刻消失掉了。就像刚熄灭的火箭突然使阴暗的天空显出温和而深沉的星光，显现出了另外一个形象，另外一双眼睛。

“你说的是谁？”克利斯朵夫跳起来问，“是那个年轻的女家庭教师吗？”

“怎么？难道你也认识她吗？”

他们两个人将她描述了一下，结果两个形象一模一样。

“你原来也认识她？”克利斯朵夫反复地说：“哦！将你知道的所有关于她的事情都告诉我吧！”

莱哈脱太太首先就说她们俩是交心的朋友。但谈到细节的时候，她却知之甚少了。她们第一次碰见是在朋友家里，莱哈脱太太主动接近那姑娘，按她一贯的诚恳态度，立即邀请少女到自己家里来谈谈。少女去过她家两三次，她们谈的话很少。好奇的丽丽费了不少劲才知道法国姑娘的一点儿情况，姑娘生性沉默寡言，只能断断续续地说出自己的一些事情。莱哈脱太太只知道她叫安多纳德·耶南，家里没有任何产业，只有一个弟弟在巴黎，靠她来接济他。她总是会谈到她的弟弟，而只有谈到他的时候，她的话才会多一些。而她之所以对丽丽·莱哈脱说这些话，也全都是因为丽丽对那位无亲无故、孤零零地寄宿在巴黎中学里的年轻人表示同情的缘故。安多纳德之所以接受外国教席，也全都是为了补助弟弟的学费。但两个相依为命的孩子谁也不能离开谁，他们天天都得通信；倘若信迟到了一点，都会使他们神经质地紧张着。安多纳德总是担心自己的弟弟，他弟弟从不隐藏自己的痛苦，将自己的痛苦都告诉安多纳德；而安多纳德就为他的痛苦撕心裂肺，经常认为他生病了但是瞒着她。莱哈脱太太好几次埋怨不应该这样无缘无故地猜测着，居然使她安心了一些。但是莱哈脱太太对于安多纳德的家庭、个人情况以及她的心事一无所知。只要一问到这些问题，安多纳德就立马不知所措，闷不作声了。似乎早经世故的缘故，她很有学问，天真而老成，既虔敬又没有幻想。她在这儿并不是很快乐，住在一个既不知轻重又不厚道的人家里。莱哈脱太太也不知道，她到底是因为什么离开这儿的。别人说是因为她行为不检，但是安日丽加绝不相信，她敢打赌那是污蔑，只有这个愚蠢而凶恶的地方才会这样说她。但是无论怎样，总归是发生了点什么事情，是不是？

“是的。”克利斯朵夫回答的时候把头低了下去。

“她到底还是离开这儿了。”

“她走的时候和你说了些什么吗？”

“啊！”丽丽·莱哈脱说，“真是不凑巧。刚好我去了科隆两天！回来的时候……已经太晚了！……”她打断了话头对女佣人说，因为她想加点柠檬放茶里面，但是佣人拿柠檬来的时候已经晚了，来不及放在她的茶里。

于是，她便拿出真正的德国女人夸大家庭琐事的脾气，文绉绉地补充了两句：

“太晚了，人生总是如此……”

（谁也不知道她说的是柠檬放晚了的事情，还是说那个没有说完的故事。）

而后她接着说：“我回来时，发现她留给我一个字条，说是谢谢我对她的照顾。她说回巴黎去，但是没有留下地址。”

“她还来过信吗？”

“没有。”

克利斯朵夫又看到那张忧郁的脸孔消失在夜色中。那双眼睛在他眼前出现的一刹那，就如同最后一次她隔着车窗看着他的情形。

法兰西这个谜又涌上他的心头，更加亟待解决了。因为莱哈脱太太硬说自己熟悉法国，因此克利斯朵夫总是向她打听。尽管莱哈脱太太从来没去过法国，但是却能告诉他许多有关法国的事情。莱哈脱是个很爱国的人，对法国存在很深的偏见，虽然他对法国的了解不及妻子多，当丽丽过分热心的时候，他总不免会说些保留的话；丽丽反倒会更加认为自己的看法没有错，克利斯朵夫什么都不知道，但是却放心地替她打边鼓。

对于克利斯朵夫而言，最有价值的不是丽丽·莱哈脱的回忆，而是她的藏书。她搜集了一小部分法语书籍：有学校的课本，有小说，还有随便买的剧本。克利斯朵夫正想知道一些他并不了解的法国的情况，所以莱哈脱说他可以随便拿去看的时候，就高兴得如获至宝一样。

他先看几本文选，那是丽丽或者莱哈脱以前上学时用过的教科书。莱哈脱告诉他，如果要想在这个完全陌生的文学里头知道些什么，就应该先看这几本书。克利斯朵夫向来尊重比他有学识的人，便恭敬地接受他的意见，当晚就开始认真地看了。他想大致地了解一下这些精神上的瑰宝。

他之前知道一大批法国作家，从著名的到不入流的都有，其中绝大多数是不入流的作家。他翻了翻诗歌，从拉辛、雨果，到尼凡诺阿、夏伐纳，有二十几个作家的诗歌。克利斯朵夫在这些诗的森林里迷失了，于是，他又去看散文。认识的又是一大批知名与不知名的作家，例如皮伊松、梅里美、玛德·勃仑、伏尔泰、卢梭、米尔博、玛萨特等。克利斯朵夫在这些法国文集中读到了德意志帝国的开国宣言；还读到一个叫弗雷特烈·公斯当·特·罗日蒙的人描写德国人的文字。文中说："德国人生来就是过精神生活的，他们不像法国人那样轻佻而喧闹。他们富有性灵，感情温婉而深刻。他们工作而不知道疲倦，凡事都坚持到底。世界上没有任何民族比他们还有道德，比他们寿命更长。德国作家人才辈出，艺术天赋极高。英国、法国、西班牙常常因自己是本国人而自豪，但是德国人却对人类一视同仁。而且就其位居中欧的地势来说，德国似乎就是人类的心和脑。"

克利斯朵夫看得累了，惊讶地合上书本，想道："法国人很有度量地赞扬德国人，但是他们自己并不是强者。"

他另外拿起一册。这本水平更高，是高等学校用的。缪塞占了三页，维克多·杜吕哀占了三十页。拉马丁占了七页，蒂哀却占了近四十页。《熙德》几乎是全本都选入了（只删除了唐·第爱格和洛特里葛的对白，因为太长了），朗弗莱极力赞誉普鲁士，而明目张胆地攻击拿破仑一世，因此他一个人的作品在文中占了很长的篇幅，他一个人的作品比法国十八世纪入选的全部名作还要多。左拉《崩溃》中描写的一八七〇年普法战争法国战败的情形，大量篇幅都入选了。但在书中没有只言片语提到蒙丹、拉·洛希夫谷、拉·勃吕伊哀、狄德罗、司汤达、巴尔扎克、福楼拜。相反，在别的书中看不到的巴

斯加，在这本书里却被当作珍品；因此，克利斯朵夫无意中知道巴斯加“曾经在巴黎近郊的保·洛阿依阿女子学院任职”……①

克利斯朵夫想丢开所有的书，他看得晕头转向，只觉得莫名其妙。他想：“我是永远弄不清的了。”他没法整理出一些见解，花了几个钟头将书翻来覆去，但却还是不知道应该读什么才好。他的法语本就不好，好不容易弄懂一段文字，却又发现是些没有意义的空话。

但是，在这片混乱之中，也会发现些刀光剑影、叱咤风云的字眼以及激昂慷慨的笑声。初次阅读让他慢慢地有了些印象，也许是编者有偏见的缘故。德国出版商故意挑选些法国人批评法国的缺点、推崇并歌颂德国的文章。但是这些编者可能万没有想到，像克利斯朵夫这样有着独立思想的人看来，这种截然相反的对比反而越发衬托出法国人的自由精神，他们敢于批评自己、颂扬敌人。普鲁士王弗里德里希二世就被法国的史学家米希莱歌颂过，特拉法尔加一役中的英国人也曾被朗弗来颂扬过，十九世纪的法国陆军部部长夏拉敬佩一八一三年的普鲁士。拿破仑的敌人诋毁拿破仑的时候，也没有用过像法国人一样严厉的口吻。哪怕是最尊敬的东西也难以避免他们的苛责。即使是在路易十四的统治下，那些戴假头发的诗人也一样地直言不讳。莫里哀从不笔下留情。拉封丹嘲笑一切。布瓦洛敢于呵斥贵族。伏尔泰痛斥战争，辱骂宗教，嘲笑祖国。伦理学家、作家写讽刺文章的、骂人文章的都肆无忌惮地嬉笑怒骂地批评。那简直是藐视一切。老实的德国出版商有时候吓坏了，为图心安理得，

① 原注：克利斯朵夫在莱哈脱夫妇家里借阅的法国文学选集，一本是《中等法国文学选读》，温杰拉德编，一九〇二年第七版，斯特拉斯堡印行；另一本是《法国文学》，埃里格与其葛合编，丹特林改订，汉堡一九〇四年版。

看到巴斯加将士兵、厨子、小偷、流氓混为一谈时，就在附注里替巴斯加辩解：倘若他要是见到了现代的高尚的军队，就绝对不会这样说了。他们又赞扬莱辛修改拉封丹的《寓言》，将乌鸦嘴里的奶酪改成有毒的肉，让爱拍马屁的狐狸一吃就死掉了："可恶的谄媚的小人，你们就只配被毒药毒死！"

出版商在赤裸裸、光彩夺目的真理面前睁不开眼睛；克利斯朵夫却快活极了：因为他热爱光明。但是有些地方难免使他诧异，他看不惯法国人毫无顾忌的独立精神，即使是最爱自由的德国人也会遵守法规，而他们的这种独立精神，怎么看来都有点犯上作乱的意味。并且他被法国人正话反说的方式给搞得晕头转向，有时候过于认真，等到真正否定的时候却认为是好笑的怪论。无论是诧异还是吃惊，克利斯朵夫已经被慢慢地迷住了。他不再去整理自己的印象，而是去感受各种感情，生活难道不就是这样的吗？法国小说中轻松愉快：夏福、赛瞿、大仲马、梅里美这些人的作品，使他痛快极了；有时候，书里面还会冒出大革命的浓烈粗犷的味道。

天快要亮了，在隔壁屋里睡着的路易莎醒来，看到克利斯朵夫的门缝透着灯光。她敲了敲墙壁，问他有没有生病。砰的一声，椅子倒在了地板上；她的房门被打开了，克利斯朵夫穿着衬衣，一手拿着蜡烛，一手拿着书，出现在门口，样子既庄严又滑稽。路易莎吓得从床上坐起，以为克利斯朵夫疯了。他高声大笑，舞动着蜡烛，朗诵着莫里哀剧本中的一段台词。才朗诵了半句，他又忍不住笑了出来，就坐在母亲床脚下，喘着气，手里的蜡烛摇摇晃晃。这时路易莎才放下心头大石，好意地埋怨着："出了什么事啊？怎么了啊？还不去睡觉！……我可怜的孩子，你真是要疯了吗？"

他仍旧疯癫地说："你该听听这个！"

他坐在床头边上，从头朗诵着那段戏。他仿佛看见了高丽纳，听到她那种夸张的声调。路易莎拦着他，嚷道：

"回去吧！回去吧！你要着凉了。真是讨厌！让我睡吧！"

他仍旧不露声色地朗诵着，而且装着怪腔，挥舞着手臂，差点笑得背过气，问母亲这出戏是不是好极了。路易莎转过身去，缩作一团，捂住耳朵说："不要吵我！"

但是听到儿子笑，她也偷偷地笑了。终于她没有再叫他不要吵了。等克利斯朵夫念完了一幕时，反复追问她的意见，没有听到回答，他俯下身子一看，原来母亲已经睡着了。于是他微微笑着，吻了吻她的头发，不声不响地回到自己房里去了。

他又去莱哈脱家借书。他将那些乱七八糟的东西全都吞下去了。他多么希望热爱高丽纳和不知名的少女的国家，他满腔的热情总算是找到了发泄的机会。哪怕是二流的作品，他也可以在只言片语中找到自由的气息。他还加以夸张，尤其在满口赞成他的莱哈脱太太前面。虽然她没有什么学识，但却喜欢拿法国文化和德国文化做对比，用法国压德国，一边是气气丈夫，一边为自己小城的烦闷生活出出气。

莱哈脱大感不满。他除了自己的生物学专业知识，其他的知识还停留在学生时代。在他看来，法国人很灵巧，办事聪明，和和气气，善于言谈，但是却很轻浮，容易生气，喜欢吹嘘，不真诚，没正经而且感情不强烈——法国这个民族不懂音乐、哲学、诗歌（除掉布瓦洛、贝朗瑞、高贝以外），这个民族滥用感情，狂妄自大，说话夸张，喜欢醉生梦死。要痛斥拉丁民族不道德的行为时，他只恨自己知道的词语有限；因为找不到更适当的词语来形容，他便总是提到“轻佻”这个词，这在他的嘴里和在大多数德国人嘴里一样，有种特别不好的意思。最后，他又搬出歌颂德国民族的颂歌——说德国人是道德的民族（据赫尔德说，这就是德国跟别的民族最不相同的地方）、忠实的民族（忠实的含义包括真诚、忠实、义气、正直等的意思）、卓越的民族（像费希特说的）；还有德国人的力量，是一切正义、所有真理的象征；德国人的思想，德国人的豪爽，德国人的语言都是独一无二的；德国的女人、德国的美酒、德国的歌曲……“德国，德国高于世界上的一切！”

克利斯朵夫不同意。莱哈脱太太高声大笑。他们三个都大喊大叫着，但是都相互理解彼此说的话：他们都是真正的德国人。

克利斯朵夫常来新朋友家聊天、吃饭，同他们一起散步。丽丽·莱哈脱很疼爱克利斯朵夫，给他做好吃的东西，同时也给自己解解馋。无论是感情还是饮食方面，她都对克利斯朵夫体贴入微。庆祝克利斯朵夫生日的时候，她特意做了一块蛋糕，上面插着二十支蜡烛，中央插着个身着希腊服装的小糖人，手里抱着一束花，说是伊芙琴尼亚。克利斯朵夫终究还是个德国人，尽管他嘴上说讨厌德国人。克利斯朵夫对她这种不太讲究的表露真情，大为感动。

为了证明他们之间的友谊，真心实意的莱哈脱夫妇还会想出更加体贴入微的方法来。莱哈脱尽管只认识几个音符，但是听了太太的主意，买了克利斯朵夫的二十本歌集——这是出版商头一次卖出货——送给他在各地教育界的熟人；他还寄了一些给莱比锡和柏林两地的书店，为了编教科书他和那些书店有来往。这种推销方式暂时没有任何效果，但是这种主动帮助别人的方式很使人感动，尽管方法很笨拙，而克利斯朵夫也不知道有这么回事。分散出去的歌集似乎并没有带来多大的反响：没有任何人提及它。看着这样冷淡的效果莱哈脱夫妇伤心极了。庆幸的是，克利斯朵夫还不知道有这么回事；否则不仅安慰不了他，反而会使他越发地难过。但是，任何事情都不会是白费力气的，生活中就有许许多多这样的例子，有了辛苦的努力总会有回报的。就好像多年都没有踪影，但是有朝一日你会发现自己的思想受了影响，有了新的变化。克利斯朵夫的歌集就是这样迈着小步前进着，慢慢走进了少数人的心里。他们孤零零地待在内地，要不是胆子小，要不就是没有精神，因此他们并没有对他说出他们的感想。

只有一个人给他写了信。在莱哈脱将书寄出三个月之后，克利斯朵夫收到一封热情洋溢的信，体裁老式，礼貌的语气，是由图林根邦的一个小城寄来的，署名是大学教授兼音乐导师彼得·苏兹博士。

对克利斯朵夫而言，那真是一件令人开心的事情。信在他口袋里搁了好几天，忘记看了，等在莱哈脱夫妇家拆开信的时候，他们甚至比他更愉快。他们三个人一起看信。莱哈脱夫妇会意地彼此看了一下，克利斯朵夫并没有注意到。他当时容光满面，但是当他将信读到一半的时候，莱哈脱发现他的脸色突然沉了下去，不再继续读下去了。

“喂，怎么不继续读下去？”莱哈脱问克利斯朵夫。

克利斯朵夫把信扔在桌子上，生气地说：“哼！真是岂有此理！”

“怎么回事？”

“你看看！”

他转过身子，背对着桌子，站在一边生着气。

莱哈脱和太太一起念着信，除了些表示钦佩的话，没有什么别的了。

“哪里不对吗？我看不出呀……”

“你看不出吗？你看不出吗？……”克利斯朵夫叫嚷道，将信递到他眼皮底下，“你难道不认识字吗？看不出他也是勃拉姆斯党派的吗？”

这时，莱哈脱这才注意到，那位音乐导师的信里有一句话，将克利斯朵夫的歌和勃拉姆斯的歌相提并论了。克利斯朵夫叹着气说：“哦！朋友！好不容易找到一个朋友……但是顷刻间就又失去了！”

将他和勃拉姆斯相提并论，简直要气死他了。照他的意思，他立即回信，写一些顶撞对方的话；或者考虑之后，干脆不回信，这是最世故客气的方式了。幸亏莱哈脱笑他脾气坏，拦着他就没做些荒唐的事情。他们劝克利斯朵夫写一封道谢信。信写得很冷淡又有点勉强，因为这并不是克利斯朵夫乐意去写的。但是彼得·苏兹的热心并没有衰减，又寄了两三封非常亲热的信给他。克利斯朵夫对写信一向不大在行，虽然从来信可以看出对方的真心实意，他也有点回心转意，但是最后还是终止了通信。结果苏兹也没有再寄信来了，克利斯朵夫自然也就将这件事情抛诸脑后了。

克利斯朵夫现在每天都会去看莱哈脱夫妇，往往一天还看望好几次。他们几乎每天晚上都在一起。一个人孤独了一整天之后，生理上需要找人说说话，说说自己心里面想着的事情，不管别人是否能懂，总是需要大笑一番，不管笑得是否有道理，他需要发泄，需要松快一下。

他演奏给他们听：除了演奏给他们听，没有别的好办法可以表示对他们的感谢之情，只好连续几小时坐在钢琴前弹奏。莱哈脱太太根本不懂音乐，努力压制着自己不打哈欠；但是为了表示自己对克利斯朵夫的好感，强装作自己很感兴趣的样子。莱哈脱并不比太太更懂音乐，但是听到某些音乐时候，就会有生理反应，感动得甚至于流下眼泪，连他自己都认为自己这是在胡闹。而其他时候他就全然没有共鸣，他只觉得很喧闹。一般来说，作品中最为平凡、最没有意义的段落却最能打动他。莱哈脱夫妇自认为了解克利斯朵夫，克利斯朵夫也愿意这样认为。有时候克利斯朵夫会故意开他们的玩笑，故意弹奏些杂七杂八的曲子，让他们误以为这是他的作品。等他们说完一大堆的好话时，他才说出这是骗他们的，是他的恶作剧。于是，他们也便不敢再掉以轻心了；此后，只要克利斯朵夫弹奏的时候神情凝重有点不对劲时，他们就会怀疑这又是他在搞恶作剧了，就对作品加以批评。克利斯朵夫随他们说，自己也跟着附和着，然后说这种音乐没有任何价值，之后便突然大笑道："哦，浑蛋！你们说得对！……这是我的作品啊！"

克利斯朵夫因为戏耍了他们而开心极了。莱哈脱太太有点不高兴了，过来轻轻地打了他一下；但克利斯朵夫那种天真的傻笑，反而使他们也跟在后面高兴地笑起来了。他们并不会认为自己永远都对。既然没有把握可以猜对，丽丽·莱哈脱索性永远批评，她的丈夫就永远管恭维：这样，两个人中间总有一个人可以合乎克利斯朵夫的意思。

他们之所以喜欢克利斯朵夫并不是因为他是音乐家，而是因为他天真、忠厚老实、有点疯癫、诚恳、有朝气。别人说他坏话，反而更加增添了他们对他的好感：因为他们像他一样，被小城沉闷的空气给憋得发慌，和他一样的直爽。经过自己的头脑判别之后，他们将他看作一个不懂世故的，吃了坦率的亏的大孩子。

克利斯朵夫对这两个新朋友并没有抱任何幻想，克利斯朵夫一想到他们不了解、永远都不会了解自己内心深处的想法，就不免忧伤起来。但他缺乏友谊，并且他急需友谊，因此他已经很感激他们至少还是多少爱着他的。最近一年的教训告诫他，不能再苛求了。倘若是两年以前，他的耐性比现在可就差远了。克利斯朵夫有些后悔，自己当初那样严苛地对待令人讨厌却善良的于莱一家，又不免觉得好笑。唉！现在他总算是学乖了些！……他叹了口气，自己的心对自己说："但是这样又能持续多久呢？"这样的想法让自己不禁笑了笑，同时心里也得到很大的安慰。

他真心希望自己可以找到个懂自己并能倾心相交的朋友。尽管他还很年轻，但是却已经有了相当的社会经验，知道这个心愿是难以实现的。以前真正的艺术家都没有这种幸福，而他亦不期望自己比他们更幸福。对于这类艺术家的历史，他已经知道了一些。从莱哈脱家借来的藏书使他认识了十七世纪德国音乐家的艰苦经历。那时战乱频繁，瘟疫流行，国破家亡，整个民族受到外族的侵略，更可怕的是在这灾难之中，人心散漫，毫无斗志，自甘堕落，甘愿束手就擒，以死求安息；这种情况下，伟大的心灵——特别是英勇的许茨[①]——毫不动摇，坚定不移地向着自己的事业前进。克利斯朵夫想道："在这样伟大的榜样面前，谁还有抱怨的权利呢？他们没有听众，没有前途，写作就只是为了自己和上帝。他们今天写的，明天也许就会被毁掉，但是他们还是坚持不懈地写着；他们并没有气馁，乐天的心情是任何事情也不能摧毁的。对他们而言，唱歌就能够满足他们了，只要能够活下去，能够挣口饭钱，能够用艺术表现自己的思想，并且找两三个正直的、真

① 许茨（1585—1672），德国音乐家，在音乐史上被称为德国音乐的始祖。

心爱着自己的朋友，他们大可不必是艺术家，也没必要了解他们，只要能够和自己亲近点就好了，除此以外便再也不敢奢求些什么了——克利斯朵夫怎么敢比他们的要求更严苛呢？人生只能要求最低限度的幸福，谁也没有权利去奢望更多；倘若你想得到更多的幸福，那么就要靠自己去创造，不要寄希望于别人。”

这样想着，克利斯朵夫便也心平气和了，越发喜欢老实的莱哈脱夫妇了。但是，出乎他意料的是，他最后的这份友情，世人也要残忍地给剥夺掉。

他不了解本地人的恶毒。他们的仇恨没有目标后，更加难以消除。而相反有目标的仇恨，目标一达到，恨意就会慢慢地消除。但是那些生活无聊的人，是永远也不会停止作恶的，因为他们的生活永远都被无聊给笼罩着。而克利斯朵夫就成为他们排遣无聊的牺牲品。尽管克利斯朵夫已经被他们打败了，但是他却还是胆大妄为。尽管他已经不再去麻烦别人，但是他还是没将任何人放在心上。别人拿他没有任何办法，因为他对别人没有任何要求，他一无所求，无欲则刚。就这样，克利斯朵夫和新朋友在一起快活地过着日子，根本不理会别人是怎么想他的、怎么议论他的。这种情形看着更叫人难以忍受，而莱哈脱太太做的事更加使人生气。她竟然完全公开挑战全城的默契，公然和克利斯朵夫成了朋友，加上她平时的态度，似乎是有意要触犯公众舆论。丽丽·莱哈脱无论是对人还是对事，其实都无心要惹是生非，她不过是以自我意识为主，不考虑别人的意见罢了。但在城里的其他人眼里，这成了最可恶的挑衅。

大家暗地里在抓他们的把柄。他们却浑然不知，没有做任何提防。克利斯朵夫是放肆惯了的，而莱哈脱太太则是毫无头脑的人，两个人毫不顾忌地在一起交往，有时一同出去，有时晚上一起靠在阳台上谈笑。他们行为举止非常亲热，不知不觉就成了一些人造谣的把柄。

一天早上，克利斯朵夫收到一封匿名信，信里用卑鄙龌龊的话说他是莱哈脱太太的情夫。他看着这封信时被惊得愣住了。他甚至连跟她调情打趣的念头都从未有过，他太正派了，像清教徒一样痛恨这些肮脏的勾当，甚至一想到这种龌龊事就会反感。而且朋友的妻子怎么能够染指呢，克利斯朵夫认为这是极大的罪恶；更何况是丽丽·莱哈脱，他就更不可能欺辱到她的头上：她长得太丑了，可以说她绝不会引起自己任何方面的冲动热情。

克利斯朵夫去看他的朋友时，感觉又羞又窘。他发现他们也和自己一样局促不安。他们三个人都收到了一封匿名信，但是都不敢明说出来；于是他们暗中互相留神，同时也留神自己，不敢乱说乱动，慌慌张张的，气氛很僵。倘若丽丽·莱哈脱一时忘乎所以，嘻嘻哈哈，胡说乱道的时候，她的丈夫或者克利斯朵夫就会瞪她一眼，瞪得她直发愣，她立刻就会想起那封匿名信，于是就慌张起来，克利斯朵夫和莱哈脱也跟着慌了起来。每个人心里都在想："他们是否知道？"

他们相互之间什么也不说，还想和从前一样生活着。

但是匿名信不断地寄来，并且措辞越来越下流无耻，越来越龌龊不堪，使他们神经紧张，心里实在无法继续忍受了。他们收到信就赶紧藏在一边，没有勇气不读信就将信扔在火里，手指颤抖地拆开信，心惊肉跳地展开信纸，一读到那些他们害怕读到的字句，大同小异的辱骂——存心捣蛋的人用尽了造谣中伤的各种新方法，但毁谤的主题从来就没变过，他们都悄悄地哭着。他们想破脑袋也不知道是哪个浑蛋这么与他们过不去。

有一天，莱哈脱太太实在忍受不住这样的痛苦了，就将她所受的苦统统都告诉了丈夫；她丈夫也含着泪说自己也受着同样的苦。要不要和克利斯朵夫说呢？他们不敢。但是不得不告诉他，好让他谨慎些——莱哈脱太太红着脸才刚开口说了几个字，就惊奇地发现克利斯朵夫也同样收到了那些匿名信。他们怕起来了，这些阴险的人紧咬着他们不放。莱哈脱太太相信全城人都在对他们议论纷纷。但他们没有一致对外，反而自己先泄了气。他们不知道应该怎么办才好。克利斯朵夫说要去杀了那个人——但是去杀谁呢？这样做无异于火上浇油……倘若将那些信交给警察署，那更是将谣言传播出去……装聋扮哑更是不可能的事。他们的友谊显然已经被谣言影响到了。莱哈脱绝对相信太太和克利斯朵夫不会做任何越轨的事情，但还是不由自主地起了疑心。他觉得这种怀疑是可耻的、荒唐的，他装作若无其事地让太太和克利斯朵夫独处，但是他心里却是纠结而痛苦的，丽丽也看出来了。

而她呢，情况好不到哪儿去。她和克利斯朵夫一样，从未有过出轨的想法。但是那些谣言却暗示她：克利斯朵夫或许真的爱着她了；虽然他丁点儿表示都没有，但是她认为防人之心不可无，当然不是用直截了当、清楚明白的方法，而是用一些稀里糊涂、笨拙的办法。起先，克利斯朵夫并不懂，等到他明白的时候，真是让他哭笑不得。觉得这简直就是荒唐！他怎么可能会爱上这个又平凡又丑的小厨娘呢！……而她居然当真了！……但是自己偏偏又有口难辩，没法对她和她的丈夫说："别多心！放心吧！绝对不会有这种危险！……"

不，他不能惹这两个好人生气。而且那些匿名信的确起了作用，连自己也产生了一种荒唐的传奇式的念头：她怕他爱上她，那是因为她骨子里开始偷偷地爱上他了。

他们之间的关系变得很生硬，相处得很难堪，已经很难再继续维系友谊了。丽丽·莱哈脱只是嘴巴比较厉害，说话的时候，显得很强硬。但实际上，她的性格根本就不坚强，而且当地人的闲言闲语早就让她六神无主、乱了阵脚，他们于是找出种种笨拙的借口，来拒绝和克利斯朵夫见面，什么“莱哈脱太太不舒服啊……”“莱哈脱先生有事忙啊……”“他们出去待几天啊……”，这些笨拙的谎话往往弄巧成拙，常常在不经意间露出破绽。

克利斯朵夫很洒脱地说：“可怜的朋友们，我们分手吧！我们都不够强大啊！”

莱哈脱夫妇一起哭了——不过绝交之后，他们倒真是松了口气。

城里的人又可以高兴地庆祝一番了。这一回，克利斯朵夫是真的要孤孤单单了。他最后呼吸到的一口气，也被大家无情地给剥夺了——这口气便是友情，无论它怎么淡薄，一个人如果失去了友情，那么心灵就不能存活。

第三部　解脱

他真的完完全全地被孤独包围了，所有的朋友都离去了。亲爱的高脱弗烈特舅舅总在他最艰难的时候出现，给予自己帮助，他现在是多么渴望舅舅出现啊。但舅舅已经离开好几个月了，而且这一次是一去不复返了。在一个夏天的晚上，路易莎收到一封字体很大的信，信是从很远的村子里寄来的，信上说她的哥哥死了，就埋在村子的公墓里。最近几年，他的身体已经很不好了，但还是不停地到处流浪，这一回就死在了流浪途中的村子上。这个有骨气而且聪慧恬静的男人，本是克利斯朵夫最后的朋友，他的温情本是克利斯朵夫精神上的最后的依靠，但是，他却不幸被死亡吞噬了生命。克利斯朵夫只能独自一个人，守着只知道爱他却从不了解他思想的老母亲。面对周围这广袤的德国大平原，却感觉它犹如一片沉闷无底的海洋。他每次都想努力挣扎跳出去，但是却总是越陷越深。充满仇视的小城就眼睁睁地看着他被淹死在里面……

克利斯朵夫正在挣扎的时候，突然像黑夜里闪电似的，在脑海里显出了哈斯莱的形象。哈斯莱是自己儿童时代崇拜的偶像，他现在的声名已经遍布全国了。他想起了哈斯莱曾经答应过他的话，便立即决定拼着最后的勇气，去抓住这最后一根救命稻草。哈斯莱能够救他，哈斯莱应该救他！他能向哈斯莱要求什么呢？不要救济，不要金钱，也不要任何物质上的帮助，只要他了解自己。哈斯莱曾经也像他一样受过迫害。哈斯莱是个独立自由的人，他定能理解一个受着庸俗的德国人虐待与仇视的独立自由的人。哈斯莱和他是同一战壕的战友。

他一想到这里，便立即付诸行动。克利斯朵夫告诉母亲自己要出门一周。当晚，克利斯朵夫就搭着火车去德国北部的大城市，哈斯莱在那边当乐队指挥。他实在是等不及了，他为了生存再做最后一次努力。

哈斯莱已经成名了。但是他的敌人并没放下攻击他的武器，不过他的朋友们吹捧他是有史以来最伟大的音乐家。实际上，那些吹捧和攻击他的人都一样荒谬。但是他的性格不够坚强，看见攻击他的人，就生气；有人吹捧他，就飘飘然。他竭尽全力对付那些伤害他的批评家，同时做些使他们叫苦连天的事情，他就好像一个专爱捣乱的孩子，用自己的天分搞些往往很低级趣味的玩意，他不但费尽心力去做些音乐上古怪的东西，让那些权威大师们暴跳如雷；并且还故意采用荒唐的题材、低级下流的场面。总而言之，凡是不合情理、违反礼教的他都非常喜欢。一看到那些中产阶级们疾首蹙额地叫起来，他就快活极了，而那些中产阶级没有一个不上当的。就连德皇陛下也喜好来搞搞艺术，就像一个暴发户与亲王那样傲慢无礼，又持一副自以为是的态度，装模作样地搞些艺术，也痛恨哈斯莱享有盛名却做丢脸的事情，视其为社会的羞辱，所以处处对哈斯莱的那些作品表示轻蔑与冷漠。哈斯莱对德皇的轻蔑既生气又高兴，因为在德国前进派的艺术界看来，官方的反对从另一个角度看就充分地证明了自己的进步性。因此，哈斯莱捣乱得更加有劲。他每闹一次惊天动地的事，他的朋友就兴高采烈地庆贺，说他是天才。

拥护哈斯莱的人，主要是一班文学家、画家以及颓废的批评家。他们代表革命派，反对威胁德国北部的反动派，反对固定的礼教以及虚假的虔诚，在这方面他们当然立下过赫赫战功；但他们在斗争的时候，表现的独立自主的精神往往有点过头了，他们甚至没有意识到这已经到了可笑的地步；尽管他们之中也还是聚集了一批很有真才实学的斗士，但是缺少几分聪明，尤其是见识和趣味也并不高明。他们制造了虚幻的境界，反而让自己关在里头，跳不出来；结果他们和所有的艺术党派一样，对幻境外的实际世界完全无知了。他们给自己以及上百个盲目听信他们的读者定下规矩。这些人的过分吹捧对哈斯莱而言是致命的，使他扬扬自得。他无论想到些什么音乐思想，不管好坏如何，不加思索就直接全盘接受；他也暗暗地想过：哪怕自己有时候写的作品低于自己的水准，但也比别人的作品要强得多。多数情况下，他这种看法是正确的，但是这绝对不是健全的考虑，这样做也不可能让他创作出伟大的作品。实际上，哈斯莱谁都看不起，无论敌友，结果最后连自己也看不起，对自己的人生也是冷嘲热讽。因为哈斯莱以前曾相信过很多天真纯洁和意气风发的事，因此一旦失望，他就越发容易陷入讥讽与怀疑的深渊。他既没有能力阻止时间慢慢地磨蚀自己的信念，也不能自欺欺人，不能强迫自己相信早已经不再相信的东西，所以，他就拼命嘲笑自己过去的信念。他有德国南方人的性格：软弱，贪懒，承受不了命运的变化多端，受不了气候的热与冷，想要维持精神上的平衡，他需要温和的气候。不知不觉中，他只想懒懒地享受人生：吃喝玩乐，无所事事，想些萎靡不振的念头。自然，他的艺术也被这种性格所影响，但他才华横溢，就算是为了跟上潮流的颓废作品也难掩光芒。他比谁都更清楚自己的没落。老实说，只有他一个人可以感觉到，但那种时间很少，并且他也是竭力避免感觉到。等他感觉到时，他就悲观厌世，心情恶劣，自私自利，担忧健康，并且对自己以前爱憎过的一切，现在都漠不关心起来了。

克利斯朵夫就是向这样一个人物来寻求精神引导。在一个下着冷雨的早晨，克利斯朵夫满怀希望地来到了哈斯莱住的城市。在他看来，这个人物象征着艺术界的独立精神。克利斯朵夫指望从他那儿听到些热情友好的勉励自己的话，好让自己可以继续进行这种毫无收获却不可避免的斗争，任何名副其实的艺术家都不得不与社会斗争，这是一场至死方休的斗争。席勒说过："你和群众的关系，至死也不后悔的，唯有斗争的关系。"

克利斯朵夫心急火燎地到了，在车站附近找了一家旅店，一丢下行李便马上跑到剧院打听哈斯莱的住址。哈斯莱住在离城区很远的一个郊外小镇上。克利斯朵夫搭上电车，嘴里还啃着小块面包。随着离目的地越来越近，克利斯朵夫的心跳也不由得越来越快。

哈斯莱住的小镇上都是一些奇形怪状的新建筑。现代的德国人为了创造野蛮的艺术，挖空心思地运用人工来创造巧夺天工的效果。在平淡无奇的小镇上，笔直的平板的街道上，出人意料地错落着一些埃及式的地窖、寺院式的回廊、挪威式的木屋，有棱形的堡垒、国际博览会式的建筑；鼓着大肚子的房子没头没脚地深深地埋在地下，死气沉沉地睁着一只巨大的眼睛；门外的铁栅好似地牢，门就好像潜水艇上的门，窗棂的栏杆上嵌着金字，大门顶上蹲着怪兽；蓝珐琅的地砖胡乱地铺着，处处都铺得出人意料，亚当与夏娃的图像是由五颜六色的碎石铺起来的，各种颜色的瓦在屋顶上盖着；还有堡垒式的房屋，屋脊砌着奇形怪状的怪兽，一边没有一个窗户，另外一边却全是窗户，有正方形的、矩形的，像是伤口；一堵没有任何装饰的墙上，忽然出现了一扇窗户，由一些野蛮人的雕像支撑着，两个留胡子的老人头从阳台的石栏杆内伸出来，那是鲍格林画上的人鱼。

在这些监狱般的房子中，有一所房子门口雕着两个赤裸着身体的巨大雕塑，低矮的楼上，建筑师在外边刻着两行字：

艺术新世界，
自古至今，无出其右者！

克利斯朵夫一心想着哈斯莱，看到这些也只是目瞪口呆地瞧着，根本懒得去理解。他找到了哈斯莱住的房子，发现房子的外表很平常朴素，是加洛冷式的房屋。房子里面装修豪华但未能脱俗，楼梯道里空气闷热，电梯狭窄，克利斯朵夫不想乘坐，他宁愿哆嗦着两条腿，心情澎湃地慢慢地走上四楼，还可以借机缓解下此刻激动的心情。上楼的时间很短，但是一回想起以前和哈斯莱的见面经历，想起幼年时代的热情，以及祖父的形象，时光匆匆，故事却如同发生在昨天一般。

他去按门铃的时候，已经将近十一点了。开门的是一个精神抖擞的女仆，神气得好像自己是这家的主人，她不太礼貌地瞧了克利斯朵夫一眼，就说："先生很累，不见客。"再看见克利斯朵夫脸上流露出的毫不做作的失望的神情，她也许是觉得很有趣，就从头到脚地又将他打量了一番，这时语气软和了下来，让克利斯朵夫去哈斯莱的书房，说她想办法叫先生见见他。说完之后就对他使个眼色，关上门走了。

墙壁上挂着几幅印象派的画，还有法国十八世纪的描写风情的镂版画：哈斯莱自认为什么艺术都懂，从玛奈到华多[1]都有收藏。其实，他是受了自己那个小圈子里的人的影响。从家具上都可以看出来这种混杂的风格，一张路易十五时代非常精美的书桌旁，却摆放着几张“新艺术派”的沙发，还有一张东方式的卧榻，上面堆满了小山似的五颜六色的靠枕。门上嵌着镜子，哈斯莱的胸像摆在壁炉架中央，日本小古董都摆放在壁炉架上和古董架上。独脚的圆桌上的一个盘子里堆放着一大堆照片，有歌唱家和朋友的，还有崇拜他的妇女们的，照片上面都写着些警句和赞词的题款。书桌乱得难以想象，钢琴盖是打开着的，古董架上布满灰尘，烧掉一半的雪茄烟尾，被扔得到处都是……

克利斯朵夫听见隔壁房间里响起了一阵牢骚的嘀咕声，女仆反客为主地跟他拌嘴。显然哈斯莱并不愿意见客，而女仆非要他见客不可；她毫不客气地用着非常亲热又无所顾忌的语气跟他顶撞着，她尖锐的声音穿透了墙壁。克利斯朵夫听见了她埋怨主人的某些话，感觉很不好意思，但是主人并没有生气。恰好相反，他好像觉得这种顶撞很好玩：他一边嘀咕着，一边和女仆开着玩笑，故意逗她生气。最后，克利斯朵夫总算是听到开门声了，哈斯莱拖着有气无力的脚步走了出来。

他刚一进来，克利斯朵夫突然觉得很难过。他认得那是哈斯莱。

① 玛奈为法国十九世纪大画家，为近代画派之始祖。华多为十八世纪法国大画家。

他怎么会不认得呢？那的确是哈斯莱，但又不再是哈斯莱。以前，他的宽大的额头上还没有皱褶，脸上也还没有皱纹，像个孩子似的。但是现在，他已经秃顶了，胖了很多，身材臃肿，脸色发黄，总是一副想要打瞌睡的样子，下嘴唇有点合不拢，噘着嘴巴，好像挺不高兴。他的背也有点驼了，两只手插在皱巴巴的上衣口袋里；脚下挂着一双旧拖鞋，衬衣纽扣扣得七上八下的，而且胡乱地扭成一团塞在裤子里。克利斯朵夫吞吞吐吐地向他通报姓名的时候，他睡眼惺忪地无神地看了一下克利斯朵夫，机械地行了个礼，却没说话，而是点点头示意克利斯朵夫在椅子上坐下；而后他叹了口气，就倒在卧榻上，将靠枕堆在自己周围。克利斯朵夫重复说："我以前很荣幸的……承蒙您的好意……我是克利斯朵夫 · 克拉夫脱……"

哈斯莱深陷在卧榻里，两条腿交叉坐着，一双消瘦的手交叉搭放在右边的膝盖上，而膝盖抬得跟下巴一样高。他回答说："记不起了。"

克利斯朵夫觉得喉咙很紧，设法让他记起曾经见面的事情。在平常情况下，叫克利斯朵夫回想以前的事情本来就很难，更何况是现在，就越发困难了。克利斯朵夫说话模糊不清，词又用得不对，听得自己都脸红了。哈斯莱任由克利斯朵夫在那儿支支吾吾，他只用着那双漫不经心的无神的眼睛瞪着他。克利斯朵夫说完了，哈斯莱仍旧没有说什么话，只是继续摇摆着膝盖，仿佛准备等克利斯朵夫再继续说下去。而后，他回答："是的……但是这些话并不能让我们变得年轻啊……"

他伸了个懒腰，打了哈欠之后，说："真是不好意思……没睡好……昨晚在剧院里吃了夜宵……"哈斯莱说着，又打了个哈欠。

克利斯朵夫希望哈斯莱可以提到他刚才讲到的事情，但是哈斯莱对过往的事情没有任何兴趣，甚至一个字也没有提到，也不问克利斯朵夫的生活情况。等打完了呵欠后，就问：“来柏林很久了吗？”

“今天早上刚到。”

“啊！”哈斯莱就这样叫一声，就没有任何惊讶的表示了。“住在哪个旅馆？”

他仿佛根本就不想听见克利斯朵夫的回答，就懒懒地站起来伸手去按电铃。

“不好意思。”他说。

矮小的女仆进来了，还是一副不将主人放在眼里的神情。

“凯蒂，”他说，“难道你打算今天不让我吃早餐吗？”

“您要我把吃的东西端在客人面前吗？”她回答。

“为什么不呢？”他边说边俏皮地瞧了下克利斯朵夫，“他给我提供精神食粮，我还是得吃我的物质粮食。”

“难道你就好意思让别人看着你吃早餐，就好像看动物园里的野兽一样吗？”

哈斯莱不但没有生气，反而笑了起来，纠正她的话：“应该说是家庭宠物……”他又接着说：“拿过来吧，我只要吃早饭，我才不管有什么不好意思呢。”

她耸了耸肩，就出去了。

克利斯朵夫看到哈斯莱一直都没有问他的情况，就只好想办法将谈话继续下去。他谈到内地生活的苦闷、群众的庸俗、思想的狭窄以及自己的孤独，他努力想让哈斯莱知道自己精神上的痛苦。但是哈斯莱倒在卧榻上，头向后仰，倚着靠枕，半闭着眼睛，让他自顾自地说，好像没有听他的话；或者眼睛微张，冷冷地对他冷嘲热讽一下，这样克利斯朵夫根本没有办法说出自己的心里话。凯蒂托着一盘早餐来了，就是些咖啡、牛油、火腿等。她好像赌着气似的将盘子放在书桌上那乱七八糟的纸堆中。克利斯朵夫等她走了，又继续讲述他的痛苦，他很困难地才将这些说出口。

哈斯莱将盘子拉到身边，倒了些咖啡，呷了几口；然后又亲热，又随便，又有点儿轻视地打断了克利斯朵夫的话："要不要来一杯？"

克利斯朵夫谢绝了哈斯莱的好意。他只想着将没有说完的进行下去，但是越来越丧气，甚至都不知道自己到底说了些什么。他的思路给扰乱了，呆呆地看着哈斯莱吃东西。哈斯莱托着碟子，像个孩子似的拼命嚼着牛油面包，手里还拿着火腿。克利斯朵夫总算是谈到了他的作品，他为赫贝尔的《尤迪特》所作的序曲有人演奏过。哈斯莱漫不经心地听着，忽然问："什么？"

克利斯朵夫重复说了一遍。

"哦！很好！很好！"哈斯莱边说，边将面包和手指一起浸在咖啡杯里。

他仅仅说了这样一句话。

克利斯朵夫失望极了，想要站起身来就走；但一想到自己长途跋涉过来，不能空手而归。于是，又鼓足勇气，吞吞吐吐地向哈斯莱提议：弹几首自己的作品给他听。但是，没等克利斯朵夫说完，哈斯莱就拒绝了。

"没必要，没必要，我对这个一无所知，"他说话时带着挖苦轻视的意味，"而且我也没有时间。"

克利斯朵夫几乎要哭了出来。但是他暗自发誓，倘使哈斯莱没有对他的作品提出意见，他绝对不会离开。他又窘又恼怒地说道：

“对不起，你曾经答应过听我的作品；这次我专门从内地过来，你必须得听。”

哈斯莱很少见到别人用这种态度对他说话，瞧着这个傻头傻脑的年轻人满脸通红，快要哭出来了，反倒让他觉得很好玩，就随意地耸耸肩，指着钢琴，无奈地说：“那么……你就弹吧！”

说完哈斯莱又倒在卧榻上，一副要睡觉的样子，将靠枕捶了几下之后，就将它们塞在伸出的胳膊下，半闭着眼睛，又睁开看看克利斯朵夫从袋里掏出来的乐谱有多厚，而后轻轻地叹了口气，无可奈何地准备听克利斯朵夫的曲子。

克利斯朵夫看到哈斯莱这种态度，又委屈，又胆怯，开始弹奏了。刚弹奏不久，哈斯莱便睁开眼睛，竖着耳朵，不由自主地恢复了一个艺术家对美妙事物的兴趣。他先是什么也没有说，一动也不动，但眼睛不再像先前那样无精打采了，噘起的嘴巴也动起来了。接着没多久，他就完全清醒过来了，低声地表示惊讶跟赞许，虽然只是些含混不清的赞许，但那种声音已经泄露了他的思想，克利斯朵夫听见了，心中有一种难以言喻的快活。哈斯莱不再计较已经弹了多少，没弹多少。克利斯朵夫弹完了一段，他就嚷道：“其他的呢？……其他的呢？”

他慢慢开始用正常的话语了：“好，这首好！好！……真妙！……真是妙极了！……真是该死！”他嘀咕着，很是诧异，这究竟是什么呢？”

他用手撑着身子半坐着，伸着头，把手放在耳朵后面，自言自语，满意地笑着；听到一些与众不同的和声，他甚至吐了吐舌头，好像是要舔嘴唇似的。一段出乎意料的变调使他突然站了起来，并且叫了一声，他跑到钢琴前面坐下，就挨着克利斯朵夫。他全神贯注在音乐上面，完全忘记了还有克利斯朵夫在场。等到曲子弹完了，他立刻拿起乐谱，把刚才那页重新看了一遍，还接着往下看了好几页，继续自言自语，赞不绝口，惊讶至极，仿佛屋子里除了他就没有别人似的："真奇怪！……这都能想出来，这家伙！"

哈斯莱把克利斯朵夫挤开了，自己弹了几段。哈斯莱弹琴的指法很可爱，很柔和，又轻灵。克利斯朵夫瞧着他细长的手，保养得挺好，带点儿贵族气息，尽管有点儿病态，但和他身体其他部位比起来已经好很多倍了。哈斯莱弹到某些和弦时，停下来反复弹几遍，卷着舌头发出的笃笃的声音，眯着眼睛；嘴里还哼着，模仿着乐谱的声音，不时地发出赞叹的声音，但暗中不免有点不高兴，产生一种不自觉的忌妒，同时也为自己精神上饱餐一顿而感到快活。

虽然哈斯莱总是在自顾自地说着话，好像克利斯朵夫根本不存在似的，但是克利斯朵夫认为哈斯莱是真诚赞叹他的作品，高兴得脸都红了。他解释自己的各种创作的意图。哈斯莱起先并没有注意他说的话，仍旧自顾自地高声说着话；后来，他被克利斯朵夫的几句话给吸引了，便不再说话，目不转睛地看着乐谱，一边翻着一边听着，但看起来又像不是在听。克利斯朵夫越说越起劲，越来越兴奋，终于将自己内心的话毫无保留地全部说了出来。克利斯朵夫天真激动地谈着他的打算和生活。

哈斯莱不动声色地恢复了冷嘲热讽的神气。他将乐谱还给了克利斯朵夫，手肘撑在钢琴盖上，用手捧着脑袋，看着克利斯朵夫热情洋溢地解释自己的作品。于是，他想起了自己早年的生活，想着自己当年的希望，再想到克利斯朵夫的希望以及途中会遇到的悲苦，不免苦笑起来。

克利斯朵夫低着眼睛一刻不停地说着话，唯恐自己不知道说些什么。看到哈斯莱没有说话，克利斯朵夫的胆子就大了些。他觉得哈斯莱在看着他，并且在全神贯注地听着他的话；好似他和哈斯莱之间的冰正在融化，克利斯朵夫心里放出了喜悦的光辉。等到讲完之后，他有点胆怯，但是却很安心，抬起头来看着哈斯莱。岂料，哈斯莱正在用无神的带点讥讽的冷淡眼神瞪着他，他心花怒放得太早了，像早发的嫩芽一样被冻坏了。他立马不再讲话了。

沉默了片刻之后，哈斯莱用冷冷的声音开始说话了。这时他和之前简直就是判若两人，哈斯莱对克利斯朵夫露出生硬严厉的态度，用难听的话嘲讽克利斯朵夫的打算，嘲讽克利斯朵夫要成功简直就是痴人说梦，就像在嘲讽他自己似的，因为克利斯朵夫非常像以前的他。他毫不留情地拼命破坏克利斯朵夫对人生的信心，对艺术的信心，对自身的信心。他非常痛苦地用自己做例子，痛骂自己现在的作品：

“都是些狗屁不通的垃圾！为那些猪狗不如的人，也只能创作这般猪狗不如的东西。你以为世上有十个人是真心爱音乐的吗？唉，哪怕是一个也就很不错了啊！”

“我就是啊！”克利斯朵夫兴奋地叫着。

哈斯莱瞧瞧克利斯朵夫，无所谓地耸耸肩，懒懒地说：“以后你也会和别人一个样，只想成功，只想花天酒地，跟别人一个样……这样做也是对的……”

克利斯朵夫想和哈斯莱争辩，但是，克利斯朵夫的话被他打断了，他又拿起乐谱，尖酸刻薄地批判了自己刚才称赞过的作品。哈斯莱不但用难听的话指责克利斯朵夫没有看清自己真正的疏忽、写作的缺点、趣味方面或者表达方面的错误，并且还像那些心胸狭窄的思想落后的批评家一样，说了很多荒谬的批评。哈斯莱就为了这样的批评而一直承受着痛苦。他问克利斯朵夫做这样的音乐到底有什么意思。哈斯莱这样说甚至不能说是批评了，而是否定了克利斯朵夫所做的一切，好像要毫不留情地将刚才由衷称赞的都一一否决掉。

克利斯朵夫心灰意冷，不想再说任何话了。这样羞辱荒唐的话，居然出自自己敬佩的偶像的嘴里，还能说些什么呢？况且，哈斯莱根本不愿意听克利斯朵夫说的任何话。哈斯莱就站在那儿，拿着合起来的乐谱，眼睛茫然失措，紧闭着嘴巴。最后，他仿佛又忘记了克利斯朵夫的存在，说道：“啊！没有任何人，没有任何人了解你，这才是真正的痛苦啊！”

听见哈斯莱这么说，克利斯朵夫很是激动，猛然转过身，将自己的手放在哈斯莱的手上，热情洋溢地重复说了一遍：“还有我呢！”

但是哈斯莱没有半点反应，他的手一动也不动；尽管克利斯朵夫的呼声使他内心为之一颤，但是他看克利斯朵夫的那双眼睛还是没有放出半点光彩，到底还是嘲讽和自私的念头占了上风。哈斯莱一本正经地滑稽地行了个礼，回答说：“真是太看得起我了！”

但是他心里想道：“哼！你有什么用！难道有了你，我就能摆脱这庸庸碌碌的一辈子了吗？”

哈斯莱站起来，把乐谱丢在钢琴上，拖着两条站不住的腿，又到卧榻上去了。克利斯朵夫了解他的意思了，看出了哈斯莱内心的痛苦，自信满满地回答道，一个人并不需要得到所有人的理解，有些心灵的价值足以抵得上整个民族的价值；它们为整个民族思想着的，它们现在所想到的，整个民族以后也会想到的。但是哈斯莱根本就没有听他的任何话了，他又回到了痴呆麻木的状态，之所以会这样还是因为他内心的生命已经在逐渐消逝。克利斯朵夫还很年轻，当然是难以体会这种突然之间的反复变化，他只是隐约觉得自己这下是完全被打败了，但是他还不肯认输，他还是竭尽全力地想让哈斯莱重新振作起来。克利斯朵夫拿着乐谱，向哈斯莱解释自己那些被他指责的不规则的地方。但是哈斯莱只是呆坐在沙发上，默默地不吭一声，既不表示赞同也不表示反对，只是在等着克利斯朵夫说完。

克利斯朵夫清楚地知道自己再留在这里也没有什么意思了，话还没说到一半，就停住了。他把乐谱卷了起来，站了起来。哈斯莱也站了起来。克利斯朵夫胆怯而惶愧地向他表示了自己的歉意。哈斯莱稍微弯了弯腰，高傲而不耐烦地伸出手来，客气地冷冷地将克利斯朵夫送到大门口，没有跟他讲一句临别赠言，更没有约期的话。

克利斯朵夫失魂落魄地回到街上。他漫无目的地向前走着，稀里糊涂地走了两三条街之后，发现自己又来到了来时下车的车站。克利斯朵夫又上了电车，他不知道自己想要做些什么。他软瘫在凳子上，四肢好像是都被折断了。他不能思考，也不能集中精力，他什么也没有想。他不去看自己的内心，因为内心此刻空荡荡的，什么也没有。四周也是空荡荡的，这个城市都是空荡荡的，所有的地方都是空荡荡的。他不能呼吸了：城市里的雾气以及高大的房屋压得他喘不过气来。他只有一个念头，就是逃走，并且越快越好——好像自己一走掉，就可以将在这里遇到的失意落寞全都丢掉似的。

还没有到十二点，克利斯朵夫就回到旅馆了。两个小时前，他刚来到这座城市的时候，他的心里是如何充满了光明啊！——而现在，只有一片无边际的黑暗。

他不吃午餐，也不去房间。他找到老板说要付账，并且付一夜的租金，说是要离开了。旅馆老板很诧异，告诉他用不着这么着急，他要搭的火车还要等上好几个小时才会开，现在倒还不如在旅馆里等着呢。但是他执意要走，他要马上坐头一班车离开这儿，不管来的是什么车，他在这儿是一分钟也待不下去了。他千里迢迢地赶路，花了一笔钱跑到这儿来，本想好好玩一玩，计划不仅仅去访问哈斯莱，还要去听听音乐会，参观博物馆，并且认识几个人——但是他现在只有一个念头，就是离开这里……

他到了车站。和别人告诉他的一样，他要坐的车三点钟才会开，而且那班车并不是快车（因为克利斯朵夫只坐得起最低等级的慢车），逢站就停；克利斯朵夫倒不如搭晚两个小时才开的车，都还能赶得上头一班车。但是克利斯朵夫一刻也不想停留，更何况是要多等上两个小时。他甚至在等车的时候也不愿意走出候车室。这样的等待是多么凄惨啊！候车室人来人往，匆匆忙忙，乱糟糟的，还阴沉沉的，这里没有一张熟悉友善的脸，对他而言都是些毫无关联的陌生脸孔。灰暗的天空黑了下来。浓雾包围着的电灯像玷污了黑夜的污渍，使黑夜越发昏暗了。克利斯朵夫感到越来越抑郁了，心急如焚地等待着开车的时间。他每小时都要看上十多次火车时间表，生怕自己误了点。为了消磨时间，克利斯朵夫又一次将火车时间表从头看到尾，突然一个地名引起了他的注意。他觉得这个地方似曾相识，他想了一会儿，想起那是苏兹的住处，就是曾经给他写过很多亲热信的那个老教授。克利斯朵夫那时正不知道自己该怎么办，他突然间就起了去拜访这位陌生朋友的念头。那地方并不在他回家的路上，还要再坐一两个小时的区间车，并且还得在路上过夜，而且要换两三次车，不知道到底要等多久才能到达。但是克利斯朵夫根本不计较这些事情，立刻决定去看望这位陌生的朋友：他对同情和慰藉的需要高于任何事情，便不再做任何考虑，立刻给苏兹发了一份电报，告诉苏兹自己明天早上就到他那儿了。但电报刚发出，克利斯朵夫就开始后悔了，他苦笑自己为什么总是存在幻想。为什么非要自寻烦恼？——但是事情已经确定了，想后悔已经来不及了。

在他等车的最后时间段里，克利斯朵夫一直在想着这些事。车终于到站了，他是头一个上车的人；他真是极像个孩子，一直等到车子开了，他从车窗看着城市的影子慢慢消失在下着阵雨的黑夜中才松了口气。他觉得自己真的在这里住一晚的话，非得被憋死不可。

就在这时——大约下午六点钟的样子——哈斯莱给克利斯朵夫写了一封信，并送到了他住的旅馆。克利斯朵夫的到访使哈斯莱感触良多，整个下午都在后悔自己对他太无情了，他满怀热情地来看自己，但是自己却对他冷冰冰的。哈斯莱并非对克利斯朵夫没有好感，其实他常常发脾气。为了补救一下，就给克利斯朵夫送了一张音乐会门票，附上便条说是散场后见面——这些事情，克利斯朵夫当然是不知道的。哈斯莱没看见他来，心里想："他生气了。算他倒霉了！"

哈斯莱无所谓地耸耸肩，不再设法去补救了。第二天，他就忘记了这件事情。

第二天，克利斯朵夫已经走得很远了——远得永远也不会和他再见面。两个人就这样永远地分开了。

彼得·苏兹是一个七十五岁的老头儿，身体非常衰弱，况且岁月不饶人。他的个子很高，但是背已经驼了，脑袋垂在胸前，支气管有些毛病，呼吸也很困难。同时疾病缠身：气喘、鼻黏膜炎、支气管炎。他总是和它们纠缠不清，常常在半夜里坐在床上，向前弯着身子，满头大汗，拼命地吸进去些空气，以免自己的肺窒息——那张胡须刮得很干净的瘦长的脸上，刻满了痛苦的印记，明显地可以看出他和病魔所做的斗争。他鼻子很长，鼻尖有点儿肿。深深的皱纹从眼睛下面开始，就一道道横切在脸颊上，而脸颊也因牙床骨瘪缩而瘪了下去。年老和疾病并不是塑成这张衰败零落的脸孔的唯一原因，还有人生的痛苦也是塑成这张脸的雕刻师。可以从他安静的大嘴巴看出他是个和蔼慈祥的老人。尤其是那双清明如水的淡灰色的眼睛越发使老人显得和蔼可亲，永远都只从正面看人，安静坦白，正大光明，好似可以看见他的内心深处。

他的人生风平浪静，没经历过什么事情。多年来自己一个人过着日子。他的妻子去世得很早。太太的脾气不大好，一点儿也不漂亮，而且人也不大聪明，但是苏兹还是只记得她的好。她离开他已经有二十五年了：二十五年至今每晚入睡前，他总是默默地想着太太，凄凉而亲切地和她说些话，仿佛每天都和她生活在一起一样。他一生最大的遗憾就是自己没有孩子。所以，他就将自己的感情转移到学生身上，就像是父亲一样关心着自己的学生。但是，学生们并不领他的情。他自认为自己的心和学生的心一样，甚至还自认为自己绝不比他们更老，他觉得年龄差距根本就不是什么问题。但是，学生们可并不是这么想的，他们认为老人和自己是不同时代的人；并且他们只关心眼前的事情，同时在内心都不想去看自己努力之后也是这副可悲的结果。有些学生感激苏兹老师对他们的生活与人生的关心，有时候会去看望他；有些学生就算是毕业了也会写感谢信给他，还有毕业几年后也都还继续和他通信的。然后，再往后，苏兹就再没有任何有关于他们的消息了，只是从报纸上才得知某人取得了成功，他觉得很欣慰，就好像是自己取得了成功一样开心。他并不怪他们没有给他写信，他总是会找很多理由帮他们解释，也让自己心里好过些；他从不会质疑学生们的感情，哪怕是最自私的学生，他也对他们有一样的感情。

对他而言，书本是他最好的精神避难所：书不会忘记他，也不会抛弃他。书本中他所爱慕的心灵现在已经超脱了时间的洪流，无论何种爱都是永远存在并且毫不动摇的：由心灵而引起的并且它们自己也感受到的爱，还有那些如阳光般普照众人的爱。苏兹既是美学教授又是音乐史教授，他就好像是一个有着百鸟啼鸣的古老森林。有的歌是极远极远的，穿越了几个世纪，保留着当时那种温柔和神秘；有些歌他很熟悉并且觉得很亲切，那些是他亲密的伴侣，每一句都会勾起他过往的喜怒哀乐，有意识或是无意识的喜怒哀乐（因为在阳光普照的岁月里，也同样存在着没有被阳光普照的岁月）。还有一些是从未听到过的，但却是大家期待很久的并且急需的歌声，听到歌声的人准会心花怒放地去接受它，就像是久旱逢甘霖一样。就像这样，苏兹在孤独的生活中，听着百鸟在森林里唱着歌，和传说中的隐士一样，神奇的鸟鸣声使他心醉神迷、陷入昏睡，而时间不知不觉地流逝着，慢慢地，生命已经到了尽头，但他还是保持着二十岁的心态。

音乐并不是他精神上唯一的财富。诗，他也是爱的——无论是新诗还是古诗。本国的诗是他偏爱的，尤其偏爱歌德的诗，但是外国的诗他也喜欢。他学识渊博，能读懂好几国文字。思想上，他完全可以称得上是赫尔德[1]和十八世纪末期的“世界公民”的同时代人。他经历过一八七〇年前后的艰苦斗争，受过那个时代宏伟思想的影响；尽管他崇拜德国，但是却并不因自己是德国人而骄傲自满。他和赫尔德观点相同：“在所有爱慕虚荣的人里面，以自己民族来炫耀的人尤其荒谬绝伦。”他也赞同席勒的观点：“只为了一个民族写作，是浅薄的理想。”有时他的思想并不大胆，但是他心胸宽广，并且随时都热情欢迎世界上一切美妙的事物。对庸俗的东西也许是他过于容忍，但是出于本能，任何优秀的作品都不会从他眼皮底下溜走；他对于舆论吹捧的虚伪的艺术家，如果他没有勇气敢去指责的话，那么就会替那些默默无闻但有真才实学的杰出艺术家做辩护，他总是为他们挺身而出。他的好心往往让自己伤痕累累，他生怕自己戴着有色眼镜去看待某些作品；因此倘若受大众喜爱的作品他自己不喜欢的话，他总会认为错在自己，并且转变自己的观点，结果也就爱上那部作品。对他而言，爱就是世界上美妙的事情。他精神上需要的爱和钦佩，早已比那可怜的肺需要空气更为迫切。因此，只要能够给予他爱的人，他都会对其感激涕零——克利斯朵夫万万料想不到自己的歌集居然对他产生了作用。克利斯朵夫创作的时候所感受到的，远远不及老人这种感受那么生动真切。在克利斯朵夫看来，这些歌不过是内心熔炉里喷发出来的点点火星而已，熔炉里还有好些别的东西等待着喷发；但是对苏兹老人而言，这点点火星却照亮了整片新天地，一个等他去爱的新天地。他的心因此被照亮了。

一年以来，因为越来越坏的身体，他已经不得不辞掉大学教师的工作，他的身体已经不容许他继续授课了。他又病了，躺在床上，书

---

① 赫尔德（1744—1803），浪漫派文学的作家之一，对近代德国文学影响极大。

店老板华尔夫按照惯例，叫人给他送一包新到的乐谱，克利斯朵夫的歌集就在其中。苏兹孤零零地一个人住着，没有一个亲人在他身边，仅有的几个家属也早已经去世了，照顾他的是一个上了年纪的女仆。这个女仆欺负苏兹体弱多病，凡事都擅自做主。有时候，和他年纪相仿的两三个老朋友会过来看他；但是他们的身体也已经大不如前了，天气一变坏的时候，就只能窝在家里，也就很少过来拜访他了。那时候还正是冬天，街上的雪正在融化，苏兹一整天都没有见到任何人。房子里很黑，一层黄色的雾蒙在窗户上，好似窗户上挂了一层幕布一样，挡住了苏兹的视线；烧得通红的火炉冒着热气，使人觉得很累。在心情不好的时候，每过一刻钟，附近教堂里的一座十七世纪的古钟都要响一次，用既不匀称又不准确的声音赞美着诗中的残片断句，尤其令人不高兴。他躺在床上靠着靠枕头咳嗽着，一边拿着自己素来喜欢的蒙丹的集子想继续读下去，但是这几天却总不像平常那么起劲，他就把集子放下，呼吸很困难，喘着粗气，忘我地幻想着。他心里不好过，没有勇气去打开新送来的乐谱。最后，他叹了口气，小心翼翼地解开包书的绳子，戴上眼镜，开始读起乐谱了。但是他没有办法全神贯注，因为总是会回想到那些往事。

克利斯朵夫的诗歌被他一眼就瞧到了，那是一首古老的赞美歌，歌词是采用一个诚朴虔敬的诗人的词句，但是克利斯朵夫却重新配上另外一种音乐，那是保尔 · 格哈特的《基督徒流浪曲》：

> 希望吧，可怜的灵魂，
> 希望之外还得勇敢坚强！
> ……

等待啊，等待着吧：
你将能看见
欢笑着的太阳！

老苏兹对这首赞美歌的词再熟悉不过了，但是他却从来没有听过这样的配乐……这已经不再是平静的虔诚了，单调得叫你难以入眠。这一颗比苏兹更年轻坚强的心，在受着苦难，抱着希望，渴望找到快活，并且真的看见了快活。他的双手哆嗦着，大颗的泪珠沿着脸颊流了下来。他又继续读到：

起来吧，起来！直视你的痛苦，
和你的烦恼忧伤，轻轻地作别吧！
让一切都离去吧，让你心灵烦扰的东西，
让你悲伤的一切都走吧！

年轻而无所畏惧的热情被克利斯朵夫注入这些思想中，并且在最后几句充满信念和天真的诗句中，他感觉到了一种英雄式的笑声：

统治一切，领导一切的
不是你而是上帝。
上帝才是统治者，
唯有他
统治一切，万物归于律！

克利斯朵夫还趁着自己年少轻狂，无所畏惧，从原诗中摘出来一段带有挑战性的诗句，做他的歌的结尾：

就算所有的妖魔反对，
也要镇静，不要怀疑！
上帝决不会退缩！
上帝所决定的，总会成功
上帝欲完成的，终将完成
他会一如既往地达到目的！
……

最后是腾云驾雾般的狂热，战争胜利的醉意，恍若是古罗马皇帝的凯旋一般。

老人全身都在颤抖着，他跟随在那激昂慷慨的音乐后面奔跑着，气喘吁吁的，像小孩牵着伙伴儿的手一起奔跑一般。他心狂跳着，泪流满面，结巴地叫喊道："哦！我的天啊！……哦！我的天啊！"

他既哭又笑。他幸福得快要窒息了。紧接着他又剧烈地咳嗽着。女仆人莎乐美很快赶了过来，以为老人就要不行了。他继续又咳嗽着，哭着，嘴里叫着："哦！我的天啊！……哦！我的天啊！"在两阵咳嗽短促的换气时间里，他又轻轻地尖声笑着。

莎乐美以为他发疯了。等到她弄明白他之所以这样激动的原因，就毫不客气地埋怨他："居然为了这种破事搞成这个样子！把东西给我！我要拿走。你不能再看了。"

但是老人不肯听她的，一直咳嗽，叫嚷着莎乐美不要烦他。但是莎乐美还是和他争吵着，气得他愤怒地赌着咒，气都喘不过来了。她愣住了，将抓住东西的手也松了，因为他从未如此生气，从未敢这样顶撞她。但是她嘴上还是不饶人，把老人恶狠狠地数落了一番，说他是疯子，原本以为他有涵养，现在才知道她看错了人，他说出比车夫还要粗野的话，两只眼珠差点儿掉了出来，如果那眼睛是两把手枪，简直就会杀了她！……倘若不是苏兹气得从床上撑起身子，怒吼一声“出去”，她说不准还要在这儿啰唆多久呢。为了表示抗议主人坚决果断的口气，莎乐美砰的一声重重地将门关上了，她说以后随他怎么叫，她也不来，就算他死了，也不会管。

于是，房子里又安静下来了，天也渐渐变黑了。呆板的钟声又响了起来，划破了平静的黄昏。老苏兹因为刚才的生气而不好意思，一动也不动地仰头躺在床上，边喘着气边让心情平复下来；他把心爱的歌集当作宝贝一样，紧紧搂在怀里，像孩子似的笑着。

连续好多天，老苏兹好像是神游一般。他的周围充满爱和光明。疾病痛苦、寒冬、昏暗的光线，都被他抛诸脑后了。在这濒临死亡的时候，却在一个不相识的年轻的朋友心中感到了新生。

尽管他花了很多时间去想象克利斯朵夫的样貌，但是终究是他想象的，而不是克利斯朵夫的真实样貌。他所想象的样貌完全是根据自己的喜好来想象的：淡黄的头发，瘦长的个子，蓝色的眼睛，说起话来轻言细语的，朦朦胧胧，温柔和气，胆怯。无论克利斯朵夫长成什么模样，他都准备将其理想化。他周围的任何人或者其他事，他都会把他们理想化，不论是学生、邻居、朋友，还是女仆。为了不自寻烦恼，他选择温和仁厚，不批评任何事情。结果他周围都是他幻想的和气纯洁的脸孔，都跟他自己一个样。这是他善意的谎言，他需要自欺欺人地生存着，没有它的话，那他也就完了。事实上，他也不会全然被蒙蔽在这些善意的谎言里；晚上躺在床上，他总会唉声叹气地想着白天发生的无数琐事，全是些和他的理想相抵触的。莎乐美在背后跟邻舍街坊嘲笑他，他是知道的，他还知道她没有一周不报假账。学生需要他的时候巴结讨好，之后就把他当作空气。他知道，大学里的那些同事在他离校后早就把他忘得一干二净了；他知道，他的接手人抄袭他的文章却不署他的名字，提到他的名字也只是为了引用他一句毫无价值的话，并且还对他诸多挑剔——这种就是批评界经常使用的手法。他知道他的一个老朋友今天下午又对他扯谎了，也知道另一个老朋友卜德班希米脱借去看几天的书却永不归还——对他这种视书如命的人来说，真的是很令他伤心的事。还有许多难过的心事，新的老的总会常常涌现在他的心头；他想都不想，但是它们确确实实地存在着，他能清楚地感觉到。一回想起这些往事，他都会痛不欲生。夜深人静的时候，他嗟叹着："啊！我的天！我的天啊！"然后，这些让他痛不欲生的事情又会被他抛诸脑后，好像根本就没有发生过一样。他要充满自信，要积极乐观，要相信别人，结果就真的相信了。尽管他的幻象总会被现实无情地摧毁——但是新的幻想对他而言，是层出不穷的……没有了幻象，他也就完了。

他生活中的发光源，居然是只闻其名不见其人的克利斯朵夫。他应当会对克利斯朵夫第一封态度冷冰的信而感到难过——（或许他是真的难过）——但是他不愿意承认，反倒是像孩子一样喜欢。他很谦虚，对别人没有太多的奢望，只要得到别人丁点儿的爱，就足以使他爱上别人，甚至感激涕零。和克利斯朵夫见面，他从来没有奢望过。他年纪大了，不能再长途跋涉地去莱茵河畔旅行；而请克利斯朵夫来他这儿，他甚至连想都没有想过。

恰巧是他正在吃晚饭的时候，克利斯朵夫的电报送到他这儿了。起先，他觉得莫名其妙，发报人的名字似乎不认得，他以为人家送错了电报，这份电报不是给他的；他又反复地看了好几遍，心里又慌又乱，连眼镜也戴不稳，灯又照得不够亮，字母都在眼前跳动着。等到他明白过来，他激动得连晚餐都忘记吃了。莎乐美在旁边提醒他吃晚餐，但是也毫无作用，他一口也吃不下去。他将饭巾胡乱地丢在桌上，平常他可不会这么做，饭巾总会被他折得好好的。他摇摇晃晃地站了起来，拿到帽子和拐杖就径直出门了。苏兹心很好，遇到这么快活的事情，当然就是将自己的快乐分享给别人，将这个好消息告诉他的老朋友。

他有两个像他一样爱好音乐的朋友，他们对克利斯朵夫的热情也是被苏兹引起的：一个叫萨缪尔·耿士，是个法官；另一个是奥斯加·卜德班希米脱，既是牙医又是优秀的歌唱家。他们三个常聚在一起谈着克利斯朵夫，克利斯朵夫所有的作品他们都能找到，都已经被他们演奏过了。由卜德班希米脱唱，苏兹弹琴，而耿士就负责旁听。而后几个小时，他们都沉醉其中。在他们演奏克利斯朵夫的音乐的时候，说了很多次“啊！克利斯朵夫要是在这儿就好了”。

苏兹独自走在街上，想到自己的快活，还有朋友过会儿也会快活，便不自觉地笑了起来。夜幕快要降临了，耿士住的小村子距离城里有半个小时的路程。还好天色还不是很暗，四月的傍晚天气不是很寒冷，四周传来夜莺啼唱的声音。老苏兹心花怒放，也不觉得呼吸困难了，走得很轻快，像二十岁的步伐，也不注意黑暗中绊脚的石头。碰到车子来了，他开心地闪在路旁，兴高采烈地和车夫打招呼，车夫在车灯底下看见一个老人在路旁，不免吃了一惊。

耿士就在村口，走到他家的小园子前面，天已经全黑了。他敲着耿士家的门，并高声大叫着耿士。窗户打开了，莫名其妙的耿士探出头来，神色慌张。黑暗中他看不清楚是谁，就问："谁啊？叫我有什么事吗？"

苏兹喘着粗气，兴高采烈地叫道："克拉夫脱……克拉夫脱明天要来……"

耿士摸不着头脑，但听出了这是苏兹的声音："苏兹！怎么回事？这么晚赶来，有什么急事吗？"

苏兹重复说："他明天到，明天早上！"

"什么？"耿士简直觉得莫名其妙极了。

"克拉夫脱！"

耿士沉思了片刻，恍然大悟地高声叫了出来，以表示他知道怎么回事了。

"我马上下来！"他大声说。

窗子又关上了。他出现在台阶上，手里提着灯，往园子里走了过来。他是个个子不高的小老头，大腹便便，脑袋很大，灰头发，红胡子，脸上手上满是雀斑。他嘴里叼着一个瓷烟斗，小步走路过来。他脾气随和，是个迷糊的小老头，对任何事情都是不急不忙的。但是苏兹带来的消息，却使他一改故辙，他摇晃着短胳膊和手里的灯，兴奋地问："是真的吗？他真的要到这儿来吗？"

"明天早上。"苏兹非常得意地挥动着手里的电报。

苏兹和耿士在凉棚底下的一条长凳上坐着。苏兹拿着灯，耿士谨慎地打开电报，慢慢地低声地读着；苏兹越过他的肩头，高声地又重复读了一遍。耿士还看了电报纸上面的说明，电报发送的时刻，电报到达的时刻，以及电文的字数。随后他将这张珍宝一样的电报纸还给苏兹。苏兹自满地笑着，耿士微微偏侧着头，对他说："哦！好啊！……哦！真好！"

耿士沉思了一会儿，吸了一大口烟，吐了出来，将自己的手放在苏兹膝盖上说："应该将这个消息告诉卜德班希米脱。"

"我去。"苏兹说。

"我们两个一起去。"耿士说。

他将灯放进房子里之后，立刻又出来了。苏兹和耿士手挽着手往卜德班希米脱的住处去了。卜德班希米脱的住处在村子的另一头。苏兹和耿士一路东拉西扯，不断念叨着那个令他们激动兴奋的好消息。耿士忽然停住了脚步，用拐杖跺了下地："啊！真是该死！……他不在家！"

卜德班希米脱下午就已经赶往邻近的城里动手术去了，而耿士这时才记起这件事，并且他将会在那边待上一两天。苏兹心慌意乱起来了，耿士也是愁眉不展。他们两个都以卜德班希米脱为荣，他是他们之中可以拿得出手的人。他们站在街上，一时之间没了主意，不知道怎么办才好。

"怎么办呢？怎么办呢？"耿士问。

"克拉夫脱一定要听到卜德班希米脱唱歌。"苏兹说。

他想了想又道："给他发个电报吧。"

他们俩就前往电报局，一起商量了一份心情澎湃的电报给卜德班希米脱，不过似乎有点激动过头了，根本不知道想表达些什么。

电报发了之后，他们便走回来。

苏兹想着：“倘若他可以赶上头班车，明早准可以赶到的。”

耿士却认为发电报的时间已经太晚，电报恐怕要明早才能送到他手上。苏兹摇着头，两人异口同声地说：“还真不凑巧啊！”

在耿士家门口，他们俩分手了；尽管耿士和苏兹是老伙伴了，但是耿士绝不会贸然将苏兹送到村外，哪怕是极短的路，他也不敢独自摸着黑回家。他们决定明天在苏兹家给克利斯朵夫接风洗尘。苏兹看看天色，担心地说：“明天倘若是晴天那才叫好呢！”

耿士自命会夜观天象，煞有介事地瞅了瞅天空——（他和苏兹一样，极希望克利斯朵夫来的时候可以看见这个小地方的美）——说道：“明天一准儿是个大晴天。”

这样，苏兹才安下心来。

苏兹开始往回走，不止一次踩进车辙里差点儿摔倒，要不然就是一脚踢到路边的石堆上。他没有径直往家里赶，而是去了当地最有名的饼店，先预订了一份。就快要到家了，又跑到车站去打听明天火车准时到站的时间。回到家，明天吃些什么菜，他和莎乐美也商量了好久。直到这些事情都办完之后，他疲惫不堪地躺在床上。但是，他像是平安夜的孩子一样兴奋地等待着圣诞节的到来，整晚都在被子里折腾着，整晚都没有睡着。半夜一点，他居然还想去叫莎乐美做她最拿手的菜——蒸鲤鱼。但是苏兹并没有去说，他觉得还是不说的好。但是他还是起来了，将准备用来招待克利斯朵夫的客房又仔细地打扫了一遍。他小心翼翼地，生怕吵着莎乐美，又得受埋怨。其实，克利斯朵夫的车要八点以后才能到了。但是他还是提心吊胆地，生怕自己错过了接车时间。一大早他就起床了，头一件事就是看看天气：耿士果真没说错，今天确实是个大晴天。因为怕着凉了，又怕楼梯太陡，并且他已经很久都没有来过地窖了，因此苏兹轻手轻脚地走下地窖。他挑选了地窖里面最好的酒，上来的时候头狠狠地撞在环洞上，等到他提着满满一篮酒爬完梯子，几乎快要断气了。然后，他又拿着剪刀到园子里去，毫不爱怜地将最美的玫瑰花和初开的紫丁香剪了下来。接着，他上楼回到房间，心急火燎地刮着胡须，在脸上划了两三刀，再认真穿戴整齐，便动身赶往火车站。离火车到站时间尚早。他听不进莎乐美劝说，一滴牛奶都不肯喝。肯定地说克利斯朵夫一定也没吃过早餐，还是回来再一起吃。

他到了火车站，比火车到站的时间还要早四十五分钟。他心烦意乱地等着克利斯朵夫，但却还是没有等到克利斯朵夫。倘若他可以老老实实在出站口等着，肯定可以接到克利斯朵夫。可他偏要站在月台上，他早已经被上车下车的旅客挤得头昏眼花了。尽管电报上写得很清楚，天知道他到底是怎么想的，硬是认为克利斯朵夫乘坐的是另外一班车；绝对出乎他意料的是克利斯朵夫竟然会乘坐四等车。克利斯朵夫早就已经到站了，直奔苏兹家的时候，他还在车站多等了半小时。最糟糕的就是，莎乐美也上街买菜去了，克利斯朵夫看见大门锁着。莎乐美嘱托邻居，倘若有人来找，就说她马上回来。邻居照嘱托的说了，也没有再说些别的什么话。克利斯朵夫连莎乐美是谁都不知道，更不用说来找莎乐美了，觉得这是和他开了天大的玩笑；克利斯朵夫又问到大学音乐导师苏兹在不在，邻居回答说在，但是不知道他现在去哪儿了。克利斯朵夫气极了，掉头便走了。

老苏兹拉长着脸回来了，那脸足有一尺长。刚从莎乐美嘴里得知克利斯朵夫来过的事情，差点懊恼得要哭了出来。他愤怒极了，怪女仆人真是太愚蠢了，怎么可以出去的时候没叫人请克利斯朵夫等等。莎乐美也生气地回答说，没想到他也这么愚蠢，特意去接人居然都没有接到。老人不想白费工夫和她争吵，掉头走下楼梯，按照邻居模糊的线索，寻找克利斯朵夫去了。

克利斯朵夫也很生气，既没有见到人，也没有收到道歉的字条。直到下一班火车开车之前，克利斯朵夫不知道怎么办，看到了美丽的田野，就去散步了。这座静谧的小城依靠着柔和的山脊，是居住的好地方。房屋坐落在花园中，樱桃树开满了花，绿油油的草地，浓密的树荫，以及年代久远的废墟，草丛中竖立着大理石柱，上面雕刻着古代公主们的头像，表情温和可爱。草原和小山包围着小城。开满鲜花的灌木丛中，山鸟欢快地叫着，听起来好似轻快响亮的木笛合奏曲一样。没过多久，克利斯朵夫的气也渐渐消了，甚至完全忘记了苏兹。

老人满大街地找克利斯朵夫，逢人便问是否知道他的下落，还是一无所获。他一直找到山头的古堡，也还没有见着克利斯朵夫，正当他伤心地往回走时，他眼尖地看见了有个男人躺在树荫底下的草地上。因为没有见过克利斯朵夫，他当然不能确定那个男人是不是克利斯朵夫。并且那个男人背对着他，半个头都被埋在草里。苏兹在草地周围走来走去，心跳加速："绝对是他……哦，不是的，不是他……"

他不敢叫，但是突然想到一个好办法，就开口唱了克利斯朵夫的歌里的第一句：

“奥夫！奥夫！……（起来吧！起来吧！）”

克利斯朵夫一听，像鱼一样一跃而起，扯着嗓子接着唱下去。他极其高兴地转过身来，涨红了脸，头上沾满了杂草。他们两个叫着彼此的姓名，朝着对方跑过去。苏兹跨过路边的小土沟，克利斯朵夫越过草地上的围栏。两人热烈地握着手，一边往家里面走，一边高声说笑着。老人向克利斯朵夫说了早上那些倒霉透顶的事情。几分钟前克利斯朵夫还决定不再去找苏兹，直接搭车回家，但是现在即刻感受到了他的善良淳朴，便有点喜欢他了。他们还没有到家，就已经说了许多掏心掏肺的话了。

刚进门，他们就看到耿士坐在那儿；耿士听说苏兹出去找克利斯朵夫了，就在这儿静静地等着。莎乐美端了咖啡和牛奶上来。但是，克利斯朵夫说自己已经在客店里用过早点了。老人显得有些惶恐：克利斯朵夫初到本地，却没有在他这儿吃第一顿饭，他觉得很过意不去；对他这种诚心诚意的老人而言，芝麻大点小事也会变成天大的事。克利斯朵夫明白他的心意，觉得很有趣，心里越发喜欢他了。为了安慰老苏兹，克利斯朵夫便说自己胃口很大，并且马上就吃了起来。

克利斯朵夫的烦闷顿时烟消云散：他觉得自己是遇到了真心对待自己的朋友了，又死而复生了。他滑稽地讲述了自己这次的旅行以及他的失意，好似一个放假回家的小学生。苏兹听得神采飞扬，并且不胜怜爱地瞧着他，发自内心地笑了。

不久，话题就转到他们三个人维持友谊的中心点上去了，那就是克利斯朵夫的音乐。苏兹非常渴望听克利斯朵夫弹几首他的作品，但是却不敢说。克利斯朵夫一边说着话，一边在房间里来回走着。苏兹一直都在留神克利斯朵夫的脚步，当看见他走近打开着的钢琴时，心里巴不得他就此停下来。耿士想的也是一样的。虽然克利斯朵夫嘴里不停地说着话，但是却不由自主地在钢琴前坐了下来，眼睛虽然没有看着钢琴，但是却在钢琴上随意地弹动了几下，这时两个老人的心都要跳到嗓子眼儿了。苏兹料想得很对，克利斯朵夫弹了两三组琶音以后，真的就起了兴致，一边说着话，一边又弹了几个和弦，接着就弹了完整乐句；于是克利斯朵夫不再说话，开始真正地弹琴了。两个老人高兴地会心地使了个眼色，仿佛是说这个年轻人果真中计了。

“这首曲子你们知道吗？”克利斯朵夫一边弹着他的一首歌，一边问道。

“怎么可能不知道！”苏兹高兴地回答。

克利斯朵夫弹着琴，将脸侧过来，说：“嗨，你的琴可不怎么行了！”

老人很不好意思，赶紧道歉道：“是的，琴也老了，跟我一样了。”

克利斯朵夫转过身子，瞧着这个似乎正在责怪自己已经老了的老人，克利斯朵夫一把抓住老人的双手，笑着。他盯着老人不会撒谎的眼睛说：“哦！你还年轻着呢，你比我还年轻呢。”

苏兹听了捧腹大笑，就提起了自己年老体衰的情况。

“算了吧！”克利斯朵夫抢着回答，“我说的可不是身体，我知道自己要说的是什么，你说是不是，耿士？”

（他已经不再称“耿士”为“耿士先生”了。）

耿士连连赞同克利斯朵夫的话。

苏兹想要自己的琴也得到几句恭维的话。“其实，还是有几个音很不错的呢。”他怯弱地说。

他就在琴的中段随手按了四五个相当响亮的音，大概有半个音阶。克利斯朵夫明白这架琴是这个老人的老伙计了，就边想着苏兹的眼睛边很亲热地回答：

“是的，它的眼睛还是很美的。”

苏兹脸上顿时容光焕发，就开始对琴说些谁也听不懂的赞美的话。但是，看到克利斯朵夫又开始弹琴了，便立刻不说了。克利斯朵夫一首接一首地弹了下去，并且低声地唱着。苏兹的眼睛湿润了，他的任何细小的动作都被老人捕捉在眼里。耿士双手交叉着放在肚子上，闭着眼睛仔细地品味着。有时，克利斯朵夫得意地转过头来，对两个醉心于琴声的老人说：“哦！这多美啊！……还有这段，怎么样？……还有这段……这可是最美的了……现在我再给你们弹一首快活到九霄云外的曲子……”尽管，克利斯朵夫说话很天真幼稚，但是这两个老人绝不笑话他。

一首如梦似幻的曲子刚一弹完，挂钟就响起了鹧鸪叫声般的报时声。克利斯朵夫听了，从凳子上蹦了起来，高声叫嚷着。耿士被他吓了一跳，睁开眼睛，两只眼睛溜溜直转。苏兹起先还不知道发生了什么事，等到他看见克利斯朵夫对着挂钟里的鹧鸪愤怒地挥舞着拳头，并嚷着要将挂钟肚子里的鹧鸪拿掉的时候，苏兹才头一次觉得这鹧鸪的叫声着实叫人难以忍受，他就端过来一把椅子，想站上去，亲自将这个烦人的东西拆掉。他几乎要从椅子上摔了下来，耿士拦住了他，不再让他爬。他就叫莎乐美过来。莎乐美照旧是不慌不忙地走了过来，但是克利斯朵夫实在是等得不耐烦了，已经把挂钟摘了下来，放在她的怀里。她抱着钟愣在那里。

“你们打算把它怎么办呢？”她问。

“随便你。只要拿走就行了，再也不要让我见到它！”苏兹和克利斯朵夫一样不耐烦地说着。

他实在是搞不懂自己怎么会忍受了这令人讨厌的东西这么多年。

莎乐美以为他们三个人一起疯了。

音乐又响起来了，时间不知不觉地悄悄流逝着。莎乐美过来说，午饭已经准备好了。苏兹叫她住嘴。但是十分钟后，她又来了；再过十分钟，她又来了；这回她倒是生气了，故作镇静、不动声色地站在房子中间，无论苏兹对她做什么手势，都是徒劳的。她还是高声地说：

“各位先生喜欢吃冷菜也罢，喜欢吃热菜也罢，对女仆而言都是一样的，你们只要吩咐我就可以。”

苏兹对她这种越来越出格的行为感到很难为情，正想训斥她一顿，但是，克利斯朵夫却大声笑了。耿士也笑了。最后，苏兹也跟着笑了。莎乐美看到自己的话，总算起了作用，也就得意起来了，转身走了，神气得活像一个女王赦免臣子的罪一样。

“她可真是够痛快的！”克利斯朵夫站起来说，离开了钢琴，“她没错。音乐会开到一半闯进个人，这没什么大不了的。”

他们开始吃饭了。这顿午饭色香味俱全。莎乐美的争强好胜的心被苏兹激起了，她刚好巴不得逮到机会大显身手。两位老朋友很贪吃。耿士一到饭桌上，就完全变了一个人。他眉开眼笑，像太阳一样发着光，他真是极像饭店里的活招牌。苏兹对饭菜的讲究甚至比耿士更甚，只可惜他的身体不好，不得不对自己有所节制。但是，一碰到好吃的东西，他往往会将这一切都抛诸脑后，并且也常为此而付出代价。倘若生病了，他是绝不会因此而抱怨，因为他自己明白这是怎么回事。苏兹和耿士都有自己的家传食谱。因此莎乐美也是习惯了给食品行家做菜。但是这一回，她将自己所有的拿手绝活儿都拿了出来，仿佛是在参加莱茵菜食品展览大会，所有的菜肴都保持着原汁原味，多种草本香料，菜香汤浓，清炖砂锅，肥美的鲤鱼，咸菜腌肉，膘肥全鹅，特色家常饼，茴香面包。克利斯朵夫张大嘴巴狼吞虎咽，吃得津津有味。他和父辈祖辈的饭量一样大，一次可以吃掉整只肥鹅。克利斯朵夫平常能整个星期只吃面包和乳饼，但是绝不会放过任何敞开肚皮吃东西的机会。苏兹既亲热又客气，慈爱温柔地瞅着他，给他喝了许多莱茵名酒。耿士满脸通红地认为这下自己还真是遇到对手了。莎乐美也咧着嘴笑，她的大脸开得像朵花儿——克利斯朵夫刚到这儿时，她还是挺失望的。因为苏兹事先将克利斯朵夫吹捧得天上有地下无的，她还以为克利斯朵夫应当是个有名誉有地位的大官儿。但是一见到克利斯朵夫，她心里犯嘀咕："原来也就只有这个样子嘛！"

但是克利斯朵夫在饭桌上讨得了她的欢心，莎乐美还是头一次碰见可以赏识她本领的人。结果她也没有回厨房去，而是站在饭厅门口瞧着克利斯朵夫一边说些不着边际的话，一边不停地吃着东西。她双手叉腰，哈哈大笑起来。大家都很高兴。但是唯一的遗憾就是卜德班希米脱不在这儿。两个老人三番五次地说："唉！要是他在这儿那该有多好啊！他才叫会吃、会喝、会唱呢！"

没完没了地说着类似这样的赞扬的话。

"倘若卜德班希米脱能够唱给克利斯朵夫听，那才叫好呢！……或许是能够听到的。卜德班希米脱今晚该回得来了，再晚今晚也会到的……”

“哦！今晚我可要回去了。”克利斯朵夫说。

苏兹立刻拉下脸来，阴霾取代了之前的容光焕发。

“怎么，你怎么不在这儿了？”他颤抖地说着，“难道今晚就要走？”

“是的，就是今晚，”克利斯朵夫笑着回答，“坐今晚的夜车走。”

苏兹这一下心里难过极了。他本想让克利斯朵夫在他家里多住几天的。于是，他便结巴地说：“那怎么可以呢？”

耿士也接着说：“况且你还没有见过卜德班希米脱，他该怎么办呢？”

克利斯朵夫瞧了瞧他们两个人，看见两张友好的脸上挂着失望的表情，克利斯朵夫不禁也被感动了，就说：“哎！你们真好！……那么明天早上我再走，可以吗？”

苏兹立刻抓住他的手：“哦！这真是太好了！谢谢你！谢谢你！”

他和小孩子一样，认为明天还相当遥远，远得根本不用去想。克利斯朵夫今天是不会走的，他们可以一整天都待在一起，整个晚上都在一起，晚上克斯朵夫还会睡在他家里，这就是苏兹所知道的。至于其他，他也不愿意去想。

大家又高兴起来了。突然苏兹站了起来，露出很庄重肃穆的神情，准备给远道而来的贵客敬酒，突然用感动而夸大的措辞表达自己对克利斯朵夫的感谢，说克利斯朵夫肯光临小城、光临寒舍，使他觉得快乐至极、光荣至极；他祝克利斯朵夫归途平安，前途光明，名扬天下，也衷心祝福克利斯朵夫可以幸福。接着，他又为“高贵的音乐”干杯——为他的老朋友耿士干杯——为春天干杯——也没有忘记为卜德班希米脱干杯。耿士也敬了苏兹，并且也相继为另外的几位朋友干杯；而克利斯朵夫为了收尾，就给莎乐美敬了一杯酒，她的脸羞得通红。然后，克利斯朵夫不等两位演说家致答词，就立马开口唱起一首著名的歌曲，两个老人也跟在后面一起唱着。一曲接着一曲地唱着，最后是一首三部合唱的歌曲，大致是歌颂友谊，音乐以及美酒，歌声中夹杂着些欢乐的笑声以及酒杯碰撞的声音。

他们离开餐桌的时候，已经三点半了。三个人的头脑都昏昏沉沉的。耿士一头倒在沙发里，想睡个午觉。早上那番紧张激动的情绪，以及接连不断的干杯，使苏兹也支撑不住了。两个老头都希望克利斯朵夫再次坐到钢琴前，给他们弹几小时的琴。但是，克利斯朵夫的精神好极了，很有兴致，只弹了两三个和弦，突然合上琴盖，瞅了下窗外，就提议出去转上半天，因为田野实在是美极了。对此耿士并没有多大的热情，但苏兹立马觉得这个提议真是好极了，他们应该带克利斯朵夫去参观下当地的公园。耿士皱了皱眉头，却也没有反对：他和苏兹一样想让克利斯朵夫看看本地的风光。

三个人便出门了。克利斯朵夫挽着苏兹的手臂，走得很快，苏兹几乎跟不上克利斯朵夫的步伐。耿士大汗淋漓地跟在后面。三个人高声谈笑着。当地人看见他们从门口经过时，不免都觉得很奇怪，苏兹教授今天怎么像个年轻人一样充满活力。刚出城，三个人便向草原上走。耿士埋怨天气太热。而克利斯朵夫恰巧觉得天气刚好，真是一点儿也不懂得替别人着想。幸运的是他们走走停停地谈论些问题，以至于可以忘记漫长的路程。他们走进树林。歌德和莫里克的诗句从苏兹的嘴里出来。尽管克利斯朵夫很喜欢诗歌，但是却记不得一首诗歌。他边听边幻想着，最终只听见音乐，完全忘记了诗歌了。苏兹的记忆力，是克利斯朵夫所佩服的。苏兹和哈斯莱的差别真是太大了！一个年老多病，多半时间闷在房间里，一生都几乎没有离开过小城，但是却依旧精神振奋！另一个是年轻有为，生活在艺术中心的大都市，音乐会遍布整个欧洲，但是却对所有事物都没有兴趣，并且也不愿意做任何事情！苏兹对克利斯朵夫所知道的所有的现代艺术表现手法全都熟知，并且克利斯朵夫闻所未闻的古代和外国音乐家的事，苏兹也知道。苏兹的记忆好似一汪见不到底的水潭，天降的雨露全都被储存在这个水潭里。克利斯朵夫专心致志地汲取甘霖，苏兹感到很欣慰，因为克利斯朵夫兴致勃勃地听自己讲话。虽然他有过好心的听众以及听话的学生，但是他们始终缺少一颗年轻而热烈的心，来分享他汹涌澎湃的热情。

他们俩是世界上最知己的朋友，直到苏兹不经意间透出他对勃拉姆斯的钦慕，他们俩真是这样的。一听见勃拉姆斯这个名字，克利斯朵夫马上变脸了，冷冷地将苏兹的手臂放了下来，正言厉色地说，他的朋友是绝不会喜欢勃拉姆斯的。这简直就是在他们欢乐的兴头上泼了一盆冷水。苏兹很胆怯，不敢争论，但又过于老实，不会扯谎，就闪烁其词地解释。但是克利斯朵夫直截了当地说："别再说了！"这样斩钉截铁的话，苏兹根本就没有办法可以说下去，结果尴尬地沉默着。他们继续往前走着，两个老人埋头走着不敢看任何人。耿士干咳了几声，想说些话题，便谈起了树林和天气；但是克利斯朵夫此刻还在生着气，就只是简单地哼几个字，别的又不多说。耿士觉得自讨没趣，碰到钉子了，便转过头来和苏兹说话；但是苏兹的喉咙好似被锁住了，竟然出不了声。克利斯朵夫在斜着眼睛瞟着苏兹，几乎就要笑了出来，他已经原谅苏兹了。其实，他根本就没有生苏兹的气，甚至觉得自己很野蛮，因为惹得可怜的老人伤心；但是克利斯朵夫年少骄傲的脾气，使他不愿意轻易改变自己以前说过的话。直到走出树林之前，三个人就一直保持着这种冷冰冰的态度：两个心情低落的老人拖着沉重的脚步，克利斯朵夫轻轻地吹着口哨，装作没看见任何人。突然之间，克利斯朵夫实在是忍不住了，高声大笑了起来，转身面向苏兹，用他结实的大手抓着苏兹的胳膊："我的好朋友！"他亲热地看着苏兹说，"你看，这多美啊！多美啊！"

他指的是田野和天气，但是他带笑的眼睛仿佛是在说："你是好人，我是粗人，请你原谅我吧！我真爱你。"

老人心里顿时温暖极了，心都要化开了，就好像是日食之后又出现了太阳。但是苏兹一时之间不知道要说些什么，好一会儿才开口了。克利斯朵夫又挽着他的手臂，分外亲热地和他谈着话。克利斯朵夫兴致一来，便不自觉地加快了脚步，也不管两个同伴是不是很累。苏兹并不埋怨克利斯朵夫，他现在心里可真是快活极了，根本不觉得累。他知道自己今天这样放纵自己，之后恐怕会出什么事情的。但是他想："明天的事情，今天管它干吗呢！等克利斯朵夫走了，我有的是时间休息。"

但是耿士可没他那么兴奋，他已经落后十几步了，露出一副可怜相。克利斯朵夫终于看出来了。他很不好意思地道歉，并建议在白杨树底下的草坪上躺一会儿。苏兹想都没想自己的支气管是否承受得住，就立马赞成。庆幸的是耿士提醒了他，或者说耿士替自己找到了一个借口，不要在浑身是汗的时候躺在草坪上。耿士建议去附近的火车站坐车回去，大家都表示赞成。尽管很累，但还是得加快步子才可以赶上车；结果他们刚到站，火车也刚好进站。

正在这时有个胖子忽然冲到车厢门口，大声叫嚷着苏兹和耿士的名字，并且还加了他们的头衔以及一大堆描述他们的形容词，边喊着边挥舞着自己的手臂，活脱脱一个疯子。苏兹和耿士也高声地回应着他，也挥动着自己的手臂表示回应，并且往胖子所在的车厢奔去，胖子也在人群中推来推去，向他们奔过来。克利斯朵夫摸不着头脑地跟在后面跑，问："有什么事啊？"

耿士和苏兹两个人都欣喜若狂地喊道："那个就是卜德班希米脱呀!"

这名字对克利斯朵夫来说并不熟悉。他早已忘记了午餐敬酒时提到的那些人了。卜德班希米脱在火车旁的平台上，苏兹和耿士站在踏脚板上，他们高声叫嚷着，震得耳朵都聋了。他们觉得这次的巧遇真是难以想象的缘分。火车已经开动，他们才急忙爬上火车。苏兹将克利斯朵夫介绍给卜德班希米脱认识。卜德班希米脱行过礼，立马变得面无表情起来，站得笔直的，就像一根柱子一样，先是对克利斯朵夫奉承了一番，接着就抓住克利斯朵夫的手，拼命地摇了五六下，好像是要把它摇断一样，然后又高声大叫起来。克利斯朵夫从他的叫喊声中感受到，他是在感谢上帝，让他们有这样的巧遇。但是，过了一会儿，他又拍着自己的大腿，怪自己运气不好。他之前从未离开过小城，但是偏偏不凑巧克利斯朵夫来的时候却出门了。苏兹的电报他今早才看到，但是那时早车都已经开出一小时了；因为电报送到的时候他还在睡觉，别人认为不该打扰他睡觉，所以就没有及时将电报送给他。为了这件事，他对旅馆的人发了一个早上的脾气，甚至现在他都还没有消气呢。他打发走他的主顾，推掉了看病的约会，就是为了赶回来，搭上头班车。岂料这该死的车居然没有赶上和干线转车的时间，卜德班希米脱又不得不在交叉站上等三小时；在交叉站他用尽自己可以抱怨的词，并且不厌其烦地跟检票员和等车的旅客说这件倒霉事儿，而且不下几十遍。后来，车总算是开了。但是在那边他把他词汇中所有的惊叹词都用尽了，拿这件倒霉事儿向站上看门的和别的等车的旅客讲了几十遍。后来终于出发了。他一路心惊胆战，生怕自己错过了……谢天谢地！谢天谢地！

他又抓住克利斯朵夫的手，用指头毛茸茸的大手掌拼命地捏着它。他长得出奇的胖，并且很高，脑袋方方正正的，剪得很短的红色头发，长着小疱的脸上刮得干干净净的，大眼睛，大鼻子，厚嘴唇，双下巴，短脖子，背脊很宽，啤酒肚，胳膊叉开着，手大脚大，像肥肉堆成的小山一样。因为食量太大、喝多了啤酒才变成这副德行了，极像巴伐利亚的那些在街上摇晃的胖子，都是填鸭一般地喂胖的。他又激动兴奋又热情，浑身冒油发光，两只毛茸茸的大手不是放在自己分开的膝盖上，就是放在邻人的膝盖上。他不停地说着话，大舌头的发音在空中打转，像放鞭炮一样。有时候，他笑得前仰后合，张开大嘴，连着大声地笑着，几乎都要喘不过气了。苏兹和耿士也被他的笑所感染，他们两个大笑之后，擦着眼睛看着克利斯朵夫，好像是在问：“嗯，你觉得他怎么样？”

克利斯朵夫什么也没说，只是诧异地想着：“难道就是这样的怪物在唱我的歌吗？”

他们回到苏兹家里。克利斯朵夫只求不要让卜德班希米脱唱歌。尽管卜德班希米脱焦急地一再表示自己的心意，但是他绝口不提唱歌的事情。但是苏兹和耿士存心想要自己的朋友为自己增光添彩，克利斯朵夫注定要听他唱歌了，于是极其无奈地坐到钢琴前面，心里想：“好家伙，好家伙，你还真是不知道前路凶险啊。给我小心点儿！我会对你毫不留情的。”

他一想到苏兹会伤心，心里也不好受了。但是，克利斯朵夫宁可使苏兹受些痛苦，也不愿意他的音乐被这个福斯塔夫[1]糟蹋。显然，他是杞人忧天了：胖子的歌声好听极了。刚听卜德班希米脱唱，克利斯朵夫就诧异极了，这倒是吓着了一直盯着他的苏兹，以为他不满意。但是等到克利斯朵夫越弹越开心的时候，苏兹才放下了心。克利斯朵夫的快乐传染给了老人，他也快乐起来了。唱完一首歌，克利斯朵夫立刻转过身叫嚷着，他从未听见有人将他的歌唱得这么好。那时，苏兹简直就要快活到九霄云外了，比克利斯朵夫还要满意，比卜德班希米脱更得意。因为他们只感受到了自己的快乐，而苏兹却感受到了两个朋友的快乐。音乐还继续着。克利斯朵夫兴奋地叫着：他搞不懂他的歌的思想怎么会被这个又笨重又庸俗的家伙给传达出来了呢。当然这并不意味着卜德班希米脱可以准确地将所有情感细腻的地方都表现出来，但是，他却唱出了激动和热情，这是克利斯朵夫在职业歌唱家身上都没有发现的。他看着卜德班希米脱，暗想道：“难道他真的感觉到了吗？”

但是克利斯朵夫除了在胖子眼里看见了虚荣之外，根本看不出有什么饱含的热情在里头。这超大块头的身体内，只有一股无意识的力量在蠕动着。这股盲目的被动的力量，就像一支打仗的军队，既不知道与谁对阵，也不知道为谁而战。这股力量一旦被歌的精神吸住之后，便满心欢喜地听任歌曲的支配：因为它只有活动才能生存下去，但是倘若要它自谋出路，它便不知道该怎样去活动了。

克利斯朵夫心里暗想：开天辟地造人的那天，造物主只是随便

---

① 莎士比亚剧中的福斯塔夫是个荒淫无耻的小人典型，同时是个大胖子。

拼凑出了人类，并没有冥思苦想该怎样去搭配人类才适合。因此，每个人都是由一些东拼西凑的零件组成的，本应该是同一个人的脑子、心以及灵魂，却被胡乱地分配在五六个不同人的身体内；乐谱和奏乐的人也分了家。有些人就像是高级的小提琴，却被永远地锁在匣子里；相反，那些天生就是为这种级别的提琴准备的人，却只能抱着乐谱终身拉着蹩脚的提琴。他之所以有这种感慨，是因为他恨自己不能唱好歌，他五音不全，就连自己听了都觉得很厌烦。

但是卜德班希米脱显然高兴得有点过了头，居然开始给克利斯朵夫的歌“添油加醋”了，原作的一些感情被他用自己的感情给替代了。这样的自作主张，很显然让克利斯朵夫高兴不到哪里去，他的脸慢慢地板起来了，变得很难看。苏兹察觉到了这些变化，但是他从来对朋友只有敬佩而不会去批评，所以仅靠他自己是绝不可能发现卜德班希米脱的趣味是多么的恶劣的。但他将自己所有的感情全都倾注在克利斯朵夫身上，所以哪怕年轻人思想上难以察觉的细微变化，他都可以发现。因为他的心早已不在自己这儿了，而是跑到克利斯朵夫那儿去了。因此，他也觉得卜德班希米脱唱得过于浮夸，甚至想要去阻止其这样的唱法。但是想要使卜德班希米脱闭嘴，可不是容易的事。他唱完了克利斯朵夫的歌之后，还想唱一些乱七八糟的庸俗歌曲，而克利斯朵夫一听到那些歌名就反胃至极，为此，苏兹使出浑身解数才使卜德班希米脱没再唱下去。

庆幸的是到了晚餐时间，卜德班希米脱才住嘴。在饭桌上，他又可以大显一番身手，在饭桌上他可一向是所向披靡的。克利斯朵夫刚吃过午餐，现在也懒得和他争了。

时间越来越晚。三位老朋友围着饭桌而坐，盯着克利斯朵夫，将他的话句句都吞到肚里。克利斯朵夫很纳闷：自己为什么在这个偏僻的小城里和这些陌生的老人相处，竟然比和家人相处还要亲热高兴？他心想：倘若一个艺术家知道自己的思想结交到世界上这些陌生的朋友，他会感到很幸福——内心会多么温暖，并且又会多生出多少勇气啊……但是世事岂能尽如人意，每个人都孤单地活着，孤独地老去，并且真切需要倾诉的时候，却又不敢说出自己的感受。说些谄媚奉承恭维别人的话，倒是很容易开口，但是，面对越爱得深切的人却越不敢说出来，非要强迫自己将这些事情锁在心底。因此，我们应当感谢那些敢于说出自己思想的人：因为他们不自觉地成了作者的助手。克利斯朵夫真心诚意地感激苏兹。他并没有对他们三个一视同仁，而是特别偏向于苏兹，他觉得苏兹是他们三个人中的灵魂人物，是善良和爱的熔炉，而另外两个人只不过是这个熔炉中反射出来的光亮而已。他的友谊和耿士、卜德班希米脱的友谊并不相同。耿士是自私的家伙，音乐使他满足，就像一只猫爱抚摸。卜德班希米脱除了为满足自己的虚荣心，还为了练嗓子时所体验到的快感。对克利斯朵夫，他们根本不想去了解，只有苏兹是忘我地爱着，真的爱着。

夜深了，耿士和卜德班希米脱都已经回去了，就只剩克利斯朵夫和苏兹在屋子里，克利斯朵夫对老人说："现在我来弹琴，只为你一个人弹。"

他坐在钢琴前弹奏着——像是为自己心爱的人而弹。他弹着他的新作，老人听得如痴如醉。苏兹坐在他旁边，目不转睛地盯着他，不敢喘气。苏兹的心实在是太爱他人了，竟不忍独享一点儿极小的幸福，还是在不自觉地反复说：“唉！可惜耿士已经走了！”

这可让克利斯朵夫有点儿不耐烦了。

一个小时过去了，克利斯朵夫一直弹奏钢琴，他们谁也不说话。等克利斯朵夫弹奏完了，他们仍旧一句话也没说。周遭所有的一切都静悄悄的：屋子、街道都坠入梦乡了。克利斯朵夫转过身来，看见苏兹正在流泪，就站起来拥抱他。在寂静的夜里，他们两人低声地交谈着。隐约可以听得见，隔壁屋里滴答的时钟声。苏兹环抱着手，身体微微前倾。克利斯朵夫问他一些事情，他便轻声地讲述着自己的身世和悲伤。他总是小心翼翼地提防着，生怕自己流露出埋怨的口气，他心里真想说：“我错了……我没有什么可抱怨的……大家都对我很好……”

其实，他并没抱怨。他只是平淡地讲述着自己的一生，并不自觉地露出几分忧郁惆怅。讲述自己最痛苦的事情时，他在其中还掺杂了一种渺茫的、充满感情的理想主义，这使克利斯朵夫听了又很不舒服，但是却又不忍心去反驳老人的话。事实上，在苏兹的内心深处，不见得有多么坚定的信仰，他只是知道自己迫切地需要这种信仰——这种飘忽不定的渺茫的希望，就像是水面上的浮标，但他还是要紧抓着不敢松手。他想要从克利斯朵夫的眼中找到对他的肯定。克利斯朵夫看着这位老朋友总是用信赖的眼神看着自己，他明白老人的心意，那是在求他帮助，希望听到肯定的回答。于是，克利斯朵夫就如老人所愿地说了很多信心满满、充满力量的话，使老人备感安慰。这两个人成了忘年之交，像同龄而相爱相助的兄弟一般；弱者向强者求助，青年成了老人那苦难漂泊的灵魂的港湾。

午夜之后，他们才彼此道晚安。因为克利斯朵夫明天要早起赶车，坐他来时的那一班车走。所以，他片刻也不拖拉地脱了衣服上床睡觉。老人早前就精心为他准备了房间，好像要留他住上几个月似的。几朵玫瑰和一枝月桂插在书桌上的花瓶里。一张全新的吸水纸被平铺在书桌上。当天一大早，他就叫人搬了一架钢琴进去，还挑了几本最珍贵最喜欢的书摆在近床的搁板上。每一个地方都有他精心设计的痕迹，但这全都是白费工夫了，因为克利斯朵夫看都没看一眼，他倒头就睡。

苏兹却失眠了。他一直都沉浸在白天的快乐之中，并且也想到了离别时的悲伤。他重温了他们之间的对话，他想到自己亲爱的克利斯朵夫就睡在隔壁房间，和他仅是一墙之隔。他四肢酸软，浑身乏力，胸口像压块石头一样难受；他觉得自己一准儿是在散步时着凉了，老毛病又要犯了；但是他却一心只想着："可以撑到他走就行了。"

苏兹生怕自己突然咳嗽，吵到克利斯朵夫。他对上帝充满感激之情，便作了一首诗，是模仿老西面[①]的赞美诗"上帝啊，现在你可以照你的话，释放弃人安然去世……"中的一段话作了一首诗。他浑身是汗地爬起来，坐在书桌前将诗句写下，又认真地誊抄，并且还附了一段饱含情意的献词，写了名字，填上了写作的日子和时刻。等他再上床时，全身哆嗦着，睡了一夜都不觉温暖。

天亮了。苏兹不胜伤感地想起昨天天亮的心情，但是他又责怪自己不该这样，免得最后几分钟的快乐都被糟蹋；他知道自己明天一准儿又会回想起今天的这个时候，所以尽力不浪费掉眼前的一分一秒。他伸长耳朵听着隔壁房间里的动静，但是克利斯朵夫一点儿

① 《圣经》载，耶路撒冷的一个老犹太人、圣人，名叫西面。

响动都没有，一动不动地睡着。昨晚上床睡觉时，是什么样的姿势，现在还是什么姿势。已经六点半了，克利斯朵夫还没有醒。倘若他就这样错过了开车的时间，那真是再好不过的事情了，克利斯朵夫当然也只能笑笑了事。但是老人却不敢这样做，因为没有得到对方同意，他是绝对不会随便支配一个朋友的。他心想："那并不是我的错啊！和我一点儿关系也没有。我只要不去叫醒他。只要他没准时起床，我还可以多陪他一天呢。"

但是，另一个自己又说："不，我没权这样做。"

他认为自己有责任去叫醒克利斯朵夫，他便去敲房门。但是克利斯朵夫并没有马上就醒来，还得继续敲。这样做，老人有点儿于心不忍，想着："啊！他睡得多香啊！准能一直睡到中午呢！"

最后，克利斯朵夫总算快活地回应了他。他一听到时间，就惊叫了起来，接着就手忙脚乱地在屋子里转着，胡乱地梳洗着，哼着一些歌曲的片段，亲热地和苏兹打着招呼，隔着墙说些俏皮的话，逗得老人直乐。然后他精神抖擞地开了门，走了出来，看上去心情很不错，完全没有理会到苏兹的伤心。其实，他并没有什么急事，非得马上赶回去不可。对他而言，在这儿住上几天并没有什么损失。但是对苏兹而言，那将是多么值得开心的事情。但克利斯朵夫不会想到这些。无论他有多喜欢这个老人，他也想走了。他已经感到厌烦了，对于一整天没完没了的唠唠叨叨，而且老人还死命拉着他的手表达爱意，他感到了厌烦。再说他觉得自己还年轻，总觉得后会有期，一定有再见的机会，更何况他也不是去天涯海角——但老人心里明白，自己命不久矣，就要到那比天涯海角更远的地方去了。

因此，苏兹的眼神里明明流露出了一种永别的意味，默默地看着克利斯朵夫。

虽然他已经精疲力竭，但还是坚持将克利斯朵夫送到火车站。寒冷的细雨悄无声息地下着。一到火车站，克利斯朵夫打开钱包，才发现身上的钱不够买回程的车票。他知道苏兹肯定会非常乐意借钱给他，但是他不愿意……为什么？为什么不让好朋友帮助你并且使朋友愉快一下呢？也许是他不愿意麻烦别人，又或许为了顾及面子。他买了一张中间站的车票，准备从那儿下车后走回家。

是开车的时候了。他们在车厢的踏阶上互相拥抱着。头一天熬夜写的诗被苏兹塞到克利斯朵夫手里，他从踏阶过来，站在面对着克利斯朵夫车厢的月台上。在这种已经作别却还没分开的情形下，他们彼此都没有什么话好说了。但苏兹的眼睛还在说着话，一直盯着克利斯朵夫的脸，直到车子开动以后才离开。

火车消失在铁道拐弯的地方。苏兹孤单地走上泥泞的归途，迈着沉重的步伐，突然间觉得又冷又累。下雨天总是显得格外的凄凉。他好容易回到家里了，爬上楼。刚进卧室，就猛地咳嗽着，几乎都快要使他窒息了。莎乐美立刻赶了过来。他不自觉地哼着，同时反复强调说："真好！……没想到可以挨到这个时候……"

他觉得很不舒服，便在床上躺下睡了。莎乐美去请医生。在床上，他瘫软了，他的身子好像一堆破棉絮一样。他动弹不得了，只有胸部还在艰难地起伏着喘气，好像炉灶的风箱。他头昏脑涨地发着高烧，他整天都在回忆昨天度过的分分秒秒，任何细节都没有遗漏掉。他有点失意，然后又责怪自己，自己有幸过了这样幸福的日子，就不应该再有抱怨了，他心里又充满了爱，合拢双手，虔诚地感谢上帝。

克利斯朵夫踏上了回家的路。经历小镇的这一天，他心情平复了许多。因为老人的真情使他又充满自信。到了中途的那个站点了，他快活地下来赶路。尽管还有六十公里才到家，但是他并不着急，像小学生一样悠闲地走着。当下正值四月，田野里一片荒芜。黝黑的枝头上展开着像皮肤打皱的小手似的树叶，少得可怜的几株苹果树开着花，柔嫩的野玫瑰在篱笆上微笑。树林里光秃秃的树木开始抽出嫩芽，一座罗曼式的古堡像枪尖一般矗立在树林后面的山岗上。几朵乌云悠然地飘浮在浅蓝色的天空，乌云的影子缓缓飘过初春的田野。一阵急雨过后，又是晴天，鸟儿欢快地唱着歌。

克利斯朵夫突然想到了自己的舅舅——高脱弗烈特，他一直对舅舅念念不忘。他已经好久都没有想起自己这个可怜的舅舅了，为什么这时候突然这么记挂着舅舅呢？他沿着波光粼粼的河边，顺着种着两排白杨的林荫大道走着时，舅舅的身影与自己相随，一直挥之不去，到了一堵墙的拐弯处，甚至觉得就要撞上他了。

天暗了下来，猛烈地落下一阵雨加冰雹，远处雷声轰隆隆地响着。克利斯朵夫刚到村子附近，就看见了稀疏的树丛中那粉红门面以及深红屋顶的房子。他加快脚步，直奔村口第一户人家的屋檐下躲雨。冰雹一刻不停地下着，打在屋顶上叮叮当当的，又像是铅丸一样蹦蹦跳跳地弹在地上，车辙装满了水，溢了出来，顺着道路往四处流去。在繁花满枝的果园上空，一道彩虹在暗蓝的云端舒展开了自己色彩绚烂的衣带。

门口站着一个年轻的姑娘，她正在织毛线。她很客气地请克利斯朵夫进屋躲雨。于是克利斯朵夫就进到屋里，这间屋子既是厨房、客厅又是卧室。房屋里头生了一炉很旺的火，火上面悬挂着一口铁锅。有个老农妇在那里拣菜，和克利斯朵夫打了招呼，并且叫克利斯朵夫到火边上烘干衣服。那姑娘找来一瓶酒给他喝，然后就坐在他对面继续织毛线，同时照看着两个将草塞进脖子里玩的小孩。她和克利斯朵夫闲聊着。过了一会儿，克利斯朵夫才发现她是个瞎子。她长得不美，身材高大，脸蛋红红的，牙齿雪白，胳膊粗壮。但是，她的五官长得不端正，和许多瞎子一样，她的脸上只有笑容，但是缺少表情；一谈到什么或说起什么事时，她也和别的瞎子一样侃侃而谈，就好似自己亲眼所见一样。起先听她说今天田野里风光很美，说他气色也不错的时候，他诧异极了，以为她是在说笑呢。他轮番将这个姑娘以及拣菜的女人打量着，却没有看见她们有惊讶的神情。两个女人很好心地问克利斯朵夫从哪儿来，要到哪儿去。瞎子像是爱唠叨一样，总爱什么事情都插上几句话。听到克利斯朵夫讲到路上和田野里的情形，总会评头论足地插上几句话。她的话和事实肯定是南辕北辙的，但是，她偏要相信自己和他看得一样清楚。

家里的其他人都回来了：一个三十岁左右、身材健壮的农夫和他年轻的女人。克利斯朵夫和他们胡乱地聊着天，看见天色慢慢转好，正打算要走。瞎女边织毛衣，边哼着小调，这个小调勾起了克利斯朵夫对往事的回忆。

“怎么！你怎么会哼这首歌？”他问。

（高脱弗烈特舅舅从前教他唱过这首歌。）

他就接着调子哼下去。少女笑了起来。她唱前半句歌词，克利斯朵夫就接着唱后半句歌词。他站起身子想去看看天气，在屋子里转了一圈，不经意间打量了屋子里的每个角落，突然发现了食品柜旁边那角落里立着的东西，着实吓了他一跳。那是一根弯弯曲曲的长拐杖，拐杖头是一个粗工雕刻的一个弯腰行礼的小人儿。对这个东西，克利斯朵夫再熟悉不过了，这是他小时候常常拿来玩的东西，他一把抓住拐杖，哽咽地问："这拐杖是从哪儿得来的？……从哪儿得来的？"

男人看了一眼，回答说："是一个已经去世的老朋友留下来的。"

"他是叫高脱弗烈特吗？"克利斯朵夫高声问道。

"你是怎么知道的？"大家转过身来问。

等到克利斯朵夫说出高脱弗烈特是他的舅舅时，大家全都兴奋激动了起来。瞎女突然站了起来，身上的毛线团滚落在地上；她的活计被她踩在地上，跑过来抓着克利斯朵夫的手，反复问了几遍："啊，你真是他的外甥吗？"

大家七言八语地抢着说话。克利斯朵夫又问道："但是你们……你们是怎么认识他的呢？"

"他就是在这儿过世的。"那男人回答。

他们又都坐了下来，等到激动稍微平复了一点儿，那老农妇边干活儿边说，他们和高脱弗烈特是多年好友，他在贩卖货物路过这儿时，总会在他们家歇息。他最后一次来这儿是去年七月份，他看起来相当累，放下货物之后，半天说不出一句话来；但是，大家也都没有注意，因为他每次到这儿来都是这副模样，都知道他有气喘病。但是，他并不怨天尤人。无论碰到什么不称心的事情，他都不会埋怨，他总能找到安慰自己的理由。如果工作很辛苦，他就会想到晚上舒服地躺在床上。倘若是生病了，他就会想到病愈之后多么快活……讲到这儿，她又说了几句无关紧要的话：“但是，先生，要知道一个人如果总是知足，不去抱怨什么，不去说些抱怨的话，谁会同情你、可怜你。所以我呀，可是常常会抱怨几句的……”

就因为这样，没有人注意他，甚至还开玩笑地说他气色不错。摩达斯太（就是那位瞎子姑娘的名字）帮他卸下包裹时，还问他总是像年轻人一样背着这东西东奔西跑的，难道就不觉得厌倦吗？他用微笑做出了回答，因为他已经没有力气去回答她的问题了。高脱弗烈特在门前的凳子上坐下。家里人都各自干各自的活儿去了：男人下地做事去了，老农妇在厨房里做饭。摩达斯太站在凳子旁边，背靠着门织毛线，和高脱弗烈特聊天。他没回答她的问题，她也不需要他的回答，只是自顾自地告诉上次他走之后家里发生的一些事情。他的呼吸很困难，她听见他似乎是拼命地想要讲几句话。但是她并不在意，只对他说：“不要说话。你先歇歇，等会儿歇息好了再说吧……为什么非得把自己搞得这么累呢？”

于是，他就不再出声了。她仍旧自顾自地说着，以为他还在听她说话。他叹了口气，就再也没有发出任何声响了。等到母亲出来的时候，看见摩达斯太仍旧是一个人在说着话，而坐在凳子上的高脱弗烈特一动不动，头向后仰，脸朝天。原来他已经死了有一阵了，而刚才摩达斯太一直在和死人说话。她这才明白，这个可怜的人在临死前想说几句话，但是却说不出来。于是，他照旧无可奈何地凄然笑了笑，表示对命运的安排听之任之，他就是在一个恬静的夏季黄昏，永远地闭上了自己的眼睛……

雨停了，媳妇去喂牲口了；儿子拿着铁锹，正在清除门前小沟里的淤泥浊物。摩达斯太在母亲开始讲这些往事之前，早就跑得无影无踪了。就只有克利斯朵夫和那个母亲在屋里。他已经感动得说不出任何话来。老婆子总是喜欢唠叨，耐不住这么长时间的寂寞，她就说起她是怎样认识高脱弗烈特的。那是很久以前的事情了，高脱弗烈特爱过年轻时候的她，但是却不敢对她说。大家都拿这件事开玩笑，她也和大家一起拿他开玩笑（无论在哪儿，他都是被别人取笑的对象），但是，高脱弗烈特每年都会满怀诚意地来看她。他对任何事情都不足为奇，并且认为别人嘲笑他，她不爱他而跟着丈夫幸福生活都是不足为奇的事情。那时的她过于幸福，太得意了，岂料祸从天降，丈夫突然去世。紧接着祸事又降临到她女儿的头上：原本她的女儿长得漂亮，身材健壮，是人人都羡慕的好女孩儿，却在要和当地最富有的庄稼人结婚前，意外地瞎了眼睛。一天，她爬上屋后大梨树摘梨子，梯子一滑，就摔了下来，一根该死的断枝戳了她的眼角。本来以为大不了就是留个疤而已，哪里料想得到，她总是觉得头阵阵刺痛，后来一只眼睛就失明了，紧接着又是另外一只眼睛遭了殃；无论怎样医治都不见有效。不用说，结婚的事肯定就泡汤了，未婚夫什么也没说就悔婚了。一个月前，不惜打一架就为了能和她跳一次华尔兹的那些小伙子们，谁也不愿意——（那倒是可以理解的）——再来和她跳舞。于是，素来没有忧愁，总是眉开眼笑的摩达斯太，顿时痛不欲生。她不吃不喝，从早哭到晚；夜里都还在床上哽咽哭泣着。除了同她一道儿伤心，大家实在想不出其他的办法；而她却哭得越厉害了。结果别人被她哭得厌烦了，反倒埋怨她，她就嚷嚷着要去投河自尽。有时牧师过来劝她，谈起仁慈的上帝，灵魂不灭，现在受苦到了天堂就可以享福；但是这些劝慰对她而言，没有任何作用。一天，高脱弗烈特来了。摩达斯太向来对他都不太友好，并不是她心地坏，而是因为瞧不起他；再者说，她不用脑子，喜欢嬉笑。为了整他，她可以说是无所不用其极。高脱弗烈特一知道她的不幸时，不免大吃一惊。但是，却并没有在她面前表露出来。他坐在她身旁，绝口不提那件祸事，只是平心静气地和她聊着天，就像是从前一样。他不说一句怜悯她的话，看起来好像是不知道她瞎了。他从不提一些她看不见的东西，只谈些她可以听见的，或者说是她可以感觉到的；他说得很自然，好似他也是个瞎子一样。起先，她并不听他的，仍旧是哭。次日，她就有点儿听得进去了，甚至还会和他说上几句话……

“真的，”那母亲接着说，“我实在是不知道他们两个有什么可以聊的。我们没时间照看她，因为我们要去割草。但是当我们晚上回来时，却看见她可以心平气和地说话了。此后，她一天好过一天，似乎忘记了自己的痛苦。有时她回想起那些痛苦的事情，又会哭起来，或者向高脱弗烈特倾诉自己的伤心事；但是他好像完全没有听见一样，照旧泰然自若地讲些安慰而且好笑的话。自从失明之后，她便没有踏出过家门一步，而高脱弗烈特居然能劝动她出去走走。起先，他只是带着她在园子里逛逛；后来他们走到野外，甚至走得更远。现在，她无论去哪儿都认得路，就像看得见一样。她甚至可以察觉到我们都没有注意到的东西。以前，她仅关心自己的事，但是现在几乎对所有事都充满了兴趣。那一次，高脱弗烈特在我们家待了很长时间。我们不敢留他多住，但是他自己却住了下来，一直等到她变得心平气和为止。有一天，我居然听见她在院子里笑了。那一刻，我真是高兴极了。高脱弗烈特似乎也是很高兴的。他坐在我的身旁，我们相互瞧了一眼，说出来不怕你笑话，先生，我拥抱了他，我们真心实意地相拥了。于是，他便对我说：‘我想现在我可以走了。这里已经没有什么用得着我的了。’我想要他留下来。但是，他却说：‘不，我得走了。我不能继续待在这儿了。’大家知道他像是流浪的犹太人，不能长期定居在一个地方；因此，我们也没有继续挽留他。之后，他便走了。但是，他往后经过这里的次数更加多了，每次路过这里时，摩达斯太总是非常快活，人也越发见好了。她又开始操持家务了。哥哥结婚后，她就帮着照顾孩子们；现在她再也不怨天尤人，并且总是很快乐。我有时甚至想：倘若她的眼睛没瞎，是不是也会有现在这样的快乐呢？是的，先生。有时候我甚至觉得她这样更好，世界上所有坏人坏事都看不见。世界变得一天坏过一天，越来越不像话了……但是，我却担心老天爷信以为真；对于我而言，虽然世界越变越坏，但是我还是想睁眼看着的……”

摩达斯太又走了出来，这次他们谈着别的话题。克利斯朵夫想走了，因为天已经放晴了；但是他们不答应，硬是要留克利斯朵夫在这儿吃饭，要他住上一晚。摩达斯太整晚都坐在他身旁，寸步不离地守着他。他很想亲切地和她聊聊，因为他很同情她。但是，她没有给克利斯朵夫聊天的机会，她只关心高脱弗烈特的事。当听到克利斯朵夫说出那些她所不知道的事情时，她既高兴，又有点儿忌妒。而当她自己提到高脱弗烈特时就后悔，藏着许多话都不说出来，或者只说一半又恨不得收回去。仿佛高脱弗烈特的往事成了她的私人财产，不愿意和任何人分享这些事情。她的这种心情就好比将土地视为生命的乡下女人一样：一想到世界上还有人像她一样地爱着高脱弗烈特，她就受不了，甚至不愿意还有这种事。克利斯朵夫看透了她的小心思，并不说穿她，让她自得其乐。从她的话中不难看出，她还未失明时，对高脱弗烈特的要求很严苛，一个小毛病都不肯放过；但是自失明后，她便将他虚构成与实际完全不同的人。她心里渴望拥有爱情，并且将自己的爱转嫁到这个虚构的人身上。加上没有任何东西会来阻挠她幻想的玩意儿。瞎女凭借她坚强的自信力，若无其事地编造自己根本就不知晓的事情。因此，摩达斯太居然对克利斯朵夫说："你和你舅舅长得很像。"

他了解，多少年来她已经习惯了在窗户紧闭、看不见真相的屋子里生活，与现实的世界完全隔绝。现在她学会了在黑暗中看东西，并且把黑暗都忘记了；也许她会害怕闯进自己世界中的一道光明。她高兴地前言不搭后语地聊着一大堆无聊的琐事，这些琐事和他毫不相干，他已经听得很厌烦了。他实在搞不明白：一个经受了这么多苦难的人，却没有在苦难中磨炼出一点儿严肃，反而总是沉浸在这些琐碎的念头之间；他有时想换个正经严肃的话题，但她总是不搭理他，没有产生共鸣；摩达斯太不能也不愿意继续他的一些话题。

大家都睡觉去了，但是克利斯朵夫久久不能入眠。他想着高脱弗烈特，努力要从摩达斯太天真幼稚的回忆中拼凑出他的容貌，但是这实在是太困难了，克利斯朵夫实在是气恼极了。他心里很难受，想到舅舅就是死在这儿的，并且曾经一定就摆放在这张床上。他设法去体会舅舅死前的苦恼：当时他有话讲不出，无法让这个瞎女明白他的意思，就只能合上眼睛默默地离去。克利斯朵夫多么想揭开舅舅的眼皮，看看藏在他眼睛里头的思想，看看这颗心中究竟藏着怎样的神秘。他的灵魂没人能够真正理解，或许他自己也不曾真正地认识自己，就匆匆地永远地离开了人世。他自己从不想去了解自己灵魂的秘密，不求智慧恰恰就是他所有的智慧，从不用自己的意志去支配任何事情，而是随遇而安，乐天听命，自然地爱着一切。正是因为这样，他才能够得到自然神秘的智慧真谛；如果说他曾给了瞎子姑娘、克利斯朵夫，及其他不知名的人一些慰藉，也是因为他说的话是顺其自然、乐天安命的，而没有违反自然。他安慰人的方式就好比田野与森林一样自然……克利斯朵夫回想起和舅舅在郊外度过的夜晚，小时候一起散步的时候，傍晚舅舅讲的那些故事，还有唱过的那些歌。他又回想起了那个令人心灰意冷的冬天的早上，他最后一次漫步在山岗上的情形，眼睛不自觉地湿润了。他不想睡觉。他不经意间来到这个小地方，这里到处都飘荡着高脱弗烈特的灵魂，他要细细品味这神圣的不眠之夜。但听到潺潺的泉水声、蝙蝠的尖叫声，年轻的他不自觉地被疲倦席卷了，他终于还是睡着了。

他醒来时，已经日上三竿了，农家的人都出去劳作了。就只有老婆子和几个小孩子在楼下的屋子里。年轻的夫妇在地里劳作着，摩达斯太挤牛奶去了，但是找不到她。克利斯朵夫心里不想见她，所以并不愿意等她回来，就借口说有急事要赶路，请老婆子向家里其他人致以谢意，便立即动身离开了。

一走出村子，在大路拐弯的地方，他看见瞎子姑娘坐在山楂树下的土堆上。一听见克利斯朵夫的脚步声，她便站起身子，微笑着走了过来，拉住他的手说：“跟我来！”

他们穿过草坪，走到一片鲜花盛开的居高临下的空地，这里到处都是十字架。她把克利斯朵夫带到一座坟墓前，说：“他就在这儿。”

两个人都跪了下来。克利斯朵夫回想起他和舅舅也曾跪在一座坟墓前，他心想：“不久就该到我了的。”

他虽然是这么想的，但是全然没有伤感。泥土中弥漫起一片祥和的气氛。克利斯朵夫向坟墓鞠躬，低声地祷告说“请到我心里来吧！”

摩达斯太十指交叉，默默地祈祷着。然后，她在坟墓周围跪行了一圈，用手摸着花草，仿佛是在抚摩它们。她灵敏的手指好似一双眼睛，轻轻地拔去枯萎的枝藤和凋谢的紫罗兰。她用手支在石板上站了起来。克利斯朵夫看见她用灵敏的手指抖索着抚摩墓碑上刻着的高脱弗烈特的名字，每个字她都仔细地摸几遍。她说：“今天的泥土散发着自然的芳香。”

她向克利斯朵夫伸出手来，他也将手伸了过去。她带着他摸滋润温暖的泥土。她的手被克利斯朵夫握着不放；两个人的手指交叉着插进泥土里。克利斯朵夫拥抱了摩达斯太。摩达斯太也吻了他的嘴唇。

他们站了起来。她送给克利斯朵夫一束刚摘的紫罗兰，却将一些枯萎的紫罗兰放进自己的胸口。他们掸掉膝盖上的泥土，然后沉默地走出了墓园。田里的云雀在啾啾地叫着。他们头上有白蝴蝶在飞舞着。两人坐在一块草地上。村里的炊烟笔直地冲上被雨水洗净的天空。两排白杨树之间平静地流淌着波光粼粼的河水。草原和森林的上空被明晃的蔚蓝的水汽铺了一层鹅绒毛。

沉默一会儿之后，摩达斯太用不高不低的口气说这晴朗的天气如何如何，好像是自己亲眼所见一样。她嘴唇微微张开，深深地呼吸着空气，仔细地倾听万物的声响。这种无声音乐的价值克利斯朵夫也知道。克利斯朵夫代替她说了那些她想说却说不出的话。他又指出了草地下的颤动是什么声音，变幻莫测的空气中流动的又是什么声音。她说：“啊！这些你也懂吗？”

他回答说，是高脱弗烈特教他去辨别的。

“也是他教你的吗？”她用酸溜溜的口气说着，显得有点失望。

克利斯朵夫真想和她说：“你不要忌妒我啊！”

但当他看见自己周遭充满的光明中明明荡漾着微笑，再瞧瞧摩达斯太那双失明的眼睛，突然起了怜悯之心。他问：“这么说，也是高脱弗烈特教你的吗？”

她回答说是的，并且现在比以前更能体会到这些。（她不说在“什么”以前，她避免提到“瞎”这个字。）

两个人又沉默了一阵。克利斯朵夫用同情怜悯的眼神看着她。她也察觉到了。他恨不得可以告诉她自己的真实想法，并且表示自己的惋惜，也极其希望她可以对他吐露真心。

“以前，你有过痛苦吗？”他言辞恳切地问。

她不说话，呆愣在那里，她扯了几根杂草，在嘴里胡乱地咀嚼着。过了一会儿——（云雀的歌声划破长空）——克利斯朵夫说自己曾经也痛苦过，是高脱弗烈特帮助安慰他。他将自己所有的悲伤苦难一股脑儿地全都倾诉出来了，好像是在喃喃自语着。瞎子姑娘留心听他的话，并且脸上逐渐有了光彩。克利斯朵夫仔细看着她，看见她好像是要说话了：她挪动了一下身子，向他靠近，并对他伸出了手。他也向前挪了一下——但是，她立刻又恢复之前呆愣的状态。等他倾诉完自己的悲苦之后，她只回答了几句无关痛痒的话。她丰满的额头上没有皱纹，可以看得出乡下女人固执得像石头一样硬。她说必须回去帮哥哥照顾孩子了，她说话时神情镇定，并且还脸带笑意。

他问："你觉得自己快活吗？"

一听他这样说，她反而越发快活了。她回答说是的，并且反复强调使自己快活的理由，为了设法使克利斯朵夫相信自己是快活的，她便谈着孩子、聊着家庭……

"是的，"她说，"我真的很快活！"

她站起来要走了，克利斯朵夫也跟着站起来。两个人道再见时，语气都轻松愉快。摩达斯太放在克利斯朵夫手中的手，微微颤抖了一下。她说："你今天就要走了，天气还是很照顾你的。"

她还叮嘱克利斯朵夫，在某处的三岔路口不要走错了路。

于是，他们分手了。他走下山岗。等到了山下时，回头一看，却发现她仍旧站在原地，朝他挥舞着手，好像是向他示意，自己可以看得到他。

对于这种不愿意面对现实的倔强性格，克利斯朵夫又感动又难受，觉得她既勇敢又可笑。克利斯朵夫觉得摩达斯太很值得别人同情，甚至令人钦佩；但是，倘若要和她一起住两天，那么他真的会受不了的。他又想起了可爱的苏兹老人，想起老人清澈而温和的眼睛，即使面对着很多伤心事，却不愿意去面对残酷的现实。

“他是怎样看我的呢？”他问自己，“我和他想象的该有多大的区别！其实，他只是看到了他想象的我。一切都是他自己虚构想象的，把我想得像他一样高尚纯洁。倘若他看见了人生的真实面貌，恐怕他是经受不住的。”

他又想起了瞎子姑娘，身处黑暗之中，但是却不肯承认黑暗，偏要相信虚构的东西，而不相信现实存在的东西。

于是，他现在才看出自己以前所痛恨的德国理想主义精神的伟大之处。因为庸俗的人总会拿这种理想精神去做些荒谬绝伦的事情，因此他很痛恨这种理想主义精神。现在他看出了，这种理想主义精神的美，在于创造出一个和现实世界完全不同的新世界，就像是大海中的一个小岛。但是，他却不能接受这种假意地设想世界的思想，他不愿意逃到这个没有生命的小岛上去……生命和真理才是他所需要的！他不愿意当一个自欺欺人的英雄。或许弱者就是依靠着这种乐观的谎言才能得以生存；克利斯朵夫也承认破坏掉他们赖以生存的幻想，是一种罪大恶极的行为。对他而言，他宁愿去死，也不愿意用这个当作借口，更不愿意依靠自欺欺人的幻想来苟且地求生……但是，难道艺术不也是幻想的一种吗？不，艺术不该是幻想，艺术应该是真实的！真实！我们得睁大眼睛，从所有张开的毛孔中吸取生命的强烈的气息，看着事情的本质，直面人世的苦难——然后尽情欢笑！

几个月过去了。克利斯朵夫离开家乡的希望很渺茫。哈斯莱是唯一可以帮助他离开家乡的人，但是却不愿意帮助他。而刚刚和苏兹建立的友谊，也即刻消失了。

克利斯朵夫回到家后，写过一封信给苏兹，接着便得到两封甚是亲热的来信；但是克利斯朵夫有点儿懒，并且尤其不擅长写信来表达自己的感情，因此他一拖再拖，迟迟没有回信过去。可是，等到他觉得该给他们回信时，却接耿士简短的通知，告诉他苏兹已经去世了。耿士说苏兹支气管炎复发，恶化成肺炎。生着病的老人尽管相当记挂着他，但是却不愿意打扰他。苏兹多年都受着疾病的煎熬，身体衰弱至极，死前还忍受着疾病带来的痛苦。苏兹拜托耿士将自己的死讯告诉克利斯朵夫，说他直到生命的最后一刻都挂记着克利斯朵夫，感谢克利斯朵夫带给他的幸福，并且还说只要克利斯朵夫还活着，他在冥冥之中给克利斯朵夫的祝福就会一直陪伴在克利斯朵夫左右——但是耿士没有告诉克利斯朵夫，就是因为那天陪克利斯朵夫外出散步，才使得他旧病复发并一病不起的。

克利斯朵夫默默地哭了一次。现在，他才感受到苏兹去世的全部意义，发觉自己是那么爱他；和往常一样，他后悔自己当初为什么没告诉苏兹，自己是那么爱他。但是现在一切都太迟了——他现在还有些什么呢？善良好心的苏兹出现的时间那么短暂，但就是在这么短的时间，使得克利斯朵夫发现苏兹一死，自己的人生越发空虚了——对于克利斯朵夫而言，耿士和卜德班希米脱根本谈不上是朋友，他们只是与苏兹是朋友，仅此而已。克利斯朵夫给他们写过一次信，与他们的关系也就到此为止了——他还写过信给摩达斯太，她托人给他回了一封言辞冷淡的信，只说了些无关痛痒的话。他懒得再写信。就这样，他不给任何人写信，而他也没有收到过任何人的信。

沉寂。沉寂。无边的沉寂一天一天压在他的心头。一日更甚一日，好似一切不复存在，都化作灰烬了。生命好像也已经走到了尽头，但是克利斯朵夫才刚开始生活呢。他决不会这么早就听之任之！长眠的时间还没有到，他必须得活着……

但是，他实在不能继续待在德国了。他的精神一直被小城市的狭隘压迫着，让他对任何事情都不能平心静气地公平对待。他的神经都暴露在外边，很容易受到伤害，甚至会流血。他像一只可怜的野兽，被关在市立公园的笼子里或者是洞穴里忍受着苦难的命运。克利斯朵夫同情它们，有时候也会抽空去看它们，看着它们那些充满神秘的眼里燃烧着的狂野的火焰，但也有绝望的火焰，一天天地暗淡了。啊！倒不如一枪打死它们，这样反倒让它们彻底解脱了！不管用什么样的手段，总归好过那些人的冷漠无情，总比让它们求生不得、求死不能要强得多！

那些人的仇视并不是克利斯朵夫最感压迫的，反而是他们由内至外都难以捉摸的性格更压迫着他。他宁愿和那些固执的、心胸狭窄的、故步自封的老顽固打交道！他不怕硬碰硬，就算是岩石也还可以用铁锹和炸药来对付。但是碰到这些看不见摸不着的无形的东西该怎么办呢？稍微碰一下就像是果冻一样，深陷下去，没有任何痕迹。所有思想、精力一旦落入这种泥坑里，都会消失得无影无踪，哪怕是丢了块儿石头下去，泥坑面上也不会激起任何涟漪，就只是张开大嘴，将石头吞没旋即又合拢，刚才的一切好像从来就没存在过。

他们还说不上是敌人。倘若真是敌人那还好些了。他们不敢去爱、去恨、去相信，甚至是不相信——无论是在宗教、艺术、政治、还是日常生活上。他们倾尽全部精力要将不可调和的事情调和起来。尤其是德国在普法战争中取得胜利之后，他们不遗余力地要在新生的力量和旧体制之间获取平衡点。他们并没有抛弃古老的理想主义，这需要有魄力才能做，但是很显然他们谁也没有，因此他们挖空心思地歪曲传统思想，为德国的利益而服务。黑格尔头脑清醒，但是却持有双重人格。直到莱比锡与滑铁卢两场战役后，才将自己的哲学立场，改得和普鲁士邦一致：这个榜样值得别人侧目——利害关系改变了，自然所有的原则也就随之改变。德国人打败仗时，他们便说德国是为了守护人类理想而战。现在打了胜仗时，他们又说德国就是人类的理想。而当别国强大时，他们和莱辛持有同样想法，说："那些想做英雄的人才有爱国心，其实没有它并没有什么大不了的。"并且自诩为"世界公民"。现在德国强大了，他们便瞧不起"法国式"的理想主义，瞧不起世界和平、人权、进步、博爱、天赋平等；而且说强者对弱者有绝对的权力，而弱者是没有绝对权力抗拒的。强者就是活着的上帝，是理想的化身，而战争、暴力、压迫推进了它进步。现在拥有了强权，强权便是神圣的。理想主义以及智慧甚至都被强权所取代了。

事实上，德国几百年来都饱受困苦，皆因只有理想而没有实力。因此历经困苦之后，不得不伤心地承认强权至上：这也是情有可原的事情。但是从埃尔特和歌德的后人的自白中，不难看出这其中隐藏着很多的难言痛楚。德国之所以取得胜利，皆因放弃、贬低了德国的理想主义精神……甚至连德国最优秀的人都唯命是从，更何况一般人，因此他们放弃理想就更加容易了。早在一个世纪前，莫茨就说："服从是德国人的本性。"特·斯塔尔夫人也说：

> "德国人是坚决服从的。世界上最不合理的事情会被他们无懈可击地解释出来：他们尊重强权，他们的恐惧使他们由尊重强权变为崇拜强权。"

克利斯朵夫发现这种心理无论是在德国大人物还是小人物身上都有体现。席勒名著中的威廉·退尔[①]，是个肌肉像挑夫一样健壮的装腔作势的资产阶级，就是很好的例子。也难怪心直口快的鲍尔纳要批评他说："为了使荣誉和恐惧不相互矛盾，走过希斯莱的冠冕时他会故意低着头，假装自己没看见，省得别人说他抗命而不对冠冕行礼。"又如，韦斯在克利斯朵夫城里是最有声望最受尊敬的学者，虽然已经七十岁高龄，但每当在街上碰到军官，就赶快让路，走到街心上去了。每当在生活中看见这些琐碎的奴性表现，克利斯朵夫就不自觉地火冒三丈。他痛苦极了，好像低头哈腰的是他自己。他在街上只能看着军官们盛气凌人，却敢怒不敢言，他不仅用不屑的眼神瞪着他们，甚至还故意不给他们让路。好多次，他几乎要惹火烧身了，好像是存心找碴一样的。尽管他比任何人都明白这样的招数不仅无聊而且还很危险，但是他难免会有控制不住的时候，因为总是压抑着自己，身上那些日益旺盛的精力无处发泄，快要使他疯了。

① 威廉·退尔：传说中解放瑞士的民族英雄。德国诗人席勒曾根据此传说写成诗剧而让他闻名世界。

这种情况下，他随时都会闯出乱子来的。他觉得倘若自己在这儿再待上一年，他非完蛋了不可。那些压在自己心头的强暴的军国主义，是他最痛恨的；他也痛恨在街上铿锵作响的刀剑，兵营门口摆着枪支和对着城墙的大炮，好似随时要开火一样。曾经有一批风靡一时的内幕小说，揭露了各地军营里的腐败现象，将军官写成坏蛋，他们除了任人摆布地完成任务之外，就只会游手好闲、吃喝嫖赌、借钱负债、被人供养、相互诽谤、欺下瞒上。只要一想到将来自己也要对这种人低头哈腰，克利斯朵夫就会气得快晕死过去。他绝对忍受不了这些，永远也忍受不了；怎么能让自己忍气吞声，低三下四地向这种人屈服，任凭他们的羞辱呢？……他克利斯朵夫当然不知道这些军官中间也有些道德高尚的人，他们痛苦着，眼看着自己的幻想破灭了，多少爱国的精力、青春岁月、荣誉、信仰、不怕牺牲的热情，都被糟蹋而浪费掉了，就剩下没意思的工作——在这些军人看来，他们的职业倘使没有了献身的目标，就是完全没有意义的职业，成天摆架子，就像是心里没有信仰，但嘴里还是念着一些自己都不清楚的东西一样……

对克利斯朵夫而言，他的国家没有他可以翱翔的空间了。他觉得自己心中有股难以名状的力量在涌动着，突然间觉醒了，就像是候鸟到了一定的季节必须迁徙，海潮到了某个时间就得涨落一样——那就是四处漂泊的本性。苏兹老人遗赠了他几本埃尔特与斐希德的书，在书中他发现了和自己一样的心灵——不是那种卑躬屈膝、寸步不离家乡的“大地之子”，而是永远追逐光明的“精灵”，是“太阳之子”。

到哪儿去呢？克利斯朵夫还不知道。但是他的眼睛眺望着南方的拉丁国家。首先就是法兰西。德国人迷惘时的救星就是法兰西。德国的思想界虽然对这个国家不满，但是却不知利用了它多少次了；即便1870年之后，曾被德国炮轰得硝烟弥漫的巴黎却仍旧吸引着德国人。最革命或最落伍的各种各样的思想和艺术，各地流行的都有机会展示，甚至会同时得到展示，都可以在这儿找到实际的例子或精神上的感应。克利斯朵夫和许多在苦难失意中的德国音乐家一样，远远地眺望着巴黎……他对法国人又有哪些了解呢？——只是认识了两个法国女人，还读过几本法国书籍罢了。但是这些早已经足够他将法国想象成为一个光明、快乐、勇敢的国家了，甚至还能够想象得到高卢民族爱吹嘘的脾气，这倒是很符合克利斯朵夫年轻大胆的精神。他相信法国就是他所想的这样，因为他是满心希望法国就是这样的。

他决心要离开这儿——但是他却不能走，为了他的母亲。

路易莎老了。她疼爱儿子，她仅有的安慰就是克利斯朵夫，而她也是克利斯朵夫在世界上最爱的人。但是，他们却彼此都使对方痛苦。路易莎不大了解克利斯朵夫，并且觉得了解不了解都是无所谓的。她在乎的是自己爱着儿子。但她目光短浅，天生胆怯，思想模糊，心地很好，非常爱别人，同时也非常需要被别人爱，她的爱总是令人感动，但也带给别人很大的压力。她敬佩儿子，因为觉得他学识渊博；但是克利斯朵夫却被她的一些行为禁锢了自己的本领。她一直希望儿子会一辈子待在她的身边，在这个小城里度过余生。多少年了，都是他们两个人一块儿过的。但是她从来没有去想过，在将来，这种生活方式是会变的。她觉得现在这样就很幸福，他怎么会不幸福呢？她并没有什么伟大的梦想，唯一的梦想就是希望看到他娶一个本地有钱人家的女儿，每个星期日在教堂里弹着管风琴，永远都待在她的身边。她总是将克利斯朵夫当作十二岁的小孩儿，恨不得他永远都不要长大。天不遂人愿，克利斯朵夫已经长大成人。她却无意中折磨着可怜的儿子，使他在这个狭窄的天地中几乎要窒息了。

她并不了解什么叫作雄心壮志，认为人生的幸福就是共享天伦之乐以及全力做好平凡人的本分。她这一套不经思考的哲学，其实也蕴含了许多真理和伟大的精神。她的心中除了爱，便没有任何其他的。让她舍弃人生、理性、逻辑、世界，甚至世上的所有东西都行，唯独不能舍弃爱！这种爱是无穷无尽、卑躬屈膝的，同时也是要求苛刻的。她全心全意地付出所有给别人，要求别人也全心全意地回报自己；为了爱可以牺牲人生，也要求对方做出同样的牺牲。一颗单纯的心爱起来的力量多么大啊！托尔斯泰这样彷徨的天才都摸索了一生，或是衰亡文明费尽心机的艺术，探索了一生，甚至是几百年的艰辛考验，苦苦追求才得出的结论，作为母亲的单纯的心，凭借着爱的力量一下就得到了！……但是克利斯朵夫心中汹涌澎湃的另一个世界却有着不同的规则，需要的是不同的智慧。

很早之前，他就想告诉母亲自己的决心。但是一想到会让母亲难过，每次都是欲言又止，想着还是下次再说吧。有两三回，他羞怯地表露了要走的意思；路易莎却没有将他说的话当真——也许她是故意这样做的，目的就是要他自己相信：他自己也只是说说而已，闹着玩的。于是，他不敢再接着往下说。但是，他的脸色渐渐变了，心事重重的，一看就知道心里藏着事。可怜的路易莎早就凭着直觉知道了他的心事，但是却还是存心装作不知道，不愿意揭穿他的心思。晚上，母子俩坐在灯下无言以对时，路易莎就怕他突然要说出来。担心之下，就开始说些没头没脑的话，并且说得很快，就连她自己都不知所云。但是，无论如何都要阻止他开口说话。通常，凭借自己的本能，她总可以找到充分的理由阻止他开口说：她会抱怨自己身体不好，浮肿的手脚以及不灵便的腿；她过分夸大自己的病痛，说自己是个衰老瘫痪不中用的老人了。克利斯朵夫当然没有被这个老实人拙劣的手段骗到，他只是难过地瞧着母亲，心里不痛快罢了；过了一会儿，他站了起来，借口说自己累了，要去睡觉。

但这只是权宜之计，并不能永久地将事情拖延下去。一天晚上，她又要故技重演时，克利斯朵夫鼓起勇气，握着母亲的手，说："妈妈，你听着。我有话要对你说。"

路易莎惊吓了一跳，但还是勉强微笑着回答，而喉咙却哽住了："孩子，什么事呀？"

克利斯朵夫吞吞吐吐地说出打算离开的意思。她还是像平常一样，认为他这是在说着玩的，想方设法地要扯开话题；岂料这一回，克利斯朵夫始终郑重其事地说着，态度坚决，表情严肃，让人没有怀疑的余地。于是，她不说话了，她的血液都凝固了，全身冷冰，目瞪口呆地看着克利斯朵夫。看着母亲眼睛流露出来的痛苦，迫使他再也说不下去了，他们两个无言以对。等到她好不容易缓过神来，哆嗦着嘴唇说："那怎么可以呢！……怎么可以呢！"

两颗豆大的眼泪顺着路易莎的脸颊流了下来。他泄气地转过头去，双手遮着脸庞。他也哭了起来。过了一会儿，他上楼进了房间，一直待到第二天，他们俩谁也没提要走的事情。因为克利斯朵夫没提要走的事情，她就以为他是不会走了。但是，她始终提心吊胆地过着日子。

他实在是再也忍受不下去了，即使说出来会使她伤心，但是他无论如何也不能再憋在心里了，非得说出来了，因为他实在太痛苦了。痛苦使他变得自私，并且会忘记自己会带给别人的痛苦。他索性一次性将所有的话全部倒出来才痛快，他不敢直视母亲，生怕自己的决心松动。他甚至还确定了要走的日子，省得下次还要再开一次口。其实，他非常担心自己下一次还能不能再鼓起勇气。路易莎叫嚷着：“不，不要说了，不要再说了……”

他绝不妥协，接着说下去。等到克利斯朵夫说完后，路易莎已经泣不成声了，他抓着她的手，尽量让她明白：为了艺术，为了生活，他必须得去外地待段时间。但是路易莎却不愿意听，只哭哭啼啼地说着：“不行，不行……我不同意……”

和母亲解释了半天，却没有一点儿用。他只好走开了，以为过一夜，她或许会改变自己的想法。但是当第二天他们在吃饭时，克利斯朵夫又狠着心提起出走的打算。路易莎立刻放下快到嘴里的面包，难过地责备着说：“你非要气死我不可吗？”

他心软了，但还是说：“妈妈，实在是没有办法不走啊。”

“为什么非走不可！……你就是想气死我……真该死……”

母子俩都想说服对方，但是却又都不听对方说。他知道争论也是无济于事的，只会使双方越发痛苦；于是，他不顾一切，公开做动身的准备了。

路易莎知道无论怎样哀求也留不住他，就陷入心灰意冷无言的抑郁之中。她成天将自己关在房间里，到了晚上，也不点灯；她一句话也不说，什么也不吃，到了夜里，就在床上哭泣着。克利斯朵夫听见了母亲的哭声，就好像是自己在受着折磨。他在床上辗转反侧难以安眠，受着良心的谴责，痛苦得几乎要大声叫出来。他是那么爱她！为什么要让母亲痛苦呢？……为他痛苦的何止母亲一个人呢，这他倒是很清楚明白……为什么命中注定要自己去完成某种使命，并且给予了愿望和力量，但是却偏偏要让他所爱的人痛苦呢？“啊！”他想，“倘若没有了这种使命感，没有这专横跋扈的力量逼着我去完成使命，要不是这样，我就会惭愧得想死。倘若不是这样的话，我一定会让我所爱的人幸福！但是，我必须先生活，去行动，去奋斗，去受苦；之后，我才能回到你们身边，更加地爱着你们！我多么希望只要爱，只要爱，不要其他的！”

倘若路易莎能继续使克利斯朵夫受着没完没了的无言的责备，那么他肯定会心软。但是她太软弱了，又爱说三道四，偏偏藏不住心里的苦闷，不仅将这些说给邻居听了，还说给另外两个儿子听了。两个兄弟看见克利斯朵夫出错了，当然不会轻易放过这个好机会。尤其是洛陶夫，他一向都很忌妒哥哥——虽然克利斯朵夫眼前没有什么值得忌妒的——洛陶夫只要听见赞美克利斯朵夫的话就如坐针毡，他还暗中担心哥哥将来会出人头地；虽然他不承认自己这种龌龊的想法，但是他的确常常提心吊胆。洛陶夫很聪明，他可以感觉到克利斯朵夫的才能，并且害怕别人也像自己一样感觉到了。所以现在洛陶夫实在是太高兴了，因为他现在居然有优越的地位，能将克利斯朵夫压倒。尽管他知道母亲生活拮据，但是却将生活的担子交给克利斯朵夫一个人，虽然他有足够的能力去帮助母亲。等他知道克利斯朵夫要离家出走的计划，他立刻摇身一变，成为孝子。他痛恨克利斯朵夫遗弃母亲的行为，斥责他自私自利，甚至连禽兽都不如。洛陶夫居然敢当面指责克利斯朵夫，并且用长辈的口吻教训克利斯朵夫，将克利斯朵夫视作一个该打的小孩子；他傲慢地提醒克利斯朵夫别忘了自己对母亲应尽的责任，以及母亲为他所作的各种牺牲。克利斯朵夫气得要命，他拳打脚踢地将洛陶夫赶出家门，骂他是个浑蛋，虚情假意的畜生。洛陶夫为了出气，就在母亲面前挑拨是非。路易莎居然听信他的话，将克利斯朵夫看作不孝子。洛陶夫总在她面前说克利斯朵夫没权离家出走，这些话正合她的心意。她原来最有力量的武器就是无声地哭泣，但是现在她不甘心只是哭，反倒说了些过激言辞来责备克利斯朵夫，这就将克利斯朵夫给惹火了。母子俩都说了些令彼此伤心的话，本来还犹豫不决的克利斯朵夫，这下反倒下了决心，加紧做动身的准备。他知道那些好心的邻居怜悯他的母亲，将她看作受害者，却把他当作凶手。他便咬牙下定决心，再也不改变主意了。

日子就这样一天天地过去。克利斯朵夫和母亲几乎没什么话可说的。两个相爱的人不但没有尽情享受离别前夕的相聚时光，反倒是浪费了所剩不多的时间。他们生着无谓的气，无谓地消耗很多感情。他们仅限于在餐桌上见面，面对面地坐着，但是却不看一眼，不说一句话，勉强吃了几口，与其说是吃饭，倒不如说是为了避免局面变僵。克利斯朵夫好不容易才挤出几个字，但是路易莎并不理睬他；等到路易莎想说时，克利斯朵夫又不出声了。这种局面他们都受不了，并且时间越长，越不容易打破僵局。难道他们就是这样分别的吗？路易莎现在才明白自己的偏枉和笨拙了；但是她实在是太痛苦了，不知道怎样重新获得儿子的心，怎样才能留住即将远行的儿子。克利斯朵夫偷偷地看着母亲既苍白又虚肿的脸，心里也像受着刑罚一样地难过着；但他下定决心要走，而且知道那是自己人生中非同寻常的大事，他倒是希望自己此刻已经走了，省得继续受着良心的谴责。

出发的日子定在后天。克利斯朵夫和路易莎仍旧冷冰冰地不声不响地吃过晚饭。克利斯朵夫回到房间，坐在桌子前，双手捧着脸，什么事情都做不了，内心承受着煎熬。夜深了，快到凌晨一点钟时，突然听见隔壁屋里有声响，一张椅子撞翻了。房门被打开了，母亲穿着衬衣，光着脚，哭着过来搂住他的脖子。她全身滚烫地抱着儿子，抽抽噎噎地说："不要走啊！不要走啊！我求求你！我求求你！孩子，你不要走啊！我会难过得要死的……我承受不了，真的承受不了！"

他心慌意乱，抱着母亲，反复地说："亲爱的妈妈，静一静吧，静一静吧，我求求您了。"

但路易莎却接着说："我承受不住的……我只剩下你了。你走了，要我怎么办呢？……你走了我会死掉的。我不想我死之前离你远远的，我不想孤单地死，你等我死了再走吧！"

他的心都被她的话撕碎了。他不知道用什么话才能安慰她。能讲什么道理呢！对母亲此刻爱和痛苦的发泄有作用吗？他抱着路易莎，让她坐在自己的膝盖上，又是亲她，又是说着好话。母亲总算是慢慢地安静下来了，轻声地哭泣着。等她安静了点，他就说："睡觉去吧，可别着凉了。"

但是她总是重复地说着："你不要走啊！"

"我不走就是了。"他轻声地回答道。

她哆嗦着抓住他的手："这是真的吗？这是真的吗？"

他转过头，泄气地说："明天，明天再告诉您……现在您去睡觉吧，我求求您了！"

她温顺地站起来，回到房间里去了。

第二天一早，她很不好意思地回想起昨天半夜里神经病般地发作，同时又心惊胆战地不知道儿子会怎么答复。路易莎坐在房间的角落里等着，手里在织着毛线，但是却拿不稳毛线，掉到地上去了。克利斯朵夫走了进来。他们两个人轻声地打招呼，却都不敢抬头看对方一眼。他神情凝重地站在窗前，背朝母亲，没有说一句话。他内心正在矛盾地挣扎着，迟迟不肯说出最后的决定。路易莎也不敢开口说话，害怕他说出那个她既想知道又害怕知道的答复。她勉强地织着毛线，心不在焉地做着，总是织错。外面在下雨。沉默了好久，克利斯朵夫走到路易莎身边；她动也不动，心里七上八下的。克利斯朵夫痴望着她，突然跪在母亲面前，把头埋在母亲的裙子里，什么也不说，只是哭着。于是，她知道儿子是不会离开她了，内心的苦闷顿时少了许多——但是，她又立刻后悔了，因为她感觉到儿子为她做出了很大的牺牲；这时，路易莎才感觉到克利斯朵夫不愿意为她留下是多么的痛苦。路易莎弯下身子吻着克利斯朵夫的前额和头发。两个人都哭着痛苦着，最后，克利斯朵夫将头抬起来了，路易莎双手捧着克利斯朵夫的脸，看着他的眼睛，想对他说：

“你走吧！”但是她却没有勇气说出口。

他也想对母亲说：“我不走也是很快活的。”但是他也没有勇气说出口。

这种难分难解的局面，他们都不知道该如何是好。路易莎叹了口气，爱和痛苦交织着：“唉，我们要是能够同生共死那才叫好呢！”克利斯朵夫被母亲的傻话感动了，擦了擦眼泪，强颜欢笑着说：“我们一定会一起死的。”

她追问着："肯定会吗？你不走了吗？"

他站了起来，说："说一不二。不要再说了。没有必要一直说这个事。"

克利斯朵夫的确是说到做到，他再也没有提过要离开的事情了，但还是情不自禁地想起那件事情。虽然他人是留在家里了，但是却让路易莎因此而付出惨痛的代价：他总是郁郁寡欢并且脾气恶劣。路易莎太愚笨了——明知自己愚笨却还总是做些不该做的事——明知道克利斯朵夫为什么不快活，但还是要他自己亲自来谈论这件事。克利斯朵夫总是被路易莎唠叨的、厌烦的、无理取闹的性格折磨着，这些都时刻提醒着他，自己和母亲之间的鸿沟无法逾越，而这本是他设法去忘记的。很多次他想和路易莎说些心里话。但是话到嘴边时，他们眼前就横亘着一道无法逾越的鸿沟。于是，他便立刻收了回去。她知道克利斯朵夫的想法，但是却不敢也不愿意让他说出心里话。倘若她和他推心置腹了，结果却是弄巧成拙，原本憋在心里不吐不快的话反倒会藏得更深。

无数的琐事，善意的怪脾气，都使得克利斯朵夫心中恼火，觉得自己和母亲之间存在着隔阂。路易莎年纪大了，说话很啰唆，总是重复着街坊邻里的闲言碎语，或者是像保姆一般扯出他童年时代的傻事，恨不得你永远都躺在摇篮里。一个人费了很大的劲才离开摇篮，长大成人，但是现在却像朱丽叶的乳母[①]晾出幼儿时代的尿布，翻出她那些幼稚的陈年旧事，强迫你想起那个受着物质诱惑而感觉压迫的混乱时代！

---

① 《罗密欧与朱丽叶》剧中，朱丽叶的乳母对朱丽叶母女追述朱丽叶幼年时的情景。

有时，路易莎的爱是那么的温柔——就像是将他当作小孩子一般——他的心也软了，对母亲千依百顺，也将自己看作孩子。

更糟糕的是，克利斯朵夫和路易莎成天都待在一起，两个人生活着，几乎与世隔绝了。两个人内心苦闷时，却都无能为力，因此苦闷也就加倍了；结果两个人互相埋怨，认为自己的痛苦是对方造成的，对方应该对此负责。倘若是这样的情况，还不如孤独着，痛苦也只是一个人的事。

两个人每天都在受着罪。倘若不是克利斯朵夫闯下大祸，他们永远也挣脱不出这种尴尬的困境。事实证明，这件看似不幸的事情其实是一件大幸事。

十月的某个星期天，大约下午四点钟。天气晴朗。克利斯朵夫成天待在房间里，默默地想着自己的苦闷。

他再也受不了了，觉得非得去野外走走不可，消耗一下体力，要累得自己没力气去想这些事情。

从头天开始，他就对母亲很冷淡。他甚至想不打招呼就出去了，但是才到楼梯台，他就想倘若这样走了，母亲独自一个人待在家的话，整个傍晚都不会快活了，便借口自己忘记东西了，重新回到屋里。母亲的房门是掩着的。他伸头进去，看见了母亲，仅是几秒钟的时间……但是，这几秒钟却在他今后的生命中占据着重要的位置！

路易莎刚做完晚祷回来，她正坐在靠窗边上的老地方。对面的一堵脏兮兮的白墙挡住视线，墙上满是裂痕；但从路易莎坐的那个角落向右看，可以看见邻居家的两个院落，以及院落外的一块手帕般大小的草坪。外面的窗台上摆着一盆五龙爪，顺着绳子向上爬，绳子上面满是纤细的藤蔓，斜阳中这些藤蔓随风摇曳着。

路易莎坐在一把矮小的椅子上，佝偻着背，厚厚的《圣经》摆在膝盖上，但是她却没有念。她那双勤劳的双手血管暴露着，坚硬的指甲方方地下弯着，一看便知是双劳作的手，正平放在书上。路易莎温柔地看着沿着绳子上爬的蔓藤以及从藤蔓缝隙中露出来的一小片天空。阳光从绿色的藤叶反照到路易莎疲倦的脸上，惨绿色的影子映在她的脸上，还有她那稀少很细的白发，她正微张着的嘴在那里微笑着，享受着片刻的舒适悠闲。她一星期最快乐的时间就是现在了。痛苦的人觉得最幸福的就是现在这个一无所思的境界，现在路易莎正沉醉其中，忘记了自我的存在，只有一颗半睡半醒的心在独自呢喃着。

“妈妈，”他说，“我想出去走走，去起伊那边溜达溜达，可能会回来得晚一些。”

路易莎蒙蒙眬眬地微微抖了一下，然后转过头来，用慈祥而温和的眼神看了看克利斯朵夫：

“你去吧，孩子。你说的没错，这是个好天气啊。”

他们两个相视一笑。俩人彼此瞧了一会儿，然后点点头，眯着眼睛道别了。

克利斯朵夫轻轻地关上门。路易莎又慢慢地回到自己的幻想中去了，儿子的微笑就像是阳光折射在暗淡的五龙爪上，在她的梦境里洒下一道光辉。

就这样，克利斯朵夫离开了路易莎——永远地离开了她。

十月的那天傍晚，尽管阳光淡淡的，但是却很温和，慵懒的田野仿佛快要睡着了。村子里的钟声悠悠地叮叮当当地响了起来，打破了田野的寂静。阡陌纵横的田野上空飘荡着缕缕青烟。远处雾霭弥漫。潮湿的地面上覆盖着一层白色的雾气，等待黑夜来临时再慢慢上升……在一片萝卜地里，一只狗嗅着地上的泥土，四处乱窜着。灰色的天空中，成群的乌鸦正在打转盘旋着。

克利斯朵夫胡乱地想着并且漫无目的地走在路上，但是他却不自觉地朝着一个方向走着。几星期以来，他总是在城外同一个村子里散步，因为他知道在那儿一定可以遇到一个漂亮的姑娘。漂亮的姑娘对他还是具有强烈的吸引力，使得他心乱神迷。无论在何时，克利斯朵夫都不能缺少所爱。倘若没有这个他的心会变得很空虚，所以他心里总得顶礼膜拜着一个偶像。而那个偶像能否知道他的爱，他根本就不在乎；但是他需要爱，他的内心不能被黑暗笼罩着。

一个乡下姑娘点燃了他这次热情的火焰，他是在水边碰见这位姑娘的，犹如哀里才碰见利百加一样[①]；可是她非但没有请克利斯朵夫喝水，还泼得他满脸是水。那时，一条小溪的岸边凹陷着，而在这个缺口两边种着杨柳，树根交错盘绕成岩洞一样，她就跪在那儿，使劲地洗着衣服，嘴巴和手臂都很忙，因为她正在和河对面的洗衣姑娘高声谈笑着。克利斯朵夫躺在草地上，离她们只有几步之遥，手托着下巴看着她们。她们丝毫不在乎，仍旧高声谈笑着，说些不着边际的话。克利斯朵夫根本不在乎她们说些什么，只是听着她们的笑声，洗衣服的声音，还有远处草地里的牛叫声，他还目不转睛地瞧着那个美丽的洗衣女——那些洗衣女没多久便看出来他瞧着的是谁，便七嘴八舌地说些打趣的话；克利斯朵夫盯着的那个姑娘也

---

① 《旧约·创世记》载：亚伯拉罕派仆人哀里才去为他儿子以撒觅妻。哀里才到达拿鹤城时，在水井边许愿说第一个给他水喝的女人，将成为以撒之妻。利百加给了他水喝，成为以撒之妻。

说了些刻薄的话。因为克利斯朵夫动也不动地待在那儿，她就站起来，把洗好拧干的衣服晾到小树上，顺便走过来看看他倒是长得什么模样。走到他身边时，她故意将衣服上的水淋在他身上，还肆无忌惮地大笑而过，并扭头瞧了他几眼。她身形瘦小，但是看上去很健壮；尖下巴有点儿上翘，鼻梁短，眉毛弯弯的；一双炯炯有神的深蓝色眼睛，目光显得大胆而冷艳，神情一点都不扭捏羞涩；嘴巴长得挺好看的，厚厚的嘴唇有点儿向外噘起，看起来像个希腊雕塑的头像；一头浓密的金黄色鬈发披在肩上，晒得紫铜色的皮肤。她抬头挺胸，说话时总是带点笑意；走起路来像个男人，两只被晒得很黑的手臂甩来甩去。她晾衣服时，总是用挑衅的眼神瞧着克利斯朵夫，似乎是在等他开口说话。克利斯朵夫也瞅着她，但是却没有要和她说话的意思。最后，她冲他大笑了一阵，就朝伙伴那儿去了。克利斯朵夫一直躺在那儿，等到傍晚时，看着她背了一背篓的衣服，两条乌黑的胳膊交叉着，弯着腰，高声谈笑着回去了。

两三天之后，在城里的菜市上，克利斯朵夫在成堆的萝卜、黄瓜、青菜、番茄中间又看见了那位姑娘。他随意走过去，看着摆放整齐的菜篮后面有序地站着女菜贩，就像是准备待价而沽的奴隶。警察局的人手里拿着钱袋和小票，经过每个菜贩子面前时，就向他们收取一个硬币，之后便递给他们一张小票。卖咖啡的女人在菜市间穿梭着，手里提着一篮子的小咖啡壶。一个又肥又老的虔婆，在菜市转悠着，手里挎着两个大菜篮，嘴里说着仁慈的上帝的话语向菜贩子讨要蔬菜，丝毫没有觉得不好意思。菜市内一片喧嚣声，托着绿色篮子的老秤笃笃地响着，大狗拉着小车兴奋地叫着，自以为了不起，神气极了。在菜市的喧闹声中，克利斯朵夫看见了他的利百加——她的真实名字叫洛金—— 一片泛白的绿色菜叶服帖地罩在她金黄色的发髻上，极像一顶齿形的头盔，金黄的蒜头、粉红的萝卜、碧绿的刀豆、鲜红的苹果都堆在她的面前。她坐在一个菜篓上，一个接一个地吃着苹果，全然不在乎苹果是否能卖掉。她时不时地拿围裙擦擦下巴和脖子，用手臂撩起垂下来的头发，偏着头使脸颊挨着肩膀，或者用手背擦擦鼻子，要不然就有气无力地抓一把豌豆，没完没了地在手里倒来倒去。她像个没事人一样地左顾右盼着，但是周遭发生的事情，哪怕是再细微不过的事情，都被她看在眼里，那些看向她的目光，她都不露声色地记在心里。克利斯朵夫当然也没有逃过她的眼睛。她边和买菜的顾客说话，边皱着眉头越过他们的肩头去看克利斯朵夫。尽管她表面上装得一本正经的，但是实际上心里却在暗笑他。他看起来还挺可笑的：呆若木鸡地站在几步之外，拼命地瞪着她，却什么也没和她讲，又木木地离去了。

克利斯朵夫不止一次在她住的村子附近散步。他只是站在路上远远地望着在院子里走来走去的她。他不肯承认自己是专门为她而来的。其实，他差不多是想也没有想就往这边来了。当他专心作曲时，就好像是梦游一样，有意识的心灵都全神贯注地盯着乐曲，而没意识的部分只要他稍不留神就会被其他的思想所控制。克利斯朵夫迷糊地站在她面前时，满脑子依旧都是些嗡嗡作响的音乐。虽然眼睛看着她，但是心早就已经不在她身上了。不能说克利斯朵夫是爱她的，他甚至连想都没有想过，只是见到她自己心里就很快活。他完全不知道自己为什么总是会来找她。

别人难免会对他的这些不寻常的出现说些闲言碎语。当克利斯朵夫的来历被农庄上的人知道后，大家便将他当作笑话。但是谁都不在乎他，因为克利斯朵夫并没有对任何人造成伤害。总而言之，他不过是个傻里傻气的呆子，就连他自己也不在乎是否像呆子。

那天正值村子过节。小孩子们一边丢着豌豆，一边喊着："君皇万岁！"小牛在牛棚里叫着，酒客在酒店里唱着歌。风筝拖着像彗星似的尾巴在田野的上空飘来飘去。肥饲料堆被母鸡扒得很乱，它们的毛被风掀了起来，好似老妇人的裙子一样。在太阳底下，一头粉红色的肥猪正悠闲地横躺着晒太阳。

克利斯朵夫向盖着红色屋顶的"三王"客店走去。客店的屋顶上飘荡着一面小旗，成串的蒜头挂在客店门前，红的黄的金莲花被贴在窗户上。他走进烟味弥漫的大厅，一幅发黄的石印图画正挂在大厅的墙壁上，石印图画的正中间是君主的彩色肖像，肖像四周围绕着橡树叶子。客店里的人都在跳舞。克利斯朵夫相信他的漂亮女朋友肯定就在这些人当中。他料想得不错，克利斯朵夫看见的第一个面孔就是他的漂亮女朋友。他选了一个可以安静欣赏别人跳舞的角落坐着。虽然克利斯朵夫躲避别人的目光，但是洛金当然很快就发现了他在那儿躲着。她边没完没了地跳着华尔兹，边越过舞伴的肩头给克利斯朵夫丢几个眼色。为了让他吃醋，她还故意和村里的少年打情骂俏，张大嘴巴高声谈笑着一些无聊至极的傻话。从这一点上看，她和那些社交场合的年轻姑娘如出一辙，只要被别人看一眼，便受宠若惊地就觉得自己非要扭几下或当众高声笑着、引人注目不可。其实，这些社交场合中的姑娘们也未必傻，因为知道大家并不是来听她们笑的，而是来看她们的。克利斯朵夫将胳膊肘撑在桌上，握着拳头托着下巴，克利斯朵夫对于她的卖弄风骚真是又爱又恨。亏得他还没有头昏，还是看出了她的小诡计，但是却还没清醒到不被她的小诡计所激怒。因此克利斯朵夫一会儿愤怒地低声咕噜着，一会儿又无所谓地耸耸肩，嘲笑自己居然落入了别人的圈套。

还有另外一个注意着克利斯朵夫的人就是洛金的父亲。他又矮又胖，脑袋很大，鼻子挺短，暗红色的秃头，脑袋周边倒是还剩一圈浓密的鬈发，看起来这头发之前肯定是金黄色的，倒和丢勒画的圣·约翰很像，胡子被刮得精光，泰然自若，叼着一个长烟斗。他慢吞吞地和旁边的乡下人聊着天，一边不断地斜着眼睛打量克利斯朵夫的表情，偷偷地暗笑着。他咳嗽了一声，一道狡猾的光从灰色的眼中一闪而过，他走到克利斯朵夫旁边，挨着克利斯朵夫坐下。克利斯朵夫似乎并不高兴他坐在自己身旁，转过头来，正好迎上他那双不怀好意的眼睛。老人嘴里叼着烟斗，随意地和克利斯朵夫聊天。克利斯朵夫认得他，素来将他看作是老浑蛋。但是出于对他女儿的好感，克利斯朵夫也就爱屋及乌地对他有了点好感，对他倒是没有太过严苛的要求，甚至对他还有种异常快感，这个精明的老头对这点也是一清二楚。他先谈了下天气，而后就打趣了几句那些漂亮的姑娘，再提到克利斯朵夫不去跳舞的事，认为克利斯朵夫不去跳舞还真是个好的决定，自己一个人坐在桌子上自得其乐倒是要比跳舞好得多。说着他倒是毫不客气地向克利斯朵夫讨了一杯酒。老头儿边喝着酒，边不慌不忙地和克利斯朵夫聊着自己的小生意，说日子不好过、天气时好时坏、物价昂贵等等。克利斯朵夫始终盯着洛金，对于老头的话他没有任何兴趣，只是哼哈几声当作是回答。老人安静地等着回答，但是他却置若罔闻，老头又满不在乎地接着说。克利斯朵夫不明白这老头究竟是什么意思，为什么要扯着他聊些不着边际的话。后来他总算是明白了老头的想法了。老人埋怨了一通后，就转移话题，谈起他的农作物，吹捧自己的菜蔬、家禽、鸡子、牛奶。而后他突然问，克利斯朵夫是否可以将他的作物推销给爵府的人。克利斯朵夫听了吓一跳:“你怎么会知道他？……难道你认识他吗？”

“那是当然，”老人说，“任何事都总有人知晓的。”

他还有一句没说的心里话：“……我亲自打听的时候，更是不成问题。”

克利斯朵夫觉得老人的话很好笑，就告诉老人，虽然“任何事都总有人知晓的”，却不知道他已经和爵府的人闹翻了，即使他曾经还可以和爵府总务处以及爵府厨房的人说得上几句话（况且这些话还不一定有作用），现在早就没有来往了，和以前不一样了。听到克利斯朵夫这样说，老人微微地抿了下嘴，但是并不死心。没多久，就问克利斯朵夫可不可以介绍些家庭给他，接着就列举出和克利斯朵夫有过来往的家庭，因为早在菜市上他就已经打听得一清二楚了。克利斯朵夫对这种间谍式的勾当本应该气得跺脚的，但是一想到狡猾的老人也免不了会上当，就不禁觉得好笑。因为老人绝对想不到一提到克利斯朵夫，他非但找不到新主顾，反而会失去老主顾。因此，克利斯朵夫就任由老人去白费心机地耍花招，自己却不给任何回答。但老头一定得从克利斯朵夫那儿得到点什么才罢休，死咬着不放，最后甚至直接向克利斯朵夫推销他的牛奶、牛油和乳脂；他早就想好了，就算没有其他新主顾，这两个主顾总会有的。老头又补充道，作为歌唱家的克利斯朵夫，保护嗓子的最好办法就是每天早上吃一个新鲜的生鸡蛋，他保证能提供从母鸡屁股里生下来的新鲜鸡蛋。听到老人错将自己当成歌唱家，克利斯朵夫不禁哈哈大笑。老头儿又趁机叫了一瓶啤酒。看到从克利斯朵夫身上没有好处可捞，就头也不回地走了。

黑夜来临了。舞也越跳越热闹了。克利斯朵夫完全被洛金忽略了，她正在想尽办法勾引村里一个富农的儿子，姑娘们全在想方设法地夺得他的好感。她们的这种竞争倒是吸引了克利斯朵夫的目光。女孩子们都笑里藏刀，明争暗斗。克利斯朵夫完全忘了自己，全心全意地希望洛金取得胜利。但是等到洛金真的胜利了，夺到了别人的好感，克利斯朵夫又有些悲痛。他马上责怪自己。他既不爱洛金，那么她愿意爱谁就爱谁，这不是很自然的事情吗？但他却觉得很孤独，并且心里也不快活。那些关注他的人都想利用他，利用完后又嘲笑他。洛金因为高兴而越发显得漂亮，只因为那些情敌被她气坏了。他叹了一口气，微笑地看了她一眼，准备离开这儿。已经九点钟了，还有好几里路才到城里呢。

克利斯朵夫刚站起来，还没离开桌子，十几个大兵突然闯了进来。全场的气氛因他们的到来而冷了下来。大家开始窃窃私语。正在跳舞的几对伴侣停下来了，惶恐不安地看着那些大兵。大门口的几个乡下人故作镇静地转身和自己人谈话，看起来不露痕迹，但却十分谨慎地躲到一边，让大兵们进来。当地的老百姓已经和城市四周炮台里的驻军钩心斗角了好一段时间了。驻军无聊至极，经常将气撒在乡下人身上，粗鲁地取笑他们、欺辱他们，将妇女们当作女奴。上周，一些醉酒的驻军士兵在邻村的节会上捣乱，一个庄稼人被他们打得半死。克利斯朵夫听说后，同乡下人一样怒气满腹。于是，他即刻回到座位上，看看究竟会发生些什么事。

士兵们根本不管别人是否喜欢他们的到来，吵闹地挤在坐满人的桌子旁，强占了几个座位，生硬地将别人挤开。多数人很快地让了座位。一个老头儿手脚稍微慢点儿，就被士兵将凳子一掀，把老头儿摔倒在地，引得那群大兵一阵哄堂大笑。克利斯朵夫愤愤不平地站了起来，正想过去理论，岂料老头儿费劲地站了起来，不但没有责怪士兵，反倒向他们道歉。有两个大兵走到克利斯朵夫桌前，他看着他们，握紧拳头。其实他大可不必这么紧张，那两个草包，只会为虎作伥。克利斯朵夫威严的神气使他们不敢对他怎么样，他只是冷冷地说："这里有人……"他们立即向他道歉，退到凳子的另一头，生怕打扰了克利斯朵夫。他说话的口气像是当家做主的人，而他们的卑劣的奴才本性暴露无遗。克利斯朵夫并非乡下人，他们一眼就看了出来。

克利斯朵夫看他们屈服软和的态度，心里的怒气也就稍微平和了些，看待事情也稍微冷静了些。克利斯朵夫不难发现这些士兵的领头人是个班长——小个子，眼神凶狠，阴阳怪气的脸，看上去就是卑鄙下作、无赖地痞的嘴脸，他就是上星期天惹事的头目之一。他已经喝醉了，此刻正坐在克利斯朵夫旁边的一张桌上。他凑到别人面前，说些冷嘲热讽的话，而那些被侮辱的人却充耳不闻。他特别针对那些跳舞的人，用不堪入耳的话对他们评头论足，引得其余的大兵大笑。姑娘们红着脸，害羞得眼泛泪光；小伙子们恨得咬牙切齿，却也只是敢怒不敢言。班长凶狠的眼神扫视了每个人，克利斯朵夫看见他正看着自己，便抓着杯子，握着拳头，准备只要一听见侮辱自己的话，就将杯子劈头盖脸地扔过去。克利斯朵夫想："我是疯了吧。还是离开这儿为妙。我肯定会被他们开膛破肚的，要不也会被他们关进牢里的，这可实在是不值得。反正他们还没有惹到我头上，倒不如先走吧。"

但是，克利斯朵夫不甘心就这样走了，不甘心在这些流氓面前认输——班长用凶狠的眼神盯着他。克利斯朵夫全身紧绷，气愤地瞪着班长。那班长瞅了克利斯朵夫一阵，克利斯朵夫的脸使得他产生了兴趣。他用肘子碰了碰身边的伙伴，一边冷笑，一边叫伙伴看克利斯朵夫，刚要开口骂克利斯朵夫，克利斯朵夫也使出浑身的劲，正准备将酒杯扔过去——顷刻之间，他又逃过了这一劫。醉鬼还没有骂出口，岂料一对冒失的舞伴撞了他一下，将他的酒杯打落在地下。那班长愤怒地转过身，大肆辱骂了他们一顿。他的注意力转移了，完全忘记了克利斯朵夫。克利斯朵夫又故意多等了几分钟，看见敌人没有再找他麻烦的意思，才慢慢地拿着帽子站了起来，向大门走去。他眼睛死死地盯着班长的桌子，表示他并不害怕。但是那醉酒的班长早就将他忘记到九霄云外去了，没有任何人再注意他了。

他转动着门把手，只需再过几秒，他就能身在门外了。但是命里注定他今天是不能相安无事地脱身了。那些士兵喝酒后，决定要跳舞了。但是所有姑娘都有舞伴，男伴们就都被赶走了，男伴们也自然是不敢违抗他们，但是洛金却没有答应。难怪克利斯朵夫会看中她那双大胆的眼睛和倔强的下巴。她发疯似的跳着华尔兹，不幸的是班长看上了她，过来拉开她的舞伴。洛金气得直跺脚，大声地叫嚷着，推开那个班长，说那个班长绝对不是她想要一起跳舞的对象。那个班长就一直追着她，她躲在别人身后，那班长就对那些人拳打脚踢。最后迫于无奈，她躲在一张桌子后面。班长被桌子暂时抵挡了几秒钟，趁这几秒钟的空当，她又气喘吁吁地骂着他。眼看自己就要被他捉住了，她气得直跳，用最难听的字眼对他破口大骂，将他的头比作各种畜生的头。班长在桌子对面对她伸出头，脸上挂着邪恶的笑容，目露凶光。突然他一下跳过桌子，冲了过来，一下子把她抓住了。她拼命地挣扎，对他拳打脚踢，活像一个放牛的凶悍婆娘。他本就站得不太稳，差点儿摔倒在地。他愤怒至极，将她按在墙上，打了她一巴掌。他还想再动手时，有人从他背后跳过来，使劲地给了他一巴掌，又一脚将他踹到人群里。原来是克利斯朵夫挤过人群，从桌子中间冲了过来，将他一把扭住。那个小军官愤怒地转过身来，正要拔出腰刀，还未拔出时，克利斯朵夫举起凳子将他打倒在地。一切都来得太快了，所有人都还没反应过来，只是傻愣愣地看着不出来干涉。但士兵们一看班长像头牛一样地倒在地上，立刻疯狂地叫嚣起来，拔刀冲向克利斯朵夫。而在场的乡下人一齐扑向了士兵们。顷刻，全场乱作一团，啤酒杯满屋飞，桌子都被推倒在地。乡下人顿时醒悟：他们需要出一口恶气。大家都在地上乱滚，像疯狗似的乱咬。之前和洛金跳舞被推开的小伙子是庄上身强体壮的长工，他一把抓住刚才侮辱他的大兵，将他的头使劲地往墙上撞。洛金拿着一根粗棍，使劲地打。其他的姑娘边叫边跑，有两三个胆子大些的姑娘却兴奋得很。有一个头发淡黄的矮胖姑娘，看见一个身材高大的兵——就是之前坐在克利斯朵夫旁边的——把他按在地上，用膝盖压着他的胸膛，她急忙跑进厨房捧了一把热灰，抓住大兵的头向后仰着，将热灰撒进他的眼睛里。大兵痛得嗷嗷直叫。她现在可是欣喜若狂，破口大骂毫无还手之力的大兵，乡下人对他拳打脚踢。最后，寡不敌众的大兵舍下受伤倒地的两个伙伴逃走了。恶斗在街上又继续进行着。大兵们闯进百姓的屋里，嘴里喊着要打要杀，巴不得摧毁一切。村民拿着铁叉在后面追赶着，又放凶狗追咬他们。第三个大兵又倒下了，被铁锹在肚子上戳了个洞。剩下的大兵们只得逃之夭夭，被乡里的人赶到村外。那些大兵逃到田野里，高声地叫喊着，说很快会找同伴来报仇的。

村民大获全胜后，欢天喜地地回到客店。他们受那些大兵们欺辱已久，早就恨不得可以出口恶气，现在可算是一雪前耻了。但是他们完全还没有想到这次恶斗会给他们带来什么样的后果。大家争先恐后地说着，吹嘘着自己有多英勇。他们对克利斯朵夫表示友好，而克利斯朵夫也因为他们的亲近而高兴。洛金走了过来，一把抓住他的手，握了许久，傻笑着当面取笑了他几句。但是，现在她并没有觉得他可笑。

大家清点受伤的人数。村民这边，有的被打落牙，有的伤了肋骨，有的被打得鼻青脸肿，不过这些都称不上很严重。但是，驻军这边情况可差多了。有三个人身受重伤：有个眼睛被烧伤并且手臂也被砍断了；有个肚子被铁锹戳了个窟窿，现在好像是要死了一样喘着气；还有那个被克利斯朵夫打倒在地的班长。三个受重伤的大兵被村里人移到炉灶旁边。三个人中班长受伤最轻，他睁开眼睛，恶狠狠地打量着周围的乡下人好半天。等他回想起来方才发生的事情，就开始肆意辱骂。他发誓要报复，任何人也不放过，全都在内；他怒不可遏，连气都喘不过来，恨不得将他们一网打尽。他们很勉强地笑他，一个小伙子对他嚷道：“别吵！不然就宰了你！”

军官拼尽全力想要站起来，目露凶光地瞪着那个小伙子：“狗东西！你敢杀了我？估计你的头也差不多得掉了！”

他还扯着嗓子叫骂着。那个肚子上有窟窿的大兵杀猪似的怪叫着，还有那个眼睛被烧伤的，动也不动好像是死了一样。村民们内心开始充满恐惧。那几个受伤的大兵被洛金和几个妇女抬到隔壁屋子里。村民们都不怎么听得见班长的叫嚷声和垂死者的呻吟声。村民们一声不吭，站在老地方围成一圈，好像那三个伤兵还躺在他们脚下似的；他们都不敢动，都被吓得瞠目结舌。最后，洛金的父亲说了句：“哼！看你们干的好事！”

接着，就听见大家无奈的低声的嘀咕声了。大家都在往肚子里吞口水，然后，他们七嘴八舌地说起话来。起先还低声细语，生怕有人在门外偷听；而后便高声叫嚷着，声音也变得尖锐起来了，互相埋怨，说下手太重了。大家争吵得越来越激烈，几乎要动手打起来。洛金的父亲出面调解，他怀抱着手臂，抬起下巴，指着克利斯朵夫说：“还有这家伙，他为什么到这里来？”

克利斯朵夫顷刻便变成了大家的出气筒，有人喊道：“是啊！是啊！就是他先动手的！倘若没有他，现在还没有任何事呢！”

克利斯朵夫呆住了，勉强辩解道：“你们应该明白我不是为了我自己，我是为了你们。”

可他们却气愤地反驳道：“我们不能保护自己吗？用得着一个城里人来告诉我们应该怎么做吗？有人向你讨教过吗？哪个请你到这儿来的？你就不能好好地待在自己家里吗？”

克利斯朵夫耸耸肩，朝大门口走去。但是洛金的父亲阻止他再继续往前走，尖声叫嚷着：“好啊！好啊！他给我们惹了祸，现在却想要溜之大吉。哼，决不能让他溜走。”

大家也一起吼着：“决不能让他走！祸是他闯的，理应由他负责！”

他们将克利斯朵夫围住，准备对他动手动脚。那些因恐惧而变得疯狂的脸，朝着克利斯朵夫步步逼近。他一言不发，厌烦地做了个鬼脸，把帽子往桌上一扔，就坐到大厅的最里头，背对着他们，不理睬任何人。

但是洛金此时仗义执言，气冲冲地跑进人群里，俊美的脸因生气而涨得通红，她将围着克利斯朵夫的人粗暴地推开，喊道：“你们这些胆小鬼！畜生！你们还有没有羞耻心？你们想让别人相信这一切都是他一个人干的！难道你们以为没有人看见吗？你们有哪一个没有对那些大兵拳打脚踢？……倘若有谁敢说打架的时候没有动手的，我就要唾他的脸，叫他胆小鬼！胆小鬼！”

突如其来的臭骂使那些乡下人都不知所措、目瞪口呆，半天都说不出话来，过了一会儿，又高声叫喊着：“是他先动手的！如果没有他，什么事都不会发生的。”

洛金的父亲使劲给女儿递眼色叫她住嘴，但是没有用。她回答道：“是的，是他先动手的！这也不是你们值得炫耀的事情。倘若没有他，你们就依旧被别人欺辱，也让人欺辱我们，你们这些胆小鬼！一群软骨头！草包！”

她又破口大骂她的男朋友：“还有你，连屁都不敢放一个，就只会把自己的屁股抬起来送给别人踢。你还要谢谢别人踢你呢！难道你都没有羞耻心吗？……难道你们都没有羞耻心吗？你们简直不是人！软趴趴的像是一群绵羊，头都不敢抬一下！幸好今晚有这个城里人给你们做榜样！——但是你们却把事情推得一干二净，全赖在他头上！……哼，那可不成，实话实说吧！他是为了我们大家才动手打架的。倘若你们不叫他走，就得跟着他一起倒霉。我是绝对会实话实说的！”

她的手臂一直被父亲拉着，他被气得直叫嚷着：“闭嘴！闭嘴！……你这蠢东西，还不闭嘴！”

洛金推开父亲的手，反倒越骂越凶了。全场的人都扯着嗓子叫嚷着，但是她比他们叫嚷得更加厉害，声音尖得几乎要撕裂耳膜：“我先问你，看你还有什么好说的？你真以为没人看见你在隔壁房间乱踩那个半死不活的大兵吗？还有你，伸出手来！……看看，手上都还有血迹呢。你以为我没看见你拿着刀吗？倘若你们敢伤害他的话，我要把我看到的一五一十地都说出来。你们一个都逃不掉刑法的。”

村民们恼羞成怒，面露凶相的脸凑得很近，对洛金怒吼着。有一个人甚至要打她一巴掌，洛金的男朋友抓住她的衣领，纠缠在一起，准备要打架了。一个老头儿对洛金说：“要是我们被判刑了，你也别想逃掉。”

“对，我也逃不掉；但是我不像你们这么没骨气。”

接着，她又开始叫嚷起来了。

村民们都不知道该如何是好，便去找洛金的父亲：“你难道就不能让她闭嘴吗？”

老人知道和洛金对着干不是好办法。他使了个眼色，意思是让大家安静下来。只有洛金一个人说话，没人和她顶嘴时，好像是缺少燃料一样，她也不再说话了。过了一会儿，父亲咳嗽了一下，说：“唉，那你想要怎么办？难道还真要大家一起完蛋吗？”

“只要你们放了他。”她说。

大家开始改变想法，在思考着。克利斯朵夫一动也不动地坐在那儿，神情高傲极了，好像没有听见别人谈论的是他；但是洛金的愤愤不平倒是让克利斯朵夫感动。洛金似乎不知道克利斯朵夫在场一样，背靠着他的桌子，挑衅似的眼神瞪着村民们，他们只知道抽着烟，眼睛直瞪瞪地看着地上，最后洛金的父亲衔着烟斗说：“不管是否将他招出来，倘若他还留在这儿，事情就明摆在那儿。那班长认得他，自然不肯轻易放过任何人！眼前只有一条路，就是赶紧让他逃到边境去。”

洛金的父亲思考之下，觉得不管怎样，克利斯朵夫逃走对他们而言更好，只要他逃走了，就等于是畏罪潜逃；并且他还不能为自己申诉，他们就可以将一切罪责都推到他头上。众人都同意这个意见。其实，大家都心知肚明——现在大家已经决定了，他们也都恨不得克利斯朵夫即刻就逃之夭夭。对于刚才向克利斯朵夫说的那些难听的话，他们并没有觉得不好意思，反而一起走到他身边，好像是对他的命运急切关心着。

“先生，不能再做任何停留了，”洛金的父亲说，“那些大兵即刻就会回来的。到营里只消半小时，赶回来也只消半小时……趁现在马上逃走。”

克利斯朵夫站了起来。他也认真地想过了，倘若自己留在这儿，他一定会完蛋的。但是走吗？难道不见母亲一面就走吗？……那可不行，不行。克利斯朵夫要先回家一趟，半夜还可以越过边境再逃走的。但是大家都高声反对着。刚才，他们还不让克利斯朵夫逃走，现在反倒怕他不逃走了。回城里无异于自取灭亡，还没等到他赶到家里，城里就先知道了，到时候就会在家里被抓——但是他坚持要回家一趟。洛金明白他的心思，就说：“你是想回去见见妈妈吗？……我替你去看她吧。”

“什么时候去？”

“今天夜里。”

“你肯定会去吗？”

“一定会去。”

她用头巾，将自己的头包起来："写几句要说的话吧，我给你送过去……跟我来，这儿有墨水。"

她将克利斯朵夫拉到里头一间房里。还没进去，她便转过身，对她的男朋友说："你先去准备准备，待会儿你送他过去，看着他过了边境你才能回来。"

"好吧，好吧。"他说。

他比任何人都急着看到克利斯朵夫立刻逃到法国去，如果可能的话，还希望克利斯朵夫可以逃到更远的地方。

洛金把克利斯朵夫带到另外一间房里。克利斯朵夫内心还犹豫着。一想到此后不能再拥抱母亲，他便痛苦得撕心裂肺了。什么时候可以再见到母亲呢？她现在已经上了年纪了，既孤单又衰弱！她会死掉的，因为这次新的打击。没有他待在她身边，她该怎么办呢？……但是如果他留下来了，被判罪，坐上几年牢，她又该怎么办呢？那不是更加孤苦伶仃、无依无靠吗？现在虽然走得很远，但是他的自由还在，而且或多或少可以帮助她，她也可以去找他。他还来不及想清楚，洛金便抓住他的手，站在他身边看着他，他们几乎要脸碰脸了，她环抱着他的脖子，亲了亲他的嘴：

"赶快！赶快！"她指着桌子轻轻地对克利斯朵夫说。

克利斯朵夫便不假思索，坐了下来。一页画着红线的格子纸被她从账簿上撕下。他写道：

亲爱的妈妈：

希望您能够原谅我吧！我给您带来了极大的痛苦。我是迫不得已的。我没有做什么不正当的事，但是我现在不得不离开家乡，逃到别处去。送信的人会告诉您这是怎么回事的。原本我想亲自跟您道别的，但是大家不准，他们说我会没见到您就会被捕。我也相当痛苦，不知道该怎么办了。我会逃到边境那边去，待在靠边境的地方等您的回信；送信的人会把您的回信带给我。告诉我应该怎么办吧，无论您说什么，我都听您的。您希望我回家吗？叫我回家吧！我受不了了，一想到您孤零零地待在家里。您往后可怎么生活呢？请您原谅我吧！原谅我吧！我爱您，亲吻您！

“先生，快点儿吧，再晚就来不及了。”门被洛金的朋友推开一半，他探着头说。

克利斯朵夫急忙署名，将信交给洛金：“你会自己送过去吗？”

“是的，我自己去。”她已经准备赶往城里了。

“明天，”她又说，“我会把回信带给你的。你在莱登等我——（离开德国的第一个站）——我们在车站的月台上见面。”（好奇的洛金早就已经在他写信时，将内容全都看了。）

“你必须什么都告诉我，听了这个坏消息后，她反应怎样，她说了些什么，你都不会瞒我吧？”克利斯朵夫请求地说着。

“好，我什么都告诉你。”

他们不能再想说什么就说什么了，门口站着的洛金的朋友正盯着他们呢。

“克利斯朵夫先生，还有就是，”洛金说，“我会经常去拜访她，会把她的消息告诉你。你不用这么担心。”

她用力地握了握他的手，就好像是个男人似的。

“我们走吧！”洛金的男朋友说。

“走吧！”克利斯朵夫回答。

他们三个人一同出了门。到了大路上，他们便分手了。三个人往两个不同的方向走着。克利斯朵夫和那个乡下人一路上什么都没说。雾蒙蒙中，一弯新月正从树林后面往下沉。田野上飘浮着苍白的微光。低陷的土洼里，奶白色的浓雾正在缓缓上升。树木被潮湿的空气包裹着，冷得直哆嗦……刚走出村子几分钟，那个乡下人突然后退，示意克利斯朵夫也停下。他们竖着耳朵静听了一会儿，发觉前面路上有一队人正踏着整齐的步伐步步逼近。乡下人越过篱垣，走到田间去。克利斯朵夫跟在他后面在田间奔跑着。但还是可以知道一队士兵从大路上走过。黑暗中，乡下人对他们挥了挥拳头。克利斯朵夫的胸口因奔跑而堵得慌，好像是躲避猎人追着的野兽。之后他们重新走在路上，避开村落和单个的农庄，省得被狗叫暴露了他们的行踪。翻过一座山头后，铁路上的红灯，隔得很远他们就能看见。看见红灯后，他们决定向最近的一个车站走去。但是这并不是件容易的事情。刚从山头走下来，便被浓浓大雾给包围在山谷里。穿过两三条小溪后，他们又来到一片无穷无尽的萝卜田和深耕的田地里，漫无目的的他们以为自己永远也走不出去了。坑坑洼洼的地面，随时会使人摔倒在地。雾水打湿了他们的衣服，摸索好久后，突然看见在他们几步之外，铁路上的信号灯就挂在土堆高头上。他们毫无顾忌地爬到土堆上去，顺着铁轨走着，一直到离火车站只有一百米后，他们才又重新走到大路上去。他们赶到火车站时，二十分钟后才会开车。乡下人不管洛金的嘱咐，丢下克利斯朵夫就回去了，他急着回去看看村子的情况，还担心自己家里会受到怎样的损失。

克利斯朵夫买了一张去莱登的车票，独自在空荡的三等候车室里等着。火车到站了，在长凳上打瞌睡的检票员才起来验票。车门开了，整节车厢里空无一人。整个列车、田野都酣睡在梦乡里。虽然克利斯朵夫已经精疲力竭了，但是他还是没有入睡。随着沉重的车轮缓缓逼近边境时，克利斯朵夫越来越迫切地想要逃离魔掌。只需一个小时，他便自由了。但这一小时内，只要一句话就会被抓……被抓！一想到这儿，他整个生命都在反抗着！可恶的恶势力压迫着他……他几乎要透不过气来。母亲及故乡都被克利斯朵夫抛诸脑后。他的自由受到了威胁，自私促使他只想到要拯救自己的自由。是的，不管付出何种代价，都要拯救它！哪怕是要犯罪也在所不惜！……他后悔自己坐火车越过边境，应该走过去才对。他本想争取时间，但是世界上哪有这么便宜的事情！现在无异于羊入虎口！一定有人在边境车站等着他，命令肯定已经到那儿了……期间他想趁火车还没到站就跳车，他甚至将车厢门都打开了；但是太迟了，车已经到站了。火车只在车站停五分钟，但是这五分钟好像有一百年那么漫长。克利斯朵夫坐在车厢最里面，用窗帘布挡住自己，惊慌失措地看着月台：月台上面站着一个动也不动的宪兵。站长从办公室走了出来，一封电报被拽在手里，匆忙地向宪兵立的地方走过去。克利斯朵夫猜想肯定是他的事情。他急忙摸索着找了一个武器。但是身上除了一把两片刀，就没有其他的东西了。克利斯朵夫在衣服袋子里将刀打开。一个站台职员胸前挂着一盏灯，沿着列车跑着，迎面从站长身旁经过。他离克利斯朵夫越来越近了，克利斯朵夫死命地握着刀柄，想道："真的要完蛋了！"

克利斯朵夫紧张到真的会给那职员一刀，倘若那个不走运的职员当真过来打开他车厢的话。幸亏那个职员只是打开隔壁的车厢，走到刚上车的旅客面前，检阅了他的车票。火车又开始发动了。克利斯朵夫将跳到嗓子眼儿的心放了下去。但是他仍旧不敢动，不敢认为自己已经自由了。火车一刻没有越过边境，他便一刻也不敢去想自己已经自由……天慢慢亮了，树木的枝干突破黑暗的束缚，显现了出来。大路上一辆车的奇怪魅影在他眼前闪了一下，发出叮当的响声，车灯像睁着的巨大刺目的眼睛……克利斯朵夫将自己的脸贴在车窗上，费力看清旗杆上的国徽，这个国徽是象征着帝国的统治范围。克利斯朵夫仍旧在黎明的天色中努力辨识着这些国徽时，火车已经到站，报告到达比利时境内的第一站。

克利斯朵夫站起来，把车门打开，肆意地呼吸着冰冷的空气。自由了！他的面前摆放着鲜活的生命！啊！活着的快乐啊！……一想到自己要离开一切，开始新的生活，他突然开始悲伤起来了；一夜的不眠不休，早已透支了他的精力。到站还没有一分钟，他便在凳子上睡着了。一分钟后，车站职员打开车门，发现在凳子上睡着的克利斯朵夫。他被别人推醒后，恍恍惚惚地觉得自己已经睡了一小时。他步伐沉重地下了火车，朝着关卡走去。他确定自己已经到了国外，不用再担心会被捕时，便在候车室的凳子上昏昏入睡了。

他醒来的时候，已经是中午了。洛金两三点钟以前肯定是赶不到了。克利斯朵夫边等车，边在月台上走着，走到了月台外的草地上。灰暗的天色令人心情压抑，好似冬天要来临了。阳光也在酣睡着。一辆交替机车的哀鸣声划破了四周的寂静。克利斯朵夫到了离边界几步远的田里，就停住了。有个小池塘正对着他，暗淡凄凉的天空倒映在清水中。池塘四周围着栅栏，旁边还种着两棵树。右边种着的一棵稀疏的秃顶白杨正瑟瑟发抖着，后面种着大胡桃树，有着像鬼怪的黝黑光秃的枝干。乌鸦成群地停在树枝上，压得树枝不停地晃动着，枯黄的树叶飘落进平静的湖面上……

克利斯朵夫觉得一切都似曾相识：这两棵大树，还有这个池塘……突然间，他觉得一阵头昏目眩。这样的境界以前倒是经常去过，好像是时间缺少了一块儿。不知道自己在哪儿，不知道自己是谁，不知道自己生活在哪个时代，也不知道这样已经有多久了。克利斯朵夫的这种情况早就有了，现在不是现在，而是另外一个时代的。他也已经不再是现在的他。他好像是脱离自己的身体，站在很远的地方看着自己，好像是看着一个陌生的人站在这儿一样的。他听见不曾相识的过往在耳边嗡嗡作响，血也在血管里汹涌澎湃着：

“就是这样了……就是这样了……就是这样了……”

他胸中翻滚着几个世纪的往事……

多少克拉夫脱家族的人，都像他一样经受过这样的考验，品尝过离别故土的最后时刻的痛苦。流浪在外的家族，为了不受束缚、自由自在，因此四海为家，四处漂泊。但是他们的内心却永远被一个妖魔折磨着，致使他们永远不会安于一个地方。即使被人赶出去，却还是对故土依依不舍……

现在，克利斯朵夫又踏上了同样的旅途，他紧紧地跟随着前人的脚步。他泪眼婆娑地看着自己不得不远离的故土被云雾所遮蔽……他之前不是极想离开故土吗？——是的，但是现在真的要离开了，反倒痛苦得撕心裂肺了。只有畜生离开自己的故土才会无动于衷。故土总是和你有福同享有难同当；故土是你的伴侣、是你的母亲：你曾睡在她心中，躺在她怀里，她的痕迹深深地印在你的心里；我们的梦想、过去，以及所爱的人的骸骨都被她珍藏着。过往的岁月又浮现在克利斯朵夫眼前，那些在故土活着的、死去的、爱过的形象。过往的悲与乐都一样弥足珍贵。在几分钟之内，弥娜、萨皮纳、阿达、祖父、高脱弗烈特舅舅、苏兹老人都浮现在他的眼前。对于这些已经去世的人，他总是不能忘怀（阿达也被他当作死人了）。他所爱的人唯一活着的就是自己的母亲，现在却也和他天各一方。他极其悲恸，他几乎想要越过边境回家，因为他觉得自己的逃亡显得太没骨气。他已经暗下决心：倘若母亲的回信过于痛苦，他便不惜任何代价，也要回到母亲身边。要是没有见到洛金带来的回信，又或者是洛金没有见到母亲，他也是要准备回去的。

克利斯朵夫回到火车站，无聊地等了一会儿，火车总算是到了。克利斯朵夫在车门外寻找洛金那张爽朗的脸，他相信她绝对会信守承诺的，但是却没有见到她。于是，他怀着七上八下的心情，在每节车厢寻找着。在如洪水般的客流潮中挤来挤去时，突然看见一张似曾相识的脸。那是个十三四岁的身材矮小的女孩子，胖乎乎的红脸蛋，鼻尖上翘，有点短小，一个大大的嘴巴，一根粗辫子盘在头上。克利斯朵夫仔细一看，发现自己的箱子好像是被她提着。她也像是麻雀一样地怯生生地在打量着他，发觉克利斯朵夫正在看着她，就朝克利斯朵夫走了过来，但是却在他面前又站住了，睁着老鼠似的小眼睛看着他，不说一句话。克利斯朵夫认出她就是洛金家里放牛的女孩子。他就指了指箱子，问道："这箱子是不是我的？"

小姑娘站着没动，傻里傻气地问道："等下。你要先告诉我你是从哪里来的？"

"蒲伊啊。"

那么是谁叫我送东西给你的呢？"

"除了洛金还有谁啊！得了吧，把箱子给我吧！"

小女孩将箱子递给克利斯朵夫，说："给你！"

她又补充道："对了！我一眼就认出你了。"

“那你还在等什么？”

“好让你自己说是你啊。”

“洛金怎么没过来呢？”

小姑娘不回答。克利斯朵夫知道这里说话不是很方便。他们就先去关卡那边验行李。行李检验后，小女孩被克利斯朵夫带到月台尽头。这时她的话倒是挺多了：“你们刚走没多久，警察就来了。他们挨家挨户搜查，每个人都被盘问了，大汉子沙弥那、克里斯顿、加斯班老头都被抓走了。虽然曼拉尼和琪脱罗特两个人哭嚷着不承认，但是也被抓走了。一个警察还把琪脱罗特打了一个嘴巴。尽管大家都说是你一个人干的，但是这也没起多大作用。”

“怎么说是我一个人呢？”克利斯朵夫叫起来。

“当然是你啊，”女孩子满不在乎地回答，“既然你已经逃走了，说是你一个人干的当然也没什么，不是吗？于是，警察就四处搜查你，还派人追捕你呢。”

“洛金呢？”

“警察来的时候洛金不在家，她去城里面了，之后才回来的。”

“洛金有没有见到我的母亲？”

“见到了。这儿还有一封信。本来她要亲自来的，但是她被抓走了。”

“那你怎么能来这儿呢？”

“是这样的，洛金回到村里，警察没有看见她，刚打算动身来这儿时，就被琪脱罗特的妹妹伊弥娜告发了，警察就来她家抓人。她一看见警察，就撒腿跑到楼上，推说是要换件衣服，马上就下来。碰巧我在后院的葡萄藤下，她便在窗口轻声地喊我：‘丽第亚！丽第亚！’我一到楼上，洛金就把你的提箱和你母亲的信交给我，告诉我到这儿来找你，之后又叮嘱我快点跑，不要被别人抓了。于是，我就拼命地赶到这儿来了。”

“她还有什么别的话要你告诉我的吗？”

“有的。她让我把这条围巾交给你，好证明是她叫我来的。”

这条花边红花的白围巾，克利斯朵夫是认得的，洛金昨晚就是用它裹着头的。她借口送纪念物，其实是为了表示爱情，只不过这未免有点儿可笑，但是克利斯朵夫并不觉得好笑。

“现在，”那女孩子说，“回去的火车到站了。我要回去了。再会吧。”

“等等，你的路费是从哪儿来的？”

“路费是洛金给的。”

“这些钱也拿着吧。”克利斯朵夫塞了一些零钱给她。

女孩子快要走了，克利斯朵夫抓着她的胳膊，说：“还有……”

他弯下腰，亲了女孩子的脸颊，小女孩好像不太愿意。

“别躲啊，”克利斯朵夫说，“这可不是亲你。”

“哦！我知道，你是在亲洛金。”

其实，克利斯朵夫亲这个放牛女娃，不仅仅是为了洛金，而是亲吻整个德国。

小女孩飞快地奔上正在开动的火车，她站在车门口对克利斯朵夫挥舞着手帕，一直到看不见他才停止。他目送这个乡村使者，她给克利斯朵夫带来故乡和所爱的人的最后一缕气息。

等到完全看不见她了，他便真的孤零零一个人了，这回真的是孤独地待在无依无靠的异国了。母亲的信和爱人的围巾被克利斯朵夫拿在手里。围巾被他塞在怀里，想要把信拆开，但是手却在不停地发抖着。信里到底写了些什么呢？母亲该是多么痛不欲生？……

不，他受不了那些仿佛已经听到的如诉如泣的责备，他必须得回去。

他到底还是将信拆开：

> 我可怜的孩子，不要为我难过。我会好好保重自己的。上帝已经惩罚了我。我不该自私地将你留在家里。你去巴黎吧。这也许对你更好。不用担心我。我自己会想办法的。你能够找到幸福才是最重要的事情。我拥抱你。
>
> 妈妈
>
> 能写信就写信过来。

克利斯朵夫坐在行李箱上哭了。

站员招呼前往巴黎的乘客上车。笨重的列车响着呜呜的声音进站了。克利斯朵夫擦掉眼泪，站了起来，心想："非走不可了。"

他看着巴黎方向的天空。阴沉的天空很黑，但是在那边似乎显得格外的黑，就好像黑暗的深渊。克利斯朵夫心里很难过，但是却反复念叨着："非走不可了。"

他上了火车，把头探出车外，继续看着远处阴沉的天空，心想：

"唉，巴黎啊！巴黎啊！拯救我吧！拯救我吧！给我的灵魂指一条路吧！"

阴沉的大雾越来越浓了。在克利斯朵夫的背后，在他离别的故土的上空，眼睛般大小的一角淡蓝色的天，冲破重重乌云，就好像是萨皮纳的眼睛一样，正在忧郁地笑着，旋即又陨灭了。火车开动了。下雨了。夜幕如约而至。

卷五　节场

第一部

一切都是看似有序，又混乱不堪。衣衫不整的铁路职员看起来态度轻浮得很。远行的旅客一边循规蹈矩一边却又忍不住抱怨铁路局的规章。克利斯朵夫到法国了。

回答了海关的那些充满好奇心的问题后，他终于通过了检查，搭上了开往巴黎的火车。夜色笼罩着浸透雨水的田野。车站上刺目的灯光照向朦胧的天边，在一片广袤无垠的原野上蔓延开，显得格外凄凉冷清。一路上碰到的火车越来越多，呼啸的汽笛声在空中回荡着，似睡非睡的旅客轻易地被惊醒了，就要到达巴黎了。

在到达巴黎前一小时，克利斯朵夫就迫不及待地准备下车：他把帽子压得很低，外衣的纽扣扣到了脖子上，预防着那些传说中的成群的巴黎扒手们，他反反复复地站起来，又坐下去，不断将提箱在网格与坐凳之间搬上搬下几十次，几乎每次都笨手笨脚地碰到邻座的人，惹得人家一阵抱怨。

列车快要进站了，却忽然停住了，四周一片黑压压的。克利斯朵夫将脸紧贴在玻璃窗上，却还是什么都看不清楚。他回头望着同车的旅客，希望有个搭讪的对象，好打听到火车到底到了什么地方。可是他们都打着瞌睡，或是装出瞌睡的模样，一脸的烦闷，都是一动不动的，好像没人关心火车为什么会停下。克利斯朵夫看着这片漠不关心的样子大感意外：这些目中无人、无精打采的家伙真的是法国人，和他想象中的差远了！他只好灰心泄气地坐在提箱上，车子摇来摆去，晃得自己都昏昏欲睡，直到车门打开，乱哄哄的声音传进来时，他才一下子惊醒过来……巴黎到了！……车里的旅客纷纷挤着下车。

人群挤来挤去，他一路跌跌撞撞地被挤到门口，又一把推开了抢着提行李的役夫。他以为每个人都想偷他的东西，他像个乡巴佬一样小心翼翼，把那个宝贵的提箱放在肩上，不理会别人对他大声叫喊地打招呼，只顾一个人在人堆中挤出一条路来。最后，总算挤到了泥泞的巴黎街上。

他担心着自己的行李，又想找个地方歇歇脚，却一下子被往来的车辆包围住了，再也打不起精神来欣赏一下市容了。现在头一件事就是得找间房子。车站四周一排排的旅馆，煤气灯排成的字母照得马路亮堂堂的。克利斯朵夫瞪大了眼睛想从中间挑一家最便宜的：可是寒酸到可以和他的瘪瘪的钱袋搭配的似乎一家也没有。最后终于让他在一条横街上看到一个脏兮兮的小旅店，楼下兼设着小饭铺，招牌上写着“文明客店”。一个穿着衬衣、抽着烟斗的大胖子，坐在一张桌子前面；一见克利斯朵夫进门，便起身迎上前来。他一点也听不懂年轻人生涩的德国法语，但一看就知道他是个笨头笨脑、初见世面的德国小伙子：从来都不敢让别人碰他的行李，说了一大堆话也说不清他的意思。胖子带着客人走上发着霉味的楼梯，打开一间密不透气的房间，房间的楼下就是天井。他少不了地吹嘘了几句，说这个房间是如何如何安静，屋外的声音在这儿都不会听见，然后又要了一个很高的价钱。克利斯朵夫本来就不大听得懂法语，又不了解巴黎的生活水平，肩膀又给行李压得酸痛，急于想安静地休息一会儿，便满口答应下来。但那胖子刚一走，他就发现房间里面实在是太脏了；为了缓一缓烦闷的心情，他匆匆忙忙地用混着灰土的，脏兮兮的水洗了把脸，紧接着就出门去了。他尽量表现的不闻不问也不看，以免自己给自己找不开心。

终于，到了街上。十月的雾浓，又厚又刺鼻，有股说不出的巴黎味，好像是郊区工厂里的废气和城中污浊的空气混合起来似的。十步以外的一切都模糊了。街上的煤气灯在浓雾中摇晃不定，好似随时都能熄灭的蜡烛一样。昏黄的灯光中，行人像两股相反的潮水一样涌到一起。马车迎面驶来，互不相让，车水马龙，交通几乎瘫痪，人潮就好像被一条江岸的大堤挡着。冰冷的泥浆中马蹄滑来滑去。马车夫的咒骂声，电车的喇叭与笛声，混在一起，闹得人的耳朵都快聋了。这一股股气味，一阵阵喧闹，一片片骚乱，把克利斯朵夫吓蒙了。他刚想停下脚步，马上又被后面的人潮卷走了。他走到斯特拉斯堡大街，什么也没看见，到处都是匆忙的路人，跌跌撞撞地挤来挤去。他自早上起就没吃过一点东西。无处不见的咖啡店里挤满了人，让他胆怯又倒胃口。他走向一个岗警，问了问路，但他讲的速度太慢了，每说完一个字都要想好久，警察可没有耐性听他讲完一句，微笑着耸耸肩，转头就走了。他像个机器人一样在大街上走着。看见有人站在一家铺子前面，他也无意识地停在那儿了。那是一个卖画报和明信片的铺子：全是摆着一些少女的照片，有的穿着衬衣，有的衬衣都没穿，画报上面尽是些低级下流的笑话。年轻的女人和孩子们站在那里，若无其事地瞧着。一个瘦小的红头发姑娘看见克利斯朵夫站在那里怔怔出神，便走过来招呼他。他望着她，感到脑袋一片空白。她挽起他的手臂，傻里傻气地笑了笑。克利斯朵夫赶忙挣脱着走开了，气得面红耳赤。一排排的音乐咖啡店的门口都悬挂着恶俗的小丑的广告，用来招揽往来的客人。人越来越多，不怀好意的嘴脸，鬼鬼祟祟的闲人，浓妆艳抹、气味难闻的娼妓，川流不息地流淌而过，克利斯朵夫看到这么些景象不禁吓坏了，来到巴黎的兴奋心情转瞬就凉了。疲惫，虚弱，越来越堆积的厌恶，让他感到一阵恶心。他紧咬着牙齿，加紧了脚步。临近塞纳河的地带，雾气更浓更厚。车来马去的完全把路给堵住了。一匹马滑倒了，横着躺在泥浆地上；马夫狠命地用鞭子抽打着它，要它站起来；可怜的牲口被缰绳绊住了，挣扎了一会儿，又无奈地倒下去，一动不动的，好像死了一样。这个司空见惯的景象引起了克利斯朵夫极大的愤恨：眼看着那可怜的牲口在地上抽搐，大家却都无动于衷，他不禁悲从中来，感到自己在这茫茫人海中的无力与空虚。一小时以来，他一直在竭力抑制对这些腐朽堕落的芸芸众生的反感；此刻，这种反感似乎再也压制不住了，满腔的悲愤一下子涌上来，堵得他气都喘不上来了。他不由得呜呜咽咽地哭了起来。路上的行人看见这个大男孩哭起来了，都露出惊讶的表情，大为惊异。他慢慢地往前走着，脸上还流着泪水，也不去抹擦干净。路人纷纷停住了脚步，眼睛跟着他移动着。那些在他眼中胸怀恶意的群众，如果现在他能看到他们心里去的话，也许会发现有些人除了爱讽刺的巴黎秉性之外，还会有些许友好的同情；但他的眼睛已经淹没在泪水里，什么都没看见。

他走到一个广场上，靠近一个大喷水池。在水池旁，他把手和脸都洗了下。一个卖报小贩好奇地看着他，说了几句玩笑话，评头论足一番却没什么恶意；他还捡起了克利斯朵夫掉在地下的帽子，递给了他。冰冷的水挂在脸上，克利斯朵夫显得有精神多了。他定了定神，马上掉头往回走了，不敢东张西望，也没什么胃口了。他不敢再到处打听，他怕随便说句话就会又流起泪来。他已经精疲力竭了，搞错了方向，只知道乱走，正当他以为自己要完全迷路的时候，恰巧到了客店门口——原来他不记得那条街的名字了。

他回到那间破屋子里，肚子空空的，眼睛也又干又痒，身心都麻木了，倒在屋角的一张椅子上，一动不动地躺着，一坐就是两个钟点。终于，他从恍恍惚惚的情境中挣扎起来，上床睡了。但他又陷入一种昏昏沉沉的状态之中，躺在床上翻来覆去，常常被惊醒，他以为自己已经睡了几小时。房间里的空气沉闷混浊。他从头到脚发着烧，口里也干出火了，渴得要命；荒唐的噩梦老纠缠着他，就算他睁大了眼睛，尖锐的痛苦也像刀子一般直刺他的心窝。他半夜里醒来，又痛苦又绝望，差点儿就叫了出来；他赶快用被单堵着嘴巴，怕别人听见，以为自己快要发疯了。他从床上坐了起来，点着灯，这才发现全身都在冒着汗。他爬起来打开箱子，试图找到一方手帕，无意中却摸到了一本破旧的《圣经》，那是母亲放在他衣服中间的。一直以来，克利斯朵夫都没怎么看过这部书；但此时此刻，他却感到无比的欣慰。那是他祖父留下来的，还是祖父的父亲的遗物。在书的末尾有一页是空白的，祖祖辈辈都在上面签着名，记着一生中的大事：结婚、死亡、生儿育女等日子。祖父还用那种粗大的字体，记录着他初读或重读某一章某一节的年月；书中夹着一片片泛黄的纸片，上面写着老人偶尔产生的一些可爱的感想。当初这本《圣经》一向被他放在床高头的搁板上。每次在大半夜他醒来时，就捧着《圣经》，与其说念着，还不如说是和它推心置腹地谈着天。它陪着他一辈子，直到他离开这个世界，就像从前陪着他的父亲一样。看着这本书，家中一百年来的悲欢离合都深深地印在了上面。有了它，克利斯朵夫就觉得不那么孤独了。

他翻开了《圣经》，恰好翻到最悲痛的几段：

> “人生在世，就是一场持久的战争，他过的生活和雇佣兵的生活没什么区别……”
>
> “我一躺到床上就问：什么时候起来呢？起来之后就烦躁地等着天黑的到来，心情沉闷，直到夜幕降临……”
>
> “我对自己说：床可以给我安慰，休息可以为我解忧；可是你又拿梦来烦恼我，用幻境来惊扰我……”
>
> “什么时候你才肯饶了我呢？你就不能让我喘口气吗？我犯了什么罪？我到底哪里冒犯你了？你这人类的守护者啊！”
>
> “结果都是一样的：上帝也会折磨善人，就像折磨恶人一样……”
>
> “啊，就让上帝处死我吧！我对他的希望永存……”

一颗平庸的心灵是永远不能了解，这种无尽的悲哀对一个受苦受难的人来说是多大的安慰。只要是伟大的，就是有益的，物极必反，痛苦的极致便是解脱。压抑着的感情，摧残自己的心灵直到无可救药的地步，还不如享受着庸俗的喜怒哀乐、渺小自私的烦恼；没有勇气失去旧欢，为了新欢又不择手段自甘堕落。克利斯朵夫仿佛从《圣经》流露的肃杀之气中汲取了力量：从西乃山上，从荒凉的沙漠中，从汪洋大海中兴起的狂风，将胸中的乌烟瘴气一扫而空。克利斯朵夫身上的燥热也彻底消失了。他心平气和地躺下，直睡到天明。等他醒来的时候，屋内已经一片大亮。室内的丑恶也越发瞧得清楚了，他一样能感到自己的困苦、孤独；但他再也不去躲闪了，而是勇敢面对一切；再也不会继续消沉下去，剩下的只有那股意气风发的凄凉意味。他又念起约伯的那句话："上帝决定我的生杀大权吧，我对他的希望亘古不变……"

于是他一个鱼跃就起床了，很沉着地开始了自己的奋斗。

当天早上，他就做好了初步拜访的奔走准备。他在巴黎只认识两个人，是两个年轻的老乡：一个是他的老朋友奥多·狄哀纳，现在跟着叔父在玛伊区合开了一个布店；另一个是西尔伐·高恩，在一家出版社工作，是玛扬斯地方的一个犹太人，可是克利斯朵夫不知道他们的地址。

他十四五岁的时候跟狄哀纳非常要好，关系特别亲密，那青梅竹马般的友情，就是那种爱情前的童年友谊，甚至可以算是爱情了。狄哀纳也喜欢过他。狄哀纳是一个害羞胆小又有点木讷的孩子，克利斯朵夫狂野的性格曾深深地折服了他。他那时拼命模仿克利斯朵夫的行为，有时候看起来很滑稽，让克利斯朵夫又生气又有点得意。那时候他们可是有过不少惊天动地的计划。后来，狄哀纳要学做生意，跟着商队出了远门，从此两人再没见过面；但克利斯朵夫常常从当地一些人那儿知道狄哀纳的消息，因为狄哀纳当时与一些同乡还有一些通信。

至于西尔伐·高恩，他和克利斯朵夫就是另外一种关系了。他们是小学同学。小猴子一样调皮的高恩老是捉弄克利斯朵夫，克利斯朵夫每次一上了当就狠揍他一顿。高恩也从不反抗，心甘情愿地让他把自己打倒在地，把脸摁在土里；他假装呜呜地哭上一阵子，没过一会儿就又来挑弄克利斯朵夫，古怪的恶作剧没完没了——直到有一天，克利斯朵夫非常当真地恐吓他说要宰了他，他才吓得不敢再戏弄克利斯朵夫了。

克利斯朵夫一大早就出门了，路上顺便在一家咖啡店里吃了早餐。他顾不上自尊心，绝不放过任何讲法语的机会。既然他必须待在巴黎，也许在这里要生活几年，自然也就不得不赶快跟上巴黎的生活节奏，克服自己那种厌恶的感觉。所以他强迫自己，不要把店伙计在听到他那蹩脚的法语时露出的嘲笑表情放在心上；虽然感觉很难受，他还是装作若无其事的样子，坚持要用自己的笨嘴笨舌拼出一些不三不四的句子，反复地说了一遍又一遍，直到人家听懂为止。

吃完早点，他就动身去找狄哀纳。照他个人的习惯，要是心里有事，就会对周围的一切都视而不见的。有了第一次散步的那种糟糕印象，他觉得巴黎脏兮兮的，又老又旧。克利斯朵夫看惯了新兴的德意志帝国的城市，有强大的生命力，虽然很古老却又透露着无限的生机，因为那股新生的力量存在，他心中一种自豪感油然而生。现今看到巴黎残破的市街，泥泞的路面，拥挤的行人，混乱的交通——车辆各式各样，马车、电车、蒸汽机车乱七八糟地充斥在这个城市的每个角落，人行道上搭着木棚，广场上堆满身穿礼服的塑像，一旁还放着旋转木马，说不出是拖着哪个中世纪城市的残骸，虽然早已接受了现代民主的洗礼，却依然没有摆脱破落户的面貌，克利斯朵夫看得目瞪口呆。头一晚的浓雾到了今天已经变成了丝丝细雨。

虽然已经过十点，许多店铺还点着煤气灯。

克利斯朵夫在胜利广场四周那错综复杂的街道中摸索了好一阵，总算找到了那个位于银行街上的铺子。一进门，他就瞧见一个跟狄哀纳有几分相似的人与几名伙计在黝黑的铺子尽头整理着布匹。但他有些近视，怕看不准，虽然自己的直觉一向很准。克利斯朵夫向招待他的店员报了姓名说明来意，里面的人忽然掀起了一阵骚动。他们窃窃私语地商量了一阵后，人堆里走出一个年轻人，用德语说道：“狄哀纳先生已经出门了。”

“出去了？那什么时候回来呢？”

“大概是罢。他刚刚出门不久。”

克利斯朵夫想了想，说：“那好。我等着他。”

伙计愣了一愣，赶紧补了一句：“说不定他要过两三小时才能回来呢。”

“噢！那也没关系，”克利斯朵夫不慌不忙地答道，“反正我在巴黎很闲，就算等上一整天也没问题。”

年轻的伙计望着他愣住了，以为他只是开个玩笑。可是克利斯朵夫仿佛已经把那伙计忘了，一个人满不在乎地挑了一个角落坐了下来，背对着大街，似乎准备就在那里等下去。

伙计又急急忙忙地聚集到铺子的尽头，和同事们细声细气地商量着；紧张的神色显得十分可笑，他们正合计着用什么方法把这个不识相的小子打发走。

大家含糊地商量了几分钟，还是没什么定论，这时，办公室的门开了。狄哀纳先生终于走了出来。他的脸宽大红润，胡子淡黄，一条紫色的疤痕横贯腮帮和下巴，稀疏的头发紧紧地贴着脑门，梳了个偏分头，一副金丝框架的眼镜压在大鼻子上，胸前的衬衫上扣着金纽，肥胖的手指上戴着几只戒指。手里还拿着帽子和雨伞，装作一点事都没发生一样地向克利斯朵夫走过来。坐在椅上的克利斯朵在胡思乱想，冷不防瞧见他过来，吓了一跳，马上走过去一把抓住狄哀纳的手，亲热地叫嚷了起来，惹得周边伙计们一阵暗暗发笑，狄哀纳那张肥脸顿时红了起来。这个严谨的人物当然有不愿意与克利斯朵夫这个老友重续旧情的原因。他早已下定决心，一见面就端出自己威严的架子，不让克利斯朵夫和自己套近乎。可是一接触克利斯朵夫的目光，他仿佛又回到了当年小跟班的位置，不由得又羞又恼，赶紧嘟嘟囔囔道："到我办公室里去吧……那里方便说话。"

克利斯朵夫看出来了，他还是习惯地谨小慎微。进了办公室后，他小心地把门关严实了，却并不热情地招呼克利斯朵夫坐下，只是站着，很笨拙地解释道："我真高兴……我本来是打算要出门的……他们以为我已经走了……可我还是非出去一趟不可……我们只能谈一会儿……我有个急事要办……"

克利斯朵夫这才明白过来，原来刚才那伙计是在扯谎，而且还是得到了狄哀纳的默许，就为了把这个旧友赶出门。他一下子就火了起来，可还是暗暗地按捺住了，冷冷地回答说："你可真忙啊！"

狄哀纳也吓了一跳。他这样放肆的态度，让狄哀纳非常愤慨："怎么不忙！有笔生意……"

克利斯朵夫直瞪着他的脸："不忙！"

狄哀纳像个犯错的孩子一样把眼睛低了下去。他恨克利斯朵夫，恨自己在克利斯朵夫面前这样的胆小、没用。他支支吾吾地说着，但克利斯朵夫一下打断了他的话："你知道……"

（一听到这个“你”字，狄哀纳就心中有气；他一开头便用了客套的您字，表示疏远，不料竟是白费。）

“你知道我到这里来的原因吗？”

“我知道。”

（收到德意志那边的信后，狄哀纳已经知道克利斯朵夫惹了祸而被通缉了。）

“那就好，”克利斯朵夫接着说，“你知道我不是来玩儿，我是来逃难的。我现在已经一无所有，得找个法子活下去。”

狄哀纳就等他提出要求。在这里接见他，狄哀纳觉得又得意又有点难堪。得意的是，自己终于可以在克利斯朵夫面前显得高人一等了；难堪的是，只敢小心翼翼地让克利斯朵夫感觉到自己的优越。

“啊！”狄哀纳很严肃地说，“这可是麻烦啊，真麻烦啊。这儿的生活不容易啊，什么东西都很贵。本来我们开支就很大，而且还有这么多的伙计……”

克利斯朵夫觉得他实在可恶，就打断了他的话：“别担心，我不是来向你要钱的。”

狄哀纳顿时下不了台。克利斯朵夫接着说：“你生意做得不错吧？主顾不少吧？”

“是的，托上帝赐予的福气，还不坏……”狄哀纳小心翼翼地回答道。（他提防着。）

克利斯朵夫很不高兴地瞪了他一眼才说：“你在这儿应该认识不少德国的侨胞吧？”

“是有不少。”

“那好，你就帮我一个忙。他们大概总有喜欢音乐的人。他们要是有孩子，我就可以给他们上点音乐课。”

狄哀纳显得很为难。

“怎么了？”克利斯朵夫问，“难道你觉得我不够格，教不好人家吗？”

他要人家帮忙，一点都不客气，倒像是他在帮人家的忙一样。可狄哀纳觉得要是不让克利斯朵夫觉得欠了自己的情，就说什么也不帮这个忙，所以打定主意，就算是举手之劳的事，也绝不轻易应允的。

“哪里哪里！让你给孩子上课实在是大材小用了……只是……”

“只是什么？”

“只是事情不简单，真的不简单啊，你看，因为你的情况……”

“我的情况？”

“是啊……那件事，就是那个案子……如果大家知道的话……我可就为难了。那我以后就有可能被人说三道四的。”

克利斯朵夫气得脸都绿了，狄哀纳一眼瞥见了，马上住了口，但又赶快加上几句：“这可不是为了我自己……我其实没什么可担心的……唉！要是只有我一个人就好办了！……可是我叔叔那里……你知道铺子是我叔叔的，他不开口，我就什么也做不了……”

他越来越怕克利斯朵夫会突然变脸发起大火来，便匆忙又补上一句（他心眼儿并不坏，但是既舍不得花钱，又要顾及面子，心里十分矛盾；他倒不是不愿意帮助克利斯朵夫，只是一直合计着怎么用最小的代价，就让他对自己感恩戴德）：“我先给你五十法郎怎么样？”

克利斯朵夫脸都发紫了。他朝着狄哀纳走过去，一脸的狰狞，吓得狄哀纳马上退到门口，打开门准备叫人。但克利斯朵夫只是把充血的脸凑近去，大骂一声：“你是个十足的浑蛋！”

他一把推开狄哀纳，往外走去，看也不看旁边的伙计。直到门口，他才很恶心地吐了一口唾沫。

他在街上大步流星地走着，气得头昏眼花。冰冷的雨淋在身上时他才清醒过来。我这是走到哪儿了？他不知道。过路的人他一个也不认识。经过一家书店的时候，他站住了，准备好好地理一下思路，茫然地望着橱窗里陈列的书。忽然一本书的封面上出版商的名字引起了他的注意。他寻思着为什么是这样。好一会儿，他才突然想起，那是西尔伐 · 高恩工作的出版社，于是把地址草草记了下来……但那有什么用呢？他铁定是不会去的……为什么不去？因为狄哀纳那个浑蛋，当初可是自己最亲密的好朋友，现在都这样对他；那个从前受尽他欺压的调皮鬼，现在恐怕只会恨他，找高恩又有什么希望呢？再去自讨没趣吗？一想到这里，他的火气就上来了。但天生的悲观主义，或许是基督教教育的结果，反而使他想遍尝这种求人拜佛的苦难，去彻底地体味下人性的卑劣。

“我不能再摆什么架子了。即使饿死，也得把所有求生的门路都走一遍。”

他在心里对自己说：“我是不会饿死的。”

他把地址仔细核对了一遍，就找高恩去了。克利斯朵夫暗暗告诉自己：只要高恩露出一点儿傲慢的神气，就立马打破他的头。

那家出版社在玛特兰纳区。克利斯朵夫走上了二楼的客厅，说要找西尔伐 · 高恩。一个身穿制服的仆人回答说：没听说过这个人。克利斯朵夫觉得很奇怪，以为是自己吐字不清，就又重复了一遍，那仆人仔细听了以后，说公司里确实没有人叫这个名字。克利斯朵夫一脸狼狈，匆匆忙忙地道了歉，转身就准备走，不料这时过道尽头的门打开了，出来一位女客，送客的正是高恩。克利斯朵夫刚才才在狄哀纳那里碰了钉子，自然而然地以为大家都在要弄他。他想高恩一定是看见他进门了，特意吩咐仆人把他挡在门外。这种瞧不起人的举动气得他喘不过气来。他气冲冲地朝外走去，忽然听见有人跟他打招呼。原来高恩眼睛尖，大老远就把他认出来了，堆着满脸的笑容跑了过来，拉起他的手，亲热得不得了。

西尔伐·高恩是个矮胖子，胡子刮得干干净净，完全的美国式风格，皮肤显得发红，头发又显得太黑，肥头大耳的，一张宽阔的大脸上，皱巴巴的细眼不停地望来望去，嘴巴稍微歪了点，呆板的笑容看起来又带着狡猾。他穿得非常讲究，尽量掩饰着身段的缺陷，免得露出太高的肩膀，腰身也粗得像水桶，看起来有失体面。说实话，也就这两点他觉得不太满意；要是身板能再高两三寸，腰围再细几分，就算给人踢几脚屁股也是心甘情愿的。至于别的部分，他自己可是非常满意，觉得别人一看到他就会马上被他吸引住。他也确实有得意的资格。这矮胖的德国犹太人，一个笨头笨脑、俗到不能再俗的家伙，居然做着巴黎时装的专栏作者，是个评头论足的时装评论家。他写一些无聊的低级肉麻的社会通讯，还觉得很有趣味。他是个高谈阔论，鼓吹着法国风格、法国雅致、法国时尚、法国精神的人——其实脑子里全是摄政王时代，红靴根、洛尚那一类的玩意儿。大家嘲弄他，但他照样出尽了风头。凡是说“在巴黎，可笑是你的致命伤”的人，其实是不了解巴黎的，“可笑”不但没有害过人，还有人靠闹笑话为生；在巴黎，“可笑”甚至能够让你名利双收，应有尽有。所以西尔伐·高恩每天操着法兰克福口音，讲着附庸风雅的笑话，已经是赚得盆满钵满。

他讲话鼻音很重，加上重重的口音，好像扯着嗓子在讲话一样。

“啊！真想不到！”他兴奋得叫嚷了起来，双手紧紧扣住克利斯朵夫的手摇来摇去，手指头好像塞了太多肉的香肠，皮绷得紧紧的。仿佛遇到了最知心的朋友似的，他一直抓着克利斯朵夫舍不得放下。克利斯朵夫顿时愣住了，心里想高恩是不是在拿自己开心。可是看起来并不像啊，或者就算是他存心嘲弄，也没有自己从前那么厉害。高恩是个机灵鬼，他绝不是那种睚眦必报的人。克利斯朵夫当年欺负他的事早就被他抛到脑后了；就是想起来，他也不大在乎；恰恰相反，他倒是很乐意在当年的伙伴面前炫耀一下现在自己是多么有地位、多么有风度。当然他的惊讶也不假，他怎么也没想到克利斯朵夫会这个时候突然登门拜访。他那么聪明，自然一下子猜到了克利斯朵夫有求于他，对于这种能体现高人一等的机会，他当然是欣然接受的。

“是从老家过来吗？妈妈身体还好吗？”他问得很亲热，换个时间，克利斯朵夫可能会听得不舒服，但现在，一个人在外漂泊时听到，倒觉得十分欣慰。

“这是怎么回事，”克利斯朵夫还是有点不放心，“怎么刚才我问了下，人家告诉我这里没有一个高恩先生？”

“这里确实没有高恩先生，”西尔伐·高恩笑着说。“我现在改姓哈密尔顿了。”

他忽然说了声“抱歉”，把话打住了。

原来是有位女宾客从旁边经过，高恩赶忙笑脸迎了上去，跟她握了握手。然后他就回来了，解释说那是一个以写火辣辣的性感小说出名的女作家。这位现代的萨福口缀着紫色的丝带，她体态丰满，黄色的头发里略带着点红，涂满脂粉的脸上挂着志得意满的神情；她用那种粗里粗气的嗓子，带着法国东部的口音说着自以为了不起的话。

高恩又向克利斯朵夫嘘寒问暖的，问问这个，再问问那个，家里的人都问了个遍，好像他谁也没落下。克利斯朵夫似乎忘记了自己的反感，又感激又诚恳地跟他讲了一大堆，当然大部分都跟高恩没什么关系。话讲了一半，高恩又礼貌地打断他，去招呼另外一位女客。

“怎么回事？”克利斯朵夫问道，“难不成法国只有女人会写文章吗？”

高恩听后笑了笑，神气俨然地回答说：“我的好朋友，法国是女人的。你要想飞黄腾达，就得依靠法国的女人。”

克利斯朵夫根本不给高恩继续解释的机会，只管讲自己的。高恩想换个话题，就问道：“那你是怎么到这里来的？”

“对了！”克利斯朵夫心里想，“他还不知道我的底细呢。怪不得这么亲热。要是他知道了的话，估计立马就会变脸了！”

可他不怕丢面子，反而非把自己跟大兵打架，被当局通缉，只好逃亡到法国等一起说出来。

高恩听着笑弯了腰，叫道：“行啊！行啊，你！真有你的！”

他热烈地握着老同学的手。只要是不把政府那群人放在眼里的事，他听了就乐不可支，何况这次的主角还是自己认识的，就更觉得滑稽可笑了。

“听我说，都十二点多了。你给我个面子……咱俩好好聚一聚。”

克利斯朵夫不胜感激地接受了，心里想着：“这家伙倒是不坏，看来我以前看错了他。”

他们一起出去。一路上，克利斯朵夫一五一十地说出了他的来意：

“现在你了解我的情况了吧。我到这儿来就是想找份工作，先教教音乐，慢慢地人家大概就知道我了。你能替我介绍介绍吗？

“那没问题！你要我介绍谁都可以。这儿的人我没有不熟的。只要你说一声就可以了。”

他很高兴能显示一下自己多有声望。

克利斯朵夫急忙道谢，觉得悬在心里的一块石头总算落地了。

吃饭的时候，他狼吞虎咽，好像两天没吃东西了一样。他把饭巾围在脖子上，餐刀都没离过嘴边，看到他那种贪嘴和土里土气的乡巴佬姿态，高恩·哈密尔顿感到一阵厌恶。并且克利斯朵夫根本就没注意到高恩的自吹自擂。高恩一个劲地炫耀自己的交际和种种桃花运，可是克利斯朵夫没把那些当回事，还随随便便地扯开高恩的话题。吃饱喝足了之后，他也打开了话匣子，亲热地跟高恩交谈着。他心里充满着感激之情，就没头没脑地把自己的打算一五一十地宣布给高恩。更令高恩头痛的是，这段时间克利斯朵夫非要不时地从桌上伸过那双油腻的手想和他握手，甚至还要求他来一下德国式的碰杯，说着冲动的话，说祝福故乡的人，说祝福莱茵河，高恩真是气恼到了极点。眼看着克利斯朵夫差点要唱起歌来了，高恩吓得按捺不住了。邻桌的人都用很讽刺带点鄙夷的眼神看着他们，高恩急忙告辞说有一个重要的约会马上要过去，边说边站了起来。克利斯朵夫却死死地拽着他，问他什么时候能带自己去见雇主，什么时候可以开始上课。

“我现在就想办法，今天，就今晚。”高恩无奈地回答道。“你放心好了，我等会儿就去找人。”

克利斯朵夫还是不肯放手：“那你什么时候可以回复我呢？”

“明天……明天……也许是后天。”

“那好。我明天就来找你。”

“不必，不必了，”高恩抢着说，“等确定了之后，我会亲自通知你的，你不用来跑一趟了。”

“没关系！跑几趟都没什么！……反正我现在闲也是闲着。”

“真是见鬼！”高恩心里想着，又无奈他提高了声音说道，“算了，我还是写信给你吧。这几天你可能找不到我的。你把你的地址留给我。”

克利斯朵夫把地址告诉了他。

“很好，我明天就给你写信。”

“明天吗？是真的吗？”

“明天，明天一定会写的。”

他用力甩脱了克利斯朵夫的手，赶忙溜走了。

“嘿！”他对自己说，“太招人厌了！”

他回到办公室，就吩咐那位仆从，下次那个“德国老乡”再来，就直接说他不在。十分钟后，他就把克利斯朵夫忘得一干二净了。

克利斯朵夫高兴地回到小旅馆里，心情十分激动，充满对老友的感激之情。

“好小子！”他心里想，“我从前让他受了多少欺侮，他居然一点都不记恨我！”

因为这事，克利斯朵夫很自责，就想写封信给高恩，告诉他从前误会他了，为此感到很抱歉，如果有得罪的地方，希望能够取得他的原谅。但一想到这些，克利斯朵夫的眼泪就止不住地涌了出来。他刚一动笔，就发现写信比写整本的乐谱难多了；所以他不停地咒骂着旅店里破旧的鹅毛笔，用不得的墨水，涂来涂去，毁掉了四五张信纸，实在不耐烦了，终于还是打消了写信的念头，把那些草稿和笔墨都一股脑扔掉了。

这一天剩下的时光更加难以打发。但他前一晚没有睡好，这天从早开始就一直在奔波，早已经是疲惫不堪了，往椅子上一坐就打起了盹儿。他醒来的时候就是傍晚了，索性直接躺到了床上，一睡就是十二小时。

第二天，从早上八点起，他就在那里等着回音。他相信高恩断然不是那种言而无信之人。他一步也不曾离开房间，担心高恩会在去办公室之前跑饭店来找他。眼看着到中午了，他还是寸步不离，午饭就让饭店的伙计端上来。饭后他还在那里等着，告诉自己高恩可能就要从饭店里出来看他了。他在屋子里焦急地走来走去，一会儿坐下，一会儿又站起来走几步，一听见楼梯上有点动静就立马把门打开。他根本没想过去巴黎市内散散步，放松一下心情。他一直躺在那张破床上，一遍又一遍地回想着母亲；而她这时候也一定在那里想他吧——世界上也许只有她会想起他吧。他深爱着自己的母亲，想到把她一个人孤零零地留在德国就感到一阵不安。可是他没有联系母亲，他想自己工作有了着落了再告诉母亲。即使母子俩那么相爱，但是都没想过用一封简单的信就把他的感情吐露出来。他认为只有在需要确定一些信息时才应该通过信件来传达消息。他就这样躺在床上，枕在自己的双手上，想来想去没什么结果。尽管离街道很远，但是巴黎的喧闹声依然穿墙而过，传了进来，让整个屋子都跟着那些声响一起震动着。天黑了，依然没有任何消息。

又是一天过去了，跟头一天差不多，还是没任何消息。

克利斯朵夫把自己关在屋里闷了三天，实在憋得受不了了，才决定出去透下气。但自从第一个晚上发生了那种种的不愉快，他就对巴黎产生了一种本能的反感。他对任何东西都不想看，对什么东西都提不起兴趣；他自己的生活都还没有眉目，哪还有兴趣去关心别人的生活：什么千年古迹，什么风景名胜，他都没有心思去欣赏。才一出门，他就开始觉得无聊得要命，所以虽然本来打算至少等上七八天都不能去劳烦高恩的，结果还是忍不住一口气跑了过去。

仆人遵照吩咐，说哈密尔顿先生出门办事去了。克利斯朵夫顿时乱了阵脚，嘴里嘟囔着问他什么时候能回来。仆役随口回了一句："大概要个十天八天吧。"

克利斯朵夫拖着失望的脚步回到客店，又在房里躲了好几天，也没心思去找工作。他猛地发觉母亲用手绢一层一层包起来的那点儿可怜的钱已经快见底了，只好尽量地缩小开支。他一整天待在屋里，到了晚上才下楼在小饭铺里吃了个简单的晚餐。饭店里的客人很快都认识他了，他们背地里都叫他"普鲁士人"或是"酸咸菜"。他费了很大的工夫，又寄出几封信，是写给几位他模模糊糊地知道姓名的法国音乐家的。其中一个已经去世十年了。他在信上请求他们能够听听他弹钢琴，满篇错字连连，句序颠来倒去的，还堆砌了一堆德文式的客套话。信上注明"送呈法国通儒院宫邸亲启"之类的。那些收信人中只有一个人拆开过信，还把他当成笑柄，讲给朋友们听，成了他们的笑料。

一星期后，克利斯朵夫又一次来到出版社。这一回，运气倒站在了他这一边。他刚走到门口，高恩正好从里面走出来。高恩眼见躲不过去了，只好扮了个鬼脸；克利斯朵夫太高兴了，根本没有察觉到任何异样。他那让人反感的习惯又出现了，冲过去紧紧抓住了高恩的手，兴奋地问道：“啊，你出门回来了？一路上还好吗？”

高恩不耐烦地回了一声，眉头却越拧越紧。克利斯朵夫又接着说：“我之前来过，你知道吧，……人家跟你提起我了是不是？……有没有什么好的消息？你去跟人提起我了吗？人家怎么答复？”

高恩一副愁眉苦脸。克利斯朵夫看着他那尴尬的面孔很是奇怪，那简直和上次的高恩判若两人。

“我当然问了，”高恩说，“可是还没什么结果。我最近很忙，没什么空。上次与你分开以后，我就忙得不可开交：公事没头没脑地压过来，弄得我手忙脚乱的，不知道怎么办才好。真是累死我了。再这样下去真怕要累得生病了。”

“你身体不舒服？”克利斯朵夫忧心忡忡地问道。

高恩狡黠地瞧了他一眼：“是有些不舒服。已经好几天了，不知道什么原因，总觉得很难受。”

“不会吧！天哪！”克利斯朵夫又抓着他的手臂摇晃着，“你要多注意身体啊！好好地保重身体。我真抱歉，你这么累，我还给你添麻烦！你可得要老实告诉我，到底哪里不舒服？”

看着他把别人推托的话都当真了，高恩强忍着才没笑出来，但也被克利斯朵夫的憨厚正直给感动了。犹太人是最喜欢打击人的——（在这方面，巴黎大多数基督徒也都一样）——不管是遇到讨厌的家伙，还是针锋相对的对手，只要让他们抓到一个好好嘲笑一番的机会，他们反倒会对人家网开一面。再说，高恩看到克利斯朵夫是真的关心他的健康，也不由得有点感动了，所以就决定帮克利斯朵夫这个忙。

“我现在倒有个主意，”高恩说，“既然你暂时没找到学生授课，你看要不先去做点儿音乐方面的编辑工作。”

克利斯朵夫毫不犹豫地答应了下来。

“那就好办啦！”高恩接着说，“我认识一个巴黎最大的音乐出版社的主管但尼·哀区脱，我跟他挺熟的。我可以介绍你过去，至于有什么样的工作，就得看你自己的了。你知道，我对音乐一窍不通。但哀区脱可是个真材实料的音乐家，我想你们见面一定会谈得拢的。”

他们约好了第二天就去找哀区脱。高恩感到很高兴，因为既帮了忙，又省得克利斯朵夫再来烦他。

第二天，克利斯朵夫就到出版社找到了高恩。他按照高恩的嘱咐，随身带了几部自己的作品，准备给哀区脱看。在歌剧院附近的一个音乐铺子里，他们总算把他找到了。客人进来后，哀区脱却一动不动，没有半点起身的意思；高恩跟他握手，他也只是冷漠地伸出两个手指；至于克利斯朵夫在一旁毕恭毕敬地行礼，他根本理都不理。一直等到高恩开口请求，他才把他们带到隔壁的房子里，也没给他们让座，自己背靠在一个冷冷的壁炉上，眼睛盯着墙壁。

但尼·哀区脱四十岁左右，高高的个子，冷冰冰的态度，衣服永远都是一副讲究的样子，是个典型的腓尼基人，样子高傲又无礼，一脸的怒容，头发黑黑的，长长的胡子修成了方形，极像古代的亚述王。他几乎从来不正眼看人，说起话来口气又冷又粗暴，就是跟人寒暄几句都像是在顶撞别人。从来都瞧不起人，其实是一种手足无措的表现。这样的犹太人实在太多了，大家都讨厌他们，以为他们都目中无人，态度恶劣，哪里知道他们的身心都已经僵化到了无可救药的地步了。

高恩半夸着海口半开着玩笑，把克利斯朵夫介绍一下。而当事人却因为冷淡的接待已经是站都站不稳了，手里拿着帽子和乐谱，样子狼狈不堪。哀区脱似乎这才发现克利斯朵夫在场。一直等到高恩讲完，他才傲慢地转过头来，眼睛也不知道瞟着哪里，漫不经心地说道："克拉夫脱……克利斯朵夫·克拉夫脱……从未听说过这个人。"

克利斯朵夫一听这话，仿佛被当头棒喝。他的脸一下子红了起来，咕噜道："你将来一定会听说的。"

哀区脱一点都不为所动，只是自顾自地喃喃着，好像克利斯朵夫根本不存在一样："克拉夫脱？……真没听说过。"

像哀区脱那种人，认为一个人没什么名气就什么都算不上。

他接着用德语说："你是莱茵河区的人吗？……真是奇怪，那边搞音乐的人怎么这么多！我敢说，随便指着他们中哪一个，他都会认为自己是音乐家。"

他只是想说个笑话，并没打算侮辱人；但听在克利斯朵夫耳朵中就变成另外一个意思了，他正想顶回去了，但高恩抢过话头："啊！这你可得谅解，你也得承认我可一直都说对音乐一窍不通啊。"

"你承认自己不懂音乐，我倒觉得应该夸奖你呢。"哀区脱答道。

"假如不是音乐家才能讨你喜欢，"克利斯朵夫干巴巴地说，"那太抱歉了，我恐怕要让你失望了。"

哀区脱始终把脸别在一边，满不在乎地问道："你已经在写东西了吗？都写过些什么？总不会都是些歌曲吧？"

"有歌曲，还有两个交响曲，一些交响诗，四重奏，钢琴杂曲，舞台音乐。"克利斯朵夫一下子兴奋了起来。

“你们德国音乐家的作品真多！”哀区脱表面上说得客气，却明显带着点儿鄙夷。

他对于这个新人物没什么信任感，尤其因为是克利斯朵夫写过这么多作品，而他，见多识广的但尼·哀区脱，却近乎一无所知。

“那好吧，”他说，“既然你是我的朋友哈密尔顿介绍来的，或许我能给你安排一些工作。我们此刻正在编一部少年音乐丛书，准备插印一批简单的钢琴曲。你是否可以把舒曼的《狂欢曲》简化一下，改成四手、六手，或八手联弹的钢琴谱？”

克利斯朵夫跳了起来：“你让我、我、做这样的工作？”

这个“我”字叫得那样天真，高恩听了一下子大笑起来；可是哀区脱的脸色却沉了下来：“我不明白这有什么大惊小怪的。那也不是简单的工作，你要觉得没什么难度，那就最好不过！咱们等着瞧吧。你说你自己是非常优秀的音乐家，我肯定相信你，但是说到底我也不了解你。”

他心中暗道：“听这年轻人的口气，他觉得自己比勃拉姆斯都要技高一筹。”

克利斯朵夫一声不吭——（因为他下决心要克制住自己的情绪）——他把帽子一压，就准备离开。高恩笑着把他挡住了说：“等一等嘛！”

高恩又转身向哀区脱：“他还带了几部作品过来，准备给你看看，听听你的意见。”

“是吗？”哀区脱表示很不情愿，“那就拿来让我看看。”

克利斯朵夫还是憋着不说，只是把作品递给了他。哀区脱心不在焉地翻看起来。

“这是什么啊？哦，《钢琴组曲》……（他读了出来）《一日》……怎么老是一些标题党音乐……”

虽然他表面上很冷淡，读起乐谱他倒是挺认真的。他还算是个优秀的音乐家，本行的东西还是懂一些的，但也就这个水平了；看了最初的几个拍节，他就明白面前跟他打交道的是何等人物了。他不动声色，继续翻阅着作品，装着很不在乎的神气，却对作品中显露的才华暗暗称奇；但因为他天生傲慢，克利斯朵夫的态度又让他觉得抬不起头来，所以他一点儿都不肯显露出来。他只是默默地翻完了，一个音符都没漏过。

“嗯，”他到底还是一副倚老卖老地说了声，“写得还不错。”

这句不痛不痒的话此刻比刻薄的批评还让克利斯朵夫受不了。

“这还用不着别人告诉我。”他实在是太生气了。

“我想，”哀区脱不屑地说，“你让我看你作品，无非是要我给你提一点儿意见嘛。”

“那可不一定。”

“那好，”哀区脱也生了气，“那你来找我是做什么？”

“我没别的要求，只想找到一份工作。”

“除了刚才说的那件，眼前我也没有别的事可以给你做；而且刚刚那件也还不一定给你做，我只说也许。”

“一个像我这样的音乐家，你就没有更适合的工作分派给我吗？”

“一个像你这样的音乐家？”哀区脱刻意挖苦道，“不少跟你一样出色的音乐家，也没有觉得在我手下工作有损他们的尊严。我可以指名道姓地告诉你，有几个现在很有名的音乐家，还感激我曾给过他们一份工作。”

“那是因为他们都是些没用的家伙，”克利斯朵夫终于发作了，他已经会用些法语里的粗口了，“你以为我跟他们一样啊，那你就错了。你摆什么臭架子，你狗眼看人低，说话只会从牙缝里挤出几句带刺的话，你吓唬谁呢？我进来的时候毕恭毕敬地对你行礼，你理都不理……你算什么东西，也敢这样轻蔑地对我？你能算得上一个音乐家吗？我不知道你有没有写出过一件像样的作品，而你竟然敢来教我作曲，教我这样以创作为生命的人怎么去创作！……你看过了我的作品，却连一份像样的工作都不给我，只叫我去篡改大师的名作，编一些低劣的东西去折磨那些小姑娘们！……找你的那些巴黎人去吧，如果他们真的是那么没出息，愿意听你的这些教训的话，而我是宁可饿死也不会干这种工作的！”

他的怒气就这样滔滔不绝地宣泄了出来，简直势不可当。

哀区脱只是冷冷地答道："那就随便你了。"

克利斯朵夫愤愤地走了出去，甩上门，屋内砰的一声。哀区脱耸耸肩，对着大笑的高恩说："他会回来的，就跟其他人一样。"

其实，他心里挺看重克利斯朵夫的。他相当有眼光，不但看得出作品的价值，更能看出来人才的价值。克利斯朵夫虽然当时冲动起来出言不逊，但他敏锐地辨别出一种特别的力量，一种他知道的很稀缺的一种力量——尤其在现今的艺术界中。但他的自尊心被伤到了，说什么也不愿承认自己的错。他倒想为克利斯朵夫做出点补偿，可是必须得有个条件，就是要克利斯朵夫回到这里，低声下气地来向他道歉才行。他就等着克利斯朵夫回头，他悲观主义的态度和为人处世的经验，使他得出了一个结论：不管多么坚强的意志也经不起受苦受难的折磨的。

克利斯朵夫回到客店里，满腔的怒火终于消停了，剩下的只是一阵的泄气。他觉得自己真的完了。本来他依仗朋友就不牢靠，现在更是一个个倒戈相向。他觉得自己不但跟哀区脱结了死冤家，还把介绍人高恩给得罪了。在这座不是冤家就是仇敌的城市里，他觉得一下子被孤立了起来。除了狄哀纳与高恩，其他人他一个都不认识。他从前在德国认识的美丽的女演员，他的朋友高丽纳，这段时间也不在巴黎，而是到外国演戏去了；她已经是很有名气了，这会儿正在美国演戏，再也不是走走场子跑跑龙套，而是当上了主角，报纸上常常公布她的去向。至于那个被他不经意间弄得丢掉饭碗的女教师，他一直以来心有愧疚，多次下定决心要来巴黎寻找这个可怜人，如今却没有半分眉目。都怪他忘了人家的姓氏，现在怎么想也想不起来，他只隐隐约约地记得她名字叫安多纳德，其余的还得慢慢地回想。想在茫茫人海中去找到一个可怜的女教员谈何容易，和大海捞针有什么区别呢！

眼前最重要的是找个法子维持生活，形势非常严峻。克利斯朵夫的身上还剩最后的五法郎，万般无奈之下，他不得不克制着自己的厌恶，问了问客店的胖子老板，街坊里有没有人要学钢琴。对于这个赖在店里，一天只吃一顿饭，讲着一口德语的旅客，本来就没什么好印象，现在又听说他是一位教音乐的，就在这一瞬间老板连起码的尊重都没有了。他是个老派的法国人，认为音乐是那种好吃懒做的人才会从事的行当，所以就挖苦道：“钢琴？……你会捣鼓那个玩意儿吗？了不起啊！……真是奇了怪了，竟有人天生就靠干这行为生！我嘛，听起音乐就跟听下雨一样……没准儿你可以教教我。喂，你们大家怎么看？”他转身对一群正在喝酒的工人叫嚷着。

那边响起一阵阵哄笑。

“这个手艺倒是怪体面的，”其中有一个说，“不会弄得脏兮兮的，主要是还能讨咱巴黎的女人喜欢。”

克利斯朵夫法语还不太好，这种取笑人的话更是听不懂，他试图找出一句能对得上的话，也不知道该不该发火。老板的女人却可怜他，对丈夫说：“算了吧，斐列伯，不要糊弄人家了。”她又转身对克利斯朵夫说：“也许有人用得上你。”

“会是谁呀？”丈夫问道。

“你知道就是葛拉赛家的那个小丫头，她家刚买了一架钢琴呢。”

“啊！他们啊，你说那些净摆些臭架子的人啊！不错，那倒是真的。”

他们告诉克利斯朵夫说，那是一家肉店老板的女儿，她的父母想把她打扮成个大家闺秀的样子，答应让她学弹钢琴，哪怕只是借此显摆一下也不错。客店的老板娘答应替克利斯朵夫说去，看能否揽到这份工作。

第二天，她就带来消息，说肉店的女主人约他见个面。克利斯朵夫便动身去了。一进肉店门口，他就看见柜台后面坐着一个皮肤红润、一脸媚笑的漂亮女人，四周堆满了宰好的牲畜，一看就知道那是老板娘。她一听他的来意，就立刻板起脸来。她开口就谈学费的问题，说她不愿意花太多钱在这上面，因为弹琴本来就是学来玩玩的手艺，又不是非学不可，所以她顶多一小时给一法郎的工资。然后，她又怀疑他的能力，盘问他是不是真的懂音乐。等到她终于弄明白，眼前这位不但会弹琴，还是一个能作曲的大师之后，她似乎终于放下心来，态度也好多了：她觉得赚足了面子，终于可以在街坊邻居面前炫耀一番，说她的女儿请到一个作曲家当老师。

当克利斯朵夫终于如愿以偿地坐在了钢琴前面，他才发现那架所谓的钢琴其实是从旧货店里买回来的一堆废品，弹起来时，那声音颤颤巍巍地像弹吉他一样；而肉店的小姐用着她那短粗的手指在键盘上拨来拨去，连这个音和那个音都分不清楚，没一会儿就不耐烦起来，当着人的面打起了哈欠；更加让人烦躁的是，老板娘还在一旁监督，不时地发表点她对音乐与音乐教育的种种看法。克利斯朵夫觉得实在太丢人了，连发火也提不起劲儿来。他垂着头无奈地走了回去，行尸走肉地过着日子，有几晚甚至连饭都吃不下了。只不过才短短的几个星期，他就已经沦落到了这种地步，照这样下去，以后还有什么下贱事做不下去？早知这样，当初何必要头脑发热地拒绝哀区脱的工作？他现在做的事不是更让人丢脸吗？

一天晚上，他独自在卧室中，眼泪止不住地流了下来。他心灰意冷地跪在床前，祷告着……祷告什么呢？他还能向谁祷告，他早已经不再信奉上帝，以为上帝已经抛弃他了……但他还是默默地祷告着，向着自己，向着命运祷告。没有灵魂的人才从不祷告，他们不懂得一个坚强的灵魂只有在自己的祭堂中才能修身养性。白天受尽了屈辱之后，在他静得只剩下嗡嗡悲鸣的心头，克利斯朵夫才感觉到了永恒的生命。悲惨的生活，不公的命运，在他生命的底下流动着，但这又怎么可能撼动生命的伟大呢？世界上一切苦难，那近乎摧毁一切的苦难，一触碰到那永恒的生命，就立马烟消云散。克利斯朵夫心潮澎湃、热血沸腾，好似身处汪洋的大海，海面上一遍又一遍回荡着一道声音：“我是永恒的，永恒是存在的……”

这道声音，他是再熟悉不过了：不论他回想得如何久远，它都始终萦绕在他耳边。有时一连好几个月，他几乎都把那单调而有力的节奏忘掉了；可是他知道，那声音一直存在着，从来都没停过，就像无边的海洋，不论黑夜白天，只管狂啸怒吼着。每次沉浸到这音乐中，他就好像汲取到了什么力量，一下子沉静下来。不，他过得这么辛酸，但这并没有什么可耻的；他吃着自己辛辛苦苦挣来的面包用不着脸红，该脸红的是那些逼他付出这样的代价却只给他一块面包的人。忍着点吧！总有那么一天的……

可到了第二天，他就没耐性了；他虽然竭力抑制，却终于在一次上课的时候，忍不住发作了。那个胖丫头太不听话了，不好好学就算了，还嘲笑他的德国口音，常常故意捣乱，气得克利斯朵夫大发雷霆。他怒吼了两句，小姑娘就怪叫了起来，用她尖利的嗓子喊着说一个花钱雇来的仆人竟然敢顶嘴。克利斯朵夫一把抓过她的手臂，猛地摇了几下，她就嚷嚷着说他打人了。她母亲像个母老虎一样扑了过来，对着克利斯朵夫就是一顿大骂，拼命地吻着自己的女儿。肉店老板也跑了出来，吼着说他绝不让一个普鲁士流氓碰一下他的女儿。克利斯朵夫又恼又羞，气得脸唰地白了，真怕自己一怒之下，把这一家三口全部勒死，只好在一片狗血淋头的咒骂声中溜了出来。客店的老板一看到他失魂落魄地走了回来，就赶忙凑过去打听出了什么事，没费多大工夫就弄明白了怎么回事儿，这让他对邻居的忌妒心情多少有了点安慰。但到了晚上，整个街区都闹得沸沸扬扬，说那个德国佬是个动不动就打人的蛮子。

克利斯朵夫决定去找别的音乐商，奔走了几次，也都没什么结果。

他觉得法国人太难相处了；他们办起事来乱七八糟的，搞得他的头都昏了。他认定了巴黎是个混乱不堪的城市，政府专制独裁，官僚主义横行。

一天晚上，他正因为前几天毫无收获，灰心丧气地在大街上溜达的时候，忽然看见西尔伐·高恩迎面走了过来。他一直觉得上次他们已经闹翻了，就转过头想躲开他。不料高恩倒是眼尖，一下子认出他："哎！是你啊，你怎么样了？"他一边说一边笑，"我本来想来看你，可不小心把你地址给弄丢了……天哪，我的老朋友，那天我简直差点认不出是你了。你讲的真是了不起啊。"

克利斯朵夫望着他，很是诧异，难为情地问："你不怪我吗？"

"怪你？我干吗要怪你？"

他非但不怪克利斯朵夫，还觉得他把哀区脱狠狠地训斥一遍的样子实在有趣；因为这事，他也的确偷偷乐了有一阵子。他根本就不在乎哀区脱和克利斯朵夫两个究竟谁是谁非；本来，他就是那种爱看个笑话偷着乐呵的人，谁能哄他开心，他就跟谁一边；他好不容易找到克利斯朵夫这个潜在的大笑柄，自然不肯轻易放他走。

"你该来看看我啊，"他接着说，"我可一直在出版社等着你呢。你今晚有事没有？要不就跟着我一块儿吃个饭。这一下我可不能放你走啦。来的都是咱们自己人，就是几个艺术家，我们每半个月聚一次。你应该认识这些人。来吧，我给你介绍介绍。"

克利斯朵夫推辞着说，自己穿得不像样子，恐怕不合适，但是这也没用，高恩硬是把他拉着走了。

他们走进了大街上的一家饭店，直上二楼。克利斯朵夫见到三十来个年轻人，都是二十多岁样子，年龄大点的也不超过三十五，正在兴奋地讨论着什么。高恩把他简单地介绍了一下，说他刚从德国监狱里逃出来。他们也好像根本没有注意到，只管在那里热烈地辩论着。高恩也一把扑了上去，加入讨论中去。

克利斯朵夫看到这里群英荟萃，不知道说些什么好，只敢在一旁认真地听着，却没敢去插句嘴。他的法语还很生疏，人家滔滔不绝地讲着，他却一点都没弄明白讨论的究竟是什么艺术问题。他只听见“托拉斯”“垄断”“跌价”“收支账目”等的字眼，和“艺术的尊严”与“著作权”等混在一起。终于他才听出原来大家讨论的是商业问题。一部分作家是属于某个财团的，因为有人想成立一家同样的公司，动摇他们的垄断地位，正在慷慨激昂地抵制成立另外一个公司。一部分股东眼看着新公司有利可图，就卷起铺盖准备投靠新组织去。他们嚷嚷着应该砍掉那些人的脑袋，叫喊着什么“失势……背信弃义……耻辱……出卖……”。

另外一批人不攻击活人，反倒攻击起了已经去世的作家——因为他们没有版权的作品充塞着市场。缪塞就是其中之一，最近到处都在发行他的著作，在他们看来，买他著作的读者实在太多了。他们要求政府提供保护，对从前的名作要收缴重税，免得它们廉价发行。他们尖刻地指出，这种低价倾销的方式对当代艺术家来说是极不公平的。

他们忽然停下来，抢着要听昨天晚上这一出戏还有那一出戏的收入。大家兴奋地听到某个在欧美两洲都很有名气的老戏剧家交好运地大赚了一笔——他们非常瞧不起他，更忌妒他的运气。他们谈着作家的收入，进而又谈到批评家的进款；谈到某个知名评论家的流言蜚语，说是只要为大街上某个剧院捧场，就能到手一笔不菲的报酬。而且据说他还是个正人君子：一旦把价钱讲好了，就肯定好好照办，但他有一手绝招（据他们说），就是能把那出戏捧得过不了几天就栽跟头，戏院就不得不排练新剧。这样的故事引得众人一阵发笑，好像都见怪不怪了。

他们的谈话中夹杂着许多高雅的词汇，他们谈着“诗歌”，喊着“为艺术而艺术”。这些冠冕堂皇的词跟金钱混在一块儿，顿时变成了“为了金钱而艺术”。法国文坛上最近弥漫起的商业风气，惹得克利斯朵夫一阵厌恶。因为他对金钱问题提不起一点兴趣，所以当他们终于提到文学——其实是文学家——的时候，他已经不打算再听下去了。可一听到维克多·雨果的名字，克利斯朵夫还是留了个神。

不料他们竟是在讨论雨果有没有戴过绿帽子。他们喋喋不休地争论着雨果夫人与圣·伯甫的恋爱。过会儿，他们又谈到乔治·桑的那些情人和他们的身份地位。那是当时的文学批评家口中最热门话题：他们在名人家里翻箱倒柜，甚至还要翻看他们的床铺，搜索任何可能找到的隐私秘闻。批评家非要学当年的洛尚，伏在路易十四和蒙德斯朋夫人的床下，或者用着类似这样的方法，才算对得起历史与真理——他们那时候对真理可是有着一种崇拜之情的。现在和克利斯朵夫同桌的文人们个个都自认为是真理狂：他们追求真理，乐而不倦。他们把渴求真理的那份热情用到现代艺术上，一丝不苟地分析时下最负盛名的几个文人的私生活。更令人惊奇的，就是那些常人无法注意到的生活细节，他们都能清清楚楚地说出来，仿佛那些当事人为了追求真理，自己主动把生活的隐私公布出来的。

克利斯朵夫听得有点发蒙，打算跟旁边的人换个话题谈谈。但谁也没理他。他们固然向他提出了几个关于德国的问题，但那些空洞洞的问题让克利斯朵夫感到非常诧异。那些看起来博学多才的出色人物，谈着他们本行的东西（文学与艺术），一旦牵扯到巴黎以外的东西，哪怕连最基本的常识他们都不知道多少；顶破天，他们也只听过几个大人物的名字，例如霍德曼、舒特曼、李勃曼、施特劳斯（是达维特·施特劳斯、约翰·施特劳斯呢，还是理查·施特劳斯？）。他们引用这些人名的时候显得非常谨慎，唯恐闹出笑话。可以明显地看出来，他们问克利斯朵夫只是客气，对这个德国小伙他们没有半分好奇；至于他费了好大劲的回答，他们压根儿都没静下心来听，而是急于要谈论那些捕风捉影的小道消息，那才是能让全桌的巴黎文人都开心的话题。

克利斯朵夫小心翼翼地想找人谈谈音乐，可是这些文人中没有一个是音乐家。实际上，他们打心眼儿里瞧不起音乐，认为这是一种低等的艺术。这几年来音乐越来越走红了，不免让这群文人暗中恼火；不过既然这一行撞了大运，他们就装作一副关心的样子。最近有一出歌剧风行一时，他们尤其谈得起劲，几乎都要认为有了这歌剧才算有了真正的音乐似的，至少也得说是开了音乐的新纪元。只有这种愚昧无知又喜欢附庸风雅的人才能这样想，这样他们就能转而讨论另一个话题了。那部歌剧的作者是个巴黎人，克利斯朵夫还是第一次听到他的大名，有几个人称赞他把以前的东西全部推翻了，破旧立新，给音乐带来了新的生机。克利斯朵夫听了一下子跳了起来。他求之不得的就是这号天才啊。要是有这样翻天覆地、前无古人的天才，那还了得！这样了不起的家伙，怎么有这身的本事的？他非要人家解释给他听。那些人支支吾吾，说不出理由来，克利斯朵夫又不依不饶地问个不停，他们只好把他交给他们一伙中的一位大音乐批评家丹沃斐·古耶。古耶立刻和克利斯朵夫谈起七度和弦、九度和弦①之类的东西。古耶所懂的音乐其实不比史迦那兰懂的拉丁文要多——

“你不懂拉丁文？”

“不懂。”

“（他马上就来劲了）Cabricias，arcithuramcatalamuss，singulariter……bonug，bona，bonum……”②

如果遇到一个“真懂拉丁文”的人，他恐怕就要小心翼翼地躲到美学中去了。在那个雷打不动的铜墙铁壁后面，他就会把跟这桩公案毫不相干的东西，无论是贝多芬、瓦格纳还是古典音乐，把它们一一揪出来，攻击得体无完肤。（在他们法兰西，如果要拍一个音乐家的马屁，就得把一切跟他不同的音乐家尽数打倒。）他宣称新的艺术已经诞生，过去的一切陈规旧制都被踩在了脚下。他谈到一种音乐语言，那是巴黎音乐界的哥伦布发现的；这种新的语言把全部古典派的语言都推翻了，因为一比之下，古典音乐已经成为过时的东西了。

克利斯朵夫对这个有着革命意义的音乐家暂时持保留的态度，准备先看看其创作的作品再下结论；他信不过这个被大家拿全部音乐来祭祀的音乐天神。他听见别人用亵渎的语气对昔日的大师说三

---

① 近代音乐之和声除常用四度、五度和弦之外，亦多七度、九度，故此处讥人侈言七度九度为表示自己懂得近代音乐。

② 出自莫里哀的喜剧《非做不可的医生》。史迦那兰冒充医生，到患者家诊病，得知主人不懂拉丁文，于是信口胡诌，前四字纯出杜撰；后几个字则从初级拉丁课本上随便捡拾而来，根本不成句，没什么意义。见原剧第二幕第四场。这个典故在法国是妇孺皆知的成语。“你懂拉丁文吗”一语，常为讹诈外行之意。

道四非常恼火，可他却忘了这样的话自己从前在德国也没少说。他在德国的时候自命为音乐革命家，天真又坦率的大胆评论激怒了当地人，可一到法国，没听几句，他就觉得自己反倒成了保守派。他很想讨论，但怎么也做不到像那些文人雅士一样，列个提纲，再讲点空泛的理论；而是摆事实，讲道理，一定要理清楚到底对还是不对。他才不怕跟人深入地谈论技术问题；他的声调越讲越高，他的论据和论证的热情都同样显得好笑。那位批评家赶紧插一句所谓的俏皮话，结束了他们冗长烦闷的辩论，克利斯朵夫这次发觉原来那个所谓批评家对他谈论的问题一窍不通。可是大家对这个德国人已经下了定论，认为他思想保守，风格过时；不用听他的音乐，就把他划到那种三流音乐家中去了。这时最喜欢讥笑别人的巴黎文人——那二三十个青年——注意力都转到这个怪人身上了，他们个个眼角露出鄙夷的神情，看他笨拙而激烈地挥舞着自己的胳膊，眼睛因为怒气瞪得圆圆的，尖声尖气地嚷着。原来西尔伐·高恩要他当众出丑，特意要叫朋友们看一出滑稽表演。

谈论的话题离文学越来越远，最后扯到了女人身上。其实也不算偏题，因为他们的文学跟女人总有着千丝万缕的联系，而他们所谈论的女人也老是跟文学或文人纠缠不清。

他们正讨论着巴黎社交场上一个有名的老实女人，最近把自己的女儿嫁给自己的情夫，借此来保留她跟情夫的关系。克利斯朵夫听得实在坐不住了，在椅子上扭来扭去，眉头深深皱了起来，做出厌恶的怪相。高恩会错了意，用胳膊肘碰了碰邻座的人，说这个话题可能让这个德国佬动心了，要不把那个女人介绍给他认识。克利斯朵夫脸一下子红了，嘟嘟囔囔一阵，最后气得迸出来一句：这种女人真该拖出去抽一顿。大家一听，顿时放声大笑；高恩却装着细声细气地抗议道：女人可不能随便碰的，即使是用一朵花去碰都不行……（他在巴黎是一个风流多情的护花使者。）克利斯朵夫反驳道，这种女人顶多算条母狗，对付这种下贱的狗，最好的办法就是拿鞭子抽一顿。众人听了又嚷嚷起来。克利斯朵夫又说，他们向女人献殷勤都是虚伪的行为，那些口口声声尊敬女人的人往往最会玩弄女人了，他对于他们讲的那些下流的勾当痛恨到了极点。他们回嘴说那不是什么下流勾当，而是很自然的事，他们还一致表示，故事里的那个女人不但很有风韵，还十足地有女人味。德国人顿时又嚷了起来。高恩便别有用心地问道，在他眼里，“女人”该是个什么样子。克利斯朵夫明明知道对方在算计他，但他脾气暴躁，又以为自己无所不能，直往套子里钻，竟然对那些轻佻浅薄的法国人解释他对爱情的看法。他找不到合适的词来表达自己的意思，只好绞尽脑汁地找了一些似是而非的词，闹了一大堆的笑话。不过，他那种毫不在乎、把别人的取笑不当回事儿的态度，也着实了不起，说他没看见别人在那里厚颜无耻地耍弄他，那显然不可能。最后，他一句话说了一半就卡在喉咙里，只好使劲地捶了一下桌子，一声不吭。

大家还想引他加入争论，他却只皱着眉头，再也不理他们，肘子撑在桌子上，露出一副又羞又恼的样子。他一声不吭，之后整个晚上，也只顾着一个人吃喝。他大口地喝着酒，跟那些举起杯来只沾沾嘴唇的法国人大为不同。四下里的人也不好意思劝酒了，只好一杯一杯地帮他倒着，他端起酒杯，就灌了下去。虽然他不太习惯那样的大吃大喝，尤其是在几个星期挨饿挺过来，但是他还顶得住，不至于闹出笑话来。他只是坐在那里，发着呆，人家还以为他喝醉了，就没怎么注意他了。其实本来听他们用法语讲话就很吃力，听到他们谈论的话题就更是厌烦，不外乎什么演员、作家、出版商、后台的闲话，文坛的风流韵事，好像世界上就剩下这点事可以讨论！在这个充满陌生面孔，到处都是乱糟糟的声音的地方，没有一张面孔、一丝思想能够给他留下些许印象。他的眼前都是模模糊糊的，从桌子上扫过去，若有所思，至于眼前瞟到的那些人，倒全都给忽略掉了。实际上，他可是比谁都看得清楚，只是自己没感觉出来罢了。他不像巴黎人或犹太人那样，瞥一眼下来就能抓住点片段，就算再小的片段，都能迅速地把它剖析分解。他看人是慢慢地观察，细细地欣赏，像海绵一样吸收着从他们身上刻出的印象，再融入自己的灵魂里。在那个时候，他似乎什么都没看到，什么都记不起来。过了很久以后，也许几小时，往往是好几天，当他独自一人观察自己的时候，才发觉原来把一切都据为己有了。

当时，他那副神气看起来像个呆头呆脑的德国人，只顾着大吃大喝，唯恐少吃了一口。他什么也听不清了，除了隐约听到同桌的人称名道姓，心里暗暗地想道，怎么有这样多的法国人起着外国姓：比利时姓、德国姓、犹太人姓，还有地中海岸姓、英国姓，又像是西班牙化的美国姓……

他没发现大家都已经离开餐桌了。他独自一个人坐在那里，浮想联翩：莱茵河畔美丽的山岗，成片的大树林，耕种好的田野，水边的草场，还有他那年迈的母亲。同餐的客人们有几个还站在大厅的一头谈天，大半的人已经走了。他终于也下定决心，站了起来，谁都不瞧一眼，直接走到入口去拿挂着的大衣和帽子。穿戴完毕后，他正打算不辞而别，忽然从半开的门里瞧见隔壁屋里摆着一件东西，瞬间挑动了他的神经：那是一架钢琴。他已经有好几星期没碰过一下乐器了，就径直走进去，亲热地抚摸着键盘，径自坐了下来，大衣和帽子都没来得及脱下，就顺势弹了起来。他已经完全忘了自己身处何处，也没注意到有两个人悄悄地溜了进来，在一旁静静地听着。一个自然是西尔伐·高恩，他可是极爱好音乐的——天晓得为什么，可能是因为他对音乐一窍不通，不管好坏，他都听得自在；另外一个是音乐批评家丹沃斐·古耶。他倒好说，本来对音乐不懂也没那个爱好，但就是喜欢说长道短。原来这世界上真的有人滔滔不绝地谈着一样东西，却根本不知道自己在说些什么。这些人的思想倒也真是自由，说来说去，对他们来说都是些无关紧要的事。

丹沃斐·古耶是个大胖子，长得虎背熊腰的，拥有一身结实的肌肉；胡须棕黑，脑门上挂着一簇棕黑的发卷，皱纹早就爬上来了，一张歪歪扭扭的方脸上面没有任何表情，像块粗制滥造的木刻一样；四肢短小，胸部显得鼓鼓的臃肿不堪，看上去像个木材商人或是一个奥弗涅人挑夫。他显得一点都不文雅，出口就是傲慢的措辞，完全是为了政治利益才投身于音乐界；要知道，在当时的法国，政治才是飞黄腾达的不二法门。他发现一个部长是他同乡，还跟他有点远亲的关系，就投靠到部长的门下。但部长总有垮台的一天，他看情况不妙，就提前开溜了。他这个人最爱授勋，去争取荣誉，所有能捞的他都捞了。最近一个时期，他们的劣迹被曝光了，为了他的后台，也为了他自己，他受到了相当猛烈的攻击；自那以后，他就对政治厌倦了，想找个安全的避风港，想找个能攻击别人，却不用担心被人攻击的工作。想到这些，也只有批评家这一行最合适。刚巧，巴黎一家报社的音乐评论员位置落了空。原来在那里工作的是一位年轻有为的作曲家，因为坚持要对音乐作品进行实事求是的评判，被报社解除了职务。古耶都没搞过音乐，完全的外行人，报社却毫不犹豫地选中了他。报社再不愿意跟行家打交道。至于古耶，对付起来就容易多了：他才不会荒谬地以为自己多了不起，自己的看法多么重要；他只会老老实实听老板的话，让他捧谁就捧谁，让他骂谁就骂谁。至于他的出身，压根不是个音乐家，反倒不是什么问题。音乐又不是什么很难的东西，法国人几乎是个个都懂得一些。古耶掌握了批评家的诀窍，其实方法倒是挺简单的：只要在听音乐会的时候，凑到某个知名音乐家旁边，最好是作曲家，想方设法地套出他对某个音乐的看法，这样东问西问地练上几个月，也成了内行了：小鹅学了这么久不也能扑腾扑腾飞起来吗？说实话，它却从没想过能像老鹰那样翱翔蓝天。古耶整天装模作样地在报纸上批评这个批评那个，到处胡说八道，到底说了多少荒唐话啊！不管是听人讲话，还是看别人的文章，他都能搅得乌七八糟的，然后又自高自大地教训着别人。他写起评论来，都是一副自以为是的嘴脸，东拉西扯地夹杂着一些双关语，装出一副高深莫测的样子。他就像学校里面讨人厌的学监。因为这，他老是受到猛烈的反驳，这个时候他就装死人，避免回答。他倒是会耍些小聪明，为人粗心大意，有时候却盛气凌人，有时候又卑躬屈膝。天天跑到那班“亲爱的大师”面前涎皮赖脸，多半是因为他们位高权重，要么就是名声大噪（名利地位是他评判一个音乐家的唯一标准）。对于那些无名之辈，他从来都不放在眼里；至于那些饿着肚子无处谋生的音乐家，他肯定不会放过利用一次的机会——他为人的确不傻。

虽然现在的他是有权有势，但他心里明白自己对于音乐还是一窍不通，当然也看出来克利斯朵夫确实不简单。他自然不愿意指明，还是在内心不免产生了一点敬畏之情。这时候听着克利斯朵夫弹起钢琴，他也努力想听出点名堂来，所以就装出一副全神贯注的样子，仿佛是在沉思；其实他什么都听不出来，跳动的音符在他眼前云里雾里地飘动着；眼看着高恩在一旁挤眉弄眼，他只好配合着高恩的表情，来决定自己该给多高的评价。

终于克利斯朵夫的意识慢慢地从酒意和音乐中清醒过来，模模糊糊地觉得背后有人在那里指手画脚，他就转过身来，这才发现两位鉴赏家。他们俩立刻扑了上来，抓着他的手使劲地摇着——西尔伐尖声地高喊着赞扬他简直出神入化了，古耶装着学者的神气一本正经地说他的左手像鲁宾斯坦，右手像帕德列夫斯基——（或者是右手像鲁宾斯坦，左手像帕德列夫斯基）——两人马上达成一致，这样的天才实在不应该埋没在这里；他们自告奋勇，保证要抬高他的身价，其实两个人都打着主意怎样利用他为自己争名夺利。

第二天，克利斯朵夫就被高恩请到家里去，高恩热情地把自己搁了很久都没怎么摆弄过的一架好钢琴交给他用。克利斯朵夫因为胸中堆积已久的音乐再也压不住了，用不着高恩多请就一下扑到琴上，弹奏了起来。

最开始的几天，一切都很好。克利斯朵夫能有机会弹琴自然是幸福极了；高恩也很知趣，让他安安静静在一旁自得其乐。他自己也领略到一种乐趣。这是一个明显的，却又很奇怪的现象：一个既非音乐家，又非艺术家，枯燥无味、毫无诗意、感情肤浅的人，却对这些在他看来莫名其妙的音乐产生了浓厚的兴趣，好像其中有股迷人的力量。可惜的是他没办法静静地品味。克利斯朵夫一弹起钢琴，他就非要高声叫起来。就像音乐会上附庸风雅的听众一样，他一定要赞扬几句，或是胡说八道乱批评一通。克利斯朵夫听得不耐烦了，只好愤愤地敲着钢琴，说这样没法弹了。高恩强迫自己不要乱发议论，但他好像实在控制不住自己：一会儿长吁短叹，一会儿嬉笑拍手呼哨，还跟着拍子哼着唱着，模仿各种乐器的声响。好不容易弹完了一首，他就急不可待地把自己荒唐的见解告诉克利斯朵夫，好像再晚一点就会胀破肚子似的。

他是个奇怪的结合体：像日耳曼人那样多情，又像巴黎人那样轻佻，又喜欢自吹自擂。他一会儿信誓旦旦地下着结论，一会儿不伦不类地做个比较，一会儿又讲着荒诞的下流话。在演奏贝多芬作品的时候，他竟然听出大师的放荡不羁、春心荡漾。明明是忧郁的思想，他却听成了打情骂俏。《升 C 小调四重奏》在他看来大胆又可爱；《第九交响曲》中那章崇高伟大的柔板，他竟想起羞答答的小天使；听到《第五交响曲》最初的三个音符，他就喊道："不能进去！里面有人！"他非常欣赏《英雄的一生》里的战争描写，因为他从里面听到了汽车发动机的呼呼声。他只会找些幼稚而庸俗的形象来形容乐曲，叫人奇怪他这样的人到底是怎样爱上音乐的。然而他的确是喜欢，对于某些段落，他总能按照自己荒唐的方式去理解，甚至感动得流下了眼泪。但他刚刚听完瓦格纳一幕动人的歌剧，马上就会在钢琴上弹一段奥芬巴赫万马奔腾般的音乐；或是在《欢乐颂》之后，马上哼一节咖啡店音乐会中的陈词滥调。那可惹恼了克利斯朵夫。但他一旁胡说八道还不是最糟的，最糟的是当他一本正经的时候，操着哈密尔顿 · 高恩的语气，自以为听得细致深刻，跑到克利斯朵夫面前炫耀。到了那种关头，克利斯朵夫就会狠狠地瞪着他，用最冷酷的话挖苦着哈密尔顿，一到了这个地步，钢琴夜会往往闹得不欢而散。可是第二天，高恩就什么都忘了；克利斯朵夫也会后悔自己不该那么粗暴地对待他，又回来了。

这还都是些小事，偏偏高恩还要带人来听克利斯朵夫弹琴。他想拿自己的音乐家在朋友面前卖弄—— 一个浑身涂满脂粉的胖女人，蠢得像头驴一样，只会人云亦云，谈论着自己整天都吃些什么，却自以为是个音乐家，其实也就是她天天晚上在剧院的歌舞中卖弄大腿。克利斯朵夫见了这些人物，脸色都变了。第二次，他直话直说地告诉高恩，说不再到他家里弹琴了。高恩急忙赌咒发誓，说以后绝不再邀请人了。但他偷偷地把客人请到隔壁房间里，自然，最后还是被克利斯朵夫发现了。他一怒之下掉头就走，下定决心再也不回来了。

话虽如此，他还是得应酬着高恩，托他介绍自己到各国侨民的家中，看看能不能找到学生上课。

另一边，没过几天，丹沃斐·古耶也找到克利斯朵夫居住的小客店，亲自登门拜访了他。古耶看见他住在这么破旧的地方，一点也不在意，相反，倒是很热情地问道："我想请你去听听音乐会，有没有兴趣？我可有着全城各处的入场券，所以来邀请你，能不能一块儿去？"

克利斯朵夫兴奋极了。他觉得古耶真是会体贴人，就不胜感激地答应了。跟头一天晚上相比，那天的古耶简直判若两人。跟克利斯朵夫单独待在一起的时候，他就一点也不摆什么架子，温温顺顺的，看起来一副虚心求教的样子。要是面前还有别人，他就一下子恢复了一副居高临下的神气，讲话都粗暴起来。再说，他这么恭恭敬敬总有着实际的目的。凡是最近不怎么流行的东西，他一概没什么兴趣。眼下，他就拿着刚刚收到的一本乐谱，询问克利斯朵夫如何评价：因为他连谱子都不通，也没办法做判断。

他们一起到了一个交响曲音乐会会场。大门是跟一家歌舞厅合用的。走过一条歪歪扭扭的甬道，他们才来到一个拥挤的大厅；里面空气闷热，座椅窄小，还密密地挤在一起；一部分听众站着，把走道都堵上了——法国人是最不讲究人性化的！一个一脸烦闷的男人站在台上，指挥着贝多芬的一支交响曲，匆匆忙忙的样子，仿佛急着把这曲奏完。隔壁歌舞厅里吵吵闹闹的，几乎跟《英雄交响曲》中的《葬礼进行曲》混在一块儿了。听众陆陆续续地到场，进来之后，找到位子，只管拿出小望远镜东看西看。有的人刚刚坐好，就有人起身准备离开了。在这个像赶集一样的地方，克利斯朵夫聚起神认真听着，费了好大劲才终于找到点感觉（因为乐师们倒还算非常熟悉曲谱，而克利斯朵夫也好久没听交响乐了）；谁知道听了一半，就被古耶抓起他的手臂，说："咱们得走了，还有另外一场呢。"

克利斯朵夫皱了皱眉头，一声不吭地跟着他走了出去。他们穿过半个巴黎城，终于到了另外一个大厅，空气中弥漫着马房的味道，想来是在别的时间，这里可能演过马戏或者杂技。音乐和杂技在巴黎街上就像两个穷苦的工人，合租着一间破屋：一个刚从床上起来，另一个就赶紧钻进他的热被窝里[①]。——空气当然没什么好说的：从路易十四起，法国人就批评巴黎的空气不好；戏院就像从前的凡尔赛宫一样，恶浊的空气压得人喘不过气来。一个老人，一脸的庄重，好像马戏团里的驯兽师一样，在一旁手舞足蹈的，正在指挥着瓦格纳的一幕歌剧；可怜的歌唱家，也好像驯服的野兽一样，对着脚灯

① 截至第一次世界大战，巴黎交响乐音乐会的场子都非常简陋。

不知所措，直到听到鞭响才记起来该做什么。一脸正经的胖女人，笑嘻嘻地看着他们表演，旁边的小女孩也痴痴地乐着。等到狮子表演完了，驯兽师行完礼，众人拍手称赞完了，古耶又要拖着克利斯朵夫去听第三场音乐会。但这一回，克利斯朵夫双手扣紧了座椅的扶手，说什么也不肯走了：这里没听完，就急急忙忙赶到那里，这会儿听几句交响乐，那会儿又听一段协奏曲，真叫他受不了。古耶劝着他说，干音乐批评这一行的，看比听重要多了。但古耶也是白费力气。克利斯朵夫立马反驳道，音乐不是让你走马观花地看的，而是需要静下心来慢慢体会。这样乱七八糟地叫他听下去，实在难受，他声明自己一次只能听一场音乐会。

这种听起音乐来毫无节制的行为，在他看来非常奇怪。像大多数的德国人一样，他一直以为音乐在法国人生活中并不占多大的分量，所以他一直想着在法国能听到少而精的曲子。没想到一开场，七天之内他就听了十五场音乐会。一周之内，几乎晚晚都有，每天晚上都有两三场，还是在巴黎的不同地方举行。星期日更多，一共四场也都在同一时间举行。克利斯朵夫对于他们这样大的音乐胃口真的钦佩不已。节日活动的丰富也让他一阵吃惊。他一直以为只有德国人才会对音乐这样贪得无厌——那也是他一直讨厌德国同胞的原因；此时此刻，他却发现原来法国人更加海量。他们涉猎的内容太丰富了：两支交响曲，一支协奏曲，一支或两支序曲，一幕抒情剧。而且来源五花八门：有德国的，有俄国的，有斯堪的纳维亚国家的，还有法国的；仿佛不管是啤酒、香槟、葡萄酒，还是糖麦水——他们都能混在一块儿，一股脑灌下去，还一点也不会醉倒。巴黎那些小鸟儿的胃口竟然这么大，克利斯朵夫简直看得目瞪口呆。他们却若无其事，好像一个个无底的酒桶，一杯一杯倒进去，最后却点滴不留。

没过多久，克利斯朵夫就发现，这大量的音乐其实没多少内容，在所有的音乐会中他听到的都是同样的作家、同样的曲子。看似丰富的节目，其实就是在一个圈子里打转。贝多芬以前的音乐几乎没有，瓦格纳以后的作品也少得可怜；就算是在贝多芬与瓦格纳之间，又遗漏了多少优秀的创作！音乐似乎就只限于几个相当出名的作家。德国那五六名，法国也有三四名，法俄联盟以后又加上半打子的莫斯科的曲子——没有法国的古典曲子，也没有意大利的名曲，也没有德国十七八世纪巨人的作品。当代德国音乐，只有理查德·施特劳斯一个人还有点名气。因为他比别人周到多了，每年都要来趟法国，亲自为巴黎民众演奏一下他的新作品。至于比利时音乐、捷克音乐就更难得一见了。最奇怪的是，当代法国的音乐作品都少得可怜。然而大家谈起法国音乐，就故意用些神神秘秘的字眼，仿佛是在谈论什么翻天覆地的东西。克利斯朵夫只希望能有机会听一听，他没有什么成见，只是觉得很好奇，一直想见识一下是哪位音乐天才的作品。不过就算他费尽力气，也没找到几篇出彩的作品；他总不能把几首细腻冷淡，听上去好像刻意雕琢的曲子当成现代法国音乐的典范，所以也就没怎么注意。

克利斯朵夫也不好发表自己的意见，所以只好去法国音乐评论界打探一番。

那可不太容易。批评界里谁都有自己的一套说辞。几个音乐刊物不但互相攻击、嬉笑取乐，就是一个刊物上刊登的不同文章也前后不一、自相矛盾。要是把它们从头到尾地看一遍，你准会看得头昏脑涨。幸好每个编辑只读他自己的文章，而巴黎的老百姓是一篇都不读的。但克利斯朵夫一心想要对法国音乐界有个完整的认识，所以一篇都不肯放过，全都读了下来。最后他不得不佩服法国这个民族的气定神闲，即便是处在这样的矛盾中，还能如鱼得水、镇定自若。

在这错综不一的舆论中，他惊奇地发现，法国的评论家们都有着一副高深莫测的面孔。谁说法国人可爱，是什么都不信的幻想家？克利斯朵夫见到的法国人，个个看起来都比莱茵河彼岸所有的批评家更加渊博——即使他们一无所知，也照样露出一副不懂装懂的样子。

当时的法国音乐评论界，批评家们都快下定决心好好学习音乐了。不过，也还真有几个是懂点音乐的：那全是一些怪家伙，他们居然肯花工夫对音乐这门艺术好好思考，而且还是用他们自己的头脑。不用说，这些人都没什么名气，他们只能蜷缩在几个小杂志里，没几个能真的进入报社工作。他们这些人倒也不笨，老实巴交的，也还有点意思，因为太孤独苦闷，不时发出一些呻吟来。他们总是在一旁自言自语，发起牢骚来沉不住气，唠唠叨叨的。至于其他人，仓促之间学了点基础发音和声学，就自以为很了不起了，就跟姚尔邓先生学语法规则的时候一样兴奋不已："Da，Da，Ea；Ea，Ra，Ra……啊，多妙啊！……啊！会一点什么的多有意思……"

他们嘴里讲着主题和对位，调和音和合成音，九度音程的联系和大三度音程之间的连续。念出了某页乐谱上的一组和音，他们就扬扬自得，忙着擦擦额头的汗水：费了好大的劲终于把一部作品解释清楚，就以为好像是自己创作出来似的。其实他们就像中学生分析西赛罗的文法一般，只是把课本上的名词重复来重复去。即使是最优秀的批评家，也不大能把音乐看作是脱口而出的心灵语言；他们要么把它当成是绘画的分支，要么当成科学的附庸品，只是简单地拼凑和声的习题。像他们这样才华横溢的人物，自然要拿古代的伟人开刀。于是，贝多芬被指劣迹斑斑，瓦格纳也该挨上几大板，至于帕辽兹和格路克，则沦为他们的笑柄。按照当时的风气，他们除了塞巴斯蒂安·巴赫与德彪西之外，谁都不放在眼里。而近几年来颇有名气的巴赫也变得腐朽古怪，想来是被大家捧坏了。那些漂亮人物正在用他们那神秘莫测的口吻吹捧出了扬拉摩和哥波冷。

这些有学问的人还经常陷入历史性的论辩中去。他们都是音乐家，但每个人都有自己一套看音乐的方式；他们吹嘘只有自己的方式才是对的，别人的都是在胡搅蛮缠。他们互相贬低对方，说他们是假文人、冒牌学者，互相给对方扣上了理想主义或是唯物主义、象征主义或是自然主义、主观主义或是客观主义的帽子。克利斯朵夫心里暗暗叫苦：好不容易从德国逃到这儿，还是得再听一遍他们喋喋不休的德国式的论辩。按理来说，他们应该感激：大千世界，有这么多不同的方式来欣赏音乐。可他们非但没有这种情绪，还坚决不允许别人用不同的方式来享受。当时的音乐界，一场新的争执正在如火如荼进行着：两大阵营一个是对位派，另一个是和声派。一派认为音乐是应当是横向的，另外一派却说音乐应当是纵向的。一派口口声声谈着悠长的和音，连在一起入耳即化，谈起音乐好像是在说糕点房。另一派则不许人只谈倾听，认为音乐就像一篇演说，像正在开会的议院，议员们可以七嘴八舌，不用理会别人，只管说自己的就行，别人没听到，那是他们自己活该！他们完全可以在明天的公文上仔细阅读：乐曲本来就是写来读的，不是用来听的。克利斯朵夫还是头一回听见这两派争议，觉得他们简直疯了。人家问他什么立场，他就以不变应万变地回答说：“诸位先生，我是你们所有人的对头！”

但人家坚持问下去：“和声跟对位，到底哪一样在音乐上更重要？”

“音乐最重要。让我看看你们的作品怎么样？”

一提到他们的音乐，他们的意见就马上统一了起来。这群勇猛的斗士，只要眼前没什么久负盛名的古人让他们指手画脚，就马上停止内斗，为了一种共同的热情——爱国的热情——暂时化敌为友。他们自认为法国是个伟大的音乐民族，用种种刻薄的说辞宣告着德国的没落——对于这一点，克利斯朵夫却一点也不生气。他早已经把自己的国家批驳得面目全非，所以说实话，他也没有想过要反驳这个论断。但他却奇怪，法国音乐什么时候变得这么优越了：说实在的，他没在音乐史上看到多少法国的功绩。然而法国的音乐家们一口咬定，他们的艺术在遥远的过去是无人可比的。为了宣扬法国音乐的丰功伟绩，他们不惜刻意贬低上一世纪的法国音乐大师们，只把一个淳朴优异的大师除外，他还是个彻头彻尾的比利时人。做完了这场轰轰烈烈的音乐界的清洗之后，他们就可以恣意吹捧起古代的大师了：那些被人遗忘的，有的根本不知名的古人，都被翻了出来。世俗学派的人，认为什么都应该从大革命算起；音乐家们却不这样认为，在他们看来，大革命不过是法国人音乐史山脉中的一座山头，只有登上山顶，才能看到山后音乐的黄金时代、艺术的殿堂。沉寂了成百上千年之后，音乐的黄金时代即将来临；理想世界的城墙即将土崩瓦解，百花齐放的春天在一个音乐魔法师的指挥棒下正在成形；音乐的古树上也长出了新枝嫩叶；在和声的花坛里，奇花异草都睁开了笑脸盼望着新生的黎明；人们顺着叮咚的泉声，仿佛听到了溪水在歌唱……那简直是一处人间仙境。

克利斯朵夫听得心旷神怡。但他一看巴黎各戏院的广告，发现上面全都是些梅亚贝尔、古诺[1]和马斯涅[2]的名字，甚至还有他太熟悉的玛斯加尼和雷翁加伐罗[3]。他便问他的那群朋友，那些恬不知耻的音乐，就是那种让女人们失魂落魄的纸花、商家们登台推销的脂粉，就是他们口中所谓的迷人的殿堂吗？他们却气得大声嚷嚷起来，说那是萎靡时代的孽种，现在都没人提了。可事实上呢？《乡村骑士》正霸占着那些喜歌剧院的榜首；歌剧院中，《巴耶斯》也最常上演；马斯涅和古诺的作品引领潮流：《迷娘》《胡格诺教徒》《浮士德》这三位一体的歌剧已经有超过千场的纪录，可以说是声势浩大——不过这一切在他们看来都无伤大雅，顶多算个例外，用不着管它。他们的理论是，万一碰到现实，被推翻了，最简单的办法就是否认事实。所以法国批评家们否认那些不知羞耻的作品，否认那些吹捧那种作品的观众；其实用不着别人在一旁鼓动，他们就快把歌剧给否定完了。在他们眼里，歌剧不过是文学作品的一种，所以根本算不上纯正的音乐。

---

① 古诺（1818—1893）对法国近代歌剧的创立有非常大的贡献，但并非一流的作曲家，最著名的作品即下文提到的《浮士德》。

② 马斯涅（1842—1912）为法国歌剧作家，其作品倾向于甜俗、做作，缺乏真情实感。

③ 玛斯加尼（1863—1945）与雷翁加伐罗（1858—1919）均为意大利歌剧作家，即前文所称自然主义之代表人物，以描写人生的强烈而迅速的印象为主，作品绚丽灿烂而流于浅薄。玛斯加尼最流行之作品为《乡村骑士》，雷翁加伐罗为《巴耶斯》。

（他们自己都是文人，却一口咬定自己不是。）总之，一切音乐，只要是想表现点什么，描绘点什么，或是有所暗示的，立马就会被他们揪出来，打上不纯的标签。可见每个法国人都带点罗伯斯庇尔的气概，不论是什么东西或是什么人，不把他摁到断头台上，就觉得他还是不够纯的——法国的那些大批评家们只认同纯粹的音乐，一切不纯的东西在他们眼里都是低劣的。

克利斯朵夫发现自己的兴趣不纯，不免灰心丧气。但又发现有很多瞧不起歌剧的音乐家们照样在戏院里作着曲，甚至没有一个不写歌剧的，他就感觉到一点宽慰。当然，这种事实也被他们说成无关紧要的例外。既然他们这样提倡纯粹音乐，要评价他们也得找个所谓的纯粹音乐来当模板才行。于是，克利斯朵夫就准备向他们找找这样的作品。

丹沃斐·古耶带他听了几场一个民族艺术协会举办的音乐会。法国的新生代音乐家可都是在那里面受到长期的训练和培养的。那是一个不小的艺术社团，像个小教会，里面有许多圣堂。每个圣堂都由一位音乐界前辈和他的弟子们构成，弟子们也互相钩心斗角。在那些前辈之间，克利斯朵夫也没看出多大的分别。一直以来，他搞惯了的艺术跟这种新生乐派完全不同路，所以他对这种新生乐派也没什么概念，偏偏他又觉得自己应该懂得，最后自然变得更加不懂了。

新生乐派的作品，在他看来总好像隔着一层纱，朦朦胧胧的，又好像一幅灰不溜秋的图画，线条若隐若现，捉摸不定。在那些歪歪扭扭的线条中间，有僵硬笔直的勾勒，粗糙干瘪，好像是对着三角板画成的，折回来形成了尖尖的锐角，像女人瘦骨嶙峋的肘子。也有波浪状的素描，像雪茄冒出的烟圈一般飘飘然升腾起来。但一切看起来都是灰蒙蒙的。难道法国的太阳消失了吗？自从到达巴黎之后，克利斯朵夫天天只看到雨天和大雾，他几乎都要信以为真了；但如果真的没有太阳，创造一轮太阳不正是艺术家们的天职吗？法国人已经点起了他们的小灯，不过那萤火虫一样微弱的灯光，恐怕也照不出什么名堂来。他们作品的题目倒是日新月异，比如什么“春天，正午，爱情，生活的乐趣，乡间的漫步”之类的；可是换汤不换药，他们的音乐听起来还是那样苍白无力，憔悴而麻木。那时候音乐界的文人雅士们，讲起话来都细声细语；也只能这样，因为一抬高声音，就变成了大叫大嚷。他们在高低之间没有折中的办法，要么是低声下气的自言自语，要么就是闹哄哄的大声叫喊，除此之外就没有其他选择。

克利斯朵夫感到昏昏沉沉，都要睡着了，就勉强提起精神来看节目；他惊讶地发现，那些灰蒙蒙的天上飘浮的灰雾，竟然被他们当成明确的题材。因为，理论归理论，现实又是两码事，实际上他们所谓的纯粹音乐几乎也全都是标题党的音乐，至少都是有个主题的。他们口口声声诅咒着文学，结果一抛开文学做的拐杖，他们就变得寸步难行。好搞笑的搭配啊！克利斯朵夫看到他们勉为其难描写的题材，简直幼稚可笑极了，不是果园，就是菜园，要么就是鸡窝，简直就像是音乐界的植物园和动物园。他们有些人把卢浮宫的油画或歌剧院的壁画作成交响曲或钢琴曲，还有人拿着荷兰的一些田园画、动物画，要么就是用一些剧院的壁纸画来给音乐命名，还在一旁夹着许多注脚，说这是哪个希腊神话里神明的苹果，那是荷兰的乡村客店，另外一个指的是白马的臀部。在克利斯朵夫眼里，这些都是小孩的把戏：喜欢画来画去，却画不出个名堂，就大手一挥，随便一阵乱抹乱画，还幼稚地在底下写上大字，注明这里是一间屋子，那里有一棵树。

除了这群有眼无珠、以耳代目的画家以外，还有些哲学家在音乐上讨论形而上学的问题。他们声称交响曲的魅力在于表现的是抽象原则的斗争，象征着一种宗教或是思想。他们还在歌剧里研究当代的法律和社会问题，离不开那些变相的女权主义与公民权利之类的；甚至还不知羞耻地大声讨论着离婚问题、非婚生子女监护人问题、政教分离问题等等，把这些都搬进了音乐里面。象征主义者之间分成两派，一派拥护教会，一派反对教会。他们要旧布商来做哲学家，女工来演社会学家，面包师傅做预言家，渔夫来当宣传家。歌德曾经就感叹，他那个时代的艺术家“是在故事中表现康德的思想”。克利斯朵夫同时代的作家却是用十六分音符来表现社会学的了。左拉、尼采、梅特林克、巴莱斯[①]、姚莱斯[②]、芒台斯、《福音书》、红磨坊[③]等等，都成了歌剧和交响乐作曲家汲取精神食粮的蓄水池。瓦格纳成功了，不少人士就把他当成自己的榜样，神色迷离地喊着：“我呀，我也是诗人啦！”——于是他们自信满满，在自己的乐谱上写些押韵或是不押韵的东西来，那风格简直跟小学生的水平一般，就像没落的小报记者写的一样。

所有这些思想家和诗人都自称为纯粹音乐的支持者。对于这种音乐，他们更偏向于嘴上说说，而不是坐下来创作。虽然他们偶然也会写上几句，但都是空洞无物的东西。惊奇的是，偏偏这些人常常能够成功，要知道他们的作品往往言之无物——至少克利斯朵夫

---

① 巴莱斯（1862—1923）为法国小说家，提倡用自我分析的方式认识人与地理、自然，及国家社会的关系。

② 姚莱斯（1859—1914）为法国社会党领袖，《人道报》的创办人。

③ 芒台斯（1841—1909）为法国诗人、小说家、剧作家。红磨坊为巴黎有名的舞场，创立于一八八九年，一九一五年后改为杂耍歌舞场。

这样认为。的确，他也还没能掌握这行入门的技巧。

要想懂一门外国的音乐，首先得掌握它的语言，千万不要以为轻易就能弄懂人家在说些什么。偏偏克利斯朵夫就是那种头脑简单的德国人，自以为早就通晓法语了。当然这是情有可原的，就算是法国人中，也没几个比他更了解的。正如路易十四时代的德国人，因为拼命地学说法语就连本国的语言都忘掉了，十九世纪的法国音乐家也太久没说自己的语言，以至于他们的音乐变成了一种外国方言。直到最近，才在法国开展起来一种讲法国话的运动。那些运动并不完全成功：习惯的力量还是太强大了，除少数人外，多数法国人说的法语要么就是比利时化，要么就带着日耳曼味儿[①]。这就难怪一个德国人要误会了，他那么武断，断定那不过是不纯粹的德语，没什么意义，那是因为连他自己也一样不懂。

克利斯朵夫现在的想法就是如此。法国的交响曲在他看来就是一种抽象的辩证法，批评家们用演算或是推理的方法把许多音乐对立了起来，或是叠合在一起；其实，要推演起来，完全可以用数字或字母代替这一套。有的人构思起音乐来，就是简单地套公式，把一件作品按着公式来一点点演算，而作品十分之九的部分都停留在幼虫的形态，直到最后一页，看起来才有点成形的样子。有的人创作变奏曲，添油加醋地拼凑一通，看起来非常复杂，总是到了最后，才交代清楚他的主题。这些都被他们当成高深的创作，恐怕也只有天真糊涂的家伙才会觉得好玩。他们花了好几年的时间来写一首幻想曲，也不知道费了多大的工夫才完成。他们挖空心思，寻找着新的和音组合——就为了表现……至于到底表现些

① 指当时的法国音乐要么是受法朗克的影响，要么是受瓦格纳的影响。

什么呢？那倒不重要！既然说器官产生需要，那表现方法用好了也能产生思想的，关键在于方式一定要新颖。怎么说也得别出心裁！他们最怕“已经说过的”这样的词句，所以就算是最优秀的人也变得畏手畏脚了。他们提心吊胆，处处留神。你可以明显地感觉到，他们随时都盯着自己的作品，涂涂改改，还不停地自言自语道：“啊！天哪！我怎么觉得在哪儿见过？”有些音乐家——尤其是在德国——喜欢把别人的句子东拉一段西扯一句，胡乱地拼凑起来。法国音乐家却要逐句地检查，看看在别人的作曲里面有没有用过相同的旋律，涂来改去的，好像拼命地扯着人的鼻子，东拉西扯都快不成形状的时候才肯作罢。

虽然已经面目全非了，可还是瞒不过克利斯朵夫。他们用着复杂的语言，装出一副神神秘秘的姿态，其实都是枉费心机。他们疯疯癫癫的，作品交给乐队演奏起来也是大起大落：一会儿是断断续续的和声，单调乏味；一会儿就是萨拉·裴娜[1]式的说白；走起音来，开始几小时絮絮叨叨的，就像一头昏睡的骡子，在险峭的山坡边滑来滑去——隔着艺术的面具。克利斯朵夫一眼就认出了那些干枯、渺小的心灵，虽然脸上涂脂抹粉的，装出一副古诺与马斯涅的样子，却一点也不自然。于是他忍不住引出一句批评法国人的话来，虽然格路克当年说的并不公平：

“就由着他们去吧。他们转来转去也转不出什么新花样。”

不过，他们可是想方设法地把那套陈词滥调弄得高深莫测。他们把民歌用作交响曲的主题，像是高深莫测的大学博士论文。这可是当时最流行的玩意儿。来自世界各地的民歌都被他们利用

① 萨拉·裴娜（1844—1923），法国近代最优秀的女演员。

了起来，他们把搜刮来的素材编成《第九交响曲》或是法朗克的《四重奏》，但搞得更加难以理解。要是被他们发现一句词意浅显的话，就立马接上一句毫无意义的话，把前面一句的意思毫不留情地搅得扑朔迷离。然而这些可怜虫却互相称赞着，自以为沉着冷静呢！

每当有机会演奏这一类作品，一个衣着整洁的年轻乐队指挥就会狰狞着脸，费着好大的劲，尽力做着米开朗琪罗画上的人物一般的姿势，仿佛在鼓动着一支贝多芬或瓦格纳组成的大军似的。听众都是一些无聊透顶的时髦人物，说什么也不肯放过这种花大价钱买罪受的机会；还有一些年轻的学徒，他们很高兴能够一试身手，以为在学校捣鼓的那一套能够派上用场，热烈的情绪隐隐地盖住指挥拙劣的姿态和喧闹的音乐……

“切！说得倒好……”克利斯朵夫说。

（这时候他已经学会讲巴黎的那一套了。）

当然，比起巴黎的音乐来，巴黎的腔调太容易把握了。就跟一般的德国人一样，克利斯朵夫也是天生不了解法国艺术，可他却总是热情满怀，下起结论来可都是建立在这种热情和不了解的基础上的。但至少他是真心实意的。要是人家能证明他错了，他也随时都愿意承认。因此，他不好肯定自己的判断，准备多搜集点新的印象来改变自己的成见。

就目前看来，他也承认法国的音乐很有才华，取材都很有趣，他在节奏和声律方面也有新奇的发现，各种搭配好像光滑柔软的布帛，令人眼花缭乱，想来都是竭尽才思的作品。克利斯朵夫觉得很有趣味，就决意学习它的长处。法国所有的小人物们都比德国的音乐家要开明，他们很勇敢地舍弃正路，闪身就到了森林深处，有意让自己迷失方向。

但他们可都是聪明孩子，怎么绕也不会迷路。有的约莫走了几十步，就又绕回到大路上来了。有的没走多远就开始喊累了，也不管什么地方就一屁股坐下去。还有的几乎都要走上新路了，却不愿再前进一步，在树林边停了下来，在树底下逍遥自在。他们最缺少的是意志、是力量，他们有着天才般的才能——唯独少了一样，那就是强烈的生命。最可惜的是，他们的精力似乎都挥霍得不明不白，半途中就消耗殆尽了。那些天才艺术家们，很少有人能够清楚地意识到自己的天赋，更难得坚持不懈积攒着自己的力量，达到一个既定的高度。这是胸无大志的法国人注定的悲剧：多少人才因为漂浮不定的目标而毁掉，多少意志因为自相矛盾的立场而瓦解。近代以来，他们的大音乐家，诸如柏辽兹、圣·桑无一例外，几乎都是因为缺乏信心和毅力，失去了精神的指引，才身陷自相矛盾的泥潭中。

克利斯朵夫就跟当时的德国人一样，自高自大，目空一切，心想："这群法国人只会浪费精力去搞发明创造，却不会对他们的发明改造利用。他们总是需要另一种人来当家做主，要一个格路克或是一个拿破仑才能让他们的大革命有所成果。"[①]

他想着要是再来一次雾月政变[②]，法国会变成啥样，不由得微微笑了起来。

然而，在这一片混乱中，有一个团体却想唤起艺术家心中的秩序与纪律。它一开始就给自己起了个拉丁名字，让人想起一千四百

---

① 格路克（1714—1784），德国音乐家，居留法国甚久，是近代歌剧史上非常重要的复兴运动者，对十八世纪的法国歌剧有着很大的影响。拿破仑出生地为地中海上的科西嘉岛，岛民原非法国种族。故作者称他们同为"异族的主宰"。

② 指一七九九年十一月九日的雾月政变，拿破仑解散督政府，自任第一执政，而以后称帝之基业亦于此奠定。

年以前，高卢人与汪达尔人南侵时代的一个盛极一时的宗教组织。克利斯朵夫觉得很奇怪，想知道为什么要追溯到那么久远。一个人能够高瞻远瞩，借古讽今，不局限于自己的世纪，当然不错；但一座用十四个世纪堆砌的高塔不见得就是个方便的瞭望台，站在上面观天象倒是不错，下察民情就有点难度。不过没多久，克利斯朵夫就放下心来，因为他看到那帮圣·格雷哥里的子孙[1]并不是经常待在塔上，而只有鸣钟击鼓的时候才攀登上去。多数的时间，他们都待在底下的教堂里。克利斯朵夫还参加过几次他们的祭礼，刚开始他还以为对方是属于新教的某个小宗派，花了好长时间才弄明白他们是天主教徒。在场的信徒虔诚又略带偏执，好像容不下其他意见，动不动就怒气冲冲地冲别人嚷嚷起来。带头的是个纯粹的明白人，冷静又略带着点天真，他固执地维护着宗教、道德、艺术的原则性，用抽象的字眼向那几个选民解释着音乐的福音，从容地谴责着“高傲自大”和“异端邪说”。无论是艺术上的缺陷，还是人类的罪恶，所有的一切都被他归咎为上面那两点。文艺复兴，宗教改革，以及现在的犹太教教义，在他看来都一样，都是骄傲和异端造成的。玩弄音乐的犹太人该被押上火刑柱，巨人亨德尔也该被拖出来挨鞭子。也只有塞巴斯蒂安·巴赫一个人得以幸免，他被批为“误入歧途的

① 一八九六年，法朗克的大弟子鲍台斯与文桑·但第在巴黎创办一所音乐学院，以拉丁文取名为Schola Cantorum（意为宗教音乐歌唱学校），以纪念六世纪时教会歌唱组织。但此歌唱学校不久即教授乐理、音乐史、一切器乐，与一般音乐学院无异。法国近代名家十之七八均出身于该校。初期的基督教圣诗歌唱、调式驳杂不一，经六世纪时教皇格雷哥里一世整理统一，至今于基督旧教某些宗派（例如本多派）的寺院中歌唱，称为素歌。文桑·但第辈认为制作宗教音乐必须以素歌的精神为基础。故此处称此派的人为“圣·格雷哥里的子孙”。

新教徒”，看在同为上帝信徒的份儿上才放他一马。

这个取着拉丁文名字，自诩为圣·雅各街上的新教堂的宗教团体，到处传播着教义，一心想要拯救灵魂、拯救音乐。他们有条不紊地传授着成就天才的法则。许多勤奋的学生兢兢业业、满怀信心地实践着这些秘诀。他们怀着一颗虔诚的心，历尽艰辛，以求弥补先人的罪过：奥贝、阿唐，还有那疯疯癫癫的帕辽兹，他简直是恶魔的化身。现如今，他们满怀令人赞叹的热情和虔诚，为那些举世公认的大师欢呼歌颂。十几年来，他们的成就的确可观，法国音乐在他们的引导下居然改头换面了。不但法国的批评家，就连法国的音乐家们也跟着学起音乐来了。无论是作曲家还是演奏家，竟然都知道有巴赫这号人物了——他们致力破除法国人音乐上闭关锁国的现状。平日里，那些法国佬只知道躲在家里，很少愿意出门；所以他们的音乐也显得陈腐、闭塞，缺少生机。这跟贝多芬的音乐刚好相反：贝多芬的音乐是那种奔腾在山坡上，驰骋在原野里，不问晴雨他都手舞足蹈、高声叫喊，吓得羊群夺路而逃的创作，带着一股自然的奔放。巴黎的音乐家绝不会像这只来自波恩的大熊一般，有了点灵感就吵吵嚷嚷地惊动邻居。他们创作的时候，都把耳朵堵起来，用层层的帷幕把自己的思想包裹起来，免得外面的声音闯进他们的脑海里。

歌唱学校这一派努力想要给法国换换空气，他们打开了通往旧时代的窗子，但也仅仅是在回顾以往。这还是朝着庭院而不是面向大街开的，估计也没多大用处。更何况，这才刚打开一扇窗，马上就把百叶窗关上了，好像怕着凉的老太太。从窗口里透进来阵阵乐声，有些是中世纪的作品，有些是巴赫乐曲，有些是帕莱斯特里那的创作，还有民歌。可是有了这些又能怎么样？屋子里该腐朽的还是腐朽下去了。其实他们倒也乐得如此，再怎么说他们也信不过现代音乐的潮流。确实，他们懂的比旁人都多，但一票否决的也一样不少。这样下去，音乐不能带来任何精神的宽慰了，自然会腐朽下去；他们的音乐会都变了，不是变成烦闷的历史课，就是变成启发开导的范例。多少进步的思想就这样被他们束之高阁。伟大的巴赫原本是多么桀骜不驯，一投进了教堂的怀抱，就变得服服帖帖的。他的音乐到了那些经院派的手中，正如喜怒形于色的《圣经》落到英国人的头脑中一样，一下子就被改造得不成样子。他们宣称自己的理论是一种高雅的折中主义，妄图把 6 世纪到 20 世纪之间各个伟大的音乐时代的特点兼容并蓄。这个愿望要是能够得到实现，那在音乐史上的价值绝对等于一个印度总督旅行回来，用从世界各地搜罗的奇珍异宝打造成的聚宝盆。可法国人是那样通情达理，直到最后也没闹出笑话来。他们尽可能地避免着实践这套理论，他们对付理论的方法就跟莫里哀对付自己的医生一样：只请他开药方，却不去抓药配服。那些最有办法的强者们都去走他们自己的路了。剩下的只好做些重复的练习，找些艰难的对位，还自称他们那一套为奏鸣曲、四重奏，或交响曲……“奏鸣曲，那该怎么写啊？”——它什么都不要，只要你作一首奏鸣曲出来。它的思想是抽象的，难以名状的，硬生生的没有任何趣味。那是一种看起来像是个高明的律师起草的文书一样的艺术。克利斯朵夫起先以为法国人一样不喜欢勃拉姆斯，很是感动，现在却发现法国有太多的小勃拉姆斯。这些音乐家，个个都像吃苦耐劳的工人，有责任心，又充满了道德感。克利斯朵夫听他们的音乐会，觉得很受启发，但是也厌烦得要死，默默地离开了会场……

瞧瞧，外边的天气多好啊！

然而，巴黎音乐界到底还是有几个相对独立、无党无派的自由人。只有这些人才能引起克利斯朵夫的注意。也只有在这些人身上，你才能看出一种艺术的生命力来。什么学派，什么社团，不过是流行的样式和空洞的理论。他们的时代精神，他们的民族思想，也只有那些沉思默想、超凡脱俗的艺术家们才有可能认识到这一点。但也就是这个缘故，一个外国人就更难理解他们了。

克利斯朵夫头一回听到那部大作的时候，就是这样一种状况。说起那部作品，法国人可是吹得天花乱坠，有人甚至说那是近十个世纪以来音乐界最伟大的一次革命……（几个世纪对他们来说算得了什么！他们也就只知道自己那个年代……）

丹沃斐·古耶和西尔伐·高恩带着克利斯朵夫去歌剧院听《佩莱阿斯与梅丽桑德》[1]。他们引以为荣地介绍着这部作品，仿佛是他们自己创作的一样，还信誓旦旦地告诉克利斯朵夫，这回保证不叫他失望。歌剧已经开演了，他们还在一旁喋喋不休。克利斯朵夫不耐烦地喝住他们，伸长了耳朵仔细听着。第一幕刚刚结束，高恩就迫不及待地追问："嗨，我说老朋友，你觉得怎么样？"

他反问道："后面的是不是都是这样？"

"差不多。"

"那就根本没什么嘛。"

高恩一下子嚷嚷起来，说他太没修养了。

"的确没什么，"克利斯朵夫继续说，"没有主题，没有发展，前后断断续续的，根本接不起来。和声听起来倒是挺细致的。乐队

① 此系梅特林克一八九二年所作的悲剧，德彪西谱成歌剧，于一九〇二年公演。

搭配起来效果很好，调子抬得很高，但还是显得空洞无物，没什么内涵……”

他又往下听。慢慢地，隔着半明半暗的黑影，他终于找出一点儿光来了；模模糊糊地，他似乎看出了一些东西。没错，他看出来作者一心想要对抗瓦格纳那种狂热的理想，想要回归素雅清新；但他还是忍不住地挖苦道：他们既然有这种牺牲的精神，可为什么往往牺牲的是别人的理想？他在这件作品里感受到一种投机取巧的意味，作者仿佛是想用最少的精力来获得同样的效果，可他哪里知道瓦格纳的巨作都是需要呕心沥血才能创作出来的。至于用起词来单纯、简洁，发起音来微弱、朴素，他也不是没发觉，虽然觉得这样单调乏味，身为一个德国人，他甚至感到一阵不真实，但也同样吃了一惊。（他发现唱词越是追求真实，法国语言就越显得难以配起曲子来。它太重逻辑，太明确了，有着自己那一套套框架；法语显得太完美了，以至于他们很难跟别的东西融合起来。）然而这种尝试一反瓦格纳派的铺张华丽，倒也有点意思，至少在克利斯朵夫眼里还是很有趣的。那位法国音乐家似乎总能含蓄地折中起来，奔放的热情在他手下也变成了悄声细语。爱情来了，没有欢呼拥抱；死亡迫近，也只是平静安逸。旋律的线条微微颤动一下，或者乐队像抿起嘴唇似的打个寒战，就当作剧中的人物情绪波动了起来。作者颤颤巍巍的样子，别人看了还以为是唯恐泄露半点真情。他还真是个表情达意的天才——恐怕只有当法国人那种固有的谄媚的感官、扭捏的姿态，突然苏醒过来，才会吐露实情。到了那时，你就会发现，太多头发黄黄的、嘴唇红红的、第三共和以后的小家碧玉，在一旁扮演着多情人的样子。这种情形实在是难得一见，那是作者太克制自己、只能偶尔放松一下的表现；整部作品就像一朵中古社会精雕细刻的花朵，流露出一种刻意做作的纯洁。克利斯朵夫这样初出茅庐的家伙哪能有这样的境界，自然理解不了，那些剧本、那些诗歌，尤其让他厌烦。他仿佛看到了一个年过半百的巴黎女人，装着一副天真的孩子模样，央求着人家给她讲童话听。这可不是瓦格纳派的风格，不像他们老是描绘的那种多愁善感、呆头呆脑的莱茵河笨姑娘；但一个法兰西与比利时的混血姑娘也好不到哪儿去，她摆出一副贵族“沙龙”那种矫揉造作的气质，嘴里喊着“我的小爸爸啊”“我的小白鸽呢”诸如此类莫名其妙的一套交际花的措辞。对于这出戏，巴黎的女人们听得津津有味，这部曲子就像一面镜子，她们的多愁善感、忧郁伤感的姿态在镜子面前显露无遗。所谓的意志、节操早已经消失得无影无踪。没人知道自己在做些什么，该做些什么。

“那可不是我的错啊！那可不关我的事啊！”这些大孩子呻吟着。整整的五幕歌剧，从头到尾都是在暗淡的暮色中演奏着——森林、岩穴、地窖、逝者的卧室——就像栖身荒岛的小鸟，没有丝毫挣扎。可怜的小鸟！美丽、纤巧……它们畏惧太强的光线，稍微剧烈的动作、稍微大声的讲话，就让它们心惊胆战，它们甚至怕起热情、怕起生命来！……生命可不会那么轻柔，你不能老是戴着手套生活啊……”

克利斯朵夫隐隐地听见了，炮弹呼啸而至，就要粉碎这垂死挣扎的文明，这可怜的奄奄一息的乌托邦。

话虽如此，克利斯朵夫对这部作品还是兴趣不小，也不知道是不是他高高在上的怜悯让他产生了些许同情？总之，他对这部作品的关切远超过他口头上的不满。他走出戏院的时候，还口口声声回答高恩说：不错不错，很是细腻，不过还是不够奔放，听起来感觉少了点什么，心里却没把《佩莱阿斯》跟其他的法国音乐摆在一个位置。他好像在法国音乐的朦胧迷雾中看到了一盏明灯，一下子就把他吸引住了。顺着灯光，他还发现有些别的、特别的、强烈的流光溢彩，在四下里闪耀着。那些流光让他大为惊奇，他很想凑上前去，瞧瞧那些光是怎么发出来的，却发现那些光点实在难以捉摸。那些超凡脱俗的音乐家，都是极难接近的，因为不了解他们，所以克利斯朵夫就更加地好奇。他们最不需要的东西——同情心，克利斯朵夫这里倒是有一大把。他们除了一两个人例外，从来都不看别人的作品，他们对外界了解得很少，也不想了解。也不知道是刻意回避、心高气傲，还是郁郁不得志、冷漠厌世，他们几乎全部过着离群索居的生活，把自己关在禁闭室里。这些人虽然人数不多，却也分成对立的派系，谁也容不下谁。他们是那么的小心眼儿，坚决不能容忍自己的敌人和对头；就算是朋友，万一被他们发现恭维别人，或是称赞起自己来显得太冷淡，或是太热烈、太偏激，或是太庸俗，就立马被他们划为敌对的阵营。要满足他们，真是比登天还难。到最后他们只相信评论家的判断，特许了一个来，要他一心一意地把自己当偶像崇拜着。你千万不能冲撞这些偶像。他们只求弄懂自己，结果最后还不如别人更了解。他们自高自大，被自己的判断和同伙的奉承搞得面目全非，最后完全意识不到自己究竟有多大才能，掌握了多少东西。一群自以为是的幻想家就敢喊着音乐改革，就连精巧纤弱的艺术家也想跟瓦格纳争个高低。他们为了抬高自己的名声，不惜放弃自己的一切；好像在进行一场跳高比赛，每天都要跳得比昨天高一点，比他们的对手高一点。可惜的是，他们跳高的成绩并不总是称心如意，也就能引起几个同行的兴趣。他们的音乐脱离群众，群众也懒得理他们。他们创作起艺术来从不把人民放在心上，写出的作品都是在先人的基础上生搬硬套。但在克利斯朵夫看来——不管这看法准不准确——没哪个地方的音乐比法国的音乐更需要外来的支撑了。这株臃肿的藤蔓最离不开的就是支柱。第一就是离不开文学这根支柱。它本身就弱不禁风，呼吸短促，面无血色，意志羸弱，就好像一个形容憔悴的女子，需要男人的扶持。然而这位拜占庭式的王后，面黄肌瘦，腰肢纤弱，满身的珠光宝气，一下子就被附庸风雅的文人、涎皮赖脸的批评家给围了起来。法兰西民族不是天生的音乐鉴赏家，二十年来，为瓦格纳、贝多芬、巴赫、德彪西吹捧的人群，也仅仅限于一个阶级，他们的热情根本没有传播起来。通宵达旦地举办着音乐会，不惜血本地鼓动起一阵阵的音乐潮流，法国大众的音乐品位真的上升到这样的高度了吗？答案是否定的。这不过是一种风过尘飞的时髦，一种只触及少数精英还把他们搞昏了头的恶习。真正的音乐爱好者屈指可数，那些所谓的音乐评论家们自然不在此列。在法国，真正热爱音乐的音乐家实在太少了！

克利斯朵夫就这样想着，他却忘了这种情形可不止法国才有，到处都是一样的，即使是在德国，也没几个真正的音乐家。在艺术上，重要的不是成千上万赏玩艺术却毫不了解艺术的人，而是极少数热爱艺术，为了艺术呕心沥血、竭忠尽智、勇于献身的人。这样的人物，他在法国见到过几个吗？无论是作曲家还是批评家，最优秀的都是那些默默无声、远离尘世、埋头苦干的，像法朗克，像现今最有才华的人，多少艺术家就是那样寂寥无声地过了一生。后世的记者们争先恐后地发现他们的一言一行，自称是他们的朋友而引以为荣；这支勤奋的知识分子队伍毫无野心、不求名利，或是勤勤恳恳、一砖一瓦地发掘法兰西的过去，或是献身于伟大的音乐教育事业，为法兰西的未来打下基础。他们中多少人才华横溢、胸怀宽广、兴趣丰富，要是克利斯朵夫认识他们的话，一定会对他们心驰神往的；但他只是偶尔遇见过两三个这样的人物，况且他所听到的、看到的，都是他们被人歪曲的思想。克利斯朵夫只瞧见他们的缺点，而且是被那些艺术学徒和新闻贩子模仿、放大的缺点。

音乐界的那些俗物，那种形式主义，最让克利斯朵夫感到恶心。他们讨论得最多的就是形式、手法。情操、性格、生命，他们就一句也不提！他们从来没有想过一个真正的音乐家会过着什么样的生活，一个真正的音乐家是生活在音乐构筑的宇宙中的，他的岁月就是音乐海洋掀起的浪潮。音乐就是他呼吸的空气，就是他生活的天地。他的心都是由音乐构成的。他爱的、恨的、忍受的、恐惧的、希望的，所有这一切都是音乐。爱上一个美丽的肉体，从一个音乐家的心灵来看，是音乐。着迷于一双心爱的眼睛，不是蓝色、灰色，或者褐色的，也是音乐，心灵看到它们，仿佛是听到一曲婉转的和弦。这种奏响在内心的音乐，比起外在的音乐不知道要丰富几千倍，琴弦比起心弦来，相差不知道多远。天资的高下是要用生命力的强度来测量的，艺术也不过是个唤醒生命的残破的工具罢了。但在法国，又有几个人想到这一点呢？对于这个搞起化学才见长的民族，音乐似乎只是一门组合声音的艺术。就像他们把书本当成简单的字母组合。克利斯朵夫听见他们嚷嚷道：要懂得艺术，就得抛开人的问题，他只好耸耸肩膀。他们对于这个谬论扬扬自得，以为只有这样才能证明他们的音乐天分。连古耶这个笨蛋也这样说。他一直都搞不明白一个人怎么能完整地背下一页乐谱——他曾央求克利斯朵夫解释这个不可思议的事情。现在却反过来教训克利斯朵夫说：贝多芬那份伟大的精神，还有瓦格纳那高深的境界，对于音乐家来说，还不如一个画家的模特儿对他的肖像画起的作用大！

“这就是说，”克利斯朵夫很不高兴地回答道，“在你们看来，一具美丽的躯体没有任何艺术价值！伟大的热情也一样！唉，你们这些可怜鬼！……你们难道想象不到一张妩媚的脸为一幅肖像画增加了多少美，一颗伟大的心灵能够给音乐带来多少奇迹吗？……可怜鬼！……你们只知道关心技巧、方法，对不对？一件作品只要表现方法用得好，内容就无关紧要了对不对？……可怜鬼！……你们就好像有些人不听演说家讲什么，只管听着他的声音，莫名其妙地看着他的手势，就说他讲得好极了……可怜的家伙啊！可怜的家伙啊！……全都是一群笨蛋！”

让克利斯朵夫气恼的可不就这一点，所有的理论都叫他讨厌。听着那些废话、那些清谈，那些口口声声念叨着音乐理论的艺术家们的夸夸其谈，他实在烦透了，那简直会让所有优秀的音乐家痛恨得咬牙切齿。克利斯朵夫跟穆索尔斯基[1]倒是挺像，坚持以为音乐家最不应该时时重复着他们的对位与和声，而应该抽时间去读几本美妙的书，或者体验体验生活。一个音乐家要是只关注自己的音乐，而对其他事情不闻不问，他们就会丧失对时代精神的把握，陷入一片空洞之中。他们得体验生活！体验全部的生活！什么都得观察，什么都得了解。要热爱真理，追求真理，进而抓住真理——真理是美丽的战神之女、阿玛仲纳的女王，你要亲吻她，她就会咬住你不放！

音乐的空谈会已经开得太多了，单调的和弦曲子还在一堆一堆

① 穆索尔斯基（1839—1881），创立近代俄国乐派的五大家之一。

地生产着！在这片和音的大杂烩里，克利斯朵夫看到的全是妖魔鬼怪，没有重新焕发生机的迹象。

于是，克利斯朵夫决定向这群疯狂的博士告别——他们这会儿还妄图用蒸馏器和玻璃瓶孵化出新的小妖魔。终于摆脱了法国的音乐圈，克利斯朵夫打算拜访巴黎的文坛和社会了。

就像成千上万的法国人一样，克利斯朵夫最初也是从日报上认识当时的法国文学的。因为他急于尽快了解法国人的思想，也想顺便补习一下法语，就硬是找一份人家口中最地道的巴黎报纸来读。头一天，他就在骇人听闻的社会新闻里面看到一则报道，要知道那些报纸里叙述和特写的内容就占了好几长行，报道的内容说的是一个父亲跟十五岁的亲生女儿发生乱伦的事情，但文章写得很是自然，字里行间都露出不足为奇的感觉，反倒相当动人。第二天，他又在这张报纸上看到一条父子纠纷的新闻，十二岁的儿子和父亲竟然跟同一个姑娘发生关系。第三天，他又读到一则兄妹乱伦的新闻。第四天，他竟然读到姐妹同性恋的新闻。第五天……第五天，他把报纸一丢，就问起高恩："嘿！这算什么新闻？你们都疯了吗？"

"这就是艺术。"高恩笑着回答。

克利斯朵夫耸了耸肩膀："你肯定是跟我开玩笑吧。"

高恩笑了，说："绝对不是。你自己看吧。"

他拿起一份最近发行的"艺术与道德"的征文特辑，递给克利斯朵夫，那些结论都是些"爱情使一切都变得圣洁""肉欲是艺术的酵母""艺术无所谓道德不道德""道德是耶稣会派①教育所宣扬的一种成见""强烈的欲望才是最真实的"等诸如此类的。报纸上还刊登了一系列的文章，想要说明某部描写妓院风情的小说是纯洁的。那些署名作证的人中，还有不少出名的文学家和严肃的批评家。一个诗人兼基督徒嘴里喊着伦理纲常，竟然公然赞扬一部描绘希腊淫靡之风的作品。那些抒情广告不遗余力地吹捧着那些展示历代风流野史的小说：罗马时代的、亚历山大时代的、君士坦丁堡时代的，还有意大利和法兰西文艺复兴时代的、路易十四时代的……应有尽有，简直都快编成一部史书了。还有一系列文章是在讨论世界各地的性欲问题，那些认真谨慎的作家们有着苦修士一样的耐性，研究着五大洲的温柔乡。在这些研究性欲史的专家当中，有不少才华横溢的诗人，还有不少优秀精干的作家。要不是他们在一旁高谈阔论、卖弄学问，别人就看不出他们跟那些小说作者有什么不同，他们往往用着颇有学问的字眼讨论着古代的风流艳史。

悲哀的是，那些老实人、那些名副其实的艺术家、那些法国文坛上真正的权威也改头换面，投入到这种并不熟悉的工作中去。有些人学着别人的样子，挖空心思写些猥亵下流的东西，拿去给晨报连载。他们就像母鸡生蛋一样，有规律地分娩着，每星期两篇，一刊登就能长年累月地连载下去。他们就这样生产、生产、再生产，等到江郎才尽、无词可填的时候，就只好搜肠刮肚，努力制造出点猥琐淫邪的新花样：因为大众已经叫他们喂饱了，什么好菜都吃腻了，就算花天酒地、淫荡无耻的想象也变得平淡无奇，没什么吸引力了。那些作者们非得想出点更刺激的东西，比别人的更刺激，比自己从前的更刺激。于是，他们也撑不住了，精力全耗光了，最后还落得个贻笑大方的结局。

---

① 耶稣会派是基督旧教的一个下属派别，由西班牙人雷育拉于十六世纪时创立，以排斥异端、抵抗宗教革命为主旨，十七世纪时在法国政治上一度极有势力。

克利斯朵夫并不了解这场悲剧的内幕，就算知道了，他也不见得大发慈悲。在他看来，无论如何也不能原谅一个为了几个铜子就出卖艺术的浑蛋……

“就算是为了维系他至爱的人的基本生活也不能原谅吗？”

“不能。”

“那也太不近人情了。”

“这完全不是人情的问题，而是做人的问题！……人情！……哼！你们还是祈求老天保佑你们这套没骨气的人道主义吧！……一个人不能同时爱上好几十样东西，也不能同时侍候好几个上帝！”

一直以来，克利斯朵夫都过着埋头苦干的生活，蜷缩在那个德国小城中，没见过什么大世面，所以根本想不到这种艺术界的腐败不只是在巴黎，几乎在所有的大城市都一样。德国人常常自以为“德国才是贞洁的”，而“拉丁民族是不道德的”，这种遗传的偏见在克利斯朵夫心中慢慢地抬头了。高恩马上指出柏林的丑事来，说德意志帝国的上层阶级早已经腐化了，现在的政府蛮横无理、荒唐无耻，跟克利斯朵夫抬起了杠。不过高恩却没有半点偏袒法国人的意思，在他看来，德国的风气不比法国好多少。他心里一阵鄙夷，只在一旁悻悻地想道：“各有各的习惯罢了。”所以，看到他自己生活的那个社会也是如此习俗，他也不感到奇怪。可是在克利斯朵夫看来，那其实就是民族性的问题。所以他自然会像他的德国同胞一样，把腐蚀各国知识分子的根源看成是一种法国艺术独有的恶习，一种拉丁民族的文化劣根性。

头一次接触法国文学，就给克利斯朵夫留下了这么痛苦的印象，以至于后来他花了好长时间才把这段记忆忘掉。除了那些拿肉麻当有趣的所谓的“基本娱乐”之外，也还是有一些好作品的。但那种最美最好的书，克利斯朵夫一本也没有发现。它们不苛求高恩这一类人的拥戴，它们根本不在乎这部分读者，或者根本没把他们当读者看，当然那些读者也不会在乎它们，他们向来都是独来独往、互不相知。高恩口中从来都没出现过这等读物。他天真地以为他和他的朋友们就能代表法国的艺术了；好像除了他们吹捧的大家之外，法国就再也没有什么人才、什么艺术了。那些真正为法国文化争荣增光的诗人学者，克利斯朵夫连一个都没听说过。在小说界，他只看到巴莱斯和法朗士的几部作品傲然矗立、不落俗套。可是他法语功底还是太浅薄，欣赏不了他们的深刻的思想、风趣的文法。他只能好奇地瞧瞧法朗士花房里培育的橘子树，粗略地观察一下巴莱斯心头绽放的纤纤水仙。在天才梅特林克面前，在那高不可攀又略显空洞的思想面前，克利斯朵夫站了一会儿，只觉得一股单调浮华的神秘气息扑面而来。他抖了抖神，谁知道却一不小心掉入了左拉浪漫主义[①]的泥沼中，转眼就被搞得头昏脑涨的；等到他终于挣扎着出来之后，又被泛滥成灾的文学淹没了。

从这片被洪水淹没的平地上散发出一股浓烈的女性气息。那时，文坛上挤满的，要么是女性，要么就是女性化的男人。本来女性写起书来是件很有意义的事，只要她们够真诚，就能写出任何男作家观察不到、表达不出的女性心理的神秘之处。可是没几个女作家有

---

① 一般读者仅知左拉为自然主义文学的领袖，其实他所谓的自然主义只是似是而非的科学理论；而左拉的浪漫主义的幻想成分远过于他自称为“观察家与实验家”的性格。

胆量这样写作，大多数都是为了勾引男人才跻身文学界；她们顶多在书中扯几个谎，就像她们经常在客厅里干的一样；然后就在读者面前涂脂抹粉、卖弄风骚，接着就打起情骂起俏来了。自从她们没有了可以吐露私情的神父，停下了虔诚的忏悔以后，就转身把私情丑事公开给读者。于是这样的小说就多如雨下，全部都是些低级下流、俗不可耐的作品，字里行间吞吞吐吐，叫人看了就如同闻到一股香浓甜蜜的脂粉味。这股气味充斥着整个法国文坛。克利斯朵夫忍不住想起歌德的一句话："女人们要写诗歌、写文章，她们爱怎么写就怎么写，但是男人可不能学女人那一套！那才最让我受不了。"那些虚伪的情感，那种粗野又矫情的风格，再加上不三不四的风情，让克利斯朵夫越看越觉得厌恶。

然而克利斯朵夫心里明白，自己不能轻易就做出判断。市场上吵吵闹闹，震得他耳朵都快聋了；美妙的笛音也被挡得严严实实，怎么也听不到了。就像朗朗晴空下起伏的希腊山峦画成的美丽线条，这些肉感的作品当中，的确也隐藏着不少才气、不少韵味；细腻的描绘下，透露出一种生活的甜美，那感觉就像班吕琪和拉斐尔画中的慵困懒散的少年，眼睛半开半合，露出情窦初开的微笑。可惜的是，克利斯朵夫怎么也感觉不到这一切。这股精神潜流暗暗的，没有露出半点端倪。就算是一个法国人在这里，恐怕也很难看得出来。他只看见了泛滥成灾的出版物，几乎都变成了一场公害。男女老少，各行各业，无论是军官、伶子，还是社会名流，一下子都成了作家。那都快变成一场瘟疫了。

克利斯朵夫暂时也不想表态了。他觉得有高恩在前面引路只会让他在迷途上越走越远。原来在德国的时候，跟文学界那伙人打交道的经历让他不得不戒备起来，他可不会再轻易相信那些书籍杂志了，谁知道这些著作能代表多少人的意见，说不定只是出版给作者自己看的。戏剧才能更准确地反映法国社会，它在巴黎人的日常生活中可是占着举足轻重的地位。戏院这个巨大的饭店都不够满足二百万法国人的胃口。在巴黎，不算上各个城区的小剧场、音乐咖啡馆、杂耍班等等，光是大戏院也有三十多家，而且都是场场爆满。演职人员就有一大堆，四个国家剧场每年都要花费一千万法郎，养着将近三千的人员。整个巴黎到处都能瞥见那些蹩脚演员的身影。一路走来，都会看到他们的形象出现在相片、素描，还有漫画作品里，让人忍不住地想起他们台上的怪相。留声机上传出他们哼哼啊啊的歌声，日报上披露着他们对政治和艺术的高见。他们还有自己的报纸，无非就是刊登他们鸡毛蒜皮的琐事，要么就是吹嘘他们可歌可泣的发迹史。这些无所事事、靠着互相模仿过日子的大孩子俨然就是一般法国人的主子，身边还跟着一群剧作家侍奉。于是克利斯朵夫要求高恩带他到这个能够反映现实的戏曲王国里见见世面。

不料，高恩这位向导在戏曲方面也不见得比在文学那块更靠谱一点。经他介绍的巴黎戏坛带给克利斯朵夫的第一个印象就是：巴黎的戏曲界跟出版界一样让他反感，似乎到处都弥漫着出卖精神的气息。

那些出卖戏剧的娱乐商们一共分作两派。一派是旧式的，注重宣扬国粹精华。其实就是那些说着粗声粗语的脏话，毫无顾忌地嘲笑着任何丑恶和畸形的身体，讲着臭肉一般猥亵的、大兵式的笑话的一群人。他们还扬扬自得地管这叫作“大丈夫的爽直”。他们自以为在一出戏里连续导演了四场淫秽的丑史之后，再突然峰回路转，把淫乱的妻子又摆回到丈夫的床上，就算把道德跟放荡行径之间的矛盾调和了，只要没有触犯法律，道德就算得到了挽救。这就是所谓的高卢人派头①——这样轻描淡写，把婚姻说得放荡不羁，还坚持原则上尊重婚姻。

另外一派则是新式的，更加巧妙，也更加让人讨厌。剧院中充斥着巴黎化的犹太人（还有犹太化的基督徒），他们在戏剧中胡乱拼出各种感情，这就是所谓的世界大同主义颓废、腐烂的明显标志。那般为了父亲而脸红的儿子，那些孩子们拼命地否定自己的种族，羞于跟自己父亲为伍，这种去种族化的谬论竟然就这样成功了。他们摆脱了流传几千年的灵魂之后，剩下的个性也没剩多少，只好把其他民族的知识和道德品质混合起来，做成一个拼盘，或是一个西班牙的大杂烩，还在一旁得意扬扬。那些称霸巴黎剧坛的人物，最擅长的就是把最邪恶、最淫靡的垃圾跟感情混在一起，让善良都带着一股恶臭的味道，让丑恶也能飘起一阵道德的气息，无论是年龄、性别，还是家庭、感情，所有一切的关系都被他们弄得颠来倒去。这样一来，他们的艺术就会带着一种与众不同的味道，又香又臭，异常难闻，他们还美其名曰“反道德主义”。

他们的戏剧中使用的最多的角色就是多情的老人。剧本中到处都有这个角色的画像，在他们看来，只有这样他们才有机会把种种微妙的行为描写得细致入微。有时，六七十岁的老头儿会跟自己的女儿推心置腹，大谈自己的风流艳史，女儿也跟父亲谈起自己的情夫；他们就像要好的朋友一般，互相出着主意：父亲教女儿去通奸，女儿帮父亲去哀求那个风流成性的情妇，要她回心转意，

① 高卢人为古罗马人称一部分克尔特族的名字。法国人常自称为高卢人。而日常语言中尤以“高卢人派头”形容快乐、兴奋、轻薄的性格。

跟自己的父亲重续旧好。有时，一本正经的老人反倒成了情妇的知己，跟她大谈她的情夫，怂恿她讲述她的淫荡故事，居然还乐在其中。在他们的戏剧中，我们还可以看到一大批情夫都是十足的正人君子，居然做起了拉皮条的工作，替他们从前的情妇招蜂引客。那些交际花都是些风流成性的女子。男人靠着妓女过活，女人都搞起了同性恋。这一切都发生在上流社会，那种有钱人的社会——人家唯一看得起的社会。也只有在这种社会里，冒牌货色才能在层层包装之下摆上货架。经过了包装，坏货色也能变成抢手货，年轻的妇女和一把年纪的绅士都被逗得笑逐颜开，但是那种后宫的香气合着四时的臭味是怎么遮都遮不住的。

他们剧本的文风也是乱七八糟的，丝毫不亚于剧中的情节。他们把来自各个阶级、五花八门的粗俗口语糅合在一起，创造出一种混杂的行话，混着一种外国腔调，带出一种或是古典，又或是抒情，或是幽默隽永，又或是下流做作，或是温文尔雅，又或是信口开河的味来。他们天生就是冷嘲热讽的料，有本事引人发笑，却总显得不够自然；但他们凭借着自己的心灵手巧，也能编制出一个五光十色的巴黎来。虽然他们做出来的宝石水色不够晶莹，花纹也没有镶好，但至少在灯光下还能看出点珠光宝气来，只要有这一点就足够了。他们很聪明，很会察言观色，可惜有点近视。他们的眼睛几百年来早就被柜台给磨坏了，只好用放大镜来看待感情，小事情都被放大了，大事情却被他们直接忽略掉了；他们显然更喜欢金光灿烂的铜箔片，所以他们也只会描写那种附庸风雅的暴发户心中的典型风流。那简直就像是几个不学无术、整天游手好闲的混混，你争我抢，想要独自享用偷来的金钱和无耻的女人。

有时，这些犹太作家不知道受到什么神秘的刺激，他们沉寂已久的天性就会突然从他们的心灵深处苏醒过来。那才是多久以前的时代和种族搅在一起混成的一种混合物。沙漠的飓风吹过海洋，一直吹到法国人的床头，带来一股土耳其菜市场的臭味，卷来了一堆金灿灿的沙尘；那光怪陆离的幻象、沁人心脾的肉感、剧烈波动的神经、毁灭一切的欲念，一起爆发起来——就像那昏睡了几千年的希伯来的勇士撒姆逊突然醒来，发出一声惊天动地的怒吼，一下子冲垮了神庙的支柱，跟敌人同归于尽一样①。

克利斯朵夫掩住了鼻子，对高恩说："这里面倒是有力量，可惜已经发臭了。好了！我们去看看其他的东西吧。"

"你还想看什么呢？"

"看法国啊。"

"这不就是法国吗？"高恩说。

"不可能，"克利斯朵夫回答，"法国怎么会是这个样子。"

"怎么不是？这不是跟德国一样吗？"

"我不信。这样的民族绝对活不了二十年的，它已经开始发霉了。一定还有别的东西。"

"没有什么更好的了。"

"一定有的。"克利斯朵夫坚定地说着。

"噢！我们也有很高尚的心灵，"高恩回答，"也有合他们口

---

① 非力士人拘囚撒姆逊，一天将他带到祭神大会上，打算当众羞辱他。撒姆逊默祷上帝赐还神力（此神力被爱人达丽拉潜割头发后丧失），于是推倒庙堂，与非力士王及在场群众同归于尽。

味的戏剧。你要看看吗？我这儿有的是。”

于是他把克利斯朵夫带到了法兰西剧院[1]。

那天晚上，剧院演的是一出现代的散文体喜剧，是在探讨某个法律问题。

戏剧刚一开始，没听几句对白，克利斯朵夫就大致清楚演的是什么剧。演员的声音太洪亮、沉着，慢慢悠悠的，一副做作的模样，每个音节都要咬得很重，仿佛是在朗诵几段文字，又好像念叨着六音步诗句，中间还要再停顿几次。庄严的姿势，挥舞的双臂，看着极像正在布道的传教士。女主角则披着古希腊大褂式的睡衣，高举着手臂，低着头颅，脸上挂着苦笑，活像希腊神话里漫步的女神，她用美妙的女低音发出最深沉的音调。高贵的父亲迈着剑术教师般的步子，严肃得好像是在参加一场葬礼，身上穿着浪漫主义的黑色丧服。年轻的男主角面无表情地压紧喉咙发出尖细的啜泣声。剧本的风格是副刊式的悲剧，整部戏都充斥着高深的字眼，公文式的修辞，学院派的拐弯抹角。没有任何多余的动作，没有一声出人意料的杂音。从头至尾都像钟表一样机械，只是提了一个严肃的问题，构建了一个剧本的雏形，就像一副空洞的骨架，上面没有丝毫血肉，全都是些书本式的句子。那些想要显得大胆一些的讨论，其实畏首畏尾的，根本就是一群小市民在打肿脸充胖子。

剧中讲述的是一个女子嫁了个差劲的丈夫，生了个孩子，后来离了婚，终于改嫁给一个她心爱的老实人。作者本来想要证明的是，就算是在这种情形中，离婚还是会受到舆论的谴责，还要遭到天性的抵制。其实要说明这个看法一点都不难：作者只要设法安排前夫

① 法兰西剧院为法国四大国家剧院之一。

偶遇离婚的妻子，再一次占有了前妻；然后，按照所谓的常理天性，前妻羞愧难当，反而更爱现任的丈夫。这才算是合理的反应。可是作者却违反天性，做出这样一种所谓英勇的判断。道德什么时候已经变得这么下贱了！法国作家似乎太不了解道德了，一谈起来就走调，实在让人难以置信。人家会以为看到的全是高乃依式的英雄、悲剧中的帝王。男主角全都是腰缠万贯，女主角们豪宅林立，在巴黎至少有一所住宅和二三处宫堡，这些人真的已经称王称霸了吗？对这等作家来说，财富就是一种美，甚至也是一种德。

但在克利斯朵夫看来，观众似乎比戏剧本身更加怪异。不管情节多么不近情理，他们看了都安之若素。演到该是叫人发笑的对白，遇到能够嘘一声的地方，演员们就会打起手势，他们就心领神会地哄笑一阵。于是，那些悲壮的演员只要做起了抽泣、呐喊，或者一下子晕过去的动作，观众们就会跟着擦鼻涕、抹眼泪，还不时地咳嗽两声。

“哼！人家还说法国人轻浮呢！”克利斯朵夫离开场子就高声嚷嚷起来。

“轻浮跟严肃，各有各的时候，”西尔伐·高恩半带讥讽地说道，“你不是一直想看道德吗？现在总该看到法国人的道德了吧！”

“这分明就是在耍嘴皮子！”克利斯朵夫嚷道。

“在我们这儿，”高恩说，“舞台上的道德本来就是在耍嘴皮子。”

“那不过是法庭上的道德，”克利斯朵夫说，“只要会耍嘴皮子，谁都能打赢官司。我最恨只会耍嘴皮子的律师。难道法国就没个诗人吗？”

于是西尔伐·高恩就带他去见识见识诗剧了。

法国有的是诗人，甚至有不少大诗人。可惜剧院不是为他们开放的，只有那些胡乱拼凑的音韵匠人才在剧院出没。剧院跟诗歌的关系，就好像歌剧院跟音乐的关系一样。就像柏辽兹说的那样，剧院不过是为“荡妇卖笑”提供了一条新路子。

克利斯朵夫见到的，有以卖淫为荣的娼妇，据说她们和等上加伐山受难的基督一样圣洁；还有欺辱朋友之妻之后，夫妻之间还依然相敬如宾的三角关系；还有欧洲特产的戴着绿帽子的英雄。克利斯朵夫也见到许许多多多情的姑娘，她们在感情与责任之间徘徊：感情上，她们更爱新的情夫，可责任上，她们就该留在旧情夫身边，尽管他只是一个受骗出钱的老头子。最后，她们自以为很高尚地选择了担起责任这条路。在克利斯朵夫看来，这种责任感跟肮脏的金钱关系没有什么分别。可观众却觉得十分满意，他们只要看到高举的“责任”二字就够了，谁还在乎实际怎样；他们永远都是只看招牌，不看货色。

这种艺术最拿手的一点就是把高乃依式的英雄主义跟无耻的荒淫用他们神乎其神的手段调和起来。这样一来，他们那些巴黎观众才终于满意起来，一方面他们口头上的道德得到了满足，另一方面精神上的淫乱也得到默许。不过，说句公道话，相比于荒淫的行径，他们更注重口头上的满足。耍嘴皮子最能勾起法国人的兴致，只要能听到一段好词妙语，就是给人抽几鞭子、踹几脚，他们也不在意。不管是善是恶，是惊天地泣鬼神的英雄主义，还是骄奢淫逸的伤风恶习，只要包上一层抑扬顿挫的音韵合着华而不实的词句组成的糖衣，他们就会忙不择价地吞下。什么都能拿来吟诗，什么都能拿来造句，什么都能变成游戏。雨果愤怒的呐喊，立刻被他们用消音器弱化，生怕吓到小孩子。在他们的艺术里，你感受不到风、雨、雷、电，自然的力量永远被排斥在外。他们把一切都世俗化了：婚姻、爱情、痛苦、死亡，一切都变得那么的肤浅。就像在音乐方面一样——而且比音乐更严重，音乐在法国还是一门年轻的艺术，天真幼稚——他们最怕的是听到别人说“已经用过了”之类的话。那些最有才华的作者从容地做着别出心裁的创作。其实方法上并没什么难的：只要挑一篇神话或是传说，花点时间把它的原意颠倒过来就行了。于是就有了这样的结果，布勒塔尼传说中的蓝胡子原本杀了六个妻子，到了他们手中就变成了六个妻子围攻亲夫；荷马史诗里的独眼巨人被希腊英雄刺瞎双眼，却被描绘为为了那群牧羊人，自废双目[①]；而他们改来改去的这一切，也不过是在形式上花工夫。但在克利斯朵夫（他还算不上一个专业的批评家）眼里，这些形式主义者也算不上什么大家，只知道东拼西凑，全都是一些糊弄人的东西，没什么独创的风格，也缺乏大气、深意。

没有人会比那些改造着英雄剧的诗人们更会撒谎的了。他们心目中英雄的形象非常可笑：

> 重要的是，有着一个美妙的灵魂，
> 鹰的眼睛，门洞一样宽厚的额门，
> 容光焕发，斗志昂扬，
> 跃动的心弦，梦幻的双眼。

① 蓝胡子原是布勒塔尼传说中的人物，杀过六个妻子。卜里番姆为希腊神话中的人物，妒杀阿雪斯与迦拉德，终于被于里斯挖去双目。此处说法国诗剧作家专为传说与神话翻案。

这样的描写竟然也有人相信。那一个个俳剧演员们，穿着浮夸辞令做成的外衣，带着长长翎毛做成的装饰，挎着白铁长剑，戴着纸糊的头盔，在剧场门口招揽观众，剧作家们胆敢把历史剧当木偶戏来演，沙杜[①]一派的无聊浅薄在此刻暴露无遗。现实社会中，哪里能找到这种西拉诺式的英雄主义[②]呢？这些作者翻天覆地，无论是帝王还是宫廷扈从，是神圣同盟的护教团还是文艺复兴的冒险家，凡是把这个世界搅得乌烟瘴气的旋风人物，都被他们翻了出来。然后，前拥后戴地捧出一个无聊的君王，一个杀人不眨眼的暴徒；他有着一支残暴的军队，后宫里一群横征暴掠得来的美女，却突然为一个几十年前一见钟情的女子失魂落魄；要不然就是给你捧出一个亨利四世，为了一个离他而去的情妇竟然自裁[③]。

就是这样，那些剧作家们玩弄着心中的君王与英雄。这些讴歌着虚伪做作的、跟真理毫不沾边的英雄主义的诗人们——克利斯朵夫不胜惊奇地发现，自称八面玲珑、聪明细腻的法国人，竟然没有发觉这有多么可笑。

但最神奇的是，宗教最近也风行了起来。到了四旬斋戒日，喜

---

① 沙杜（1831—1908）为法国喜剧及历史剧作家，写的都是传奇的英雄，是热情的象征而不是真正的热情，既没有历史的真实，亦没有人性的真实。但十九世纪末期沙杜称霸剧坛三十年。

② 《西拉诺》为洛斯当（1868—1918）所作韵文喜剧。作品红极一时，但艺术价值不高。故事以十七世纪的诗人西拉诺为主，讲述西拉诺恋上一名女子名洛克萨纳，后知洛克萨纳深爱克里斯蒂安 · 特 · 纽维兰德，西拉诺于是帮助情敌代写情书。后纽维兰德死于战争，而西拉诺直到临终时才把这个秘密说出来。此处所谓荒唐的英雄主义即指此。

③ 法王亨利四世确于一六一〇年被刺，但绝不是为了失欢情妇。作者在此讽刺作家故意歪曲史实。

剧演员们在快乐剧场朗诵着鲍舒哀的《悼词》，一旁还有风琴伴奏。犹太作家还帮着犹太女演员们写些有关圣女丹兰士的悲情戏。鲍第尼戏院演出着《殉难之路》，滑稽剧场演出着《圣婴耶稣》，圣·玛丁戏院演出着《受难记》，奥狄安戏院也跟着演起《耶稣基督》来，移植园里到处都响奏着基督受难的组曲。一个爱说闲话、乱嚼舌头的专家，满口肉欲的色情诗人竟然在夏德莱戏院滔滔不绝地讲着“赎罪”之中的某些篇章。当然，整本的《福音书》中，这些赶时髦的文人们记得最清楚的一段也不过是比拉德与玛特兰纳[1]的那一段。然而那些在马路上传教的基督徒，也染上了当地的恶习，耍起嘴皮子来倒是很在行。

克利斯朵夫忍不住叫了起来：“这简直糟透了！扯谎能扯到这个地步！我快要憋死了。还是赶快离开这儿吧！”

但在这批现代工业造成的怪胎背后，依旧矗立着伟大的古典艺术，就好像现在的罗马，虽然到处都是伤风败俗的建筑，古代庙堂的残影却始终挥之不去。可是除了莫里哀以外，那些古典名著对于克利斯朵夫而言，还是高不可攀的存在。他连法语的精妙之处都还没能掌握，更不用说体会法兰西民族的特质。其中最难理解的就是十七世纪的悲剧——在法国所有的艺术当中，这是外来者最难登堂入室的一种，因为它就像法国民族的心脏。在他看来，那些剧本冷冰冰的，压在人身上沉闷得让人喘不过气来，矫揉造作，枯燥无味，让人看了一阵反感。动作不是太少，就是一下子多过头，其中的人物如同修辞学上的论证一样抽象，剧情犹如时髦女子之间的对白一

① 比拉德是判耶稣受刑的罗马帝国的犹太总督。玛特兰纳为受耶稣感化之卖淫女，在十字架下哭耶稣而第一个发现耶稣墓穴空无尸身之人。

样空洞。整个剧本就像是一幅绘满古代人物跟古代英雄的漫画：琳琅满目的也不过就是抽象的理性、巧妙的诡辩、冗长的心理分析、过时的考古学。长篇大论，长篇大论，长篇大论，永远都是法国佬的那些絮絮叨叨。克利斯朵夫心里满是讥讽，也懒得判断它到底是美还是不美，只是觉得索然无味。《西那》剧中的那两个演说家争来争去，最后到底谁取得了胜利，克利斯朵夫也懒得操心。

他发现法国的观众跟他的看法可是大不相同，他们兴奋地呼喊着、喝彩着。这也不能消除他对这出悲剧的误会，因为他本来就是从这群观众身上了解这部戏剧的。在他看来，古典的法国人的基因遗传到现代，已经发生了变形。正如锐利的目光会在一个容颜尚存的老妇脸上隐约看到她女儿清秀的脸上俊美的线条，却当然不会对憔悴的老妇有什么爱情的幻想……法国人就像天天见面的亲属一样，根本不会发现彼此之间是多么的相似。克利斯朵夫可是一眼就看了出来，并且迅速就把它夸大了，以至于他最后只能看见这一点，再也看不到更多的东西。当代的艺术显然就是一幅以伟大的祖先为主角的漫画，而那些伟人们在他看来倒还真的成了漫画中的人物。结果克利斯朵夫把自己给搞迷糊了，他连高乃依和那些模仿者之间的区别都分辨不出来了，就连著名的巴黎心理学家拉辛，也淹没在那些成天扪心自问、鱼目混珠的模仿人流中了。

所有这些老学生都跳不出他们祖先的古典作品。批评家没完没了地扯着《伪君子》与《费德尔》，好像从来都没觉得疲惫。都一把年纪了，还一心一意地捣鼓着他们小时候的那些玩意儿。这种情形一直持续着，直到法兰西的末日。世界上没几个国家能像法兰西这样崇拜祖先的一切，至于剩下的东西他们全都不屑一顾。

千千万万法国人也就只对路易十四那个时代的法国名著有点兴趣！他们的剧院不演歌德，不演席勒，不演赫贝尔、德国的克莱斯特、奥国的格里尔帕策尔、瑞典的史特林堡、西班牙的洛普和嘉台龙，无论是哪个外来国家的巨人的名作，都进不了他们的厅堂，只有古希腊除外，因为他们自命希腊文化的继承人——就像所有的欧洲民族一样。偶然有时候，他们也会觉得需要演一下莎士比亚，那也不过是他们的试金石。表演莎士比亚戏剧的也分成两派：一派习惯采用布尔乔亚的写实手法，把《李尔王》当成奥依哀的喜剧一样演出；一派竟然把《哈姆雷特》编成了歌剧，还加进去许多雨果式的矫揉造作的唱词。他们从来都没有想过，现实本身就富有诗意，诗歌对于生机勃勃的心灵来说，本来就是一种最纯净的语言；所以他们听不惯莎士比亚的戏剧，演了一半就赶快回头演他们的洛斯当了。

可二十年来，还是有人努力想要改革法国的戏剧。巴黎狭窄的文化小圈子也慢慢地壮大起来，它壮着胆子想要扩大自己的接触面；甚至有两三次，外界的混战、群众的呐喊，竟然撕开了包裹它的重重帷幕，捅出一个窟窿，但是马上就被他们给缝了起来。他们都是些柔弱怕事的老头儿，小心翼翼地避免看到现实的真相。遵循社会潮流的思想，却因为传统的阻碍，再加上精神上跟形式上的墨守成规，缺乏严肃的审视，使得他们这场大胆的行动最终只能半途而废。最尖锐的问题转眼就变为一场巧妙的游戏；到了最后，都归结为女人的问题，渺小的女人的问题。易卜生的个人英雄式的无政府主义、托尔斯泰的《福音书》、尼采的超人哲学，到了他们的舞台上，就只剩下些巨人的影子，这是多么可笑又可怜啊！

巴黎的作家们为了能够标新立异，可是花了不小的代价。其实他们永远都只会是守旧派。欧洲所有的文学中，没有一派像法国文学那样身陷古典的牢笼里，在巴黎，无论是大杂志、大日报，还是国家剧场、学士院，所有这一切都栖身于“不朽的昨日”的阴影下。巴黎的文学就好像伦敦的政治一样，只要欧洲的思想过于偏激，就立马被它们刹住。法兰西的学士院就是英国的上议院。君主时代的制度强行要给新社会加规添矩。革命派不是被迅速孤立、排挤夭折，就是给拨乱反正、强制同化。而那些革命分子其实也是求之不得如此。政府即使在政治上摆出一副社会主义的姿态，在艺术上还是由着学院自己来。想跟学院派斗一斗，也只能靠着文学社团来出招，而且那种斗争也都没什么效果。因为那些小社团中的人一有机会就马上跨入学院派的大门，就变得比那些学院派的原班人马更加保守、做作。不管在那些派系争斗中，是当先锋的或是做后备的，其实都是自己派别思想的俘虏。他们跳不出一党一派观念的牢笼，有的受困于学院派的规则，有的受困于革命的主旨，说到底就是目光短浅。

为了帮克利斯朵夫提提神，高恩准备带他去一种完全特殊的，甚至可以说是妙不可言的戏院去。在那里，你可以看到凶杀、强奸、疯狂、酷刑、挖眼、开膛剖肚，所有那些能够震动文明的人的神经、满足他们隐藏的兽性的景象，各种各样，一一具备。这种表演特别吸引那些社交场上的交际花们——她们平时就无所事事，可以整个下午坐在巴黎法院的沉闷的审判庭上，叽叽喳喳，嚼着糖果，有一句没一句地聊着，顺便听着那些骇人听闻的案件。但克利斯朵夫听说了之后非常恼火，说什么也不肯去。他对巴黎艺术界研究得越是深入就越反感，那股腐烂的味道他很早就闻到了，现在竟然是越来越浓；先前淡淡的，现在竟然是凝而不散，最后变成了一股浓烈的，完全是死的气息。

死亡的阴影凝而不散，无论是在繁华的舞台，还是在喧嚣的剧场。克利斯朵夫这才弄懂为什么一开始他就反感某些作品。他倒不是受不了这些作品的不道德。道德，不道德，非道德——这些名词其实根本没什么意思。克利斯朵夫也从来没有表示自己支持某个道德理论；他钟爱的那些古代的大诗人、大音乐家，也不见得就是中规中矩的圣人；要是他侥幸碰到个大艺术家，他也不会直接问人家要忏悔单看，而是要问他："你身体健康吗？"

"健康"才是最重要的。歌德说得好："要是诗人病了，就得让他先治，等病好了才能写作。"

可巴黎的作家都病得不轻。就算有一个健康的，他也会觉得不好意思，只好装出一副病入膏肓的模样，生怕别人知道他还是健康的。他们的疾病并不是反映在他们艺术的某一方面，比如说贪图安乐，或是思想放纵，或是批评起来带着一种破坏性。这些特征要看情形才能下判断，有可能说明是健康的，也有可能说明是不健康的，但绝对没有已经坏死的根苗。如果有的话，那也不能怪罪这股力量本身，而应该怪罪使用力量的人，因为那股死亡的气息正是来自他们本身。克利斯朵夫也是一样喜欢享乐的。他自己也喜欢自由自在。他大胆放肆的思想，曾经惹起了家乡小城的人们一致的反感；而现在，看到大把的巴黎人支持着自己的想法，他反倒觉得讨厌极了。这两种思想还不是一样的概念？可是现在听起来，感觉却大不相同。以前，克利斯朵夫迫不及待地摆脱古代宗师的束缚，拼命向着虚伪的美学、虚伪的道德发起进攻的时候，完全不像这些法国才子们一样儿戏处之；他是那么的认真，那么的严肃，他所做的一切，都是为了追求美好的生活、多彩的生命，追求藏着未来的种子。但他这群漂亮朋友呢，一切反抗都是为了毫无意义的享乐。无聊透顶，毫无意义。这就是死气的根源。他们花天酒地、毫无意义的享乐，简直就是在浪费思想、浪费感官。那种文化、那种艺术，徒有光辉灿烂、风趣有味的外表——这当然也算一种美，一种形式的美，这种美的传统就算是泥流冲过来都纹丝不动；说戏剧他们有戏剧，说风格他们有风格，说起作家他们有大批熟练的作家，说起文人他们有一群能写文章的文人——那是当年瑰丽的艺术跟卓越的思想留下的骨架子，一副相当美丽的骨架子。可也只剩下一副骨架子了。铿锵作响的字眼，动听悦耳的词句，在一片空虚中互相碰撞摩擦的观念，游戏的思想，肉感十足的头脑，擅长推理的感官，这一切除了满足自己自私自利的享乐之外，还有什么用呢？那简直是在往火坑里跳。而这个现象，就跟法国人口急剧减少的情形相仿，全欧洲都看在眼里，不声不响地站在一旁，心里却是暗暗欣喜。多少聪明才智，多少细腻感觉，就这样变得一无是处，浪费在那些无耻下流之事上。他们自己却浑然不觉，只在一旁嘻嘻哈哈地傻笑着。但让克利斯朵夫颇感欣慰的倒也还有一点，就是这些家伙还能痛快地笑着，到底还是有点希望。要是他们做出一本正经样子，克利斯朵夫恐怕就更讨厌他们了；他最恼火的就是看到那些文人才子一边把艺术当成寻欢作乐的工具，一边又在一旁念叨着，自以为在做着一份无私的奉献。

“我们是艺术家，”高恩扬扬自得地说道，“我们是为艺术而艺术。艺术永远是纯洁的，它也只有一份纯洁的贞操。我们在人生中探险，像游历家一样对什么都兴趣盎然。我们是探奇猎艳、如饥似渴地追求着欢乐、享受，就像一生爱美、永不疲倦的唐璜。”

克利斯朵夫忍不住地打断他：

“你们都是伪君子，请原谅我这样直言直语。一直以来，我以为也就我们德国才会这样口是心非。在德国，我们老是嘴上大谈理想主义，背地里都是在为自己谋利；我们自欺欺人，自命为理想主义者，其实肚子里想的全是自己的利益。谁知道你们更败坏：你们不用‘真理’‘科学’‘知识的责任’等来掩人耳目就算了（就是说，你们只顾自命不凡地搞研究，而出现什么后果就撒手不管），硬是要拿‘艺术’跟‘美’来掩饰你们民族的荒淫无度。为艺术而艺术！……哈！多么堂而皇之的信仰！但信仰只有强者才有。至于艺术吗？那就得抓住活的东西，就像老鹰抓住它的俘虏一样，带着它飞上天空，和它一起寻找一个清明的世界！……那可是需要遮天的巨翼，需要锋利的脚爪，还得有一颗坚强的雄心。你们不过是一群可怜的麻雀，好不容易找到点残羹剩饭，还要你争我抢，叽叽喳喳吵个不停……为艺术而艺术！……可怜鬼！艺术可不是犒劳下贱人的下贱的酒菜。当然，艺术是一种享受，而且还是所有享受中最醉人迷心的一种；但是只有经过艰苦搏斗的人才有资格获得艺术的奖赏，只有取得胜利的强者才配戴上艺术的桂冠。艺术是一种被征服的生命，是所有生命中最高贵的帝王。要是想做恺撒，首先得有恺撒的气质。你们不过是改头换面、登台上演的帝王，你们扮着这个角色，可一点都没有融入这个角色。就像那些演员用畸形变态来争名夺宠一样，你们用你们的无知愚蠢来制造变态文学。看看你们的民族，他们现在都是什么样子，好逸恶劳，贪图享受，崇拜肉欲，追逐虚幻的人道主义，这都是你们用文学一步一步培养出来的，这是一种病，一种足以麻醉一个民族的意志、让它一蹶不振的恶疾。你们简直亲手把你们的民族推向了鸦片烟馆。结局已经注定，你们明明知道却不愿承认——那好，就让我来说个明白：死神待的地方就没有艺术。艺术是要宣扬生命的。可是你们之中最诚实的作家也都是些胆小鬼，即使扯下了他们的遮眼布，他们也假装看不见，居然还厚着脸皮说，没错，这里的确危险，里面满是毒气，不过倒也有点才华！那就像法官在减罪庭上指着一个无赖说，'不错，他是个大坏蛋；可看看他多有才华'！”

克利斯朵夫还在心里寻思：法国的批评界都在干些什么？他们可不缺少批评家啊，法国的批评家们在艺术界可是迅速地繁殖着。那庞大的阵容，把他们的作品都给遮得严严实实。

一直以来，克利斯朵夫对法国批评界都没什么好感。这么多艺术家又能怎样，他们不过是组成现代社会里第四或者第五等的人物，克利斯朵夫已经很难承认这伙人有什么用了，从他们身上，只看到了时代消沉的征兆，他们连认识人生的责任都交给别人，顺便把感觉也找人给代替了。更让他觉得恶劣的是，这个社会睁着眼睛都看不到自己的境况，只能借着别人的瞳孔，看别人眼里映出的景象，简单来说，就是靠着评论看人生。要是别人眼里的景象靠得住那也没问题，但那些批评家们只会反映一些踌躇不定的群众意见。这些批评就像博物馆观赏用的镜子，除了照着天花板上的油画以外，照得最多的就是那些观众好奇的面孔。

曾经，批评家在法国也风光了一个时期，那时他们有着极大的权威。群众对他们的批评恭恭敬敬，几乎把他们捧成了一种高于艺术家的存在，或者说一种聪明的艺术家——（艺术家与聪明两个字好像从来都不搭边）然后，批评家群体就迅速地壮大起来，就像预言家那行一样，做预言的人多了就会泛滥成灾。等到那些批评家个个都称“真理只此一家，别无分店”的时候，就没人相信他们了，连他们自己都不敢相信自己了。顿时他们灰心丧气，按着法国人的习惯，一夜之间，他们就从这一个极端转到另一个极端。头一天他们还叫嚷着什么都知道，现在却说自己什么都不知道了。他们还拿无知当荣誉，拿愚蠢充脸面。勒南曾指着这群软骨头说：“你们看到一件事，先肯定就赶快否定，或者装出一副怀疑的样子，还管这叫风雅。”这就是圣·保罗所说的那种“说完是就说非”的人。法国的精英最喜欢听到这个墙头草的信条。在这样的信条下，什么精神懒惰，什么性格懦弱，都仿佛找到了借口。大家再也不去评价一件作品是好是坏，是真是假，是聪明还是糊涂，只说：

“可能如此如此……并不是不可能这般这般……我不知道……我不敢保证……”

要是人家演了一出下流的戏，他们也不会直接指出：“这是下流的。”而只会说：“先生，你不能这样讲话嘛。从我们的哲学来看，你可不能一下子就下结论；你不应该直接就说，这是下流的；而只应该说，我觉得……在我看来，这是一部下流之作……但也不能肯定它就是拙劣的。没准儿它还是一部杰作。谁敢肯定它不是一部杰作呢？”

一直以来，就有人觉得艺术都让批评家给霸占了，现在这种论调可一点都派不上用场了。从前，席勒就已经教训过他们，他毫不客气地叫那些批评界的霸主为“奴才”，还说他们“奴才的责任”就是：

“王后快要驾到了，首先得把房子打扫干净。都给我拿出点干劲来！房间挨个地扫起来。你们记住，不是让你们来这儿白吃的。

“等到王后一到，你们这群奴才就得赶快出去！一个打扫卫生的老妈子怎么能旁若无人地坐在王后的宝座上！”

不过也该为这些奴才说句公道话，他们可想都没想过去碰王后的宝座。人家要他们当奴才，他们还就真的做了奴才——不过都是些要不得的奴才：一点都不肯打扫，屋子里乱七八糟的，脏死了。他们把手一挥，把整理跟清扫的工作都推到一旁，打算留给他们的主子——神圣的群众来代劳。

也不知道从什么时候开始，看不惯这种混乱现象的人们就悄然发起了一种反抗运动。虽然他们只有几个人，没有什么战斗力，但是他们依然坚持着为了公众的身心健康奋起反抗。不过克利斯朵夫处在这样的环境里，是怎么也看不到这批人的。再说，这些人讲话没人听，反而会招来嘲笑。就算好不容易有个刚烈的艺术家敢站出来，批判时下那种空虚病态的艺术，那些病态的作家们也会群起而攻之，嚷着既然群众满意，那就证明他们没错。这句话最能堵住反对派的口。群众的态度才是艺术的最高法官！偏偏没人注意到：让那些腐化的民众来给诱使他们腐化的人当庭作证，本来就是不算数的；他们都没弄明白，艺术家的责任在于引导民众而不是被民众引导。统治这个商业化的民主国家的全部艺术思想，只不过是一组数字——观众的数目和票房的收入。批评家就紧跟在作家后面，奴颜婢膝、唯唯诺诺地宣扬道，艺术就是为了娱乐大众，观众的欢迎程度就是衡量好坏的标尺；只要一部作品票房长盛不衰，就说明作品本身无可挑剔。所以那些批评家们努力预测着娱乐交易所行情的涨落，想要看出点群众对某个作品的评价。巧就巧在群众也在观望着批评家们的口型，希望套出点他们的意见。就这样，大家你望望我，我望望你，最后只能从对方眼里看到自己的踌躇不定。

到了这个关头，法国最需要的就是大胆的批评。在一个已经乱成一团的共和国里，潮流才是最强势的力量，不像在一个保守的国家，它永远滚滚向前，难得会倒退或是停滞；于是，虚伪的自由思想扶摇直上，势不可挡。群众心里泛着厌恶，可没人敢和盘托出，因为他们早就丧失了反抗的能力。如果那群批评家有点骨气，敢讲实话，那会产生多么巨大的影响力啊！一个强有力的批评家（克利斯朵夫这个刚毅专断的年轻人心里想着），用不了几年时间，就会成为能够左右群众趣味的艺术界的拿破仑，把那群病态的艺术家全都赶进疯人院。可是你们这里恐怕再也孕育不出第二个拿破仑了……首先，你们的批评家天生就生活在这种藏污纳垢的空气里，早已经清浊不分了。其次，他们都不敢开口了。他们大家都是熟人，都属于一个集团，应当互相扶持、互相恭维，绝对不会离群索居。想要独立，记得须放弃社交，甚至放弃亲朋好友。就连最优秀的人都在心里算计，牺牲这么多东西就为了发表一点坦诚的评论是否真的值得。在这样一个软弱无力的时代里，有几个人能鼓起勇气来这样干呢？有几个人愿意为了尽职尽责就把自己的生活搅得一团糟呢？有几个人敢直面舆论的压力，对抗愚昧的大众呢？有几个人敢揭穿胜利者的低俗，转而向那些孤立无助、受尽欺侮的无名艺人提供一点援助，强迫那些卑躬屈膝的人站直身子，当家做主呢？——在某出戏剧第一次上演的时候，克利斯朵夫在戏院走廊里偶然听到一对批评家的交谈："嘿，你说差劲不差劲，简直是差劲透了！"第二天，他们就在报纸上的戏剧版发文说，那出戏真是一部杰作，简直是在世的莎士比亚，就像一个天才挥动翅膀从他头顶飞过了。

"你们的艺术缺少的不是人才，而是人格，"克利斯朵夫对高恩说道，"你们更需要一个大批评家，一个莱辛，一个……"

"一个布瓦洛①，对不对？"高恩讥诮地望着克利斯朵夫。

"对，就是布瓦洛。在法国，一个布瓦洛顶得过十个天才作家。"

"即使我们有了一个布瓦洛，也没人会听他的。"

"要是这样，那他就不是一个真正的布瓦洛，"克利斯朵夫回答说，"我敢担保：有朝一日，我一定会把你们赤裸裸的真相公之于众，不管我讲得多么笨拙，你们还是会听的，而且还是不得不听。"

"得了吧！我可怜的好朋友！"高恩忍不住笑着说道。他扬扬自得的样子好像还乐得看到这种普遍的颓废。克利斯朵夫瞧着他，忽然觉得，高恩比他这个新来的人对法国还要陌生许多。

"这不可能，"克利斯朵夫有一天从一家马路戏院里不胜厌恶地走出来的时候就曾说过这句话，"一定还有别的东西。"

"你还要看些什么呢？"高恩问。克利斯朵夫固执地重复了一遍："我要看法兰西。""法兰西，不就是我们吗？"高恩哈哈大笑起来。

---

① 布瓦洛（1636—1711）是诗人兼批评家，在法国文学史上以态度严正著称。

克利斯朵夫盯了他一会儿，摇了摇头，又搬出自己的老调来："肯定还有别的东西。"

"那好吧，朋友，你自己去找吧。"高恩说着，笑得更厉害了。

没错，克利斯朵夫下定决心要费一番工夫去找。他们到底把法兰西藏哪儿去了？

第二部

当背景慢慢浮出水面，巴黎的艺术在克利斯朵夫面前就越显得清晰了，一个印象也越来越强烈，他不得不注意到巴黎的女人在这国际化的社会里竟然占着至高无上的地位。她们的地位高得荒谬，高得可怕。好像单是作为男人的伴侣已经不能让她们满足，就算是男女平等在她们看来都不值一提。她们非要把自己的快活享乐变成男人的第一法律。而男人们竟然听之任之，对她们唯命是从。一个民族衰老了，自然就会把意志、信仰，以及一切生存的意义，心甘情愿地交给寻欢作乐的女人手中。男人们负责创造作品，女人们负责制造男人——（如果她们不像当时的法国女人一样也负责创作的话）——而且，与其说她们制造，还不如说她们破坏来得贴切。诚然，不朽的女性素来只会鼓舞优秀的男人积极向上；但对那些平庸的人，对于一个衰亡的民族而言，同样有一种不朽的女性[1]，一种把他们往泥坑里拖的女性。而这一种女性主宰了男人们的思想，成了共和国

① “不朽的女性”一语，见歌德的《浮士德》第二部：“不朽的女性带着我们向上。”

的无冕之王。

经过高恩的介绍，再加上演奏的才能，克利斯朵夫才能够出入巴黎的一些沙龙。在那里，他好奇地观察着巴黎女子们。就像大多数的外国人一样，他根据自己见过的两三种女性，就对整个法国的女子做了毫不客气的评判。其实他遇到的都是几个典型而已：年纪轻轻，身材不高，气色少了点青嫩，身板倒是挺柔软；头发染着色，可爱的头上还顶着一个大帽子，头大大的，对照着身体显得不成比例；眉清目秀的，皮肤微微有点浮肿，鼻子端端正正，但往往都是千篇一律，没什么个性；眼睛转来转去，没有什么生气，只好睁得大大的，拼命装出一副活泼有神的样子；嘴巴倒是挺秀气的，谈吐都很自如；下巴丰满，脸庞的下半部则泄露出这些漂亮人物的唯物主义：一边明争暗斗，谈论着爱情，一边还能顾及舆论，料理着家庭生活。人长得倒是挺秀美的，不过也不见得天生就高人一等。这些风流的女人身上，几乎都散发着一股资产阶级的腐化气息，或者由于阶级的传统性格，谨慎小心，精打细算，冷漠无情，自私自利，急于想要跻身资产阶级的队伍之中。生活空洞乏味，一味追求享乐；而她们追求享受，与其说是为了满足感官的需要，还不如说是为了满足好奇心。她们意志很强，但是意志本身品质不高。衣着非常讲究，一举一动，都露着点功夫在里面。她们用手心或手背轻轻地整着头发，按着木梳，坐的地方或近或远地都能对着镜子，既可以对镜自赏，又可以窥探他人；至于晚宴或者茶会上，她们最自得其乐的就是，随便对着闪光的羹匙、刀叉、银质的咖啡壶，都能映出自己的那份靓影。她们吃起东西来对自己非常苛刻，只一杯一杯地喝着清水，凡是那些可能伤害她们面粉般理想的白皮肤的菜，通通被她们推在一边。

在跟克利斯朵夫有交际的人中，犹太人占了很大的比例；虽然自从认识了于第斯·曼海姆之后，他对这个种族已经没有什么幻想了，可他们照样吸引着他。他参加的几次由高恩介绍的犹太沙龙，在那里，他都受到了他们的赏识，毕竟犹太人这个种族是最聪明也是最爱聪明人的。克利斯朵夫在宴会上，遇到的都是金融家、工程师、报馆巨头、国际掮客、黑奴贩子之类的人物——都是共和国的企业家。他们思路清晰，精力充沛，脸上总是挂着微笑，从不操心别人，貌似很豪放，其实心里都隐藏得很深。克利斯朵夫望着这些围坐在供满鲜花酒肉的餐桌旁的各种人物，一本正经的面具下面隐藏着的都是些罪恶的影子，从过去一直延伸到了未来。男人几乎都不怎么好看。女人远远望去，倒是光彩照人的，只不过不能近观，要知道，大多数女人脸上的线条和肤色都经不起仔细推敲。可是她们还是光华灿烂的，显得生活很是丰富。她们有着像鲜花一样傲然绽放的美丽肩膀，不管天生丽质，还是略显丑恶，她们都有天资把它变成诱惑男人的陷阱。要是碰巧有一个艺术家注意到这一切，他一定会发现这其中带着的古罗马人的风格，她们都扮成像尼罗或哈特里安皇帝时代那样的尤物。除此之外还有巴玛岛民式的脸蛋，表情肉感十足，下巴胖胖的，深深地埋在了颈窝里，那是一种肉欲的美。还有一些女人，她们有着浓密的鬈发，还有一双大胆火辣的眼睛，一看就知道是那种精明能干、敢作敢当的女人，比别的女人坚强，也比她们更有女人味。在这伙女人中，偶尔也会露出几个比较灵性的身影。那纯粹的线条、纯洁的气息，似乎比罗马时代还要古远，一直要追溯到《圣经》时代；一眼望去，你能感受到一种静默的诗意，一种来自无边荒漠的情趣。但克利斯朵夫凑近过去，听了听这位希伯来主妇跟那位罗马皇后谈话时，这才发觉原来那些古族的后裔跟其他女子也没什么区别，都是一群巴黎化的犹太女子，甚至比巴黎女子还要巴黎化；她们更加做作，更加虚伪，说起狠话来也面不改色，用一双圣母般贞洁的眼睛揭穿了别人的身体跟灵魂。

克利斯朵夫在人堆中晃来晃去，觉得到处都话不投机。那些男人谈到狩猎，就露出一副残忍的笑容；谈到爱情，就甩出一种粗暴的口吻；唯有谈到金钱，他们才沉静下来，只是偶尔露出点微笑，显得精干无比。吸烟室成了他们谈论行情的地方。克利斯朵夫听到他们谈到一个衣领上别着玫瑰勋章，整天在那些太太们中间眉来眼去、殷勤献媚的小白脸，压着尖利又略带沉闷的嗓子说道："怎么！他又逍遥法外了吗？"

在沙龙的另一角，两个女人在谈着一个青年女演员跟一个社交名媛的恋爱故事。那些沙龙有时还举办音乐会，大家纷纷邀请克利斯朵夫一展才艺。女诗人们气喘吁吁的，流着汗，扯着尖利的嗓子，站在台子上朗诵着苏利·普吕东跟奥古斯丁·陶兴的诗。还有一个名气挺大的演员，竟然和着风琴伴奏，一本正经地朗诵了一章"神秘之歌"。那些音乐跟诗歌写得实在不像样，克利斯朵夫听了一阵厌恶。然而那些女子居然听得心花怒放，露出了一口美丽的牙齿。他们还串演了易卜生的戏剧。那可是一场伟人跟社会砥柱的死斗啊，竟然被他们拿来消遣，一笑置之。

然后，他们就自以为是地觉得应该东扯西扯地聊聊艺术了。那才叫人恶心呢。尤其是那些女人们，为了所谓的礼貌，为了无聊的调情，竟然谈起了易卜生、瓦格纳，还有托尔斯泰。话题一旦扯到这里，就变得没完没了了，简直就跟传染病一样。无论是银行家、投机商人，还是黑人贩子，都凑过来迫不及待想要发表他们对艺术的那套高见。克利斯朵夫尽力想转变话题，避免听他们胡诌瞎扯，但也没有用，人家就是咬住他不放，一定要跟他谈音乐、谈诗歌。就像柏辽兹说的那样："他们谈起这些问题的时候，那种气定神闲的样子仿佛是在谈论酗酒妇人，或是别的无聊事儿。"一个精神病医生嚷嚷着说，他在易卜生剧中的女主角身上看到了他某个女病人的身影，只不过那个病人更傻而已。一个工程师很确信地说，《玩偶之家》中最值得同情的人物是丈夫而不是妻子。一个知名演员——就是那个大名鼎鼎的剧作家——诚惶诚恐地发表了他对尼采与卡莱尔的看法。他告诉克利斯朵夫说，他只要看到一张范拉士葛——当时红极一时的画家——的画，就会"忍不住眼泪大颗大颗地直淌下来"。但他又推心置腹地告诉克利斯朵夫，虽然艺术在他眼里地位很高，但是人生的艺术——行动——才是他最看得起的；如果问他在生活中想扮演哪个角色的话，他一定会选铁相俾斯麦。有时，这种场合还会出现一个所谓的文人雅士，不过他的谈吐也不见得有多么文雅高妙。克利斯朵夫干的最多的事就是把他们自以为是的说辞，拿出来跟实际核对一番。这时候，他们往往就会一声不吭，挂出一副令人捉摸不透的笑容：他们毕竟是靠名声来吃饭的，所以绝不会拿自己的名声来冒险。也就那几个南方人话特别多。他们谈天说地，可是都没什么意义，一切在他们眼里都不分高下。某人是个新生的莎士比亚，某人是莫里哀，某人又成了耶稣基督。他们把易卜生和小仲马放在一块比较，把托尔斯泰和乔治·桑堆在一块儿讨论；当然，这一切无非就是炫耀法国已经是人才辈出。往往他们根本不懂任何外国语文，但这也不是问题，听众从来都不关心他们说得对不对。重要的是讲得有趣，能尽量满足民族的虚荣心。责任什么的他们根本不操心，完全可以一下子抛到外国人头上——除了当时的偶像，像格里格、瓦格纳、尼采、高尔基，或是邓南遮，他们总得流行一阵，但也绝对不会长久，偶像总有一天会被扔进垃圾桶的。

眼下的偶像是贝多芬。贝多芬居然成了时尚人物，谁想得到？至少他现在是在上流社会跟文人圈子里走红了：法国人的艺术品位就像天平一样，一边下来，另一边就上去了，至于音乐家们，他们早就把贝多芬抛得远远的。一个法国人要想搞明白自己是怎么想的，他就得先搞明白邻居怎么想的，然后就决定是跟他的邻居保持一致，还是背道而驰。看到贝多芬成了大众的偶像，那些最高雅的音乐家就认定贝多芬已经堕落了，远没有以前那样超凡脱俗；他们自称要走在舆论的最前面，从来不肯倒过来追随舆论，与其亦步亦趋，还不如跟它彻底决裂。于是，在他们眼里，贝多芬成了又臭又老的老聋子，或是虽然道德可敬，但是在音乐上是徒有其名——诸如此类的下流笑话惹得克利斯朵夫一阵恶心。上流社会的那些热情赞扬也并不能使克利斯朵夫更加满意。要是贝多芬在这个时候来到巴黎，一定会成为个大红人，可惜他已经死了一百年了。他能走红，说起来也并不是靠着他的音乐，而是靠他那传奇色彩的一生，他的一生已经给那些多愁善感的传记作家们捧得无人不知、无人不晓了。他那粗犷的样貌，狮子般狂野的嘴脸，已经变成了传奇小说中的人物定位。女人们对他大发慈悲，意思很明显，假如她们早先认识了他，就绝对不会让他受那么多的痛苦；她们之所以敢这样慷慨献身，是因为她们分明知道这样说也没什么，贝多芬才不会当真要她们说到做到……这个老好人对这个世界再也没有什么要求了——因此，无论是演奏家、乐队指挥，还是戏院经理，对他都有着十二分的虔诚；而且还自命为贝多芬的代表，接受别人对贝多芬的敬意。规模宏大、票价昂贵的纪念音乐会，给了上流社会表现他们慷慨善心的机会——偶尔他们还能了解几首贝多芬的交响曲。委员会也组织了起来，有喜剧演员，还有上流社会，还有半吊子的上流社会，还有共和政府特派的主持艺术事业的政客，他们发布告说要为贝多芬立一个纪念碑，除了几个拿来当通行证的好好先生之外，发起人名单上全都是那些浑蛋、渣滓，要是贝多芬还活着的话，一定会被他们踩在脚下。

克利斯朵夫看着，听着，咬紧了牙关，免得说出伤人的话来。整整一个晚上，他紧绷着身体，四肢都在发抖。他既不能说话，也不能不说话。开起口来没什么兴趣，也没那个需要，纯粹是为了礼貌，不得不说些什么话，这让他非常的难受。让他一吐为快，那是要不得的，让他信口开河，他又不愿意。就算闭着嘴巴他也显得一点都不客气。要是他瞧向旁边的人，眼睛就会直勾勾地盯着人家，不自主地研究对方，让人看了生气。要是他讲起话来，语气就太过肯定，又让大家，连着他自己一样觉得不自在。他终于发现自己来错了地方，他又那么聪明，一下子就感觉到是自己把这里和谐的气氛给破坏了，他对自己的一举一动很是恼火，宴会主人们有同样的感觉。他怪自己，也怪别人。

最后，等到半夜曲终人散，克利斯朵夫独自一人走在大街上的时候，他实在是无聊到了极点，连走着回去的力气都没有了；他甚至想一下就躺在街上，就像他小时候从公爵府演奏完回家时那样。有时，就算那一个星期他身上只剩了五六个法郎，他也会花上两个法郎雇辆马车。他匆匆忙忙地跳上马车，好赶快从这里溜走；一路上，他在车里不停地呻吟。就算回到了寓所，躺到了床上，他还在继续呻吟着……然后，忽地一下，他又想起一句滑稽的话，就哈哈大笑起来，甚至手舞足蹈起来，把那句话一遍又一遍地重复着。第二天，甚至几天以后，当他一个人散步的时候，他又会像野兽一样，突然吼了起来……干吗还要去看那些人？干吗还要跑到那些地方看他们？干吗勉强自己学着别人装模作样，明明漠不关心的事，干吗还要装出一副关心的样子？他真的不关心这些事吗？换作一年以前，跟他们这些人来往，他绝对会不耐烦的。可是现在，他虽然恼火，倒还觉得他们有趣了起来。是不是他不知不觉中也沾染了一些巴黎人那种什么都不屑一顾的习气？于是他变得焦躁不安，一个劲地怀疑自己是不是没有从前那么坚强了。然而，实际情况恰恰相反，他反而比以前更坚强了。在这个陌生的环境里，他的思想也更加自由。他情不自禁地睁大眼睛，看着这一出人间的大喜剧。

再说，无论他喜欢还是不喜欢，只要他希望巴黎社会承认他的艺术，他就得继续这样过下去。巴黎人如果不了解作者，是不会喜欢他们的作品的。如果克利斯朵夫想在这些平庸的巴黎人中间找点教授音乐课的工作来谋生，他就得让人家了解他，承认他。

何况人人都还有一颗心，人心无论怎样也得找个依托；要是没有什么牵挂的话，那它离死就不远了。

克利斯朵夫的女学生当中，有一个女孩叫高兰德·史丹芬。她父亲是法国籍的比利时人，是个很有钱的汽车制造商；母亲是意大利人。她的祖父是英美的混血人种，居住在安特卫普，祖母是荷兰人。这是一个相当典型的巴黎家庭。在克利斯朵夫看来——当然许多人也这样看——高兰德就是个典型的法国少女。

她刚十八岁，蒙眬的黑眼睛对年轻的男性最有杀伤力，就像西班牙姑娘的瞳子，眼眶里满是水汪汪的光彩，讲起话来，小巧古怪的细长鼻子老是来回地抽动，头发乱蓬蓬的，小脸水灵灵的煞是可爱，皮肤平平常常，偶尔搽了点粉，脸上的线条粗粗的，微微有点浮肿，活像一只瞌睡的小猫。

她个头很小，衣服倒很讲究，很是迷人，又很淘气，一举一动都带着几分娇气、做作，痴痴傻傻的；她能装出一副小女孩子的神气，躺在摇椅里摇来摇去，一晃就是几个小时；要是在饭桌上看到一盘爱吃的菜肴，就会兴奋地拍起手来，小声地喊道："哈！好开心啊！"到了客厅里，她就在男人面前抽起了烟，装着跟女伴们亲热得不得了，搭着她们的脖子，抚摩着她们的手，贴着她们的耳朵，说些不怀好意的话，声音娇娇滴滴，说得非常巧妙，有时还会旁若无人地说些不堪入耳的话，更会逗着别人跟着她说——一会儿她又扮成天真无邪的小孩子模样，眼睛亮闪闪的，眼皮沉甸甸的，看起来又狡猾、又可爱，斜着眼睛瞧着人，留神听着别人的说三道四，听到下流的话就一口咬住，想方设法地勾引男人胃口。

那些装模作样的表情，还有那像小狗一样在人前卖弄才艺的动作，加上那一口故作天真的语气，克利斯朵夫看得一阵反感。他可没有什么闲心理会一个狡黠的小姑娘玩弄的把戏，也没有闲情逸致去瞧上两眼。他需要挣他的面包，还得努力把自己的思想跟生命从死亡边缘拯救回来。他之所以愿意关心这些客厅里的鹦鹉，只不过是因为靠着她们他才能达成目的。拿了她们的钱，他就得教她们弹琴，非常认真地上课；他眉头皱成一片，尽力把精神集中在工作上面，免得因为对这份工作的反感让他分心，也免得被像高兰德·史丹芬这样不正经的女学生的淘气弄得心神不宁。所以他对于高兰德，也不见得比对她的十二岁的表妹更关心；那是个安安静静，怯生生的小孩子，住在史丹芬家，跟高兰德一块儿学琴的。

高兰德太机灵了，她不会感觉不到她对克利斯朵夫所有的卖弄风情全都是白费，而她还是那样圆滑，很容易就临机应变，迁就着克利斯朵夫。其实，她根本用不着费心，那可是她的天赋本能。她是女人，就像一道没有定型的波纹。她碰到了各种各样的心灵，所以就能模仿出各式各样的水瓶，她可以随时为了需要，或者为了好奇，更换瓶子的形状。她要是想有什么改变，就得先借着别人的。她最大的个性就是随意更换自己的个性。她需要经常更换她的水瓶。

克利斯朵夫吸引她可是有很多的理由。首先就是她吸引不了克利斯朵夫。其次就是，他跟所有她打过交道的青年都大为不同；她从来没有试用过这么粗糙的水瓶。她天生就有一双慧眼，能够估量各种水瓶跟男人的价值；她看出来克利斯朵夫除了不够风度翩翩之外，那份忠厚老实是巴黎的公子哥们身上绝对没有的。

就跟法国大多数闲得没事干的小姐一样，她也捣鼓音乐；为此，她花费的功夫可以说是又多又少。这是因为她一直在学音乐，可根本没学到什么东西。她可以一整天地在钢琴上敲敲打打，因为实在闲得无聊，要么就是装装样子，要么就是发泄感情。有时候，她弹起钢琴就好像是在骑自行车。有时候倒是弹得挺好，有风格，更重要的是有灵气——（只要她愿意脚踏实地地学着做一个生命力顽强的人，她的生活也会变得很美好）——在认识克利斯朵夫以前，她喜欢的是玛斯奈、格里格、多玛。可认识克利斯朵夫以后，她就可不喜欢他们了。到了现在，她弹起巴赫和贝多芬的曲子都像模像样了——（这样说倒不是很过分）——最奇怪的是，她竟然喜欢上他们了。其实她也并不是爱什么贝多芬、多玛、巴赫，或是格里格，她爱的是那些音符、声响，手指在键盘上飞驰，心弦也和着琴弦颤动，这带给她一种奇异的快感，好像被挠了痒痒一般。

在她们家贵族府邸般奢华的客厅里，铺着略微有点褪色的地毯，客厅正中间摆着一个画架，上面放着史丹芬夫人的画像；那是一个名气颇高的画家的作品，原本健实的史丹芬夫人在画中显得多愁善感，就好像一朵缺水的花，她的眼睛无精打采，身体盘来盘去，扭成几段，似乎只有这样才能表现出这个贵妇人的神采。正对着大客厅的那一面全都装上了玻璃门，透过它们可以看到外面的老树盖满了雪花，克利斯朵夫看见高兰德一直坐在钢琴前面，重复地弹着同样的乐句，听着那几个萎靡又不协调的和弦怔着出神。

“啊！”克利斯朵夫一进门就叫道，“瞧，小猫儿又在打呼噜了！”

“你个坏蛋！”她笑着回答道。

（说着就伸出了冒汗的小手。）

“你听听看，难道这不好听吗？”

“很好听。”他冷冷地接了一句。

“你根本就没有听！……你就不能听一听吗？”

“我早就听过了……总是这一套。”

“啊！你还算个音乐家吗？”她有点儿生气地说。

“难道你弹得这个叫音乐？”

“怎么？……这不是音乐是什么，你告诉我？”

“你自己明白！不用我来告诉你，说出来就不好听了。”

"那更要你说。"

"当真要我说？那你不要怪我！……你知道你坐在钢琴前面都做了些什么？……你这是在挑逗。"

"你怎么能这么说！"

"我说的没错。你一直是在对钢琴念叨着：亲爱的钢琴，亲爱的钢琴，跟我说会儿话吧，抚摸我吧，给我一个亲吻吧！"

"你还有完没完？"高兰德半笑半恼地说，"你怎么一点儿都不顾体统。"

"我就是不顾体统。"

"你还真是放肆……再说，就算你说得对，我这样爱好音乐难道不对吗？"

"噢！算了吧，算我求你，别把你那一套跟音乐混在一起。"

"可我觉得这就是音乐啊！一个美妙的和弦就好像一个亲吻。"

"这可不是我教你的。"

"难道不对吗？……你干吗耸肩啊？干吗扮怪相？"

"因为我讨厌你这种话。"

"你越说越离谱了！"

"我最讨厌别人把音乐当成淫荡的事来谈论……噢！这也不能怪你，要怪就得怪你们的社会。你看看你的周围，那些无聊的人都把艺术当成什么了，当成一种淫乐……算啦，我也不想说什么废话了！还是先弹弹你的奏鸣曲吧。"

"不要紧，我们再谈一会儿吧。"

"我可不是来谈天的，我是来教你弹钢琴的……好了，开始弹吧！"

“瞧你多客气！”高兰德有点儿气不过，其实这种碰钉子的感觉倒让她心里很欢喜。

她非常认真地弹起琴来。因为心灵手巧，所以弹得马马虎虎，偶尔还是相当不错。克利斯朵夫自然听得出。他心里暗笑：“这个淘气鬼真是古灵精怪，弹起曲子来都没什么乐感，竟然也能弹得煞有介事。”所以他也不免对她有了几分好感。高兰德一有机会就要跟他谈谈天，总觉得那可比上课有趣多了。到了这个时候，克利斯朵夫就会果断地拒绝，还借口说要是他说了真心话会伤害她的，所以不愿回答；可她总能想方设法硬要他说而且他说得越是唐突，她反倒越是不怕，好像一个游戏一样玩得很开心。这个机灵的姑娘知道克利斯朵夫喜欢开诚布公，所以她就大着胆子跟他对着干，往往是争得面红耳赤。等到两个人争也争完、闹也闹够之后，反倒更加亲近了。

然而，克利斯朵夫对于这种沙龙里的友谊，从来都没有抱什么幻想，他们的关系也不可能亲密起来。谁知道有一天，这个姑娘突然来了兴致，也不知道是出于真心，还是因为她那勾引男人的本能，竟然跟克利斯朵夫谈起知心话来。

那是前一天的晚上，她父母在家里接待客人。她有说有笑，疯子一样地到处卖弄风情；等到第二天早上，克利斯朵夫去上课，她实在累坏了，看起来十分憔悴，脸色一阵阵发白，头也晕乎乎的。她病恹恹的，话都没说几句，坐在钢琴前，没精打采地弹着，弹到节奏较快的段落就老是出错，改了几次都没用，就突然停了下来，有气无力地说道：“我实在弹不下去了……对不起……等一会儿再弹，好不好？”

他问她是不是觉得不舒服。她说不是。他心里想着："她没什么干劲……有时就是这样的……说起来挺好笑的，但也不能怪她。"

于是他就说改天再来，可她一定要他留下："只要一会儿……没多久就会好的……我真胡闹，是不是？"

他觉得她这个样子不大对头，可是也不愿问个明白，所以就故意把话扯开："哦，谁让你昨天晚上那样的疯！你太累了。"

她仿佛自嘲地笑了笑："对了，你倒没怎么费神。"

他就毫不客气地笑开了。

她又接着说："我想你昨天可是一句话都没说。"

"没错。"

"可那里还是有几个有趣的人呢。"

"是了　，是有几个会耍嘴皮子的聪明人。我真搞不懂你们这些没骨气的巴黎人是怎么想的；他们什么都懂，讲起来头头是道，什么都能理解，可偏偏无知无觉。他们一连几个小时地谈些艺术，或是爱情之类的，也真不害臊！"

"讨论爱情你看不惯，那谈起艺术你总该有点兴趣呀。"

"爱情跟艺术都不是拿来谈的，而是需要用心做的。"

"那要是做不了呢？"高兰德微微噘起了嘴，问道。克利斯朵夫笑着回答："那就交给别人做了。艺术可不是随随便便就能干的事。"

"爱情也一样吗？"

"也是一样。"

"我的天！那我们还有什么事可做呢？"

"看家呗。"

"那太谢谢你了！"高兰德气呼呼地说。

她又把手放到了琴键上，一遍一遍地试了起来，可是照样弹不好；她就敲起了键盘，在一旁呻吟起来：

“我不行了！……我简直什么事都做不了。你说得对，女人就是什么事都干不好。”

“我能这样说就已经很不错了。”克利斯朵夫宠辱不惊地答道。

她瞧着他，好像一个挨了骂的小姑娘，垂头丧气地说：“别这么苛刻啊！”

“我可不是在诽谤那些贤惠的女子，”克利斯朵夫高兴地说道，“一个贤惠的女子就好像一座人间的天堂……不过，人间的天堂……”

“是啦，谁也没有见过人间的天堂。”

“我可没有那么悲观。我只是想说，我还从来都没见过，可是我相信她一定存在。只要存在，我就一定要找到她。尽管这并不容易。要知道这世上一个好女子跟一个天才般的男人一样难得。”

“除了那些才子佳人，其他的男男女女就什么都不算吗？”

“正好相反！社会上看重的只是普普通通的那一批。”

“那对你来说呢？”

“对我而言，那些人有还不如没有。”

“瞧，你太苛刻了！”高兰德嚷嚷说。

“对，我就是苛刻了。为了那些人的利益，总得有几个人要苛刻起来！……倘若这世界平平坦坦，不是七零八落地撒些石子的话，那可就要一塌糊涂了。”

“你说得没错，你是个强者，所以你很得意，”高兰德沮丧地说着，“可是，对于那些没有办法强大起来的人——尤其是我们这些弱女子，你也不能太严格了……你不知道女人的懦弱压在我们身上，压得有多辛苦。你只会在明面上看到我们整天有说有笑、打情骂俏，尽是弄些打趣的玩意儿，就以为我们头脑空虚，不把我们放在眼里。可你又怎么会知道我们这些十五六岁、十七八岁的小女人到底在想些什么。我们每天在社交圈里装疯卖傻，出尽风头；可是，等到我们跳完了舞，说完了傻话，发完了谬论，吐完了牢骚（人家看见她们笑，也就跟着笑），对着那群傻瓜说几句真心话，可根本找不到那种心有灵犀的感觉的时候，我们——夜里回到家里，只好一言不发地把自己关在卧室里，寂寞痛苦压得我们跪在地上。啊！要是你能看到我们那副模样……”

“这是真的吗？”克利斯朵夫错愕地说，“怎么！你们竟然也会痛苦，这样的痛苦？”

高兰德抿着嘴不说话，可是眼泪却止不住地涌了上来。她勉强装出一副笑脸，把手递给了克利斯朵夫，他感动得一把握住：

“可怜的孩子们！既然你们这么痛苦，为什么不想方设法摆脱这种生活呢？”

“你让我们怎么办？我们根本没什么办法。你们是男人，你们当然有摆脱的办法，想做什么就做什么。可是我们这些女人，我们永远都被关在一个用社会义务、浮华享乐构筑的牢笼里面，怎么跳得出去？”

“有谁在妨碍你们，不让你们像我们一样摆脱束缚，去做一件自己喜欢又能不受干涉的事，就像我们那样独立地做事？”

“像你们一样独立？可怜的克拉夫脱先生！你们口口声声说的独立自主也不见得多可靠！……不过至少你们是在干着自己喜欢的事。可是我们，我们能做些什么呢？没什么事情是我们感兴趣的。

没错，我知道，现在什么事我们都插了一脚，我们假装关心着一大堆跟我们根本毫无关系的事；我们多希望有些真正可以关心的事啊！我跟着别人，一会儿参加了一个社团，一会儿又做起了慈善工作，一会儿跑到巴黎大学听课，一会儿又去听柏格森和于尔·勒曼脱的讲演，天天参加什么古代音乐会，古典作品朗诵会，还要做着笔记，笔记……我都不知道自己到底记了些什么！……我一直都在自欺欺人，以为那些就是我喜欢的，或者至少看起来是有用的。啊！我明明知道自己根本就不是这样的，我对那些事情根本就不在乎，甚至一看到就会厌烦！……我现在把老实话都告诉你了，你可不要看不起我。我可不比别的女人傻。不过哲学、历史、科学，这些东西对我来说到底有什么用？至于艺术——你看——我胡乱弹来弹去，要么就是乱涂乱抹，画些奇怪的水彩画——这些东西就能填满一个人生活的空虚吗？我们的一生只有一个目标，就是嫁人。你以为我嫁给那些家伙会开心吗？你跟我一样清楚他们都是些什么玩意儿。唉，我早就看懂他们的真面目了。我不像你们德国女子那么好运，总会自己制造一些幻象……噢，这太吓人了！环顾四下，看看那些结了婚的女人，再看看她们嫁的男人，我就会想到自己早晚有一天也会落得同样的下场，身心畸形，跟她们一样俗里俗气！……我敢肯定，没有一种坚强的毅力，是绝对忍受不了这种生活、尽到那些义务的，并不是所有的女子都有这种毅力……光阴荏苒，岁月如梭，短暂的青春一闪即逝；可是我们心中那些美好的东西——只怕永远都没有发光放彩的那一天，只能一天天地衰落、湮灭，将来还不得不拿去送给那些蠢材，那些你看不起，也看不起你的浑蛋！……而且没有任何人能够了解你！人家都说女人就是一个谜。那些男人觉得我们无聊奇怪也就算了，那些女人们总该了解我们吧？她们都是过来人，只要回想一下自己过去的情形就知道是怎么回事了……可实际上呢，完全相反。她们从来都是袖手旁观。就算是我们的母亲也不了解我们，也根本没想过真正认识我们。她们只打算着什么时候把我们嫁掉。其他的事，死也罢，活也罢，都得靠着自己安排！就是社会也把我们抛在一边。”

“不要灰心，”克利斯朵夫说，“每个人的生活都需要自己去慢慢经历。只要你勇敢一点，一切都会变好的。你可以到你的圈子外面去找。法国总会有几个正派的男人的。”

“是有，我也认识几个。可是他们一点都不讨人喜欢！……还有，你得知道：虽然我很讨厌现在的社会，可是一脱离它，我恐怕就没法生活了。我已经习惯这里的一切了。我需要享受生活，高级的物质还有高端的交际圈，单靠钱是买不到的，可是也少不了要花钱。我也明白，这种生活根本算不上光彩，可是我了解自己，知道自己是个弱者……我求求你，不要远离我，不要因为我说了这么多没骨气的话就疏远我。请你发发善心，好好听我说说。跟你谈这些真的让我很欣慰。我觉得你是一个强者，一个难得的健全的人，我信得过你。你愿意和我做朋友吗？”

“当然愿意，”克利斯朵夫说，“可是我能怎么帮你呢？”

“只要你肯听我讲话，给我提点意见，帮我打打气就行。我老是心烦意乱，不知道怎么办才好。每次到了那个时候，我就自言自语起来：奋斗有什么用？委屈自己有什么用？这样或是那样，又有什么关系呢？管他是谁，管他是什么东西！那种样子真可怕。我怕自己会深陷其中。你帮帮我吧！帮帮我！”

她灰心丧气，仿佛一下子老了十岁；她用着那一双善良的、顺从的、近乎哀求的眼睛，瞧着克利斯朵夫。他只好答应了她的恳求。于是她又恢复过来，笑着，跳着，兴奋极了。

到了晚上，她照例说说笑笑，在那里卖弄风情。

从这天起，他们就经常这样亲密地谈话。他们只有两个人，她把自己的愿望一个一个地说给他听。他费了好大劲才弄明白，然后提出自己的意见。她也小心地听着他的劝告，有时候还得挨一顿埋怨，那副严肃又胆怯的神情，好像一个听话的小女孩；其实她乐得听他唠叨，那些劝告跟埋怨甚至成了她精神的支持。她感激地望着他，又是感动，又是在卖弄风情。——不过她的生活也没有因此发生多大改变，只能算是增加了一点娱乐罢了。

她一天到晚地改着自己的外形。早上起床很晚，几乎要睡到中午。因为她每晚都失眠，总要到天亮才能睡着。她一整天地闲着，只是反反复复地念叨着一首诗，要么就是琢磨着一个念头、一个没头没脑的主意，或是谈话的一段回忆、一句乐词、一张讨她喜欢的面庞。一直到了傍晚四五点钟，她才完全清醒过来。在这之前，她都是眼皮沉沉的，略微带着点浮肿，小嘴噘着，一副没睡够的怪样子。不过要是来了一个跟她一样喜欢唠唠叨叨、喜欢打听巴黎的流言蜚语的知心女朋友，她就会马上兴奋起来。她们一起没完没了地讨论着爱情的问题。要知道，爱情心理学就跟时尚、秘史、流言这几件事一样，是女人们永远说不完的话题。她的圈子里还有一群游手好闲的青年男子，每天都要在她们的石榴裙边消磨几个小时才算过瘾，这些男子都有资格穿上裙子了，因为他们天天说的、想的，跟那群少女几乎没什么区别。克利斯朵夫来得也很有规律，他一来就是忏悔的时间了，高兰德立马变得一本正经、满脸严肃。她看起来就像英国的史学家包特莱笔下的那种法国少女，在忏悔室里，“把事先准备好的内容娓娓道来，眉目清楚，条理分明，该讲的话都安排得井井有条”。但忏悔过后，她却玩乐得更起劲了。白天过完了，她倒越来越显得年轻了。到了晚上，就是看戏的时间，她最大的乐趣就是在剧院里看到那几张一成不变的脸蛋。她快活，可不在于看看戏剧，而是可以一次又一次地挖苦那些演员们众所周知的老毛病。她们跟熟人一块儿涌进包厢，要么讲着别的包厢里人的坏话，要么谈论着舞台上的女演员们，一会儿说这个扮天真少女角色的“声音尖利，好像变了味的芥子酱”，一会儿说那个高大的女演员衣服穿得“像灯罩”。不去剧院，她就跟人一块儿参加晚会；到了那种地方，无非就是想炫耀自己，要是自己还有点姿色的话——（当然漂亮不漂亮还得看日子而定，在巴黎，一个人漂亮的标准可没个定论）——要么就是拉出一个晚会上的公子哥来，对他的衣着还有身体的缺陷狠狠嘲弄一番。算得上交流的，几乎没有。——大家总是疯到很晚才回家。她还没心思睡觉（这可是一天之中最清醒的时候），只好围着桌子转来转去，偶尔翻翻一本书，或是回忆起某句话、某个姿势，就一个人傻笑起来。无聊透顶，又烦闷之极，最后又失眠了。深夜里，躺在床上，忽地又感觉到一阵绝望。

克利斯朵夫也就注意了高兰德几个小时，对于她的变化也没多少认识，只是看到了有限的几种，可就已经让他摸不着头脑了。他已经有点搞不明白她到底什么时候才是真诚的——是一直都很真诚还是从来都没真诚过。可在这一点上，高兰德自己也说不清楚。就像大多数少女一样，她被懒散的物质欲望淹没，身陷完全的黑暗中，茫茫然一无所知。她也不知道自己是什么样的人，因为不知道该做些什么，又或是因为她从来都不肯先试一试，所以根本不知道自己到底要不要。于是她只好按着自己的方式来尝试，她想要最大的自由，却想冒最小的风险，更多的则是模仿周围的人，衡量着他们的道德。况且，她又不急着做出选择，一起都被她敷衍着、搪塞着，好让她随时都能捡起来利用。

但是像克利斯朵夫这样的朋友可不好对付。你可以喜欢他，也可以不喜欢他，这对他来说都没关系。你甚至可以喜欢他不尊重的人，喜欢他看不起的人，但绝对不能把他跟那些人相提并论。毕竟，各人有各人的口味，不过至少得有一种口味。

克利斯朵夫最看不惯的就是高兰德搜罗的那群轻浮少年。那都是些他看不上眼的家伙，不过是一群恶心的时髦人物，大部分都很有钱，也有大把的时间，要不就是在哪个部门挂个空名——其实都差不多。他们全都是作家——或是自以为会写作。在第三共和国的统治下，写作仿佛变成了一种传染病，人人都能写出两句来。多半是因为写作既能偷懒，又最能满足虚荣心——各行各业，文人的工作最难考核，因此也最容易骗人。他们对于自己伟大的劳作只有隐隐约约的印象，往往只会说两句煞有介事的话，似乎他们自知使命在身，不胜艰巨。起初，克利斯朵夫还因为没看过他们的作品，没听说过他们的鼎鼎大名觉得很是惭愧。斗胆打听了一下，那位所谓的剧坛巨擘都写过什么作品，结果，他惊奇地发现，那位著名的剧作家只写了一幕戏，还是从小说改编过来的，而那部小说也不过是用一系列短篇拼起来的。说起来，那些短篇也算不上什么短篇，而是剧作家十年来发表在杂志上的一些随笔。

至于另外几个，也不见得有什么分量，他们的作品加起来也只有几幕戏剧、几个短篇小说、几首诗歌。有些是在杂志上发了一篇文章就一举成名的。还有些借着一本“准备写”的著作，就已经声名远扬。他们公然不把那些一气呵成的长篇巨著放在眼里。他们自称看重的是字里行间文字的搭配。“思想”二字是他们念叨最多的字眼，不过它的意义在他们眼里倒是变了味，他们把思想用在了微不足道的细节方面。他们中间也有一些大思想家、大幽默家，在行文写作的时候把那种细腻深刻的字眼一律用斜体字标明，生怕他们的读者看不出其中的深意。

他们都是自恋狂，自我崇拜是他们的唯一的信仰。他们想让别人跟着他崇拜，可是别人早就有了崇拜的目标。他们谈话、走路、吸烟、读报、抬头、翻眼、行礼，都像是在演戏，仿佛永远有人在盯着他们。那些年轻人天生就爱哗众取宠，越是无所事事，就越要装模作样惹人注意。他们为了女人花尽心思，不但自己对女人垂涎三尺，还想让女人对他们垂涎三尺。随便碰到什么人，他们就会像孔雀开屏一样到处卖弄，哪怕人家只是莫名其妙地瞪了瞪他们，他们也要在一旁装模作样。克利斯朵夫就经常遇到这种到处开屏的小孔雀，他们都是些画家、演奏家，或是年轻的演员，他们模仿某个名人，或是梵·狄克，或是伦勃朗，或是范拉士葛，或是贝多芬；又或者扮演着某个角色：大画家、大音乐家、精巧的工匠、沉思的思想家、快乐的伙伴，或是多瑙河畔的乡下人、大自然的野蛮人……他们一边走着，还一边东张西望，看看有没有人注意到他们。克利斯朵夫看着他们迎面走来，也不闪躲，等到他们凑近了，就一下扭过头去，露出一副不屑的表情。不过他们的失望也不会持续很久，没走几步，他们就对着后面的路人卖弄风骚了。高兰德客厅里坐着的那几个人物可就高超多了，他们的做作已经脱离了表面功夫，延伸到了思想方面：拿出两三个人当典型，而典型本身也不是什么超凡脱俗的人物。要不然，他们就扮演成某种抽象概念，什么力量啊，欢乐啊，同情啊，集体主义啊，社会主义啊，无政府主义啊，信仰啊，自由啊之类的；在他们看来，这些抽象的概念只是他们登台表演时佩戴的面具罢了。他们能把最高贵、最难得的思想变成写作的材料，把人类最壮烈、最宏大的热情贬低为一条流行的领带。

他们最擅长的就是谈情说爱，爱情才是他们活跃的天地。他们简直已经掌握了安逸享乐的所有技巧。他们都是能人异士，至于其中的良心问题还有其他一切新发现的问题，往往都会被他们迅速解决，那恐怕永远都是些无所事事的人才会捣鼓的事情。没有爱情，他们就“摆弄爱情”，尤其喜欢解释爱情。他们的文章，正文一无所有，注解倒是异常丰富。他们把最下流的思想都打上社会学的标签，扛起社会学的大旗，一切都显得畅通无阻。一个人做一件下流事，满足自己的恶劣趣味的时候，要是不能找个借口说这样干是为了新时代的利益，就算做得再痛快，也会觉得美中不足。这就是地地道道的巴黎色彩的社会主义，色情的社会主义。

在这个谈情说爱的小圈子里，讨论得最热烈的问题莫过于男女婚姻和爱情的权利平等。曾经有一伙年轻人——斯堪的纳维亚人或瑞士人——笃厚老实，又有点可笑，都是虔诚的新教徒，他们主张男女道德的平等，要求男人在结婚前要和女人一样保持童贞。这些巴黎的宗教道德学家却要求另外一种平等，一种淫乱的平等，他们认为女人结婚前应该和男人一样放荡不羁——这算是情人权利的平等。无论是在想象中，还是在实际上，巴黎人已经对淫乱习以为常了，甚至开始觉得平淡无味起来。于是，法国文坛上就出现了一种教唆处女卖淫的新花样——而且还是一种合法的、普遍的、道德的、合理的、家庭承认的，更重要的是，社会特允的卖淫——最近出版的一部很有才华的书，就对这个问题进行了权威认证。作者洋洋洒洒四百页，用着一种近乎轻浮的学术口吻，按照单纯的经验推理，就算研究了这个“控制寻欢作乐的最好方法”。那可真是一部宣扬自由恋爱的最完美的教材：动不动就提到典雅、体统、高尚、美丽、真理、廉耻、道德——可以说是一部自甘堕落的少女们的宝典。在当时，这部著作简直成了少女们的“福音书”，高兰德还有她那个小圈子的人们可找到了点乐趣，这本书也成了她旁征博引的第一材料。要说那些奇谈怪论一无是处倒也不是，里面还是有一些正确的、观察贴切的，甚至是合乎情理的地方；但这群善男信女组成的信徒，偏偏只会把好的抛在一边，只记得那些最伤风败俗的。在这个勾人的花坛中，他们采到的都是最毒的花朵，就像下面这些——“肉欲能让你专心工作”“一个处女要是没有享受过性爱就做了母亲是最残忍的事”“占有的是一个处男，女人就自然会成为一个贤妻良母”“母亲的责任就是应该像放纵儿子一样，放纵她们的女儿追求自由”“终有一天，少女们和情夫幽会回来之后，会像现在上完课或是参加完女朋友的茶会一样自然”。

高兰德笑着说这些话都很合情合理。

克利斯朵夫却恨死这些说辞了。他夸大了这些论调的重要性跟破坏力。法国人太聪明了，纸上那一套绝不会被他们轻易付诸行动的。他们装腔作势想要扮成狄德罗①，实际上跟他一样胆小怕事，他们在平常的生活中跟布尔乔亚一样规规矩矩，也一样胆怯。或许正是因为他们行动起来都是矮子，所以才要鼓足了劲想做思想上的巨人。其实这种游戏没有任何危险。

可惜克利斯朵夫可不是一个口是心非的法国人。

在围着高兰德团团转的年轻人当中，有一个似乎最讨她喜欢。当然，那在克利斯朵夫心目中不用说是最讨厌的。

他是一个暴发户的儿子，整天搞些贵族式的文学，自以为这样就成了第三共和国的贵族。他的名字叫吕西安·雷维·葛。他的两只眼睛分得很开，眼神尖利，鼻子往里勾，金黄色的胡须修得尖尖的，看起来跟画家梵·狄克颇有几分相似；头发已经秃了起来，跟他的尊荣倒是挺搭配的；讲话温存，举止文雅，一双手又细又嫩，好像随时都能化掉。他永远装出一副彬彬有礼的样子，一举一动都很细腻周到，就算是对着他极其讨厌，恨不得一把推下海的人，也能客客气气的。

克利斯朵夫之前已经见过他一次，那是在第一次跟高恩参加的文人宴会上，虽然他们没什么交流，但一听见他那种声音就觉得很反感。克利斯朵夫当时搞不清楚为什么，后来才明白其中的道理。这人与人之间，有着一见钟情、迅雷不及掩耳的爱，也有着晴天霹雳般没来由的恨——或者可以说（为了不让那些害怕一切热情的柔弱的心灵产生恐惧，我们就避免使用这个他们听了刺耳的“恨”字）——是健全的人的本能，因为那种一发觉敌人存在就自卫的本能。

跟克利斯朵夫相反，他代表的是那种讥讽和瓦解的精神，他看上去文绉绉的，其实正在不声不响地瓦解已经逝去的上个时代遗留

① 百科全书派的领袖狄德罗在十八世纪倡导新思想最卖力。

的最伟大的部分：家庭，婚姻，宗教，国家；到了艺术界，就开始吞噬艺术中一切雄壮的、纯粹的、健全的、流行的东西；除此之外，他们还动摇了人们对思想、情操、伟人的信念，对人类的信念。这种思想其实就是机械地追求分析的乐趣，用残酷的剖析来满足自己兽性的需要，他们就像蛀虫一样侵蚀着人类的思想。那种思想还带着女性的多愁善感，就像那些女作家一样，所有的东西，到了他的手中都是文学或是变成了文学。他的风流韵事，他跟朋友们的恶劣趣味，都成了他的文学材料。他写了不少小说跟剧本，用高明的手法叙述着他父母的私生活，还有他们的风流秘史，就连朋友们的下流勾当，还有他自己的暧昧关系都囊括在内；其中就有一段他跟自己的知己的太太的偷情史：剧中人物的面目都描写得惟妙惟肖，那朋友，那太太，还有别的人物，全都刻画入微。只要他得到了某个女子的欣赏，或是听了她真心吐露，就绝对会在他的作品中有所披露。按常理来想，这样泄露隐私的无礼举动应当受到他的“女同志们”的白眼；可事实完全相反，她们顶多表面上埋怨几声，免得面子过不去，其实心里面一点都不觉得难堪；她们还巴不得能够一丝不挂、赤裸裸地站在大街上展览；只要脸上遮一块纱布，她们就一点都不觉得羞耻。在他那里，这样泄露隐私的行径根本就没有丝毫对他的女伴们存心报复的意思，也不是想要散布她们的丑闻。比起普通人来，他不见得就是个坏儿子、一个坏情夫。在小说的某些篇章里，他厚颜无耻地揭露他父亲、母亲，还有他自己的情妇的隐私；可在某些段落里面，他又温情脉脉地谈起他们。其实，他家庭观念很重，但是像他那样的人，根本就不知道尊重自己的亲友、爱人；相反，他觉得不尊重他们反而会让他更爱他们。因为他觉得只有这样，一家人才更加亲近，也更有人情味。他们从来都不懂什么英雄主义，更是不理解高洁二字的意思。他们几乎都要认为英雄主义是骗人的谎言，高洁是意志薄弱的表现。然而，他们竟然还能自诩为艺术界的权威，深信自己比谁都了解艺术上的英雄人物，谈起他们来亲亲热热的，好像自己比那些伟人们资格都要老。

他最合得来的就是那些既有钱又有时间的中产阶级堕落少女。他等于是她们身边的一个伴侣，一个早已腐烂的女仆，只不过比起她们来更加肆无忌惮，也更有学识，所以能在她们面前炫耀。她们对他毫不拘束，尽可能地仔细研究着这个赤裸的、不男不女的家伙，而他也任她们为所欲为。

克利斯朵夫实在想不明白，一个像高兰德这样的少女，看起来高尚纯洁，不愿意受这种堕落生活腐蚀的人，怎么会乐意跟这种人交往……克利斯朵夫不懂心理学。吕西安·雷维·葛可是深谙此道。克利斯朵夫算是高兰德的知己；高兰德却是吕西安·雷维·葛的知己。单从这一点就可以看出，他比克利斯朵夫高明多了。一个女人最得意的时候就是相信自己交往的男人不如自己。因为那个时候，不但她的弱点，就连她的优点——她的母性的本能，也都同时得到了满足。吕西安·雷维·葛就是看准了这一点，要想让女人动心，最稳妥的方法就是拨弄那根神秘的心弦。再说，高兰德一直觉得自己很软弱，有些不好说出口但是又不愿意摒弃的本能。现在，竟然有一个男性朋友这样向她表白（其实是他精心安排的），说别人也是一样软弱，其实那都是人类的本性，这种事情强求不得，她一听自然欢喜极了。她现在既可以心满意足、顺水推舟，不必压抑自己，还可以心安理得地说：这样处理没关系，聪明人何必跟自己过不去，毕竟那也是无可奈何的事。这种明智的方法用起来也一点都不会痛苦。

谁想要冷眼观察人生，就得承受那股天长地久的正反对立产生的强烈气息，在这个社会内部，表面凝练的文明跟骨子里的野性之间永远都要一较高低。在一切交际场所中，那些吵吵闹闹的绝对不是什么古老的化石或是虚浮的幽灵，他们是活生生的人，他们之间的对话像地层一样分起了层，两个层次的交流交错着：一层是所有人都能听到的，那是理性的交流；另外一层却只有极少人能够感觉到的，那是本能之间的交锋，是兽性的对立。大家在口头上交换的都是一些陈词滥调，肉体却在一旁喊着：欲望、怨恨，或者就是好奇、烦闷、厌恶。野兽的本性虽然经历了数千年文明的驯化，变得像笼子里的狮子一样迟钝，可是却野性难改，心里还怀念着茹毛饮血的生活。

然而克利斯朵夫还没办法能冷静到那个程度，那只有那些饱经风霜、心灰意冷的老人们才做得到。他尽职尽责地当着高兰德的顾问，她向他求助，他却只能眼睁睁地看着吕西安·雷维·葛兴高采烈地去冒险。所以，克利斯朵夫再也不愿掩饰他对吕西安·雷维·葛的反感了。吕西安·雷维·葛一开始还对他客客气气，尽管略带着点讥讽。同时也感觉到克利斯朵夫的敌意，但一直都不放他在眼里，只是不动声色地丑化着对方。其实，吕西安·雷维·葛只想让克利斯朵夫对他恭敬一点，这样他们就可以相安无事；但他注定是得不到这种拜服的，他自己也感觉得到，因为克利斯朵夫根本没有半分的做作。于是，吕西安·雷维·葛跟克利斯朵夫已经不知不觉从完全抽象的思想对立，转变成实际的不露形迹的争斗，而这场争斗的中心就是高兰德。

在她心里，这两位朋友地位可都差不多。她欣赏克利斯朵夫的才华和道德，也欣赏吕西安·雷维·葛的聪明和伤风败俗的恶趣味；而且，那种恶趣味更让她感到有趣。克利斯朵夫不客气地教训着她；每到这个时候，她就会露出一副可怜相听着他抱怨，让他也狠不下心来。她其实并不坏，可是因为好心，因为骨子里的懦弱，从来都不肯坦白。她有一半是在演戏，假装跟克利斯朵夫志同道合。她知道这样的朋友得来不易，但是却不可能为了这份友谊做出什么牺牲来；不但是友谊，就算是为了其他任何人、任何事，她都不愿意做出牺牲，她只想做起什么事情来都很方便、很愉快。所以她一直瞒着克利斯朵夫，私下里却经常偷偷地跟吕西安来往。就像所有的上流社会女子一样，她天生就是撒谎的料，说起谎话来一点都不脸红；也只有凭着这样的本事，她们才能在男朋友们中间飘来转去，还让他们个个心满意足。这次她找到的借口就是怕克利斯朵夫伤心，所以只好那样；她明知道克利斯朵夫说得很对，可就是不愿意改正，想继续做她喜欢的事，又不想跟克利斯朵夫闹翻。有时候克利斯朵夫猜到她在搞鬼，就粗声大气地训斥她一顿。她就继续装出一副伤心诚恳、后悔不已的样子，还拿出女人最拿手的法宝——对他抛几个媚眼——想到可能失去克利斯朵夫这个朋友，她的确觉得很是难过，所以就卖力地装得诚诚恳恳、娇滴滴的，竟然让他好长时间都不好再发脾气。不过，脾气上来了，早晚是压不住的。克利斯朵夫看似气恼，其实恼火中不知不觉已经掺入了一些忌妒的成分。高兰德甜言蜜语的虚情假意已经让他动了真心，虽然就那么一点，所以他们一旦决裂，反而会闹得更加厉害。

终于有一天，克利斯朵夫当场揭穿了高兰德的谎言，他二话不说，一定要她在吕西安跟他中间挑一个。她先是躲躲闪闪，避免回答这个问题，最后被逼得没后路了，她只好摊牌说自己有权保留任何她喜欢的朋友。她说的一点都没错，克利斯朵夫也觉出自己是在闹笑话；可是他知道自己不是为了一己私利才这样，他是真心为她好，他想挽救她，就算她心不甘情不愿也一样。因此，他尽管笨嘴笨舌，但还是苦苦坚持。看到她不再回答，他就说："高兰德，你是不是不要我这个朋友了？"

"不是的，"她央求道，"要是你离开我，我会非常痛苦的。"

"可为了我们的友情，你连一点点小小的牺牲都不愿意？"

"牺牲！这太荒唐了！"她说，"为什么为了一个东西就非得牺牲另一个？这是基督教的蠢点子。原来你就是一个老教士，自己还不知道。"

"可能是吧，"他说，"对我来说，你总得挑一个。好的坏的中间，没有什么半好不坏的东西。"

"是的，我知道，就是因为这我才喜欢你。你听我说，我真的很喜欢你，可是……"

"可是你也同样喜欢另外一个。"

她笑了，做了个最讨人怜爱的眼色，用她最甜蜜的声音说："不要离开我！"

他几乎又要让步了。这个时候，吕西安走了进来，高兰德竟然用同样讨人怜爱的媚眼和同样甜蜜的声音接待吕西安。克利斯朵夫一声不吭，看着高兰德在那里演戏，然后他走开了，下定决心要跟她决裂。他伤心极了，老是放不下，老是上当受骗，真是太傻了！

回到住的地方，他魂不守舍地整理着书籍，无意中又翻开了《圣经》，就读到这几段："我主说：因为锡安的女子狂放不羁，走路的时候都挺着脖子，卖弄眼神，装模作样地迈着小步子，把脚上的银环震得叮当响。所以主就让锡安的女子头发秃落，又让她们赤身裸体……"[1]

读到这里，想到高兰德装腔作势的样子，他就忍不住笑了出来，心中的气一消，就安安稳稳地上床睡觉了。他又想着自己是不是已经被巴黎的腐败风气污染得不轻了，不然怎么读起《圣经》就觉得好笑。但他躺在床上，还是一遍又一遍地背着这段伟大的天主恶作剧般的判决，想象着要是这种事降临到高兰德头上会是怎么一副光景，最后他像个小孩子一样笑着进入了梦乡。他再也不想纠结那些伤心事了，多一件也罢，少一件也罢……反正他都习惯了。

他还是照常给高兰德上课，只不过再也不跟她有什么亲密的交谈了。她故意装出伤心、生气的样子，耍她的小花招，不过都是白费功夫，他还是一点都不肯让步，最后两个人都不高兴了；终于，她主动找到借口，故意减少课程，他也找出理由避免参加史丹芬家里举行的晚会。

他已经受够了巴黎社会，那种空虚、懒散、萎靡不振、神经衰弱，还有那些毫无理由、漫无目的、吹毛求疵的苛刻的批评，都让他精神发狂。他搞不明白，一个民族怎么能在这样一种为艺术而艺术、为享乐而享乐的死气沉沉的气氛中生存下去。然而，这个民族的确在那儿活着，放在从前可是相当的伟大，就算当下也还是八面威风，远远望去，还能让人遐想万千。它这样活着到底有什么意义呢？这个民族已经什么都不相信了，只相信欲望、享乐……

① 见《旧约·以赛亚书》第三章。

克利斯朵夫就在这样沉思默想的时候，忽然碰见街上一群吵吵嚷嚷的青年男女拉着一辆车，车上一个老教士在向两旁做着祝福。没走多远，就看到一些士兵拿着刀斧砍开一所教堂的大门，门里面一群挂着勋章的人举着桌椅来迎战。这个时候他才觉出法国人说到底还是有信仰的——虽然他搞不清楚是一种什么样的信仰。别人告诉他，政府和教会合作了一个世纪之后，现在是分开的时候了，可是教会不甘心就这样被扫地出门，政府只好用自己的权力和武力把教会撵了出去。克利斯朵夫觉得这样未免有点不近人情，不过他更厌恶巴黎艺术家们那种率性而为的作风，所以碰到几个为了什么公案就打得头破血流的人，反倒觉得挺痛快，尽管那是一件无聊透顶的事业。

不过没多久他就发现，在法国，这样冲动的大有人在。几份报纸倘若政见不同，就成了没完没了的唇枪舌剑，就像荷马史诗中的英雄一样厮杀到一块儿，还天天鼓吹要发动内战。不过这也只是喊喊口号，没几个人会付诸行动。当然，也不是没有几个天真的好汉把别人嘴上说说的当真。于是就有了不少好戏可看：有几个州府宣布要脱离法国，几个联队发动了一场兵变，州长公署被叛乱分子烧掉了，税务官骑着马，带了一群宪兵去收税，老百姓烧了开水要来保卫教堂，自由论者借口自由思想攻击教堂，那些想要普济众生的教主们爬到树上鼓动生产葡萄酒的省份攻击酿酒的省份。这一处，那一处，几百万人都在摩拳擦掌，争得不可开交，到最后真的动起手来。共和政府先是安抚一下老百姓，马上就拔起刀来对付他们。老百姓们也闹了起来，把他们的孩子——不管是军官还是士兵——打得头破血流。就是这样，每个人都要别人相信他不但占理，拳头还够硬。你要是站得远远的，只从报纸上看看新闻，铁定会以为自己回到了几个世纪以前。克利斯朵夫看着这个法兰西——这个想要否定一切的法兰西——分明就是一个狂热的民族。但是他看不懂大家都是在为什么发狂：是要宗教还是想反宗教？要理性还是想反理性？要国家还是想反国家？——简直各方各面兼备。他们这么狂热，仿佛是为了狂热而狂热的。

一天晚上，他偶然跟一个社会党议员聊了起来，那是他在史丹芬家认识的。他们虽然谈过几次话，但向来只是讨论音乐的问题，自然猜不到这位先生的身份。这次他才惊奇地发现，这位社交界的人物竟然是一个激烈政党的领袖。

亚希·罗孙是个美男子，胡子金黄，鼻音很重，皮肤倒是很好，态度也很恭敬，看起来文文雅雅，骨子里却非常粗俗，那股粗野味总能悄无声息地流露出来：有时当众修剪指甲，说起话来像个老乡一样爱扯别人的衣角，要么就是摇着人家的胳膊；他很能吃喝，而且会玩会笑，这样的胃口跟兴致一下子就兜出他就是那种民间出身的、喜好争权夺利的家伙；人倒是挺机灵的，擅长随机应变，话不少，但是都说得很巧妙；听别人讲话，往往一学就会；有同情心，人又聪明，对什么都有点兴趣，也不知道是天生如此，还是后天养成，又或是只想满足自己的虚荣心；他这人说不老实也挺老实的，要是有利害相关，或是危险当头，还是比较老实的。

他有个相当漂亮的妻子，身材高大，倒是很匀称，身板结实，腰身也不错，华丽的衣服紧紧地贴在身上，丰满的身形曲线毕露；她有着一头黑色的鬈发，两只浓黑的大眼；尖尖的下巴微微翘起，胖胖的脸蛋显得很可爱，可惜近视眼镜一夹，大大的嘴巴一噘，就把她的形象破坏殆尽。她走起路来颤颤巍巍的，很不自然，倒像是一只蹦蹦跳跳的鸟儿；讲起话来嗲声嗲气的，但是却和蔼可亲。她是一个有钱的商人的女儿，思想比较开放，是那种贤妻良母型的女子，她像信奉宗教一样虔诚地尽着上流社会数不清的责任，还主动承担了一些艺术和社会的工作，比如说她经常在家里举办沙龙，还跑到平民大学里宣扬艺术，有时候会参加一些慈善团体或是研究儿童心理的组织——不过都算不上真心实意，对那些工作也没有浓厚的兴趣——可能只是由于天生的同情心，再加上喜欢附庸风雅、受过点教育，就天真无邪地卖弄学问。她们好像永远捧着一门功课，在一旁不停地背呀背，背得不熟就会丢面子一样。仿佛她们需要找点事做，但不需要做得有兴致。她们整天忙忙碌碌，就好像妇女手中的针线活，做起来一刻都不能停，仿佛在成就一件救世大业，其实没什么用处。而且，就像所有织毛线的女人一样，她也有着那种良家妇女的虚荣心，想要以身作则，做一个好榜样。

她那位当议员的丈夫对她挺亲热的，不过打心眼儿里瞧不起她。他娶了她，本来就是为了自己能够心安理得地寻欢作乐；从这个方面来说，他选妻子选得倒是不错。她长得这么漂亮，他也觉得心满意足，没什么别的要求，她对他也要求不高。他爱着她，也欺骗着她。她倒不在意，只要能得着他的宠爱就行，至于他的私情反倒能给她某种快感。她天生就是安安静静的，只要肉欲能得到满足就成。这可是完全的后宫嫔妃的心理。

他们有两个孩子，四五岁的样子，都很好看。她像个贤妻良母一样，专心致志地照顾着他们，那份亲切与冷静就像是在注意丈夫的政治活动，注意最新的时装表演和艺术展览一样。那种状态下，什么进步理论、颓废艺术，还有社交界的忙乱，中产阶级感情混杂在一起，就像一盘奇怪的炒什锦。

他们邀请克利斯朵夫到他们家做客。罗孙太太是个相当优秀的音乐家，钢琴弹得很不错；她弹起钢琴来，手指轻巧有力，眼睛盯着键盘，两只手在上面蹦蹦跳跳，活像一只啄食的母鸡。她很有音乐天分，修养也比一般的法国女子高多了，却像笨蛋一样从来不去思考音乐的深刻意义。她弹奏的只不过是些她听到的，或是背得烂熟于心的一组音符、一些节奏，或是一曲巧妙的调子罢了，她弹不出音乐的灵魂，因为她自己根本不需要。这位聪明可爱的女人，单纯，助人为乐，对克利斯朵夫也一视同仁地欢迎。可克利斯朵夫一点都不领情，对她也没什么好感，甚至根本没把她当回事儿。或许无意之中，他就怪起了她，觉得她实在不应该这样迁就自己的丈夫。他最看不惯的一点就是一个人对别人唯命是从。

他和亚希·罗孙还是比较亲密的。罗孙这个人爱音乐，就跟爱其他艺术一样，虽然肤浅，但是足够真诚。要是爱上了一首交响乐，他就恨不得抱着它入睡。虽然他修养不高，但胜在运用得当，在这一点上，他妻子倒是帮了不少忙。他对克利斯朵夫感兴趣，多半是因为他从这个平民身上感受到跟他一样的气息，那是强者的气息。他很想仔细地研究一下这个奇怪的结合体——（他从不厌倦观察人这件事）——听听对方对巴黎怎么看。克利斯朵夫那种直言直语在他看来很有趣。他自己也是个怀疑论者，别人怎么批评他都敢于承认，能够超越民族偏见，听克利斯朵夫这个德国人的批评，他觉得很自豪。总之，他是很通人情的（这也是他的主要优点），合情合理的事他都有好感。不过这也不能抹除他作为法国人的另一种深刻的信念，就是法国这个古老的民族永远都比德国优秀，他还是打心眼儿里嘲笑德国人。

在亚希·罗孙家里，来往的都是些其他的政治人物，要么是前任的内阁成员，要么就是未来的政治领袖。要是这些精英们不嫌弃他，克利斯朵夫倒是很愿意跟他们中个别的人好好谈谈。这些人不像流行的观点说得那样高不可攀，他觉得跟这些政治人物交流起来比跟那些他熟悉的文人有趣多了。他们思想活跃，热心公益和民生。他们口才很好，多半来自南方，爱好文艺；他们中个别人，甚至不在文人之下。当然，艺术方面的知识，尤其是外国艺术，他们懂得不多；不过他们要是自认为多少知道一点的，往往就是他们的爱好所在。有些内阁看起来就像一个编辑小杂志的文学社团。那些成员们有的能写剧本，有的会拉提琴，而且非常崇拜瓦格纳，还有的能画几笔。他们喜好搜罗印象派的画，读颓废派的书，欣赏极端贵族派的艺术，虽然那跟他们的思想势不两立。这些社会党成员或是激进分子，代表的是被压迫阶级的利益，怎么有心研究起高雅的贵族享受来了，克利斯朵夫看了大为疑惑。当然，他们有这个权利，只不过他觉得这样做似乎不符合他们党派的意志。

最令人感到奇怪的是，这些人物私下里讲起来都是怀疑主义者、肉欲主义者、虚无主义者、无政府主义者，可一行动起来，个个都成了偏执狂。那些最会附庸风雅的人，一旦大权在握，就立刻变成了东方的小暴君；他们好像上瘾了一样，什么都要指手画脚一番，思想上是怀疑论者，气质上则是天生的专制主义者。当年最强大的中央集权，一旦掌握到他们手中，就变成了专权滥用。结果就产生了外表上的共和政体，实际上的帝国主义；近几年来，更是移花接木到了宗教上面，产生了一种无神论的新教教义[①]。

在过去的时期里，政治家想控制的只有物质，即财富，他们基本上不会操心思想方面的事，因为思想不能变成货币。那些社会精英们一般也不会关心政治，不是政治高不可攀，就是他们觉得政治低不可就。在法国，政治就是工商业的一个分支，有利可图，但是往往不太正当；所以知识分子看不起政客，政客也看不起知识分子。可是最近，那些政客和知识分子中的败类终于开始接近，不久就勾结在一起。于是，一股新的势力就此登台，他们自称为思想界的权威，就是那群自由思想家。他们很快就跟另一股势力狼狈为奸，那股势力把他们当成了专制统治的理想工具。他们并不是要打倒教会，而是想取代教会的地位；事实上他们已经组建起了一个新的教会，一个打着自由思想的教会，和原来的教会一样有教典、有仪式、有洗礼、有初领圣餐、有宗教婚礼、有地方主教会议、有全国主教会议，甚至还有罗马的总主教会议。这些成千上万的可怜虫非要挤到一块儿才能“自由地思考”，真是可笑极了！其实，他们所谓的思想自由不过是打着理性的名义，禁止别人的思想自由而已。他们信仰理性，就好像新教教徒信仰圣女一样，可他们从来都没想过理性跟圣女本来就没什么意义，理性的根源根本不在这里。新教会有着它的僧侣大军，还有各种各样的教团，他们埋伏在民族的血液中，到处散播毒素，把一切可能动摇它地位的生机扼杀在摇篮里。现在的自由思想教会也不甘示弱，它笼络了大批信徒，有不少忠诚的告密者，他们把各种秘密从法国各地报告到巴黎总会，全部登记在案。共和政府暗中鼓动这伙信徒从事间谍工作，使得军队、大学，以及所有

① 指路易十四。

的政府机关都笼罩在白色恐怖中；政府还没有发觉他们表面上似乎在为它效劳，暗地里其实想取而代之，而法国政府也渐渐走上了“无神论的神权政治”这条路，那可不比巴拉圭的那些耶稣会政权好到哪儿去[①]。

克利斯朵夫在罗孙家见过这些自由思想派的教会成员。他们一个比一个盲目，都是疯狂的拜物教徒。现在，他们正兴高采烈地把基督神像从审判庭搬出来。他们以为砸烂了几个木偶，就算打倒了基督教。还有人从新教手中抢过圣女贞德和她的旗帜，想要据为己有。一个新教会的神父，曾是跟旧教会作战的将军，发表了一场反教会的演说，他在演说中大力赞颂了古高卢民族领袖范尔生依多利克斯，那些自由思想教会的信徒马上给这位英雄人物立了一个雕像，说他是法兰西对抗罗马（罗马教会）的领军人物。海军部长为了清洗舰队，气气那些天主教徒，就把一条巡洋舰命名为“欧纳斯德·勒南”。还有一批自由思想家则干起了净化艺术的活。他们要清洗十七世纪的古典文学，不允许上帝这个名词污染到拉封丹的《寓言》。就算是在古代音乐中，也不允许有神的名字出现。克利斯朵夫听见一个年迈的激进派——（歌德说过，人老了还那么激进是荒唐透顶）——发现在一个通俗音乐会里竟然出现了贝多芬颂扬宗教的曲子，就非常愤懑，一定要求人家更改歌词。

还有一些更激进的新教教徒，他们要求取缔一切宗教音乐，关闭所有教授宗教音乐的学校。在那群不懂艺术的人中间，他们推出了一个被认为比较靠谱的艺术学院院长，他徒劳地解释着，说：对于作曲家，还是得教他们点音乐，因为“你要是招募了一个新兵到

① 巴拉圭于一六〇七至一七六七年曾受基督旧教中的耶稣会派统治。

军营里，总得一步一步教他怎么开枪、怎么射击。年轻的作曲家也一样，他们脑袋里满是乱七八糟的思想，总得让人帮他梳理安排一下”。他这样大胆地胡说八道，自己都吓了一跳，只好每说一句就先声明一下：“我是一个老牌的自由思想家”，或者“我也是老牌的共和党人”，才结结巴巴地宣称：“我不管班尔葛兰西的作品是单纯的歌剧还是弥撒音乐，我只问一句，它算不算人类艺术的产物。”——但那些教徒们思想专横，反驳这个“老牌的自由思想家”“老牌的共和党人”说：“音乐可以分为两种，一种是在教堂里面唱的，一种是在教堂外面唱的。”那些在教堂里面演唱的音乐就是理性和国家的敌人，为了国家的利益，必须消灭它。

要是这些傻瓜后面没有一些货真价实的势力支持，要知道那些后台跟他们一样——或许更厉害——狂热地迷信理性，那他们还不过是闹闹笑话，没什么危险性。托尔斯泰曾经说过，无论是宗教、哲学、艺术，还是科学，都有一种“传染病般的影响”，“人们在受这种影响控制的时候，根本注意不到它的疯狂，他们谈起它来只会觉得千真万确毋庸置疑”，就比如说郁金香曾经的风靡、巫术迷信的传播、文学风气的出轨等等——理性的宗教也是这样一种荒唐事。无论是愚蠢的，还是有文化的；无论是众议院的“兽医”，还是大学里的思想家，全都陷入了信仰理性的疯狂之中。而大学教授的那种迷信比起那些愚夫愚妇的迷信更危险：在那些智慧还没开化的人中间，这种风靡还可以理解为一种愚人的盲目崇拜，显得没有什么影响力；可那些受过教育的知识分子，一旦被那种狂热束缚住，偏激的悲观主义让他们认识到理性跟天性的对立，他们就会拼命地支持抽象的自由、抽象的正义、抽象的真理，想跟那恶劣的天性斗上一斗。这实际上就是一种加尔文派、扬山尼派、雅各宾党的理想主义，是一个古老的信念，他们坚信人类的劣根性是无可救药的，只能由，也应该由那些受到理性召唤的——就是得到天启的——选民，那些高高在上的精英来消灭那种劣根性。那可真是纯种的法兰西民族才有的一种典型，就是一群聪明却毫不留情的法国人。他们就是一块石子，硬得跟铁块一样，什么都钻不过去，只好碰到什么就砸碎什么。

克利斯朵夫在亚希·罗孙家跟这一群理性的狂人交流之后，他就完全糊涂了。法国在他眼里已经发生了翻天覆地的变化。他本来跟着流行的看法，以为法国人是个沉着冷静、容易相处、宽容大度、热爱自由的民族。可是眼前这群狂人，他们只知道抓着抽象的观念和逻辑不放，天天嚷嚷着自己的三段论，要是别人不合他们的逻辑，就被他们当成牺牲品。他们一遍又一遍地强调着自由、自由，但实际上恐怕是最不懂自由的人，也最害怕自由。随便哪里都找不到比他们更冷酷无情、更残暴不堪的专制脾气，而且这种专制完全是为了宣扬他们所谓的理性，或是证明自己永远是对的。

一个党派这样，其他党派也好不到哪里去。凡是超出了他们的政治公式或是宗教定式，超出了他们的国家或是省份，超出了他们的团体，还有他们狭隘的头脑的，不管是哪个方面，他们都置若罔闻。那些敌视犹太人的，把仇恨都发泄在有钱的特权阶层身上，因为他们痛恨犹太人，就把所有痛恨的人都叫成犹太人。那些国家主义者痛恨——（要是碰到他们大发善心的时候就变成瞧不起）——所有的外国人，而在自己国家里，凡是跟他们政见不同的人都被他们指责为外国人、卖国贼、叛国者。那些反对新教的人，固执地相信所有的新教徒都是英国人或是德国人，恨不得把他们全部驱除出境。有些来自西方的人，排斥莱茵河以东的所有东西；有些来自北方的人，排斥卢瓦尔河以南的一切；有些来自南方的人，觉得卢瓦尔河以北的都是些蛮子；有人以属于日耳曼人为荣，还有人以属于高卢人为荣；而在这群疯狂的人中间，疯得最厉害的是那些“罗马人”，他们以祖先的败北衰亡为荣；还有布勒塔尼人、洛林人……总而言之，每个人都自以为是，只承认自己的一套，“自己”成了一个贵族的头衔，容不下别人不同于自己。这样的民族是无法想象的，你跟他们讲什么道理都没用；他们天生是要烧死异教徒的，要么就是被当成异教徒给活活烧死。

克利斯朵夫心里想着：幸亏这个民族用的是共和政体，那些小暴君只能自相残杀。要是他们之中有一个坐上了霸主的地位，那恐怕谁都没有多少空气能够自由呼吸了。

他不知道凡是喜好争论的民族自然有一种品质可以挽救他们——那就是前后矛盾。

法国的政客就是这样一副嘴脸，他们的专制主义受到无政府主义的制约，他们只能永远在这两个极端之间摇来晃去。如果他们左边有一伙欢呼支持的狂热分子，那么他们右边绝对是一群呐喊喝彩的无政府主义者。站在我们面前的是一大群社会主义的票友，还有一些谋取权位的投机分子，他们在取得胜利之前是绝对不会参加战斗的，而是紧紧跟在“自由思想”的大军后面，等到大军取胜之后，就一把冲向战场，抢夺胜利的果实。那些拥护理性的人并非是在为了理性而奋斗……“理性啊，这可不是为了你”……而是为了能够坐收渔翁之利；那群唯利是图的家伙兴高采烈地践踏本国的传统，他们推翻一种信仰，并不是为了破旧迎新，而是想把自己填补进去，取而代之。

在这里，克利斯朵夫又碰到了吕西安·雷维·葛。知道吕西安是社会党员，他也不感到意外，他推想一定是社会主义露出了成功的苗头，吕西安就跟着加入了进来。克利斯朵夫可不知道吕西安的本事，就算是在敌对的政党中，他也有不错的待遇，他结交了一大群反自由，甚至强烈反犹太的政客跟艺术家。

“你怎么能容忍这种人钻到你们党里面？”克利斯朵夫问亚希·罗孙。

罗孙回答说：“瞧！这种人多能干！再说，他是在为我们工作，他在破坏着这个旧世界。”

“没错，他是在破坏，”克利斯朵夫说，“可他破坏得那样彻底，我不知道你们将来准备用什么来建设。你能肯定剩下的木材足够你们建设新的房子吗？我看蛀虫早就溜到你们的建筑工地了。”

然而像吕西安一样蚕食社会主义的蛀虫可不止一个。社会党的报纸上尽是这种小文人的作品，那些“为艺术而艺术”的家伙，门面堂皇的无政府主义者，他们霸占了所有可能通往成功的道路。他们挡在别人面前，在自称为群众心声的报纸上，长篇大论地宣传他们那种颓废思想，还有所谓的“为生存而斗争”。他们抢到了地位还不满足，还想把自己的名声狠狠地提一把。任何时代都没有见过这么多匆匆忙忙堆砌的石膏像，没有这么多优美的石膏像揭幕词。一些专门靠捧场为生的人，按期地举行几场祝贺自己党派中的大人物的盛宴，不是为了庆贺他们的工作，而是为了庆贺他们得到的荣誉：那才是他们最关心的。无论是美学家、超级明星、外国侨民，还是社会党的内阁成员都一致同意，得到拿破仑创立的勋位①是值得庆贺的。

看到克利斯朵夫吃惊的样子，罗孙忍不住笑了起来。他可不觉得这个德国人对自己党内的同胞批评得太严厉。他自己私下里会见他们的时候也都很不客气。他心里很清楚这帮人的胡闹跟狡猾，不过还是照样支持他们，因为他还要靠他们支持自己。私下里谈论的时候，他根本没把民众们放在眼里，倘若一上了演讲台，他立马判若两人。他提着嗓门，把声音都逼得尖利起来，带着鼻音，在台上喊着，每个字都咬得有板有眼、庄严有力，有时颤抖，有时婉转，手脚并用地在台上抖动着，就像鸟儿翅膀一样扑扑棱棱，活像一个演技一流的演员。

克利斯朵夫一直想弄清楚，罗孙对他的社会主义到底有几分信仰。很明显的，内心深处他根本不信那一套，他的怀疑主义的思想已经深入骨髓。当然，有一部分思想他还是相信的；虽然他自己也知道就那一部分——（而且还是那种可有可无的部分）——他也想根据那一点来安排自己的生活跟行动，这样一来就方便多了，这种信仰不但关系到他的利益，还成了他的兴致所在，成了他生存和行动的意义。他把社会主义当成一种全民宗教来信仰——大多数的法国人都是过着这样的生活。他们活着不能没有信仰，要么是在宗教上，要么是在道德上，或是在社会上，又或是在实际上——（信仰自己的职业、工作，在生活中扮演的角色）——其实他们哪样都不信。不过，他们都不愿意说白了，为了生活下去，他们需要信仰的假象，需要这种每个人都能成为信徒的公认的

① 法国一般的勋位均称荣誉团勋位，创始于拿破仑。

宗教。

罗孙还不是那些党员中最恶劣的一个。整个党派内部靠着社会主义或激进主义敛财的人比比皆是！甚至已经算不得什么政治野心，要说是野心的话也太目光短浅了，他们不过是见钱就捞，有机会就上。这些人也许真的相信有个新社会。不过那估计也是以前的事了；可事实上，他们不过是趴在垂死的社会上，靠它的残骸养活自己。目光短浅的机会主义给他们的享乐主义拿来使唤。大众未来的利益，被他们中饱私囊。他们把军队瓦解了，把国家都瓦解了，来讨那些选民们的欢心。他们不是不聪明，他们都很清楚该怎么做，可就是不去做，害怕出力又不讨好。大家都想花最小的代价来获得最大的快乐。从上到下，千千万万的人们都只信这一条，那就是尽可能地少出力，尽可能地多享乐。这种不道德的道德观，就是混乱社会的唯一准则。那些政治领导人们好像成了无政府主义的榜样，制定的政策都是乱糟糟的，同时想捉到十几只兔子，最后只好一只一只放弃掉，外交部鼓吹要打一仗，陆军部的人则要求和平，还为了清洗破坏军队，海军部长煽动兵工厂工人们造反，军事教官们则在宣传战争的恐怖，除此之外，军官、法官、革命党人、爱国人士都成了业余性质的，纷纷不务正业起来。政界已经是放弃了。谁都希望国家能给他提供职位、养老金，还有勋章；国家也的确有求必应，把大把荣誉跟职位赠送给当权人的儿子们、侄子们、侄孙们，还有奴仆们。议员通过投票给自己增加工资。国库、职位、头衔，所有的资源都被挥霍一空。上层的人们既然做出了这种榜样，下面的人们自然也不甘落后：工人怠工，教师鼓吹叛国，邮差烧毁信和电报，工人把砂土跟金刚砂倒到机器的齿轮里，造船工人破坏船坞、放火烧船，工人大肆破坏着自己辛勤劳动的成果——受损失的不是那些有钱人，而是整个社会的财富。

最后，那一伙知识精英们公然宣称一个民族怎样追求幸福是它的神圣权利，就算是自杀也合情合理。一种病态的人道主义不分善恶，混淆是非，他们觉得罪犯也有“不负责任，并且是神圣”的人权，应该给予同情；它向罪恶屈服，把社会牺牲掉了。

克利斯朵夫心里想着：“法国怕是沉醉在自由中了。她现在乱发酒疯，差不多就快昏了过去。等她醒来之后，恐怕就落在大牢里了。”

克利斯朵夫最恼火的就是看到这种煽动群众的残暴政治手段，竟然是一群心无定数的人若无其事地搞出来的。他们性格反复无常，却自己做出或是允许别人那样残暴的行动，这实在太不合理了。他们身上有着两种自相矛盾的因素，一种是天生的惶恐，什么事都不相信；另一种是喜好推敲的睿智，什么都听不进去，非要把生活搅得天翻地覆。克利斯朵夫搞不明白了，那些和和气气的中产阶级、那些天主教徒，还有那些军官们，受尽政客的欺侮，却没有任何行动。克利斯朵夫肚子里藏不住事，罗孙没怎么费力就猜到了他的心思。于是就笑着说道：“没错，那种家伙要是撞上我们两个，铁定会被一把摔到窗外的。当然要是碰到他们，那就肯定没这个危险。他们就是一群可怜鬼，根本没胆量狠下心来，顶多只会反驳几句。那些贵族，整天在俱乐部里疯疯癫癫，把自己都搞得稀里糊涂的，他们只会向美国人或是犹太人争宠卖乖；为了证明他们紧跟着潮流，他们逆来顺受，兴奋地扮演着别人小说和戏剧中的无耻角色，还把那些侮辱他们的人奉为上宾。至于那些易怒的中产阶级，他们不学无术，什么都不愿意懂，只知道胡说八道，一切到了他们嘴里都变得一文不值，说话尖酸刻薄，其实毫无意义——他们只喜欢一件事，就是枕着钱袋睡觉，任何打扰他们清梦的人，任何在他们面前工作的人，都会受到他们的痛恨；因为做起工作来总要动来动去，这对呼呼大睡的他们当然要不得！……要是你认识过这种人，那你恐怕还要同情我们了……”

然而在克利斯朵夫看来，这两种人同样惹人讨厌；他可不觉得因为那些被欺骗的人无耻，那些欺骗别人的卑鄙家伙就可以得到原谅。他在史丹芬家见得最多的就是那种家里有钱，却天天闷闷不乐的中产阶级，就像罗孙口中描绘的那样：

> 他们一脸愁容，
> 不值得批评，更不值得表扬……

克利斯朵夫算是看明白了，罗孙还有他的党羽们控制着这些人，他们也有资格对这些人呼来唤去。他们最不缺的就是控制的工具。成千上万的公务员如同行尸走肉一样任由他们指挥。阿谀奉承的风气横行，共和国徒有虚名；一见到别国的君主来访，社会党的报纸就得意起来；到处都弥漫着那种一见到头衔、军衔、勋章，就跪倒在地的奴才精神，要蛊惑这群人实在太容易了，只要丢出一根骨头给他们啃啃，或是授几个勋章给他们挂挂就差不多了。要是现在蹦出来个王说要把所有的法国人都封为贵族，那法国公民全都会变成保王党的。

政客们倒是交了好运。一七八九年以来的三个政体，第一个被推翻了；第二个受到怀疑，也被推下了台；第三个还沉浸在胜利的喜悦中，睡得死死的[①]。至于第四个，不过是初出茅庐，虽然看上去气势汹汹，对付起来也没什么难度。没落的共和国对付它，就像没落的罗马帝国无力驱逐一个野蛮部落一样，只能用招安的办法，不久就把他们变成最忠实的看门狗。那些中产阶级内阁成员自称为社会主义者，他们的目标其实就是那些工人阶级的精英，他们偷偷地把他们吸引到自己那一伙，让无产阶级陷入群龙无首的被动局面，然后再给自己输入新鲜的血液，把中产阶级的意识灌输给工人阶级算作回报。

那些中产阶级吸收平民的方法形形色色，要说最巧妙的一种就是开办的那些平民大学，那简直就是“包罗万象”的知识杂货店。按照课程设计的要求，那些平民大学教授的内容囊括“各方面的知识，有物理学方面的，有生物学方面的，还有社会学方面的，这其中就包括天文学、宇宙学、人类学、人种学、生理学、心理学、精神分析学、地理学、语言学、美学、伦理学……”五花八门，恐怕就算毕克·特·拉·弥朗台尔[②]那样聪明的脑袋都装不了这么多。

的确，平民大学最初是本着一个崇高的理想、一个伟大的愿望创办的，那就是把真、善、美普及到人民大众中去；当然现在也还有一些平民大学保存着这个理念。工人们辛苦劳作一天之后，还要挤到这个闭塞的教室上课，他们求知的欲望战胜了疲劳，这是多么

---

① 一七八九年以后的三个政体，指第一共和（即大革命以后，1792—1804年），第二共和（即路易·菲利普下台以后，1848—1852年），及第三共和（普法战争以后，1870年9月起直至第二次世界大战被德国侵入为止）。

② 意大利的毕克·特·拉·弥朗台尔（1463—1494）为历史上有名的百科全书式的大博学家。

令人感动的情景。可有些人又是怎样利用这些可怜人啊！除了几个还有点人性、会传道说教的聪明人，加上几个好心好意却不善应对百姓淳朴心灵的老实人，其他的全都是些夸夸其谈、愚弄百姓、只会玩弄阴谋诡计的家伙，他们要么就是没有读者的作家，要么就是没有听众的演说家，那些所谓的教授、牧师、钢琴家、批评家，摆出一堆的作品，把民众都给淹没了。每个人都在推销着自己的货物。生意最好的自然是那些江湖术士、玄学大师，他们借古讽今，吹得天花乱坠，最后都归结为社会主义的天堂。

激进贵族的唯美主义者也在平民大学找到了新的门路。他们把颓废派的雕刻、诗歌、音乐都移植到平民大学，希望可以从平民身上吸取到能够让思想年轻化的力量，促成民族的新生。中产阶级几乎所有精雕细琢的玩意儿都被像疫苗一样注射到平民的血液中！平民们也贪得无厌地全都吸收，并不是他们喜爱高雅，而是因为这种高雅来自上流社会。有一次，克利斯朵夫跟着罗孙太太到一所平民大学里表演，听完迦勃里哀·福莱美妙的曲子之后，他就对平民们演奏起德彪西来，接着就是贝多芬晚期的一首四重奏。贝多芬晚年的作品他还是研究了不少年头的，也渐渐能懂得其中的思想和趣味。这个时候，他同情地望着走在旁边的一个人："你听得懂这个吗？"

那人听了之后，马上像一只发怒的公鸡挺直了脖子，愤愤地回答说："那还用说！你都听得懂，我怎么会听不懂？"

为了证明他没瞎说，他就哼了一段赋格曲，眼睛瞪着克利斯朵夫，那神气好像是在向克利斯朵夫挑战一样。

克利斯朵夫吓了一跳，赶紧开溜，心里还默念着：民族的未来都被这群浑蛋给断送了，哪里还有老老实实的平民！

“你才是平民！”一个工人对着一个打算创办平民戏院的好心人说，“我呀，我跟你一样是上等人！”

一个美丽的黄昏，柔和的天空像一张色彩暗淡的东方地毯，轻轻罩在黑洞洞的城墙上面。克利斯朵夫顺着河岸，从圣母院向安伐里特宫走去。夜色迷蒙，大寺上面两座大钟高高耸立，好像摩西在大战中奋力高举的手臂。小圣堂顶上精雕细琢的金箭，仿佛耶稣头冠上神圣的荆棘一样，矗立在千家万户的屋舍之上①。对岸的卢浮宫，在夕阳中泛出最后一点微光，透露出点点生机。跳出安伐里特广场，越过威风凛凛的壕沟与围墙，到了一片大气磅礴的空地上，阴沉的金色屋顶拔地而起，仿佛是一首纪念往昔胜利与荣誉的交响乐。凯旋门静静矗立在高岗上，活像一首英雄进行曲，为帝国的军团开山辟路。

克利斯朵夫仿佛看到了一个陨落的巨人，倒在平原上四肢伸展着。他心惊肉跳地停下了脚步，惘然望着这块硕大无比的化石，想起了那个已经绝迹的传奇种族，全世界都曾听到过它的脚步声——安伐里特的圆顶就像它的头冠，卢浮宫的宫殿就像它的腰带，大寺顶上无数的高塔是它抓握青天的手臂，拿破仑的凯旋门是它威武的双脚。它曾经顶天立地，踏遍世界，而今天，它的大脚底下只有一些侏儒在那里吵吵闹闹。

克利斯朵夫自己不求出名，但自从高恩和古耶把他带入巴黎社交界之后，他就也小有名气。每次新戏首演，尤其是音乐会，他就

① 哥特式建筑的教堂，正面钟楼上往往有下粗上细的极长的八角形柱做结顶，末端则为箭形。而八角形的长柱四周饰有树叶与枝条等作为装饰，此处称神圣的荆棘，乃言此种树叶枝条之装饰象征基督荆冠上之荆棘。小圣堂在今巴黎法院侧，建于十三世纪，与巴黎圣母院相距不远。

会跟着这两个朋友中的一个前去观赏。他相貌与众不同，是那种特别的丑陋，衣着可笑，举止粗鲁，无意之中总能流露出一些奇谈怪论，让人捉摸不透，可是见识很广，也很聪明，再加上高恩把他跟警察冲突、不得不亡命法国的经历像传奇小说一样大肆宣扬，让他在这个国家大沙龙里，在这一堆无所事事的巴黎名流中成了引人注目的对象。只要他能够保持这样冷漠的态度，什么事都先了解再发言，只要人家不了解他的作品和他真正的思想，那他就可以一直受到青睐。法国人倒是挺高兴他没法待在德国。尤其是法国音乐家，克利斯朵夫对德国音乐的批评让他们大为感动，以为那是对法国音乐的尊敬——（其实，那些批评都是几年前的事了，他现在的看法多半已经不同了，而且那还是他从前在一份德国杂志上发表的几篇文章，经过高恩的夸大其词刻意宣扬出来的。）——大家觉得克利斯朵夫很有意思，也不碍着别人的路，也不占别人的位置。想成为文艺界的大人物，随便什么时候都行，全看他自己。他只要避免出什么作品，或是尽量少写，尤其是不要大肆宣扬自己，而是只向古耶那一流人提供思想就行了。他们这伙人的信条就是这一句，当然是略加修改的一句："我的杯子不算大……可是我喝着……别人杯子里的酒。"

他那种坚强的性格最能吸引年轻人的关注，因为年轻人的感觉往往比行动好使多了。克利斯朵夫身边就围着不少年轻人，他们整天无所事事，游手好闲，生活漫无目的，生命毫无意义，害怕吃苦，害怕孤独，只想躺在安乐椅上，不是待在咖啡馆，就是坐在戏院里，想方设法避免回家，他们害怕面对自己。他们围到一块儿，一坐就是几个小时，没完没了地闲扯着，结果肚子都胀了起来，心里泛着恶心，又似闷饱，又似腹中空空，谈起话来令人厌恶极了，可还得继续下去。他们围着克利斯朵夫团团转，就好像歌德身边的哈巴狗，也像一只只“摩拳擦掌的幼虫”，想要吸附上一颗灵魂，好让自己紧跟着生命的节奏。

换成是一个爱慕虚荣的傻瓜，或许会对这些寄生虫一样的吹捧一阵欣喜。可克利斯朵夫却不愿做别人崇拜的偶像。这些崇拜者们自作聪明，以为他们的偶像在故作姿态，扮起了什么勒南派、尼采派、神秘派、两性派之类的，克利斯朵夫听了之后浑身泛起了鸡皮疙瘩，一怒之下把他们全部赶出门外。他可不是那种被动的人。他的一切都是以行动为目标的。他观察是为了了解，了解是为了行动。他没有偏见，什么都想了解，在音乐方面无论是哪个国家、哪个时代，一切的思考方式和表现手法他都想研究一番。只要在他看来是真实的，就是可以借鉴的。他研究的那些法国艺术家们跟他倒是不同，他们都是些心灵手巧的发明家，他们费心尽力，发明着新的音乐形式，可往往发明出来之后就丢在一旁。克利斯朵夫可不像那样，他致力的方向不是创作新的音乐语言，而是想方设法地让这种语言更有力。他不追求新颖别致，只希望自己坚强有力。这种热情洋溢的旺盛精力，跟法国人细腻中庸的才华恰恰相反。他看不起那种为了装出风格就追求风格的家伙。法国最好的艺术家，在他看来也不过是一群能工巧匠而已。有一个出名的法国诗人，曾经开过一张“当代法国诗人的工作清单，详细列出每个人的才华、作品，或是薪水”，上面写着“水晶烛台，东方丝绸，金质纪念章，古铜纪念章，守寡富婆用的花边，上色的塑像，印花的珐琅……”，还一个个指出那些东西出品的行业。他把自己描绘成“蹲在文艺大工厂的一角，缝补着古代的地毯，擦洗着生锈的古枪”——这种把艺术家当成高级工匠，只管专心手上工作的观念倒也不错，不过还远不能让克利斯朵夫满意。一方面，这种观念承认了自己职业的尊严，但是尊严下面掩饰的空虚的生活却让他很是痛心。他不敢想象一个人只是为了写作而写作。他不能只说空话，而是应该言之有物。

“我说事实，你讲空话……”

有一段时期，克利斯朵夫会沉寂起来，只管一心一意地吸收新天地的一切，然后突然就精神百倍，觉得是该创作了。他跟巴黎水火不相容，一直刺激着他的性格，使得他的力量增加了好几倍。各种各样的热情在他胸中泛滥起来，急需一个突破口。他要锤炼出一些作品，把满腔的爱和恨宣泄出来；他的意志，他的取舍，他内心深处冲撞的魔鬼，同样有着生存的权利，它们也得找条出路。他刚刚完成一部作品，把一股热情发泄出来——（有时他甚至没有耐性完成作品）——马上又被另外一股相反的热情淹没了。不过这些矛盾都是一种表象，他虽然在不断地变化，可他的精神始终没变。他全部的创作不过是迈向同一个目标的不同渠道。他的灵魂是一座高山，他想把所有的山路都走一遍；有些路浓荫蔽日，峰回路转；有些路则是烈日当头，险峻陡峭。不过殊途同归，最终都通向了山顶的神明。爱、恨、取、舍、意志，当人类所有的感情都登峰造极之后，就接近“永恒”了，就能和“永恒”交融了。“永恒”存在于每个人的心里，不管是教徒，还是无神论者；是处处不见生命的人或是处处否定生命的人，还是怀疑生死、怀疑一切的人——或是像克利斯朵夫一样集各种矛盾于一身的人。所有的矛盾，一旦投入永恒的“力”当中，就融合到了一起。在克利斯朵夫看来，最重要的就是唤醒自己和别人心中的这个力，抱起木柴投入到“永恒”的火炉中，让“永恒”的烈焰熊熊燃烧。在巴黎妖娆的黑夜中，一朵硕大的火花在他心头绽放。他以为自己已经超出了任何信仰，其实自个儿已经成了一个信仰的火炬。

然而放在巴黎，这却成了最大的笑料。一个附庸风雅的社会最不能原谅的就是信仰，因为它自己已经丧失了这种感情。大部分的人望着那群有梦想有抱负的年轻人，不是暗地里敌视，就是公开的嘲讽，其实那更多的是一种懊恼的表现，因为他们也有过年轻气盛，有过勃勃雄心，可惜没能得以实现。那些壮志未酬，心有梦想却无奈凋零、最终一事无成的人，总是在想：

“既然我不能实现我的梦想，凭什么他们就能实现呢？不行，我不愿意他们成功。”

恐怕这世界上有着千千万万像埃达·迦勃勒这样的人。他们不声不响，心怀鬼胎，想要消灭新生的自由力量；为了这个目标，他们想尽办法，或是不管不问，或是冷嘲热讽，或是消耗耐力，或是打击士气——或是到了紧急关头就威逼利诱……

这种无耻的人物不分国界。克利斯朵夫早在德国就领教过一番，所以早就认清了他们。对付这号人，他早已经训练有素。方法其实很简单，就是反守为攻，主动出击；只要他们敢凑过来，他就直接宣战，硬是把他们从朋友逼成敌人。这种老实不客气的手段用来自卫当然很有效，可对他艺术家的前程恐怕就没什么好处了。克利斯朵夫只好拿出在德国的那一套。他也是迫不得已才这样干。不过比起从前，这次有一点很是不同，那就是他一点都不在乎，心情非常轻松。

要是有人肯听他讲话，他就无所顾忌地抨击着法国艺术界，也因此得罪了不少人。可是他根本没想过给自己留退路，不像有心人一样拉帮结派，也没有任何支持他的团体。只要他能够赞美别的艺术家，他也可以轻易得到他们的吹捧。还有的甚至会先对他吹捧一番，就是希望能够你来我往，互相哄抬名气。他们把吹捧这件事当成了放债一样，他们吹捧别人是在放债，等到必要的时候就让对方偿还。那是一笔很安全的投资——可是他们贷款给克利斯朵夫，居然变成了倒欠他的。他分文不还也就罢了，还不顾面子把那些吹捧他的人的作品狠狠地批评了一通，认为他们粗鄙平庸。于是，人家虽然嘴上不说，心里面可是恼了，暗下决心有机会一定以牙还牙，回敬他一局。

克利斯朵夫冒冒失失做了这么多傻事，其中一桩就是跟吕西安·雷维·葛干上了。他到哪里都能碰到这个彬彬有礼、性情温和的家伙，可他实在掩饰不了自己过火的反感，虽然这个人看起来人畜无害，显得比自己都善良，至少比自己懂分寸。他故意惹是生非，跟吕西安争论起来，不管话题多么微不足道，克利斯朵夫总会话锋急转，争论一下子尖锐了起来，旁人听了都大吃一惊。看来克利斯朵夫是想找出各种借口，非要跟吕西安一较高下。但他从来都伤不到他的对手。吕西安可是绝顶聪明，就算真的是他错了，他也会扮出一副占理的样子；他辩护起来客客气气的，显得克利斯朵夫格外不懂礼数。克利斯朵夫的法语本来就不好，俗语一大堆，有时候还夹着粗话，就像所有初学法语的外国人一样，他学得不少，就是不会用，哪里会是吕西安的对手。他气得暴跳如雷，却拿这个最会冷嘲热讽的软骨头没办法。大家都认为是他不对，因为他们可看不到克利斯朵夫模模糊糊感觉到的情形：吕西安不过是一个戴着和善的面具的虚伪家伙，他斗不过克利斯朵夫强势的力量，就想不声不响地把它闷死。吕西安一点都不着急，跟克利斯朵夫一样，他也在等待时机，不过他是等机会破坏，克利斯朵夫则是等机会建设。他毫不费劲地就把高恩和古耶拉了过去，就像他从前把克利斯朵夫踢出丹芬家一样。他要把克利斯朵夫完全孤立起来。

其实，克利斯朵夫是自己蒙头往绝路上走。他谁的账都不买，因为他不属于任何派系，更要不得就是，他几乎反对所有的人。他不喜欢犹太人，但更不喜欢那些反犹太的人。这个懦弱的多数民族反对一个强有力的少数民族，可不是因为这个少数民族劣迹斑斑，而是因为它强大有力。这种忌妒和怨恨的劣根性让克利斯朵夫非常反感。到最后，犹太人把他当成反犹太的，而反犹太的却又把他当成犹太人。艺术家都把他当成死对头。在音乐上，克利斯朵夫无意中把自己的德国格调表现得太过夸张。他赞美的是强烈的意志，是一种健全的男子汉大丈夫气概的悲观气息，跟某种只重感官不重心灵的巴黎乐派水火不容。他表现欢乐时，却又趣味不高，只能表现出平民的冲动跟狂乱，让那些赞助平民艺术的贵族老板们一阵厌恶。他作起音乐来，形式粗糙繁重。为了抵制时俗，他刻意在表面上忽视作曲的风格，不在乎形式的新颖，而这正好犯了法国音乐家的忌讳。所以一些音乐家看到他送来的作品，根本不会细看，顶多粗略地瞟上两眼，就当作是德国最后一批的瓦格纳派，一点都不放在眼里，因为他们一向最烦瓦格纳派。克利斯朵夫却一点都不在乎，只是心里暗笑，自己改编了一首法国文艺复兴时期某个很风趣的音乐家的诗句，一遍又一遍地念道：

“得了吧，你不用慌慌张张了，要是有人说：
这个克利斯朵夫对位法都没学好，
和声也是一样的糟糕。
他得知道：我可有些别人没有的东西。”

不过等到他终于想到在音乐会上演奏他的作品的时候，才发现剧院的大门都已经关上了。人家为了演奏——或者不演奏——法国青年音乐家的作品，就已经够忙了，哪还会给这个无名的德国小子留一席之地？

克利斯朵夫可不屑于到处奔走。他关起门来，只管写自己的。巴黎人听不听他的作品，又有什么关系呢？他写作是因为自得其乐，又不是为了赚取什么名声。真正的艺术家从来都不会操心作品的销路。他就像文艺复兴时期的画家一样，兴高采烈地在屋外的墙上画着画，虽然明知道十年之后，上面什么痕迹都荡然无存了。克利斯朵夫打算就这样安安静静地作曲，等待时运好转。没想到好运这么快就找上门来。

那个时候克利斯朵夫正摩拳擦掌，想写些戏剧音乐。他可不敢让心里面的情感乱冲乱撞，而想要把它限制起来。一个年轻的天才，还控制不好自己，甚至不清楚自己究竟有多大本领，这个时候，能够自觉给自己划定一个界限，把那个不安分的灵魂关起来当然是最好不过的。这是抵挡思想洪流必不可少的水闸——可惜克利斯朵夫缺少一个诗人帮忙，他只好从历史或是民间传说中间为自己量体裁衣，寻找合适的题材。

几个月以来，他脑海中浮现的最多的就是《圣经》里面的形象。那部在他逃亡的时候，母亲送给他当作伴侣的《圣经》，是他所有幻想的源泉。虽然他在读起它时没有虔诚的宗教信仰，但这部希伯来民族的史诗自然带着一种精神力，或者不如说是有一种生命力，就好比一泓清泉，可以在日落时分好好清洗一下他那被巴黎的乌烟瘴气污染的灵魂。他不关心书中神圣的宗教意义，但对他来说，这本书还是很神圣的。因为透过这本书，他能呼吸到粗野的古老人格，还有大自然最原始的气息：惶恐不安的大地，激动颤抖的高山，还有喜笑颜开的天空，雷鸣狮吼的人类，齐声唱起了颂歌。克利斯朵夫听着，入了神。

在《圣经》中，他最青睐的人物之一就是青年时代的大卫。不过他想象的大卫可不像范洛几沃与米开朗琪罗雕刻的石像那样，一个是幽默微笑的佛罗伦萨少年，一个是面带紧张的悲情勇士，毕竟他都没见过这两位大师的杰作。在他眼中，大卫是一个带有诗情画意的牧人，天真的心灵中蕴藏着英雄的豪情壮志，就像一个来自南方的西格弗里德，而且更加清秀，更加表里如一。克利斯朵夫虽然尽力抵抗拉丁精神，但他的骨子里早都被拉丁精神渗透了。这不仅仅是艺术对艺术的影响，思想对艺术的影响，更是我们身边的一切——人与物，举止与动作，线条与明暗——对艺术的影响。巴黎环境的力量太强大了，就算是最倔强的人到了这里都会被它软化。德国人更不用说，他们虽然自称为最自豪的民族，其实，在整个欧洲，他们是最容易丧失民族性的。克利斯朵夫就是这样潜移默化地染上了拉丁艺术的折中法，明晰的心境居然也懂得了某种程度的造型美。这种影响在他的作品《大卫》中就有所体现。

他想描写的是大卫跟扫罗王相遇的那个场景，他试着用交响诗来表现两个人物。

那是在一片荒无人烟的高原上，在一片开满花朵的灌木林中，年轻的牧童躺在地上，对着太阳怔怔出神。清朗透彻的光线，一望无际的原野，万物在窃窃私语，野草在轻轻颤动，羊群也发出叮叮的铃声。这个天真的少年浮想联翩，尽管意识不到自己的神圣使命，在这样宁静和谐的气氛中，他懒洋洋地吹起了笛子，唱起了歌。他欢乐的歌声是那么的恬静，那么的清明，让人听了顿时忘却了欢乐或痛苦，只觉得一切原本就该是这个样子，不可能再有别的面目……忽然之间，巨大的阴影笼罩了荒原，空气都沉默了下来；生命的气息哆哆嗦嗦，隐藏到地底，只剩下恬静的笛声在那里呜呜地响着。扫罗王失魂落魄地从旁边走过。他魂不守舍，饱受空虚的煎熬，他就像一朵灼烧自己的火焰，又受到狂风的欺凌。周围一切都是空荡荡的，他心里面也是一样，不管他怎么哀求、咒骂、挑衅。他恼羞成怒，一口气没喘上来，就倒在了地上，这时牧童不间断的歌声和笑声悠悠地在他耳边响起。扫罗压抑住内心的骚动，轻轻地走近了放歌的孩子，悄悄地望着他，扫罗坐下来，把滚烫的手贴在了牧童头上。大卫不紧不慢地转过身来，看着这个国王，把头枕在他的膝盖上，继续唱起了歌。天色暗了下来，大卫唱着唱着就睡着了，扫罗哭了起来。繁星点点，又响起那首赞颂大自然复活的圣歌，又或是一首心灵康复的感恩曲。①

当初写这一幕音乐的时候，克利斯朵夫只想表达自己的快乐，从来没想过要演奏，或是搬到舞台上演出。他本来打算的是等到有乐队愿意接受他的作品，就拿到音乐会上演出。

有一天晚上，他无意跟亚希·罗孙提起这部乐曲，罗孙就要他在钢琴上弹了一遍，也好有个大致的印象。让克利斯朵夫大感意外的是，罗孙竟然很看好这部作品，说一定得搬到巴黎的舞台上，还毛遂自荐，表示要帮着办成这件事。没过几天，罗孙居然真的紧锣密鼓筹备起来，克利斯朵夫越来越觉得奇怪，而且听说连高恩、古耶，甚至是吕西安·雷维·葛都要插一手，他就完全给搅迷糊了。他不得不承认自己小看了这些人，没料到他们为了艺术竟然把私人恩怨都抛开了。结果，在这么多人中，他反倒成了最不着急演出这部作品的。毕竟那部作品本来就不是写给剧院的，拿到舞台上总觉得有点荒谬。可罗孙说得那么恳切，高恩又在一旁苦苦相劝，古耶也是那样肯定，克利斯朵夫最后还是答应了。他也不想白白浪费这个机会。他多么想听听自己的音乐啊！

罗孙办起事来，什么都简单多了。经理和演员巴不得能有机会讨他欢心。刚好一家报馆正想举办一场游艺大会，为一个慈善团体募捐。他们就准备在游艺会上演出《大卫》。很快一个不错的管弦乐队就组织了起来。至于唱歌的，罗孙表示他早就物色好了一个理

① 大卫为以色列的第二个王（公元前1005–前1014），少年时为父牧羊，先知撒母耳为之行油膏礼，预定其继承扫罗王位。因以色列王扫罗为神厌弃，为恶魔所扰，致精神失常，乃从臣仆之言，访求耶西之子大卫侍侧弹琴。扫罗一闻琴声，即觉精神安定。见《旧约·撒母耳记》上卷第十六章。此处将故事略加改动，弹琴易为吹笛，访求改为偶遇。

想的人物来表演大卫。

排练不紧不慢地开始了。虽然乐队改不了法国人的那股脾气，纪律有点懒散，可第一次试演总还过得去。虽然脱不了法国习气，纪律差一些，可是第一次试奏的成绩还算满意。唱扫罗王的嗓音略显苍白，不过还马马虎虎，还算个行家。扮演大卫的则是个美妇人，个子又高又大，身板结实；可她的声音却不敢恭维，恶俗肉麻，还带着俗里俗气的颤音，活脱脱一派咖啡馆音乐会的作风。克利斯朵夫听着眉头就皱了起来。她刚开头，没唱过几段，克利斯朵夫就觉得她演不了这个角色。到了乐队休息的时间，他就跑去找到负责音乐会具体事务的经理，经理跟高恩一同待在一旁观看排练，一眼看到克利斯朵夫走了过来，就扬扬自得地问：“怎么样，都还满意吧？”

“不错，”克利斯朵夫说，“大致上都还可以。只不过有个小问题，就是那个女歌手不行，必须得换人。请你委婉地转告她，这对你们来说不是什么难事……换个人总不费劲吧?

那位经理愣了一下，瞪着克利斯朵夫，不知道他讲的是不是当真。

“啊！这可不行！”

“为什么不行？”克利斯朵夫问。

经理跟高恩两个人交换了一下眼色，别有用心地说道：“她唱得多好！”

“一点儿都不见得好。”克利斯朵夫说。

“怎么不好！……声音这么美！”

“那可谈不上。”

“人又这么漂亮！”

“那我可不在乎。”

“可那也没什么不好。”高恩笑着说。

“我需要一个大卫，一个会唱歌的大卫；我才不需要漂亮的海伦。”克利斯朵夫说。

经理挠了挠鼻子，为难地说道：“这可难办了，很难办……不过她真的是个出色的演员——我敢向你保证。可能她今天不太对劲。你要不再试试看。”“行吧，”克利斯朵夫回答，“不过这只是在浪费时间。”他又重新开始排练。可情况越来越糟。他几乎不能坚持到一曲结束，他越听越烦，对女歌手开始还是客客气气的，到了最后就骂骂咧咧、不留情面了；她费尽心思想让他满意，甚至对他抛了媚眼，可都是白费工夫。眼看着越来越僵，经理赶快出来打圆场，先是中断了乐队的排练，然后就跑到女歌手面前大献殷勤，表示希望克利斯朵夫没给她留下什么不好的印象；克利斯朵夫看得很不顺眼，就不客气地向他挥手，要他过来，说道：

“没什么好商量的。这个人我肯定不要。我知道这样会让人家心里不舒服，可她毕竟不是我找来的。你们自己看着办吧。”经理脸色窘了起来，欠了欠身，毫不在乎地答道：“我没有办法。你跟罗孙先生说去吧。”“这跟罗孙先生有什么关系？我不想就为这点事麻烦他。”“他不会觉得麻烦的。”高恩口气俏皮地说。接着他指了指门口，罗孙刚好进来。克利斯朵夫迎上前去。罗孙兴高采烈地嚷嚷道：“怎么！这么快就完啦？我还以为能听一点呢。那么，亲爱的大师，你觉得怎么样？都还满意吗？”“一切都好，”克利斯朵夫回答，“我不知道该怎样感激你才好……”“别客气！别客气！”“只有一件事不好办。”“你说吧，说吧。咱们想想办法。这次我一定让你满意。”

“就是那个女歌手。咱们自己人，我就直说了，她实在是糟透了。”

罗孙本来笑逐颜开的面孔一下子冷了下来。他阴沉着脸说：“朋友，你这话就奇了怪了。”

“她真的不行，一点都不行，”克利斯朵夫接着说，“嗓子不好，唱起歌来也有气无力，没什么技巧，一点儿才气都没看出来。幸好你刚才没听到！”

罗孙的脸色倒是越来越冷了，他一下打断克利斯朵夫的话，用粗鲁的口气说道：“我很了解特·圣德·伊格兰小姐。她是个很有才华的天才歌唱家，我很佩服她的。巴黎几乎所有有鉴赏力的人对她都是一致好评。”

说完，罗孙就转过身，挽起女歌手的手臂就往外走。就当克利斯朵夫愣在那儿发呆的时候，在旁看戏看得起劲的高恩走了过来，拉起他的胳膊就往楼梯里走，边走边笑着问他：“难道你还不清楚她是他的情妇吗？”

克利斯朵夫这才恍然大悟。原来他们忙来忙去想把他的作品搬上舞台，根本就不是为了自己，而是为了那个女人，难怪罗孙还有他的一众喽啰们肯这样出钱尽力。克利斯朵夫听高恩讲起了那个圣德·伊格兰的故事：原本是在小戏院演出，红了一阵之后，就忽然野心勃勃起来，就像所有她那一流的人一样，想蹿到更高的舞台上去表演。她就靠着罗孙，想进入歌剧院或是喜剧院。罗孙倒是巴望着她能成功，碰巧听了《大卫》，就觉得这是个好机会，可以让这个新生代的悲剧题材的抒情天才一展身手，反正又不用冒什么风险，毕竟这个角色用不上几个戏剧动作，反而能够突出她美丽的身段。

听完了这个故事，克利斯朵夫一把甩开了高恩的手臂，哈哈大笑起来。好一会儿，他才停住，最后才说：

“我真是受不了你们了。你们这些人太无聊了。你们根本不在乎艺术，你们在乎的除了女人还是女人。你们演一出歌剧，不是为了一个舞女，就是为了一个唱歌的，要么就是为了某位先生或某位太太的情人。你们整天想到的都是些猥琐事。我也懒得怪你们，你们生来就是这样，只要你们愿意，那就继续下去吧，天天挤在你们的马槽里争食抢水吧。不过我们还是分手为好，我们天生不是一路人。再见吧。”

他告别了高恩，回到住的地方，就写了一封信给罗孙，信中声明他不准备上演那部作品了，而且丝毫没有隐瞒他取消演出的理由。

这算是跟罗孙那伙人彻底决裂了。后果很明显可以看到。报社对于这次演出早已经大肆宣传，而现在作曲家跟演员闹翻的事自然引得大众议论纷纷。一个乐队指挥出于好奇，把这部作品排到了一个星期日下午的音乐会上。本来是一件好事，最后却让克利斯朵夫倒了大霉。《大卫》刚一出演就惹来阵阵嘘声。那位女歌唱家纠集了一大群朋友准备教训一下这个目中无人的音乐家；结果因为这首交响诗太过沉闷，观众们也跟着那些行家们起哄。最糟的还在后头，克利斯朵夫不识时务地想展示一下自己演奏的本事，就在同一场音乐会上演奏了一首乐队伴奏的钢琴幻想曲。听众们本来就不怀好意，演奏《大卫》的时候毕竟还要为演奏的人留点余地，现在面对作曲家本人，而且他的演技也不是无懈可击，就全部爆发出来。听着会场吵吵嚷嚷的喧闹声，克利斯朵夫火气一下子就上来了，曲子弹了一半，他就停了下来，一脸不屑地望着观众，弹了一段“玛勃洛打仗去了”[①]——然后就目中无人地说道：“你们只配听这个。”说完，他就起身往外走。

大厅里顿时闹翻了天。有人嚷嚷着说这是在侮辱观众，要他当场赔礼道歉。第二天，巴黎各大报纸都对这个粗野的德国人口诛笔伐，说他是在蔑视巴黎的高雅趣味。

在这之后就是一阵空虚，完完全全、彻头彻尾的空虚。经历了那么多孤独的时光，克利斯朵夫再一次陷入孤独，在这个充满敌意的异乡都市里，他比任何时候都更加孤单。可是他再也不会像从前一样放在心上。慢慢地，他开始相信自己命该如此，恐怕这一生都要在孤独中度过了。

可是，他不知道伟大的心灵注定不会永远孤独，就算命运剥夺了他的全部友谊，他也能永远创造出朋友；他不知道自己一颗热情洋溢的心灵正在发光放彩，就算是在这他自以为会永远孤独的一刻，他所拥有的爱也比世界上最幸福的人还要多。

克利斯朵夫在史丹芬家教钢琴时，同高兰德一块儿上课的，还有一个十三四岁的小女孩。她是高兰德的表妹，名叫葛拉齐亚·蒲翁旦比。这个小女孩皮肤金黄，颧骨粉红，小脸则是浑圆浑圆的，像乡下人一样健康；小鼻子微微上翘，大嘴巴半开半合，线条倒是分明，下巴又白又圆，眼神平静，老是带着笑意，额头圆鼓鼓的，满头长发柔柔地沿着两颊垂下，没有半分卷杂，就像平静的水波，脸盘宽而不大，目光沉静柔美，活像安特莱·台尔·萨多画中的圣处女。

---

① 《玛勃洛》为通俗的儿童歌曲，其中的复唱句是：“玛勃洛打仗去了，不知什么时候回来。”

她是意大利人。父母在意大利北部有一所大庄园，几乎一年到头住在那里。那里到处都是平原、草场，还有小河。站在屋顶的天台上，先是看到脚下一片金黄的葡萄架，抬头就是一些稀稀落落的杉树林，再往远处则是无边无际的原野。周围安静极了，只能听到耕田的哞哞的牛叫，还有把农人尖利的叫喊："吁！……走呀！"

知了在树上低鸣，青蛙在水边歌唱。到了晚上，皎洁荡漾的月光洒在地上，万籁悉寂。远处，不时传来一阵枪声，那是蹲在茅屋看守庄稼的农民们，在警告那些盗贼们他们清醒着。那些迷迷糊糊半睡的人们，听惯了这些声音，就像远远地听到了报时的钟声一样。闹完之后，你就能重回寂静的怀抱，安安稳稳的就好像裹着一件软绵绵的百褶大衣。

在小葛拉齐亚四周，生命似乎都沉醉在蒙眬的睡乡中。没有人管着她，她就是在这一片平静中，无拘无束地长大了。一切都是那样的平静，那样的安稳。她也懒洋洋的，喜欢到处溜达，要么就是没完没了地睡觉。她能躺在园子里，一躺就是几个小时。在这一片静谧中，她晃来晃去，好像夏天溪水上拂弄的一只苍蝇。有时，忽地一下，她会毫无预兆地跑起来，跑着，跑着，像一只小动物，头和上身微微右倾，那么灵活，那么自然。她简直就是一头小山羊，在石子堆里滚来滚去，快活得蹦来跳去。她最喜欢跟那些小狗、青蛙、野草、树木、农夫、院子里的鸡鸭，喋喋不休地讲着话。她喜欢周围的一切小生物，也喜欢大牲口，可是不像对小东西那样无所顾忌。她不怎么见到生面孔。庄园离城很远，显得孤孤单单的。大路上，尘土飞扬，难得有一脸正经、步履沉重的农民，或是眼睛明亮、皮肤发紫的美丽村妇，抬头挺胸、摇摇晃晃地经过。葛拉齐亚整天就在静谧的大花园里一个人打发时光；她从不见外人，也从来都不觉得厌烦，所以对什么都不害怕。

有一次，一个流浪汉闯入了这个平静的庄园里，他见四下没人，就想偷一只鸡。可一眼看到这个小女孩躺在草地上，嘴里咬着一块长长的烤面包还一边哼着一支歌，不由得愣住了。她若无其事地望着他，问他来干什么。他说："给我一点吃的，不然我怕我会吓到你。"

她瞅了瞅他，把手里的面包递过去，笑嘻嘻地说道："你可别吓我啊。"

于是那流浪汉走了。

她母亲去世了。父亲是个好心人，但是很软弱，是个意大利大家族的子弟；他身体结实，性格爽快，人也很和气，就是有点孩子气，根本管不好自己女儿的教育。老蒲翁旦比的妹妹，就是史丹芬太太，赶回来参加嫂子的葬礼，看到那孩子孤孤单单，很是痛心，就想把她带到巴黎住一段日子，好减轻她的悲伤。葛拉齐亚哭了起来，老父亲也跟着哭了。可是史丹芬太太决定的事，说什么也不会改的，大家只好服从，谁也没能反抗。她可是一家之中最决断的人，就算是在巴黎，她也管着家里的一切，不论是丈夫、女儿，还是情夫，不管是持家还是娱乐，她都能协调得井井有条，是个既实际又热心的人。此外，她还特别喜欢交往，经常在交际场上活动。

搬到巴黎之后，安静的葛拉齐亚爱上了美丽的表姐高兰德，让高兰德觉得很好玩。她们把这个温顺的乡下姑娘带到戏院，还有各种交际场所。大家一直都拿她当孩子看，她也觉得自己是个小孩，其实她已经不小了。她也藏着不少让自己害怕的感情，对着一个人或是一件东西，她常常会冲动起来。她暗恋自己的表姐，常常偷高兰德的丝带或是手帕之类的；在表姐面前，她往往一句话都说不出；在等待表姐，或是知道就要见到表姐的时候，她就会又是焦急，又是快活，简直都要发起抖来。在戏院里，要是看到美丽的表姐穿着袒露的晚礼服，引起一阵阵注目，慢慢走进包厢，她就会心花怒放地笑起来，她笑得那样谦虚、那样亲切，仿佛怀着满腔的爱惜；要是高兰德跟她说起话，她的心就要融化掉了。她穿着洁白的长袍，美丽的黑色头发松松散散，披在皮肤暗黄的肩上。她最喜欢轻轻咬着长长的手套，要么就是把手指往手套里面塞——看起戏来，她不时地回过头来望望表姐，希望能看到表姐友好的目光，也想跟表姐分享自己感到的那点乐趣，一双褐色的眼睛满是爱恋，分明在说："我多爱你啊。"

在巴黎郊外的森林中散步的时候，葛拉齐亚寸步不离地跟着高兰德，坐就坐在她脚下，走就走在她前面，帮她拨开碍路的树枝，碰到没办法涉足的泥潭，葛拉齐亚就往里面放几块石头。有天晚上，在花园里，高兰德觉得有点冷，就问她借围巾用，她一下兴奋地叫了起来——（那之后却又不好意思，觉得不应该乱叫的）——因为那相当于她跟爱人拥抱了一下，而且围巾还给她的时候还带着爱人身上的香味。

有的时候，她还会偷偷看点书，有些诗歌——（因为人家一直只给她儿童读物看）——让她慌慌张张却有一种甜美的感觉。还有一些音乐，虽然人家说她还不懂——她听了之后，可感动得脸色发白、浑身冒汗。谁也不知道这个小姑娘当时在想些什么。

除了这些，她还只是个听话的小姑娘，整天稀里糊涂，懒洋洋的，相当贪吃，又特别容易脸红；有时候几小时都默无声息，有时候就叽叽呱呱说个不停；哭也容易，笑也容易，忽然号啕大哭起来，忽然又像小孩子一样哈哈大笑。一件微不足道的小事就能让她乐上好一阵。她可从来不想装大人，总是一副孩子模样。她心眼儿特别好，一点都不肯让人难过，可也听不进半点责备的话。她特别的谦虚，什么事都躲躲闪闪、退到一旁；只要觉得是美好或是善良的，她都喜欢，也都钦佩；她常常一厢情愿地认为别人有多好多好。

史丹芬家管她的教育，算是给她补补课。就是这样，她也跟着克利斯朵夫学习弹琴。

她头一次看到他是在姑母家的一次宴会上，那晚来的客人很多。克利斯朵夫跟哪个客人都合不来，只好没完没了地弹着一首柔板，听得大家都昏昏欲睡，一曲接着一曲，好像没个休止一样。史丹芬太太也听得烦透了，只不过碍于身份不好发作。高兰德却是乐坏了，觉得这状况实在太好笑了，她倒不怪克利斯朵夫这样反应迟钝；她只觉得他的音乐中有一股力量，那股力量让她感觉很舒服；当然，他这样滑稽，她肯定不会帮他说好话的。只有小葛拉齐亚听着音乐感动得眼泪都流了下来。她把自己藏在客厅的角落里。最后，她溜走了，她不愿意让别人看到她的异样，也不想听他们暗地里挖苦克利斯朵夫。

几天之后，史丹芬太太在一次就餐的时候宣布要请克利斯朵夫教她弹琴。葛拉齐亚听了心慌意乱，羹匙没拿稳就掉在汤盆里，汤水溅了她和表姐一身。高兰德就说看来她还得学学餐桌上的规矩。史丹芬太太立刻补了一句，那恐怕就不能请教克利斯朵夫了。葛拉齐亚听了却因为能和克利斯朵夫一块儿受到批评，反而十分高兴。

克利斯朵夫开始上课了。她太胆怯，太生硬了，胳膊紧紧地贴在身上，一动也不敢动；克利斯朵夫捏着她的小手，矫正着她手指的姿势，还把它们一个一个地放在键盘上，她简直就要晕倒了。她小心翼翼，生怕自己弹不好。尽管她练得那么吃力，几乎都要病倒了，还惹得她表姐不耐烦地叫起来。可当着克利斯朵夫的面，她总是弹不好：她呼吸急促，手指一会儿硬得像木头，一会儿又软得似棉花；弹来弹去，弹得迷迷糊糊，轻重音都搞反了。克利斯朵夫说了她一通，气呼呼地走了。那时，她真恨不得死了才好。

可他从来都没注意过她，只把心思都放在高兰德身上。葛拉齐亚看到表姐跟克利斯朵夫亲密的样子，很是羡慕；虽然有点伤心，但她是那样善良，真心替他们两个高兴。她觉得表姐比起自己要好上千倍百倍，大家爱慕表姐也是应该的。一直等到她不得不在表姐和克利斯朵夫之间选择一个的时候，她才发现自己早就不在表姐那一边了。凭着小女人的直觉，她看得出表姐跟雷维·葛互相眉来眼去，卖弄风情，让克利斯朵夫很痛苦。她凭着本能就反感雷维·葛；而且自从知道克利斯朵夫讨厌他之后，她也跟着讨厌他了。她不明白表姐怎么会把雷维·葛跟克利斯朵夫放在同一个位置，还自得其乐地让他们互相竞争。慢慢地，她开始在心里用严肃的目光审视这个表姐，一发现表姐撒了几个小谎，她的态度就立刻变了。高兰德虽然感觉出了这种异样，可猜不出原因，就以为那是小姑娘在使性子。可毋庸置疑的是葛拉齐亚已经对她有些排斥了，高兰德从一件小事情上就可以看出。有一天晚上，两个人在公园里面散步，忽然下起了一阵急雨，高兰德想要表示亲热，就要葛拉齐亚躲到自己的大衣里面，免得淋到雨；要是放在几个星期以前，葛拉齐亚一定会紧紧依偎在表姐怀里，心里一阵欢喜，可这一次，她却冷冷地闪到一边。

还有一次，高兰德说葛拉齐亚弹的一支乐曲不好听，她却偏要弹下去，还说她喜欢。

从那以后，她就只关心克利斯朵夫。她是那样含情脉脉，就连他痛苦的原因她都仿佛感觉得到。可她又是那样的孩子气，她关切地望着他，把他的痛苦都放大了。她以为克利斯朵夫爱上了高兰德，不知道这其实是一种苛求的友情。她以为他痛苦，所以也为他而痛苦。可怜她一片好心，换来的却是他的怒骂，表姐把克利斯朵夫惹火了，她就得替表姐受罪；他脾气一不好，就拿小学生来出气，不耐烦地挑出她的毛病。一天早上，高兰德把他气糊涂了，坐在钢琴旁，他还是那样的暴躁，可把葛拉齐亚给吓坏了。她手足无措，仅有的一点本领都施展不出来；他火冒三丈，责备她把音符都弹错了，吓得她差点昏了过去；他却又发起火来，使劲地拧她的手，嚷嚷着说她别指望弹好一个调子，还是去做她的厨娘或是裁缝算了，随便什么都行，可是看在老天的份儿上，千万别再搞什么音乐了，弹起来乱七八糟，让人听了简直活受罪！说到这里，他转身就走，课都不上了。可怜的葛拉齐亚把眼泪都哭干了，那些难听的话固然让她很伤心，可她更恨自己笨手笨脚，本来一心想讨克利斯朵夫开心，最后反倒给自己心爱的人增加烦恼。

等到克利斯朵夫再也不去史丹芬家，葛拉齐亚就更加痛苦了。她好想回到乡下去。这个连做起梦来都是那么纯洁的孩子，内心始终保持着善良清明，住在这个大都市里，混在那些神经衰弱、骚动不安的巴黎女子中间，让她感觉很不自在。明面上虽然不说，她心里其实已经把周围的人看得清清楚楚了。但是她胆小懦弱，就像她父亲一样，心地善良，平易近人，却又妄自菲薄。她服服帖帖地听着姑母的安排，安安稳稳地受着表姐的摆布。虽然按时给父亲写着亲切的长信，她从来都没敢告诉他："啊！爸爸，求你把我接回去吧！"

老父亲心里倒是愿意接她回去，但是却不敢开口。因为他稍微露出点这个意思，就被史丹芬太太一口回绝，还说：葛拉齐亚在这里很好，可比在乡下好多了，就算是为了她的教育，也该让她待在巴黎。

可终有一天，这个来自南方的小姑娘实在受不了这种放逐的痛苦，她不得不飞回她光明的小天地自由的乡下去了——那是听了克利斯朵夫的音乐会以后的事。那天她跟史丹芬一家一同前去看他表演，亲眼见到那些可恶的观众兴高采烈地侮辱着一个音乐家，她的心都碎了。……在她看来，艺术家就是艺术的化身，那是生命中最神圣的部分的化身。她想痛哭，她想溜走。可她不得不承受那些喧闹、嘘声还有叫嚣；就是回到姑母家，她还听那些刻薄的议论，还得看高兰德跟吕西安挖苦的表情。她躲进自己的房子里，倒在床上，号啕大哭，一直哭到半夜；她对着空气自言自语，仿佛是在跟克利斯朵夫说着话，安慰着他，恨不得为他献出生命，因为觉得自己无力让他幸福，她痛不欲生。从那以后，她再也不愿在巴黎多待一天，哀求着父亲接她回去，在信里说道："我在这儿待不下去了，再也待不下去了，要是你还不来接我，我就要死在这儿了。"

父亲马上赶了过来。虽然父女两个都没什么能耐对付这个霸道的姑母，可这一回他们也算拿出了本钱，用他们仅剩的那点意志，鼓足了勇气，把姑母顶了回去。

葛拉齐亚终于又回到了依然沉睡的大花园里。她兴奋地扑向她钟爱的大自然和生灵们。在北国受到创伤的心灵也慢慢地安静下来，那股哀愁就像一层朦胧的薄雾，在阳光的照耀下慢慢地消散了。她偶尔也会想起不幸的克利斯朵夫。躺在草地上听着她熟悉的蛙鸣和蝉声，或是坐在钢琴凳上弹着她相识已久的钢琴，她不自觉就想起自己相中的爱人；她跟他谈着心，一谈就是几个小时，幻想着有一天他会突然出现在她面前。她给他写了一封信，名字都没敢署上，犹豫了好久，终于在一个早晨，偷偷跑到三里外的农田的另一边，她当时心跳得厉害，颤颤巍巍地把信投进了本村的邮箱——信写的那样亲切，那样动人。她在信里告诉他说，他不会孤单的，劝他不要泄气，有人在想着他、爱着他，天天为他祈祷——可怜的葛拉齐亚，她寄出的信莫名其妙地中途遗失了，他也从来都没有收到。

之后，这个远方的小女友又过上了那种纯真又恬静的生活。意大利的安宁、娴静、舒适、沉思的精神，又荡漾在那沉默纯真的心头——可克利斯朵夫的形象却就像一朵永不熄灭的火焰，幽幽地在她心底燃烧。

克利斯朵夫可想不到在那遥远的南方，还有一颗天真的心灵，在那里含情脉脉地盼着他，而这股温情注定会成为他生命中分量最重的部分之一。他也没有想到，就在他备受侮辱的音乐会上，有一个人同情着他、爱着他，后来更是成了他的朋友、他的伴侣，跟他手牵手、肩并肩，一同向前迈进。

那时，他一个人，他以为自己是在孤军奋战。可他一点都不觉得泄气，他再也不像从前在德国那样感到悲痛苦闷。他知道自己变得更加强大，也更加成熟。他再也不对巴黎抱什么幻想了，哪里的人都一样，应该学着容忍，没必要这样执着，跟全天下的人为敌；只要自己活得问心无愧，悠然自得就行。就像贝多芬说的那样：“要是我们的生命力都白白浪费在日常生活中，那还拿什么祭奠那些最高尚最完美的东西呢？”他清楚地意识到自己的天性，也意识到自己的民族，从前他就把它批评得体无完肤。巴黎的一切压迫着他，让他越来越怀念祖国的一切，怀念那些背负着民族精魂的诗人和音乐家们。一打开他们的作品，他就仿佛置身于莱茵河阳光照耀下的朵朵浪花中，四周都是那些被他抛弃的故友们的亲切微笑。

曾经的他，对他们是多么的薄情寡义！他怎么没早点发现他们的慈爱善良是那样的难能可贵？想起自己从前在德国说过多少侮辱他们的过激话，他不由得羞愧难当。那时的他，只看到他们的缺点，觉得他们笨手笨脚，纠缠于繁文缛节，觉得他们的理想主义太过感伤，一点点谎言、一点点懦弱他都不放过。啊！比起他们那伟大的情操，这些缺点根本微不足道。可是当初自己对他们的缺点怎么那样苛刻呢？到了现在，他反倒觉得这些缺点让他们显得更动人，更有人情味了。就是这样，那些从前被他用最恶劣的态度攻击的人现在反而成了他最想亲近的人。他对舒伯特和巴赫，什么坏话没说过！现在他倒觉得跟他们非常亲密。那些伟大的心灵，曾经受尽了他的挑剔和挖苦，可仍然和蔼可亲地对这个亡命异国、孤苦伶仃的人说道：

“朋友啊，我们就在这里。你鼓起勇气吧！我们遭过说不尽的罪！……可是最后，我们不还是走过来了……”

于是，他听到了，约翰·赛巴斯蒂安·巴赫的心灵就像一片呼啸的海洋，狂风怒吼着，把遮挡生命的乌云吹得一干二净……民众们沉醉在欢乐中。在痛苦中，慈悲又平和的基督在天空俯视着他们——多少城市在守夜人的呼喊声中醒了过来，居民们载歌载舞地迎向万能的神明，他的脚步震动了天地——这个歌唱教师身上包罗万象，无论是数不尽的思想、热情、音乐形式、英雄经历，还是莎士比亚式的幻想、萨伏那洛式的预言，又或是牧歌式的、史诗式的、《启示录》式的想象。克利斯朵夫仿佛清清楚楚地看到这个人，这个双下巴、小眼睛、眼皮褶皱、眉毛上翘的巴赫。他整天阴沉沉的，却又乐呵呵的，有点荒谬，脑子里满是讽喻和象征，老派易怒，又固执清高，热爱生活却又眷恋死亡……在学校里，他是个才华横溢的书呆子，可听课的是一群乞丐一样肮脏粗野的学生，他们长着疮疖，唱起歌来嗓子嘶哑，他不止一次地跟他们争吵着，甚至扭打到一块儿……在家里，他养着二十一个孩子，其中十三个都死得比他早，还有一个是白痴，其余的都是优秀的音乐家，可以给他开一场小小的家庭音乐会……疾病、葬礼、争吵、困顿、怀才不遇；可是，这都不算什么，他有他的音乐、他的信仰、解脱、光明，还有预料到的、一心追求终于到手的快乐。神圣的气息锤炼着他的筋骨，抖动着他的毛发，借着他的嘴唇发出了雷鸣般的声音……啊！力量！力量！雷霆万钧般欢乐的力量！

克利斯朵夫大口地吞咽着这股力量。德国人心灵中泉水般流淌的力量让他觉得力量无穷、营养丰富。这股力量往往显得平庸，甚至粗俗，可那有什么关系？重要的是有这股力，音乐的洪流才能滚滚向前。可在法国，音乐要通过滤水器才能一点一滴地注入密封的水瓶里。这群喝惯了平淡无味的过滤水的人，看到德国音乐的滚滚洪流，哪里还有胃口，他们自然只会吹毛求疵，挑剔德国天才的毛病了。

“这些可怜的小人物！”克利斯朵夫这样想着，却忘了自己从前也是这样可笑。“他们竟然要找瓦格纳和贝多芬的缺点！他们需要完美无缺的天才。他们就像狂风暴雨，吹打起来却格外小心，一点都不想打乱这世界的完整秩序！”

他在巴黎的街上晃来晃去，欣喜地感觉着心中的那股力量。没有人理解岂不是更好！他就可以更加自由。天才的使命就是创造一个有机体的世界，一个循着内在法则运行的世界，要想把它创造出来，自个儿就得先生活在里面。一个艺术家从来都不会太孤独。唯一可怕的，就是透过镜子，自己的思想会被改变，被缩小。一件作品在完成之前，一定不能让别人知道；否则，你或许就会没有勇气完成它；因为那个时候，你在心中看到的已经不是自己的思想，而是别人那可悲的思想。

如今，没有任何东西可以打扰他的思想了，他的梦想就像泉水一样从心灵的每个角落，从路边碰到的每一颗石头中飞涌而出。他生活在一个别人看来梦幻的世界。他的所见所闻，他心中的呼喊召唤来的都是跟实际不同的人和事物。只要顺其自然，他就能感觉到幻想中的人们在他周围活动。那种感觉会主动找上门来。路人的眼光，风中的语声，草地上的阳光，卢森堡公园树上歌唱的小鸟，远处修道院的钟声，卧室一角透出的苍白的天空，朝夕之间不断变化的声响与景色，所有这些他都不是在自己心里，而是借着幻想人物的心灵去体会——他觉得幸福极了。

可是，他的境况却比任何时候都要艰难。他仅有的收入来源就是几处教授钢琴课的工作，不过早就丢了。时间正是九月份，巴黎人都躲到外省避暑去了，难得找到一个新学生。唯一的学生是一个聪明又冒失的工程师，四十岁了却突然心血来潮，想要做个伟大的小提琴家。克利斯朵夫小提琴也拉得不怎么好，不过总比他的学生强；所以有段时间，他给这个工程师上起了提琴课，每周三个小时，每小时两法郎。捣鼓了一个半月，工程师终于厌烦了，忽然又觉得他的才华是在绘画方面。那天，他把这个发现告诉克利斯朵夫，克利斯朵夫听了忍不住哈哈大笑起来；笑完之后，他数了数存款，这才发现口袋里只剩下十二法郎，还是那个学生刚刚付给他的。可他一点都不着急，只是想着现在恐怕是得另谋生计了，又得跑去找出版商了。那可不是什么有趣事……管他呢！……犯不着事先就为难自己？今天天气不错，不如去墨屯[①]玩会儿。

他突然想到可以散散步。散步是最容易收获音乐的。他心里满是音乐，多得好像蜂房中灌满的蜜一样；听到心头全身金黄的蜜蜂的嗡嗡声，他笑了起来。那往往是一种婉转的音乐。有些跳跃的节奏，翻来覆去，让人心驰神往……切！整天待在屋子里，迷迷糊糊的能创造出什么节奏？那顶多拼凑出来一些微妙的、精巧的和声，就像巴黎人天天搞的那一套。

走得累了，他就在树林里躺下。树叶都落了一大半，天空蓝得像雁来红。克利斯朵夫迷迷糊糊，沉醉在梦幻中，连他的梦都染上了初秋白云里漏出的柔和光彩。他的血液奔腾全身。他听到自己的思绪在身体里面喷涌。有东西从四面八方涌了过来，那是对立已久的新世界与旧世界，他回望着心中的那些片段，长住或是暂留在他心中的幽灵，就像倾城而出的民众，你推我挤。他又想起了高脱弗烈特在曼希沃墓前说的那段话，他自己就是一座活的坟墓，墓中多少逝去的亲人还有不相识的故人在那里蠢蠢欲动。他听着这无穷无尽的生灵，喜欢上了这个幽灵栖息的百年森林里发出的管风琴般的鸣声，就像但丁笔下的森林。他再也不像少年时候那样怕它们了，

① 墨屯系巴黎近郊村镇，风景秀丽，为巴黎人常往游玩之地。

因为他有了足够强大的意志控制它们。他快活地挥着鞭子，吓得那些幽灵们大呼小叫，他才清楚地感觉到自己的墓藏是多么的丰富。他不是孤独的，也永远不会再孤独了。他拥有一支克拉夫脱的大军，几百年来那些健康快乐的克拉夫脱家的幽灵都附在了他的身上。对抗有敌意的巴黎，对抗一个民族，他也能拿出一个家族的大军，双方现在也是旗鼓相当了。

他原来住的那家破客店，现在也觉得租金太贵，只好搬到蒙罗越区的一间阁楼去。那里虽然不是什么好地方，空气倒是很流通，穿堂风呼呼吹个不停。好吧，他本来就喜欢能够畅快地呼吸。透过窗户，他能看到巴黎的烟囱林立。搬家的事倒是容易，一辆手推车就足够了。克利斯朵夫自己推着过去。他的全部家具，除了那个旧箱子，最贵重的就是一幅时下流行的贝多芬画像。他小心地把它包裹好，就像是在包裹一件价值不菲的艺术品。他一直带着它。在巴黎的滚滚红尘中，那是他栖身的孤岛，也是他监测精神的气压表。在那个面相上，他能比自己的意识还要清楚地感觉到自己内心的温度，一会儿是乌云密布的天空，一会儿是热情奔放的风暴，一会儿又是庄重严肃的宁静。

他不得不削减口粮。一天之中，也只有在下午一点钟，他才吃一顿。他买了一根粗香肠，挂在窗口；每顿就切上那么厚厚的一片，和着一大块面包，还有一杯自己发明的咖啡，就算是一顿盛宴了。他还想把那点东西分成两顿来吃。他怪自己胃口太好，恶狠狠地责备自己像只饿鬼一样，整天只想到自己的肚子。其实，他的肚子早已经算不上肚子了，他比一条饿狗还要瘦。但是他瘦得结实，骨架子像铁打的一样，头脑也一直很灵光。

他倒不大操心明天的事。只要当天的开销有了着落，他就懒得去费心。等到身无分文了，他才打定主意去出版商那里转转。可是找来找去都找不到工作。他一无所获地往回走，路过一家音乐铺，那是高恩给他介绍的哀区脱家，他抬脚就走了进去，早就忘了原来在这里的不愉快经历。一进门，他就碰见哀区脱，本想掉头就走，可太晚了，哀区脱已经瞧见他了。克利斯朵夫可不想临阵退缩，就径直往哀区脱那边走去，也不知道该说些什么，只准备一有机会就跟他硬碰硬干一架，因为他觉得哀区脱一定还会摆他那臭架子。不过情况倒不是这样。哀区脱冷淡地伸出手来，客套地问了问克利斯朵夫身体还好吗，而且没等克利斯朵夫多说，他就指了指办公室的门，自己则闪到一旁，等克利斯朵夫进去。对于这个意料之中的拜访，他可是等得太久了，甚至都不再期待了，现在克利斯朵夫自己送上门来，他心中自然一阵暗喜。表面上，虽然他不动声色，其实一直在注意克利斯朵夫，他从来都不错过一个听克利斯朵夫的音乐的机会。他还听了那场演奏《大卫》的音乐会。观众的恶意攻击一点都不让他意外，他向来看不起观众，而且他也完全能感受到作品的美感。就算放在巴黎，估计也没几个人比哀区脱更能欣赏克利斯朵夫的艺术特色了。可他绝对不会明说，他生来就是小肚鸡肠，克利斯朵夫之前那样得罪他，现在让他客客气气根本没可能。他倒是真心实意想帮克利斯朵夫，可是偏偏不愿意主动表示出来，非要等到克利斯朵夫上门来求他。现在克利斯朵夫来了，他却不肯抓住这个机会宽宏大量一把，消除他们之前的误会，而是非要让对方丢一次面子，让克利斯朵夫把来意一五一十地说一遍，然后再把那份被克利斯朵夫拒绝过一次的工作指派给他做，就算只做一次就能让他称心。于是，他给了克利斯朵夫五十页的乐谱，要克利斯朵夫尽快改成曼陀林和吉他演奏用的谱子。这之后，看到克利斯朵夫已经屈服认输，他才心满意足；后来又给了克利斯朵夫一些相对愉快的工作，但态度还是一如既往地傲慢，让人生不起感激之心。克利斯朵夫也只有在走投无路的时候，才会再一次找到他。话又说回来，不管工作多么气人，克利斯朵夫也坚持要靠自己的双手养活自己，不愿接受哀区脱的施舍。哀区脱好心好意，也试着接济过克利斯朵夫。可克利斯朵夫早就明白了哀区脱的用意，他存心想要压低自己，虽然自己迫不得已接受他的工作，但是说什么也不肯接受他的施舍。为他工作没关系，因为工作一手交钱、一手交货，明明白白的，也不欠他什么人情。克利斯朵夫不像瓦格纳，为了艺术能够四处乞讨，在他看来，艺术比起自己的灵魂还是逊色一分。不是自己挣来的面包，他可一口都吃不下。有一次，他连夜赶完工作，拿去送给哀区脱的时候，正好碰到哀区脱在吃饭。哀区脱看到他一脸苍白，眼睛还不时地往饭桌上瞟着，就肯定他还没有吃东西，就请他一同用餐。哀区脱倒没有恶意，可是太不小心，让克利斯朵夫感觉到对方看出了自己的窘状，所以一片好心反而显得是一种施舍，克利斯朵夫自然是宁死也不肯吃的。可他不得不在餐桌前坐下——（因为哀区脱还有事情要跟他交代）——却一口没动盘里的菜，推托说自己刚吃过了。其实他正饿得厉害着呢。

克利斯朵夫很不愿意经常拜托哀区脱找工作，可别的出版商只会更坏。还有一些有钱的业余音乐家，常常想出一些零星的调子，却写不出一段完整的音乐来，这个时候，他们就会叫克利斯朵夫过去，把自己挖空心思想到的那点东西对着他哼了哼，说道："你听，这段多美妙啊！”

他们把那些零星的调子递给克利斯朵夫，要他“扩展”一下——（其实就是把它写成一部完整的作品）——然后用自己的名义拿到一家大出版社出版。没多久，他们居然真的以为那是他们的创作了。克利斯朵夫就认识一个这样的旧家子弟。那是个坐不住的家伙，个子高高的，喊着他“亲爱的朋友”，最喜欢面带热情地抓着别人的手臂，凑到人家耳朵旁边嘟囔着一些胡话，不时还神经兮兮地大叫几声，嘴里喊着什么贝多芬啊，范尔仑啊，奥芬·巴赫啊，伊凡德·祈尔贝啊……他让克利斯朵夫帮他干活，可是总想拖欠报酬，顶多请克利斯朵夫吃几顿饭，再握握手就算还情了。最后，终于给克利斯朵夫送来二十法郎，克利斯朵夫竟然傻傻地为了交情拒绝接受。其实那天他身上剩下的钱连一法郎都不到，而且还得花二十五生丁买张邮票给自己的母亲寄一封信。因为那天是路易莎的生日，无论如何克利斯朵夫都得寄封信回去，可怜的母亲太看重自己的信了，说什么也不能少。虽然写信对她来说很不容易，可最近她给儿子写的信也比以往多了不少。她实在忍受不了孤独的痛苦，可又没办法下定决心搬到巴黎来跟儿子住一起，因为她太胆小，又舍不得她的小城、教堂，还有那个小窝，她太怕出门了。再说，就算她愿意过来，克利斯朵夫也连路费都凑不齐，他自己都过着捉襟见肘的生活。有一次，洛金给他寄了一点东西过来，让他非常欣喜。那位乡下姑娘——就是为了她，他才跟普鲁士大兵打了一架——写信过来，说她已经结婚了，还送来了他母亲的消息，并且寄来了一篮子苹果，还有一块庆祝她新婚的蛋糕。这些礼物来得正是时候。那天晚上，他肚子里已经是空空如也了，挂在窗口的腊肠也早吃完了，只剩下一根绳子。

看到这些礼物，克利斯朵夫自嘲地把自己比作岩洞里隐修的苦修士，有乌鸦帮忙把食物送到岩石上来。可那只乌鸦恐怕太忙了，要把食物给所有的苦修士一一送到，后来就再也没有光临了。

虽然生活很艰苦，克利斯朵夫却依然干劲十足。洗衣服也好，擦皮鞋也好，他嘴里都吹着口哨。他拿柏辽兹的话来安慰自己："我们应该超脱人生的疾苦，欢快地唱起来颂歌吧——在那怒发冲冠的岁月……"有时他唱了一半就停了下来，哈哈地大笑起来，听得邻居们大为错愕。

他过着禁欲主义者一样严格的生活，就像柏辽兹说的那样，"爱情是那些有钱又有时间的人钻营的东西"。克利斯朵夫生活穷苦，谋生艰难，饮食又很节俭，热情都在音乐创作上，哪还有心思去寻欢作乐。他不但对那种生活漠不关心，而且因为厌恶巴黎的风气，甚至投身于一种禁欲主义中。他死命地追求贞洁，看到任何荒淫的事都恨得咬牙切齿。他并不是没有情欲，以前，他也有过放纵，有过任性。可是，那时的他还是那样纯洁，他追求的不是什么肉体的快乐，而是那种洋溢着忘我精神的勃勃生机。可是，等到他发现一切都不是自己想象的那样，就怒火中烧，开始排斥情欲了。淫欲在他看来远不是什么小罪过，而是毒害生命的大罪过。只有那些基督教古老道德尚存于心，没有被外来的泥石流淹没的人，只有那些时至今日还能因为身为英勇民族的子弟而自豪的人（这个民族就是靠着这种纪律创造西方文明），理解起克利斯朵夫才会显得容易。他看不起这个把享乐当作唯一信条的国家化社会。当然，人都应该追求幸福，追求全人类的幸福，应该把堆积在人类心头将近两千年的基督教野蛮悲观的教义一扫而空。可是我们必须本着行侠仗义、造福人类的信念。不然的话，我们追求幸福又为了什么呢？难道是为了最可悲的自私自利吗？一小撮享乐主义者拼命追求最大的欢乐，却只想冒最小的风险，让别人代他们受罪。不错，这就是他们那种沙龙里的社会主义，我们早就受够了！……他们的享乐主义，只对“侵吞民脂民膏的胖子”才有意义，只对那些荣华富贵的“特殊阶级”才有用处，而对于老百姓，那可是一种致命的毒药。这般道理，那群提倡享乐主义的人比谁都明白……

“享乐生活不就是有钱人的生活。”

克利斯朵夫不是那种有钱人，而且注定没有富贵命。一挣来钱，他就立马花在音乐上。他会省吃俭用地跑去买音乐会门票，他往往都买在夏德莱戏院最高的一层楼上，那是最便宜的座位。音乐充满了他的心灵，成了他的夜宵、他的情妇。他如饥似渴地追求幸福，可又是那样的容易满足，就算乐队水准不高，他也一点都不在乎。他就那样迷迷糊糊地乐着，一连就是两三小时，就算演奏的格调不高，音符也有些差错，可他顶多宽容地笑了笑，他一进戏院就把批评的精神抛开了；他是因为喜爱音乐而不是为了批评音乐才来的。在他的四周，观众们也像他一样岿然不动，眯着眼睛，在无尽的梦境中沉浮。克利斯朵夫仿佛看到阴影深处藏着一群人，蜷在一起，就像一只大猫，兴致勃勃地感受着、培养着他们的梦境。昏黄的光线中，悄然透出几张神秘的面孔，他们风度翩然，姿态出神，克利斯朵夫看了一阵恍惚，他同情他们，留恋他们，倾听着他们，最后终于和他们身心合一。那些心灵中有时也有一个半个会察觉到他，在音乐会上，他们的心灵隐隐相通，生命中最隐秘的部分都渗透到一起，直到音乐会结束才会中断。这种情况，不少音乐爱好者们都有所耳闻，尤其是那种沉浸其中的年轻人，因为音乐的本质是由爱来堆砌的，只有深入到别人的心中才能体验得更深；就是因为这，在音乐会上常常有人会不自觉地东张西望，希望找到一个能够分担喜悦的同道中人。

为了更好地体会音乐的甜美，克利斯朵夫也找了一批临时的朋友。他们之中有一张小脸最吸引他，几乎出现在每场音乐会上。那是一个轻佻的女工，虽然对音乐不大懂，可是非常喜欢音乐。从侧面望去，她就像一头小野兽，鼻子直直的，嘴巴微微翘起，相比之下下巴就不是那么突出，眉毛上翘着，眼神亮晶晶的，一看就知道是那种无忧无虑的女孩子，外表看起来端庄恬静，心里则是欢快活泼。这种调皮的姑娘，年轻的女工，或许最能反映出古希腊雕像和拉斐尔画上表现的那种清明之气。当然这种境界不过是刹那芳华、情窦初开的那一刻才会出现，而且很快就会凋零。但是至少她们曾经拥有过美丽的一瞬。

任何时候，只要望着那张可爱的脸，克利斯朵夫就能感到一种舒适感；他欣赏着她，却从来不会产生欲念，他只会从中吸取快乐、力量和慰藉——甚至是美德。不用说，她也很快就注意到他的目光；不知不觉，他们之间也有了那种互相吸引的交流。因为几乎每场音乐会他们都坐在同样的位置，所以不久就熟悉了彼此的兴趣。听到某一段，他们就会心有灵犀地互相望上一眼；要是听到特别喜欢的句子，她就会微微吐吐舌头，做出一副舔嘴唇的样子；要是听到不满意的段落，她就会轻蔑地噘起小嘴。这些小动作带着点讨好的稚气，要是知道有人注意自己，谁也难免会有些做作。有时听到严肃的作品，她就特别想做出那种认真样来，侧着头，集中着精神，脸上微笑，还偷偷瞟向他看他是不是在注意自己。他们已经成了很好的朋友，虽然一句话都没谈过，甚至从来没想过——（至少克利斯朵夫是这样）——在音乐会结束的时候见一面。

天公作美，一次晚上的音乐会，他们两个刚好坐到一块儿。两人会心地对笑了一下，还犹豫了一阵，才终于友好地谈了起来。她嗓音很美，因为对音乐不懂装懂，说了很多傻话，可她是真心喜欢音乐。不管是优秀的还是差劲的、马斯涅还是瓦格纳，她都喜欢；只有太过庸俗的东西她才讨厌。音乐对她就是一种感官的享受，响起音乐，她全身的毛孔都能兴奋起来，吸收着音乐，就像吸收黄金雨的达娜哀[①]。《特里斯坦》的序曲听得她浑身颤抖；《英雄交响曲》听得她如身临战场，十分痛快。她告诉克利斯朵夫，虽然贝多芬晚年失聪，还长得很丑，可要是她认识他，还是一定会爱上他。克利斯朵夫表示反对，说贝多芬其实没有那么丑；于是，他们就讨论起美丑的问题来。她承认那是个人口味不同造成的，一个人觉得美的，另外一个人可能觉得不美："人又不是金币，哪能讨所有人喜欢。"——克利斯朵夫宁愿不跟她说话，那样反倒更能理解她。听到《伊索尔德之死》那段时，她把汗淋淋的手递给他捏着，一直到乐曲结束；他们都感觉到交响乐的洪流顺着牵连在一起的手指涌遍了全身。

他们一同走出剧场，都已经快到半夜了。两个人边聊边走，一会儿就到了拉丁区。她挽着他的胳膊，他送她回家，可到了门口，她正准备带他进去，他却没有注意到她挽留的目光，就直接走了。她当时就吃了一惊，接着不禁生气起来；没过多久，想到他那样傻，

① 希腊神话载：阿尔哥王阿克利西奥西斯因神示将被平生女达娜哀所杀，乃将达娜哀幽禁于塔中。达娜哀为宙斯所恋，化身为黄金雨潜入塔中。

她又笑得前仰后合；回到房里，准备脱衣服的时候，她又火了起来，最后又悄悄地哭了起来。下次再在音乐会上见到他，她极想摆出一副生气、冷淡、耍性子的神气。可是看到他那样天真，她就一下子心软了。他们又谈了起来，只不过她现在谨慎多了。他倒是很诚恳，而且很有礼貌，跟她谈的都是些正经、美好的事情，谈他们一同欣赏的音乐，还有自己的感想。她认认真真地听着，想跟他有同样的看法。很多时候她都抓不住他话里的意思，可是一样相信他。明面上看不出来，其实她对克利斯朵夫有一种暗暗的敬意。不谋而合，他们只在音乐会上交心。有一次他看见她在一群大学生中间。他们只是正正经经地互相打个招呼。她从来都不向别人提起他。在她心里，有一个神圣的小天地，里面装着的是一些纯洁美好，安慰人心的东西。

就是这样，用不着什么行动，只要克利斯朵夫在那里，就能让人心定神安。无论走到哪里，他都会不知不觉地留下一些内心的光辉。他自己可从来都没察觉到。就在他身边，跟他住在同一扇门里的，有一些闻所未闻的人，无意之中也感染了他那种乐善好施的光辉。

几个星期了，就算克利斯朵夫天天守斋吃素，也凑不出钱去听音乐会了；冬天来了，他在那间楼顶的房间里也快冻僵了，他不能再坐在桌子面前一动不动了。于是，他走下楼，准备到巴黎的街上跑几圈，也好暖和暖和身子。他经常会忘却周围热热闹闹的人群，窜进无始无终的时间中去。只要在乱哄哄的街道上面，看到明月骤降照亮凄冷的天空，或是红日初升穿透白蒙蒙的大雾，他就会觉得万籁俱寂，喧嚣的巴黎也融化在一片无垠的空虚中，浮现在他眼前的只是几百年前生活的影子……大自然狂野而伟大的生命力，文明的外衣根本没有办法掩盖得住；只要有一点点蛛丝马迹，那种迷惑常人的景象就会让克利斯朵夫原形毕露。石板缝里钻出的青草，在贫瘠荒芜的大街上、在缺少空气缺少泥土的铁栅栏中抽芽的树木，还有蹿出的一条狗，飞过的一只鸟，全都是被人类破坏殆尽的原始天地仅存的遗迹；一群飞舞的蚊虫，神出鬼没地制造着疫疠控制的无人区——光是这番景象，就能让久困于人类暖室的浩然之气破地而出，一下子吹到克利斯朵夫的脸上，像鞭子一样抽着他，让他精神焕发。

这种长时间的漫步，往往是空着肚子进行的，他可以连续几天不和任何人交流，只在那儿没完没了地做着梦。饿着肚子，又不说话，更是加重了他那种病态的取向。夜里，他睡得很不安宁，做起梦来都累得精疲力竭，他不断地梦到自己的老家、小时候的卧室，音乐也跟他纠缠到一块儿。白天，他又跟那些深埋心中的爱人、故友，还有亡故的人谈着话。

十二月份了，一个潮湿的下午，大地上都盖着坚硬的冰花，雾气浓浓的，跟灰色的屋顶混在一起，搅得一片迷蒙，枯叶落尽的树木露出畸形修长的枝丫，浸在水汽里，看起来像是海底的植物。自打前一天起，克利斯朵夫就不停地打着哆嗦，怎么说也得取点暖，他就走进了不怎么熟悉的卢浮宫。

时至今日，他对绘画都没什么兴趣。他只沉醉于自己的内心世界，外界的形色已经超出他的掌握范围了。它们跟音乐偶尔的共通才会对他产生些许影响，在他看来，那也不过是一种变相的影子。当然，他本能的直觉也模模糊糊地感觉到，视觉和听觉的和谐形式都遵循着同一种规则；他也感觉得到色彩和声音这两条洪流都是发源于内心的深渊，只不过在人生的分水岭上背道而驰，灌入了不同的山坡。不过那两座大山，他只认得其中之一，一进视觉的王国他就会迷路的。所以他始终没有发现法兰西最迷人，或是最自然的秘密所在，毕竟号称光明世界的王后的法兰西，可是有着一双最清亮的眼睛。

就算克利斯朵夫对绘画有了兴趣，按他那种十足的德国味，估计也难得接受一种不同的视觉风格。克利斯朵夫可不像有些风雅的德国人一样，一味否定本国人的感觉方式，沉醉于印象派，或是十八世纪的法国作品——有时还自命不凡，以为比法国人走得更远。比起他们，他或许还是个未开化的蛮子；不过他也老老实实承认自己的外行。蒲舍画上肉色的臀部，华多笔下下巴臃肿、多愁善感的才子，胸衣高耸、精神空虚的丰满美人，葛莱士画上道貌岸然的奶油小生，弗拉高[1]画上高高撩起的衬衣，这些裸露的诗情画意在他看来，跟一份色情画报没多大区别。画中那种美轮美奂的和谐，他是永远都看不到的。至于欧洲那种最凝练的上古文明，那种绚丽又略带凄凉的梦境，他就更是一窍不通了。就算是十七世纪的法国画，他也不一定能够欣赏宗教仪式的虔诚和堂皇富丽的画像。几个最严肃的法国大师，无论是严峻的尼古拉·波生，还是擅长用暗淡色彩表现灰色灵魂的斐列伯·特·香班涅[2]，他们那种冷漠和拘谨的态度，让克利斯朵夫对法国古典艺术只好敬而远之了。至于新派艺术，他一点都不了解；而且就算了解了，恐怕也只是错误的认识。在德国

① 蒲舍等四人均为法国十八世纪画家。绘画题材主要为妇女，以法国十八世纪为最盛。
② 波生与特·香班涅均为十七世纪法国画家。两人均为法国古典画派之宗师。

的时候，吸引他的现代画家只有鲍格林[1]一个，而且他也不会让克利斯朵夫接触拉丁艺术的。从那个粗暴的天才身上，克利斯朵夫只闻到了一股原始的、粗野的气息。他的眼睛习惯了强烈的色彩，看惯了那个痴狂的野蛮人胡乱涂抹出的五颜六色，当然适应不了法国艺术的那种明暗参半的色调，还有那种柔和细腻的和谐。

可一个人身在异国他乡总要沾染点异国风气。陌生的环境总要在你身上留下一些痕迹。就算深居简出，早晚有一天，你还是会发现自己改变了。

那天晚上在卢浮宫一间接一间的展览厅闲逛的时候，他就发现自己异于平常了。他又冷又饿，浑身疲惫，空空的大厅只有他一个人。在他周围，阴影笼罩着凄凉的画廊，那些沉睡的形象仿佛有了生命。克利斯朵夫浑身冰冷，压低脚步悄悄地从埃及的司芬克斯、亚述的怪物、班尔赛巴里的公牛、巴利西的巨蛇中间走过。他以为自己进入了一个神话世界，内心有一种莫名的冲动。人类的幻想——心灵中的奇异花朵——将他包围起来……

走进金粉弥漫的书廊、色彩斑斓的果园、空净明亮的图画之林，一阵震动向着浑身发烫、快要病倒的克利斯朵夫袭来——他几乎是晕晕乎乎地往前挪着，腹中的饥饿，室内的冷热，合着五颜六色的图画把他搅得昏昏沉沉。走到画廊的尽头，已经可以望见塞纳河，他在伦勃朗的《善心的撒玛利亚人》前面停住了，为了防止自己倒下，他扶住了画前的铁栏杆。他闭上了眼睛，休息了一会儿。等到再把眼睛睁开，那幅画已经紧紧地贴着他的脸了，看着它，他一下子就

① 鲍格林为十九世纪瑞士画家，作品以色彩强烈著称，兼有写实主义与浪漫主义的作风。作品侧重于表现思想，时或失之晦涩费解。

给迷住了……

白天过去了。光线越来越暗，已经要消逝了。已经无影无踪的太阳沉没在黑暗的深渊中。这是最微妙的那一刻，劳累了一天的心灵现在筋疲力尽，早就麻木了，精神的幻觉开始兴风作浪了。一切都是静悄悄的，只能听到血液的流动声。全身都没力气了，气都快喘不上来了，心里面只有一片凄凉，不由自主了……只希望有个朋友抱自己一把……只希望有奇迹出现，奇迹就要出现了……是的，它出现了！在苍茫的暮色中，一道金光闪到了墙壁上，照在那个救死扶伤的人的肩头，那些平庸的东西和卑微的人物都沉浸在这道金光中，映上神圣的光辉，于是一切都变得和蔼可亲了。上帝伸出自己的双臂，用那双有力而仁慈的手臂紧紧地搂住了那些受苦受难、柔弱无力、丑陋不堪、穷困潦倒、衣衫褴褛的人，那个袜子拖到脚后跟的仆人，那些堆积在窗下的畸形的面孔，那些默不作声、担惊受怕的麻木的灵魂——所有这些挂在伦勃朗画上的可怜人，那些微不足道、束手束脚，除了等待、发抖、啜泣、哀求之外，什么也不会的生灵。可上帝就是来了。我们看不到他，只能看到他的光轮，还有照在人身上投下的影子。

克利斯朵夫跌跌撞撞地走出卢浮宫，头痛得快要裂开了，什么都看不到。走在街上，他连石板间的水洼还有鞋子里淌进的雨水都感觉不到了。天要黑了，塞纳河的上空一片昏暗，可他内心的火焰像一盏明灯一样在那里照耀着。克利斯朵夫现在还目光涣散，怔怔出着神。什么都不存在了，车辆的震动，撞在他身上的行人的雨伞，一切都是虚幻的；也许他不是在街上走着，而是躺在家里，做着虚无的梦；也许他不再存在了……忽然一下——（他太虚弱了！）——

他一阵发晕，觉得自己像一块石头一样往前栽去……不过那只有一刹那，他握紧了拳头，伸了伸腿，立刻站稳了。

就在那个瞬间，就当他的意识从深渊里回归的一刹那，街对面一道似曾相识、似乎在呼唤他的目光忽然跟他自己的目光碰到一处。他停了下来，定了定神，心里思量着在哪个地方见到过。他想了一会儿才幡然醒悟：那双凄凉而柔情的眼睛就是那个被他在德国无意中搞砸了工作的法国女教师的，他找来找去想要跟她道歉，却一直没找到。她也在拥挤的人流中停住了，正望着他。忽然，他看到她推开众人，走下人行道，想向他这里走来。他也赶快前去迎接，可是太多的车辆横在他们面前，把他们隔在马路两边。他望到她在人堆的那一边挣扎，他就奋不顾身地冲了过去，不料一匹马撞了过来，他脚下一滑，就在泥泞的柏油路上跌倒了，差点被马给踩死了。等到他爬起来，满身泥污，总算到了对面的阶沿上，可已经不见她的踪影了。

他还想去追她。可是头又晕了起来，只好作罢。他已经病得不轻了，自己也感觉得到，就是不肯承认，还固执己见，非要绕个远路回去。他不过是在自讨苦吃，到最后还得认输。他四肢无力，拖着两条快要废掉的腿，好不容易才回到寓所。上楼梯的时候，他就喘不过气来，只好坐在楼梯上歇着。进了冰冷的卧室，他还硬挺着不躺下，而要坐到椅子上，浑身都湿透了，昏昏沉沉的，呼吸也急促起来，麻木地听着些跟他一样疲惫的曲子。《未完成交响曲》的一段在他耳边响起。可怜的小舒伯特！在创作这部作品时也是孤身一人，发着高烧，半睡半醒，处在长眠前的迷糊状态：他坐在火炉边沉思着，懒洋洋的音乐在四周飘来飘去，就像一摊不大通畅的水；

他沉浸在那种境界里，就像一个半睡半醒的小孩对着自己编造的故事怔怔出神，一遍又一遍地念着其中的几段；然后就睡着了……长眠了……而克利斯朵夫耳边又响起另外一段音乐，那像是一个双手发烫、双目紧闭的人在演奏一样，笑容憔悴，内心多叹，梦想着死的解脱；那就是巴赫的《大合唱》中的第一段：“亲爱的上帝，我何时会死去？……”多舒适啊！沉浸在这种柔软多姿的音乐中，就像听到了远方隐约的钟声……死亡，融化在大地的和气宁静中！……“然后自己也化作尘埃……”

克利斯朵夫抖了抖神，想摆脱这种病态的思想，不让那个吞噬孱弱灵魂的女妖乘虚而入。他站直了身子，想在房里走走，可是支持不住。他浑身忽冷忽热，还打着寒战，不得不躲到床上去。他想着这次麻烦大了，可他绝对不会示弱，他不是那种一生病就屈服的人。他拼命挣扎着，不肯病倒，更不愿意就这样死了。他在家乡有着可怜的母亲，还有一番事业要干，怎么能就这样撒手人寰？他紧咬着牙关，不肯颤抖，绷紧了精神，不愿放弃；就像一个游泳健将跟惊涛骇浪搏斗着。他一点一点地往下沉，满嘴说着胡话，眼前一片混乱的形象，像是故乡德国的又像是巴黎沙龙上的回忆；还有乐句和节奏纠缠在一起，就像马戏班中的马一样在那里打着转，没完没了；还有《善心的撒玛利亚人》忽然迸发出来的那道金光；黑暗中浮现出的恐怖面孔；然后就是无尽的深渊，无边的黑暗。过了一会儿，他又浮了起来，一把撕裂那些光怪陆离的云雾，拳头跟牙床都绷得颤抖起来。他用尽全力，想抓住过去和现在所有他爱着的人，抓住隐约瞥见的女友的侧影，抓住亲爱的母亲，抓住他那坚不可摧的生命，以为那是大海中的一块岩石，“死神奈何不了我的”……

可是岩石很快又被海水淹没了，一个巨浪拍过来，把灵魂给冲开了。克利斯朵夫在昏迷中挣扎着，嘴里说着胡话，他指挥着一个幻想的乐队，各种乐器都演奏起来了：长号，圆号，钹，定音鼓，巴松管，低音提琴……他又拉，又吹，又打，做出各种动作，状若疯狂。可怜他堆积在心中的音乐沸腾了起来。几个星期以来，他既没钱听音乐，又没办法演奏，他就像一口鼓足蒸汽的高压锅，几乎快要爆炸了。有些纠缠不清的乐句想螺旋钻一样想要钻进他的大脑，穿透了他的耳膜，痛得他大叫起来。疾病的高潮发作过后，他倒在了枕头上，累得筋疲力尽，浑身都被汗湿了，上气不接下气地喘着气。隔壁房间传来的声响，还有顶楼上关门的声音，都会吓得他跳起来。浑浑噩噩中，他诅咒着周围的人们。但是他的意志一直在战斗着，吹响军号，要和魔鬼决一死战……“就算世上到处都是魔鬼，到处都想把我吞下，我也不会怕……”

他的生命正在魔影的烈焰中翻腾着。忽然，黑暗的海面上，出现了暂时的平静，透出了一丝光明，传来了小提琴和古提琴轻轻的低吟，接着就是小号和圆号肃穆的曲调，那是庆祝胜利的曲调，一曲不屈不挠的凯歌从病人灵魂深处升起，就像一堵巨墙抵挡住了惊涛骇浪，那好似约翰·赛巴斯蒂安·巴赫的圣歌。

他发着高烧，跟恍惚中出现的幽灵斗争起来，他胸部闷得厉害，只好竭力挣扎着。这个时候，他模模糊糊地觉得房门开了，一个女人拿着蜡烛走了进来。他以为又是一个幻影。他想喊一句，可没说出来，就又昏了过去。每过一段时间，他意识清醒一些，就觉得有人把他枕头垫高了，脚上还加了一条被子，背后还垫着热乎乎的东西；或者看见一个女人坐在床前，那个女子看起来倒不陌生。然后，他又看到另外一张面孔，那是来给他看病的医生。克利斯朵夫听不清他们说些什么，但猜得到是说要送他去医院。他想说他不去，大声嚷嚷着说自己宁肯一个人死在这儿也不去医院；可话到了嘴边却成了一些莫名其妙的声音。那个女人竟然听懂了他的意思，替她拒绝了医生，还走过来要他不要乱动。他实在想知道她到底是谁。等到他终于能够艰难地凑出一句完整的话来的时候，他就立马问她了。她告诉他说，她是他同一层的邻居，因为听到他的呻吟，就擅自跑了进来，看看他是不是需要帮助。她很有礼貌地请他不要再费神讲话。他就答应了。而且刚刚才讲了那么点话，就累得筋疲力尽了，他只好就那样躺着，一声不吭，可脑子里还是继续思索着，吃力地整理着七零八落的记忆。到底在哪儿见过她呢？……总算记起来了：不错，他是在顶楼的过道里碰到过她，她是个女佣，名字叫西杜妮。

他半睁着眼睛瞅着她，她倒没有发现。她个子矮矮的，一脸严肃，额头鼓起，头发梳得很靠后，苍白的腮帮上部和太阳穴都露了出来，骨架突出，鼻子很短，眼睛淡蓝，眼神温和固执，厚厚的嘴唇抿得很紧，皮肤带着贫血的颜色，神情很谦卑，感情不外露，有点生硬。她热心地照看着克利斯朵夫，可是一声不吭，没有半分亲密的动作，只做着一个女仆分内的事，从来不忘记阶级的差别。

慢慢地，等他病好了一点，能跟她谈天之后，他的忠厚诚恳让西杜妮说起话来也不那么拘束了。可她还是存有戒心，有些事（他能看出来）都避免说到。她很谦虚，也有几分骄傲。克利斯朵夫只知道她是布列塔尼人，家里还有一个父亲。谈起她的父亲，她很小心；可是克利斯朵夫不难猜到他是个好吃懒做的酒鬼，整天只知道剥削女儿来过快活日子；她那么傲气，所以就一声不吭地受着他的剥削，常常把工钱寄给他一些；她心里可不糊涂。她最得意的就是有个妹妹准备当小学老师，正在参加鉴定测试。妹妹的学费基本上都是她出的。她干起活来特别卖力。

“你现在的工作不算坏吧？”克利斯朵夫问她。

“不坏，可是我想走。”

“为什么？难道是东家不好？”

“噢！不是，他们挺好的。”

“那是不是工钱太少了？”

“也不是……”

他不太懂，想了解她，就逗她讲话。可她说来说去都没什么内容，只是说生活单调，谋生艰难；可她倒不在乎艰难，对她来说，工作是一种需要，甚至是一种乐趣，她可不怕工作。其实，压在她心头最重的就是无聊。她没有直说，他也大概猜得到。慢慢地，他有了一种直觉，他能看穿她的心事；那种直觉是他深切的同情产生的，疾病的刺激让这种直觉变得更加敏锐，而想起母亲生活中同样遭受的磨难也让这种直觉更加深刻。他仿佛自己过上了这种苦闷的、不健康的、不自然的生活——这只是资产阶级社会强加给佣人的最普遍的生活——他仿佛看到那些主人们，人不坏，可是漠不关心，除了发发差遣之外，几天对她们不闻不问。她就整天坐在憋闷的厨房里，唯一的天窗也被柜子挡住了，放眼望去只有一堵脏兮兮的白墙。主人随便说上一句沙司做得不错或是肉烤得很好就是她们最大的欢乐。囚禁的生活，空气沉闷，前途昏暗，没有任何希望或是欲望，对什么都提不起兴趣——最糟糕的时间就是主人们下乡过假期的时候。他们为了省钱，就不带她一起去，只付她工钱，却不给回家的路费，她要是想回家就得自己掏腰包。她没心思回家，也没有钱回去。于是，她只好把自己锁在几乎空无一人的屋子里，也不出去散散心，甚至不愿意跟别的佣人谈话；她看不起她们，觉得她们庸俗，不守规矩。她不出去找乐子，天生的严肃、节俭，又怕会碰上坏人。她只会在厨房或是卧室坐着，望向窗外，全是烟囱，除此之外就是医院花园里一棵大树的树顶。她从不看书，强迫自己找点活干，要么就是迷迷糊糊地发呆，最后无聊地哭了起来；她会一直哭个不停，哭倒成了一种乐趣。可她无聊到了极点之后，就是哭都哭不出来了，心冷得跟冰一样。不过之后她都会努力振作起来，或者就是自然又恢复了生机。她想起了妹妹，听到了远处的手风琴声，又开始胡思乱想起来。她一遍又一遍合计着做完某件工作要多长时间，挣到某笔钱要多少日子；她老是算错，只好重新再算一遍，终于睡着了。日子就这样过去了。

苦闷发泄完了，她也会像孩子一样快活起来。她笑别人，也笑自己。她并不是看不到主人们的行为，偶尔也会评判一番。例如他们游手好闲，只好自寻烦恼；女主人天天愁眉不展，莫名地忧郁；他们自以为高人一等，整天忙一些所谓的优秀阶级的正经事儿，对着一幅画、一曲音乐、一本诗集评头论足。她只有粗浅的判断力，可一点都不像那些十足的巴黎女佣那样装模作样、追求时尚，也不像内地的老妈子那样糊里糊涂，越是不了解就越羡慕。弹琴、聊天，一切文绉绉的东西在她看来都是毫无用处而且还惹人厌烦的，她往往都会敬而远之，她想不通为什么这些玩意儿会在他们自欺欺人的生活中占了重要的位置。她不免暗暗地把自己的现实生活跟他们的奢侈生活做了一个对比，发现他们那种虚幻的苦乐其实就是无事生非。可她也并没有因为这就怒火中烧。世界就是这样，她得学会忍受，坏人、傻瓜，一样得忍受。她告诉自己：“本来就是要各种各样的人堆在一块儿，才能算个世界。”

克利斯朵夫以为宗教信仰支持着她，可有一天，谈到那些有钱又快活的人时，她却说了一句：

“到头来，大家都是一样的。”

“到头？什么时候算到头了？”克利斯朵夫问道，“难道要等到社会革命以后？”

“革命！切！那还差得远呢！我可不信那一套。反正大家将来总是一样的。”

“那是什么时候？”

“当然是死了之后呗！到了那个时候，谁都是一样了！”

这样平心静气地谈着唯物主义，让他吃了一惊，心里自忖着：“要是人就这一世，看到别人过着快活日子，自己却要受苦受累，那还不恼火？”

他嘴上虽然没有明说，她也大概猜到了他的意思，一脸的无可奈何。她沉静地继续说道：“人总得听天由命，不可能每个人都中头彩。我们命不好，还有什么可说的。”

她甚至不想去外国（有人拉她去美洲）找一个好点的工作。她也从来没想过离开法国。她告诉自己：“天下的石头一般硬。”

她天生就有那种听天由命的思想，对什么都不大信。她是那种地道的法国乡下人，没什么信仰，或者就是根本没信仰；从来不考虑生活的意义，可生命力特别强——手脚倒是挺勤快，对什么都没兴趣，对一切都不满意，就是比较顺从；对生活没什么热情，每天却又抓得紧紧的，用不着别人在一旁鼓励，他们也有过下去的勇气。

克利斯朵夫从来没有见过这种人，发现这个淳朴的少女没什么信仰，他大感奇怪；看到她固执地过着漫无目标的乏味生活，没有什么依靠就恪守着坚强的道德观念，实在难能可贵。在这之前，他顶多从自然主义派的小说还有当代文人的理论中对法国的平民有点初步认识；那批人一反十八世纪和大革命时期的革命文学，没受多少教育的平民在他们笔下就是无恶不作的野兽，这样一来，他们的丑行也被掩盖了起来……现在发现西杜妮竟然是这样的老实，他自然很是意外。那已经不是道德的问题了，那是天生的品性和骨气。她有着贵族式的骄傲。要是以为平民就代表着平庸，那就大错特错了。就像上流社会也有下等人一样，平民之中也有贵族。贵族是什么，贵族就是指那些本性纯洁，也许血统也比别人纯洁的人；他们自己也知道，意识到自己的与众不同，因此不屑于与大众为伍。这种人自然人数不多，可就算他们形单影只，别人也会知道他们是最优秀的；只要他们往那里一站，别人就不敢轻举妄动，不得不学着他们，或者至少装着在学他们。任何一个省份、一个乡村，或是一个组织，它们所展现的面貌或多或少就是当地贵族的面貌；就连舆论的宽严，都掌控在那些贵族的手里。虽然现在“多数人”的力量迅速膨胀，可始终无法撼动那些不露声色的少数人的权威。更危险的倒是那些少数人背井离乡，分散到遥远的大城市中去。可就算如此，就算他们迷失在陌生的社会里，孤零零一个人，可他们那种贵族品性还是一如既往，不会被环境同化。克利斯朵夫在巴黎的所见所闻，西杜妮几乎一无所知，也没想过刨根问底。报纸上的淫靡文学，就像国家大事一样，对她没什么影响。她甚至不知道平民大学这种东西，就算知道了，在她眼里也跟宣道会差不多，没什么值得关心的。她忙着自己的工作，想着自己的事，从来不管别人怎么想。克利斯朵夫说她这样做很难得。

“这有什么奇怪的？”她说，“我不过是跟大家一样罢了。你难道没见过法国人吗？”

“我在法国也混了一年，见到的法国人要么整天吃喝玩乐，要么就是学着别人吃喝玩乐。像你这样还能操心别的事情的，我还从来没见到过。”

“那就对了，”西杜妮说，“您见到的都是有钱人。有钱人哪儿都是一样的。其实法国人您还真没看见几个。”

“也好，”克利斯朵夫回答说，“那我就从头再看一遍。”

他这才头一回看到真正的法兰西，这个民族早已经跟这片土地融合为一体，成了永恒的存在，他们见证了多少曾经征服这块土地的民族，多少不可一世的枭雄，如今都烟消云散了，只有法兰西民族依然安然无恙。

他的健康也在慢慢地恢复着，已经可以下床了。

他操心的头一件事，就是还西杜妮的债，他生病的这段时间，可一直都是她在垫钱。现在还不能外出找工作做，他只好写信给哀区脱，希望能预支一点钱。哀区脱又耍起了那种又好心又冷淡的脾气，拖了半个月才给克利斯朵夫回信。半个月来，克利斯朵夫不停地折磨自己，西杜妮端来的食物他一概不吃，他拗不过她，才勉强喝一些牛奶，吃一块面包，过后又开始骂自己，因为吃的东西不是自己挣来的。后来，他终于从哀区脱那里拿到了一笔钱，不过没什么附言。克利斯朵夫病了这么久，哀区脱却从来没有探望过一次。他也真是有天赋，帮了别人的忙还非得惹人家讨厌。因为他在帮忙的时候，心里面没有半分关爱的意思。

每天下午和晚上，西杜妮都会过来一趟。帮克利斯朵夫准备晚餐，不声不响地照顾着他；看见他衣服破了，她就悄悄拿去缝好。不知不觉中，他们之间有了不少亲切的感情。克利斯朵夫絮絮叨叨地讲着自己可怜的母亲，西杜妮听了很是感动；她把自己当成路易莎，想着一个人孤苦伶仃的样子，不禁对克利斯朵夫产生了一种慈母般的感情。他跟她谈着的时候，也尽量想减少对母亲的思念，一个患病在床、柔弱不堪的人，最迫切的就是想家了。有时，他还会向西杜妮吐露一些艺术家的苦闷。她温柔地听着他抱怨，看他在思想问题上耿耿于怀，她觉得有点多此一举。这一点也让他怀念起自己的母亲，心里好过多了。

他想让她谈谈心里话，可是她却不肯像他那样有什么说什么。他开玩笑似的问她有没有打算嫁人。她还是那样一副听天由命的样子，用着无可奈何的口气回答说："我们这些做佣人的哪里还想得到结婚，那不是给自己添乱吗！再说，找个好归宿太不容易了。男人们都是浑蛋。看到你有钱，他们就来追求你；等到把你的钱耗光了，就一脚把你踢开。这样的事实在太多了，我可不想自讨苦吃！"她没告诉他自己订过一次婚，可是未婚夫一听说她把钱都给了家里，那婚事就吹了。看到她热情地陪着邻居的孩子玩闹，碰到他们上下楼就亲热地抱起他们，克利斯朵夫不禁想起他认识的其他太太们，相比之下，西杜妮聪明伶俐，也不见得丑，要是让她当上一个太太，一定比她们好多了。多少生命就这样埋没了，谁也不会关心。相反，光天化日之下，多少行尸走肉挤满在世界上，占着别人的地位和幸福！

克利斯朵夫没有任何好担心的。他只是对她亲热，太亲热了，他像个大孩子一样黏着她。

有段时间，西杜妮变得很颓废；他以为是她太累了。有一次，他们正聊着天，她却突然站了起来，说有事情，转身就走了。又有一次，克利斯朵夫显得比平常亲热许多，她就好几天没有过来；等她再来时，说起话来就拘束多了。他寻思着哪里得罪她了，就问她，她赶忙说没有；可是她越来越疏远他。没过几天，她就告诉他说，她要走了，她已经辞掉了工作，准备离开这儿。她说起话来不大自然，有点故作冷淡，先是感谢了他的好心好意，祝他早日康复，还要他代她问候他的母亲，然后就和他告别了。她走得那样突然，他震惊之下竟然一时不知道该说些什么；他想问问她为什么要走，她支支吾吾也没说明白；他又问她准备去哪儿找下一个东家，她竟然一句话也没说，直接打断了他的问话，站起来就转身走了。到了门口，他向她伸出手来，她激动地握了一下，可脸上还是没什么变化，直到最后，她都是一副硬邦邦的表情。她走了。

他永远都不会懂她为什么要走。

冬天可还长着呢。那个潮湿、泥泞、云雾笼罩的冬天。一连几个星期没有太阳。克利斯朵夫的病情正在好转，可还没有痊愈。右边肺部老是隐隐作痛，就像里面有个伤口正在慢慢结疤，一阵阵的剧烈咳嗽让他晚上都睡不好觉。医生严令不让他出门，甚至还建议他到东南海滨或是大西洋上的加拿里群岛好好疗养。可是他非得出去才行。如果他不去找晚餐，晚餐是不会主动送上门来的。医生还开了一大堆药，都不是他支付得起的。所以他干脆不去找医生了。何必白费钱呢？而且在他们面前，他总是很不自在；他们处在两个不同的世界，根本没办法互相了解。对于这个自以为自成一派，其实穷困潦倒的音乐家，医生们的同情中也掺杂着讥笑和轻视。这些人瞅着他，摸着他，再拍拍他，让他觉得受了委屈。孱弱的身体让他很难为情。他想着："将来这副皮囊要是死了，那我才高兴呢！"

虽然孤独、疾病、穷困，种种苦难笼罩着他，克利斯朵夫仍然不屈不挠地忍受着。他从来没有像现在这样坚韧，连他自己都感到惊奇。疾病往往会带来好处，它折磨了肉体，可却解放、净化了心灵；日日夜夜一动不动的时候，平日里被剧烈的光明和健康压住的思想悄然抬头了。没有生过病的人是从来都不会有自知之明的。

疾病让克利斯朵夫静下心来。它把生命中的杂质渣滓都给剔除掉了。他用着更加灵敏的感官，感觉着那个充斥着神秘力量的世界。这个世界存在于每个人的心中，但生活的喧嚣让我们听不到其中的声响。那天的他发着高烧，可在罗浮宫见到的景象、点滴的回忆都刻在了他的心头；从那以后，他就仿佛置身于伦勃朗的名作中，感受着那种温暖、柔和，而又深沉的气氛。他也一样感受到了那颗无形的太阳绽放的光彩。虽然他不相信，可他知道自己并不孤独：神明的手在指引着他，把他引到了那个与神明相遇的地方。他也像个小孩子一样信任着它。

多少年了，他第一次被迫要躺下休息。发病之前，紧绷的神经让他精疲力竭，至今还没恢复过来，所以疲倦的状态对他来说也成了一种疗养。几个月以来，他一直提心吊胆，时时警惕，现在才觉得自己一段绷紧的神经松了下来。可他坚强的性格一点都没变，只不过不再那么不通人情了。那种天生的强大而又畸形的生命力也做出了些许让步；他现在跟别人一样，情绪上不再那样狂热，行为上也不再那样冷酷。他再也没有什么可恨的东西，也没有什么烦恼的事，就算偶尔想起一件，也顶多耸耸肩；自己的痛苦已经不重要了，他更多地想着别人的痛苦。西杜妮让他想起了遍布世界的下层人的苦难，他们默默无声奋斗着，从不唉声叹气，从这以后，每次想到他们，他就会忘了自己。向来并不多愁善感的他，现在也忍不住流露出一些神秘的温情，那是病人心中开出的一朵花。到了晚上，他就靠在院子那边的窗户上，听着黑夜里神秘的声响……附近有人在唱歌，远远听去也那样动人，一个女孩子单纯地弹着莫扎特……他心里想着：

“你们，那些我不认识却热爱的人啊，那些人生才刚刚开始、梦想着做不可能的大事、和敌对的世界做斗争的人啊——我祝福你们！啊，我的朋友们，我知道你们就在那儿，我张着双臂等着你们……没错，我们之间是有一道墙。可是我会一块一块地把它拆掉，哪怕这是在消磨我自己的生命。我们有碰面的那一天吗？在死亡那道高墙堆砌起来之前，我还赶得及见到你们吗？……管他呢！孤独就孤独吧，就算孤独一辈子又如何！只要是在为你们工作，为你们祈福，只要你们能够给我点爱，将来给我也行，我死了以后也行！……”

就是这样，克利斯朵夫大病初愈，就喝上了“爱和苦难”这两位保姆的乳汁。

在这种意志相对松懈的情况下，他觉得是该接近一下旁人了。虽然他还很虚弱，不大方便出门，可非要赶在清晨或是傍晚出去，涌入上下班的人流中。他想到那种人与人之间息息相关的气氛中冲个澡，提提神。他不跟别人说话，也没想过要找人聊天。他只想看着人来人往，猜着过路人的心事，关心着他们。他亲切而又同情地观察着，那些工人急急忙忙地赶着路，还没开始工作就露出了疲惫的表情；那些青年男女们脸色苍白，表情倒是很活泼，笑起来古古怪怪的；透过那些潮水般涌过的透明面孔，他隐隐地可以看到欲望、忧虑，还有那些游戏人生的心灵——这些大城市里的市民，他们太聪明，太聪明了，结果显得有点病态。他们飞快地在大街上走着，男人们边走边看着报纸，女人们边走边啃着月芽饼。一个少女，头发乱蓬蓬的，从克利斯朵夫面前走过，她半边脸睡得有点浮肿，迈着山羊走路般的小步，一脸的烦躁；他真恨不得能够拿自己一个月的寿命换来她多一两小时的睡眠。啊，要是真有人这样对她说，她肯定不会拒绝的！他又想到了那些悠闲的贵妇人。她们过腻了养尊处优的生活，现在恐怕还在层层上锁的卧室里睡着觉，他真想把她们一把拖起来，让那些疲惫不堪却活泼可爱、热爱生活的小女工们躺在她们的床上，过一次那种安逸的生活。他现在也不忍心责备那些小女工了，他微笑地看着她们的满脸倦容，知道她们机灵又淳朴、狡猾又可爱，也看得出她们大胆天真地追求着快乐。其实内心深处她们都是忠实勤快的小姑娘。所以就算她们当中有人当面笑话他，或者对着这个直瞪瞪望着她们的小伙子彼此你碰碰我、我撞撞你地示意，他也不会介意了。

他也经常到河滨大道那里一边闲逛，一边沉思默想。那是他最喜欢散步的地方。在那儿，他仿佛看到了那条童年时候带给他无限安慰，现如今渴念已久的大河。当然，这不是故乡的莱茵河；它的气势不够浩荡，也没有辽阔的远景、广大的平原，可以让他游目骋怀。眼前的这条河更像一个微笑的美女，她睁着灰色的眼睛，披着浅蓝的外衣，眉清目秀，妩媚多姿，动作柔和，无忧无虑地沿着城市伸展下去，雄伟的建筑是她的项链，优美的桥梁是她的手镯，她美美地欣赏着自己的绝色容颜……这才是巴黎的光彩！一踏入巴黎城，克利斯朵夫爱上的第一样就是这条河；它一点一滴地渗入了他的内心，悄无声息地滋养着他的气质。他觉得那是最美的音乐，也是巴黎唯一的音乐。暮色将近，在河岸上，在古法兰西的花园①里，他可以一连几个小时走着，欣赏着照耀在紫雾缭绕的大树顶上，照耀在灰色的雕像和花盆上，照耀在生满苔藓的纪念建筑的石堆上的和谐光线；王朝的遗迹，吸收了几百年来的日光，沉浸在古色古香中。柔和的阳光透过乳汁般的水汽，折射出这种微妙的气氛——在这银色的尘雾中，飘浮着的是欢乐的民族精神。

一天黄昏，靠着圣·米希桥旁的石栏杆，他一边欣赏着流水，一边在旧书摊上翻看着。无意中，他打开了米希莱著作的一册单行本。以前他读过几页这个历史学家的书，不过不怎么喜欢那种法国式的浮夸文风、自我陶醉的辞藻，还有那过于跌宕起伏的手法。可是那一天，他没看几行就被吸引住了。那是圣女贞德②受审判的最后一章。他是从前读席勒的作品的时候知道这个奥尔良处女的，一直以来，他以为她不过是个传奇式的女英雄，关于她的故事大多是诗人幻想出来的。这一回，他却看到了活生生的事实，就被它紧紧抓住了。他往下读着，读着，那一段描写是那样的慷慨激昂，情节是那样的悲惨，他看得心都快碎了。当他读到贞德知道自己当晚就得被烧死，吓得晕了过去的时候，他双手就开始颤抖，眼泪也涌了上来，赶忙停下不读了。大病之后，他身体衰弱，动不动就冲动起来，简直敏

① 古法兰西的花园系指卢浮宫前面的蒂勒黎花园。

② 圣女贞德（1412—1431年）是百年战争中挽救法国的民族女英雄，十六岁就率领军队反抗英军，解放沦陷的奥尔良，故史家亦称其为奥尔良的处女。贞德最后落于英国人之手，被处火刑。

感到了可笑的地步，自己也觉得恼火。他想把书读完，可来不及了，书贩要收摊了。他决定把书买下，可一摸口袋，只剩下六生丁。穷到这个地步也不是什么新鲜事，他也毫不在乎；他刚刚买了晚上的食物，打算第二天去哀区脱那里领一笔稿酬。可是要等到明天，那实在太难受了！怎么能把仅剩的那点钱买吃的了？啊！要是能把袋里的面包和香肠当现金买下那本书，那该多好！

第二天一大早，他就去找哀区脱拿钱；经过圣·米希桥的时候，他再也没有勇气往前迈去。他在旧书摊上翻来翻去，终于又找到了那本宝贵的书，花了两个小时，一口气就把它读完了。为此，他还错过了跟哀区脱的约会，费了大半天才找到哀区脱。最后，他总算搞定了工作的事，领了工钱，就马上把那本书买了下来。他怕别人捷足先登，把书给买跑了。其实就算这样也不难再找到一本。可克利斯朵夫又不知道这是不是孤本；而且他只要这一部，别的一概不要。所有爱书的人都有一种拜物症，就算一本书只有寥寥数页，又脏又旧，只要能够引起他们的幻想，那就是神圣的。

回到家里，夜深人静的时候，克利斯朵夫把圣女贞德的历史又读了一遍。他不用怕别人看见，就不再压抑自己的感情。他对这个可怜的女子充满了温情、怜悯，她那种无尽的痛苦他自己感同身受。他仿佛看到那个穿着红色粗布衣服的乡下女子，高大而胆小，声音很温柔，听着钟声怔怔出神——（她也跟他一样爱听钟声）——脸上满是美丽的笑容，显得那样聪慧、那样慈爱，眼泪随时都会掉下来——因为爱，因为同情，或是因为心软，她都会流起泪来；她只是一个天真的少女，却既有着勇敢坚强的男性气质，又有着纯洁温柔的女性魅力。她能驯服盗匪一样野性的军队，也能凭借自己冷静的头脑、女人的伶俐，还有坚强的意志，在众叛亲离、孤军奋战的情况下，长年累月地与周围那些豺狼虎豹般凶恶的教会与司法界人士对峙，应付他们的阴谋诡计。

最令克利斯朵夫感动的是她的慈悲心肠——打了胜仗她也会哭泣，为那些战死的敌人哭泣，为那些侮辱过她的敌人哭泣；他们受伤了，她就去安慰；他们临死了，她就去祈祷，就算是对着出卖自己的叛徒，她也不记恨，就算被押上火刑台，大火熊熊烧了起来，她关心的也不是自己，而是那个来劝慰她的修士，让他赶快离开。“即便是在最残酷的厮杀中，她也是那么温柔，即便是面对最凶恶的人，她也是那么善良，即便是在战争中，她也不忘和平。战争是魔鬼的胜利，而她把上帝的精神带到战争中去。”

看到这儿，克利斯朵夫想到了自己，喃喃道：“我却没有把上帝的精神带到斗争中去。”

他又念起了贞德传记中最美丽的一段：“不管别人多么蛮横，命运多么不公，你也要有一颗善心……不管争执多么激烈，你也要保证自己的好心好意，不能让人生的苦难损害你内心中最宝贵的东西……”

于是，他就在心里默念：“我有罪。我不够仁慈。我缺乏善意。我太严酷。——请你们原谅我吧。那些被我攻击的人，千万别把我当成你们的敌人！我本意是为了你们好……不过，我也不能看着你们干坏事……”

他不是圣人，所以一想到那些人，他的怨恨就又卷土重来了。他最不能原谅的就是，一看到这群人，从他们身上看到的法国，根本让人想不到这块土地上曾绽放过这么美丽的花朵，这样悲壮的女英雄。不过，贞德的确就出生在这片土地上。谁能肯定不会有第二个贞德呢？现在的法国，不见得比查理七世更糟，可就是在那个荒淫成风的时代诞生出了圣处女。现在，贞德的庙堂早已经空空如也，受尽糟蹋，一半都成了废墟。可是那有什么关系！上帝不是也在里面说过话吗？

克利斯朵夫费心尽力想要找到一个可以爱的法国人，来表达他对法国的热爱。

时间正赶上三月底。几个月来，克利斯朵夫不跟任何人交流，也不跟任何人通信，除了母亲隔了很久才寄过来的几个字。她不知道儿子生病了，他也没告诉他自己生病的事。他跟外界的接触仅限于去音乐出版社交工作，或是接工作回来做。他故意选哀区脱不在的时候去，免得跟他有什么交集。其实这样提防着没多大必要：他只碰到过哀区脱一次，对于他的健康问题，哀区脱也只是淡淡地提了一两句。

他就这样悄无声息地幽居着，忽然有一天早上，罗孙太太送来了一封请柬，邀请他参加晚上的一个音乐会，还说一个著名的四重奏乐队会登台演出。信写得客客气气，罗孙还在信的末尾附了几句话，态度相当的恳切。那一次跟克利斯朵夫闹翻了，他觉得很不光彩。尤其是因为那之后没多久，他就跟那位女歌手闹不和分开了，还狠狠地批判了她一顿。他倒爽直，从来不对那些得罪过他的人怀恨在心；要是别人没办法像他那样毫不在乎，他就会觉得可笑。因此，只要他想跟他们重归于好，就会二话不说邀请他们。

拿到请帖，克利斯朵夫就耸耸肩，发誓绝对不去。随着音乐会的时间一天天接近，他的毅力也一天天地消耗着。听不到别人讲话，特别是听不到一段音乐，他就闷得喘不过气来。尽管他重复了不知道多少遍再也不去那些人家里，可日子一到，他还是去了，觉得自己没有骨气，惭愧极了。

去了之后才发现糟糕透了。一看到那些附庸风雅的政界人物，还有那些时髦朋友们，他立刻觉得他们比以前更让人反感；几个月来，克利斯朵夫早就孤独惯了，就更加不习惯这伙人令人作呕的嘴脸。这里根本没办法听音乐，这是在亵渎音乐。他准备听完一曲就走人。

他一眼扫过那些可恶的面孔和身体。在客厅尽头，他跟一双眼睛碰到了一起，四目相对，那双眼睛马上闪到一边。不同于全场那些迟钝的目光，那双眼睛有着一种莫名的纯真，让他大为吃惊。那分明是一双胆怯的、清亮的、明确的法国式眼睛，一眼望去，是那样的纯真，毫无保留，而你的一切都逃不过那双眼睛的窥探。这双眼睛克利斯朵夫认识，可这张面孔他没见过。那是一个二十岁左右的年轻小伙，个子不高，背还有点驼，身体瘦削，白净的脸上挂着一副苦相，头发褐色，五官不怎么端正，倒是很细腻，不大匀称的面相显得惶恐不安，可自然有一种吸引力，和他平静的眼神似乎不太协调。他躲在门边上，没几个人注意到他。克利斯朵夫又看了看他，那双怯生生的眼睛马上就闪开了，看起来又笨拙又可爱；可是每次望过去，克利斯朵夫都觉得“似曾相识”，好像在另外一张脸上见过这双眼睛一样。

克利斯朵夫向来藏不住心里的感觉，就径直往那个年轻人身边走去。他边走边想着该说些什么好。他走走停停，东望望西望望，似乎还没打定主意，只好闲逛着。那年轻人也发现了，知道他是来找自己的；一想到待会儿要跟克利斯朵夫讲话，他就胆怯起来，竟然想溜到隔壁的屋子里；可他是那样笨手笨脚的，两只脚像钉在地上一样一动不动。他们终于面对面站定了，对望了一会儿，不知道该怎么开口。时间越耗越久，他们也觉得自己在对方眼里越来越可笑。最后，克利斯朵夫憋不住了，瞪着那个年轻人，也不说一句客套话，就开门见山地笑着问道："你不是巴黎人吧？"

那个年轻人没想到克利斯朵夫会这样问，明显慌了一下，马上笑着回答说他确实不是巴黎人。他讲起话来声音脆生生的，就好像蒙着一层薄膜，又好像一件柔弱的乐器。

"难怪。"克利斯朵夫说。

他知道自己问的这句怪怪的，看到对方困惑的样子，赶忙补了一句："我没有埋怨你的意思。"

可那年轻人更不知道如何回答了。

他们又僵持了一会儿。那个年轻人使劲想说句话，他哆嗦着嘴唇，一看就知道话已经到了嘴边，只是还没下定决心讲出来。克利斯朵夫好奇地望着这张不断变化的脸，他的皮肤几乎是透明的，嘴唇微微颤动着。他和客厅里的其他人仿佛来自不同的种族，那些人脸宽面大，身体笨重，整个身体看起来就像一团从脖子垂下的肉；而这个年轻人却不同，他灵魂外露，肉体的星星点点都透着灵性。

他一直都没说出来。克利斯朵夫那样天真，就接着问道："你跟这些人混在一块儿，都干些什么？"

他粗声大气地嚷嚷着，那样毫无顾忌，惹得别人一阵讨厌。那年轻人顿时慌了起来，不免四处张望着，看看有没有人听到。可又惹得克利斯朵夫不高兴。年轻人也不回答，只是笨拙又温和地笑了起来，反问他：“那你呢？”

克利斯朵夫一听，大声地笑了起来，还是老样子，粗里粗气的。

“对了，我来这儿是干吗？”他兴奋地回答道。

那年轻人仿佛下定了决心，哽咽地说了一句：“我多么喜欢您的音乐啊！”

然后他就打住了，竭力想压制住自己害羞的心情，可一点用都没有。他脸红了，自己也感觉得到，于是就越来越红，一直红到了耳边。克利斯朵夫笑了起来，望着他，恨不得一把把他抱在怀里。年轻人抬起头来，望着克利斯朵夫。

“真的不行，”他说，“我没办法，没办法在这儿跟你说这些……”

克利斯朵夫抓着他的手，抿着大嘴，暗暗地笑着。感觉到这个陌生人瘦弱的手在自己手掌中微微颤抖，他不由得握得更紧了。那青年也感觉到克利斯朵夫紧握的手中的那股热情。周围一切都安静了下来，仿佛客厅里面只剩下他们两个人，他们也知道：碰到个真正的朋友了。

但这也不过是一瞬间的事。罗孙太太闪了出来，用扇子碰了碰克利斯朵夫的手臂，说道：“哦，既然你们都认识了，就不用我来介绍了。这个小伙子今晚可是特意来找你的。”

听了这话，他们俩都不好意思地退了退。“他是？”克利斯朵夫问道。“怎么？你们还不认识？他是一个小诗人，诗写得很不错，特别崇拜您。他也是个音乐家，钢琴弹得很好。别人在他面前可不敢说您的作品的不对，他简直爱上您了。有一次，为了您，他几乎跟吕西安·雷维·葛吵了起来。”

“啊！好一个小伙子！”克利斯朵夫说。

“不错，我也知道，您对吕西安可不太公平。他可也喜欢着您呢。”罗孙太太说。“啊！千万别这样跟我说！要是他喜欢我，我倒要觉得自己没出息了。”“我敢保证……”“算了！算了！我永远都不想让他喜欢我。”“您的那个情人也是这样。我看你们两个疯都疯到一块儿去了。那天，吕西安正对我们解释您的一件作品。没想到那小伙子，看起来挺腼腆的，腾的一下就站了起来，气得浑身发抖，不让他在那里讨论您。您看他多蛮横！……幸好我当时在场，马上笑着打起了圆场，吕西安也跟着笑了起来。最后他还是道了歉。”

“可怜的小伙子啊！”克利斯朵夫听了大为感动。接着，罗孙太太把话岔开了，可他却听不进去，只顾着自言自语道：“他去哪儿了？”克利斯朵夫开始到处找他。可那位陌生的朋友已经走了。他只好又去找罗孙太太，问道：“您能告诉我他的名字吗？”

“您说谁啊？”

“就是您刚刚给我提到的那个小伙子。”

“您是说那个年轻诗人吗？他叫奥里维·耶南。”

这个名字在克利斯朵夫耳边回荡起来，就像一曲熟悉的音乐。一个少女的倩影浮现在他眼睛深处。可一瞬间，新朋友的样子就立刻取代了少女的倩影。

在回来的路上，克利斯朵夫在巴黎的大街上挤着，他什么也看不到，什么都听不到，对周围的一切都无知无觉。他就像一个山湖，高山环绕在四周，把他跟世界隔离起来。一丝风都会被阻挡在外，一点声音都透不过来，任何骚动都会被压下去。一切都是那样的平和恬静。他一遍又一遍重复着——“我有了个朋友。”